牤牛河

周理 / 著

DIE DANG MANG NIU HE

上

北京燕山出版社

图书在版编目（CIP）数据

跌宕牤牛河 / 周理著. -- 北京：北京燕山出版社，2013.3 (2017.9 重印)

ISBN 978-7-5402-3226-9

Ⅰ.①跌… Ⅱ.①周… Ⅲ.①长篇小说—中国—当代 Ⅳ.① I247.5

中国版本图书馆 CIP 数据核字（2017）第 220286 号

## 跌宕牤牛河

责任编辑：金贝伦
责任校对：扈二军
出版发行：北京燕山出版社
社　　址：北京市西城区陶然亭路 53 号
电　　话：010-65240430
邮　　编：100054
印　　刷：三河市灵山红旗印刷厂
开　　本：710mm*1000mm　1/16
字　　数：686 千字
印　　张：40
版　　次：2013 年 5 月第 1 版
印　　次：2017 年 9 月第 2 次印刷
定　　价：68.00 元（上下册）

版权所有　翻印必究

子在川上曰：逝者如斯夫。

巍巍敖包缭绕着袅袅香烟，

隐隐古刹飘出摄魂的神乐，

牡牛河水激荡着向南奔去，

阵阵东风吹醒惊悸的梦魇！

# 自 序

退休后，琐事远离，往事萦怀，激情所至，提笔写书。

二〇一一年五月初，卷包到通州环湖小镇，开始写作。起头就顺利。因为自己童年生活在农村，土改前后的那些事儿，虽然记得零碎，但早些年问过父母，很自然地串联成了故事。小学时代的事儿，记得更是清晰。特别是班主任在十一二岁的学生中进行无情"整风"，至今还觉着疼哩！二十世纪六十年代初，学校开展学雷锋活动，会场正中"向雷锋同志学习"几个大字，是我用大抓笔仿毛体写成的。我见过农村兴修水利、改造河山的壮举，聆听过大庆工人的英雄事迹。初二年级的时候，我的作文《可爱的家乡》得了全年级第一，引来语文组全体老师的赞叹。虽说那时候生活困难，但人们虔诚高尚。六十年代中期以后，阶级斗争的硝烟到处弥漫。师生翻脸，同事对立，儿子造老子的反，丈夫给妻子写大字报。但最终谁也没逮着便宜。工人还要做工，农民还得种地，红卫兵小将们更是被一鞭子"吆"在了农村。这些事，都如昨日发生。我越写越顺利。可也越来越孤寂！屋里只有我一个人，和谁也拉不上话。一日三餐自己动手。写得困了，就独自绕湖漫步。一个月后，实在忍受不了孤独，只好匆匆返回家中。

我在一个大屋里继续写作,极少查阅资料,想写的事,都在脑子里。我当过知青,忍饥挨饿,曾盼望"天阴不要晴,天黑不要明,大小有点儿病,不要要了命",想美美地睡两觉。我上过大学,当过"路线教育"工作组组长,任过公社领导,曾和某些大队干部一样"先吃饭,后开会,了解几个数数转小队"。二十世纪八十年代当过高三把关教师,主持过完全中学的全局工作。九十年代后在煤炭战线上供职。看到了"老大靠了边,老二分了田,老九上了天,不三不四挣了钱"。目睹了企业改制,职工下岗,一部分当权者迅速暴富,不少的群体又处于弱势。感受到现在的物质极大地丰富,国力空前地强盛,多数人的生活意想不到地提高。我奋笔疾书,稍有阻滞,只要去马路上、公园里转上几圈儿,许多情景就浮现脑际,经过思维加工,接二连三的故事又跃然纸上。八月初,第一稿结尾。可翻看品味后,不满意!于是,从八月六日开始,动笔写第二稿。这次写得更加投入,有时兴奋,有时唏嘘,有时惊悸,有时感慨,过春节也未停笔。二〇一二年二月上旬,第二稿结尾。缓过气仔细阅读,仍觉瑕疵不少。于是在二月中旬以后,对某些篇章,又进行了第三次改写,一直写到四月底。

五月份的时候,友人聚会,酒酣耳热时讨论起文艺创作。我说写小说必须深入社会,体验生活,不然写不出好的作品。话音未落,就遭到一人驳斥:"胡说,《西游记》《封神演义》《射雕英雄传》都是想象出来的,你怎能持这种观点?"我大窘,"啊呀,我看问题片面,孤陋寡闻,实筑不通。"可回家一想,大感后悔,给他认什么鸟错?那几部作品写得都是神,神本来就是人想出来的嘛!如果写人,不接触社会,不体验生活,就是施耐庵转世,曹雪芹还魂,也因脑袋空洞,茫然笔秃!我的小说是从生活中提炼出来的,是接了地气的。

我力图通过观察,写出不同的人性来。

牡牛河两岸地方不大,可奇人怪事不少。主人公张开关出身低微,为生存当过铁匠，种过地，揽过工。遇难事会动脑筋，舍得气力，敢作敢当。一个打工汉，不但为二哥从"强人"手中夺回了老婆，而且在当长工的空隙里，瞅机会给自个儿娶回了妙龄女人。他没有死板的"原则"，知恩图报，在韩维章"走麦城"调离的时候，不管现任领导的感受，还紧随其后挽留呢！他性格坚韧，顶着压力，历经十年，硬是将苏会沟水渠修成。他也有不少软肋，其中面对温润妩媚的女人，就时不时神晕目眩。韩维章是一条好汉，文武全才，但居功自傲，作风强霸。自己还生活不检点，被人款款儿"送"进了监狱。李刚惯于移花接木，嫁祸于人。乔杰贪权好色。陈爱平经不住酒色迷惑。李顶则盗马娶媳妇。乔凯云是吃"山神爷"的狼。白登云为发迹给"国务院"写信"献计"。胡书倍阴恶阳善，变着法儿给别人"挖坑"。阎心冕发了大财，兴奋得像吸食了海洛因……说到这里，有人不解：怎么牤牛河畔尽出些异类怪种？嗨，不要误会，那里还是好人多。赵九日、奇荣等领导都是廉洁奉公的好官。李双喜、李禄则、张虎、张进财、王三要、李秀娥、李二宝……都是劳动模范大好人。

　　书中讲述的是牤牛河两岸半个多世纪发生的故事，展示的是一个时代，人物众多，沧桑百变。

　　书中以新中国成立后土地经营方式的四次变化为主线，揭示了人性在经济规律中不可忽视的重要性。

　　书中的民族礼仪参阅了《请到鄂尔多斯来》。

　　陶亥召的号音摄魂动魄，牤牛河两岸的故事神奇诡异。

　　"手捋六十花甲子，循环落落如弄珠。"往事难忘，著述成书，以飨读者。水平有限，请您雅正。

二〇一二年六月九日

# 目　录

- 卷一　/ 1
- 卷二　/ 26
- 卷三　/ 79
- 卷四　/ 169
- 卷五　/ 403
- 卷六　/ 470

## （一）

　　夜幕降临，张开关从王爷府库房工地上下了工，走进东街小饭铺点了饭菜，正等着跑堂的端来，忽然听到里屋的一个客人对端盘的小伙计说："二维则，你整天不着家，媳妇在干什么？""在家哄娃娃。""嗨，小心有人乘你不在家，把小媳妇给拐跑了！""叔，你胡子一大把了，还好意思开玩笑？""开玩笑？西街的铁匠张过关，媳妇丢了一天一夜了，找遍乌兰镇，连个人影儿也没看见！""你说的是前街口给骡马挂掌子的铁匠？""就是他。""哦，他老婆我见过！圆脸蛋儿，一对毛花眼，走路一圪拧一圪拧的，挺袭人！""啊呀！二维则，你来乌兰镇才几天？就瞅睹人家的媳妇？出乱子呦！""嗨！好媳妇谁见了不喜眼？听话听音，叔好像见了漂亮媳妇比我还馋！"听到这里，张开关的脑袋"嗡"地一下膨胀起来，再也没心思吃饭了！心想：几天没去二哥家，真出事啦？于是，"呼"地一下站起身来，快步向门外走去。跑堂伙计二维则急着喊叫："饸饹都煮熟了，你去哪儿？"张开关头也不掉，直奔二哥家里。

　　张过关正坐在小凳上往灶膛里填柴火。见兄弟进门，看了一眼，没言语，继续烧火。张开关见侄儿树林和侄女来娣痴呆呆地坐在下炕角，眼泪麻洒着着他，就问："你妈呢？"两个娃娃不说话。张过关气哼哼地说："死了，找不着了！"张开关问"什么？怎么就找不着了？"张过关抓起一把柴禾，狠劲塞进灶膛里，怒气冲冲不说话！张开关走到炕沿坐下来，掏出旱烟锅，装满烟叶儿，点着吸起来。不多时，张过关把煮好的饭盛给树林和来娣，自己坐在小凳上也抽起烟来。弟兄二人一阵沉默！张开关憋不住了，怪怨说："二哥，有事不能装着！你说出来，我给你想办法！"张过关叹了口气说："我说不出口，丢人！"张开关瞥了二哥一眼，嗔怪道："你不说，那事儿就没有啦？你就一个人拉扯两个娃娃呀？"张过关又是一阵沉默。张开关生气了，大声说："二哥，你要是再不说，我也不管你了！你怎么个窝囊废！"张过关见兄弟火了，这才羞愤地说："开关，你二嫂心坏了！我整天在外受苦做营生，一门心思挣钱养家。谁知道，前两个月从西桌子山来了个叫李二胜的货郎子，走街串巷卖东西。你二嫂和他买过几次针头线脑。李二胜就打起了她的主意。趁我不在时，就和你二嫂来拉话，还经常撂下些袜子、衣衫、糖果之类的小东西。我问过你二嫂，这些东西是哪来的？她一口咬定是自己花钱买来的。我没办法，只好暂且不管。哪知道，前天晚上回到家，何美桃不见了！问两个娃娃，说她娘下午和那个货郎子出去了。就这样，她一走就没影了！"张开关听完二哥的话，想了一阵子，问："二哥，你准备怎么办？""哎，要是没这两个娃娃，她走就走吧！""哦！你是说，为了树林和来娣，还想把她找回来？""嘿！这两个娃娃没娘不行！"张开关想了想，说："二哥，这几天你哪儿都不要去，营生也不要做，就在家照看两个娃娃，我去把何美桃给你找回来！""你怎么找？雇两个人和你一起去？""哎，这你不要管了，我有办法！李二胜我也见过面，不管他是吃肉的狼还是吃屎的狗，我自有办法收拾他！""要不把两个娃娃安顿在邻居家，我和你一起去？""啊呀！咱俩都走了，娃娃们再出个甚问题，事情就更大了！就我一个人去！""小心他们害了你！""二哥，放心吧！我回去准备一下，明天一早就走！"张开关说完话，就向门口走过去。树林和来娣突然哭喊起来："三爹，三爹！"张开关掉过头，一阵酸楚，说："好好在家待着，三爹两三天就把你妈找回来！"

（二）

张开关直接来到王爷府保安队长苏亚拉图家，进门后，弯腰鞠躬。苏亚拉图问："兄弟，你有事？"张开关两眼溢出了泪水，说："我二嫂被人拐跑了，丢下两个娃娃，哭喊着要娘，我想把人找回来！"苏亚拉图吃惊地问："有这种事？你知道是什么人拐跑了你二嫂？""是一个货郎子，名叫李二胜。家住西桌子山李家寨。""噢，那你要我做什么？""我赤手空拳去李家寨，怕李家有恶人。到时候人找不回来，反而我又让他们给害了。思来想去，想借大哥的手枪壮胆。""啊呀！兄弟，枪可不是随便能借的东西。一旦出了人命，王爷也饶不过我。""大哥，咱俩拈香结拜也快半年了，你还不了解兄弟我？我是那么莽撞的人吗？带上枪只是吓唬吓唬他，让那小子交出我二嫂，决不开枪打死人！"苏亚拉图说："你虽然是我结拜弟兄里最义气的人，但枪交给你，我还是不放心！"张开关见苏亚拉图为难的样子，十分着急，"扑通"一声跪倒在地，顺手在衣兜里掏出五块银元，双手捧起，哀告道："大哥，我万般无奈才求你！救救我二哥一家吧，张开关以后给大哥牵马拽镫，赴汤蹈火都可以！兄弟仅有五块大洋，孝敬大哥买酒喝吧！"苏亚拉图看着拜把兄弟，恻隐之情不禁涌了上来，跺了跺脚，说："兄弟，起来吧！大哥把枪交给你，你可千万把握好！人家不伤你，你千万别伤人！能保证吗？""能，能保证。"苏亚拉图从腰间解下手枪，张开关起身接过去，顺便把五块大洋往苏亚拉图兜里装。苏亚拉图忙用手挡回去，嗔怪道："大洋你拿回去，路上还有用！难道大哥是趁你有难打劫你？"张开关只好将银元装回自己衣兜。苏亚拉图又拿出十发子弹交给张开关，并教给他打枪的方法，才不无担心地看着张开关千恩万谢地走出去。

　　第二天清早，张开关就提着一把五尺多长的三股钢叉，怀揣手枪，直奔西桌子山李家寨。天快黑的时候，来到村口。观察一阵后，见不远处有户人家，较为僻静，于是就走了过去。进院敲开门后，发现只有六十多岁的老头儿和老婆子在家里。进了屋，老头问："你是哪里人？来我们村办什么事？"张开关说："我去阿拉善旗走亲戚，天黑了，想借你老家住一宿。"一边说，一边就掏出些零碎钱来，递给老婆子。老头端详了一阵来人，说："看你的样子，像个忠厚人，可咋带着一把大钢叉呢？"张开关笑了笑说："这是我出门防狗咬、防狼撵的家伙。"老头点了点头，老婆子说："那就住下吧！正好我做了烩菜，焖了米饭，一起吃吧，你肯定饿了。"张开关将钢叉立在屋角，坐在了炕边。一会儿，饭菜上了桌，实在太饿了，就没客气，大口大口地吃起来！饭饱后，从兜里掏出一盒"哈德门"香烟给老头和老婆子各递一支，然后自己也点燃一支，惬意地吸了起来。他试探着问："你们村里是不是有个叫李二胜的人？"老头反问："你是个外村人，怎晓得他？""嗨，那是个货郎子，到处跑着做生意，怎能不认识！""你找他有事儿？""没事儿，来到李家寨了，随便问问。"老头子瞧着张开关，疑惑地说："我看你好像和他有纠结。你可要注意呢！""注意什么？""你真不知道？姓李的可是李家寨的大户人家，弟兄五个人，可齐心了！做事说一不二。只要惹动一户，就像狗窝里杵了一棍，一齐扑上来了，挡都挡不住！保长都让着他们哩！""哈，这么厉害？""一点儿不假！""李二胜家日子过得怎样？""吃穿不愁，就一件事闹心！""什么事闹心？""他老婆一连生了三个女儿，还没生下儿子。""那再生嘛！""嗨，李二胜等不及！整天瞅睹着想找个小老婆。""那找下没有？""差不多了！听说他前两天领回一个年轻媳妇。""那不就行了嘛！""嗨，行个甚？大老婆不同意，她娘家人也厉害！急得李二胜直皱眉。""那领回来的媳妇怎想的？""怎想的？她一进门就后悔了！""为什么？""因为李二胜骗她说自己没老婆。谁知道不但有，还生下一炕娃娃哩！""李二胜家离你家远不远？""不远，往西走一百多步，门口有两个石狮子，在我家院外边就瞭见了。"张开关摸清了李二胜的底细后，就说自己走路累了，想休息。老婆子在西炕头铺下毡子，放过一床被，他倒头就睡。

　　第二天早饭后，张开关又给老头、老婆子放下些零钱，就端端地来到了李二胜家门口。刚推开大门，一条大黑狗就"汪汪"地咆哮着蹿了上来。张开关后退两步，大黑狗纵身就往他身上扑。张开关一急，举起钢叉就扎过去，正好扎在狗嘴上，狗哀鸣一声，歪着脑袋退回窝里去。这时，正屋里走出一个壮汉来，酒糟鼻子猪眼睛，正是李二胜！李二胜满脸怒容，大声喝道："哪来的土匪，敢上门闹事？"张开关声如响雷喝道："你好好认一认爷是谁？"李二胜不由得一怔，仔细观察来人：二十多岁，中上等个子，精壮结实。方面大耳，高鼻长眼，两道浓眉，扫帚一般，和西路大汉差不多，哪里见过？哦，是不是张铁匠的那个兄弟？找上门来了？李二胜冷笑道："你想怎么地？"张开关喝问道："你欺男霸女，知不知罪？""嘿，你不要撒野！也不看看这是什么地方？"一边说，一边退在墙根，突然操起一张大铁锹，举起就向张开关逼过来。张开关丝毫不怵，挺着长钢叉，向李二胜逼过去。俩人正在对峙，大门口进来三个男人，提着大棒、镢头和镰刀，把张开关围了起来。张开关一看于己不利，左手握准钢叉，腾出右手，迅速从衣襟下拔出手枪，"啪，啪"朝天就是两响。然后环视李二胜四弟兄，呵斥道："狗日的，哪个不怕死，老子现在就叫你见阎王！"李二胜兄弟们都怵了，开始往开退。张开关左手提钢叉，右手握着枪，直逼李二胜，李二胜吓得直倒退，嘴唇也抖开了，结结磕磕地说："兄——兄弟，有事——事好商量！"张开关大骂道："商量你妈个屁，你们几个恶狗趁早给我滚在西墙根，不然老子一枪一个

虎穴救嫂

送你们上西天！"说完，用眼光扫射着李家四弟兄。四弟兄只好乖乖儿地走到西墙下。张开关向着正屋大声喊："何美桃，怎还不出来？"话音刚落，正屋门开了，走出一个哭哭啼啼的女人来，正是何美桃。张开关又喊叫："何美桃，你往大门外走，我看哪个王八蛋敢拦你！"何美桃听了张开关的话，一步步向大门口挪过去，快到大门口时，突然颠儿颠儿地放开了脚步，逃命似地跑了出去。张开关举枪逼着李家四兄弟，呵斥道："都给老子往屋里滚，不然让你们死在院子里。"李家四兄弟只好战战兢兢地往屋里走。这时，大门口又进来一个三十多岁的大男人，看着张开关手中的枪，慌忙抱拳说："有事好商量，好商量。"张开关用枪指着来人的脑袋，咬牙切齿道："听说李家有五只狗，你也算一只？赶快往屋子里滚，不然老子毙了你！"那人慌不迭地窜进屋里面。张开关对着正屋大骂道："你们这五条瞎眼狗，老子今天暂时留下你们的命！以后如果再敢为非作歹，一定不叫你们活在世上！"说完，大踏步走出院子，带着二嫂向村外走去。村民们纷纷出来观看，喜形于色。村口那家老头儿老婆子目瞪口呆地张望着，直到望不见张开关的背影，才慢慢地回家去了。

## （三）

出了李家寨，张开关领着二嫂急步向东走去。到了西桌子山镇，二嫂说："开关，咱歇歇吧，我的脚疼。""啊呀，这才刚走了七八里地，你脚就疼开了，还有一百多里路，怎走呀！"张开关急得挠起头来。忽然瞭见西北角上好像有个牲口集市，就说："二嫂，咱过那边看看去，看有没有卖牲口的。"何美桃问："你想买牲口？有钱吗？""哎，过去再说吧。"俩人相跟上来到牲口市场。张开关看了两头骡子三头驴，最后讨价还价，花了四块大洋买了一头大骟驴，顺便又买了五瓶六十五度的高粱瓶装酒。何美桃站在骟驴前，纵身跳了好几次，都没爬上驴背，只好瞪眼看着兄弟。张开关苦笑了一声，说："二嫂，我扶你。"何美桃笑了笑，说："兄弟扶嫂嫂，天公地道。"张开关只好伸出两手，一手挽住她的腰肢，一手托起她的大腿，轻轻地就将二嫂放在了驴背上。卖牲口的男人笑了，说："这后生行，抱媳妇就和抱娃娃一样有劲儿！"张开关瞪了卖牲口的一眼，牵着驴笼头忙忙走出集市口。走了二十多里路以后，何美桃红着脸说开话了："开关，二嫂这次是叫人骗了，你肯定不知道。""不知道，他怎骗你哩？""那个坏人骗我说，他在西街外有一间房，好货可多哩,让我去挑,都给便宜价。我信了他,就跟过去,谁知道出了西街口,就没看见个房子。他说还在西面,我就只好跟着他继续往西走。越走越远,走得我害怕了,要往回返。他就又骗我说,再走一会儿,就到了西桌子山,那儿可繁华了,去串一串,也不枉活人一世。我一时糊涂,就一直跟着这个坏人走。后来想返回去,已不可能了!就跌进狼窝了。""哦,原来是这样!他没怎么你吧?""没有,二嫂哪能做那事儿。"张开关低头想了想说:"二嫂,咱俩回去给我二哥就这么说,甚时候也不改口。""嗨,本来就是这么回事,改得个什么口!"张开关高兴地拍了一下驴屁股,跟着毛驴跑了好一阵,把个二嫂颠得直叫唤。走了四十多里地后,何美桃回头说:"开关,二嫂尿憋了。"张开关摇了摇头,只好牵住驴,等她爬下来。何美桃溜下驴背,在北面沙蒿林撒了一泡尿,系好裤带,来到驴跟前瞅着张开关不作声。张开关只好又将她抱在驴背上。何美桃微瞋一眼,说:"老嫂还顶母呢!我看你也是个娃娃,有甚不好意思!"张开关听得直点头,说:"二嫂说得对,你是大人,我是娃娃,咱好好走路。"何美桃"咯咯"地笑起来,说:"你真是实心眼儿的好兄弟,我有个叔伯妹子,要是没聘的话,说给你!"张开关又在驴屁股上拍了一掌,跟在驴后面跑了起来,何美桃这次不叫唤了,坐在驴背直晃荡,好像很舒服!

乌兰镇的居民都熄灯睡觉时,张开关才和二嫂来到家门口。何美桃从驴背上溜下来,忐忑不安地站在门口。张开关上前敲门。不一会儿,屋里灯亮了,张过关估计是兄弟回来了,开门一看,何美桃在门口站着,不觉怨恨飞在了九霄外,一阵惊喜!忙把两个孩子叫醒来,树林和来娣见娘进屋了,都光着屁股跳下炕,一人搂着娘的一条腿,眼睛扑闪扑闪地看着娘的脸,何美桃再也控制不住了,"哇"地一声哭了起来,两个娃娃也"呜呜"地跟着哭。张开关坐在炕沿上,按何美桃的说法,把李二胜怎么骗二嫂的事说了一遍,又讲述了自己和李家五兄弟对阵斗法的事,惊得张过关直唏嘘,听得两个娃娃直愣神!临出门时,又安顿:"二哥、二嫂,什么也不要怕,没事了,你们睡觉吧。"

张开关连夜敲开苏亚拉图的门,说:"大哥,我回来了!"说着把五瓶高粱白酒放在了炕桌上。苏亚拉图惊疑地问:"你把人抢回来了?""抢回来了!我朝天放了两枪,就把李二胜五个龟弟兄全吓瘫了,乖乖让我把人领走了。""哦,那就好!兄弟是条好汉。""嗨,什么好汉!全凭大哥的家伙仗着胆。"说完,又把枪和子弹放在躺柜上,跪地给苏亚拉图行了八拜礼。然后站起身说:"大哥,以后用着开关的时候,尽管发话,决不含糊。"苏亚拉图满意地点了点头。

第二天早晨，张开关来到二哥家，说："二哥，那年咱们从新召逃荒出来，大哥自己朝西走了，咱俩待在乌兰镇，再没挪地方。按说，继续在这里住下去也没啥。可是害人之心不可有，防人之心不可无。李二胜弟兄五个，为人霸道，村里人都不敢惹他们。这次突然让我一个人就把他们一窝子给放倒了，在村民们面前丢尽了脸，你想，他们能咽得下这口气？我算计，他们迟早要暗中对咱们下毒手！常言道，好汉躲赖汉，赖汉躲恶鬼，咱不如原回新召，省得再沾上臭狗屎。"张过关说："我昨晚想了半夜，和你的看法一样，三十六计，走为上计，咱回新召。"张开关说："好啦！二哥和我想一块儿去了。你今天清算一下赊欠账，我去买一辆旧平板车，明天咱赶上毛驴车，拉上行李，早早上路。"张过关和何美桃都点头同意。

第三天清早，张开关套好毛驴车，拉上行李，侄儿、侄女和二嫂都坐在了车上面，自己和二哥跟车步行，向新召走去。

一共走了七天，才来到牤牛（牤牛，就是未阉割的公牛）河畔。太阳已升起两竿子高，又红又艳！神山突兀在眼前，山顶上的两棵神树迎风挺立，西岸的陶亥召还是那么高大耀眼！三层召顶端还有一块云彩在飘动。牤牛河水缓缓向南流去，清澈得能看见水底细小的石子儿！一切都和离开的时候一样！亲不亲，故乡人！美不美，家乡的水！大人们从内心里感慨！突然树林问："爹，这河为什么叫牤牛河，河里没有牛么？"张过关看了看树林，笑道："爹给你讲个故事。这河原来不叫牤牛河，叫窟野河。好多年前，一头大牤牛和一头母牛在河对岸吃草撒欢，正玩高兴时，突然山上冲下一只花里胡哨的大老虎，前爪扑地，后爪猛蹬，蹿起有六尺来高，一下子将母牛扑倒在地，张开血盆大口就要吞吃母牛！大牤牛先是一惊，接着"哞"的一声吼叫，两支大角如同两把刀子，闪电一样向老虎的肚皮刺去，老虎肚子上立马开了两个一尺多深的血窟窿，血水顿时喷射出来！老虎垂死挣扎，两只前爪像两把匕首乱刺乱划，刨开了牤牛的肚皮。老虎和牤牛都受了重伤，挣扎了一阵，流下两大摊血，不一会儿都咽了气。从此以后，人们就把窟野河改叫牤牛河了！"树林和来娣张着大嘴，惊呆了。

（四）

张过关兄弟俩回到神树湾，穷得睡觉都打得炕板石响！过去在神树湾有十几亩薄沙地，逃荒那年全卖了！现在除了上下院两处土房外，什么也没有！张过关愁眉不展。张开关说："二哥，咱俩又能种地，又会打铁。春夏秋三季咱就给人家打工种地，冬季农闲的时候就烧炉打铁，有这两手在，还能把咱饿死？"张过关说："你说的理是对，可神树湾就一户地主，人家现在有四个长工了，怕再用不着咱两个了。""嗨，我打问过了，再添一个长工他用得着，你去他保证用！我单身一个人，去外面揽工吧。""那你出去了要照顾好自己。""放心吧，挣了钱我给哥贴补。""贴补个啥呀，攒起来还要给你娶媳妇呢。"

　　张开关背着一捆行李，走了四五个村子，才在大柳塔布袋壕找到一家雇主。当家的叫郝怀才，四十多岁，五短身材，脑袋剃得明光瓦亮，一对眼睛光线很强！他一见到张开关，目光就扫上扫下，端详了好一阵，看得张开关都有点儿尴尬了，才说："把行李放下，晌午了，先吃饭吧。"张开关把行李立在地角，坐在了一个小凳上。郝怀才抱过一个小方桌，放在他面前。郝怀才老婆端上一笸箩糜子窝头，一盆酸烩菜。郝怀才说："吃吧，我们坐炕上吃，你就在这里吃。"张开关笑了，说："那我就不紧让掌柜了，开始吃呀！""吃吧，不客气。"张开关用勺在菜盆里满满挖了一大碗菜，然后用筷夹起一个大窝头，大口大口地吃了起来。不一会，又挖了一大碗菜，夹起一个窝头，狼吞虎咽，风卷残云，接连吃进两大碗烩菜，三个大窝头！然后放筷抹嘴，掏出旱烟袋，点燃自抽。郝怀才不时用眼瞟着张开关。见他放下碗筷了，就走了过来，说："你是哪里人？""神树湾人。""叫什么名字？""叫张开关。""张占关是你什么人？""是我大哥！""哦，你俩是弟兄，那人给我揽过工，是个好受苦人。要是这样的话，我就用你啦，你住在西房吧。工钱吗，一天四升糜子。要粮也行，折合成钱付也行。你看怎样？"张开关说："你给的是中等价，我是上等受苦人。"郝怀才笑了，说："我看了你的相貌和饭量，就估计能干活儿。不过人不可貌相，实际做开来才能知道。如果真像你说的是上等受苦人，我一天给你六升糜子，当然啦，你吃饭不计算在内，怎样？"张开关说："行，到时候你就知道了！"

　　春耕开始了。郝怀才让张开关套上牛，去耕南洼上的那片地。张开关吃完早饭，扶着犁，吆喝着牛，开始耕地。半前晌以前，牛还有劲儿，"吭哧，吭哧"地挺卖力气。快晌午时，老牛就不好好走了，吆喝抽打都不顶用。后来干脆卧倒在犁场壕不动了，两眼低垂，大喘着气。张开关着急了，跑回去找郝怀才，郝怀才说："可能是春天草没泛青，牛吃不饱，饿乏了。"俩人一路小跑，来到牛跟前。郝怀才亲自吆喝、抽打，老牛就是躺着不动！哎呀，这怎么办呢？郝怀才急得团团转！突然，想起了一个好主意，说："开关，你在这儿等着，我去拿个家伙来。"张开关正要问拿什么家伙时，郝怀才已经走出去了。过了一阵，见郝怀才端着一张大铁锹返回来了。走到跟前，张开关才发现他锹里端得是三块红炭火！忙问："掌柜的，你要干什么？""干什么？这牛卧下不动弹，吆喝抽打都不顶事，只好火烧屁股了！""啊呀，这个办法可没见过！""没见过你就等着瞧！"郝怀才一边说，一边蹲在牛背后，让张开关把大铁锹端在牛屁股后，自己用一根棍子把红炭火扒拉在牛屁股上。老牛着了疼，"哞"的一声吼，挣扎着从犁场壕站了起来。这时，郝怀才老婆也赶来了，郝怀才对老婆说："你把牛牵回去，饮点儿水，喂点料，这牛饿乏了。"说完，把牛从犁上卸下来，让老婆牵了回去。张开关看了看剩下未耕的地，说："掌柜的，这还有两亩多地没耕，干脆你扶犁，我拉犁，把这点儿地耕完算了。"郝怀才吃惊地问："这还有二亩多地呢，你能拉得动？""试着看吧！"说完，就把套绳挂在了自己的双肩上。郝怀才疑虑地扶起犁，两人一前一后耕开了地！啊呀，张开关比个乏牛强多了，不用吆喝，不用抽，耕完一壕又一壕，太阳正午时，硬是把两亩多地耕了个遍。郝怀才看着张开关满头大汗、气喘吁吁的样子，赞不绝口："你是特等受苦人，胜过老黄牛！我一天给你六升糜子。"张开关呵呵地笑了起来。

往年农忙时候，郝怀才最少还要雇三个短工。可今年不用雇，张开关一个人顶两个人用，起早贪黑，干活疯快，只要郝怀才和老婆瞅空搭一把手就行了！正好赶上这年雨水也没误事，从春天的小苗子到六七月份的大庄稼，一直长势良好，绿茵茵的一片儿又一片儿。就是梁地上的黑豆、绿豆、豌豆角子，也结得一爪又一爪，乐得郝怀才拿着个草帽直忽扇。郝怀才老婆每十天就给张开关把衣服洗一遍，饭菜做的香香的。庄稼锄完第三遍时，郝怀才给张开关放了七天假，让他回家看看哥。

张开关没回家，而是来到大柳塔镇，在工地上当起了小工子，先和了一天泥。吃完晚饭后，工头走进工棚来，问："你们谁还会抹洋灰（水泥）？"一屋子人都不说话。工头见无人应答，准备掉头出去。张开关坐直了身子，问："会抹洋灰怎挣工钱？""哦，你会抹洋灰？如果会抹，就按大工子给你挣钱。"张开关一本正经地说："那我会抹洋灰。"工头看了看张开关，说："行，你明早就上工。"张开关心里一阵窃笑。为什么？他见过人家抹洋灰，自己却没抹过一抹子灰！那他怎敢说自己是抹灰的大工子？那是他认为自己看会了。要是看了还不会，岂不是大笨驴？

第二天，张开关拿着抹灰的大抹子和长靠尺，有模有样地站在墙前面的木架子上。当小工子用大锹端着和好的洋灰倒进泥桶时,他学着别的大工子的样子,铲起洋灰抹了几抹子,哈!自我感觉很良好!越抹越有信心。只是后来用靠尺往平刮墙时费点劲儿,但用抹子再打磨一遍,就平整光亮了,与其他大工子抹过的墙没什么区别。一上午抹得信心十足,一下午干得兴趣盎然!晚上睡觉前,偷偷溜出屋,摸到隔边工棚下贴耳偷听:那几个小工子正互相拉着话,其中给自己和洋灰的小工子说:"啊呀,张师傅抹墙可费灰了!第一遍抹不平,第二遍用靠尺一刮一大堆。"另一个小工子说:"费灰就让他费去吧,又不是你们家的灰。""哎,谁家的灰也要我一袋一袋往起和,累人哩!"张开关一阵耳热!还想听小工子们对自己的看法,可是他们转了话题,于是就悄悄溜回自己的铺。

第二天,张开关抹灰尽量一遍往平抹,越抹越熟练。第三天的时候,觉得玩抹子比打铁容易多了,根本不费难。他看了几眼小工子,小工子说:"张师傅,你抹墙越来越省灰了,墙还抹得光溜溜的。"张开关"扑哧"笑起来,笑得忘了形,差点儿从木架上跌下来。

第七天晚饭后,张开关和工头结了账,连夜赶回布袋壕。

农历八月初,满山遍野黄绿交错,果实累累,快要收秋了,紧跟着也要秋翻地。午饭后,张开关坐在西屋檐下,拿着犁铧子和镰刀片反过来调过去地看。郝怀才走过来,问:"你反复看这有甚用?"张开关说:"你这犁铧子打得太笨了,钢水淬得也太差。一个圆头子,还是个饱心吃蛋,宽度也不够,钢性太软,这种铧子,就是把牛累死了,也耕不出多少地!再看你这镰刀片儿,一个小直片儿,揽不住多少庄稼,况且钢水淬得不好,割不了几下刀刃就钝了,这种镰刀就是把人累的腰疼死,也割不倒多少庄禾。""哎,我们用这家伙多少年了,第一次听见你说不行!""掌柜的,你可能不知道,我是三代家传的铁匠,家伙好不好,一眼就能认得出!你不要不服气,人快不如家伙快!""嘿,那你说怎么办?""我给你重新打两对铧子几副镰刀,钢水给你淬得好好的,一副家伙顶你两副用!"郝怀才半信半疑地问:"你真有这本事?"张开关一本正经地说:"没本事就不说这大话!"郝怀才想了想,说:"要是那样的话,你回家打一副犁铧子和几把镰刀片子来,咱先试着用。""不用回家打,我赶上你的毛驴车,把铁砧、锤子、火钳和原料都拉来,当着你的面打。""行,你下午就可以赶车取家伙。"

当天晚上,张开关就赶着驴车把打铁的家具拉到郝怀才院子里,顺便带来了一堆碎钢烂铁。第二天,他就在南墙外垒起了铁匠炉,风箱是郝怀才放在凉房弃置不用的,动手修了修,还能用!以后几天里,张开关白天在地里干活儿，晚上就瞅空打犁铧、打镰刀，也给乡邻们打锄头、铁锹、刀剪之类的手头用具。

农历八月初，所有的农户都开镰收割糜、谷和各种庄稼了，这是农村最忙的季节。二、八月龙口夺食，已经辛苦一年了，可不能在这关键时候出了事！出什么事？如果冰雹圪蛋把庄稼的颗粒打在地里头，那样就全完了！郝怀才找张开关商议："雇几个人帮咱割庄稼吧。"张开关问："往年你雇几个人？""雇四五个。""今年不用雇那么多，雇两个就行了。""怕不行吧？""有甚不行的？用我新打的镰刀割，保证比往年快！"郝怀才半信半疑地说："噢，那就先雇两个试一天吧。"

张开关和新雇来的两个短工来到糜地里，站在地边，向前望去，金黄色的一大片，足有五十亩！张开关问："你们说，这块糜子咱要割几天？"雇工李连成说："少说也要四天割完。"雇工杨换则说："四天割不完，看五天能不能割完。"张开关说："不管四天还是五天，我怎样割，你们就怎样割。既要割得净，又不能落我远了，行不行？"李连成和杨换则互相看了看，说："那怎不行！你是受苦人，我们是揽工的，谁比谁能差多少？"张开关笑哈哈地说："开镰！"三人都弯倒了腰，将镰刀挥向大糜杆。割过地头时，杨换则拿起镰刀看了看刃，问张开关："这镰刀是你打的？""是呀！你觉得怎么样？""啊呀，不光刀片儿长有弯度，这钢水也好。割过一坰地，还和刚磨出来一样锋快！"李连成用大拇指试了试镰刀的锋刃，赞叹道："啊呀，日怪了！割过这么长一坰糜子，怎刃头还像剃头刀子一样快？"张开关说："跟着我继续往回割。"说完，弯倒腰，挥镰"嚓、嚓、嚓"地向前走。李连成和杨换则不敢怠慢，后面紧跟。三尺多高的糜子纷纷倒在三个人的身后面。太阳正中时，张开关正起脸说："收工吧。"李连成抬头往左右瞭了瞭，吃了一惊，说："开关，咱半天就割这一大片！照这么下去，两天就把这片地割完了。"杨换则又举起镰刀片试了试锋刃，惊叹道："割了一上午地，这刃头还这么锋利？开关，你能给皇帝打宝剑！"张开关笑了："你们知道这叫什么镰吗？这叫长弯剃刀镰，祖传秘艺！"李连成和杨换则又一阵惊讶！

郝怀才往年收秋至少半个月。今年收秋只用了九天，还省下二三个雇工。乡邻们觉得奇怪，一打问，郝怀才今年用了个铁匠长工，不但做活儿实心，手法快，而且还给郝怀才打了些新型镰刀片儿，刀刃一碰庄稼就割通了，神得不得了！于是纷纷来到郝怀才家，请求张铁匠给自家也打些家具。

前村有个常维先，拿来一些烂菜刀和一个打了尖儿的犁铧子，张开关看了看，说："刀和铧子的钢水都不行，我给你重新入炉淬火打出来，保你用着锋快,这辈子烂不了!""那你怎么收钱?""这好说,铧子我按半价收,菜刀就算白干了,替我传个名儿就行。""啊呀,你凭手艺吃饭,能让你白干?""不是白干,给我传个名儿。""行,行!不过,我得请你晚上吃顿饭,没好的,就吃麻糊糊蘸糕长豆面!"张开关笑道:"那饭好吃。""天黑时我来寻你。"张开关点头。

太阳刚落山,常维先就来到郝怀才家,郝怀才问:"你觉得我这个伙计怎么样?""那还用说!郝老财甚时候用过瞎人?不过,这个后生更有本事,比你以前用的伙计聪明十倍。""你算说对了,这真是个好后生!不光受苦是把好手,谁家的闺女嫁给他,都能享一辈子福!"两人正说着,张开关下工回来了。常维先说:"开关,我来请你了,走吧!"张开关笑道:"一点儿小事,常叔还挂在心上。"

张开关来到常维先家门口,常维先礼让张开关先进门。常维先老婆正在收拾炕桌,准备往上端饭。地下站着一个八九岁的小男孩和一个十六七岁的俊俏姑娘。常维先介绍说:"这是我老婆,这是我二女儿明英,这是小儿子明亮。大儿子另家住了,大女儿出嫁三年了。"张开关"哦"了一声,别的没注意,只在明英身上扫了两眼。饭上桌了,常维先和老婆子不断地给张开关往碗里夹糕,倒麻糊糊汤。张开关吃了三块儿糕后,说:"来一碗豆面吧。"话音未落,明英就笑着端来一碗豆面放在桌上。张开关不由得在灯下细看,呀,这姑娘高挑个儿,细眉杏眼,脸蛋儿粉白粉白的,真袭人!明英见张开关瞅着自己,不禁绯红了脸,迅速扭过身子,躲在了地角暗处。张开关放下碗筷,明英又过来给他倒茶,顺便瞅了一眼张开关!那眼神儿,直勾勾地!张开关腰间"哐"地麻了一下,紧接着胸口也忽扇起来,想再细看明英,但老两口在旁边,好意思吗?于是,很快端起茶碗,低头呷了两口。过了一会儿,不由得偷眼再看明英,发现明英也在看自己,四目相视,两人都笑了,张开关赶快移开目光。明英娘开始收拾锅碗,明英爹从腰上往下解烟袋。乘老汉低头装烟的空儿,张开关又偷看明英,明英也在偷看他。临出门时,张开关假装和常维先两口子道别,乘机又在明英脸蛋上快速地瞟了几眼,明英抿嘴笑了。

张开关神魂颠倒地回到西屋。躺在炕上睁眼闭眼都是常明英!怪事了,活了二十多岁,见过的女人真不少,可都没这么动心过,今天这是怎么了?一见常明英,心就乱翻滥搅地静不下来?张开关坐起身子,连抽了几袋烟,最后心烦意乱地把烟袋扔在灶台上,自言自语:"睡吧,睡吧,不能痴想了!"

第二天,张开关早早到了场面。一会儿挥起连枷,一会儿拿起钢叉,他想快速地把粮食归仓了,然后秋翻土地。活儿干累了,坐在碌碡上歇息,点着烟没抽几口，不由得站了起来，睁大眼睛往常维先家瞭，唉，明英怎老躲在家不出来？

张开关给布袋壕的村民打制了五张犁铧子，叫作"宽叶箭头铧"。秋翻地时，又快又省，人畜都轻松，一套牛犋最少能干老式牛犋一套半的活儿。村民们信服了！互相传告，陆续又让张铁匠打制了十六张犁铧子，还打制了一百九十把镰刀片儿。张开关在布袋壕周围出名了！

（五）

秋翻地结束后，张开关和雇主结算了工钱，就急急忙忙返回神树湾。他连家也没进，就来到李二旦家。李二旦老婆稀罕地问："开关，快一年不见你了，去哪揽活了？""在布袋壕给郝怀才揽工。"张开关一边答应，一边从兜里掏出一盒哈德门香烟，抽出二支，给李二旦和老婆子各递了一支，又忙擦火柴给点着，然后坐在炕沿上说："二婶，我求你件事？""什么事？""求你给我当媒人，说媳妇。""哎呀，开关！你给人家揽工，怎还揽住媳妇了？是谁家的闺女？"张开关脸红了，说："我相准了布袋壕常维先的二女子明英。""嘿，常维先我认识，那二女子才多大了，你就要娶人家当媳妇？""十六岁了。""你多大了？""二十四岁了。""啊呀，按说男人比女人大个八九岁没什么，可你怎也要等人家女子长到十七八吧。""婶儿，你可能今年没见那女子，虽说十六岁，可看上去足有十七八。"李二旦老婆"扑哧"笑了起来，说："开关，看你这个猴急相，是不是和那女子说好了？""没，没说好，能不能成，还全指望二婶呢！"李二旦老婆收住笑容，说："说媒可以，不过，这必要的礼路还一定要走到。"张开关马上听出了她的话音，忙说："二婶，你给我说媒，我给你四块大洋，两瓶烧酒，一条子哈德门烟，二斤挂面。"李二旦老婆立马笑了起来："行，说成了，我把你的礼全收了。说不成的话，你只给我两块大洋就行了。""那咱什么时候走？""你买上一条子烟两瓶酒咱就走。""行，咱明天一早就上路。"

第二天早晨，张开关牵着一头毛驴来到李二旦家门口。李二旦老婆说："开关，咱步走也行。""嗨，婶子说媒哪能步走！你骑驴，我在后面跟着。"李二旦老婆笑了笑说："那你扶我上去。"张开关放下手中的提兜，轻轻就把老婆子放在了驴背上，然后拍了一下驴屁股，就向布袋壕进发。

半前晌时，俩人来到郝怀才家，郝怀才奇怪地看着张开关，问："你怎驮来个媒婆子？""你怎知道她是媒婆子？""去年她还来村里给乔生则大小子说媒呢，能不认识！"李二旦老婆见俩人说话，就走了过来，笑哈哈地说："郝老财，我是给开关说媒来了，你不愿意？""你给他说谁家女子？""哎，你就知道让伙计给你受，再什么也不盘算！这后生二十好几的人了，没媳妇能行？我去给他说常维先的二女子去！"郝怀才眨巴着眼，说："女子是不错，就是年龄小。""小什么呀！女十三，娘一般。女十四，比娘乍翅。女十五……"郝怀才不等李二旦老婆说完就连连摆手："不要说了，不要说了，谁听你说下流快板！"李二旦老婆哈哈大笑："老烧巴头，甚时候改邪归正了？"郝怀才噘嘴道："快说媒去吧，老母猪啃尿盆——嘴里净是瓷（词）！"李二旦老婆撇了撇嘴，说："郝老财，你怎老是架子大的看不起人？告诉你，牲口架子大了值钱，人'架子'大了犯贱！"郝怀才气噎，还想张嘴嘲讽，可等缓过劲儿来，媒婆子已经提着烟酒，拧扭着走开了。

　　李二旦老婆熟门熟路，端端儿就来到常维先家门口，咳嗽了一声，明英娘就出来了，一看是神树湾的媒婆子，就笑问："你又给谁家说媒了？"李二旦老婆说："进屋你就知道了。"俩人进屋坐在炕沿上，李二旦老婆子环视了一下里外屋，问："他常叔和娃娃们不在？""唉，都去场面上剥玉米去了。""噢，老嫂子，我来给你贺喜来了！"明英娘惊问道："我有什么喜？""我想给你介绍个女婿，你说是不是喜？"明英娘撇了撇嘴，说："我家明英才十六岁。""嘿，十六岁可不小了，早抱外孙子早享福。""你想给明英介绍谁？""哈，那后生你认识！""我还认识？""不但认识，他还吃过你亲手做的饭，眊过你闺女。""嘿，你越说我越糊涂，这是个什么人？""哈哈！就是郝老财家的伙计张开关！""噢，你说的是那后生。人倒是不赖，可好像比明英大十来岁呢！""啊呀！大不了十来岁，顶多大七八岁。那是人家后生整天在外晒黑了，看着老面，实际才二十三四岁。""可是，你说得迟了！明英八岁上就和榆树壕高增胜的大小子订婚了。"李二旦老婆急忙问："那小子今年多大了，现在干什么？""唉，今年可能是二十二岁了，十七岁那年让国民党抓去当兵了！""那他这几年回来过没有？""回来个啥呀！不但没回来，连个口信也没有。""那他是活着还是不在了？""谁也不知道。""那你还等个甚？再等下去，就把明英耽误了！""那也要等，除非他叫人打死了。""嘿，听这话音儿，你肯定拿人家财礼了。""唉，总共拿过人家五块大洋，二斗糜子。""那你家明英是甚意思？""明英以前不说甚，今年过来就吵着要退婚。""那当兵小子长得怎么样？""嗨，就因为人长得丑，明英不愿意。""那你们当娘老子的甚主意？""甚主意？说出去的话，泼出去的水，只能再等着！看那当兵小子有没有这个福气！"李二旦老婆转着眼珠子想了想，说："老嫂子，那当兵的你们不能等了！第一明英不愿意，第二当上几年兵的人没个好东西。""哎，你怎么说人家当兵的？""老嫂子，你坐在家里甚也不知道，好好的人，只要当了兵，用不了两年就变成了兵痞，捉鸡捞白菜，遍村子追女人，甚事也做，连个牲口也不如。""不可能吧，一当兵就兽性发作了？""就是嘛，你听过一首歌子'叫大娘'没有？""听人哼哼过，没听真。""嗨，那歌儿唱得就是当兵的干灰事！""干甚灰事？""我给你哼几句，你仔细听，'二姑娘，没注意，岔路口碰见一个当兵的，我说大娘呀！当兵的，不说理，把二姑娘拉在那个高粱地，我说大娘呀！头一阵疼，二一阵阵，啊呀！当兵的太牲口了，不能唱了！"明英娘被李二旦老婆唱得红了脸，问："那依你说这事该怎么办？""很简单，把彩礼一分不少的退给高家。就说女子大了，不能一年又一年地等下去，准备另找人家呀！""那我现在没钱怎么办？""这好办，我让开关替你出。另外给你的彩礼钱，开关一分不少地也都备着哩，保你们满意。""那好吧，等中午老汉和娃娃们回来，你再把咱俩的意思说上一遍，看他们同意不。"李二旦老婆一本正经地说："这就对了，娃娃一辈子的事要紧哩！"一边说，一边从包里掏出两瓶酒、一条子烟、一包水果糖，一一放在了躺柜上。明英娘这才忙着给媒婆子烧菜做饭。

　　中午，常维先和明英、明亮都回来了。明英娘把媒婆子给老汉和女儿介绍了一番，然后媒婆子笑着把自己的来意和想法说了一遍。明英躲在里屋听，先是一阵欢喜，后来又皱眉着急起来，为什么？她爹说："高憨小虽然走了五六年了，可是咱也不能断定人家就有什么事了！要是哪一天他回来了，咱怎和人家理论？"明英娘跟着说："你说的也是，要是高憨小真回来了，咱就没理了！"李二旦老婆眼见这老两口要坏事，就着急了！但急中生智，忽然有了主意，赶忙插话说："嗨，结婚过日子是一辈子的事，你们不能光顾自己的面子，把娃娃的大事给耽误了。这事应该让明英自己拿主意！明英，你出来说句话，是我说的对，还是你爹你娘说的对？快出来，不然我就走了！"明英从里屋磨蹭着走了出来，看看媒婆子，低头不语。李二旦老婆急躁，又问："我们谁说的对？"明英憋不住了，大声说："我婶说的对！"常维先觉得自己耳朵有毛病，问明英："你说什么？"明英的声音更大了："我婶儿说的对！"媒婆子"哈哈"笑了起来，说："好闺女，头脑清醒着哩！你和开关将来必定能过好日子，爹娘以后也要沾着你们的大光哩！"常维先和老婆子互相看了看，俩人靠近嘀咕了一会儿，又见明英和媒婆子态度坚决，说得也不能说没道理，就不说话了。李二旦老婆说："吃饭吧，一会儿我还要去郝老才家通知开关哩！"明英欢喜地往炕桌上端菜端饭，先给媒婆子满满盛了一碗饭。

午饭后，李二旦老婆颠儿颠儿地来到郝怀才西屋内。张开关急忙从炕上溜下来，问："二婶，话探的怎样了？"李二旦老婆板着脸反问："你说呢？""啊呀，我怎能知道？""嘿，嘿！人家不愿意！""怎不愿意，嫌我是个揽工汉？""嫌你劲儿太大！""哎，二婶，你不要卖关子了，究竟因为甚？"李二旦老婆这才哈哈大笑起来，说："二婶出马，一个顶仨！你要好好谢谢婶儿哩！一个闺女两家争，硬是让我给你拽回来了！"张开关脸上现出喜色，问："二婶，咋就又有人争？你怎给我拽回来的？"李二旦老婆盘腿坐在炕上，像讲故事似地，绘声绘色地把自己说媒的过程细说了一遍，听得张开关眉飞色舞。李二旦老婆最后说："一会儿我领你去明英家，把明英和高家退婚的钱粮还有你出的财礼钱都说清，然后再商量订婚结婚的事。我的意见是你和明英拿主意，订婚结婚一起来，抓紧进行，小心夜长梦多。"张开关不住地点头。

事情进展得很顺利。常维先老两口拗不过二女子，订婚结婚只好一起来，日子定在农历九月十六日。至于彩礼和明英退婚的钱，张开关大包大揽，都可了常维先老两口的意！以后的一切程序都按着媒婆子和明英的意思来。

张过关怎么也没有想到开关能一边揽工，一边就揽回个媳妇来！而且还拿出三十块大洋，让哥操办自己的婚事。

他和何美桃经过筹划，给兄弟的新房擀了两条新白毡，缝了两床新被褥，买了一个大躺柜和一个方饭桌。九月十五日上午，又杀了两只大山羯，买了五十斤肥猪肉，三十斤散白酒，五条子哈德门烟，三斤水果糖。专门请了后村李四当厨子，小舅子何凤山为代东。下午，又安排四个吹鼓手，四个轿夫带着鼓乐，抬上花轿提前去了布袋壕。十六日鸡叫二遍时，何美桃和本村的三个妇女坐着毛驴拉的平板车，张开关骑着枣红马，组成娶亲队伍，向布袋壕进发。

快中午时分，牤牛河西岸传来一阵鼓乐声。隔岸相望，瞭见有四个吹鼓手走在前面，紧跟着的是一乘四人抬的花轿，骑着枣红马的新女婿张开关和十个娶亲人员。这一行人，很快就在吹打声中来到了张开关院子前面，院内立即响起鞭炮和二踢脚麻雷声。炮声过后，花轿进院，张开关下马。何美桃和村里的一名妇女走到花轿前，将新媳妇搀扶下轿，领进新房。张开关随后跟进，众人退出。院内鼓乐齐鸣，热闹非凡。

正午时，何凤山宣布婚礼开始。新女婿和新媳妇先拜天地，接着给客人们敬酒。大院里一共摆了六桌酒席，每桌上放两瓶酒、两盒烟、四盘热菜、四盘凉菜、一大盆炖羊肉、一小盆红烧猪肉。主食是油糕粉汤荞麦面饸饹。饭菜丰盛，烧酒不足可以添加。农村的喜宴，这就算是非常丰盛的了。人们好不容易遇到这样既红火又有好吃喝的机会，兴奋极了！不到一袋烟的工夫，六个酒桌就红火起来了。插科打诨的，猜拳行令的，唱晋剧山曲儿的，人人亮出自己的绝活儿。酒气、烟雾、饭菜的香味混杂在一起，随处飘荡。大家都乐呵呵飘飘然，大呼小叫，一直红火到太阳落了山。

## （六）

  张开关和常明英甜蜜地过了半个月新婚生活，危机就来了！为什么？有米有面好夫妻，没米没面圪努起！常明英发现罐子里的米面只够吃两三天了，不禁着急！噘起嘴来说："张开关，你这人也太好面子了！一场婚事，花那么多钱。现在米面罐子都见底了，日子怎么过？"张开关凑近米面罐口子上一瞅，呀，真得要断粮了！这可怎么办？他摸了摸挂在后腰上的钱袋子，里面顶多剩五六块大洋了！心里也着急起来。掏出烟袋，坐在炕楞上，一连抽了两袋烟，突然说："老婆，没事的！咱俩明天就出门，去大柳塔开个铁匠铺，挣个吃喝没问题！"常明英惊奇地问："刚结婚十来天就出门，不怕人家笑话？""笑个什么？我和媳妇相跟上出门，光光彩彩，我还怕他们眼红呢！"

  张开关带着常明英来到布袋壕，让郝怀才用毛驴平板车把寄存在这里的铁匠家具以及废铁片子全部装上，送在了大柳塔镇十字街口，然后对郝怀才说："掌柜的，回去吧！我在这里开上一冬铁匠铺，如果你需要，明年开春我还给你当伙计。"郝怀才说："我当然舍不得放走你。你先在这里将就着。如果有难事，尽管言喘。好啦，那口袋里是我给你的三十斤黄米，我走了。"张开关说："掌柜的，你走好。"郝怀才返了回去。

  大柳塔人发现十字路口住下了一个张铁匠，门外垒起个铁匠炉，铁匠炉旁边的大杨树上还挂起一个大木牌，上面写着：著名铁匠张开关，刀剪特技，农具绝活儿，给牲口挂掌子也行。嘿！这是不是上半年在布袋壕耍手艺的那个张铁匠？听说那人的手艺是祖传的，钢水蘸得特别好，镰刀一碰庄稼就割倒！于是人们纷纷前来观看，有的拿来旧铁器要回炉，有的干脆拿着拣来的炮弹皮或烂铁片，要求给自己打新菜刀、新剪刀、新镰刀、新犁铧。张开关把炉烧得红红的，使出全身本事，一锤子一锤子细心打造每一件用具。半个月后，凡是使用过张铁匠打得铁器的人，都啧啧称奇：啊呀，这铁匠手艺名不虚传！打出的铁器只要不砍石头不剁铁，用到什么时候刃子也锋快不卷缺！村民们相互介绍，纷纷把活儿都凑了张氏铁匠炉。忙得张开关满头大汗，应接不暇，只好雇了个徒弟李明明。每天挣回的钱都交给老婆常明英。不到一个月，钱就攒下大半罐，两口子快活得不能说！

　　大柳塔镇三天一小集，五天一大集。遇到集市，人来人往，不光有本地的居民前来交易购物，就是神泉店塔、府谷大昌汉等地的民众闻讯也前来赶集。张开关为了扩大生意，向附近居民们收购了一些打仗留下来的炮弹皮、废钢材，锻打成大小刀具，摆摊出售。刚开始，未引起人们注意。后来，东街的皮匠秦得存要买一把刀刮皮子，张开关白送了他一把，说："你拿回去试试，觉得好用，替我宣扬宣扬。"秦得存回去一试，比他过去刮皮子刀强过十倍！又用大拇指试了试刀锋，比剃刀还锋利！将头发弄湿，让伙计给剃，啊呀！头皮上就像刮来一阵清风，毫无疼痛，一头长发瞬间就落了一地。这简直就是一把宝刀，张铁匠白给的宝刀！秦得存大为感慨。为了答谢张铁匠，在五天后的大集市上，他专门站在张开关的铁匠铺前，给人们宣传张铁匠的刀剪，并当场剃了皮匠铺两个伙计的头！不少外来客商觉得稀奇，接二连三地过来买刀试刃。又过了五天，赶集的人就差点儿把张开关摊子上的刀剪买光。张铁匠的手艺传到了百里之外，生意十分兴隆。

　　腊月十八，东巷丁维则拿着一根一尺八寸长的钢筒子，约有小碗粗细，头子是个锋利的马蹄形筒子刀，圆筒上分开四个钉眼儿。张开关仔细观察后，问："维则，你这是哪弄来的怪家伙，我当了十来年铁匠，还没见过这玩意！这干什么用？"丁维则说："干什么用我也不知道，朋友打听见你手艺好，就拿来让我找你照着打九个。说吧，打一个多少钱，几天交货？"张开关又仔细观察了一阵圆筒刀，并且拿木棍子在刃头上试了试，说："这是上好的钢材锻打成的器械，卷成筒子还要留刃子，费钢又费工，打一把最少四块大洋！"丁维则看了一眼张开关说："太贵了吧！便宜点儿，都是出门人。"张开关说："打这东西要好钢，又费工！好啦，看在维则是街坊邻居的面子上，每个按三块五大洋算，再少了就打不出来了。"丁维则想了想，说："行吧，几天交货？""三天，不过你得先缴十块大洋的定金。""行，十块就十块，但是要保证质量和工期，朋友急着用。""这你放心。"丁维则从怀中掏出十块大洋，连钢筒子都交给张开关，张开关给他打了一条收条，就把生意敲定了。

　　三天后，丁维则带着二十一块半大洋来到张开关铁匠铺，取走新旧十件圆筒利刃钢器械。张开关再没问这家伙究竟有什么用，就忙着干其他活去了。

　　五天后的大清早，来了五个赶骡子车的皮货商，站在铁匠炉前的大杨树下，念了一通木牌子上的广告词儿，哈哈大笑起来。张开关忙迎上去问："掌柜们，你们笑什么？"为首的一个年长的客商说："你这上面说的刀剪农具都拿手，唯有给牲口挂掌子将就行，这怎么回事儿？"张开关笑答："我说挂掌子也行，就一定能行，怎能说将就？"年长客商问："你真行？""真行，从不闹假！"年老客商说："那你就给我们的五头骡子都挂新掌子。但咱预先说好了，我们先去山西阳泉县，办完事后再去四子王旗进些货，返回路过你这里，你能保证骡掌用得住？"张开关说："我挂得掌子半年之内你尽管用，用不住时我把钱退给你！""好，一言为定。"年老客商招呼同行伙计们牵过骡子来，配合铁匠挂掌子。

　　张开关捋袖提起骡蹄子，拿着预先打好的铁掌子，举着小铁锤，"啪、啪、啪"的一阵响。不到一个时辰，就提起第五个骡子的蹄，刚挂完一个掌子，正准备给第二个蹄子挂掌子时，突然有三个穿黄衣服的军人走过来。其中一个腰带手枪的军人问："谁是张开关？"张开关握着骡蹄子，回过头来说："我是张开关。"军人从上衣兜里掏出一个白纸单儿，亮在张开关眼前说："认得字吗？这是拘捕你的通知书。"张开关定睛往纸上一看，清清楚楚地写着：拘捕证，张开关与人合伙盗古墓，需押回神泉县公安局审问！张开关傻眼了，放下骡蹄子，问军人："你们是不是搞错了！我自来到大柳塔，哪儿都没去，众乡邻都可以证明！哪有工夫去盗墓？"军人说："你打造了九把专门盗墓用的洛阳铲，合伙九个人漫山遍野寻古墓。昨天把宋朝杨家城杨老令公他爸爸的墓都炸开了，还在这里装好人？"张开关这才明白，丁维则让自己打的是盗墓铲！他急忙向军人解释："解放军同志，我真不知道这铲子是盗墓用，我没参与盗墓。"军人说："我们执行公务，有话你到县公安局说吧。"一边说一边给身后的两个当兵的使了个眼色。那两个当兵的立即从腰带上解下手铐子，就要往张开关手腕上套。年长的赶骡车客商着急了，急忙上前向三个军人求情："解放军同志，张铁匠干甚事儿我不知道。可是我这骡子有四个蹄子，现在只给一个蹄子上挂了掌，这让骡子怎走路？请你们缓一缓，让张铁匠把那三个骡蹄子的掌都挂完。"为首的军人顿了顿说："好吧，张铁匠！快点儿把那三个蹄子的掌挂了。"张开关只好回头弯腰继续挂掌子。一会儿工夫，掌子全部挂好，客商们付了钱，两个军人就将铁铐子套在了张开关的手腕上，正要带走时，常明英闻讯从家中赶了过来，问："这是怎么了？受苦也犯法？"军人问张开关："这是你什么人？""是我老婆！""哦，那你给她解释解释。"张开关对老婆说："我打的那九把圆筒铲子，丁维则和别人拿着去盗墓了。这事我以前什么也不知道，只是打铁挣钱！公安局逮捕我，我能说清楚。不要怕,好好把家看好,哪儿也不要去。我很快就能回来。"常明英着急地说:"那你和和气气地给公安局把事说清楚。咱没做坏事,当兵的也不能冤枉好人。"当兵的推了一把张开关,再不理铁匠的小媳妇,几个人上了吉普车,朝南走了。

张开关被押进了县公安局审讯室。丁维则和另外八个盗墓贼,像九头牲口一样被手铐子串在一起,耷拉着脑袋,毬眉杵眼地看着白墙。张开关大喊:"丁维则,你偷牛,怎日哄住让我拔橛?"丁维则掉过脸来说:"我说你没参与盗墓,可是解放军不相信,硬要把你也逮来。"押解张开关的军人见两个嫌疑人对开话了,大声呵斥:"闭嘴!你们想串供还是怎地?"张开关和丁维则立马止住了声。

张开关被单独押进了一间审讯室。审讯人员问:"那九把盗墓用的洛阳铲都是你打的?""我打过九把圆筒铲,但不知道叫洛阳铲,更不知道干什么用。""你给他们打造了盗墓工具,能说你和他们没有关系?""关系只是我挣了打铁的钱。至于他们拿着铁器去干什么,我不知道。我还打过许多刀子,谁拿上切菜,谁拿上行凶,那不是我管的事儿。""嘿,你这人嘴好锋利!""不是我嘴锋利,本来就是这么回事儿。"审问人员盯着张开关看了一阵,然后对身旁的两个当兵的说:"先押进二号监室。"当兵的应声上前,将张开关带了出去。

张开关和一个盗窃犯、一个大烟鬼、一个自称是犯了花案的人待了一晚上。这倒没什么,难受的是草褥子上有臭虫,咬得一夜没睡着。

第二天上午十点来钟,看守人员打开监室铁门,两个军人将他带到了一个首长的办公室。首长说:"经过调查审讯,没发现你参与盗墓。你可以回去了。"张开关问:"那我能走了?"首长摆摆手说:"走吧,走吧。不过有了新的情况,还要找你!""我说的都是实情,不可能有新情况。"两个军人瞅了他一眼,说:"首长让你走了,还啰唆什么?"张开关不敢再说话,转身快步离开了公安局。

张开关回到大柳塔,太阳已经偏西了。常明英正站在门前东张西望。远远瞭见男人回来了,急忙迎了上去,问:"没事了吧?""咱没做坏事,能有甚事?""噢,那就好!快回家吧,我给你做热汤面。""今天腊月二十几了?""二十七了。""啊,要过年了!回去收拾东西,明天回神树湾。"常明英"嗯"了一声。

第二天半前晌,张开关两口子把所有的家什都装在了毛驴平板车上,缴了房租,结了欠账,就来到东街口。这里真热闹!满街是赶集的人。街两旁摆放着糖果、粉条、猪羊肉、豆芽、豆腐、炮仗、香烛、年画、对联，还不断地传来叫卖声。俩人买了一些过年需要的物品，正准备走出人群，突然明英戳了一下开关，指了指卖粉条的地方说："快看，爹、妈也来了。"张开关顺着明英所指的地方看去，可不是嘛！明英娘臂上挂着两只新编的红柳筐，正不断地弯腰向过往人叫卖。张开关和明英赶着驴车，靠近老两口。明英和开关都叫了声"爹，妈！"俩老人一看是女儿和女婿赶着车来了，十分欣喜，问："你们也来赶集？"张开关说："噢，赶完集就回神树湾家里过年呀！爹、妈你们这是干什么？"常维先老汉顿时收敛了笑容，明英娘叹了口气说："你们结婚前给的那些钱，你爹全盖了新房，买了家具了，说是给明亮另立门户用。你哥今年没给过我们一个麻钱钱，听说是你嫂管得严。要过年了，家里什么年货也没备，更不要说买吃买穿了。后天就是大年三十了，没办法，我和你爹就抱着鸡、提着筐，看能不能卖几个钱，买些年货回去。"一边说，一边抹开了眼泪。明英爹眉毛、胡子上都结着霜，一言不发。张开关顿时可怜起俩老人来了！一狠心，解开车上的褡裢，拿出一个小口袋，一连数出半袋子大洋，端到老人面前，说："爹、妈！我和明英一冬天挣了二百三十块大洋，这是八十块，您老拿着用吧！"常维先惊奇地看女婿，说："少给点儿吧，你们新成家，用项多。"张开关说："爹、妈！拿着吧，我们还有剩下的，够花。"明英看着张开关，又看了看俩老人，也跟着说："爹、妈，拿着吧。"常维先老汉接过钱袋儿，觉得过意不去，就把怀里的两只公鸡塞在明英怀里，说："这两只鸡你们拿回去吧，过年用得着。"明英娘又把两个红柳筐放在平板车上，说："筐子你们也用得着。"张开关没推辞，说："爹、妈！想买什么，现在就去买吧。拿好钱，早点儿回去！"说完，拽上明英，赶着驴车，回头看了看俩老人，向东走去。

（七）

张开关春夏秋仍然给郝怀才揽工，冬季打铁。常明英接连产下一子一女，儿子取名叫树海，女儿取名招娣。

何美桃又给张过关生下三个孩子。第一胎是回到神树湾七个月后生的，男娃，取名二树。第二胎是隔一年后生的，龙凤胎，女娃取名引娣，男娃取名三树。全家七口人，靠张过关揽工度日。何美桃除了洗衣做饭照看孩子，最多瞅空儿去山里挖点苦菜、甜苣。

儿多母受苦！何美桃亲大的，抱小的，生怕娃娃们饿肚子。每顿饭，除了让男人吃饱外，就紧着让五个孩子吃，自己最后往往只能吃点儿剩饭，喝两碗米汤。那天早饭后，她给树林和来娣安顿："看好家，不要让弟弟妹妹乱跑。妈出去掏点儿苦菜，中午回来给你们做饭。"树林和来娣点头应承，二树、引娣和三树眼巴巴地看着娘出了门。何美桃先去了神山下面的阳坡上。那里苦菜好，叶子肥嫩，黑绿黑绿的，可养人哩！何美桃跳上跳下，挖了多半筐。上下瞅睹了一阵，再没有大片儿的苦菜了。于是就下了坡，跳过涧爬到阴坡上。坡上苦菜长得不好，又老又干。有些甜苣还肥嫩。她遍地寻觅着，挖了不少的甜苣，筐子已满。看看太阳，已近中午，正准备下坡回家，突然眼前一亮，左前方洼地的沙蒿林里，长着几苗白灵灵的蘑菇，这可是好东西！做汤炒菜都可以，嚼在嘴里既香甜又滑溜。何美桃一阵欣喜，快速走了过去，伸手就把三苗蘑菇挽了起来，抖了抖土，放在筐里苦菜上面，然后一步步走下山坡，来到涧水边。她累了，想歇会儿！坐在一块大石头上，看着清彻透明的溪水，觉得口渴，就把筐放在一边，弯腰用手掬着水喝起来。一连喝了五六掬水，口不渴了，可是肚子饿得"咕噜"响，身子发软手发抖！唉，洗两苗苦菜吃吧。正准备从筐里拿苦菜，却看见了苦菜上面的嫩蘑菇。心想，这东西虽好，可是一共才有三苗，五个娃娃，狼多肉少，指不定还要争抢着哭闹呢！算了，算了，老妈饿成这样儿了，就独自享受一回吧！于是她把三苗蘑菇全拿了出来，在溪水里漂洗干净，然后就大口大口地嚼咽起来。很快，三苗蘑菇全部下了肚。伸了伸腰，长出了两口气，好像肚子鼓起来。哈，三苗蘑菇就能吃饱个人？真怪事儿！她不由得笑了起来。看看天空，红日艳艳，马上就要响午了，赶快回去给娃娃和男人做饭去。她提起一筐子苦菜，跳过水涧，爬上一道陡坡，瞭见离家不远了，想快点儿回去！可是，肚子膨胀了，疼了起来，眼前也一阵黑暗！哎呀，这是怎么了？刚才还好好的，怎突然就有病了？不行，不管怎么说，也要快点儿回家去！回家喝点盐开水，躺一躺，就没事了。她一步步地往回挪，可是肚子越来越疼，头越来越晕，脸上淌下黄豆大的汗珠子。只能咬紧牙关，挣扎着往前走，终于来到了家门口，正准备喊"树林"，却觉得眼前漆黑，一头栽进门里面，筐里的苦菜洒了一大片。树林不在家，娘出门后，他去地里给爹帮工去了。来娣从炕上跳下来，哭喊着往起扶娘，但哪里能扶得动。低头看娘的脸，黑紫黑紫的，嘴里还往外吐白沫。二树和弟妹们也下地围着娘，不知道发生了什么大事情，"哇、哇、哇"地哭起来。来娣直着嗓子喊："妈，妈！你这是怎么了？"只见娘慢慢睁开眼，抖动着嘴唇说："妈——妈——吃了三——三苗蘑菇，肚——肚疼！

快——快叫——叫你——你爹去！"来娣听清了娘的话，站起身来，飞也似地跑出了门。

树林正在后壕地跟着爹锄玉米，忽然听到一阵女娃娃哭叫声，仔细一听，是来娣的声音！他急忙拽了一下爹的裤腰，说："爹，你听，是来娣叫你！"张过关停下锄头，乍楞起耳朵一听，真是来娣在哭喊，不由得心头一紧：怎么啦？出什么事了，把娃娃急成这个样儿？他急忙提起锄头，迎着来娣的哭叫声跑去，树林在后面紧跟！不一会儿，就来到来娣跟前，问："你哭甚哩？"来娣上气不接下气地哽咽着说："我妈——妈吃——吃了野——野蘑——蘑菇，肚——肚子疼，跌倒了。""她在哪里？""在——在咱家。"张过关听清了来娣的话，急忙向家中跑去。进院时，被一块石头绊了一跤，没觉着疼，爬起来便跑进屋里，弯腰问老婆："你这是怎么了？说话，说话呀！"但何美桃双眼紧闭，嘴角流着白沫，毫无应答。他用手试了试何美桃的鼻息，毫无感觉。不禁惊恐起来，双手发抖，准备摇醒老婆，可是老婆直挺挺地躺在那里，任凭男人和儿女千呼万唤，再也醒不过来了！正在这时，常明英和王河生老婆、李九成老婆、张长鹿都闻声赶了过来。张长鹿听说何美桃是吃了毒蘑菇变成这样的，就急着说："赶快给她灌大粪，把肚里的毒物吐出来！"常明英觉得张长鹿说得有道理，转身就去掏大粪。不一会儿，就用尿盆子端着屎尿走进来。张长鹿说："把舀猪食勺子拿来，你们往开掰嘴，我往进灌粪水。"张过关跪在地上，两手使劲地把何美桃的嘴掰了开来，张长鹿用勺舀着粪汤往里灌，但哪里能灌得进去，粪汤都顺着何美桃的嘴唇流了下来。张长鹿把勺子往旁边一扔，伸手试了试何美桃的鼻息，又在她的手腕上切了切脉，失望地说："人早咽气了！准备后事吧！"张过关呆看了一阵老婆，就和几个孩子一起恸哭起来。

一家正在悲号时，张开关跨进门槛来。看到地上躺着的二嫂，不由得眼中溢出了泪水。他已经从常明英那里知道了发生的一切。张长鹿说："开关，这事你得帮着主事。"张开关说："张叔，你也出出主意，这事该怎么办？""怎么办？天气这么热，应该赶快准备寿衣、寿木，把美桃的丧事抓紧办了。"张过关愁眉苦脸地说："寿衣、寿木都没有现成的，怎么办？"众人互相看了看，都不言声。正在这时，旧庙塔的单身老汉麻林宽走了进来，说："人死不能复生，赶快下葬亡人才是正事，入土为安嘛！"张长鹿瞥了他一眼，说："我们也是这意思，可是事情来得突然，寿衣寿木都没有，怎么办？"麻林宽装了一袋烟，燃着吸了两口，慢吞吞地说："我有个主意，想和你们商量。"张开关说："老哥，有什么话你就尽管说吧，无妨的。"麻林宽又吸了两口烟，才涨红着脸说："我有两棵粗杨树，伐倒已经一年多了，晾得干干的，做一副棺材富富有余。本来我准备向外卖，现在看过关媳妇这个凄惨样儿，就送给她用吧！不过，过关有五个娃，以后也不好拉扯，我想让三树给我为儿，你们看怎样？"大家听了麻林宽的话，都沉默不语。过了好一阵儿，张过关说话了："麻哥，我同意！就把三树过继给你吧。咱俩论起来，还是叔伯姑舅亲，三树跟了你，我放心！"张开关见二哥表态了，就不好说什么话了。常明英说："棺材的事解决了，寿衣的事我来办，给二嫂穿得干干净净就行。"说完，又看着树林兄弟姐妹说："你们几个都去三妈家。"王河生老婆说："行，让这几个娃娃住你家，我过来给他们做饭吃。"大家商量定了，就领着五个娃去了常明英家。张过关一个人守着何美桃，望着屋外发呆。

张开关连夜雇了木匠，去旧庙塔剪木料、打棺材。第二天又请了刘阴阳看好了墓地，定了下葬的日子和时辰，邻居们主动帮忙挖墓穴、抬棺材。第三天太阳刚露头，就正式出殡。张过关领着五个披麻戴孝的儿女，泣不成声。

何美桃的丧事办完后，按照约定，麻林宽来领三树来了。三树才一岁多的孩子，什么也不懂，任凭大人把他放在驴背的篓子里。二树和来娣见弟弟要走，哭着跑到院子里。见三树要出大门了，俩人快步追了出去，不断地叫喊着："三树，三树！"一直追了二里多地，才哭着返回家里。

下午，树林的二姨说："三树有人养活了，引娣这么小，姐夫哪有精力带这么小的娃娃，不行的话，我领走吧。"张过关一时没了主意，王河生老婆说："过关，这是好事儿！亲姨姨带个亲外甥女儿，再放心不过了。"张过关横了横心，说："行，引娣就给她二姨为女吧，省得跟我受罪。"于是，引娣也送了人。半个月后，把招娣也送在了她大姨家寄养了。

## （八）

　　过了农历二月二，张开关又准备去布袋壕揽工，行李都捆好了，突然院里走进个郝怀才。张开关诧异地问："好稀罕！你怎想起到我家来了？"郝怀才快步跨进屋里，坐在炕沿上说："我们陕西开始土改了。所有的土地都收归政府，然后再按人头分配给农民。""那你的土地剩下多少了？""没多少了，最多是原来的一半多。""那你愿意？""怎能不愿意？再不愿意，我就要变成富农分子了！""这么说，你还没变成富农？""唉，就差那么一点点儿，多亏我平时学好行善，没惹下人，最后给我定了个富裕中农。""这么说，你不要我揽工了？""嘿，还揽个甚？再揽，就彻底把我揽成富农分子啰！""哦，恭喜你变成富裕中农！你先坐会儿，我去后村缸房打二斤酒，让我老婆炖上一只鸡，咱俩好好拉拉话。"俩人正说着，常明英从南房提进一壶滚沸的红茶来，给郝怀才斟了一碗。张开关出门买酒，常明英则忙着去杀鸡做饭。

　　中午，郝怀才和张开关畅畅快快地喝了一场酒。饭后，郝怀才要回去，张开关挽留不住，只好看着他摇摇晃晃地走出院子，蹚水过了牤牛河。

　　张开关一直睡到太阳落山，才起来了给毛驴饮水喂草。准备回屋时，看见院子里又走进一个人来。定睛一看，是榆树沟的李双喜。忙上前招呼："李哥，你是村干部,也有空闲溜达?""嗨,不是闲溜达,我找你有事儿!"李双喜一边说,一边进了屋。坐定后,说:"开关,你也是个揽工受苦的人,是共产党的基本群众和依靠对象,又走南闯北,见过世面。所以我想给你委派个责任。""给我委派责任?我是个受苦汉,能做个甚?""哎,全国解放了,农村要搞土改,我们新召村也不例外。""怎么?你让我跟着你搞土改?""就是这个意思。""那怎么改?""嗨!你不要装糊涂了!你不聋不瞎,又识字,难道没听说咱周边的地区搞土改?共产党发话了,要改变过去的土地所有制,把土地收归国有,然后再按人口平均分配给农民,让农民都有地种。""那地主老财们能满意?""他们当然不满意!但这能由得了他们?不但不由他们,还要给他们戴上地主、富农的帽子,强逼他们下地劳动。""噢,要是那样的话,百分之九十几的农民都有地种了。""那我问你,这是不是好事?""好事,肯定是好事!神佛都讲个众生平等!几个地主老财,凭什么就把土地都霸占了,逼得众人少吃没穿,讨吃揽工!""嘿!开关的思想进步着哩!我没看错人,我这次来找你,预先和党组织商量过了。组织上认为你出身贫雇农,办事干脆,又会揣情说理,所以要让你当新召村的副村长,咱俩一起干,你认为怎样?"张开关早听说了,李双喜是老共产党员。现在共产党把天下都打下来了,不跟共产党跟谁?再说了,共产党搞得这一套,对绝大多数农民有利。单单几个地主老财不满意,能顶个屁?再不满意,也是心里想着,肚皮扛着,干瞪眼没办法。想到这里,就说:"李哥,我愿意跟着你干!"李双喜高兴地端起茶碗,和张开关的茶碗碰了一下,说:"好,一言既出,驷马难追!"张开关说:"兄弟以后难免有差错,还请李哥多多指点。""放心吧,咱互相辅佐,过一阵子,我还要介绍你入党哩!"张开关点头说:"我都听李哥的。"

  李双喜和张开关又拉了一阵话,临出门时交代:"后天上午,在召畔召开土地改革和镇反大会。你通知所有的村民早点儿到场。"张开关应承,目送李双喜远去。

  太阳刚露头,张开关和神树湾的村民就来到召畔平坦的空地上。空地北边东西两侧各栽着一根高木杆,上面横挂着一块三尺多宽的长红布,红布上贴着一溜方块绿纸,绿纸上写着大粗黑字。张开关念过三年冬书,认得是"鄂左旗六区土地改革和镇压反革命大会"几个大字。横幅下面是一溜桌椅,桌椅背后插着五星红旗和共产党党旗。会场周围,还插着六面红、黄、绿旗子。主席台西南侧,置有三面大鼓两面锣和四副铜镲,旁边站着十个挽着英雄结头巾的锣鼓手。约半小时后,一个身材高大、满面红光的三十多岁的汉子,在两名护兵的陪伴下,骑着枣红马,来到会场。马后面是区公所的秦二海，背上背着一柄白晃晃的钢刀，腰带上别着一把盒子枪。走近会场边儿，汉子飞身下马。有人议论："这是咱六区的韩维章区长，能文能武，本事大着哩！"韩维章下马后舒臂伸腰，前后腾挪，活动了一阵后，从秦二海手中接过钢刀，开始舞动。刀光在旭日下闪耀，呼呼生风。舞了一阵后，韩维章指示秦二海端来一盆凉水，拿来两个大瓷碗，又从人群里选出两个年轻后生来，让他们每人舀满一碗水，端在手中，说："一会儿老韩舞刀时，你俩使劲往老韩身上泼水，不要害怕，谁不使劲我揍谁，听清了没有？"其中一个后生说："韩区长，要是把水泼在你身上怎么办？"韩维章笑了，说："你小子要是能把水泼在老韩身上，老韩立马提任你当区公所的干部！"说完，又舞动起刀片子来。那刀片儿上下翻飞，越来越快，只看见一团白花花的亮光闪耀，却不见了韩维章本人。两个后生放开愣胆儿，使劲将碗中的水泼了过去，水碰到光团，反泼回来，给周围观看的人溅了一身一脸。两后生忙着又在盆里舀水，继续给韩维章泼了过去，结果还是一样，直到把一盆水快要舀干了。周围的人浑身湿淋淋的，像是淋了一场雨。再看韩维章，收刀挺立，身上不见一滴水印儿。村民们惊叹高呼，拍手喝彩！喇嘛弓萨脑和乌仁沁凑近观看，不禁双手合十，阿弥陀佛！韩维章微微一笑，返身向主席台走去，稳稳地坐在了中间的太师椅上。两旁分别坐着副区长阿迪亚、武装干事李天宝、公安特派员乔铁虎、民政干事王文清、文书杜改树等人。

太阳升起一竿高时，副区长阿迪亚宣布大会开始。

武装干事李天宝领着三个民兵，举着香火，依次将摆放在主席台前的二十八个胳膊粗的二踢脚大麻雷点燃，会场上顿时响起震天撼地的炮仗声，靠近炮仗的村民纷纷后退。麻雷响过后，锣鼓大镲齐鸣，全场轰动！村民们听出来了，这是威风锣鼓！

锣鼓声停息后，阿迪亚宣布："现在，请韩维章区长讲话！"会场上一阵掌声。韩维章站起身来，开始讲话："老乡们，今天我们召开土地改革大会，目的是要把六区的所有土地收归国有，然后再按六区的人口平均分配给农民，地主富农同样分地。这是共产党、毛主席的英明决定。它从根本上废除了延续两千多年的封建土地所有制，实现了农民耕者有其田的理想。大家分到的土地，有合法的使用权，但不许买卖，因为所有权属于国家！从今以后，贫雇农不用再给别人揽工受苦，要在自己的土地上踏踏实实地种田打粮，当家做主！我们要拥护、捍卫这个制度。为了防止有人反攻倒算，捣乱破坏，大会以后，区公所要派出工作组，帮助各村开展划阶级、定成分工作。对土地多的人，要按解放前三年的雇工剥削量，够富农的定富农，够地主的定地主，而且要给户主戴上富农、地主分子的帽子，强迫他们下地劳动，自食其力！当然啦，剥削量达不到地主、富农标准的人，也不能乱戴帽子，一定要掌握好政策界线。政策和策略是党的生命，各级领导同志务必充分注意，万万不可粗心大意……"韩维章的讲话，雄浑有力，震聋发聩。前一阵儿，人们只顾看他舞大刀，没注意他的人模样。啊呀，现在人们才算把他认清了：个子接近六尺高，方面大耳，目露强光，声如响雷！他在召畔上讲话，牤牛河对面榆树沟的人都听到，你说奇也不奇！

接下来，阿迪亚宣布："把土匪杨猴小，恶霸马富仁，地主分子贾怀山、牛耕生、杨进财、李羊换、刘太和押上台来！"话音刚落，乔铁虎就带着七个青年民兵，将点到的"人犯"五花大绑押到台前，低头面向村民。七个人脖颈上都挂着大木牌，上面写着姓名和绰号。武装干事李天宝宣读杨猴小的罪行："杨猴小，男，汉，现年四十六岁，鄂左旗新召乡武家坡人。二十五岁开始当土匪，拦路、进村抢劫五百多次，强奸妇女六十多名，霸占民女和有夫之妇七名，烧毁民宅八十三处，烧掉村民草垛八十二座。一九四九年八月接受国民党军队收编，担任国民党鄂尔多斯东区独立团团长。一九五〇年四月被解放军击溃俘虏。罪大恶极，罄竹难书！经鄂左旗人民法院核准，判处死刑，立即执行！"李天宝宣读完毕，亲率两名民兵，将杨猴小押出场外。杨猴小不服气，对周围的村民横眉瞪眼。李天宝顺杨猴小的后背杵了一枪托，才迫使他趔趔趄趄地走向了南沙滩。李天宝举枪瞄准杨猴小的脑瓜子，扣动扳机，"啪"的一声，杨猴小脑袋开花！头上的瓜壳子帽飞在了半空中，随着一股旋风飘飘忽忽落到了牤牛河中，顺水漂去。一代巨孽就此毙命！接下来，乔铁虎宣读恶霸马富仁的罪状："马富仁，男，汉，现年五十三岁，鄂左旗新召乡贾家塔人。该犯依仗自己地广钱多，又有在国民党军队上当师长的儿子壮胆，横行乡里，欺压百姓。一九三八年八月二十日，指使手下将欠税的佃农刘三小的裤子剥光，亲自举起榔头，将拉草车上的搅把（木橛子）钉进刘三小的肛门里，致使刘三小死亡。经鄂左旗人民法院核准，判处死刑，立即执行！"乔铁虎宣读完毕，就和两个青年民兵押着马富仁往会场外走去。半途，有一名老年妇女，披头散发，提一根木棍撵了过来。乔铁虎一怔，和两个民兵及马富仁都站住了。那老年妇女，颤颤巍巍地举起木棍，照着马富仁的光头就打！打了两棍后，浑身颤抖，打不动了，就开始哭骂："马富仁，你狼心狗肺，害死我儿三小子！你下地狱阎王爷也饶不了你。"老妇女手指着马富仁，倒在了地上。后面的村民，连忙将她扶起搀走。乔铁虎和两个民兵继续押着马富仁向场外走。到了杨猴小倒地的沙滩，乔铁虎举枪瞄准马富仁的后脑勺，一声枪响，马富仁脑浆迸流，倒地毙命！乔铁虎一行返回会场。阿迪亚开始宣布地主分子贾怀山等五人强霸民田，高利盘剥村民的劣迹。念到半途，有的村民惊叫起来："快看，李羊换和刘太和尿裤子了！"众人望去，果然见那两人的裤腿湿漉漉的，脚下还汪着尿水！村民们议论："这两个人以前横行霸道，三句话不对劲就吹胡子瞪眼，现在怎变成这个屌样？"阿迪亚宣读完毕，韩维章从座位上站了起来，走近五个地主，用手中的刀片子挨个儿把他们的头顶拍了一遍，说："你们以后要老老实实地劳动改造，不要想着变天，更不许捣乱破坏，不然的话，下场和杨猴小、马富仁一个样，脑袋开花！"说完，返身又回到自己的座位上。这时，人群里又有人叫喊起来："快看，杨进财也尿裤裆了。"场内一阵笑骂！乔铁虎站起身来，大声说："大家安静，听阿副区长讲话。"会场逐渐平静下来，阿迪亚作了大会总结。快中午时分，随着一阵锣鼓声，人们陆续离开会场。

## （九）

在区公所工作组的参与下，新召村很快将土地按人口分给了农民，划阶级定成分的工作也随之结束。

一大早，韩维章就把张开关叫到了区公所，问："你是新召村干甚吃喝的？"张开关愣怔了一下，回答："副村长。""副村长应该干甚？""应该协助村长做工作。""村长要是不在的时候呢？"张开关回答不上来了。韩维章呷了口茶，吸了两口烟，一字一顿说："村长要是有事出门了，副村长就要接过村长的印，代行村长职务。你长得人眉溜眼，连这都不懂？"张开关看着韩维章，说："韩区长，你要我做甚，我立马就去。"韩维章说："李双喜去旗里学习，可能要走十几天。现在各村都在收公粮，支援朝鲜战场。你们村也不能落后，十天之内，必须把公粮收缴上来，听清了吗？"张开关说："听清了。"韩维章摆手道："那就去吧，去吧。"

张开关领着杜开富，赶着黑骡车，车上放着五条毛口袋以及量米用的升子和斗，来到神树湾村子口。杜开富问："张村长，咱顺着村口往前收吧。"张开关想了想，说："不行，村看村，户看户，农民看的是村干部。先收我的吧。"杜开富笑着说："行，张村长带头缴公粮，看他别人还说个甚？"于是，俩人赶车向张开关家走去。经过水渠子时，杨三老汉从院墙上升起头来，问："张村长，你们这是要做甚？"杜开富抢着回答："收公粮，先收张村长家里的，然后再收你们的。"路过布连沟时，张虎担着一担水迎面过来，问："你们这是去哪里？敢不是收公粮吧？"杜开富又抢着说："就是收公粮，先收村长的，再收众人的。"俩人一路走，一路说，不觉进了张开关家院子里。常明英忙从屋里跑出来，问："你们这是要做甚？"杜开富看了看张开关，张开关说："按人头收公粮，咱家应缴四升糜子。"常明英问："是不是村里的人都缴的？"杜开富说："都缴，谁也短不下。"常明英瞥了男人一眼，说："那就让开富拿升子去粮仓量吧。"于是，张开关领着杜开富去粮仓将四升糜子装进口袋，然后赶着车出了院。刚走了几步路，张开关就把骡子的缰绳勒住不走了。杜开富奇怪，问："三哥，怎停住了？"张开关说："去上院收我二哥的公粮吧。"杜开富向左上方瞭了瞭，为难地："二哥一个人拉破窝，困难着哩！"张开关说："那也得缴，不然其他人家就不好收了。"说着话，张开关将车头掉转，向张过关家走去。进院后，张过关问："开关，你们这是做甚？"杜开富掉过头，张开关说："二哥，我们收公粮。""收多少？""每人一升。""全村人都缴吗？""都缴。"张过关低下了头，好一阵不说话。张开关说："二哥，缴吧，没糜子缴谷子也行。我是村干部，要是连二哥的公粮也收不起，还能收别人的？粮食如果不够吃，我以后给二哥贴补。"张过关叹了口气，说："缴，一定缴！糜谷都有。"说完，就领着杜开富去装粮。

　　张开关和杜开富赶车从张过关家出来以后，村民们都没怎么作难，就按数把粮食缴上了。

　　快中午时，俩人来到村北头李连生院子里。李连生是出名的懒汉二流子，就等着吃救济。你看看，房前屋后，塌墙破圐圙，树都不长两棵。院内只有两只母鸡跟在一只红冠绿尾巴公鸡后面觅食，鸡粪满院。杜开富发现西墙下有一个猪圈，就走了过去，往里一眊，嗨！圈里大小没一头猪，只有一个猪食槽子，还在地皮上倒扣着。杜开富哼了一声，返身准备离开，迈出左脚后，正准备迈右脚，突然左脚下滑了一下，差点儿跌倒！低头一看，左脚踩在了一泡人屎上。杜开富大骂："人有厕所猪有圈，赖狗到处大小便！"张开关见杜开富一脚臭屎，恶心得躲在一边。这时，李连生和媳妇翠花则从屋里出来了。李连生睡眼惺忪，翠花则穿一身溅满泔水的灰裤子。李连生问："杜会计，吼叫甚哩？站在院里不进家，嫌我穷？"杜开富朝着李连生"呸"地唾了一口唾沫，骂道："你狗日的随地拉屎，给爷爷踩上一脚，怎进家？"李连生瞧了一眼杜开富的脚，哈哈大笑，说："仰头女人低头汉，你甚时候变得和女人一样，走路朝起个头，连脚底下也不看？"张开关大声呵斥："李连生，你还有脸笑？你看看院里这个破败样儿，还像不像个过日子的人？"杜开富一边擦脚上的屎,一边问:"李连生,你怎懒得连厕所也不去上,一出门就撅野屁股?"李连生说:"我家没厕所,厕所太臭了,夏天满坑蛆虫,到处爬,人进去连脚都没法儿伸。""那你拉在院子里就不脏了?""嗨,拉在院子里很快就风化了。""那你种地的粪从哪里弄?""嗨,只要地好,雨水不误事,还不照样长庄禾?"杜开富瞪大眼睛看着李连生,说:"种地不上粪,等于瞎胡混,你还是不是个农民?"李连生笑道:"毬倒是长在了粪门上,没见长成个悠梁!"翠花则"咯咯咯"地笑了起来。张开关恼了,大吼道:"李连生,少在这里吊牙插嘴了!我们来收公粮,你家三口人,缴三升糜子,没糜子缴谷子也行。"翠花则惊叫:"三升糜谷?我们早就把糜谷吃光了,拿甚给你们缴?"张开关瞪起了眼睛,问:"怎地?想抗公粮?"李连生说:"三哥,谁说要抗了?我是真的没粮,不信你们揭开粮仓子看!"这时,杜开富已经把脚上的屎擦光了,"腾腾"地走进屋里,揭开粮仓子,左瞅左睹,只看见一口袋玉米豆子和两袋子高粱、一盆子豌豆,地下有一堆死蔫儿了的长芽山药蛋。于是,只好走出屋子,给张开关低声说了一下情况,张开关哼哼地说:"那就让他缴上三升玉米豆子吧。"李连生惊诧地问:"玉米豆子你们也要?拿走我们吃甚呀?"张开关说:"开富,进屋收粮!"翠花则看了一眼张开关,又看了一眼自个儿男人,很不情愿地领着杜开富走进屋里。

　　看着张开关和杜开富赶着骡车走出院外,李连生忽然想起一件事,一蹦则追了上去。杜开富觉得脑后有人跑来,掉头,惊讶道:"李连生,你后悔啦?想把三升玉米豆子抢回去?"李连生说:"没,没后悔。我,我是想给你们谈个事儿。"张开关一边走,一边问:"你想谈什么事?"李连生说:"公粮我缴了。不过你们也看见了,我穷得一光二净。你们能不能给我批点救济款,帮我渡过难关?"张开关说:"给你救济?上次给了你二十块钱,你都干甚了?"李连生说:"还能做甚,我买了两件衣裳,剩下的买米面了。""买米面了?我听说你一领到救济款,就和贾四下了一顿馆子,还说'大吃二喝炒豆腐,没了咱就攻政府'。"李连生脸红了,急忙辩白:"那是我喝醉说胡话呢!"张开关瞪了李连生一眼,说:"哟,你承认拿救济款喝酒了!我正告你,这次的救济款没你一分钱。好好劳动过日子吧,国家不帮扶二流子懒汉!"杜开富凑在李连生耳朵上,阴阳怪气地说:"你懒得毬擦屁股,谁能见得你?"李连生哑巴了,眼睛瓷瞪瞪地看着张开关和杜开富离去。

　　张开关和杜开富来到刘五斤老汉院子里。刘五斤和老婆子都七十多岁了,儿子早已另立门户,分开过日子了,女儿远嫁他乡。听到外面有人来,老两口忙出门观看,见是张开关赶车来了,问:"开关,你咋赶着车来我家?"张开关说:"我来有公事。""什么公事?""收公粮。""什么?你收我公粮?我那点儿粮刚够自己吃,给了你们我不活啦?"张开关看着刘五斤和老婆子,噎得说不上话来。杜开富上前想讲辩,被张开关从衣襟上拽了回来。杜开富低声问:"怎啦?这一户要是不收,后面还有很多这种户子,咱的任务怎完成?"张开关说:"你让我好好想一想。"不一会儿,张开关把杜开富叫到了一旁,说:"这是些孤独老人,生活困难,咱对他们不能硬来,只能想个别的办法。"杜开富问:"想什么办法?怎想也得缴粮。"张开关说:"你长脑子不?这些老人土改时一样样平均分了地,只是年老力衰,无力耕种,地都交给了子孙们去种了。我想,公粮应该由这些子孙们缴。"杜开富拍手道:"三哥,你说得好,我现在就去找刘发则去。"

不一会儿,杜开富领着刘发则来到院子里,刘发则对俩老人说:"大大,妈妈,你们回屋吧。刚才杜会计给我讲了半天大道理,这粮不用你们缴,我给你们缴呀。"刘五斤说:"那就把他们领回你家去,我不管了。"说完,就和老婆子掉头回屋了。张开关和杜开富赶着车去刘发则家收粮。

不到六天的时间,张开关和杜开富就走了五个自然村,收公粮工作结束了,可任务还差点儿,没完成!原因是有些孤寡老人自己种地,收成不好,无粮可缴。

张开关在办公室坐了一上午,觉得颇烦,就出外闲溜。路过李来财饭铺时,听到里屋有几个人正在说话,走近一听,是新召村的几个人正在喝酒吹谝。刘五福说:"我有十二个银酒盅子。"李青山说:"你那算不了甚,我有两把银酒壶。"何满仓说:"我有八对玉手镯,都是和田玉。"李交琦说:"我有一个檀木桌子,是我爷爷在包头买回来的,快一百年了。"杨江山说:"我的东西没你们的值钱,只有一副马鞍子,可上面镶的金子。"李来财说:"你们几个怎喝上二两就吹牛皮?小心把你们定成富农分子。"几个人正说着,张开关推门走了进来,笑着说:"你们的话我都听清了,都是财主。我代表村委会,给你们敬一盅酒。"说着,就提起酒壶子,第一盅端给李交琦,李交琦急忙站起来,说:"张村长,我刚才是喝酒多了,吹牛哩。"张开关说:"吹不吹牛咱不说了,你把这盅酒先喝了。"李交琦推辞不过,只好接过酒盅饮尽。接下来,张开关给在场的人都敬了酒。众人一齐说:"张村长,我们也给你敬一盅吧。"何满仓先站起来,接过酒具,将盅子倒满,双手端给张开关。张开关笑了,说:"有句话,我想说给几位听。你们也知道,这几天我转村子收公粮。可是任务没完成,就差那么七八斗。原因是有些孤寡老人太穷了,不能不管三七二十一去收他们的粮。嗨,好运气!今天碰见你们几个大财主,你们肯定能帮他们把粮缴上。你们都是富裕中农，土改时没给你们定富农。但你们也要记住村委会的好，村委会现在有难处，你们是不是应该帮一把？"何满仓端着一盅酒，左右看了看其他人，又看了一眼张开关，横了横心，说："张村长，我认一份儿，你把酒喝了。"张开关说："好！"端酒一饮而尽。李交琦坐不住了，接过何满仓手中的酒具，倒满一盅酒，说："张村长，我也认一份，你把酒喝了。"张开关端起酒盅又一饮而尽。桌上的其他三个人，哪里还能撑得住，都一个接一个地起来倒烧酒，各自认一份。张开关满心欢喜，和几个人坐下来一起喝酒畅谈。

　　第二天早上，韩维章在散步时，瞭见张开关在村委会门口站着，就走了过去，问："开关，公粮收得怎样了？"张开关说："全收上来了。"韩维章又问："有没有抗粮不缴的户？"张开关说："完全抗拒不缴的没有，可是有些户确实有困难。"接着，就把自己收粮过程中遇到的事绘声绘色地讲了一遍，韩维章听得津津有味儿，拍了一下张开关的肩膀，说："小子，好样的，你有点儿像老韩！"张开关"嘿嘿"笑了起来。

## （十）

　　晌午，张过关正准备烧火做饭，张开关从外边走进屋里，说："二哥，我给树林找下个工作。"张过关掉过头来，问："什么工作？""上午我去区公所开会，韩区长说他想找一个机灵点儿的小后生当勤务员，每月薪水十五块。我立马就想起咱家的树林，把情况给韩区长介绍后，他先是嫌年龄小，才十四岁。后来想了想，又说先见见面再作决定。我估计这事儿十有八九能成。"张过关放下手里的柴禾，高兴地说："好事么！什么时候去？""吃完中午饭就去。让树林把头脸洗干净，找件新些的衣服穿上。"树林正在里屋念扫盲班教的字，听到这个消息，连忙走出屋来。张开关看了看树林的穿扮，说："这身衣服也行，就是脏了些。"树林说："我脱下去河里洗一洗，中午太阳毒，一顿饭工夫就能干。"张开关拍了拍树林的脑门子说："那快去洗吧，时间紧。"来娣和二树也从门外走了进来，听说树林能工作，能挣钱，高兴得又跺脚，又搓手。

　　午饭后，张开关来看树林准备的情况，见他头脸、双手、衣服都干净了，就是脚上的鞋子太破了，两个大拇趾都露在外面，太寒碜！想了一阵儿，就拉上树林到了自己家。树林三妈问："你们不走，还有什么事？"张开关指了指树林的双脚,摇了摇头!树林三妈笑了,说:"露着脚丫子,怎好见人家区长!"观察了一阵儿,又说:"这鞋补也没法补。就是勉强补住,走不了二里地,还是个开口子。"张开关急了问:"那怎么办?"树林三妈想了想,返身揭开躺柜,从里面摸出一双新鞋来,让树林试着穿。树林把脚伸进鞋子,觉得太大了,就像踩进了猪食槽子。树林三妈皱起了眉,说:"这是我给你三爹新做的鞋,看来你穿不成。"想了想,又从躺柜里取出一双绣花黑布鞋,让树林试穿。树林伸脚一试,大小差不多。树林三妈说:"这是我的妆新鞋,一直没舍得穿,现在你急用,三妈就把它送给你。"树林既高兴,又不好意思,红着脸说:"三妈,等我挣上钱,给你买一双更好的鞋穿!"树林三妈得意地说:"你要真有孝心,三妈就等着。"树林憨笑着直点头。张开关满意地看着树林脚上的鞋,说:"走吧,这下没问题了。"

  韩维章见张开关领着个小男孩来到办公室,诧异地问:"这就是你侄儿?""是的。""今年多大了?""十五岁。""叫什么名字?""叫张树林。""噢,有点儿小!不过看着蛮机灵的。"说着,又发现树林脚上鞋子绣着两朵兰花,不禁疑惑起来,问:"树林,你是个小子还是女子?"树林怯生生地回答:"我是小子。""小子家还穿绣花鞋?""这是我三妈的鞋。"韩维章瞅了一眼张开关,"哈哈哈"大笑起来,声震屋瓦,吓得树林倒退了两步。张开关拽住侄儿,等待韩区长发话。韩维章板起面孔,严肃地说:"开关,这孩子太小,本来不该要。不过看在你忠心耿耿的份上,老韩先把他收下吧。不过,干什么都要有个规矩。小娃娃家,第一要勤快,第二要吃苦,第三不能多嘴绕舌,能保密。"张开关赶忙说:"韩区长放心。树林以后就是你的贴心勤务兵,一片忠心,决无二心。"韩维章点点头,摆手让张开关退出。

  韩维章的住所在区公所西边,有围墙大门,院内有东西两间大瓦房,东边是库房和厨房,西边一间住着警卫员秦二海和勤务员张树林,另一间是临时来客居住。中间正房是个大套间,里间是卧室,外间是会客办公的地方。院外有马棚和草料场。

  晚饭后,韩维章把张树林叫到卧室,训戒道:"看在你三爹的面皮上,让你当我的勤务员。不过,我要再次警示你,决不可乱说乱道。不管是区公所还是我个人的事,绝不能向外人乱讲,包括你三爹和你爹。嘴巴要牢牢的,如果听到外边对我和区公所有什么议论,一定要及时详细地向我汇报,不能有半点隐瞒。手脚要勤快,屋子内外要始终保持干净亮堂。这些,你都听明白了吗?"张树林恭顺地站在当地,说:"听明白了。"

  应张开关的邀请,韩维章要去新召视察工作。早晨八点多钟,就骑马向神树湾出发,后面紧跟着秦二海和张树林。沿途庄稼长势良好,山坡上沟渠里牛羊出没。村民们瞭见韩区长,远远地就站立在路边。等韩区长走近时,忙上前问候。韩维章满脸堆笑,心情畅快,回头对秦二海和张树林说:"咱六区的人民安居乐业,不愁吃穿,群众有什么评价?"秦二海说:"评价可高了!都说韩区长好。活了七八十岁的人,也没见过当官的能这么关心老百姓。还说韩区长文武全才,敢作敢为,一正压百邪!"韩维章哈哈大笑起来,指着秦二海的脑瓜子说:"你小子也真会吹嘘人,老韩有那么好?"秦二海一本正经地说:"我说的都是实情,是老百姓的话。"韩维章仰头望着前方,自信地说:"老韩治理下的六区,五谷丰登,六畜兴旺,夜不闭户,路不拾遗,其他那几个区,哪有这景象?哼,不是吹!咱的成绩明晃晃地在这里摆着,谁能抹煞得了?"又走了一段,韩维章更加春风得意,侃侃而谈:"二海、树林,你们知道老韩是什么人?"秦二海忙着回答:"是个伟人!"韩维章"嘿嘿"笑了起来,说:"伟人的称号老韩不敢担,但也绝不平凡。老韩祖籍神泉县南河畔,世代务农。农闲时节,也在黄河两岸跑点儿小买卖。大哥韩维德是榆林中学毕业生,早年就跟着张秀山、刘志丹闹革命,留下我和娘老子、侄儿、嫂子在家过日子。我念过五年书,但生性爱动,曾花钱拜艺人学习武艺,前后乡里没一个人是我的对手。说起一件事,叫人笑话!记得那年八月十三日夜晚,大姐回娘家,一个人住在西房子。我睡梦中听到大姐呼救叫喊,就急忙披衣跑出去,爬在大姐窗户外一听,啊呀!原来是本村财主焦耀先的二小子明光要欺负我大姐。我火冒三丈,一把推开房门,出手就将那小子掀翻在地,就势在他裤裆上踏了几脚,正好踏在他卵子上,痛得那小子杀猪一般叫唤。我还想下狠手,被我大姐喊住了,说不要把人打死在自己家里,拉出去算了。我比大姐小八岁,从小听她的话,于是就连拉带拖把那小子扔在了南街上。第二天,焦耀先把我告到国民党县衙,说我无故行凶,打残了他儿子,让警局到村里抓人。听到风声,我就告别爹妈,逃出村子,投奔大哥,参加了红军。在部队里,我不但手脚利索,枪法也练得好,曾一个人端掉国民党的一个排,立了二等功。嗨,我的故事多着哩,能给你们讲三天六夜七十二个半前响,哈哈!"

三人一边说,一边走,不觉到了村口,张开关早已站在那里迎候。见韩区长到来,急忙上前问候。韩维章笑呵呵地说:"开关,你辛苦。"张开关腼腆笑答:"韩区长辛苦。"韩维章用手指了指前方,说:"你在前面引路,进村吧。于是,张开关走在前面,韩维章一行随后紧跟。进了村子,瞭见张长鹿老汉正在地里压香瓜蔓子,他认得张开关领着的是韩区长,忙掸了掸身上的泥土,快步迎了过来，说："韩区长，你和张村长都来啦？到家坐，我给你们摘几个大香瓜。"韩维章也认得张长鹿，问："老张，生活还好？""好着哩！土改分了地，我和宝信父子俩人，收得粮食管够吃。""那就好，那就好！"韩维章一边和张长鹿说话，一边指示秦二海到河边放马饮水。张开关和张树林随同韩区长进屋。屋内只有锅灶和日常用具，土炕上叠着两卷行李，旁边卷着两条灰白毡。张长鹿忙着将毡子铺开，紧让韩区长和张开关坐了上去。不多时，宝信进了屋，问候了韩区长和张开关，按爹的吩咐，提着筐去地里摘香瓜去了。不一会儿，就提回七八个熟透了的大香瓜。张长鹿接过筐子，把香瓜冲洗了两遍，然后放在瓷盆里，端在炕上，说："这瓜甜，韩区长和张村长吃吧。"韩维章笑着拿起一个香瓜，啃了一口，赞叹道："嚞，真是好瓜，又脆又甜。"树林也拿起一个香瓜，背过韩区长，啃咬起来。张开关无拘束，拿起一个香瓜咬得嘎巴脆响。韩维章询问张长鹿家世，张长鹿叹了口气说："二十多年前，我和老婆从府谷县逃荒来到神树湾，一直给杨进财揽工，生活过得紧巴。土改前一年，老婆得了搅肠痧，死了！剩下我和宝信俩人生活。要不是土改分了地，我还准备带上老婆子的死骨头，和宝信原回府谷呢！现在好了，有了自己的地，生活就有了保障。过几年，再给宝信说上一门亲，就都满足了。"韩维章问："你分了多少地？"张长鹿说："我父子俩总共分了四亩二分地，其中有一亩二分能过上水，吃穿没问题，和过去比，顶半个财主。"韩维章笑了，又问："你对共产党、区公所有什么看法？"张长鹿忙不迭说："那还用说！咱的地是从哪来的？日子是怎改变过来的？还不都是共产党、区公所、韩区长给的吗！人要有良心，不然，就连牲口也不如！"韩维章听得顺耳，浑身舒服，又喝了两碗热茶，抽了张长鹿递给的一袋旱烟，说："老张，你是个厚道人。以后有什么事，可以到区上直接找我。"张长鹿说："韩区长，你要是不嫌我老汉笨，中午就在这里吃饭。"韩维章摆了摆手，说："不用了，你一个光棍汉，够难为的了，怎能再给你添麻烦！你好好过日子，有办法时，再续个老婆。"张长鹿笑道："这辈子没这个想法了。攒下钱只能给儿子娶媳妇了。"韩维章笑着下了炕。这时，秦二海牵着马进了院子，张长鹿赶快从筐里挑了一个香瓜，塞到他怀里，又舀了一碗热茶递过去。秦二海"咕咚咕咚"将茶喝光，就忙着伺候韩区长上马，一行人向东村走去。

韩维章对张开关说："你是本村人，前面带路，去杨进财家。"张开关点头，快步走在前面，跨过一条小河，瞭见前坡上有一户人家，张开关说："那就是杨进财家。"韩维章打马向前，眨眼间，就进了杨进财的院子。院内有一个穿扮干净，头发整齐，脸皮白皙的中年妇女和一个小男孩，坐着小凳儿拣菜叶儿。张开关走上前，说："杨老婆儿，这是韩区长。杨进财去了哪里？"女人抬头看了一眼张开关，又瞧韩区长，啊呀！人高马大，好威风哪！忙站起身来，谦恭地说："韩区长，快进屋。"韩维章环视了一下院子四周，说："不进屋了，就在院里坐。你快去把杨进财叫来，我有话要说。"这女人见韩区长不进屋，不敢勉强，就找了两个方凳，让来人坐下。自己则快步走出院子，找杨进财去了。

不多时，杨进财战战兢兢地来到韩维章面前，躬身说："韩区长、张村长，你们进家坐。"韩维章瞟了他一眼，说："不用了，咱就在院子里谈。我先问你，土地改革应不应该？"杨进财颤声说："应该，应该！""给你戴地主分子帽子，你服不服？""服，服，服！"韩维章拖着长腔，用闷雷似的嗓音说："听说你兄弟在兰州上过大学，后来参加了革命工作，估计懂大道理。你可能糊涂，许多事想不明白。老韩今天讲些道理，你注意听。自古以来，土地和财富被少数人霸占，都不是好事！任何人，都不能一个人活着，都必须和众人生活在一起。要想自己活得好，就必须让别人也活得好，必要的时候，还得为别人作些贡献。财富不能成为一个人的，也不能变成某个家族的。自己够吃够喝就行了，剩余的部分就要贡献给社会，让大家都畅快地生活。如果一个人把财富都霸占了，自己满嘴流油，让别人忍饥受寒，那个人离倒糟就不远了！即使他倒不了糟，他的儿孙也要倒糟，历来如此。李闯王和农民们为什么起义？就是因为土地都被大地主兼并了，财富都被大官僚霸占了！农民无田可种，无粮可吃，无衣可穿，先吃树皮草根，后吃观音土，最后就得饿死！这种情形下，农民不造反还等甚？造反还可能存活，不造反只能等死！是谁灭了明朝？是谁逼得崇祯上吊？实质上是那些贪得无厌的地主和官僚！他们才是明朝和崇祯的真正仇人，尽管他们和崇祯一起灭亡。贪婪的富豪和官僚，不论在哪个朝代，都是不安定的祸根，社会的毒瘤！国民党、蒋介石为什么二十多年就完蛋了？就是因为他们不但不清除聚敛财富的官僚和富豪，反而拼上命保护这些人的利益，所以一败再败，鬼哭狼嚎地滚出了大陆。你们这个阶层，谁摊上谁倒霉！相反，共产党依靠广大贫苦民众，实行了土地改革等一系列高明的政策，最终才取得了天下。有人说，共产党的土改不如国民党的"土改"，哼！说这种话的人，很可能是你们这个阶层的人，或者是这个阶层的子孙！要不然，就是些无知无识、愚不可及的蠢驴！另外我再告诉你，共产党目光远大，消灭的是地主官僚这个阶级，而不是地主官僚这些个人！所以在土改中，给地主富农也一样平均分了土地，并没有三等两样地对待你们！所以，你要好好劳动，自食其力，自觉改造，永不当寄生虫！"韩维章的一席话，说得杨进财满头冒汗，浑身筛糠。听得张开关张着大嘴，打心眼儿里佩服。杨进财老婆小心翼翼地在一旁端茶倒水，大气不敢出，直到韩维章上马离去。

韩维章在张开关的引导下，来到富裕中农李九成院门口，刚下马，一只狮子般凶恶的大黄狗就"嗥"的一声冲了出来，秦二海和张树林惊慌后退，张开关也吃了一惊！可韩维章毫不在意，看着大黄狗前爪腾空，后腿直立，张着大嘴，就要咬到自己的脑袋时，突然左右挥拳，重重地打在了黄狗的鼻梁上。黄狗一声哀鸣，痛苦地倒在了地上，蜷缩着身躯，稀屎糊糊直淌！李九成老婆闻声出屋，见自家的狗被打成这个样子，正要叫骂，突然看见眼前有一匹高头大马，旁边立着一条大汉，大汉身后还站着张开关和张树林、秦二海？噢，明白了，听说树林到区上给韩区长当了勤务员，这大汉莫不是韩区长？啊呀，肯定是！想到这里，李九成老婆立即收敛了怒容，换成了一副笑脸，上前客气地说："你是韩区长吧？这个不长眼的畜牲，真是狗咬吕洞宾，不识好赖人！该打，该打！韩区长，快进屋，快进屋！"一边礼让着来客，一边掉头朝屋里喊："爱国，爱国！快去地里叫你爹去，韩区长和张村长来咱家了。"韩维章哈哈大笑，说："这狗不禁打，两拳就趴地下了！"一边说，一边跨进院子，进了正房。李九成老婆赶紧扫炕铺毡，请韩区长一行上座。然后又揭开躺柜，拿出一盒"哈德门"香烟，递在树林手中，说："树林，你把烟盒抠开，给韩区长他们把烟点上。我一个妇道人家，不懂得抽烟。"树林接过烟盒，抠开后抽出几支，给韩区长和三爹、秦二海各递了一支，然后又擦着火柴给点着。李九成老婆则忙着烧火、备饭去了。

不大功夫，李九成进屋了。问候了韩区长和张村长后，就亲自备办中午的酒饭。先杀了两只大公鸡，又让爱国去后村缸房打二斤高粱酒。韩维章对李九成两口子的热情十分满意，笑问道："九成，土改后，你日子过得怎样？"李九成回答："很好，土地比以前少了五分，可是水地增了三分，算起来还占了便宜呢！""上面摊派的公粮和税费重不重？""嗳，不算重！皇粮国税，应该缴。"两人拉了不多一会儿话，李九成老婆就陆续把炒鸡蛋、炒山药丝、炒腌猪肉和烂腌菜端了上来。爱国提着二斤酒也进了门。李九成先给韩区长满满斟了一杯酒，然后又依次给张村长、秦二海、张树林和自己也斟上，说："韩区长是六区老百姓的当家人，我代表神树湾全体村民，敬韩区长一杯酒，祝韩区长福如东海，步步高升。"说完，双手将酒杯举过头顶。韩维章呵呵笑道："九成好口才。"然后举起自己的酒杯一干而净。李九成随后陪饮。李九成又和张开关、秦二海、张树林共同干了一杯。张开关和秦二海、张树林又分别给韩区长敬酒,就连李九成老婆也抽空给韩区长敬了酒。烧酒味儿满屋子弥漫,韩维章谈笑风生。正在大家酒酣耳热之时,门外传来少女的声音:"大嫂,来客了?"李九成老婆抬头向门口望去,说:"噢,亚芹回来了。快帮大嫂做饭。"李亚芹急步跨进屋内,见炕上坐着张开关几个人,腼腆地向众人一笑。韩维章不由得眼前一亮,嗬!好个少年女子!圆脸乌发,眸子明亮,身材适中,浑身散发着青春的活力!韩维章凝神注目,看得发呆。李九成觉得尴尬,于是满满斟了一杯酒,说:"韩区长,我再敬你一杯酒!"韩维章这才清醒过来,接住酒杯,一口喝净。然后问李九成:"这娃娃是你什么人?"李九成答:"是我妹子亚芹,在召畔小学念书。"韩维章"哦"了一声,看着亚芹说:"姑娘,你是念书人,不要怪我们粗鲁!"亚芹腼腆地说:"韩区长才是文化人,我是小学生。"韩维章笑道:"这么说,你不介意我们喝酒啦?好,你也是这个家的主人,给大家满一圈儿酒吧。"亚芹说:"韩区长,我不会喝酒。"韩维章笑呵呵地说:"不用你喝酒,只要给我们满酒就行。"亚芹依然局促地站在当地,李九成说:"亚芹,韩区长已经说话了,你就过来满酒吧。"亚芹向前挪了两步,羞怯地拿起酒瓶,把韩区长的酒杯倒满,双手端了起来,绯红着脸,说:"给韩区长敬酒。"韩维章笑眯眯地盯着亚芹,接过酒杯,仰脖喝净。秦二海为讨韩区长喜欢,乘机说:"亚芹,满酒有规矩。初次见面,满双不满单。"韩维章高兴地拍了一下自己的大腿,说:"对,对!满双不满单。"亚芹笑了,又将韩区长的酒杯斟满,双手递了过去,韩维章痛快地接过喝净。秦二海又起哄,说:"亚芹,你应该陪韩区长喝两杯。"亚芹睁睁看着秦二海说:"我刚才不是说了嘛,不会喝酒!"秦二海笑道:"你不会喝,可以叫别人代喝嘛,规矩不能破!"亚芹嗔怪道:"行,那就你替我喝。"秦二海急忙摇头说:"我可没那个资格,你是文化人,我是文盲!""嘿,喝酒还看文化高低?""当然了,这叫酒文化,懂不?""那你说说看,谁能替我喝?""谁文化高,谁替你喝!""哎,你这个秦二海,绕来绕去,还是想让我自己喝?""嗨,亏你还识文断字!好好看看在座的人谁的文化最高?"亚芹扫了一圈儿众人,目光停在了韩区长身上,秦二海拍掌笑道:"这不就找到人了嘛!韩区长,这酒只能你替亚芹喝了!"韩维章拍了一下秦二海的脑袋,笑骂:"鬼小子,老韩也被你算计了!"秦二海憨笑道:"喝酒为了红火嘛!"韩维章捋了捋袖子,兴高采烈地说:"行,今天就上二小子一当!我替亚芹喝两杯!"亚芹笑道:"不能把韩区长喝醉。"秦二海撇着嘴说:"韩区长喝酒是海量,怎能喝醉?"于是,亚芹又接连给韩区长倒了两杯。接下来,给在场的人各满了一杯酒,就准备退席。秦二海见状,又叫喊开来:"亚芹,酒场上有个说法，你知道不？"亚芹奇怪地问："还有甚说法？""酒过三巡，菜过五味，就这说法。""哦，你是想让我再满两圈酒？""正是。"亚芹看了看韩区长。韩维章豪气十足地说："行，就按二小子说的来。"张树林半天不说话，这时也发言了："亚芹姐，韩区长都发话了，你能不服从？"亚芹看了看众人，都像在恳恳自己再满两圈。于是就大胆地拿起酒瓶，继续依照第一圈儿的路数满酒。三圈结束后，韩维章燥热起来，两眼望着亚芹，心乱跳个不停！可李亚芹却放下酒瓶，笑吟吟地转身离去了。韩维章怅然若失，再没心思喝酒了，掉头和张开关东拉西扯起来。正无聊时，李九成老婆端上来热腾腾的糜米饭炖鸡肉，于是大家都将酒杯推在一边，开始吃饭。韩维章一边吃饭，一边问李九成，"亚芹今年多大了？"李九成答道："十六了。""哦，你以后有什么事，尽管言喘。"李九成"嗯"了一声，张开关预感有什么事要发生。

　　饭后，韩维章登蹬上马，在院子里扫了一眼，发现亚芹站在屋檐下，双手摆弄着小辫儿，脸蛋粉红，胸脯微隆，目光闪烁，楚楚动人。正胡思乱想，又觉不对，唉，亚芹再好，现在也不能动！自己是个区长，岂能当众失掉身份？等机会吧，说不定以后水到渠成！想到这里，韩维章果断地拨转马头，快速出了院门，与张开关和李九成一家人告别。过了牦牛河，来到贾家塔，眼前是一片绿油油的玉米地。地垅旁野花怒放，蜂蝶嬉戏，一个四十多岁的中年妇女，穿一件薄薄的蓝衬衫，正在挖苦菜。韩维章眼睛直勾勾地望着妇人丰满的躯体，牙齿咬得圪嘣嘣响，嘴里发出"啧啧"的舔咂声。啊呀！今天这是怎么了？看见异性就动情，也不管个老少和丑俊！真应了大哥说过的一句话：人是从野兽进化过来的动物，身上既有兽性，也有人性。用文化道德控制得好就是人，控制不好就是兽！哎哟哟，阿弥陀佛，唱个歌儿减减烦吧："骑白马，挎洋枪，二哥哥吃的是八路军的粮，有心回家看妹妹呼儿嗨呀，为打日本顾不上！"一曲终了，秦二海和张树林都拍起手来，韩维章狠狠地将马抽了一鞭子，向区公所奔去。

## （十一）

　　张开关看出了韩维章垂涎李亚芹，有心帮忙，又觉不合适，只好眼巴巴地瞧着事态发展。

　　韩维章今年三十二岁，早已娶妻生子，只是长年在外，难解饥渴。自那天看见李亚芹后，就像中了邪，走着坐着，眼前都飘忽着那女子的身影，扰得魂不守舍，怎么办？让张开关给当个撮合人？不行。李亚芹才十六岁，又是个小学生，还不让那小子笑话咱没水平？这些事，不但不能让张开关掺和，以后干脆避开他，省得跟前有个扎眼棍。

早饭后，韩维章把工作交给副区长阿迪亚（蒙古族），就领着秦二海、张树林向北区走去。中午，来到地主分子王福昌家中。王福昌胆怯地说："韩区长，我是地主分子，你来我家歇脚，不怕村民们议论？"韩维章不以为然地说："怕什么？老韩又不是没见过鬼吵孝帽子？"王福昌连连点头说："是，是，是！六区是韩区长当家，没事儿的。"说完，就吩咐儿媳妇烧菜做饭，自己忙出门去买烟酒。韩维章见王福昌出门去了，就唤来秦二海和张树林说："你们去南坡上放马去，顺便在渠里给马饮水。"秦二海和张树林应声出去。韩维章则独自躺在枕头上喝茶抽烟。王福昌儿媳妇进屋倒过两次茶。韩维章晒斜着这媳妇，问："你叫什么名字？"媳妇笑答："我叫兰兰。""哦，好名字！一听就袭人。今年多大了？""二十五了。""你男人呢？""去西召给人家盖房去了。"兰兰丰满壮实，一对大奶子不断地耸动。韩维章极力控制自己的情绪，看着兰兰从屋里出去。过了好一阵儿，王福昌提着两瓶酒，装着两盒烟走进屋里，见兰兰把饭做好了，就跑到院外的高圪堵上叫喊："二海——吃饭啰！"秦二海回应："知道了——"午饭很可韩维章的意。猪肉炖粉条儿，又有烧酒，还能不美？几个人有说有笑，开怀畅饮，饱餐一顿。

饭后，王福昌安排秦二海、张树林在外间大炕上歇息，韩维章在里屋休息，自己则去南房子睡觉。韩维章躺炕上，眯缝着眼睛，想着心事。忽然屋门开了，兰兰提着一壶茶走了进来，笑吟吟地说："这是我熬得一壶酽茶，可解乏呢，韩区长起来喝一碗吧。"说着，就倒了一碗茶，放下茶壶，双手给韩维章递了过来。韩维章赶快立起身来，伸手去接，顺便用手摸了一下兰兰的手腕，兰兰笑了。韩维章立即激动起来，把茶碗放在炕桌上，像只大老虎，纵身跳下地，一把将兰兰搂在怀里，一边摸，一边声唤，过了好一阵，才将兰兰放开，说："啊呀，绵墩墩价！实在是工作期间，不能犯错误！"秦二海和张树林听到里屋的声音，急忙用被角塞住嘴，但还是笑得浑身颤抖。

午休后，王福昌走进里屋，说："准格尔召起庙会了，韩区长不去看看？"秦二海在外屋说："庙会上有戏班子唱戏，喇嘛跳鬼，可红火呢！"韩维章说："那就去看看，老韩还没见过跳鬼呢！"

韩维章一行向准格尔召进发。半后响时，来到召庙前面。这召非同一般，已有四百多年历史了，是藏传佛教在鄂尔多斯的母召，巍巍峨峨地屹立在半坡上。上面的琉璃瓦，红绿相间，在阳光下熠熠生辉。秦二海兴奋得忘乎所以，抖着手中的缰绳，高声唱道："准格尔召，四十九间大，正殿盖在了半坡洼。照庙童儿，双骑上马，一夜奔在了大柳塔。"歌声刚停，韩维章就不屑地说："你怎唱得尖声细气，和太监一个样儿！"秦二海解释："山曲就要这么唱，又尖又酸，才有味道。"韩维章不信，说："听你唱曲儿，像个二姨子（两性人）干叫唤，哪像个男人？你们听老韩唱两声。"说完，清了清嗓子，如戏台上的黑头，吼声震地："走头头那个骡子哟，三盏盏的那个灯！哎哟带上了那个铃子哟噢，哇哇得那个声！"过往行人被这闷雷般的歌声震慑住了，都掉头驻足，望着马上的大汉。秦二海和张树林哈哈大笑。韩维章骂道："龟儿子们，笑什么？"秦二海笑答："韩区长唱得是好，可是声音太粗太高。不知道的人还以为雷公爷爷下凡了。"韩维章又骂："龟儿子们，没见过个大！"

　　三人进了寺院。院内香火缭绕，人流涌动。韩维章对树林说："你去买些香火，咱也拜拜佛。"树林应诺，不一会儿就买来三把子香。三人各持一把，在灯烛上点燃，向东西南北方向各鞠一躬，然后将香火插进香炉，双手合十，默祷心愿。这时，有十几个头戴牛头、马面、山鬼、地魔面具的喇嘛，跳跃着涌上场来。锣鼓大镲齐鸣，号声悠扬。跳鬼的喇嘛一边摆弄着各种姿势，一边不断变化队形，发出声声怪叫，情景十分奇特！韩维章惊叹："人能跳出鬼步，在哪里学来？"看了一阵后，瞭见南滩上熙熙攘攘，人畜往来，就信步走了过去。挤进人群一看，原来是家畜交配交易的场所。不少村民拉着驴马骡牛猪羊，向过往人员介绍自家牲畜的优点和特长。三人看了一阵儿，准备离去。突然一个手牵骒马（母马）的人和一个手拉叫驴的人遇到了一起。韩维章停住脚步观看，见二人嘀咕了一阵后，那个拉叫驴的人，牵着叫驴绕着骒马转了两圈。叫驴顿时性起，双耳倒竖，后蹄直立，前蹄高扬，叉在了骒马后背上，一根二尺多长的驴鞭，足有大人的胳膊粗，油光锃亮，在骒马的臀部晃动。叫驴的主人急忙用手扶住驴鞭，对准骒马尿道，直插进去。骒马的主人还不放心，将骒马的缰绳交给身边的一个后生，急速窜到叫驴后面，双手托在叫驴臀部，有节奏地用力推动起来。大约一袋烟的功夫后，驴马交配完毕，母马长嘶，叫驴耷拉着双耳，疲软下来。秦二海看得直咂舌，张树林目瞪口呆，韩维章哈哈大笑。秦二海清醒过来，看看太阳快要落山了，说："韩区长，找个饭馆填肚子吧，饿了。"韩维章说："行，前面帐篷上挂着个红灯笼，是个饭馆，就去那里吧。"于是三人走进帐篷。坐定后，要了三碗羊杂碎，三个大烧饼，吃喝起来。秦二海边吃喝，边侧着脑袋向外听。韩维章瞅了他一眼，说："二小子，吃饭还走思？""外边有人唱山曲儿。""什么山曲？肯定没秦腔好听！""嗨，各是各的味儿。山曲主要是唱为朋友打伙计，男女对唱，现编词儿。""什么？专门唱为朋友曲儿？还现编词儿？新鲜！快吃饭，咱也过去听听。"三人狼吞虎咽地吃完饭，抹嘴结了账，就直奔唱曲的地方。嗬，戏台上有一个人拉胡琴，一个人吹笛子，另有一男一女在台上表演。男演员头上罩着一块儿白毛巾，嘴上贴着两撮黑山羊毛，一对黑眼珠子左右瞟动，嗓门儿比秦二海的还尖细。女演员梳着两条大长辫，穿一件绿底红花短袖衫，粉红裤子紧绷着臀，眉毛画得长长的，脸蛋儿涂得红红的，樱桃小嘴发出嘹亮的女高音。细听俩人的唱词：

男：三十三颗荞麦九十九道棱，妹子你看行不行？
女：大红糜子熟了个圆，想交朋友就今天。
男：圪爬爬榆树钻天柳，一扑真心往你心上抠。
女：硬地萝卜旱地葱，妹子不是那拿捏的人。
男：井里的蛤蟆板嘴嘴，牵红线拴住四条腿。
女：菜籽开花儿枝枝黄，句句说在妹心上。
男：你变成花儿来我变成蜂儿，圪闪闪爬进妹妹的心儿。
女：我变成槐树你变成个藤，左缠右绕咱不分身。

　　台下不时有人起哄："再荤点，再荤点！"韩维章站起身来，往台上纸箱里扔了三块钱，回到原处，问秦二海："唱曲儿的女人叫什么名字？"秦二海说："叫戴玉莲。""哦，原来是她！听说这女人作风很乱，是纳林塔人！""对，韩区长管得村民。""等戏演完后，你瞅机会告诉她，大后天来区公所一趟，老韩要指教指教她！""行，我天黑就给她通知。"
　　夜间，三人住在了纳林塔村。秦二海找到戴玉莲，传达了韩区长的指示，戴玉莲慌乱起来，问："二海，敢不是劳改我吧？"秦二海诡秘地笑了笑说："不可能吧，说不定区长要重用你呢！"戴玉莲撇了撇嘴说："二海，你可不敢给我说坏话。"秦二海说："哪能呢！我挑好的夸你呢！"
　　第二天半前响，三人来到海流素村，村南向东有一条沟，沟中有溪水流出。沟两边长着不少杨柳树和锄把粗细的松柏树。灌木丛生，野草蓬勃，山雀乱叫，野兔出没，蜂蝶飞舞。沟里靠北处有一个大平台，平台上有一处青砖灰瓦盖成的大宅院。秦二海说："这是过去鄂左旗东协理鄂其尔扎布的府邸。东协理早死了，女儿出嫁，儿子当兵，家中只剩东协理的第三房太太格日乐和一个做饭老婆子。不愁吃喝，就缺个男人。"韩维章说："那咱上去看看。"策马来到院子大门前，发现院内正北是五间大正房，东西两侧各有三间厢房。窗户都安着玻璃，明亮洁净。院内主人听见外边来了客人，赶忙打发老婆子开大门，自己也随后出了屋。秦二海把缰绳递给树林，走到格日乐面前说："老妈妈，赛白努（你好）！"格日乐笑答："塔奈赛白努（你们好）！这个达尔古（领导）是谁？""是咱六区的韩区长，来看看你的家。"韩维章跳下马来，站在格日乐面前。格日乐惊呼："哟，韩区长好威风哪！佳赛！赛白努！"韩维章端详了一下格日乐，估计四十多岁了。头发乌黑，脸色红润，眸子明亮，牙齿洁白，身材也不臃肿，举手投足说话很有风度。于是笑着说："协理太太，你身子保养得好啊！"格日乐躬身笑答："老啦，哪像韩区长年轻有为，一表人才。"说着话，几人就先后走进正屋。屋内家具齐全，干净整齐。大炕桌上的木盘里，摆放着炒米酥油酪丹和油炸馓子，一壶奶茶在火炉上沸腾。地板用松木铺就。格日乐礼让韩维章上炕。韩维章也不客气，脱鞋坐在了炕正中的二蓝毯上。树林和二海都出外放马去了，不必招呼。老妈子大概有五十多岁，忙着给韩区长递烟倒茶。格日乐寡居日久，门前冷落，今天有区长登门，分外欢喜。特别是见韩维章身材雄壮，年轻有为，更是敬爱！韩维章见格日乐虽比自己大了十多岁，但这女人风韵犹存，可以想象得出，她年轻时一定很漂亮，很风流！二人到处找话题拉呱起来，不断发出笑声。

午饭后，格日乐安排秦二海和张树林住在了西厢房，东厢房一直是老妈子居住。韩维章被安排在大正房的套间里睡觉。格日乐自己在外屋歇息。天气有些热，韩维章脱掉长裤、长袜，只穿背心短裤，正准备上炕，突然格日乐走了进来，笑眯眯地说："韩区长，我给你铺被褥。"说着，就弯腰伸手整理起行李来。韩维章站在她身旁，上下打量着她的身体。先瞅臀部，圆圆的，不赖！再看两臂，白白的，细皮嫩肉！侧面偷看乳房，嘿！忽颤颤的，好像两只大白兔！韩维章一年多没回家了，看见老母猪也不由得瞅两眼，何况这是个风流水性的官太太。一时按捺不住，不由得将下身靠了上去，刚接触到格日乐的臀部，就像触了电一样，不但心头乱颤，就连脸上的肌肉也抽搐起来。格日乐也敏感极了，先是爬在炕上呻吟了一声，接着就站了起来，返身立在韩维章面前。韩维章的两个粗鼻孔如同老牛喘气，喷射出两股热浪，眼珠子发红，如同饿狼盯着一只肥绵羊。格日乐也控制不住了，一下扑在韩维章怀里。韩维章"嗯"了一声，把格日乐搂在怀里，猛烈地团弄起来。接着，将格日乐抱在了炕上，三下五除二脱掉各自的衣服，赤身裸体地滚在了一起。院外一切静谧，谁也想象不到，三十二岁的韩区长和四十大几岁的老妇女刚见面就干那事儿！

太阳快要落山时，韩维章才麻眉不睁眼地坐了起来。格日乐满面红光地走进屋内,亲热地说:"先到外屋喝点茶,清醒清醒。"韩维章揉了一下眼睛,说:"我想回区公所。"格日乐急着阻拦:"天都快黑了,往那里走?你没听说过,沙沙圪台海流素(地名),哪里黑了哪里住?我把羊都让人杀好了,你好意思走?"韩维章笑了,顺从地跟着格日乐走出里屋,盘腿坐在炕上,喝起茶来。

晚饭非常丰盛,手扒羊肉、"黑儿马酒",外加一桌子荤素搭配的下酒菜,主食是黄灵灵的糜米饭,帮助格日乐杀羊的村民郝信则陪着韩维章喝酒。韩维章先是说头晕,喝不进去,可是和格日乐碰了三杯后,精神就振作起来,竟然与格日乐和郝信则两个人叫起板来。不到一个小时,估计他一个人就喝进六七两酒。那可是六十五度的纯粮食酒,喝的时候觉得绵甜,可进了肚子以后,劲儿大着哩!韩维章尽管是大酒量,也觉得眩晕起来。最后,胡乱啃了几块羊骨头,吃了半碗肉汤泡米饭,就回屋睡觉去了。

大约半夜时分,韩维章酒醒了过来。觉得身边有一个软绵绵、暖呼呼的肉圪团!伸手一摸,摸住两个大奶子!妈妈呀,这是怎地了?正觉得蹊跷,格日乐"咯咯咯"地笑了起来。韩维章这时才彻底清醒了,原来是这个老婆!她早就钻进自己的被窝了!不禁欲火又起,翻身就爬在格日乐的身子上。格日乐快活极了,一边呻吟,一边叫喊:"亲宝宝,亲小子。"韩维章喘着粗气反驳:"老妈妈,咱两个平辈。"格日乐兴奋地回应:"一样的,啊呀呀!一样的。"

天亮后,秦二海推醒张树林,掀开窗帘子说:"你看外面。"张树林爬在玻璃窗上,看见韩维章在晨曦中,正舞着一柄钢刀,翻腾跳跃,左劈右刺。不一会儿,格日乐一瘸一拐地走出屋子,拿着一块雪白的毛巾,歪站在韩维章旁边。韩维章收刀站立,接过格日乐递过的毛巾,擦了把脸,笑道:"你不困?"格日乐笑容满面地说:"你真好功夫!"张树林大惑不解,说:"这老婆子昨天还走路利利索索地,怎睡了一夜,就变成个瘸子?"秦二海说:"可能昨晚上喝酒多了,麻成这个样儿。"

早饭后,格日乐还想挽留韩区长住一天,可是怎么也留不住,只好一瘸一拐地把三人送在沟口,恋恋不舍地看着韩区长远去。

(十二)

韩维章的心情平静了许多。但他是个闲不住、好立功的人。那天,让秘书刘雁明把李双喜、张开关和杜开富叫到自己的办公室,说:"自土改以来,咱六区的工作虽说比其他区搞得好,但也没显示出特别的优点来,这是不行的!今天叫你们来,就是想确定一个大项目,然后干起来,干得轰天动地,让旗委领导和全旗人民看看,谁是模范,谁是混饭!听明白了吗?"李双喜挠了挠头,说:"上一个大项目,既要为新召人民谋利益,又要轰动全旗。这可难了!弄不好,开场前锣鼓喧天,可正戏唱不了三场就砸场子了。"韩维章立马瞪起了眼睛:"嘿!你这个李双喜,事还没开始办就打砂锅(办丧事孝子打砂锅),还是个共产党员?"李双喜咽了口气,变成个红脸哑巴!停了好一阵,没人说话,韩维章气得直拍桌子,骂道:"人们说三个臭皮匠,顶个诸葛亮。我看你们三个合在一起,实实际际就是个蒋干,光给曹操坏事!"可骂完后还是没有人说话。韩维章急了,又张嘴要骂,张开关说话了:"韩区长,你的想法对着哩!为官一任,造福一方,甚事不干,还不如回家抱老婆哄娃娃。我想了一阵儿,咱农村要干的事儿,无非是多打粮食。要想多打粮食,就得有水有肥。首先是水,没水不但庄稼长不好,就是人也活不成!咱新召村那么多土地,五分之四靠天下雨,每亩地平均连二百斤粮也打不下,所以,干这干那,都不如修水利!要上大项目,就上个水利大项目,把新召村大部分旱地变成水地。"韩维章望着张开关,满脸的皱褶舒展开来,说:"开关,你说说这话老韩爱听。你也早就是共产党员了,应该主动承担起责任来!你再说,这个水利项目怎么上,有成熟的想法没有?"张开关说:"成熟的想法还没有。这么办吧,给我们点儿时间,让李村长带上我们,到新召的山梁沟渠调查上几天,把修水利的地点确定下来,然后再回来给韩区长汇报。"李双喜抬起头来,说:"我同意开关的意见。上项目一定要切合实际,既实用又省钱,还能给全旗做榜样。"韩维章笑着点头说:"双喜,这就对了嘛!老韩给你们五天的时间,把修水利的地点、工程量、用工以及投资初步估算出来,然后给区公所和区委汇报。好啦,今天的会就开到这里,你们立即行动吧!"说完,就摆手让众人出去。

李双喜不敢怠慢,散会后就领着张开关和杜开富到新召村各个沟渠调查水流情况。牤牛河的水位太低,引不到高地上去。其他几条小河也不具备条件,即使修渠把水引出来,也浇不了多少地。就这样,一连跑了两天,也没瞅睹下个合适的河流来。

第三天,三人来到苏会沟,这条沟水流量很大,可是在沟口上看,水位依然很低,和牤牛河一个样。张开关说:"李村长,咱进沟掌上看一看,这条河究竟是甚样儿。"李双喜点头。三人一直往深沟里走,大约走了八九里地,发现眼前有一个一丈五尺多高的小瀑布，水流湍急。杜开富叫喊起来："这是股好水，水位也高，快上去看。"边说边绕道跑了上去。李双喜和张开关随后跟上。上到高处，发现这股水从两处汇来，一股是从上面的沟里流来，另一股是从右边的山圪崂里流出。三人沿着山根，来到山圪崂尽头，只见上面是大山，长满灌木杂草，中间是一层厚厚的岩石，最下面有一股水源源不断地涌出。李双喜爬到水边，双手掬起水喝了几口，大声赞叹："好水，清凉甘甜，没一点儿盐碱味儿。"张开关和杜开富也弯倒腰掬水去喝，果然甘冽痛快！李双喜观察了一下四周，说："要是在半山腰修一条水渠，把这股水引出去，估计咱新召村五分之三的土地都能过上水。"张开关说："这水位可高了，只要能把水道修成，肯定能把村里的大部分旱地变成水地。"杜开富说："你们的眼光没错！可是这条水道至少有十四五里地，又是在半山腰上开凿，花费的人工咱先不说，需用的雷管、炸药和大锤、炮眼钎子等一系列配套设施怎么解决？那可是一大笔投资啊！"李双喜皱起眉头，说："这么浩大的工程，公家不投资，新召村没法完成。"杜开富撇了撇嘴，说："公家投资？笑话！上面能听咱三个人的话？"张开关看了看二人，略加思索，笑着说："你们怎光想自己，不想想咱的顶头上司？韩区长好大喜功，这工程正合他的口味，岂能不想尽办法，疏通上级关系？只要这个雷神爷出马，原料工具都不用愁。我们只要利用好韩区长的权威，就十有八、九能把事干成！"李双喜半信半疑地看着张开关，说："要是那样，咱就写个测算报告，送给韩区长。"

第五天早上八点钟，李双喜、张开关和杜开富带着苏会沟水利工程的预算表，来到韩维章办公室，汇报了苏会沟水利工程的考察情况。韩维章问："这工程要是成功了，能增两千亩水地？"李双喜答："最少两千亩。""每亩能增多少粮食？""最少四百斤。""啊呀，这个工程要是成功了，一个村就增产八十多万斤粮？""嘿，韩区长算账快！正是这个数。"韩维章兴奋地站立起来说："走，你们陪老韩到苏会沟去看看，要是真如同你们所说，老韩立马请旗水利局的人去那里测量，然后搞一个苏会沟水利工程的预算报告，向旗委申请投资。"说完，走到门口喊了一嗓子："二海，牵马备鞍，叫上张树林，马上去苏会沟。"

韩维章在苏会沟口立马观察，发现从沟内流出的水真的不小！回头对李双喜等人说："走，到你们说的深沟里去看看。"言毕，两脚登蹬，伸手在马臀上拍了一掌，率先向沟内奔去。后面的人急忙跑步跟上。

苏会沟两侧都是峭壁石崖，乔木稀少，灌木丛生，到处是开着黄花的马菇菇。沿途基本都是上坡路。大约走了十一二里地后，来到了小瀑布前。韩维章下马观望了一阵，步行上了高处，沿着山脚走了一阵，来到那个山圪崂下，果然见一股大水从山根底不断涌出。韩维章回头对身边的人说："水是好水，水位也高。但这条水道要从半山腰上开凿，难度就大了。没有旗委的支持，咱连炸药、雷管和所需的工具也解决不了。"张开关说："韩区长亲自来现场考察，我们就有底了，事情也好办了。凭韩区长的能力和威信，旗委领导能不给面子？我看只要韩区长出马，苏会沟的水利工程一定会顺利开工。"韩维章瞥了一眼张开关，说："你小子啥时候学会给人戴高帽子了？你以为和上级要投资那么容易？那是要厚着脸皮去求人，去告苦情，去当孙子！"张开关和李双喜都红了脸，不敢言声了。韩维章返身走到小瀑布前，上下左右观察了一阵，说："你们打的那个报告，还有些粗糙，回去再好好地测算上一遍。然后我以区公所的名义，向旗委打上个报告，才好向旗里申请投资。"说完，就从高处走了下来，跨马出沟。走了没几步，突然发现两侧山坡上野兔、山鸡乱窜。韩维章叫喊："二海，把长枪递过来！"秦二海赶紧从肩上解下长枪，递了过去。杜开富见韩区长要打枪，忙用双手捂住了耳朵，缩在了后面。韩维章端起枪，拉了一把枪栓，"啪，啪"两声，只见两只灰兔子"骨碌碌"滚下了山坡。秦二海和张树林正要去拣，被韩维章摆手制止。又见他举枪指向山坡，两声枪响后，三只山鸡扑腾着翅膀栽倒在地。这时，韩维章才示意二人去拣猎物。向前又走了一段路，大家又听见两声枪响，三只兔子先后从坡上滚了下来，吓得杜开富脸色煞白，双手按紧耳朵，再不敢放开。张开关笑道："开富怎这么胆小，连贾家畔的麻三小也不如。"韩维章问："麻三小？他也是个兔胆子？""嗨，说起来笑人！麻三小当了三年兵，种了三年麦子，临近复原才打了一枪，还说差点儿没把他震死！"人们都笑了起来。秦二海看着杜开富笑个不停，气得杜开富咬牙瞪眼。

回到区公所，韩维章立即安排人起草了"苏会沟水利工程调查报告"，并催逼着李双喜连夜将"工程预算表"交了上来。

第二天早晨八点钟，韩维章就带着秦二海、张树林打马上路。下午四点多钟，来到距旗委七八里的查干庙。韩维章跳下马来，从褡裢里取出破衣烂衫，替换下身上的新衣服。秦二海吃惊地问："韩区长，人家进城都穿新衣裳，你怎专门把自个儿弄成个讨吃汉？"韩维章瞋了秦二海一眼说："你懂个屁！穿上新衣裳见领导，他还以为老韩搜刮民财，日子过得奢侈着哩！穿上这烂衣裳，他才觉得老韩是个清官、好官！也会想到六区人民的穷苦，才会痛快地批给咱们投资。"秦二海和张树林恍然大悟。快五点钟时，韩维章来到旗委大院外。下马后，把缰绳递在秦二海手中，说："你俩就在院外等着，我一个人进去办事。"说完走进大院。迎面碰见统战部长黄长有，伸手和黄长有握手，黄长有却好一阵不松开，上下打量起韩维章，讥讽道："你好赖也是个区长，怎前吊羊皮后吊毡，走上就像簸箕扇？"韩维章生气了，反讥道："你是个统战部长，怎说话牙龇骨头嘴龇屄，脑袋就像个捣阴锤！"黄长有讨了个没趣，松开韩维章的手，干笑了两声，匆匆离去。韩维章做事，只要自己认准了的，就不管别人有什么看法，一切按自己的主意行事。他走近冯书记办公室，发现里面有人谈话，就站在外边等待。直到里面的人出来以后，他才走了进去。冯书记看了他一眼，说："你敢不是半路上遭到土匪打劫了吧？"韩维章立马表现出一副可怜相，说："六区的人民生活还没过好，韩维章就不敢穿新衣裳。"冯书记说："你坐吧，有什么事？"韩维章双手将材料递给冯书记，冯书记戴上老花镜，仔细看了两遍，说："这个工程你亲自考察过了？""这是我亲自到现场考察过的项目。不然，怎敢上门找冯书记？""哦，那就问题不大。不过，这里面有好多专业技术方面的事情，为了保险起见，我让水利局的人再下去核实一下，如果切实可行，旗委就下决心投资。"韩维章一阵欣喜，说："冯书记英明果断，六区人民感谢你了！""嗨，不用谢我！共产党的宗旨就是为人民服务，更何况，这个工程一旦搞成了，新召人民对国家的贡献也大着哩！""冯书记，我和你探讨一下。假如这个工程上马了，旗里能解决多少投资？""只能解决炸药、雷管、工具和帐篷之类的物资。""能不能给民工拨点补助款？""那是以后的事，现在不好预料。""哦，我明白了，只要以后有条件，冯书记还是会考虑民工补助的。""嘿，你这个韩维章，想缠着我预开支票？我不能那么做！你先回去吧，过几天水利局的人就会去新召，你和他们配合好，一定要实事求是，国家的钱可不能浪费。"韩维章见冯书记把话说到这个份上，就不好再磨缠了，只好告辞出来。

晚上，韩维章和秦二海、张树林住在了一起。秦二海说："旗里也太抠了，怎能光给点儿火工产品和工具帐篷？民工也是人，不是机器，不给点儿补助，哪来的积极性？"张树林附和道："就是嘛！农民讲的是现实利益，说空话不顶用。"韩维章听了二人的议论，先不作声，过了好一阵，才叹了口气，说："知足吧，讨吃汉日驴，管不错了！"秦二海"扑哧"一声笑了起来！再看张树林，更是笑得收紧不住了。

韩维章回到区公所的第三天，旗水利局的副局长梁效礼就带着两名技术员来到苏会沟开始了勘测工作。韩维章极为重视，亲自安排他们的食宿。副区长阿迪亚请了蒙族歌手和乐队，热情地举办了两次宴会，感动得梁效礼和两名技术员一边道谢，一边表态说："韩区长，阿副区长，你们一心为六区人民办事，我们也不能落后！放心吧，这个工程切实可行！我们回去后立即上报，力争早日开工。"

梁效礼三人回旗不久，旗委就发文批准了苏会沟的水利工程。紧接着，雷管、炸药、铁锤、钢钎、帐篷等一应物资，也由专车运到了新召。韩维章召集李双喜、张开关等人又开了个会，下令十天之内开工！

## （十三）

韩维章看见区公所西边的平地上围着一群人，就走了过去。向里一望，有三个货郎打扮的男人在叫卖零碎物品。为首的人三十来岁，粗壮高大，横眉立眼，脸上的肌肉不时地抽动，目光左右睃视。另外两人二十来岁，中等个头，长得精干结实，也不断地四下张望。

韩维章觉得奇怪：地摊上不多点货物，值得三个大汉贩卖？莫不是有别的事吧。于是跨前一步，问为首的大汉："你们是哪里人，一共带了多少货？"为首的大汉瞟了韩维章一眼，觉得来者不凡，就笑着说："货不多，卖完就走。"韩维章也笑道："三个大男人，跑老远的路程贩这点货，不浪费人力吗？"为首大汉冷笑道："这与你无关，我们的生意我们算计。"韩维章进一步逼问："你们的行为不合常规嘛！三位究竟是什么人，从哪里来？"为首大汉焦躁道："一人一个做法，狗毯上栓颗疙瘩，有什么好奇怪的！我们就是货郎子，你想买货就掏钱，不要瞎盘问。"韩维章嗤笑道："老兄可能不是什么货郎子，敢不是与新召什么人有纠葛，前来寻事的吧？"为首的大汉恼了，呔道："你咋管的这么宽？凭什么诬赖人？"韩维章扫视了一下三个货郎子，撇了撇嘴，掉头对秦二海和张树林说："把这三人带回区公所。"

秦二海和张树林见韩区长发了话，不敢怠慢，立马蹿进摊点儿，伸手就拉三个货郎子。为首的大汉大怒，一掌将秦二海掀翻在地。张树林也被旁边的那个年轻汉子一拳打得坐在了地上，围观的村民大叫起来。

韩维章再也按捺不住胸中的火气了，急速向前，伸出右拳便搂向为首大汉的脑瓜。为首大汉并不惧怕，突然用左臂向外一拨，韩维章的右臂就被挡开。韩维章急了，伸出左手去抓他的肩头，可是又被他的右臂拨开，同时，韩维章的大腿被对方重重地踢了一脚，险些儿跌倒在地。韩维章这才清醒过来：这三人身手不凡，自己轻敌了！于是抽腿跳出圈外，回首向为首的大汉招手道："来，来，来！有能耐咱在空地上较量，不要误伤了旁人。"为首大汉瞅了一眼韩维章，一时兴起，急速撵了过来。韩维章大喝一声，挥拳砸向为首大汉的脸面，为首大汉依故又用臂膀去挡，哪知道韩维章这次出的是虚拳，为首大汉的臂膀空挥了一下，由于用力过猛，身子也跟着倾斜了，紧接着小腹上又重重地挨了对方一脚，踉踉跄跄地倒退了好几步。为首大汉立稳脚跟，定了定神，抱拳重新逼近韩维章。对视一阵后，为首大汉突然举拳相向，韩维章快速伸拳接招，为首大汉"倏"地蹲下身来，旋风般地来了个扫堂腿。韩维章"嗖"的一声纵身跃起，躲过扫堂腿，转身蹿到为首大汉的脑后。为首大汉"噌"地立起身来，正待转身出招，可是整个身子已被对方扛在了肩上。说时迟，那时快，韩维章突然来了个"力士摔口袋"，将为首大汉"忽塌"一声掼在了硬地上。为首大汉疼痛难忍，咬牙瞪眼在地皮上挣扎了好一阵，终于又纵身跃起，重新扑向韩维章。韩维章一个箭步跃将上去，双拳像两颗飞转的铁锤，接连砸向对方的脸颊和躯体，为首大汉鼻口流血，轰然倒地。为首大汉的两名同伙，见为头的吃了大亏，愤愤不平，一齐攥拳向韩维章扑来。韩维章见左边这个人扑的凶猛，就急忙侧身避闪，并顺势在其后背上猛击一掌，将其击了个啃泥地。右手那位见势不妙，想抽身后退，但韩维章的脚快如闪电，已准准儿地踏在了他的大腿根子上，这人仰面倒地。围观的村民一阵欢呼。这时，武装部长李天宝和公安特派员乔铁虎带着五个民兵赶了过来。韩维章吩咐："把这三个歹人禁闭起来，下午审讯。货物收归区公所。"

午后三点钟，韩维章开始审讯三个"货郎子。"韩维章问为首的汉子："你们是哪里人，都叫什么名字，为什么跑到新召撒野放狂？"三个"货郎子"浑身是伤，歪歪扭扭地并排坐在南墙跟下的长条椅上，都耷拉着脑袋。听到韩维章的问话，为首大汉迟疑了好一阵，才慢吞吞地说："我们，我们，是宁夏石觜山，石觜山魏家沟人。我叫，我叫魏德山，他们是我……我的本家兄弟，这个叫魏德江，那个叫魏德先。三个人合伙做点小买卖。"韩维章冷笑道："不要狗戴嚼子逛大街——冒充大价牲口，天下哪有你们这种买卖人！三个人的货合在一起也不值十块钱，值得跑上千里路来贩运？你们肯定有见不得人的勾当，如实交代！"魏德山低下了头，不作声。其他两人睃视了一下众人，也沉默不语。韩维章急躁起来，一掌拍在了办公桌上，把个喝水杯震翻在地，打成了三片儿，接着大吼道："三个蟊贼，你们要是不说实话，小心老子把你们送进公安局，判二十年禁闭。"三个"货郎子"吓了一跳，这人怎这么大嗓门儿，说话和打雷一样！为首的汉子看了看身旁的两人，又瞅了瞅满屋子人，抱头想了好一阵，叹了口气，才无可奈何地说："我们要是照实说了，政府能不能宽大？"韩维章眼盯着三人，一字一顿地说："宽大可以，但你们必须是竹筒子倒豆子，一颗不剩地交代出来，不然的话，罪加三等。"魏德山又见身旁的两人不时地用眼瞟视自己，心想：看来不说实话是逃不过这一劫了。于是横了横心，开始交代："我们三个人是西桌子山李家寨李二胜雇用的人，准备来新召打断张开关一条腿。"韩维章奇怪地问："你说什么？来新召是为了打断张开关的腿，因为甚？"魏德山说："听李二胜讲，张开关的二嫂何美桃本来愿意给他当小老婆，可是张开关硬是举着枪把何美桃从李家寨给夺走了，弄得李家人丢尽了脸面。"韩维章惊诧地问："何美桃最开始是谁的老婆？"魏德山说："当然是张开关他二哥的老婆了。李二胜把何美桃领回李家寨时，何美桃已经给张过关生了两个娃子了哩。"韩维章眼光逼视着魏德山，骂道："蠡贼，这么说你们是助纣为虐了，你们咋是非不分，狼心狗肺！李二胜勾引了张过关的老婆，张开关冒险为二哥抢了回来，这是英雄行为！你们怎能受雇于李二胜，跑一千多里地算计张开关，天理不容啊！老子真想把你们现在就枪毙了，省得你们以后再去害人！"魏德山三人吓坏了，"扑通通"接连跪倒在地，磕头奉揖道："都是李二胜的坏主意，饶了我们吧！以后再也不敢了。"韩维章鄙夷地看着跪在地上的三个人，对乔铁虎说："去把张开关找来，和这三个蠡贼当面对质一下。"乔铁虎应诺出去。

不多时，张开关跨进办公室，朝跪在地上的三个假货郎狠狠唾了三口唾沫，激愤道："你们这些贱猪狗，怎敢为虎作伥，替坏人做事？李二胜当时是有老婆娃娃的人，因为还没生下儿子，就诱骗别人的老婆。我抢回自己的二嫂有什么错？我二嫂就因为这件事，回新召没几年就气得病死了。我常想找李二胜算这一笔账，没想到他倒找上门来了，有朝一日老子要让李二胜死得连条狗都不如！"魏德山抬头看了看张开关，说："啊呀，我们不知道这些实情，只听李二胜说你欺负得他抬不起头来，这几年一直肚子疼，胸口憋，命也保不定。"张开关骂道："这个恶狼疯狗早死早清净。肚疼胸憋是应遭的报应，怨得了谁？"韩维章彻底明白了事情的缘由，赞许地看着张开关说："开关，你行侠仗义不简单，老韩支持你。以后你要更加大胆做事，为新召人民建功立业。"接着又对乔铁虎说："把这三个假货郎先禁闭起来，马上给石觜山公安局打电话，彻底弄清他们的来历。"乔铁虎点头照办，张开关抱拳给韩维章行了礼。

## （十四）

张开关和杜开富走进韩区长办公室，把苏会沟水利工程的进展情况汇报了一遍。韩维章说："这个工程很重要，既要抓进度，又要保质量，你俩多费点儿心。区委会已经研究过了，李双喜得病了，让他安心养病，等病好了，调他到区公所工作。新召村的村长和支书，由开关一肩挑，开富当副村长，会计让刘宝维那小子去干。"张开关说："我怕负不起这么大的责任！"韩维章说："领导信任你，就大胆地去干吧，推脱什么？"张开关感激地点了点头。又坐了一会儿，见韩区长再没什么指示了，就和杜开富匆匆告辞出去。

这几天，韩维章的心思已经转移到工作上来了，不再胡思乱想。送走张开关和杜开富后，出去散步，无意中来到学校大门口。咦，合当有事！李亚芹正在不远处站着呢！这女子，穿着粉红的衬衫和海敝蓝裤子，十六岁的人，个子长得那么高！再看那隆起的胸脯和浑圆的臀部，怎看也像个十八九的大姑娘！韩维章的眼睛又瓷了！正在痴看，李亚芹掉过了脸，四目相视，不觉都笑了起来。韩维章再细看，亚芹的眉毛细细的，眼珠子乌黑发亮，一头短发在红润润的圆脸蛋上随风飘拂，袭人极了！韩维章的心情又激荡起来，不由自主地向前走了几步，问："亚芹，你放学啦？"亚芹满脸笑容说："放啦，准备回家。"韩维章温和地说："你到我那里坐会儿，有话和你说。"亚芹低头道："你是区长，我不敢去。"韩维章乖哄道："嗨，你也怕老韩？上次去你家里，又是吃饭，又是喝酒，你忘啦？你还给我敬了那么多酒，差点把我喝醉！好啦，我先回去，你一会儿来。可不能让我干等着。"说完，转身就向自己的住所走去。

韩维章亲自摆好了凳子沏好茶，然后坐在椅子上等待着。等了四五分钟还不见个人影儿！开门张望，空无人也！不禁急躁起来，骂道："小妮子，你不识抬举？敢小看老韩？"骂声刚落，大门口就袅袅婷婷地走进一位少女，正是李亚芹！韩维章高兴地叫声："好嘞！"赶紧返身坐在了办公椅上，不一会儿，亚芹来到了门口，向里一瞅，见韩区长笑眯眯地看着自己，就放大了胆子，将双脚跨了进去。韩维章站起身来，笑道："亚芹，这就对了嘛！老韩又不吃人，你怕什么？"亚芹想说什么，但找不到合适的词，只好局促地站在当地。韩维章上前扶着她的后背，让她坐在了凳子上。然后，又将一杯热茶端了过去。亚芹绯红着脸，韩维章很是爱怜！用手抚摸亚芹的肩头，问：

"你小学毕业后,准备做什么?"亚芹低头回答:"还能做甚,最多当个民校老师。弄不好,还要回家种地。""嗨,怎想得这么没出息!你将来的前途大着哩!""唉,去哪里有大前途!爹妈死得早,哥嫂能供我念完小学就不错了,还敢再往高处想?""哎,不能这么泄气!人要争气。""我没法争气。""我帮你争这个气?""韩区长帮我?""对,老韩帮你!今天叫你来这里,就是这个意思。""韩区长怎就想起帮我了?""就因那天你给我敬了那么多酒!老韩看你特顺眼!"亚芹眼睛亮了起来,欢喜地说:"韩区长,你真能帮我?"韩维章郑重其事地说:"怎不能帮?"亚芹疑虑地问:"你怎么帮?""等你毕业后,把你安排在区公所工作。一年后,提升你当六区的妇女主任。"亚芹兴奋的差点儿站了起来,说:"再过几个月,我就能成为干部?能自己挣钱?""能,一定能!只要你愿意。""我当然愿意了!就不知道怎样谢韩区长。""谢我容易,只要你舍得!""舍得!为了韩区长,我甚也舍得!"韩维章满意地笑了起来,两眼放光,贪婪地看着亚芹的脸蛋儿。亚芹突然觉得刚才的话有些不妥,一时涨红了脸,低头沉默了一会儿,就站起身来,要回家去。韩维章忙说:"再坐会儿吧,急什么?"亚芹望着窗外,说:"天不早了,回晚了哥嫂会怪我。"韩维章思索了一会儿,说:"走吧,以后再来。"亚芹一边往屋外走,一边冲着韩区长笑,笑得韩维章站立不稳。

韩维章又中魔了!睁眼闭眼都是李亚芹,撵都撵不走!按说,自己二十岁就娶了老婆,已经有了两儿一女,沾过的女人也不是三个两个,可是她们谁也不如李亚芹!这个小狐狸,妖得很哪!撩得人坐卧不安,魂不守舍,做什么事也静不下心,这可怎么办呢?韩维章急躁得到处乱转。一会儿去供销社瞅瞅,一会儿又到学校门口瞭瞭,一会儿又站在后圪台的大石头上张望。每走一步,就像踏进电网里,从下到上麻成一团,真不知道好活还是难活,把个人弄得恍恍惚惚,心急火燎!回到自己的住所,坐在椅子上,云山雾雨地想象起来。正觉得兴奋,忽然听到有人敲门。这是什么人?打乱老韩的思绪!于是不耐其烦地说:"进来。"随着门响,进来一个人,微微睁眼,嗬!亚芹来了。韩维章一下子从椅子上站了起来,快活地迎了上去,问:"你这两天怎么不来,把老韩快要想疯了。"亚芹的脸蛋立刻泛起了红晕,不好意思地揭开书包,从里面掏出三个煮熟的玉米,说:"韩区长,这是煮熟了的小玉米,又甜又精,你尝尝。"韩维章眉开眼笑,接过玉米说:"亚芹,你还想着老韩?老韩还以为自己是剃头挑子一头儿热呢!"一边说,一边啃了口玉米。亚芹说:"韩区长,你坐下吃嘛!"韩维章把玉米放在了桌上,说:"有你在,老韩哪有心思吃玉米?""哎,韩区长,我要去学校了。"韩维章急忙走上去,说:

"你要去学校？啊呀呀，老韩好不容易盼来了你，能舍得让你走？你要是现在走了，老韩会难受死的！""韩区长，我真的要走。""啊呀，我的好芹芹，你就依了老韩吧！""依你什么？""老韩不好意思说。""说吧，有什么不好意思！""那我就说了，说了你不能恼！""我不恼。"韩维章盯着亚芹，一字一顿地说："你做老韩的媳妇吧。"亚芹吓了一大跳，脸涨得通红，说："你要娶几个老婆？""就要你一个？""不对吧，我听说你在老家有老婆，还有娃娃。""嗨，那叫什么老婆？十足的黄脸婆！比老韩还大三岁。老韩从来不爱和她过。""那你还和他生了那么多娃娃？""那时候老韩才二十来岁，只注意到那是个女人，没盘算她的丑俊。""哎，那也不行，丑来俊个她也是你的老婆。""她是我的老婆不假，但是，我马上就要和她离婚！""她要是不同意离，你能怎地？拖儿抱蛋的，你能忍心？""嗨，要是离不了，就让她守空房！我们那地方，有两个老婆的男人有的是，也不多我一个。""都新社会了，政府还允许一个男人娶两个老婆？""嗨，你不知道！陕北有好些去了青海、新疆的老干部，因为老婆不跟着去，就在那里又娶了老婆。""政府就不管？""管什么？大老婆都是包办婚姻，封建社会造成的，又不是老干部的错！""哦，你说的也有道理。""芹芹，我是区长，能说那没道理的话？我再说一遍，我要娶你当媳妇！""啊呀！我去学校呀！"亚芹一边说，一边就站起身来。韩维章急了，伸出双臂，一把将亚芹搂在怀里，又是亲，又是摸。亚芹先是挣扎着，后来慢慢地就不动弹了。韩维章不失时机地抱起亚芹，走进屋里，快速地把她的衣裤脱了下来，然后又褪掉自己的衣裤，扑在了亚芹的身上，气喘如牛。亚芹微闭着眼，尽力应对着。

事毕，亚芹哭了，说："做下这种事，以后怎见人呀？"韩维章一边穿衣，一边安慰道："怕什么？过几天我就去见你哥嫂，说明要娶你，光明正大，有二下旁人的甚事？"亚芹说："要是你那老婆不依怎办？""嗨，这你放心，她见了老韩，乖得和猫儿一样。"亚芹扑闪着泪眼，问："你真要娶我？""嗨，这还有假？除了芹芹你，老韩这辈子谁也不爱了！"

亚芹穿好衣服，洗了脸，梳了头，走到门口，又被韩维章拥在怀里亲吻了好一阵，然后才拖着疲软的身子，缓步出去。韩维章看着她走出了大门口，才从屋里出来，向西屋一看，秦二海和张树林正爬在窗户上，贼不溜球地观望呢！韩维章立刻恼怒，大声呵斥："看什么？你们懂个屁！把嘴封得牢牢儿价，不然，把舌头割下来喂猫儿！"秦二海和张树林像乌龟一样，把两颗头缩了回去。

## （十五）

　　韩维章觉得以往接触过的女人都不行。格日乐是个老太婆，想起那天和她干的事儿就害臊。戴玉莲一点也不紧凑，纯粹是个海边没沿的大钵灿。唯有李亚芹，那真叫个美！一天不见心想念，两天不见心麻烦，三天不见心慌乱。有心去学校寻找，又觉得不合适，为什么？不妥嘛！让那些斋文八道的老师看见了，还不嘲笑韩某人赤屁股撵狼——胆大不识羞？想来想去，最后只好把张树林叫到面前，说："有一件事交给你办，你去学校把李亚芹给我找来。别人要问的话，你就说亚芹家来人了，有事儿。"树林应声去了学校。来到六年级教室门口，发现学生们正在上课。语文教师刘子荣正拿着一支粉笔在黑板上写字。树林左瞅右看，发现亚芹坐在最后排中间那个座位上，也在偷偷地眊瞜自己。嗨，上课时间，树林没那个胆子进去找人。只好在院子里来回踱步。大约过了二十多分钟，白冬老汉才慢吞吞地走到大木架子下面，拽着长绳开始打铃，"铛——铛——铛"响过一阵后，六年级的学生才陆续走出教室。树林急忙给亚芹招手，亚芹会意，瞅了一眼树林，径直向大门外走去，树林尾随。到了大门外，亚芹问树林："你有事？""嗨，你家来人了，在韩区长办公室等你。""我家谁来了？""这我不清楚，是韩区长告诉我的，你快去吧。"亚芹瞥了一眼树林，就向韩维章住所走去。走到客厅门口，听不到里面有人说话，探着头向里望去，只有韩维章一个人坐在椅子上抽烟。见亚芹来了，忙招手让她进去。亚芹小心翼翼地跨进门里，问："我家来谁了？""嗨，谁也没来，就老韩一个人在这里。""嘿，树林也学会捣鬼了，一本正经地说我家来人了，在你办公室等我。""那是老韩让他那么说，不怪他。""你找我有事儿？""老韩想你想得都快要病倒了，能没事儿？"一边说，一边将门从里关死，然后伸手就把亚芹搂在怀里，上下乱摸起来，亚芹央告说："快打上课铃了，放开我吧。""哦，那咱就快点儿，完事后你就去上课。""啊呀，老师会看出来的。""别说了，水火无情！"韩维章一把将亚芹抱了起来，进了里屋，快速地解开两人的衣裤，慌慌忙忙地交合起来。事毕，亚芹快速地穿好衣服，逃命似地向学校奔去。校长兼语文老师刘子荣在大门口站着，见李亚芹头发散乱，脸色通红地跑了过来，就拦住问："你这是忙乱甚哩！都上课十分钟了，才往学校跑。"李亚芹喘着粗气说："家里面来人了，刚说了会儿话，就迟到了。"刘子荣不满地说："快往教室走，以后不许这样!"李亚芹满脸羞愧,低着头向六年级教室走去。

要想人不知,除非己莫为。韩维章隔三岔五地让张树林去学校里找李亚芹,能不引起人们的怀疑?而且编造的理由就那么两三个,多数还是家里来人了。一些年龄大些的男女学生,就偷偷地观察,发现只要是张树林在教室外绕上一圈儿,李亚芹就要往韩区长的办公室跑。并且李亚芹每次从韩区长那里出来,气色都有些异样。接着,学校的老师们也看出了端倪。校园里议论纷纷。一些调皮的男学生,见了李亚芹就调侃:"嗬,区长的大红人儿,好牛呀!"弄得李亚芹狼狈不堪!

韩维章也觉得事情无法遮掩了。他抱着李亚芹说:"别怕,有老韩在,谁也怎不了你!不过,咱俩的事,也应该公开了。我明天就去你大哥家里,把话挑明了,老韩正式娶你。""要是我大哥不同意怎么办?""这你不要愁,老韩自有办法。"

大清早,韩维章就把秦二海和张树林叫到面前,说:"这是三十块钱,你们去供销社买上两条子大前门烟,两瓶子太白酒,两斤水果糖,一块儿大砖茶,然后准备去神树湾。"秦二海和张树林应声出去采购。

太阳刚升起,韩维章就带着秦二海和张树林来到李九成院子里。李九成和老婆都从屋子里走出来,说:"韩区长,这么早就来检查工作?""不是检查工作,我和你有事商量。""和我商量事儿?"李九成诧异地看着韩维章。韩维章笑了,回头对张树林说:"你把东西提进屋。"张树林应声将烟酒糖茶提了起来,就往屋里走。李九成更奇怪了,问:"韩区长,这是怎回事?"韩维章和气地说:"到屋里谈。"一边说,一边走进屋内。上炕坐定后,韩维章说:"九成,老韩今天来,是想和你攀亲。"李九成丈二的和尚摸不着头脑,不解地问:"和我攀亲?你家在神泉,我老家在府谷,从来没听说咱们能攀上亲?""嗨,以前攀不上,现在可是要攀上了。""怎么个攀法?"韩维章信心十足地看着李九成说:"我说出来,你不要吃惊。你家亚芹是个好女子,老韩看她不赖,想娶她当媳妇。""啊,你要娶亚芹?你不是有老婆吗?""老韩是有老婆,但那是封建的包办婚姻,老韩一直不满意,过几天就要办离婚。这不影响老韩和亚芹结婚。"李九成和老婆都慌了起来。李九成一脸苦相,说:"可亚芹才十六岁,正在念书,不到结婚年龄呀!""这有什么奇怪的,你李九成和嫂子结婚时,嫂子估计还不到十六岁呢!"李九成哭笑不得,说:"结婚是一辈子的大事,需要我们家里人好好商量商量。我们的娘老子下世了,我就要担起家长的责任,不能马马虎虎地把妹子给了人。那样的话,不但亚芹要怨我,也对不起死去的老人呀!"韩维章两眼盯着李九成说:"行,你们商量吧，老韩坐在这里等你们回话。"李九成老婆看了看韩维章，拽了一下李九成，俩人相跟上走出屋去。走到西厢房，李九成老婆说："妈妈呀，我说亚芹最近怎不对头，回到家里说东忘西，做营生心不在焉，进进出出疯疯癫癫的，一定是让韩维章给逼成这个样子。"李九成说："亚芹就没和你提起这事？""没提起，但我看出她好像有什么心事。""那你说现在该怎么办？韩维章可是个说一不二的霸王，他要是下决心娶亚芹当媳妇，谁也劝不住。""什么谁也劝不住？新社会了，难道他还敢逼婚强娶？""那他倒是不敢。可是你知道亚芹的意思吗？要是亚芹同意了，咱就没办法。""唉，今天是星期六，下午不上课，等亚芹中午回来，问问她，然后再拿主意。""行，咱现在和韩维章来个哼哈二将不表态，拖一拖再说。"李九成和老婆取得了一致意见，返回正屋。韩维章急忙问："你们商量成甚了？"李九成嗫嚅着说："这么大的事，怎么也得互相调查了解一些才好。"韩维章急了，问："你们要调查了解？那得多长时间？老韩是区长，区委书记！你们还想了解个甚？嫌老韩年龄大？哈，大个十来岁算个甚？你们真没见过个大！好啦，不要找借口了！从今以后，你俩就是老韩的妻哥妻嫂，老韩就是你们的大妹夫，明白了吗？"韩维章一边说，一边拆开一盒大前门香烟，抽出两支，分别递给李九成两口子，又示意张树林擦着火柴给点着，等着这两口子说出同意的话。可是，李九成和老婆把一支烟吸光了，也没吐出一个字。韩维章急躁起来，大声对李九成两口子说："你们怎还翻不转？非要老韩把话说在骨头上？行，实话告诉你们，亚芹早就是老韩的人啦，这事外人也知道了，可能就你俩不知道。现在给你们交了底，你们看着办！甚时候同意了，老韩再走人。"说完，端起一碗茶，"咕咚，咕咚"灌进肚，倒头睡在炕圪崂。

　　张开关正在谷地里间苗子，瞭见秦二海在河滩上放马，就大声喊："二海，二海！"秦二海见有人叫他，就牵着马走了过来，问："张支书，你叫我有事？"张开关问："是不是韩区长来了？""一早就来了。""现在哪里？""在李九成家。""去李九成家做甚？""嗨，你还不知道？他提着烧酒纸烟糖和茶，要娶李九成的妹子当媳妇！""这是真事？""假不了，区上的人都议论成一片了。""那李九成同意吗？""这我不知道。""好吧，你原放马去，我到李九成家打问一下。"说完，扛起锄头就走。一边走，一边想："可能李亚芹和韩维章已经把生米做成熟饭了，不然，韩维章能贸然上门提亲？李九成要是不同意，于谁都不利。小心亚芹挺起大肚子，弄得哥嫂鼻子比脸大！再说了，韩维章一直对咱不赖，这也是报答他的好机会。"想到这里，张开关直端就进了李九成的家。韩维章一直在假睡，听见有人进屋，睁眼一看是张开关,就坐起身来,说:"开关,你也来啦?""我听二海说韩区长在九成家,就过来了。""哦,你忙去吧,我在这里有事。""我知道你有事才过来的。走,走!先到我家喝口茶,然后再谈事。"韩维章想了想,说:"也行。"说完就和张开关出了门。

到了张开关家,张开关问:"韩区长,你真要娶李亚芹?"韩维章反问:"怎么啦,不能娶?她现在已经是我的人了!""那你老家的老婆怎么办?""那是封建包办婚姻,我一直不同意,离了算啦。""你主意拿定了?""没拿定主意来李九成家做甚?""哦,要是这样的话,你先在我家歇着,我去李九成家把这事给你说成。"韩维章望着张开关,问:"你有把握?""把握大着哩!你等好消息吧。"韩维章疑惑地说:"那你就试试吧,我等着。"

李九成正和老婆嘀咕着,张开关就跨进了门,张嘴就说:"韩区长和亚芹的事你们准备怎么办?"李九成气呼呼地说:"韩区长那么大岁数了,又有老婆娃娃,你说能行吗?""嗨,我听韩区长说了,他原来的老婆是封建包办,马上就能离婚,这不成问题。至于岁数嘛,相差个十来岁算个甚?就是相差二十岁,也一样样过日子,没见少下个甚!""嗨,怎说他现在也没离婚。等他回老家把离婚证拿过来,再谈也不迟!""嘿,九成!我还以为你是个精明人呢!怎现在这么糊涂?""我怎糊涂啦?""韩区长工作这么忙,不可能立马就回神泉打离婚。再说了,就是回到老家,也要经过很多关卡,办完手续才能离婚。这一来一往要多少天?是你想象得那么快吗?""哼,快来慢个无所谓,咱等着!""你还是不精明!说到等,韩区长能等得住,就怕你们等得急!""我不急!""你真不急?""真不急!""哼!你耳朵可能还不聋!韩区长有句话,不知道你还记得不?""什么话?""韩区长说,亚芹早已经是他的人了!这是什么意思?你不能让亚芹抱上娃娃追韩维章吧?"李九成和老婆听到张开关的话,一下子哑巴了!傻愣愣地立在躺柜上,呼呼喘着气。张开关说:"等不得了,等下去丢人现眼不用说,可能你们还要倒求人家娶亚芹。"李九成慢慢儿泄气了,叹了口气说:"张支书,你说得在情理!可是,怎也要听听亚芹的意见吧?""听,一定要听!这是她的事,她不说话,咱谁说了也不算!"三个人正说着话,门外传来一阵脚步声,张开关向外望去,嘀!真是巧,亚芹回来了!

张开关把亚芹领到西厢房,问:"韩区长来你家提亲了,你知道不?"亚芹立马红了脸,半天不作声。张开关说:"男大当婚,女大当嫁,这也不是什么丢人的事!你要是同意韩区长娶你,就表个态!"亚芹低着头,还是不言喘。张开关急了,大声说:"这事你能装裹得住?我来过问你的事,是看在咱们多年邻居的情面上,你以为我闲得没事儿干?趁我还没走,你赶快说个话!不然,我就回家了,你自己和哥嫂念叨去!"张开关一边说,一边就要出门。亚芹这才急了,眼睛里溢着泪水,说:"叔,我听你的。""听我的?应该是听你的,知道吗?""那,那你就去给我哥嫂说,这事我愿意!"张开关赞赏地看着李亚芹,说:"嗳,这就对了吗!你不用担心了,叔去给你哥嫂说清楚,让他们也同意这件事。"

张开关返回正房,向李九成两口子说了亚芹的态度,李九成两口子再也没反对的理由了,只好同意亚芹嫁给韩区长。

张开关快步赶回自己家,还没进屋,韩维章就迎了上来,问:"谈得怎么样?"张开关笑道:"已经谈妥了!""你怎么谈的?"张开关跨进屋里,和韩维章坐在炕沿上,详详细细地把情况说了一遍,韩维章越听越高兴,特别是听到亚芹表态时,激动得竟然拍起手来。常明英笑哈哈地说:"韩区长好福气,能娶这么个好媳妇。"张开关对老婆说:"我去找二哥,把咱那只站绵羊杀了,给韩区长庆贺庆贺。"说完,就往门外走。刚出了大门,就见李九成匆匆忙忙地赶了过来,张开关问:"九成,你还有事儿?"李九成喘着气说:"怎能没事儿?既然同意亚芹嫁给韩维章,这事当哥的怎也要备上一桌饭,给妹子举行个订婚仪式。以后韩维章和李亚芹的事儿,就在社会上亮明了,省得有人嚼舌根!"张开关说:"我还准备杀圈里的站绵羊呢,看来不用杀了!哎,你准备请些什么人?""哎,就请你和树林爹、田毛则、刘宝维几个人,其他人等亚芹正式结婚时再请吧。""行,你回去做准备吧,我们一会儿就到。"

韩维章和张开关相跟上往李九成家走,半路上,韩维章来了兴致,说:"开关,我给你唱一段秦腔'五典坡'。""不就是唱王宝钏吗?""对了!你还知道这出戏。"韩维章清了清嗓子,有板有眼地唱道:"王宝钏你跑得欢,芥菜掉了一大摊,任你跑到东洋海,为王赶你蓬莱山。"

订婚宴的气氛是和谐的。一阵客套程序过后,李九成说:"韩区长,我妹子不懂事儿,做事儿好由着性子来,你要多担待。"韩维章板起了面孔,嗔怪道:"大哥,你这是什么话?这里哪有韩区长?我是你妹夫!以后见了我,你只管叫维章就是了。一家人,还能叫官儿名?"众人都笑了起来。韩维章跳下地,拉着亚芹,给来客和哥嫂敬酒。韩维章变得特别礼貌,该叫哥的叫哥,该叫叔叫叔,叫得大家都不好意思了。秦二海对张树林说:"看见了吗?韩区长能伸能屈,能高能低。"张树林说:"二哥说对了!要不他当官,咱俩牵马拽镫?"

当晚，韩维章就住在了李九成家西厢房，亚芹没好意思过去住，毕竟是刚订婚嘛！第二天一早，韩维章就在院外的平台上练起功来。刀片子在旭日的辉映下，亮光上下翻飞。过往村民看得发呆，敬畏得不得了。

张过关拾粪路过李九成家，见韩维章把两个刀片子耍得"呼呼"直响，十分惊骇，稍驻足，就快步来到张开关院子里，气喘吁吁地说："开关，韩区长这人太凶了，树林交给他我害怕，你也要小心哩！"张开关仰头沉思一会儿，说："没事的，这个人，我能处。"

早饭后，韩维章得意地跨马北去。

大约过了四五天。吃完午饭，杜开富拿着一份修水利需用物资的报告，去韩区长住所请示。进了大门，静悄悄的，院内无人。杜开富一想，对啦，秦二海和张树林正在学校操场上练习韩维章教给他们的武功呢！那么，韩区长就没出门儿，肯定在屋里。他走到客厅门口，见房门未锁，凑近门缝向里张望，椅子空着，不坐人！嗨，可能韩区长在里屋休息，进去看看吧，要是没睡着，就把报告递上去。要是睡着了，就不能乱打搅。杜开富慢慢推开门，蹑手蹑脚地走了进去，客厅里确实没人。于是慢慢走近卧室。听到屋里有响动。噢，韩区长没睡着，来得是时候。杜开富大胆地将门推开。啊呀呀，这门可推坏了！怎韩区长脱得赤身裸体，正和一个女人压擦擦呢！那女人面朝上，一下就看见了杜开富，吓得尖叫起来。杜开富也看清了那女人，真真切切是李亚芹！韩维章也觉得有人进来了，猛一掉头，原来是没有眼头见识的杜开富！一时怒火冲天，顺手摸起盒子枪，指着杜开富大骂道："你给老子要干什么？也不看这是甚时候？老子一枪就把你崩了！"说着，就要开枪，吓得杜开富魂飞魄散，"妈呀"一声，扭头就跑。冲出了门没几步，迎面就撞在一个人身上，撞得那人仰面倒地，后脑勺"嘭"的一声捣在了地皮上，疼得"啊哟哟"直叫唤。杜开富则跌了个大马趴，手掌托地，膝盖出血，头磕在了那人的下巴上。他也顾不上看这人是个谁，忍着疼痛，乱蹬乱抓，从那人脸面上爬过去。一直爬到大门口，才勉强站立起来，一瘸一拐向外逃跑。逃了没几步，听到院子里传来谩骂声："杜开富，瞎眼狗！你把老子快碰死了！"杜开富停顿下来，哟！被撞的人是张开关！得救救他。于是就慢慢折回身，向院子里瞭，发现张开关的后脑勺上流着血，下巴肿起个大圪堆，正翻身往外挪。不一会儿，就站立起来，走出大门口。杜开富问："张支书，撞疼你了？"张开关气不打一处来，照着杜开富的脸蛋子"啪，啪"就是两耳光，大骂道："你吃上疯狗肉了？乱扑乱跳？"杜开富慌慌张张地瞅着大门口，惊魂未定，说："我——我给——给韩区长送——送报告，韩区长——长——正和——和李亚芹干——干那活儿,韩——韩区长要——要枪毙我——我——我是为逃命——才——才撞上你。"张开关照着杜开富的脑门子狠狠啐了一口唾沫,怪怨道:"那你也不能让老子陪你一起死吧?"说完,俩人互相搀扶着,狼狈地向村公所走去了。

## (十六)

六区的工作都是韩维章做主,其他人跑腿。就连阿迪亚这个副区长也是聋子的耳朵——摆设。

上星期,张开关去陶亥召请胖尼玛开点儿治风湿病的药方,发现大扎布蜷缩着身子不停地咳嗽,就问:"扎布,你病了啦?"扎布一边咳一边说:"病,病了两天了,浑身,浑身发冷,要死——要死啦。""那你抓几服药吃呀。""吃,吃过了,不顶,顶事。""那就到区医院看看,住院治疗嘛。"大扎布咳得更厉害了,连话都回答不上来,一旁站着的乌仁庆说:"住院要花钱,扎布穷得叮当响,住不起院。"张开关觉得扎布太可怜了,就对乌仁庆说:"你先照顾一下扎布,我去区公所走一趟,看能不能给扎布批点救济款。"说完就急急忙忙走出了屋子。

张开关去找韩区长,秘书说韩区长去旗里开会去了,于是只好去找副区长阿迪亚。阿迪亚思考了好一阵,提笔给扎布批了一百块钱看病费。

大扎布住了五天院,病就痊愈了。喇嘛们都说阿迪亚和张开关是好达尔古①。阿迪亚也觉得这事处理的对。

正在阿迪亚得意的当儿,文书杜改树过来说:"阿区长,韩区长要你去他那里一趟。""他什么时候回来的?""前天晚上。""找我有什么事?""不清楚。""他现在在哪里?""在区长办公室。""哦,知道了,我马上就去。"

阿迪亚收拾好桌上的东西,就往韩维章办公室走。踏进门,就觉得气氛有些不对。韩维章黑着脸,还拿铜水烟瓶子"呼噜,呼噜"地抽闷烟呢!见阿迪亚走了进来,"咚"的一声,把水烟瓶子放在了桌上,抬头看了一眼阿迪亚,问:"老韩不在家的时候,你办了事,怎不汇报?"阿迪亚莫名其妙,说:"我没干什么事呀!怎汇报?""你给扎布批了一百块救济款,算不算事儿?""噢,你说那事儿。扎布得了重感冒,病得厉害,我就给他批了一百

---

① 蒙语,好领导。

块钱。""老韩不在家,你可以主事儿!但办完事不能不汇报,装裹住是不行的!""嘿,韩区长!我咋装裹啦?你开会回来,我还是第一次见你的面,叫我咋汇报?""你真不知道我回来?""真不知道!"韩维章冷笑一声,嘲讽道:"你那两片耳朵难道是扁食①模子听不到声?那一对眼珠子莫非是玛瑙做的,看不见人?装什么孙子!"阿迪亚觉得自己受到污辱,忍不住气恼起来,大声说:"我是聋子、瞎子,以后所有的事,都你一个人管好啦!"韩维章没想到还有人敢和自己顶撞,不觉大怒:"喇嘛小子,你耧墩②跑在耧前面,还有理啦?敢和老韩叫板?你长几颗脑袋?"阿迪亚立马低下头来,大气不敢出了。韩维章继续训斥:"家有千口,主事一人,越权办事,绝不允许!明白了吗?"阿迪亚不由自主地点了点头。韩维章见阿迪亚软下来了,才摆了摆手,不耐烦地说:"去,出去!再不许你立扑两坎瞎顶生意!"副区长灰溜溜地被区长赶出了办公室。

　　阿迪亚又羞又气,回家倒头就睡,一连三天没上班。气得韩维章拍桌子大骂:"喇嘛小子,敢和老韩治气?把老子惹火了,老子剥了你这张副区长的皮,让你原回庙上念藏经!"有好事的人,把韩维章的话绘声绘色地传给了阿迪亚,阿迪亚顿时惊慌起来。

　　阿迪亚思来想去,觉得自己从一个普通喇嘛一步步地走到副区长的位置实在是不容易。有两次,要不是李双喜通风报信,差点儿就让王爷的保安队逮住枪毙了!啊呀呀,韩维章怎这么不讲理?

　　阿迪亚越想越不安,办公室里坐不住,家中也惶恐,只好一个人来到操场散步。走着走着,突然想起了学校的校长刘子荣,听说他也在上个星期让韩维章没死二活喊了一顿。同病相怜,不如和他拉拉话,解解忧!

　　晚饭后,阿迪亚推开刘子荣的家门。刘子荣老婆说:"他不在家,刚放下饭碗就去了办公室。"阿迪亚掉头就往刘子荣办公室走,刘子荣的办公室果然亮着灯。阿迪亚上前推开门,见刘子荣一个人正拿着一个烟袋装烟叶儿,满屋子烟气缭绕。阿迪亚说:"你怎这么能抽烟,肺和气管能受得了吗?"刘子荣见是阿区长来访,忙站起身来,说:"嗨,心烦,抽烟解解愁。""你书教得好好的,愁什么?""哎,你不知道?上星期韩维章把我日娘操老子骂了一顿,还要拧下我的脑袋当夜壶。""因为甚?""嗨,就因为他和李亚芹的事,说老师学生们到处嚼舌头,我不好好去管,专门败坏他的名声。""咦,

---

① 饺子。

② 耧是用来开沟并播种的农具,耧墩是在耧后面碾压壕沟的工具。

事情做下了，还不让人们议论，可能吗？再说了，那么多的嘴，你刘子荣就是再使劲儿，也堵不过来嘛！""他不那么认为，觉得自己身后就不能有闲话。""哼，背过官还骂皇帝呢！他算个甚，别理他！""嘿，这你就看得简单了，韩维章说啦，再要是听到学校有人嚼舌头，就要开除我的党籍，砸我的饭碗，让我讨吃也找不上个门子！""啊呀，这么严重？""就是嘛！如果再想不出个办法，我这后半辈子就完了。"说到这里，刘子荣突然害怕起来，说："阿区长，你看我这贱嘴，又瞎说八道了！你可不能把我说的话传出去。""唉，我哪能随便乱说。其实，我也是韩维章的出气圪筒。特别是因为上星期他不在，我给大扎布批了一百块看病钱，反过来折过去说我擅自做主，骂过还不算，昨天听人说，他还要撤我的职，让我原回庙上念藏经。""嘿，和我一个下场？""就是嘛！""唉，阿区长，有一个办法，能救咱俩！""什么办法？""上旗里告他！兔子急了还咬人，何况是两个大活人！""告他什么？""告他和未满十八岁的学生乱搞男女关系，公然违反婚姻法。""哦，这倒是事实。"阿迪亚看着刘子荣，胆子也大了起来，说："他不仅仅是男女作风问题，那两年，他去地主老财家没收了不少金银财物，有一部分缴回了财政，有一部分就没有上缴，干脆用在吃喝嫖赌上了。"刘子荣吃惊地问："你有证据？""嗨，只要认真调查，他绝对清利不了，放心吧！""那咱就写成材料给旗里呈上去。现在全国都搞'三反五反'运动，不愁扳不倒他。"阿迪亚点了点头，说："材料你写吧，我把掌握的情况告诉你。""行！但这事一定要保密，千万不能让韩维章察觉了。""当然不能泄露出去！明天我去和他请个假，就说去旗里看胃病。你们正在放暑假，去旗里也没人过问。你把材料写好了，咱后天一早就出发。"二人达成共识，就分头准备。

  第三天早晨，阿迪亚和刘子荣就动身去旗里。俩人两天走了一百六十里路，才来到旗委大院。人说侯门深似海，这旗委大院虽不是什么侯门，可是对阿迪亚和刘子荣来说，不知为什么，也觉得畏惧起来！俩人走到冯书记的办公室门口，谁也不敢去敲门，更不敢先进去。刘子荣躲在阿迪亚身后，说："阿区长，冯书记肯定认得你，你先进。"阿迪亚转身退了两三步，说："材料是你写的，你又比我会说话，你先进。"正当两个人互相推搡、躲躲闪闪时，冯书记隔壁办公室出来一个年轻人，问："你们想找冯书记？"两人同时应道："是哩！"年轻人说："我给你们联系。"不一会，年轻人就从冯书记的办公室里走了出来，说："冯书记让你们进去。"刘子荣躲在阿迪亚的身后，硬是将阿迪亚先推进办公室。冯书记的态度很和蔼，笑问："阿迪亚，你找我有事？"阿迪亚忙说："有事！这是我们反映的材料，冯书记看看就知道了。"说完，躬身双手将材料递给冯书记。冯书记一边接材料，一边说："你们坐下说，壶里有茶水，自己倒着喝，不要客气。"冯书记翻开材料扫描着，忽然皱起了眉头，像是吃惊的样子！他将材料反复看了两遍后，抬头看着阿迪亚和刘子荣，严肃地问："材料上写的是事实？"阿迪亚说："是事实！不然，我们哪敢来找冯书记？"刘子荣跟着说："如果告假状，开除我的党籍！"冯书记见二人说得如此肯定，思索了一阵后，表态说："你们先回去，对这件事，组织上要认真调查，调查结果出来后，自然会对韩维章有结论。"阿迪亚和刘子荣站了起来，冯书记示意他们可以走了，俩人就退出办公室。

二人出了旗委大院，心上忐忑不安。阿迪亚说："刘校长，你分析分析，旗委会调查韩维章吗？"刘子荣想了想，说："肯定要调查，不过，最后是什么处理结果，就不好说了。"阿迪亚说："只要调查，咱就不怕。莫非组织上能把反映情况的人倒处理了不成？"刘子荣说："开弓没有回头箭！咱俩已经走到这一步了，只能配合组织上调查，把韩维章的气焰打下去。"

## （十七）

冯书记在办公室来回踱步，反复掂量阿迪亚他们递来的材料的分量。现在全国都在搞"三反五反"反运动，韩维章的问题不可小觑哪！看阿迪亚和刘子荣的表情和态度，极有可能反映的都是事实，弄不好比这还要严重。作为旗委书记，接到这样的告状材料，岂能不理？

冯书记当天就召开了党委常委会议，他首先发言："六区来人揭发韩维章的男女生活作风和经济问题。我把材料反复看了几遍，觉得有必要和大家开个碰头会。现在全国都在搞'三反五反'，揭发出不少骇人听闻的案子。我们鄂左旗有没有问题？谁也不能预先下结论！只有通过调查了解，才能说明问题。现在，大家把反映韩维章问题的材料传阅一下，然后发表意见，看怎么对待。"说完，就让秘书将材料拿了出来，交给常委们传阅。约一个小时后，常委们开始发言。鄂旗长说："我的意见是由旗纪检委牵头，成立一个调查组，深入到六区调查了解。等调查结果出来以后，再开会讨论。"接下来，其他常委也发表了自己的看法，基本和鄂旗长的意见雷同。最后，冯书记说："我同意大家的意见。由纪委高书记和三名纪委干事，组成工作组，以社教的名义，去六区调查韩维章的问题。调查期间，韩维章到党校学习，六区的工作暂由党校校长刘凤翔去主持。另外，今天的会议一定要保密，任何人不得外传，就是对你们的老婆娃娃，也不能泄露一个字，这是组织纪律，请大家遵守。"常委们一致赞同冯书记的意见。

　　旗常委会召开后的第三天，纪委高书记就带着三名干事和党校校长刘凤翔进驻到六区。韩维章看着调他到党校学习的文件，心中疑惑起来：不对劲儿呀，正常的学习，还用得着高书记带着一大帮人来通知？是不是有人在老韩背后扎了黑枪，要在老韩头上搞"三反五反"运动？哼，老韩在六区的成绩有目共睹，谁敢否认？噢，可能有人想纠缠老韩和李亚芹的事情？哼，纠不住！老韩和李亚芹虽然有了婚约，但没领结婚证，没违反婚姻法！至于经济方面的事儿，老韩早有防备！老韩从来没亲手去拿公家和地主老财的钱物，都是经过别人的手去办的，账面上没留下老韩的半个字。想给老韩定贪污，做梦去吧！想到这里，韩维章的脸上又浮现出狂傲的神色。但韩维章毕竟是韩维章，聪明！为防万一，他还是把秦二海叫到了面前，吩咐："把枣红马骑上，通知各村的村长、副村长和党支书，中午都到老韩的住所开会，谁也不能缺席。"秦二海领命上马飞奔而去。

　　张树林在召畔队借了一头骡子，去神树湾把李亚芹接到了韩维章卧室。张树林退出屋后，韩维章立马将门关死，拥着亚芹到了里屋，剥光两人的衣裤，急不可耐地滚在了一起。良久，俩人才缓过气来，穿好衣裤，来到客厅，韩维章说："芹芹，我明天要去旗党校学习，时间可能长一点儿。你要在家耐心等着，我会回来妥善办理咱俩的事的。"亚芹说："我已经被你弄成这样了，不等你等谁？你放心学习去吧。"韩维章激动地看着亚芹，从兜里掏出一千块钱来，塞进亚芹裤兜里，然后又将她搂在怀里，反复地揣摸起来。

　　中午一点多钟，各村的负责人都来到韩维章住所。韩维章亲自给众人散烟。张树林和秦二海像两个跑堂的小伙计，殷勤地烧水倒茶。韩维章显得十分诚恳，说："旗委要调我去党校学习，时间可能要长一点儿。区里的工作暂时由党校校长刘凤翔主持。这几年，老韩辛辛苦苦地为六区人民工作，做了那么多实事、好事，相信大家是不会忘记的。旗委冯书记还表扬过老韩好几次呢！你们都是老韩一手提拔起来的人，脑后都不能长反骨！都要自觉维护老韩的威信。事实上，维护老韩也是维护你们自己。老韩要是被小人们整倒了，你们还能当村长、当支书吗？不可能。你们都会定为老韩的同党被打倒。所以，你们一定要保持清醒的头脑，一旦有人要调查了解老韩的情况，你们只能说好，不能说赖。当然啦，老韩脾气不好，不讲究工作方法，平时没少喊骂你们。个别人要是因为这个记老韩的仇，想乘机报复，那么，你就离吃亏不远了！老韩现在告诉你：小心秋后算总账时，你吃不了让你兜着走！在工作组调查期间，谁敢给老韩坏小拇指头大的一点儿事，老韩回来就用二指半的一根条子，把他关进禁闭。"说到这里，韩维章用犀利的眼光四处扫了一阵，继续说："明天老韩就要回旗学习，你们准备怎样欢送老韩？"村长支书们互相看了看，有的人提出要举行欢送宴会，有人要组织欢送队伍，七嘴八舌，意见不一。韩维章笑着说："欢送宴会就不要办了。只要你们能在老韩离开区公所的时候，都来挽留一下老韩就行了。让旗里来的干部们看看，六区人民离不开韩区长。"众人都说："这没问题，关键时刻，还能掉链子？"韩维章满意地笑了起来。

  第二天早上，韩维章打点行装，准备上路。刘凤翔对高书记说："韩维章是奉命学习，我是临时主持工作。我想在中午为他举行个小型欢送宴会，不知妥当不妥当？"高书记说："应该的！韩维章在六区工作这么长时间了，离职学习之前，大家坐在一起吃顿饭，才有人情味儿嘛！"刘凤翔取得高书记同意后，就来找韩维章，说："韩区长，你怎能这么走？大家中午还要给你举行欢送宴会呢。"韩维章放下手中的包裹，笑道："行，老韩下午再走！"

  中午，高书记、刘凤翔、阿迪亚、韩维章、纪委三干事和区公所机关的干部们，都参加了欢送韩维章的宴会。刘凤翔致辞："韩区长是年轻有为的老革命，立过功，受过奖！这几年，在六区又做出了显著的成绩。现在，因工作需要，调去党校学习。在韩区长离开之际，我们举行个欢送宴会，祝韩区长一路顺风，学成归来，大家干杯！"众人都起立，望着韩维章，喝了杯中酒。接着，阿迪亚举起了酒杯，说："我给韩区长当了几年助手，亲眼看到了韩区长为六区人民作出的贡献。我代表六区人民，给韩区长饯行敬酒，干杯！"说完，和众人一起将酒喝进。韩维章端着空了的酒杯问："老韩嘴不好，爱骂人，你记仇不？"阿迪亚顿时慌乱起来，说："韩区长，我可没记你的仇。"韩维章笑着把阿迪亚按在座位上，然后开始给众人满答谢酒。整个宴会的气氛和谐平静，没出现风波。

  下午两点钟，韩维章起程。很多人都出来送行。刚走出区公所大院，就有十几个村长、支书迎了上来，有的用手拽住了韩维章的衣襟，有的抹着眼泪，七嘴八舌地说着相似话："六区人民拥护韩区长，韩区长不能走！"武家坡的支书刘得功高喊："韩区长，你学完早些回来，六区人民等着你！"李满仓也跑了过来，拽住马缰，红着脸说："韩——韩——韩——区长！不——不——不能走！"张开关紧跟在韩维章身后，像是一群村长、支书领头的。阿迪亚瞠目结舌，看得发憷！刘子荣走了过来，从背后戳了他一下，说："日出怪来了！这是怎回事儿？"阿迪亚摇头不语。高书记和刘凤翔也来了，冷着脸，一言不发！其他人像是在看热闹。韩维章向众人连连作揖抱拳，表示谢意！好一阵子才上了马，秦二海和张树林在后面紧跟。

## （十八）

韩维章来到冯书记办公室，试探地问："冯书记，我什么时候去党校学习？"冯书记亲自给他端茶递烟，看着他不安的神情，含糊其辞地说："好的。你先住在旗委招待所，组织上会通知你的。"韩维章尴尬地坐了一阵，寻不到什么好话头。见冯书记只顾批阅文件，再不理他，就告辞出来，去了招待所。

秦二海来到韩维章面前说："韩区长，你走了以后，他们不会把我和树林打发回家吧？"韩维章思考了一阵，说："放心吧！考虑他们不会那么绝情。都是些大人，怎么会和你们娃娃计较。"看到二海和树林要走，韩维章有些伤感，说："你们两个跟我几年，鞍前马后的，吃了不少苦，我也没少喊骂你们，但我心里对你们好着哩！"秦二海说："我跟着韩区长，一年挣得工资不少呢！比在家种地强多了。我大①我妈说，家里有一只大山羯子，过年要送给你呢。"树林说："韩区长，要不是你拉扯我，我们家那个穷窝，现在不知道过成甚样了。我爹要我长大以后好好孝敬你！"铁石心肠的韩维章，这时也动了感情，两眼噙满了泪水，说："你们回去以后，多想着我的好处，我就心满意足了。"接着，韩维章好像想起一件事来，伸手在衣兜里乱摸，好一阵，才见他摸出一百块钱来，说："这是一百块钱，你们俩每个拿上十块钱。剩下八十块钱你们回去交给李亚芹。就说老韩不管走到哪里，也不会撂下她不管，让她耐心等着。"

二海和树林接过钱，说："放心吧，我们回去就把话捎给她。"韩维章站起身来，说："走，咱们去饭馆吃饭去，一会儿你们还要赶路。"三人起身，来到饭馆，要了三盘过油肉，三大碗米饭，一斤白酒。沉沉闷闷地吃喝了起来。吃喝完，韩维章走在枣红马身边，摸了摸马的鼻脸，又拍了拍马的臀部，像是告别。停了一会，才对二海和树林说："你们走吧。"二海和树林说："韩区长早点回来。"然后牵马向东而去。

韩维章在旗委招待所住了半个月，也不见党校开学。他寂寞难耐，心情

---

① 大：内蒙古方言，爹的意思。

苦闷，去旗委找过两次冯书记，得到的回答都是"再等待。"他越来越感到苗头不对，所有的领导，见了他都十分冷漠。以往熟悉的同僚，都歪着头对他顾盼。他烦躁极了，像一头困兽，在房间里来回踱步。一阵阵不安，一阵阵惶恐，度日如年。苦熬了半个月，纪委的高书记领着阵致礼、高文锦来找他谈话，核对问题。第一个问题是在土改将要结束的某年某月某日，韩维章带着民政干事王文清、武装干事李天宝和警卫员秦二海，去贾家塔地主贾过发家，清出银元三千元，可现查财政账目上只有二千元。据当事人作证，银元是全部装在一个褡裢里，由韩维章所骑的枣红马驮回区公所里，失踪的一千元是否韩维章私吞？第二个问题是：韩维章先后在区财政上指派人领取了五千多元现金，后来缴回来的都是一些吃喝旅差等白头条据，经和收钱单位的当事人查证，多数人认为与实际开销不符。确认的数目加起来有三千多元，是否韩维章贪污？第三个问题是：韩维章作为有妇之夫，还和女学生李亚芹公开乱搞，违法违纪。还有一些乱七八糟的问题，也都亮在了韩维章面前。韩维章对这些问题一一作了回答，他说："贾过发家清理出的那三千元，我手指头都没碰过。账面上缺少了一千元，可疑分子不止一人，凭什么单要给我往头上扣这个屎盆子？这几年下乡出差，我是领过五千多元，这个花销在各区里比较起来，并不算多。我交回的条据也是实报实销。凭什么相信做生意的小掌柜，而不相信韩维章？至于和李亚芹的关系，那是我们两厢情愿。违法也不能违得没边没界！我知道，有人千方百计地栽赃，欲置我于死地。我韩维章出生入死革命几十年，现在没有别的要求，只求组织上擦亮眼睛，还我清白，不能用得着搂在怀，用不着推下崖。"高书记一行被韩维章讲辩得一句话也答不上来，沉默了许久，高书记才说："你冷静考虑考虑，我们以后再谈。"说完，收拾起卷宗和笔记本，匆匆走了。

十多天后，韩维章正在床上睡觉，突然从屋外闯进五个公安干警，向他亮出了拘捕证。韩维章质问道："你们凭什么逮捕我？"民警说："我们奉命行事，你不服请到审讯室说吧。"韩维章觉得叫喊无济于事，反抗更不是办法，就顺从地伸出双手，戴上了手铐，进了监狱。经过几次审讯，还是那些问题，审判人员逼他招供，他死不承认。啊哟哟！韩维章自来到人世，哪里受过这样的煎熬？悲伤、愤怒、绝望搅得他难以平静，每天发疯似的叫喊，把监狱的铁门踢得震天价响。狱警没办法，只好给他上了脚镣。他开始绝食，后来勉强喝点儿水，渐渐地没了力气，瘫软在地。激愤时，用嘴撕咬自己的皮肉，弄得浑身流血，不久竟气绝身亡。鄂左旗领导给他的大哥韩维德打了电话。韩维德带着十一岁的侄儿赶来收尸。韩维章身材高大，曲着身子躺在棺材里，儿子抚棺嚎哭，韩维德潸然泪下。鄂左旗民政局用一辆卡车，将韩维章的棺木和尸体拉运到了神泉南河畔安葬。

亚芹由于学校放假，对区上的事并不知情。当秦二海拿着八十块钱来找她，并转达了韩维章的话后，她愣在那里，怅然若失，说："那以后我怎么找他？"秦二海说："不是给你说了么！以后他会找你的。"亚芹再没说什么，接过八十块钱，要请秦二海到家喝茶吃饭，秦二海说还有事要办，忙着走了。

亚芹已经三个月没来月经了。肚子一天天地膨胀起来。大嫂看出了苗头，劝她把孩子打掉。说韩维章没了音信，说不定再不回来了。可是亚芹抱着一线希望，硬是没打掉孩子。这样又过了几个月。突然有一天，张开关给李九成说韩维章死在了监狱里。亚芹听到消息后如晴天霹雳，一个人跑在玉米地里大哭起来。她绝望了！其他都不要紧，这肚子里的孩子怎么办呀？自己以后怎么嫁人呀？罢，罢，罢！死了算了！正想着怎么去死，突然传来大嫂急切的呼喊声："亚芹，你在哪儿？亚芹，亚芹……"不一会儿，大嫂就找过来了，一把拽住她的手，说："你干什么呀？不要怕，有大哥大嫂在，天塌不下来！走，跟大嫂回家，听话！"亚芹擦干了眼泪，站起来跟大嫂走回家中。李九成见姑嫂二人进门，什么话也没敢说，躲一边抽烟去了。

又过了不到三个月，亚芹产下一子。孩子很健康，但亚芹说什么也不愿意要。大哥大嫂正惆怅，邻居王河生老婆走进门来，说："听张开关说，亚芹不想要这孩子，劝我来养活。正好我还没生下儿子，就把这孩子送我吧。"亚芹连想都没想，痛快地说："行！送给你。"李九成两口子见亚芹态度这么坚决，就顺水推舟也答应了，只是担心孩子喂奶的事儿。王河生老婆说："我家有一只奶山羊，奶水可旺呢，保证能把孩子养活大。"于是王河生老婆当天就把孩子抱走了。亚芹稍稍定下心来。

鄂左旗人把"三反五反"运动称为"打老虎"运动。韩维章成了牤牛河岸蹦出来的"大老虎。"他的事不断地被人们议论，演绎成许多令人惊叹的传奇。强人已去，形音犹存，噫吁兮：

惩凶救姊出乡关，<br>
枪林冒火人夸赞。<br>
奈何意马拴不住，<br>
毁名殒命窟野边。

## （十九）

韩维章一去不复返了。刘凤翔被正式任命为六区的区委书记兼区长。

杜开富来找张开关，说："新来的区委书记刘凤翔人不错。我给他送苏会沟水利工程所需物资的报告，担心不给批。谁知道，他看了一遍，就痛痛快快地签了字。还说不管韩维章有什么错误，都不能影响苏会沟水利工程的进度。"张开关说："刘书记不但不因人废事，而且在用人上也很厚道。秦二海和张树林，要是依有些人的意见，非打发回家不可。可是，刘书记不但没打发，还把秦二海安排在了粮站，把张树林安排在了邮电所。开富，咱们要给刘区长长脸，坚决把苏会沟水利工程干成功。你今后要多负点儿责任，具体事儿该做主就做主，不要老请示我。"杜开富说："有张支书的这句话，我还敢偷懒？"俩人相视笑了。

水道源头上的滚水坝和引水槽口都做好了。下一步该正式开渠了。

张开关和杜开富领着刘宝维、贾海宽、王怀义，带着皮尺长绳、斧头、木楔和罗盘，开始测量苏会沟水道的位置。杜开富拿着罗盘摆弄来摆弄去总也不得应字，耽误了不少时间。张开关不耐烦了，说："你常夸自个儿心灵手巧，怎连个罗盘也不会用？"杜开富说："这东西我第一次用，我又不是个阴阳！"张开关问："你说什么，阴阳？啊呀，咱干脆就用个阴阳定方位吧。"刘宝维说："那还不容易，尔力湖沟的刘三老汉，成天给人家看宅子，观风水，白事不知办过多少件。把罗盘交给他，用得比谁都强！"贾海宽说："那老汉和我一个村，我去把他找过来。"张开关说："行，不过那老汉六十多岁了，腿脚不便，最好用你家的毛驴把他驮过来。"贾海宽说："那你得给毛驴解决点儿草料钱。""行，少不了你的，快去吧。"贾海宽活蹦乱跳地下坡了。

约一顿饭工夫，贾海宽就赶着一头毛驴走上坡来。驴背上坐着一个老头儿，一颠一颠，还端着烟锅子抽烟呢！毛驴一直走到张开关的脚跟前，刘阴阳才从驴身上爬了下来。张开关上下打量着刘阴阳，不禁笑出声来！这老头儿，又瘦又小，身子还有些佝偻。一对小眼睛，放着亮光。灰白的八字胡上下抽动。牙齿黑黢黢的，只有左上腭的一颗金牙熠熠生辉。刘阴阳见张开关笑话自己，恼了："开关则，女人非笑不嫁汉，男人一笑痴茶汉。"张开关赶快收敛了笑容，说："刘叔，我们请你来测量水利工程。""我这么大岁数了，怎测量？""嗨，就请你把罗盘把好，方向定准，走路嘛，骑这头毛驴，行不？""给我挣多少钱？""嗨，不怕叔笑话！村公所没多少钱，一天给你五毛钱。""这么少？""叔，将就点儿吧。水道要是修好了，你家里也受益！这是给咱自己干活儿。""噢，行吧！看在村公所的面子上，五毛就五毛。"众人都笑了。

在刘阴阳的参与下，测量人员开始定方位，画道道，打木楔，工作很顺利。不少村民跑来观看，邻近的村民还提着茶壶，端着炒米，请测量人员吃饭呢！实实际际地说，谁不盼水道修成功，把自家的旱地也变成水地呢！所以说，人们从内心里对这工程是赞成的。可是，当测量进行到第二天上午时，榆树沟南湾的乔根存老汉提着一根红柳棍，气喘吁吁地跑过来，高吼二叫："停下来，都给我停下来！"测量人员都丢开手中的活儿，奇怪地看着他，弄不清怎么回事儿！不一会儿，乔根存来到张开关跟前，蹾蹄筛脚地问："你们想干什么？"张开关不解地反问："干什么？你明朗朗的两只眼，还不知道我们干什么？""哼，修水渠也不能想在哪儿修就在哪儿修。你们也长着眼睛？往旁边看看那是什么？"众人顺着乔根存手指的地方一看，噢！距离打桩线四五尺的地方，有一个坟圪堆。坟圪堆西面是一条十几米宽的深沟，东面是乱石山。张开关问："你什么意思？"乔根存生气地用红柳棍敲打着地面，说："什么意思？你连这也翻不转，怎跑东窜西当支书？你想想这水道要是从这里经过，我爹的坟进不进水？我爹天天泡在泥水里，能安稳吗？你们不要仗着自己还活着，就欺负死人！"张开关"噢"了一声，问："那你说怎么办？"乔根存举起棍子，干干脆脆地说："改道，改道！这里不能修水道。巴屎还有个先来后到，这地方是我爹先占下的。"张开关前后左右看了看，说："这道不好改！向西是一条深沟，往满填要费多少工？向东更不行了，一座大石山，就是把能搬山的愚公请来，也得干十年。乔根存，你也是讲理的人，为全村人的吃饭大事，能不能让上一步？""你叫我让步？怎个让法？把我爹泡在水里？""嗨，说话不能扒圪梁，咱商量商量，看有没有好的办法！""我没办法，只有你们让开！"刘阴阳见乔根存把张开关戗得气也上不来，实在看不下去，就慢悠悠地走了过来，忽闪了几下小眼珠，说："根存，张支书是给众人办好事，你怎能生死老犟，一句话也听不进？再难的事，总有解决的办法，只要大家都讲理！"乔根存瞪眼看着刘阴阳，说："嘿，阴阳是最知道阴宅的事了！你说我不讲理，那你讲讲看，莫非你还能把水说成个土？"刘阴阳嗤笑道："你不要脚梁面上长眼睛，自看自高！我既能当阴阳，就一定有解决问题的高招！""什么高招，说出来我听听，哼！"刘阴阳不紧不慢地说："我给你爹另瞅一块儿穴地，保证比这好。你睁开眼睛看看，你爹现在这叫甚穴地？面前就是一条大深沟，千担万担的银钱也填不满！后人们就是累断脊梁筋，挣的家当也白白扔在沟里了。如果不搬坟地，你爹三代以后的子孙可能穷得连裤子也拉不起！"乔根存气恼地看着刘阴阳，说："你是不是专门咒我了？小心我扯烂你的嘴！我爹这坟地，是老高川边阴阳给看的，他还不如个你？这块穴地不但后有靠山，前面还有牤牛河，那河是一股源源不断的财水，怎就不行啦？"刘阴阳撇着嘴说："边阴阳只知道死背硬记风水书，不知道全面观察这眼前的地理。这风水再好，也抵不住这条沟的破坏力！边阴阳不学无术，害人匪浅哪！"张开关听了二人的争辩，觉得刘阴阳说的话确实有道理，于是就说："根存，刘阴阳确实懂风水！你就不要死犟了，知道错了还要错到底！这对你和儿孙们一点儿好处也没有！我认为，趁这个机会，让刘阴阳给你爹认认真真地看上一块儿好穴地，保你子孙绵延，富贵发财！"乔根存动摇了，前后左右看了一阵，真觉得自家的坟地有问题，不由得自言自语骂起来："边阴阳，你个狗日的，怎给看下这么个穴地？"一边骂，一边向北边走过去。张开关忙追上去，说："怎么，就不能再商量了？""能是能，迁坟的费用村里给补贴多少？""给你补一百块钱，怎么样？""再加五十。"张开关想了想，说："行，再加五十。"乔根存定顿了一会儿，说："唉，你是支书，只能按你说的办啦。不过，这么大的事儿，咋也得回家和老婆商量一下。"张开关说："行，你快去！我们还在这里等着哩！"乔根存快步向家中走去。

　　不到半个时辰，乔根存和老婆就来到坟地。乔根存说："为了众人的利益，只好给老人迁坟了！不过，我的损失也太大了，不但打搅得老人不得安宁，而且我的花费也不是三百五百能够用。张支书答应补给一百五十块钱太少了，怎也得补贴二百块。"乔根存老婆嚷嚷道："我爹住得好好的，你们硬要让他腾地方，这叫什么理？不补二百块，看哪个孙子敢动坟上一锹土？"杜开富站立起来，质问道："你这老婆怎张口骂人？你说谁是孙子？"乔根存老婆一点不怯惧，立马靠近杜开富，骂道："我看你就是个孙子，相跟着一群孙子！"张开关瞪眼看着乔根存，大声呵斥："乔根存，你把老婆搬来想闹事？"乔根存见张开关恼了，就伸手拽住老婆说："咱少说两句吧，听听张支书怎么说。"乔根存老婆住了嘴，掉头看着张开关。张开关板着面孔说："根存，道理咱已经说过了，不必再啰唆。为了解决问题，村里可以给你补贴二百块钱迁坟费。但是你们不能再闹了，再闹就一分钱也不给！好啦，趁刘阴阳在这里，现在就帮助给你爹选个好穴地，择个好日子，快点迁坟。"乔根存低头想了一会儿，说："行吧！刘阴阳，你要认真给我爹把穴地选好，日子看准，可不能马虎！"刘阴阳噘着嘴说："你把我当成甚人了？我给谁办事儿不认真？哄过谁？"张开关说："好啦，赶快上山吧，这里还有一大群人等着呢！"乔根存和刘阴阳开始爬山，乔根存老婆挑了块儿大石头坐在上面，背对着众人，气呼呼地。

中午时分，刘阴阳和乔根存从山上下来，告诉大家坟地已经选好，迁坟必须在后天太阳一露头就动土。乔根存老婆又嚷嚷起来："迁坟的土工由谁雇？"张开关说："你们自己雇，村公所掏二百块钱就都有了。""啊呀，我还以为土工是村公所雇。要是这样的话，刘阴阳看坟地的钱由村公所付，我们不管！"刘阴阳看着乔根存两口子，气得嘴唇颤动，八字胡乱抖。张开关看了看刘阴阳，说："算啦，你就少挣一次看风水的钱吧。"

第三天早上，乔根存带着两个儿子和一个侄儿来到坟地，老婆和儿媳妇们在后面紧跟。在刘阴阳的安排下，几个人先跪在坟坑前烧香点纸磕头作揖。然后刘阴阳开始摇着铜铃念咒："天灵灵，地灵灵，土地爷协助来迁坟；天皇皇，地皇皇，给二位换个好地方；诸神前来多保佑，大鬼小鬼躲后头；袁天罡来李淳风，请看这群大坏孙；嘛咪嘛咪嘛咪吽，现在开始掏墓门。"乔根存大儿媳妇在刘阴阳旁边站着，虽然听不懂刘阴阳前边"嗡，嗡，嗡"的咒语，但有一句"大坏孙"她却听出来了。于是悄悄地走到婆婆跟前，附耳说："刘阴阳骂咱们是大坏孙！"婆婆听了儿媳妇的话，立马把脸变成个煞白，赶紧走到乔根存身边，把儿媳的话重复了一遍。乔根存火冒三丈，一把拉住刘阴阳的袖子，说："你念的什么咒？谁是大坏孙？"刘阴阳急中生智，辩白道："谁说大坏孙了？我念得是大重孙，这一样吗？你耳朵填进毡毛啦，凭空诬赖阴阳？"乔根存被刘阴阳骂得直翻白眼，看了看老婆和儿媳，说："可能是咱听错了！刘三没那么坏。"然后又严肃地对刘阴阳说："你可不能安坏心！要是因为我爹的坟地没选好，作开怪，我就让我老婆和儿媳妇们，隔三差五去你爹坟头上尿一道，你信不？你爹的坟就在北畔畔，她们能找着。"刘阴阳气得没法儿说，拍着胸脯叫唤："天地良心，难道让刘三把心掏出来让众人看看？"张开关和杜开富早已站在坟地旁，憋不住哈哈大笑。

张开关领导一行人继续勘测，再未遇到村民阻拦。每到一地，都是贾海宽扶着刘阴阳先用罗盘测好方位，再由刘宝维和王怀义爬坡上山打楔子，最后张开关和杜开富拉上皮尺量尺寸。第五天的时候，来到苏会沟一面长满沙蒿和马茹茹的半崖上，贾海宽和王怀义两个人托着刘阴阳测好方位后，王怀义一个人留在半崖上开始打木楔。崖下的人向上仰望。王怀义打第三个木桩时，突然尖叫一声，从崖上滚落下来。贾海宽正在他的下方，毫无准备地被他撞倒在地，俩人都碰破了头皮，伤了腿脚，疼得"嗥嗥"直叫。张开关几个人急忙赶了过来，问："咋回事？"王怀义用手指着崖上说："蛇，一条胳膊粗的黑乌蛇，缠在马茹茹树上，瞪着眼，吐着信子，差点儿把我的手咬住。"张开关向崖上望去，果然见一条黑乌蛇正沿着崖壁，向东边的石缝蠕动。众人吃惊不小。从此以后，一行人凡到了草丛树林地区，都要甩出石块儿敲打一阵，才敢勘测施工，再也不敢盲目乱动。

经过整整九天的勘测，苏会沟水道终于确定下来了。村委会决定，每户人家要出六十个整工日，要男不要女。由各自然村负责人落实每户出工的人员。然后报到村委会，统一安排出工日期，按月向各村公布。第一天上工有三十六人，都带着干粮、工具。张开关和杜开富讲了话，反复强调了各个环节应注意的事项，特别是对安全措施，作了详细的规定。三十六人分成六组，各包一个角落，开始施工。苏会沟里，锤声乱响，人声吵闹，土石翻滚，上下午还有炮声响起。就这样日复一日，村民们克服了重重困难，一直干到第二年农历五月，才将一条弯弯曲曲的悬挂在山脚上面的水道开凿出来。

杜开富望着崖壁上的蜿蜒大渠，兴奋得走来走去，说："张支书，咱明天就试水！把刘区长和区上的领导都请来，再组织上个锣鼓队，买上一箱子二踢脚麻雷炮，震天动地搞它个竣工仪式。"张开关望着悬在头顶上的水道，一字一顿地说："搞庆祝容易，可是一旦水流不动了，就要在领导们面前丢脸了！慎重点儿吧，明天咱哪个领导也不惊动，悄悄地试水，试成功后再搞庆祝也不迟。"杜开富忽眨着眼，自言自语："老天保佑，水流畅通。"

第二天清早，张开关和杜开富就领着十几个青壮年来到水道开端。经过一阵忙乱，大水流进了水道，"哗，哗"地向西流去，无所阻挡。青年们跟着流水，在水道塄上奔跑。大约九点钟时，水流来到榆树沟村口就放缓，接着停滞不动了。十几个后生忙跳进水道开挖。挖一步，水流一步。水道越挖越深！后生们望着前方未挖的水道，大概还有十里多路长，照这样挖下去，水道早就钻在地底下了，哪里还能浇前面的耕地。大家都扔掉手里的铁锹，坐在水道塄上擦汗歇息。张开关也来到水道里，前后观望了一阵，大失所望，连忙对身后的杜开富说："不顶事了！快叫人把水原放进大沟里吧。要不然，渠塄也让水憋塌了！"杜开富立即领着人去上流改水去了。

张开关领着杜开富、刘宝维几个人，垂头丧气地回到村公所。刘宝维给众人散了一排子纸烟。不到五分钟，办公室就烟雾腾腾，几个人相互连脸面都看不清了，一屋子人沉闷难受。忽然办公室进来两个人，张开关透过烟雾细看，是刘区长和阿副区长来了。他急忙站起身，刚准备张嘴说话，就被刘区长按在了椅子上。刘区长和阿副区长各自找了一个凳子坐下。刘区长说:"苏会沟的事我们已经知道了。这个工程的失败不能全怪你们,区公所也有责任!怎就没舍得花钱请几个技术人员认真地测量一下。如果测算准确了,这条水道就修成功了。你们不要灰心,失败是成功之母!这个工程已经花进那么多人力、财力,哪能轻易放弃!我和阿区长商量过了,下个月初,请旗水利局的技术员,认认真真地把苏会沟水道的位置给测出来,然后发动新召村的全体群众继续开工,直到苏会沟的水利工程圆满竣工!"刘区长的话音刚落,张开关就鼓起掌来!紧接着,室内掌声一片。

## （二十）

　　自从土改分了地，张过关和左邻右舍一样，舍开身子，苦熬苦受，日子过得一天比一天强。一九五五年春季，村里组织互助组，驻队干部要张过关也参加，他考虑再三没同意！觉得这是个瞎主意。几家人把土地牲口合在一起，打的粮食怎么分？遇上两个耍奸摺滑的人，还不把老实人当雇工用？区上的领导有时也胡扯哩，说什么河北有个王国藩，三条驴腿子就办起个互助组，打得粮食吃不完！那谁亲眼见了？牲口都是四条腿，三条腿怎耕地，怎拉碾磨？哄人嘛！所以，任凭干部们怎开导，甚至开关来劝说，张过关的头都摇得像个木榔鼓，打定主意，单干！

　　张过关在自己的地上干得欢！小年一过，就打开猪羊圈门子开始掏粪。他算计了一下，今年攒得粪比哪一年也多，要是雨水不误事，秋后肯定大丰收。于是越干越来劲儿，大冷的天，也浑身冒汗，把个贴身坎肩子湿了个透！半前晌的时候，回屋抽了一袋烟，喝了一碗水，舒了舒胳膊，伸伸腿，又准备出去继续干。忽然后村的互助组组长田毛则走进屋来，说："过关哥，吃罢午饭，阿乡长要在大碾房给村民开会，准时参加。"张过关不解地问："什么阿乡长，和阿区长甚关系？""嗨，你就顾栽倒头在自家受，外面的事甚也不知道！咱六区早就改叫新召乡了，阿乡长就是原来那个阿区长。""那他说要开甚会？与我无关就不去了，我还忙着哩。""啊呀，这可不行，上面说了，今儿个的会关系到每户每个人，不去可不行。"张过关迷糊地看着田毛则，说："这么重要？那我就去。"

　　午饭后，张过关把猪喂了，给驴添了草，又把院子扫了一遍，才一步一回头地出了院子。来到大碾房，已经坐下不少人，正交头接耳说着话。他瞅准东旮旯的一个烂木墩坐上去。田毛则离他不远，旁边还有乡干部、张开关、杜开富、刘宝维。他戳了一下身边的张荣发，问："开的什么会，是不是放救济？"张荣发嗤笑道："你就知道个救济！现在不像前几年了，救济来了也没你的！""那开什么会？""听说上面来了精神要办人民公社。""什么叫人民公社？""就是把农民的土地都集中起来，全村的人一块儿种地，一块儿打粮，一块儿分粮分红，搞成大集体。""那行吗？乱哄哄的一群人，七嘴八舌，个人个脾气，丈母娘爱女婿，能过在一起？""唉，我给你说不清。一会儿开会时，干部要详细讲，注意听就知道了。"张过关的心"怦，怦"地跳了起来。

　　不多时，会议开始。张开关说："今天下午召开个村民大会，由阿副乡长给大家讲话，宣布重要的事，大家要认真听。"说完，看了看阿迪亚，阿迪亚就开始讲话："众位乡亲，今天把大家召集在一起，是要向大家宣布一件大事，党中央、毛主席决定，在农村成立人民公社。我们新召乡以后就改叫新召人民公社了。新召村叫新召大队。你们村就叫神树湾小队。这是个三级管理的体制。以小队为基础，把大家的土地集中在一起，集体耕种，秋后核算。把打的粮食给大家按人头留足分配后，剩下的粮食就要按市价卖给国家，卖粮的款加上生产队其他的收入，按社员全年出工所得工分参加分红。人民公社是个大家庭，可以集中人力、物力兴修水利，建设电站，购买现代化的农用机械，将来让大家过楼上楼下，电灯电话，吃饱穿暖的好日子。当然啦，如果有的社、队由于生产条件不好，或者遇到了自然灾害，打的粮食连自己也不够吃时，国家就会给这些社队发放救济粮、救济款，帮助社员们渡过难关。另外需要给大家交代清楚的是，为了方便群众生活，按人头要给社员们留少量的自留地、自留畜、自留树。从明天开始，公社下派的驻队干部，就领导大队、小队干部，挨家挨户检查登记土地、牲畜、树木、农具以及牲口粪肥，折成合理的价格，收回生产队。当然啦，也要留一些必要的农具粪肥和家禽给社员，以方便社员的生产和生活。人民公社是个新生事物，是对农民有利的大好事。大家要提高认识，坚决拥护。谁要是捣乱破坏，就按破坏分子处理，严重的可以判刑。好啦，相信神树湾的群众一定会听党的话，听毛主席的话，走集体化、大生产的光明道路。"阿迪亚讲完话后，张开关说："阿区长的讲话非常重要，大小队干部一定要认真贯彻执行。散会后，立即召开大小队干部会议，研究部署具体工作。"满碾房的村民，一会儿看看阿乡长，一会儿又看看大小队干部，一会又互相对视着，都惊奇这件事儿！想想看，亲兄弟还要分门另户，这全村的人搅在一起过日子，吃喝拉撒的事儿一大堆，怎管呀？没个吃铁咬钢的人当头头，一个月也混不下来就炸锅了！可是话又说回来了，共产党还真能吃铁咬钢，想干的事没有他们干不成的！老蒋的八百万军队都给消灭了，还愁办不成个人民公社？

散会后，村民们惶恐不安地回了家，开始忙乱。忙什么？这土地、农具、牲口明显要归公，谁也扛不住。可是家里的粮食、鸡鸭猪羊和乱七八糟的财产就得先下手，不能充了公！能藏的藏，能吃的吃，能卖的卖。谁精巴，谁就不吃亏。谁痴呆，谁就到时候哭老妈妈调也喋不来了！

晚饭后，张开关在全村转了一遍。嘿，怎全村人都像耗子一样乱圪窜？躲在暗处仔细瞅睹，有好些人家都在房前屋后挖窖藏粮食呢。特别是那个张长鹿，五十多岁的人了，还能背动那么一口袋粮，一步三摇晃挣扎到窖口边，费了那么大劲儿才把口袋放在窖沿上，贼一样地爬在窖口叫喊："宝信、宝信，我把口袋溜下来了，你可接好，不要撒了。"宝信在窖里咋接应，张开关没听清。张开关冷笑了一声，骂道："机灵鬼！谁说要进家搜粮食充公了？神经过敏！"他没好意思惊动这些人，继续向前走去。正走着，迎面气喘吁吁跑过来一个人，吓得张开关毛发都竖起来了，急忙闪在路旁。夜光中仔细一看，咦，这不是韩进财吗？黑天半夜跑甚了？把老子差点吓死！张开关大喊了一声："韩进财！"韩进财浑身颤抖了一下，立马收住脚步，躲在了路边。张开关走了过去，问："毛鬼神，你黑天半夜乱跑甚了？疯啦？"韩进财"啊"了一声，说："三哥，张支书，吓死我了！你跑出来做甚？""我做甚你不要管，我先问你，你这是乱跑甚？"韩进财半天不作声，张开关又问："你哑巴了？有事快说，我你还不相信？我虽然当了支书，也是你三哥。"韩进财嗫嚅地说："我说了，你不能整我。""行，我不整你！"韩进财这才吞吞吐吐地说："我有三只绵羊，怕入社，想拉到小舅子家存几天，然后再拉到大柳塔集市上卖了。""那你空身子跑甚了？""嗨，三个绵羊的蹄子我都用绳子捆好，放在平板车上，正拉车走着，一只绵羊就把绳子挣脱了。我紧捞急抓，羊就滚到车下跑了！""那两只羊呢？""在后面车子上。""那我去把车子看住，你快去找羊吧。""啊呀，三哥！你是我的救星，快帮我看住车上的羊，

81

我一会儿就回来。"韩进财向前寻羊去了，张开关回头找见了平板车，两羊绵羊还在车上躺着。张开关一边坐在车上抽烟等待，一边向村子周围张望，哟！咋快睡觉时分了，好多人家的烟洞上还冒着火花，这是做甚呢？想去看看，可韩进财找羊还没回来。大约等了一顿饭的功夫，韩进财才返了回来，老远就说："三哥，羊找着了！""在哪儿找见的？""嗨，遍滩找都不见踪影，最后返回自家羊圈，才发现那绵羊自己能找着路，回来了！""噢，那我也回家呀！不过我给你个建议，这羊不要往你小舅子家送了。公家允许社员养一部分自留畜，不要听有人瞎忽煽！""你说的是实情？""是实情，不信你走着看。"张开关一边说，一边跳下车向南走去。路过杨银山家时，听到屋里有人拉话，轻脚慢步走到窗户下，凑近破窗户纸向里一眈，杨银山正和乔信则坐在凳子上拉话。乔信则问杨银山："今儿黑夜你吃了甚饭？"杨银山说："玉米窝头和菜汤。""哎，你脑子不满哪？眼看东西都要入社了，还不抓紧吃？""那你吃的甚？""我吃得炖鸡肉黄米饭！明儿中午是油糕饸饹。""哦，你说干部真敢来农民家里搜粮食、捉鸡捞白菜？""怎不敢？到时候你就知道了。""要是那样的话，明天我也吃好的。"张开关真想进屋把乔信则大骂一顿，但想到自己是偷听，就忍着没作声，悄悄离开了。路上遇到两家烟洞冒火的人家，未进院子，就闻到一股油肉的香味儿，张开关哂笑两声，回到自己家中。

张过关散会后，忙忙地走进驴圈里，弯腰撮了一大笸箩碎干草，倒进了驴槽里。大黑驴摇头摆尾嚼咽起来。这是张过关花了一百一十七块钱在大柳塔集市上挑来选去，痛下决心才买的驴。是六岁子母驴，谁不信掰开驴嘴看看么，齐口牙！再看看浑身油黑发亮的毛，粗长的腿，碗瓜子大的蹄，圆啾啾的屁股长长的腰！特别是那声叫唤，"咴，咴"的谁听也像骡马音，五里外的儿马叫驴听到它的吼声都能挣断缰绳跑过来！上个月的一天傍晚，张过关正躺在炕上歇息，听到院里一阵马蹄声。披衣出去一看，一匹儿马正和自家的草驴交媾呢！张过关一阵暗喜，不掏钱就能务骡子，好事么！这驴干活儿有劲，一口气耕三亩地不冒一滴汗。也好骑，骑上去不颠不颤，赛如一匹好走马。哎，这驴真是个宝，是家庭成员，是张过关的"好伙计！"张过关实在舍不得它拴在生产队的驴槽上！

张过关扔掉手中的草簸箩，回到屋里。二树已吃过饭，在炕上玩纸牌。来娣端来一碗热拌汤，一碟子糜子窝头。张过关三口两口喝下一碗汤，胡乱吞进一块窝窝头，就脱衣睡觉了。啊呀，怎有人来到院子里，鬼一样地飘到驴圈里，伸手就牵驴！驴仰脖张嘴"咴，咴"直叫唤！张过关吓得一激灵，大叫:"不能偷我的驴!"睁眼四下观察,黑洞洞的,原来是一场噩梦,摸了一把身子,浑身都是汗。来娣急忙跑过来问:"爹,谁偷咱家的驴?"张过关坐起身,叹口气说:"没人偷,是爹做梦了。"

天还没亮,张过关就提着粪筐粪叉去拾粪。太阳露头时,拾了满满一筐子。这是习惯,与入不入社无关。早饭后,张过关坐在家里等待着干部们来登记牲口、农具和粪肥,想争个好价钱。可一直等到中午,也没见一个人来。

下午,张过关去村里溜达,瞭见乡生产干事李占海领着张开关、杜开富、刘宝维、田毛则进了杨三虎院子。张过关急忙赶了过去,走在院门口,见杨三虎正拿着一盒"哈德门"纸烟给来人散发呢,杨三虎老婆擦着火柴,给大家一一点燃。李占海一边抽烟,一边说:"我们来登记你们家的牲口、农具和粪肥。"杨三虎笑嘻嘻地说:"不忙,先进屋喝口茶。"李占海说:"刚在张长鹿家喝过,不渴。"张开关说:"三虎,先去你家驴圈看看。"杨三虎收起了笑容说:"我家可是一头骡子,不是毛驴。"李占海说:"骡子的价分三等,头等一百二十块,二等一百块,三等八十块。"杨三虎问:"三个等级是怎分的?"杜开富说:"六岁子至九岁子是一等。十岁子至十五岁子为二等,一岁子至五岁子也按二等算。十六岁子以上为三等。""哦,我的骡子够一等。"张开关说:"够不够一等到跟前看,是几等就几等,公平合理。"几个人一边说,一边来到牲口圈。杜开富说:"三虎,你把笼头拽住,我把骡嘴掰开来,让众人看看。"杨三虎点了点头,走近骡子,拽紧笼头。杜开富伸出两手,将骡嘴掰开,发现牙齿齐口。突然刘宝维说:"啊呀,这骡子不够六岁,靠里的下齿有的还没长齐。"众人靠近细看,靠里果然有几颗牙齿有些短小。李占海说:"这骡子不够六岁子。"杨三虎急了,争辩道:"只有两三颗牙不太齐,只能按六岁子算,一等价!"杜开富看了看李占海,说:"那我就按二等骡价登记了。"说完,拿出本子和笔就要写。杨三虎从杜开富手里一把夺过本子和笔,怒吼道:"怎么?抢人呀?谁把这骡子定成二等价,谁就瞎苦眼窝了!"杨三虎老婆抱着一摞碗,正准备给众人倒茶,听说要给自家的骡子定二等价,"嗵"地一声把碗放在地皮上,惊叫道:"这么好的骡子能打成二等价?你们的眼窝长到后脖颈了?"说着,就把众人从牲口圈里往外推。一边推,一边哭喊:"我的骡子不入社了,我自己用呀!"张开关把李占海叫在一旁,低声说了几句话。李占海就对众人说:"这骡子可能是五岁子半,给三虎再加十块钱吧。"杨三虎说:"不行,加二十。"张开关说:"三虎,你不能乱闹了,多少就多少!这是给众人办事,又不是光对你一个人!"杨三虎不作声了,老婆还在哭,刘宝维劝道:"嫂子,不要哭了,已经给你又加了十块钱,公道了嘛！"杜开富从杨三虎手里夺过本子和笔，按一百一十块登了记。接下来，众人又将杨三虎家的犁铧、耧耙、粪肥记了数。杨三虎和老婆又进行了好一阵争执和吵闹，两个多小时后，才勉强同意了工作组的估价。

李占海和众人从杨三虎家走出来，张开关看见二哥跟在后面，就说："你跟上我们干什么？回家等着吧。"张过关说："我想看看你们怎给牲口估价。"杜开富说："怎估价？公公道道地估。今天我已经和村民嚷了三架了，不公道的事，咱不做。"张过关看了一眼张开关，说："行了，我回家。"

太阳快落山时，李占海一行来到张过关院子里，张过关迎了上去，抢先说："我的毛驴是去年在大柳塔花了一百二十块钱买来的，母驴，七岁，已经务住骡子啦，评少了我不同意。"李占海说："毛驴也分三个等级，按级别比骡子少五块钱。"张过关问："那驴肚里的骡驹子怎算价？""现在不好说，如果按时下了驹，再给你把钱补上。""补多少？""驴驹子比骡驹子少五块。""我的是骡驹子。""那就按骡驹子价钱算。"几个人走进驴圈里，张过关拽着笼头，杜开富掰开驴嘴，众人一看：齐口，下门齿黑窝由方变圆，是七岁子。李占海说："开富，按一等价登记上。另外写清楚，将来毛驴按时产了驹，按规定补钱。"杜开富放开驴唇，到外面的磨盘上拿起纸笔，作了登记。至于农具、粪肥的数量和价格，张过关没怎么争就认可了。只是可惜自家的毛驴要被人拉走了。

张过关每天注视着李占海一行人的举动。他发现，这两天工作组开始给各户丈量自留地时，几乎每天都要和社员有摩擦，轻了吵架，重了拉扯，擦红抹黑，是非不断。嗨，农民嘛，天生要在土里刨食，不争能行？

半前响，李占海一帮人来到张过关门前，开始给他丈量自留地。张过关特意配制了二升好烟叶儿，里面加了党参、冰片和香料，殷勤地把工作组的人都招呼过来，给每个人都装了一袋烟叶子，反复说："上等烟叶儿，你们尝尝。"李占海笑道："行啦，行啦！不用溜舔，我们会公道办事的，不让你吃亏。"张过关见李占海把话挑明了，就红着脸说："李组长，百石塔东边的地我培养好几年了，能不能把拐角处的那八分地给我留下，至于剩余的五分地，你们随便留给我。"田毛则摇了摇头说："百石塔的地是整整顿顿的三十亩地，应该划归集体，如果给你切出八分地，其他人提出同样的要求怎么办？那还不把这片地给切烂了？依我说，布连塔上面的那一亩六分水地，干脆留给你和王和生，不多不少正好好。"张过关说："百石塔东畔的地本来就是我的，你知道这几年我往里面上了多少粪？辛辛苦苦培养的高产田，让众人不劳而获，这公道吗？布连塔上面的地，虽说能过上水，可那是什么地？二沙沙地！既不保水也不保肥，能和百石塔的地相比？哼！"张开关见二哥犟劲上来了，就劝道："田队长说的话有道理。光是你一个人，就依了你！可是神树湾的人多着哩！蛇跑兔子窜，各有各的打算。稍有漏洞，就有人钻。咱要支持工作组的工作嘛！"杜开富紧接着说："二哥，三哥说得对着哩。小家服从大家，个人服从集体，这是大道理。再说了，你在百石塔的那片儿地，原来也是二沙沙地，只不过是你勤快，能吃苦，不但往里多上粪，而且红泥土也没少往里担，这才变成了高产田。布连塔那片地，如果分到你手里，我敢保证，不出二年，你一样样儿能把它培养成高产田。二哥，你仔细想想吧。"接着，其他人又一阵打劝，张过关只好叹了口气，答应了。

　　下午，工作组给南坡刘占长量自留地，量了两绳子，刘占长就火了，说田毛则故意把绳子拉得松松的，一分地最多是八厘。田毛则火了，将绳子一把甩过去说："刘占长，我量了好几天了，没听谁说我绳子拉得松，怎遇到你圪泡①就有问题？"刘占长说："你才是圪泡！从来就三等两样对待人！""放屁！老子行得端立得正，甚时候打对过人？""你还夸自己没打对过人？乔宽则老婆不叫你串，你圪搅得乔宽则吃不上一块钱救济款，有的事儿还是没的事儿？"田毛则青筋暴跳，大骂："你个有天没日头的龟孙子，敢公开给老子造谣？老子剥了你的皮！"一边说，一边就冲了上去。刘宝维和杜开富急忙上去拉架，紧拉慢拉，那两个人已经打在了一起。刘占长把田毛则的布衫子扯成个稀巴烂，田毛则把刘占长的裤子扒成个大开裆。一群老婆娃娃赶过来看红火。娃娃们看见刘占长的赤屁股，惊奇得直叫唤，有的还圪蹴下往上瞭！老婆们急忙背过脸，笑得浑身筛成一堆。李占海大喝道："把这两个气圪泡都给我拉回去！今天的地不量了，明天再量！"刘宝维急忙把刘占长的裤子拽起来，不由分说把他推到地塄上。刘占长气不过，掉头还和田毛则对骂着，田毛则朝刘占长唾了一痰，脖子挺得铁硬，腾腾地向北走了。刘占长老婆跑过来，准备撵田毛则，可是田毛则走远了，只好和刘宝维推着男人回家去，众人见打架的人都走了，也就散去。

　　经过十几天的吵嚷、谩骂、协商，工作组终于把神树湾的村民变成了人民公社的社员。最后，工作组又在大碾房召开了群众大会。李占海在会上讲了话，要求社员们从今往后，都要听从大小队干部的正确领导，爱集体，爱国家，人人为我，我为人人，成为人民公社的好社员。他的讲话结束后，杨毛团问："以后，社员家里的叉耙连枷鸡鸭、猪羊、米面、白菜以及萝卜、山

---

① 圪泡，内蒙古方言，杂种的意思。

药、腌猪肉，再往大集体入不啦？"李占海笑了，说："谁说这些东西也公伙啦？不过，有这种想法的人，今年确实过了个好年。油糕饸饹炖羊肉，白面蒸馍肉烩菜，一直能吃到二月二。"刘宝维说："有的人家能把羊杀完，鸡宰光，白面吃得不留一斤。等清明节上坟的时候，给老先人的供品也没有了，纯粹是些猪脑子！"全场一阵笑声。

## （二十一）

春耕开始后，公社秘书王文义给神树湾的社员开了会，说："最近，党中央制定了'鼓足干劲儿，力争上游，多快好省地建设社会主义的'总路线，并向全国发出了'大跃进'，'大炼钢铁'的号召，决心十年超过英国，十五年赶上美国，跑步进入共产主义。在座的社员们，除了个别地主富农分子，都是新中国的主人。既然是主人，就要担起这个责任。怎么担呢？一方面，积极参加生产劳动，使猛劲儿，流大汗，九牛爬坡个个出力！另一方面，要把家中的废铁全部贡献出来，由生产队挨户收缴，运到公社炼铁厂加工成钢锭，上缴国家。实在没有废铁的人家，就把多余的铁锅、犁铧、锄头上缴。每户人家必须缴十斤以上，多者表扬。这是建设社会主义及早进入共产主义的需要，谁也不能落后，更不许反对。"王文义讲完话后，扫视了一下会场，看社员们有什么反应。田喜则憋不住，问："搞建设是各行各业的事，怎国家一有事，就抠住农民不放？"王文义不屑地瞧了一眼田喜则，轻蔑地说："你知道个甚？其他行业的负担比农民还要重哩！""咋个重法？既不给国家缴粮，也不给政府献铁，要耍嘴皮就是负担？""哎，可不是光凭嘴说！上个月，旗党委开了会，凡是在农村蹲点儿的干部，亩产上不了千斤，过年也不许回家！就连文化教育界也领了硬任务！"地角小凳上坐着的高中生刘利民，听王文义说文化教育界也领了硬任务，就问："文化教育有甚硬任务？"王文义说："咱地区作出了决定，每个旗县必须一年出一个鲁迅，出两个郭沫若。""啊呀！那是中国近百年来的顶尖儿文人，现在每个县一年就要出三个，能有那么多文曲星下界？怕死人了！"王文义轻蔑地瞧了刘利民一眼，笑道："现在一天等于二十年，你不知道？"刘利民赧然低下了头，不说话了。王文义接着说："好啦，明天生产队就开始收废铁，谁也不能抗缴，散会。"

第二天一大早，田毛则领着李顶则，赶着一辆二饼子牛车挨户收废铁。先到张开关家，常明英把预先搜寻出来的所有废铁都缴了出来，过了秤，共有二百六十多斤。田毛则欢喜，说："还是人家张支书、张铁匠哪，缴这么多。"说完，就赶着车从村南头逐户收取。有的户子能缴三十多斤，多数户子缴二十多斤。刘三只缴出三斤烂铁片子。田毛则不允许："昨天开会讲得清清楚楚，最少缴十斤。"刘三翻眼了："没有就是没有，不行你把我打成铁！"田毛则犟着了："把你打不成铁，但要进你凉房里看一看。"刘三恼了："你想搜家？""不是我想搜家，而是你有铁不缴！""哎，里面是我留下打菜刀的几圪垯铁，你收走我拿甚打菜刀？""嘿！刘三，国家建设重要，还是你打菜刀重要？""我就不缴！""不缴不行，顶则，把凉房打开！"李顶则上前就推凉房门，刘三伸手拽住凉房的把手。两人眼看就要撕扯起来，刘四急急忙忙地跑了过来："哥，给他们吧！我家里还有一圪垯炮弹皮，打菜刀疯快，你拿去用吧。"刘三看了一眼刘四，将手慢慢松了开来。李顶则推门进了凉房，在地旮旯拣起五块废铁，过秤一称，十二斤八两，就手都扔在了牛车上，吱吱扭扭出了门。来到乔根存家，一共称了九斤半铁。田毛则认为不够，还要乔根存往出缴。乔根存生气了，快步跑进茅厕，拉出一个烂毛勺，"通"地一声扔在了牛车上。李顶则说："根存则，你这是糟蹋人嘛！臭烘烘的掏粪勺子，怎打铁？"乔根存嗤笑道："你们不是见铁就收吗？这个烂茅勺，最少也有五斤重，我超额上缴了。"李顶则嫌茅勺臭，想从车上扔下去，被田毛则拉住了："算了，算了！狗屎晒上三个月也不臭了，何况是掏人屎的勺子！填进火炉里，一样样炼成铁。"说完拽过牛缰绳就向队里的库房走去。

　　收完废铁后，田毛则和李顶则赶着两辆牛车来到公社炼铁厂。厂内已经堆放了十几堆烂废铁。张开关从一间土房里走出来，问："这是你们队里送来的铁？"田毛则说："是哩，一共八百二十斤。"张开关对保管员栗三毛说："过一下秤，登记起来。"栗三毛跟着李顶则过秤去了。田毛则问张开关："你咋也在这里？"张开关笑了："我现在是炼钢厂厂长，还单另烧着一座炉，亲自动手打铁。"说着，就走向一座铁匠炉子边。徒弟秦维平见师傅走了过来，忙着拉动风箱，往炉火里填铁。不一会儿，张开关就从火炉里夹出一大块软溜溜的红圪垯，放在铁砧上，和秦维平一递一锤地锻打起来，打得火花四溅，生人不敢近前。田毛则向四周看了看，还有九座铁匠炉，都在击打烧红的铁，满院子火花飞溅，锤声"叮当。"田毛则大开眼界，活这么老小，第一次见这么多铁匠在一块打铁，打得震天价响！

　　秋收决算后，粮食和红利都已分到了户，忽然公社干部李文亮来神树湾给社员开大会，要在生产队办公共大食堂，说社员们以后必须在一块儿吃大锅饭。田毛则说："李干事，粮食和红利都分了，拿甚给社员做饭吃？"李文亮不以为然地说："这还不简单？先按人头让社员们交回一定的粮食、蔬菜和油盐，不就能开伙了吗？"张虎说："即便柴米油盐解决了，锅灶也是大问题。全村几百号人，去哪儿寻那么大的锅和那么多的盆和碗？"李文亮挠了挠头说："不行的话，你们去陶亥召和喇嘛们联系一下，他们有两口熬粥的大海锅，借你们一口就行了。"张进财哈哈大笑起来："借个屁！其中一口锅早让炼铁厂炼成铁圪垯了。"田毛则问："李干事，这一家一户分开来吃多省事，非要合起来吃混食？"李文亮不容商量地说："这是上面下达的指示，不实行不行。""这有甚好处？""哎，你好好想一想，好处大着哩！天天在一个大锅上搅稀稠，既能培养集体主义精神，又能增加爱社如家的情感，更便于将来向共产主义迈进。""依你说，这食堂是非办不可了？""非办不可！十天以后，如果社员们还不在一块吃饭，拿你是问！"田毛则如同一个木偶，直愣愣地立在原地。

十天后，神树湾真格办起了公共大食堂。原来馏酒的缸房院内，露天垒起了十五盘大炉灶，安了十五口大铁锅和十五口小锅子。光做饭的大师傅就用了三十个，还有五个担水打杂的。鸡叫二遍就开始烧火做饭。太阳没露头，院里就站下黑压压的一大群人，敲碗敲盆子，响成一大片，急着要打饭。等饭都打出去，太阳已升高一竿子。一日三餐，能耗去大半天。

张开关回家问老婆："你怎不去食堂打饭？"老婆撇着嘴："那饭能吃吗？""怎不能吃？""可脏了！大师傅基本上不洗手，擤完鼻涕就切菜，我亲眼看见两三回。再说了，敞滩上安锅做饭，风刮起的沙土脏物能不进饭里面？""那你就让我饿肚子？""没办法，不行就拌点炒面将就吧。"

张开关吃完炒面来到田毛则家，问："食堂办了几天了？""七天了。""效果怎么样？""这不用问我，你问社员就知道了。""社员们怎么说？""没一个满意的，没一个不咒骂！""哦，这种做法，占用的人工和时间也太多了，以后还要影响生产。""可不是嘛！现在是冬季，要是春耕开始了，影响还大着哩。""那你觉得应该怎么办？""怎么办？最好的办法是解散，不能没事找难堪。""收回来的粮食还有多少？""最多吃三天。"张开关一连抽了两锅子烟，咬了咬牙，坚决地说："把收回的粮食吃完了，就解散大食堂，瞎胡闹嘛！"田毛则疑虑地问："你说的是真话？""我甚时候给你说假话了！"田毛则高兴地溜下炕，望着张开关："好，我就听你的指示。"

神树湾的公共食堂一共办了十天。其他生产队的食堂也没坚持过半个月。

## （二十二）

　　田毛则担任了神树湾第一任生产队长，这个职务是由社员大会推选，大队党支部任命的，一小部分人不同意也没办法，只能发发牢骚！刘占长一走出大碾房就嗤笑："让狗日的当！用不了三个月，就碰到圪针头上了。"

　　其实用不了三个月！不到十天，田毛则的脑袋就朽的和杏儿圪蛋一样。

　　春风过后，生产队开始备耕，社员的自留地也开始备耕！自留地虽然不多，但社员们特别重视。就拿张过关来说吧，这几天鸡叫二遍准时下地。他担着一担红柳筐，在后沟里一担又一担地往连塔那块地上担红泥。鸡还没叫三遍时，他就担了十几担！然后又"吭哧，吭哧"地往平摊。他要把这二沙沙地改造成保水保肥的上等过水地，超过百石塔！土堆摊平后，他又忙忙回到家中，放下扁担箩筐，提起粪筐粪叉子，跑到大路上、河滩里拾粪。太阳出来时，来娣喊："爹，吃饭啰！爹，吃饭啰！"这时他正好拾了满满一筐子粪，抬头看看来娣，一边用衣襟子擦着汗，一边喘着气，进门坐在炕上，乏得像刚从犁上卸下的牛！杨毛团、李买地、杨三老汉和多数人也是天不明就忙开了，有的掏茬子，有的平整地，有的担水担土拌粪肥，忽闪得就像迎风转动的风葫芦儿。田喜则老汉提着粪筐粪叉子，一边走一边骂："张过关这个老圪泡，咋跑得这么快，把上下坡上的粪拾得一泡不剩，这是糜子窝窝？拾回去吃呀？"

　　早饭后，社员们陆续来到集体地。一大群人吵吵嚷嚷，打情骂俏，串话乱飞，红火得衣服扣子都放开了！有人说，这些人天不明就起来做营生，现在还不累？还有这精神？嗨，这你就不懂了，劳动人的身子，早就打熬出来了，干那点活，只要吃上一顿饭，抽上一袋烟，长长舒上两个腰，立马就不乏了。不然的话，还能叫成个受苦人？

　　田毛则早早就圪蹴在地塄上等待着社员们上工。一早上，他已经骂过两个人了，都是因为迟到。正气哼哼地靠在土塄上喘气，忽然看见远处又来了一个老婆，噢！是王引儿老婆。这个"撮草管篮子"，狼撑上也不着急，走一步筛一下，也不管多少人在等她！几十步路，走了一大气才来到人群里。田毛则跳起来，厉声问："王老婆儿，你这是第几次迟到了？"王引儿老婆忽眨了一下眼，说："不知道！""哼，这是第三回了。""啊，你们给我往多记了吧？""你不要装糊涂了，迟到一次扣一工分。""嘿！你这个田队长，迟到的人也不是我一个,咋就瞅住我不放?""谁迟到了没扣工,说!""我说不出口!""说不出口就是没有!""噢,也行!就当没有。反正你以后公道点儿就行。"田毛则气得直瞪眼,质问道:"我怎不公道了,啊?"王引儿老婆撇了撇嘴,钻进人群躲开了。站在一旁的杨毛团戳了一下李买地,眨了眨眼说:"你知道王引儿老婆攀谁了?""嗨,这还用问?肯定是攀刘面换老婆哩!"杨毛团点了点头,诡秘地一笑:"别看田毛子黑焦污烂,瘦的和干狼一样,还有伙计呢!①。"田毛则开始安排生产,他走在高圪塄上大声说:"他二姨姨、四妗子、李婶儿和桃女子,翻转则、板人则……去前塔掏苴苴,由李婶儿领导,一上午把那圪垯地全掏完。"李婶儿数了数这些老婆女子,一共十五个人,说了声:"走吧!"一群妇女就嘻嘻哈哈相跟上朝前走了。田毛则接着说:"喜则哥、五叔、二爹、羊换则……去牲口圈掏粪。八个人掏,五个人赶上二饼子车往地里送。三个人担上水,拿上锹拍粪堆。注意了,粪堆要用拌湿的土拍得光光的,这样才能高温发酵,既增加肥力又杀虫。喜则哥,你领上去吧。今儿上午最少掏出三十车粪。"田喜则领着一帮男人走了。田毛则又安排:"杨毛圪纸、刘三、丑则、成祥……都去城壕整地,一上午整出四分之一来。刘三领着去吧。"刘三一群人扛着铁锹去了城壕。最后剩下李买地、李喜则、张二树、李爱国四个人,被安排到乌吉泰沟浇果树,李买地当组长。李买地说:"二树年龄太小,换个大后生吧。"田毛则吼叫:"雀儿放个屁还添一股风哩,二树能不顶事?"李买地呲了呲牙,哂笑两声走了。李买地几个人各自回家担了水桶,在乌吉泰沟水渠子里,用瓢将水桶舀满,然后担到果园里浇树。李买地说:"一担水浇四棵树,浇完就歇息。"大家欢天喜地,不到半晌,就把一大片果树浇了个遍。李买地把水桶往地上一放,扁担一撂,说:"太阳把沙坡晒热了,躺下睡觉吧!"几个人放下水桶扁担,手舞足蹈,挨着躺在了沙滩上,望着蓝天。李喜则坐起身来,看着河对面的山圪梁,开口唱道:"头一道圪梁梁哎哟哟哎哟哟,二一道道洼,三一道道圪梁上哎哟哟哎个哟哟双骑上马。"李买地接着唱:"你妈妈生你来哎哟哟哎哟哟,好呀么好人样,板眉那个善眼哎哟哟哎个哟哟圪泡相。"李爱国撩起肚皮,打着节拍,乐呵呵地听二人唱歌。张二树说:"我也给你们唱一曲儿,听不听?"李喜则说:"啊呀,想唱就唱吧,谁也没缝你的嘴。"张二树亮着童音唱道:"初八、十八、二十八,姊妹二人捉蛤蟆,捉得蛤蟆四条腿,扑通扑通跳下水呀哪么咿呀嗨呀咿呀嗨。"李爱国仍然撩肚皮打拍子,不一会,觉得肚

---

① 北方土话,情人的意思。

子"咕咕"地响了起来，还圪拧得来回翻动，啊呀！屁股门子也开始蠕动了！于是急忙站了起来，向东走去。李买地问："小子，你想做甚？敢不是到田毛则那儿告状吧？"李爱国一边走，一边说："我拉屎去。""那你快点儿，路上碰见人绕开走。""知道。"李爱国一溜烟向坡底跑去。李买地三个人继续唱曲取乐。半个多小时后，才看见李爱国走回来。李买地骂道："拉一泡屎怎走这么长时间？没把肠肚拉出来？"李爱国笑嘻嘻地说："路远，费时间。""拉屎要跑多远的路？你小子敢不是到渠里干什么丑事吧？"李爱国急忙交底："我跑到我家自留地里拉了泡屎，路还不远？""嘿，拉泡屎怎还专门跑在你家自留地？""嗨，亏你还是个农民，连这个也不懂！我爹说了，一泡屎能多打半斤粮，拉屎一定拉在咱自留地，可不敢拉在集体地！上一回我屎紧了，翻梁跳沟跑了好一气，才拉在自家自留地，差点儿没拉在裤子里。"李喜则和张二树都笑了起来，李买地看着李爱国，骂道："人有种，谷有垯，你怎就和你大一样样自私？下次社员会上，我建议给你戴一顶'自私圪泡帽子'，你看怎样？"李爱国噘着嘴说："还说我呢，其实你比我还坏！"一边说一边就躺在旁边的一块大石头上，眯缝着眼，悠闲自得地睡起来。突然，觉得有人往自己裤腿里塞棍子，还在内外裤之间乱搅动。于是生气地说："不要往我裤子里塞棍子！没事下河洗炭去。"正说着，张二树尖叫起来："爱国，你裤子里有蛇！"李爱国睁眼向下一看，一条锄把粗的大灰蛇正摆着尾巴往自己左腿裤子里钻，吓得他尖叫一声，站立起来，将蛇抖落在沙地上。蛇受到惊吓，"嗖，嗖"地钻进石头下面去了。四个人都惊慌起来，立即离开这里，走到上面一个没毛沙滩上，重新躺了下来。李爱国脸色煞白，再也不敢闭上眼睛睡觉了。

下午，李买地四人跟着田毛则加入大群，在百石塔平整土地。杨毛团看着李买地直眨眼，李买地凑过去，悄声问："有甚事儿？"杨毛团附在李买地的耳边说："那几个老婆不知道说甚哩！咱俩凑过去探听一下。""要去你去，我不去。""嗨，老婆们的秘密可多了，咱听听，我一个人有些尴尬。"李买地用指头戳了一下杨毛团的肩膀，笑了笑，俩人就慢慢挪到女人群里。扎愣起耳朵，听到李羊换老婆说："我昨晚上一夜没睡。"刘三老婆笑道："羊换好身体，能弄一黑夜？""唉，你想到甚地方了！我家老母猪快要下儿子了，我怕人不在跟前，让笨母猪把猪儿子压死呢！""哟，你真命好，一年能下两窝猪儿子，老母猪就把你扶发了！"李羊换老婆得意地笑了起来。笑了一阵后，突然压低声音问："你家那头草驴现在有个动静没有？是不是满肚子文章了？"刘三老婆说："自从我家骡子入了社，刘三就一直谋划着买个草驴务骡子。二月初三,刘三在大柳塔赶集,花了九十块钱买回一头六岁子草驴,正好集市上有人拉着一匹大儿马,刘三干脆又花了十块钱,让那儿马把草驴狠狠价跳了一气。嗨,好运气,我那草驴现在肚子已经有了动静,怀住骡驹子啦!"李羊换老婆羡慕地望着刘三老婆,说:"男人要是会算计,做甚都不漏空。"两个老婆只顾拉话,哪里注意干活儿!只见锹头在地皮上杵拉,不见铲起土来。杨毛团和李买地觉得这两女人说不出什么新闻来,就向西边那几个年轻闺女媳妇望去。嚄,二女子出落得真袭人,个头展悠悠地,脸蛋儿殷红似白,站在那里直拧扭,都快赶上桃女子风流了。杨毛团眼睛瓷瞪瞪地看着,支着一张铁锹发起呆来。突然,田毛则来到跟前,一把夺下他的铁锹,吓得杨毛团一激灵,差点倒在地上。正想发火,才发现是田队长来了,就红着脸说:"田叔,把锹给我,我还要平地呢!"田毛则一把锹还给杨毛团,一边警告说:"你老婆瞅你多时了,小心今儿黑夜抽你的筋,吸你的髓!"正说着,又看见乔锁团也支着一张锹,东张西望。田毛则气得直瞪眼,急忙走过去,骂道:"我刚刚说过你,怎铲几锹又歇下了?"旁边李买地乘机起哄:"田队长,你还不知道?锁团是骟马屌子,一忽兴就死焉了!"旁边的人都笑了起来。乔锁团恼羞成怒,不怪李买地,反而愤愤不平地看着田毛则,说:"我是骟马屌子?我看你就是个吆群儿马!吆群你也吆不好!睁开你的眼睛看看草场上还缺哪一头驴?你怎不去管?"田毛则大声问:"谁没来,你说!""我要是说出来,你那个队长不就我当了吗?"田毛则气呼呼地前后左右看了一遍,突然发现张荣发没出工。一时怒火上来,撇开乔锁团不管了,直奔张荣发家。进院观看,空无一人。返身出院,绕到房后,才看见张荣发正圪蹴在自留地里种党参。田毛则怒气冲冲地质问:"你为什么不请假?为什么不出工?为什么毬不理神仙?"张荣发也恼了,讥讽道:"我牛大的官儿都见过,不稀罕你这毬大的官!"田毛则大怒,骂道:"我甚牛头也见过,还怕你这颗狗头?你等着,旷一天工,罚你十工分,不服你到中央告状去!"张荣发眨巴着眼,好一气没回声。思索了一阵,突然软了下来,拽住要走的田毛则,央求道:"田哥,今儿个是荣发不对,你可不能计较,我现在就跟你出工去。"田毛则冷笑道:"你不是硬得夜壶里也放不进去嘛,怎又软下来了?你不要假装认错,我知道你从来没把老田放在眼里!"说完,摔开张荣发就要走,张荣发真急了,慌不择言说:"田哥,你有理,你厉害!张荣发软的欺,硬的怕,见了驴毬圪蹴下。"田毛则忍不住笑了起来,反问:"你这是认错了,还是骂人了?"张荣发定神一想,醒悟过来,说:"啊呀,你看我这张臭嘴,怎把田哥说成那个了。"田毛则挣脱张荣发的手,朝前走去。张荣发急忙回院里拿了一张锹,从后边紧紧跟上。

收工后,田毛则找到张开关和驻队干部李占海,说:"这个队长我没法儿当了,你们换人吧。"李占海惊奇地问:"为什么?群众拥护,领导信任,还能不当?""嗨,生产队里的人太难管了!都是一些自私脑袋,凡是集体的事儿,都不实心干,出工不出力,有空子就占便宜,太复杂了!照这样下去,春耕生产肯定误事,以后就更不好说了。""哦,你不能泄气,组织上帮你!""怎么帮?""做政治思想工作,加强思想教育,让社员们分清公与私的关系。你赶快通知全体社员,今晚一吃完饭,就来大碾房开会,我要给他们讲话。"田毛则问:"这能顶事吗?"李占海肯定地回答:"怎能不顶事?你快去通知吧。"田毛则迷惘地看着张开关,张开关肯定地说:"就按李干部说的办,没错。"

晚饭后,李占海和张开关早早就坐在了大碾房的高凳子上。大约等了一个多小时,社员们就基本到齐。李占海不等张开关说话,就开讲了:"社员们,今天招集大家开会,主要想强调下面两个问题。第一,大家要弄清楚,人民公社是个大集体,这个大集体就是一个大家庭,我们每一个社员都是这个家庭里的一员。这个大家庭以生产队为基础,上面有个生产大队和人民公社进行协调管理。所谓队为基础,就是我们今后分的粮食,分的红利,都是按生产队打的粮食,搞的副业的多少来计算的。生产队收入多了,大家就能按标准分到粮,能多分到钱。生产队收入少了,大家的收入也就相应减少。有人说,自留地、自留树和自留畜才是自己的,生产队的东西是公家的,这是一种不正确的认识。大家要认识到,生产队的东西也是自己的,凡是社员,都有一份!所以,那种对集体的事消极怠工甚至挖墙脚的做法,是极端错误的!害集体就是害自己!从今以后,人人都要维护集体的利益,同一切损害集体利益的人作斗争!凡是故意破坏生产,散布损公肥私言论的人,都要受到惩罚!严重的要判刑、坐禁闭,决不手软!第二,生产队是有组织有领导的集体,生产队长和队委会的成员,就是大家的领导,一定要服从他们的正确指挥!我们不是一盘散沙的盲流,而是有组织、有领导的人民公社的社员!个人服从组织,下级服从上级,全党服从中央,这是一条铁的纪律!加强纪律性,革命无不胜。从今往后,大家一定要听从田队长和队委会的领导,不许随便顶撞,不许另搞一套。今天和以往发生的无组织无纪律的事,就既往不咎了!从明天开始,谁要再敢和生产队长、队委会对着干,我们公社就要出面过问这些人!轻的批评,重的处罚,再严重的要给他戴上坏分子帽子,甚至判刑!大家听明白了吗?好啦,我就讲这些,请大家一定引起高度李占海讲完话后,张开关强调:"李干部讲的道理千真万确。生产队是个大家,社员都是这个家里的成员,要是想过好日子,就要人人爱护这个大家。大河有水小河满,大锅有米吃饱饭。要多为集体的事着想,九牛爬坡,个个出力,这样才能过上好生活,不然,就没有出路,弄不好还要讨吃要饭,大家听清楚了吗?"社员们七嘴八舌地回答:"听清了","知道了","理是这个理。"田毛则和队委会的人也都发了言,表示一定要按李干部的讲话精神办事,和全体社员团结起来,把革命和生产都搞上去。

　　最后,李占海从兜里掏出一个本本来,开始给社员们教唱歌子,歌名是《社员都是向阳花》,歌词是:

公社是根常青藤,
社员都是藤上的瓜;
瓜儿连着藤,
藤儿牵着瓜,
藤儿越肥瓜越甜,
藤儿越壮瓜越大。

公社的青藤连万家,
齐心合力种庄稼,
手勤庄稼好,
心齐力量大,
集体经济大发展,
社员心里乐开了花。

公社是颗红太阳,
社员都是向阳花,
花儿朝阳开,
花朵磨盘大,
不管风吹和雨打,
我们永远不离开它。

公社的阳光照万家,

千家万户志气大，
家家爱公社，
人人听党的话，
幸福的种子发了芽，
幸福的种子发了芽。

神树湾的大碾房里，歌声嘹亮。李占海越教越起劲儿，社员们跟着他唱了一个多小时，走出大碾房时，都会唱了。

## （二十三）

新召大队百分之九十是旱地，农民靠天吃饭，生活贫困，光棍不少。张开关多次在社员会上表示，要尽快修通苏会沟大水渠，将旱田变为水田，富裕全村，让姑娘们抢着嫁到新召来。可有些后生就是等不得大水渠修通。

神树湾的李顶则已经二十九岁了，父亲早亡，母亲年迈，一个姐姐早已嫁人，这人身躯高大，食量惊人，一顿饭能吃九碗饸饹面条，除夕夜独自能吃一颗猪头，每年不等立秋就开始吃糠了，穷得"叮当响"，谁家女子愿意嫁给他？

但穷则思变，李顶则决心弄钱娶老婆。

那天歇工时，田毛则说："咱队里今年的分红要比邻队高一些。"李顶则问："怎能高了？"田毛则说："张支书批准咱往陕西卖两匹马，每匹能卖一千五百多块钱。"李顶则惊讶道："这么贵？"

收工后，李顶则思忖：本地买一匹马，最多八百块，贩到陕西后，除过旅费盘缠，至少也能挣五百块钱，贩马真是个好生意。可是，贩马要本钱，自己穷得"叮当"响，去哪里弄本钱？再说了，卖马都要有公社、大队的介绍信，投机倒把他们肯定不给开！

李顶则左盘右算思谋着，突然有了"好主意"，冒一次险，去西部草原偷一匹马，卖在陕西赚大钱，然后回来娶老婆！

想到这里，李顶则又觉不踏实：陕西的马能有这么贵？于是，他来到张开关家中，问："三叔，你批准咱生产队往陕西卖马了？一匹马能卖一千五？"张开关正在给小鸡拌饲料，抬头道："咋了，你小子能卖二千块？"李顶则忙说："我哪有那本事！就是想多分红，问问。"张开关严肃起来，说："这不是投机倒把,你小子不要往歪里想!"李顶则讪笑着,起身离去。

第二天,李顶则就找到田毛则,说:"我舅舅得了重病,捎来话要见我一面,我得请几天假。"田毛则说:"那你就去吧。"李顶则高兴地回到家,和老娘也是这般说,老娘急着催促:"那你快去看舅舅吧。"李顶则一边应承着,一边准备行囊,立马就起身上路了。

李顶则直奔鄂左旗苏泊汉的大草滩,坐在沙柳林里一直等到天黑,看看草滩上空无一人,就拿着缰绳笼头,试着去套马。套了好几次,都没成功。马一见他举起笼头,就跑得老远。李顶则喘着气,冒着汗,坐在草地上想计策。突然计上心来!他脱下布衫,把褡裢里的炒米倒出一碗,然后走近一匹大马,"啾,啾,啾"地乖哄着,大马用鼻孔闻了闻炒米,就张嘴吃了起来。李顶则乘马子吃的香甜时,突然移开炒米,将笼头套在了马头上,马匹仰头要跑,李顶则死拽不放,人马相持了好一阵,大马才站了下来,李顶则飞身骑了上去,在草场溜了两圈,看看马子已经乖顺,便跳下马取上褡裢,又翻身跃上马背,向东南方向疾驰而去。

第二天下午,李顶则骑马来到陕西吴堡黄河边上。他走到一只船边,递给船老大一支烟,说:"摆渡一匹马,需要多少钱?"船老大说:"三块钱,但你要有渡口检查站的放行手续,不然不能上船。"李顶则说:"你帮我渡过去就是了,他们要是过问,你就说有手续。"船老大说:"那可不行,一天渡过去了几匹马,他们在窗口上看得清清楚楚,如果和开出的票不符,我们的饭碗就砸了。"李顶则无奈地看着船老大,突然背后有人拍了他一掌,李顶则掉头一看,这人身穿制服,左胸口挂着个兰牌牌,清清楚楚地写着"渡口检查站"几个字,李顶则内心惶惧起来。检查人员说:"老乡,请把你的介绍信掏出来。"李顶则哪有介绍信?但他还是上下兜里摸了好几遍,然后一脸歉意地说:"路上丢了。"检查人员说:"丢了?我看你根本就没什么介绍信,是私自贩马的吧?"李顶则说:"不是,不是,我真有介绍信,路上丢了。"检查人员再不听李顶则啰唆,朝检查站那边喊了一声:"小姚,快过来,把这匹马牵进检查站马圈里,等这位老乡有了介绍信,再还给他。十天之内拿不来介绍信,就按投机倒把的马贩子处理。"李顶则闻听吓得两腿发抖,想辩解,又找不出理由,眼巴巴地看着人家把马匹牵走,关在路边的一个大马圈里。

李顶则叫苦不迭,跑进检查站百般哀求,毫无用处。他灰溜溜地在不远处找了一个旅店住了下来。反复打着主意:要是真的让检查站将马匹没收了,自己不但前功尽弃,还白贴了盘缠路费,白好活了检查站人员。不行!再冒一次险,想法把马偷出去。他看见旅店炉灶旁有一根指头粗的捅火铁棍,就有了主意。半夜两点多钟，趁人们熟睡时候，李顶则拣起捅火铁棍，轻手轻脚地来到马圈门边。向里一看，自己的大马在槽头站立，好像已饮了水，喂了料，见李顶则到来，摆了摆两只耳朵，在原地走了两步。李顶则一不做，二不休，拿起铁棍，将大铁锁"嘭，嘭"两下就撬了开来。走进圈，牵上马，悄悄地上了大路，乘着月色跃上马背，向南一路奔去。

  第二天早晨，就来到子长县。十点多钟时，集市上人来人往，李顶则将马牵在了家畜市场，有人就过来询问马的价钱。李顶则不敢久留，以一千三百元的价格，卖给了一个马贩子。然后将钱用毛巾包好，揣在怀里。走了一会，又觉不放心，就去商店买了一条宽布腰带，把钱紧紧地勒在了腰间。然后去汽车站，买票上了车。突然，张开关和刘宝维牵着三匹马从车站外的路上走过。李顶则吃了一惊！急速思考，奥！他们肯定是苏会沟工程缺钱了，公社批准卖生产队的马匹，与咱不相干，安心返乡吧。

  到了家中，老娘问李顶则："你舅病得怎样了？""嗨！问题不大，是胃病，饮食上注意点就行了。"说完，就忙忙地去了李二旦家。李二旦老婆问："顶则，你有甚事？"李顶则笑眯眯地说："我来请李婶当媒人，说个媳妇。"李二旦老婆奇怪地问："给你说媳妇？谁家女子白给你？"李顶则傲慢地说："李婶，你不要小看人，我李顶则有的是好亲戚，好朋友，就不兴他们帮我啦？你可不能拿老皇历看现在的节令！"李二旦老婆疑惑地说："我可没工夫给你白跑。现在的彩礼钱已经涨到三百块了。而且结婚要准备新新的一铺一盖和一台缝纫机，加上办事宴的花销，没个六七百块钱，甭想把媳妇娶回家。你是梦中结婚，好事不成！"说完，拿着锄头就要下地。李顶则连忙将她拦住，说："婶儿，你坐下，我说清楚你再走。"李二旦老婆只好坐在了炕边，李顶则很有保证地说："这些开销，加起来也就五六百块钱，你知道我这两天干什么去了？我是和姐姐、舅舅、姨姨们借钱去了，他们怕我娘续不上香火，都给我支援了钱。你想想，没钱我能来找你？该花的钱，我一分都不少出！"说着，就从上衣兜里摸出十块钱，塞到李二旦老婆手里。李二旦老婆惊奇地看着李顶则，问："你真有钱了？""真有了，我骗你干甚！"李二旦老婆说："那我要是把媒说成了，你还要给我十块钱。""那自然。"李二旦老婆开始相信李顶则了，说："要是这样，你就先回去准备一套新衣服，买些烟酒糖茶，等我的口信。"李顶则连声说："行，行！没问题。"然后兴冲冲地回家了。

  第二天，李二旦老婆来找李顶则，李顶则娘正斜靠在磨盘上晒太阳，见李二旦老婆进院，忙从磨盘上下来，说："他李婶，你来有事？""嗨，我想给你家顶则说个媳妇，他在家吗？"李顶则闻声从屋里出来，说："李婶，快请进屋。"顶则娘听说要给儿子说媳妇，忙跟进屋里，点火烧茶。李二旦老婆对李顶则说："我给你打问了一家人家，家住神泉布袋壕，有四个女子两个小子。我给你说的是大女子，今年十九岁，你把礼品准备好，我们明天一早就去。"李顶则"嘿嘿"地笑着说："还是李婶交往广，有本事。"李二旦老婆转身要走，顶子娘说："他李婶，我给你熬茶喝。"李二旦老婆说："不喝了，我还忙着呢！"说完，扭动着身子，笑眯眯地走了。

　　第三天天蒙蒙亮，李顶则就跟着李二旦老婆上路了。半前晌，两人来到布袋壕一户人家，李二旦老婆说："这户人家的当家男人叫高万发，大女儿叫高秀兰，见了面注意礼节。"李顶则点头。高家已知道今天有人来相亲，都在家里等待。进门相互打过招呼后，李顶则给大家散了一排子烟，女主人朝里屋喊话："秀兰，快给李婶他们倒茶。"秀兰应声从屋里出来，去灶台上提了茶壶，开始给大家倒茶。李顶则注意观看，见秀兰个子高挑，身材匀称，鹅蛋形脸泛着红，黑色的眸子明明亮亮的，顿时心口"怦怦"跳动起来。秀兰趁倒茶的机会，偷看了李顶则两眼，见他身材高大，五官端正，就是好像年龄大了一点，总的印象不错。李二旦老婆指了指李顶则，对高万发两口子说："这是我们新召出名的好后生李顶则，找媳妇太挑拣！到现在还没相上对象。我打听见你家秀兰是个好闺女，就领着他上门求婚。我觉得这是一门好亲事，不知道你们的意见怎样？"高万发看了老婆一眼，说："男婚女嫁，人之常理。李嫂是老相识，也信得过。顶则爹活着的时候，我们也不生，门三户四都没问题。如果两个年轻人同意，我们作父母亲的就没什么意见。"李二旦老婆笑了起来："我说么，高家大哥大嫂是明白爽快人！你听这说话，多开通！好啦，现在就征求两个年轻人的意见。顶则，秀兰你刚才也看见了，觉得怎样？"李顶则说："早听说高叔高婶是正经厚道人，秀兰我刚才也见过了，我同意。"李二旦老婆笑着说："那好啦，秀兰哪，你出来一下，婶征求一下你的意见。"秀兰闻声从里屋出来，两手弄着小辫，低声说："我听大和妈的话。"李二旦老婆说："好啦，高家大哥、大嫂就等你们说话了。"高万发看了一下老婆，老婆示意让他说话，他就表态："今天是由老熟人李婶保媒，我们相信不会有问题。现在两个年轻人既然都同意，我们当娘老子的也同意。只是按规矩，应该把彩礼钱和相关礼路，都商量一下。"李二旦老婆爽快地说："这好办。今天提来的这二条子大前门烟，两瓶子太白酒，二斤水果糖，一块大砖茶，是顶则第一次上门孝敬两位老人的。至于彩礼的事，你们提个数数，咱们商量。"高万发显然是和老婆事先商量过了，只见他不紧不慢地说："我们不能为难顶则，因为成亲以后，那是我们的女婿，他要和我女儿一块儿过日子。

我就按咱们本地现在的规矩，提个数目，你们看怎样？首先，男方要给女方父母都新做一套冬衣和夏衣。正式上门娶亲时，要带四瓶白酒，四条香烟，四包点心，四包糖果。给新媳妇从里到外各做一套冬衣和夏衣，另加一件羊羔子皮挂面半大衣。给女方父母三百元彩礼钱。男方家里要做两套新被新褥新毡子，做一个大躺柜，买一个飞人牌缝纫机。"高万发一口气把话说完。他是按当时农村最高标准要的彩礼，心想对方肯定要提出些客观要求，减少一部分。真没想到，不等李二旦老婆说话，李顶则抢先表态："叔，婶，没问题，我就按这个标准做准备，不会差下一件事。"高万发老婆满意地看着李顶则，笑着不说话。秀兰站在地角边，来回挪动双脚。李二旦老婆见李顶则这么大方，出乎自己的预料，但她只能跟着李顶则表态："好，好。你们说的这个数，是个吉祥数，我看没问题。"大家互相看了看，高家两口子感到事情商量得非常满意，忙下地备菜、备饭，招待媒婆子和未来的女婿。李顶则大大方方地一口一声地叫着"叔，婶，秀兰"，并给老人递烟点火，乐得高万发脚轻手快，很快就帮老婆做好了油糕豆面。一屋子人喜气洋洋，边吃饭，边拉话。饭后，李顶则和李二旦老婆告辞，高万发一家人一直把他们送在了村口。

　　回村后，李顶则连三赶四地准备结婚行李和一应家具用品。只有飞人牌缝纫机买不上，只好买了一台蝴蝶牌的。半个月后，高万发觉着不放心，亲自来神树湾看了一趟李顶则家，见李顶则没有吹嘘，十分满意。回家告诉了妻女，她们都笑了起来。

　　结婚那天，李顶则把大小队干部都请到家，连阿鲁图沟大队的支书郝山大也请来了，因为郝山大家和李顶则家只隔三里地。张开关坐在了主桌正中间。一会和郝山大几个人说笑，好像挺高兴。一会又皱起了眉头，好像有什么想不通的事。媒婆则几次过来和他骚情拉话，他也不带理睬，只好讪讪离去。乡邻们一共请了六十多人。每个桌子上都有两瓶烧酒，两盒香烟，五盘凉菜，另加一大盆炖羊肉。主食是炸油糕和荞面饸饹。安排得体体面面，排排场场。张开关左瞅右睹，心中愈加奇怪：李顶则是村里出名的穷汉，每年还叫喊着要吃救济，怎一下子变成了有钱人？说是亲戚六人给他借的钱，人家真舍得给他借？他以后拿什么还人家？这小子做事，太难理解了！正思想着，李顶则的姐夫郭志宝代表主家宣布婚礼开始，接着引导一对新人拜天地、拜老母、拜来客并相互对拜，紧跟着婚宴正式开始。郭志宝领着新人挨桌给大家敬酒。李顶则神采飞扬，高秀兰笑吟吟地跟在身后，同村的年轻人羡慕不已。不多时，有人开始划拳行令，大呼小叫，气氛逐渐热烈起来。正在大家尽情红火时，突然远处传来了汽车喇叭声，不一会儿，有一辆公安局的小

跌宕牡牛河

汽车开进了李顶则家院内，车上下来三名警察，郭志宝赶紧迎了上去，问："你们是顶则请来的贵客？"三名警察中有一个为首的说："我们专门来找李顶则。"一边说，一边向李顶则走过去。李顶则慌了，掉头想返回屋内，被一名警察从手腕上一把拉住，为首的警察亮出了逮捕证，说："李顶则，你盗马贩卖的事已经被我们调查清楚了，现在将你正式拘捕。"说完，旁边的那个警察就把一副锃亮的手铐戴在了李顶则手腕上。李顶则浑身发抖，嘴唇动了几下，可说不出话来。秀兰站在一旁，吓得倒退了十来步，差点被脚下的小凳绊倒。席面上的人惊得瞠目结舌，从来没见过这样的婚宴。李顶则的老娘吓得晕了过去，妇女们赶紧把她扶回屋内。张开关坐在主桌正面，吃惊不小，过了一阵后，站起身来走向警察，问："这是怎么回事？"为首的警察说："一个多月前，李顶则在苏泊汉偷了生产队的一匹牧马，在吴堡黄河边上被检查站拦截。他半夜又将马匹盗出，卖在外地。李顶则不知道，吴堡检查站白天就对他起了疑心，当李顶则进检查站讲辩的时候，给他拍了照，然后就向内蒙古地区公安局打电话查询。我们接到苏泊汉的报案后，经过和各公社联系辨认，很快就把案子破了。你是什么人？我看你坐在主桌，像个领导。""我是支部书记张开关。""哦！早闻大名。听说你把新召大队领导成了先进典型，怎么社员走了这么长时间，出去干了什么，也不过问？""怎么过问？社员不是犯人，能不许去外地活动？""出去活动就偷马？""谁能料到他去偷马？""我看你这个支书以后要注意，自己的社员犯了法，还不服气！"张开关涨红着脸，还想争辩，郝山大上前把他拉了过来，坐了在凳子上。眼看着李顶则被警察推进车内，逮走了。这时，人们开始吵吵嚷嚷，议论起来，宴席一片混乱。生产队长田毛则急了，站在凳子上说："大家不要议论了，李顶则偷卖马子是他自己的事，他坐禁闭活该，与我们大家无关。我们该做甚还做甚，继续吃喝，总不能把这么多酒肉都倒了吧？"众人逐渐安静下来，继续喝酒吃饭。李顶则的姐姐和几个妇女，把高秀兰搀回屋里。这时，李顶则的老娘已经苏醒过来，反复念叨着："顶则犯甚法了，顶则犯甚法了。"众人给他解释不清，就不管她了，由她絮叨。秀兰坐在里屋，哭哭啼啼，别人没法解劝。

张开关胡乱吃了几口饭，觉得脸上无光，准备离去，被郝山大一把拉住，按在凳子上，说："张支书，我今天突然想明白了一个道理，我们大队为什么光棍多？你们大队为什么光棍少？原来是你们大队的社员脑子灵，胆量大，穷得娶不起老婆就盗牧马！真是穷则思变。"张开关的脸红一阵，白一阵，停了好一阵才说："你也不要老鸹笑猪黑，你们的灰事还出得少？哼！"说完，就站起身来，忙忙地离开了宴席，郝山大嗤笑起来。众人吃喝了一阵，觉得再坐下去没什么意思了,就纷纷离去。屋里剩下李顶则的老娘、秀兰和几个亲戚,唉声叹气。

郭志宝在外母家住了两天就回去了,留下媳妇李玉茹陪她娘住了半个多月。玉茹除了给娘做饭洗衣服,就是陪秀兰说话。她开导秀兰:"顶则没钱才逼得犯了法,他可是真心对你好。你说什么也要等他回来,千万不能现在就走。要不然,他破罐子破摔,驴脾气上来什么事儿做不出来?"秀兰仔细思量:玉茹说得也有一定道理。李顶则担了那么大风险把自己娶回来,到头连一点腥味儿都没尝上,他能咽得下这口气?况且,爹妈拿了他那么多彩礼,已不可能退回来了!不如先陪着婆婆住些日子,看情况再说吧。于是,就诚恳地说:"姐,我现在不走,估计顶则的禁闭不会太长,又不是杀了人?好赖我等他回来再说。"玉茹握住秀兰的手,感动地流下了泪,说:"秀兰,你这么说,我就放心了。你要是吃喝上有了困难,姐就是讨吃要饭,也要帮你,决不能让你再受委屈。"说完,俩人依偎在了一起。老娘看着她们,又哭了起来。玉茹陪娘哭了一阵后,擦干眼泪,又对秀兰和娘叮嘱了好一阵,忐忑不安地回去了。

秀兰每天陪着婆婆打发着孤寂忧愁的日子。婆婆前屋住,她在里屋住。一天下午,她在菜地锄草,觉得有人向自己悄悄走来,抬头一看,是那天参加婚宴的生产队民兵排长郭贵生。郭贵生笑嘻嘻地来到她跟前,说:"嫂子,顶则可能暂时回不来,你一个人不孤?"秀兰说:"那没法子。"郭贵生晃了一下腰身,咂吧了一下舌头,说:"怎么没办法?活人还能让尿憋死?我来陪你,你肯定不孤了。"秀兰红了脸,说:"亏你还是个民兵排长,简直像个国民党兵痞。"郭贵生满不在乎地说:"民兵排长怎么了?没老婆一样难活!我穷得娶不起媳妇,难道连别人的老婆也不敢爱?我今儿黑夜就去你屋里,想喊想叫随你便。"说完,捏了一下秀兰的肩膀,用《种豌豆》曲调唱道:"豆苗苗长出了嫩条条,结不出豆角角人心焦。人想人来心烦躁,天一黑贵生则就来到。"秀兰瞥了一眼,看着他悠闲浪荡地渐渐远去。

夜里,秀兰翻过身子掉过头,胡思乱想睡不着。约摸半夜时分,迷迷糊糊觉得被窝里钻进一个人,用手推了一下,压低声音问:"你是谁?""郭贵生。""你真的来了?""白天说好的,能不来?""谁和你说好了?""嘿,嘿!"郭贵生一把搂住高秀兰,缠搅在了一起。秀兰的婆婆眼昏耳背,什么也没看见,什么也没听见。但是,郭贵生自那天晚上以后,越来越胆大,越串越次数多。秀兰婆婆逐渐发现了他们的勾当。但发现了又能怎么办?只能怨顶则不回来,还能怨秀兰?人家秀兰不离开这个家,就算是够难为的了!

不要管，不能管，就当不知道！秀兰婆婆拿定了主意。

天有不测风云，人有旦夕祸福。郭贵生不知怎么就得了个股骨头坏死病，看了好多医生，吃了几口袋草药，就是治不好，彻底变成了个瘸子，走路弓着腰，干活没力气，郭贵生气得翻白眼。他最担心的是，高秀兰从此见不得他，去和别人好。思来想去，有了办法！他去柴堆上拿起劈柴斧，在磨石上"噌噌"地磨了起来，老娘出来问："你磨它做甚？"他懒得回答。第二天早上，社员们出工劳动，郭贵生就提着一把明晃晃的板斧，站在高圪堵上，凶神恶煞地看着村里男人们一一走过，谁要是和高秀兰说笑，他就将斧头往高扬一下，怒目而视。刘启祥说："你看郭贵生那个霸槽叫驴（公驴），好像高秀兰是他的老婆。"王换说："快算了！我以前还想串一下高秀兰，现在看郭贵生那个凶神样，一点儿心思也没有了。"村里的男人对高秀兰都收敛了邪心，退回去了。于是，郭贵生和高秀兰继续保持着关系，客观上替李顶则照看着老婆。

一年多过去了。午后，高秀兰正准备出工劳动，突然看见李顶则风尘仆仆地走进院来。秀兰愣住了，李顶则惊奇地看着她，好一阵才说："秀兰，你还没走？"秀兰醒悟过来，扭头回到屋里，痛哭起来。顶则娘见儿子进门，欢喜得不得了！忙着给儿子端洗脸水，熬茶。这天下午，秀兰没出工，待在屋里默默地想心思。李顶则几次想上去温存安慰，都被秀兰推开。直到晚上，顶则才强行钻进秀兰被窝里，搂着秀兰睡在了一起，这是李顶则和高秀兰结婚以来第一次有了肉体上的接触，算真正入了洞房。李顶则正在心满意足时，忽然觉得有人进屋来。他屏住呼吸，趁那人上炕解衣时，一把揪住那人的头发，攥紧拳头，不分脑袋还是脊梁，猛擂起来！那人被击倒在炕上，挣扎着骂道："你是哪来的圪泡，敢打老子？"李顶则伸手将那人按倒爬下，用力将其右胳膊拧将起来，疼得那人杀猪般嚎叫。这时，老娘点着灯走进屋来，秀兰吓得躲在炕圪崂不敢动弹。李顶则借着灯光，才看清来人是同村的郭贵生。他愤怒地喝问郭贵生："兔子不吃窝边草，你怎好意思串我的老婆？老子受煎熬，坐禁闭，冒险娶老婆，容易吗？老子把你两颗蛋骟下来。"说着，从炕边摸出了削菜刀子就要动手，郭贵生哀嚎着说："哥！哥！你让我把实事原情说完，要杀要剐全由你！"李顶则说："你龟孙子干了坏事，还有理由？""你听我把话说完，哪怕你一刀捅死我，也没怨言。"李顶则觉得郭贵生无能力反抗，跑不了，不妨让他说完话，再惩罚也不迟，于是就放郭贵生坐了起来。郭贵生摸了摸脑袋，揉了揉胳膊，慢慢地缓过神来，然后一五一十地讲述了他和高秀兰发生关系的全过程，最后像一个有功之臣一样对李顶则说："你这个老婆,要不是我给你看着,哄着,早就被别人领跑了。你一个坐禁闭的犯人,还想让年轻媳妇给你守贞洁,等着你,可能吗?你应该感谢我!"李顶则坐在炕上,陷入深思:自入狱后,自己确实没指望高秀兰还守在自己家。想不到的是,高秀兰还睡在自己的炕上,甘愿当自己的老婆,这说明什么?一方面说明高秀兰是个爱自己的实心女人,另一方面也有郭贵生的功劳呀!郭贵生说的对,这一年多,没有他哄着高秀兰,高秀兰不可能守得住!想到这里,李顶则的气全消了,他把刀子扔在地下,叹了口气说:"贵生则,我不怪你了。你和秀兰的事,我也想开了。以后咱们就这么过下去吧,谁叫咱弟兄都穷得娶不起老婆呢!"郭贵生什么话也不说了,下了炕,一瘸一拐地出了屋,消失在夜幕里。

年底,秀兰生下一子,由李顶则做主,送给了郭贵生。两家人从此像亲戚一样往来。

## (二十四)

李顶则盗马娶媳妇的事过去几个月后,新召又发生了一件稀奇的事。那天上午,张开关给旗水利局打了个电话,榆林沟王玲花又红肿着眼睛来到大队,哭诉道:"张支书,给我开个介绍信。"张开关奇怪地问:"开甚介绍信?""离婚介绍信。""怎啦?你要和王外存离婚?""他是骗子,整天吹牛说大话,还打人!""嗨,没多大事就不要闹腾了,闹来闹去还短不下一个锅上搅稀稠。""不行,这次和以往不一样,骗了人还敢打人,非离不可!"杜开富瞅了一眼王玲花的大肚子,坏笑起来:"天上下雨地上流,小两口打架不记仇!这婚你还能离?""怎不能离?他做的那些事谁能受得了?"一屋子人都笑了起来。

王外存自幼死了父母,跟着叔婶长大。叔婶有一儿一女,都比他大,该娶的娶了,该聘的聘了,只剩下叔婶和王外存三人过日子。二十岁以后,叔婶张罗着给他说了几门亲,都吹了!王外存受到很大打击,心想:还不是人家嫌咱穷?要是挣下一大堆钱,女子们为给王外存当老婆,说不定争抢得头都碰烂了!于是,他就走着坐着想着挣大钱。一天,溜窜到供销社门跟前,碰见张开关正和收购员刘文海拉话,就凑了过去。刘文海说:"张支书,你们大队的羊皮太贵了,一张就要五块钱,我们给旗供销送去,人家才给五块钱,甚挣头也没有,图了个甚?"张开关说:"那就按四块半卖给你们吧。"刘文海说："那也不行，你知道吗，包头后山的羊皮可便宜了，平均一张才一块五角钱。收你们的皮子，真不如去后山收购。"张开关说："文海，你要是这么说的话，我们只能直接卖给旗供销社了。"刘文海说："那是你们的自由，我管不着。"听到这里，王外存怦然心动。等张开关离开刘文海后，他就跟了上去，说："三叔，后山的羊皮真那么便宜？"张开关说："后山的皮子是便宜，但新召毕竟不是后山，我们怎能便宜卖给他？"王外存试探着说："那咱们为什么不贩羊皮？"张开关掀了掀眼皮，问："你小子想投机倒把？"王外存摇了摇头，说："我随便问问，没那个想法，再说了，贩皮子需要本钱，我那里有钱？"张开关盯着王外存，心里思忖：这小子不安分，我这个支书要操心哩！

王外存回家就和叔婶商量，要去贩羊皮。叔叔说："人家说的对，做生意要本钱哩！咱没钱甚也贩不成！"王外存说："嗨，咱家凑上几十块，剩下的我和众人借，和姐姐姐夫借。"婶婶说："那就借去吧，如果人家不给借，就息了妄想吧！"王外存坚决地说："借，想办法借！这生意要是做不成，咱家的穷根甚时能拔了？"叔婶茫然无语。

王外存长着两片好嘴唇，能把没的说成有的，死的说成活的，没用三天，就和姐姐借了一百五十块，和哥哥借了五十块，和邻居借了六十块，自家卖羊毛得了五十八块。接着就和生产队长请了假，说是要出门赶事宴。队长说："办完事早点回来。"王外存回答："不回来莫非在外头生根去？"说完直奔固阳。

在固阳旅店里，他给店老板递了根前门牌香烟，又殷勤地点着火，问："你们这里的羊皮是甚价钱？"店老板见这后生勤礼，就实话实说："这两年雨水好，牧业丰收了！山羊皮每张一块四，绵羊皮一张一块五。你要是辛苦点儿去偏僻的牧区，价钱还能低。""辛苦倒不怕，可偏僻的地方怎么走？""往北走，走上七八十里地，就能遇到稀稀拉拉的孤村子，那里的老乡没见个大，货肯定便宜。"王外存又给店老板递了一根烟，心中欢喜起来。

王外存戴着大皮帽，顶着西北风，一步步向北走去。晚上掌灯时候，看到远处耀着光亮，走过去一看，是一座蒙古包！再向四周观望，茫茫地漆黑无际，不敢再走了，于是就掀起毡帘，探进身子，问了声："赛白努[①]！"一个蒙古族老太太迎了过来，说声："佳赛！（请，请进）"王外存走了进去，弯腰鞠躬说："老妈妈，我走路晚了，想在你这里住一夜。"坐在地上喝茶的蒙古族老头笑道："行，小伙子！快来喝碗热茶吧，外面太冷了。"王外存又忙

---

① 塞白努，蒙古语你好。

给老人鞠了一躬，然后脱鞋坐在了地毯上。先喝了一碗热茶，接着又泡了一碗炒米，撕了一些手扒肉，吃喝起来。进门时又冷又饿，不一会就暖和多了。吃饱喝足后，王外存掏出一盒恒大牌香烟来，双手递给老头子，说："阿爸，我没什么好东西，这盒烟你抽吧。"老头笑呵呵地接住烟，说了声"赛白努"，问："小伙子，你这黑天半夜的，要去哪里？"王外存说："我想买些羊皮。""哦，买羊皮！我的羊皮前几天被一个贩子收光了。你如果想买，明天再往北走上二三十里地，那里肯定有。""价钱怎么样？""每张一块五左右，你去和他们商量吧。"王外存心中完全有底了。

  第二天早餐后，王外存辞别了蒙古族老头儿和老太太，向北走了二十多里地，果然看见了稀稀落落的几户人家，于是走了进去，开始收购皮张，价格和了解到的差不多，最多便宜一毛多钱。太阳落山后，来到一户王姓汉族人家里。这家人一儿五女，儿子年幼，大女儿嫁了人，二女儿玲花年龄十八岁，待嫁。王外存偷眼观察，玲花身材中等，体格儿结实，粗眉大眼，留着两条粗长辫子，甩来甩去！看得出，是个烧茶做饭、能吃苦、会过日子的女人。王外存立马打起了小九九，开始神侃起来，说自己是鄂左旗的生意人，镇子里有三个铺面，父母年老，姐姐嫁了人，哥哥分家另过，自己还未娶亲，想找个能料理家务和生意的媳妇，可惜没合适的。玲花爹愣着耳朵，细听王外存说话，不一会儿，心思就活泛起来。为什么？她早就盼望找个有出息的外路人做女婿，离开这一望无际的戈壁滩！这地方太荒凉了，有时候走几十里路也见不到个人！生在这里的人和荒草泥土没什么两样。玲花去过固阳县和武川镇，那里挺繁华。大街上人来人往，有开饭馆的，卖百货的，赶交流会的，还有搭台唱戏的。听王外存的话音，鄂左旗也不比这两个地方差！再说了，这个后生长得也可以，中上等个子，长马脸，薄嘴唇，鼻子有点扁但没塌陷。一对小眼睛，亮晶晶，转得突碌碌地，简直会说话。嗨，农村女子能找上这么个生意人，走南闯北散散心，活一辈子也不赖！想到这里，玲花不由得偷看王外存！啊哟，这后生刁空也在看自己！俩人都情不自禁地笑起来！玲花动心了，借着倒茶的机会，凑在了王外存的跟前，王外存顿时浑身酥了一大半儿，玲花也激动得扭动身躯耸了下肩。王外存脑筋一动，见机行事，从兜里掏出两盒恒大烟，双手递给玲花爹，说："叔，我想和你商量个事？"玲花爹问："甚事？""我看你家西房子空着，想把收来的皮子暂存几天，顺便我也住在那里，一天给上你老一块钱。""行，怎不行！这几天，你吃饭也在我家，不再和你多要钱。"王外存高兴地站起来，说："那我现在就住进去。"玲花爹痛快地说："玲花，你帮外存收拾一下房子，把炕烧热。"玲花拿起一把扫帚，高兴地出了屋。

当晚，王外存就住在玲花家的西屋里。前半夜，王外存翻过来调过去，怎么也睡不着觉，睁眼闭眼都是玲花。掀开被子跳下炕，舔开窗户纸往外瞭，看见正屋还亮着灯，心想：老两口没睡下，玲花不可能来，再等着吧。上炕睡了会儿，下地如前再往外瞭，还是一个样！嘴里不禁骂出声："这两个老东西，不瞌睡？"于是上炕又钻进被窝里。耐着性子坚持了好一阵，再掀开被子跳下地，凑在刚刚舔开的纸窟窿上向左看，呀，灯灭了！再上炕等着吧，这次要等得时间长一点儿，玲花怎也得等到爹妈都睡着了，才敢走出来！王外存又上炕躺下来。等啊，等！等着门上有动静。有几次，好像门外有脚步声，爬起身来仔细听，是风刮得窗户纸在响。跳下炕往外眊，外边静悄悄地没一个人。王外存急得直叫唤："死女子，你要是心里没那个心思，白天冲我笑得个甚？嗨，没戏了，这女子今晚不来了，安心睡觉吧！"王外存只好又钻进被窝里，想着法子往着睡，可怎么也睡不着！大概翻了七十二个身，才昏昏沉沉地睡过去。

早晨，王外存死蔫蔫地爬出被窝子，下地穿好衣服，洗了脸，来到正屋里。玲花正帮娘往炕上端早饭。玲花爹说："外存，快吃饭！夜里睡好没有？"王外存勉强笑了笑，说："炕挺暖和的，就是想着生意，后半夜才睡着。""唉，年轻轻就操这么多心，将来发大财呀！""接叔的好口气！"说完，瞅了玲花一眼，玲花斜眄着，又笑了。王外存的心又乱了起来。但碍于玲花爹妈在旁边，什么话也说不出口，只能低头上炕，端起一碗小米稀粥，拿起一块白面卷子吃了起来。喝完第一碗粥的时候，玲花赶快又给他盛了一碗，俩人的目光对视在一起，这次两人都没笑，但从眼神里感觉到，都恨不得把对方吞进肚子里。

饭后，王外存出了院子，向后看，玲花站在门口向他瞅了两眼，就返身躲回去了。王外存满腹惆怅，恋恋不舍地向西走去。一路上，云天雾地，魂不守舍，走几步就向后瞭一眼，盼望玲花能跟上来。可是，走了四五里地，身后还不见个人影子，只好绝望地向前走去，死心塌地去收羊皮。

就这样，王外存心痒难耐地苦熬了整三天。第四天早饭后，他回西屋整理了一下收回来的羊皮，凡是潮湿的，都一一展开来晾，以防发霉。从西屋出来，太阳已经老高了，站在院子里静听正屋的动静，只听到玲花的爹妈一应一答的说话声和锅碗的碰撞音。嗨，玲花肯定在洗锅碗。这女人真是日怪了，想吃肉还怕油嘴？想吃葡萄还嫌酸？躲躲闪闪硬撑着，不难活？王外存看了看正屋的门，悻悻地走出院。走了三里多地，路过一片沙柳林，旁边有一座无人居住的破房子。这地方王外存经过好多次了，没什么异样。正朝头晃脑往前走，突然听到破屋子院里有人笑声，王外存吓了一跳，收住脚步往里看，啊呀，亲亲呀！原来是玲花在里面端站着！王外存大喜过望，怔了一下，揉了揉眼睛，确认眼前就是王玲花后，浑身的热血就猛往头上涌！也记不清当时怎样走进院子的，又是怎样和玲花在破屋子里拥在一起了！反正就记得玲花喘着气直叫"哥，哥！"自己拼命地搂住玲花又是揣又是喘，慌不择言地一会叫"花，花！"一会叫"亲，亲！"舌头和舌头都搅在了一起。激动了好一阵后，王外存伸手要解玲花的裤腰带，被玲花下意识地抓开了。王外存抖着嘴唇说："花花，迟早的事，趁现在没人，咱俩解一下馋吧！"玲花红着脸说："不能，咱俩甚关系？""甚关系？男女关系嘛！你需要我，我需要你，还扭捏个甚？""男女关系？男人和女人见面就发生这种关系？你说清楚了，不然我不让你亲！"王外存看着玲花扑闪扑闪的大眼睛，豁然明白了！忙说："我娶你当媳妇！只要你愿意，我永远不变心！你看这个关系行不行？"玲花喘着气，娇嗔道："那是以后的事。真要走到那一步，水到渠成没话说！可现在不行！"王外存涎着脸，一边央告，一边又将手伸向玲花的裤带。玲花一下子从王外存的怀里挣出来。王外存急了，伸手又把玲花拽进怀，央告说："我真的要娶你，你愿意不？"玲花问："你不是骗我吧？""嘿！我找老婆找了两三年了，一直没找成，原因就是从来没遇到你这么好的女子！自从和你见了面，我的魂就被你收走了，你难道没感觉？这就叫缘分，拆不开的姻缘！"玲花两眼盯着王外存，进一步问："你敢保证自个儿说的是真心话？"王外存想了一想，起誓道："我如果不真心，被狼吃，被龙抓！"玲花望着王外存，痴痴不言语。王外存又准备解玲花的裤腰带，被玲花第三次推开来，说："山背后的日子比天长！今天说甚也不行。"王外存泄气了，问："那这两天咱们怎么办？""怎么办？你向我爹妈把话挑明了，要娶我当媳妇。""哦，按理说就应该这么办。好啦，不能急性子过河，四十里脱鞋！我今儿晚上向你爹妈去求婚。"说完，把玲花拼命搂在怀里边，玲花浑身抖动着，说："慢点儿，慢点儿，奶头疼开了。"

晚饭后，王外存从兜里掏出两盒大前门香烟递给玲花爹，说："叔，我再没甚好东西孝敬你，这两盒烟你拿着抽吧。"玲花爹奇怪地看着王外存："你这是什么话？你住我这里，每天还给我一块钱哩！怎又给我纸烟抽？""嗨，怎说我也是做晚辈的，孝顺点应该的！""孝顺我？你们做生意的人，有这礼数？""有，有！特别是我应该孝顺你老！""哎，你这是不是有事想让我帮？说出来，只要能帮得上，一定帮！"王外存脸红了，说："这事儿不但叔能帮，还完全由叔做主哩！"玲花爹诧异地问："甚事啦？能由我做主？"王外存欲言又止，尴尬地坐在炕沿，想下地跪着说，又觉不合适，只好嚅动着嘴唇不出声。玲花爹耐不住了，说："有话尽管说！"王外存几乎是在央告，说："叔，有件事，我说出来你不要恼！"玲花爹看着王外存这尻样子，突然觉得可能和自家二女子有关系，就沉下脸，"吧嗒，吧嗒"抽开了烟，一言不发了。王外存着急了，觉得再不说，就要误四月八，错过安种庄稼的日子了！于是就自己给自己壮了壮胆，扇动着两片薄嘴唇，说："俗话——话说，男——男大当婚，女——女大当嫁，天南海北的人家都一样。我是个生意人，忙不过来！一直想找个能干的媳妇当帮手，可是没个可心的。这两天，我看了玲花的为人行事，正合我的意。所以就和你老把话说明了，求你老考虑。"玲花爹听了王外存的话，半晌没作声。王外存只好涎着脸皮继续说："叔，我家生活过得好着哩！吃的有，存的有，方圆五十里是头等户！不皮臊，无骨臭，干干净净人群里走！玲花要是嫁给我，不但能好活一辈子，你老两口也能坐下享清福。"玲花爹听完王外存这一片说，猛然撂下烟锅子，嗤笑道："外存则，你甚时候练就这么一片说？"王外存见玲花爹终于说话了，忙接应："啊呀，叔！不是我会说，而是实事求是！"玲花爹疑惑地看着王外存，说："咱们才认识四五天，谁也不了解谁！你究竟是个什么人，需要我们调查以后才知道！我的女子不可能马马虎虎嫁给个不明底细的外路人！"王外存急忙讲辩："叔，怎不明底细啦？我活活的人摆在你面前，还不如二下旁人嚼舌根？你是不是想让我划开肚皮，把心掏出给你看？"玲花爹蹭地溜下炕，大声说："娶媳妇不同于做生意，一阵阵就说成了！后生，这事儿现在不能答应你，你先拉上皮子回去吧！"王外存赶紧站起来，跟在玲花爹身后面，求告道："叔，我就是圪蹴在炭圪崂，也比你们牧场上的放羊汉光亮，你可不能把玲花给耽误了呀！""那是我们的事，不要你操心。"玲花爹头也不回地出门放羊去了。

玲花帮娘在羊圈里挤羊奶，没听到王外存和爹的拉话。等挤完奶子，玲花趁娘不注意，悄悄溜进西屋里，见王外存灰兴兴地仰面躺在行李上，忙问："你这是怎么了？和我爹没说好？"王外存坐起身来，叹了口气说："你爹想把你嫁给草滩上的放羊汉，嫌我住的路程远！""把我嫁给放羊汉？不行，我不愿意！""你不愿意由不了你！""啊呀，由了他们，就把我害苦了！不光害苦了，可能还要害死了！生活在这个戈壁滩，再好的媳妇儿，也让西北风吹干了。"玲花眼睛里汪出了泪水，看着王外存说："你甚时候走呀！"王外存有气无力地说："你爹不同意，我明天就走。"玲花掏出手绢，擦了擦眼泪,叹了口气说:"你就不能和我爹再说说?""唉,再说十遍也行!看他那样子,磨破嘴皮子也不顶用!""那怎么办?""怎么办?我有个办法,就怕你不敢!""什么办法?"王外存溜下炕,低头和玲花耳语了一阵,玲花惊恐地直摇头。王外存气恼地说:"摇什么头?没胆子就受一辈子苦!"玲花痴呆了,问:"你说这能行?""怎不行,生米做成熟饭了,咱跪着叫爹妈,再把财礼带得多多的,他们喜欢还来不及呢!"玲花笑了,王外存乘机又把她拥在怀里面。

　　王外存在玲花家又住了两天,一边晾羊皮,一边撑在玲花爹妈屁股后溜沟子,可是这老两口的态度怎也不改变。于是只好结清玲花家的房钱,把羊皮装在去包头拉炭的大胶车上,点头哈腰地和玲花爹妈告了别,向包头方向走去。走了四五里地,来到一个小村子,瞭见玲花提着一个小包袱,站在村口边。王外存高兴地向玲花招手,玲花拧扭扭在路两边来回圪转。等胶车来到玲花身边,王外存急忙跳下去,几乎是抱着玲花把她放在了车上面。赶胶车的男人羡慕得直是个咽口水,问:"二女子,他是你女婿?"玲花低头不应答,王外存笑了笑,说:"是,是!刚说成。"车老大把鞭子扬得高高的,"啪,啪"两声响,二马胶车飞也似地向南驰去。

　　到了包头,王外存把羊皮存在汽车站,然后领着玲花转大街,转着转着,玲花突然想念起爹娘来,两手捻着辫梢子,忧虑地说:"外存,我想爹妈了!他们把我养活这么大,我一点儿孝道也没敬,还偷着和你跑这么远,太没良心了!我想返回去。和爹妈说明了再跟你走,免得老人们往死里急。"王外存安慰道:"花花,没事的!赶胶车的人也会告诉他们实情的!等咱俩结了婚,再向他们赔不是也不迟。"玲花还是犹豫着,想回去。王外存一看有问题,连哄带拉把玲花领进商场里,经过讨价还价,给玲花买了一身新衣服。临出商场时,玲花走几步就往后瞭,王外存问:"你瞭甚哩?"玲花说:"货架上那件西宁产羊羔皮上衣,我喜欢!"王外存皱了下眉,心想:那得多少钱?一百多块哩!谁能买得起?但他立马缓过脸色来,说:"嗨,那有什么好?等到了鄂左旗,我给你买件老鼠皮上衣,想要黑浅的还是灰浅的,你随便挑。"玲花异奇了,问:"世上还有老鼠皮半大衣?那得多少张老鼠皮?""哎,这你就不懂了!那是外国的大老鼠皮做成的货,一件顶两件西宁羊羔子皮大衣贵。等到了鄂左旗,一定给你买一件。"玲花欢喜得直搓手,再不提往回返的事儿了。

　　二人出了商场,瞭见张开关押着一辆装满羊皮的胶车迎面走来,躲闪不及,只好上前。张开关问:"外存,你跑这么远做甚哩,怎还领着一个大闺女?"王外存讪讪地笑着说:"我走亲戚哩,这是我姑的女子。"张开关"哧哧"地笑着,扭头要走。王外存问:"三叔,你是给集体贩皮子吧?"张开关愠怒道:"苏会沟工程没钱买炸药了,大队决定贩一次皮子,不许你回去和任何人说。"王外存道:"三叔,我不说,给谁也不说!"张开关点了点头,继续押车走路。玲花不解地望着胶车远去。

当天下午,王外存就和玲花来到了鄂左旗,因天色已晚,王外存只好把羊皮仍然存在了汽车站,然后走进城边的一个小旅馆,负责登记的中年妇女问:"你俩什么关系?"王外存忙说:"这是我媳妇。"中年妇女看了一眼王玲花说:"既然是媳妇,还羞羞答答干什么!好啦,一晚二十块,106房间。"王外存忙缴了钱,拿上钥匙,拽着玲花去了106房间。

进房间后,王外存"嘭"的一声将门关上。玲花羞红着脸,说:"我不能和你一个家睡!"王外存二话不说,将窗帘拉住门插好,把提兜扔在地旮旯,然后像一头野狼,"嗥"地一声,就把玲花压在了大床上。压得玲花直喘气,连声说:"不行,不行!典了礼再睡。"王外存"哼"了一声:"你想把咱俩都困死?""等吃了饭再!""嘿!现在还顾得上吃饭?"说完,王外存三下五除二就将双方的衣服都剥光,声嘶力竭地干起来!

不到一支烟的工夫,王外存就仰面躺在了大床上,细思量,玲花真是个好女人。浑身白生生软绵绵,嘴里的涎水甜甜的,吮一口香透脑门心!腋下的汗气也没异味,香喷喷!嗨,以前也接触过两三个媳妇,都不怎么样!特别是郭面换那老婆,从来不刷牙,黄垢积得有一钱儿厚,刚亲了一口,就恶心得差点儿吐出来!浑身酸臭味儿,一个臭圪筒儿,弄完一出门就转了向!自家本来在北面住,可糊里糊涂往南走了一里地!嗨,以后再不招惹那些臭婆娘了。

早饭后,王外存领着玲花,雇了一辆平板车,把羊皮拉到供销社全卖了,净挣了五百多块钱。王外存非常高兴,但玲花却噘起了嘴,问:"外存,你答应我什么事来着?"王外存忽眨着眼睛反问:"什么事?""啊呀,忘性真得比记性大!老鼠皮袄怎回事?""噢,这事哪能忘!咱现在就去门市部看货去!"

王外存领着玲花进了门市部,发现皮大衣倒是有,可是怎么也看不见老鼠皮大衣。玲花试着问了一下售货员,差点没把售货员笑得岔了气,嘲讽说:"你这媳妇真时髦,耗子皮也能做大衣?"玲花羞得满脸通红,拽了一下王外存,匆匆走到外面,怪怨道:"你是不是戏弄我了?听售货员的话音,根本就没有老鼠皮大衣!"王外存一本正经地说:"这是些刚参加工作的小女女,知道个甚?老鼠皮大衣肯定有,现在卖完了!等有了货,我一定给你买!"玲花看着王外存，疑惑地问："你敢不是骗我吧？"王外存一本正经地说："我自学会捣鬼就没说过个慌，骗你做甚？走吧，咱先回老家住一段时间，等有了货再来买，行不行？"玲花无可奈何地点了点头。

王外存的叔婶见侄儿领着俊个板板的媳妇进门了，喜得眉开眼笑，特别是婶儿，把个玲花左端详右端详，爱惜得不得了，不停地说："好媳妇哩，你身子娇贵，上炕坐着，营生有婶干哩！"叔跑出去通知了儿子和儿媳，都过来看弟媳妇。不多时，门口站了一大群老婆孩子，都稀罕地往屋里眊，七嘴八舌地夸赞："好媳妇，外存有福气。""啊呀，外存有本事，怎赶事宴就赶回个媳妇来？"玲花不好意思地坐在炕沿上，任凭人们评头品足，只是微笑不说话。晚饭时，外存的姐姐姐夫也闻讯赶来了。一家人坐在一起，问长问短，把个玲花抬举得像个贵客。玲花自出生以来，也没叫这么多人夸赞过，心里真是甜蜜蜜！你看么，活儿一点儿也不让玲花干，可捞出来的第一碗饸饹面，婶儿就先端给了玲花儿吃，还不时地给她碟里夹油糕，捧得玲花儿都不好意思了！

晚饭后，婶把外存和玲花领进了西屋子。玲花看了看屋内，打扫得干干净净，炉火烧得红红的，炕上叠放着两床新被褥，铺着两条新毡，旁边还放着一个小炕桌，桌上放着一个大暖壶。火炉上放着一把铜茶壶，已烧开了一壶茶。婶笑着说："花花，存存，你俩睡觉吧，婶子回去了。"玲花走到门口说："婶儿，你也早点儿歇息。"说完，闭上门就和王外存上了炕，准备睡觉。半夜里，屋外有五六个后生顶风冒寒，爬在窗户上眊听屋里的动静。婶儿穿上衣服，出屋撵了两次，也没把后生们撵走。直到后生们真切地听到屋里的响动后，才嘻嘻地笑着离去。

玲花和王外存愉快地过了六七天后，玲花忽然面带愁容，变得不安起来。王外存问："玲花，你这是怎么了？有甚事想不开？"玲花说："咱们什么手续也没办，就住在了一起，你说像个甚？"王外存笑了，说："花花，咱俩个得的一样样的病，药方方就是那结婚证，对不？"玲花"扑哧"一声笑了。于是二人相跟上去公社领了结婚证。接着，由叔婶主持，哥嫂姐姐、姐夫帮忙，邻居们参加，王外存和玲花正式举办了结婚事宴。小两口喜气洋洋，同村的青年人羡慕的直咂嘴，眼睛像一对对吊铃！

可是，一个多月后，玲花开始追问王外存三个铺面的事儿，王外存躲躲闪闪乱指划，一会儿说在旗里，一会儿又说在四道柳镇。玲花起了疑心，去问婶儿，婶老是打岔不回答。玲花恼了，开始给外存脸子看，好长时间瓦着个脸，没一点笑容。王外存情知理亏，百般忍耐，每天像烧香拜佛一样，供奉着"神娘娘。"好容易熬过了三个月，玲花的肚子大起来。玲花问王外存："铺面的事我已知道是你捣了鬼，可是老鼠皮袄你得给我买，不然我立马和你离婚，回娘家。"王外存一脸无奈地解释说："好花花哩！那是从外国来的进口货，哪能说有就有？等以后国家进回了货，一定给你买！你可千万别提回娘家的话，不现实嘛！你肚子都大起来了，要是在路上有个闪失，咱能对得起谁？好啦，你如果想爹妈的话，咱给他们写封信，让他们不要挂念。"玲花瞥了王外存一眼，气呼呼地说："那你快写，写下念给我听。"王外存说声："好嘞！"连忙取来纸笔，提笔写道："尊敬的爹妈，你们好。我俩已经结婚四个多月了，再过五个多月，玲花就要坐月子了。等你们的外孙会走路了，我们一定来看你们，给你们磕头！王外存拜上。"写完后，就拿起来给玲花念："尊敬的爹妈，你们好！我俩的日子过得可美满啦，有吃有喝，生意也不赖，只是太忙，没顾上去看你们，请原谅。等我们忙过后，一定来给二老磕头，登门感谢二老。外存玲花拜上。"王玲花不识字，夺过信扫了几眼，以为王外存写得和念的一样，就叹了口气说："快把信寄出去吧！这几个月，爹妈肯定急得要命，我真后悔，不该背着他们跑出来，呜，呜！"王外存见玲花又哭了，忙安慰道："哎，别哭了！爹妈接到这封信，肯定就放心了，不急了。"玲花抹了一把眼泪，说："那你还不寄信去。""好嘞，我现在就去邮电所。"

十多天后，玲花爹妈接到了王外存和玲花写来的信，他们也不识字，缠着邮差把信念了一遍。玲花娘长吁了一口气说："二女子总算平安，阿弥陀佛！"玲花爹则气得跺脚大骂："王外存，我日你八辈子祖宗！老子给了你个大闺女，一分钱财礼没见上，等再见面了，外孙子都会走路了，世上还有你这种大骗子，驴日的？"邮差看着老两口，先是吃惊，接着大笑起来，笑得连马背都上不去了。

又过了两个月，王玲花觉得老鼠皮袄的事也是王外存在捣鬼，一气之下，把王外存当脸唾了两痰，然后拿起结婚时新买的花衬衫，几剪子就绞成个烂片片。王外存心疼衬衫，情急之下，扇了玲花两个大嘴巴。玲花气得大哭起来。婶儿过来乖哄她，叔把王外存狠狠打了两个大耳光。可玲花还不解气，就挺着大肚子到大队告状来了。

张开关听完王玲花的哭诉，问："玲花，你和外存结婚，有没有人强逼你？"玲花绯红着脸低声说："那倒没有。""这么说，你们是自愿成亲的？""哎，他是个鬼忽扇，没一句实话！""嘿，你也是十八九岁的大女子了，自己就不长个脑筋？就不能仔细想一想，忍一忍？现在你们两个人都变成三个人了，才想起闹离婚？不可能，要离也要等娃娃断了奶，会走路时再说吧。"玲花听了张开关这番话，忽然抬起头来，说："张支书，听王外存说，他是受了你的启发，才去后山干了那些事的，你不是有意包庇他吧？"张开关的脸皮紧绷起来，大声说："玲花，我给王外存什么主意也没出，他去后山我都不知道，他怎能受我的启发？你可不敢乱说，不然你要负责任呢！好啦，该说的我都说了，赶快回家吧，过日子要紧。"这时，外存婶儿也早站在了门口，听了张支书的话直点头，刘宝维和杜开富笑着说："婶儿，进来吧，快把你们媳妇则领回去。"

## （二十五）

苏会沟的水利工程引起了旗水利局的重视，派了技术员田林海长驻新召公社，不但测量了水道线路，而且还不断地到现场指导，新线路比旧线路平均高出五米，沿线都打了木桩。半山腰里，每天都有四十多个人组成二十多个小组，手执钢钎，挥动镑锤，奋力击打。山谷里人声起伏，锤声震响。当炮眼深度达到要求尺寸后，杜开富就统一指挥装置炸药雷管。装置完成后，吹哨让所有人员撤离到安全地带。然后再依次让各组按顺序点燃各自的导火索，响过一炮后，再挨着点燃另一炮。这样，遇到哑炮便于排除。等所有的炮眼儿都引爆后，大家才走上渠道清理石块。石块清完后，再继续凿打炮眼。哑炮的排除需要分外小心，必须过了半小时后，才动手挖料排除。工地上还安排了两名青壮年，用铁棍把山头上松动了的石块撬下来，防止石块在人们施工时滚落下来砸伤人。每天只能放两茬炮，因为再多放就没有安全保证了。张开关是整个工程的总指挥，一有时间就到工地上查看。

那天下午，张开关像往常一样，爬上高悬在半山腰的水道工程上，从东向西，查看了所有的施工情况。看到浑身尘土，汗流满面的村民，他还不断地了解工地施工、生活情况。太阳偏西时，回到大队办公室。尔力湖沟的饲养员崔宽则跑来大队说，队里的母马浑身发抖，还打喷嚏，喂草喂料都不吃，只能给饮点儿水，要请个兽医给看看。张开关不敢怠慢，急忙领着崔宽则去兽医站，请张兽医跟着崔宽则去了尔力湖沟。返回大队时，太阳已经落山，从门口向苏会沟望去，既听不到炮声，也看不见尘烟，估计工地上已经收工了。他收拾起提包，安顿刘宝维说："你离开时把门锁好，我先走了。"然后就走出办公室。正要跨出大门，榆树沟的王焕慌慌张张地迎面跑了进来，上气不接下气地说："李禄则被——被石头砸了！"张开关心头一紧，问："砸到

跌宕牡牛河

哪里了?""砸——砸头上了。""严重不?""不会说话了!""啊,咋搞的?快去看。"说完,急急忙忙地向苏会沟工地跑去。刚跑下坡,就瞭见七八个人用木板抬着一个人跨过了牡牛河,迎面走来!不用问,抬得人肯定是李禄则。张开关急步迎了上去,弯腰看了看李禄则的头部,发现李禄则双目紧闭,嘴唇微张,后脑勺还不断地冒血,就感觉不好,大喊一声:"快往公社医院抬。"众人顾不上互相答话,加快了步子向公社医院奔去。进了急诊室,医生们都围了过来,院长王素芝仔细地查看了李禄则的伤情,见他后脑壳已被砸塌,脑浆子外流,鼻口呼吸全无,脉搏早已停止了跳动,就对张开关说:"人早已死亡,不存在抢救了!快通知家里人,协商安排后事吧。"张开关两眼淌出了泪水,双腿发抖,绝望地坐在病床上。抬李禄则的村民们,有的出声哭了起来,有的抹着眼泪。杜开富手足无措,脸色成了灰片,只见嘴唇抖动,听不见他说什么。王素芝见众人没了主意,就走到张开关跟前,说:"人死不能复活,你们不能傻坐在医院,应该赶快把李禄则抬回家里,和家人商量怎么处理后事吧!"张开关清醒过来,长叹了口气,说:"把禄则抬上回家吧。"说完,站起身来首先出了急诊室,众人立即抬起李禄则,张开关随后跟上。

李禄则是老支书李双喜的二儿子,结婚才一年多,二十多天前生下儿子。李双喜老两口眉开眼笑,还准备给孙子过满月,怎就出了这样的横事?当张开关和杜开富跨进李双喜家门时,李双喜老婆正坐在地上号哭。李双喜有病,躺在炕上双眼流泪。屋子里还站着李双喜的大儿子李福则和大儿媳。一些邻居闻讯赶了过来。张开关看了看一屋子的人,说不出话来,直愣愣地立在门口,杜开富躲在了张开关身后。李双喜歪过头,瞅了一眼这两个人,又双眼闭合,掉过头去。李双喜老婆哭了一阵,看见门口站着的是张开关,就爬起身来,抓住张开关的衣襟,骂道:"你当得甚支书?要了别人的命,还有脸来?"接着转身端起灶台上的半盆泔水,泼在了张开关身上。张开关站立不动,任她泼水谩骂。众邻居上前拉开李双喜老婆,扶着她坐在炕上。杜开富把张开关拽出了门外,说:"人家死了人,正在火头上,避一避吧。"说完,就拉上张开关到了王焕家中。王焕老婆熬出茶,两人没喝一口,只是闷倒头不停地抽烟。天黑的时候,李福则走进门,在地下站了一会儿,说:"张支书,禄则没了,我妈伤心得要命,你不要怪怨她。但禄则毕竟是为了全大队修水利砸死的,公家不能没责任吧!我们也不是要把谁怎么样,但禄则的后事你们总得负责吧?"张开关磕掉烟灰,看了看李福则,说:"禄则为了修全大队的水渠,被石头砸坏了,不算个烈士,也算是为公而死的吧。大队不但要承担一切丧葬费用,还要给禄则立碑,碑上刻字,说清楚禄则是为全村人的利益而死的,要后人们都记住禄则的功劳。禄则的娃娃,大队每年都应该给补贴,一直补到十八岁。我的这个想法,赶明儿个在支委会上通过后,要记录在案,以后不管谁当支书,都要这么办。"杜开富说:"张支书说得对,我一点儿意见也没有。"张开关又说:"福则,我跟你爹共事多年,我记着他的好呢!你回去把我刚才说的话给他说一遍,看他还有什么要求,尽管提出来,只要能办到,张开关不说二话。张开关没法儿替禄则死,要能顶替的话,张开关现在就死!"说完,放开声痛哭起来。杜开富一边用袖口擦着眼泪,一边说:"福则,我和你、刘宝维共同负责禄则的丧事吧,现在咱们就商量去。"说完,站起来就拉着李福则出门去了。张开关斜靠在炕墙上,肚子膨得高高的,不想喝水,不想吃饭,像是得了臌症。

　　李福则回到家里,见李禄则媳妇怀里抱着娃娃,哽哽咽咽地哭泣。邻居们劝说着:"不能再哭了,再哭就把奶水逼回去了,你让娃娃吃啥?禄则走了,那是没办法挽回的事。活着的人还要活下去,凡事要往开想。"禄则媳妇渐渐收住眼泪。李福则走在爹娘跟前,把张开关说的话复述了一遍,李双喜想了想,说:"就这么办吧。你们请上个好阴阳,给禄则选块儿好穴地。总管让杜开富担任,刘宝维协助,你当主家。要抓紧时间准备棺木、寿衣、刻碑,现在天气热,快点下葬,入土为安。"禄则娘说:"禄则活着是受罪的命,后事你们给办体面些。"李福则应承着,见爹娘再没什么新的意见,就出门找杜开富去了。

　　杜开富相跟上刘宝维,和村东边的刘树老汉借了一副现成的杨木棺材。本来这副棺材是刘树留给自己的,呛不住两个年轻人死磨硬缠,并承应下给他打一副更好的棺材,才同意让出去,让李禄则去用。灵棚就搭在李禄则家院内。香纸供品都备全,孝服也是刘宝维在供销社新买的白布做成,出殡前后的宴席,由大队出钱操办。石碑是专门从石岩塔花钱买回来的,由小学校长刘子荣撰文,李石匠刻写,看上去官官样样。李福则带着刘阴阳,转了好几个山坡,最后把墓地选在了苏会沟的一面阳坡上,刘阴阳说:"福则,你好好观察,就是凉胡子①也能认得这里好风水。背靠大山,面对流水,虽然禄则早亡,但后人能兴旺八十年。"李福则说:"那八十年以后呢?"刘阴阳斥责道:"一般人连三天的后事也料不到,我给禄则的后人安排了八十年的官运财运,你还想八十年以后的事,真是懵懂凡人狗杂孙,草木之人瞎折腾。"李福则见刘阴阳生气了,忙自责道:"福则愚蠢,刘叔骂得好。"刘阴阳翘着八字胡,迈着外摆腿自信地朝山下走去了。

---

　　① 方言,外行。

出殡那天，公社副书记阿迪亚、民政干事王文清和大小队干部来到李禄则灵旁。从起灵到安葬，有一百多人参加。李禄则虽然死了，但后事办得风风光光，特别是那块墓碑，高有一米八，宽有一米二，正面用魏碑体刻着：李禄则之墓。背面用小楷体刻着：李禄则，生于一九三九年三月十九日。一九五八年五月二十八日修建水利工程时，为公牺牲，永志纪念，新召大队，一九五八年六月二日。这是新召公社第一豪华石碑。张开关说："这是应该的，禄则是为全村人的利益牺牲的，让后人们也永远记住他。"

## （二十六）

李禄则的媳妇何引小今年十九岁，娘家住在山西清泉镇，两年前，当地大旱歉收，她随母亲沿途乞讨，来到榆树沟。李双喜见母女可怜，就供给食宿。引小的母亲感念李双喜恩惠，提出要将女儿嫁给他的二儿子禄则，禄则见引小虽是个要饭的，但体态端正，脸蛋儿漂亮，在榆树沟是盖了顶子的好女子！于是就同意和引小成亲。婚后，引小娘回老家去了。禄则和引小甜甜蜜蜜，不愁吃，不愁穿，又有老人给看家护院。特别是上个月，还生下了儿子，一家人更是欢喜不尽！可天有不测风云，谁曾想到，突然禄则就身遭横祸，殒命走了呢！引小哭哭啼啼，可怜兮兮。婆婆可怜儿媳，就主动和媳妇住在了一起，不想让她太过孤单！但这是暂时办法，长期怎么能行呢？李双喜老两口协商：引小年纪轻轻，让她一直守寡，人情上也说不过去。可是，如果她改嫁走了，自己的孙子幼小，让她带走了，哪能舍得？不让她带走，这么小的婴儿，咋养活？让引小留在李家，找个上门女婿，可那些毕竟是外人，碍眼得很，谁能见得？思来想去，李双喜想到尉家沟李寿荣，那可是自己的亲侄儿，已经二十九岁了，当过借调干部，有文化，有能力，只是因为家贫，一直找不着老婆。他要是愿意和引小过，就再合适不过了。李双喜把自己的想法告诉了禄则娘，禄则娘也觉得这最合适，只是担心寿荣不同意。李双喜说："同意不同意，当面问问他，已经二十九的人了，还想找个甚人？"于是，二老便把福则找来，说："你去尉家沟把寿荣找来，就说我们有事和他商量。""甚事？""哎，这你就不要问了，快去找人就是了。"福则只好收拾行装，向尉家沟出发。

李寿荣见福则到来，问："家里还有事？"福则说："嗨，大爹和大妈让我来找你，说有事要和你商量。至于什么事，没告诉我，你去了就知道了。"李寿荣疑惑地看了看李福则,说:"那就跟你走一趟吧。"李寿荣给李福则递了一支烟,又端过一碗茶,坐了一会儿,弟兄二人就离开尉家沟,向榆树沟出发。

　　李寿荣来到大爹李双喜的家,问:"大爹,有甚事儿?"李双喜实在不好启齿,沉默了好一阵儿,才慢吞吞地说:"有件事儿,大爹想和你商量。你要是觉得行,就答应!要是觉得不行,就当大爹没说。"寿荣不解地望着大爹,说:"你是当老人的,有甚话不能明说?我们做儿女的,听你的就是了。"李双喜叹了口气,又给自己鼓了鼓气,才说:"禄则走了,丢下引小带着个未满月的娃娃,迟早要改嫁。她才十九岁,走到哪里我也不放心我的小孙子。找个上门女婿吧,我们又看不惯。思来想去,觉得你已经年纪不小了,又是咱自家人,就想让你到我家,和引小成为一家人。这样,你侄儿不会受罪,你也有了媳妇过日子,你看怎样?"寿荣听了大爹的一番话,吃惊不小。本地人就爱拿大伯子和兄弟媳妇开玩笑,这大伯子娶兄弟媳妇更是少见。寿荣的脸红到了耳根子,半天说不出话来。李双喜见寿荣这副窘相,就说:"不急,你考虑好了再说。"说完,就装了一锅子旱烟"吧嗒吧嗒"地抽烟去了。寿荣这时脑子里剧烈地翻腾着:这事肯定让人耻笑,将来活得也窝囊!可是又想起这两年,托人给自己做了几次媒,都因为出不起彩礼告吹了。俗话说,饥不择食,贫不择妻,难道就要应在自己头上?可反过来又想引小今年才十九岁,自己比人家大整十岁,除了生过娃娃,一点儿也不委屈自己。再想想引小的人模样,大花眼,圆脸蛋,白嫩嫩的肉皮,不高不矮的个头,不胖不瘦的身体,要不是碍着兄弟面子,自己早就二小子端盘——忍守不住肉丸子了!想到这里,一股股的欲火不住地往上蹿。李寿荣动心了,只是不好意思先开口。他等待着大爹再发话,果然,李双喜老汉沉不住气了,啪啪啪!几下磕掉了烟灰,问寿荣:"你考虑好了没有?"寿荣说:"不知道引小是什么意思,这事你要问她。"李双喜说:"噢!看来你问题不大,我这就打发你大妈问引小去。"李双喜出了门,来到引小门外说:"福则他妈,你出来一下。"李双喜老婆闻声走了出来,说:"有事?""我和寿荣谈好了,看来他同意。你现在去和引小说一下,就说咱想招寿荣作上门女婿。寿荣是个文化人,当过借干,有本事,有胆量,条件好着哩!就年龄大点儿,可是人家是个青头大后生,初婚,一点儿也不亏她引小。你快去说,我在咱家等着。"李双喜老婆说:"好吧,我这就去说。"李双喜返身回去了,等待老婆传来消息。

　　约半个小时,李双喜老婆走回家中,告诉李双喜:"引小同意了,你给寿荣通知一声,让他准备去吧。择个日子,就在咱家办事。也不用请多少人,就把最亲近的亲戚叫来,大家吃顿饭,让他们住一块儿行了。"李双喜点头同意，起身通知寿荣。

寿荣听了引小也同意了，心中欢喜，就赶忙回了尉家沟，通知了父母和兄弟姐妹。六天后，他和父母兄弟姐妹带着烟酒糖茶白面糜米和猪羊肉来到榆树沟，由李双喜老两口主持，和引小举行了简单的婚礼，结成夫妻。

## （二十七）

刘凤翔有十多天没有听到苏会沟的炮声了，思忖：肯定是因为李禄则的事，停工不干了。这可不行！应该找一趟张开关，督促他早点复工。

刘凤翔进了张开关家的门，常明英见是刘书记到来，忙将睡觉的张开关推醒，说："快起来，刘书记来啦。"张开关坐起身来一看，真是刘书记！忙跳下炕和刘书记握手，并让刘书记坐在炕上。刘凤翔问："你这十来天就尽睡觉啦？"张开关不好意思地说："回家歇几天。""歇几天？我看你是想长期歇下去。""不能，不能！我是个农民、铁匠，长期歇着去喝西北风呀？""苏会沟的工程你打算什么时候复工？""这我还没考虑好。""你是不是让困难吓倒了？我还以为你是个硬汉，原来也是个草包！"张开关叹了口气说："李禄则的事，我到现在也接受不了。李支书和我就像亲兄弟一样，我领导的工程出了事，简直不敢见人。""李禄则的事谁都难受，但你不能永远难受，不再干事！苏会沟的水利工程，历经坎坷，花了那么多的人力、财力，如果不复工，那就白扔了！李禄则也白死了！这才是谁也承担不起的责任。如果我们克服困难，工程继续上马，最后取得成功，那么，投入的人力、物力就是值得的，李禄则也会在地下安眠的！我现在正式通知你，三天之内复工，不许等待。"刘凤翔的一席话，如同一支强心剂，使张开关突然惊醒！他感激地望着刘书记，一字一句地说："刘书记，我听你的。"刘凤翔笑着说："这就对了。你放心，我会支持你们。"张开关忙让老婆杀鸡备饭，自己忙着给刘书记端茶递烟，两人谈了许多肺腑之言。

第二天，张开关让杜开富把各个生产队队长召集在大队，传达了刘书记的指示精神，然后详细研究了重新开工后的每一个细节，特别是安装雷管炸药和点燃导火索的问题，作了统一规定，并特意安排了三个中年社员，专门观察山上的石头，发现隐患，及时排除，哪怕全体停工，也要保证万无一失。

苏会沟又响起了炮声、锤声。山谷内人声鼎沸，尘烟四起，工程指挥部的人员，几乎驻扎在了工地上，和社员们一起出工、收工。新的水渠，慢慢地向南推进，连续五个月，安然无事。

九月二十九日下午，贾永清和李二宝点燃的炮火成了哑炮。全体施工人员躲在安全地带，等了一个多小时。李二宝说："这一炮是我装的，可能是往瓷捣炸药的时候，把导火索砸断了。这么长时间没动静，导火索早熄灭了。我上去把炸药雷管掏出来，重新装炮吧。"杜开富说："那你可得小心点儿，如果没把握，我让别人掏。""嗨！谁掏都一个样儿，没什么技术。"说完，就走到山脚下，慢慢爬上去。他看了看导火索，外露部分已经燃尽。就用小铁勺慢慢开挖孔内的炸药。炸药快掏完时，他松了口气，认为没有什么危险了，就拉着未燃的半截导火索，将雷管从孔中提出。谁知就在雷管提出洞口的一刹那，突然一声爆响，雷管炸开了！李二宝觉得右手一阵麻痛，细看时，满手是血，大拇指和食指都不见了。紧接着是一阵巨痛袭来，疼得他大声叫唤。杜开富等人听到响声，已知不妙，急忙跑到山脚，爬上坡来，一看李二宝受了伤，赶快和其他人连背带扶，把李二宝弄下山坡。杜开富给几个年青人说："你们几个轮替着把二宝背到公社医院。"几个青年应声背起二宝，向公社医院跑去。进了医院诊室，医生看了看二宝的伤情，正准备消毒、上药，这时尔力湖沟的栗黄毛气喘吁吁地跑了进来，伸开手掌，递给医生两小截血肉模糊的手指头，说："还能不能接上？"医生接住两截指头后，观察了一阵，说："这已经把一半炸没了，接不上了。"栗黄毛气馁地坐在了门槛上。李二宝绝望地流出了眼泪，忍着疼痛，任凭医生上药、包扎。不多时，张开关赶到诊室，见李二宝靠在病床上，左胳膊挂着吊带，右手缠着纱布，满脸尘土，衣服上满是打炮眼时喷在身上的泥浆，一副灰败模样，心中一阵惊悸！他坐在了二宝身边，说："二宝，好好治伤。不要害怕，你是为公受的伤，公社和大队以后都会照顾你，不会叫你为难。"二宝只是流泪，不说话。正坐着，李二宝的爹李富海慌慌张张地跑进门来，问："这是怎地啦。二宝，你是怎么啦？"李二宝说："我装的炮没点响，就上去掏雷管炸药，没想到雷管在半空中爆炸了，大拇指和食指炸没了。"李富海两眼发红，声音嘶哑，说："这不成残废了吗？以后咋吃饭咋劳动？"张开关安慰李富海说："没那么严重，二宝右手还有三个指头，好好锻炼，以后吃饭劳动都不误事。头几个月不能劳动，大队都给他记工分。以后在生产队，不管干多少活儿，都给记整工，年终分红和大队干部一样对待。这次的医疗费和以后的药费，都由大队支付。"李富海看着张开关，又看看李二宝，痛苦地坐在了凳子上。

李二宝炸掉手指头后，张开关的神经又紧绷起来。他后悔当时和李双喜一时冲动，向上级提出了上马苏会沟水利工程。要是知道付这么大代价，糊脑尻才干这事！可现在说什么都晚了，骑虎难下了！只有硬着头皮往前闯了。他脑子里乱哄哄的，连中午饭都没吃，就急匆匆地走到苏会沟工地。见大伙正坐在石头上吃干粮，就说："兴修水利，本来是件好事，能使旱地变成水地，低产田变成高产田。既有利于农民，也有利于国家。可是，做好事不容易呀！你们看看，我们修个水渠，第一次水没流出去，失败了。第二次工程上马，石头砸坏了李禄则，现在雷管又炸掉了李二宝的手指头，搞得我张开关心惊肉跳！我今天饿着肚皮来给大家开会，就是要求大家在以后施工中，一定要注意保护自己。生命既属于你自己也属于你的爹妈、老婆和娃娃，他们都盼着你平平安安！我们争取以后不出事故，直到把水渠修通！我拜托你们了！"张开关情绪激动，泪流满面。社员们都围过来，说："张支书，你也是一片好心，为全村人谋利益，我们不怪你。有了这两次教训，谁还敢再粗心大意！放心好了！"说完，各自收拾起吃空的干粮袋，自动爬上山崖，山谷中又响起震耳的铁锤声。

## （二十八）

　　漫赖壕大队支书郭继生来找张开关，想要点炸药雷管，在大队院子里打个吃水井，他推开张开关办公室门，见满家烟雾，瞅了好一阵，才发现张开关靠在椅子上，举着个旱烟锅子，头顶上还好像冒着烟。郭继生说："张支书，你这么抽烟，不咳嗽？"张开关仔细一看，认清是郭继生，就说："好稀罕，郭支书怎么上我门上来了？""有事找你。""嗨！我现在正走麦城呢！能给你办什么事？""有什么烦心事？""说起来真气人，苏会沟工程出事故不说，刚才神树湾的李九成又找我，说那年我给他妹子李亚芹和韩维章保过媒，现在韩维章死了好几年了，她妹子待在家里嫁不出去，要我负责。你说这个烂支书当的，什么事也要我管？我去哪里给他妹子寻个汉？头疼死人了！"郭继生"哈哈"地笑了起来。笑了一阵后，突然想起一件事：漫赖壕民校的老师马福胜，今年二十九了，还没找下媳妇，这不正好是桩媒吗？于是就说："张支书，我把漫赖壕的民办教师马福胜介绍给李亚芹，你看怎么样？""他不是有三个又傻又哑的弟妹吗？马福胜正常不？""正常，不正常能教书？""那你找人说去，我不太熟悉这个后生。""行，我回去马上找媒婆，去你们神树湾提亲。""噢，你还没说来找我做什么。""我想和你弄点儿炸药、雷管，在大队院子里打个吃水井。""这没问题，你去后院库房找刘宝维,就说我批准的,给你带点儿炸药雷管。但不能多要。""我就要三十个雷管,三十棒炸药,多了也没用。""好,你去取吧。"郭继生转身出了门,取上炸药雷管,就忙着回漫赖壕了。

郭继生真是个热心人,第二天,就让自己的老婆当媒人,领上马福胜,拿着烟酒来到李九成家。郭继生老婆向李九成老婆把自己和马福胜作了介绍,并把带来的烟酒放在了桌上。李九成老婆赶紧点火熬茶,让座递烟。不大工夫,亚芹从屋外回来。媒婆满脸堆笑,说:"哟!这就是亚芹,你们神树湾还保存着这么漂亮的闺女!这是缘分呀!"说完,拍了拍马福胜的肩膀,看着亚芹,说:"福胜今年二十八岁,初中生。是我们大队最有文化的教书先生。人老实厚道,做事踏实。缺点是性子急点儿,其实这也不是缺点,性子急办事快。家里虽然有几个不精明的兄弟妹子,可是福胜娘老子都结健,根本用不着福胜管。这门亲事要是说成了,肯定是一桩好姻缘。老嫂子,你说是不是这么个理儿?我们也打听过了,你们也是一家好人家,亚芹是好姑娘,所以就来到你们门上来了!"马福胜坐在媒婆身边,不时地用眼睛瞟看亚芹,看得亚芹一阵脸红,掉头站在了大嫂的身后。李九成老婆等媒婆说完话,就说:"郭大嫂,你家郭支书我们早就知道。你亲自登门,是看得起我们。至于亚芹和福胜的事要听他们俩人的意见。解放好几年了,婚姻自主。"媒婆说:"李嫂,你说的是,就让他们两个互相了解了解,谈谈话。"李九成老婆说:"我先给你们做饭。"媒婆说:"现在离中午还早,我在河对面有个侄女,想去看看,福胜,你们先聊着,我用不了多大工夫就来。"然后,不顾李九成老婆挽留,就匆匆出门走了。李九成老婆看了看亚芹,又扫了一眼马福胜,心想,让亚芹和马福胜单独谈谈吧,成与不成,得由他们决定。于是,就拿起小锄头,对亚芹和马福胜说:"现在离做饭还早,你们先谈着,我出去把白菜锄一下。"说完,就出门去了。

屋内只剩下亚芹和马福胜,马福胜很是激动,一对眼珠子滴溜溜乱转,在亚芹身上滚来滚去!他第一次见亚芹,不禁感叹:韩大老虎就是有眼力,这女子真漂亮,真风骚!看着亚芹一起一伏的酥胸,不禁联想起韩大老虎和亚芹的风流故事。再看亚芹娇羞的体态,马福胜好像自己就是当年的韩大老虎。一边想象,一边对亚芹颤声说:"亚芹,郭嫂把情况都说清楚了,我愿意让你做我的媳妇,你同意不?"亚芹低着头说:"这才第一次见面,过几天再说吧!"马福胜着急起来,央求道:"现在已经见面了,又是郭支书老婆保媒,你还不相信?"亚芹说:"等等吧,我们互相还不了解。""还要了解什么?咱两个大活人走在一起,还不了解?"亚芹低头不语,靠在躺柜上,用手摆弄着小辫儿。马福胜看着亚芹风流漂亮的身子,一阵比一阵激动,他早就听说了韩大老虎曾抱着亚芹,亲着亚芹……啊呀,好活死人了!马福胜突然失去了控制,像个饿狼一样扑向亚芹,搂住亚芹又亲又摸。亚芹大惊失色,用力挣扎,无奈马福胜力壮如牛,兽性发作,抱起亚芹按倒在炕沿上,还腾出一只手,解开亚芹的上衣和裤带,亚芹急迫,大声呼叫起来。李九成老婆在菜地里听见亚芹的叫喊,忙站起身来,往家里赶。一开门,见马福胜正气喘吁吁地爬在亚芹身上,忽哧忽哧地乱晃。李九成老婆拿起扫地扫帚,照着马福胜的脑袋一阵猛打,马福胜负疼,清醒过来,放开李亚芹,去拿自己的衣衫。李亚芹也从炕沿溜了下来,整理了衣裤。她披散着头发,滴着泪珠,用力哈出一口浓痰,重重地唾在了马福胜的脸上。马福胜又羞又慌,像被人发现了的偷鸡黄鼠狼,趁李九成老婆没注意,一下子溜出屋门,忽窜窜地逃走了。

中午时候,媒婆子拧拧扭扭地走进李九成家院子。未等进门,李九成老婆就提着马福胜送来的烟酒走出屋来,把烟酒塞进媒婆子的提篮里,恼怒地说:"你怎给我们领来个毛驴?"媒婆子惊问道:"发生什么事情了?"李九成老婆憋了好一阵,才结结巴巴地把马福胜的行径说了出来。媒婆子又羞又气,说:"李嫂,我可不是有意糟蹋你们。谁能想到,一个教书先生能变成个牲口!我这人也丢大了,我得回去找他娘老子算账去。"说完,一脸怒气地掉头走了。

亚芹一连好几天,都像吃了苍蝇一样难受。看见谁都不敢抬头。大嫂怕她想不开,就安慰说:"这不怪你,都是那个畜牲的过!草场大了,什么样的牲口没有?蓝骡子绿马蔚青牛,花肚毛驴到处走,你就当没看见,想开点儿。"亚芹默不作声地低着头,心想:男人们咋尽是些牲口?

# (二十九)

张开关听人讲了马福胜去李亚芹家相亲的事,十分惊讶,大骂郭继生不长眼、没脑子,连个好赖人也认不得,怎能弄个二杆子去糟蹋人家?

可是不久后,又有一件让他恼笑不得的怪事发生了!

牤牛河下游有个卢家湾,湾里有个卢文祥,今年五十二岁,生有两子一女。长子名叫卢占虎,现年三十岁,相貌也还端正,但生来没脑子,标准的二杆子,做事多少沉不住气,至今未婚。据村里人讲,卢占虎现在还是个童男子，没沾过女人。可占虎不承认，说他和村里许多女人都发生过关系，讲得活灵活现，惹得村里妇女们都骂占虎不要脸，可占虎无所谓，嘿嘿一笑了事。最可笑的是，他说自己把生产队长卢海山的老婆兰女子也搞过了，有时间，有地点，有详细情节，气得卢海山回家把兰女子打了一顿，过后又把占虎打了两耳光。占虎摸着脸说："卢队长，你再打上我两耳光子，让我把你老婆弄一次吧。"卢海山一脚把占虎踏翻在地，说："就你那根辣椒狗屌子，弄你兄弟媳妇去吧。"惹得众人哄然大笑。卢文祥还有二儿子卢玉虎，二十七岁，头脑精明，办事干练，已娶妻生子。有女儿卢娥女，年龄十八，在家待嫁。

现单说卢占虎，本来父亲卢文祥也托人给他说过好几门亲事，可是人家一打听，一接触，看见他张八二五黄风雾气，就一一告吹了。前年七月，陕北有一个三十七八岁的寡妇，带着一儿一女逃荒乞讨，来到卢家湾。卢文祥见这妇女模样端正，年龄也不算太大，就想给大儿子做媳妇。若能生个一男半女，也了却一桩心事。于是和老婆商量后，将这母子三人领回家中，供给食宿。卢文祥对讨饭女人说："我看你一个寡妇人家，带着儿女，无依无靠，怪可怜的。你这样到处流浪，要是遇上坏人，还有危险。我和你商量个事，你觉得能行，你就答应。你觉得不行，你继续走你的路。我家你也看见了，虽不是什么富贵人家，但吃穿不愁，养活你们娘儿仨不成问题。我说的意思是，想让你给我的大儿子占虎做媳妇，和他一起过日子，你考虑行不？"讨饭女人想了一会儿，说："我娘儿仨是逃荒出来的，能活命，能养活我的儿女，我就满意了。不过，我还没见你的大儿子，见面再说吧。"卢文祥说："这当然了，你们不见面，怎能决定这事儿？我马上找他来见你。"说完，就走出门去，转了好几户人家，都不见大儿子的踪影。后来，在李铁匠的铺子边找到卢占虎，他正看铁匠给儿马挂掌呢！卢文祥走上前去，一把拉住儿子，说："走，回家去。""有什么事？""咱家来的那个讨吃女人，我有意留住她，是想让她给你做媳妇，你回去和她见见面。"卢占虎如梦初醒地说："我说呢，你把她们留下来，又给吃，又给住。我昨天夜里回去晚了，没看清那女人的模样，要是脏得和猪一样，怎么要？""你还没看清人家，就知道和猪一样？快点走吧，见了面再打主意。"卢占虎想了想，觉得还是应该去见一下，讨吃婆也不见得都脏，说不定还是个顺眼女人呢！于是，就跟着父亲回到家中。卢文祥低声给儿子说："你去和她见见面就行了，不要和她拉什么话。你说话脱汤露水的，不要叫她看漏了。"卢占虎说："我听大的话。那几次和媒婆子去相亲，媒婆子就怪我多嘴，今天我什么也不说了。""不说就好。"父子二人来到讨饭女人屋里，卢文祥老婆正端着一碗茶，让讨饭女人喝。卢文祥指着儿子对讨饭女人说:"这就是我的大儿子占虎,今年三十岁。给他说过几房媳妇,都不投缘,耽搁到现在。三十岁的人了,年轻闺女都嫌他年龄大,上了点儿年龄的又都找了男人。逼到这步路上,只好降低条件找媳妇了。你们互相认识一下,看有没有缘分?"卢占虎按父亲的嘱咐,不说话,掏出个烟袋在一旁抽烟。讨吃女人打量了卢占虎一阵,觉得相貌不丑,个头适中,就有几分满意。沉默了一会儿,卢文祥示意儿子出去。卢占虎于是走出了门外。卢文祥问讨饭女人:"你已经见到人了,觉得怎样?"讨饭女人带着一对儿女,远离家乡,一路乞讨,受尽了人家的责难和污辱。白天走路,晚上睡在破草屋,饥寒冻馁,担惊受怕,实在是熬不住了,就可怜巴巴地对卢文祥说:"叔,看你也是个好人。我一个要饭女人,领着儿女,能活命过日子就行,没什么高的要求。你去问占虎吧,他要是不嫌弃我们,我就留下了。"卢文祥说:"好吧,我再去问问占虎,看他是啥意思。"说完,就出门去找儿子,发现占虎正站在窗台边向屋里偷看。卢文祥说:"占虎,你过来。"占虎听见喊声受了惊吓,一激灵掉过头来,见是父亲呼唤,就忙走了过去。卢文祥问道:"你已经见到人了,怎个想法?"占虎说:"这女人我不嫌,就是那一对儿女,我看着碍眼。""你这是什么话?既然要娶人家的娘当老婆,就要养活人家带来的儿女。不然,你继续打光棍去。"占虎急了,说:"大大,就依你,我就和这个讨饭老婆过吧。"卢文祥瞪了儿子一眼,去通知讨饭女人:占虎也同意了。

和讨饭女人结婚,不需要繁文缛节。当晚,卢占虎就和讨饭女人娘儿仨住在了一起。卢占虎不等天黑,就躺在炕上等待待。夜幕一降临,就对讨饭女人说:"花言巧语我不会说,你看天也黑了,脱了衣裳咱就弄吧。"讨饭女人看了看两个娃娃,意思是他们还没睡呢!卢占虎会意,就哄两个娃娃说:"快脱衣裳睡觉,谁先睡着,卢大大明天先给谁买糖吃。"讨饭女人"扑哧"一声笑了起来,过去给一对儿女脱下衣裳,安顿他们睡下。然后又下地收拾屋子去了。卢占虎一连翻了十来次身,着急地对讨饭女人说:"还不睡,等甚?"说完,一口将油灯吹熄,揭开被子等讨饭女人进来。不多时,讨饭女人钻进了卢占虎的被窝,卢占虎如同饿虎扑食,压在了讨饭女人身上。刚接触就叫喊起来:"娘娘呀,埋人窟子怎这颠深?哟,哟,哟!娘娘呀!"讨饭女人忙制止:"不能叫唤,不能叫唤,两个娃娃还没睡着。"卢占虎屏住气,憋了一阵,又吼叫起来。两个娃娃"咯,咯,咯"地笑了起来。讨饭女人急忙捂住卢占虎的嘴,但卢占虎脑袋一拔楞,又叫唤起来!讨饭女人没办法,只好任凭他声嘶力竭地发泄。占虎娘一直站在窗下偷听,听到儿子那个二百五劲儿,直想笑,但又怕被屋里人发觉,只好踮着小脚,猫一样地溜回自己屋里。

占虎干完事，不一会儿就睡着了。鼾声如雷，震撼屋顶，讨饭女人好几次将他推醒，他翻过身睡着后，依然如故，震得母子三人一夜难眠。第二天，两个娃娃眼巴巴地盼着卢大大给买糖，可毫无动静了。第三天下午，九岁的男娃趁卢占虎不注意，从他兜里偷走一块钱，准备买糖吃，被卢占虎发觉，上前把男娃左右嘴巴子，打得鼻口流血。讨饭女人心疼地抱起孩子，望着卢占虎，心想：难怪他三十多岁的人了，傍着这么个好家庭还打光棍，原来是个砍七楞八的活牲口，和这种人过日子，说不定哪天还出大事。思来想去，过了五六天，就瞅机会逃离了卢家。

自讨饭女人走后，卢占虎天天黑着脸，动不动就给娘老子发脾气，卢文祥两口子着急发愁。正在这当儿，卢文祥的姨表弟张三仁来到家中。说起占虎的事，卢文祥连声叹气。张三仁说："哥，我们神树湾有个女人叫李亚芹，男人在'三反五反'中死了，至今未嫁，今年才二十一岁。生过一个小子，月子里就送人了，利利索索，没有拖累。我明儿领上占虎相一下，说不定成一门亲。就是成不了，也亏不了咱什么。"卢文祥觉得没什么把握，这个愣头儿子，连个讨饭女人都哄不住，还能高攀人家当官的留下的小寡妇？可是张三仁说："那个小寡妇近来也想找个男人，可是扑了一鼻子灰，现在身价也不高了。让占虎去试试，无非损失点烟酒，况且，张开关对这事也很关心，给我安顿了几次，让我帮忙给李亚芹介绍个对象。"卢文祥觉得三仁说得在理，就买了两条恒大牌香烟，两瓶太白酒，二斤水果糖，让占虎跟着张三仁前去相亲。张三仁反复告诫占虎："到了李亚芹家，你不要多说话，问候一下她的家人就行了。其他事由我和人家商量。"占虎说："我听叔的。"不到一个时辰，俩人就到了李九成家门口。李九成老婆见是张三仁来了，还领着一个后生，提着礼品，就明白了他们的意思，忙笑着让二人进门。占虎叫了李九成老婆一声"婶子"，张三仁回头瞪了他一眼，占虎一想：错了，往高叫了一辈！顿时羞红了脸，不再说话。张三仁将礼品放在躺柜上，九成老婆将二人让在炕上坐下。张三仁说："嫂子，这是我姨表侄儿卢占虎，今年二十八岁，还未娶亲。说了几次媒，缘分不够。我哥卢文祥，你大概也听说过，是个正经好庄户人。他听说你家亚芹现在还未嫁人，就托我当个媒人，来你家相亲。"李九成老婆看了看占虎，长相中等，个子也中等，能过得去。于是赶紧烧茶备饭，款待客人。李九成两口子也让亚芹的事给操乏了，这一次又一次，不是担惊受怕，就是丢人现眼。能找个人家把亚芹嫁出去，亚芹有了着落，娘家人也省心了。于是就殷勤地招待来客。不大功夫，羊肉臊子熬好了，荞面也和好搁在案板上，只等九成和亚芹回来吃饭谈事。不多时，九成和儿子爱国、女儿爱丽以及亚芹都下工回来。九成老婆给大家说明了情况，九成忙掏出一盒纸烟，递给张三仁和卢占虎各一支，然后就拉起家常来。卢占虎记着姨表叔的话，不发言。可两只眼睛没闲着，不断地在李亚芹身上扫描。他觉得李亚芹不但比那个讨饭女人强十倍，就是比自家的兄弟媳妇也强许多。玉虎媳妇满嘴黄牙，头发像水圪沱里的芦草，身子瘦得麻秆秆似的，走路罗圈腿，哪里能比人家李亚芹！你看那圆脸蛋儿，黑头发，黑亮亮的毛眼眼，脸皮就像鸡蛋清清白，穿的衣服也花哨漂亮。占虎正兴奋地看着，突然发现李亚芹也向自己盯了几眼，占虎"嘻嘻"地笑了起来，心想，有门！她也开始看我了！李亚芹心想，这人看外表还可以，就是好像有点不稳重，怎没看两眼，就咧开嘴灰笑，可不要成了马福胜那个灰德性！这时，李九成老婆已经将羊肉臊子剥荞面一碗又一碗地端上桌来。卢占虎巴结地看着李九成两口子，龇牙笑着说："妻哥，妻嫂！你们也吃。"张三仁暗中将卢占虎的大腿戳了一下，占虎全然不觉，见李九成两口子不应声，又一脸严肃地说："丈人和丈母娘不在了，你们就是长辈么！"亚芹和哥嫂都不言语。占虎躁了起来，心想：那有问候上不答理人的规矩，也太浅看人了！他一阵阵窝火，觉得自己受到了羞辱，愤愤不平，低声骂道："我透你妈。"这时，九岁的爱丽正爬在占虎身边看着未来的姑夫吃饭，清清楚楚地听到了这骂人的脏话，就爬下炕来，瞅空告诉了娘。九成老婆顿时沉恼起来，勉强伺候众人吃完饭，就对着汗流满面的张三仁和卢占虎说："亚芹和占虎的事儿今天就不说了，过几天我给三仁捎话去。"张三仁说："嫂子，这大老远来了，就是想谈亚芹和占虎的事，怎么见面又不说了？"九成老婆坚决地说："今天不说了，不说了，你要不明白，明儿个来找我。"张三仁奇怪地问："今天不说了？""不说了，你们要是忙就走吧。"李九成和亚芹都不明白发生了什么事儿，懵懵懂懂地看着张三仁和卢占虎下了炕。九成老婆嗔怪地收拾起躺柜上的烟酒糖，硬是往张三仁的褡裢里塞。张三仁急了，说："大嫂，你这是啥意思？不为说媒，我来你家也应该带点礼品，你怎么硬要我把东西再带回去？你给我留个面子，把东西留下，以后我们才好往来。"九成老婆见张三仁尴尬，就只好看着张三仁又把烟酒掏出来，放在躺柜上。卢占虎见"妻嫂"不让谈自己和亚芹的事了，急得抓耳挠腮，想表白自己的真心，又见张三仁对自己立眉瞪眼，只好把到嘴边的话，强咽进肚里，临出门，急速地瞟了亚芹几眼，然后涎着脸对李九成两口子说："妻哥，妻嫂，不要送了。"李九成老婆呛着说："谁是你的妻哥妻嫂了？你这后生怎么乱叫呢？"卢占虎心急，张大嘴想和李九成老婆争执，张三仁一把将占虎拉了过来，低声呵斥："不要说话！"占虎呼哧呼哧地退在一边。张三仁不好意思地笑着对李九成一家说："我们走了，以后见。"然后两人忙忙地出了院子。占虎拖拉着不想走，走几步掉一次头，冲着亚芹直是个色笑。

李九成老婆望着张三仁和卢占虎的背影，"呸呸"地唾了两痰说："糊脑尿！半吊子！到八十也找不下老婆。"九成和亚芹忙问怎么回事儿，她就把卢占虎骂人的话说了一遍，九成说："纯粹是个神经病！"亚芹气得脸煞白，转身回了屋，躺在炕上睡了一下午。

过了几天，张开关在路上碰见张三仁，说："你怎和郭继生一样没脑子？卢占虎这种人你也敢往李亚芹家里领？"张三仁满脸通红，讪讪无语。

## （三十）

亚芹经过马福胜和卢占虎的打搅后，心情郁闷，茶饭不思，人也一天天地消瘦下来。九成老婆对九成说："亚芹命不好，先是被韩维章缠着不放，以后又遇上两个没头淹鬼，受的打击太大了。爹妈把她托付给咱，咱要负责呢！照这样下去，生出个病来可就麻烦大了！我想明天领上亚芹去一趟府谷大昌汗，让她散散心，我也去看一下哥嫂，你说怎样？"九成说："行，你们路上小心点。"

第二天清早，亚芹和大嫂吃过饭，梳洗停当，换上新衣服，就顺着房后的小路上了神山。神山真高，往上爬，沿途要歇好几歇。山上怪石嶙峋，需要手脚并用攀爬。路旁沟渠纵横，长着许多胳膊粗的松柏和杂草灌木。相传山上原来长着许多粗大的松柏树，后来因为修建新陶亥召，被砍光了。路上蜥蜴出没，有的树上还缠绕着灰蛇和黑蛇。野山鸡和各种鸟鹊鸣叫着飞来飞去，蜜蜂和蝴蝶在花丛中萦绕。轻风吹拂，神清气爽。姑嫂二人虽然出了几身汗，但心情却快乐，没觉多长时间就来到山顶。俩人坐在松树下歇息。这两棵松树就是人们常说的神树，每一棵都需三个人才能搂住，都有三丈多高，你站在三十里外，都能看得见，也不知道它们活了多少年了，现在还枝叶繁茂，郁郁苍苍。树下有喇嘛用石头垒成的敖包，祭拜神佛。姑嫂二人向山下望去，瞭见牤牛河拐着大八湾，向南流去。河两岸是一些草滩和农田，黄绿相间，牛羊出没。村落里房屋依稀，炊烟袅袅，仔细听，还有鸡叫、狗吠的声音。沿着河岸向北望去，牤牛河西岸的敖包上，屹然矗立着陶亥召，召顶端烟雾缭绕，可能喇嘛们正焚香念经呢。俩人观看了一阵，沿着东边小道，越过两道沟，跨过两座小山包，走到了山下边，又过了两条河，大昌汗公社就映入眼帘了。

姑嫂二人到镇子上买了两包点心，两包挂面，一斤水果糖，就向大嫂的娘家走去。到了哥嫂门口，有一个十几岁的小姑娘跑了过来，惊喜地叫道："大姑，你们什么时候来的？我妈在家呢！"说着，便拉着大姑的手进了屋里。九成的妻嫂叫买小，见小姑子到来，稀罕地说："美翠则，上一次捎话让你们来看大戏，怎没来？"原来，九成老婆叫美翠。美翠答道："我忙，没顾上来。"买小见美翠手里拎着东西，说："你们来就来了，买这么多东西干啥？"美翠说："哪能空手来看大嫂！"买小忙给二人铺毡让座，烧火熬茶。拉开话后，提到了亚芹的婚事，买小说："我们公社的武装部长，前年老婆得心脏病死了。他今年三十八岁，女儿十六岁，儿子十四岁。这人品行端正，又有本事，就是年龄大点，我看能给亚芹介绍。"亚芹说："他那么大年龄，恐怕不行吧！"买小说："嗨！大十几二十岁的，有什么？只要人好，怎也能过一辈子。"美翠说："亚芹，你不要一口回绝了，咱去看看。能行咱就让他请媒人，上门来求咱。不行，咱就回神树湾了，谁也累不着谁！"买小说："美翠说得对，咱去看看，不妨事的。"

吃过午饭，稍作休息，买小就领着美翠和亚芹来到武装部长家门口。买小跨进院门槛，大声喊道："边部长，在家吗？"只听见屋里有一个女孩儿应声道："在家呢！"买小就招手让美翠和亚芹进了院，然后一齐走进屋里。边部长见有女客上门，忙起身倒茶让座，说："买小，你从来不到我家，今天来，有事？"买小说："无事不登三宝殿，肯定有点儿事。"边部长抬头看了看另外俩人，一个是中年妇女，农村人打扮。另一个是光鲜漂亮，年轻水灵，还有几分矜持"大姑娘"。就问买小："他们俩是谁？"买小笑着说："这个是我小姑子，早年出嫁在神树湾。那个姑娘是我家小姑子的小姑子，叫李亚芹。"边部长说："稀客！稀客。"一边说，一边端详起亚芹来。亚芹也不由得观察着边部长。边部长虽然是三十大几的人了，但毕竟人家是干部，浓眉亮目，脸色红润，看起来比农村的同龄人能小十岁，第一面印象不错。俩人眉来眼去，如同调情。亚芹正和边部长对视着，突然发现边部长身后站着的小姑娘对她怒目而视，如同仇敌。不一会儿，边部长的儿子也从里屋走了出来，把一本书啪地摔在了桌子上，气哼哼地瞪着李亚芹。李亚芹顿时心里凉了大半，心想：这就是边部长的一对儿女，他们这是在反对有人给他们当后妈！算了，算了！你们不同意，难道我还愿意伺候你们俩？即使来到这个家，也短不下整天怄气，用不了几年，就把人气死了！嗨，这门亲可不能说！说成了也支应不下这两个小冤家。于是，就推了一把买小，买小会意，笑着站起来，说："边部长，你不要介意，我们路过来串个门儿，告辞啦。"边部长说："怎么坐这一会儿就要走？再坐会儿。"买小说："以后再来，你休息吧，打扰了。"说着，三人就起身出了屋，向院外走去。边部长恋恋不舍地望着亚芹的背影。

三人回到家中，买小问亚芹："你看边部长怎么样？要是中意，我托人给他传递信息，让他请媒人上咱家提亲。"亚芹说："嫂子，你还没看出来？边部长的那对儿女，横眉瞪眼的，好像我是他们的仇人。到了他家，还有安宁日子过？这事就不要提了。"美翠说："我看也是，这两个儿女恶狠狠的，想让他老子守一辈子寡！"买小说："你们要是这么说，这事咱就不提了。以后遇着合适的，嫂子再给你们捎话去。"亚芹笑着没应声。

下午，亚芹执意要回神树湾，美翠没办法，买小留不住，只好依了她。姑嫂二人告别了买小，原路返回。

# （三十一）

刘宝维来到大队部，熬了一壶酽茶，正准备往碗里倒，见门内进了张开关，后边还跟着一个干部模样的人，看上去有三十多岁，精瘦精瘦的，中等个儿，长马脸，细眉深目，口圆齿白。张开关介绍说："这是盟里来的下乡干部，叫程志行，一会儿要到咱们大队视察。"刘宝维赶紧找出两个干净碗，给二人盛了茶，又从抽屉里拿出一盒前门牌香烟，给每人递了一支，然后坐下来听二人拉话。原来，程志行这么大岁数了，还是光棍一个。他以前有老婆，是父母包办，离了，也没留下儿女，一直自个儿生活。张开关暗想：李亚芹婚姻不顺，这个程志行倒是个对茬，不知是否有缘。

喝完茶，张开关陪着程志行去新召大队视察。一路上，程志行看到路旁的庄稼长得黑油油的，就个住地夸赞："你们的辛苦下到了，庄稼的长势明显要比其他大队好。"张开关说："现在还不到时候，等苏会沟的水利工程竣工了，全大队的许多旱地都要变成水地，那时候的庄稼比现在长得还要好。"程志行问："那个工程还需多长时间完成？""快了，明年春天就能用上。"两人边说边走，不觉到了神树湾，一群男女社员正在给玉米上化肥，见支书领着一个干部走过来，纷纷停下来观望。队长田毛则迎了上来，说："张支书，你们刚来？"张开关说："这是盟里来的程干部，来咱们队下乡，中午把饭安排在李九成家，他家卫生、干净。吃了他家油肉粮食，以后由队里给补贴。"田毛则说:"行,我这就让李九成老婆回去做饭。"张开关继续领着程志行在庄稼地里查看。

中午时候,张开关和程志行、田毛则都来到李九成家。三人上炕坐定后,李九成老婆提着茶壶,给每人都倒了茶,正准备往炕桌上摆菜上酒,亚芹提着一筐子水萝卜进了门。见张支书和一个干部模样的中年人在一起,就笑了笑,算是打了招呼。张开关对程志行说:"这是李九成的妹子。"程志行看了亚芹一眼,觉得模样挺俊的,内心一阵波动。但初来乍到,不好意思多看,就又转过头来,和张开关、田毛则拉起话来。李亚芹经过几次相亲失败后,灰心丧气,情绪低落,轻易再不敢提婚嫁的事。可张开关今天是有意带着程志行来李九成家的。他一直感到内疚,无论怎么说,那年让李亚芹和韩维章在一起,自己也起过作用。现在韩维章死了,把个亚芹弄得没有着落,自己能看着不管?想到这里,他故意对着李九成老婆说:"美翠则,今天你好好招待我们,可能我要给你家办成一件大事呢!"九成老婆说:"看张支书说的,你给我办不办事,我都得好好招待你。"一边说,一边让亚芹将炒好的鸡蛋、豆芽、山药丝端了上来,并打开一瓶太白酒。一会儿,李九成也进了门,见家里来了这么多客人,忙上前打招呼。然后坐在炕边一面给大家斟酒、倒茶,一面问老婆:"还有什么饭?"老婆说:"还有猪肉烩酸菜,黄米饭。"张开关说:"太丰盛了。我以前给人家说媒,都没今天吃得好。"李九成和老婆都笑了起来。亚芹听出张支书话里有话,就偷眼观察起程干部来,亚芹觉得,程干部虽然相貌平平,但持重老成,像个厚道实在人;程志行觉得亚芹年轻漂亮,举止端庄,是个持家过日子的好媳妇。不小心,俩人四目相对了,都不好意思地笑了起来。张开关已瞧出几分奥秘,觉得一桩婚姻可能要成了!约半个小时后,大家放下酒盅,开始吃饭。

饭后,张开关和程志行告辞了九成一家人,向大队部走去。张开关将亚芹的实际情况,向程志行作介绍,最后肯定地说:"李亚芹是个好女人,保证能和你过好日子。你如果没意见,我给你们做媒。"程志行说:"你让她明天上午来大队,我们当面谈一下,再作决定。"张开关说:"好的,我给你们安排。"

第二天上午,李亚芹独自一人来到大队办公室。张开关和程志行正坐在一起说话,见亚芹来了,张开关就出门去了,留下亚芹与程志行单独交谈。约中午时分,张开关才回到办公室,见程志行一个人坐着,就问:"李亚芹呢?你们谈得怎么样?"程志行笑着说:"她刚走,回去和哥嫂商量去了。我俩都同意。"张开关拍掌叫好,得意地说:"我总算又促成了一门亲事,今天中午,你得请我吃饭。"程志行愉快地说:"这没问题,应该的。"俩人高高兴兴地走出大队办公室,去了供销社小饭馆。

李亚芹就这样找到了自己的归宿。

## (三十二)

张开关当支书,按下葫芦升起瓢。

大清早,旧庙塔的生产队长李长命就跑在大队反映:他们有九匹牧马,这两年天旱,草场上长不起多少草,马子已经瘦成干骨架了。原指望成年马繁殖小马驹,生产队靠卖马赚钱,增加社员分红,现在看来不行了,不如现在就把马匹卖光,还能捞两个现钱。要不然,等马瘦死了,就只能剥得卖皮子了。张开关说:"这事我知道。不光你们队,其他队的情况也差不多。我正准备召集队长们开个会,看有什么好办法没有。"李长命说:"什么时候开会?""你已经来了,我就马上通知其他几个队长也来,上午咱们就开会。"李长命说:"那我就等着吧。"

半前晌的时候,各队队长到齐了。张开关宣布开会。各队队长反映完情况后,开始讨论如何处理马匹,大家意见有分歧。一种意见是,本地草场退化,天旱长不起草,不如将马匹拉到陕西、山西卖掉,省得马匹瘦死,什么也捞不到;另一种意思是,现在急着卖马,是只图眼前利益,不如将马匹集中起来,去西部草场好的地方倒场放牧,无非是给人家交点草原管理费。等成年马繁殖出马驹来,利益就大多了。经过一番争议,张开关和大多数人都同意第二种意见:倒场放牧,繁殖生财。但是,派哪些人去倒场放牧呢?尔力湖沟的队长赵存富说,他们队的栗换朝那几年在杭旗霍洛柴登贩过羊毛,对那里很熟悉,算上倒场的一个人吧。其他几个队长吵嚷了一阵,最后推荐出旧庙塔的刘虎祥和榆树沟的李怀则组成倒场放牧队,由栗换朝任队长,去霍洛柴登放牧。

栗换朝三人接到通知后,各自准备行囊旅费,等待出发。临行前一天,张开关和杜开富组织三人开了会,反复强调了这三十多匹马的经济价值,一定要为全大队社员负责。不准倒卖马匹,不准隐瞒马驹数量。每隔半年,大队要派人去现场调查核实马匹数量,出了问题要加重处罚。栗换朝三人表示,有他们三个人在,就有大小马匹在,别人谁也拿不走,欢迎大队按时派人监督检查,如有私心,愿受重罚。张开关和杜开富表示满意。

出发那天，栗换朝三人每人骑一匹大马，行李和用具由另外三匹马驮着，浩浩荡荡离开牤牛河。许多社员羡慕不已。张开关望着他们的背影，忐忑不安。

有人说，"用人不疑，疑人不用"，这在特定条件下是有效的。但是，把这个方法当成不变的规律去使用，就非出乱子不可！农民出身小生产者，最感兴趣的核算单位是家庭和个人。面对物质的诱惑，有多少人能克己奉公？栗换朝三人远离新召去西部大草原放牧，能保证不谋取私利？那谁也说不清。自这三人走后，张开关就按时派人去霍洛柴登核查马匹情况。十月份核查时，数量与原来的相同。第二年三月份核查时，增加了两匹小马驹。又过了半年去核查，总数量减少了两匹。栗换朝和另外两人异口同声地说："夏天响雷时，让电打死了。"核查人员黑目不知，只能听他们说。张开关疑虑重重，但没有证据就没法儿指责。第三年正月，栗换朝回家过年，买回一麻袋混糖饼子，给上门拜年的娃娃们一人送一个。公社和大队干部的娃娃们还另加五块压岁钱。正月十八中午，栗换朝准备回牧场，本村的几个青年来他家送行，四个人喝进五瓶黑儿马酒。几个年轻人都说："不能喝了，今天这顿酒，你可花费不少。"栗换朝醉醺醺地说："这有多少？咱的儿马尿上一道，够你们喝一年。"青年们当时酒醉，以为栗换朝说笑话，可是酒醒后就觉得有问题！栗换朝原来和大家一样，也没多少钱，可是自倒场放牧以来，像个有钱的大商人。再一打听，刘虎祥和李怀则也出手大方，花钱满不在乎。年底，大队又派人核查马匹数量，总数在上次的基础上又减少了两匹。社员们议论纷纷，各队队长坐立不安，张开关觉得事有蹊跷，派杜开富和刘宝维去牧场调查。

杜开富和刘宝维晓行夜宿走了两天。第三天早上，来到霍洛柴登牧场。这草场一望无际，绿茵茵的，水草繁盛，野花盛开，有几群马匹和牛羊在草滩上悠闲地吃草，欢快地奔跑。杜开富对刘宝维说："前面有一个放马的老汉，咱们先去和他拉呱拉呱。"刘宝维说："杜主任说的对，我们以前每次来这里，光听栗换朝他们诉一顿苦，讲一大套客观，就没和当地牧民了解了解情况。走吧，咱们过去和老汉坐一会儿。"二人来到老汉跟前。老汉五十多岁，脸被太阳晒得黑焦黑焦的，圪皱得像晾干的猪肚子。杜开富说："大叔，就您一个人在草原上放牧？"老汉眨了眨浑浊的眼睛，打量了一阵这两个陌生人，说："赛白努，你们的人从哪里来。"杜开富明白了，这是个蒙古族人，舌卷得说汉话都费劲，就笑着说："我们的人从鄂左旗来，在你们这里倒场放马，过来看看。"老人疑惑地问："你们在这里有多少匹马？"杜开富说："三十来匹。"老人问："你们和栗换朝是一伙的？""对，是一伙的。"老人不信任地看了二人一阵，转身要走，刘宝维急了，赶忙从上衣兜里掏出一盒牡丹牌香烟,抠出一支递给老人。老人认得是好烟,伸手接了过去,刘宝维又赶忙划着火柴,用两手遮着风,凑在老人嘴边点燃了香烟。老人大大地吸了一口,连声赞叹:"好烟,好烟。"刘宝维说:"大叔,咱坐下拉会儿话吧。"老人笑了笑,坐在了旁边的高地上,杜开富和刘宝维坐在了老人对面。杜开富说:"大叔,我们和栗换朝他们是一个大队的社员,我是大队副主任,他是大队会计。这次来霍洛柴登,主要是想调查一下栗换朝他们倒场放牧的情况。这几年,我们的马匹数量,不但没有增加,反而减少了。"老人又观察了一阵二人,就沉默不语了。刘宝维说:"大叔,和你的拉话,我们肯定不会告诉栗换朝他们。我们俩人是大队干部,专门出来调查倒场情况,还能变成翻舌根的灰老婆?"说完,又递给老人一支牡丹烟,老人看了一阵俩人的打扮和神态,似乎对二人有了信任,就用不太流利的汉语说:"你们的人,来这草原上已经快三年了。刚来的时候,三个人还好,对马匹管理得认真,住在牧民家也有规矩。可是,后来逐渐变成了流氓、野人。看见哪个地方有好女人,就像儿狗混游一样直往跟前凑。有时候在沙窝子里,有时候趁人家男人出去放牧,就窜在蒙古包里,牲口一样。特别是那个栗换朝,黑脸大鼻子,十足驴公子,不分老小地往女人怀里钻。前十多天,趁东滩的道布庆外出打草,就去串道布庆老婆,被道布庆返回帐篷当场抓住。道布庆老婆用被子蒙住脑袋,缩在旮旯抖成一团。道布庆一把抓住栗换朝的头发,举着镰刀非要割他的两个耳朵,吓得栗换朝裤子也顾不得往起搂,吊着他大大那个二脑袋,跪在地上一边嚎叫一边磕头。道布庆揪着他的耳朵,举着镰刀,恶狠狠地说,你要想留下这两个耳朵也行,给老子拿五百块钱来。栗换朝一边磕头,一边下保证,说他五天之内就能给道布庆送来五百块钱。道布庆解开裤带,给栗换朝当头尿了一道,说,你快往出滚,限你三天送来五百块钱,不然就连你那个二脑袋也一起割掉。栗换朝听了道布庆放人的话,连滚带爬出了蒙古包,提着裤子,像被人追撵的偷吃狗,没命地钻进了沙柳林。"杜开富笑了起来,刘宝维吃惊地问:"栗换朝去哪弄五百块钱,能送给道布庆?"老人不屑地说:"他的办法很简单,卖上一匹马,富富有余!"杜开富问:"他卖马了?卖了多少钱?"老人说:"这我就不知道了,你要想打听详细情况,去问村里的刘银匠,他知道。""刘银匠怎么会知道这些?""每次马贩子来了,都住在刘银匠家,他能不知道?""刘银匠家住在什么地方?""就住在草滩西头的那三间土房里,很好找。""栗换朝他们现在住在哪里?""住在哪里?自从栗换朝在道布庆家出了事,凡是有女子老婆的人家都不让他们住,把他们的行李都给扔在了院子外头。三个人没办法,如今住在北面一个蒙古包里。这个蒙古包的主人是快七十岁的老汉和老婆子。栗换朝三个人把好话说上，钱掏上，两个老人家就收留了他们。"杜开富又问："我们倒场的骒马，这几年下驹了没有？""嗨！这么好的草场，牲口都膘肥体壮，哪有不下驹的事！""那下了多少个驹？""这我没去数，不知道！"刘宝维又掏出一支牡丹烟递给老人，并给点燃。杜开富说："叔，谢你了，我们去刘银匠家里走一趟。"老人惬意地吸着香烟，说："去吧，我知道的不多，问他们吧。"二人告别老人，向刘银匠家走去。

　　刘银匠见有人进院，猜想：这可能又是马贩子，每次这些人做成了生意，都能给自己一点儿好处，蛮不错哩！他快步迎了上去，说："二位有事？请进屋里说话。"杜开富说："早听刘师傅大名，特来拜访。"刘银匠说："有什么名！不过是为大家提供个行情，介绍两个朋友。"刘宝维又从上衣兜里掏出牡丹烟，递给刘银匠一支，然后自己和杜开富也各拿了一支。刘银匠忙拣起一根干柳棍子，在炉火里燃着，依次给每人将烟点着。杜开富说："我们从山西河曲过来，想打听一下这里马匹的价钱。"刘银匠说："二岁子马驹子一匹能卖到一千三百多元，三至四岁的好马能卖到一千六百多元。这需要和卖主商量，价格可以小幅浮动。""这两年，你们霍洛柴登有人卖过马匹吗？""有，本地有人卖，外来倒场的也有卖的。""外来倒场的谁卖过马，价格便宜吗？""东部鄂左旗有人在这里倒场放马，这几年通过我介绍，卖过七八匹马，价格稍比当地牧民要便宜个一二百块钱。但今年以来他们也抠得厉害，和当地牧民的马匹价格差不多。""鄂左旗的人住在哪里，叫什么名字？""嗨！你们是想甩开我谈生意？没必要！我只收你们个房火店钱，剩下的你们看着办，感到我确实给你们提供了方便，就给我三十、二十块。不愿意给，我也不和你们要。"杜开富和刘宝维笑了起来，刘宝维说："那我们就住刘师傅这里吧。刘师傅，我们先出去走走，一会儿回来。""行，你们来不来都可以。"杜开富和刘宝维告辞了刘银匠，向西北的一座蒙古包走去。

　　这座蒙古包，在草场的北边，周围再没有别的住户。杜开富和刘宝维来到了蒙古包前，听到里边正在玩牌，好像是小赌。两人停了停，就掀开门帘走了进去。栗换朝、刘虎祥、李怀则正在推"十点半"，一个六十多岁的老汉坐在旁边观看，老太婆在旁边熬茶倒水。三人正玩得高兴，猛抬头，见杜开富和刘宝维到来，忙将手中的牌扔在摊子上站了起来。栗换朝说："杜主任，刘会计，你们甚时候来？"杜开富说："刚到。"栗换朝忙把二人介绍给两位老主人。老太婆听说是主任和会计到来，忙让二人坐在了地毯上，然后给二人各端了一碗红酽酽的热茶，并指了指桌上的大盘炒米说："我们的人没什么好吃的，你们不要嫌弃，随便吃喝。"杜开富说："谢谢大叔、大妈，麻烦你们了。"老汉和善地笑道："不麻烦，人多了红火。"刘宝维给屋内的每人递了一支烟，大家随便拉开了话。杜开富看了看栗换朝三人，说："咱们的大小马匹加起来，现在共有多少？"栗换朝看了看刘虎祥、李怀则，然后说："大马三十三匹，马驹子三匹，一共是三十六匹。"杜开富惊奇地问："你们从新召起身时，吆着三十七匹马，怎么过了快三年了，不见增加，倒少了一匹？"栗换朝一脸苦相，说："本来应该是增加，可是，今年七月份下了一场大雷雨。咱们的马群被突如其来的炸雷给惊着了，遍滩狂奔，让雷电给劈着了，死了三匹大马，两匹小马驹，所以马匹就少下了。这是天灾嘛！"杜开富看了看刘虎祥和李怀则，俩人都低下了头。屋主人老头子和老婆子，都掉头走开了。杜开富说："马被雷电打死了，马皮在哪里？"栗换朝眨巴着眼睛，说："你问马皮？马皮让我卖给宁夏来贩羊毛的人了，一共卖了四十块钱，等过了年时缴给大队。"杜开富说："大队选中你们几个人来倒场放牧，原本是想给社员们创收。可是快三年了，你们没创下一分钱的收益，反倒减少了许多，究竟是什么原因，大队领导肯定要追查清楚。你们听好了，要是真的被雷电击死了，那是自然灾害，没办法！要是还有别的什么原因，那后果就严重了！"栗换朝听杜开富这么说话，一下子从地上站了起来，怨气冲天地说："好心没好报，上香惹鬼叫。我们两三年来，撇下老婆娃娃，为众人辛苦，到头来还有人背后毬长毛短地穷议论，有点儿良心没有？我算看清了，人民公社大集体的事，谁也干不成！虎祥，怀则！卷铺盖明天就回家，谁有本事谁来干。"说完，仰面倒在地毯上，粗粗地喘着气。刘虎祥和李怀则也表白起来："自然灾害嘛，谁能抗拒？人比老天爷还厉害？"刘宝维"哧哧"地笑了起来，说："有理不在言高，山高遮不住太阳！你们要真的没问题，就不要急着叫喊。我和杜主任现在只是奉命来查问一下，至于这事怎么给社员们交代，需要回去给领导汇报，由他们研究决定。"栗换朝呼地坐了起来，看着刘宝维说："汇报去吧，找能人来吧，我们干不了啦！"杜开富说："在未弄清情况以前，你们三个还要在这里继续坚守，不许擅自离开。"栗换朝三人都不说话了。

第二天早饭后，杜开富和刘宝维带着张开关捎来的二百块钱，步行二十多里地，去乌兰镇看望了苏亚拉图。苏亚拉图说："告诉开关，这些年我基本上给供销社看大门，日子过得好着哩，让他不要挂念。"杜开富说："张支书经常念叨你呢，说以后有空了，一定亲自来看你。"苏亚拉图眼眶里滚出几滴泪水。

当天晚上，杜开富、刘宝维住在了鄂右旗路边的一家旅店里。店掌柜是个五十多岁的干瘦男人，名叫郝二羊。拉话中得知杜开富二人是从鄂左旗新召来的，就问："你们那里是不是有一个叫张开关的人？"杜开富说："有啊，那是我们的老支书。""哦，那是个胆大厉害人。""你咋知道他既胆大又厉害？""我当然知道了。解放前他和二哥在乌兰镇揽工，他二嫂被李二胜骗在我们李家寨，好事还没办，就被张开关单人举着钢叉拿着枪，硬是将他二嫂抢了回去。李家弟兄五人，号称五虎，远近无人敢惹，可偏偏栽在张开关一人手里，气的李二胜五天水米没打牙，走路摇摇晃晃，差点死了。"刘宝维来了兴趣，问："那李二胜以后情况怎么样，还活着吗？""嗨，活是活着，可一直半死不活。刚解放时乡里给他戴了一顶恶霸帽子，后来又给换成'坏分子'帽子，其中有一条罪状就是他抢过张开关的嫂子。"杜开富哈哈大笑："他现在还是'坏分子'？"郝二羊哂笑道："咋不是？一直是'坏分子'，一直被监督劳动，连村子都不让出去，受罪大哩！"刘宝维也大笑起来。

　　杜开富和刘宝维晓行夜宿，第六天回到了新召，不但向张开关反映了栗换朝三人的情况，也讲述了看望苏亚拉图以及李二胜的事，张开关说："苏亚拉图是我的结拜大哥，怎能不挂念呢？至于李二胜，那是他自作自受，不值得同情。栗换朝他们的事，要马上给公社刘书记汇报。"杜开富、刘宝维点头同意。

　　公社刘书记听了新召大队关于栗换朝三人的情况汇报后，立即向旗公安局打了招呼。旗公安局派出三名干警，急速去了霍洛柴登牧场。

　　霍洛柴登的牧民们听说鄂左旗公安局来了警察，调查栗换朝三个人的问题，许多人就实事求是地反映了情况，作了证明。老牧民大扎布说："真是三个灰人，再在草原上待上三年，草原也被他们染脏了。"奇怪的是，道布庆始终不给栗换朝他们打证明，他私下里说："我们的人是讲信用的。我给人家头上尿了一道，还花了人家五百块钱，答应下以后谁也不追究谁！墙倒众人推的事，我们的人不干！"栗换朝三人开始的时候，死不承认偷卖马匹，到后来，一件件铁证摆在了面前，就逐渐反了下来，承认偷卖了集体的七匹成年马、四匹马驹子。张开关密切注意着事态的发展，及时又向霍洛柴登派出了三个倒场放牧的人员。旗公安局将栗换朝三人实施拘捕，带回了鄂左旗公安局。三个月后，法院对三人正式宣判：栗换朝被判三年有期徒刑，其他两人分别被判二年有期徒刑。

　　栗换朝三人进了监狱，张开关丧气极了！

　　咳，咳！事情如果就此打住，也算张支书的运气，可偏偏生产队人多事杂，又有人犯科违纪。下面几人的行为，真格叫张开关噎气！

## （三十三）

　　红日艳艳，快要正午了，社员们擦着汗水，盼望着收工。

　　张开关和乔凯云向地头走来，田毛则迎上去问："你们刚从旗里开会回来？"张开关说："刚回来，你招呼社员们过来，开一会儿会。"田毛则回头向人群里叫喊："大家都过来吧，张支书给咱们开会。"社员们闻声走了过来，坐在了空地上。

　　张开关说："为了让人民群众过上好日子，党和政府发出号召，凡是有儿有女的人家，都要计划生育。过多地生娃娃，既加重了群众的生活负担，也给国家造成了困难。今后，凡是有儿有女的人家，夫妇双方就应该有一个人做结扎手术，希望大家理解和响应……"

　　乔凯云笑眯眯地接着说："穷汉儿多，赖瓜籽多。蛤蟆老鼠生下一大群，在甚上用？吃不饱，穿不暖，上学还没钱供，说媳妇没人来，真不如少生优育好。我算是明白了，龙生一子安天下，母猪儿多拱墙根。告诉你们，我已经结扎了。你们不要笑，以后我除了给女人种不上娃娃，其他的功能一点儿也不比别人差，嘿嘿！"

　　张开关奇怪地看着乔凯云，问："你甚时结的扎？"乔凯云笑着说："那天你们开会讨论，我就上医院结了扎。"张开关吃惊地问："那么快？怎没见你难活？"乔凯云得意地说："嗨，小手术！比骟猪快十倍，连一滴血都没流出。"男人们哈哈大笑，女人们不好意思放声笑，脸憋成通红。

　　下午收工后，乔凯云瞭见刘憨小老婆翠英则在自留地里间白菜，就快步走过去。翠英则冷不防臀部被人顶了一下，一哆嗦，回头看，是乔凯云立在身后眯眼笑。翠英则沉恼道："收工了不回家，想干甚？"乔凯云嘻嘻地笑着说："我想和妹子好一阵儿。"翠英则撇了撇嘴，不屑道："好什么？弄不好生出一个和你一样的猪嘴蒜头鼻，刘憨小还不打死我！"乔凯云收起笑容，一字一顿地说："你怎忘性比记性还大？我已经结扎了，你没听见？我弄谁也怀不上娃娃。"翠英则疑惑地望着乔凯云，思索了好一阵儿，问："你说的是实话？"乔凯云着急地说："当然是实话，我还能骗你？"翠英则低头不言声了。乔凯云左瞅右睹没发现人，就果断地抱起翠英则进了旁边的玉米林。

　　十多分钟后，翠英则一边懊恼地系裤带，一边"呸，呸，呸"地朝乔凯云的脸上唾唾沫，骂道："儿狗子，怎给你妈灌进这么多狗尿狗脑子？你是怎结的扎？敢不是结扎在脖颈股上吧？"乔凯云一边讪笑，一边揩唾沫，慌慌地溜走了。

四五天以后，乔凯云又被杨云水的侄儿媳妇唾了一眉脸。神树湾很多老婆女子都说乔凯云是个大骗子，根本没结扎。可也有人不知情，比如田毛则老婆吴再兰。

那天上午，乔凯云跟着一大群人在玉米地里锄杂草，干了一阵后，心猿意马，燥得慌，不由得站在玉米林里乱张望。哦，田毛则没来，可能是去大队开会去了。吴再兰正翘着肥屁股在前面锄草呢！乔凯云一阵欢喜，快速向吴再兰凑了过去，涎着脸皮说："嫂子，你穿这件衫子真好看。"吴再兰瞭了他一眼，说："好看个甚？已经穿了三年的旧衣裳了。"乔凯云继续骚情："嫂子，人俊骨俊身条条俊，你穿上甚衣裳也能爱死人！"吴再兰瞅了眼乔凯云，蛇腰扭动挺诱人，而且是个结了扎的放心男人，不禁欢喜起来，于是笑吟吟地说："能有你老婆好看？"乔凯云低声道："嫂子，你说怪不怪？我看见谁也不如你惹亲！"吴再兰瞭了一眼乔凯云，说："我不信。"乔凯云颤声道："真格的，骗你我是灰毛驴！"吴再兰娇嗔道："不怕田毛则整死你？"乔凯云信心十足地说："咱把密保好，他整个屁。"吴再兰红着脸问："你有什么办法？"乔凯云神秘地说："今儿晚上夜静后，我披上山羊皮去你家羊圈里等你。"吴再兰"扑哧"一声笑起来，说："你真是个坏小子，甚主意也能想的出！"

天还未黑，乔凯云的胸口就跳了起来，好容易捱到人静灯熄时，忙不迭夹着山羊皮出了门。老婆急着问："黑天大洞的，你夹上山羊皮去做甚？"乔凯云不耐烦地说："后村王皮匠收皮子，我去一趟。"老婆还想问，乔凯云已经出了门。

乔凯云鬼鬼祟祟地来到田毛则家羊圈边，收住脚，屏息听，正房里还点着灯，怎么办？哎，身弄硬，胆放正，不让闹了嚷一顿，有什么了不起！乔凯云披着山羊皮，推开羊圈门，猫腰钻进去。微弱的月光下，一只长着大角的绵圪羝①两眼闪着绿光芒，抖动着弯曲的大犄角，倒退了几步，朝着乔凯云猛抵过来。乔凯云吃了一惊，急忙闪在一边。再看绵圪羝，转动身躯，抖动犄角，又准备发动第二次攻击！乔凯云明白了，这没头脑的茶畜生，见老乔披着山羊皮，就以为是老骚胡②来和它争母羊，愤怒来决斗，嗐，嗐！乔凯云赶紧掀开身上的山羊皮，对着绵圪羝摆了摆手。绵圪羝瞪眼看了一会儿乔凯云，确认不是老骚胡，就掉转身走进了羊群。乔凯云化解了绵圪羝的敌意，

---

① 公绵羊。

② 公山羊。

又将山羊皮披在身上，圪蹴下等待吴再兰前来约会。不多时，羊圈门被慢慢地推开，乔凯云注目观看，是吴再兰进来了，他轻轻地咳了一声，站起身来。吴再兰低声说："你刚来？"乔凯云低声应道："来了一阵儿了，还差点儿让绵圪羝抵着。"吴再兰掩嘴笑了起来，乔凯云忙上前将吴再兰搂在怀里，按倒在地。吴再兰快速地解开裤带，将一块麻袋片子垫在了身下，乔凯云急忙解开裤子，趴在吴再兰身上，并随手拽起山羊皮，披在自己背上。俩人声声叫唤，气喘吁吁。正兴浓时，田毛则七十多岁的老娘来到羊圈门旁小便，刚圪蹴下尿了一截儿，忽然听到羊圈里有人的哼哼声。老人生来迷信，以为夜间遇到了鬼魂，吓得"妈呀！"一声就跌倒在地，连滚带爬，向家中逃避。田毛则已经上了炕，正准备脱衣睡觉，忽听老娘哭喊，连忙下了地跑出屋外，见老娘在地上乱抓乱爬，忙上前搀扶。忽然抬头看见一个比狗还大的毛混混的动物，冲出羊圈门子，向外跑去。田毛则放下老娘，拔腿就追，那毛混混的"动物"迅速蹿下坡底，顺着牤牛河岸，一路向南遁去。田毛则见追不上了，就返回院内。老娘已回到屋内，惊魂未定，恐惧地问："是不是大骚胡成精了"？田毛则说："瞎说！骚胡四条腿，这圪泡是两条腿。"正说着，吴再兰从院外走了进来，婆婆一把拉住儿媳妇的手，说："刚才那个鬼怪没缠你？"吴再兰装作什么也不知道的样子，佯问："什么鬼怪？我咋没看见？"田毛则怀疑地问："那你刚才在哪里？"吴再兰好像不解地反问："在哪里？我在厕所尿尿，你问这干什么？"田毛则见说不到一块儿，狠狠瞪了吴再兰两眼，扶着老娘去里屋睡觉去了。吴再兰自己上了炕，脱衣就寝，也不管田毛则什么时候吹灯睡觉。

　　田毛则会寻踪，全村成年男女的踪迹，分得清清楚楚，些许的偷盗、男女野外苟合，他都能顺着踪迹走到关键地点，并能断定是何人干的坏事。所以，想在村里作案的人，往往就在脚底下绑上沙蒿，让田毛则无从认得。这次的"大骚胡"不绑沙蒿，好找！第二天天一亮，田毛则就从自家的羊圈门口开始辨认，还未到坡底，他就清楚这是会计乔凯云干得坏事。田毛则又气又恼，一直沿牤牛河岸向南走去，又向东翻上大田，最后来到了乔凯云门口，推了一下门，里边插着，就用手"咚，咚！"地敲了起来。过了好一阵子，听见乔凯云老婆在屋里问："是谁在敲门？大清早也不让人消停。"田毛则没好气地说："是我，田毛则在敲门！不要装孙子啦，让乔凯云出来说话。"乔凯云老婆隔着门说："哎哟，这是怎么啦？乔凯云昨儿个得了重感冒，太阳刚落山就蒙头大睡，现在还浑身发烧，说胡话，哪能起得来？"田毛则站在门外吹胡子瞪眼，骂道："一窝牲口，没一个人，等老子以后和你们慢慢算账。"骂完，见乔凯云老婆不给开门，就气哼哼地返身回去了。

自此后，乔凯云的声誉急剧下降，假结扎的伎俩再难实施，他很烦恼，思来想去，只有用避孕物品来弥补。可那些物品都要钱来买，自己又舍不得花钱，怎么办？噢，生产队的庄稼能变成钱！

光阴荏苒，转眼到了秋收季节。那天下午，田毛则领着一大群社员割谷子，天黑的时候，田毛则望着一大片谷捆子说："这些谷捆子我数过了，一共是一百二十六捆。今天天黑来不及往场面上送，就放在地里吧。"说完，社员们散工回家。

第二天早上出工后，社员们继续到谷地收割。田毛则到得早，挨个儿将谷捆子数了一遍，发现短下十二捆。他连数三遍，都是如此，就断定昨晚有人偷了谷子。他开始在路上路下查找踪迹，发现这个贼脚板上绑着沙蒿，没法儿辨认。田毛则对副队长王河生说："今天上午你领上大伙收割，我要去大队找张支书来破案，生产队的谷子不能就这么丢了。"王河生说："一定要破案，不然惯下这个毛病，以后还要往完偷呢！"田毛则快步向大队走去。

快中午时分，张开关来到丢谷子的现场。他仔细查看了周围的痕迹，领着田毛则上了大路。田毛则说，这人脚上绑着沙蒿，没法认了。张开关说："是谁的踪不好认了，但我们根据沙蒿扫下的印子，可以找到谷捆子究竟在哪里。"田毛则醒悟，就跟着张开关继续往前寻找。二人越过布连沟，上了神山石砭路，走进一个几十米深的旧煤窑，打着手电往里瞧，发现最里面横七竖八地堆放着谷捆子。田毛则说："原来贼把谷子背到黑窟窿里了。"俩人在煤窑里查看起来。突然，田毛则看见在谷捆子旁边有一个黑色的布旱烟袋，就弯腰拣了起来，仔细观看，上面还用红线绣着一朵山丹丹花。张开关凑过来看了看，说："这东西你可拿好了，回去让社员们辨认一下，看是谁的旱烟袋。可以断定，这个人就是偷谷子的贼！"田毛则点头，将旱烟袋小心收起。又细心地数一下谷捆子，正好十二捆。于是，俩人退出旧煤窑，返回谷子地。

张开关坐在地塄边，分别让社员们来辨认旱烟袋，有好几个社员一眼就认了出来，说："这是乔凯云的旱烟袋，他老婆往上面绣花的时候，我还见过。"经过一阵辨认后，张开关说："既然是乔凯云的烟袋，让他来我这里一趟。"杨毛团高喊："乔凯云，张支书找你，快过来！"不一会儿，乔凯云来到张开关面前，张开关抖了抖那个旱烟袋，说："你认识这是谁的东西？"乔凯云转了一下眼珠子，说："我不晓得。"田毛则说："放你娘的屁！你成天拿着它装旱烟，能说不晓得？"张开关从挂兜里拿出一根绳索，冷笑道："乔凯云，那个旱烟袋究竟你认识不？"乔凯云顿时慌乱起来，扑通一声跪在了张开关面前,一边磕头,一边求饶,说:"是我鬼迷心窍,偷了生产队的谷子。我认罚认打,只是不要把我送进禁闭。"田毛则怒气冲冲地在乔凯云屁股上踢了两脚,骂道:"你个人头牲口,没想到还是个贼?你快给老子站起来,去煤窑里把谷子背回来,不然,老子一脚把你踏死了。"乔凯云闻听后,呼地一下站起来,说:"我现在就去背。"然后去地头上找一根绳子,就去煤窑里去背谷子,社员们惊奇地望着乔凯云的背影。张长鹿说:"人活成这种样子,真不如揪根毯毛吊死。"乔凯云一共背了两趟,就把十二捆谷子背回来了。张开关说:"乔凯云,你做的是犯法的事,就是不把你送禁闭,你也得写出交代材料,至于怎么罚你,就由生产队决定吧。"说完,带着乔凯云往生产队会议室走。田毛则在路边扳了一根指头粗的湿柳条,走几步,就在乔凯云的屁股上抽几下,疼得乔凯云一蹦一跳,"嗥嗥"嚎叫,张开关说:"田队长,别打了,贼也不能由你愣拿柳棍子抽,他也是个人嘛!"田毛则指着乔凯云的后脑勺,说:"你说他是人?你可弄错了!这是一头标准的牲口,骚胡!什么灰事都能做得出来,就欠揍!"说着,又抽了乔凯云几柳条,乔凯云掉头给田毛则跪了下来,讨饶说:"田哥,你就饶了我吧,以后你就是我亲大大,亲爷爷。"张开关看着两人的这副做派,奇怪得很!这是怎地了?一个队里的人,下手这么狠?噢,这两人有过节!张开关"呵呵"地笑了起来,笑得乔凯云浑身起了一层鸡皮疙瘩。

## (三十四)

村支书像个灭火队长,灭了东边,再灭西边。那天上午九点钟,张开关正准备开支委会,忽然公社刘书记来了电话,立马要见他。

张开关对杜开富说:"你们先在办公室等着,我一会儿回来。"说完,就往公社大院里走。进了刘书记办公室,不由得吃了一惊!怎地站着一群喇嘛?老喇嘛丹增像是在告状,气愤得脸蛋子直抖!刘书记见张开关进门了,说:"张开关,喇嘛们来我这里告你们呢!"张开关奇怪地问:"告我们?没惹他们,告的个甚?"丹增立马掉过头来说:"你是没惹我们,可是你的社员欺负我们!""社员怎欺负你们了?"丹增张嘴正要说,被刘书记制止了。刘书记代替丹增说:"你们旧庙塔生产队的许候蛋、李信则和王贵生,前天去石岩塔拉木料,路过塔布乌素时,看见有一个死人装在白布口袋里面,许候蛋就起了歹意,把布口袋解开,倒出死人,回家让老婆缝成一条白裤子,穿在身上到处走。还说,我有喇嘛的老衣护着,大吉大利!你看看许候蛋叫个人不?这个死了的喇嘛叫昌汗喇嘛,以前你也认得,德高望重。本来寺院里对他实行的是天葬,肉身装进口袋里,任由飞鸟走兽将肉体叼走,灵魂升天。这段时间是不能随便乱动的,不然他的魂灵就乱飘了。现在召上的喇嘛把状告到公社来了,你看怎么办?"丹增气愤地说:"许候蛋不是人,是个牲口,必须处罚!不然,我们的人不答应。"张开关又好气又好笑,说:"许候蛋确实是个畜生,一点礼教也没有!我现在就去旧庙塔调查了解,作出处理决定。"喇嘛们七嘴八舌地嚷嚷道:"必须处罚许候蛋,不然人死了也不能安宁。"丹曾说:"最起码要许候蛋花钱新做一个布口袋,把昌汗喇嘛重新装进去。而且许候蛋要给昌汗喇嘛跪下磕头,请求宽恕。"张开关说:"行,就按喇嘛们的意思办!许候蛋要是敢呲牙,我把他四个蹄子缠住捆回来!"刘书记说:"犯到哪条按哪条,也不能过分了!好啦,好啦!大喇嘛们都回召上吧,等张支书处理了许候蛋,再及时给你们通报。"张开关和喇嘛们见刘书记不耐烦了,就相跟上走了出去。

张开关向杜开富打了声招呼,就往旧庙塔走。找到李信则和王贵生后,李信则说:"那天早上,我们三个人去石岩塔拉木料。半前晌的时候,路过塔布乌素。许候蛋朝上瞭了瞭,就站住不走了。没等我俩反应过来,他又朝东畔的沙湾里跑去。我赶快向他喊叫,说那是蒙古族人抛死人的地方,不能去!可他头也不掉,一蹦子就跑得瞭不见人影了。据他说,一进沙湾就发现有一个刚死了的人,装在一条新新的白布袋里。他跑过去解开口袋,把死人倒出来!一看,妈妈呀,死人有个秃脑袋,还穿一身黄布袍子,是个喇嘛!他浑身打了一个圪瘆,转身想离开。刚走了两步,又觉得不能白跑一趟。于是狠了狠心,拽出白布袋子,拔腿就往沙湾外跑,一口气跑到大路上。我一见他手里的白布袋,就知道那装过死人,立马训喊着让他扔掉!可许候蛋哪舍得扔,嘿嘿地笑着,说这是他得的外财!连蹦带跳地跑到大河边,把袋子洗了一遍。拧过水后,就搭在肩膀上,继续往南走。一路上,我们躲闪他,他还故意往我们身上蹭,吓得我们俩直尥蹶子。第二天,他就让老婆把布口袋缝成一条白裤子,穿在身上和社员们一起劳动。"张开关说:"依你们说,这事确凿无疑了?"李信则和王贵生一齐说:"啊呀,我们亲眼看见的,还能有假?""噢,那召庙上喇嘛也知道了这个事,是你俩告诉给他们的?""嘿!哪用我们告诉!许候蛋自穿上那条裤子,谁见谁圪瘆,躲他远远的!他就吹牛皮,说喇嘛的老衣是避邪的,穿上白天黑夜不怕鬼。人们异奇得很,议论纷纷,召上的喇嘛能不知道?""哎,我就是问问你们!忙去吧。"

张开关到了许候蛋家,许候蛋媳妇兰女则正黑水汗脸地煮猪食。这女人可能从来不洗头，头发上沾着密密麻麻的白虮子！见张开关进来，咧嘴笑了说："张支书，上炕坐。""许候蛋呢？""去队里锄地去了，马上就回来。"张开关瞅了一眼炕圪崂三个小娃娃，两儿一女，衣衫烂得袖子都剩一半了，见生人进屋，胆怯地蜷缩在一起，就像刚落地的羊羔子，弱得可怜！张开关坐在炕沿上，掏出了烟袋。兰女则赶忙把一根麻杆杆点着递了过来。张开关将烟叶燃着，吸了两口，就听到门外一阵脚步声，接着许候蛋走进屋里。一看张支书驾临，忙笑问："达尔古①，找我有事？"张开关瞥了一眼许候蛋腿上的白裤子，皱了皱眉问："你这条裤子甚时候做的？"许候蛋尴尬地笑了，说："你问这事？你都知道了？张支书，你知道我拉破窝，穷得买不起布。你看看嘛，这布新新的，装死人不就浪费了嘛！给活人穿上，还能参加劳动，为生产队多打粮食哩，嘿，嘿！"张开关瓦着脸，严肃地说："不是你的东西，怎随便就拿？人家蒙古人是有礼数的，装死人的袋子不能让外人乱动。你怎敢把死人倒出来，穿在自个儿身上？现在召上的喇嘛把你告到刘书记那里了，刘书记发了脾气，让我来处理你！你要是不服，就派人把你押到公社。"许候蛋睁大眼睛，奇怪地问："就这么点事，还值得秃驴们告状？我偷也好，抢也罢，是和死人的事，与那些活圪泡有甚相干？"张开关火了，把烟锅子往炕楞上一撂，大声训斥："许候蛋，我看你是皮痒的不行了，想蹲两天禁闭是不是？你怎这么不讲理？照你说，你娘老子的坟也是谁想刨谁就刨，与活人无关？告诉你，我要不管这事的话，下午乔铁虎就拿铁锌子锌你，信不？"许候蛋紧张起来，问："张支书，这是真的？"张开关把眼瞪得铜铃似的，说："不信你就等着！"许候蛋慌了："张支书，那你说怎么办？我还以为多大点事哩！"张开关两眼盯着许候蛋，一字一顿地说："去供销社买一块新白布，缝成个大口袋，把死喇嘛装进去，口子扎好。然后再跪下祷告，让死了的昌汗喇嘛饶恕你。""嗨，那哪行？我穷得毬打炕板石响了，哪来的钱买布？你看这样行不？我把裤子脱下，原缝成个大口袋，把死喇嘛装进去。我再给他磕上几头，行不？""那不行，喇嘛们说了，你穿过的裤子已经走了法，不能用，必须重新做一个新口袋。"许候蛋忧愁起来，说："我是穷得没办法，才做出这事！要是有钱买布，还能跑进大沙湾剥死人的衣裳？"兰女则一直瞪大眼睛听张开关和男人说话，先是吃惊，现在听到要买新布赔人家，就急了！放下搅猪食勺子，走到张开关跟前，哀求道："张支书，这是候蛋的不对，你就原谅他吧！我把他身上的裤子脱下来，保证缝成和原来一样大的口

---

① 蒙语，领导。

袋子，装个死人没问题，你看行不？"张开关说："兰女则，你也不是听不懂话！这事不是我不依，而是那些喇嘛们非要这么办！"说完，四下看了看许候蛋的家，一面土炕上仅铺两条烂窟窿毡，炕角叠放着三只破棉被。地下立着三个烂豁子大水瓮。锅台上摞着七八只粗瓷碗和旧灶具。墙上的泥皮脱落了许多。屋顶黢黑，横梁变开了裂子，用一根柱子顶着。许候蛋也太穷了！张开关不禁可怜起他来！他真的是没钱买布缝衣服了，才和死人争衣裳穿！再让他掏钱买布，不是往死里逼吗？唉，什么事情也要从实际出发！想到这里，张开关咬了咬牙，说："候蛋，这条裤子拆开再缝成口袋，肯定装不进一个喇嘛。我借给你五块钱，去供销社买上八尺白市布，剩下的买成香纸，供品，回来让兰女则做成一个大口袋，我再陪你去塔布乌素装死人，烧香纸。把这件事了妥算啦。不然我也没法给刘书记交代。"许候蛋说："张支书，你这是想帮我！可你借钱给我，甚时候能还给你？这没把握的事，我不能做。"张开关说："放心吧，我还能逼你的债？你甚时候宽余了，甚时候还给我，多长时间也行。"许候蛋痛苦地圪蹴在地上，问："再没别的办法了？""没有了，就这么办吧。"张开关从兜里掏出五块钱，催促道："候蛋，把钱拿上，快去供销社！"许候蛋站起身来接过钱，说："张支书，等年底分了红，一定还你！""不要说这些了，快走吧，我在村里等你。"

　　许候蛋拿着张开关给的五块钱，快步向供销社走去。张开关在村子里转悠着，一个多小时后，许候蛋就拿着八尺白布和香纸回来了。兰女则拿起剪刀和针线，一顿大针脚把口袋子缝好了。

　　许候蛋和张开关来到塔布乌素大沙湾，哟！丹增已经领着弓萨瑙站在那里。见许候蛋跟在张开关身后面，丹增狠狠瞪了两眼。许候蛋情知理亏，诺诺连声，找不到好说辞，只好低着头，走到昌汗喇嘛尸体前，跪下一连磕了十来个头，然后抖开口袋子就往进装尸体。张开关伸手要帮忙，许候蛋说："张支书，你就不要沾手了，我一个人来。"说完，先扶起死尸两条腿，套进口袋里。然后"唪哧，唪哧"地逐渐将死尸全部填进去。扎好口子后，开始点香烧纸，磕头。纸张没少买，火焰升起。许候蛋只顾低头烧纸，没注意突然刮来一股风，火头就燎在他的眉脸上。许候蛋"啊哟"一声跳起来，紧拍慢拍，眉毛已经燎成个秃茬茬，张开关说："你小心点儿嘛，怎这么冒失？"丹增和弓萨瑙幸灾乐祸，笑道："这是昌汗喇嘛显灵哩！看你小子以后还敢不敢起歹心？"许候蛋红着脸说："不敢了，再也不敢了！"丹增和弓萨瑙得意地闭上了眼睛，开始念经。

## （三十五）

新召大队又出事了。

尔力湖沟有个杨毛圪羝。儿子杨丑则"上香抠屁股，浑身赖毛病！"特别禁受不起外界的诱惑和旁人的点蹿。十五岁那年的一天，去沙蒿林逮麻雀，发现五十多岁的呼成成老婆圪蹴下尿尿，就生出了邪念：这老婆子眼睛不好，两步以外认不清人，不如乘机收拾了！于是扑上去就将老婆子掀翻了。呼成成老婆吓了一大跳，发现这人要强奸自己，就凑近他的脑袋细看，不觉惊叫起来："丑则！你大还叫我婶子呢，你做事也不顾个辈分？"丑则色笑着说："婶子，我是刘三小！"呼成成老婆又气又笑："放屁！我连你丑圪泡也不认得？刘三小哪有这么大的头？"这时，杨二红吆着一群羊走了过来，见两人撕扭在一起，上去一脚把丑则从呼成成老婆身上踏了下来，丑则打了一个滚，跃身逃走；十七岁那年夏季的一天，在大群劳动时发现吕国成老婆没来上工，就借口肚子疼，和队长请了假，一溜烟进了吕国成家。见吕国成老婆在炕上躺着，头上还有三个火罐印。心想：病老婆？嗨，管毬她！于是就觍着脸说："婶子，你不好活？"吕国成老婆说："我昨晚上着凉了，有些发烧。"丑则装作会看病的样子，说："噢，我会号脉，我看看婶子的病重也不重？"一边说，一边就将吕国成老婆手握住。吕国成老婆说："你什么时候学会号脉？"丑则"嘿嘿"地笑着说："我上个月在合作医疗室学会的。"边说边抚摸起吕国成老婆的手。不一会儿，解开了裤带，把阳物支在吕国成老婆面前，结磕卜拦地说："我——我——我一看——看见婶子就——就爱——爱得不行了。"吕国成老婆说："丑则，赶快把你大大那颗头放回去，我可是个病人。"丑则流着一长串涎水："病——病不怕！你躺着——躺着不要动就行。"吕国成老婆恼怒了："小牲口，我四十多岁的人了，养你也是个晚儿子，你就不怕龙抓你？"俩人正僵持着，有五六个玩耍的娃娃从门口路过，大为异奇！一边叫喊，一边宣传，让遍村的人都知道了这事，杨毛圪羝又羞又气。中午，举着一根吆驴鞭子，抽得丑则满院乱蹿，又哭又叫；一年后，丑则十八岁了，和大男人们一样每天下地挣十分工。有一天锄玉米，刘毛蛋有气无力，举起锄头，四五下也锄不死一苗草，王成祥看不惯，说："你怎死蔫成这个样子，劲都朝哪里去了？"刘毛蛋说："劲儿哪去了？我有劲，不想用！再出劲儿，一天也只能挣十分工，分三毛钱，能干个甚？串一回门子也得五块钱！"赵三小说:"那是你没本事,我交一次朋友,有三块钱管够了。"大家瞎起哄,没当回事。可是杨丑则却记在了心上,心想:串一会门子三块钱?好事呀!可是怎么才能弄到钱呢?一天早上出工,几个后生碰见一泡干屎。王成祥说:"谁要是把这泡屎吃了,我给他二十块钱。"刘毛蛋说:"你趴下吃了,我们给你凑三十块钱。"王成祥说:"我让你们吃呢,没说我吃。"正说着,杨丑则走到屎跟前,说:"我要是吃了,你给我多少钱?"王成祥说:"给你二十块。"杨丑则说:"说话算数?"王成祥说:"算数!"其实王成祥也是在起哄,谁能想到人吃屎?嗨,怪事来了,杨丑则就能吃!当着众人的面,弯下腰,把屎块上的沙土抖掉,一圪垯一圪垯地嚼咽起来,恶心得一群人看都不敢看。王成祥想阻拦,已经来不及。不多时,杨丑则将一泡干屎基本吃光,然后伸手就和王成祥要钱。王成祥掏不出钱,俩人就厮打开来,众人上前拉架。队长田毛则赶了过来,问清情况后,大怒!指着王成祥破口大骂:"你个灭绝人性的驴马狗骨头,老子给你也喂一泡屎!"说着,伸手就要往倒按王成祥,吓得王成祥脑袋一缩,像个窜地"毛鬼神",得溜溜逃跑了。杨丑则望着王成祥的后脊梁,急得直跺脚,张着臭烘烘的大嘴,吼天叫地:"你要是不给老子钱,老子把屎屙进你家大锅里!"众人瞧着他那脏模样儿,恶心得直想吐!

  当天下午,杨丑则去找王成祥,连个鬼影子也没见着!晚上再去寻,他大说不知道去哪了!杨丑则只好回家,进门就被杨毛圪抵痛揍了一顿。杨丑则又疼又气,勉强睡到天明,饭也没吃,就忙着去找王成祥。可是一出门,就觉得脑袋发昏脸发胀,返身回屋一照镜子,脸肿得就像吹起来的猪尿泡!这不是吃屎中毒了吗?他气急败坏,连跑带蹿来到王成祥家,正好王成祥在!伸手就抓住王成祥的领口子,说:"给钱!还要给老子看病!"王成祥瘦弱,被杨丑则拽得直转圈儿。王成祥的父母上前劝解,说有事好商量,可杨丑则哪里肯依!张目怒吼:"商量个屁!赶快给老子钱,给老子治病!要不然,老子就上你家炕上巴屎尿尿。"王成祥怕连累家人,说:"好,好,我跟你去公社医院看病。"俩人气冲冲地走出屋,相跟上来到公社医院,医生问他们怎么回事,俩人你一句,我一句,说了好半天,医生才把话听清楚。医生们先是惊奇,接着哈哈大笑,说:"听过食物中毒,还没听说吃屎中毒,你们是人还是狗?"院长王素芝坐在椅子上,看着俩人说:"你们也太可怕了!屎要是能吃进去,我看你们没有不敢干的事!"锅炉工何三牛瞅着两人,惊讶地问:"做下这么丢人的事,你们还敢到处跑?光屁股推碾子——转着圈儿现眼儿?"众人又是一阵哄笑。这时,张开关闻讯走进屋来,二话没说,上前把杨丑则和王成祥各扇了两个大耳光,骂道:"你两个畜生!新召的脸都让你们给丢光了！老子以后都羞得见不了人了，你们还活下做甚？你们上一世肯定是些猪狗，老天爷错打主意让你们转成了人！新召大队不要你们这些人头牲口，你们从新召往出滚！"杨丑则和王成祥脑袋耷拉在胸脯上，大气不敢出。王素芝抬眼看了看杨丑则，见脸肿得厉害，怕出问题，就说："不管谁掏钱，先给这个中了毒的后生输上液。"杨丑则听说要给自己输液，又揪住了王成祥的衣领，怒吼道："给爷输液谁掏钱？"王成祥圪尿歪坠地说："我——我掏钱。"张开关瞅了两人一阵，给每人脑瓜上唾了一痰，然后恨恨离去。不大工夫，杨毛圪抵和王成祥的老子王憨也先后走进急诊室。杨毛圪抵昨晚已经把丑则捶了一顿，今早见丑则满脸浮肿，又听说他和王成祥相跟上去了医院，所以就赶来了。王憨是怕丑则真的中毒严重出大事儿，就主动到医院缴医疗费来了。王成祥见老子进了门，吓得直往人背后躲，趁老子缴费的空儿，溜出诊室跑了。杨毛圪抵看着输液的"大头"儿子，圪蹴在地旮旯直喘粗气，痛苦地声唤："我没做甚坏事呀！怎养下这么个气老人货！"众人看着这父子俩，一阵儿哂笑一阵儿可怜。

## （三十六）

太阳落山时，张开关被新任公社书记薛佩琦叫到办公室劈头盖脑地训了一顿："你这个支书是怎么当的？还有没有能力管理社员？仅仅几个月的时间，就让公安局逮了四五个，现在又蹦出个吃屎中毒的，你想在全公社、全旗树个典型？想在新召大队召开个犯罪现场会？"张开关不服气，反驳说："毛主席说要团结百分之九十五以上的干部和群众，就说明人群中有百分之四五的灰人。我们大队有两千多口人，才出了几个灰人？"薛佩琦惊奇地看着张开关，说："你是嫌新召大队的灰人还不够多，出上一百来个才达标？"张开关对答不上来了，一脸沮丧地站在薛书记面前。过了好一阵，薛书记说："不要不服气，这样接二连三地出事，影响不好！回去认真总结一下，究竟是什么原因。"张开关灰塌塌地说："薛书记批评得对，我们以后一定加强社员的思想教育，再不给新召公社丢脸。"薛佩琦看了一眼张开关，背操着手，从办公室走出去了，张开关随后跟出。出了公社大院，刘宝维迎面走了过来，说："张支书，苏会沟的水利工程已经竣工了，杜主任问你，明天试水的时候，搞不搞庆祝，请不请公社领导。"张开关叹了口气说："不搞庆祝，也不请领导！谁知道大水能不能顺利流出来？要是流在半路上再憋住动不了，那不是专门请人看笑话儿？"说完，迈着沉重的脚步，回到大队。

第二天一大早，张开关安排杜开富和刘宝维领了六个青年社员，到苏会沟沟掌上往大渠里放水，说："我在水渠的最下游神树湾等着，要是水顺利流出，咱们庆贺！要是流不出来……"他没有继续往下说，扛着一张大铁锹向南走去。

张开关坐在神树湾前塔的地塄上，一锅接一锅地抽旱烟，感到从未有过这么大的精神压力！苏会沟水利工程，已经进行八年了。这八年来，国家投资，社员花进的工，都是庞大的数字！为什么能投这么大的资？为的就是把苏会沟的水引出来，让两千亩旱地变成两千亩高产稳产的水浇地，让新召大队的社员吃饱饭，给国家多卖粮！老支书李双喜已经去世三年了，临咽气的时候还说："开关，开富，你们一定要把苏会沟的水利工程搞到底。不然，投进去的钱和人工就白搭了，禄则就白死了，有些人就白残废了。"老支书的遗愿实现不了，活着的人能安心？李禄则的碑立在苏会沟对面高坡上，他也看着这个工程的成败呢。李二宝为了修渠，被雷管炸掉两个手指头。伤好后，一直坚持在工程上抬石头，几次被石头绊倒，胳膝碰得直流血，也没说个气话，更没怨言。神树湾的副队长张进财，甩大锤没站稳，从三丈多高的渠塄上滚下来，股关节摔脱臼，担心住院要花钱，硬是让六七个后生，搂着后腰，揪着大腿，喊着号子一齐用力，把脱臼的股骨节给归了位，疼得张进财哇哇大叫，眼泪直抛，那场面谁不害怕！榆树沟的王三要，五十多岁的人了，一直坚持把钎子，打炮眼，十个手指头，有六个被砸成了半截子，也没退下来！看了他的手，谁不惊悚？尔力湖沟赵泰保老婆，天天担着大茶壶，到工地上给众人熬茶递水。坚持一两个月能办到，几年都能坚持下来，没亲眼见过的人，谁相信？这些人为什么舍命地干，不知辛苦地干？他们是为了改变新召"穷山恶石头，瘦水朝南流"的生存环境，是害怕过去遭灾时"人吃人来狗吃狗，野鹊子老鸹吃石头"的惨剧重演！新召人付出的太多了！谁不佩服他们比黄牛还能吃苦的精神？谁不佩服他们敢于改变山河的胆量？谁不佩服他们付出了辛劳却不急着要求回报的耐心？张开关欠着两千多人的情呢！要是干不出个结果来，水渠的水流在半路上又停住了，那后果是什么？太可怕了。张开关无退路了！他望着又高又险的神山，看着半山腰悬空的石砭路：哎哟！一旦大水再要流不出来，自己就只能从那里跳下去，省得将来没脸见人！张开关思绪乱飞，快中午了，还听不到一点儿消息！他心头一阵紧似一阵，觉得大难就要来临！胸口"呼呼"地忽扇，浑身的血直往头顶上涌，眼前只看见牤牛河的流水，后浪推着前浪，奔腾不息！啊，要是从石砭路上一头栽下去，自己顺水就向南飘走了！一了百了，什么也不知道了！张开关脑子混乱，胡思乱想，精神正要崩溃时，突然，远处传来几声叫喊："三爹，三爹！水渠来水啦。"张开关猛地惊醒，细听：是二树的声音。急忙站起身来，向北望去，只见二树一边叫喊，一边飞奔而来。看看二树的身后，真有一股水从渠道上涌来！张开关如临大赦，两眼滚泪，情不自禁地吼道："老子死不了啦！"不多时，杜开富和三个青年沿着渠塄走了过来，大声说："张支书，水流一路畅通！"社员们也都跑过来看水，张长禄挥动着长杆烟锅子，朝天喊叫："我们的地都成水地啦！"

半个月后，旗歌剧团来新召演出歌剧《三战苏会沟》。演出前，公社薛书记、阿副社长、张开关、李二宝分别讲了话，发了言。评出的十位劳动模范都得到了奖金、奖状。王三要上台领奖时，薛书记照例和他握手，可是只逮住一些短圪节指头子，他又将手伸过去，才发现王三要的右手只有两个指头是完整的，其余三个指头都是半截子。薛书记惊奇地问："你的手指头受过伤？"王三要憨憨地笑了笑，就下去了。阿迪亚悄声给薛书记介绍了王三要的情况，薛书记心中一动，脸色立刻肃穆起来！不一会儿，又有一个年近五旬的妇女，头上罩着一块蓝毛巾，穿着崭新的蓝布衫、黑裤子，迈着小步，上来领奖。薛书记觉得奇怪：这个工程还有女劳模？阿迪亚又给他简单介绍了赵泰保老婆的情况，薛书记说："这两个人是典型的英雄！"阿迪亚说："哪里是两个，李禄则、李二宝、张进财，多着呢！提起哪一个都不简单，都有一段故事。"薛书记大为惊讶，突然想起半个月前自己在办公室训斥张开关的事，一阵后悔。在给剩下几个人发奖的时候，他情不自禁地给每个人都鞠了躬，最后又向前排座位上的已经领了奖的王三要他们，连着鞠了三个躬。发完奖后，他坐在张开关的身边，一脸歉意地说："我新调来，有许多事不了解。那天在办公室对你说的话，太过分了，你不要放在心上。"张开关笑了笑："我说嘛，我们新召大队还是好人多。"

旗歌剧团的演出正式开始。当演到李禄则被大石块砸伤，血流满面的时候，场内突然静了下来。引小和婆婆都哭了起来，周围的人也跟着抹泪。当李二宝的化身张二保出现在舞台上的时候，有几个后生在场下将李二宝抬了起来，抛上抛下，场内一阵骚动。台上的演出停了好一阵，才接着演出。张开关神情严肃地坐在前排，思潮起伏，激动不已。这出戏，公社和大队的领导都稳稳地坐在椅子上，一直看到底。大多数社员们，也一直看到戏终，才站起来，鼓掌散去。

# （三十七）

秋收后，各生产队进行了决算，除留足口粮外，社员每个工的分红比上年能增加一毛多钱。人们的心情都很畅快。有老婆的男人，计划着给老婆娃娃添两件新衣服，没娶过媳妇的男人计划着攒钱，说不定谁家的姑娘能嫁过来。有米有面好夫妻，老婆们现在很少絮絮叨叨地和男人吵嘴！吃喝不愁了，还有新衣裳穿，再怄气就是神经病！

正当人们准备消闲地过冬，舒服度日的时候，旗委副书记苗宏荣带领四十多名干部，来新召搞"社会主义教育运动"。那天，在公社学校的操场上召开了动员大会。苗副书记说："社教运动是全国性的伟大运动。在这次运动中，要肃清封建主义、资本主义、修正主义的流毒，给公社、大队、小队的领导以及有关干部、群众都'洗手、洗澡'。有问题的人，要主动出来交代，知情人要大胆揭发，重点是揭批党内走资本主义道路的当权派。"会场气氛紧张。

牛文山是驻新召大队社教工作组的组长，他带着四名组员，对各生产队的财产、账目进行审查。经过半个多月的努力，只发现了一些数额不大的吃喝条据。至于大、小队干部在工作、生活方面的问题，虽有些反映，但多数是捕风捉影，没有真凭实据。牛文山坐在办公室陷入沉思：都说阶级斗争到处都有，轮到自己怎么就什么也看不见？这样一无所获虚度日月，怎向上级交代？正苦恼时，有人推门走了进来，抬头一看，是个四十岁左右的中年妇女，中等个子，微胖，胸脯高耸，一头黑油油的短发，圆脸凤目，细眉朱唇，脸上涂抹着脂粉，上身穿翻领蓝花布衫子，下身穿黑色丝绸长裤。她见牛组长在办公室闲坐无事，就笑着说："赛白努，达儿古！"牛文山一怔：是个蒙古女人，好大方！就问："你找谁？"女人说："我找张支书，他不在？""他一会儿回来，你找他有事？""大昌汉来了两个兽医，带来七斤散装酒，要红火。我把家里的两只大公鸡给杀了，想凑个摊场，把张支书和工作组的达儿古们叫来吃喝一顿。"牛文山说："那你先回去吧，一会儿我告诉张支书。"那女人看了看牛文山，笑道："好，你们一起来。"说完，扭着身子出去了。

不多时，张开关回来了，牛文山说："刚才有个蒙古妇女找你，说要请你和工作组的人喝酒、吃饭。那是什么人？"张开关说："噢！我刚才在路上碰见了，她叫萨仁花，是召畔队社员阿拉腾的老婆。""那你去吗？""去！怎么不去？你们来了，我还没好好招待呢！正好有府谷人带来了酒，也算是大队招待你们吧。"牛文山疑惑地看着张开关。

下午六点钟，张开关、杜开富、刘宝维领着工作组的五个干部，来到萨仁花院内。这个院子收拾得真干净，地面上没有一根柴棍子，更没有鸡猪羊粪。萨仁花见有人进院，忙推着阿拉腾走出门来，弯腰挥手，笑着说："佳，赛（请）！"然后直起腰来，和来客一一握手，将人们让进屋里。屋内干净明亮，窗户都安着玻璃，擦得干干净净。地面上铺着方砖，很宽展。前屋炕上铺着两块二蓝地毯，炕中央放着一张大方炕桌，桌上有一个大锡壶，是盛烧酒的器皿，旁边是酒具碗筷、馓子、奶酪、炒米。两个大昌汉兽医，见领导进屋，忙从炕上下来，将牛文山一行让在炕中央，然后和其他人谦让着依次坐在炕两边。不多时，屋内又进来一个四十岁左右的男人，中等个，瘦长脸，头发梳得顺顺的。张开关忙向客人们介绍："这是我们公社的财政干事李文亮。"大家都欠身与他握了手，李文亮谦虚地坐在了炕边。萨仁花和阿拉腾在地下忙着倒茶、备饭，客人们坐在炕上叙谈。

宴席正式开始，张开关说："今天，我们来到阿拉腾和萨仁花家，巧遇大昌汗的二位朋友，热情招待社教工作组的五位同志，我提议，首先给牛组长敬酒。"牛文山摆了摆手，说："应该先敬给陕西来的客人。"陕西的两个兽医说："哪能呢？我们没见过鄂尔多斯人喝酒，今天特意买了七斤酒，就想看个红火，大家就不要攀我们了。"这时，萨仁花拿着哈达，阿拉腾端着酒杯，面对牛文山唱起了祝酒歌。一曲终了，萨仁花和阿拉腾分别把哈达和盛满酒的银碗举过了头顶，牛文山不好意思，接过银碗，抿了一口，准备将银碗还给阿拉腾，阿拉腾笑着不接，和萨仁花唱起了蒙古族歌曲《陶亥召》，牛文山推辞不过，只好将银碗中的酒一饮而尽。接下来，萨仁花又给工作组的其他四个人敬酒。轮到大昌汉二位兽医喝酒时，两个人的眉心都皱出了大疙瘩，很吃力地将银碗中的酒喝净。其他人没话说，都痛快地将酒干了。最后，张开关和杜开富、刘宝维以个人名义，向在座的客人每人满满地敬了一银碗酒。再看二位兽医时，脸都变成了酱紫色，不一会儿，就倒在炕上，怎么喊叫都不起来了。杜开富受了酒的刺激，兴奋得大喊大叫："萨仁花，蒙歌唱过了，来一趟山曲儿吧！"萨仁花说："山曲儿需两人对唱，阿拉腾不会唱山曲儿。"杜开富说："那就让李文亮和你唱，他的嗓音又尖又高，可撩人呢！"李文亮笑道："我就怕词对不上来。"萨仁花笑吟吟地说："没事儿，就把咱俩正月初四学会的那几段段唱出来，达儿古们保证爱听。"李文亮其实嗓子早痒痒了，连忙端起酒杯，和萨仁花站在了一起，对唱起来：

萨：上房瞭一瞭哎，瞭见陶亥召哎。
李：二妹妹呀捎话话来，要和喇嘛哥哥交哎。
萨：喇嘛哥哥真不赖哎，八字胡胡秃脑袋哎。
李：紫红袍袍黄腰带，裤裆里还吊个烂烟袋哎。
萨：喇嘛哥哥的好心肠哎，半夜三更送冰糖哎。
李：冰糖放在枕头旁，紫红袍袍伙盖上哎。
萨：喇嘛哥哥人样好，喇嘛哥哥嘴又牢。
李：来得迟来走得早，三年五载谁也不知道哎。

俩人唱毕，众人鼓掌，然后端起自家面前的酒盅，把酒干了。唯有牛文山既未鼓掌，也未端酒。李文亮用肘戳了下萨仁花，萨仁花会意，二人对唱：

萨：头一回见面有点儿生，唱几句山曲儿探哥哥心。
李：八月里无霜草青青，心里头宽宏人年轻。

唱毕，二人倒满一盅酒，萨仁花双手端盅，李文亮单膝跪地，敬给牛文山，牛文山无奈，只好接盅饮净。

就这样，边喝边唱，饭也没怎么吃，一直闹腾在凌晨一点多钟，七斤散酒只剩下两银碗，李文亮和萨仁花互敬干了杯。牛文山摇摇晃晃地下了炕，其余四个工作组人员也醉醺醺地站立不稳，由李文亮、杜开富、刘宝维、阿拉腾搀扶着，跟跟跄跄地回公社休息去了。张开关也要走，萨仁花把他拽住了，低声说："现在人都走了，咱俩抓紧办事。"张开关问："办什么事？"萨仁花瞋了他一眼，就把身子靠了上去。张开关浑身"中电"，猛地搂住萨仁花亲吻起来，正难以控制时，屋外响起脚步声，张开关忙将萨仁花推了开来，说："阿拉腾回来了！"萨仁花急速回到了里屋。张开关随后走出门，正好和阿拉腾打了个照面，俩人打了声招呼，就各自走开了。

第二天早晨两个兽医才醒了过来。其中一个人说："鄂尔多斯人不算人，喝酒还一碗一碗砍得喝嘞！"另一个人说："白买了七斤酒！三银碗烧酒就把咱灌得毯朝天，什么红火没看上。"阿拉腾和萨仁花笑得搋死烂活！

萨仁花就是这么个人，爱唱曲、爱红火、爱和众人交朋友。她经常在家里摆个酒摊子。钱从哪里来？那是众人给的。基本上是这一次由张三负担，下一次由李四掏钱，张开关也从大队的招待经费里给她资助一些。萨仁花只不过是贴了个场地和人工,别的没有什么损失。萨仁花吃皮耐厚,客人们喝多了酒,有时对她揣揣摸摸,她从来不恼,只是甜言蜜语地把人家哄出门去,打发走了事。阿拉腾是男人里少有的大丈夫,离开一丈啥事不管。所以,萨仁花家里成了新召大队的交际场,宴会点儿。萨仁花沾沾自喜,可她哪里知道,厄运就要降临。

牛文山自从那次从萨仁花家里出来以后,就觉得萨仁花有拉拢腐蚀干部的嫌疑。他打听到萨仁花是鄂左旗前王爷的侄女,这几年基本上就没参加过劳动,是新召红火圪台的台长!

没过几天,旗林业局局长丁重武来新召大队落实治沙造林投资款,张开关为争得投资,掏钱买了酒和烟,杀了两只大山羯子,把招待地点又安排在了萨仁花家。这次招待规格远远超出上次,丁重武乐不思蜀,一连在萨仁花家喝了三天酒,听了三天唱,中间只到沙梁上转过一次。牛文山中途也到过场,他是留心看这些人有什么问题,并不是真喝酒。萨仁花给丁重武唱的两句歌词引起了牛文山的警惕,一句是:"酸葡萄不如香水梨甜,什么也赶不上哥哥手里的权。"另一句是:"砍倒大树有柴烧,交上领导名声高。"这不就是阶级斗争的新动向吗?还愁社教运动没靶子?为进一步取得证据,在丁重武离开新召的头一天夜里,牛文山又悄悄到来萨仁花院墙外,向里眈瞭,见宴席已散,阿拉腾横躺在炕中央,醉得人事不省。他突然听到院墙边有响动,寻着声走过去,是萨仁花家凉房的窗户,贴着窗户细听,里边有一男一女正在说话。仔细辨听,男人是财政干事李文亮,女人正是萨仁花。萨仁花说:"李哥,我跟你相好这么长时间了,这么点儿要求,你还不答应?"李文亮说:"你不能要求太多了,我才是个小干事,能有多大点儿权?"正在这时,有人走过来,牛文山装作过路经过,径直回到了公社。牛文山认定萨仁花是拉拢腐蚀干部的王公贵族余孽,是社教运动应该触及的对象。

牛文山及时把萨仁花的情况向苗副书记作了汇报,苗副书记立即指示查实萨仁花的问题。

李文亮着慌了,要是把萨仁花弄成拉拢腐蚀干部的典型,自己三天两头在她家里混,能不牵连进去?对啦!张开关与萨仁花也关系密切,是一根藤上的瓜!他是模范支书,让萨仁花去找他,看他有没有办法躲过这一关。想到这里,他趁人们不注意,溜进萨仁花家,把这一情况告诉了萨仁花。萨仁花开始不以为然,说:"让他们调查去,喝个酒,唱个曲儿就成了坏人,那全新召就没几个好人!"李文亮着急地说:"你不懂!他们硬要给你上纲上线,像你这样的人,有十个就能打成十个坏人!"萨仁花害怕了,说:"那怎么办?""我想了好半天,你赶快去找张支书,看他能不能替你说说话。"李文亮害怕来人,说完这句话,就快速出了门。

萨仁花坐在家里惊悸了一阵,觉得李文亮的话有一定道理,就关上家门,急急忙忙去找张开关。到了张开关办公室,正好只有张开关一个人,就可怜兮兮地说:"张支书,听说工作组要调查我,说我拉拢腐蚀干部,要把我打成坏人。你说我像个坏人吗?喝酒唱山曲儿就是坏人,那公社多一半干部都是坏人,有这个理吗?你要替我说话!"张开关说:"我给你不好说话。我说得多了,他们说我包庇你。"萨仁花说:"你可不敢见死不救!人到难处添美言,马到难处少加鞭。你要是不管我,我就把咱俩的事说出去!"张开关奇怪地问:"我和你有什么事?""有什么事?你忘了,上次喝完酒,你搂住我又亲又揣,还把嘴吻在我的奶头上,又吸又吮!"张开关惊慌起来,但很快又镇静下来,说:"那是我喝醉酒了,把你当成自己的老婆常明英了。你可不敢给我胡说,要是我也被打成了坏人,以后就再也没人救你了!听清了没有?"萨仁花说:"那我要是被他们打成了坏人,你怎么救我?""我慢慢想法救你,但条件是你不能咬我!要知道,工作组已经找我谈过话了,我暂时不能公开替你说话。"萨仁花说:"你可不敢忘记你说的话。"张开关坚定地说:"忘不了,你快走吧!一会儿来人看见咱俩在一起,不知又要生出什么事情来。"萨仁花在张开关的催促下,快速走出院子。

牛文山和工作组人员,经过一番调查,整理出了萨仁花好逸恶劳、奢侈腐化、腐蚀革命干部的材料,向社教工作队做了汇报。苗副书记说:"你们的大方向是正确的,但是应该分清敌我,像张开关这样的老模范,你们不能把他划在敌人那边,应该让他站出来揭发批判萨仁花,与她划清界限。"工作组的人把苗副书记的指示认真做了笔记,回去后进行了讨论。

工作组在苗副书记的支持下,在公社大院里召开了"批判王公贵族余孽萨仁花大会"。会议由牛文山主持。萨仁花在一片口号声中,被两个民兵押到会场,胸前挂着一个硬纸牌,上面写着"王公贵族余孽萨仁花",萨仁花瑟瑟发抖,站立不住,只好让她双膝跪地,蜷缩地下。各方代表轮番上台发言批判。轮到张开关揭发批判时,他从阿社长身后挤了出来,站在台上,浑身摸了好一阵,才从衣襟兜子里掏出一沓信纸,照着念了起来。台下人听到一阵"呼隆,呼隆"的声音,像喇嘛念藏经。张开关发完言后,牛文山走在麦克风前,点名批判了被拉下水的干部李文亮。李文亮坐在人群里,低垂着脑袋,满脸都是汗珠子,难受得差点儿趴在了地下。阿拉腾也被点了名,灰溜溜地蹲在南墙根,生怕把自己押上台去。整个批判会场气氛紧张,不少人都感到害怕。旗广播局记者拿着个本子，快速写了报道，准备在全旗播报。

## （三十八）

　　张开关生有两子三女，儿子树海、树云都已上学，女儿招娣、根娣、维娣年幼。

　　新召小学也开始搞社教。牛文山连着给老师们开了三次会，其中四年级甲班的班主任张留文，被批判了三个下午。这人在一九五七年反右的时候，就差点被打成右派。现在又有许多攻击学校和公社领导的言论，牛文山说他是一边吃食一边咬人的疯狗。张留文痛哭流涕，写了一万字的检查。牛文山见他哀怜惶恐，就产生了恻隐之心，说："希望你接受教训，好好表现。"张留文暂被大赦。

　　为了表明自己是真革命，解除工作组对自己的怀疑，他在自己的学生中也搞开了社教。

　　上个月，班内组织学生看了一场名叫《林海雪原》的电影，学生们对深入虎穴的孤胆英雄杨子荣很敬佩，对匪首座山雕和八大金刚很好奇。课外活动时，大家就推选刘志华扮演杨子荣、栗海扮演座山雕，树海等一行八人扮演八大金刚，嬉戏追赶摔跤。正玩得高兴，张留文走了过来，他听见"座山雕"说："等国军一到，我就是司令了，弟兄们也能弄个师长、旅长的干干。""八大金刚"齐声叫好。张留文大为惊奇！这不是公开反对共产党吗？这不就是反动组织吗？这不就是社教的内容吗？于是，走上前一把抓住栗海的衣领，厉声问道："你是头子？"栗海惊慌地说："什么头子？""反革命头子！""我没反革命！""那你刚才说的什么话？""我们是在演戏。""演戏？演戏就等着国军到来？国军现在逃到台湾了，你们想念？"张树海和另外一些学生，吓得跑回了教室，趴在课桌上不敢抬头。一会儿，张留文走进教室；让班长王子华立即通知全班开会。不一会儿，学生们都坐在了自己的座位上，屏声静气，等待班主任训话。张留文神秘地看了一会儿学生们，清了清嗓子说："种种迹象表明，国民党虽然逃到了台湾，但有些人还梦想他们返回大陆，自己好弄个一官儿半职。我们班上栗海等一小撮人，就有这种思想。这些人的思想从哪里来？很可能是从家长那里来。有可能一些家长就是些地富反坏右。从今天起，每天的课外活动变成社教会，彻底粉碎反革命小集团。栗海你站起来！老实交代！"栗海莫名其妙地站了起来，说："张老师，你让我交代什么？""你是座山雕，组织起八大金刚，反对共产党，还说不知道交代什么？"栗海说："我们那是学习电影《林海雪原》，闹着玩呢！""闹着玩？闹着玩就吵嚷着要等国军到来，当司令、当师长、当旅长？你们家什么成分？""贫农。""贫农？你大在旧社会给国民党干过没有？""没干过。""干过你也不知道！你才十一岁，能知道个屁！"张留文向学生们扫了两眼，突然喊道："张树海，站起来！"张树海吓得浑身一哆嗦，惶恐地站了起来。张留文先发制人："你是什么时候参加这个反革命小集团的？什么时候当上老二的？"张树海翻了翻眼睛，嘴唇蠕动了两下，紧张得回答不出话来。张留文冷笑道："你不说话就能躲过去？你不要以为你大是小支书，说不定哪天萨仁花连你大的灰事也给抖出来。"张树海脸涨得通红，着急地说："我爹没问题，苗书记保着呢！"张留文一步步地向张树海走来，把中指和大拇指叠在一起，用嘴呵了一阵热气，然后支在张树海的脑门上，用尽全力，"嘭"地弹了一个大脑崩，呵斥道："你才十一岁的小崽子，就知道拿大官儿来吓唬我？"说着，又把中指和大拇指叠在一起，吓得张树海把脑袋差点儿低在了课桌上，学生们忍不住笑了起来。张留文气哼哼地在张树海后脑勺上戳了一指头，转身回到讲台上，把另外几个"金刚"一顿呵斥，让他们揭发交代。可是，这些"金刚"耷拉着脑袋，什么也说不出来，张留文气急败坏地说："不想交代？那就站着，谁也不能坐下。"说完，自己拉了个凳子，坐在讲台上，闭目养神，直到上自习铃声响起，他才不甘心地说："从明天起，咱们班每天下午课外活动搞社教，问题揭发不出来不停止。"说完，大步走出了教室。

　　张留文决心在学生中破获反革命案件。课外活动的铃声一响，他就一脸冰霜地走进教室，开始"社教"，逼迫每一位学生发言揭发。学生们挖空心思地回想别人说过的错话，做过的错事。李志清主动举起了手，说："我给王贵春提个意见。"张留文高兴地说："好，你站起来说。"李志清一本正经，有根有据地说："上个星期六下午学校开大会，王贵生用手指着王天意老师对我说，你看，王老师裤裆里顶起个小账房。"说完，等待张留文的表扬。其他学生都替王贵生捏着一把汗，不知道他要挨多大的训斥。但是，张留文只是摆了摆手，示意李志清别说了。李志清没有受到表扬，气馁地坐下了。不一会儿，薛耀明举起了手，说："我给张富荣提个意见。"张留文说："你站起来说。"薛耀明气愤地看了看张富荣，说："昨天晚上，张富荣和四年级乙班的三四个人，跑在我们家门口，把头伸进窗户里说，'哈哈！几个光屁股'，等我妈拿着擀面棍追出去时，他们都跑了。"张留文又摆了摆手，示意薛耀明坐下，然后说："多揭发点儿带政治倾向的问题，鸡毛蒜皮的事儿就不要说了。"十一二岁的学生娃娃闹不清什么是政治，傻头愣脑地坐在那儿，不发言了。张留文急躁起来，突然站起身，大声说："刘来生，听说你大是共产党里的叛徒，你就没看出他现在有什么问题？"刘来生胆怯地低下了头，一言不发。张留文很生气，又用手指了指吴国玉，说："你大是富农分子，你没发现他有什么破坏活动？"吴国玉说："我不知道。""你真不知道？""就是不知道。"张留文气得鼻子都歪了，走上前，一把将吴国玉顺衣领提了起来，拖在教室门口，说："你滚回去吧，甚时候揭发出你大的问题，再来上课。"吴国玉掉头看了看张留文，悻悻地离开教室。就这样，经过十多天的社教，张留文添油加醋地写了一份"四年级甲班社教"材料，交给了工作组。学校少先队分别给反动小集团的学生以处分和警告。

　　经过社教，学生们好动的本性并没有改变。课堂上还是有人说话，做小动作，不注意听讲。代课老师不断地给张留文提意见。上自习时，教室里更是混乱，老远就能听到教室里的吵闹声。在一节自习课上，郑德喜做完作业闲着没事，就坐在了课桌上玩。何明亮也做完了作业，遍教室乱窜。这时，张留文突然冲进了教室，吓得郑德喜一骨碌从桌子上滚了下来，正准备落座，被张留文赶过来从头发上揪起来，滴溜溜地转出了门外，骂道："你滚回家去，一个月不许来教室，不然就建议学校开除你！"郑德喜吓得仓皇逃窜。张留文又返回教室，走向何明亮。何明亮害怕抓自己的头发，站起来就往开躲。张留文追了过来，何明亮着急了，在教室里转着桌子巷道奔跑，张留文后边紧追，可怎么也逮不着何明亮，最后泄气了，赤红杠脸地回到自己办公室，坐下哽儿哽儿地噎着气。

　　张留文气急上火，后脖颈上起来拳头大的一个粉刺，疼得"嗷嗷"直叫，一晚上不能入睡。没办法，只好住了医院。四年级甲班的学生听说班主任得了病，像打开圈门子的马驹子，到处撒欢儿乱跳。李志清突发奇想，在校园里宣传："张留义得了急病，死了！"很快，这话传到了一些教师耳朵里，他们很惊奇：这人也真是不耐磨，怎这么快就死下了！于是，一些人就连忙跑去医院观看。推开病房门，却见张留文在抽烟！噢，没死！大家松了一口气，坐下来询问张留文的病情，张留文说："好厉害，一个大粉刺，差点要了命！"老师们掩嘴笑了起来，张留文以为他们幸灾乐祸，生气地说："我差点死了，你们还笑！"语文老师赵青山笑着说："你们班上的学生都说你已经死了。我们信以为真，是来奔丧的。"大家放声笑了起来。张留文恼羞成怒："这群兔崽子，等我出了院再算账！"

一周后,张留文走进了教室,怒容满面地看着满教室学生。怒视了一阵以后,突然抓起教鞭,蹬在胳膝盖儿上,"啪,啪"地几下,把教鞭扳成好几圪截。然后,一脚把讲桌踢翻,尖声叫道:"有人盼我死!可是我还活着!是谁给我造的谣?敢不敢承认?"一边说,一边用犀利的目光扫射着四周。突然,目光停在了李志清的身上不动了!张留文哂笑了两声,突然大喊:"李志清,站起来!是不是你造的谣?"李志清结结实实地吓了一跳,战战兢兢地站起来,目光慌乱,口舌僵硬,好半天才吐出一句话:"我,我是听别人说,说你死了。又不是我先想起的!"张留文慢慢地靠近李志清,低沉地吼道:"那你是听谁说的?"李志清生怕张留文弹他的脑崩,歪着头往一边躲,也不说话。张留文放下举起的右手,两嘴发抖,骂道:"桦树千年,灰皮不褪,人小心坏,到老成不了器!"说完,把李志清顺头发提出教室,命令李志清脱下鞋子,给自个儿左右耳朵各挂了一只,然后发出口令:"立正,齐步走!"李志清耳挂鞋子,开始走步。一只鞋子掉下来了,张留文又给他挂上,继续喊"一二一——一二一。"

## (三十九)

牛文山率领工作组成员来到榆树沟,有人说:"村口平塔上那户人家,是张留文的弟弟张留小家,比较卫生干净,不如进去喝一杯茶。"牛文山点头同意。进了屋,张留小赶忙让媳妇烧水熬茶。牛文山走到躺柜前,见墙上贴着一张张留文的六寸大照片,照片上写着:二十一岁时的张留保同志。牛文山扭头问张留小:"你哥原来叫张留保?"张留小说:"是的,当了老师以后,我哥嫌留保太土,听起来像个村丐,就把保字改成了文字了!"牛文山笑道:"那你怎么不改?"张留小谦虚地说:"我是个农民,他是个老师,不一样。"牛文山走进里屋,左右观看,突然一张一人多高的巨幅画像突兀在眼前:画像上的人身披深灰色风衣,留着大背头,目光远视,双手后背,趾高气扬。只是脑袋小了点儿,鼻子有点儿塌,笑得也不自然。牛文山继续瞅睹,发现画像上的人是张留小:那小脑袋,塌鼻子,活脱脱就是个他!再细看,画像左边有一行行草字:年轻时代的张留小同志。牛文山又看见画像旁立着一个大穿衣镜,从镜子里,发现身后墙上贴着一张毛主席像。牛文山扭过身子,向墙上望去,是一张二尺见方的毛主席像。回头看张留小的画像,足足够两平方米。牛文山顿时皱起了眉头,思忖:这人也太不自量力了,把自己凌驾于毛主席之上！是无知，还是想作乱？于是很不高兴地从里屋出来。见茶已熬好，就端起碗来，胡乱喝了几口，对另外几个人说："走吧，我们去别处再看看。"张留小挽留了一阵，见牛组长执意要走，只好送出院子，看着他们远去。几人出了院子，来到一个草湾子里，发现草湾子里边有一棵大木瓜树，主干可能三个人也搂不住。枝叶繁茂，有三丈多高。树枝上挂着十几条红布带。树前有石头垒成的供桌和小敖包。供桌上有供品的残留物和点香焚纸的灰烬，工作组的人警惕起来。正好有一个砍苜蓿的农民路过这里，牛文山就将他叫住，让他坐在一块石头上，介绍这棵木瓜树的来历。农民说："这是张留小家的木瓜树，原来没这么大。四五年以前，张留小家死了一口下仔母猪，嫌它腐烂了臭气难闻，张留小就在树底下挖了个大坑，把死猪埋进去。后来木瓜树开始疯长，不几年就长成这么大。张留小心眼儿多，见树长得特别，逢人就说这是一颗神树，有些农民信以为真，生了病，就来烧香磕头，上布施，给神树披红挂彩。木瓜树几乎成了张留小的摇钱树，每年的收入比在生产队里的分红还要多。"牛文山听了农民的一番讲述，觉得这是典型的封建迷信。他问农民："张留小的哥哥张留文，是人民教师，难道就不加以劝阻？"农民说："教师也爱钱。有了这棵树，张留文几年也不用给老娘交生活费。"牛文山惊叫："啊呀！张留文不配当人民教师！"牛文山又问："大队党支部就不管？张开关长着明晃晃的两只大眼，难道是玉石瘤子，看不见？""嗨，看是看见了，也管过几次，后来就睁一只眼，闭一只眼。其实，估计他们也信神。""那你信不信这个神？""以前信。后来老婆得了病，我前后上了一百多块钱的布施没顶事，最后还是公社医院给看好的，我就开始怀疑张留小了。"牛文山若有所悟："原来是这样的。好吧，你快去砍苜蓿，我们还有事。"农民站起来向沟里走去，牛文山对工作组的人说："咱们回公社吧，看看张留文弟兄究竟是什么人？"

　　社教工作组直接提审了张留文。牛文山问："你们家在榆树沟的那棵神树你怎么看？""那是我弟弟的树，与我没关系。""没关系？听说自从有了这棵树，你就不用给你老娘生活费了。""那是人们瞎猜。""你弟弟搞封建迷信，你制止过没有？""制止过，他不听！""你向大队党支部和公社党委反映过没有？"张留文低头沉默。牛文山问："有人说，今年过春节时，你大门上贴的对联是'一颗牛头辞旧岁，两只猪蹄迎新春'，这是什么意思？""没什么意思，开玩笑。""你前年过春节大门上贴的什么对联？""我忘了。""你记得很清楚，是不敢说！你写的对联是'门前军马不足贵，家有留文意气高'是不是？"张留文又沉默。牛文山说："听说你在旅游时作过一首诗，叫'养蜂'？把领袖比作养蜂人，把人民比作工蜂？"张留文慌了，忙说："我记不清了！"牛文山冷笑道："你记不清？我替你念其中的几句，'养蜂啊，是为了采蜜！什么帝王将相，什么红太阳，统统都是养蜂的大王'，我念得对不？"张留文脊梁上的汗水把后背的衬衫都渗湿了，张口结舌，反复辩白，说："那是右派分子周彦文写的，我只是学着念了一遍。"牛文山说："别狡辩了，那是你俩共同的'杰作'。"张留文说："反右时，我已把这事说清楚了！"牛文山不耐烦地说："好啦，明知毛主席是红太阳，你们还讽刺，赶快回去写一个交代材料，等候结论吧。"张留文站起身来，跌跌撞撞走回家去。

张留文出门后，牛文山闭目沉思：张开关是个什么人？和萨仁花黏糊不清，对张留小姑息放纵，阶级立场究竟在哪里？像个党支部书记吗？哼，也腐化堕落了，应该给他洗个"热水澡"。

## （四十）

张开关再次引起牛文山警惕的是，他对榆树沟补锅匠李六根的态度。

李六根今年六十多岁了，除了干活儿，闲下就爱说书。"包公、施公、彭公"案，熟记如流。茶余饭后，人们都爱围着他，听一段声情并茂，慷慨激昂的清官故事。

公社的生产干事刘生荣在榆树沟蹲点，这天早上，他去李六根家吃饭。刘生荣知道李六根说得好书，心想：李六根只有老伴和他过日子，再也没个别人，不如今天上午让他在家说上两段"包公案"消遣消遣，李六根住得偏僻，谁能知道？刘生荣一路兴奋，进了李六根家门，李六根老婆先给他倒了一碗热茶，然后又将饭菜端上。刘生荣一边往嘴里扒拉饭，一边问："李叔，你也没念多少书，怎么一说开书，就像竹筒倒豆子？""嗨，我的师傅就是个说书匠。小年时，我一边跟着他学手艺，一边听他说古书，就记住了。""那今天上午，你给我说上一段，我就爱听包龙图百断奇案。""哎呀，人家说我说的书都是封建旧文化，不让说了。""什么旧文化？好听就行。今天没有别人，就咱们三个人，谁能去告咱？你尽情说，我放心听！"不多时，饭毕，刘生荣从上衣兜里掏出一盒牡丹烟，给李六根和自己各抽了一支。李六根高兴地说："那我就先给你说上一段。"李六根略加思索，就信口来了一段"包龙图巧断淫妇谋害亲夫案"，说的是湘潭村丘惇妻陈氏丰姿貌美，水性杨花，暗通风流浪子汪道琦。汪道琦趁丘惇上山祈雨时，乘机将丘惇推下悬崖，以为丘必死。谁知丘惇为树干茅草阻截，拣得性命，状告包龙图。包龙图巧计取得汪道琦与陈氏睡卧席枕断明案情,将奸夫淫妇下狱治罪。李六根说完这段书时,已发现放羊倌李根喜和三四个老婆女子凑在门边听书,就停了下来,说:"不能说了。你们要是嘴不牢,让社教工作队知道了,还不判我劳改半个月!"李根喜说:"六叔,你看我像告你的人吗?"门上站着的老婆女子们七嘴八舌地说:"李叔,你说吧,可好听呢!我们都是你的侄媳、侄女,还能不分里外地告你?"刘生荣看了看众人,说:"六叔本来不想说书,是你们硬要让他说,是不?"众人说:"是的,六叔快说吧!"李六根接过刘生荣递来的香烟,点燃后又抽了两口,说:"好吧,我再给你们说一段'乌盒子',就是尿盆儿鬼。"众人笑了起来,兴趣倍增。这段书说的是扬州人李浩,带黄金百两,到定州去做生意,途中醉酒倒卧,被丁千和丁万打死,平分钱财后,又将李浩火化,灰骨捣碎,和为泥土,烧成瓦盆,卖给王成老汉当尿盆使用。王成夜起小解,尿盆忽然发言说:"我是扬州客商,你为何往我嘴里尿尿?"王成大惊,问清缘由,第二天就提盆去包龙图衙门报案。包龙图亲审尿盆子,却悄无声息,包龙图怒斥王成:"老儿敢戏惑官府?"责令出去。王成回到家中,尿盆子又说开话了:"王成,今见包公,我无掩盖,冤枉难诉。请将衣服借我穿戴,必将一一申诉。"王成惊异,第二天将自己的衣服掩盖尿盆,去见包公。包公勉强问之,尿盆细诉冤屈,包公大骇。遂换张龙、赵虎,将丁千、丁万及其妻捉拿来,分几室拷问,并在其家中掘出百两黄金。丁千、丁万俱判死罪,尿盆子和百金被李浩亲族领回,深葬之。众人听完这段书,又缠着李六根说了一段"红衣妇",才余兴未尽地各自回去。

数日后,李六根去尔力湖沟补锅,栗换朝站在旁边,说:"六叔,说段书吧。""不能说,说出来的都是牛鬼蛇神,工作组要批判。""嗨,你说出来,咱们再把它批判一顿,不就没事了!""你小子真胆大,禁闭还没坐够?""听书还能坐了禁闭?没听说过!""好,你要是这么说,我就给你来一段哑子棒。"这段书说的是包龙图坐厅审案,有石哑子持棒来献,包公问之,不能应对。诸吏道:"这厮每遇官府上任,就来献棒,任凭责打。"包公思忖:哑子必有冤屈,不然,怎肯无罪吃棒?遂心生一计,在哑子臀部涂上猪血,长枷于街。然后暗差军人打探。良久,有一老者驻足嗟叹:"此人冤屈,又受此苦!"军人听得,引老者去见包公。老者道:"此人南村石哑子,自小不能言。父母遗有巨万家财,被兄石全独占,哑子被赶出。每年告官,不能申冤,今又被杖责,实属可怜。"包公遂嘱咐哑子:"你再撞见石全哥哥,扭打无妨,本官为你做主。"哑子点头而去。一日遇见石全,举棒追打。石全无法脱身,状投包公。包公说:"哑子若是你弟,他罪过就大;若是外人,只作斗殴论。"石全着急,说:"他是我亲弟!"包公厉声说:"既是亲弟,为何你独占家财?"石全无言。包公差人将石全家财分出一半付与哑子,众人无不称快。李六根说这一段书时,有二十多人围过来。众人觉得没听过瘾,缠着不走,李六根又连说了"骗马"和"割牛舌"两段书。众人正听得入迷,突然听到场外一声断喝:"李六根,你这个老家什!整天起来宣扬封建迷信,安的什么心?"李六根正说得兴浓,突然被臭骂,顿时恼怒起来,反骂道:"是哪来的疯狗,张嘴咬人?"骂声未了,只见那人挤进人群,来到了李六根面前,李六根这才看清,来人是社教工作组组长牛文山。李六根气馁,说:"我也不想说,众人缠着要说。""众人缠着要你放屁,你也能放?是谁批准你到处说书来着?"李六根被激怒了,骂道:"你这个干部怎么这么野蛮?我要是放屁,你现在就是喷屎!我说书,也是你们干部批准的?""你红口白牙污蔑人!干部还能批准你说书?""你是井底的蛤蟆,知道天有多大?我说书就是干部批准的。""你要敢造谣,我就劳改你,不要以为你老!""你嘴像血盆,牙像钢钉,张开就想吃人!来,来,来!你现在就把人吃了!"牛文山没想到一个老农民还敢如此顶撞臭骂他,气得嘴唇乱抖,浑身打颤,一句话也说不上来了。正在没法下台时,工作组的小王闻讯赶来,把李六根训斥了几句,挽着牛文山走出人群。正走着,小王对牛文山附耳说:"牛组长,怎张开关也在听书的人群里?"牛文山心里一动,回头眯瞭,可不是嘛,张开关真的在人群边上,还朝自己观望呢!这人也太不像话了,对宣传四旧的活动,不但不制止,还跟着众人欣赏,看着那个老家什顶撞工作组,一声不吭看笑话,哼!咱们走着瞧。

牛文山气得一晚上睡不着觉。半夜将窗户打开,光着身子躺在床上,想给身体降降温,谁知竟然感冒了。小王从社员家借来五个拔火罐,给他头上拔了三罐,背上拔了两罐,每一个罐印都是黑紫坨。他越想越气:新召大队这些坏仔妖魔,不给点儿颜色是不行了!于是召集到工作组的全体成员,说:"后天,在小学操场上召开一个'横扫牛鬼蛇神大会',把旧庙塔的神汉郭留住、榆树沟的张留小、李六根,召畔队的萨仁花,尔力湖沟的卖淫老婆孙翠香都拉到台上示众。"小王说:"早就应该这样了,不然,这些坏鸟儿还要在咱们头上垒窝呢!"

第二天早上九点钟,新召小学操场上挂起了一个长条幅,上面用黑体字写着:"横扫牛鬼蛇神大会。"条幅下摆着两个长条桌,放七把椅子,算是主席台。约十点钟,郭留住、张留小、李六根、萨仁花、孙翠香被十个民兵押到台上。李六根不服,乍胡子瞪眼吼叫,被民兵在后脑勺上捣了一拳,才老实下来。主席台上坐有牛文山一行五人,还有张开关和公社书记薛佩琦。牛文山带病主持大会，社员代表发言批判。神汉郭留住当场表演了跳大神，他仰头闭目，大仙附体，然后浑身筛糠，脑袋摇晃，越来越快，越来越猛，约两分钟后，渐渐停了下来。小王带头高呼口号，台下群众呼应。刘生荣站在人群左面，提心吊胆，生怕李六根撑不定，把自己让他说书的事抖露出来。等到批判会结束，刘生荣紧绷的神经才松弛下来。张开关也一阵阵紧张，有好几次，他发现牛文山立眉瞪眼怒视自己。嗨，李六根是个穷老汉，说两段古书有多大点儿错，值得你又是骂，又是整？哼，我又没说书，莫非还要整到我头上？

## （四十一）

　　社教运动要给领导干部"洗手洗澡。"张开关怎么也没有想到，经过苗书记和牛文山的动员，人们能撕破脸皮，给薛佩琦提出那么多要命的意见。

　　苏会沟支书张永明说："薛书记干事儿好大喜功，带领一群干部，在全公社四十九个生产队搞水利测量，折腾了一年多，开支了三万多元，没上马一个水利工程，把一个财政宽裕的公社，折腾得负债累累，听说干部们每月只给发百分之七十的工资。在这一年多的勘测过程中，每个生产队都给他杀羊，加起来有六十多只，够生产队满满的一大坡羊。社员们逢年过节才能吃上肉，薛书记天天吃，吃得满嘴流油，群众中影响极坏，像个共产党的干部吗？"

　　武家坡支书刘得功说："薛书记无证带枪，长期把公社武装部的步枪扛在肩上，子弹卡在腰间，走沟上山打兔子、毙野鸡。让人不能理解的是，子弹从来不下膛。到了社员家中，把枪往门边一立，吃饭拉话，一点儿警惕性也没有。前年，在柳林沟打完兔子，中午在王焕家休息，把枪立在门圪垯，倒头就睡。王焕的兄弟是个痴汉，顺手拿起枪跑到门外，对着过往的人扫瞄，不小心把七十多岁的老汉王满囤毙倒，当场死亡。事后，薛书记虽然自掏腰包安葬了老汉，并给死主赔了一千块钱，但王满囤毕竟不能那样去死吧？"

　　尔吉曼支书张华说："薛书记私心太重，有点儿救灾款，就往自己家乡拨。这几年，总共比其他大队多拨了五千多块。而且把下来的招工指标，想法分配给亲戚六人。公社拖修厂的三个司机，一名是他的侄儿，另一名是他的小舅子，群众意见大着哪！"

　　工作队秘书李保中说："薛书记思想保守。苗书记提议新召公社比去年多缴十万斤公粮是有根据的。苏会沟水利修通了嘛，增加这个数目富富有余，社员完全承受得了。可是薛书记总是找借口，和苗书记顶牛，认为那几年新召在粮食产量上虚夸冒报了，群众是饿着肚子缴公粮。现在好不容易修了水利，粮食增了产，要先留足社员的口粮再考虑上缴。我到新召大队做了调查，薛书记的话没有根据，是凭空臆断，右倾思想嘛！"

接下来，李家梁支书李二存、阿鲁图沟支书郝山大、柳塔支书李满仓都给薛佩琦提了尖锐的意见，个个说的赤红杠脸！张开关只听不说话，拿着个旱烟袋直是个抽烟。牛文山几次斜着眼瞅他，可他耷拉着个脑袋装不觉！牛文山火了，大声说："张支书，你也讲几句嘛！"张开关这才磕掉烟灰，勉强抬起头来，好一阵才嘟囔着说："我对薛书记也有意见，对我们大队不太关心，希望以后多到新召蹲点儿。"说完后，又装了一袋烟叶，"吧嗒，吧嗒"地抽了起来。牛文山气呼呼地掉过头去。苗书记也不满意张开关的态度。

针对大家的意见，薛佩琦做了三次检查，但工作队认为一点儿也不深刻，是敷衍塞责，蒙混过关。薛佩琦忍耐不住暴怒起来，当着众人的面和苗书记顶撞。有人劝他摆端正态度，他却黑着脸不说话。苗书记一气之下宣布散会。第二天就回旗向常委会汇报了他的问题。常委们经过讨论，决定免去薛佩琦的新召公社书记、社长职务，调他去吉劳庆大坝工地上劳动，待分配。新召公社的一把手由李刚担任。

薛佩琦接到调令后傻了眼。离开新召时，连个欢送的宴席也没有，而且是坐着拉砖的拖拉机直接去的吉劳庆。张开关很同情他。在旗里开"三干会"时，约了薛佩琦的朋友王占军专门去了一趟吉劳庆。意想不到的是，不到半个月，薛佩琦的头发就花白了，一脸憔悴。张开关掏钱请二人去附近的小饭铺吃了顿饭。酒酣耳热时，王占军调侃薛佩琦："你怎倒运成这个样子，是不是揣老姑子尻了？"薛佩琦先是惨然一笑，接着"醒悟"：可不是嘛！去年正月初一早上八点钟，给新调来的团干程照然去拜年。刚推门进去，就被眼前的一幕怔住了，程照然正赤身裸体地爬在老婆身上运动呢！见书记进门，呲着大板牙，"嘿嘿"地笑着，一副牲口相！想到这里，薛佩琦不禁出声骂道："程照然，你个驴日的马下的，老子的官运全让你给冲倒了。"张开关哈哈大笑，他知道这事。王占军却莫名其妙，问："老薛，程照然是个女人？"

牛文山没忘记张开关和薛佩琦的关系。经苗书记批准，亲自召集新召大队支部委员、生产队长和工作组成员，给张开关"洗手洗澡。"张开关承认自己和王公贵族余孽萨仁花没划清界限，检讨了在张留小和李六根问题上的糊涂认识，但不承认和薛佩琦私下有什么阴谋活动，不承认和萨仁花有不正当男女关系，更不承认贪占集体钱物。牛文山组织人一连开了三天会，但张开关始终是"外甥打灯笼——照舅"，态度没一点儿变化。牛文山气极了，指着张开关的鼻子说:"你想隐瞒自己的问题?办不到!要想人不知,除非己莫为。雪地里能埋住私娃子?"张开关轻蔑地回答:"为人不做亏心事,不怕半夜鬼叫门。我当支书这么多年,一心想着为众人办好事,从不偷鸡摸狗,更不贪占集体便宜。我不能违背事实瞎交代。"参加会议的人都不耐烦了,想赶快散会走人。牛文山急躁起来,威胁道:"张开关,你不要硬顶了,这对你没好处。你知道不,社教以来,西部已有两个大队支书上吊了。"张开关呵呵笑道:"他们为什么上吊我不知道,但我是不会寻死的。你放心,说不定我活得比你还要长!"一屋子人哄笑起来。牛文山气急败坏,大声呵斥:"张开关,牛头不烂,多费柴炭,咱走着瞧。"说完甩门出去。

当天,牛文山从外大队调来两个"愣头青"后生,将张开关看押在一间空房子里,逼着交代问题。白天和前半夜,张开关都像死猪,一副不怕开水浇的样子。夜间十二点多,牛文山实在困得不行了,就到隔壁睡觉。大约凌晨两点多钟,牛文山被一阵尖叫惊醒。嘿,这是怎么回事?莫非张开关撑不定了,要交代问题?还是被那两个后生整得要上吊?牛文山浑身打了个冷战,急忙披衣出门,走到关押张开关的屋外,隔着门上的烂窟窿一眊:哎嗒嗒!怎两个后生都在地上跪着,每人有一只手腕攥在张开关手里,疼得"吱哇溜咽"直叫唤。张开关横眉立眼,训斥两后生:"龟孙子,敢给老子上刑?也不想想,你老子是谁?是出了名的张铁匠!生铁也能揉成面条子,就你们这副嫩骨肉,还不让老子捏成碎沫子?"一边说,一边又使了一下劲儿,两后生杀猪般尖叫。张开关鄙夷地瞧着俩人,松了松手,两后生呲牙咧嘴望着张开关。稍许,张开关准备再用劲儿,两后生吓得"嗷嗷"讨饶:"三叔,不能再捏了,骨头也快捏烂了,你是我们的亲大大,饶了我们吧。"张开关正色道:"以后再敢不敢暗害老子了?"两后生急忙说:"再也不敢了。"张开关笑了,说:"知错改了也是好后生,放过你们这次吧。"说完,就松开了双手。两后生急忙缩回手腕,颤抖着站立起来,躲在墙旮旯。张开关则大咧咧躺在了炕上,开始睡觉。站在门外的牛文山,差点儿没把鼻子给气歪了,有心进去训斥一顿张开关,又担心自己也不是铁匠的对手。想了想:好汉躲赖汉,赖汉躲死皮,明儿个再算账吧。

第二天上班后,牛文山把揭批张开关的事向苗书记作了汇报,可是苗书记沉思良久,说:"他已经认识到一些事做得不对,还有些事可能真的与他无关。鉴于他的一贯表现,放了他吧。"牛文山说:"那也不能轻易放,对这种人应该给点儿教训。"苗书记说:"教训应该给,我们上会研究吧。"

当天下午,张开关就恢复了自由。一周后,公社党委下达了文件:张留文划为右派,张留小定为坏分子,李六根监督改造,张开关受党内警告处分。

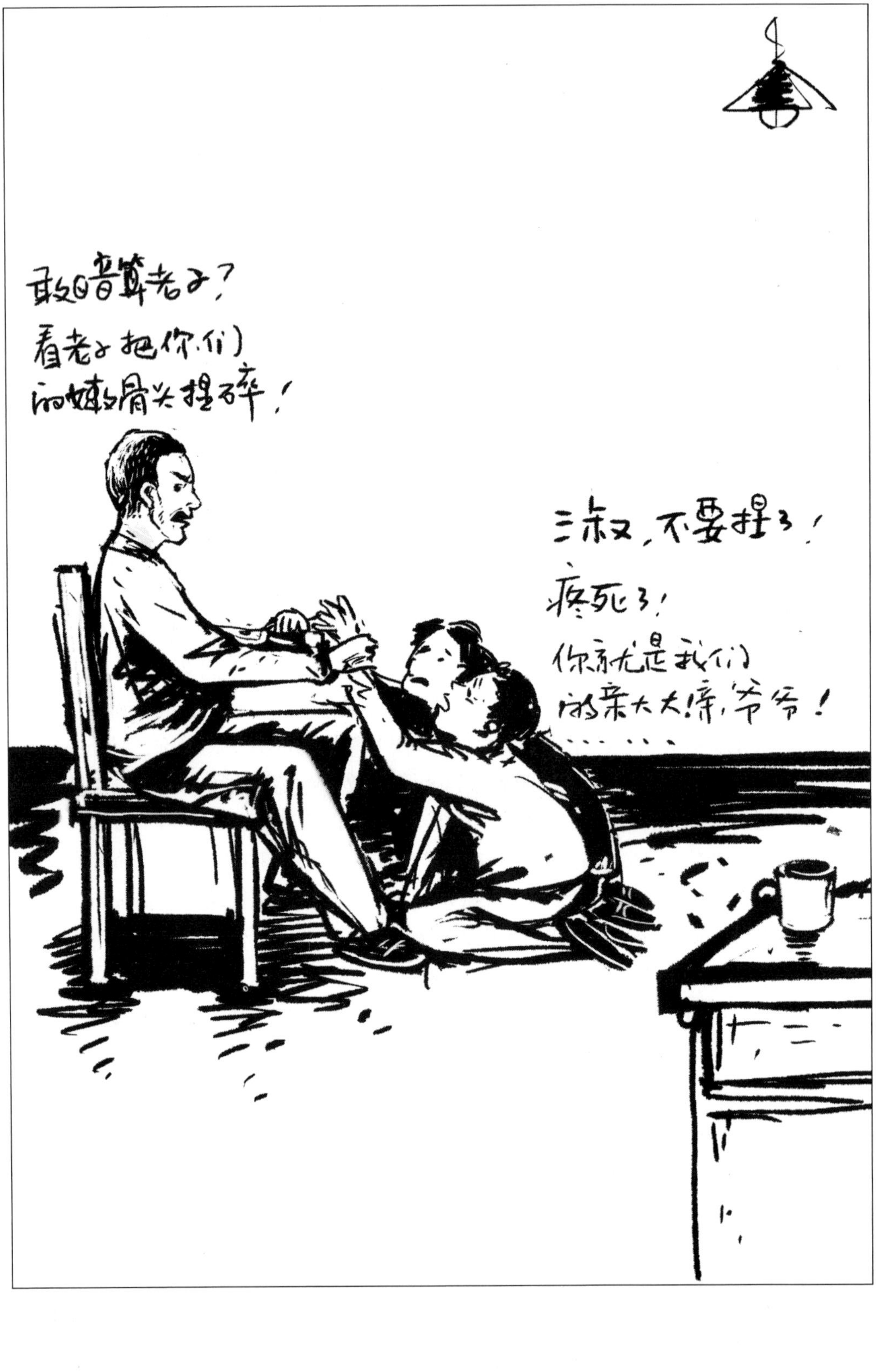

## （四十二）

鄂左旗第二中学是一所初级中学，在新召已设立三年了。树海就在初三一班念书。本来再有半个月，就要参加升高中的考试了，可是，突然校领导给毕业班的师生传达了上级指示，升高中的考试取消了！现在全国的大中专院校，都开始搞运动，二中也不能例外。

树海在学校待了两天，见有些老师和学生，动着脑筋写大字报，自己头脑空空，写不出来，心想：与其在学校闲坐着，不如回家住几天，让娘给做几顿好吃的，改善一下生活。于是，他就收拾起所有的书籍和学习用具，走出校门，一路欢喜，跑回神树湾。

进了院子，父亲正挽着袖口，往猪食槽子添食！见树海背着一大包书籍文具回家，就问："考完试了？""不考了，学校正在搞运动。""搞什么学生也要念书，不能不学文化吧！"张开关知道树海学习用功，反应快，是班团干部，以后应该有个好的前途。现在不上学了，回家当农民？胡扯！张开关板起面孔对儿子说："回家住几天可以。但不能住时间长了，你要去学校学习，参加社会活动，不能慢慢地把人废了。"树海"嗯"了一声回屋了。

树海在家只住了三天，就被爹催着到校了。真新鲜！前几天校园内还风平浪静，现在可热闹了！校园的墙上贴着醒目的大字标语，写着"团结左派，争取中间派，打倒右派"、"横扫牛鬼蛇神"、"炮轰党支部"、"打倒反动学术权威"等。学生饭厅和教室，都挂满了大字报。树海好奇，开始观看。不多时，神经就紧张起来，有许多大字报，是初三一班学生刘斌成、胡向华、高耀先、邹树森几个人写的，内容是揭发批判自己的班主任夏志义打击迫害贫下中农子弟，假先进真落后的反革命思想。有不少内容，涉及初三一班的班干部。树海感到空气紧张，火药味儿太浓，不愿再往下看了，就走回宿舍。同室的杨生智说："噢！你回来了！看大字报了没有？""看了，不少呢！""夏志义已经撑不定了，看来要成反革命了。""谁给定的？""革命师生给定的。刘斌成几个人，现在是革命闯将，说了就算。""扯淡！他们那点儿德行，说了就算？""嗨！你可不能惹他们！他们正商量着给你也贴大字报呢！""给我贴什么大字报？""说你散布反动言论，写反动文章，是夏志义的红人！""为人不做亏心事，不怕半夜鬼叫门！他们想把我怎么样？""这个大话你可不敢说！贼咬一口还骨软三分呢，何况他们打着革命的旗号。"树海胆怯起来，不再言语。

　　午后，树海听到门外一阵吵嚷，跑出去观看：刘斌成几个人，正提着糨糊桶，举着大笤帚，挟着大字报，吆喝着远处的一些人，去夏志义家贴大字报。众人好奇，跟了过去。树海也尾随而至。夏志义家门紧闭，人在屋里待着。刘斌成走在门前，说："夏志义，你打击迫害贫下中农子弟，罪恶滔天。现在把大字报贴在你家门上，没事你就出来看吧。"话音刚落，胡向华就提着糨糊桶走了过来，高耀先用笤帚蘸着糨糊，刷刷地涂了满门，邹树森展开大字报，和刘斌成贴了上去。众人观看，正中间是揭发批判夏志义的内容，门左右是一副对联，上联"庙小妖风大"，下联"池浅王八多"，横批是"魑魅魍魉"。夏志义老婆突然推开了屋门，大骂道："你们是学生？还是白眼狼？夏老师就是有错，也不能让你们这么欺负！"一边骂，一边就要伸手撕大字报。刘斌成给胡向华几个人使了个眼色，高耀先用蘸满糨糊的笤帚上前就给夏志义老婆刷了满脸满身，邹树森马上拉起了一张大字报，贴在了夏志义老婆脸上和身上。夏志义老婆上手撕掉大字报，满脸满身淋着糨糊，号哭起来。夏志义坐在屋里，敢怒不敢言。周围的家属和老师，推开门瞧了瞧，害怕引火烧身，又缩回身去。刘斌成等人还不罢休，一齐冲进屋里，把夏志义反剪着双手，押了出来，推推搡搡地来到一间空办公室门前，推进去关了禁闭，宣布：只许家属送饭，不许外人接近。一天二十四小时，派人看管。

　　夏志义是河北省唐山市人，毕业于内蒙古师范学院物理系，现年三十岁。

虽然家庭出身是地主，但一贯工作认真，要求进步，为人厚道，品行端正。和他一块儿来二中的老师，他是第一个加入共产党组织的党员，又是单位唯一连续两年评选出的旗级五好职工。缺点是有点儿激进，爱挑剔别人的毛病。对学生过于严厉，不讲究方法，锋芒有点儿太露，有些人对他侧目而视。

  刘斌成本来是夏志义赏识的学生，因为他天资聪颖，学习认真，成绩突出，艰苦朴素。但是，时间长了，夏志义又发现刘斌成是个喜欢低级趣味的人，满嘴下流话，只要女生在前边走，他就在后边摇晃着做动作。极端自私，什么便宜都想占。同学家里捎来点好吃的，谁也不敢紧让他吃，只要你有让话，他接过去一口气能给吃光，不留一点儿。食堂共餐，他想法儿吃得最多。评助学金，要求每月比别人高出两块。达不到目的，就闹情绪，到处散布流言蜚语。和班主任夏志义的纠结，就是因为助学金没拿到心目中的标准，而且夏志义还严厉地训斥了他。胡向华学习成绩平平，性成熟较早，念小学六年级时，就用红纸包着水果糖和情书，瞅空往女同学兜里塞，被女同学唾了一脸。上中学后，老爱写点骚情的顺口溜，被夏志义叫在办公室，没死二活地批了一顿！他认为娘生下没受过这么大的污辱，从此怀恨在心。高耀先是个馋嘴货，经常爱去肉铺买点儿熟肉吃。一次，他和人家买了八角钱的马肉，硬说人家秤不对，分量不够，伸手多抢了一块儿，拔腿就跑，被人家追到了学校，在人群里认了出来。夏志义训他，他死不承认，说班主任是卖肉人的侄女女婿，合伙给他栽赃，气得夏志义在他脸蛋子上打了两卷子，从此记下了仇。邹树森不知是什么原因，也对夏志义耿耿于怀。全班四十多号学生，人不同，性有别，要想没意见，太难了！现在好容易遇上了运动，号召"革命师生"起来造反，你夏志义能呛住？学生的大字报能把你活埋了。

  物理教师叫雷宪荣，和夏志义是校友，一起来到新召当老师。他业务能力很强，工作也努力，就是有点儿心眼小，爱占小便宜。所以每到评先进总是和夏志义差几票，于是一直憋着气。现在夏志义倒霉了，被学生斗得像个死猪，开水烫上都不动弹了，他感到非常地痛快，笑眯眯地看完给夏志义写的大字报，就跑到初三一班说："夏志义是个伪君子。表面上看挺正经，漏开空也做坏事。他在师院念书时，偷吃食堂的馒头，被大师傅发现，吓得一个星期不敢站在饭厅里吃饭。"校团委书记乔杰，是个有妇之夫，看见生物老师兰丽芳长得漂亮，也不管人家是有夫之妇，一连给写了十四封情书。兰丽芳招架不住乔杰的进攻，就把实情告诉了教研组长夏志义，夏志义又将情况反映给了校党支部，支部书记刘金山把乔杰差点训死！扬言要撤销他的团委书记职务，吓得乔杰给党支部写了长长的两份检查，才算了事。事后，他得知是夏志义向党支部反映了自己，就视夏志义为仇敌！这次，机会来了！他数次参加初三一班的批判会，把夏志义说得狗屎不如。并暗示刘斌成等人批判班团干部。高耀先一马当先，当场在座位上揪出夏志义的五个"亲信"来，罚站在地中央，说："你们要好好揭发夏志义，不然，你们从此就栽倒头看着地皮走。"郭志军歪着头，没站正，被胡向华一声大喝，吓得瘫坐在地上，教室内一阵骚乱，乔杰泰然自若，无动于衷；还有少数教师，平时显得落后，现在来了精神，看到夏志义被批，幸灾乐祸，喜笑颜开。私下议论起夏志义，往往添油加醋地嘲讽一番，墙倒众人推！主持学校工作的副校长王长恒，看到夏志义被学生关押，心里一阵害怕：这夏志义可是自己培养的先进教师，他成了反革命，自己能脱得了干系？这几天，有人已经贴出大字报，连续质问自己十个为什么？其中就有培植反革命夏志义的内容。王长恒越想越害怕，最后终于想出了脱身自保的妙招！他写了张大字报贴在了办公室大门口，题目是：一个披着羊皮的狼——夏志义。不多时，高耀先又在旁边贴了一张漫画，画的是夏志义伸着比狼狗舌头还长的红舌头，正在添王长恒的屁股。王长恒站在人圈外，心里十五个吊桶打水——七上八下。恐惧仍然笼罩着全身，觉得前途未卜。

夏志义被打倒了，初三一班没有了班主任。学生们毕业鉴定是在团委书记乔杰的参与下进行的。鉴定会由刘斌成等人把持，并首先给这次运动中的积极分子作了鉴定。他们基本都是优点，诸如政治觉悟高，无产阶级感情深，敢和坏人坏事做斗争，热爱党，热爱社会主义，热爱毛主席，爱劳动，爱学习，爱吃苦等，好话说尽。缺点无非是轻描淡写上一两句，如继续努力，继续进步等。当鉴定到夏志义的"红人"时，就恨不得将他们一棍子打死！陈志高因为夏志义表扬过两次，家庭出身又是地主，高耀先和胡向华就硬给他定了十一条缺点，诸如思想反动、剥削阶级意识浓，仇恨社会……都写上了，比真正的反革命、特务还坏。有人觉得太过分了，说："陈志高团结同学不错。"刘斌成立即批驳："什么团结同学不错？笑面虎！"邹树森等人马上接话："对，笑面虎，给写上。"这样，陈志高就成了十二条缺点，连一条优点都没有！给张树海一共鉴定了十条缺点，足足能打个反革命。这时，直性子杨云志和另外几个同学看不惯了，说："你们说张树海学习不好，谁能信？张树海明明是全年级前三名学生，你们不知道？你们说张树海劳动不好，请想一想，每次劳动中张树海不如你们谁？你们说张树海写了反动文章，拿出来让大家看看，不能想说甚就说甚！"刘斌成一伙脸色铁青，一言不发。做笔记的王建设说："那就把劳动不好和学习不好改过来，都写成好，思想反动改成思想落后，你们看行不？"乔杰插话："行，改过来吧。"众人沉默。鉴定到班内其他人时，多数是优缺点对半，半黑半白。整个鉴定会是非颠倒，乌烟瘴气，"癞秃患者被夸赞成了美人，宵小登台当上了法官。"

　　刘斌成一伙在二中又揪出两个"黑帮。"一名是数学老师周正林，揭发他曾说过："共产党团结百分之九十五以上群众的政策，就像杀羊一样。一群羊每年杀四五只，总不见羊群的减少。"还说周正林的两颗假牙里面安装着电台，夜深人静的时候给台湾发报；另一名是历史老师黄志晖，这人是个基督教徒，一直偷着看《圣经》，做礼拜，屡教不改。走路有点儿拐，怀疑他在胳膝盖上安着电台，暗地里给罗马教皇发报。刘斌成每天组织一大帮人，把这些黑帮白天游街，晚上看管。十多天后一伙人疲劳了！高耀先说："快把这几个黑鬼放回家，命令他们的老婆去看管吧！咱像个警卫员似的，凭什么给他们站岗？"胡向华说："你说的对，把他们放回家，要是人跑了，就和他们老婆要！"刘斌成觉得二人说的有道理，于是就去和乔杰商量，乔杰说："行，放他们回家。需要批斗时，揪出来就是了。"于是，三名黑帮都回到了自己家中。

　　刘斌成改名为刘学彪，意为学习林彪。胡向华改为胡东生，意为毛泽东给了他新生。高耀先改名为高耀武，意为武装暴力革命。邹树森改名为邹英道，意为走英雄之道。四人春风得意，到处巡视。饿了，就去老师们家中蹭饭。刘斌成已经去夏志义家蹭了五顿饭了，每次都是打着饱嗝才放下碗筷。师母一脸沉恼，他就当没看见。这天，冬至又来到了，这是个重要节令，本地人在这天夜里都要炖一锅肉熬冬。夜幕降临后，刘斌成在教师家属院转了一个多小时，还没有选定就餐的地点。最后，只好又来到夏志义家门口，用鼻子在门缝一闻，好香啊，炖猪肉！再不能乱跑了，赶快进去。他推开门，见夏志义一家正围着小桌啃猪排。夏志义说："斌成，快坐下吃饭吧。"刘斌成笑了笑，自己找了个小凳，坐在桌前，用筷夹起一块大排骨，大口啃了起来。夏志义给他碗里又夹了块大排骨，说："斌成，我给你代了三年课，当了三年班主任，做得不对的地方肯定有！但也不能说成是迫害贫下中农子弟，反党反社会主义吧！"刘斌成嚼着排骨，不屑地歪过头说："批斗你是对的！贫下中农子弟不能迫害！"说完，继续往碗里扒拉肉块。夏志义老婆再也忍不住了！上前一把夺下刘斌成手中的筷子，破口大骂："你是个什么白眼狼？世上还有你这种丧良心的学生？你爹做你的时候，是不是掉进房顶上的乌结尘了？"刘斌成望着师母发疯的样子，吓得朝后一仰，反身猫腰溜出了屋子。

　　光阴荏苒，元旦佳节又来到了。炊事员胡秀枝买了一颗猪头，整整用了一下午时间才洗烫干净，用铁钩子挂在水房的二梁上，准备下班后带回家过节日。刘斌成和胡向华他们发现了这颗猪头，顿时起意！趁水房没人时，用一块烂床单包裹住偷走了！那天晚上，几个人生了一炉旺火，把猪头卸开，用两个脸盆扣住炖熟，全部吃光。第二天，又把骨头拿到供销社收购站卖了九角钱，每人喝了一碗豆腐汤，吃了两个馒头，然后手舞足蹈地回到学校躺在床上。不多时，邹树森从外边回来了，笑得前仰后合。三人问他怎么回事儿，他说："胡大师傅昨天没吃上猪头，今天脸变成了个黑黢圪蛋。给猪倒食时，把老母猪还刮了两勺子。"刘斌成说："你知道大师傅一年剥削咱们多少油水？吃他一颗猪头算个毬！他要是不高兴，赶明儿个给他也贴几张大字报。"

## （四十三）

张开关和刘宝维在公社办完造林投资款的手续后，听到二中操场上锣鼓喧天，人声吵闹，觉得奇怪。就走过去观看。只见操场北面挂着一条横幅，上面用白纸红字写着："新召红卫兵第一总部成立大会"。条幅下摆着长桌和椅子，正中坐着一位二十岁上下的年轻人，庄严肃穆，一本正经，左臂上还带着红袖章，仔细观看，是"红卫兵"三个毛体黄字。左右站着十几位学生。其中有两名学生敲鼓，一名学生敲锣，还有一名学生拍镲。操场上来了一大群人，围着观看。张开关没见过这样的稀奇，问刘宝维："这是要演戏？"刘宝维说："不知道。"两人正在纳闷，杜开富凑了过来，说："你看主席台中间坐的是谁？"张开关说："面熟，想不起来了。""嗨！那是税务所郭来的儿子郭志荣，在东胜念高中。""那他现在做什么？""我刚才听学校的乔杰说，郭志荣在东胜带回来三十多个红卫兵袖章，要在新召成立红卫兵总部，开展破四旧，立四新运动。""那他是什么职务？""司令员，一把手。""那红卫兵是些什么人？""都是郭志荣在乔杰的参谋下，选择的家庭一点问题都没有的贫下中农中学生，标标准准的红五类。"正说着，锣鼓停止。张开关看见和树海同班的刘斌成走上台前，高声宣布："新召红卫兵第一总部成立大会现在开始，第一项，奏'大海航行靠舵手'。"全场屏息静听歌曲："大海航行靠舵手，万物生长靠太阳，雨露滋润禾苗壮，干革命靠的是毛泽东思想……"乐曲声停，台上台下的人都使劲儿地鼓了一阵掌。稍停，刘斌成大声说："第二项，请新召红卫兵第一总部司令员郭志荣讲话。"郭志荣气宇轩昂地站了起来，走近麦克风，一字一顿地说："红卫兵是伟大领袖毛主席的忠实卫兵，是文化大革命中涌现出来的新生事物。它的中心任务是保卫毛主席，保卫党中央，保卫社会主义。职责是造反，造封建主义的反，造资本主义的反，造修正主义的反，造旧思想、旧文化、旧风俗、旧习惯的反，直到造出一个红彤彤的新世界。造反有理！"台下跟着高呼："造反有理！"郭志荣讲话完毕，刘斌成接着宣布："经过认真调查，严格考核，现在有三十二名中学生，被正式批准加入红卫兵组织。现在请郭志荣司令员宣布姓名，听到自己名字的红卫兵上前领取袖章，并佩戴在自己的左臂上方。"言毕，郭志荣开始宣读红卫兵姓名，并发放袖章。袖章发放完毕后，郭志荣带领三十二名红卫兵开始宣誓，誓词是："我们是毛主席的红卫兵，大风浪里炼红心，毛泽东思想来武装，横扫一切害人虫！敢批判，敢斗争，革命造反永不停。彻底砸烂旧世界，革命江山万代红。"这个誓词，实际上就是红卫兵战歌的歌词。郭志荣带领红卫兵宣誓结束后，锣鼓大镲响声又起。一会儿，锣鼓声停止，三十二名红卫兵排成两路纵队，在刘斌成的口令下，开始在操场上练习步伐，威风凛凛。

张开关看完红卫兵总部成立大会后，说："回去吧，咱不懂这些事。"刘宝维说："红卫兵里面，怎么没有树海和二树？"张开关说："大概是不够条件吧。"杜开富说："嗨！你没注意听？咱们旁边的人议论说，这些红卫兵里面有好几个灰痞呢！现在的事，说不清！"

## （四十四）

九点钟，陶亥召的大喇嘛胖尼玛坐在大殿北边的黄地毯上，双目微闭，两手合十，正和众喇嘛一起虔诚地念着藏经。突然大殿里闯进一伙红卫兵来，迅速地站成弧形队伍，将喇嘛们包围起来。为头的是司令郭志荣，他把众喇嘛扫了一眼，然后将目光停在了胖尼玛身上，大声宣布："从今天起，不准再念经，只许学毛选，先背'老三篇'。七天后，我们来检查，谁要是不会背，拧在苏会沟挖水道，直到会背再回来。"胖尼玛吃惊地看着郭司令，说："经不让念了？就念'老三篇'？""嗯！就念'老三篇'！你成天起来念藏经，没见念出一颗米，一两肉，顶甚事？"众喇嘛双手合十，齐声念："阿弥陀佛！"郭志荣生气了，举起右手高呼："反对封建迷信！"一群红卫兵跟着举起右手高呼："反对封建迷信！"一连呼了三遍后，众喇嘛惊慌了，站起来围到胖尼玛身边好一阵嘀咕，说的是藏语，红卫兵一句也听不懂。过了好一阵，胖尼玛走在郭志荣面前，双手合十，躬身施礼，说："好吧，就念'老三篇'。但七天时间有些紧，宽限到十天吧。"郭志荣看了看众喇嘛，说："你们是些榆木圪垯笨脑袋，七天还背不会？好了，好了！十天就十天吧，到时候我们来考试！"众喇嘛又一齐念："阿弥陀佛！"郭志荣大喝道："你们的耳朵塞进驴毛啦？说不让念藏经，怎么又念开了？"正说着，他看见香炉旁放着一本经书，就走上去一把抢了过来，说："好啦，这本藏经我没收啦！"胖尼玛着急地看着他，想把佛经要回来，郭志荣明白了他的意思，说："你还想要回这本经书？可笑！我还想搜你的大殿呢！把所有的经书都搜出来！"胖尼玛说："没有了！没有了！就这一本，你拿走吧。我们保证十天之内背会'老三篇'！"郭志荣说："行，没收你们一本经书，现在送你们一本'老三篇'，照着好好背。"胖尼玛接过"老三篇"，众喇嘛躬身不语，望着几十名红卫兵离去。

　　红卫兵们继续"破四旧"。十点多钟，来到富裕中农刘锄勾家。一群人左翻翻，右看看，没看见什么封资修的东西。最后，将目光停留在一个半尺高的香炉上。香炉内有许多香灰，肯定经常烧香。香炉上方是一个戴着瓜皮帽子的八字胡老头子的木框像。刘斌成问刘锄勾："这个老汉是你什么人？"刘锄勾说："这是我爷爷。"刘斌成说："怎么不给你大烧香，供得个你爷爷？"刘锄勾不好意思地说："我大只念过两年冬书，当了一辈子农民。我爷爷念得书多，是秀才，当了一辈子先生！""那你的意思是……""供奉我爷爷是想让我的儿孙也成为有文化的人，成为干部、先生。"郭志荣说："你这是孔老二的臭思想！老认为'万般皆下品，唯有读书高'，其实，劳动人民最高尚，你大比你爷爷强！快把你爷爷的像取下来，换成你大的像，辈辈都光荣！"刘锄勾说："你是想让我们辈辈都种地？我大连个相片也没留下，没法挂。"胡向华说："那就换成毛主席像。"高耀先说："换成毛主席像就不能烧香了，把这个香炉没收了吧。"说完，抱起香炉就往外走。刘锄勾急了，说："这是我们传了五辈子的铜香炉，你可不能拿！"高耀先疑惑地问："真传了五辈子？"刘锄勾肯定地说："真五辈了，我自家的东西，还能不知道！"高耀先放下香炉，仔细端详了一阵，突然说："这是封资修的东西，上面画的龙和凤，还写着富贵绵延。"红卫兵们闻声都过来观看，郭志荣说："标准封建糟粕，没收！"刘锄勾扑了过来，说："谁要是敢拿我的香炉，我到公社去告状。"郭志荣轻蔑地说："告去吧，看谁敢管？"说完，命令高耀先："别跟他啰唆，抱走！"高耀先抱起香炉向门外走去。刘锄勾一把揪住郭志荣的领口，骂道："郭来的老子！你可不能把香炉给弄没了！老子官司打赢了，还要原物呢！不然，老子一锄头就把你刳死了。"郭志荣见刘锄勾发了疯，瞅了眼刘斌成，刘斌成会意，顺刘锄勾后腿弯上踏了一脚，刘锄勾"扑通"一声跪倒在地，郭志荣脱了身，和其他人涌出门外跑了！刘锄勾老婆在后边追着，"呸，呸"地一跳三尺高，朝着一群人唾了一阵，最后无奈地立在大门口。

　　郭志荣一伙来到萨仁花家。萨仁花自从社教中被批斗以后，来了人冷冷淡淡，不热情招待。阿拉腾提着个铜茶壶，忙给口渴的人倒茶。郭志荣问阿拉腾："你家有没有祖传下来的旧古董、旧画、旧书、旧家具？"阿拉腾说："没有，我们的人不像汉人，爱攒那些没用的东西。""真没有？""真没有，那些东西不能吃，不能喝，有什么用？"郭志荣看着红卫兵们在屋内翻腾，也没发现有什么四旧的东西，很扫兴。突然，他看见萨仁花系着一根镶着宝石的腰带，就凑了过去。萨仁花见郭志荣的两眼在她腰间扫来扫去，以为身上沾染了什么脏东西，低头看，用手摸，什么也没发现。这时，郭志荣又发现萨仁花腰带上还绣着一只凤，就问："你这腰带是谁送的？"萨仁花这才明白郭志荣是对自己的腰带产生了兴趣，就骄傲地说："是我爷爷送给我妈，我妈又送给我的，怎么啦？""你爷爷曾经是鄂左旗的王爷吧？"萨仁花警惕起来，不言语了。郭志荣说："你的这根腰带是封建的东西，解下来，我们要没收！"萨仁花奇怪地说："这是我的腰带，都系了多少年了，都没事，怎么你来了，就封了建了的要拿走？不给！""你真不给？""凭什么给你？郭来想要我也不给！"郭志荣觉得受了羞辱，伸手就要解腰带，萨仁花怒容满面，伸手将郭志荣的手打开，说："你真看上了这腰带？""不是看上，是要没收！""你想动手？""不动手怕什么？"萨仁花突然"咯，咯，咯"地笑了起来，笑得郭志荣和其他人莫名其妙！萨仁花笑过之后，说："不用你们动手，我给你们解下来。"说完，把手伸进衬衫下面，三两下就解开了自己的裤带，猛然脱下裤子，露出雪白的肚皮和一堆阴毛，朝着郭志荣一群人圪蹴下就尿。刘斌成第一个"觉悟"："快跑！老婆冲着男人尿，三年抬不起头！"说完，率先出屋，其他人被提醒，跟着出去。郭志荣光杆一人，愣了一下，也觉晦气，转身蹿出屋外。阿拉腾哈哈大笑，萨仁花搂起裤子，努了努嘴，说："快铲点儿沙子，把尿苫住。"阿拉腾拉起小簸箕，摇晃着身躯，走出屋外。

　　干部和教师真是些尿包！当郭志荣一伙冲进家里，翻箱倒柜，把一摞摞旧书籍、旧衣服、旧古董、旧玩物抄出来装进口袋运出门外时，大气不敢出。语文教师李先明，有一幅心爱的书法作品，据他后来说，是父亲花钱让省城一个有名的书法大家，临摹唐人张旭的字，很值钱的。但是，当红卫兵搜出画来，他只是哀求了一句："其他的你们都拿走，这一件请给我留下，这是我爹的遗物。"郭志荣笑道："你爹是什么人？我们早就调查好了，是个伪职员，给日本人还修过炮楼，他的东西，更不能留！"李先明哑巴了，看着心爱的宝贝被拿走，乖乖地站着，就没敢动弹一下！

## （四十五）

公社书记李刚双手捧着"十六条"，感觉一阵阵凉气从脑后袭来。"十六条"说得明白：这次运动的重点是整党内走资本主义道路的当权派。自己是不是党内的当权派？肯定是！走没走资本主义道路？谁能说得清！看看吧，运动以来，上至中央，下到基层，打倒多少领导干部？弄不好，自己也要被打倒。这可怎么办呢？

郭志荣领着四五个红卫兵走进李刚办公室，李刚心头一紧：这些疯天失地的愣小子想干什么？是不是要揪人？他疑惑地站了起来，说："小将们，坐，坐。"郭志荣大大咧咧地坐在了椅子上，说："我们红卫兵现在连买糨糊的钱都没有了，给批点儿吧。"李刚笑问："需要多少钱？""先少批点儿，给上五十块吧！"李刚说："行，你们打个条儿，我签个字，去财务上领就行了。"两人正说着，秘书小王跑了进来，说："李书记，公社医院这两天有点反映！他们认为红卫兵没有纪律，把各单位搞乱了，弄得医院也不得安宁。还说公社党委不负责任，看着不管。"李刚问："院长王素芝是什么态度？""她的意见更大！说要领上职工来公社请愿。"李刚吃了一惊！自己正担心运动的矛头对准自己，偏偏这个王素芝要来这一套，怎么办呢？他快速地想着对策，突然醒悟：我李刚是当权派，你王素芝是院长、党员，不也是当权派吗？李刚狡黠地看了看郭志荣，意味深长地说："对党委不满，还要请愿，抵制红卫兵运动，王院长她想干什么？"郭志荣说："我听说过，这个王素芝一贯怪话连篇，应该触及一下她的灵魂。"李刚深沉地说："既然是群众运动，这事就交给你们红卫兵小将去处理吧。"郭志荣见刘斌成已把五十块钱领到手，满意地对李刚说："你放心，我马上就组织红卫兵到医院。她王素芝有多大点儿能耐，敢对抗运动？"李刚点了点头。

王素芝现年三十三岁，毕业于北京医科学校。五十年代初，支边来到鄂左旗。一九六三年被任命为新召医院院长，服务热情，技术高超，心直口快，性格强硬，看不惯眼悬事。今天的事，其实她是随便说说，根本没真想去公社请愿，哪里能想到一句话就引来满院的红卫兵。

郭志荣对王素芝庄严宣布："你一贯对党不满，现在又反对群众运动，是标准的现行反革命！"王素芝懵了！惊奇地问："你在说谁呢？谁在反党，反革命？"郭志荣冷笑一声，刘斌成就喊起了口号："敌人不投降，就叫她灭亡！"众红卫兵跟着高呼。紧接着，有几个红卫兵扑了上来，将王素芝两臂反剪，从办公室押了出来。医院职工和患者大惊失色。一群人跟着红卫兵来到操场，只见郭志荣站在中央，喝令王素芝下跪，王素芝坚决不跪。高耀先学会了刘斌成的方法，走在王素芝背后，在她的后腿弯上踏了一脚，只听"扑通"一声，王素芝跪倒在地上。她想重新站立，无奈被两个红卫兵压着双肩。想抬头也被人用手按着，无法抬起。这时，郭志荣开始宣布王素芝的反革命罪行："王素芝，女，汉族，现年三十三岁，一贯反对党的领导。现在，又企图抵制运动，仇视红卫兵，反对破四旧，十恶不赦，罪该万死，革命群众应当给她踏上一万只脚。"这时，场内红卫兵喊起了口号："打倒王素芝"，"批臭王素芝"，"王素芝不投降，就叫她灭亡！"口号声过后，郭志荣点名让医院的医生、护士开始发言、批判。第一个发言的是老护士刘亚琴，她浑身紧张，张了几次嘴，发不出音。她平时对王院长很尊重，认为王院长对同事真诚，对患者耐心，技术也是一流的，怎么一会儿就变成了反革命？她停顿了半天，才说出一句话："我是个护士，不会批判，我拥护大革命！"郭志荣气得发抖，瞪了她一眼，说："快下去，你也不是什么好人！"刘亚琴慌忙钻进了人群。第二个上前发言的是医生郭凤英，西安卫校医士班毕业生。去年，旗卫生局准备将王素芝调回旗医院，让她接任院长，后来不知为什么，就没音讯了。她对王素芝有些看法。现在就干脆说开吧！她历数了王素芝的霸道作风以及对公社领导不满的桩桩"罪行"，批得字字血，声声泪。医院的其他医护人员，听了一会儿郭凤英的批判，一个又一个地瞅空溜走了。郭志荣再想点名时，医院无人应答，只好让红卫兵们挨着发言。红卫兵们什么事实也不掌握，就轮着上前将王素芝骂了一顿。胡向华指着王素芝说："你是狗肉不上抬杆秤，当上院长还不行？"邹树森用指头戳了一下王素芝的脑袋说："你是个北京人，怎么想起来新召反革命？唯女子与小人难养也！"二中的一些老师掩嘴笑了起来，郭志荣感到难堪，就说："今天就批到这里吧，散会。"高耀先喝令王素芝站立，王素芝两膝已经跪烂，无法起立，几个红卫兵上前将她拖起，边推搡，边搀扶，来到公社大院里。李刚交代秘书小王，打开一间库房，将她关了进去。吃喝由炊事员贾黄马负责，被褥由医院送来，红卫兵轮流站岗。

王素芝的丈夫在旗医院工作。家中的两儿一女都还年幼，最大的儿子才十二岁，都跟着母亲在新召生活。三个孩子见母亲被批斗，吓得抱头痛哭。天快黑的时候，大儿子付刚想起给爸爸打电话。他来到医院，找到值班护士刘丽芳，说："刘姨，给我爸打个电话吧，我们害怕。"刘丽芳看着孩子可怜，就说："我现在就打，你等会儿。"刘丽芳将电话打到了医院办公室，对值班护士说："王素芝有急事，一定要通知付荣，给新召医院来电话。"然后放下电话等待。过了二十多分钟，付荣来了电话，刘丽芳接起电话，急切地说："付大夫，你快回来吧，王大夫有急事。""那她为什么不亲自打电话？""嗨！别问那么多了，她被人揪斗了，但人身是安全的，你回来就知道了。"刘丽芳放下电话，对付刚说："你爸爸明天就回来，你先回去看着弟弟妹妹，不要害怕，我八点钟交班，去你家给你们做饭吃。"付刚说："姨，我们等你。"

那时候，新召和旗里不通班车。付荣只好在第二天上午，步走了七八里地，在查干庙草滩上找到一个放马的中年人，说："我有急事，想雇一匹马去新召，你看行不行？"放马人说："我不认识你，怎能给点儿钱，就让你把马骑走。"付荣掏出工作证说："我是旗医院的大夫，这是证件。"放马人拿住证件，反复对照了一下照片和本人，考虑了一阵，说："付大夫，看你样子，肯定有急事。为了稳妥，咱俩一人骑一匹马，我送你去新召。这里的马，我让老婆看上一天。但你得给我挣十块钱。"付荣说："行，咱们抓紧时间。"

马到新召，付荣付给雇主十元钱，然后急步走进屋内。只见付刚和弟妹正蜷缩在炕角，惊恐地望着窗外。突然发现爸爸回来了，几个孩子立即从炕上站了起来，赤着脚下了地，搂着爸爸的大腿哭了起来。付荣在离开旗医院的时候，已经知道了妻子的事情，所以，无须询问，说："不要哭，他们弄错了，你妈妈不是反革命。"付刚说："那你现在就去救我妈吧。""嗨！咱们先做饭。吃了饭，我就去看你们的妈妈。"孩子们说："我们吃过了，是刘丽芳姨姨给做的饭，还剩俩馒头呢，你吃吧！"付荣说："你妈妈被关后，都是你刘姨来做饭？"付刚说："嗯，她每天来。"付荣对刘丽芳充满感激，说："那好，你们不饿，爸爸现在就去看你妈。"孩子们放开爸爸的腿，看着他消失在夜幕里。

付荣来到公社院内，办公室都黑洞洞的，人们早已下班回家。走进后院，看见炊事员贾黄马正在锁餐厅的门。付荣走上前，问："贾师傅，你也下班了？"贾黄马掉过头来，细看了一下来人，惊讶地说："啊呀！付大夫，你咋才来？王院长可被他们整惨了！"付荣说："她关在哪里？""就在车库里，我领你去。"二人相跟着来到车库，贾黄马掏出钥匙，正要开门，突然从暗处窜出两个人来，大声问："你们是干什么的？"贾黄马看了看来人，认得是刘斌成和邹树森，就说："这是旗医院的付大夫，王院长男人。"刘斌成马上纠正："现在是反革命，不是院长。"付荣一脸怒容，质问："反革命？谁给定的？你是法院院长，还是公安局长？"刘斌成怪声怪气地说："你是不是皮痒得不行，也想蹲两天禁闭？"付荣再也抑制不住愤怒的情绪了，大骂："小子！你是哪蹦出来的地痞流氓，敢随便打人关人？"刘斌成和邹树森没想到遇上这么个硬茬，愣怔住了！贾黄马忙上前劝解："你们火气都小点儿，有事好商量。王院长假如真是犯人，家属来了也允许探监，是不是这个理？"贾黄马见刘斌成二人不说话，就返身打开了门锁，放付荣进了监室。王素芝冤屈地给丈夫哭诉着，付荣听了一阵后，大声说："你不要怕，我去找李刚，简直无法无天了！"说完，就气冲冲地走了出来。刘斌成和邹树森闪在了一边。付荣来到李刚宿舍门口，见灯还亮着，就敲了敲门。李刚开门后认出是付荣，说："付大夫，快进屋。"付荣进了屋，未落座就质问道："王素芝是谁给打成的反革命？""你问红卫兵去。""问红卫兵？你一点儿也不知道？你是新召的书记，还是普通老百姓？""唉！付大夫，运动来了，革命小将的造反精神谁能制止得了？我就是书记，也没什么法子！"李刚装作无可奈何的样子。付荣两眼紧盯李刚，李刚内心惶恐，表面坦然。付荣突然站起身来，像下令似的对李刚说："你必须马上释放王素芝，不要躲避责任！我现在心里像明镜一样！"说完，转身出屋，用力关门，响声极大，差点把门上的玻璃震碎。

　　李刚在办公室来回踱步，昨天付荣的态度让他十分不安。说王素芝是反革命，鬼相信。这些个红卫兵，下手太狠了！要是王素芝想不开，死在公社车库里，郭志荣再乱咬开来，咱能脱得了干系？人命关天哪！李刚不寒而栗。正在这时，他看见郭志荣在院内转悠，就站在门口喊："小郭，你来一下。"郭志荣来到李刚办公室，李刚说："小郭，我昨天想了一夜，觉得王素芝已经被批斗过了，一时半会儿她也踢不起烟尘。我建议把她放回家中，暗中监视，省得我们每天给她站岗、送饭。"这两天，郭志荣遇到好多人盘问王素芝的事儿，他胡支乱对，说不出个因由来。现在李刚提出放人，正好就坡下驴，于是痛快地表态："行，我同意李书记的意见。"李刚见郭志荣和他意见统一了，感到一阵轻松，说："那你去贾黄马那里取上钥匙，放她回去吧。"郭志荣点头出门。

## （四十六）

张树海看了批斗王素芝的场景后，一股冷气不断从后脊蹿起。郭志荣的红卫兵，想抄家就抄家，想斗谁就斗谁！过几天，还不知要做出什么骇人的事情来。他越想越担心，不觉来到初二一班，张二树正捧着一本《林海雪原》入神地看着，忽听有人喊："二哥，二哥！"二树放下小说，见是树海，就站起来说："你找我？咱们到外边谈。"二人来到篮球架下，树海说："二哥，郭志荣引着刘斌成一伙打着红卫兵的旗号，看谁不顺眼，就来寻衅闹事。过几天，说不定还要斗在我们头上呢？"二树说："这几个贼小子，我看着就牙痒。我们得想办法对付他们。""怎么对付？""嗨，你不听广播？不看报纸？这红卫兵是个群众组织，东胜已经成立起五六家了。我们也可以成立一个红卫兵组织，和郭志荣他们对着干，谁怕谁？""啊呀！二哥，要不我来找你？我念书比你高一级，脑子没你灵！要真能这么干，那咱就什么也不怕了。""我已经考虑过了，成立红卫兵组织，需要一大帮人来参加。咱俩分头串联，你负责初三年级，我负责初一和初二年级，只要家庭不是地富反坏右的人，现在就吸收，就是家庭成分高的人，只要表现好，下一批也要把他们吸收进来，咱们人多了，还怕刘斌成一伙蟊贼？"树海眉飞色舞，二树摩拳擦掌，商量了一阵后，就分头去串联。

不到两天的工夫，树海和二树就串联起五十三人。第三天，大家在初二一班的教室里开了会。红卫兵组织的名称定为"新召红卫兵总部"，树海说："这个牌子比郭志荣他们的大，听起来好像是一总部的上级。"二树提议："每人缴两块钱，作为刻公章、印袖章、印队旗、买糨糊的资金。等以后和公社、大队要来了经费，按数还给大家。"大家表示同意。最后，选举张树海为司令员，二树为参谋长，刘宝华、李树茂、栗三强为常委。委派刘宝华和栗三强去东胜刻章、印旗、印袖章。

九月二十六号下午两点钟，二中操场上又挂起了一条横幅：新召红卫兵总部成立大会。主席台上，坐着张树海、张二树、刘宝华、李树茂、栗三强，旁边一面红旗上印着黄色毛体大字：新召红卫兵总部。字体清晰漂亮。台下坐着五十多名学生。大家都在左臂佩戴着鲜艳的红卫兵袖章。有几个红卫兵擂起了大鼓，敲起锣，拍开镲。不到半小时，就引来一大群人围着观看。大会正式开始后，先奏《东方红》歌曲，接着司令员讲话，红卫兵宣誓，正步操练，很震撼，很正规。乔杰站在对面瞭望，脸色铁青，一言不发。郭志荣领着刘斌成一伙，醋意大发："什么红卫兵？都是些保皇派，保王素芝！都有问题！狗戴上帽子也是人？哈哈哈！"极尽嘲讽，但没敢闹事，因为他们数了一下，张树海的人比他们还多！

## （四十七）

二树和树海来到张开关办公室，二树说："三爹，我们红卫兵总部想开个大会，让王素芝院长控诉资产阶级反动路线对她的迫害，不然，有人还要继续抄家、斗人。"张开关说："你们开控诉会，就不怕那些人来捣乱？要是发生冲突，打起来怎么办？"树海说："我们也是担心控诉会开不下来，和爹讨个主意！"张开关思考了一阵，说："你们的红卫兵袖章还有没有了？"二树说："有，这次印得多，还剩六十多个呢。"张开关说："那好，我让刘宝维在五个生产队里，各选十二名民兵，开会那天，让他们都戴上你们的袖章，转圈儿维持秩序。"树海说："那就太好了！再借十个胆子给郭志荣，他也不敢闹事！"张开关问："你们的控诉会什么时候召开？"树海说："后天下午。""那你们通知王院长做好控诉准备，民兵的事由我安排。"二树和树海信心十足地离开大队办公室。

王素芝听二树和树海说明来意，委屈激愤地说："我是一个医生，一心一意给病人治病，惹着谁了？让他们平白无故地毒打、关押？郭来平时见了我很客气，他儿子怎么像个狼崽子？我怀疑，幕后指挥的人是李刚，不出声偷咬人，这个控诉会，他必须参加！"树海说："我们肯定要他参加，让他也接受教训。"二树说："我三爹怕控诉会有人捣乱，到时候还要派六十多个民兵，戴上红卫兵袖章维持秩序。"王素芝激动地站了起来，说："告诉张支书，王素芝谢谢他。"

控诉大会快开始了，李刚推托不到。王素芝对二树和树海说："你们去告诉他。他要是不来，我就到他的办公室控诉，天天控诉。"二树看了看刘宝华、李树茂、栗三强三人，说："你们听清王院长的话了吗？去，到李书记那里，把王院长的话给他复述一遍。来不来，让他自己拿主意。"刘宝华三人立马起身去了公社。不到十分钟，李刚在武装干事李天宝的陪同下来到了会场。二树搬了一把椅子，让他坐在主席台旁边。

主席台上坐着新召红卫兵总部六名常委和王素芝、医院的三名医护人员，李刚在侧面斜坐。五十多名红卫兵坐在台前，周围站满了职工、干部和附近的社员，外围有六十多名民兵，臂戴红袖章，来回巡视，张树海宣布：王素芝院长受迫害控诉大会开始。会场一片寂静。只见王素芝站起身来，并不拿稿纸，声泪俱下地控诉起来："各位领导，各位乡亲，各位和我共过事的同志们：我十八岁参加工作，支边来到内蒙古，来到新召，只知道听党的话，听毛主席的话，履行医生的职责，给病人看病，从来就没有干过昧良心的事，更没想要反党、反社会主义。做梦也没想到正在上班时间，就有一伙暴徒冲了进来，把我押往批斗会场，拳打脚踢，造谣污蔑，给我戴上反革命的帽子，关进公社车库，折磨了整整三天三夜……朗朗乾坤，清清世界，竟能有人明目张胆地侵犯人权，践踏法律，毫无根据地整人害人！李刚书记，你能理解这一切吗？你不要装糊涂，要想人不知，除非己莫为！揪斗我的前前后后，大家发现郭志荣、刘斌成几个人，在你办公室进进出出，究竟干了些什么？你给年轻没头脑的红卫兵指点了些什么，能永远隐瞒得住吗？你是个共产党员吗？你是个正派人吗？背后捣鬼害人是你工作的特长吗？……"李刚的脸红一阵，白一阵，额头上不断地渗出汗珠，几次想辩白，抬头看见王素芝激愤的模样儿，又打消了念头，干脆低下头来，任凭数落，一直支撑到散会。乔杰站在人群里，忽眨着眼皮，转动着眼珠，嘁嘁冷笑。郭志荣领着二十几名一总部红卫兵，跃跃欲试，想到主席台前搅闹，被戴袖章的民兵呵斥开来，悻悻离去。职工干部和社员群众，对王素芝的遭遇义愤填膺，不断地跟着呼口号："严惩打人凶手"，"揪出幕后黑手"，"共产党万岁"，"毛主席万岁"。张开关一直在场外站立，许多人不知道他参加了大会。

## （四十八）

自从王素芝控诉大会以后，红一总部感到处处被动。为了挽回败局，郭志荣在总部院墙外矗起一根大高杆子，上面安了高音喇叭，每天广播："革命造反派请注意，新召红卫兵总部公然保走资本主义道路的当权派，是货真价实的保皇派，希望大家擦亮眼睛，和保皇派划清界限，坚定地站到红一总部造反派一边来。"新召红卫兵总部听了大为恼火，在自己总部院墙外也安起高音喇叭，和红一总部唱对台戏："红一总部死保资产阶级反动路线，是真正的保皇派！新召红卫兵总部才是真正的革命造反派，希望大家提高革命的警惕性，不要上红一总部的当，把革命进行到底。"两个高音喇叭震天价响，十里路上就听得到。

谁是保皇派？谁是造反派？农民弄不清，干部们也糊涂。但有一点人们看清了，郭志荣做事太嚣张，太狠毒，把一个好院长、好大夫王素芝往死里整，太没人味了。好些人看见他远远地就绕开了。和他关系较好的人，也冷嘲热讽，认为他头脑简单，四肢发达，被人当枪使。面对这种尴尬，郭志荣也动起了脑筋：可不是吗，李刚咋在王素芝的控诉会上哑口无言，一副狗熊样？哦，这个奸臣，原来是在利用我郭志荣，挑动群众斗群众！这人太可恶了。说不定他自己有问题，害怕被揭发，就想法转移目标，把斗争的矛头指向别人！这人太可疑，需要调查！

郭志荣是个说干就干的人，他带上了刘斌成，背着二斤炒米，一路步行，来到李刚的老家暖水李家渠。进村后，碰见一个拾粪老汉诧异地看着他们两人。郭志荣从衣兜里掏出一盒一毛四分钱的绿叶烟，拆开封口，给老汉递了一支，老汉赶忙接住，用火镰点燃后，香美地吸了起来。郭志荣说："你认识李刚不？"老汉问："哪个李刚？""就是新召公社当书记的那个李刚。""噢，你说的是李毛蛋，他是我侄儿子。咋啦？也让人批斗了？""没有，我们是想了解他以前的情况。""嗨！了解什么，三辈子贫农，是我们户里的人才，可不能叫人给打倒。"刘斌成戳了一下郭志荣，低声说："这是他叔，你甚也问不出来，走吧。"郭志荣有同感，就对老汉说："你忙吧，我们去前边走走。"一边说，一边就头也不掉地又找其他人调查去了。可是，一连找了四五个人，不是李刚的叔叔，就是李刚的弟兄，要不就是李刚的晚辈，都向着李刚，毬也问不出来，俩人很是气馁。刘斌成说："去水渠子上边那户人家打听一下，要是还问不出来，咱就回吧。"郭志荣点头。二人跳过水渠，沿着一条小石子路，来到这户人家。院内有一个六十多岁的男人正在用竹几编筐，见有人来就放下活儿，问："你们是哪里来的，有事儿？"郭志荣说："我们是新召公社来的，想了解一下你们村出去的李刚的情况。""噢，你说的就是那个李毛蛋吧？""对，就是他。"郭志荣忙弹山一支绿叶烟，递给老汉，老汉欢喜地接在手里，点着吸上，问："你们想了解他什么情况？""想了解他有什么问题。"老汉又吸了两口烟，顿了顿说："这个人哪，不怎么样。未参加工作前，在村里调皮捣蛋，大人管不住，娃娃们跟上混，灰事做得一愣一愣的。十五岁上，和村里的猴小子们给人家放牛，他爬在牛背后就日牛，被牛一蹄子弹得躺了半个月。"郭志荣和刘斌成哈哈大笑起来，好一阵才缓过气来。郭志荣说："他还有什么问题？""嗨！还有大问题。他二十三四岁时，在我们乡当民兵队长，把柳树塌的一个军婚杏女子串得有了肚，害怕坐禁闭，就扇动勤务员郝二维去串杏女子，他乘机脱了身。杏女子肚子一天比一天大。男人当兵两年没回家，哪来的肚？区政府就开始调查了解，逮住了郝二维，结结实实给捆了一绳子，判了三年禁闭。郝二维不服，高吼二叫，说杏女子怀的娃娃是李毛蛋的，他才串了一个月，肚子就有那么大？旗公安局就拷问李毛蛋，李毛蛋死活不承认。公家逮不住证据，只好放过李毛蛋。"刘斌成问："李毛蛋还有什么问题？"老汉说："再我就不知道了，不能给人家胡说。"郭志荣掏出纸笔，把老汉反映的事写成证明材料，拿着印泥要老汉按手印，老汉死活不按，说："不能按，我随便说说，你们就当听故事。"郭志荣两人没办法，就收起印泥和纸笔，告辞了老汉。走在半途，郭志荣猛然停住，说："这个死老汉不但没按手印，连个姓名也没给咱说，这怎么办？"刘斌成说："你给起上个名字，这手印嘛"，他抬起了光脚丫子。郭志荣笑了起来，说："行，让他叫李毛楞，你说行不？""行，你往上写吧。"郭志荣坐在地上，在证明材料上歪歪扭扭地写上：证明人李毛楞。刘斌成伸出脚趾头，在印盒里摁了摁，然后就摁在"李毛楞"三个字上。二人笑了一阵，继续赶路。天快黑时，回到新召。

上午十点多，李刚正在办公室看文件，突然小王急匆匆跑了进来，说："李书记，有人给你也写了大字报，一群人正围着看呢！"李刚心头一紧，问："贴在哪里？""贴在公社办公室的西墙上。"李刚站起身来，走出办公室，来到西墙下，已经有四五十号人围在那里，有的人笑着，有的人骂着，还有的人指手画脚地分析议论。见李刚走来，人们静了些。李刚迅速地将大字报看了一遍，气得发抖，大骂道："放他大大那个青草驴屁！去李家渠打问一下，看大人娃娃里，有没有个李毛楞？大白天见鬼啦？捣鬼也不和眼商量？"说着，伸手就要撕大字报，被一总部两个红卫兵拦住了，说："李刚书记，你要有理，就写一张反驳的大字报。撕别人写的大字报，不应该是书记干的事吧？"李刚气得嘴唇黑紫，一甩手，挤出人群，"腾腾腾"地往公社走去，脑后传来一片笑声。

李刚气得大病了一场，从此像个乏绵羊，好歹打不起精神来。

郭志荣算是尝到了调查研究的好处。你李刚不是日能吗？你不是会玩弄人吗？呛不住大爷们一天的调查，就放得展展儿的，不会动弹了。郭志荣又了解到税务所所长乔占梁的老婆王英英，是旧社会榆林城的窑姐儿，反映情况的人说得有根有据，时间、地点、证人一应俱全。郭志荣如同获取了重要情报，欣喜不已。他组织了一个劳改队，把公社所在地的地富坏右和所谓的社会渣滓全部集中起来，并且不顾老父亲的反对，硬是把王英英也给揪了进去。这些人每天排队到召畔队劳动，灰眉鼠眼，羞皮腊杂，哪里还有做人的尊严！乔占梁替老婆抱不平，郭志荣一本正经地给他端出事实来，气得乔占梁干瞪眼没话说。想起当年的王英英，那时多漂亮？现在看着也顺眼嘛！况且，王英英已经是三个孩子的母亲了，还能离婚？他恨透了郭来养的这个圪泡小子，一点儿情面也不讲，连他老子的单位领导也不认，目中无人，气焰嚣张，无法无天！哪一天要是遇在悬崖上，老子一把就把你推下去，让你龟孙子知道什么叫万丈深渊！

## （四十九）

秋季，鄂左旗开始清理阶级队伍。组织调查，互相揭发，好些不为人知的事一件一件地抖落出来。新召税务所的李文新，悄悄告诉乔占梁："郭来当过国民党兵，捉鸡捞白菜追女人的事可干多了。""你怎么知道？""神树湾的杨云水和他一块当的兵，你问他，全知道。"乔占梁觉得机会来了，当天就装作收税来到杨云水家，杨云水笑迎："好稀罕，乔所长有空串门？"乔占梁说："有点儿税收上的事，路过这里，和你拉拉话。""那快请进屋。"两人坐定后，乔占梁递给杨云水一支中华烟，杨云水慌忙接住，说："还是当官的牛，抽这么好的烟？"乔占梁笑了笑说："你是从起义部队过来的，还参加过抗美援朝？""是的，我们部队起义后不长时间，就整编在志愿军十八军，我五二年复原回来。""那咱们公社有没有和你一块当过兵的人？""有，你们税务所的郭来就和我一起当的兵。不过，他未等部队起义，就开小差跑了。""这人挺红火，当兵时怎么样？""这小子钻干，部队一驻下，就贼眉溜眼地乱圪转，刁抢些鸡鸭猪羊肉，拿回来大家伙着吃。""干过牲口事没？""那短不下。有几次，女人们在前面逃，他背着枪在后面追，因为这事，还被关过一天禁闭呢。"乔占梁说："像你这样的复原兵，国家给什么照顾？""嗨，一年给一百五十块钱补助，逢年过节慰问一下，再没别的。""你满意不？""满意！我们一块去朝鲜的兵，多一半牺牲了，能活着回来就够幸运了。"乔占梁又给杨云水递了一支烟，就起身告辞。返回途中，反复据量：这事需要红卫兵帮忙。

乔占梁找到张树海，说了郭来的情况，张树海说："郭志荣到处整人，原来他大是个国民党兵。干脆抓起来审，看他还有什么说的！"乔占梁说："郭志荣去东胜了，等他回来，咱们也把他大审清楚了。"

当晚，乔占梁和张树海就带着红卫兵，把郭来抓了起来。张树海问："你当过国民党兵？"郭来身子一激灵，想了想说："我是被抓的壮丁。""你欺负过老百姓没有？""没有。"乔占梁冷笑说："你敢说没有？你走村串户，刁抢鸡鸭猪羊，强奸妇女，开枪打死解放军！"郭来的头摇得像木榔鼓似的，连声说："造谣，造谣！我没干过那些事。"张树海和乔占梁越是逼问，他越是否认，一直审到半夜，毫无结果。乔占梁和树海商量了一下，决定将郭来先关押起来。

三天后，郭来还是紧咬牙关，不吐实情。乔占梁急了，和张树海商量了一下，决定给郭来动刑。红卫兵给郭来脖子上挂了一块二十多斤重的大炭，让他弯腰站立，不准坐，不准睡。凌晨时，郭来熬不住了，一连跌倒三次，都被红卫兵呵斥着重新站了起来。第五天夜里，郭来实在扛不住了，终于开始交代问题。每交代一条，就有记录员记在纸上，然后让他签字画押。就这样，断断续续又审了五六天。郭来疲惫不堪，站着就晕倒。乔占梁和张树海商量决定放他回家。

郭来扶着墙，一步一挪，慢慢来到家门口，推开门，见老婆躺在炕上不动弹，就生气地说："你也盼我死？我要渴死了，快给倒一碗茶。"老婆爬起身来，挣扎着下了炕，挪着步去烧火，熬茶。郭来问："你怎么了？"老婆说："肚子疼。""去医院看了没有？""去过了，配了些药，吃了不顶事。"郭来浑身疼痛，两眼发黑，勉强上炕，先倒头睡下了。

召畔队的杨老虎，家中有三棵大沙果树，果子结得干稠。他摘了满满一牛车，拉到东胜叫卖。中午了，他赶上牛车正准备回四分店吃饭歇息，迎面却碰见郭志荣臂上戴着"八一红卫兵"袖章，与另外几个红卫兵一边走，一边说笑。杨老虎喊了声："志荣！"郭志荣抬头一看，说："三叔，你来卖果子？"杨老虎一把拉住他，急切地说："你快回家吧！你大让人家在脖子上吊上大炭，批斗了好几天了，快要不行了。"郭志荣惊恐地问："为什么批斗？""人家说他是国民党兵痞，做了很多坏事。"郭志荣惊讶地说："这不是诬陷吗？我从来没听说过。""唉！是不是诬陷，你得赶快回去，听说你妈也病得不轻。"郭志荣好像当头挨了一棒，头晕眼花，定了一阵神，对旁边的几个红卫兵说："你们先走吧，我有事。"然后，告别了杨老虎，回到学校。简单收拾了一下行装，就急急忙忙地往新召奔去。

太阳快要落山了，郭志荣才走到碌碡岩村，瞻前顾后，连个拉粮车也没有。离新召还有八十多里呢！一路尽是山梁沟渠，不是上坡，就是跳河。想想家中受难的父母，郭志荣横下心来，拼命也要赶回家去。他一路疯走。想象着，如果父亲真的是国民党兵，这让张树海、乔占梁他们抓住了，那还不得给整死！走着走着，看见前面有一座寺院，是西召。还有六十里大路。天完全黑了下来，一钩弯月，在云中时隐时现，勉强能辨别出路面。这时的志荣，后面如同有狼在追撵，急急向前奔撵。沿路的黑影，坡上的坟堆，几次吓得他收住了脚步，冒出了冷汗。蹲在地下仔细观察，又不见什么危险，于是再硬着头皮冲向前面。不知不觉，天已微明，不用再害怕了，可以放心走路了。上午九点多钟，志荣带着两脚燎泡进了屋子：炕上躺着母亲，锅头斜卧着父亲，他急问："大，他们抓你了？"郭来看了一眼儿子，"嗯"了一声，"他们为什么抓你？""因为我在国民党当兵的事儿。""你承认了？""不承认就斗死了。"郭志荣呆呆地站在当地，好一阵才说："我的前途没有了，这个家以后也不好维持了。"

郭志荣在家里待了几天，闭门不出。母亲的肚子一天比一天疼得厉害。想去旗医院检查治疗，又没有班车。雇个马车走，老人又嫌花钱，不同意，硬扛着。这样又过了五六天，母亲的病一天天加重。疼得厉害时，满头冒汗。志荣着急了，每天到公社后面的高圪台上瞭望，寻找过往的货车。第三天，终于等来一辆拉石英沙的卡车。他和司机百般求告，司机终于同意他们搭车。于是，志荣带上行李和物品，和母亲一起坐车去了旗医院。

经过医生的诊断，郭志荣的母亲得的是肠穿孔，严重化脓。要是早住院，能治愈。现在病情恶化，就不敢保证治好。郭志荣问医生："那现在该怎么办？"医生说："只能手术。"郭志荣坚决地说："只要能救命，怎么都行。"医生让郭志荣在手术方案上签了字，便决定手术。郭志荣在手术室外等了两个多小时，娘的手术才做完。手术的结果是：割掉化脓溃烂的肠子，然后在腹部开了一个小洞，插管排便。由于住院费用太高，征得医生同意，志荣将母亲运回了家中，慢慢调养。可是，三个月后，老人病情恶化，离开人世，郭来父子悲恸欲绝。

## （五十）

刘斌成正式担任了"红一总部"的司令员。他以红一总部的名义，不断地去粮站批面粉，在夜深人静的时候，和同宿舍的人烙烙饼，擀面条，吃得肚子滚圆，满头冒汗，天快亮的时候，才脱衣入睡。后来，胆子逐渐变大，干脆在大白天吃糨糊面。他夸耀自己的父亲："那老汉脑子灵，会办事。在工地上揽工，一有机会，就把木料、砖头往家里运，不到一年，盖了三间大正房。有一年，老汉给队里拉炭，晚上住店，能睡四个人的炕，躺下七个人，连身都翻不转。我大干脆不睡了，跳下炕，撩起衣服在火炉上烤脊背。炕上的人问他干什么，他说自己害得满身疥，又痒又疼流脓水。一会儿，他又上炕睡觉，吓得其他六个人差点摞起来，让我大宽宽敞敞地睡了一黑夜。"

　　有一天，刘斌成和胡向华、高耀先闲着无事，去召畔队西面的五当沟转悠，发现对面坡上有一排新盖的房子。三人觉得新奇，就跳过沟中小河，沿着小路向上攀爬。不多时，来到新房大门外，旁边挂着一个大木牌，上面写着：新召物资转运站。走进大门，一条大黑狗"呼"的一声向几个人扑来，高耀先拣起一根木棍，举起就打，狗狂吠起来，一个二十多岁的年轻男人闻声走出屋子，喝退了狗，问道："你们是干什么的？"刘斌成说："我们是学生，随便转转。""这里是物资站，没事请你们回去。"刘斌成问："你一个人住在这个孤圪蛋上，晚上不害怕？"年轻人不耐烦地说："怕什么？我有枪、有狗，鬼也不敢来，这不要你们操心。"刘斌成"哦"了一声，看了一下院内：西边堆放着松木、杨木，有剪开的板材，也有圆木。东边堆放着钢管、铅丝和石棉瓦。几人见看管院子的年轻人不喜欢外来人，就退出大院，回到学校。

　　刘斌成躺在床上，思绪联翩：那么多木料，偷上三两方子，看都看不出来。那些板材，既能做躺柜，又能做门窗，还能做桌椅板凳，真有用！可是，看院子的那个青年，看样子很负责任，外人去了，都不让多站一会儿。他说有枪？是不是咋呼？枪能随便配给人？那条狗倒是够凶的，见了生人又扑又咬，不好对付。再说啦，那些个木板要是没干透，一个人去搬太重了！忽然，脑子里闪出一个人影：初二二班的牛五生，这小子既胆大又有力，还和自己同村住，为什么不和他商量？

　　刘斌成来到初二二班宿舍，问："牛五生在不在？"宿舍的人说："他去供销社给马铡草，挣钱去了。"刘斌成转身来到供销社，走到马圈旁，牛五生正一个人又填草，又铡草，累得满头大汗，见刘斌成到来，忙说："斌成，帮助填一会儿草，这真不是一个人的营生。"刘斌成笑了，说："你小子爱吃独食，以后把我叫上不就省劲了。"说着，蹲在铡刀旁就开始往铡刀下填草，不到二十分钟，一大堆草全部铡碎。牛五生坐下来，说："你找我有事儿吧？"刘斌成说："铡草能挣几个钱？我发现了一笔好生意，就不知道你做不做？""嗨！我就会受苦，哪里会做生意？""这个生意你肯定会做，也能挣大钱，就看你愿不愿意做。""能挣钱，还能不愿意做？""好，我把这事给你说了，你要是同意，咱俩一块儿干，利益平分。你要是不想做，也不能把事情说出去。能办到吗？""这你放心，咱俩一个村长大，我还能出卖你？"刘斌成信任地点了点头，便把他想偷物资站木料的事，一五一十地给牛五生说了一遍。牛五生低头打了一阵主意，说："干吧，咱们娘老子受死累死一年才分一百来块钱，供咱念书不容易。不如干它一把，弄些票子花，给家里也减轻负担。"刘斌成兴奋地拍了一下大腿，忽然又担心起来，说："那条黑狗不好对付。"牛五生说："人还对付不了个狗？买点肉，包上安眠药，喂得大黑狗毬也不知道。"刘斌成笑了，又说："那个大后生怎么办？"牛五生蛮有把握地说："半夜一至三点钟，睡得和死猪一样，哪知道外边的事。"刘斌成惊奇地看着牛五生，说："啊呀！你像个惯犯！"牛五生说："不要瞎说了，我看今天晚上就行动，就用马槽下边的那个小平车推木料，两趟拉他三方子。"刘斌成点头同意。二人站起身来，去供销社后边的小食堂，买了半斤猪黑肉，又去药店买了五片安眠药，准备半夜作案。

这天晚上，是农历二十八，一钩弯月升起很晚。刘斌成和牛五生在夜间十二点半，推着供销社的平板车，摸黑来到物资站。未等进院，大黑狗就"呼"地蹿了起来，牛五生急忙将放了药的猪肉扔了过去，狗见有肉扔来，一口将肉叼走，蹿到狗窝里不吱声了。两人在大门外站了约半个小时，估计药性发作，狗已沉睡，就大着胆子推车进去。牛五生还不放心，蹑手蹑脚走到下夜青年的宿舍窗台下，贴着窗户细听，里面鼾声阵阵。牛五生胆大了！来到板材堆旁，和刘斌成往车上装了二十块方木，悄悄推回学校，卸在一个空教室里，用事先准备好的糜草苫严实。牛五生说："还能推一趟。"刘斌成说："行，下一趟少装点，二十块太重了。"于是，二人又到物资站运回十五块大方木，同样藏在那个空教室里。这时，弯月刚刚露头，大地微有光线。二人将平板车推回供销社，就各自回宿舍睡觉去了。

物资站的下夜青年谢国正踏踏实实地睡了一晚，直到太阳照在窗户上，才伸着懒腰，起来洗漱。他提着水壶，去水房打水，院内静悄悄的，狗哪儿去了？怎么从昨晚到现在，没听见一声狗叫，混游去了？小谢来到狗窝，嗨！这个死狗，怎么还在睡大觉？还打着鼾呢！他狠狠将狗踢了一脚，狗动了一下，不想起来，继续睡。奇怪，这狗一贯机灵，只要有个风吹草动，扑起来就吼叫，今天是怎么了，害病了？他向四周观察了一下，不禁倒吸了一口凉气，不好！怎么堆放整齐的板材开了那么大的一个豁口？走过去一看，啊呀！至少丢了三立方木料，地皮上还有平板车的踪印！贼无良心鳖无血，婊子的心肠硬如铁！这贼也太狠心了，能偷这么多木料！小谢慌了起来，急急忙忙去东院查看钢材，没发现平板车的踪印，也看不出来有人动过。回到宿舍，心想：这贼也够胆大的！赶着车来偷木料。不过，也够蠢的，这车印子太清晰了！嗯，听说公安特派员老乔会寻踪，赶快找他破案吧，还能坐在这里傻愣？

大清早，人们看见谢国正气喘吁吁地跑着步，问他这是怎么啦？他上气不接下气地说："木料让人偷了。"人们惊奇地瞪大眼睛。不到一个小时，物资站木料被盗的事就传遍了召畔。

二树正在红卫兵总部印传单，树海走了进来，说："二哥，真有胆大的贼！昨天晚上，赶上车把物资站的木料给拉跑了。"二树放下手中的油滚子，若有所思地说："昨天晚上？我一点多钟才睡得觉，没听见什么声音。噢，物资站离公社有二里地，哪能听见贼的响动？可是应该有狗叫的声音呀！怎么能哑鸣静悄？嘿，该不是那两个孙子干的吧？"树海问："二哥，哪两个孙子？"二树想了想说："我昨天晚上十二点查夜路过校门口，看见刘斌成和一个高个儿后生，对，是牛五生，向西走去。这案子，莫非应在他们身上？"树海说："刘斌成是个鼠偷狗窃的人，什么事做不出？狗屎里头他都敢往进擩指头！这事儿很可能与他有关。我们举报吧，给乔铁虎也提供个破案的线索。"二树说："对，我们现在就去公社。"

乔铁虎正和谢国正准备到现场，见张树海和张二树走进来，就说："我现在正忙着，有事以后再谈。"树海说："我们说的，与你忙的事儿有关！""嘀！听你这话音，好像掌握了什么情况，坐下来说。"二树就把昨晚他看到的情况，给乔铁虎叙述了一遍。乔铁虎说："这仅是你们的怀疑，在未破案前，你们要严守秘密，不要对其他人讲。"树海和二树点头。

乔铁虎和谢国正来到物资站院内，大黑狗药劲已过，来了精神，"汪汪"地叫着向乔铁虎扑来，谢国正大声呵斥，黑狗退在一边。乔铁虎细心查看了车印、人踪以及木料被搬动的痕迹，断言："这是两个人推着平板车作的案。"又嘱咐谢国正："保护好现场，不要把人踪和车印破坏了。你就守在这里，我顺着车印人踪，看贼究竟去了哪里。"说完，弯腰低头，沿着踪迹出了大门。乔铁虎平时爱打猎，什么兔子踪、狐狸印、獾子蹄，分得一清二楚，也爱分辨人的踪迹，能从脚印上判断出这个人手里提不提东西，是左手提还是右手提。现在，面对这么清晰的车印人踪，他几乎像和贼相跟上走路一样顺顺当当地来到了学校的空教室门口。向里望了一眼，心中完全明白了：那糜草下面，肯定苫着木料。乔铁虎没有进去翻腾，转身来到初三学生宿舍门前，问："谁叫刘斌成？住在几号宿舍？"一个学生领着他，来到初三四号宿舍门口，说："这就是刘斌成的宿舍。"乔铁虎走了进去，问："谁是刘斌成？"一个瘦弱小个子学生，指了指蒙头睡觉的学生说："他就是刘斌成。"乔铁虎伸手揭开刘斌成的被子，刘斌成竟然还在熟睡。乔铁虎大喝一声："刘斌成！"刘斌成被惊醒，揉了揉眼睛，见有个大男人站在自己枕边，坐起身来，认得是公安特派员乔铁虎，内心骤然紧张起来。乔铁虎目光犀利，简直要从他的皮肤穿透内脏！他一阵阵发怵。突然，乔铁虎说："下炕，跟我办件事儿！""办什么事儿？"刘斌成身子有些哆嗦。"到地方你就知道了，快点儿。"刘斌成只好穿衣下炕，跟着乔铁虎走出宿舍，来到那间教室门口。这时，已有二十多个学生好奇地围了过来。刘斌成的神经紧张到了极点，两条腿都颤抖开来。门口有风刮过来的一片沙子，乔铁虎命令他上去走两步，他就摇晃着上去走了两步。乔铁虎又命令他进教室，他只好走进教室。乔铁虎大声命令："揭开糜草！"刘斌成不由自主地掀开糜草，露出一圪垯板材木料来。刘斌成想溜，掉过头来，赤红杠脸地说："没事我走呀！"乔铁虎冷笑一声说："你往哪里走？物资站盗木料的人踪和你刚才走下的踪一模一样，你不解释清楚就想溜，可能不？"乔铁虎一边说，一边从腰上解下一副手铐来。刘斌成扑通一声跪倒在地，一边哭泣，一边磕头："乔特派员，我，我错了。""才知道错了？我问你，和你一块作案的人是谁？老实说，不然我现在就关你禁闭。"刘斌成的精神彻底崩溃了，颤声道："那是初二年级的牛五生。"乔铁虎上前踢了他一脚，说："走！去找牛五生。"刘斌成两手托地，摇筛着站立起来，走出教室，去寻牛五生。后面跟着的学生越来越多，乔杰和一些老师也闻讯跑了过来，表情各异。看刘斌成那个贼样儿，多数人嗤笑唾弃，乔杰和高耀先一伙怀疑有人陷害，有些不服。不一会儿，牛五生被乔铁虎从宿舍里喊了出来，垂着脑袋，灰兴兴地站在刘斌成旁边，等待拘押。乔铁虎问："物资站的木料你们怎么偷回来的？"牛五生低声说："用供销社的小平车推回来的。""你们这两个贼骨头，还是红卫兵司令和红卫兵骨干，成天起来整别人，现在做下这丢人犯法的事，你们自己说该怎么办？"二人低头不语。乔铁虎又骂道："为了改造你们的贼思想，也为了给你们的老先人赎些罪，两人把偷回来的木料，一块一块背到物资站，不许用车拉，不许外人帮，不然，我送你们蹲大狱。"刘斌成和牛五生互相看了看，相跟上向空教室走去。人群里传出一片骂声和谴责声。不多时，刘、牛二人各扛着一块大方木走出教室，出了校门，向物资站走去。两人丧气极了，碰见熟人低着头，遇到老师闭上眼，佝偻着身躯，一直背到晚上十点钟，才像死猪一样躺在了宿舍里。

## （五十一）

校团委书记乔杰把胡向华、高耀先、邹树森叫到办公室，郑重其事地说："刘斌成太不争气了！让人家人赃俱获，无可辩白。为了维护红一总部的声誉，你们另选一个司令员吧。"胡向华气愤地说："这小子头上害疮，脚底流脓，坏透了！应该把他从红一总部开除出去，咱不能跟上他一块儿臭。至于新的司令人选，我看耀先和树森都能担任。"乔杰思索了一阵，说："我看司令就让向华担任吧，向华的写作能力要好些。"高耀先和邹树森表示赞成。

在乔杰的策划下，红一总部将数学老师周正林，历史老师黄志晖又抓了起来，走街串巷地游斗。周、黄二人头上各戴着二尺多高的纸帽子。周正林的纸帽上画着一棵牛头，写着"牛鬼"二字。黄志晖的纸帽上画着一条大蛇，写着"蛇神"二字。黄志晖敲着锣，周正林拍着镲，两人高喊："我们是牛鬼蛇神。"喊着喊着，黄志晖手舞足蹈，高兴起来了，"咣咣"地敲着锣，左顾右盼地笑看围观的人，好像正月十五闹红火，惹得人们一阵又一阵哄笑。乔杰瞅着黄志晖嬉皮笑脸的样子，气极了！他一把拉过邹树森，严厉地说："你们怎能让黑帮扭秧歌？赶快改变批斗方式！"邹树森连忙跑过去和胡向华商量，胡向华随即命令游行队伍停了下来，派几个红卫兵将周、黄二人反剪双手，九十度弯腰，交代问题。黄志晖说："我交代一年多了，现在肚子里空空的，实在没货了。"周正林说："我是老运动员，懂规矩！有问题还能不交代？"乔杰气急败坏，对着周、黄大声呵斥："你们敢说所有的问题都交代了？要是揭发出新的问题怎么办？"黄志晖扭头看了一眼乔杰，突然表现出大梦初醒的样子，一脸虔诚地说："啊呀！你看我这记性，真是还有没交代的问题。"胡向华赶忙问："什么问题？快说！"黄志晖不紧不慢地说："过去，我每次上厕所都坚持在一个地方尿尿，想把墙冲塌！这是典型的破坏行为，罪该万死！"周围的群众大笑起来。乔杰觉得受了愚弄，恼羞成怒，给胡向华直努嘴。胡向华会意，拉了一把高耀先和邹树森，三人一齐上前，将黄志晖摁倒在地，拳打脚踢，疼得黄志晖"嗥，嗥"直叫，大声说："乔杰，不要打了，我再给你交代一个问题，是实质性的！"乔杰骂道："放屁！狗嘴里吐不出象牙，谁还相信你？"高耀先三人挥拳踢脚，打得累了，抬头看着乔杰，乔杰发话："押回校园，明天批斗。"众人哂笑着散去。

乔杰正准备继续批斗周正林和黄志晖，旗革委会派工作组进驻了新召公社和鄂左旗第二中学。工作组经过一个星期的调查考核，认为乔杰所依靠的红一总部和旗"红五星造反总部"关系密切。而红五星造反总部是一个曾拉上几汽车石头、瓦块，打遍城乡，造成流血事件的组织。所以，乔杰极力推荐的胡向华等人不能在校领导班子中结合。工作组将情况上报旗革委员会，最后批准成立了鄂左旗二中革命革委会，主任委员是原鄂左旗文化局副局长刘云昌，副主任委员是乔杰、张树海。公社革委会主任是赵九日，副主任是阿迪亚、任长山。李刚和王长恒都调回旗里待分配。乔杰视张树海为眼中钉，但无可奈何。

冬天，鄂左旗又开始清理阶级队伍。乔杰数次在会上提出周正林和黄志晖的问题，最后征得刘云昌同意，决定将周、黄二人遣返原籍。

乔杰派胡向华去通知周、黄二人。胡向华心想：那两个家伙，嘴就像刀子一样，一个学生儿子哪能对付得了！不行，找上高耀先和邹树森一块儿去，人多势大，好说话。这时高、邹二人正闲得没事做，欣然同意。三人先去了周正林家。周正林老婆蹲在地上削土豆，见这三个人忽然造访，很惊恐，问："有什么事吗？"胡向华说："我们找周老师。"话音未落，周正林走出里屋，看了看三人，说："你们坐吧。"胡向华说："不坐了，来给你通知一件事。"周正林警觉得问："什么事？""嗨！我们也是奉命通知。校革委会决定在大后天，用两辆'55'型拖拉机，把你和黄志晖老师遣回原籍，让你们准备一下，把家当都带上。"周正林木然地站在当地，半天不说话。周正林老婆哭了起来："这数九寒天，坐在破拖拉机上，怎么受得了？我的两个娃娃，最大的才五岁，冻坏怎么办？要是想要我们的命，就地枪毙算了！何必这么折腾！"这时，站在地角的两个娃娃也跟着哭起来。周正林叹了口气说："你们回去告诉乔杰，做事留点儿余地，不能赶尽杀绝！"一边说，一边将手中的一本书重重地摔在了地上。胡向华三人惶恐，说："这是校革委会的决定，与我们不相干。"一边说，一边掉头出了屋。走在当院，高耀先说："我不想去黄志晖家了，我不爱听哭叫。"邹树森说："我也不去了。"胡向华哀求道："你们怎能这样说话？你们不去，我一个人敢去吗？求你们了，陪我吧！"高、邹二人十分为难地站在原地，胡向华上前两手拉着两人，来到黄志晖家，推门进去。黄志晖正给八岁的儿子辅导课程，见进来这三个人，一阵惊异，说："你们肯定有事，而且对我很不利，照直说，看我能不能承受得起。"胡向华嗫嚅道："黄老师，我们只是传话筒，与我们无关。""哼！知道与你们无关，与乔杰有关。说吧，就是要枪毙，也短不下宣布。"黄志晖有被押赴刑场的表情。胡向华磨蹭了好一阵，才吞吞吐吐地把乔杰的意思表达出来。黄志晖面若冰霜，一语不发。黄志晖老婆怒不可遏，大骂："乔杰，人面兽心的狼！我们和你究竟有什么冤仇，要下这个毒手？"黄志晖摆了摆手，对老婆说："你骂也没用，乔杰是用特殊材料制成的，心如铁石，不会同情任何人！"停了一会儿又说："你们三个还是娃娃，涉世太浅，一直被人当枪使，还以为在革命！天下哪有这种革命？暗室亏心，神目如电，乔杰迟早要遭报应！"胡向华三人被黄志晖的话刺激了，又发现黄志晖儿子一双仇恨的眼睛，正直勾勾地盯着他们，就待不下去了，扭头出屋，慌慌离去。

  乔杰听了胡向华三人的诉说，脸色铁青，说："你们年幼无知！对这种人千万不敢手软。他们对革命群众早已恨到了骨髓，一旦让他们翻过身来，还有咱们的活路？阶级斗争是残酷的，一定要把他们从新召清除出去，除恶务尽。"胡向华三人好像又"醒悟"了过来。

  第四天早晨八点钟，恰逢冬至节令，北风呼号，刺骨严寒。乔杰指派十多个红卫兵和四个工勤人员，帮着周正林和黄志晖，把行李、家什分别搬在了两辆拖拉机上。孩子们都用棉被裹着，大人都戴着棉帽和口罩，窝曲在驾驶室里。学校有十几个老师和学生前来送行，乔杰和胡向华他们谁也没来。张树海跑到两位老师面前，痴痴地呆看着。拖拉机开动了，他挥了挥手，发现周老师哭了。黄老师背过了身子，看不清脸面。

## （五十二）

  树海虽然是校革委会的副主任，但毕竟是个学生，谁也没把他当一回事儿，是聋子的耳朵——摆设！他闲着无事，就在校园里溜达，不觉来到教工家属院。忽然听到有人呼唤自己的名字，驻足张望，噢！是班主任夏志义老师，恓惶地站在门口，望着自己。好长时间不去夏老师家了，又有事？他转身来到夏老师家。坐定后，夏志义慌慌张张地说："树海！你要救救我！""救救你？谁又要害你？""是乔杰要害我！有人偷偷告诉我，乔杰给我整了材料，让刘云昌签了字，递到公社革委会，只等遣送周正林和黄志晖的拖拉机一回来，就把我也送回原籍。我家在河北唐山，路途遥远，三个孩子都小，这数九寒天的，不是要人命吗？"树海说："我虽是个副主任，但只是个点缀，什么事儿也管不了，说话没人听！这不，连遣送你的事我都不知道，我有什么办法？"夏志义说："这我知道。但我仔细想过了，你爹是全旗出名的老支书，让他去公社革委会求一下赵九日，或许管用。"夏志义说着话，泪水就顺着脸颊往下淌。树海也流开了眼泪，说："试试吧，我现在就去找我爹，让他去公社保你。"夏志义老婆站在一旁，两眼噙泪，哽咽着说："我们没招惹乔杰，他怎老要往死里整人？"树海说："不说他了！我找我爹去。"夏志义说："那你快去吧。"

　　树海来到大队，见办公室只有刘宝维一人，问："我爹哪去了？""你爹今天没来，可能在家里。"树海关上门，急急忙忙往家走。到了家，见爹正在编柳筐，就抢先说："爹，我有急事给你说，你要帮忙。""什么事？""我的班主任夏志义你认识吧！""认识，那是个好老师，他怎么了？""唉！学校的乔杰不知因为甚，一直揪住他不放，往死里整！现在又给公社革委会递了材料，要把他遣送回老家。他有三个娃娃，最大的也不够上学年龄。天寒地冻，几千里路程，不等遣送回去就冻死了，你要帮助救他们。"张开关说："我是个小支书，八竿子也探不到教育上，怎么救他？""嗨！你是模范支书，去公社革委会找一下赵主任，说明情况，让他不要签字批准，乔杰不就干瞪眼了？"张开关想了一阵，说："夏志义是你的老师，我应该替他说话，就不知顶事不？""顶事不顶事，你试一试。""行，吃完饭咱们就走！"树海娘走了过来，说："怎么又要走？"树海说："妈，我们有要紧的事儿，你快点做饭。"树云凑了过来，说："哥，乔杰那天来我们初一班上，看见我就瞪眼，原来是和你有仇？"树海说："你别理他，他看谁都不顺眼。"

　　午饭后，张开关和儿子来到赵九日办公室。赵九日说："嗬！张支书，我调来新召，你这是第一次登门。"张开关不好意思地说："你们当领导的忙，我怕打扰你。""那今天就不怕打扰了？""嗨！今天有事，求您解决。""什么事？""是关于二中夏志义老师的事，这人你不知道？""知道，以前的模范教师，连评两年的全旗五好职工，我在旗宣传部工作时就认识，怎现在有了这么多问题？""什么问题？无中生有，胡编乱造，往死里整人么！我儿子就是他班上的学生，还挂名是校革委会副主任呢！你问他。"赵九日看了看树海，说："你是校革委会副主任，没参加夏志义问题的讨论会？"树海说："乔杰不会让我知道。材料是他私自整出来，让刚上任的主任签了个字，就给你们报上来了。"赵九日沉思了一会儿说："这怎么行？简直是偷偷摸摸地整人！好好的一个模范教师，突然就生出一堆问题，我还奇怪呢！好了，我不同意遣返夏志义。"张开关望着赵九日，说："赵书记，你保护了好人。"树海激动地站起来，给赵九日鞠了一躬，赵九日说："不用感谢我！当官不为民做主，不如回家卖红薯。看见好人挨整不去制止，那还叫个共产党的干部吗？"张开关握着赵九日的手，说："赵书记，我就这件事，你已经给解决了，不打扰了，我回大队去。"

树海很快就把信息传递给夏志义，夏志义悬着的心总算放了下来。

遣送周正林和黄志晖的拖拉机已经回来好几天了。乔杰天天盼着遣送夏志义的批文下来，可是一点动静也没有，他耐不住了，亲自和公社秘书小王探听消息，小王说："赵书记不同意！说等以后有了时间，公社派人重新落实了，再上会研究。"乔杰觉得当头又挨了一棒，呆滞了一阵，闷不愣腾地回到学校。

## （五十三）

乔杰想：夏志义出身地主，迫害贫下中农子弟，怎么能继续留在教师队伍？不行！这人留在二中，迟早是自己的祸害。他邀文教干事李庆文吃饭。酒酣耳热时，试着问："夏志义的材料，你看过没有？"李庆文说："看过，不就是大字报上说的那些吗？""那为什么不批准遣返他？""赵书记不同意嘛！""赵书记刚到任，又不熟悉他。""是张开关找了赵书记，把事给打散了。""噢！原来是这样。"

乔杰恨透了张开关。这个老圪泡，老在背后伸黑手。批判王素芝，他不满意，就支持儿子搞了个控诉会，还安排了六十多个农民打手，威胁红一总队红卫兵。这次，又狗咬耗子多管闲事，搅和二中的事！这人不下台，也是一大害。怎么除掉他呢？乔杰束手无策。

那天下午，乔杰去供销社买烟，在半路上碰见李怀则，突然来了灵感：这不是李双喜的侄儿吗？被张开关弄得坐了两年禁闭。张开关修水利，还砸死人家叔伯兄弟李禄则。哼！张开关你不要能！造下这么多孽，就没责任？想到这里，乔杰凑过去就和李怀则搭上了话："怀则，生活过得还好？""好什么？讨吃子打仗，灰阵！""你以前好么！现在怎息捻了？""你佯问个啥？张开关和杜开富害得我坐了两年禁闭，一步落下，十步难赶！""张开关现在对你怎样？""怎样？迎面碰上不说话。""噢！要是这样的话，只要张开关在台上，你就翻不了身。""他也不要太狂了，没我大爹李双喜拉扯，他还不是个种地、打铁的！""我看你们弟兄不是没有人材，像寿荣，有魄力，有文化，还当过借调干部，哪点儿不比张开关强！你们缺陷就是没有团结起来，也有点儿太善。""唉，不善能怎地？人家是公社的红人，谁能动得了？""怀则，这你就错了！你想想，这次运动中，有多少唱红的领导被拉下了马？关键是看你能不能抓住他做的灰事！""噢！要说张开关没做灰事，鬼也不信！

他仗着自己是支书,拿公款海吃愣喝,和萨仁花鬼混,群众早有议论。""还有一条,他把大侄媳妇陈改兰提成大队妇女主任,经常在大队开完会,半夜三更相跟上回家,是个烧侄儿媳妇的'炒面食'。""啊呀!这咱没逮住,没看见,不敢胡说。""唉,你想象嘛,分析嘛!保证有问题。"李怀则仰起头想了一会儿说:"张开关是个走资派,我回去就给他写大字报。"乔杰赞许地点了点头。

李怀则当天就找到李寿荣,说:"大哥,你来榆树沟也好几年了,当不上国家干部,难道连大队干部也不能当?"李寿荣说:"现在是张开关的天下,咱怎能掺和进去?""你不能这么认为!大爹是全旗第一个农民共产党员,是新召的第一任支书,是张开关的老领导!你是大爹的亲侄儿,有文化,有能力,也是共产党员,怎么就不能当?""大队领导班子的位子占得满满的,挤不进去。""挤不进去,就把他赶出去!""怎么赶?"李怀则一本正经地把乔杰给他策划的方法,细细地说了一遍,李寿荣越听越觉得有道理,心想:这几年来到榆树沟,除了娶兄弟媳妇外,一事无成!大队那几个领导,哪点儿比咱强?张开关也太目中无人了!怀则说得对,得给他点颜色看看,李双喜虽然死了,但他的后人们还在!想到这里,他深沉地说:"怀则,光咱俩有这想法不行,你得多联合点人,把咱榆树沟的人都动员起来,给张开关送个大字报,看他怎么招架?"李怀则一拍大腿,信心十足地说:"好,我这就去串联。"

没过三四天,李怀则和李寿荣就联合起三十多号人,多数是李家族内的人以及他们的亲戚。经过商讨,由李寿荣执笔,写成了一篇"请看腐化堕落分子张开关"的大字报。然后一群人相跟上来到公社大门口。

乔杰天天盼着榆树沟的人给张开关送大字报,今天终于看到了。他立即召集胡向华、高耀先、邹树森领着二十多个红卫兵前去声援。胡向华一伙来到李寿荣面前,说:"你们怎么不贴大字报?"李寿荣说:"没有糨糊。"高耀先把手里的糨糊桶抖了一下,说:"这里有半桶呢,我们给你贴。"说着,就从李寿荣手里接过大字报,和邹树森一伙开始张贴。不多时,就围过来一大群人来观看。有的人说:"张开关这么能浪费?还给过萨仁花钱!"还有的人说:"不但是个吃喝鬼,还是个烧巴头。"张树林在邮电所当邮递员,听到榆树沟的人贴了大字报,也跑出来观看,发现为首的是李寿荣。他凑到大字报旁,不看则已,一看怒气冲天,回头一把揪住李寿荣的衣领,大骂道:"你个烧兄弟媳妇的杂子则,自个儿是个毛驴,还有屄眉脸血口喷人?"两人正准备厮打时,树林左脸上突然被人打了一拳,树林向后一仰,见是高耀先看着他,还想挥拳。树林是什么人?是韩维章的勤务兵!韩维章教了他多少打架的套路，谁也不知道！可今天，人们要开眼了。高耀先攥紧拳头，猛地向树林脑瓜砸来，树林急速低头，扑向高耀先，高耀先拳头没砸着树林的脑瓜，却将半个胳膊担在了树林头顶上，差点没把胳膊闪断，正在疼痛时，树林早已攥紧拳头，用尽平生之力，向上击中了高耀先的下巴，高耀先脑袋"嗡"的一声，两眼发黑，仰面倒地，昏死过去了！李怀则看不忿，伸出右手抓住了树林领口，准备拖倒树林，哪知树林来了个左转弯，将其右胳膊反背在了自己左肩，双手抱住李怀则的小手臂，猛力向下一扳，只听得"嘎嘣"一声响，李怀则的肘关节脱落，疼得大叫一声，不会动弹了。这时，胡向华从背后拦腰搂住了树林，企图将他摔倒，哪知树林猛地将后脑勺向后一磕，不偏不倚地捣在了胡向华的脸面上，胡向华顿时血流满面，松开双手，蹲出圈外。突然，邹树森搂住了树林后腰，树林仍然用后脑勺磕他的脸面，但邹树森吸取了胡向华的教训，将脑袋偏在了一边。树林见未磕着，并不慌张。低头瞅准了邹树森的脚梁面，抬起右脚，狠劲踏将下去。只听见邹树森一声惨叫，已挪动不了脚步，倒在了地上。李福则见有两个人在树林身后吃了亏，就迎面来搂树林，树林迅速伸起双臂，让其搂紧，然后左手扳住其后脑袋，右手托住其下巴，用劲来了个逆时针旋转，李福则"嗥"地吼了一声，脑袋向左翻转，跌倒在地。李寿荣不服，伸手拽起了树林的裤腰带，树林伸出右手的中指，看准了李寿荣的咽喉，"嗖"地戳将过去。李寿荣的舌头伸出二寸多长，生眼泪直淌，圪蹴在了地上，差点咽了气。李雄则见自家人近战都吃了亏，就跑出去找了一根胳膊粗的长棒子，返身照着树林劈头打来。说时迟，那时快，只见树林一个箭步飞了过去，伸手就将木棒夺在自己手里，然后照着李雄则的胸脯戳了一棍，李雄则应声倒地。有人还准备上前相搏，发现树林身后挤过来张树海、张二树、张树云弟兄三人，横眉瞪眼，准备拼命。又听人群外一声大喝："给老子不想活的请过来。"众人扭头，见张开关领着杜开富、刘宝维以及神树湾的三个农民，每人手提一根洋镐把，气势汹汹地走了过来。乔杰领来的红卫兵，吓得如鸟兽散。榆树沟的农民，这时已把张树林当成了韩维章，哪里还敢向前，纷纷溜走。树林瞅了一下，只有乔杰还站在不远处观望，就向他招了招手，乔杰立刻转身离去，再没回头。树林回头对树海等人说："你们让三爹他们回去吧，咱们几个到邮电所坐一会儿。"树海走到爹的面前，说："没事了，你们回去吧。"张开关说："你们注意点儿，小心他们报复。"树海说："知道了。"张开关一行向大队走去，树海回过头，见二树将墙上的大字报，一边撕，一边用铁锹铲，弄了个干净。然后，弟兄几人来到邮电所。坐定后，树海说："大哥，你哪来的那身武艺。"树林说："嗨！若要会，跟上师傅睡。我是韩维章的贴身勤务，闲着的时候，他就教我和秦二海擒拿的招数，说一旦遇上了歹人，也好做他的帮手。谁知道今天才用上。"树云羡慕地问："大哥，你那叫什么路数？"树林笑了笑，说："打高耀先用的是冲天虎，打李怀则用的是二郎反背手，打胡向华用的是脑后扎金瓜，打邹树森用的是烈马踏莲藕，打李福则用的是力士搬羊头。打李雄则用的是劈面夺金棍，还有老牛舔鼻，二龙戏珠，掏心打阴，双肘断肋，扫地倒柱，可多呢！今天没用上。噢，打李寿荣用的是一指送终。"树云说："我不想念书了，和大哥学武艺吧。"树林笑道："痴兄弟，大哥只念了两年冬书，再没进学校，那是咱穷得念不起书。你这么好的条件，还能不上学。你们比大哥前途大着呢！大哥以后还等着沾你们的光呢！"弟兄几人正说笑着，门外走进一个人来，大声说："树林，我来迟了，你们没吃亏吧？"大家抬头一看，是秦二海来了，就都站起来让座。树林说："二哥，那些孙子不经打，连我一个人都敌不过。"秦二海笑道："我听说武斗，就忙着往过赶，没想到那些人已被你打跑了。以后有什么事，早点通知我。"二树、树海、树云羡慕地听着俩人对话。

　　张树林几个人离开闹事现场后，乔杰派红卫兵将倒在地上的人抬在了公社医院。高耀先"死"过去四十多分钟，才睁开了眼睛。李怀则是肘关节脱臼，被两个男医生生拉硬扯地对上了缝，疼得直号叫。他起先哀告过："打点麻药吧。"王素芝说："不用，你年轻，耐拉扯。"邹树森的脚梁骨已被踏断，但医生说，躺在床上一百天就能痊愈。李福则扭歪了脖，脑袋差点朝后背掉了过去，疼得直"哼哼"，但医生说不用治，半个月就能复原。胡向华碰破鼻和嘴，流了够二斤血，脸肿成个明葫芦，医生也说不用治，过个十天半个月就恢复了。李寿荣咽喉疼痛，出气"嗝儿，嗝儿"地，医生说，只要现在还没咽气，过一两天就能好。李雄则手捂着胸脯，疼得抽眉皱鼻，医生解开衣衫看了看，说没事的，回家躺着吧。总之，都不用花钱，自个儿保养就行了。乔杰看着这群医生，气得直叫喊："你们给用些药嘛！花下钱让张树林出！"医院烧锅炉的李二奴说："你别叫喊了，张树林是韩维章的徒弟，不会尿你那个瓜壳子，你把他惹恼了，他叫上秦二海，会把你们的胳膊腿都卸下来的。"乔杰喉咙里"咕噜，咕噜"地响了两声，好像上下气有些儿阻碍，不顺畅，噎得说不出话来。

　　半个月过去了，李怀则用麻绳子吊着胳膊，和李福则、李寿荣相跟上来到二中，乔杰把他们领到办公室，说："事情不能就这么算了，你回去组织上些社员，我再给你们派点红卫兵，到公社大院里静坐，坚决要求张开关滚下台。"李寿荣说："我们来就是和你商量这事，咱不能白挨打！"乔杰说："好，明天上午十点钟，准时到公社静坐。"

第二天上午十点多钟，李寿荣等二十多名农民和二十多个原红一总部的红卫兵，来到公社院内，高呼口号："打倒张开关"，"张开关必须下台"，"张开关是韩维章的孝子贤孙"。赵九日和阿迪亚都出来接见他们，说公社会正确处理张开关的问题，要大家先回去。李福则站起来大声说："你们不处理张开关，我们决不回家。"其他人一齐高呼："打倒张开关——张开关不投降就叫他灭亡！"就这样，一直闹到下午四点多钟，赵九日感到继续僵持下去不太好，就对阿迪亚说："是不是可以让张开关停职检查一段时间，由杜开富主持工作，把李寿荣任命为大队副主任，平衡一下各派情绪？"阿迪亚说："这个办法比较好，但需要和张开关通一下风。"赵九日说："你去和张开关说一下吧，告知他，停职这段时间，就去苏会沟维修水道，不用去生产队劳动，工分和分红由全大队担负。"阿迪亚同意。

阿迪亚来到新召大队，说明了公社领导的意图，张开关说："我当大队干部二十多年了，受了多少冤枉和罪，阿主任能不知道？我早就不想干了。不然，他们还以为我占着这个位子，占了多少便宜！"阿迪亚说："只是让你停职检查，没说撤你的职，不要误会。"张开关说："我知道。"

阿迪亚向赵九日说了张开关的态度，赵九日说："好了，现在由你给群众宣布公社革委会的决定吧。"

阿迪亚来到院子里，面对造反的群众，宣布了公社的决定。李福则说："我们要求是撤张开关的职，怎么是停职？"阿迪亚说："现在还有好多事落实不下来，只能停职。"李怀则说："那以后要是落实了，就撤他的职。"阿迪亚说："如果事实证明他真的不配当支书，组织上当然不会再用他。"众人交头接耳地议论了一阵，李寿荣觉得再闹下去没什么结果了，就表态说："我同意公社领导的决定。"众人无话。阿迪亚转身回到办公室，闹事的人起身散去。

## （五十四）

自张开关下台后，乔杰感到十分地舒心。闲来无事，就想着男女之事。他开始讨厌自己的老婆了！觉得她越来越难看。虽然个头挺高，可是腰变得和臀部一样粗，走起路来两腿八叉能钻过人。头发枯黄，一堆秋草。脸皮粗糙干裂，皱得掉皮。一对高耸的大奶子也瞎啦，吊得老长，向后能搭在肩上。说话粗俗，娃娃一哭叫，就骂"给你爹号丧了？"你看人家王维德老婆，个头虽然不是太高，可身材苗条，标准的杨柳细腰！走起路来，袅袅娜娜，就像戏台上的旦角儿。一头乌黑的短发，随风摆动，像《柳堡的故事》中的二妹子。眼角虽然有几道鱼尾纹，但看人的眼神儿勾魂儿！脸皮白白净净，快四十的人了，看上去顶多三十出头。真奇怪，王维德比老婆大十几岁，是个秃瓢儿，满脸皱纹，老得粪都夹不住了，可这老婆竟然和他同床共枕了十几年，到现在还亲热！唉，古语说得对：骏马常驮痴汉走，美妻总伴拙夫眠！

乔杰打听到王维德老婆高小毕业，读报也没问题。就想给她写一封缠绵点儿的信发泄一下，可又觉不妥！以前暗恋兰丽芳时，就像鬼催上，一连写了十四封信，全让党支部知道了！这个教训要吸取，死求一计那还行？

早晨，乔杰六点钟就在家属院转悠，在王维德家门口来回过了三趟，正遐想着，王维德家门开了，那女人头发蓬松，脸皮松弛，懒洋洋地端着个尿盆子走出来了。啊！一个尿老汉，能把个年轻女人糟蹋成这个样子？不可能吧！大概是这女人缝补衣服熬了夜，累的。王维德老婆倒完尿，将尿盆子放在南墙根准备往回走。乔杰从旁边走了过来，搭讪道："嫂子，你倒尿盆？"王维德老婆"哧"的一声笑了起来，说："这你也爱看？"乔杰脸红，说："嫂子真勤快。"这老婆还想说话，只听门"吱"地响了一下，王维德披衣走出屋来，乔杰装作锻炼身体，快步向西跑去。

中午快下班时，乔杰心慌意乱，老想着王维德老婆。椅子上坐不住，就站了起来。可站起来，又想着外边。于是走出办公室，来到家属院。王维德老婆提着一箩筐小白菜，正往家中走。这女人今天更漂亮了！穿一件红色的薄衬衫，双乳也突了出来。乔杰忙走过去，说："嫂子，你挽小白菜啦？"王维德老婆一笑俩酒窝，说："嫂做甚也瞒不过你！"乔杰调侃："我没见的事多着哩！"王维德老婆回侃："那有什么好看的？"乔杰说："嫂子好看的地方多着哩！"王维德老婆斜了他一眼，说："没有你老婆好看！"乔杰还想贫嘴，见王维德背操着双手，从房后走了过来，乔杰装作散步，径直向前走去。

晚上十一点多，乔杰已经脱下衣服睡了一阵了，可是王维德老婆的那一面笑，圪搅得他怎么也睡不着，没办法，就穿衣下炕。老婆奇怪地问："睡下了，又起来干什么？""我出去查查校园。""一个烂副主任，负的责倒不小，快点儿回来。"乔杰走出屋子。月亮还未升起，院里漆黑。乔杰蹑手蹑脚来到王维德家后窗户下，踮起脚尖儿，从玻璃窗往里眈：黑不隆洞，连个鬼影儿也看不见。他贴耳静听，里边传来窸窸窣窣的动作声，乔杰一阵兴奋，两手抓着窗台，又往近靠了一下，屏住呼吸，听得更清楚了。一会儿是王维德的声音，一会儿是女人的声音，一会儿两种声音混杂着，足足响动了六七分钟。

乔杰两手发疼，两臂发困，两脚发麻。不小心手一松，脚一软，"扑通"一声朝后倒下，跌了个肚皮朝天，后脑勺碰起个大疙蛋。他一骨碌爬了起来。突然，后窗打开了，王维德喝道："什么人？老子一锤子就把你敲死了！"乔杰拔腿就跑，一直跑在校园后面的一堵破墙下，蹲了十几分钟，确信四周没一点儿动静了，才鬼鬼祟祟地回到家里。

经过这次惊吓，乔杰的欲火熄了好长时间。他提心吊胆，怕王维德领上乔铁虎寻踪。那样的话，人就丢大了！还好，王维德护着各方的脸面，一声未吭，事情过去了。

大约过了半个多月，主管文教的阿迪亚来到二中，和校革委会商量调一个老师去柳塔小学当校长，因为原校长王文义调回固阳了。乔杰就说："调王维德去吧，他在合同庙小学就当过校长。"阿迪亚说："你说的是后勤主任王维德？""是的，他走了以后，让副主任韩学良当主任就是了。""那刘主任的意见呢？"刘云昌说："他们的情况我不太熟悉，你们认为合适的话，我同意。"阿迪亚说："那我们就和教育局打个招呼，分别下文了。"乔、刘点头。

很快，旗教育局就下了文，调王维德去柳塔小学当校长去了。

乔杰的心又动弹起来了。王维德一个星期也回不了一趟家，这么大的空子不钻，岂不成了痴汉？那天晚上十点多钟，乔杰来到了王维德家。王维德住的屋一进两开，中间是厨房，左右两面是卧室。三个娃娃早已在东屋睡了觉，王维德老婆一个人在灯下纳鞋底，见乔杰进门，显得慌乱，说："乔主任，你坐下，我给你倒水。"乔杰说："不用了，我坐会儿就走。"王维德老婆下了炕，定了定神，笑问："你是大主任，还有闲工夫串门儿？"乔杰笑答："再忙，我也想来嫂子这儿坐坐。""你一口一个嫂子地叫，就不能叫我名字？""你叫什么？""我叫李香兰。""噢，香兰嫂子，名字好听。""说了不要叫嫂子，又忘了？""对，对！香兰，你真好。""好什么？""你浑身都好。"李香兰低头无语，坐在了炕沿。乔杰慢慢凑了过去，将一只手托在了李香兰的大腿上，李香兰仍然无语。乔杰将头靠在了李香兰的脸上，李香兰呼吸急促。乔杰见火候已到，就将另一只手摸向了李香兰的胸脯，李香兰就势倒在了乔杰怀里。俩人紧紧地拥抱，热吻。稍许，乔杰拉灭了灯，两人解衣宽带，睡在了一起。

乔杰像染上了大烟瘾，三天两头往王维德家里跑。次数多了，岂能不被人发现？语文教师韩来运爱玩牌，带点儿赌注更来劲儿。那天晚上，他和几个牌友一直玩到早晨五点钟，才散了摊子往家走。突然，看见王维德家走出一个大男人！怎么，王维德回来啦？不像！王维德个子没那么高，也没那么胖，更没那么多头发，这是谁？仔细辨认：呀，是乔杰！是耀武扬威的乔主任！把人家男人鼓捣在柳塔，偷占人家女人！你这把柄总算攥到"大爷"的手上了！喊一声，吓一吓？不能，他已经跑出来了，还能给你承认？倒咬一口更不得了！捉贼要赃，捉奸要双，必须整他个无话可说。

　　下午上班以后，韩来运约了物理教师雷志先，数学教师于时进到自己家中喝茶。三人坐定以后，于时进问："老韩，最近输赢怎样？"韩来运笑道："你不要嘲笑我玩牌。因为爱玩，才发现了一个大秘密。"雷志先问："什么大秘密？说给老哥听听。"韩来运说："我给你俩说了，是想听听你们的看法。"于时进说："说吧，咱三人的关系，不说是铁壳，也算是把子，放心说吧。"韩来运呷了一口茶，就把自己早晨见到的事说了一遍。刚说完，雷志先就抢先说："我说呢，前些时候我瞭见他老在老王家门口转，原来是个破坏别人家庭的淫棍。"于时进说："按理说，这事不该咱们管。谁弄谁受瘾，哪怕他磨断脊梁筋！可是，乔杰这小子实在太坏了。那天我上课迟进教室两分钟，他当着学生的面骂我'走步也不是个撑狼的狗'，学生哄笑，他眍着眼看我。真气人。"雷志先说："这小子前一个月，派人去我的老家搞外调，怀疑我家是富农。"韩来运说："我玩点小牌，他就威胁着要把我调出去，还说要报告给群专指挥部。"雷志先说："对这个人可要小心，你看他把周正林、黄志晖给整成甚样子，往死里逼！"于时进说："他存在一天，别人就危险一天。他一幸福，别人就痛苦。这种人，不收拾他还等甚？我看这样吧，韩老师这两天就不要玩了，晚上咱们一块儿监视乔杰的举动。一旦他进了王维德家，等他脱衣睡下后，咱们用大铁锁将门给锁定。然后让张树海叫些红卫兵，我再招呼些工勤人员，将这孙子包围起来，看他再逞凶！"韩来运和雷志先拍手称妙。

　　当天晚上，乔杰没有行动。第二天晚上十一点多，韩来运透过自家玻璃窗，发现有一人轻手轻脚地从东往西走去了。仔细看，正是乔杰。韩来运轻轻拉开自家窗户，伸出头观看：乔杰进了王维德家。韩来运走出去，来到王维德家门口，贴近门缝静听：乔杰正和李香兰悄悄说话。李香兰说："你怎么才来？"乔杰说："来早了，怕人看见。"然后俩人好像进了卧室。韩来运轻轻挪动脚步，去找于时进和雷志先。

　　三人一碰头，雷志先说："老韩，你一会儿去把门给锁住，我和老于去找些人来，轮流站岗。"韩来运从兜里掏出一把铁锁，说："那你们组织人马，我去锁门。"韩来运来到王维德家门口，小心翼翼地将门锁好。又绕到房后，爬在窗户上听声，发现乔杰和李香兰睡在东屋，响动还不小。他放心了，乔杰就在屋里，没锁错。

于时进和雷志先组织了六个红卫兵,四个工勤人员,轮流看守着王维德家门口。天蒙蒙亮的时候,站岗的两个后勤人员发现屋里有人要出来。门被拽得"哗,哗"地响了一阵,然后就静了下来。等了一阵,天已大亮,于时进领着红卫兵和另外的几个人,来到了门前。外边的人不肯散去,屋里的人无法出门。韩来运走到门口,掏出钥匙,打开门锁,向屋里喊话:"乔副主任,你辛苦了,出来接见一下革命师生吧。"乔杰不答话,僵持了好一阵,眼看太阳要露头了,还无计可施!只好从屋里低头弓身走出。人们一阵唾骂,乔杰狼狈而去。

上午十点多钟,校革委会门口贴出了一张大字报:请看乔杰。文中不但提出了乔杰乱搞男女关系的事,而且历数其整人害人的多桩事实,笔锋犀利,词句尖刻。令人捧腹的是,旁边还配有一首小诗:

乖戾的"登徒子"

像猴子一样好色,
目光四下寻觅。
垂涎"红粉嫩绿",
哪顾得上道德伦理。

像山羊一样风骚,
燥热得颤动躯体。
只要有异性回首,
立马变成撵圈的圪羝。

像狐狸一样狡猾,
遇事阴阳怪气。
碰见嘴衔"肥肉"的"乌鸦",
赶快引诱他"唱曲儿"。

有时又像疯了的猛犬,
见人就"狺狺"狂吠。
青红不顾地蹿将上去,
管他吕洞宾是谁!

围观大字报的人越来越多。乔杰也凑了过去，未等看完，就差点儿晕了过去。

当天晚上，夏志义备了一桌酒席，请了于时进、雷志先、韩来运、后勤上的几位工勤人员以及张树海、张二树等人。大家敞开来说话，相互敬酒。夏志义哭了一鼻子，说："我每天提心吊胆，怕乔杰给我背后捅刀子，现在终于把这个魔鬼制伏了！"于时进说："夏老师，不要哭了，今天咱高兴才对。来，大家都把酒斟满，干杯！"

不久，乔杰就被撤职了，调到红石头渠小学教算术。八年后，担任了合同庙公社秘书。在一次酒宴上他喝多了酒，哭得牛吼天地："臭知识分子陷害我，欺负我，呜，噢！"

# （五十五）

树海虽然是校革委会副主任，但一分钱不挣，是个挂空职的受罪官儿。他真佩服二树，不知道怎么搞得，竟然给公社食堂当上了管理员，每月能挣三十三块五。二树勤快，以前就常往公社跑，帮着喂马、锄草、动手扫院洗碗。也嘴甜，见了大小领导，不是称呼职务，就是"叔叔、婶婶"地叫个欢。相比之下，自己就像个呆鸟儿，瓷不楞腾的没个转驰。就这样下去，说不定一辈子唾牛屁股！张树海正烦闷的难受，公社秘书小王来到面前，说："旗里给新召大队安排来三十多名知识青年，总带队的人是原旗委宣传部长邬大全。他们已经开了一上午会，赵书记让我通知你下午上班后去见一下邬部长。"树海莫名其妙，问："找我有什么事？""不知道，你去就清楚了。"

下午上班后，树海来到邬人全的住所，一进门有些局促，怯生生地问："邬部长好！"邬大全打量了一下树海：中上等个儿，浓眉大眼，椭圆脸，肥耳朵，面相诚实，就有几分喜欢，笑着说："你就是张开关的儿子树海？"树海点头"嗯"了一声。邬部长说："你找个凳坐下，我和你商量个事儿。"树海坐在了墙角的凳子上，见邬部长约有四十岁，头发稀疏，脸色疲惫，说话和和气气。"树海，旗里有三十六名知青安排到你们大队插队落户，我是总带队。过去我在这里下过乡，认识你父亲。今天上午开会时，我提出要一名二中的毕业生，编在我们插队知青队伍里，给我当个副手。赵书记推荐了你，说你还是二中的校革委副主任。我觉得也合适,现在征求一下你的意见。"树海正愁没事干,听了邬部长的意思后,高兴地说:"我同意!邬部长以后有事,就尽管指派我,跑得慢了,你就批评。"邬大全满意地笑了,说:"要是这样的话,我先领你去和知青们见见面。"树海高兴地站了起来,随邬部长来到一间大客房里,和众知青见了面,互相做了介绍。邬部长特别强调了树海是新召插队知青的副领队,并宣布了知青的插队地点和人名单、负责人。

午饭后,神树湾、旧庙塔、榆树沟的生产队长分别赶着牛车来到公社,拉上知青们的行李物件,和知青们相跟上下到了队里。张树海和神树湾的知青在一起。

## (五十六)

知青们刚到生产队时,都是借住社员的空房。为了给知青盖房,树海跟着邬部长跑遍了所有生产队,买椽子,购石料,谈价格,一一落实。

邬大全为了避嫌,尽量在知青的费用开支里少出现烟酒吃喝类条据。香烟是协调关系的开门炮。老旱烟抽得多了,呛得人生眼泪直流。香烟就不同了,气味柔和,老乡们爱抽!就是十一二岁的娃娃递给一支烟,也能"呲儿,呲儿"地一会儿抽光!为此,邬大全就自己掏腰包,每天买两三包太阳烟,给社员们递。刚开始没感觉,可时间长了,谁有那么多钱?为了不得罪人,他就在众人面前忍着不抽烟。有时在人少的情况下,拿出香烟,自己先抽上几口,然后再递给帮忙办事的队长、社员。有一次,树海跟他去田毛则家,他抽出一支烟,田毛则以为是递给自己的,手抖动着,眼珠子往外跳。但是,老邬点燃后吻在了自己嘴里。田毛则只好拿起了自己的旱烟袋,装起一锅烟,可点燃后吸了没几口,老邬就把自己吸剩的多半截烟递过来。田毛则赶紧放下自己的旱烟袋,双手接住,贪婪地吸了起来,很惬意!不大工夫,俩人便顺利地把知青盖房的工资谈妥了。

深秋夜里,树海和邬大全来到牤牛河畔。刚下过雨,水流湍急,刺骨冰凉。不能脱鞋涉水,只好走生产队用木架子和柴草搭成的浮桥。树海不以为然,轻快地上了桥,如履平地。走了几步,不见邬大全跟上来。回头一看,他在浮桥的端头,摇摇晃晃,步子都迈不开。树海不觉失笑,返回身去,说:"邬部长,不要怕,我过来了。"邬大全忙拽住了树海的衣服,左右摇晃,打惊什怪地向前挪步。走了没十步,又喘着气叫喊:"树海,慢点!啊呀,稳一稳再走。"树海只好停下脚步，等他缓过劲儿来，再慢慢向前挪步。一条不到一百米的浮桥，足足走了半个多小时。到了对岸后，邬大全一屁股坐在沙滩上，感叹道："啊呀！我还是有自知之明，一来新召就选择了你这个帮手，要是我一个人，半夜三更的，哪能过得了这桥！"树海说："你是老干部，我是警卫员。"邬大全摸了一下树海的脑袋，说："像你爹，实在。"说完，俩人继续赶路。晚上十一点多钟，二人来到邬大全住所。邬大全说："树海，以后到了公社，你就和我住在一起。公社食堂的饭钱我给你处理。和我在一起的时候，大队给你记工分。"树海说："我爹告诉我了，邬部长是好干部。现在可能被人整，才给娃娃们当头头，说不定随时有人注意着你呢！吃饭钱我自己掏，不能给你添麻烦。我能跟着邬部长学本事，将来找个好工作，比什么都强。"邬大全睁大了眼睛，看了树海好一阵，说："你还不到二十岁，就这样懂事，是你爹教你的吧？算我好运气，身边有你跟着，既不孤单，又能办事。你说对了，我倒霉得很，本来家庭成分就高，运动中又被人泼了一身脏水，狼狈不堪！我今年三十五岁，人家都认为我四十多岁。头发掉上没个完，身体越来越差，就像有千万斤的重担压在身上，气都难喘！"说着话，两行泪珠就滚落下来。树海忙给了他一条毛巾。俩人又说了一会儿话，公社书记赵九日走了进来，关切地问："你们怎么这么晚才回来？还没吃饭吧？走，我让厨房准备了猪头肉、兔子肉，先喝几盅酒，然后吃猪骨头烩酸菜。烦心事谁没有？糊涂点儿就过去了，心往宽处想！"邬大全感激地说："赵书记，你了解我，同情我，谢谢你！"赵九日笑道："你本来叫邬全山，怎么想梁万道改成了邬大全？邬大全就是'无大权'，怪不得你走背运呢！"邬大全笑了起来，说："这名字又不是我起的！是旗委大院的一帮人图顺口，'大全，大全'地叫了几年，就干脆填表时，也写成了'大全'了。""那你还有大权吗？""嗨！要什么大权，能稳稳当当地为党工作，就心满意足了，别的什么都不图了。"两人一边说笑，一边起身来到餐厅，树海陪坐。邬大全和赵九日开始喝酒，不多时就来了兴致，互相敬酒、攀酒。树海不喝酒，吃了点儿凉菜，就吃饭去了。凌晨一点多钟，邬大全才和树海回屋休息，树海倒头便睡。一觉醒来，邬大全还枯坐在椅子上，唉声叹气地抽烟，屋内烟雾缭绕。树海不好意思劝他，又翻身睡去。

第二天早饭后，邬大全说："今天去柳塔队，听说那里有不少椽子，如果价钱不贵，就买下来给知情盖房子。"树海说："我去过柳塔，路熟。""那我们现在就走吧。"

两人路过考考赖沟时，又饥又渴，树海说："沟里面有个蜂场，养蜂人郭泰保为人热情好客，咱去买一碗蜂蜜水喝，也止饿。"邬大全说："太好了，现在就去。"走了不到五分钟，就看见蜜蜂飞来飞去，二十多箱蜜蜂映入眼帘。郭泰保正戴着面罩手套割蜜呢！见有人来，认出了树海，问："树海，这位领导是谁？"树海说："郭哥你忘了？这是以前在新召下过乡的邬部长，现在是知青总领队。"郭泰保以手加额，恍然大悟："噢！想起来了，是旗委宣传部的邬部长，还来过我们队。"一边说，一边忙伸出手和邬大全握手，邬大全笑着说："谢谢你还能记得我。"郭泰保说："快进屋，我给你们舀蜂蜜水去。"不一会儿，就从里屋端出两大碗蜂蜜水，树海和邬大全接过碗，一口气喝了个精光。郭泰保笑着说："看来你们真渴了，今天管你们喝饱，不要钱。"说着，又舀来两碗，二人又喝光。郭泰保又舀了两碗，两人再喝光。郭泰保还要去舀，俩人都摆手，邬大全说："喝饱了，从来没喝过这么痛快的蜜水！"郭泰保哈哈大笑，说："等你们返回来，我再招待你们。"邬大全从兜里掏出钱来，郭泰保忙推了回去，说："邬部长，稀罕你们来沟里一趟，还能收你的喝水钱？"于是邬大全将钱装回兜里。二人告辞出屋，不饥不渴，神清气爽，这才左顾右盼地欣赏起山沟里的风景来：沟的南北两面坡上，长满了灌木和野草，野菊花、牵牛花、苦菜花在阳光下竞相照映。不少的杨柳树，掺杂其间。野兔出没，山鸡、野鹊和各种鸟类上下穿梭。沟中间是一条小溪，溪两岸是庄稼，有玉米、莜麦、白菜等。沟北是一片果园，沟南有一大片紫花苜蓿和草木樨。蜂场在沟中间，一年能割好多蜜，是尔力湖沟生产队的支柱副业。邬大全感叹：这地方清静优美，益寿延年啊！

到了柳塔队，王文华支书亲自领着邬、张二人到两个生产队看了橡子，谈好了价格，完全解决了知青盖房所需的橡、檩。邬大全很高兴，一路谈笑风生，还唱了一曲《五哥放羊》。不是吹捧，老邬的嗓门儿足顶歌剧团的韩文成。

## （五十七）

邬大全来新召已经一个多月了，他把树海叫到跟前，说："我准备回家休整几天，有什么事，你给旗知青办打电话。"树海应承。邬大全提着包走下台阶，迎面碰见神树湾的李爱国："邬部长，反映给你一件事。神树湾的知青腌了六大瓮白菜，每条瓮里放了十碗盐。因为意见不统一，在吵吵嚷嚷中，还碰烂了一条新大瓮。"邬大全气得把提包摔在了地上，吃惊地说："腌菜放这么多盐，还能吃？骆驼也吃不成了！再买一千多斤菜，要花多少钱？"树海弯腰提起了地上的包，邬大全返身回到住所，坐在椅子上，掏出"绿叶"牌烟猛吸起来，手和嘴唇都在抖动。过了十多分钟，才慢慢缓过神，伸手提起桌上的包，气哼哼地说："不回家了。去神树湾，看这一千多斤菜还有救没有！"说完，就和树海向神树湾出发。过了牤牛河，有一人扛着铁锹迎面走来。树海喊："爹，爹！"原来是张开关，他认出了邬大全，急忙上前握手，问："你们这是忙着去哪儿？"邬大全叹了口气说："神树湾的知青昨天腌菜，每瓮放了十碗盐，还打烂一条大瓮。我现在去看看还有解救的办法没有？"张开关惊奇地说："放那么多盐？那就吃不成了！"说完又问："你说是昨天腌的菜？"邬大全一脸无奈地说："李爱国说是昨天腌的菜。""噢，还有办法！估计咸盐颗子还没化。赶快去知青点，把白菜上的咸盐抖下来，重新入瓮，估计没什么问题。""你说能行？""能行！我不去苏会沟了，和你们一起倒腾菜瓮。"邬大全好像遇到了救星，急忙说："张支书，那就麻烦你了。"张开关笑道："我早就停职了，正在做检查。"邬大全说："反正群众还认为你是支书。走吧，先把知青的冬储菜救过来再说。"三人说着话，向知青点走去。进了知青们的住所，发现只有肖晓一人留在家里做饭，其他人都跟大群劳动去了。邬大全问："你们是昨天腌的菜？""是的。""每瓮菜放了多少盐？""十碗。""放那么多盐人能吃？""高志远说盐少了菜要坏，犟着硬要放那么多，多数人又不懂，只有李德明反对，两人争吵中，把一条瓮没抓牢，打烂了。"张开关对树海说："你快去地里把青年们都叫回来，大家一起倒菜瓮。"说着，挽起袖子就进了厨房，伸手开始抖白菜，果然盐颗子还未化烂，扑拉拉地从白菜上掉了下来。张开关对肖晓说："你赶快准备几个大盆和案板，把抖净的菜放在上边。"三个人每人抖一瓮菜，不多时，手指头就被咸盐腐蚀得红肿起来。这时，树海和知青们都走进屋来，张开关说了一下抖菜的方法，众人就一齐动起手来。每条瓮里，都能抖下半尺深咸盐。张开关又指挥大家将咸盐挖了出来，然后将白菜重新入瓮，这才放下心来。张开关说："邬部长，你夫我家吃饭休息吧。"邬大全说："好吧，知青们下午还要劳动，我晚上给他们开会。"

　　邬大全问张开关："我把树海安排在知青点儿上，你没意见吧？"张开关急忙说："啊呀，邬部长，我感谢你还来不及呢，咋会有意见？树海是年轻人，让他和知青们一起生活，一起劳动，相互学习，经受锻炼，很有必要！特别是能直接得到邬部长的教育和指点，我醒着睡着都高兴哩！"邬大全笑了。

俩人一边拉话，一边走路，不觉来到张开关院子外边。邬大全不觉眼前一亮，只见房前屋后栽满了树，多数是北京杨，枝叶繁盛，笔管照直。间隙中还有些柳树、榆树，也都生机勃勃。张开关见邬大全稀奇，就说："房前屋后种些自留树是政策允许的。只不过是我种得树品种好，数量多。"邬大全点了点头，问："你的自留地种的怎么样？"张开关用手向南坡下指了指，说："那两棵大榆树东面的玉米、谷子都是我的，过两天准备收割。"邬大全向南望去，那片地里的谷穗子差不多有二尺长，沉甸甸的，玉米棒子也都有一尺多长，粗壮饱满，明显好于周围的同类庄禾。邬大全深为叹服。

俩人走进院内，邬大全吃了一惊，一个十几岁的小男孩正站在一头母驴旁和两头驴驹子玩耍呢。两头小驴驹身高不到二尺，浑身乌黑发亮，像黑缎子一般光洁，四腿婀娜，身段柔软，噘起嘴争抢着向母驴腹下拱去，碰头切坎地吮吸着母乳。邬大全奇怪地问："张开关，你喂几头草驴①？"张开关笑答："就喂一头。"邬大全又问："一头草驴咋蹦出两个驴驹子？"张开关又笑答："两个驴驹子都是这头草驴下的，而且是龙凤胎。"邬大全更奇怪了，问："你又不是畜牧专家，咋能让草驴一肚怀上两胎，还是龙凤胎？"张开关大笑起来，说："邬部长，你学问知识比我多，可是农村的事儿你未必都经见过。我给你实话实说吧，自从我的支书职务被停了以后，缠身的事儿就没以往多了。闲暇时，也爱逛个集市。上半年去羊市塔赶集，碰见一个老汉拉着一头草驴要卖。我细看这驴，身高体壮，毛色顺溜，很入眼，就掏了一百块钱将这驴买下来了。正好集市上有人牵着一头大叫驴要配种挣钱。我一思谋，干脆又掏了十块钱，让大叫驴把这草驴跳了一气，然后就牵着草驴回到家中。我的时运不赖，这草驴的肚子以后慢慢大了起来，大得草驴喘着粗气。草驴临产前，我和树海娘轮替着守候，生怕它下驹时出问题。一连守候了半个多月，草驴终于开始产驹。那天下午太阳通红，晒得我和老婆浑身冒汗，草驴也浑身淌水。一个多时辰后，草驴终于产出一头驴驹子，是一头小叫驴，落地后就摇晃着身子站起来了，我和老婆都松了一口气，正准备给草驴饮水喂料，突然发现草驴又呻吟起来。啊呀呀，怪事来了，驴肚子里又下出来一头驴驹子！惊得我老婆直往后挪身子。我伸手去摸驴驹子，哎哟，是一头小草驴！我活了这么大岁数，第一次见到草驴下双胞胎，真是世界大了甚事也有。我和老婆忙乱了好长时间，才把草驴和驴驹子安顿好。太阳偏西时，院里站下一大群人，七嘴八舌地议论着草驴和一对驴驹子，稀罕得不得了。直到太

---

① 母驴。

阳落山了，人们才先后散去，真热闹。"邬大全听后啧啧称赞："张支书，你真是个奇人，能遇怪事、好事，以后必然发家致富，幸福美满。"张开关笑道："碰巧遇上了，其实没什么稀奇。"俩人正说笑着，院里走进树海娘，手中提着一筐子小白菜，看了看邬大全，赧然笑道："遇上怪事，不见得是好事。"邬大全猜想这是树海娘，说："这明明是好事嘛，两个驴驹子还不比一个驴驹子强？"树海娘撇了撇嘴，说："墙里跌到墙外了！就因为我家草驴一肚子下了两个驹，弄得张开关惹了一身骚！"邬大全笑道："驴下驹是驴的事，咋就给张支书惹上一身骚？"树海娘将手里的菜筐子"通"的一声放在地上，冤屈地说："你是新来的干部，我们队里的事你不知道。我家自从草驴下了两个驹子，张开关就背上了新罪名，说他作为党支书，不思谋为集体办事，光圪蹴在自个家里务驴驹，一心搞个人发财致富，走资本主义道路。前些天，公社赵书记准备恢复张开关的大队支书职务，可是有的领导坚决反对，说像张开关这种自私圪泡，不批斗就够宽大了，还恢复什么支书职务？要是让张开关再当上支书，全公社的大队支书都务驴驹子呀，都把精力往'三自留'上用呀，哪里还有心思发展集体经济？"邬大全诧异地看着张开关，问："真有这种事儿？"张开关苦笑了一下，说："不说这事儿了，咱进屋先喝茶吧。"说完俩人走进屋里。

晚饭后，邬大全和知青们挤坐在一个屋里，说："你们响应党中央、毛主席的号召，来新召插队，是一件有意义的事情。要虚心向贫下中农学习，拜他们为师，积累独立生存的知识和经验。生活事事需技能，社会处处有学问。大家以前不怎么干活，衣来伸手，饭来张口，靠的是父母。现在不同了，一切都要靠自己。要总结这次腌菜事故的经验教训。遇事要多动脑筋，不懂可以向社员群众请教。我今天下午看了张开关支书家的自留地、自留树和自留畜，感触很深。张支书不但能当领导，而且在生产生活中也是能手。你们应该向他学习，向所有的社员群众学习。不懂装懂，盲目蛮干，是不可取的。相信大家会逐步成熟起来，成为社会主义的好青年。"肖晓是组长，第一个发言："邬部长讲得很有道理，我们要有虚心的态度，不能犟着愣干。高志远这次就不懂装懂，别人劝阻还听不进去，差点造成巨大损失。"李德明说："高志远应该掏钱买一条新瓮，损害公物要赔偿嘛！"高志远一直坐在炕角，以为挨顿批评就过去了，没想到有人竟然让自己掏钱赔瓮，就坐不住了，反驳说："李德明，你不要恶人先告状。说良心话，那天要不是你一扑两坎和我争盐碗，瓮能跌倒碰烂？要赔，也是咱俩各赔一半。"李德明翻眼了："高志远，瓮在你手上滑出去打烂了，我手指头都没碰过瓮边边，你让我和你一起赔，有点道理没有?"高志远坐直了身子,激愤地说:"你不来和我抢盐碗,瓮能跌倒?你是个搅屎棍子嘛!"李德明反驳:"你驴乏怨纣棍!"高志远讥讽:"你是潘仁美的脚片子——里勾外连。"邬大全不耐烦了,说:"不要吵了!下农村才几天?生产、生活的本事没学会,杂话倒学会不少!我们开会的目的是让大家总结经验,吸取教训,不是整人惩罚人。烂瓮的事就不要吵了,我用安置费给你们新买一条。只要你们以后虚心学习,认真做事就行了。"李德明、高志远都低头不言声了。其他人陆续也都发言表态后,就散会休息了。

第二天天亮,邬大全在牤牛河岸遛了一圈,太阳快露头时,回到知青点儿。应该吃早饭了,怎么没动静?走进厨房,负责做饭的周振林窘迫地站在当地,其他人皱眉不说话。邬大全问:"饭没熟?"李德明说:"熟了。""那赶快吃吧,一会儿还要出工。""唉!稀粥熬好了,玉米窝头没蒸好。""蒸成啥样了?"邬大全一边问,一边顺手揭开了锅盖,眼前出现的是一锅虚腾腾绿油油的怪窝头,强烈的碱味扑鼻而来。邬大全问周振林:"这是你的手艺?"周振林"嗯"了一声。邬大全说:"玉米窝头应该是金黄色,怎么变成虚隆乍呼的黑绿屹泡?"李德明笑道:"碱大了。""哦!碱大了!碱大了也能吃,就是消化快。"邬大全说着,便拿起铁铲,给自己往碗里切了一块,大口吃了起来。其他人也纷纷拿起碗筷,将窝头放入自己的碗里。不多时,把一锅窝头和一大盆稀粥全部吃光。邬大全笑道:"失败乃成功之母,以后你们什么都会做的。"周振林歉意地笑了。

邬大全被神树湾冬储白菜的事给惊着了!领着张树海去了趟旧庙塔,作了一翻指导后,又来到榆树沟。生产队长李福则反映:知青们在房后的平地上打了个大窖,储存了一千多斤山药蛋。窖口苫得太严,通风不好,恐怕窖内温度升高,把山药捂烂。邬大全皱起了眉头,说:"你是队长,就没给他们提醒?""嗨!知青组长是个犟板筋,说他们家就这么储存山药,能吃到第二年六月。"邬大全不说话了,急急向知青点走去。知青王泽明正在厨房洗菜淘米,准备做午饭,见邬大全进屋,就说:"邬部长,你们刚来?"邬大全说:"刚到,你们的山药窖在哪里?领我去看看。"王泽明放下手里的活,领着邬、张二人来到山药窖旁。这个山药窖确实挖在了平地上,一千多斤山药堆放在里面,上面铺了些枯草,用土复在上面,一个火炉筒插在中间,算是出气屹筒。邬大全让王泽明拔开浮土,掀起枯草,一股热气升腾起来。邬大全说:"树海,你和王泽明拿筐往出拣山药,看有烂山药没有?"树海回身取了两个筐,和王泽明下窖开始往外拣山药。拣了五六筐后,里面就出现了腐烂的山药,臭味儿升起。邬大全说:"泽明,你快回去做饭吧,等大家吃完饭,彻底清理山药窖。"王泽明爬出地面，回去做饭。邬大全和树海继续清理山药窖。

中午，知青们下工回来了。邬大全觉得情况紧急，对大家说："先拣山药吧，迟吃一顿饭，饿不坏。"知青们看到地面上的烂山药，也觉得不能迟疑，纷纷拿筐下窖。人多手多，一个多小时后，一千多斤山药全部清理出窖，腐烂的山药，单另堆放在窖旁，臭气散发，引来蚊蝇乱扑。邬大全说："开饭吧！饭后不要到生产队出工了，另挖一个山药窖，把山药储存好。"饭后，一群知青在邬大全的带领下，将拣出来的新山药，安全地储存在新窖里。

## （五十八）

十一月十九日早晨，树海正准备和知青们一块出工，刘宝维走进屋来，说："邬部长让你今天上午去他那里。"树海放下铁锹，提了个包，就向公社走去。进了邬大全的住所，邬大全正坐在凳子上抽烟，见树海来到，忧郁地说："旗委办公室打来电话，让我二十三号前回旗参加'斗私批修'学习班。新召和旗里没班车，我想让你用神树湾队里的骡车把我送回去。骡车我已让杜开富和田毛则说好了。你回去准备一下，后天起程。"树海问："学习多长时间？""唉！我哪里能晓得？""邬部长要是走时间长了，知青的事就没人管了。""不能这么说，没有我，还有旗知青办和公社党委呢，不要担心了。"树海说："后天早上，我准时来接你。"邬大全点头，在桌上拣起一根香烟，没点火就噙在嘴里吸了起来，他心慌意乱了。

张开关听说邬大全要回旗委参加学习班，觉得蹊跷：刚下来两个多月，怎么又调回去学习，该不是又有事儿吧？他交代树海："邬部长这个人，我以前就认识，有能力，负责任，也厚道。因为家庭出身是地主，可能也惹下一些人，这两年一直走背运。这次回去，究竟是什么结果，不好说。不管怎样，你跟了他一场，一定要把他安全送回家中。明天把咱家的海红子装上一袋，把大公鸡捉上一只，给他家送去。人与人相交，情意为重。"树海点头去办。

树海将骡子拴办结实，备足草料，带上海红果和大公鸡，赶着骡车，于第三天早晨七点多钟就到了公社院内。公社书记赵九日和秘书小王，替邬大全提着包裹，和邬大全一起走出办公室。邬大全惨然地笑着说："我是戴罪之人。这几个月承蒙关照，十分感谢！你们到旗里一定来我家，我备酒席招待各位。"赵九日说："老朋友了，说什么谢话！祝你一路顺风，大吉大利。"然后二人握手告别。树海让邬大全坐在骡车上，自己步行赶车，向旗里进发。

到了旗委大门口，树海将骡车停了下来。邬大全一人到学习班报到。迎面碰见几个熟悉的人，只点头打了下招呼，没有说话询问。进了报到室，有七八个原公社书记、副书记待在那里，看见邬大全进来了，只会意地笑了一下。都是落魄之人，谁也没心思拉家常，叙旧情。

邬大全匆匆报了名，和树海来到家门口。树海捎了海红果，抱着大公鸡，邬大全拎着包裹，前后脚进到屋里。邬大全老婆紫英伸手接过男人手里的包裹，看着树海问："他是……""是新召的知青，叫张树海。做饭吧，我们饿了。"树海问："姨，你好。"紫英笑着说："你怎么还抱着大公鸡，带这么多东西？"树海说："这是我家自己产的。"一边说，一边将鸡放在了地角的一个纸箱里，海红果立在旁边。紫英给两人各倒了杯热茶后，就忙着做饭。一个多小时后，饭熟。紫英给男人和树海各盛了一碗，就出门接上小学的儿子去了。

树海当天下午就赶着骡车回去了。邬大全送走树海后，向紫英询问最近家中的情况，紫英哭了，说："你猜也能猜得着，你是地主成分，靠边站的干部，人家能给我们好脸色看！这些咱不说了，最近有个大事，你听说没有？""什么事？""听说咱们内蒙古有暗藏的反革命组织'内人党'，不但反党反社会主义，还想搞分裂，把内蒙古合并到外蒙古。""啊呀，我还真不知道这事！让我回来参加学习班，敢不是与这事有关吧？""怎么，你参加过'内人党'？""嗨！我连内人党是什么党都不知道，怎么会参加呢！""你可小心点儿，要是参加过什么反动组织，趁早向组织上交代清楚，争取宽大处理。要是让别人给揭发出来，后果就严重了。""嘿！你这个人怎么疑神疑鬼，连自己的男人都不相信！我告诉你，除了共产党，我什么组织也没加入过！"紫英看了看男人，放心许多。

二十三日，学习班正式开学，先是主持人念报纸，读文件，接下来让大家讨论问题。其实讨论就是要大家主动交代问题，或者互相揭发。邬大全说："内人党是个什么组织，我不知道，更谈不上参加。我的问题主要是老好人思想严重，怕得罪人，原则性不强，思想落后，跟不上形势……"主持人不耐烦地打断了他的发言，说："你尽说些鸡毛蒜皮不痛不痒的话！有关阶级斗争的实质问题，你一句也不讲，避重就轻嘛！"邬大全茫然，说："一下子想不起来了！想好了再说吧。"然后停止了发言。主持人很不高兴，说："你真想不起来了？那我提示一下，听说你在四清工作队时，老爱去地主、富农家吃饭，和他们打得火热，这事你还记得吧！"邬大全说："那是生产队给派的饭，怎么就成了我爱吃地主富农的饭！况且，老吃贫下中农的饭，岂不便宜了地主富农？"台下开始窃窃私语，主持人恼了，大声反驳："照你这么说，你应该天天回家和你爹一块儿吃饭！"邬大全低头无语，任凭数落。下班回家，又烦老婆絮叨，倒头便睡。

　　学习班上的空气越来越不好呼吸。不到一个星期，邬大全就觉得自己走在了悬崖边上，无路可走了！他的心情灰暗到了极点。想一想：自己十六七岁时，国家刚解放，虽然是地主成分，但打心眼里觉得共产党好，早早就报名参加了工作，还是文艺骨干，转着乡村演出，宣传党的方针政策。工作认真，吃苦耐劳，二十一岁就加入了中国共产党。以后一路顺风，二十七岁就当上了旗委宣传部副部长。可这两年的路怎么就越走越窄？挨批斗且不说，还被人怀疑参加过反动组织！说不定学习结束后，还要被流放到农村劳动改造呢！他悲观到了极点，回到家中，要么不说话，说话就来气。紫英是女人，受不了这无名头的气。那天下午为点儿小事俩人拌了嘴，紫英气得出了门。邬大全一人待在家，抽了十多支烟后，昏昏沉沉地来到旗委后大院，噢！那边是一口深二十多米的水井。他走到井口，向下望了望：人生自古谁无死？死后绝无烦和忧！走吧，离开人世。别了，可爱的妻儿！横一横心，抿嘴闭目，纵身跳入。

　　紫英上街转了好长时间，不知为什么，又挂念起老邬，更不放心儿子，就急急地赶回家中。进门后，只有八岁的儿子一人坐在小凳上发呆，问："你爸呢？""不知道。"紫英以为男人出去散心去了，就没在意。可是，一直等到后半夜，也没见他回来。紫英先是蹊跷，接着慌恐，但深更半夜，去哪里寻找。她忐忑不安地熬到天明，匆匆做了早饭，打发儿子上学后，就在旗委院内寻找男人的下落。八点多钟，听到后院有人惊呼："水井里掉进人啦！"紫英心头一惊：莫不是老邬吧？她慌慌张张地向水井跑去，见有好几个担水的人围在井边。有人提议：赶快捞人！可让谁捞呢？人们纷纷躲在了一边。这时，不知谁说了句："中学的体育老师常岩好水性，求他帮个忙。"于是，就有人给中学挂电话，说旗委有急事，请常老师来一趟。半小时后，常岩来到水井旁。听说让他捞死人，就犹豫起来。但经不住众人的求告，便将绳索拴在了身上，慢慢下到井里。二十多分钟后，死人和常岩都从井下吊了上来。众人上前辨认尸体：实实在在是邬大全！紫英扑在男人身上号哭不已，许多人也陪着掉了泪。旗革委会的领导听说邬大全自杀了，也很震惊。他们安排人将其尸体抬到了医院太平间，等待安葬。

　　邬大全的后事，是由本家弟兄来帮助料理的。学习班给邬大全的结论是：自绝于党，自绝于人民，死得轻如鸿毛。

## （五十九）

张树海听到邬大全跳井自杀的消息后，十发震惊：蝼蚁尚且惜命，这人就不怕死吗？这么聪明、厚道、正派的人，真的做下羞于见人的事了吗？不可能！真要是个坏人，不可能伪装得那么好，那么久！树海百思不得其解，整日沉默寡言，除了劳动、吃饭、睡觉，好像什么事儿都与己无关。本来嘛，自己这个副领队也是邬大全指定的。现在老邬到了另一个世界，自己的职务也随风吹走了。

知青点儿上有个青年叫吴来志，对世态炎凉灵敏度极高，看见张树海蔫头耷脑的样子，就讥笑："大耳朵小子，你和邬死鬼的感情还挺深。爱当官儿，为什么不跟他一块儿去？"张树海瞟了他一眼，觉得和他较量没什么意思，默不作声地掉头走了。吴来志笑了：张树海原来是个软蛋，纸老虎！一堵烂墙头，干脆推倒和泥吧！张树海多次站在屋外，听到吴来志兴致勃勃地给别人讲："大耳朵小子已经臭名远扬了，以后谁也不要听他的。"周振林问张树海："他骂你，你咋不作声？"张树海说："好汉躲懒汉，懒汉躲死皮，和他能较量出什么高低？"一天，张树海和周振林费了整整一上午的时间，打扫出一间堆放杂物的库房来，准备住宿。干完活儿累了，就进厨房喝水。哪知道吴来志拉扯上高志远，刁空钻进屋子，铺开行李躺在了当炕。周振林愤怒极了，也将行李搬了进去，挤睡在炕上。吴来志瞧了瞧周振林，嗤笑道："解放军儿，你也想和我一个炕上睡？"周振林的二哥是现役军人，吴来志说这话也太欺人了！周振林掉过头，破口大骂："放你娘的屁！不劳而获还骂人？你哥甚时候变成你大了？"吴来志晃脚蹬腿，"呵呵"直笑，笑得鼻子都发红了。张树海站在门口，笑了笑，返身回原屋去住了。吴来志得了便宜，兴奋得不得了！一天上午，知青和社员们剥玉米，吴来志举起一根大玉米棒子，耀武扬威："有朝一日，我要把公社干部、大队干部、小队干部一棒子一棒子尽尽儿打死！"社员刘根存吃了一惊："啊呀！你是个甚人？"吴来志雄赳赳，气昂昂："哪一天老子得了势，一定火烧神山，马踏新召！"队长田毛则看着吴志来，牙咬得"咯崩崩"响，走上前来，抬起右脚，猛地将其踏翻在地，大骂道："狗日的，有胆子你现在就把老子一棒子打死！"吴来志在地上打了个滚，躲在一边，再不言声了。杨毛团嗤笑："你也是个属狗屁的？"吴来志不明白，问："什么意思？""和张荣发一样，欺软怕硬嘛！"吴来志恼了，咬牙切齿地举起一根大玉米棒子，杨毛团顺手抓起身边的一根湿柳棍，吴来志只好乖乖地耷拉下头剥玉米去了。

中午，知青们狼吞虎咽地吃完饭，有的休息，有的闲聊，魏海和吴来志摆着一盘棋，互不相让地厮杀着。吴来志抢先走棋，攻出一个七步卒，高叫："仙人指路！"魏海不屑一顾地说："死人摆手！"然后走出一步当头炮，高叫："炮打泥头！"吴来志走出边角马，反击道："儿马跳槽！"魏海出马，高喊："神马踩凡马。"吴来志停顿，思考下一步如何走。魏海一刻不等，直着嗓子催促："快走，快走！快走！"吴来志情急发懵，不一会儿，一匹攻到对方老将跟前的卧槽马被魏海的翻山炮给打掉了。吴来志怨魏海不公道，专门大喊大叫往昏了吵别人，然后乘机偷吃别人的子儿，于是吵着要悔棋。魏海好不容易才消灭了对方的一匹马，手攥棋子儿不让悔。俩人日娘捣老子地骂了起来，就差动手了。树海烦躁："一盘棋输赢无所谓。你们大喊大叫，还让不让别人休息？"两人互相对峙了一会儿，又开始走棋。不多时，吴来志又骂开了："哪个毛驴放臭屁，熏得老子光输棋！"魏海"呵呵"地笑着说："不给你点儿新鲜空气，你早就老官围磨象喝水了。"吴来志放刁："你要不是上下会出气，把你爹加上也下不过大爷。"魏海用指头戳了一下吴来志的脑门，质问："你是谁的大爷？"吴来志伸出脑袋，骂道："有眼不识金镶玉，爷的脑袋是夜明珠！"魏海怒火燃烧，无法压抑，伸拳砸在了吴来志的脑门上。吴来志也不示弱，跳下炕就到门外拿铁锹。魏海不敢怠慢，紧随其后，未等吴来志举起锹头，一顿乱拳暴雨一样落在了吴来志的后脑勺和脊梁上。吴来志昏头转向，眼冒金星，一头栽倒在地皮上。众知青闻声出屋，将魏海拉开，扶起吴来志。大家纷纷谴责二人，说："下棋是为了娱乐，你们竟然能往死里打！这样下去，以后还要出人命！谁以后敢和你们交往？"吴来志一边听众人训斥，一边摸着前后脑袋，发现除了几个大包外，基本还是新的。抬眼端详了一下魏海，又高又壮，自己确实不是他的对手，就悻悻地回屋了。魏海余兴未尽，攥着拳头，好一阵不挪地方。

有的社员看到知青内部打起来了，对田毛则说："你去管管吧，年轻人火气大，不要打出点儿事来。"田毛则不以为然："毬事也没有，驴圈能踢死个驴？"

## （六十）

邬大全死去一个多月了，旗里再没派知青负责人。知青思想波动，如同一群野人。公社书记赵九日找到张开关，说："你现在是停职检查，没什么具体工作，我们开会决定，让你暂时把知青的工作担任起来。"张开关说："知青都是有文化的人，我一个农民哪有能力去管他们？"赵九日说："试试看吧，旗里未派来正式带队的以前，你先顶替着。"张开关点了点头。

周振林想当一名解放军。因为当兵三年后，既有正式工作，又能找个好老婆。秋季征兵开始后，他早早去大队、公社报了名。张开关看了他填写的履历表，很满意，说："你的家庭出身是贫农，哥哥又是现役军人，本人是初中毕业，身体条件也好，想当个兵，我看没什么问题。"周振林笑着说："张支书，你给帮一下忙，我一辈子感谢你。"张开关说："帮忙可以，但是决定权不在我手里。这需要公社领导和招兵的首长同意才行。"

在张开关的点拨下，周振林来到公社书记赵九日的办公室，敲门进去后，赵书记说："你找我有事？"周振林说："我是神树湾的插队知青，想报名参军。""那你按程序报名就行了，能不能参军，那是会议上集体讨论的事。"周振林用乞求的目光望着赵九日，说："我来找赵书记，是想让赵书记对我有个印象，开会的时候重视一下。"赵九日不耐烦了，说："年轻人，大家都是平等竞争，我怎么能单独重视某一个人！你如果没有别的事，先回去吧。"周振林窘迫地看了看秘书小王和几个要办事的人，再找不出什么适当的话去说，就站起身来，狼狈地走了出去。

周振林不死心，又去找过几次赵书记，但赵书记不是开会，就是和前来请示工作的人谈话，没有机会接触。今天，他鼓足勇气：宁叫扑空，也不能坐等。于是，提前和队长田毛则请了假，一大早就来到了公社。他在赵书记办公室周围转来转去，一直等到太阳升起，也不见赵书记前来上班。情急之下，就跑到后院的厨房里打听，管理员张二树说："赵书记病了，在公社医院住院。"周振林听到这个消息，没加思索，就向医院跑去。在几间病房前，他挨个儿眈瞅，最后在靠东边的一间病房里，发现了赵书记。敲门进去，看到公社武装干事王五才和财政干事吴文祥坐在赵书记身边，关切地询问着病情，桌子上放些罐头、鸡蛋和麦乳精之类的礼品。赵书记见周振林又来找他，就说："你要说的事我知道。下午统一体检，后天开会决定，你准备去吧。"坐在赵书记身旁的王五才和吴文祥惊诧地看着周振林。周振林摸了摸衣领，理了理头发，跺了跺脚，没发现自己有什么异常。赵书记让自己出去，那就出去吧，他强打着笑脸，退出了病房。

体检很顺利，身体一个棒！家庭出身、政治面貌、本人表现都没问题，周振林觉得自己当兵的事，已经是满把手擤鼻涕，稳拿了。他高兴地跑回神树湾，愉快地参加了劳动。吴来志眼红地看了看他，说："解放军儿快要变成解放军叔叔了，恭喜啊！"周振林装作没听见，低头只顾干自己的活儿。田毛则走过来，问："振林，体检没问题吧？""没问题，指标都正常。""哦！那就没问题了。"周振林笑着说："田叔，你家候蛋长大也报名当兵吧，要是碰到我招兵，优先要他。"田毛则笑了。

周振林一连兴奋了三天，第四天早晨出工的时候，猛然想起赵九日在医院说的话，招兵会昨天就开过了，应该去公社打探一下，新兵队伍里，究竟有没有自己？如果有，应该快点做走的准备。他和田毛则请了假，一路小跑，来到公社。正好，秘书小王从大门里出来，就走上前去问："招兵会开过了没有？""开过了。""新召大队招的谁？""榆树沟的李志福。""一共招了几名？""新召大队只有李志福一名。""我没有被招上？""嗨！人家李志福二十岁，你二十一岁，要了个年龄小的。"周振林气得差点晕倒，半天缓不过神来。良久，才掉转头，跟跟跄跄地朝大队走去。

张开关见周振林走了进来，忙给他倒了一杯水，说："你的事我已知道了。没什么了不起，活人的路多着呢？非要当那个兵？"周振林坐在凳子上，滴出几点眼泪，说："李志福是个文盲！比我小一岁，就轮到他了？"张开关说："不要攀志福了，没用！你好好想一想，最近哪些地方没做对？"周振林想了想，说："不知道！""不知道？我听人家说，那天你去医院看赵书记，赤手空拳，直愣愣地站了一阵，扭头就走。武装干事王五才私下里说，像你这样的人，培养出来也是个白眼狼。不过，我也是道听途说，不一定是事实。你知道就行了，可不能再给别人说道，不然的话，我也要受牵连。我是关心你，让你以后多长个心眼儿。"周振林恍然大悟，说："张支书，谢谢你对我的点拨和教育，以后我会多长个心眼儿的，你放心吧。"

周振林从大队部走出来，一连扇了自己六个大耳光，骂道："周振林啊周振林，真是个糊脑！还想当解放军，当讨吃汉吧！"

周振林没当上兵，但也给自己找工作奠定了基础。刘宝维说："张支书说了，以后有了招工指标，应该优先考虑周振林。"知青们听到这话，心里打起了鼓。有的人盘算：这还能行？要是遇到好工作，他就占了先？这不是绊脚石吗？要设法搬开。那天夜里，周振林买了一瓶镇痛片，准备送给田毛则。他怕人看见，像个鬼魂一样飘在了田毛则门口，侧身向里张望，嘿！昏暗的灯光下，田毛则"吧咕，吧咕"地抽着烟，地下凳子上坐着高志远，他说："田叔，这是五斤豌豆，你磨豆面吃吧。"田毛则说："不用了，你们知青都是后生，费粮食，拿回去自己吃吧。"高志远说："拿来了还能拿回去？这是我对田叔的一点心意。"说完，就站起身来准备回去。周振林赶忙掉转身，轻手轻脚地向知青点儿走去。周振林知道高志远穷得厉害，心想：他也是没钱买礼品，才偷着送知青大伙的粮食，溜顺了队长，好早点安排工作离开这里。所以，就一直替高志远保密。但是，自己也不能落后，一定要和队长搞好关系。所以，过了几天，他又怀揣镇痛片，乘月黑风清夜，又悄悄来到田毛则家门口，站在外边一望：不好，肖晓正和田毛则拉话。他走到外门边，侧耳细听，吃了一惊，这个绵绵善善的人正告自己的状呢！只听他说："田叔，你对我们知青够好的了，可是有人还背地里议论你。"田毛则正起头来，说："谁议论我？""周振林这次没当上兵，对你很不满，说你没给他去公社说句话。""我是个小队长，怎么给他说话？我不能看见驴毯就拦头啃！""他还说，你每天溜着地畔窜，指手画脚，从来就没见你好好劳动过。""一个指拨的，顶十个做活的，他毯也不知道！""田叔，你知道他这个人就行了。我只是给你提醒一下，以后防着点儿。""唉，没想到这小子也是个灰东西。""田叔，这是我给你买的两块被面，你缝被子盖吧。""你是个善娃娃，以后不要乱花钱。""就这点儿东西，是我的心意。"周振林听到这里，怒火直往上蹿，想进去和肖晓当面辩白，可又一想，这些话自己确实说过，顶真了自己会更被动。唉，算了，知人知面不知心，没想到肖晓平时说话吞吐，做事胆小，遇问题躲闪，原来内心是这样的险恶！以后需小心提防哪！想到这里，周振林又悄悄地返身回去。不多一会儿，肖晓从门外进来，面露喜色，见周振林斜靠在行李上，就关心地问："你还没睡？喝水不？我给你倒。"周振林斜了他一眼，说："喝过了，你自己倒着喝吧。"说完，铺开被褥，蒙头睡觉了。

过了几日，轮到周振林给大伙做饭，知青点儿再没别人。他想起肖晓平时做事诡秘，就开始翻腾其被褥，在毡子下边找出了一本笔记，翻了几页后，发现有几行字，写着："当兵不成，还想抢别人的工作，真是讨厌！原来所虑者，大耳儿也！现又跑出个解放军儿，实在晦气！除掉。"周振林一阵激愤，想和肖晓撕破脸皮，但又想：讲究点方法吧，不到关键时刻，不要发作。于是，小心翼翼地将笔记本放回原处，忙着给大家做饭去了。

众生不同，百人百性。知识青年，五花八门。

邹树森在榆树沟插队。邹大全死后，他很活泛，到处游荡。那天，他和队长请假，说自己脚上扎进了玻璃碴儿，要去医院治疗。队长说，那你就去看病吧！其实，邹树森是骗人的，他是去了班主任夏志义家。进门后，见夏志义老婆正在做饭，就大大咧咧地说："刘秀珍，做什么好吃的，我来蹭饭了。"刘秀珍比邹树森大十多岁，是师母，见邹树森直呼其名，就瞟了他一眼，没说话。邹树森没趣，走进里屋。见夏志义正摆弄着一个收音机，就坐在了对面。夏志义说："你不是下乡插队了吗，还有时间闲转？""插什么队！带队的也跳井了，我们也快回家了。""带队的跳了井，上边还会派人来，哪能让你们放了羊！""夏老师，你是个犟牛头，认死理，老毛病一点儿也改不过来。不要死受了，灵活点儿。""我认为对的地方，就不想改。""那你用封资修的方法教育学生难道是对的？贫下中农子弟被你打击得进步不了，你也认为是对的？"刘秀珍在外屋做饭，听了二人的对话，气不打一处来，她放下菜刀，气冲冲地走进屋里，手指邹树森的鼻子骂道："你是不是还觉得把他没害够？你一点儿不像领导干部的子弟，像个流氓，是个无赖！你给我滚出去！"夏志义站起身来，制止老婆道："他是个娃娃，不懂事，你怎么能骂他！"刘秀珍涨红了脸："你看他那个德性！出了社会也是个害人虫！"邹树森发现苗头不好，站起身来，一声不吭地溜走了。出了校园，又觉无聊，就向神树湾走去。半小时后，来到知青点儿宿舍，见张树海正在看书，就搭讪："你咋没出工？""感冒请假了。""噢，你这副领队还当不当了？""我早就不当了，你想当？""嗨，我哪能当得上！我是来慰问你下台的，看你以后走哪条路？""哎，我比不上你，你叫邹英道，走得是英雄道。不过嘛，我得提醒你，可不敢走阴道，那就变成钻下水道的脏鬼了。"邹树森脸呈愠色，反唇相讥："我是看见你'蒜钵子里腌驴毬——屈材了'，才来看你。怎能把好心当成驴肝肺？"张树海回击："你是黄鼠狼给鸡拜年——进门就没安好心！"俩人正斗着嘴，李志伟不知怎么就推门进来了，说："树森，你咋老鼠舔猫蛋，舍命溜勾子？"邹树森瞪了李志伟一眼，脸涨得通红，跳下炕，摔门出去了。张树海和李志伟哈哈大笑。

　　知青的事儿，树海娘听到看到的不少，担心树海吃亏受害，就对树海爹说："让树海回家住吧，整天和那些调皮小子混在一起，能有甚好处？"张开关睖起了眼："你知道个甚？那都是些年轻娃娃，调皮点儿有出息！让树海和他们过过集体生活，锻炼锻炼，有甚不好？"树海娘拗不过男人，只好不言语。但隔三岔五地把树海叫回家，给做一顿好吃的，然后再打发回去。

## （六十一）

张开关负责知青工作后，好几件事让他目瞪口呆。

惊蛰到来，万物苏醒。神树湾来了两个穿蓝帆布工作服的工人。一个叫穆理仁，另一个叫穆理义，亲兄弟，陕西府谷县马圈塔人。理仁三十岁，理义二十六岁，都是小学一年级，家庭出身雇农。田毛则是他们的亲姨父。

二人来神树湾干什么？原来，正月十五时，田毛则老婆去府谷走亲戚，见到了理仁和理义，惊讶地问："你们都是工人，咋还没老婆？"理仁说："我俩以前都在包头打零工，年前才进得三〇二屠宰厂。""哦，都这么大岁数了，赶快找对象吧，不然就误过四月八了。"理仁说："姨给我介绍一个吧，我都三十了。不像理义，才二十六岁。"理义噘起了嘴："二十六也是老后生了。"田毛则老婆说："神树湾有四个女知青，有文化，人漂亮，先给理仁说一个，然后再给理义说，挨着来。"二人点头同意。

现在，理仁和理义就是按姨承应下的事儿，赶来找对象的。早饭后，田毛则老婆说："一会儿出早工，知青要经过杨文山家门口，咱站在井渠子旁边瞭，看准哪一个，姨就给你请媒人。"理仁说："那咱现在就过去，不要错过了。"田毛则老婆说："好。"俩人走到井渠子边，发现理义也跟来了，田毛则老婆嗔怪道："给你哥找老婆，你掺和的个甚？"理义觍着脸说："小叔子看嫂嫂，能说不对？"田毛则老婆不说话了。不多时，四个女知青相跟着走了过来，田毛则老婆提醒理仁："就这四个女子，你看哪一个好，给姨说。"理仁睁大眼睛挨个儿看，突然惊叫："啊呀，那个穿绿格衫子的女子真好看。她叫什么名字，多大了？"田毛则老婆说："那女子名叫李玉英，今年十九岁，初中毕业，父亲是台吉召公社党委副书记。"理仁说："人长得漂亮，家庭也好，太合适了！姨，请媒人吧！"理义泛起满肚子酸水，说："哥，你真眼尖！"

中午，田毛则下工回来，老婆把理仁相准李玉英的事儿说了一遍，田毛则说："那是知青里长得最袭人的女子，人聪明，劳动也下苦，请人说吧。""你说请谁？""那还用问？李二旦老婆说了一辈子媒，成的多，败的少，就请她。""你不敢太夸她！前些年，她给李顶则说大媒，把公安人员说在了事宴上，差点儿没把人吓死！""那不能怪她，李顶则偷了马，她又不知道。""要这么说，我下午就去李二旦家，把她请起来。"田毛则思索了一阵说："我看这媒能说成。"

田毛则老婆提着三斤鸡蛋，两包挂面，来到李二旦家。李二旦老婆正照镜子梳头，见队长老婆进门，就笑吟吟地说："啊呀！贵客临门，有好事情。"田毛则老婆把鸡蛋和挂面放在炕上，说："我来请你说大媒啦。""给谁说媒？""给我的大外甥说媒。""你家大外甥是干什么的，想说谁家女子？""我外甥是府谷县马圈塔人，今年二十八岁，在包头三〇二厂当工人。女子你认识，就是咱们队的知青李玉英。""哦！是个工人，比人家大九岁？不过，咱们只能牵线搭桥，能不能成，还要俩年轻人定。""那你说怎么安排他们见面？"李二旦老婆思索了一阵，说："我要是去人家知青屋里去说媒，目标太大，李玉英肯定接受不了。不如今天晚饭后，让你外甥先到我家里，然后你再把李玉英随后带来，让他们先见见面，说说话，如果互相有那个意思，我再正式给说媒，你看怎么样？"田毛则老婆笑道："还是老姐想得细。行，一言为定。今天晚饭后，你在家等着，我准时把人给你领来，可不能误事！"田毛则老婆告辞出屋，回家准备去了。

　　晚饭后，田毛则老婆早早就把理仁打发到了李二旦家。天完全黑下来的时候，她来到知青点儿女宿舍。几个女知青有的看书，有的说话，见队长老婆进屋，忙跳下炕来让座。田毛则老婆笑了笑，说："玉英，我织件毛衣，不会锁领口，你去教我一下。"李玉英说："好的，现在就去？"田毛则老婆说："现在就去。明天要上工，又没时间了。"于是，李玉英就跟着她出了屋。田毛则家在北头，可是田毛则老婆却把李玉英往南领。李玉英说："田婶，你转向了吧？"田毛则老婆说："没有，我哪里有什么毛衣要织。我是想给你介绍个对象。你也快二十岁的人了，是考虑结婚的年龄了。你今天早上出工时，也看到我领的那两个工人了，他们是我的外甥。个子高的那个，是我的大外甥，名叫穆理仁。他现在去了李二旦家中，你俩见见面。要是能谈得来，你们就相处。要是觉得不合适，那就各走各的路，谁也不牵扯谁。"李玉英觉得事情有些突然，没有思想准备，慌张地说："啊呀！田婶，你让我考虑考虑，过几天再说吧。"田毛则老婆说："我也想让你考虑两天再谈话，可是人家理仁是请假回来的，时间紧，急着要回厂。"李玉英犯难了，低头思忖了好一阵，反复掂量：如果错过这个机会，再遇个有工作的人不容易，自己就要在农村每天受苦，谁知何年何月才能熬到头！最近，手脚起了两茬水泡，脸晒得黑黪黪的，和农村女人有什么两样？唉！这个鬼地方实在是待不下去了！早点离开也是好事。只要是黄河就比井强！见面吧，没什么可怕的！想到这里，就羞涩地说："田婶，我就靠你了！乱七八糟的人我可不找！"田毛则老婆说："啊呀！玉英，那是我亲外甥，能是乱七八糟的人？""行，就去见见面吧。"田毛则老婆高兴地说："嗨！这就对了，男大当婚，女大当嫁，光明正大的事，有什么不好意思！"一边说，一边拉上玉英，向李二旦家走去。

进了李二旦家门，李二旦正在地圪编柳筐，老婆忽闪着迎上来，说："玉英，好闺女，婶给你倒茶。"李玉英说："不用了，刚喝过。"这时，穆理仁从里屋走了出来。李二旦老婆不等他说话，就打开了话匣子："玉英，这就是你田婶的亲外甥穆理仁，现在包头阳圪塄三〇二厂当工人，每个月挣五十四块钱。年龄比你大个八九岁，但这不算大。男人比女人大个十几岁都普遍。你俩先到里屋谈谈话，互相了解了解，合适的话，婶给你们做大媒。不合适了，就当认识了个熟人朋友，没关系的。"说完这番话，又面对穆理仁讲："理仁，你不要觉着自己是个国家正式工人，风光了，发达了！人家玉英的爹是台吉召公社副书记，金枝玉叶，又是初中毕业生，不但模样漂亮，而且聪明能干，这样的好姑娘十里八乡遇不见一个。谁找上这样的好媳妇，都是祖上积了德，一辈子的好福气。我觉着哪，你两个郎才女貌，正般配，可不能误过这好姻缘，好机会。好了，我就说这些，余下时间你们自己谈。我和你田婶在外屋拉会话，你们到里屋坐一会儿。茶水、糖果都在里屋桌子上，你们自己吃、自己喝。"说完，看了看田毛则老婆。田毛则老婆会意，上前将理仁和玉英拽进里屋，然后关上门。自己和李二旦老婆拉起了家长话。

玉英和理仁默默地坐了一会儿，理仁细看了一下李玉英，大花眼，细眉毛，长发，鹅蛋脸，中上等个头，体态匀称，举止文雅，十分满意，于是就打破了沉寂，说："刚才李婶把话都说明了。我觉得你条件都好，愿意和你相处，不知你是什么想法？"玉英观察了一下穆理仁，长得老面，脸色微黑，长马脸、短头发，眼睛不大，高颧骨，说话带着府谷南乡音，土里土气。但个子较高，身材修长，若是农村姑娘找对象，也算条件好的男人，毕竟人家有工作嘛！自己又是什么人？也不就是个农村人！思来想去，停了好一阵子，终于打定了主意，横下了心，说："我也没什么意见。只是需要和父母打个招呼。"穆理仁说："你说的在理。可是，你父亲远在西部大草原，路程远不说，还不通班车。要是打过招呼，再去和他们见了面，来来回回需要一个月。我只剩七天的假期了。你说行，咱就新事新办，去公社开个结婚证，让我姨准备两桌酒席就行了。你要是觉得不合适，我只好赶快去上班，何时再回来，三、六、九没日子。"李玉英没想到穆理仁说了这么一番话！这找对象结婚又不是去商店买东西，一会儿就付钱买回货来！于是就说："结婚是件大事，不给父母打招呼，能说得通？"穆理仁说："要是条件允许，一定要和父母亲打招呼！可是，咱们面临的是特殊情况，如果把这些礼节都走到了，我也被工厂开除了！再说了，儿女在外工作多年，突然带着老婆娃娃回家见父母，父母亲还欢喜得不得了呢！你考虑好，我不逼你。你如果觉得非得走那个程序，我只好上班去了。"李玉英又犯难了，照常理，一定要征得父母亲的认可，这是做儿女的应有的礼数。可是，穆理仁也有难处，假期太紧了，他绝对不敢冒着被工厂开除的危险，来和自己没完没了地纠缠。逼急了，他必定走人，这门亲事就算吹了！自己只好继续待在农村滚一身泥巴，流一身汗水，逐渐变成黑焦乌烂的乡村女人。到那时候，只能和农牧民小子结婚了！唉！父母要埋怨就埋怨去吧，他们是站着说话不腰疼，哪里知道女儿在农村受的苦！罢，罢，罢！新婚姻法有规定，自己的婚姻自己做主，任何人不能干涉！为了摆脱生活的折磨，为了改变自己的命运，我就嫁给穆理仁了！谁不理解，就慢慢理解！谁想嚼烂舌根，不怕疼就嚼去！想到这里，李玉英下定决心了，说："理仁，你要是这么难，我还能逼你？有缘千里来相会，咱俩既然有缘走在一起，岂能让繁文缛节误了大事。听你的，新事新办。"穆理仁真没想到，李玉英会这么痛快、这么坚决地答应自己。其实，刚才也不过想试探着逼一下她，没想到她这么软弱，一扳就弯！于是就高兴地说："你有文化，明事理，真不同于农村妇女。好啦，我明天去府谷开个介绍信，后天咱们就到新召公社领取结婚证。然后分别在我姨和我们老家各举办上一个简单的筵席，婚事就办理完毕，不知你还有什么想法？"李玉英说："我已经说过了，由你安排。"穆理仁兴奋得差点叫出声来，但他抑制住了。俩人站了起来，拥抱了一阵后，同时走出屋子。李二旦老婆正和田毛则老婆嘀咕着，猜测俩人谈的结果。见俩人出屋，李二旦老婆忙拉着二人坐在了炕沿上，笑问："谈得怎样？"李玉英看了看穆理仁，穆理仁就一五一十地把他们的商量结果说了一遍，惊得两个老女人目瞪口呆。李二旦老婆思想：说了一辈子的媒，没见过有这么快刀斩乱麻的，真是新人新事新风尚。愣怔片刻，李二旦老婆马上喜笑颜开地说："哟，这就好，这就好！新社会啦，婚姻自主，将来一对模范夫妻！"田毛则老婆跟着叫好。大家每人喝了一杯热茶后，就告辞了。李二旦老婆一阵阵工夫，没费什么嘴舌就挣了二十块钱，高兴得直敲男人的后脊梁！

　　第二天，李玉英没出工，待在屋里把该洗的衣服物件洗了个干干净净，门前的晾衣服绳搭得满满的。同组的知青李志伟和李玉英是同班同学，一直爱恋着李玉英。他见李玉英未出工，就找借口和队长请了假，来到李玉英宿舍，想拉拉话，亲热亲热。李玉英问："你怎么也回来了？""我想帮你洗衣服。""我的衣服不要你洗。""那我陪你说说话。""咱俩能有什么好说的？""我就是喜欢你嘛，你不知道？""知道，可我不能和一个一天连五毛钱也挣不下的人在一起！""我以后会有出息的。""空头支票。""我向你求婚""你脑袋还不圆！"李志伟被戗得直噎气，心想：这是怎么啦？以前不是这样的。他一甩门，生气地回宿舍睡觉去了。中午，知青们下工回来，高振林见李志伟还在炕上躺着，就凑过去，附着脸悄悄地问："是不是李玉英不理你了？"李志伟咽了口唾沫，说："不知道为什么。""哎，我告诉你一个小道消息。""什么小道消息？""我今天在大群劳动，听见李二旦老婆说，她给李玉英说了媒。"李志伟噌地坐起身，睁大眼睛问："男的是谁？""好像是田队长的大外甥，就那天咱们门前走过去的那个大个子工人。"李志伟不相信："不可能吧，那人看上去，少说也有三十岁。""嗨！四十岁的工人也红着呢！政治、经济地位上去了，还管什么老小！"李志伟半信半疑，六神无主，中午只吃了半碗饭。想当面问李玉英，又没那个勇气，只好静待消息。

  第三天早上，穆理仁赶着骡车，车上铺着一条新毡，领着李二旦老婆来到知青门口。李玉英从屋里出来，李二旦老婆说："咱俩坐车，理仁赶车。"李玉英和李二旦老婆痛快地坐在了车上，穆理仁像个车倌一样，将手中的鞭子一扬，"驾"地叫了一声，骡车就向着公社方向驶去。知青们站在门口，怅然若失，直到看不见车影，才回过神来。吴来志在李志伟肩上拍一掌，说："姑娘看见工人好，知识青年毬逝了。"李志伟没心思拌嘴，一个人默默地向牤牛河畔走去，边走边掉眼泪。到了河边，放声大哭。哭够以后，又在一块大石头上坐了足足一个多小时，才站起身来，向知青点返回。

  穆理仁和李玉英来到新召大队要开结婚介绍信。刘宝维提起笔来正准备书写，忽然想起一件事，说："李玉英，你是知青，张支书现在是你们的临时负责人，这事需要和他打个招呼。"李玉英说："打什么招呼？多费手续。"正说着，张开关走了进来。刘宝维说明情况，张开关问李玉英："你父亲是不是李文山书记？"李玉英回答："是的。""他现在什么地方工作？""在台吉召公社工作。""你结婚的事和父母亲打过招呼没有？"李玉英脸红了起来，说："我们认识才三天，哪有时间和他们打招呼。"张开关脸色沉了一下，说："你这娃娃不懂理，怎么也应该和父母说一声呀。"李玉英说："时间太紧，以后再说吧。"张开关说："等一会儿办理吧，我先了解一下情况。"李玉英不满起来，说："我这么大的人了，能做主。"张开关不容置疑地说："你做主是对的，但征求一下你父母的意见也没错。父母养活你这么大，付出了多少辛苦？应该尊重他们。况且，你父亲以前在新召下过乡，我们还是好朋友哩。"李玉英说："我情况特殊。"张开关说："特殊也不在一两个小时。你耐心等一会儿，我给你爸打个电话。"说完，就开始给台吉召公社拨电话，拨了好长时间，对方才把电话接起，说："李书记下乡去了，现在还弄不清到了哪一个大队。"张开关只好等待。穆理仁看着张开关，急得抓耳挠腮，坐立不安，几次想发火，可又觉不妥，因为张开关说得句句在理，只能听天由命，耐着性子等待。下午四点钟，台吉召秘书回话说，李书记还未回来。李玉英看了看穆理仁，穆理仁说："咱俩都是成年人了，难道主不了自己的婚姻大事？玉英，你说怎么办吧？"李玉英横下心来，冲着张开关说："三叔，按你的意思，我们已经等了一天了，不能永远等下去吧？"张开关叹了口气，然后又严肃地问李玉英："你是自愿和穆理仁结婚？"李玉英肯定地回答："我自愿。""你们互相了解好了吗？""了解好了。""我已尽到责任了，以后有什么事，你和你爸可不能怪我。""当然不能怨张支书。"张开关对刘宝维说："给他们开介绍信吧。"刘宝维提起笔，开始书写。

　　李玉英和穆理仁拿着新召大队出具的结婚介绍信，很快去公社办理了结婚证，然后走出公社大院。穆理仁扬鞭催骡，轻脚快步和媳妇、媒人回到神树湾。当天夜里，田毛则老婆就将西房打扫干净，让李玉英和穆理仁住在了一起。穆理义提前回马圈塔给父母报信去了。

　　穆、李二人办完结婚证的第二天上午，田毛则在家中摆了两桌饭菜，请来了女知青乔玉芳、杨月琴、贺玉婷和男知青张树海、肖晓以及李二旦两口子。饭后，安排五个男女知青为送女的娘家人，加上李二旦老婆和一对新人，坐了两辆骡车，向马圈塔出发。

　　太阳偏西的时候，娶送亲人员来到了穆理仁家。眼前呈现的是一座土房，房顶上长着杂草。门窗破旧，窗户纸被风雨打开不少窟窿。土院墙残缺不全。院子像刚扫过，鸡、猪都圈起来了。穆理仁快步跑进屋里，向父母和理义通报情况。家里人一齐走出屋子。穆理仁的父亲张嘴笑着，看上去五十多岁，头发灰白，皱纹纵横，上身穿一件白茬子山羊皮皮袄，下身穿着一条大裆黑旧棉裤，裤角用麻绳绑着。穆理仁的老母白发驼背，瘦骨嶙峋，四指如同鸡爪，布满皱纹的脸上张着一双混浊的眼睛，但乐得合不上嘴。穆理义穿着帆布工作服，显得比哥哥年轻、精神。穆理仁把来客一一给父母作了介绍，然后把大家让进屋里。屋子分里外两大间，都盘着炕。女客们进了里屋，男客们就在外间。不多时，来了左邻右舍十几个人，有的送来糕面，有的送来荞麦面，有的拿来杀好的鸡和羊。这些都是理义提前回家，让乡邻们帮忙办理的。

　　晚八点多，在邻居们的帮助下，里外屋和地下分别安排了一桌酒席，每桌上都有三碗一钵灿：炖猪肉、炖鸡肉、炖羊肉各一碗，烩菜一大碟。有散装白酒一锡壶，太阳烟两盒，一小碟瓜子糖果。主食是荞面饸饹炸油糕。婚宴由穆理义主持。走完程序后，人们开始喝酒划拳，吃喝拉话，一直闹腾到半夜才逐渐散去。

晚上睡觉的时候，男人们都睡在外屋，女人们都睡在了里屋。穆理仁说，地方窄逼，就不要讲究了，自己和李玉英在神树湾已经入过洞房了。

李玉英靠墙睡，贺玉婷挨着她。大约后半夜的时候，贺玉婷的胳膊被人踩了一下，惊醒了！她想，可能是李玉英下地小便，上炕时不小心踩到了自己。嗨！这个李玉英，当新媳妇的人，也不说少喝点儿水，没脑子！于是又睡了过去。过了一阵儿，贺玉婷好像被人猛地托了一掌，又醒了过来，这是怎么了？睡觉也不安稳。正思忖着，耳边却传来一阵又一阵"啪叽，啪叽"的声音。呀！狗舔食？屋里怎么能跑进狗？再仔细听，狗还喘着粗气！贺玉婷一阵紧张。倏忽，没有声音了。贺玉婷看见一个黑乎乎的物体从李玉英身上慢慢升起，仔细瞧，是个人！蹑手蹑脚地下了地，走出了里屋，在外屋一缕月亮的映照下，贺玉婷大吃一惊，是穆理义！没错，理仁是短头发，理义是长头发！赤身裸体地，像个大马猴，一踮一踮地往炕上移去。贺玉婷活了十八岁了，今天才算见到了大异奇！这媳妇是给理仁娶的，怎么理义跑上来了！鹊巢鸠占，像个亲兄弟吗？贺玉婷觉得李玉英算是瞎了眼了，怎么找了这么一个婆家，和牲口一样，全没一点儿礼义！以后的日子可怎么过呀？想着，想着，狗舔食的声音又好像在耳边响起，伴着粗气，急急促促，神神秘秘，那是什么滋味！贺玉婷激动起来了，翻了好几次身，久久不能入睡。

太阳露头时，送女的知青都穿衣起床。看了看前后屋，连个脸盆都没有，只好拿自带的手绢擦了一下脸，口就免漱了。早饭后，李二旦老婆想吃了中午饭再走，可是几个知青打定主意要回去。没办法，为了坐骡车，李二旦老婆只好随大家一起上了路。走在半途，杨月琴望着贺玉婷，说："你的眼怎么红红的。"贺玉婷撇了撇嘴，说："昨晚没睡好。""没睡好？以前你睡觉死沉死沉的，一觉能睡到大天亮！现在睡不着，是受到李玉英的刺激啦？"贺玉婷神秘地点了点头，说："算你猜着了！""你也想找对象？""你猜错了！""我一会儿猜对了，一会儿猜错了，究竟有什么事？"贺玉婷说："我难以启齿！"乔玉芳不耐烦地说："想说就说，不要吊人胃口！"贺玉婷说："我说了，你们不能传回生产队。"李二旦老婆也来了兴趣，说："快说吧，我也保密。"贺玉婷忍不住，就悄悄附在几个女人的面前，把昨晚上的事说了一遍，听得几个女人张口咂舌，简直不敢相信自己的耳朵。张树海和肖晓也猜想不是什么好事，但没想到那么严重、离奇。

佳人一去不复返，白云百载空悠悠。李玉英离开了新召，成了穆理仁的老婆。这一走，杳无音讯，与知青们四十多年再未谋面。其母亲对粗俗、没有文化的女婿十分厌恶，认为自己的女儿是一朵鲜花，硬是让一块儿下乡的知青给插在了牛屎上。所以，每当见到当年和玉英一块下乡的知青，就气不打一处来："你们还好意思打问玉英？她让你们欺负成什么样子了？知道吗？你们这些个坏种子！"

## （六十二）

居委会主任左秋圆问宋飞霞："你怎么还不下乡？和你一样的知青已经走了两个多月了，你还待在家里面，像话吗？这已经是第三次通知你了，可不能等第四次了。"宋飞霞哀告道："能不能再等几天，我有点感冒。"左秋圆着急地说："走吧，很多知青家长攀你，你要理解姨的难处。"宋飞霞说："那我明天就下去，户口以后再办理，行吗？""行，这样我就好解释了。"宋飞霞的父亲上班去了，母亲躲在里屋一直没言声。

第二天，宋飞霞带了简单的行李，搭了表哥的拉橡卡车，来到新召大队。张开关看了看她，翻开笔记本查看，说："宋飞霞，哦！你分配在了榆树沟。正好我也要去那儿办事，咱们一块儿走吧。"说完，替宋飞霞扛起了行李。宋飞霞满脸绯红，说："我自己扛吧。""你扛？就你那娇贵的小身体，扛不动的。"说完就捎着一捆行李出了门，宋飞霞随后跟上。到了牤牛河边，张开关脱下鞋子，绾起裤腿，很快就涉水到了对岸。宋飞霞站在原地，望着冰凉的河水，犹豫着不敢下水。张开关放下行李，又涉水返回，说："我背你过去吧。"宋飞霞迟疑了一会儿，说："不用，我自己过。"说完，也脱鞋绾裤下了水。哟！这水冰拔凉！一个激灵，差点跌倒在河里。张开关急忙搀扶，抓住了她的一条胳膊。宋飞霞咬着牙，慢慢伸脚，向前摸去，费了好大工夫，才上了对岸。站了一阵，俩人穿好鞋，朝知青点儿走去。

进了知青点，静悄悄的。俩人正在纳闷，忽然厨房里走出一个人来，是王向明！宋飞霞愣住了，怎么会是他呀！他从小学一直和自己同班到初中毕业。初二的时候，就开始给自己递纸条，说的话真能臊死人！王向明盯着宋飞霞，一阵惊喜，说："你也来啦？我就知道你顶不住的。"一边说，一边从张开关手里接过行李，说："张支书，你到屋里坐，我给你熬壶好茶，中午就在这儿吃饭，今天我是炊事员。"张开关说："他们都出工去了？""嗯。"王向明笑着对宋飞霞说："你和苏秋英住一屋吧，李丽霞请假回家了，这几天就她一个人住。"宋飞霞看着王向明那个高兴热情劲儿，浑身感到舒服，顺从地跟着王向明进了李丽霞的屋子，看着他麻利利地帮自己铺开了行李。

中午，知青们都下工回来了，宋飞霞稀奇地看着大家：原来光光鲜鲜的姑娘和小伙儿，现在好像老了许多。每个人头发上都积了一层灰尘，脸晒得黑红。衣服好像好长时间都不洗了，斑斑驳驳的。不论男女，进门就脱鞋，然后"啪啪啪"地往出倒沙子。大家很热情，拉扯着宋飞霞问长问短，好像好久没见过面似的。午饭是玉米窝头加烩酸菜，吃进嘴里酸吱溜溜的。王向明给张开关炒了一盘鸡蛋山药丝，张开关不好意思一个人吃，直推让大家。

宋飞霞休整了一下午，第二天就和大家一起去割糜子。队长李福则站在地头，说："每人三行，茬要割得低些。"然后大家就弯腰开镰。王向明凑在了宋飞霞身边，说："我已经把你的镰刀磨快了，放心割吧。"宋飞霞没吱声，学着别人的样子割开了。嗨！这也没什么难的，左手挽住糜子，右手拿稳镰刀，"嚓嚓嚓"一阵响，糜子不就倒地了吗？宋飞霞兴致勃勃地割着。可是不到五分钟，腰开始酸起来。她正起腰，想休息一会儿。哟！其他人都在前边，自己落后了！于是赶忙弯下腰来，继续挥镰。过了十多分钟，腰疼了起来。伸伸腰吧！嗨，别人把自己落下好大一段距离。不能，各人有各人的任务，赶上去。于是又弯腰挥舞开镰刀。不到一个小时，宋飞霞不但腰疼，臂也困得厉害。有什么办法呢，拼命干吧。还不到中午的时候，别人都完成了任务，坐在地头休息。宋飞霞汗流满面，筋疲力尽，快要累倒了！可是，还有不到三分之一的糜子没有割倒，有黄黄的一长溜呢！还好，王向明开始弯腰在地头帮自己开镰了。别人收工回去半个多小时了，宋飞霞才和王向明拖着沉重的双腿，狼狈地从糜地往家走去。

吃过午饭，又要出工了！宋飞霞说："还没午休呢。"众知青笑了，王向明说："立了秋，不圪蹴。二八月龙口夺食，还能午休？"宋飞霞说："我走路也困难了，干不动了。"王向明说："那怎么办呢？人家三四十的妇女还能干，你十八九的年轻人就干不动了，李队长能让你？"宋飞霞哭了，正在这时，李福则走进屋来，笑着说："小宋，你刚来，没打熬出来，这个体力活儿，最少也得半个月才能习惯。下午你不要割糜子了，和我老婆给牲口铡草去吧。你只负责往铡刀里喂草，不累的。"宋飞霞感激地点了点头，挪下炕，在李福则的指引下，去饲养院铡草去了。

唉！给铡刀口喂草也不是个好营生！李福则老婆那么大劲，你刚把草喂进去，她"嚓"的一声，就把草给铡开了。你喂多快，她铡多快。有几刀，差点没铡掉自己的手指头，吓得人一阵阵心悸。太阳快落山时，李福则老婆说："够几个牛吃一天了，提前收工吧！"宋飞霞如蒙大赦，放下手里的苜蓿，用衣襟擦了擦汗水，准备站起身来。啊呀！两腿又疼又麻，都不敢往直里伸。她慢慢将腿放开，两手向后托地，足足等了五六分钟，才渐渐散去了麻痛，勉强站起身来，一步一挪地向知青点走去。

　　以后几天，宋飞霞每天跟着队长老婆铡草。的确，这比割庄稼强多了。可是，在第八天早晨起床后，她流开了鼻血，用凉水激，棉花沾，只能顶一会儿事，不多时又流开了。她照了下镜子，满嘴燎泡！这可怎么办呢？王向明说："我送你去公社医院看看吧，这鼻血可不是尽管流的。"其他知青也都纷纷打劝说，赶快去医院吧。于是，王向明去和李福则请了假，和宋飞霞相跟上去了公社医院。

　　宋飞霞住院了。张开关在知青安置费里，支付她的医疗费。王向明也来到医院，给宋飞霞放下五块钱，让她安心养病，然后就回生产队去了。医院给宋飞霞配了药，打了吊针，鼻血渐渐止住了。第二天上午，她在公社粮站转悠，看见表哥的车又在装橡子，已经快装满了。宋飞霞急急忙忙走过去，见表哥正靠在汽车门上抽烟，就说："二哥，你一会儿要走？"表哥说："飞霞，你怎么在公社？不在生产队劳动？嘿，几天就晒黑了！"宋飞霞说："我流鼻血，止不住，来公社医院治病。"表哥说："你需要什么，下次我给你捎来。"宋飞霞低头想了一阵，说："不用了，我现在就跟你回去，看好病再下来。""你不用请假？""我让医院的护士给转告一下就行。""那你快点准备，我一会儿就走。"宋飞霞点点头，立即转身去了医院，办了出院手续，来到表哥的汽车旁。不多时，橡子装满捆结实。宋飞霞坐在驾驶室副座，回家去了。

　　第二天早上，张开关去医院看望宋飞霞，护士说："宋飞霞昨天上午就坐拉橡车回家了，让我们代她请个假。"张开关大感诧异：年轻人怎一点儿苦都吃不下，刚下来就要往回飞？

　　嗨，宋飞霞这一飞，飞得又远又离奇。

　　宋飞霞回家一连住了半个月，浑身的疲乏和疾病一扫而空。只是觉得寂寞。快过国庆节了，扎萨克镇要举办军民联欢会，左秋圆把宋飞霞安排进了文艺宣传队，和驻地解放军一块儿表演节目。宋飞霞和一个名叫曾二明的战士表演《夫妻识字》。哈！那个曾二明，瘦瘦的，中等身材，留个小平头，小眼睛，厚嘴唇，相貌平平。可是一上场，很快就进入了角色。你看他，眉飞色舞，左右顾盼，不住气地在场上扭捏，活脱脱一个刚娶过媳妇的小男人，逗得人们直想笑。宋飞霞也很快喜欢上了他。一天傍晚,曾二明来到宋飞霞家门口,过来过去地转悠。有人走过来,他就假装路过这里,快步向前走去。没人时,他又转悠过来。一直圪转了一个多小时,天完全黑下来了,宋飞霞才开门走出,好像要上厕所。曾二明快步撵了上去,叫了声:"飞霞!"宋飞霞慌了一下,掉过头一看是曾二明,嗔怪道:"吓了我一跳,你有事?"曾二明在黑暗中嘻嘻地笑着,说:"我想约你看电影。""这么晚了,电影票早卖完了。""那咱们俩出去走走也好。"宋飞霞想了想说:"行,不能时间长了,不然我爸妈会骂的。"说完,就和曾二明肩并肩地相依着,来到北门口。曾二明说:"我想和你处朋友。"宋飞霞好一阵没吱声。曾二明又说:"我每天都在想着你。"宋飞霞说:"你的情况我还不了解。""嗨!不了解我给你介绍嘛!听名字我好像是个汉族,其实我是鄂温克族,是辽太祖耶律阿保机第五十八代孙。世代居住在茫茫大兴安岭林海中。那大森林,比电影《智取威虎山》中的森林漂亮十倍。夏秋之季,树木参天,郁郁苍苍,伐木工人歌声回荡。冬春两季,雪压青松,是狩猎的大好时机,家家户户都能吃上狍子肉,獾子肉,野猪肉!鹿肉和狐狸肉也是桌上的家常菜。""啊呀,鹿肉好吃,那狐狸肉臊气熏天能吃成?""噢!我说错了,是山狸子肉。我们家在国营大林场旁边。那林场真叫大,有三千多工人,男男女女的,经常举办篝火晚会。鄂温克族人性格豪爽浪漫,青年男女经常是在跳舞的时候一见钟情,结成伴侣。天气炎热的夏季,人们只穿薄绸子做的袍子和裙子,里面不穿裤衩。""那不成了原始人了?""什么原始人?那叫原汁原味儿的浪漫!国家还派专家去考察过几次,说这是少数民族传统文化,要永久保留呢!其实,人和人老是用遮羞布掩盖起来,没什么意思。就像咱们俩,其实我有情,你有意,何必那么折磨自己!干干脆脆地结合在一起,过上幸福的生活,那该多美!"曾二明一边说,一边将右手搭在了宋飞霞的肩膀上,宋飞霞扭动了一下,想躲开!可是曾二明反而伸出两臂,将她搂在怀里。宋飞霞挣扎着,刚开始挣扎的劲还挺大的!可是,后来这个劲越来越小,越来越小,最后不挣扎了,也伸开双臂,将曾二明搂在自己怀里,两人热吻起来。良久,才相互松开了臂膀。曾二明说:"咱俩结婚吧!我下个月就转业,回林区当个保卫科长,把你安排在林场人事科,俩人每月能挣八九十块!让你的同学羡慕去吧!"宋飞霞说:"这要和爸妈商量。"曾二明信心十足地说:"商量去吧!曾二明这样的女婿,打着灯笼都难找!"宋飞霞"扑哧"一声笑了,说:"你敢不是个吹手吧?""吹手?鄂温克人生来诚实,不知道吹手是干什么的!"宋飞霞信任地点了点头。

　　宋飞霞第二天就吞吞吐吐地把自己要找曾二明的事和父母亲说了。父亲宋维世说:"他是个外路人,咱一点儿都不了解。"宋飞霞说:"其他外路人咱不放心,可曾二明是个现役军人,要是有问题,部队能要他?"母亲说:"飞霞说得也是,现在当个兵,审查得可严呢。"曾维世没话可说了。

第三天,曾二明就提着烟酒点心登门求婚。没费多少周折,不到一个星期,宋飞霞和曾二明正式登记结了婚。

十月六号,曾二明转业,和宋飞霞坐着班车向家乡进发。到了包头后,曾二明买了两张到二连浩特的汽车票。宋飞霞不解地问:"大兴安岭在东北方向,应该坐火车才对,弄错了吧?"曾二明解释说:"二连浩特就在大兴安岭西部林海里,没错。"宋飞霞迷迷糊糊,自己没走过这么远的路,地图上可能看不清,跟着走吧!汽车过了呼和浩特,一直向北驶去,宋飞霞遐想着茫茫林海,耳边不久就要传来"走上这高高的兴安岭啊"的歌声,那是一番什么情景,鄂左旗的丘陵草滩能比得了?笑话。她在车上睡了一觉,醒来一看,茫茫戈壁滩上,连一苗三尺高的杨柳树都没有,湖泊河流远近瞭不见,走上好半天,遇见一个村落,也都是些破破烂烂的土房子。有庄稼地,也都是些靠天吃饭的干旱地。宋飞霞问:"这是什么地方?和鄂左旗差远了!"曾二明说:"这是四子王旗。""咱们去的地方不能是这样吧?""别问了,到地方你就知道了。"宋飞霞又合上了眼睛,迷糊了一个多小时后,睁眼向前望去,戈壁滩更大了,多数是些盐碱地,只长些竹几和盐蒿,哪里有树木?连一户人家也看不见了,进了无人区!宋飞霞紧张起来,问:"这到了什么地方了?"曾二明说:"离外蒙古不远了。""啊呀!你想到外蒙古?""想去也去不了,司机没胆量超越国境线。""二连浩特在哪里?""再往东北方向走,就行了。"宋飞霞想:可能越过戈壁滩就是森林,中国的地貌复杂着呢!于是又合眼睡了过去。等一觉醒来,太阳偏西,汽车进了车站,候车室门面上挂着一个木牌子,写着"二连浩特汽车站"几个字。宋飞霞向左右和前方瞭望,除了戈壁滩就是黄沙丘。她吃惊地问:"曾二明,你说二连浩特在林海里,这林海在哪里?"曾二明无奈地说:"林海有什么意思!我们这地方四大宽展,刮风凉快,王昭君还爱来呢!"宋飞霞恍然大悟:曾二明不但是个吹手,还是个骗子!她气不打一处来,恼哼哼地下了车,跟着曾二明来到车站后面,趁没人看见,"啪"地给了曾二明一个耳光,骂道:"你为什么捣鬼?"曾二明说:"我不是为了娶你吗?""娶我?生米做成熟饭,让我没法反悔?告诉你,结了婚再离婚的人多的是,我要回鄂左旗!"曾二明慌了,央告说:"离咱家就剩七里地了,是长是短到家再说吧,我叫你姑奶奶!"宋飞霞一脸怒气,不依不饶。曾二明说:"你爱我还是爱树?我比一片树要强!我会对你一辈子好。姑奶奶，跟我走吧！"宋飞霞流下了眼泪，哽咽着说："你是个披着军装的鬼！"曾二明搀扶着宋飞霞，雇了一辆四轮车，两人坐上去，向东驶去。

半小时后，四轮车停在了一家农村院内。曾二明把宋飞霞扶下车，宋飞霞看了看周围的环境：土房四周都是些竹几滩和黄沙梁，西风烈烈，沙尘时起，不小心就迷了眼。很远处好像有些耕地。院内是三间土房，一个牲口圈，拴着一头牛和一头驴。听见拖拉机响，屋里走出一个五十多岁的老女人，说："二子，你回来了？"曾二明说："妈，我回来了。"接着走近他妈，附耳说了几句话。老女人顿时眉开眼笑，忙上前把宋飞霞手中的包裹接在手里，说："快进屋，快进屋！妈给你们熬茶做饭。"宋飞霞随着曾二明进了屋。屋内黑乎乎的，炕上铺着两条旧毡子，叠着几卷旧被褥。地下放着四条大瓮，三条腌着酸白菜，一条当水缸。酸菜味弥漫屋子，闻着就酸得人牙疼。宋飞霞一脸阴沉地坐在炕沿上，看着曾二明娘俩烧茶做饭。拖拉机司机说他还有生意，不顾主人挽留，发着车走了。曾二明妈说："你爹和你大哥都去西乌旗做工去了，大概需一个月才能回来。"宋飞霞心想，再没提到有别人，说明他大哥还是个光棍！唉，这家人算穷伤实了，先忍着吧！住几天，我回娘家。

一周后，宋飞霞整顿行装，要回娘家。曾二明说："你不要着急走，我已经去过旗民政局了，他们说很快会给我安排工作的。等我有了工作，再给你也找个工作，岂不最好！"宋飞霞说："等你正式上了班，给我来个电话，我自己来找你。"曾二明妈流了两滴泪，说："好媳妇哩！你不要嫌我们穷，等二子有了工作，你们单另过，我们不拖累你。"宋飞霞说："不是这个意思。刚结婚，总得有个回门吧！你们这里就没这个讲究？"二明妈无语，二明无话，只好用自家的毛驴车，将宋飞霞送到汽车站，买了汽车票将她送走。

宋飞霞回到家中，父母亲问："那里情况怎么样，是多大的个林场？二明有工作了吗？你能找下工作吗？"宋飞霞一脸羞愧，憋了老半天，才将实际情况告诉了父母。母亲气愤地说："解放军里还有这样的骗子？千里迢迢，就找了这么个圪泡？"父亲拍了下桌子，说："你以为安上颗人头就是个人？人头牲口！"宋飞霞当着父母的面，痛痛哭了一鼻子。

一个多月了，曾二明三天两头往民政局跑，最后因为他没有文化，被安排在粮食局当工人！粮食局的工人干什么？扛麻包，清库晾粮食。曾二明掂量了一下：工人就工人，慢慢调换好的工种吧。最揪心的是宋飞霞自从回了娘家，杳无音讯！敢不是变心了吧？呀，不想点儿法子，这媳妇还真敢飞呢！不行，得赶快把她找回来！曾二明打定了主意。

宋飞霞真不想去二连浩特了！那真叫个鬼地方，环境恶劣，一个熟人也没有，住在那儿能把人愁死、孤死！她每天在家里帮助母亲做饭、洗衣，凑合着打发日子。一天中午，她洗完碗，在前屋刚躺下，突然，屋门被推开了，曾二明直愣愣地站在了当脚地。宋飞霞坐起身来，像见到了一个生人，睁大眼睛看了他半天。曾二明说："我来接你回家。"宋飞霞说："回哪个家？这里就是我的家。"曾二明说："别开玩笑了！我已经和你结婚两个多月了，你的家在二连浩特后沙滩村。""那个鬼地方我不去！""嗨！我已经被安排在粮食局搞保卫工作，过一段时间还要给你找工作，你要嫌后沙滩不好，咱住在二连浩特城里面，那是国境线上的口岸城市，每天都能见上外国人！""见什么外国人？过来过去就那些老蒙古，我们鄂左旗也有的是！""你要不回去，我住在这里就不走了！"曾二明一边说，一边把挂包腾地扔在炕上，坐在凳子上吸起烟来。正在这时，里屋走出了宋飞霞的父母亲，曾二明吓得"噌"的一声站了个立正，举手想行个军礼，又觉不合适，慢慢将手放下来。宋飞霞的母亲手指曾二明的眼窝骂开了："你为什么捣鬼？为什么骗人？老天爷白给你搭了张人皮！你想让我们女子一辈子跟你受罪？跑一千多里路去伺候你？你有点儿人味没有？"宋飞霞父亲说："你这个后生，在部队上是怎受的教育？道德水准怎这么低下！连个普通老百姓都不如！"宋飞霞怒视着曾二明，真想上去再扇他两个耳光。曾二明拿定主意：你们就是把屎盆子扣来，我也当礼帽戴上，以柔克刚嘛！宋飞霞一家人，骂够了，也累了！见曾二明像个犯人一样，脑袋耷拉在胸前，大气不出。唉！这种无赖，骗子，有什么办法？

　　当天夜里，曾二明就躺在前屋炕上。宋飞霞要他住在旅馆，他说："行，你和我一起去。"宋飞霞气得直摇脑袋。父母亲气哼哼地躺在里屋不作声，弟弟和妹妹与父母挤在了一起。就这样尴尬地过了一夜，第二天天蒙蒙亮，曾二明就起来又是挑水，又是扫院，像过去的八路军到了老乡家。不但如此，一日三餐他抢着做饭，抢着洗锅，吃饭也毫不拘束，想吃多少就吃多少！闲着没活干时，就用蒙古长调唱起了歌子："飞霞啊飞霞，你快快跟我回去，祖国的北疆，无比的壮丽……"他嗓子不好，一会儿像牛吼，一会儿像狼嚎，宋飞霞打了他一巴掌，说："不要唱了，难听死了！"曾二明不管这些，该干活就干活，该唱歌就唱歌。一个多星期后，邻居们给宋飞霞父母出主意："快让飞霞跟上回去吧！到哪里都是鸡叫狗咬，一样样地过日子！"宋飞霞的父母早已忍受不了这种折腾了，于是就对飞霞说："跟曾二明回去吧！看来他还是真舍不得你，说不定以后会好起来。认命吧！"宋飞霞这几天也没辙了，听了父母的话，点了点头说："听爸妈的，以后虽然路远，我也会常来看你们的。"于是，就收拾起行装，辞别父母弟妹，和曾二明回二连浩特了。

一年后，宋飞霞被安排在一所民办小学教语文，他给曾二明生了一子一女。曾二明一直干重体力活儿，不是扛麻包，就是背粮袋。但挣钱的不受苦，受苦的不挣钱。一个工人再有苦，能挣几个钱？所以，他们的日子一直过得很清苦。曾二明力尽汗干，四十八岁就得病死去。宋飞霞除了教书，还拉扯两个孩子，种一片蔬菜，完全成了拉破窝老婆。零八年知青聚会时，没一个人能认出她来：苍老，皮肤粗糙黝黑，眼珠子淡黄，四肢枯瘦颤抖。这哪里是宋飞霞！活脱脱是戈壁滩放羊的老女人！

当年，王向明在宋飞霞走后，常常站在牤牛河畔，望着对岸，盼望宋飞霞突然归来！担忧、惆怅、思念，让他难过了好长时间。刚参加工作时，他还说："要是宋飞霞离婚了，我还要娶她。"这些事，宋飞霞不知道，她四十多年才和大家见了一面，怎么会知道？

## （六十三）

中午，旧庙塔来了一辆送化肥的拖拉机。丁秋玲放下饭碗，来到拖拉机旁，看见司机正在关马槽，就走上前，说："师傅，你要去哪里？"司机是个三十岁上下的男人，中等个儿，长头发，黑方脸，双目微陷，但有神。他看了看眼前的姑娘：二十岁左右，个子不高，乌发圆脸，一对水汪汪的大眼睛很诱人。就说："去鄂左旗，你想搭车？""我是这里的插队知青，想回家。""哦！你去准备吧，我马上就走。"丁秋玲笑着说了声："谢谢。"就忙着回去请假、收拾东西去了。

不多时，丁秋玲就坐在驾驶室副座上。司机发着了车，上路了。司机问："你叫什么名字？""我叫丁秋玲。""今年多大了？""十九岁。""我叫时耀庭。是新召公社拖修厂的司机。今年二十八岁，去年从部队转业。最近负责给各个生产队调化肥。""那你是哪里人，嫂子肯定有工作吧！""我是查干召人。你问嫂子？哈！我还没娶下媳妇呢！以前谈过三四个，都吹了。""已经谈三四个了？一个都不行？是你太挑剔，还是那些姑娘都不行？"时耀庭"哈哈哈"地大笑起来了，停了好一阵，才神秘地说："我说了，你不要笑话，就当听故事。我在山西原平县当兵的第二年八月，司务长让我帮他去菜市场买些西红柿。嘿，卖西红柿的是一个十八九岁的年轻姑娘！她一边给我过秤，一边忙不迭地拿眼睛瞟我。我瞅睹了一下那姑娘，个头和我一般高，留两条小辫子，脸蛋白白的，连一个黑点儿都没有。眉毛细长细长，就是书上说的那个柳叶眉！眼睛不大，但很秀气，特别是看人时，那光线能穿透男人的骨髓！我当时就觉得自己的骨头'嘎巴嘎巴'地响了起来，都快酥软掉渣了！我痴痴地看着那姑娘，她笑了，说：'解放军同志，你要有心，以后就到我这儿来买菜。'我说：'好，好。'看了看表，怕耽误战友们吃饭，就恋恋不舍地回去了。"说到这里，时耀庭停住了。丁秋玲听得入了迷，急着问："那以后你俩怎样了？""怎样了？一来二去就好上了！她领我去家里。啊呀！他爹是个五十多岁的倔老头，乍起山羊胡子，说他一共生了五个女儿，前四个都嫁人了，最小的这个一定要找个倒插门女婿！没有商量的余地。我就犯难了！爹就我这么一个儿子，能办那不孝的事吗？于是就和那姑娘吹了。分手的时候，俩人还面对面地掉了眼泪。"丁秋玲感慨地说："倒是一桩好姻缘哩！可惜没成。那第二个故事呢？"时耀庭眨巴着眼，说："那是我将要转业的前三个月。已经是老兵了，连队对我也不像以往那样管理严，可以在闲暇时间进商场，逛大街。有一次，在小吃店碰见一个卖爆米花的女子，二十二三岁，瓜子儿脸，厚嘴唇，不笑不说话。特别是那水蛇腰，轻灵柔软得没法说！看上去妖冶自然，就像山里的野菊花，一股原始野性味儿。'咯，咯'地一笑，像疯癫，又像挑衅，弄不好，男人会在她面前腰扭腿巴子折。可我不怕！咱当兵的还怕个老百姓？我就和她打情骂俏地交往起来。啊呀！碰到她的身体，再刚硬的男人，都可能像被连阴雨浸泡过的山体，免不了滑坡！没办法，我经常去找她。有一天，我刚走到她的小店门口，突然从里屋窜出一个愣头小子来，提着一根木棒就要和我拼命，我明白了：这女人不只我一个朋友，撤退吧，我掉头就走了。"丁秋玲诧异地说："怪事都叫你遇上了。"时耀庭撇了撇嘴，说："这还叫怪事儿？可有一般人想不到的事呢。""说吧，故事挺吸引人的。""去年，我给台吉召村送大炭，往回返的时候，有一个二十岁左右的姑娘站在路边直招手，我停下车，她说：'师傅，我要回王子壕赖村，能不能搭个车？'我一看，姑娘花枝招展，带上吧，她说的村子离查干召只有五里地，正好我也想回家看一下父母亲。一路上，我觉得这姑娘既温柔又善静，就心猿意马，想入非非。把她带回家，想让父母亲看一看。谁知刚进门，我妈就噘起了嘴唇，连口水也不给人家喝。那女子没趣，和我打了个招呼，出门步行回家了。我问：'妈，你这是为啥？'我妈说：'那是个石女。'再就不和我解释了。后来，我叔伯哥告诉我：那是东村高圪蛋的女子，原来是台吉召乡财政干事刘长在的媳妇。刘长在在新婚之夜，反复弄了八次还没进去，就像顶在了肚脐眼上，最后认定是个石女，没几天就把她退回娘家了。""什么是石女？石头人？"时耀庭笑问："你真不懂？""真不懂。"时耀庭伸手在丁秋玲裤裆摸了一把，说："她的这个东西没有窟窿。"丁秋玲羞红了脸。冷不防，时耀庭探过脑袋，又把丁秋玲的嫩脸蛋狠狠亲了一口。丁秋玲生气地说："讲故事，你怎么动开手来了！"时耀庭一本正经地说："秋玲，我未娶，你未嫁，咱们就不能成为一家人？""咱俩才刚认识。""这叫一见钟情！老天爷安排好了让咱们做夫妻。""啊呀！难听死了！""你现在难为情，过两天你还离不开我呢！"丁秋玲心中慌乱，低头不语。

时耀庭把拖拉机开得很慢，过布袋壕的时候，太阳就落山了。他把车开进了沙柳掩映着的一户人家。屋里走出一个四十多岁的女人，时耀庭说："大嫂，天黑了，住一宿吧。"然后从兜里掏出五块钱。递在女人手里，女人立刻笑了起来，说："这是你媳妇吧，你俩住里屋，我和我男人、娃娃们住外屋，晚上我给你们做拌汤捞饭。"丁秋玲想解释，又没说出口。

时耀庭走出屋子，给拖拉机水箱加水。丁秋玲跟了出来，说："我不和你住一个屋。"时耀庭说："住吧，我不会强迫你的。"

晚饭后，时耀庭和这家的男人天南海北地神侃了一顿，然后就和丁秋玲睡在了一个屋子。

自此后，时耀庭经常来找丁秋玲。天晚了，丁秋玲就在时耀庭宿舍过夜。她以为自己找了个好对象：转业军人，还是司机。

张开关没事时好在公社周围溜达。那天上午，来到拖修厂门口，看见下夜工李怀则向他招手。走进李怀则下夜房，李怀则问："你现在是不是负责知青的工作？"张开关说："嗨，临时负点儿责，不是正式的。"李怀则说："不管临时还是正式，反正有个事儿我要告诉你。"张开关问："什么事儿？"李怀则压低声音说："拖修厂的时耀庭和女知青丁秋玲搞上了，有时候整夜睡在一起。"张开关吃惊地问："你亲眼看见了？"李怀则说："当然是我亲眼看见了，这事能乱说？"张开关皱起了眉头，说："时耀庭是有老婆娃娃的人。国家有规定，凡是诱奸女知青的有妇之夫，要判三年禁闭呢。"李怀则说："我也是听说有这个规定才告诉你，你想法制止一下他们，不要弄出事来。"张开关说："这事儿你再不要告诉任何人，我想办法让他们停止这种关系。"说完，就去找时耀庭。

时耀庭正在照镜子刮胡须，见张开关进门，忙给让坐。张开关坐在凳子上，装了一袋烟。时耀庭忙擦着火柴给点着，然后问："三叔，你找我有事？"张开关盯着时耀庭，好一阵才说："听说你最近和丁秋玲关系很密切，是不是？"时耀庭脸皮抽动了一下，说："不怎密切，就是她坐过我几次车。"张开关说："坐车是小事，你可不敢弄出大事儿来。"时耀庭脸红了起来，说：

"没其他事儿，真的没有，三叔你放心。"张开关说："没事最好。可是一旦有了事儿了，可就是大事儿，国家的规定你知道吗？"时耀庭忙说："知道，知道。"张开关站起身来，临出门时又说："耀庭，我是为了你好，记住我对你的提醒，可不敢犯糊涂。"时耀庭连连点头，将张开关送出门外。

张开关又找到丁秋玲，明确告诉她：时耀庭是有老婆娃娃的人，不能受骗。丁秋玲的脸红一阵，白一阵，反复说自己和时耀庭没有关系。张开关不好再问，返身回去。

可是，烈火燃起的干柴，哪能一下子就熄灭！没过几天，时耀庭又和丁秋玲偷偷地苟合在一起了，拖修厂的工人议论纷纷，绯闻越传越远，竟然传到时耀庭媳妇的耳朵里。

一天中午，一个二十多岁的年轻妇女，突然来到旧庙塔知青门口找丁秋玲。丁秋玲走出屋子，说："大嫂，你找我？"那女人问："你就是丁秋玲？"丁秋玲点了点头。那女人哈了一口浓痰，"呸"的一声唾在了丁秋玲脸上，然后伸手就是两巴掌，骂道："你个不要脸的骚狐狸！勾引我家时耀庭。你睁开屄眼去看看，时耀庭已经有八岁的儿和五岁的女，老婆娃娃一大群！你这贱骨头，怎么就敢破坏别人的家庭？"说着，又要上手揪丁秋玲的头发，被闻声出屋的知青们拉开了。女人哭着给围观的人说："我和时耀庭结婚九年了，他以前对我好好的，突然这两个月就不回家了。我到拖修厂一打问，才知道是这个小妖精从中乱圪搅。我今天告诉你丁秋玲，不要和老娘争一个汉，不然老娘活剥你的皮！"说完，又朝丁秋玲唾了一口痰，怒气冲冲地走了。

丁秋玲气得大病了一场。羞愧、悔恨、恐惧一齐向她袭来，折磨得夜不能寐！今天觉得更加难受，想出屋散散心。突然，门外来了一辆警车，两个警察跨进门来。坐定后，就严肃地询问起她和时耀庭的关系。她支支吾吾，嘟嘟囔囔，半天也表达不清楚一件事。两个警察恼了，警告说："包庇坏人是要负法律责任的。"她害怕了，就一五一十地把事情全部作了交代。

半个月后，新召来了两个二杆子警察，把时耀庭一绳子捆成个圪蹴老汉，三下五除二塞进了警车，绝尘而去！又过了十多天，传来消息：时耀庭被判了三年有期徒刑。

张开关无奈地说："知青们真难管，做事连个拐畔也没有！"

## （六十四）

知青的生活离奇、可笑、多彩。

田毛则领着社员们给玉米上化肥。上到了地头时，准备休息，李九成老婆望着不远处的两畦子白菜笑了起来："哟，这谁家的菜，怎长成这样子？"大家闻声看去，那都是些菜儿子！最大的也没有一拃高，死蔫耷拉。田毛则走过去，见菜叶上生了许多蚜虫，返回头看了看张树海和李德明，问："你们的菜地吧？"李德明笑了，张树海转过了头。

半前晌，肖晓准备做午饭，可是有米无菜，这怎么做？他拍了一下脑门，计上心来。晃晃悠悠地向后壕地走去。不多时，几畦子绿油油水灵灵的大白菜出现在面前：这是陈虎家的白菜，拔上两苗吧。正准备动手，又觉得不行！这样会让那小子看出来的，弄不好又要找上门来，吹胡子瞪眼嘶声一顿。这么办吧，每苗菜上剥一片菜帮子，他爹来了也看不出来！肖晓暗自发笑，弯下腰剥了一大抱菜帮子，然后快速回到知青点。一顿糜米饭烩菜很快就做出来了。

知青们下工回来了，走进厨房一看：嚄！烩鲜白菜糜糜饭，不错！大家纷纷拿起碗筷开始盛饭舀菜。周振林吃了两口，说："有点儿辣椒就好了。"肖晓说："想吃自己弄去。"周振林说："去哪儿弄？"肖晓朝门外指了一下，说："井渠子下面有一畦子辣椒，已经红了，你去摘几个吧。"魏海说："去吧，去吧，上一次是我摘的，这次轮你了。"周振林放下饭碗，走出厨房，向井渠子方向望了一眼：没人。于是，就假装溜达，哼着小曲儿："楞格儿里格，楞格儿里格……"向前走去，已经下到井渠子了，突然听到身后有人叫唤："你今天又想做个甚？"周振林回头一看，是杨发则，辣椒地主来了！周振林龇牙一笑："我闲转一会儿。"杨发则嗤笑："闲转一会儿？你肯定又想偷我的红辣椒了，装什么正经？"周振林反驳："你不要给我栽赃，我浑身上下不装一个辣椒。"一边说，一边又哼着小调，在右面平地上绕了一圈，背操着双手回去了。魏海问："你摘的辣椒呢？"周振林十分沮丧："唉，时气不顺，日狗也不站！刚到井渠子，就被杨发则跟上了。"吴来志说："辣椒没摘来，今天晚上你给咱揪些葱叶子。"周振林说："晚上咱俩一块去，我一个人害怕。"吴来志说："你做甚也要拉个垫背的。行，到时候我和你一起去。"

夜静人定的时候，周振林和吴来志出了屋，周振林问："揪谁家的葱？"吴来志想了想，说："揪田毛则家的吧，我前天拔萝卜路过那里，见他家的葱长得又高又绿，咱花插开揪，他看不出来。"周振林说："他可是队长！""嗨！队长咋的了？咱现在是走州吃州，过县吃县，还怕他个兔头大的生产队长！"周振林说："好吧，就揪田毛则的葱！"不一会儿，二人来到几垅葱地里，借着微弱的月光，伸手揪起了葱叶子，不到两分钟，每人就揪下一大把子。周振林说："够吃了，走吧。"二人相跟上回到了知青点儿。

第二天中午，知青们刚吃完饭，突然门外来了一个八九岁的小男孩，定睛一看：是田毛则的儿子凤华则。他噘着嘴，瞪着眼，向屋里喊话："青年们，我爹说了，那些个葱都灌上大粪了，你们再不要揪得吃了！"周振林看了看吴来志，说："田毛则怎知道咱偷了葱？"吴来志醒悟道："咱忘了，田毛则会寻踪，全生产队大人娃娃的脚印子，他都认得。"魏海笑道："哦！难怪乔凯云逃不过他的眼睛。"

麦收后，知青每人也分到了二十斤小麦。可是，小麦是原粮，吃饺子吃面条那要加工成面粉才行！囫囵煮的吃，既难吃，又浪费。咋办？张树海说："加工成面粉吧，谁和我干？"周振林说："我和你去。"于是，晚饭后，两人将一百多斤麦粒，用清水淘净控干，然后背到了磨房，准备了箩子等一应用具，又去饲养院拉了一头大黑骡子，套在了磨杆上。周振林负责往磨眼儿里填麦粒和赶骡子，张树海负责箩面。一晚上，大黑骡走走停停，缩前撮后，气得周振林举着根湿柳棍不断地在骡屁股上抽打，说骡子"偷懒""耍奸"。树海两手把着箩子，左摇右筛，双臂酸困，后腰疼痛。天亮的时候，两腿也僵直了，勉强站立起来。麦子磨了六遍了，剩下的是麸皮，终于成功了！周振林和张树海正准备卸磨，忽然田喜则老汉开门出来，惊讶地说："啊呀！你们就这样一晚上赶牲口的？"周振林不解地问："怎么了？我赶牲口你觉得疼？""不是我疼，是牲口受不了！你看看骡子脖颈上的套引子是怎套的？""咋套的？谁不是往脖子上套，莫非套在屁股上？""你还死犟，套反了！你把小头卡在了牲口喉咙上，一晚上没把骡子勒死，算你走运。"张树海走过去一看，噫！真的套反了，怪不得湿柳棍抽上也不走！于是顺手将套引子翻转过来。周振林这时才明白过来，窘迫地说："喜则叔，我不懂，不是有意的。"田喜则无可奈何地说："日出怪了！咋把这么一群凉胡则打发下来种地！"

知青不会过日子！有了就吃，没了挨饿！没有细水长流那一说。自从分下新麦子，不到一个月，就把面粉吃了个罄蹽光。白面袋子空了，再吃甚？只能吃豌豆！李德明说："把豌豆加工成面粉，能擀豆面条子吃。"高志远说：

跌宕牡牛河

"每人只分了五斤豆子，太少了！况且，即使加工成面粉，咱会擀豆面？"李德明说："那怎么办？炒得吃？"高志远干脆地说："不能炒。炒出来的豌豆硬得和石子儿一样，谁能咬动？煮着吃！煮熟了绵沙绵沙地，好吃！"张树海说："行，明天轮我做饭，就给大家煮豌豆。"

第二天知青们就吃上了煮豌豆。嘴干了就喝开水！口淡了就咸菜！嘿，也不行，不好吃。李德明说："这无滋淡味，能顶一顿饭？"高志远突然叫了起来："有办法了，就看你们敢不敢？"肖晓说："什么办法？你快说，能改善生活就行嘛！"高志远说："队里的母牛刚下了崽，奶水肯定旺，中午乘社员们歇响时，挤些牛奶，熬成奶茶，泡上煮豌豆，肯定鲜美，怎么样？"肖晓说："母牛也护犊子呢！它的奶水是给牛儿子吃的，咱去挤，还不一蹄子把你给弹死？"高志远哈哈大笑起来："那是茶牲口！你以为和你一样精？啥事儿没有，你们要是害怕，第一次我去挤。但是每次挤奶的时候，要有人放哨，不能让饲养员和其他人知道。"肖晓说："这个自然，你放心挤吧，咱俩一组，我给你放哨。"

中午，阳光直射，火辣辣的。人们吃过饭，倒头午休了。高志远提着一个大茶壶，走在前面，肖晓东张西望，跟在后面。高志远来到牛圈旁，打开圈门，慢慢地靠近了母牛。他从衣兜里掏出两把黑豆，放在了牛槽里，母牛很快低头吃了起来。高志远用手抚摸了一阵牛的额头、脊梁、肚子，发现母牛很乖，就蹲下身来，左手提着大茶壶。右手开始捋母牛的长奶头。捋了没几下，嚙，乳白色的水水流出来了！一股一股的，直往茶壶里淌，一会儿工夫，就淌了半茶壶。高志远看见牛儿子直往茶壶上伸脑袋，就站起身来，说："牛儿子，我们以后分得吃吧，不能眼红！"一边说，一边关好圈门。回头再看，母牛安详地站在槽边，牛儿子守在一旁，一切正常，嘻，嘻！

知青们皆大欢喜！嘴里嚼一阵绵沙沙的煮豌豆，再呷一口香喷喷的奶茶，从舌尖一直舒服到肠胃，沁人心脾。二百五吴来志感慨地说："小时候，给咱喂奶的是人妈妈，现在给咱供奶的是牛妈妈，还敢说不好活？"

五六天后的一天中午，饲养员赵三老汉来到牛圈照料牛儿子，老远就发现圈门大开，啊呀！咋这么粗心，牛跑出去可怎么办哪！他快步走了过去，嘿！母牛和牛儿子都在。可是母牛肚皮底下圪蹴着一个人，是知青魏海！这小子在做什么？啊呀！做坏事！你看他，一手提着个大茶壶，一手熟练地挤牛奶，把个牛奶头捋得老长，也不管牛儿子拿眼珠子瞪他，真是个圪泡小子！赵三大喝一声："龟孙子，你在干什么？"魏海吓了一大跳，差点儿没把茶壶掉地下，回头一看，妈妈呀，瘟神爷来了！赵三吹胡子瞪眼继续骂："贼小子，牛奶让你喝净了，牛儿子喝甚？"魏海涨红了脸，强硬挤出一脸笑，慢慢地站了起来，抱歉地说："赵叔，我们知青生活不好，每天饿肚子，就想起这下三滥的事来，有事好商量，我们不亏待你。"赵三说："你不亏待我？你亏待了牛儿子！我说么，最近牛儿子一天比一天瘦，原来把肉长在你们身上了！我去告诉田毛则，这饲养员我当不成了。"说着，就要出圈门。魏海一把扯住赵三的后衣襟，说："赵叔，你等一等。万事好商量。我下午给你买两盒大前门，一瓶镇痛片。这事你就不要声张了，行不？"赵三的脸色缓和过来了，说："你们也太不像话了，漏开空就做灰事！"魏海解释道："这也是让生活给逼的！我们饥一顿，饱一顿，赵叔又不是不知道！我刚来村里的时候有多胖？体重一百四十四！现在不到一百二十五，饿成这个样儿！赵叔是个善人，能没同情心？"赵三说："好吧，饶过你这一回，以后不能再和牛儿子争食了。"魏海点头哈腰："君子知错就改，你老放心吧。"赵三鼻孔里哼了一声："说得好听，贼君子！嗳，还有什么事来？"魏海笑答："知道！两盒大前门，一瓶镇痛片。"赵三掉头走了，魏海提着茶壶，关好圈门，往知青点儿走去。没几步，放哨的吴来志迎面走来，魏海大骂："吴海山（吴来志父亲）的老子！你死哪里去了？放的什么哨？"吴来志不解地问："吃上炸药了？见面就骂人？""骂你是轻的，我还想揍你呢！刚才你爷正挤牛奶，让赵三那个老圪泡逮了个正着。挨一顿臭骂不说，还给承应下两盒大前门，一瓶子镇痛片。"吴来志"哦"了一声，后悔不迭地说："我今天闹肚子，拉稀！没想到这么一会儿工夫，就跑来个破败星！"魏海气愤地说："每顿能吃三碗，你孙小子往进撑四碗，撑死你！"吴来志不敢多说话，接过魏海手里的茶壶，讨好地说："大哥，小弟知错。"魏海勉强笑了一下。

　　自农历二月以后，知青们再没闻到过肉腥味。好不容易喝了几天牛奶，又叫赵三给冲酒了！大家肚子里没油水，馋得很！上午歇工的时候，周振林看着队里的耕牛在沟里吃草，问田喜则："喜则叔，牛肉好吃不好吃？""好吃！炖上一锅，放些葱姜辣椒油盐酱醋，喷喷香！""你看沟里那个牛好吃不？""好吃。但要说好吃，什么也比不上猪肉好吃。你没听说过？亲不过姑舅，香不过猪肉。姑舅来啦，猪肉藏了。""哦！叔说得对，猪肉就是香！"周振林巴咂着嘴唇，咽起了口水。

　　轮到周振林做饭了！他端着一盆撒了玉米面儿的泔水，来到猪圈旁，倒进了猪食槽子。一头五个多月的半大猪崽子，跑到槽边吸溜开来。周振林想：大猪小猪一样，身上长的都是肉，炖上一锅，把痴汉也能香死！他正看着小猪发呆，突然身后被人拍了一掌，掉头一看，是李德明。李德明笑道："你傻看什么，想吃猪食？""吃猪食？你想错了，我是看这半大壳浪子猪也好吃。"两人正说着，李志伟、肖晓、高志远、吴来志也凑过来了，李志伟说："你俩说什么呢？想吃猪崽子？"李德明应声道："你算说对了。这是个半大壳浪子，肉好吃着呢。"吴来志说："南蛮子把乳猪当上等美味高价卖呢！咱这猪是什么？是半年的大猪子，还不能吃？"肖晓说："辛苦喂它几个月了，也该让它做点儿贡献了。"周振林回头看了看这几个人，啊哟！都像饿狼，眼珠子都绿了！不知什么时候，张树海站在了众人背后，说："想吃就请人把它杀了，省下每天喂食。"肖晓说："我看也是，杀了吧，放下现成的肉不吃，把人往死馋！"其他人一齐响应：下午杀猪。

田喜则中午来到知青点，圪蹴在厨房抽烟拉话，磨蹭着不走。饭熟了，周振林给他盛了一碗，他狼吞虎咽地吃完，站起身来准备亲自去盛第二碗，一瞧锅子见底了，只好放下饭碗。知青们很头疼，每天都有一两个像田喜则这样的社员来蹭饭抽纸烟，简直把知青厨房当成公共大食堂了！知青还愁没饭吃，这些人还凑过来抢着吃！田喜则没吃饱，咂巴着嘴，忽然听到知青要杀猪，高兴得眉飞色舞，说："我会杀猪，不挣钱。"肖晓看了眼张树海，张树海掉头出门去了。田喜则说："我现在就回家寻杀猪刀。"不等知青们放话，就急急忙忙地出了门。不多时，拿着一把杀猪刀子站在了猪圈口。知青们只好打开猪圈门，将猪赶出来，压倒在地。田喜则操刀，很快将猪杀倒。该褪猪毛了，高志远和李志伟轮替着往猪身上泼开水，田喜则用刮刀刮猪毛。一个半大小猪崽，刮了一个多小时，也没把毛褪净。田喜则将刮刀扔在一边，叹了口气说："这层毛褪不下了，只能吃混毛肉。"肖晓爱干净，说："混毛肉不能吃。要不，喜则叔把皮上带毛的部分削下来。拿回去炼油吧。"田喜则笑了，说："剥皮猪肉最好吃，皮我拿回去处理。"说完，没用二十分钟，连皮带肉剥下一大摊，二话不说，托在手上一溜烟回去了。魏海用眼睛瞪着肖晓："你怎么想起让他剥皮了？""我是让他把带毛的部分剥下来，没想到他割走那么厚一层肉！"高志远说："看出来了吧，这些人是瓦子儿眉脸尿上流了，枣红眉脸干红没血，城墙眉脸越垒越厚！以后再来了，就是圪蹴得困死，也不要给舀半碗饭，递一支烟。"李志伟说："田喜则是肉架子下面的狗，就等着吃。"张树海说："嗨！不要气！他们来吃咱，咱们就出去吃！到地里吃，到能吃的地方吃！"李德明向张树海竖起了大拇指："副领队高，高，实在是高！"

树海娘把树海叫回家结结实实骂了一顿，说："你们怎变成了贼小子？偷瓜切豆，和牛儿子抢着吃奶，甚事也敢做？以后他们再干这事儿，你不要参与，你爹可丢不起这个人！"树海诺诺连声，在笼屉里拿了几块窝头走出家门。刚出院子，爹迎面回来，树海叫了声"爹"。爹黑着脸问："你也和他们一块儿偷东西了？"树海努着嘴说："都是大后生，粮食不够吃。""那也不能偷，特别是你不能偷。有难处想别的办法嘛。""我们想不出办法来。你是知青临时负责人，办法要你给想。"张开关看了看儿子，又望了望远处，叹息道："我是个被停职做检查的人，说话不管用。但不管有多大困难，犯法的事咱可不能做。"树海点了点头，回知青点儿去了。

## （六十五）

上午，西边天际响起了闷雷，黑云涌动。田毛则正领着一大群社员给玉米追化肥。他看了看西天，说："天怕西阴，老婆怕尿肿，快下呀！抓紧时间把肥追完，让老天爷替咱浇地。"农民最喜雨！立即停止了拉闲话，磨洋工，你追我赶地给玉米上化肥。半个小时后，雨点子飘来了，田毛则吼叫："快把化肥袋子收拾好，往队房子背，这雨可小不了。"大家急忙收拾起化肥袋和手头工具，纷纷往生产队房子里跑。等放下化肥，赶回家时，人们的衣服已经被雨淋湿了。暴雨一连下了两个多小时，然后转为小雨。知青们盼着下雨，为什么？你们听听："天黑不要明，天阴不要晴，大小有点儿病，只要不要命"，大家实在受不了！今天好雨，一整天不用出工。大家舒服地躺在炕上。可奇怪！高志远却躺不住，披了一个麻袋，出外边去了。不到一个小时，又头顶麻袋回来了！裤腿和鞋子满是泥浆，但面带微笑，躺在炕上还哼着小调儿"二流水"。正在得意，突然田毛则和会计杨云则一脚踢开了屋门闯进来。田毛则吼叫："高志远！我什么时候说过，让生产队给你借二十块钱？"高志远"噌"地从炕上端站起来，磕磕绊绊地说："我上火了，三天没拉下一圪截粪，要到医院配药。"杨云则说："你指天发誓说，田队长下雨来不了，批准给你借二十块钱，半天才是闪将打车！"田毛则说："把钱还回来吧，不然我给社员们不好解释。"高志远为难地说"我是看病，又不是乱花钱！谁要攀，把我的病害在他身上！"杨云则睁大了眼睛，说："哎哟哟，精汉子！还想让别人替你得病？你现在不还，秋后在你的分红款上加息还！"田毛则得过高志远的好处，不愿硬来，就坡下驴："行，秋后还！"说完，扭头出了门，杨云则也随后跟了出去。张树海和周振林笑得肚皮乱扇，高志远恼羞成怒，骂道："五十步笑百步哩，你两个是什么东西？"张树海和高振林顿时止住了笑。

跌宕牡牛河

午饭后，雨渐渐停了下来。男知青们觉得屋里憋得慌，就走出屋外。啊呀！乌兰斯泰沟、乌吉泰沟、七凯儿沟……所有的沟渠，都有瀑布飞下，周振林觉得稀奇，说："咱到河边看看去。"其他人响应，一齐来到河边的一块大石头上。一百五十多米宽的河槽，奔腾着几丈高的山水。黄色的浪头，前呼后涌，咆哮怒吼。两岸边缘，漂荡着柴火、椽檩、树木，河中间滚动着山石、煤块。山洪冲击两岸，不时有土块儿瓦解，岩石跌落。巨大的涛声和洪水中物体的碰撞声汇集在一起，发出震撼人心的轰鸣，场景壮观惊骇！吴来志摇头晃脑，朗诵："登高壮观天地间，大江茫茫去不还。黄云万里动风色，白波九道流雪山。"魏海哈哈大笑："给你爹瞎转文哩！明明是浊浪滔滔，哪儿来的白波雪山？"话声未落，肖晓又借景感慨："飞湍瀑流争喧豗，砯岩转石万壑雷。"张树海评论："这两句贴切！蜀道难，牡牛川也难！"接着吟道："其险也若此，嗟尔远道之人胡为乎来哉？"周振林拍手叫绝："哎呀！李白的诗就是好！知青胡为乎来哉！"大家手舞足蹈，大开眼界。

洪水来得猛，去得快。第二天早晨，牡牛河就变成了缓缓的流水。但天气依然没有放晴，时有蒙蒙细雨。张树海带回消息：今天仍然歇工！哈哈！知青们拍手叫好。贺玉婷说："好长时间不到公社了，去散散心吧！"乔志芬、杨月琴赞成，和男知青们一商量，都同意！大家穿戴整齐，锁好屋门，高高兴兴地来到牡牛河边。男知青们脱鞋绾裤，准备过河，女知青站在河边犹犹豫豫。李德明悄声给张树海说："女人怕凉水，月经来了更不行。"张树海笑了："你咋懂得这么多？""这点知识，听人们拉话就知道了，稀奇个甚！""那咱们背她们过河吧。""行，你先背一个，我跟着背。"张树海笑着走到贺玉婷面前说："我背你过河吧。"贺玉婷笑着说："背吧，谢谢你。"张树海弯腰，贺玉婷爬在了背上，开始过河。接着，李德明背起了乔志芳，周振林背起了杨月琴，都涉水过了河。大家欢蹦乱跳地来到公社所在地。哟！供销社已经开门了。李德明想买烟，摸了一下衣兜，只掏出三角钱，他看了看吴来志，说："借我三角钱吧，我想买一盒群英烟。"吴来志说："嗨！我有二角五分钱，正好合起来买一盒群英烟。买吧，咱俩伙着抽。"李志伟说："我有三角钱，买上两盒绿叶烟，咱三个人好烟赖烟一块抽。"李德明说："这样最好，不然，一盒烟不够抽。"说完，从二人手中接过钱，去供销社买烟去了。周振林摸自己的衣兜，掏出三角钱，看了看高志远，说："借我两块钱吧，我想买个枕巾。"高志远说："嘿！我捣鬼挨训借了二十块钱，真的是为看病！你要是没钱，去医院卖上300cc血，立刻就有二十三块钱！"周振林拍了一下脑门儿，说："好主意！我今天就卖血。"魏海说："我也卖，年轻人还怕抽点儿血！"这时，李德明买烟回来了，听说卖血能来钱，说："我说嘛！活人还能叫尿憋死？"女知青们听见男知青要卖血，疑疑惑惑没表态。大家叽叽咕咕来到医院诊疗室。正巧院长王素芝坐诊看病，见来了一大群知青，问："你们都看病？"肖晓说："我们想卖血。"王素芝不解地问："卖血？为什么？"李德明说："年轻人的血太多，憋得浑身难受，往出抽上些儿，就舒服了。"王素芝笑道："我是医生，你能骗得过我？肯定是没有钱花了，想出这么个损招！"张树海笑着说："王院长，你说得对，我们每人卖300cc，能行吗？"王素芝说："树海！你没钱和你爹要，怎么能卖血？况且，咱们医院没血库，你们想卖，也没法卖。"张树海惊奇地问："没血库？"王素芝不容置疑地说："没有！我骗你们干啥？"知青们失望地离开医院，高志远看了看众人，说："你看咱们贱不贱？卖身都没人要！"杨月琴说："你嘴干净点！"高志远醒悟，忙道歉："对不起，对不起，卖我自己！"李德明说："想说个飞来奔，嘴比尿还笨！"众人哈哈大笑。肖晓说："中午没饭吃，咱去五当沟吃果子，吃萝卜，肯定填饱肚。"大家一齐叫好，不一会儿，进了五当沟。展现在大家眼前的是一大片果园，海红树躯干高大，枝叶繁茂，紫红色的果实挂满枝头。苹果树蓬蓬勃勃，墨绿色的枝叶里，遮掩着颗颗黑红色的槟果。梨树枝大叶肥，迎风玉立，结满了黄绿色的梨子。果园旁是一片绿茵茵的菜地，郁郁葱葱长势喜人，圆菜滚圆，结结实实，有大西瓜般大！长白菜有一尺多高，卷着心，还在长呢！萝卜蔓菁扎地生长，把土壤崩开了裂缝儿，肯定是又粗又长。太好了，这不是一顿美餐吗？赶快摘，放开吃。大家各取所需。树上的果子不需要冲洗，既解渴，又充饥。不多一会儿，牙开始酸痒，咬不动了！往衣兜里装吧，装得满满的。李德明说："吃萝卜吧，这东西又甜又水灵，营养价值比苹果和梨还要高。"于是，一伙人又走进萝卜地，左瞅右抠，挑好的拔！拔起来到前边的河水里洗干净，咬一口：脆生生，水淋淋，真是好东西！不一会儿，萝卜吃够了，开始吃蔓菁。嗨！这东西带点酸辣劲儿，没萝卜好吃。大家每人吃了一颗，就对它不感兴趣了。一群人吃饱拿够，正准备躺在地塄上休息，突然听到一声断喝："呔！哪来的一群贼，敢偷吃大队的果子？"众人闻声望去，哦！是照看果园的丁三厚，四十大几岁，小个儿驼背。听人说，这个死老汉办事不会拐弯儿，僵得夜壶里也插不进去！张树海说："跑吧，这个老汉可难缠哩！"魏海说："跑什么？一群后生还怕个夹不住粪的老汉！"哟，丁三厚跑得飞快，气喘吁吁地来到知青们面前，说："掏钱，掏钱，谁也不要想白吃。"魏海问："掏多少钱？"丁三厚眨了眨眼，说："每人按十五斤果子算，每斤三角钱，是四块五。你们一共十个人，是四十五块钱，我给你们打条子。"魏海问："这里要是觅上个毛驴，一顿能吃几斤？"丁三厚说："我没拿果子喂毛驴，不知道！"魏海问："丁叔要是敞开肚皮，一顿能吃几斤？"丁三厚看着魏海，说："你转来转去，说我是毛驴？你偷吃果子，还敢骂人？"李德明笑着说："你长的人头，不像个牲口。"丁三厚看见张树海也坐在那里，逼问："你爹是支书！你看看，这集体的果子，能不能白吃？"张树海说："你给记账，等我们有了钱还你。""不行，现在就缴钱！""现在缴？我们穷得连一毛钱都没有，刚才还准备去医院卖血，不信你去问院长！""那你们准备白吃？""不白吃，你记在账上。""记多少？""每人半斤，一毛钱！"丁三厚气得嘴唇颤抖："你们是贼，土匪，我去大队告你们！"吴来志凑在丁三厚的脸跟前，阴阳怪气地说："告去吧，爬梯子上天告。"众人一阵哄笑，纷纷站起身来，大摇大摆地走出了沟口。丁三厚气成个直卜浪！

知青们来到了贾家塔。吴来志摸了摸肚皮，说："萝卜水果不耐饿，肚子又空了。"高志远望了望塔上的玉米和坡上的黑豆，说："你们先在那棵大树下歇一会儿，我去去就来。"说完就向山坡走去。不多时，抱着一大抱黑豆蔓子，扔在大家面前，说："你们快去掰些玉米，拣点儿干柴，咱中午吃烧黑豆和烧玉米。"魏海说："你啥时候学会这么多吃法？挤牛奶，烧黑豆，武艺般数这么多？"高志远不耐烦了："想吃就干活，少废话。"魏海笑着和众人拣柴掰玉米去了。人多手快，不到十分钟，干柴燃着，火焰上面的黑豆和玉米噼啪作响，接着散发出烧熟了豆子和玉米的香味。稍许，每人拿一根木棍，将玉米和豆子扒拉了出来，吹去灰土，咀嚼起来。想喝水，就去旁边的小溪里用手掬水喝。此时正是亮红晌午，社员们早已收工回家，谁能知道这里有一群山野食客？

吃完玉米和黑豆，魏海说："现在公社干部肯定午休了。咱再去厨房看有没有剩下的饭菜。"张树海掩着肚子笑了起来："咱这一趟出来，纯粹像一群饿狼！"李志伟说："出来一趟不容易，吃吧。"于是，一群人又来到了公社后院，进了小门，肖晓鼻子尖，嗅了嗅，说："羊肉味儿。"李志伟直接扑到大锅上，揭起了锅盖。啊呀呀！半锅炖羊肉。大家顾不上说话，纷纷从橱柜里找碗找筷，抢着从大锅里舀肉，正好一人一碗，锅底刮干！没用二十分钟，将肉全部吃净。吴来志又发现了半盆米饭和一小盆米汤，说："米汤泡捞饭，越吃越能干。"于是，大家又把米汤和米饭也给吃光了。张树海说："炖羊肉肯定是给下乡的干部留下的，现在让咱们给全吃了。不能让他们发现，赶快走吧。"魏海说："可不能叫逮住，不然毡长毛短嚼个没完！"大家正准备出门，高志远又发现地角上有一袋子西红柿，顺手捎了起来，和大伙一起从小门溜出，慌慌张张地来到了陶亥召下。

一大群人仰望三层召，肖晓来了兴趣，说："下乡两年了，也没上过三层召，咱今天上去浏览一下吧。"贺玉婷说："唉，听说三层召不让上。"张树海说："哪有那么多的规矩！知青在此，百无禁忌，大吉大利，上去！"说完，率先攀爬，其他人也随后登上。真是年轻人！身手矫捷，体态灵活，一会儿工夫，就来到了最高层。此时，天已晴朗，放眼望去，东南面神山巍巍，几朵白云在神树旁飘荡。山下的牤牛河水，滚滚南流。听张支书说，百十年前，牤牛河槽并不宽，一步就能跨得过去。河两岸都是寸草和灌木。忽然，有一天阴云密布，电闪雷鸣，矗立在旧庙塔上的陶亥召燃起熊熊大火，不到三天，就化作一片瓦砾。后来，喇嘛们准备在原地上重新修召，精心测量后，准备动工，忽然发现打下的界桩少了一根。僧人们开始寻找，发现了一溜狐狸踪迹，顺着踪印寻去，啊呀，界桩立在了东北面的一个大敖包上面。僧人们认定是神选的召址，于是，就开始在新址上建召。为了把召庙建得宏伟，僧人们发动村民，将神山上下碗口以上粗的松柏树砍了个精光。这样一来，召建好了，植被却被破坏了。每到雨季，就有山洪暴发，牤牛河槽逐年变成了现在这么宽！三四十年前，牤牛河两岸的环境恶劣，人民贫困，有顺口溜说：穷山恶石头，瘦水朝南流，人吃人来狗吃狗，野鹊子老鸹吃石头。解放以后，经过封山育林，兴修水利，环境逐步得到了改善，人民生活有了提高。现在你看：沿岸的庄稼长势良好，到处鸡鸣狗叫，牛吼马嘶，炊烟袅袅。特别是苏会沟的水渠，如同一条玉带系在山腰。旱地几乎没有了，水田产量猛增。沧桑变化，气象万千！肖晓晃起了脑袋："云散红日跃，大河入海流。欲尽胸中意，登上三层楼。"张树海鼓掌叫好，其他人手舞足蹈！正得意忘形的时候，忽然看见老喇嘛胖扎布领着兼职的知青干事李文亮来到了召庙前，仰望三层召，大声呵斥："无法无天！赶快下来！"知青们见俩人来势凶猛，只好下到底层。李文亮指着知青们的鼻子训话："有人养无人教！连起码的宗教礼貌也不懂？这是喇嘛庙！三层召连大喇嘛都不能随便上，你们算哪一路的响马，为所欲为？"魏海说："李干事，说话不要太冲了！你说谁有人养没人教？谁又是土匪响马？"李文亮横眉瞪眼说："我看你就像个土匪响马！你就是有人养无人教的生瓜。"魏海嗤笑道："你咋这么霸道？气焰咋这样嚣张？是哪个山沟沟里蹿出来的大尾巴狼？"知青们开始起哄，高志远说："好像是毕鲁图沟蹿出来的。"李志伟说："你说错了，是乌吉泰沟蹿出来的。"周振林说："那是一条阴沟，进去容易出来难，出来的都是毬朝天！"知青们围着李文亮不断地嘲笑。李文亮气急败坏，无法发作，掉头寻找胖扎布，才发现老滑头早溜了。唉，孤军作战，哪能敌得过这群野人！撤吧，瞅准个空隙，狼狈离去，身后传来一阵大笑。乔志芳见李文亮已走，忙说："他回去搬兵了，咱们走吧。"众人点头。高志远问："西红柿呢？"贺玉婷说："丢不了，在我身后。"高志远掮起装西红柿的口袋，和大伙儿离开了陶亥召。

## （六十六）

张开关又担任新召大队的党支部书记和大队主任了。为什么？说来可笑。

尔力湖沟生产队有个社员叫郭过计，绰号板南瓜，解放前从山西岢岚县逃荒来到本地。老婆谢丑女，四十多岁，生来多情风骚，但没钱不干。一九六一年，地质勘探队来到新召。一群年轻职工晚饭后爱转悠，碰见了这女人，嗬！三十一二岁，喜眉笑眼，穿扮鲜艳，鹅蛋脸，小嘴唇，还天生忽悠悠的水蛇腰，见人一点儿不差生，和她开玩笑，立马就搭茬。一来二去，谢丑女就控制了好几个没主意后生。生意最好的时候，一夜能挣四十块，顶中等干部一个月的工资！但收入高，名声也赖。六九年夏天，新召大队召开批判地富反坏分子大会，把谢丑女也叫来陪斗。杜开富在发言中点了她的名字，让她老实交代。啊呀呀，这下惹出了大麻烦！谢丑女毫不介意，交代说："杜开富，你没忘记吧？那天你来我家，一进门就嬉皮笑脸，把我担在炕塄边上，一忽兴就这掂深！你胡髭就和葱根一样，我是爱你的钱了，你以为爱你的毯了？"满会场人哈哈大笑，就连陪桩挨斗的四类分子都笑得前仰后合。杜开富嘴抖得忽颤颤的，一句话说不出。批判会变成了起哄会！打口哨的，尖声叫的，嬉笑谩骂的，混杂成一片。副主任李寿荣一看乱套了，只好跑在台上大喊大叫："散会，散会。坏分子们都往回滚。"杜开富狼狈不堪地跑回办公室，气得差点儿没咽气！自此后，威严尽失，说出话谁还再听？公社书记赵九日看到这一情况后，召开了党委会。为了不影响先进点儿的工作，决定：张开关官复原职，杜开富和李寿荣仍为副主任。

张开关坐在办公室，准备开会讨论神山水利工程。忽然门外闯进看果园的丁三厚老汉，一屁股坐在凳子上气冲冲地说："这个果园看不住了！"张开关不解地问："怎么看不住了？""一群土匪跑进果园，想吃就吃，想拿就拿，还把我笑话了个死尸败兴！""哪来的土匪，这么胆大？""就那些知青！还有你家树海。"张开关正准备细问，突然电话铃响了，他拿起电话，是赵书记："喂！张支书吗？你管管那些知青吧。前天跑到三层召上，大闹天宫，还把李文亮搞了个落花流水。那天中午，公社食堂给下乡干部炖的一锅羊肉也被人偷吃了，大师傅怀疑也是知青干的。贾家塔的黑豆、玉米被人烧得吃下一大堆柴灰，也反映是知青干的。你给知青们开个会吧，整顿整顿。"张开关放下电话，心想：奇怪！知青是有知识的青年，咋都成了野人？还有树海，也跟着起哄？不行！得给他们开个会，教育教育，不能让他们往邪路上走。但用什么方法呢？他闭目沉思，这些青年，自邬大全死后，放任自流，谁也没给开过一次会，从来没人过问他们的饮食生活和思想状况，这怎么能行呢？唉，不能光怨知青，组织上也有责任嘛！对啦，应该开一次会，让劳动模范讲战天斗地的事迹，请军人讲革命传统故事，让青年们接受些正统教育。张开关睁开眼睛，说："宝维，你通知一下杜开富和李寿荣，一会儿开支委会。"

不多时，支委会人员到齐，张开关讲了自己的想法，李寿荣说："嗳！早就应该管管了，要不然，知青们还要上房揭瓦呢！"杜开富说："关键是让谁给他们讲事迹。"刘宝维说："还能请谁？谁的事迹也不如张进财、王三要、李二宝、李秀娥的感动人。"杜开富说："这几个人倒是行。那你们说，革命传统故事请谁讲呢？"李寿荣说："二中烧锅炉的蔡志得，是个转业军人，以前还被评为先进工作者，得过公社的奖品，我看他就行。"刘宝维说："啊呀，怕不行吧！去年他偷改过供应粮本上的数字，公安局还查过呢！"李寿荣说："是有那么回事，可后来听说那是他九岁的女儿改的。"刘宝维说："嗨！那是蔡志得要的诡计。他偷改了粮本，被粮站的人举报给公安局。他害怕了，就对九岁的女儿伊丽说，公安局的人来咱家，你就说粮本是你改的。伊丽奇怪地问，明明是你改的，怎能说是我改的？蔡志得一脸严肃地说，爸爸敢是先进工作者吧！伊丽只好对公安人员说是自己改的。"李寿荣和杜开富笑了起来。张开关说："劳模里就选那几个人。至于蔡志得，我看也能行，咱让他讲战斗故事，又不是说别的。"杜开富说："我同意张支书的意见。"刘宝维不说话了。张开关说："会议定在后天，刘宝维通知人，李寿荣主持会，一定开好。"

开会那天，知青们一人早就来到大队，共有二十八人，其他人可能是回家了。大约九点钟，劳动模范们陆续到来了。先进屋的是神树湾副队长张进财，大个子，虎背熊腰，穿一件粗布黑褂子，纽扣都是布绳绾的桃疙瘩。见知青们都坐在板凳上，就笑了起来，眼睛四下瞅瞧着，想找一个座位。刘宝维上前一把拉住他，说："三叔，主席台上坐。"张进财不好意思地拍了拍身上的灰土，坐在主席台旁边的一个凳子上；第二个进屋的是尔力湖沟赵泰保的老婆李秀娥。头上罩着一块蓝毛巾，身穿蓝布衫，灰裤子，都洗得发了白，打着两块小补丁。她看了看满屋子人，笑了起来，说："我来迟了？"刘宝维忙上前说："李婶，不迟，你在这边坐。"说着，就把她拉到了张进财身边。张进财呵呵笑着说："好媳妇！多时不见了。"李秀娥撇了一下嘴，笑道："谁稀罕见你！"一边说，一边挨着坐了下来；第三个进屋的是榆树沟的王三要，刚剃过头，像颗腌菜大石头，鸡皮老肉，目光混浊，但步履稳健，腾腾进屋，大声说："支书们还没来？哈，这两个老伙计来了？"刘宝维赶紧把他拉着坐下。接着进屋的是李二宝，年轻人！中上等个子，乌发圆脸，方嘴高鼻，精神饱满！啊呀，要不是炸掉几个手指头，肯定娶个漂亮媳妇！最后进屋的是二中烧锅炉的退伍军人蔡志得，中下等个头，接近五十岁，精瘦精瘦！看样子以前是光头，现在头发已长出一黑豆长。这人尽量挺腰，迈着正步，走在李二宝旁边坐了下来。此时，大队领导们也都来到了，李寿荣四下看了看，说："现在开会，首先请张支书讲话。"屋里一阵掌声。张开关咳了咳嗓子，说："知识青年到农村去，接受贫下中农再教育，这是伟大领袖毛主席的指示，我们新召大队坚决拥护，贯彻执行。但是，近一年来，由于种种原因，我们对知青们关心不够，没给大家单独开过一次会，完全把知青当成了普通社员，这是不对的。你们有文化，有理想，将来是要干大事的。所以，今天特地给大家请来了几位劳模和转业军人，让他们给大家讲一讲艰苦奋斗，不怕牺牲的故事，以便我们共同提高思想觉悟。"语毕，李寿荣说："刚才张支书已经把会议的目的说清楚了，现在请劳模们先发言吧。"

  第一个被点名发言的是张进财。知青们的目光一齐向他投来，嘿，细看才发现，这是一个头发花白，长马脸形的老汉，皱纹那么深，刀刻一般，有横有竖，活脱脱就是一个陈永贵！他笑了笑，有点儿紧张，颤声说："我是个没文化的受苦人，说不了话，大家不要笑话。我的祖宗三代都是人家的地伙计，就凭当长工，打短工过日子。土改前只有三亩五分沙梁地。一年四季吃的甚？糠菜半年粮。穿的甚？千补万纳的烂衣裳。土改时我分了一亩水地，五亩旱地，全家四口人，生活有了改善。可是，那也不容易！遇上好年景，风调雨顺了，粮食够吃。再卖点鸡蛋葵花，够个灯油钱什么的，算是好日子。遇上流年不顺，天旱雨涝，就没多少收成，日子就难过了！种地不容易，挣钱更不容易，体体面面活一家人难着哩！男人不怕受，女人不怕苦，好好劳动，勤俭节约，才是活人的路数！我那年在苏会沟渠道上悠大锤没站稳，从半坡上滚到沟底，胯上的大关节离了位，杜主任指挥一群后生要抬着我上医院，我不去！那要花钱多少钱？说不定一年也挣不下那些医药钱！就是大队给花钱，那也不能！大队的钱来得也不容易，那是大家的血汗钱！我不怕疼，硬是让六个大后生，三个搂后腰，三个拽大腿，"咯崩，咯崩"地响了一阵，就把骨节给合上了！哈哈，牛不敢吹，当时确实疼！我嘴里咬个烂毛巾，浑身淌水。戏里有五马分尸，我是六个后生分尸，吓得杜主任都不敢看。但就疼了那一阵阵，没花一分钱。大队表扬我，其实没什么，一个受苦人，没点儿忍耐性，那还能活成个人？我的发言没有了。"

第二个发言的是李秀娥，嗨！这是一个圪蒙蒙眼，细眉毛老婆。圆圪垯脸上少许有些皱纹，黑红黑红。看！她开始说话了，牙齿倒挺白。嘿，张嘴没发出声来，也紧张了。刘宝维机灵，赶忙把一杯水递给她。她接过水杯，呷了一口，定了定神，才羞涩地说："我叫李秀娥，娘家住在神泉野猫湾。那是个穷地方，多数人家讨过吃，要过饭。我是娘家养活不起，五岁送给赵泰保当的童养媳。我和婆婆一样，见不得别人受恓惶，看见可怜的受苦人，由不得就想帮。刚解放时，旧庙塔三换子老婆拖着一对儿女讨吃要饭，从我家坡底下走过，我就一阵心疼，把娘们则叫到家里，每人给喝了两碗稠粥。嗨！三换子老婆也是个有良心人，从此就记住了这件事。以后日子好过了，她每年都要来看我一次，我俩成了拜姊妹！五三年的时候，村里要在苏会沟修水利，男人们带着干粮，中午就吃那冷窝窝，渴了喝凉水，好多人吐酸水，肚子疼。我就和婆婆商量说：'妈妈，你在家多做点营生，我每天给民工们烧茶送水。咱也不要计较有没有报酬，就算行善积德，省下远处烧香上布施'。我婆婆是个善人，说：'娥则，你去吧，做好事对儿孙有好处。'于是，我就一直给修水渠的民工们烧茶水，前后送了五年多。后来，张支书还给我记上了工分，虽然每天只有五分工，但我愿意。赵泰保也没因这事和我吵架。就这些，我说完了。"

第三个发言的是榆树沟的王三要。噫！你看他搁在桌上的那双手，是秃爪子！五六个没指甲，半截了！但还会装烟锅，利利索索地把一锅子烟装满点着了！"巴咕，巴咕"吸了两口，不慌不忙地说："水是个好东西，人喝上，能解渴！庄稼喝了，能长大！就连牛牛圪虫也离不开水！为了水，盖了龙王庙。天旱得不行，就抬上龙王爷，抱上圣水瓶，爬山跳沟，一大群人哭喊'早布云啊，下海雨！'可是，有几次真能祈下雨来？解放以后，共产党、毛主席不但给咱分了田，还投资修水利。五三年决定上马苏会沟水利工程，我从内心里拥护。三战苏会沟，是失败了又干，再失败再干，张支书和大队干部们不服气，我们社员也没下！我的六根手指头，四根被大石头夹烂了，两根被大锤砸掉了，疼不疼？疼！十指连心，钻心地疼！当时能疼得生眼泪直抛，直号嚎叫！但伤好了，还得继续干！老婆说：'你咋还去苏会沟，不要命啦？'我说：'咋不要命了，这不是活得好好的吗？再去苏会沟，不是不要命,而是想要命活得更好,更长!最后一次竣工试水的时候,把张支书吓坏了,坐在渠塄上,心打得屁股门儿响!要是水再流不过来,他就上石砭路跳崖呀!他害怕,我们社员也担心哪!我在半崖上点了三炷香,一会儿祈祷佛爷保佑,一会儿盼望毛主席显灵,都快成神经病了!程技术员教了我一句文绉绉的话,精诚所至,金石为开!意思是说,再难的事只要专心诚意地去做,就能感动天地,即使是坚如金石的难题,也能解决。我的手指头短下了几截子,我还是很高兴。我们现在耕种的土地,百分之八十能过上水,这些土地上产的粮食,我们连三分之一也吃不了,其余的都卖给了国家,这是新召自古以来没有的事情!现在,听张支书说,又要上马神山水利工程,要在神山下打一个一公里长的石洞,把牦牛河水引出去,又有两千亩旱地即将变成水田。如果需要,我还要到新的工程上出力,决不后退。"

李二宝发言:"我在修水利工程时,被雷管炸掉了食指和大拇指。疼痛过去后,精神压力很大!怕残废以后,不但娶不下媳妇,就连生活也不能自理。父母那么大岁数,哪能照顾得了自己。在医院住院的那些天,我真想弄根绳子,上吊算了!省得拖累家人。后来,经过张支书他们安慰开导,我逐渐想开了:活人哪能一帆风顺,说不定遇上什么困难和灾祸!要敢于克服困难,和灾祸抗争。蝼蛄蚂蚁还惜死哩,人能不爱护自己的生命?我决心活下去,而且要好好地活!我练习用左手拿碗拿筷,锄地挽草,右手的指头尽力配合。不长时间,我就能干手头活儿,大小便更不用别人帮忙。出院一个月后,我就在苏会沟抬石头。有好几次跌倒,碰得膝盖流血,也没请假,一直坚持下来了。嗨!话说回来了,怎么说,也不如健全的人利索。忠告大家,干什么活儿都要注意安全,不能冒冒失失。我就是吃了不懂安全盲目蛮干的亏。当时在装炮眼儿的时候,要是细心一点,也不能变成哑炮。成了哑炮,要是在掏炮的时候谨慎一些,雷管也不可能炸在自己手里。现在说什么也晚了,青年们以后要注意:多学习,动脑筋,要谨慎,保安全。我的事本来不值得宣传,更不值得夸耀,可是大队和公社给了我许多照顾,旗歌剧团还把我编在戏剧里,到处演出,当英雄宣传。唉!其实我是最普通的农民,没有政治资本,更没戏上说得那么高尚。我只求平平凡凡,本本分分地过完自己的一辈子,不要给别人添麻烦。我要说的就是这些。"

会场上很安静,静得能听到人们的呼吸声,知青们可能是被感动了。李寿荣看看表,中午了!他掉头和张开关交换了一下意见,说:"会先开到这里,散会后都去供销社食堂吃饭,下午两点半继续开会。"

午饭是细杂烩菜,有猪肉粉条豆腐和肉丸子,糜米饭,管饱吃,大队开支。今天知青们很斯文，饭后，都规规矩矩地到大队休息去了，没有嬉笑怒骂，相互追打，更没有恶作剧。

下午开会，蔡志得发言："一九五〇年十月二十五日，我正式加入中国人民志愿军，雄赳赳，气昂昂，跨过鸭绿江，抗美援朝，保家卫国。我们的部队白天偃旗息鼓，晚上大批渡江。几天的工夫，就渡过去三十多万。美国鬼子和李承晚部队得意忘形，认为中国人根本没胆量和他们叫板，扬言要在十一月二十五日感恩节前结束战争。但他们做梦也没有想到，志愿军已经布下了口袋阵，等着恶狼往进钻。我们连队在一片树林里隐蔽，天气很冷，半夜里凉得战士们浑身颤抖，上下牙乱磕。可是为了不暴露目标，就硬挺着。没几日，美军和伪军就陷入了包围圈。美国人懵了，伪军傻了，哪来的暴雨般的子弹？哪来的雷鸣般的炮声？美伪军血肉横飞，鬼哭狼嚎，尸积如山，几乎全军覆没！总司令麦克阿瑟是"二战"名将，盟军司令，看着跑回来的残兵败将，丈二的和尚摸不着头脑，骆驼打滚怎么也翻不转！将官们说碰到了中国人，麦克阿瑟嘴一撇，轻蔑地说：不可能！完全是你们太无能！难道你中国老子能从天上掉下来？胜败乃兵家常事，整顿整顿再战斗，赶快打完仗，咱还要回家过感恩节。紧接着，又进行了第二次、第三次战役，美伪军节节败退，连汉城也保不住了。美国总统杜鲁门十分恼怒，十七国军队顶不住穿戴破烂，武器落后的土八路？简直丢人败兴，颜面扫地！一气之下撤了麦克阿瑟的职，让他回家等待下一年的感恩节。接替麦克阿瑟的是李奇薇，他看见麦帅落马了，自己就分外小心，再不敢大意了，采用了步步为营的战术。但是，他也没想到，中国军队这么顽强，这么吃苦，这么善战。美国兵一遇上中国兵就心惊肉跳，无心恋战。上甘岭战役，美国人挨着把山头炸下去三米多，也不能前进一步。松骨峰战斗中，受伤的中国兵临近咽气也要把美国兵的脑浆敲出来，耳朵给咬下，眼睛给戳瞎。十七国的士兵也是爹娘制造的有血有肉的人，这样死于非命，连条狗都不如，谁愿意？所以士气低落，无心卖命。李奇薇着急，杜鲁门揪心！只好坐下来讲和谈判，齐了个贱蛤蟆跳门限，又蹾屁股又伤脸。哈哈！我的发言没有了。"蔡志得端起了水杯，扬扬得意。

李寿荣凑在张开关耳边，说了几句话，然后宣布："会议下一项，由张支书给知青们发放《毛主席语录》，念到谁的名字，谁上来领取。"然后，就拿起名单念了起来。张开关双手捧着《语录》，知青们鞠躬敬礼，接在双手。语录发放完毕，张开关又给知青们讲了一番勉励的话，然后李寿荣站了起来，带头和大家共同高唱："学习雷锋，好榜样，忠于革命忠于党，爱憎分明不忘本，立场坚定斗志强，立场坚定斗志强……"

歌声结束后，李寿荣宣布散会。蔡志得正准备出门，被魏海拉住了，说："蔡叔，你咋光讲朝鲜战争故事，解放战争你就没参加过？"蔡志得显得不情愿，说："讲那不过瘾。"张树海说："啊呀！蔡叔，你这话就不对了。解放战争是中国历史上规模最大，影响最深远的人民战争，你咋能说不过瘾？"蔡志得尴尬地说："我那时在榆林二十二军当兵。"魏海说："二十二军是谁的部队？"蔡志得躲不过了，只好说："那是国民党军队。"张树海吃惊地问："你是国民党兵？"蔡志得急忙辩白说："你们甚也不知道！打榆林可紧张了！撑不定，就投降了。"众知青愣怔了一下，立刻明白过来，哄然大笑，笑得蔡志得满脸通红。张树海见他难堪，急忙说："蔡叔，你投降以后，就参加了解放军，是吗？"蔡志得点头笑了。

## （六十七）

男知青们都参加了神山水利工程的劳动。那工程说起来也真够玄的！要在神山脚下开凿一个一公里长的石洞，让牤牛河水穿山而过，去浇灌南面两千多亩耕地。张开关说，那时候，粮食最少能增产一百万斤，利国利民，千秋功业嘛！打石洞的人，每人每天要打一尺六寸深的炮眼，三人一组，三炮一齐响，第二天清理石渣石块，接着再凿炮眼儿。知青和社员们都混编在各组。杨毛团和乔凯云心眼儿奸，老是夸赞高志远和李德明："嗬呀！知青的身体就是好。看那肌肉，一圪塄一圪塄的，有劲儿！一天打二尺六也没问题。嗨！我们有老婆的人算是瞎捻了，打上一尺深就软下来了。"嘴上那么说，实际打上七八寸深，也就真躺倒了。高志远和李德明得意扬扬，逞开了本事！常常替别人挥锤凿眼儿。下工的时候，杨毛团和乔凯云给李德明和高志远各装上一锅子旱烟，笑着说："我们再没什么好东西，抽上一锅子旱烟吧。"高、李二人高兴地接过旱烟袋，"巴咕，巴咕"地抽了起来，心里特别舒服！以为杨毛团和乔凯云巴结自己呢！晚上睡觉，高志远和李德明浑身困疼，睡梦中还声声叫唤！

知青们从石洞上回来，要轮流着去牤牛河对岸的乌兰色泰沟掏炭。高志远和李德明没劲了！两人站在河边望着对岸深深的沟渠，犯愁了！过了河，还要走那么远的路，再担上百十来斤的大炭，不等返回家门口，可能就软得跌倒了！高志远说："不要过河了，咱就在北畔的烂煤窑里掏几筐炭算了。"李德明说:"那危险呢!你敢进?""敢进!你趴下给我观察着,如果窑顶动弹开来,你赶紧揪我的后腿,我就退出来了。""那恐怕就来不及了。""嗨!你甚也不懂!土神爷不做暗事。他在行动以前,都有预兆,不可能忽通一下就压了下来。放心吧!"李德明觉得有道理,就和高志远相跟上来到一个社员早已废弃的煤窑口。两人趴下向里望了一阵,嘿!空间还不小,能掏!高志远拿着镐头,弓身进去,四下观察了一下,跪在地上,举起镐头,"嘣,嘣,嘣"地掏了起来。李德明瞪着两眼,盯着窑顶。啊呀!窑顶上"啪啦啦"地往下掉渣,土神爷发出警告了!他急忙拽了一下高志远的小腿,高志远丢下镐头,迅速地退到了窑口。两人屏声静气地等了好一阵,也没发现冒顶,高志远说:"没事,掉了点碎渣子,整体顶板还是牢靠的。"于是二人又爬了进去,战战兢兢地掏了半个多小时,将四筐子炭装满,担着回到知青点儿。魏海惊奇地问:"啊呀!你俩怎么这么快就回来了?哪儿掏的炭?"高志远得意地说:"实干不如巧干,巧干不如冒险?""冒险?在哪儿冒险?"李德明看了一眼高志远,对魏海说:"我俩是在坡下面的烂煤窑掏的炭。"魏海说:"啊呀!怕死人了!那里头你们也敢进?一旦塌下来,人命关天!"李德明说:"我也不敢进,可高志远说土神爷不做暗事,不等窑塌,就能退出来。"张树海说:"一旦冒顶,十有八九是躲不开的!不怕一万,就怕万一!费点辛苦,也要到安全地方掏炭,烂煤窑谁也不敢进,你俩吃了豹子胆了?"高志远说:"去乌兰色泰沟,实在是累得走不动了!"张树海问:"年轻人怎么走不动,骨头让屠家剔啦?"李德明说:"嗨,你们不知道,我俩每天替杨毛团和乔凯云打炮眼,一个人干一个半人的活,能不累?"张树海奇怪,问:"他们是你爷还是你爹,要替他们干?"高志远说:"你们不知道,那两个人,打上一尺深就躺下了,说娶过老婆就软得干不动了。"张树海笑道:"那是两个出了名的社会渣子!有力不出,捉你们大头呢!以后干完自己的活儿,掉头就走,长个心眼儿!"高、李二人点了点头,上炕休息了。

在石洞里凿炮眼儿是重体力活儿,知青们的饭量猛增!魏海能吃九碗面条,李德明能吃半大锅窝头,其他人稍有逊色。一年的口粮,半年就剩下一点点了。以前吃稠的,以后喝稀的,稀汤灌大肚!有人疑问:每个人都分三百六十斤粮食,社员们都够吃,知青就不够吃?社员家中,有小孩有老人!月地里的娃娃和八十岁的老人,都分三百六十斤!再加上自留地的庄稼都比知青的长得好,粮食能不够吃?可知青都是清一色的大后生,分那点粮食,要想放开肚皮吃饱,根本不可能!所以,每到七八月份,知青们就开始打野食,这边拔萝卜,那边挽白菜,路上路下掰玉米,管它是集体的还是个人的,填饱肚子是紧要！要不然，怎么挥锤打石洞？怎么推车倒石渣？魏海主要是掰集体队里的玉米，有时候圪蹴在地里烧着吃，有时候抱回厨房煮着吃，不管三七二十一！时间长了，社员们就七嘴八舌地开始议论、谴责，怪怨生产队长不维护集体利益。田毛则先是忍耐着，后来就恼了，来到知青门口，高吼二叫地一顿训斥："你们还是有文化的青年？想吃谁就吃谁？不怕把你们吃得撑死？从今天起，谁再要敢掰队里的玉米，我就把谁送在公社，让赵书记评这个理！"说完，掉头就走，脖颈直得铁硬，两脚踏得地响，知青们张口结舌！

　　知青们昨天晚上就没吃饭，早晨饥肠辘辘，仍然出工干活。男知青还是打石洞。进洞后，举起大锤，慢慢悠悠，软点二晃。往常打两个小时，今天打了三个多小时才勉强完成了任务。中午回家，每走一步都显得艰难。只能慢慢地摇，挣扎着挪，还有不到五百米，魏海就坐在了当路上，有气无力地说："你们先走吧，我歇会儿。"张树海咬着牙往前走，终于回到了家门口。看了看几个宿舍，都没人！哦，自己是最先到家的。正准备进门休息，忽然听到厨房里有锅碗瓢盆的响声。奇怪，有人会做无米粥？走近厨房门口一看：呀，是自己的娘，正烩着一大锅菜，旁边的大盆里，是满满一盆糜米饭！树海叫了一声娘，娘回过头来，嗔怪道："你们这些娃娃，真不会过日子！有了海吃愣喝，没了就空槽咽化。好啦，我从咱家拿来米和山药白菜，给你们没少做下饭，快吃吧。"树海正准备拿碗盛饭菜，众知青随后也进门了。一看有饭有菜，二话不说，纷纷拿起碗就去抢饭菜。树海娘笑了，说："不用抢，管够吃。"一群饿鬼只叫了一声"婶子"，就顾不上说话了，端着饭菜狼吞虎咽起来。一会儿工夫，一大锅菜和一大盆米饭就被吃了个罄尽，吃得树海娘目瞪口呆。看着男女知青打着饱嗝，不禁可怜起来，说："娃娃们，没粮吃，你们去我家里先装上些吧。可不能硬扛着。"树海说："妈，一会儿回咱家拿，山药菜也需要。"知青们感激地看着树海娘。李德明说："婶子，一会儿我们拿上秤和袋子去你家，算是借。等我们有粮了，一定还给婶子。"树海娘说："那是以后的事，反正现在不能饿肚子。"说完，就开始收拾锅碗，三个女知青都上手帮忙。饭后，树海就和李德明、魏海三个人，提着秤和口袋，去树海家称了二十斤糜米，五十斤山药，五十斤白菜，还提回五斤葫油。

　　肖晓对张树海说："咱没粮吃了，光和人家借也不是个办法。这事应该向上反映，让公社和旗里解决。"周振林说："那就让张树海去找张支书，让张支书以大队支部的名义打个报告，逐级审批。"李志伟拍了一下大腿："就是嘛，现成的关系不用，咱脑子不满？"张树海说："行，我马上就去大队。"

　　晚饭时，张树海从公社回来，说："问题解决了。我爹找了公社赵书记，赵书记又给旗里领导打了电话。批准新召粮站给我们每人增供二百斤粮食，粮款在知青安置费中支付，明天就能拉粮。"众知青欢呼雀跃。魏海说："咱红火一阵吧。把笛子、二胡和手风琴都拿出来。"大家一齐鼓掌。接着，魏海吹笛，高志远拉琴，李志伟操起二胡，男女知青共同合唱："一条大河波浪宽，风吹稻花香两岸，我家就在岸上住，听惯了艄公的号子，看惯了船上的白帆……"歌声引来了一大群社员前来欣赏。

## （六十八）

　　神树湾的有些社员可怜知青们，都二十多岁的人了，女的要么守住不嫁，要么慌忙嫁人，男的干脆没人嫁给，一辈子可怎么过呀！真不如当地的普通社员！你看人家张过关，老婆死了，虽然再没续娶，可日子过得好着哩！前年，大闺女来娣嫁给了旗林业局的干部，月工资四五十块。最近，听说又要给二小子说媳妇。

　　原来，府谷卢家湾有个老石匠叫卢地生，来给张过关家錾石磨，正好二树从公社回来，他发现二树不但对爹孝顺，就是对他这个石匠老汉，也勤礼得很！一口一个大叔地叫着，一会儿递纸烟，一会端热茶。这后生人样也不错，粗眉大眼，端端正正，还是公社食堂的管理员！说不定以后还要做大官。卢地生打开了自己的小算盘。他问张过关："二树今年多大了？"张过关说："二十一岁。""说下媳妇没有？""还没说下。"石匠老汉装起一袋烟，抽了几口，慢条斯理地说："过关，咱两家虽然隔省相住，其实也就七八里远，互相了解。我看你家二树是个好后生，我有一个孙女子巧云，今年十八岁，会做活儿，又善静，我看这两个娃娃正般配。咱两家结个亲，你考虑怎样？"近来，张过关正想给二树瞅个媳妇。听了卢地生的一番话，很高兴，说："叔，咱们认识多年了，你家闰年和我去年在新召庙会上还见过面，和他结亲家，我没意见。但是，总得让两个娃娃见见面，才好定下来。"卢地生说："这自然，要不，你请个媒人，领着二树来卢家湾一趟，上门看看，然后再定？"张过关说："叔说的对，三天之内，我就请起媒人，去你家相亲。"卢地生说："行，我一会儿就把磨錾好了，回家等你们的消息。"张过关满意地应承下来。

　　卢地生走后，张过关给二树把相亲的事说了一遍，二树没表示反对。他就忙着去请媒婆，请的还是李二旦老婆王霞则。一切都准备好后，第二天一大早，王霞则就领着二树去了卢家湾。张过关在家静候消息。

太阳偏西的时候，王霞则和二树进了家门。张过关忙问："相互看上没有？"王霞则说："看把你急的？给我倒一碗水，点一支烟，然后我给你说。"张过关赶忙提起茶壶，倒了一碗热茶，双手递上。然后又递过去一支大前门香烟，擦着火柴点着。王霞则喝了两口茶，吸了几口烟，见张过关张大嘴等着她说话，就笑道："二哥，好事能成！大人是规矩庄户人，闺女也不赖！中等个儿，圆脸蛋，嘴唇厚厚的，脑袋板板的，富富态态，标准的旺夫相！""那二树的意思呢？""嗨！我路上问过了，他也挺满意。现在，就等你说话了。""都同意了，我还有什么话说。她李婶，帮人帮到底，干脆你就和开关媳妇一起给二树定定结婚日子，买家具、备行李，我甚也不懂，就听你们的。""行，我下午就和明英商量去。"张过关忙给王霞则又倒了一碗茶，递了一支烟。

在常明英和王霞则的策划下，二树的婚礼在正月十八正式举行。

张树海、李德明、高志远应邀参加了婚礼，其他知青都回家过年了。

大队会计刘宝维担任婚礼主持人。他安排人在婚房的外门面土墙正中贴了毛主席像，两边各用铁钉钉了一块儿大红棉被，当作两面红旗。棉被的上方，各钉两个木橛子，木橛子上各置一个大花枕头，枕头上又各放两个大麻雷炮。婚礼开始时，新女婿和新媳妇都站在了主席像下。新媳妇巧云头围红头巾，身穿红棉袄、兰花大棉裤。天气太冷，脸冻得紫红紫红的。二树剃了个崭新的盖盖头，穿一身黑棉衣，紧挨巧云站立。院内有五十多号人，老汉们胡子上都结了冰，张嘴说话热气喷涌。老太太们都穿着长大襟棉袄，不停地把手伸进衣襟里焐暖。小孩子们不怕冻，在人群里跑窜嬉戏。太阳一竿子高时，刘宝维高声宣布：张二树和卢巧云结婚典礼开始。接着，刘宝维高唱："东方红，太阳升！一拜起。"大家跟着唱起了《东方红》歌曲。歌声七高八低，好些人根本就跌不住个调调，张嘴瞎嘶声。几个知青一边唱，一边笑。歌子唱完后，刘宝维大声叫道："现在，新人给毛主席拜礼！"二树和巧云掉转身子，面朝主席像，恭恭敬敬地行了三个鞠躬礼。接着，刘宝维又指挥一对新人给父亲张过关、三爹张开关和三妈常明英以及参加婚宴的来客都行了三个鞠躬礼。礼毕，新人开始给来客敬酒。每到客人面前，刘宝维都高声唱喏。轮到李德明，刘宝维唱喏："给李笛明（德明）他哥哥拜礼！"李德明笑着净饮。轮到高志远，刘宝维继续喝喏："给高志远他哥哥拜礼！"高志远接盅饮净。轮到田毛则饮酒时，咽得太快了，呛了一嗓子，把一口酒大部分喷在了媒婆王霞则的脸上，王霞则尖叫一声，骂道："老牲口，喷草屎了？"田毛则被酒呛得眼泪麻洒,"咳咳"地咳嗽着,好一阵才缓过劲来,看了看王霞则,说:"你个老骚猪子,老站在公公跟前,想让我烧你了?"王霞则努了努嘴,躲在一边去了。婚礼的烦琐礼节进行完了,人们眼巴巴地望着桌上的饭菜,嘿!张过关是个实在人,舍得给人吃!每桌都上凉菜五个,热菜八个,六十五度的黑儿马酒敞开喝,大前门烟放开抽,听说主食是油糕饸饹肉臊子。喝酒的人一边吃菜,一边互相敬酒。不一会儿,就热闹起来了!划拳的,行令的,嘈杂声一片。杨云水和杨毛团互相攀酒,不多时就赤红杠脸,头重脚轻了。快散场的时候,有好几个人是东倒西歪,被家人扶着回去的。杨云水离开席面时,神志不清,摇摇晃晃来到猪圈旁,给猪食槽子长长尿了一道。老母猪走过来,伸嘴在槽子里闻了闻,一嘴将槽子顶翻在地,把杨云水的两只鞋弄成稀湿。杨毛团是被弟弟背回去的。刘宝维笑呵呵地说:"喝好了!没两个醉汉,那还叫娶媳妇事宴?"张开关没管什么事,但一直等客人走完,他才回到家里。

## (六十九)

树海在婚宴散了以后,回知青点儿休息。进门后,看见同班同学陈明禧躺在自己的行李上,就问:"明禧,你什么时候来?"陈明禧笑答:"我来一个多小时了。""还没吃饭吧?我领你吃饭去,今天我二哥结婚,有的是好吃的,走吧。"陈明禧下了炕,随树海来到二树家,几个帮厨的女人正在收拾碗盏,树海说:"这是我的同学陈明禧,给弄点饭菜和烧酒吧。"不一会儿,饭菜和烧酒就摆在了桌上。陈明禧边吃边喝,说:"我是来告诉你个事儿的。我在武家坡大队排练了一出大戏,叫现代革命山曲儿剧《智取威虎山》,后天上午在新召学校的大操场上演出,我怕冷了场,想让你爹给新召大队的社员放上一天假去看戏。今天又是给二树结婚,也算我来给他演戏庆贺,你看怎样?"树海笑了,说:"你真有本事!江青费了好几年时间,才排练出现代革命京剧《智取威虎山》,你没用多长时间,就排练出了现代革命山曲儿剧《智取威虎山》,这是百分之百的创新!"陈明禧说:"百花齐放嘛!咱鄂尔多斯人爱听漫瀚调,爱唱山曲儿。京剧不一定有人爱看,山曲儿剧肯定一炮打响!"树海说:"你的看法是正确的。我一会儿去给我爹说明情况,争取让他支持。"陈明禧高兴地说:"树海,我代表全剧团的人谢谢你。"

陈明禧吃完饭后,就和张树海相跟上来到树海家里。树海爹已经睡下了,见树海领着同学进屋，就点灯坐起。陈明禧一边叫叔，一边递烟。树海说明情况后，张开关说："听说过京剧、晋剧、秦腔、二人台，没听说过个山曲儿剧，这能演成功？"陈明禧蛮有把握地说："没问题，我们已经排练了两个多月了，社员们可喜欢了，都能看懂！不像梆子戏，唱词文绉绉的，看完戏也不知道他说了些甚。"树海说："这是咱老百姓的戏，大众化，是鄂尔多斯的新剧种。"张开关被俩人说动了，就表态说："行吧。前天公社宣传干事王效礼通知新召大队演出革命样板戏，我正愁没人会唱京剧。这下好了，咱唱现代革命山曲儿戏，不就把差交了？"陈明禧乐得眉飞色舞，深深地给张支书鞠了一躬，说："有叔的支持，山曲儿戏唱响新召，走向鄂左旗。"然后，和张树海一起去知青点儿休息去了。

第二天早晨，魏海笑着问陈明禧："山曲儿也能唱一台戏？"陈明禧笑答："山曲儿不但能唱一台戏，以后还要唱更多的戏！"周振林伸出大拇指，说："你是天才，超天才。超过魏金花，紧追王爱爱①。"陈明禧得意地笑着。吃完饭，知青们出工，陈明禧赶着回去排戏。二树担着一担水，迎面碰见了树海，就放下桶，问道："陈明禧排练出现代革命山曲儿剧《智取威虎山》，真有这事？""有！后天在公社公演，全大队放假，都去看。""嗨，那小子可是个调皮鬼，什么苦伶仃事都敢做！不羞不气不败兴，走走步步吃蔓菁！你也记得，念书的时候，他专门把头剃成明晃晃的光圪蛋，去照相馆拍了照，洗出几十张相片来，偷着往女生们兜里塞。一次开校会，王校长正在讲话。刘美花无意中从衣兜里掏出一张相片来，一看：是一颗亮闪闪的电光脑袋，活脱脱的一个蒋介石，吓得'哇'地叫了一声。旁边的同学凑过去一看，是陈明禧！顿时哈哈大笑！笑声打断了王校长的讲话。王校长很不高兴，走进人群一询问，才知是陈明禧捣的鬼，立刻把陈明禧拉在台上，猛猛地训了一顿。"树海笑着说："陈明禧还爱敲杂话。有一年冬天，灯熄得早，他和同宿舍的人都睡不着。大家就轮着讲故事，一人一个。轮到陈明禧时，他说他故事不会讲，会给人掐算。一边说，一边开始给同宿舍的人算命，算了一阵后，余兴未尽！突然想起给毛主席掐算。黑暗中，他用指头掐来掐去，念念有词。这事后来被校领导知道了，大会上点名进行了严厉批评。陈明禧吓得把头夹在两腿间，大气不敢出，直到散会时，一颗秃头才从裤裆里升了起来。"二树说："还有一件事人们都知道。那年旗歌剧团来新召演出，女演员住在咱学校的宿舍里。那天是星期日，陈明禧睡懒觉。太阳老高了还不起来。尿紧得不

---

① 当地两个戏剧名角儿。

行，就光屁股披着自己的大黄被子去房后小便，正好碰见女演员们往过走，女演员们以为碰见了不要脸的光头喇嘛，尖叫着把状告在公社。特派员乔铁虎觉得奇怪，立即去校园查看。查来查去，没查出秃头喇嘛，却查出个秃头陈明禧，差点没把人给笑死！你说这种人能排出个好戏？"树海说："那都是好几年以前的事了。浪子回头金不换，调皮小子有前途！说不定他导演的山曲儿剧，还真是艺苑里的一棵奇葩呢！"二树笑道："等着瞧吧！"说完，担起水回家了。

第二天一大早，人们就纷纷起床洗漱吃饭，然后锁好家门，关好家禽畜圈，急急地向公社走去。人们都穿扮得整整齐齐，拖儿携女，一边赶路，一边说笑。特别是闺女媳妇们，都把压箱底的新衣服拿出来穿在身上，像过节一样，去公社看大戏。

约九点钟，学校操场上挂起了一条黄布，上面贴的一溜绿纸上写着红字：现代革命山曲剧《智取威虎山》汇报演出。条幅下是用椽子和蓬布搭建的一个大帐篷，当作戏台。戏台前是两排凳子。戏台上已有演员们来回走动。操琴的、打板的、吹笛的、敲锣的、拍镲的、打鼓的都坐在戏台的东边，每过五分钟，就奏响"挂红灯"和"五哥放羊"曲调。陈明禧穿着一件毛朝外的白色绵羊皮皮袄和一条黑棉裤，头戴褐色狐皮帽，跑前忙后地进行指挥。乐队人员的年龄大约在三十岁左右，演员们多数是十七、八岁的男女娃娃，年龄大的只有四、五个人。他们都化了妆，很神气，很兴奋，好象提前进入了角色。

约十点钟，公社书记赵九日等人坐在了前两排的凳子上，大家相互笑谈。宣传干事王效礼一脸狐疑，觉得山曲唱《智取威虎山》不伦不类，亵渎了革命样板戏，张开关这个老农丐真不知是怎么想的！

不多时，乐队奏响"打鱼划划"调儿。这曲儿社员们太熟悉了，特别爱听！乐队的人真卖力，那打洋琴的男人，一颗长卜浪脑袋上下左右地晃动着，两手捏着琴杖颤抖着击打，激情四起！那吹笛子的后生，上下嘴唇有节奏地吐着气流，眼睛眯成一道缝儿，吹出的调调呜呜咽咽，悠悠扬扬，把人能吹得飘在天上！那个拉二胡的中年人，一手握琴，一手操弦，胳膊抖动，手指在弦上熟练地抚摸着，身子一会儿前倾，一会儿后仰，把个脸蛋子还摇得直颤动，拉出那声音弯弯转转，撩拨得人心能动弹！那拍镲的人秤数不够，砍七楞八，把个铜镲拍得没个调调，只听见"嚓，嚓，嚓"地乱响。其他乐器的音调儿都悦耳动听，引人入胜。

合奏乐过后，后台走出一个长辫子大姑娘，上身穿红花格子小棉袄，下身着草绿色黄裤子，脸着粉红妆，大眼睛，小嘴唇，笑迷迷，快步走在台前，弯腰鞠了一个深躬，用本地普通话高声报幕："各位领导，各位社员，各位知青，我们新召毛泽东思想文艺宣传队，在总导演陈明禧同志的指导下，经过一个多月的艰苦排练，创造出现代革命山曲儿剧《智取威虎山》，现在给大家正式汇报演出，希望大家喜欢！"然后又鞠躬，转身退到后台。

乐队奏响草原军队进行曲：1=G4/4

3 3 6 6｜65 35 6 —｜2 23 56 3̇｜65 35 3 —｜
提 枪 跨 马 上 战 场　　冒 火 冲 锋 威 名 扬
6 6 12 3｜21 6̇1 2·5｜3 6 12 3｜21 6̇1 6 —‖
消 灭 乱 匪 保 家 乡　　雄 赳 赳 啊 气 昂 昂

伴随着乐曲，十六名身着草绿色军装的解放军战士，列成两路队伍，迈着雄健的步伐，"嗵、嗵、嗵"地走上台来。接着，后台一名解放军首长正步走到战士们前面，用"双山梁"曲儿面向观众高唱：

乱云飞渡牡丹江，
林海雪原匪猖狂！
夜袭部队急行军，
不容虎来再受伤！

歌声宏亮，震动剧场，台下发出热烈的掌声！

首长转身向战士们挥手示意，官兵同声呐喊："下定决心，不怕牺牲，排除万难，去争取胜利！"……

两路队伍在首长的率领下，威风凛凛，绕场三周后，走向后台。

台下再次报以热烈的掌声！

张开关乐呵呵地望着台上。王效礼两眼平视，面无表情。

乐队奏响"二狗湾"曲调。一个粗眉大眼，身材魁梧的汉子，穿着白山羊皮衣裤，扮作猎户，快速跑上场来。停步后，一手叉腰，一手高举，脸向太阳，亮相！哦，太阳太红了，光线强烈，好像刺激得大汉鼻孔发痒，嘿！实在支不住了，"啊嚏，啊嚏，啊嚏……"一连打了七、八个喷嚏，每个喷嚏都像炸雷一样，台上台下一齐大笑！大汉满脸通红，用手抹了一把眼泪鼻涕，咳了咳嗓子，使足了劲儿，引吭高歌：

> 长脖颈颈快马四个蹄蹄飞,
> 半个时辰跑了九十里!
> 座山雕又要害乡里,
> 我心急火燎报消息!

歌声牛吼天地,滑腔跑调,引得台下观众又一阵大笑,台上的奏乐人员放下了乐器,陈明禧站在台边上直跺脚:"二爹,四十多岁的人了,怎这么不稳重!"

张开关忍不住也笑了起来,王效礼鄙夷地瞅着大汉狼狈地退下场去。

嗬!一个十六、七岁的小姑娘走上场来,这是小常宝。她留两条小卜阉辫儿,脸蛋稚嫩,红朴朴的,穿着毛朝外的白羊羔子皮马甲和一条红花蓝底小棉裤,用二人台"跳粉墙"曲子,细声细气地唱道:

> 初八十八二十八,
> 下山的土匪忽沙沙!
> 掳走爹娘赶猪羊,
> 充哑人扮男装怎存活!

哟!这小常宝多可爱,还会唱"跳粉墙!"几个农村小后生笑过一阵后,开始起哄:"常宝!你用'压糕面'调子再给大家唱一遍,那个更来劲儿!"西边的社员跟着叫喊:"好,用'压糕面'调子来一个,要不要?"东边的社员接着吼:"要,要!"场面混乱起来,张开关和王效礼都很着急。赵九日看了一眼公安特派员乔铁虎,乔铁虎就跑到了台上,面向观众,大声喊道:"不要起哄!想看的就看,不想看的就回家睡觉。谁要是故意捣乱,就拿铁铐子铐在南面的大杨树上!"这一嗓子真起了作用,人群里顿时安静下来。装扮小常宝的姑娘被台下一闹腾,胆怯地站在台上,不再演唱了,很尴尬!树海给高志远说:"这小女娃是陈明禧的妹子,以前来学校给他哥送过干粮"。高志远说:"苗苗是好苗苗,可惜没有高人指导"。不一会儿,小常宝退场了。

合奏乐又响起!这曲调高昂激越,一阵紧似一阵,高潮迭起,撩拨心弦,是什么曲儿?啊呀,打"金钱"!社员们听懂了,喜笑颜开。伴随着乐曲,一个人手执马鞭,身穿着毛朝外的白绵羊皮皮袄和大裆黑棉裤,头戴褐黄色狐皮帽,表演骑马奔跑的姿势。嘿,这是陈明禧!他的身后还有一个浓妆艳抹的长发女人，像是两人同骑一匹马，一颠一颠地蹿，不一会儿就蹿到了台中央。台下有人说："陈明禧演的是杨子荣，假扮土匪胡彪。那女人是奶头山土匪许大马棒的老婆蝴蝶迷，被'胡彪'在死人堆里救出来。"又有人说："陈明禧是武家坡老支书陈德厚的二小子，养不下强揪下！可跳皮了，赤屁股赶狼，胆大不识羞！"

陈明禧"艺高"人胆大，和蝴蝶迷一纵一颠地奔蹿着，就像骑着一头撒野难驯的六岁子驴，向后乱弹蹄，不断尥蹶子。

知青们忍不住笑了起来，一些年轻后生也跟着笑。陈明禧以为自己中了头彩，越发来了劲儿！他止步又一个亮相，仰望天空，用二少爷招兵的曲调，尖声吱啦地高唱：

跨林海过雪原夜奔深山，
扮土匪充胡彪迷惑崔三。
献"宝图"进美人妙计连连，
到时辰匪儿子哭娘喊爹！

一嗓子未了，引来全场大笑！就连王效礼也龁不住裂开了嘴巴。几个女知青笑得弯腰翘臀，捂着肚子，直不起腰来！最严重的是贺玉婷，笑得叉了气，蹲在地上直呻唤，过了好一阵，乔志芳才把她拽了起来。她涨着红脸说："我不敢看了，怕笑得肚疼死！"杨月琴说："你说的也太玄了！唱曲儿演戏就是图个红火，逗大家乐活。你真没见过个异奇！"贺玉婷被人数落了一阵，慢慢定下心来，又继续看着舞台。

"胡彪"带着蝴蝶迷跑到威虎厅。八、九个土匪围了过来，呲牙咧嘴，发出声声怪叫！大金刚喝道："哪儿来的绺子？""胡彪"抱拳："奶头山'胡彪'晋见"。二金刚吼叫："天王盖地虎！""胡彪"哂笑："宝塔镇河妖！"众土匪一齐喊："怎么脸黄啦？""胡彪"抖了抖大皮袄："防冷涂的蜡！""怎么又红啦？""精神焕发！"……

观众一阵惊叹！

黑话问毕，一群土匪"哗啦啦"地围住了蝴蝶迷，七嘴八舌地叫唤开来："哎哟，还有美人哪！给弟兄们也解解馋，嘿嘿！"大金刚色迷迷地盯着蝴蝶迷，伸手就要摸。'胡彪'厉声呵斥道："不得无礼，你们能有这样的福气？这是老胡献给三爷的细细！"众土匪立即缩手住嘴，巴咂着嘴唇退了下去。

人群里笑声四起！张开关眽视了一眼王效礼，王效礼像石圪墩稳在那里。

陈明禧的大哥陈明福上场了！他扮演的是座山雕，你看他那身装扮：一顶高耸的褐色狐皮帽，一件黑色山羊皮皮袄，外罩黄绸子大马褂，一条白茬子大皮裤，白手套，牛鼻子鞋。脸色黑红黑红，八字胡翘得老高，凶眉恶眼。腰挂两把大盒子枪，大迈八字步，在"刮野鬼"乐曲的伴奏下，高唱：

时运来了不用早起，
胡彪送我个好宝贝。
心里头有谁就是谁，
哪怕狗日的们跑断腿！

台下又一阵哄然大笑，王效礼的嘴巴也再次裂开了缝儿。

"胡彪"趋步上前，给座山雕递烟打火，道声："三爷好"。座山雕"哈，哈"大笑："老九好，你给三爷弄来的联络图好！""胡彪"恭维道："三爷洪福齐天，将来这满洲地区，就是崔司令的天下啦"。座山雕又一阵狂笑！"胡彪"也跟着笑。突然，座山雕背后蹿出个贼眉鼠眼的瘦汉子来，穿着紧身灰棉衣，蹑手蹑脚，四下观察，觉着没有危险了，就用"讨吃调"唱道：

凤凰要把那高枝占，
为人瞅睹的是好靠山。
丢了联络图没法见侯专员，
掉过头只好投靠崔三爷。

"胡彪"惊得浑身一颤："不好！小炉匠栾平怎么来了？"这时，座山雕也看见了小炉匠，好奇地问："栾平，你怎么也来了？"小炉匠忙跪地磕头，说："我来投崔三爷"。"投我？你有什么见面礼？""联络图！过几天我就给三爷拿来联络图！"座山雕"嗤嗤"地一阵冷笑，说："等你给我弄来联络图，满洲地区的司令早姓侯啦！"说完，抬眼看了看"胡彪"。小炉匠顺着座山雕的眼光一瞅，吓得差点儿趴在了地上，顿时神色慌张，用手指着"胡彪"，结结巴巴地说："共，共军！他，他，他是共军"。座山雕吃惊地问："谁是共军？""他，他，他就是共军！"座山雕疑惑地望着老九"胡彪"，"胡彪"不慌不忙，面不改色，一把揪起小炉匠，厉声道："我历尽艰险弄到联络图，你小子硬要把图献给侯专员，说什么'座山雕也要听侯专员调遣，八大金刚无名鼠辈更不值一谈'。我老胡爱戴崔三爷，不听鬼扇打不受骗。巧用烈酒灌醉你，怀揣宝图来到威虎山"。小炉匠想争辩，被座山雕一脚踢翻。座山雕接着"嘿，嘿"一笑，发出了杀人的信号，小炉匠慌了，跪地连连给座山雕磕头，一声又一声地哀嚎："三爷饶命，三爷饶命，噢，噢！……"座山雕第二次"嘿，嘿"哂笑！小炉匠吓得魂飞魄散，慌乱中见"胡彪"盯着自己，突然双手抱住了"胡彪"的双腿，哭泣道："兄弟救我，你不是共军！""胡彪"冷笑一声，瞅了瞅座山雕，座山雕接着"哈，哈"大笑！"胡彪"明白了，这是最后的杀人信号！于是拖着哭天叫地的小炉匠到了后台，"啪"地一枪将小炉匠毙了，众土匪拍手叫好！

台下一片欢呼！陈明禧洋洋得意，摘掉狐皮帽子，深深向大家鞠了一躬。

张开关笑眯眯地向陈明禧鼓掌致意，王效礼点燃了一支"太阳"牌纸烟吸了起来。

不一会儿，"胡彪"又来到座山雕面前，说："三爷，那小子死了"。座山雕道："死了好，一条丧家狗！""胡彪"又说："三爷，蝴蝶迷没死！"座山雕惊问："没死？她在哪里？""嗨，共军攻破奶头山，蝴蝶迷负伤倒在死人堆里。我藏在山旮旯，等共军退走后，将她救出。养好伤后，我就把她给三爷带来了！""在山上？""就在下面的大仓库里锁着"。"嘿！快开锁，带上来！""胡彪"转身到后台。

蝴蝶迷花衣花裤，长发披肩，浓妆艳抹，摇摇摆摆走上前台，乐队高奏"北京喇嘛"调，蝴蝶迷脆声唱道：

　　三十里明沙二十里水，
　　五十里路上来眊你。
　　半个月我跑了十五回，
　　为眊哥哥跑成个罗圈腿。

蝴蝶迷一边唱，一边扭着腰肢，忽颤忽颤，把个座山雕晃得前摇后晃，站都站不稳，好半天才挪在蝴蝶迷面前，巴咂着嘴唇，眯缝着眼，得意地说："许大马棒若是地下有知，发现蝴蝶美人儿成了我老崔的细细，肯定要气成个直片子！"蝴蝶迷"咯，咯，咯"地笑了一阵，笑得乳房乱颤，说："我比'联络图'也重要？""啊呀，美人一笑百媚生，笑开来也是铜铃铃音"。蝴蝶迷说："我死里逃生，心情愉快，愿陪三爷红火"。座山雕说："那你抖开嗓子唱上几曲，让三爷欣赏欣赏"。"嗨！山曲一个人唱来不了兴，咱俩对唱才来劲！"座山雕"咳，咳"了两声，说："妹子，咱俩开始对唱"。乐队奏起了

"妖精太太"曲：

> 座：大红公鸡抖膀膀，爹妈生我好嗓嗓。
> 蝴：河西调来河东曲，新召还有个"二流水"。
> 座：谁说唱山曲儿不正经，回去问一问他那老祖宗。
> 蝴：小妹子唱山曲儿铜铃铃音，神仙过来也要打定音。
> 座：前三声低来后三声高，再唱两声就把朋友交。
> 蝴：小妹妹唱曲哥哥对，那一出出不是那天仙配。

唱到这里，座山雕准备张嘴继续唱，却见蝴蝶迷向自己撇了撇嘴，扭头给自己一个后脊背，于是将到口的唱词咽了回去，眼睛直瞪瞪地看着蝴蝶迷。

看台下东面群众高叫："蝴蝶迷！"西面一群人呼应："继续唱！""蝴蝶迷！""继续唱！"……吼声一阵高过一阵！

王效礼烦躁地用眼瞟张开关，张开关见赵书记和其他干部兴致勃勃地看着戏，于是反瞅了王效礼一眼，就若无其事地继续看红火。

"胡彪"微笑着看了看台下，走到蝴蝶迷面前，抱拳说："夫人，您这是怎地了？今儿个是三爷的六十大寿，您应该尽情红火，给三爷贺寿呀？"蝴蝶迷娇嗔道："我怕三爷唱荤曲儿！""胡彪"哈哈大笑："唱荤曲儿怕什么！我还给三爷的寿辰安排了百鸡宴，比三爷的曲儿荤多了，不好吗？"蝴蝶迷"咯，咯，咯"地笑起来，"胡彪"又对座山雕鞠了一躬，说："三爷，敞开来红火吧，弟兄们除了喝酒吃肉，还爱听您老人家唱曲儿哩！"

众土匪一起叫唤："三爷，唱荤曲儿，唱荤曲儿！"

台下响应："唱荤曲儿，唱荤曲儿"！

"胡彪"看了看台下，又瞅了瞅蝴蝶迷和座山雕。

座山雕"呵，呵"笑了几声，一把拽过蝴蝶迷，继续对唱起来：

> 座：大灰毛驴秃尾巴，妹子到哪我跟哪儿。
> 蝴：一股子青烟朝天起，变成个狐子迷死你。
> 座：大出气开花黑紫老烂红，谁要不爱我死下他家人。
> 蝴：葫麻开花顶顶上蓝，我看见三爷好喜欢。
> 座：果树林长出一苗柳，你就不嫌哥哥丑？
> 蝴：一把黄土一把沙，你不嫌我残色我不嫌你疤。
> 座：炉子里没火添上炭，咱俩个不能干撩乱。

蝴：你长马马脸面大背头，我就爱三爷耍风流。
座：糜茬谷茬黑豆茬，看见妹妹我浑身麻。
蝴：一股清水顺沟沟流，妹子想和三爷交个够。
座：长艳艳辫子圪超超嘴，眼睫毛忽闪嘭死个你。
蝴：你给妹妹圪堆圪堆担上两担水，妹子给你圪堵圪堵喂上两个嘴。
座：烧巴头红火不看戏，钻在人群找伙计（情人）
蝴：母鸽子飞进公鸽子窝，交朋友谁能管得住我！

　　唱到这里，蝴蝶迷和座山雕互相瞪着眼，又停唱了。
　　台下观众又开始骚动，高呼："不过瘾，继续唱！不过瘾，继续唱！"
　　张开关嘴里叼着烟锅子，乐的三角眼成了丹凤目。王效礼却气的上下嘴唇直忽扇。
　　"胡彪"看到观众情绪高涨，赶忙上前劝说蝴蝶迷和座山雕："三爷、夫人，您们忘记啦，今儿个不但是三爷的生日，而且是您俩相好的大喜日子呀！快唱，快唱，再不唱，弟兄们就喝醉听不成曲儿了！"众土匪醉醺醺地叫喊："唱，三爷继续唱！"于是，蝴蝶迷和座山雕又抖开嗓子唱了起来：

座：三十三颗荞麦九十九道棱，妹子你看行不行？
蝴：大红糜子熟了个圆，想交朋友就今天。
座：东湾湾葫芦西湾湾瓜，四岁子牛犊六岁子马。
蝴：圆圪蛋罐罐没楞楞，长出个水萝卜红根根。
座：酸葡萄不如香水水梨，再好的女人也不如蝴蝶迷。
蝴：鼓槌槌往那碌碡上敲，你这种实心人世上少。
……

　　戏台下群情激昂，后生们两眼瞅着蝴蝶迷，眼珠子都要凸出来了！媳妇、闺女们扭捏着身躯，一跃又跃！就连小孩子、老头儿、老太婆们，也都情不自禁地高呼二叫！
　　王效礼看着这场面，"呼"地站起身来，脸面转向场外。
　　正在观众情绪激动时，台上的乐队忽然奏起了"水刮西包头"曲子，曲声排山倒海，势不可挡！紧接着后台冲上来七、八个持枪的解放军战士，一齐向座山雕和众匪兵开枪，蝴蝶迷仰面倒地，座山雕一个大马趴和蝴蝶迷面对面撂在了一起，俩人手脚乱颤乱蹬，不一会儿就咽了气。

观众哈哈大笑！

陈明禧手舞足蹈地领着众演员在台上鞠躬谢幕。

社员们大饱眼福，知青们嬉笑不已，赵书记和身边的干部也兴奋得很！可王效礼却嚷嚷着："这个张开关，让他演革命样板戏，怎乘机搞开了黄色表演？座山雕和蝴蝶迷纯粹是两个老流氓！"别人都不答理他，他更觉恼怒，见赵书记在前面走着，就追上去，说："赵书记，张开关给社员放假看黄色戏，满脑子旧思想，旧文化，应该好好管一管"。赵九日回头瞥了他一眼，什么话也没说，直杵杵地朝前走了。

张开关站在路边，突然见王效礼瞪着眼睛瞅自己，于是也用眼睛盯着对方。两人对峙了一会儿，都觉得气馁，就一齐掉头走开了。

## （七十）

看完一场大戏，大家心情愉快，精神放松。各个生产队，每天出工迟，收工早，干的活儿无非是在牲口圈里掏出粪来，再担土、担水进行搅拌，然后拍成光光的土堆，等待发酵。至于紧张的大干快上，怎么也得过了春分吧！

嗨！计划赶不上变化。刚过了农历二月二，新召就来了一大批下乡干部，继续推动"农业学大寨。"

派到神树湾的是旗武装部军人李贵祥。这人才二十六岁，高个头，不胖不瘦，一张黝黑的长马脸上，长着一对不大不小的深沉的眼睛！这人既会做群众工作，又懂农业生产，有能力。

田毛则当了大队副主任，张虎现在是生产队长。他把李贵祥安排在王河生家西边的一个单间房里居住，在社员家轮着吃饭，每顿饭放下二角钱三两粮票。

李贵祥把神树湾前后村挨着转了一遍，感叹，这地方生产条件确实不错，基本是水地，只要肥料能赶上，还愁打不下粮食？可是，村里的牲口不多，踩不下多少粪。化肥又是紧俏品，不好买。种地不上粪，等于瞎胡混！这个问题不解决，粮食增不了产。李贵祥详细观察，发现社员房前后以及饲养院和地里头，有不少庄稼秸秆，特别是那些粗圪榄，牲口也不吃，都要当垃圾扔掉的！还有地里的旧庄稼茬子，掏出来一堆一堆的，都要放火烧掉！人家大寨早就搞了秸秆还田。把秸秆和庄稼茬子以及柴草圪渣，沤成了粪肥，给庄稼增加营养，咱就不能照样儿来？想到这里，他找到张虎，问："生产队的肥料够不够用？"张虎说："咱这里是农区，没多少牛羊驴马，怎能不缺粪？""我给你想个办法。""什么办法？""搞秸秆还田。把牲口吃剩的粗秸秆、庄稼茬子、柴草圪渣全收集起来，铡得碎碎的，与水和泥土搅拌在一起，堆成大堆。外面再用泥浆抹光，密封半个月，就发酵成肥了。"张虎眨着眼说："这种肥上在地里，会不会生虫子？""嗨！只要完全发酵了，沤好了，虫卵全部会被杀死，不起虫！""那咱们下午开个队委会，明天就着手干。""行，越快越好。"

  队委会一致通过了李贵祥的提议。第二天一大早，张虎就安排社员们，一部分人拉运秸秆、柴草、庄稼茬子，一部分人用铡刀将这些东西铡碎，一部分人担水、担土进行搅拌。李贵祥不但现场指导，还亲自拿起铁锹，和起了稀泥，两只鞋渗湿了，裤腿上溅上了泥水。社员们一看：啊呀，这个解放军干部像个受苦人！干活儿一点不差生，还舍得出力！杨毛团更是看得出神！突然后脑勺被人拍了一下，一个愣怔：是队长张虎！张虎骂道："干部干活儿，你站着消闲，长心没有？"杨毛团忙拿起锹，头也不抬地搅拌起泥水秸秆来。社员们都争先恐后，干得实心。

  一个星期后，神树湾的土地上就矗立起五个大粪堆，顶五坡羊踩得粪多。张虎把李贵祥当成了农业实干家。社员们对他也不赖，都给他做好的吃。

  清明节快到了。李贵祥在队委会上说："牤牛川是个风巷子，听社员们说，有好几块儿地，由于风沙大，庄稼不好保苗。这就需要防风固沙，多栽树！杨树、柳树、沙柳多多地往上栽。我去霍洛林场买些便宜杨树苗子，你们去四道柳公社买些沙柳，清明一过，集中人力植树造林。"乔凯云说："那要多少钱？"李贵祥说："霍洛林场的树苗，我想办法去赊，四道柳的沙柳，花不了几个钱。"张虎说："你能赊来树苗子？"李贵祥笑道："说是赊，其实我是想让林业局支援咱们一把，放心吧！"张进财竖起了大拇指，说："贵祥，你以前咋不来神树湾呢？"张虎看了一眼张进财，说："你尽说没的！他是公家人，去哪里下乡得听组织的安排，能由他？"众人笑了一阵，散会。

  不到三天，李贵祥就给神树湾拉回满满一卡车杨树苗子。社员们跑过来观看，张进财抽出一根，说："啊呀，这才是好苗子！是北京杨，还是加拿大杨？端不溜溜的，比咱本地飞白毛毛的胡杨强多了。"李贵祥说："你们买的沙柳苗子呢？"张虎说："拉回来了，都在河湾水里头泡着呢。"李贵祥说："把这些杨树苗子也泡进水里，成活率高。"张进财带领一帮人开始搬运树苗，张虎和李贵祥领着司机去吃饭休息。

李贵祥领着社员们，一连栽了五天树。这五天里有四天是大风扬沙天气。李贵祥和社员们一样，每天满头满脸满身的沙土，晚上洗头，能洗下一盆子泥水。王河先的老娘快七十岁了，每天给李贵祥烧水熬茶，看见李贵祥实受的样子，说："老命命，你娶媳妇了没有？"李贵祥说："已经结婚二年了，儿子刚过满月。""哦！这么好的后生，肯定娶的好媳妇。"李贵祥笑了笑，没应答。

栽完树后，李贵祥领着几个知青和一部分社员，去苏会沟挖水道。小麦、玉米都快安种了，需要提前给土地过水，保证墒情。由于离村有十几里的路程，中午就都坐在水道塄上啃干粮，喝泉水。李贵祥大方，给所有修水道的人，每人买了两个混糖饼。知青且不论，社员们可是现实主义者：给我利益，给我吃喝，我就认为你这个人不错，愿意听你的指挥，愿意出力干活！本来是一个星期才能做完的营生，李贵祥领着这一群人，仅用了三天就干得光光的，十几华里的水渠一路畅通。

春耕季节到了。神树湾生产队的田地里耕牛、耕马、耕骡、耕驴都套上了犁铧，深翻着土地。十几个社员（其中也有知青），手执平耙，在翻过的土地上，耙出一排排整齐平展的畦子地。畦子地里，男人们挖坑施肥，女人们点种掩埋，热热闹闹，井然有序。不到五天工夫，春耕完毕。神树湾生产队在全新召的春耕生产中创了个第一。李贵祥特别高兴，收工的时候，情不自禁地唱起歌儿来："我是一个兵，来自老百姓，打败了日本侵略者，消灭了蒋匪军。我是一个兵，爱国爱人民，革命战争考验了我，立场更坚定。嘿嘿嘿！枪杆握得紧，眼睛看得清，敌人胆敢侵犯，坚决打它不留情！"歌声引来青年男女们羡慕的目光，一些后生还跟着李贵祥合唱起来。

旧庙塔生产队的春耕，比神树湾落后了七天。队长李来生每天天一亮就挨家挨户地催促着社员们早吃饭，早出工，可是谁也没把他当成个人物，待理不理。出工的时候，稀稀拉拉，太阳红腾腾了，人还没有到齐！气得李来生嘶声："你们走一步摇三摇，魂都让鬼摄了？"但怎么叫骂也不起作用！李来生脑子有些翻不转了！张虎有什么本事？大字不识一个，从小就唾牛屁股，只会死受，榆木疙瘩！我李来生再灰，也是小学毕业生，哪点儿不比张虎强！可当队长怎么就干不过这个老蠢牛？李来生思来想去，豁然明白了：两个队的下乡干部不一样！咱旧庙塔来的那个死老汉，不到半个月，就吼痨气厥，请假回家了。人家神树湾的李贵祥，能吃苦，有智谋，多扛硬！这才是原因。

李贵祥出名了，威信很高。可是麻烦也快找上门来了！

你知道吗？二十世纪六七十年代的工人和解放军，多红？多牛？李贵祥不但是解放军，而且年轻有为，能没人爱慕？神树湾的闺女媳妇们，看见李贵祥，心就突突地跳！但只是看，没妄想！村姑野妇人家肯定看不上！可是，有一个姑娘不这么想。她叫二菊子，今年虚龄一十七。一头乌发，娥眉杏眼，圆圆的脸蛋，容光焕发！虽是农村女子，可身段苗苗条条，生就杨柳腰！她爱慕李干部，只要有机会，就眨着眼睛盯着他。有好几次，两人的目光碰在了一起！看着，看着，互相都笑了起来。一来二去的，李贵祥就燥热起来！已经两个多月没回家了，心火一天比一天旺，遇到干柴，就想燃烧！但他很快又冷静下来：不能！我李贵祥是人民解放军战士，驻队干部，岂能违反纪律？唱个歌子吧："革命军人个个要牢记，三大纪律八项要注意；第一一切行动听指挥，步调一致才能得胜利……第七不许调戏妇女们，流氓习气坚决要除掉……"嘿！这歌儿真管用，李贵祥立即收缰勒马，绾绳套猿，把思想集中到工作上来了！

　　唉！事儿要来找你，哪能躲得过？那天下午，李贵祥去工作队汇报完工作后，又和同事们拉了一阵话，太阳就落山了。他挂上公文包，走出公社院子。路过供销社底坡时，有一个姑娘站在路边，左右徘徊。细看，是二菊子！她怎么在这里？李贵祥走上前去，关切地问："菊子，你啥时候来？"二菊子掉过头来，柔声说："我去供销社买了双袜子，现在回去。"李贵祥的心一阵震颤！定了定神儿，说："咱们相跟上回去吧。"二菊子顺从地说："行。"然后俩人一前一后，向神树湾走去。半个多小时后，天色已黑，要过牤牛河了！李贵祥脱鞋绾裤，正要下水。回头看了一眼二菊子，既不脱鞋，更不绾裤，站在河沿不动弹了！李贵祥一阵心软，说："菊子，你要是不敢下水，我背你吧！"二菊子"嗯"了一声，就走了过来，乖乖地爬在李贵祥的后背上。啊呀，这还得了！二菊子富有弹性的乳房和柔软的身体，放射出一股巨大的电流，差点击穿了李贵祥的骨髓！李贵祥浑身颤抖起来，头晕目眩，险些儿跌倒在河里。他不敢迈步了，大喘了几口气，定顿了一阵，才颤颤巍巍地向对岸挪去。费了好大力气才上了岸。二菊子慢慢从他的后背上溜了下来。李贵祥穿上鞋，准备走路，二菊子却迎面将身子靠了过来。李贵祥嗅到了一股味儿，是女人味儿！二菊子像一盆水，李贵祥像一堆泥，冲垮了，和起来了！李贵祥把"三大纪律八项注意"抛在了脑后，紧紧地搂住了二菊子。良久，俩人才松开手来，李贵祥说："我们回去吧。"二菊子"嗯"了一声，和李贵祥依偎着走在一起。要进村了，李贵祥说："菊子，你先往家走吧，我站在这里看着你。"二菊子掉转身，在李贵祥的身体上摩擦了两下，才恋恋不舍地消失在夜色里。这天晚上，李贵祥翻来覆去地没睡好。

跌宕牡牛河

　　第二天晚饭后，李贵祥洗了一下头脸和脚丫子，正准备上炕看一会儿书，突然听到屋门"咚咚"响了两声。李贵祥静静坐在炕沿上没言声。过了一会儿，又响了两声，"咚，咚！"声音不大，但很清晰。李贵祥压低声音问："谁？进来吧。"等了五六秒钟，也不见动静。李贵祥只好站起身来，将门拉开。啊呀！是二菊子，脸羞得通红，看了一眼李贵祥，又把头低了下去。李贵祥激动起来，伸手拉住了二菊子的右手。二菊子就势走进屋里。李贵祥关上门，低声问："你怎么来了？不怕人看见？"二菊子说："不怕！我有两个字不认识，来问问你。""什么字？你高小都毕业了，常认字应该没问题吧？""哎，认是认得，就是不懂意思。"一边说，一边从兜里掏出一个纸条来，上面写着"情窦"二字。李贵祥接过纸条，不由得情焰升腾，望着二菊子，颤声道："这两个字的意思是少女懂得了爱情！"二菊子用手捂住了脸，但身子却直往李贵祥身上靠。李贵祥再也抵抗不住女人的诱惑了，一口将油灯吹灭，搂着二菊子上了炕。一个多小时后，二菊子才出门回去。

　　自此后，二菊子经常往李贵祥那里跑。这件事，被王河生的老娘发觉了。这老婆子连一颗咸麻子也噙不住，像讲故事一样，绘声绘色地讲给了串门儿的老婆女子们。后来传到工作队领导白文锦的耳朵里，白文锦认为事情严重，立即向旗武装部作了反映。旗武装部领导经过研究，决定先调李贵祥回部里工作，后派民兵科长葛兴地去神树湾调查了解。

　　李贵祥接到通知后，忐忑不安。见了二菊子，直是个摇头。临走时，专门去新召大队见了张开关。他给张开关递了一支烟，擦着火又给点着，然后就低着头默不作声。张开关打破了沉寂，说："贵祥，这几个月，你为神树湾做了不少事，男女老幼对你的评价都很高，我们感谢你。至于风言风语的那些事，我会给你搂揽的，你放宽心。"李贵祥紧紧握住张开关的手，感激地说："我知道你是扶危救困的好支书，我李贵祥是生是死全靠你了！"张开关肯定地说："放宽心。"李贵祥告辞，要步走回家，张开关一直把他送到丁家渠，然后才只身返回。

　　张开关回到家中，问老婆："你说李贵祥这人怎样？"老婆说："嗨，那是个好干部，既吃苦，又有本事，社员们没人说赖。""对他就没些说法？""哎！那些事谁能说得清？没逮住，没看见，俩人要是不承认，还不是瞎嚼一顿舌头！""哈哈！还是我老婆精明，看事情一个准！李贵祥其实是个好干部！可是再好的干部也是娘老子所生，肉体凡胎，能没个错？不能有点儿差错就把后生一辈子给毁了！我答应下给他搂揽这事。你去把二菊子找来，我给她说说这事。""现在就找？""就现在，不能耽误。"

278

不多时，常明英领着二菊子走进屋来。张开关看了一眼二菊子，二菊子羞得头也不敢抬，两只手一个劲地搓捏着自己的辫梢。张开关叹了口气，说："菊子，你坐下，叔和你有话要说。"二菊子慢慢挪到炕沿，坐了下来，常明英给她端上一杯茶。张开关说："菊子，你知道李贵祥为什么调回去了？"二菊子沉默不语。张开关说："就因为有人反映你和他有事儿，才被调走了！过两天，旗武装部可能还要派人来调查你们的事，要是真的有证据，李贵祥会被开除，坐禁闭！"二菊子惶恐起来，抬起头，眼中滴出泪水，望着张开关，说了声"张支书"就没话了。张开关说："你想不想看着李贵祥被开除，关禁闭？"二菊子忙说："那是个好人，我为什么想叫他遭罪？""这是你的真心话？""啊呀叔，我是真心话！""好！我就等你这句话。既然你不愿意他遭罪，你有什么办法救他？"二菊子咬了咬牙，坚决地说："不管谁来调查，哪怕是天王老子来，我俩也没那事儿！我死不承认，看他们能把人吃了！"张开关上下打量了一下二菊子，一字一句地说："菊子，叔以前没注意你！想不到你这娃娃还真的明事理，不怕事。你要是抱着这个态度，不但李贵祥谁也处理不了，菊子也会让人高看一眼的。"常明英走到二菊子跟前，摸了摸她的头发说："菊子，你就这个态度，看他谁能怎样！"菊子点了点头，张开关满意地说："菊子，叔放心了！你回去吧。"二菊子看了看张开关两口子和蔼的样子，踏踏实实地走出了屋子。

张开关来到王和生家里。只有王和生老娘一个人坐在小凳上，用篦梳篦头发。张开关说："婶儿，我和你拉会儿话。"老太太看了张开关一眼，说："坐吧，你和我一个傻老婆子能拉什么话！"张开关笑道："婶儿，你见过的事比我听到看到的都多，咋说没话拉！""那你想问什么？""哈，我是想和婶儿拉一下李贵祥的事儿。""李贵祥？已经走了，你管他做甚？""不是我要管他，是有人要处分他！说不定还要被开除！"老太太放下了篦梳，转动着混浊的眼珠，说："为什么？那是个好后生，给我还买过几次月饼和红糖，听河生说，社员们也都爱见他，没人说赖，咋就有事儿了？"张开关说："婶，他有事没事，你还不知道？"老太太想了一阵儿，笑道："哦！你说他和二菊子的事儿！那不能怨他，是菊子追上门来要和他好。年轻后生，哪有送上门的货不要的！""啊呀呀！婶儿，你以为这是小事儿？就因为这事儿，公家要开除他，还要关禁闭！"老太太不解地说："这点儿事还要关禁闭？要是那样，咱生产队的后生，能逮一半儿，禁闭房子能盛下？怪事了。"张开关说："婶儿，农民和干部不一样，解放军更不一样！干部和解放军犯了这事，真要开除关禁闭！"老太太怜悯起来："那么好的后生，太可怜了！""婶儿，你觉得李贵祥可怜？""可怜！""你想不想救他？""救他？我一个死老婆子，哪有那本事！""嗨！我给婶儿实说了吧！过几天，公家要派人来向你调查李贵祥和二菊子的事。你要是把你以前给老婆女子们鬼嚼的话说出来，李贵祥就肯定要坐禁闭。"老太太后悔起来："我以前就是讲个笑话，不是要害贵祥则！""那公家派人来问起李贵祥的事儿，你怎么说？""咋说？我就说我头晕眼花耳朵背，看错了！听差了！什么都不记了！""婶儿，这就对了！我看你也不糊涂，记住你今天说的话！""记住了，我不能害贵祥则，那是个孝顺后生。"张开关满意地点了点头，告辞回去。

张虎来到张开关家，进门就问："李贵祥犯事了？"张开关佯问："犯什么事了？"张虎不满地说："你就不要装糊涂了！没犯事，能中途调他走？""那你说他犯什么事了？""你还给我卖关子！谁不知道他和二菊子的事儿！""他和二菊子有什么事？谁看见了？还是谁逮住了？捉贼见赃，捉奸见双，不能随随便便给人家扣帽子！""嘿！还是当支书的人，一说话就在刃头上。你算说对了，要是二菊子和李贵祥不承认，咱社员们也不给打证明，那天王爷爷也没办法！凡人不开口，神仙难下手。"张开关止不住笑了起来："张队长，咱俩看法一样，就按你说的办！"说完，给张虎装了一锅子旱烟，递了过去。

葛兴地来到神树湾，先去了张开关家。张开关故作惊讶："嗬！神树湾和武装部硬关系！走了一个李贵祥，又来了一个葛兴地，都是解放军。"葛兴地摆了摆手，说："我不是来驻队的！""那你是来干什么的？来征兵？现在也不是时间呀！"葛兴地不耐烦地说："我是来调查李贵祥的事，听说他在神树湾有男女关系问题。""男女关系？男女本来就有关系，大家相互都有关系，这也是问题？""唉！是男女作风问题。听说他和你们队里的二菊子乱搞。""乱搞？那可是暧昧之事。眼见方为实，传言未必真，若信传闻语，枉尽世间人。""哎，哎！听说你原来是个铁匠，咋就像个说书匠？我不和你说了，找二菊子直接核对。"

二菊子在地里劳动，被葛兴地叫到了队房子。葛兴地观察了一阵二菊子，噢，明白了！这女人不但长得漂亮，走路也挺好看，说话有股惹亲劲儿，肯定是个骚妞儿！待我想办法问她。想了一阵，葛兴地严肃地说："我是旗武装部的民兵科长葛兴地，首长派我来核实李贵祥和你的关系，你要如实交代，不许隐瞒！"二菊子看了葛兴地一眼，说："李贵祥是驻队干部，我是队里社员，就这么个关系，如实交代。"葛兴地不满地说："不会吧！有这个关系的女人多得是，我为什么偏偏要找你？"二菊子冷笑道："那是你接了鬼音了！"

葛兴地"啪"地拍了一下笔记本，恼怒地说："是我接了鬼音了？还是你想说鬼话。""我想说实话。""想说实话就好。我问你，李贵祥是怎么引诱你上当的？""上当？不要说我没上过李贵祥的当，神树湾的人谁也没上过李贵祥的当！""嗨！小姑娘，你甚也不懂！他是个有老婆孩子的人，骗了你，你还脑子不满护着他。""你才脑子不满呢！没的事，我能说成个有？他有老婆孩子关我什么事？你这人的思想，也太那个了！老把别人想得那么坏！""啊呀呀，你这女子怎长个刀子嘴？戗得别人话也说不成！我告诉你，包庇坏人是要犯错误的。""犯错误？说真话还能犯错误？没听说过！"葛兴地真没想到，十七八岁的农村姑娘，尽然是个难拿圪蛋！一句真话问不出来，还戗得人气也上不来！葛兴地挠了挠头，说："坦白从宽，抗拒从严。你回去好好考虑一下，明天再谈。""谈还是这些话，你不嫌麻烦？""你不老实，小心处理你！""往哪儿处理？不会是夺下我的锄头你种地，我去当兵当干部吧？"葛兴地恼了，吼叫："你这女子咋一点儿觉悟也没有？走吧，走吧，明天再谈！"二菊子站起身来，头也不掉地走了。

葛兴地气急败坏地躺在队房子的炕上，没想到农村小女子还这么难对付，又臭又硬！李贵祥和二菊子肯定有事，不可能空穴来风！哦，对啦！听说李贵祥一直住在王和生家，那家有个七十多岁的老太婆，对这事儿最了解，去问问她。老太太老了，经不住诱导，一会儿就能问出实话来。想到这里，葛兴地有了信心，一骨碌从炕上滚下来，拿起笔记本，就往王河生家里走。

王河生的老娘正抓着一把谷子给小鸡抛撒着，见有个当兵的走进院子，还以为是李贵祥又来了，亲切地问："贵祥子，你又回来了？这几天，我老是想你哩！"葛兴地亲热地说："老大娘，我不是李贵祥，是旗武装部民兵科长葛兴地，来向你了解点儿事。"老太太凑近葛兴地瞧了瞧，疑惑地说："你不是贵祥则？来了解事儿？我一个老婆子能知道什么事？""知道，你老人家肯定知道。"葛兴地一边说，一边走进屋里，拉了个凳子坐了下来。老太太随后进屋，坐在了灶口边的一个小凳子上。葛兴地从兜里掏出一盒牡丹烟，递给老太太一支，又擦着火给她点着，然后和气地说："老大娘，你身体还好？""还好，就是晚上睡不着觉。""晚上睡得迟？""睡得迟，半夜里还爱在院子里走走，看看星宿，眊眊月亮。""噢！那李贵祥在的时候，你也一样睡不着？""睡不着，都多少年了。""那么，李贵祥晚上干什么，你肯定都知道。""知道，我是个夜游神，能不知道！""那二菊子晚上来找李贵祥，你也知道？""知道，年轻人嘛！""他们俩干什么了？""干什么了？你爱听？""爱听，你给我讲一遍。"老太太笑了，正要开口讲述，猛听见院子里有人咳嗽，探着身子向外一眊，哟！是张开关。老太太猛然记起张开关那天说的话，顿时收起笑容，闭紧了嘴巴，不说话了。葛兴地也看见了张开关，正想出去搭话，可是张开关像一只路过的大灰狼，一闪身就走了。葛兴地掉过头来，急切地说："老大娘，我还等着你给我讲二菊子和李贵祥的事呢，快说吧，我爱听。""你爱听？我还不爱说呢！""听说你以前可爱说呢，怎现在就不说了？""爱说？我人老眼花，耳朵也背，有时候把黄狗就认成喇嘛了！都是隐隐糊糊的事，没准头，不可信！我自己还怀疑自己呢！有时候突然看见我那死老头子又来找我，过一会儿，又什么也没有了。"葛兴地急了，说："你刚才还笑着要给我说，怎么一会儿就糊涂成这样儿了！肯定是听见外头有人咳嗽，你就不敢说了，对吗？""对个屁！老娘这么大岁数了，还怕谁？我什么也不知道，都快进棺材的人了，谁也别缠我！谁缠我，就是想和我一块儿走。"老太太一边说，一边去谷仓里抓了一把谷子，出门喂小鸡去了。葛兴地孤坐了一阵，十分扫兴，出屋回队房子了。

第二天，葛兴地找到了队长张虎，说："李贵祥犯了这么大的错误，你咋不说？"张虎吃惊地看着葛兴地，反问："葛科长，看你应该是有水平的人，怎说出这么没水平的话！李贵祥犯了什么错误，我真的不知道，我不能给人家胡乱编造吧！""他和二菊子的事儿，传得那么远，能说是谣言？""传得有多远？十里路上就没真言，你连这都不知道？古人办案都知道捉贼见赃，捉奸捉双。你两手空空，甚证据也逮不住，就想给人家定案，可能吗？别瞎想了，快回去吧！"葛兴地气恼地瞪了张虎一眼，掉头走了。

葛兴地又找到二菊子，他软硬兼施，诱她招供。可是这个女子油盐不进，死不承认，最后哭着走了，临走时甩下一句狠话："你再要逼我，我就跳崖呀！"葛兴地望着二菊子的背影，目瞪口呆。

葛兴地又来到张开关家。张开关笑着问："工作进展得怎样了？"葛兴地冷笑着说："我很奇怪，在你的支持下，工作难度越来越大。"张开关愣怔了一下，说："你的意思是我圪搅了你的工作？你对我意见很大？如果是这样的话，我再也不过问这事了，你放开手脚，想怎么搞就怎么搞，出了事与我无关！"葛兴地不服气地说："能出甚事？你不要诈唬我！"张开关摆了摆右手，说："你不要和我说了，继续开展你的工作吧。"葛兴地很没趣地走了出去。刚走下土坡，迎面走来一个少年男孩，赶着一头大驴和两头小驴。葛兴地明白了，这就是张开关家的母驴和两头龙凤胎驴驹子。公家规定每户只许养一头大牲畜，可张开关却养着三头，真是个资本主义脑袋，太不像话了。想到这里，不由得走上前去，把跟在母驴后边的那头驴驹子顺屁股捣了一拳。

这下可不得了了，母驴见有人打它的"子女"，扬起后蹄，猛踢葛兴地的胸膛。葛兴地应声倒地。等爬起来追打毛驴时，三头毛驴已经跑远了。少年男孩笑个不停，葛兴地灰溜溜地离去。

大约晚上八点多钟，葛兴地正准备听一会儿收音机，忽然外边有两个妇女，一边跑，一边说："二菊子喝农药了，这可怎么办？""给灌屎汤，看能不能吐出来！"葛兴地感到头皮一阵发紧，心想："坏了！证据没找到一点，再逼死个大姑娘，这可怎么办呀！"前半夜没睡，后半夜半醒半睡，一直注意着外边的动静。不等天明，就来找张开关，说："我回呀！你们神树湾是个回水湾，来个容易走个难！再过几天，我的下场比李贵祥还要惨！"张开关一脸严肃地说："二菊子昨天夜里喝了农药，众人抢救了一晚上，还不知道脱离危险没有，快走吧，要是真有事儿，你连这个村子也走不出去。"葛兴地看了看张开关，灰溜溜地出了院子，一奔子跑出村子，向旗里走去。

武装部长问葛兴地："李贵祥的事调查成啥样了？""嗨，什么也没调查出来！""为什么？""有人阻挠。""谁阻挠？""大队支书张开关！""他是个老支书！""嗨，你没见这个人哪！中上等个子宽肩膀。深眼窝，眼珠子乱转，很狡猾。粗眉毛，大嘴巴，说话粗声愣气，像戏台上的喝头。耳朵又肥又大，割下来够半斤。脑袋割下来够十斤。远看近看都像个山大王。"武装部长哈哈大笑起来，说："人家是模范支书，没你说得那么凶险！"葛兴地气哼哼地说："甚模范支书，就会务驴驹子。鬼毛驴还把我弹了两蹄子。"武装部长笑得更合不拢嘴了。

（七十一）

李贵祥调走了，张虎怅然若失；大集体的事儿难办得很那！管得轻了，没人答理。管得重了，惹下一片人。社员都是自私圪蛋，自留地上往死受，集体地里是"电线杆。"可是，他们还眼巴巴地盯着年底能分多少红。分得比上年多，你就是好队长。分得比上一年少了，能把你的头骂庞！

张虎闷不愣腾地来到大队，见张开关坐在办公室，就说："张支书，这光靠种地，社员的分红很难上去。"张开关说："可以搞点副业嘛。"张虎问："搞副业？那不成弃农经商了？"张开关说："什么弃农经商？合理的买卖谁也能做。"张虎又问："那能做什么？"张开关不屑地说："这还用我教你？你自己不会动脑筋？比如说，咱大队果园里那么多沙果子，已经红了，你就不会去贩卖？"张虎说："对呀，现在地里活儿不忙，正好干别的，张支书的脑子甚时候也比我灵。"说完，匆匆回队里去了。

张树海扛起锄头正准备出工，被张队长叫住了："队里决定让你和郭三焕、李银栓去东胜贩沙果。你管钱和账，他们两人负责卖沙果，不能有问题。"张树海问："什么时候走？"张虎说："上午把牛车整拾好，下午去大队果园装上果子就出发。"张树海放下锄头说："知道了。我收拾一下出门用具，就去找他们。"

下午，张树海背着行李和用具来到饲养院。郭三焕和李银栓已经将两辆牛车套好了。他们把队里的麻油装了满满两大壶。张树海觉得奇怪："车轴上滴点儿润滑油，能用两大壶？"郭三焕把自己的行李"唰"地一下扔在了车上，说："你懂个甚？车要是坏在路上，你推呀！"张树海也把行李"唰"地一下扔在车上，瞪着眼说："咋啦？不能问？你咋这么个讨吃则脚后跟，变裂子灰嘎脑？"郭三焕不说话了，李银栓接着说："你跟上我们，是领导？还是照看我们的？"张树海一本正经地说："队长派我来管钱和账。"郭三焕气恼地叫喊："银栓！赶车上路！"车上装满青草，张树海跳上车，坐在了上面。郭三焕一边走，一边凑在李银栓耳边嘀咕。出了村子，道路坑坑凹凹。过一道小沟时，郭三焕突然把牛狠狠抽了两柳条子，牛负疼奔跑起来，越过沟渠，牛车剧烈颠簸，张树海坐不稳，从车上摔了下来。他正准备往上爬，后面的牛车过来了，车辘辘从大腿上碾过。张树海"啊呀"叫了一声，以为腿要断了。可是等车过去以后，蹬了一蹬腿，没事！卷起裤腿察看，大腿上有一溜红印。张树海从地上爬起，再不敢坐车了，跟在牛车后步行。看看郭三焕，头也不掉，直往前杵。李银栓憋不住了，问张树海："腿没事儿吧？"张树海说："空车辗过，没事儿。"郭三焕这才掉过头来，说："你可不能受伤，要不然我们连个管账的人也没有了。"张树海怒了，喝道："郭三焕，你张狂个甚？别看你比我大几岁，我收拾你富富有余！"说着，就捋袖攥拳，郭三焕顿时蔫了。

三人赶着牛车，在果园满满装了两车沙果。刚上了大路，忽然听到后边有一个女子在叫喊："三哥，三哥！等等我。"张树海回头一看，是郭三焕的叔伯妹子英女则。牛车停了下来，英女则气喘吁吁地追了上来，说："我也要去东胜。"郭三焕说："四爹和四姊都上年纪了，你不在家帮着做营生，瞎跑甚！"英女则说："我去大姐家串一趟，一年多没见她了。"张树海懒得和英女则说话：快二十岁的大女子了，疯天失地，长相也不顺眼！不管冬夏，一张脸老是皴得掉皮。英女则不注意别人的感觉，很自然地跟在张树海背后，轻脚慢步地走着。

老牛慢车,"咯噔,咯噔"一个小时也走不了五里路。赶车的人耐着性子,摇摇晃晃,一会儿就瞌睡了!夜色黑暗了,路旁农民的屋子里都点亮了油灯。李银栓说:"这是武家坡,前面十里以内没村子,就这里歇息吧!"于是,张树海把牛车赶在了路边一个平坦处,卸下车辕套引子,吆喝着两头牛,摸黑吃草去了。李银栓瞪着眼睛,四处拣干柴,英女子提着铜锅子去溪边舀水,郭三焕在沙地上挖了一个灶火炕。不一会,铜锅盛着水坐在了灶坑上,下面燃着了干柴。水开了,下米焖饭。二十多分钟后,英女子叫喊:"米饭焖熟了,快吃吧。"张树海把两头牛牵到牛车旁,拴好缰绳,就去盛饭。英女子泡了半碗红腌菜,吃着口不淡。

饭后,大家打开行李,在沙滩上睡觉,英女则挨着郭三焕睡,张树海躲她远远的。半夜里,正睡得香,突然郭三焕"嗷嗷"叫唤着坐起身来。其他人也惊醒了,黑暗中看见十几头猪从旁边经过,一头猪踩在了郭三焕的肚皮上。英女则问:"三哥,没事吧?""疼!好像把肋骨伤着了。"赶猪的人也凑了过来。李银栓说:"你这人,半夜三更赶一群猪,扑死了?"赶猪的人说:"我是贩猪的,白天太热,猪走不动,只好夜里赶路。""那你踩伤我们的人怎么办呀?""不要紧吧!猪踩一下,过一会儿就不疼了。"郭三焕一边呻吟,一边说:"不行!可疼了,怎么也得给我点儿买药钱。"贩猪的说:"给你多少钱?""最少十块。""十块?我贩一趟猪才挣多少钱?我兜里只装一块钱。""不行,一块钱连瓶镇痛片也买不来。""啊呀!你想讹人?这能全怨我?谁让你在大路上睡觉?""你睁眼看看,我睡在路畔上还是大路上?"李银栓抢过话头,说:"嗨,都是出门人,互相谅解一下。贩猪大哥,你给上他三块钱算了。"贩猪的人还不想掏钱,可是一群猪四散五溜的遍地跑,再纠缠下去,猪也找不着了,于是叹了口气,说:"今天算是倒霉了!遇上这么几个财神爷。"很不情愿地在兜里摸了半天,递给郭三焕两张票子,郭三焕瞅了一阵,说:"这是两块,不是三块。"贩猪的说:"两块也好,三块也罢,反正全掏给你。我明天还要饿着肚子吆猪呢!"说完,就追猪去了。郭三焕没办法,只好倒头睡去,再没听见他疼得呻吟。

凌晨三点多,李银栓就把大家叫醒,说:"晚上凉快,继续上路。"大家卷起行李,收拾用具,套上牛车,继续赶路。和白天差不多,牛还是走不快,慢腾腾地摇筛着。摇晃了不多时,张树海就半睡眠了,还做梦呢!梦见自己到了准格尔召,进了寺院,大喇嘛和二喇嘛在念经,三喇嘛"嘿嘿"笑着,遇见了香炉,快磕头吧!"扑通"一声,张树海一个大马趴,啃了两嘴泥！唉，光做梦，左脚踩在了一个大坑里。英女则好像也在做梦，被张树海的叫声惊醒了，说："瞌睡死了，睡一会儿吧。"李银栓说："不能睡，我给你们唱个曲儿，你们就精明了。"说完，扯开嗓子唱起了刮野鬼："为人找不下个好呀么好老婆，还不如到后山拉呀么拉骆驼。为人打不下个好呀么好伙计，还不如到武川见一见那二妹妹。"英女则咯咯地笑了起来，张树海的睡意也一扫而光。

太阳老高了，九点来钟，郭三焕说："打上一间，埋锅做饭吧。"李银栓说："我给牛剜草，树海去放牛，三焕和英女则做饭。"英女则翘着嘴唇说："就焖点米饭，还用得着两个人？我和树海放牛呀，顺便掏点儿苦菜，回来就饭。"郭三焕瞪了妹子一眼，说："去，去，去！我累不着你！"于是，英女则返身跟上树海，笑眯眯地说："我也和你放牛。"树海说："共两头牛，还要两个人放？那是一片庄稼地，苦菜多，你挖吧，不要跟着我。"英女则恼了，说："你自大什么？你也是个农民嘛！你以为自己是工人、干部？哼！"树海说："对！我就是个农民，你不要把我往高看。"说完，牵着两头牛向南面的高坡上走去。英女则气极了，朝着树海远去的后背"呸呸呸"地唾了一阵，然后悻悻地走进谷子地剜苦菜去了。

下午四点多钟，太阳的毒劲过去。张树海等四人吆着牛车继续赶路。就这样，晃晃悠悠地一连走了三天半，才进了东胜城。英女则去了亲戚家，树海他们住在了四分店。连人带牲口，每天一块钱旅店费。郭三焕眨着眼，对李银栓说："东胜人可野蛮呢！白天活刁乱抢，晚上往完了偷。这两车果子，怎能照看住？"树海说："把车停在窗台下，我靠窗台睡，我就不信看不住。"郭三焕说："好，好！就要你这句话。"李银栓说："我这里有手电，听见动静，你就打着亮光扫射，没事的。"树海接过手电，把行李铺在了窗台边。

白天，张树海和李银栓、郭三焕把牛车停在十字路口，叫唤着卖沙果，李银栓最能吆喝："卖果子嘞，酸甜，酸甜！"郭三焕负责过秤。每过一秤，他就在小本上记个数字。张树海负责收钱，晚上回去结账。生意还算顺当。来东胜的第二天下午，张树海正在点钱，突然身后被人重重地拍了一下，回头一看，嘀！郭志荣。张树海问："好久不见你，在东胜找下工作了？"郭志荣说："我在县砖瓦厂工作，每天搬砖，一天能挣一块二角钱。你现在干什么呢？""嗨，你眼大走神！明明看见我卖果子，还偻问我干什么？""怎么，堂堂支书的儿子，夏志义的高徒，能变成贩夫走卒？""嗨！什么时候也赶不上你！你是税务所郭大人的公子，背砖贵人，不可比，不可比！"郭志荣还想说什么，可是光张嘴，没有词。翻了一阵白眼，掉头走了。张树海用秤盘端着沙果子追上去，说："怎么说咱也是老乡，送你二斤沙果吃吧。"郭志荣用左胳膊挡了一下，头也不掉地走了，张树海只好把果子原端了回来。李银栓问："你俩这是怎么了？"张树海说："那是个犟人！能把头犟在屁股里。"李银栓和郭三焕都笑了起来。这时，一个中年妇女向他们走来。李银栓立即迎了上去，说："亚芹姐，也有空上街？"郭三焕也跟着叫了声"亚芹姐"。树海明白了！这就是李九成的妹子，韩大老虎的老婆李亚芹！确实相貌端正，三十多岁的人了，还风韵犹存！李亚芹见张树海呆望着他，就笑道："我猜你是树海，对吧！你也应该叫我亚芹姐。"树海腼腆地说："是，亚芹姐。"郭三焕把李亚芹的提包拿了过来，装满沙果，说："亚芹姐，这是咱们果园自产的，水大酸甜。"李亚芹接过包，说："明天中午你们来家里吃饭，我来找你们。"李银栓说："不用了，你们都有工作。"李亚芹说："嗨！你们一定要来！我可是实心实意的。"说完，挥了挥手，就向西走去了。

第二天中午，李亚芹来到十字路口，找到李银栓三人。树海说："你们俩去吧，我留下看车。"李亚芹笑了起来："死心眼儿！你就不会把车赶在我家门前。"树海说："这老牛破车，停在亚芹姐家门口多难看！蠢牛不省事，说不定还要拉粪撒尿呢！""啊呀！停在繁华的十字街都不碍眼，停在咱那偏僻的家属门前就不好看了？没事的，走吧。"张树海看了看郭三焕，俩人各牵了一头牛，李银栓空着手，跟着李亚芹向西走去。

不一会儿，到了李亚芹家门口，张树海和郭三焕把牛拴在了屋前的两棵杨树上，正要往屋里走，李亚芹的男人程志行忙忙地走了出来，说："不能把牛拴在杨树上，牛啃树呀！"李银栓"哈哈"地笑了起来："姐夫，这你就不懂了，牛不啃树！""为什么？""牛没上门牙，啃不动！"李亚芹也笑了："老程，亏你活了这么大岁数，四体不勤，牛马不分。"众人都笑了。

李亚芹给程志行生了两儿一女，大儿子已经九岁，小女儿也三岁了。程志行是个善人，李亚芹不断地指拨他，指到哪儿干到哪儿，擦不出一点儿火来。李亚芹历尽艰难，现在幸福啰！你看她欢颜悦色的神态，多乐活！不一会儿，桌上端上来一盘猪耳朵肉，浇着醋，撒着葱，拌着香油和蒜泥，香味四溢！程志行提着一壶酒，给每人都倒了一盅子，说："老乡见老乡，两眼泪汪汪。人和人交得就是个感情。你们来了我很高兴，来，咱们先干第一盅！"说完，带头把酒干了。树海三人也都喝尽了自己的酒。这样一连喝了五六盅，树海等三人就脸红了，感觉晕晕乎乎。啊呀！空心酒，容易醉！李银栓精巴，拿着酒杯不让填酒了，说："姐夫，不能喝了，我们没酒量！现在已经是猫儿喝烧酒——够戗了。"张树海和郭三焕也跟着捂住了酒盅。程志行笑道："年轻人还拿不住几盅酒？"李银栓说："农民一年也不喝两次酒，一喝就上头。"程志行说："那就不要喝了，吃菜吃饭吧。"李亚芹端上来猪肉臊子白面条，一盘芋头菜，说："来姐这里，就和在自己家里一样，随便吃。"郭三焕说："姐，你什么时候回娘家？""唉，让这几个娃娃缠住，哪儿都走不成。"李银栓说："等娃娃们大了，你回来走一趟吧，我们轮着请你吃饭。""别的我不想吃。就想吃山药丸子拌汤捞饭和酸菜猪肉饸饹面。""那还不容易！我还要给你加上油糕豆面炖羊肉呢！"程志行说："你们光请她，不请我？"李银栓说："请了我姐就有你，你们是一个整体嘛！"程志行笑道："还说你不会说话，嘴巧着呢！"不多时饭毕，张树海等人告辞李亚芹一家人，赶车来到了十字街。

下午四点多钟，西边黑云翻滚，郭三焕说："要下雨了，咱们回四分店吧。"李银栓说："那就快点儿走，把车赶进停车篷里。"三人一阵忙乱。刚好把车停进车篷，雨点子就落下来了。接着电闪雷鸣，大雨如注。三人躺在行李上，眯缝着眼睛，想睡觉。

唉！大雷雨，来得快，去得也快。不到半小时，云退日出，天又晴了！李银栓说："天还早，等一会儿，咱再去十字街卖果子。"正说着，门口走过一个背着挂包的中年男人，张树海眼尖，叫道："老贺！你怎么也在这里？"那人掉过头来，向屋里看了看，说："树海？你在这里干什么？"树海跳下炕来，握住来人的手，说："我们三个人来东胜卖果子。"这时，郭三焕和李银栓也跳下炕来，上前问候老贺。原来，这人叫贺文全，是旗农牧局的干部，在新召下过乡，是个比李贵祥还懂农业的硬干部。歌儿也唱得好，那年全公社文艺汇演，他和魏金花对唱《敖包相会》，声情并茂，煽忽得年轻人心都动弹！大家寒暄一阵，郭三焕说："树海，你陪老贺拉儿会话，我和银栓出去卖果子。"树海心里"咯噔"了一下，见老贺已经坐在了炕沿，不好意思离去，就只好点头答应。老贺和树海拉起了新召大队的事儿，树海神不守舍，心不在焉，所答非所问，贺文全奇怪："树海，你这是怎么了？"树海说："队长打发我们三人卖果子，让我管钱管账。我觉得那两个人，从生产队起身的时候就没安好心。特别是那个郭三焕，头削得老尖，有空子就钻，占不到便宜不罢休。他们不怕议论，不怕挨训，最灰不过个握锄把，你还能把他从社员处理成干部？郭三焕常说，他是鼻涕流上毡吊下，一辈子不怕人笑话！可我就不一样了，我还想进步呢！"贺文全说："不要太担心了，今天他们要是贪污了，我帮你解决。"张树海的心稍稍定了下来。

天快黑的时候，郭三焕和李银栓赶着牛车回来了。张树海跑出去一看，两车厢果子都下去一尺多，没少卖！他回到屋里，等待二人缴款。郭三焕一进屋就掏兜，摸索了大半天，数出六块五角钱给张树海递了过来，张树海不接钱，也不说话，脸色灰白，两眼望着老贺。老贺明白了！说："三焕则，一下午就卖了六块五？"郭三焕说："嗨！就六块五，不信！你问银栓则。"老贺把脸转向李银栓，李银栓含糊其辞，说："我也没细算，大概是。"老贺又问张树海："你见过走时的两车果子，卖下去多深？""最少一尺深！""你是个中学生，圆柱体体积会不会算？""当然会算。""算出体积能不能知道果子的斤秤？""那还用说，太简单了。""好，你去店掌柜那里借个尺子，量车厢去。""好，我现在就去。"张树海正准备动身，被郭三焕拦住了，说："不要去了，我在车厢里还放着一个褡裢，可能里边还有钱。"一边说，一边返身出了门。李银栓低头不语，显得慌乱。不一会儿，郭三焕进屋了，故作惊讶地说："啊呀，你看我这脑子，还做生意卖果子呢！糊涂的连三加二都不会算。这不，褡裢里还有三十六块钱，就忘拿了。树海，你快装起来，不要弄丢。"一边说，一边将原来的六块五也递了过来，一共是四十二块五角钱。张树海接过了钱，如释重负，脸色泛红，出气也均匀了。老贺笑了笑，说："以后细心点儿。集体打发你们出门办事，可不敢马马虎虎。要不然，出了事你们回去不好交代。为人名声要紧，过不了多少年，你们的儿女大了找对象，对方也要看他们的老人是不是正派人。活人要钢骨，做事要正派，农民和干部都一样，没有区别。"张树海感激地看着贺文全，说："老贺叔，咱们去饭馆吃一顿饸饹面吧，我们请你。"郭三焕和李银栓点头同意。

　　张树海三人在东胜一共待了五天，沙果子全部卖完。英女子来过四分店两趟，说："你们先回吧，我还要在东胜转几天。"郭三焕说："我们管不了你，想转多长时间，那是你的事。"英女子一甩辫子，出门走了。三人套起牛车，出了东胜城。郭三焕看了看车上的润车轴麻油，还有满满一壶半没打动，就说："三天之内，咱把这壶油吃完算了。"张树海说："二杆子，你一天能喝进二斤油？"郭三焕蛮有把握地说："咋喝不进？一碗荞面饸饹一碗猪油，你吃过没有？""听说过，没看见真有人吃过。""哎，你没见过碟碟大的个天！我就吃过。""你吃了几碗？""四碗。""吃进四斤猪油？""没四斤也有二斤。""啊呀！谁家有那么多猪油让你糟害！""聘我大妹子的时候，我在她婆家吃的。""吃完不难受？""不难受，就是睡着时，屁股里直流油，把她们家一条毡油出一大片。""那毡也废了。""废不了，羊毛毡见了油，锈的铁硬，本来能铺五年的毡，猪油浸过，能铺十年。"张树海笑道："你真是个愣孙！"李银栓笑得浑身打颤。

　　过了柳树沟，来到碌碡塌。李银栓说："正午了，做饭吧。"张树海将两头牛从车上卸下,拉着去了草坡上。真是好草!嫩绿嫩绿的,还有不少地椒,开着紫红花,两头牛贪婪地吃了起来。不到半小时,牛肚子就鼓了起来。张树海又吆喝着牛去底坡的小河中饮了一趟水。然后将牛吆回。李银栓剜了两大抱草,放在了车厢里。这时郭三焕的焖黄米饭也熟了。三人各自拿碗去盛饭。李银栓和郭三焕各盛了多半碗,然后把麻油倒进半碗,一边吃饭,一边喝油。张树海倒进去约一两油。正吃着,郭三焕提着油壶走了过来,说:"我给你再倒点儿油吧。这是生产队的油,不吃白不吃,狠劲儿吃!"张树海说:"我吃不进去。"李银栓说:"闭住眼睛往进吃,吃一个油花花能激灵三天,喝一碗油能激灵一年。集体的东西,你给省下也没人说好。"说着,郭三焕已经给张树海倒进了半碗油,张树海皱着眉,把米饭和麻油喝进肚里。饭后,三人躺在沙坡上休息了一会儿,就继续赶路。走了不到三里地,三个人就摇晃开来,昏昏欲睡。郭三焕和李银栓摇得更厉害,像喝醉了酒,走三步,退两步,典型的麻油中毒!张树海强睁双眼,跟在牛车后。半个小时后,三人软得不行了,就跳进车厢,不一会儿就睡着了。两头牛拉着三个车倌,自由地向南走去。大约一个小时后,张树海醒了,跳下了牛车,仔细观看,是个生地方!这走到哪里了?他勒住牛,见前边有一个放羊老汉,走过去问:"叔,这是什么地方?""这是海流素,你们要去哪里?""去新召。""哈,走错了!赶快往回返,走东面的那条川。"张树海谢过老汉,掉转车头,返回去寻找东面的大川。

天快黑的时候,郭三焕和李银栓从车厢里钻出来,看了看四周,疑惑地说:"怎么走了一下午,才走到煤窑渠?"张树海说:"咱们都睡着了,牛不认识路,差点儿把咱拉到海流素。""那怎么又来到炭窑渠?""我醒来觉着不对,问了羊倌才返回这里。"郭三焕说:"唉!以后这麻油白天少吃,晚上多吃。"李银栓揉了揉眼睛,说:"车没翻进沟里,算是咱的运气。"

以后几天,张树海每天只能吃进二两麻油,郭三焕和李银栓最少能喝进一斤,但都是晚饭的时候,每天晚上,俩人睡得死猪一般。回到神树湾时,两大壶麻油几乎被喝光了。

郭三焕老婆打开男人的行李,准备拆洗,看见了毡子上有一大摊黑印子,就质问道:"三焕子,你尿床子?"三焕说:"没尿。""那这一大摊黑印子是怎么来的?""嗨,不要问了。""不要问了?有问题吧!是不是黑店里的臭女人给流上的!你能挣几个钱,敢打野鸡?""啊呀,不是野鸡流上的,那是我流的。""你从哪儿流出来的?""屁股里流出来的。""放屁!屁股里能流出黑水来?""那不是水,是麻油。""屁股里怎能流出麻油?捣鬼还不和眼商量!你要是会屁股流油，咱们以后就不种麻子了！""啊呀！你不信，爬下闻，看有没有麻油味？"老婆疑虑重重地爬到黑卜滩跟前，说："要是闻不出来油味儿，我把你嘴扯烂！"一边说，一边把鼻子靠了上去，闻了闻，惊奇地大叫："真有麻油味！"抬起头，望了望郭三焕，说："啊呀！我找了个活宝，屁股会流油！"郭三换骂道："高兴你妈那个屁！那是我和银栓子把车轴油喝得多了，消化不了才流出来的。"老婆嗔怪道："糊脑！油是集体的，命是自己的，你就不怕喝死？"郭三焕耷拉下脑袋说："这两天流鼻血，嘴起泡，可能就是麻油闹麻烦。你晾行李去吧，我睡一会儿。"老婆拿了行李，到外面干柴堆上开始晾晒。正巧，李银栓老婆走过来了。二话不说，拉起柴堆上的毡子就闻，然后说："这两个活宝，真是屁股流油了！"俩老婆对视一阵，笑得抽死烂活。

张虎给贩沙果生意做了结算：牛工每天挣回五块钱，人工每天挣回三块钱，好利润！郭三焕有点后悔，不该在路上刁难树海！他害怕树海把自己的事给抖落出来。嗨！人心留下个品，没留下个看，张树海是个好后生，明事理！守口如瓶，一字没露那些事。李银栓和郭三焕很感激，三人成了好朋友。社员们议论："三人出了一趟门，能结下这么深的感情？是不是一起做了坏事，相互勾结？"

## （七十二）

乔凯云在妇女中的"市场"丧失殆尽，无论怎么花言巧语都不管用！无奈之下，只好将心收在自家老婆麻兰花的身上，性致来时，胡乱发泄。没想到，事故也慢慢地伴随而来。

早饭后，张虎去找副队长王河生，准备给队里继续搞副业。刚出门，田毛则就向自己走过来，说："今儿个上午，张支书要给各生产队长开个会。"张虎说："行，我跟你去。"

两人进了大队会议室，张开关正和李寿荣几人说着话，生产队长们都坐在对面的长凳上。

会议研究了秋后的田间管理。

快散会时，公社计划生育干事王巧云走进屋。张开关问："巧云，你有什么指示？"王巧云笑道："我能有什么指示？只是有人告状，说你们神树湾乔凯云的老婆生了第三胎，现在来查一下，如果是事实，按规定要罚款的。计划生育是国家基本国策，不能小看。"张开关看着张虎问："你是生产队长，对乔凯云是怎么管理的？"张虎支楞起眼说："我怎么管？乔凯云早就说他的二脑袋结扎了，弄谁也怀不上娃娃，况且他老婆没误劳动，把个肚子裹得紧紧的，谁知道她怀了孕！"众人忍不住笑。张开关问田毛则："你是大队分管计划生育的副主任，这事儿该怎办？"田毛则站起来说："乔凯云是个贼小子，偷迷圪窜甚事也敢做，这事儿我去办，管教那小子吃不了兜着走！"张开关说："按政策去处理。"王巧云说："张支书，这可不是小事情，弄不好，你们今年的工作就一票否决了。"张开关苦笑着，室内一阵混吵。

散会后，田毛则领着张虎疾步往神树湾走。半路上，碰见了李买地，田毛则说："买地，你跟我们走一趟，咱去处理乔凯云的超计划生育。"李买地说："我是普通社员，哪有权力去处理他？"田毛则说："是我和张队长去处理，你帮个人力就行了。"一边说，一边拽着李买地往前走。

三人进了乔凯云院，乔凯云老婆麻兰花闻声走出屋，惊惶地问："田主任，张队长，你们有甚事？"田毛则哂笑道："有甚事？你自个儿不知道？"麻兰花说："我不知道。"张虎上下打量着麻兰花，嗤笑道："要想人不知，除非己莫为，你超生娃娃的事被公社知道了！"田毛则"哼哼"了两声说："你们老婆汉子，没一个老实人，骗天骗地害自己！这不是我们和你过不去，是公社领导让我们来处理你。"麻兰花嗫嚅道："怎处理？"田毛则说："罚款三百块！"麻兰花惊叫道："三百块？我现在连三块也没有！"田毛则瞟了一眼院墙外，说："现钱可能你真没有，可是猪羊你还是有的吧？"麻兰花一听要拉猪羊，带着哭声央告说："田主任，猪羊给我们留下吧，不然我们年也过不了。"田毛则不容商量地大声说："买地，张队长，你俩还等甚？快去赶猪拉羊！"李买地和张虎立即掉头去了猪羊圈旁，拉开圈门子，一阵乱吆喝，将猪羊赶出来。麻兰花撵上去阻拦，哪里拦得住，两个大点儿的娃娃吓得哭起来。

正当麻兰花着急无助叫喊时，院内跑进了乔凯云，一看这景象，就着急大喊道："田毛则，你想做个甚？"田毛则见是乔凯云回来了，气不打一处来，大嗓子呛声道："想做个甚？你违反计划生育能没人管？我们奉了公社领导的指示，罚你三百块，没钱就用猪羊抵！"乔凯云跺脚大叫道："你是不是不让我活了？"田毛则坚决地说："死活是你的事，猪羊今天一定要赶走！"一边说，一边回头吆喝张虎、李买地快点儿赶猪羊。乔凯云气得嘴直抖，浑身的血往脑袋上涌，情急之下发现鸡窝顶上有一把吆牛长皮鞭，于是顺手拾起来，狠劲向田毛则光头上抽过去，前两鞭抽在了田毛则的头顶上，鲜红的血液冒出来，第三鞭走偏抽在了田毛则的左耳根上，那左耳朵立马耷拉下半片来！田毛则疼得"哇哇"直叫唤，弯腰抱头就往院外跑，李买地和张虎吓得往坡下面躲，任由猪羊往旁边庄禾地里蹿。

乔凯云两眼通红，举着长鞭子追赶田毛则，突然迎面冲上来张开关，可这时的乔凯云已经发疯了，哪里还管什么村长和支书，举鞭照着张开关的脑袋就抽过去。嘿，奇了！张开关并不躲闪，"唰"地伸出右手将飞过来的鞭稍子逮在手中，使劲一揪，乔凯云的手里就没有了皮鞭子，身子还向前倾了倾。乔凯云大叫一声："老子不活了！"攥着拳头拼命扑向张开关。张开关见他来得猛，迅速举起右拳向乔凯云面门晃过去，接着向右急转身，飞起左脚踢中了乔凯云的肚皮囊，乔凯云疼痛叫唤，情急之下想拣地上的青石块儿，哪知手指还未碰在石块的边缘上，张开关的右脚又踢中了他的后胯骨，乔凯云站立不稳，一个啃泥地跌趴在院门口。张开关两腿八叉，傲然挺立，犹如一座铁塔！乔凯云气极了，趴地定了定神，匀了匀气，突然跃起身来，咬牙切齿，挥舞双拳，再次扑向张开关。张开关见他来势凶狠，遂旋风般转过身去，站在了乔凯云的身背后，就势左手揪住其后衣领，右手抓住其后裤裆，猛地发力，将乔凯云举过了自己的头项，大幅度旋转起来，转得乔凯云云天雾地，魂飞魄散，转了四五圈后，张开关将乔凯云重重地摔在了院外东面的厚沙坡上。乔凯云浑身散了架，大字形仰面朝天，眼睛直瞪瞪地瞅着张开关，稍许，又愤恨张目，呲牙咧嘴，企图再次挣扎着跃起拼命，但是，张开关的右脚已结结实实地踏在了他的左肩上。

麻兰花被眼前的景象吓呆了，愣怔了片刻，突然跪趴在了张开关的面前，哀告道："三叔，饶了我们吧。"接着一边哭泣，一边奉揖。张开关不由得心软下来，又见旁边的两个娃娃惊恐地哭叫，于是，抬起踩踏乔凯云的右脚，转身向坡底走去。

闻讯跑来的村民，正从坡底往上涌。

张开关快步追上了张虎三人。张虎说："三哥，田毛则的一只耳朵快跌下来了，怎办呀？"张开关说，赶快弄个骡子车往公社医院送，让医生们想办法往上接。"张虎点了点头，扶着田毛则朝生产队的牲口棚走去。李买地吆着一头猪，五只羊，问："三叔，猪羊往哪儿吆呀？"张开关说："吆在大队院子里，让李寿荣卖给供销社。"李买地说："是哩，除了罚款，还要给田毛则看病呢。"

田毛则住进了公社医院，医生给他消了毒，缝了十二针，费了好大劲儿才把个耳朵接在脑袋上。田毛则头顶上还有两道指头粗的血圪塄，脸上也有被鞭稍子扫下的伤痕,红一道、紫一道,肿成个红葫芦,疼得直"哼哼"。张开关给大夫们说:"把好药用上,一定把耳朵接好,钱马上送来。"大夫们说:"放心吧,我们会尽责的。"

田喜则也来到医院,田毛则有气无力地说:"大哥,你去见一下乔铁虎,请他给旗公安局和计生办打个电话,让他们来人,把乔凯云抓进禁闭。乔铁虎要是不管,咱就直接上告。"田喜则说:"我现在就去找乔铁虎,有国法哩,不怕没人管!"说完,就直奔公社。

乔铁虎正听张开关叙说乔凯云的事,田喜则闯进来,大声说:"乔凯云的事,你们一定要上报公安局和计生办,不然,我直接去旗里告状呀!"张开关看了一眼田喜则,说:"要是把乔凯云抓去判了刑,他的老婆娃娃谁养活呀?喜则哥,你看这么办行不,咱把田毛则的病给看好了,再让乔凯云给他一百块钱营养费,赔个罪,认个错。"田喜则吹胡子瞪眼道:"门儿都没有,你们不能护着他,不然,我真的到旗里告状呀!"乔铁虎望着张开关说:"你的想法我理解,但不能那么做,公事公办,乔凯云犯着哪一条,就按哪一条处理,国法无情!"张开关无可奈何地低下了头。

## (七十三)

第二天,旗公安局和计生办就来人了。经过调查取证,第三天上午,把乔凯云上铁铐带走了。计生办决定罚乔凯云三百块钱超生费,其余的事由新召大队去处理。

麻兰花眼睁睁地看着男人被公安局抓走,觉得天旋地转,遍体无力,每天勉强给两儿一女做点饭,自己什么也吃不下去,肚子胀鼓鼓的。亲娘听说女婿犯事了,从府谷大昌汗出发,拄着一根木棍子,翻山越岭,颤颤巍巍地来到女儿家。看着三个饿猫儿一般的外孙子和脸色灰白说话都没有力气的女儿,悲伤极了!黄豆大的泪珠子扑簌簌从两腮滚落下来,伤心一阵后,说:"兰花则,我看凯云这禁闭算是坐定了,说不定三年、二年还出不来。你一个女人家,既要下地,又要给三个娃娃做饭穿衣,里里外外的事肯定照顾不过来。娘给你拿个主意,你干脆把大点儿的两个娃娃让我领回去,就是吞糠咽菜也比你这里强,至于最小的这个娃,就留给你自己照顾吧,你说怎样?"麻兰花抹了把眼泪,哽咽着说:"娘,你都六十多岁的人了,自己连自己都照顾不了,哪还有精神伺候外孙子!三个娃娃我一个人拉扯呀,你放心,一个也饿不死，我有我的法子哩，我的身体强着哩。"老娘说："你不要逞强，以后的事难着哩！"兰花坚决地说："娘，你就不要打劝我了，我主意已定，你吃了中午饭，快点儿回家去吧。"老娘叹了口气，说："也行，暂时就这么办，以后你要是撑不定了，就捎话来，娘来接你们。"兰花默默地点了点头。

日复一日，地里的庄稼陆续成熟，远远望去，红的、黄的、绿的、灰的、黑的，一片连着一片。饱满的果实或沉甸甸地挂在庄禾上，或静静地躺在土地里。人们满意了，陶醉了，忘记了辛勤和劳累！忙着开镰收割，挥锹探宝，上场打谷，秋贮冬藏，一片兴奋热闹的景象，嗨，麻兰花的心情也开朗了许多。

生产队按时将谷类、薯类、豆类照人头分给社员们。麻兰花也拿着口袋到场面上分粮，可是张虎说："田主任交待，你家的超生罚款还欠一百块，不能分粮。"麻兰花说："现在没钱，等明年缓过气来，一定缴。"张虎说："这个主我做不了，你问田主任去。"麻兰花气恼地说："非问他不行？"张虎叹了口气说："就是这么个事。"麻兰花将口袋抖了抖，灰溜溜地离开了。

麻兰花找过几次田毛则，田毛则的态度一次比一次硬："不缴罚款，不给分粮。"

麻兰花急得惶肠霍乱，无奈之下，只好捎话让娘家兄弟麻子兵来到家中，说："子兵呀，你去旗监狱走上一趟，看看那个死囚犯咋样了，甚时候能出来？"麻子兵说："姐，我今天就起程，姐夫犯的不是死刑罪，保不准年底就回来。"麻兰花抹了把眼泪，说："子兵，姐等你的信儿！"

三天后，麻子兵回到姐姐家，说："我姐夫被判了两年刑。我见他穿着犯人衣服，在监狱的砖窑上背砖呢，受得黑水汗脸，稀松拖拉。我刚喊了一声姐夫，就被看犯人的警察训了一顿，话也没啦上，就被吆喝开了。"麻兰花可怜兮兮地说："两年徒刑，那还早着哩！"麻子兵说："两年时间也不算长，姐就等着吧。我家里活儿还很多，得回去呀。"

麻兰花泪眼婆娑地望着兄弟远去。

立冬了，麻兰花家的粮食吃光了。那天，她一晚上没睡，思来想去，毫无办法。天明时，忽然有了主意：不能坐在家里等死，要饭去！

天亮后，麻兰花和娃娃们喝了一锅糠面糊糊汤，然后将小儿子包裹好背在后背上，拾起一根红柳棍，领着两个大点儿的孩子，上了牤牛河的草木桥，向西南踽踽行去。因为走得早，路上没碰见人。

张虎按照田毛则的吩咐，没给麻兰花分粮食，心里觉得虚腾腾地。每天路过麻兰花家土坡下，不由得要向上瞭几眼，七八天过去了，麻兰花家烟囱上怎还不冒烟？上去看看吧，进了院，只见屋门上吊着个大铁锁。嘿，这家人哪去了？噢，可能是没粮食吃，带着孩子坐娘家去了。

张虎疑疑惑惑地出了院。

大雪节令就要来临了，还不见麻兰花回村来，张虎的疑惑变成恐惧了！他急忙到了大队部，进门就对张开关说："三哥，麻兰花一家人不见了！"张开关奇怪地问："怎就不见了？"张虎说："秋后没给她家分粮食，我以为她去娘家混饭吃，可是快二十天了，还不见她回家来，莫非是？"张开关站起身来，问："为什么不给她家分粮食？"张虎说："田毛则说，她的超生罚款没缴清，不能分。"张开关气恼地说："她哪来的钱把罚款一下子都缴清？你们就不能先给她分上一半两勺子？"张虎无奈地说："我做不了主！"张开关望了望窗户外，寒风凌厉，黑云穿空，不由得打了一个冷颤，闭目想了一阵，说："你能不能去她娘家走一趟，看麻兰花是不是坐娘家了？"张虎说："行，我现在就去。"

天快黑时，张虎来到张开关家，惊慌地说："麻兰花和娃娃们没去她娘家。"张开关紧张地问："那她会去哪里呢？"张虎说："没法猜。"俩人都装起一袋烟，点燃后抽起来。突然，张开关惊呼道："敢不是娘儿个跳河了？"张虎吓了一大跳，想了想，说："不可能，牤牛河水不深，跳河不能不见尸首。"正说着，常明英从南屋走了进来，说："敢不是被逼无奈要饭去了吧？"张开关瞪眼想了想，说："有可能，要是那样的话，我明天打探一下，看她究竟在哪里，想法把她找回来。"

第二天早晨，张开关带着刘宝维，逢人就打问麻兰花。

九点多钟时，庙畔队的赵喜才说："嗨，她在大柳塔一带要饭哪，我想和她说说话，她扭头就走了。"张开关长吁了一口气说："总算有点儿消息了。"

十点多钟时，秦二海、张树林追上正在起程的张开关，秦二海说："三叔，你去外地寻人，我和树林跟着你吧，防止有坏人。"张开关说："我们拿着公社的介绍信，有事找政府，没事的。"树林说："小心无大错，我跟三爹去吧。"张开关说："不用了，有我和刘宝维足够了。"秦二海和树林只好返回去。

张开关和刘宝维来到大柳塔，在集市上转了十几圈，也没看见麻兰花的人影子，张开关说："集市上找不到，我们去附近村子里打问吧。"刘宝维点头应诺。

晚上掌灯时分，二人住进了路边旅店。饭后躺下无聊，刘宝维忽然问："三叔，乔凯云年轻力壮，你比他大十几岁，怎就三下五除二将他撂倒了？用得是什么招儿？"张开关笑道："夺鞭用得是快手揽金蛇，踢腿用的是玉环鸳鸯脚，托人用得是武士举铜鼎。"刘宝维说："你说得文绉绉的，我听不懂。"张开关哈哈笑起来，说："杨七郎飞手敌潘豹，武松醉打蒋门神，燕青擂台摔任原，你都没看过？"刘宝维望着屋顶，想了一会儿，说："这些小人书我看过，明白了。"二人说着话，慢慢睡去。

天亮后，张开关拿出口袋里的干粮，吩咐刘宝维烧了开水，两人随便吃了一些，就出门上路了。

这次，二人采取逐村摸排的方法，见人就打问："老乡，见过一个二十七八岁的要饭女人带着三个小娃娃没有？"对方都回答说："没看见。"

大雪节令只剩两天了，冷风嗖嗖，刀子一般，耳朵都快刮得掉下来了。张开关颤抖着双手，从褡裢里掏出两块毛巾，递给刘宝维一块，各自将毛巾绑在头上，继续前行。白天去旅店或村民家暖暖身子，喝点儿开水，吃点干粮，晚上就寻个旅店住下来，掏钱买饭吃。

七天后，二人将大柳塔所有的村子走遍了，都没问着麻兰花的信息，刘宝维说："三叔，这一个村一个村地找下去，甚时候是个头？又冷又饿，谁受得了？我看咱先回家休息几天，然后再找。"张开关说："不行，还得继续找。不然，她们娘几个冻死怎办？"刘宝维缩肩藏手，说："那就继续找。"

二人顶风冒寒向南寻问。那天中午，来到雁家塔阳湾村，村头一户人家冒着炊烟，张开关说："咱上这户人家暖和暖和。"刘宝维又冷又饿，巴不得歇息，二话不说向那户人家蹿去。

两人进了屋，见一个五十多岁的瘦干老汉正蹲在地上往灶坑里填柴禾，见有人进来，抬头问："你们是做甚的？"张开关说："我们去店塔办事，来你家歇会儿脚。"老汉狐疑地看了看二人，说："那就凳子上坐会儿吧。"二人正要寻凳坐下，忽然里屋跑出一个七八岁的男娃来，张开关仔细一瞅睇，不觉叫道："这不是耕牛嘛"？刘宝维也跟着惊叫："耕牛，你怎在这里，你妈呢？你妹妹、弟弟呢？"耕牛"哇"地一声哭了起来，紧接着，里屋又跑出一个四五岁的女娃娃来，站在耕牛旁也跟着哭。烧火的瘦干老汉吃了一惊，问张开关："你们是哪里人？"张开关说："我们是新召公社人。"老汉眨巴着眼，问："你们来干什么？"张开关说："找几个人。"老汉"呼"地一下站立起来，大声说："我这里没有你们要找的人！走吧，走吧。"一边说，一边伸手将张开关二人往门外推。张开关一边往门外退，一边问耕牛："你妈去哪儿啦？"耕牛哭着说："我妈去后山拣柴禾去了。"张开关点了点头，不等那老汉再推搡，拽着刘宝维主动出了门。

不到一顿饭的功夫,张开关和刘宝维就带着雁家塔公社公安特派员张振林走进了瘦干老汉屋子里。这时,麻兰花正坐在小方凳上抹眼泪,怀里抱着小儿子,旁边站着大儿子耕牛和女儿翠云,见张开关几人走进屋,泪珠子扑啦啦地落下来。

张振林问老汉:"这女人是怎和你住在一起的?"老汉说:"她娘几个讨吃要饭来到我门前,我看着很可怜,就把她们收留了。"张振林说:"你收留她们我理解,可是现在新召公社来人要寻她们回家去,你没意见吧?"老汉着急了,说:"这不能,这女人已经和我结婚了。"张振林问:"有结婚证吗?"老汉说:"当然有。"张振林说:"拿出来我看。"老汉哆嗦着打开旧躺柜,从里面取出一张纸片儿来,递给张振林,上面写着几行字:"契约人,麻兰花,王喜来,麻兰花愿意嫁给王喜来,王喜来愿意养活麻兰花娘四人。百年后王喜来和早已死去的老伴埋一起,麻兰花回新召和前夫葬一块儿。口说无凭,立字为证。麻兰花、王喜来画押,时间一九六九年古历十一月二十五日,见证人燕四小。"张振林笑了起来:"王喜来,这就是你的结婚证?"王喜来红着脸应承道:"就是嘛。比我年纪大的人,结婚时连这么个片片也没有。"张开关也笑了起来,说:"王老汉,已经新社会了,结婚要去公社领取结婚证,你的这张纸什么也不是。"王喜来瞪了一眼张开关,说:"你知道个甚?我们双方愿意,有契约在,还不行?"张振林说:"你这个契约不顶事,即便是你们双方都愿意,那也需要女方先和原来的男人离了婚,现在你们住在一起是犯法的。"王喜来惊问道:"我犯了法?你们想干什么?"张振林立马板起了面孔,严肃地说:"这个女人现在必须由新召公社的人带回去,等她真的离了婚,你们再结婚。"王喜来惊讶地看着张振林,说:"她回去变了心怎么办?她还拿了我二十块钱哩!"张开关用眼瞅了一下刘宝维,刘宝维立即从内衣口袋里掏出二十块钱,递给王喜来,说:"王叔,这二十块钱你收起。"王喜来接过二十块钱,可怜巴巴地说:"这娘几个还吃了我十几天饭呢!"张振林嗤笑道:"那是你情愿。"张开关盯了一眼麻兰花,大声说:"还不收拾东西跟我们走?"麻兰花立马背起小儿子,进里屋拽了块破棉被,拉扯着耕牛和翠云出了屋。王喜来跟出屋,涎着满是皱褶的老脸,说:"兰花,你回去就离婚,喜哥等着你。"麻兰花"哼哼"了两声没说话,直直儿地朝大门走出去。张开关、张振林、刘宝维都忍不住笑起来。

回到新召后,张开关指示张虎将麻兰花娘四人的口粮全部给分了去。第二年春天,又在大队扶贫救济中给了麻兰花五十块钱。

乔凯云坐了两年大狱。刑满回村后,听麻兰花细细讲述了这两年发生的事，愈听愈吃惊，后脊梁冒冷气！一天中午下工回家，迎面碰见了张开关，"扑通"一声跪在地皮上，颤声道："三叔，凯云不知道怎么报答你。"张开关大声喝斥："快站起来，以后好好做人过日子！"

## （七十四）

　　社员自留地里的庄稼，已经浇了三遍水了。底肥也不比集体地里上得少，化肥追了两遍，长得墨绿粗壮。可生产队里的庄稼，除了底肥，再没给追星点肥料。水只过了一遍。庄稼已经泛黄。张虎很着急，亲自去公社调回化肥，安排社员们先给玉米施肥、灌溉。每天一大早，张虎就指派人将化肥背到了地头。社员们到齐后，用自带的水桶装上化肥，挨个儿给每株玉米追肥。
　　李爱国和李买地提着化肥桶来到地头。李买地东张西望，突然戳了一下李爱国，说："去东面。"李爱国说："在哪儿不是个干活儿，还偏要去东面？"李买地向东边努了努嘴，李爱国顺着方向看过去：哟，那里圪蹴着一个穿红布衫的年轻媳妇，是桃女子！杨云水的侄儿媳妇。这女人可活色了，和男人们拉起话来，一会儿笑，一会儿说，从来不恼。李爱国笑了："骚圪粄，你又要撑圈？""哎！你这后生，跟大群劳动，图的就是个红火。做营生是个捎带，集体的活还有个完？走吧。"俩人一边说，一边来到了桃女子身边。李买地紧挨住桃女子，开始给玉米追肥。桃女子看了看俩人说："买地挺活泛，爱国咋死蔫奄拉的，有病？"李买地笑了："没病，后生家能有什么病？""那咋少精没神的，做了重营生了？还是没睡好？""噢！两量子都有。爱国每天晚上能爬五次山，再好的身体也饿不住！""半夜里还往山上跑，疯啦？""没疯，他跑上瘾了！""什么山？山上有蜜？""没蜜！那是奶头山，能吃奶！"李爱国顺李买地的脊梁上捣了一拳，骂道："不好好做营生，光想着往阴沟里钻！"桃女子"咯咯"地笑了，说："那你为什么没精神？"李爱国说："天不明，我就担水浇糜子，一气担了二十担水，快出工时才放下担杖。进门扒拉了几口饭，赶紧往集体地里跑，撵得没个放屁的工夫。再要有精神，我就成了机器了。"李买地同情地看了看李爱国，笑道"你圪泡自留地上打冲锋，集体地里养精神。"李爱国反唇相讥："老鸹笑猪黑。"李买地"哧"地笑了一声，说："那你先去歇一会儿。看好了，前面有块大石头，你就躺在那后面，谁也看不见。"李爱国说："行，我歇好了，你俩再去歇。"说完，猫着腰，走在大石头后睡觉去了。李买地看见李爱国的背影彻底消失了，兴奋地拍了一

299

下大腿,说:"桃女子,咱俩能好好拉一阵话了。"桃女子斜了他一眼,说:"好话不背人,背人没好话。狗嘴里还能吐出象牙来?""哎!不要把话说得那么难听,我还没说话,你就知道什么内容?""什么内容?""嘻嘻!你说咱们生产队哪一个媳妇没伙计?""我就没伙计,怎地了?""哈哈!可怜人人,你要是真没伙计,我给你顶上一个。""赖蛤蟆想吃天鹅肉,除了死的心,你甚心思都有!""嗨!你说的不对,我是宁在桃花花底下死,不在那干圪叉柳树底下生。"桃女子"扑哧"一声笑了起来,说:"谁是桃花花?""就是你嘛!桃女子,桃花花!"李买地一边说,一边扔掉小锄头,上手就把桃女子的大腿拧了一卷子,桃女子微嗔道:"骚圪泡,让人家看见呀!""谁能顾得上看咱,都一对一对地拉话话呢!"桃女子四下瞅睹了一阵,嘿!真个是,叽叽喳喳都在说闲话,真正抓紧干活的还没发现!李买地说:"看见了吧!今天要不是遇上你,我比李爱国还打瞌睡。男女搭配,干活不累,实在有道理。"说完,掏出旱烟袋,瓷瓷儿装了一锅子旱烟,擦着火柴,一边悠闲自得地抽烟,一边上下扫睹着桃女子的身体。桃女子感觉身子一阵烦躁,扔下锄头,说:"我也歇会儿吧,就你们男人身体娇贵?"李买地说:"歇吧,集体的活儿,咋干也没个完,还不如坐一会儿。"桃女子说:"众人的老子没人疼,生产队的事儿谁也不当紧。""哎!桃女子,那天批判张长鹿你参加了没有?你看那老汉说话,多冲!""不就是说,共产党毛主席什么都好,就这个集体生产搞槽子。我看也是大实话,批判得个甚!""哎呀!以后可不敢再这么说话,小心哪一天把你桃女子也揪在台上,批成个烂红桃!""噢,不说了,不说了!我什么也没说!是不是?""是,是!我的伙计什么也没说。"桃女子见李爱国打着哈欠走了过来,说:"轮到我歇息了,你俩帮我干上活。队长来了,就说我到底坡小便去了。"李买地自言自语地说:"农业社快要倒塌了。"

张虎原计划三天就给玉米施完肥,结果整整干了七天。化肥施进庄稼地,必须抓紧过水,不然,庄稼就会变黄枯死。张虎焦躁不安,见谁骂谁,说社员们"毬不理神仙。"直等第七天下午,才开始组织浇地。李买地和张树海负责在苏会沟往大渠里放水,杨毛团、高志远、李毛蛋、杨云水、肖晓、李九成每两人一组,昼夜不停地浇地,既要把水放足,又不能把畦塄子冲塌,否则扣工分扣口粮。杨毛团和肖晓分配在了一起。李买地和张树海临走时,杨毛团追了上去,说:"买地哥,今天晚上你把水放得小一点儿,水大了我忙不过来。"张树海说:"什么小了大了,以往怎么放现在还怎么放,你想睡觉呀?"李买地说:"不是睡觉,这小子不知道又要干什么灰事!"杨毛团撇了撇嘴，说："我这两天腰疼得要命，还能干什么灰事？照顾照顾吧。"李买地说："那你让我放多少水？""一张锹的水就够了。再大了，肖晓没力气，我腰疼得正不起，水把畦塄冲塌了，挨训小意思，那扣工分扣口粮可不是开玩笑！以后我也照顾你。"李买地说："不用你放水照顾，把你老婆让我用上一夜就行了。"杨毛团嬉笑着说："牲口！这话能明着说？"两人互拍了一下肩膀，离开了。

　　晚八点多，苏会沟的水流进了神树湾玉米地。杨毛团看见水不大，说："李买地够意思，水太大了，咱俩不等天明就累得趴下了。"肖晓说："我不懂这些窍门。"杨毛团说："不懂就听我的指挥。"肖晓说："那自然。"夜晚十点多钟，社员们都入睡了，杨毛团说："肖晓，现在水不大，你一个人先看着，每畦子地不要放太多水，浅满就行了。我到村里喝一口水，一会儿就回来。"肖晓说："行，但不能时间长了，我一个人害怕。"杨毛团说："用不了多长时间，你坚持一下。"说完，把铁锹插在了地塄上，甩手进了村里。大约半小时后，水量明显增多，肖晓刚把水改进畦子里，水就"哗哗"地流满了。慌忙把水改进另一个畦子里，结果都一样。肖晓手忙脚乱，鞋子差点踩进泥地里。不行，动作要快，不然水就要把地冲塌了！肖晓脱掉鞋子，光着脚丫子，来回跳跃，满头大汗，一个多小时后，水量稍减。查看了一下刚才浇过的地，已有三四畦子被水冲了开大豁口，肖晓暗暗叫苦。张虎那个认真劲儿，一定不会放过你！扣工分、扣口粮都不怕，关键是造成了坏影响，对自己以后找工作、上大学极为不利！杨毛团这个鬼卜溜，死哪儿去了？喝口水能用一个多小时？喝泔水憋烂大肠！嘿，杨毛团露头了，笑嘻嘻地，像干了什么痛快事儿！说："肖晓，累着你了？"肖晓没好声气地说："累倒不怕，刚才来了一阵大水，有三四畦子地被冲垮了，你看怎么办？"杨毛团把浇过的地查看了一遍，说："不要紧，等天亮了，我用锹铲土补修一下。""张队长可不是你随便能糊弄的！""我不糊弄人！谁没个错？张虎那点儿把什，我见多了，吃不了人！"肖晓说："你是农民，你当然谁也不怕！我是知青，还想进步，戗不住大小队干部今天数落明天骂！"杨毛团不耐烦了，说："好了，好了！你累了歇会儿，我一个人浇地。"肖晓放下铁锹，坐在地头干坡上，打起盹来。睡了半个多小时，就被杨毛团叫醒了，说："不能睡了，水又大起来了，两个人干吧。"肖晓只好拿起铁锹来，继续放水。天亮后，肖晓和杨毛团轮替着把冲塌的地段进行了修补。早饭过后，太阳升高。高志远和李毛蛋前来接班。肖晓把脚上的泥土扒拉掉，准备穿鞋，啊呀！右脚的鞋子里躺着一条花红蛇，缩着脑袋，正睡觉呢！肖晓毛发倒竖，神经紧张，倒退几步，嘴唇发抖，说：

"毛——毛团！蛇——蛇！"杨毛团闻声走了过来，说："哪里有蛇？""鞋子里，仔细看！"杨毛团一瞧，肖晓鞋子里真的睡着一条大蛇。他用锹把扒拉了一下鞋子，蛇惊醒了，竖起了脑袋。杨毛团连鞋带蛇铲了起来，往旁边的地上一摔，蛇钻出了鞋子，"嗖嗖"地进了草丛。杨毛团把两只鞋子又用锹扒拉了一阵，觉得什么也没有了，就用手提起鞋子，磕净里面的泥土，放在了肖晓脚下说："里面什么也没有了，放心穿吧。"肖晓吓输了胆，把鞋子反复检查了几遍，才穿在脚上。没走几步，觉着里边又钻进了蛇，脱鞋细看，什么也没有，再穿上。好几天都这样疑神疑鬼，瘆得慌。

　　后来，杨毛团和肖晓相跟上去公社看电影。杨毛团问肖晓："那天晚上咱俩浇地，你知道我半夜干什么了？"肖晓说："你不是说喝水去了吗？不过走得时间也太长了，冲塌三畦子地，张虎还是高吼二叫地把咱训了一顿。""训一顿也值得。""训一顿还值得？你占到什么便宜了？""我占到一个媳妇。""占到了媳妇，咋占到的？""嗨，是三焕则媳妇！提前一天在玉米地追肥的时候，我就和她说好了。那天正好三焕则去忽吉图搭礼去了，我就摸黑到了她家门口。听沉了一下，满院子人睡得死死的，我就轻轻敲了一下她家门框，没动静！再敲，还没动静！用手嚓嚓地摸上边的窗户纸，嗬！里边有了动静，细听：有人在下炕，走到了门跟前，轻声问：'你是谁？'我轻声说：'毛团则。'门就开了，太顺利了！那媳妇则把我当成个活宝贝，折腾起来没个够！前后耽误了一个多小时，让你受累了，嘻嘻！"肖晓说："你媳妇知道了，能饶过你？""她能知道个鬼！就是知道了，我也不怕她，我早就对她厌烦了。我那老婆不怎么好，恐怕你看不上。你如果不嫌丑，你尽管弄，我不管。"杨毛团说得很真诚，一点儿也不像开玩笑。可肖晓反倒不好意思起来，笑着说："那可不能！好赖咱俩也算朋友，我能给哥头上堆泥？""唉！你们知青都是硬撑好汉活受罪！"

　　光阴似箭，转眼间，就开镰秋收了。自留地的活儿利索。社员们利用早晚时间，不到一个星期，就粮食进仓，蔬菜入窖，秸秆成垛，收拾得干干净净，整整齐齐。生产队就不一样了！干了七八天了，黑豆还在地里长着，山药还在土里埋着，糜谷玉米还在场面堆着。张虎吼天叫地说要龙口夺食，可社员们压根儿没把集体的庄稼当成自己的庄稼。他们觉得那是公伙的，要好大家都好，要赖大家都赖，无所谓！于是，皇上不急太监急！张虎直跳拔连，可社员们慢慢吞吞，好像地里长的不是庄稼！大约二十天以后，山药和蔬菜才从地里面分到了社员各家。场上堆放的糜谷玉米，多半还未打动。张开关给各生产队的队长开了个会，说："你们都给我挺起腰杆子来，不要怕惹人！

谁不好好干，就扣工分，扣粮食！作为农民，不好好种地，不爱护粮食，那成什么人了？讨吃也没人可怜！抓紧干吧，要是下上一场连阴雨，满场面的粮食就要发霉烂掉，交公粮都没人要。"张虎说："我回去开个社员会，争取七天内结束场面，做到粮食归仓。"其他生产队的队长也都表了态。人们都紧张了，天公之事难预料啊！

张虎连夜召开了社员会，强调："神树湾所有的土地、财产和粮食，都是大家共有的，人人一份。为什么要搞集体化，因为集体的力量大，抗风险能力强，能干大事。国家本来是好心，可是有些人把好心当成了驴肝肺！好像大集体没有他的股份，没心思给集体干。想方设法占集体的便宜！磨洋工，敲怪话，甚至搞破坏，把生产队当成敌人！明明是给自己干，他偏说不知道给哪个孙子干！这种人有头脑没有？没有！脑子让老鼠盗了！让蛆虫吃了！良心让狗挖了！我现在告诉大家，过几天可能就有连阴雨，堆放在场面上的庄户，很可能要发霉烂掉。要是那样的话，咱还是农民吗？还算人吗？所以，从明天起，不等太阳露头，就都要到场面，缺一个也不行！迟到一次扣半天工分，误一天扣两天工分。中午不歇晌，撂下筷子就上工，太阳不落山不收工。这两天，要是有人再敢说风凉话，背后捣鬼，一律按破坏生产论处，狠狠地处罚！严重的，上报大队和公社，定为坏分子，监督劳改！"张虎说完话，副队长张进财也雷喝大炸地叫喊了一阵。社员们面面相觑。听话听音，锣鼓听声，队委会确实着急了！况且，说的也在理，理是捆人的绳子，再不能无理取闹了！

社员会真起作用了！你看看，满天繁星，村子里就炊烟袅袅。天刚亮，人们就扛着桂枷、木锹、钢叉，提着簸箕、笸箩来到了场面，未等队长下令，就主动干起活来。中午了，也不回去，都是妇女们送饭来。晚上一直干到摸黑才收工。嗬！准备干一个星期的活儿，三天就收拾得妥妥帖帖。张虎宣布妇女们放假三天，男人们绾绳套车，给国家卖粮食。

社员们眼巴巴地等着生产队决算分红。分了红，女人们要去供销社买花布做衣服，男人们想买点儿好纸烟好烧酒，再置办些年货日用品，钱的用处多着呢！大家对生产队的希望就是一年比一年分红高。可是盼来盼去，神树湾今年每个工的分红才四角四分钱！比去年才增加了三分钱，这叫什么先进生产队？要不是李贵祥春天大搞积肥，说不定分红还不如去年！不行，张虎当不了队长！没心眼儿，死受孙！社员们议论纷纷。

正式兑现分红的那天下午，队房子里挤满了人。会计杨云则宣布每户人家全年所挣工分和应分红利，张虎和张进财负责发放现金。折腾了一下午，总算把钱按数点在了社员手里。天要黑了，张虎宣布散会。人们正准备出门，忽然田喜则老汉说话了："怎么就散会了？下一年的队长谁当呀？"张虎吃惊地看着田喜则，想了想，说："下年的队长我不当了，你们看谁本事大，就让谁当吧。"社员们都掉头回到屋里。张进财看了看田喜则，说："你说吧！想让谁当？"田喜则说："今年比往年条件都好！可是，分红没增加几个，什么原因？"李买地接过话茬："什么原因？领导不行嘛！"杨云水说："嗨！站着说话不腰疼！张虎为了集体的事，没明没黑地受，眼睛不瞎都能看见！他要是不行，谁有本事站出来，当着全体社员的面，签个军令状，明年分红增加五分钱！"张虎冷笑道："你们以为我爱当这个队长？我现在把这个队长职务圆圆儿抱起板板地放下，有本事的人来接替，我给你奉揖了。"田喜则向人群里看了看，见杨毛团看着自己直眨眼，就说："毛团则，你想选谁？有话尽管说嘛，说的对了是李鼎明①，说的不对了请走人，怕甚哩！"杨毛团"呵呵"地笑了，说："田叔，我想选你，可是他们说，你要是当上队长，神树湾的日子就要过成光净（光景）了，一毬（秋）年不如一毬（秋）年！"众人一阵哄笑，离开了队房。

## （七十五）

张虎来到大队纸坊，想买点麻纸糊窗子。厂长兼会计白登云奇怪地看着张虎，说："叔，你是当队长的人，还有时间亲自买麻纸？""唉！我不想当这个受罪官儿了。""为什么？""好心没好报，上香惹鬼叫！我撇下家里一大摊营生不管，没明没黑地为队里操心，不但没落下好，还惹来一屁股膪！说我走走步步抠掐他们，做事不公道，能力差，没挣回多少钱来，分红太低！狗毬毛吊给提下一大堆。"白登云说："叔，你别说了！其他几个队长连你还不如呢！旧庙塔一年换一个队长，谁上来也是新掏的茅坑香三天。不等秋收，就吵着要换队长。没个吃铁咬钢的本事，谁也撑不定。"

张虎走后，白登云心里一阵躁动，心想：这大集体的事儿，太难办了，生产队长们发怒，难道张开关就觉得轻省？不如去找他唠唠这事儿。

张开关见白登云进门，问："登云，你找我有事儿。"白登云笑嘻嘻地说："刚才张虎和我说了当队长的愁肠，我想听听张支书的高见。"张开关看着

---

① 民主人士。曾给共产党提出过精兵简政的意见，被采纳。

白登云，说："当队长的难处我当然清楚了。你想想看，队长要维护集体的利益，见了损公肥私、偷懒耍奸的社员就要批评。农民天生自私，自留地上拼命干，到集体地就变成电线杆，能不起矛盾？长此下去，再好的大集体，也饻不住众人抢着榨油水，直至榨干完蛋。"白登云问："就没个好办法，让生产发展下去？"张开关深沉地说："办法倒是有，可上面不允许。"白登云急着问："甚办法，我想听。"张开关说："我不能说，传出去要负责任呢！"白登云正了正身子，说："张支书，你尽管说，我不会给你找麻烦的。我的嘴可牢了！"张开关说："要想解决农村的现实问题，就要把土地原分给农民，让他们自己管理自己，这是当前破这个关煞的唯一办法。有人幻想农民觉悟提高，一心为公，这可能吗？不可能的事。自私是生命里固有的。你看那毛驴，只要喂牲口的人往槽里一倒草料，就互相争着抢着，碰头切坎，恨不得把所有的草料都归它自己。发展生产，忽视人性是不对的。相反，要利用人性，刺激人的生产积极性。"白登云说："可要是那样办的话，现有的大集体水利工程和生产设施怎么办"？张开关说："好办，仍然统一管理，需要时，就派工到户，组织人马继续发展，永久利用。这样一来，不但粮食能增产，就是管理上也省事多了，省下鬼吵孝帽子，费力不讨好。"白登云听得眉飞色舞，说："张支书，你虽然没多念书，但比念书多的人强多了，解决问题一针见血，看事情高瞻远瞩！你是我的老师。"张开关板起了面孔，说："不要给我戴高帽子。咱说好了，今天是咱俩私下拉话，你不许给我传出去，即使是你想说，那也不能说是我说的，听清楚了吗？"白登云连连应诺："保证，一定，这些话甚时候也与张支书无关。"说完就起身出门，张开关忐忑不安地望着白登云的背影，有些后悔和这小子谈心。

　　白登云是初中毕业生，思想活跃，生性不安分。从张开关办公室出来后，突发奇想：何不把和张开关讨论的办法，当成一条妙计献给国家！任何干大事的人，都是有魄力，敢作敢为的人。对啦，给国务院政策研究室写一封信，亮明自己的观点，他们要是同意了，再给党中央、毛主席一汇报，白登云不就名扬天下了吗？你陈永贵三战狼窝掌，靠的是蛮力。我白登云献计献策，靠的是眼光和智慧，四两拨千斤！到时候，白登云还能圪蹴在纸房里闻臭味儿？不可能，国家能舍得浪费有知识、有远见的青年人才？到时候肯定要重用，前途无量啊！

　　白登云越想越兴奋，夜不能寐。在微弱的灯光下奋笔疾书："国务院政策研究室，我是鄂尔多斯左旗新召乡的农民白登云。经过我对现有农村集体化经济体制的深入调查，反复思考，发现了一个重大的经济体制问题。即现在农村实行的三级所有，队为基础的集体经济体制需要变更改革。这个体制超出了农民思想发展的阶段。农民几千年来依附于私有制经济，一下子让他们的思想转变到公有制上来，是不现实的。农民的自私性与集体所有制公有性的矛盾太尖锐了，简直到了无法调和的境地。严重阻碍了生产力的发展，于国于民皆不利。我的建议是：应当把土地按人头平均分给农民，像土改时那样，让农民死心塌地在自己的土地上耕种。农民的积极性提高了，粮食肯定增产。多打下的粮食，让他们按市价卖给国家。至于现有的水利、生产工程，仍归集体所有，并实行统一管理，必要时仍然摊派人工，组织人力进行大规模发展。现阶段农村的经济体制，需要崇高、纯洁的人来适应。当前中国农民的思想，不可能达到那么高的境界。他们有私心、有私利、有人情，只能慢慢地加以引导和教育。等条件成熟了，才能进入共产主义。白登云敬上。一九六九年十一月二日。"

  写完信，白登云飘飘然！觉得新召诞生了一个登高望远的理论家！他专门买了一个牛皮纸大信封，将抄写好的信装了进去，投入信箱，静等佳音。

  已经过去十多天了，白登云的心情还平静不下来。他在纸坊里一边用柳条子击打着骡子的屁股，一边高唱："我们走在大路上，意气风发斗志昂扬，毛主席领导革命队伍，披荆斩棘奔向前方。向前进，向前进……"正唱得来劲儿，突然听到门外有人叫喊："白登云在不在？"白登云收住歌喉，向门外看去，又听到一声喝喊："白登云在不在？""啊呀，这声音好不硬震！喊犯人了？"白登云很不高兴地走出门外。见是秘书小王，就说："咋地了，有事？"小王说："旗里来人找你。""哦，终于有消息了！我这就去。"白登云回头给纸房的工人们交代了一下工作，就和小王相跟上来到公社。他一路上想：为人就需要多动脑筋。多动脑筋的人，再加上敢作敢为，必有出息。气宇轩昂进公社，我辈岂是老农民！他兴冲冲地踏进公安特派员乔铁虎的办公室，发现屋里坐着四五个人，一脸严肃，连一丝笑容都没有！又见乔铁虎站了起来，紧绷着脸皮，说："白登云，这是旗群专指挥部的副总指挥王东同志，这两位是工作人员李连胜和张万祥同志，他们找你核对问题。"白登云奇怪：应该是旗革委会的干部来找自己谈话，怎么跑出两个八竿子打不到的群专人员来？群专指挥部是干什么的？是专门关押现行反革命和社会渣滓的地方！白登云慌了，头皮发麻，脊梁发冷，手足无措。又见那个叫王东的人站起身来，目光犀利，口气严厉："白登云，我现在问你问题，你要如实回答。"白登云点了一下头。王东说："前天，旗革委会接到国务院转来的一封信，信中要求把土地分给农民，解散大集体，废除人民公社，署名新召乡农民白登云，就是你吧？""是我，可我只写了把土地分给农民，没说要解散大集体，废除人民公社。"王东冷笑道："把土地都分给农民单干了，还要大集体和人民公社干什么？你不要狡辩了。""我不狡辩，是实事求是。""你什么出身？""学生出身。""我问你的家庭出身？""中农成分。""你干这事儿，还有没有别人参与？""没有。""背后有没有人给你出主意？""没有。""不要总是回答没有，难道你写信的时候就没和大队干部们商量？你一个人能有这么复杂的想法？"白登云抖动着嘴唇说："他们真不知道。"王东冷笑道："张开关也不知道？"白登云苦笑一声，说："张支书现在也不知道。"王东开导道："张开关虽然是支书、模范，但你不要怕他。只要是他支使你写了信，责任就是他的，我们全力保护你。"白登云又苦笑起来，说："张支书文化没我高，他想不出理论上的道道来。"王东不禁失笑，绕着白登云转了两圈，阴阳怪气地说："看来你是颗牛头，得准备一口炖牛头锅子。"接着，就郑重其事地宣布："根据旗群专指挥部的研究决定，现将反社会主义分子白登云正式关押审查。审查工作由公安特派员和公社群专指挥部负责，七天内将审查结果上报旗群专指挥部。"白登云听到这个决定，一下子懵了！整个人成了个直卜浪，立在当地动弹不了。十多天来，眼巴巴地盼着天上降下纸条来，一举变成大干部！可谁知道轰然一声惊雷响，差点儿击出花红脑子来！倏忽，又觉得，两腿发抖眼发黑，后脊梁淌下冰水来！昏沉沉，混沌沌，片刻间就走进阴间里。他根本没看清是谁将自己反剪了手，又推推搡搡地抛进了群专牢房中。

白登云进了黑屋子，一头杵在草堆上，半天清醒不过来。半个多小时后，跳起身来，把关闭的铁皮门踢得"咣咣"直响！看守跑过来说："你疯了？有话说，有屁放，踢门算什么好汉？"白登云大喊道："我要见公社领导！""见领导？那要看领导想不想见你。""我不想和这几个人关在一起。""嘿！口气不小。你睁眼看看，你的待遇不低了。刚满二十岁，就和好几个领导干部平起平坐，还有娘们陪着，还不满意？"白登云看了看同屋的几个人，确实都有来头：坐在床上的是原公社副书记阿迪亚，早就听说他是"新内人党"党徒。西边凳子上坐的是原公社副主任程玉树，是个"走资派"。坐在西边床上的三个女人依次是原副旗长奇巴特尔的老婆阿勒腾花，是王公贵族余孽。中间的那位是板南瓜老婆谢丑女，犯的是卖淫罪。再靠边的是赫赫有名的交际花萨仁花，犯的是拉拢腐蚀干部罪。啊呀！加上自己，正好三男三女，混住一室。光棍汉看见老母猪也是大花眼！何况这是些白白嫩嫩的俏娘们。是不是有意引诱这些人犯错误，然后再往死里整？阿勒腾花见白登云不断地用眼睛瞟她们，猜出他的想法，苦声一笑："后生，你也不看看这是甚地方，白天黑夜有人看着咱，就是有那个贼心，也没那个贼胆。况且，天一黑，我们三个就住里屋，你们三个男的住外屋，没有问题的。"白登云说："我不是反革命，他们弄错了，我要上访，告状。"程玉树看了看白登云，说："你小小年纪，能有什么问题，怎么也进来了？"白登云冤枉地说："我是看到大集体没人干活，快倒塌呀，就给国务院写了一封信，建议把土地分给农民。谁能想到，群专指挥部说我是想解散大集体，废除人民公社，是反社会主义分子，二话不说就把我圈在这里。"阿迪亚吃惊地看着白登云，说："你什么文化程度？"白登云说："初中毕业生。""你是不是不读书，不看报，连广播也不听？""我是纸房厂长兼会计，整天在黑房子里造麻纸，哪有工夫看书念报听广播！"阿迪亚"哦"了一声，说："怪不得你骆驼打滚儿翻不转！知道不？你犯下了捅天大错！你弄两张报纸看看，党中央、国务院对农村工作是什么政策？砍三面红旗，搞包产到户，是走资本主义道路，是大是大非的问题。你和阶级敌人唱的一个调调，不关你关谁？你知道不？五九年庐山会议上，彭德怀是咋栽的，他的言论和你的说法一个样，至今还戴着一顶反党反社会主义的大帽子，被批得一佛出世，二佛涅槃，体无完肤。你算是哪来的小鬼，就敢大闹天宫？唉！你是个嫩芽芽，想入非非，露头就让霜打了！"程玉树仰起头来，说："你再别叫喊了！亏你还是个中学生。明明是个黑窟窿，偏要往进跳，能怨谁？老老实实地接受批判吧。"两个老领导的一番言语，把白登云满腔的愤怒，一肚子的怨气，顿时泄得光光的！他一屁股坐在地上，两手抓着自己的头发，后悔不已。彭德怀是什么人？那是大元帅，国家领导人。在集体化的巨轮面前，也是小瓜子堰车，一支支也没有！自己是什么人？一个小农民，一个想吃天鹅肉的癞蛤蟆！一只想撼动大树的小蚍蜉！白登云哭了，泪流满面，呜呜咽咽。阿勒腾花心软，伸手摸了摸他的头发，安慰说："别哭了，不会有太大的事。你还是个娃娃，说几句错话，办点错事，是情理中的事儿。他们不可能揪住你不放。况且，你又不是背后捣鬼，干了什么坏事！你是明明朗朗地亮出了自己的观点，给政府写了一封信，就能成了反革命？不可能。放心吧，说不定过几天就要放你出去，耐心等着吧。"谢丑女也来劝说："登云，你的身材匀匀称称，卜浪头也招人喜欢，以后一定能追到漂亮媳妇。"

  阿勒腾花料事准确。半个月后，乔铁虎把白登云叫到办公室，说："本来要给你定个现行反革命，可是组织上考虑你还是个不谙世事的娃娃，属于初犯，就决定把你放出去，在生产队劳动改造。要接受这次教训，既要管住自己的臭嘴，又不能酸劲发作了乱写乱画。等改造好了，说不定还有前途呢！"

秘书小王说："把你这种人关起来，不但白糟害了国家的粮食，还要好几个人伺候你。放你回去，我们省吃省喝省下麻烦！回去好好劳动，自食其力。"白登云诺诺连声，大气不敢出，垂手站立。乔铁虎看着他那个样，不耐烦地摆了摆手，说："走吧，走吧！不要像坟滩的望柱一样栽在当地！"白登云听说让他走开，感到一阵轻松，弯腰给二人鞠了一躬，出门快步离去。

到家门口了，白登云忐忑不安，慢慢推开门，向里望去，娘正忙着做午饭，屋内烟气缭绕。他轻轻喊了一声："妈，我回来了！"娘愣怔了一下，放下水瓢，回头一看，是登云回来了！她一阵惊喜，上前拉住了儿子的衣袖，说："他们打你没有？咋半个月就瘦成这个样儿？"登云说："没打，就是有几天没睡着觉。我爹呢？"娘听到儿子问爹，就哭了起来，说："你出了事后，好几拨子干部来到咱家，翻开陈糜烂谷子的旧账，说土改时给咱家的成分划低了，硬给划成了富农成分，你爹成了富农分子，大小会上批斗了三次，现在人不人鬼不鬼的，三岁娃娃见了他都敢哼喊。昨天李福则通知，让他每半个月汇报一次思想，每月开社员会评审一次，只能老老实实，不能乱说乱动。呜，呜！"白登云傻眼了！咋闯下这么大的乱子？家庭成分咋就变高了？老实巴交的爹咋就成了富农分子，成了被专政对象？这还讲不讲道理。他愤愤不平地对娘说："妈！你不要哭，我要和他们讲理去！"娘伸手就给了他一巴掌，骂道："你还敢闹？再闹，人家给你头上也戴一顶富农分子帽子，你还活不活人了？"白登云顿时蔫了，抱着脑袋圪蹴在了地上。

白登云祖籍山西省保德县。祖父白富财逃荒来到牡牛河畔。靠揽工受苦，积攒下些银钱，在榆树沟买下几亩土地，挣死扑命地发展了几年。快解放时，已有十七八亩土地，其中一半能过上水。每年的收成，不但能供一家人吃穿，还有富余。土改前一年，白富财得了搅肠痧①死了。儿子白银焕当时二十岁，两个女儿都是十几岁的娃娃，老婆子五十一岁。看着那近二十亩的土地，感觉耕种不过来。于是在农忙季节，就雇个短工帮忙。土改时，村里有人叫喊着要把他家定为富农。可是，工作组经过反复计算，剥削量怎么也达不到富农标准，于是就定成了"富裕中农。"此后，再无人对白银焕家的成分提出过异议。

这次，白登云给国务院写信了！腔调和阶级敌人类似。旗"清理阶级队伍办公室"的人就开始怀疑起白登云的阶级本质，他们派了工作组，深入榆树沟调查了解。白银焕害怕，吃不下饭，睡不着觉。思来想去，给他家帮过

---

① 急性阑尾炎。

工的农民只有刘三老汉还活着，于是就来到刘三家，说："刘叔，你给我家帮工，给你挣的是粮食还是银元？"刘三想了想，说："挣得是粮食，一天一升黄米。""亏不亏你？""不亏，帮工的人一天能挣一升米，那是大价钱了。""算不算我们剥削你？""不能算剥削。你问这事有甚用？""唉！旗里来了工作组，说我家以前雇过工，剥削过人，要把我家的中农成分改成富农成分。""那你要我怎样？""我想让叔说个公道话，我们没剥削过你。""行，我不会乱说的。"白银焕满意地从刘三家走了出来。

事情的发展，出乎一些人的预料。工作组经过调查，白银焕家前后一共雇用过七个长、短工，合计剥削量早已达到"富农标准"。霜降那天晚上，工作组召集全体社员在队房子里开会。这时候正是农闲时间，人们闲着无事，都来开会。屋子里坐满了人。工作组负责人讲了话："我们是旗革委会清理阶级队伍办公室工作人员，经过几天的调查取证，榆树沟生产队白银焕家，属于漏划富农。现决定将其原来的富裕中农成分改为富农成分，白银焕为富农分子，按时按月进行评审。特此通知。"话毕，白银焕被两个民兵拉到了地中央，垂着双手。白银焕想喊冤，嘴抖得发不出音，浑身筛糠一般。这时，有人带头呼起了口号："打倒富农分子白银焕！""千万不要忘记阶级斗争！"众人跟着叫喊。口号声过后，白银焕被押出了门外，赶回家中。白银焕直挺挺地躺在炕上，三天没出屋子，大病了一场。

今天，白银焕觉得身子爽快，去河滩拾了一筐驴马粪，倒在了粪堆上，把粪叉子立在猪圈旁，推门进屋，哼！这地下圪蹴的谁？是闯大乱的登云则。白银焕气不打一处来，二话不说，顺屁股上就是一脚。登云一头杵倒在地，额头碰在了一块炭圪垯上，顿时鲜血直流。白银焕还不解气，又拉起一根旧锄把，举起要打。登云娘嘶声裂肺地哭喊着扑了上来，疯了似的把男人推在了墙根，说："你打死他，就能打掉你头上的富农帽子？天下富农多着呢，还不照样过日子？你再敢动手，我和你动刀子。"说着，就操起了案板上的一把切菜刀。白银焕一下子泄了气，扔掉手中的锄把，圪蹴在地上，猛猛地吸起旱烟来。吸着，吸着，老泪纵横，悄声抽泣起来。登云满面流血，跪在了父亲面前，哀告着："爹，你上炕。爹，你上炕！"登云娘端了一盆凉水，拿了一块毛巾，递给儿子洗脸擦伤。又去拉扯男人，白银焕艰难地从地上站立起来，摇摇晃晃走到炕沿边，磕掉烟锅里的灰，脱鞋上了炕，拉了个枕头躺了下来。

登云娘将饭菜端在了炕上，谁也没心思吃。登云娘只好将饭菜又热在了锅里。直到半后晌，大家才勉强吃了一些饭。

白登云自己还不清楚,他已经成了公安机关的暗中专政对象。一言一行,都有眼睛在盯着,稍有不轨,随时有可能戴上反革命帽子。冬季,大队组织文艺宣传队,缺一个吹笛子的人。有人说,白登云吹笛子全公社有名,婉转嘹亮,调子特别准,不如将他调来。吕在朝说:"那可不行!白登云是富农成员,给国务院都敢写信!一旦二杆子劲儿上来,说不定又给弄出个什么大事来。"刘宝维说:"你说得太玄了!白登云除了给国务院写了一封信,再做过甚?以前不是一直好好的吗?吹个笛子还能吹出鬼音?能把人的魂给吹走?"张开关说:"去和公社请示一下吧。他们说能吹就吹,他们说不能吹就换人。反正白登云的事儿是他们搞的,咱又不知道。"刘宝维说:"行,我去请示。"刘宝维在公社见到了赵书记,赵书记说:"怎么不能吹?他又不是反革命!"于是,白登云进了大队文艺宣传队。白天劳动,晚上排练。有一次休息的时候,白登云独自坐在了墙角,吹起了《妖精太太》曲儿,郭大女来了兴趣,站在旁边唱了起来:"心爱的喇嘛在那地狱之中,美貌的太太被关进了木笼。唉哈哒呼,这个世道太不公平。要杀要剐悉听尊便,生不逢时死也无憾!哎哈哒呼,哎哈哒呼,我只是追求我的热恋。"一曲终了,白登云两眼泪光。张二树走过去附在他的耳边说:"别吹了!再吹又要进黑房子了。"白登云立即收起笛子,惶恐地向四周观看着,郭大女莫名其妙。

白登云的案子直到一九七八年才得以平反,这时,白银焕早已作古。老汉临咽气时还说:"我是中农成分,上面定错了。"

## (七十六)

还未立秋,知青的粮食就所剩无几了。为躲饥饿,好些人回家了。那天下午,魏海和李德明、张树海三人,把房后的窖扒拉开,只挖出一百多斤玉米,背到碾房,准备加工成面粉。这时田喜则正在碾盘上清扫最后一遍滚完的炒米。他在扇车上把炒米的糠吹干净,装起炒米就要起身,魏海问道:"扇车里还有细糠,你不要了?"田喜则说:"不要了,那是阿糠,味道苦,吃进肚里还结沉。"魏海抓起一把糠,放嘴里嚼了一点儿,嘿!虽然有点苦,但炒香味儿扑鼻。就说:"田叔,这糠我们要了。"田喜则慷慨地说:"拿去吧,拿去吧!"魏海把一袋子玉米倒在了笸箩上,就去装阿糠,一共有十几斤。然后三人开始加工玉米。

晚饭时,周振林给大伙儿熬了一锅玉米糁子稀粥。魏海打开阿糠口袋,挖了一碗糠面，用稀粥搅拌起来，吃得津津有味。高志远、吴来志、张树海见魏海吃得香，也各自拌了一碗开始品尝。嗨！虽然有点儿苦，但有炒米的香味。贺玉婷也吃了半碗。魏海控制不住，一连吃了四碗，然后挺着个大肚子，回屋睡觉去了。其他人吃得少，没感到肚子憋。

张树海和魏海睡一个屋。前半夜两人都睡得香，后半夜时，张树海听到魏海一阵阵呻吟，后来干脆叫喊起来。张树海擦着火柴，点着油灯，看见魏海捂着肚子，痉挛成了一颗圪蛋。拿起油灯，凑在他脸上一看，满是豆粒大的汗珠，脸上的肌肉痛苦地抽搐着。张树海忙问："魏海，你这是怎么了？"魏海哼哼着说："肚子疼，疼得要命！""睡觉时还好好的，咋一会儿就疼成这样了？""可能是，是，是阿糠吃得多了。""我给你泡一碗苏打水，煞煞肚子，半个小时就能好。"说着，穿衣出门，来到厨房点火烧水。不多时，端着一碗浓浓的苏打水来到魏海面前。魏海忍着疼痛，爬在炕楞上将苏打水强行喝进肚里。张树海看着魏海吼天叫地的样子，不敢入睡。等了半个多小时后，魏海的疼痛丝毫未减，一声接一声地呻吟，一阵又一阵地喊疼。张树海把油灯凑近魏海的脸前一照，啊呀！脸变成了酱紫色，眼珠也瓷瞪瞪了。张树海慌了，忙出屋去敲周振林和李德明的门，李德明睡得正香，突然惊醒，不耐烦地问："谁敲门？""魏海肚子疼得要死，你们快起来看看吧。""什么？肚子疼？吃得多了，喝上一碗苏打水，过会儿就不疼了。""唉，我给他喝过了，不顶事。"周振林开了门，和李德明一起出屋来到魏海面前，李德明端着油灯，观察了一阵，说："不好！他晚饭时吃了四碗阿糠，这东西太结沉了，可能是严重肠梗阻。"张树海问："你咋能断定？""我哥在旗医院当大夫，去年就抢救过一个肠梗阻病人，我见过。""这病严重不？""严重！必须快点抢救，不然有生命危险！""那怎么办？""咋办？赶快往医院送。""往哪个医院送？""往公社医院送。旗医院太远，来不及抢救。"张树海说："那我现在去套生产队的骡子车，你们帮魏海穿好衣服，咱们马上就走。"一边说，一边跑出屋去。

生产队的骡子和车都在饲养院，张树海来不及请示队长，二话不说，在槽头上牵出黑骡，三下五除二地套在了车上，前后不到十分钟，就把车赶到了知青院内。周振林背着魏海和李德明共同把魏海安顿在了车上。张树海赶车，周振林、李德明紧跟。吴来志和贺玉婷也赶了上来。张树海说："贺玉婷，你就不要去了。天明时给张队长说一声，我们赶着骡车送魏海看病去了。"贺玉婷收住脚步，望着骡车消失在夜色里。

凌晨四点多钟，张树海几人赶着骡车来到了新召医院。院内一片漆黑，人们都在睡觉。魏海躺在车上直呻唤。周振林说:"这怎么办呢?"张树海说:"咋办?往起叫大夫嘛!""他们不起来怎么办?""没事,我去找王院长,你们在这里等着。"张树海快步向医院家属房走去。

不到五分钟,王素芝院长就和张树海来到骡车旁。她打着手电观察了一下魏海的病情,问明了情况,果断地说:"赶快往急诊室抬,我给你们开门。"不一会儿,急诊室的电灯亮了起来,大家把魏海抬到了病床上。王素芝说:"你们来得还算及时,要不然,病人就危险了。"李德明问:"要不要做手术?"王院长说:"肯定要做!病人还算好运气,正好有两名盟医院做计划生育手术的外科大夫来到新召,我请他们主刀。"说完,就去通知那两名大夫去了。

不到半小时,医院的大夫们就都行动起来了。知青们被安排在一间空屋里坐等。大家都很着急,不断地在急诊室门外窥探,但诊室的窗帘拉得紧紧的,什么也看不见。约早晨八点钟,王素芝院长走出了急诊室,张树海忙问:"王院长,怎么样了?""手术做完了,生命脱离了危险。""那我们能不能进去看看。""现在不要进去,过两个小时再探望吧。"几名知青又回到了空屋内。

九点多钟,医院会计郝文英来找张树海,说:"去缴一下手术费和医药费吧。"张树海问:"多少钱?""手术费一百零二元,药费三十元,病人还需住十天院,每天的费用大概是三十元,你们需预缴五百元,长退短补。"张树海摸了下衣兜,只掏出两块三角钱。其他人带的钱也超不出三块钱。郝文英看了看张树海,说:"不急!你们想办法吧,下午缴也行。"说完就走出屋子。吴来志望着郝文英的背影,吃惊地说:"五百元?我一年也分不下一百块钱红,去哪儿给他弄钱去?"周振林说:"凭咱的力量,这钱肯定凑不起,不如找公社去。"李德明说:"你凭甚去找公社?""凭甚?就凭咱是知青。""知青也是社员,能特殊?""咋不特殊?知青有安置费,你忘了?邬部长在的时候,给咱就报过医疗费。以前谁也没得过大病,那笔钱肯定没花完。"张树海说:"振林说的有道理,旗知青办肯定给咱们有专款,咱找他们去。"李德明说:"你找谁去?"张树海说"谁管事就找谁!"李德明摇了摇头说:"遇上冤家了。"张树海猛然醒悟:知青费用是由财政干事李文亮代管,他肯定要刁难!

李文亮正在办公室看一张新送来的《鄂尔多斯报》。突然屋门开了,进来四个知青。他抬眼一看,都和自己吵过架!里面还有张开关的儿子,毬眉星眼,想干什么?以为老李怕你们?可笑!他端起杯子,呷了一口茶,继续看报纸,若无其事!张树海戳了一下周振林,示意他先说话。周振林走到李文亮桌前,谦恭地说:"李干事,有个事儿我们来请您批示。"李文亮头也没抬，瓮声瓮气地说："我不敢批示，你们有什么指示？"周振林一脸真诚地说："知青魏海得了肠梗阻，今天早晨在公社医院做了手术，医院要五百块钱押金。我们几个人只能凑起十块六毛钱。没办法，求您帮助。"李文亮抬起头来，撩了一下眼皮，说："这个忙帮不了，我一个月才挣四十四块钱。"周振林说："不是要你个人帮忙，是想申请李干事在知青安置费里解决。"李文亮惊讶地反问："什么安置费？没完没了地安置你们？雷响千声还有一住，你们知青的事有完没有？"吴来志忍不住了，质问道："我们的事完没完你不要急！我想问李干事，知青办拨给我们的安置费花完了没有？"李文亮把手里的报纸"啪"地摔在桌子上，两眼圆睁，逼视着吴来志，说："你是我的上级？你要查我的账？为人不做亏心事，不怕半夜鬼叫门！"李德明走上前，挤出满脸笑纹，说："李干事，不要激动。魏海得了急病，差点要了命。人家医院全力以赴，连夜做了手术，把他从死亡线上拉了回来。做人要有良心，人家给咱看了病，咱不能连医药费也不给人家吧！可我们没钱，几个人就思谋，咱虽然是农民，可还是知青，而知青就有上面拨来的专项费用，李干事正好是这笔费用的主管，所以就求到您头上了。"李文亮瞥了一眼李德明，说："你怎能断定知青费还没花完？"李德明说："嗨！这个道理简单。我们自下乡以来，谁也没住过院，没得过大病，上面给的医疗费基本就没花过。这笔钱，李干事一定还给我们留着。"李文亮摊开了双手，说："不当家不知柴米贵。自你们下乡以来，又是盖房，又是日用，上面拨的那点钱，哪能够花？"吴来志又忍不住了，说："行了，行了！李干事解决不了这事，咱找赵书记去。让赵书记帮咱算算账，看知青的安置费究竟是花完还是没花完！"李文亮冷笑道："你不要拿领导压我，赵书记去旗里开会去了，他不在。"张树海说："李叔，我们几个人共同签字，和乡财政借上五百元钱，先把医院的押金缴了。剩余的事，等赵书记回来再说，你看行不？"李文亮低头思考了一阵，说："光你们四个人签字不行。你们每年的那点儿分红，扣完粮款能剩几个？到时候还不起，还能把你们开除出生产队？不要耍小聪明了，想借钱，最少需二十个知青签字。年底，在分红款上扣！"张树海说："我们现在一共来了四个人，去哪儿凑二十个人？"李文亮说："那我不管！"说完，拿起报纸又看了起来。李德明给三人眨了眨眼，大家哒溜溜走出了屋子。李文亮放下报纸，思忖：这几个野人，还有什么把戏？

　　张树海对李德明说："我明白你的意思。咱们只有签字打条这一招了。你赶快去旧庙塔和神树湾，我去榆树沟，通知所有的知青来公社，打条签字去借款。"李德明说："我这就起身。"吴来志和周振林说："你们快去快回，我俩在医院等你们。"

上午十一点钟，未请假回家的知青都来到了医院空屋子里，连魏海算上，一共十九个人。张树海在一张信纸上写了个借条，大家依次签字，手印摁了红红的一大片。然后一齐来到李文亮办公室。周振林双手递上借条，李文亮看了一阵儿，说："这才十九个人，不行！"旧庙塔知青李志强说："李干事，其他人都回家了。你要是觉得人少，那就劳驾你也凑个数吧！"李文亮抬头看了看满屋子知青：啊呀！都丧眉怪眼想闹事！只好讪讪地说："少一个以后补上，现在先把钱领走吧。"说完，在借条上签了字，指示出纳王巧玲把钱付给了周振林。众知青陆续走出了办公室。

中午十二点半了，一大群知青饥肠辘辘，凑在一起。想起借条上那一片红手印，气就不打一处来。周振林说："咱活得也太窝囊了！明明知青安置费里的医疗费没花完，可李文亮说没有就没有了！硬逼着让所有的人摁手印，还扬言要在秋后的分红款上扣除。我真咽不下这口气！"贺德海说："唉！离不了这个地方，你就得挨饿，就得受气，得了病就没钱去治！有什么办法呢！"李志强说："办法是有，就看大家能不能齐心！"张树海问："你有什么办法？"李志强说："回旗上访，让旗革委会给咱们安排工作，哪怕是去烧砖、喂猪，也比在这里忍饥受气强。"吴来志拍手叫好："你说得太好了！毛主席说：'穷则思变，要干，要革命。'说的就是这个道理。"贺玉婷说："只要你们男知青领头，我们女知青就跟去，决不后退。"接着，众人你一言我一语地议论起来，一致同意回旗上访。李志强看到自己的倡议得到了大家的赞同，很高兴，接着说："既然大家同意上访，我们就要定下三件事来。第一要有个领导机构，好统一指挥大家的行动。第二要定下上访的日期。第三要明确上访的目的。"张树海说："领导机构，就叫作上访指挥部。总指挥由李志强担任，副总指挥由魏海和解志强担任。上访的日期定在魏海出院那天，大概需要十天半月的时间。现在大家回去在自留地上提前收秋，做好准备。上访的目的只有一个，要求旗革委会给知青安排工作，只要是国营单位，不挑不拣。"周振林说："我觉得还应该增加一个参谋长，张树海最合适。"李志强说："太好了，树海做事稳当，是个好军师。"李志强站起身来问大伙："大家有没有不同意见？"众人一齐说："没有不同意见。"李志强又说："那好了，最近除了给魏海陪床的人员外，其余人一律回去收秋。散会！"

听说知青要回旗上访，张开关把儿子叫回家中，问："你也和他们一块儿上访去？"树海点了点头。"你能不能省事点儿，在家老老实实地待几天。""嗨，就我一个人躲清闲，大家还不把我给骂死了！再说了，自老邬死了以后,上面大小没来过一个领导过问知青的事,要是就这么不声不响地待下去,知青真得还要在农村扎根一辈子。我觉得这个访上得也迟了。"张开关看了看儿子,沉默了好一阵,缓缓地说:"看来这一群知青的行动是阻止不住了。你要和他们一块儿去,就记住不能做违法的事。遇事多讲理,少过激,死缠硬磨为上策。动脑筋多谨慎,安安全全回乡里。"树海说:"记住了。"

给张树海警示后,张开关还觉得不放心,又召集知青代表开了会。张开关说:"知青上山下乡,是党和毛主席的正确决策。在现实生活和工作中出些问题是正常现象,可以想办法解决。大家能不能不集体上访,只派代表去旗里反映问题?"李志强说:"那是不行的。上面有些官僚作威作福惯了,哪里能把几个知青代表放在眼里!要是去的人少了,造不成一定声势,还不如不派人去。"张开关说:"我担心大家都回去,他们会反感,不给解决问题。"魏海说:"我们不怕他们反感,而且要让他们感到头疼,疼得天灵盖子屹崩,最后不得不安排知青。"众知青哈哈大笑。高志远说:"张支书,你就别拦我们了。我们决心已定,拦是拦不住的。你有什么提示尽管说,我们会重视的。"张开关见知青们铁了心要集体上访,叹了口气,说:"好吧,我阻止不了你们的行动。不过,我要提醒大家几件事,希望引起注意。第一,不管在什么情况下,犯法的不做,反胃的不吃。不打砸抢抄,不过激做事。第二,不管和哪一级领导谈话,都要摆事实,讲道理,以理服人。第三,遇事多动脑筋,讲究策略。许多事要用磨缠的办法去解决,功到自然成。第四,一定要搞好内部团结,遇事多商量,人多智慧高嘛。第五,要注意安全。不论做什么事,都要保护好自己,做到人人都不伤一点皮肉,不损一根头发。第六,不管上访结果如何,我张开关都想着你们,新召的乡亲们也挂念着你们,我们愿意和你们一起克服困难。"张开关话音未落,室内就掌声四起,欢呼雀跃。

# (七十七)

鸡叫头遍的时候,赵三穿上衣服,来到驴圈。他撮了一簸箕碎草,倒进了槽里。三头毛驴立即争抢着咀嚼起来。他摸了摸黑骟驴的脑门,自言自语地说:"不要抢,不够再给你们添。"话音刚落,一声巨响,震得地皮颤动,圈棚摇晃,骟驴的脑袋猛地向上扬起,正好碰在了赵三的下巴上。赵三张着的大嘴立即被磕了回去,伸着的舌头差点被上下牙"噔"地掉下。紧接着,远处又传来两声巨响。赵三缩着舌头,忍着疼痛,惊恐地跑出驴圈,四周黑洞洞的，什么也看不见。突然想起，前天晚上开会时，下乡干部王进荣说苏联要和中国打仗，是不是趁天黑打过来了。他三步并作两步走，两步并作一步跑，来到了家门口，见屋里的油灯已经点着，推门进去，老婆娃娃们正围着被子坐在炕上，神色慌张地看着他，问："外面怎有这么大的响声？天塌啦，还是炸药库爆炸啦？"赵三嘴上流点儿血，说："我正喂牲口，突然就炸响了。远近一共响了三声。"老婆说："你快上炕，我吹灯呀！操心有人进门。"赵三溜上了炕，老婆一口吹灭了灯。

　　天亮了，神树湾知青点热闹起来，请假回家的知青也都回来了。昨天半夜里，吴来志和高志远拿着一大捆炸药，安放在牤牛河畔的大石窟窿里，插进雷管，点燃导火索，等俩人跑到安全地点时，一声巨响，震天动地，接着，旧庙塔和榆树沟方向也传来两声轰鸣！知青们心情激动，手舞足蹈！天微明时，几个女知青将饭做好，大家饱餐一顿，接着就收拾行李，安顿室内物品，准备回旗上访。太阳露头时，三十六名知青都集中到了神树湾。

　　李志强说："把门锁好，让邻居们给咱把东西看好。"正说着，吴来志提着一把打炭锤子走了过来，说："先不要锁，等我几锤子把水瓮和大锅砸烂再说。"魏海走了过来，说："为什么要砸烂？"吴来志说："咱再不回来了，要它做甚？"魏海说："你咋知道咱再不回来了？""嗨！这么多人回去上访，用不了半个月，旗革委会主任就会害怕。害怕了就要给咱安排工作，有了工作咱还要这些家私做甚！"魏海笑了起来，说："你老是过高地估计自己的力量。革委会主任为什么要怕你？你头上长角了，还是身上长刺了？就是长角长刺人家也未必怕你！张支书劝说我们的话，不能说没道理。安排工作，脱离农村，这只是知青们的要求，旗委是否同意，还是个大问号。上访成功的希望只有百分之五十！一旦上访失败，我们还要回来这里。你现在把这些家具都砸烂了，到时候你掏钱再买？"吴来志不解地说："只有百分之五十的把握？那咱还上访个甚？"魏海说："有一线希望也要争取！宁叫扑了，也不能误了，就是这个理。"吴来志气馁了，扔掉了手里的铁锤，说："看来我们的上访，也和曹志恒找对象一个样！"贺玉婷问："曹志恒是咋找对象的？""哈哈！你不知道？曹志恒找对象，每次都信心十足地说已经有百分之五十的把握了！可人们一打听，原来是曹志恒自己很乐意，人家姑娘同不同意，他甚也不知道！"众人笑了起来。

　　知青们出发了。每人背一卷行囊，拄一根柳棍，在村民们的注目下，越过牤牛河，进了乌兰斯泰沟，翻沙渠，过草地，一步步地往旗所在地走去。太阳快落山的时候，来到乌兰木伦煤矿。矿长是高志远的大舅，问清情况后，说:"今天晚上大家就在矿上住宿。晚饭和早饭都由矿上食堂给安排。"说完,就一边指派煤矿办公室人员安排住宿,一边让炊事员烧火做饭。男知青大部分被安排到了矿工宿舍,女知青被安排到客房。一个多小时后,高志远通知开饭。大家进了厨房,每人领了一个黑瓷碗,一双黑筷子,自己去盛饭菜。饭菜不错,豆腐白菜土豆大烩菜,新糜米蒸饭。不到半个小时,两大盆米饭和一大锅烩菜就被吃光了。连两大瓶辣酱也几乎见底!有些人辣得嘴唇丝丝吸溜,但还觉得过瘾!

早饭后,大家谢过了矿长和炊事、办公人员,继续赶路。

下午六点多钟,知青们走进了旗革委会大院。正是下班时间,干部职工们正走出办公室,准备回家。突然发现当院站着三十多名背着背包,手提柳棍的青年人,十分奇怪,纷纷围过来观看,嗬!不是别人,是去年打发到乡下的红卫兵,现在变成了知识青年人。那个细高个儿,背有点儿弯的是小三他哥哥,那个瘦得像刀削过了的是统战部王振荣他弟弟,那个细长脖儿深眼窝的是税务局老贺的二儿子……这是咋地了?一个个无精打采满脸菜色,七狼八狈,像一伙讨吃鬼?旗革委会秘书贺奇玉跑过来问:"你们是下乡知青?"魏海说:"正是!""来这么多人,有什么事?""我们被旗革委会送到乡下一年多了,组织上基本不过问我们。现在回旗给领导们汇报工作来了。""汇报工作要来这么多人?是来集体上访的吧?""啊呀!是官比民强,眼睛就是毒!一下子就看到事物的本质。""既然你们是上访的,那等明天上班再来吧。""你说什么?明天再来?我们今天走了九十里路,水米没打牙,肚子正在闹革命!你这么聪明的人,猜猜应该怎么办?"贺奇玉眨巴着眼睛,明白了,说:"你们要吃饭?这我要请示领导,你们稍等。"李志强笑道:"原来是丫环女子带钥匙——当家不主事?"贺奇玉生气地掉过了头,众人一阵哂笑,看着他离去。

不一会儿,贺奇玉跟着革委会副主任郑文生来到大院。郑文生问贺奇玉:"人呢?你不是说有几十个人在院里闹事,咋现在一个也不见了?"贺奇玉看了看四周,莫名奇妙!正在纳闷,生产部的会计杨兴远走了过来,向旗委大会议室努了努嘴。郑文生向北望去,嘿!双扇门大开,里面坐满了人!原来知青们涌进了那个大屋里。

郑文生急忙迈步进了大会议室,板起面孔,说:"你们有事可以派代表来嘛!这么多人一起进城,既影响生产,又影响不好,不合适嘛!"众知青呼地一下全部站立起来,一齐涌在郑文生面前,怒目相视。魏海说:"知青被你们送在新召一年多了,和旗委领导没见过一面!知青断粮断顿你管过吗?得了病，没钱看，你知道吗？累死累活连一件衣服都买不起你过问过吗？如果不是被逼到了绝路上，能来旗里上访吗？你站着说话不腰疼。不但自己风吹不着，雨打不上，就连你的子女和亲属有一个当知青的吗？做官享受我们不眼红，你能不能体谅一下知青的苦楚，解决一下我们的实际困难？"李志强说："郑副主任，我们是来上访的，目的是要求旗委能给我们安置一个自己养活得了自己的工作，哪怕喂猪、搬砖都可以。在别人看来是下贱的工作，我们都不嫌。这一点也不过分吧？"张树海说："我们今天走了九十多里路，水米未进，头晕眼花，在这里坐等郑主任的接见。大概意思你已经听明白了，发表一下自己的感想吧。"众知青群情激愤，七嘴八舌地叫喊起来，有的甚至拍着桌子。郑文生觉着局势不妙，慌忙转换了态度，说："大家冷静，冷静。你们确实在下面受苦了，我很同情。有话咱们慢慢谈，事情要依着程序来解决。不能急，不能急！我先让秘书小贺给大家安排食宿，吃饱了，休息好了，咱明天再谈，好不好？"魏海说："这话我们爱听。大家听郑主任安排。"众知青纷纷坐在了原位上。郑文生乘机走出了会议室。

　　不多时，食堂大师傅通知开饭。知青们坐了四桌，桌上摆着咸菜、茶水。开始上饭了！是鸡蛋西红柿挂面。大家饿极了，许多人三碗不放，五碗不饱，平均每人吃了一斤挂面，炊事员王树山目瞪口呆。

## （七十八）

　　早晨九点钟，郑文生代表旗革委会来到招待所，和知青们开始座谈，说："我一上班，就给刘主任汇报了你们的问题，转达了大家的想法和要求。刘主任很重视，立即召开了书记办公会议。会议一致认为：知识青年到农村去，接受贫下中农再教育，是毛主席的指示，国家的安排，但是，任何新生事物的成长都是要经风雨，见世面的。全国都一样，不同程度地出现了一些问题，这是正常现象，不必大惊小怪。关键是要正确对待，及时解决。比如，你们分的粮食不够吃，有病无钱看，没钱买衣穿，就完全可以通过当地组织加以解决。实在解决不了的，就需要大家下定决心，不怕牺牲，排除万难，去争取胜利！红军两万五千里长征是怎样过来的？靠的就是敢于战胜一切困难的精神。你们要向雷锋、王杰、欧阳海学习，成为新时代的杰出青年。"郑文生讲完这番话后，笑眯眯地看着大家。魏海迷惑不解地问："这就是书记办公议的研究结果？这就是郑副主任对我们的关怀和希望？我咋感觉郑副主任的讲话天上一句，地下一句，天王爷爷也摸不着个头绪！"李志强说："我听出来了！郑副主任是想把咱们锻炼成英雄模范。平时像雷锋一样，毫不利己，专门利人，饿死不说松话！关键时刻，像王杰一样爬在炸弹上，像欧阳海一样扛住驮炮弹的骡子，谱写三十六首青春之歌。"知青们忍不住哈哈大笑起来，郑文生满脸通红，他还想继续讲话，张树海笑了，说："郑副主任，你是不是想戏憨狗咬石狮子？我还以为你四十多岁的人了，是个忠厚长者，现在听你的口气，倒像个视百姓生命如草芥的商纣！"郑文生忽眨着眼睛说："商州？我去过那里，但不是那里人！我是准格尔旗圪秋沟骗蛋窑子人，咱那地名虽说不好听，但从那里出来的人都是厚道人！谁也不会给别人操坏心。我是为了你们好！你看人家董家耕、邢燕子，那么高的文化，还坚持在农村流一身汗水，滚一身泥巴。你们也应该安心在农村锻炼。"高志远说："郑副主任，你的意思是让我们一辈子待在农村，有书不要念，有工作不要找，战天斗地，最后力尽汗干，老死山林？你是咋理解毛主席的指示的？好像他老人家也没说让知青在农村待一辈子，不能动弹！"郑文生不屑地说："嗨！要想动弹，也需做出成绩！上访和造反是达不到目的的。"脾气暴躁的贺德海忍不住了，腾地从炕上站起来，冲着郑文生说："当官不知民受苦，就会到处瞎诈唬！你要真是个言行一致的人，那就亲自到知青点儿受一受，估计到时候你就不说大话吹死牛了！"郑文生炝了，说："我在农村受苦的时候，你还没学会走路呢！"贺德海说："嘴说无凭，眼见为实。你还是和我们一块儿待上一年半载，才能让人相信。要是你实在忙得顾不上，把你儿子打发来也行！"郑文生翻着白眼，激愤起来，说："你说话怎这么能扒圪梁？我是来给你们做思想工作的，不是来接受你们批判和围攻的。"魏海说："做思想工作我们欢迎，但不能用假话、大话、空话糊弄人！想想你刚才说的话，哪一句和实际沾边儿？哪一句可信？纯粹是打官腔唱高调！你要是不改变态度，咱就是从明谈到黑，再由黑谈到明，也是空费嘴舌！"贺德海说："郑副主任，我给你唱个曲儿，是一个文人编写的，你肯定能听懂！"不等郑文生回答，贺德海就用漫瀚调唱道：

> 坐机关吃官饭舒舒服服，
> 谈玄的说虚的层层迷雾。
> 老百姓受疾苦视为无有，
> 天在上地在下老儿甭牛！

郑文生听得满脸通红，心想：老子大小也是个县级干部，不叫郑主任便罢了，怎竟然贬低成了"儿"？这等污辱岂能接受？于是一骨碌下了炕，踏拉上鞋就往门外走。刚走到门口，就听到脑后一阵笑声。他气极了，自言自语地骂道："真是一群圪泡！"骂声未落，右衣襟就被人扯住了，回头一看，是刚才唱歌儿的那个圪泡。啊呀！这小子真野蛮，二话不说就把个郑副主任推回屋里，质问道："你骂谁是圪泡？"郑文生突噜噜地转着眼珠说："我没骂。"贺德海说："你没骂？你当我是聋子，听不见？"郑文生一脸鄙夷地看着众人，说："你们不要给我造谣，放老实点儿！"贺德海大怒，一把将郑文生抱起来摔倒在炕上。魏海拉起一块大棉被，就势盖在了郑文生身上，连头脸都不露一点儿，紧接着四五个人按住了棉被的四角。郑文生在被子里乱蹬乱抓，呜哇乱叫，如同武大郎被潘金莲捂在了被窝里，挣扎了一分多钟。张树海说："行了，行了！这么大的个主任，小心捂坏了。"众人揭开被子，郑文生脸憋成个黑紫圪蛋，又羞又气，坐了起来，出溜一声下了炕，头也不掉地出门去了。脑后又是一片笑声。

下午上班后，郑文生蔫头耷脑地走进刘主任办公室。刘主任问："和知青座谈的情况怎么样了？"郑文生气极败坏地说："一群野人！听不进人话！另派人吧，我无能为力了！""一群娃娃就能把性子给打倒？去吧，慢慢地和他们讲道理，劝说他们回生产队。""啊呀，你不知道！那些小子比驴还野！我让他们满满儿欺侮了一上午，气得我胸口憋闷！""哦，那就让包副主任去吧。"郑文生如释重负，走出了主任办公室。

第二天早上九点钟，旗革委会副主任包志明来到招待所。知青到齐后，他开始讲话："我受旗革委会的委派，来和大家座谈。一年多来，组织上对知青确实关心不够，我代表旗革委会向大家表示歉意！但任何事物都要一分为二。农村怎么了，农村太重要了，能解决全国人民的吃饭问题！你们要安心在农村锻炼，不能整天想着进城找工作。革命只有分工的不同，没有高低贵贱之分。共产党的宗旨是为人民服务。当干部、当工人、当农民都是为人民服务。王国藩依靠三条驴腿子办起农业合作社，当上了全国劳模，进人民大会堂开了好几次会，毛主席还和他握手呢！王国福在大白楼公社当队长，别人都住上了新房，他到现在还住的破土屋，拉革命的车不松套，一直要拉到共产主义；李顺达在西沟村，带领村民搞水利，修梯田，经常顾不上吃午饭，肚子饿成个板忽塌，也没个怨言！在他的感召下，全村的姑娘决心修平十八座山，修不完不出嫁。这都是些英雄人物嘛！你们要向他们学习，农村是一个广阔的天地，在那里是大有可为的！"包志明讲完话后，掏出一支牡丹烟，擦着火柴点燃，得意地抽了起来，心想：我这一席话，符合辩证法，逻辑性很强，谁能说没道理！哈，没什么事，你们就讨论吧！突然，人堆里冒出一句话来："包副主任，你说了大半天，和昨天郑副主任是一个腔调，转来转去，认为知识青年一旦到了农村，这辈子也不要想改换工种！收起你的那一套说教吧！什么为人民服务？什么革命工作没有高低贵贱之分？漂亮话谁不会说？我们在乡下遇到了那么多困难，没法克服，你坐在办公室怎能知道？依我看，不如和我们一块儿锻炼上一年，曲一曲你的头子，估计就不会说便宜话了。"话音刚落，又有一人发言："包副主任！听你的意思，是想把别人都日哄成'革命的傻子'，不顾死活地受罪。而你们却堂而皇之地享乐，是不是？"接着又有人说："嗨，你凭良心说，我们有没有条件当农民？再当下去于国于民有没有利？三百六十行，谁规定我们只能干一行？我们只要求找个力所能及的稳定工作，有什么过分？请你再不要瞎磨牙说废话了，认真考虑知青们的要求吧！"包志明大睁着双眼，抖动着双唇，半天想不出一句合适的话来。只好掐息烟头，挪动屁股，准备溜走！魏海看出了他的心思，走上前说："包主任，这事儿是回避不了的，必须解决。"包志明为难地说："我解决不了。"李志强问："为什么？我们打听过了，旗里今年有五十多名安置指标！"包志明显得很无奈："那些指标已经用完了。""为什么不考虑知青？"包志明烦躁起来，仰头说："事情已经过去了，真没办法了。"高志远说："咋没办法？我们拉你去盟革委会上访，请上级组织来解决！"魏海说："行，让包副主任和我们一起上访。"众知青"呼"地一下全都站了起来，你推一把，我拉一下，将包志明拽出了招待所。包志明走三步，退两步，但戗不住知青人多，还是不断地向东挪去。到了汽车站门口，包志明一个马趴跌倒在地，张树海和李志强赶紧将他扶起。包志明绾起了裤腿，低头一看，两个圪膝盖碰破了，渗出了血。他一屁股坐在了石子坡上，说什么也不走了。贺德海说："包副主任，我背你走！"包志明摇了摇头，说："等我养好伤，再陪你们上访吧。"魏海无奈地说："好吧，过两天，你准定和我们走。"包志明点了点头。魏海搂着包志明的后腰，将他抱着站立起来。然后大家搀扶着他，回到了旗委大院。

## （七十九）

知青们开会，商讨下一步行动方案。张树海说："旗革委会领导是铁了心要把我们劝回去。怎么办？大家动动脑筋，看有没有别的出路。"周振林说："我有一个办法，不知行不行。"魏海问："什么办法？"周振林说："我哥是巴盟建设兵团的知青，那里条件好。部队建制，军事化管理。穿的是军装，吃的是大米白面。谈恋爱、找对象，只要不明着来，首长们也是睁一只眼，闭一只眼，红火着呢！就是劳动强度大一些，但那有什么呢？男人不怕受，女人不怕苦，我看不如让旗革委会给咱开个介绍信，去兵团联系一下，若能接纳咱们，就省下在这里和鬼生气。"大家笑了起来，李志强说："这是一条好路子，就怕走不通。"魏海说："怕什么？试着走，走不通再回来，咱又贴不了多少本钱。"张树海说："咱还能贴本钱？去和旗革委会说一下，旅差费让他们解决。"贺德海说："好！咱们马上去革委会找刘主任，说明情况，让他批钱。"众知青都觉得这是个好办法，就一起去了旗委大院。

刘主任批准了知青的要求，同意承担旅差费。魏海、张树海、周振林被推选为"加入兵团联系人"。魏海负总责，张树海和周振林副之。

从旗里出发时，魏海说："咱们饥饿已久，食量都大，如果不想办法，这点儿旅差费吃饭就能吃光。"张树海说："想什么办法，莫非咱们步行去巴盟？""嗨！不用步行。咱见汽车就拦，遇火车就上，住旅店等深更半夜再往屋里钻，一路白坐车白住店你说能省多少钱？""这账不用算，肯定能省不少钱！问题是要担风险！一旦叫人家给逮住了，咋解释，咋脱身？""你怎么这么个死心眼儿？就不会灵活点儿，嘴硬点儿。你俩一路听我的，说不定吃饭也不掏钱。"周振林嘿嘿地笑了起来，说："魏海说的有道理。十个饿狼，也啃不下咱没肉，谁见了咱也干瞪眼！"

三人站在大路口已经两个多小时了，没拦住一辆顺车。快中午时，魏海瞭见国营食堂门口有一辆卡车，三人返身走了过去，一看，是邮局的车。司机到哪儿去了？张树海走进了食堂，看见一个身穿邮局工作服的人正和端盘的服务员说话。服务员一边给那人倒水，一边说："师傅，你要去东胜？我马上给你上饭。"那人说："谢谢。"张树海明白了，这人是邮局的司机，忙着要去东胜。他走出食堂，对魏海和周振林说："邮车司机在里边等着吃饭，一会儿就要去东胜，怎么办？"魏海想了想，说："上车吧，咱们躺在马槽里等。"张树海和周振林都同意。于是，二话不说，跳进马槽里，躺在苫布上。不多时，司机走出食堂，来到车边。他挨着把轮胎检查了一遍，又爬到马槽上，向里张望。哟！躺着三个后生，这是怎么回事儿？于是大声呵斥："你们是什么人？想干什么，赶快下来！"三人隐藏不住，就坐了起来。魏海说："我们是下乡知青，没钱买车票，就上了您的车。"司机说："没钱买车票的人多的是，都上我的车，我还怎工作？少废话，快下车！"魏海央告道："东胜汽车大修厂要招工，今天下午体检，这机会要是错过了，我们就没有参加工作的机会了。师傅是个善心人，爱学雷锋，就拉上我们吧。"司机嗤笑道："你真会捣鬼！东胜满街待业青年都进不了大修厂，怎会舍近求远，跑到鄂左旗来招工？赶快往下走，我还忙着呢！"魏海听司机说忙，就微笑起来！干脆又躺在了车上。张树海和周振林也跟着躺了下来。司机急了，骂道："你们是流氓还是无赖？三个听不懂人话的牲口，老天爷白给你们搭了张人皮！纯粹是有人养无人教的活圪泡！"魏海把眼睛也闭上了，张树海和周振林掉过头，好像耳背，什么也没听见！司机看了看腕上的手表，叹了口气说："老子今天算是遇到泼皮了。"说完就跳下去，开了车门儿，发着了车，向东胜方向驶去。魏海哈哈大笑起来，张树海和周振林同时向他竖起了大拇指。走了一段路，司机放慢了速度，把头伸出驾驶室，骂道："你们三个圪泡不要高兴得太早了，等老子到了东胜再收拾你们。"接着加大油门儿，向东胜急驰。进了东胜城，在一条窄街道上，迎面来了几个骑自行车的男女，司机踩了刹车，停了下来。魏海等三人快速地爬了起来，刷刷地跳下了卡车。司机一看三人要跑，急忙跳下驾驶室追赶，可是人已跑远了，只能蹬蹄跺脚地叫骂一阵了事。

　　三人头也不回地一直跑到了包东公路上。累了，坐在了路边的高地上。嘀！货车一辆接一辆，都是去包头的车。三人轮流着给司机招手，示意要搭车。可司机们坐在驾驶室里，两眼平视前方，脑袋直得像个木偶人，根本无视路旁有人招手！下午两点多，三人还没吃一口饭，肚皮快要贴到后背上了。太阳也毒，晒得人脑门生疼。正在焦急时，周振林招手拦住了一辆车。司机和周振林家是邻居，摇下车窗玻璃问："你们去哪里？"周振林说："去包头。""那快上车吧！上面麻包里都是粮食，坐在上面注意安全。"三人高兴地爬到车上，汽车快速启动。下午五点钟，来到了伊盟办事处院内。司机开了一间房，独自进屋休息去了。三人谢过司机，来到了大街上。无方向无目的地乱转悠。

　　天黑了，三人返回办事处。魏海爬在厨房窗口向里张望，炊事员正在收拾碗盏。于是就走了进去，说："师傅，还有剩饭没有？"炊事员说："有，你们从哪儿来？""我们从鄂左旗来，是下乡知青，准备去建设兵团。""那就自己找碗筷盛饭吧。"魏海向身后两人招了下手，取了碗筷去盛饭。咦！肉炒粉条大米饭，太好了。三人风卷残云，把剩饭吃了个精光，每人又喝了一碗开水，肚子鼓胀起来，吃饱了。炊事员说："你们好像一天没吃饭？"魏海说："知青穷，一天就吃一顿饭。"说完，掏出一支太阳烟递给师傅，又擦着火给点着。

已经晚上十点钟了,去哪儿过夜呢?魏海说:"就在办事处找一间空房睡,公家单位,谁还管那么多!"三人在院内侦察了一遍,发现有三四间空房。张树海说:"我们住西拐角的那间吧,肯定没人住。"哈!这间房正好有三张床,躺在上边真舒服!脱衣服睡大觉吧,还客气什么!不多时,都进入了梦乡。

东方微亮,院内就有司机着车,马达声惊醒了张树海。他穿上衣服,叫醒了魏海和周振林,就忙着去洗头脸。洗漱完毕,眊见厨房热气腾腾。进去一看,炊事员熬了一大锅稀粥,蒸笼里是满满的一屉馒头。三人向炊事员笑了笑,炊事员说:"吃吧,别客气。"嘿!就爱听这话。魏海马上盛粥取馒头,周振林和张树海也不落后,坐在桌边美餐起来。

吃过早饭,三人来到火车站,仔细观看了路过临河的车次和到站时刻。察看了火车站四周的围墙和大小进出门。魏海指着东墙说:"你们看,那里有半个豁口,纵身就能翻进去。十点十五分有一趟北京开往兰州的火车,我们提前五分钟翻进去,瞅空跳上车。"周振林说:"列车员查票怎么办?"魏海生气地说:"你是死人?看见查票就往开躲,警惕性高点儿。"

十点十分,魏海从豁口率先翻了进去,张树海和周振林随后翻进。嘿!第九车检票的人员见没人上车了,就到旁边的货车买小零吃去了。说时迟,那时快,三人像狸猫一样蹿到了车上。为了躲避检查,分别走在不同的车厢。不一会儿,车就开动了。五分钟后,列车员开始查票,张树海乘列车员不注意,躲进了厕所,解开裤子,在坑上蹲了七八分钟,然后才走了出来,朝车厢里一望,列车员走得无影无踪。

临河车站到了!张树海下了车,在站台上东张西望。那两人去哪儿了?敢不是被列车员关起来了吧?哈!没事,那两小子相跟上朝自己走来了,都微笑着。走近了,魏海问:"火车进站时我就看好了,西墙边有一个小门开着,我们走出去就是了。"不多时,小门就出现在眼前,魏海加快脚步,二人后面紧跟,如同三个忽闪婆,飘出了站台。

巴盟的烩菜做得好,和伊盟一个味儿!豆腐、土豆、白菜烧猪肉还有肉丸子!魏海的肠胃恢复得真快,忽里隆通吃了四碗米饭烩菜,张树海和周振林各吃了三碗,吃得满嘴流油,容光焕发。饭后,在长途汽车站的长条椅子上睡了一觉。下午四点多钟,来到农贸市场。噢!这就是河套平原的物产!新鲜的大白菜卷得顶瓷,一颗就有十来斤。西红柿红的一车,黄的一堆,一斤才三分钱。华莱士①异香扑鼻，吃完一颗，你肯定还想往开打第二颗。东面还挂着一个长条幅，红底白字写着"欢度第六个华莱士节"。西瓜、香瓜从东摆到西，保沙保甜。还有三白西瓜，白籽白瓤白皮，吃一口，能从舌尖儿甜到后嗓子眼儿！芹菜青椒土豆萝卜芋头大葱应有尽有。苹果雪梨每斤才两毛钱。饭馆也不少！牛肉、猪肉、羊肉、羊杂碎摆满案头，炖炒烩随你便。白面条子、荞面饸饹葫油炸糕大白馒头新糜米焖饭绿豆粉条，要想尝遍，你需要住半个月。魏海一边走，一边看，不断地咽口水。张树海是管钱的，见魏海那个馋样，就掏出五毛钱来，买了一颗大华莱士，三人品尝了一顿。

晚饭后，三人返回汽车站，坐在长条椅子上闭目养神。快十二点钟时，来到西街头一家国营旅馆。营业室有一个女服务员，正趴在桌子上打瞌睡。魏海领头，二人紧跟，蹑手蹑脚来到客房前。嘿！有好几间空屋子，进屋吧！不能开灯，悄悄地脱衣、慢慢地上床，睡觉了。

凌晨，张树海睡得正香，突然被魏海推醒了。哦！不能睡了，等天亮了，就被旅馆服务员发觉了！赶快穿衣，开门溜出。出了大门，服务室的灯还黑死漆，谁也不知道半夜住进来三个不速之客！

早晨八点钟，魏海、张树海、周振林就来到了建设兵团司令部。站岗的战士迈着正步走了过来，立正敬礼，问："你们有什么事？"魏海说："我们找司令员或者政委，有事联系。"说完，从上衣兜里掏出鄂左旗开具的介绍信。战士看完介绍信，说："你们到传达室登记吧。"三人走进传达室，作了登记。工作人员说："你们稍等，我向首长汇报。"不一会儿，工作人员返了回来，说："首长让你们去办公室。"说完，就领着三人来到后院的一间大正房里。工作人员先进屋，向首长敬礼后，把介绍信双手递了过去。首长是一位五十岁上下的老军人，扫帚眉，大环眼，短头发，长耳朵。接过介绍信，凑近离远都看不见。没办法，戴上了眼镜，细看了两遍。然后摘下眼镜，说："不好办哪！兵团今年没有接到扩编的命令，所以不能招收新的兵团战士。"魏海急了，站起身来给首长鞠了三躬，张树海和周振林照样给首长行了礼。魏海说："首长，您是司令，还能作不了三十多个招兵的主？只要您签个字，我们不就成了您的新兵了吗？我们能吃苦，又忠心，身体十分健康，决不会给您丢脸的，您就放心吧！"首长哈哈大笑起来，声震屋瓦。然后收敛了笑容，说："建设兵团虽不比野战军管得严，但也是有组织有纪律的一支部队，哪能随便招兵！你们就不要幻想了，今年肯定不扩兵。你们如果有诚心，咱互相留

---

① 类似哈密瓜的一种水果。

下个联系方式,等明年秋季以后,看有没有机会。若有机会,我优先考虑你们。"魏海三人失望地坐在沙发上,停了一会儿,魏海说:"谢谢首长。为了以后能来兵团,请首长给我们个联系方式吧。"首长痛快地拿起笔来,写下了联系方式,并依照鄂左旗开来的介绍信,记下了新召知青的详细地址。然后看着三人,三人明白是送客的意思,就站了起来,又给首长行了礼,然后退出首长办公室。

出了兵团司令部,周振林说:"到兵团的事已经黄了,下一步怎么办?"张树海说:"回鄂左旗吧。回去再到旗革委会上访,谈判。"魏海说:"要是上访谈判没有希望呢?"张树海说:"假如这次上访没有立即见效,但肯定地说,新召知青的问题已经给旗委摆在了面前,他们若是再有招工的指标,绝对不敢忘了咱。新召知青返城工作的事,一定会加速解决。这就是我们这次上访的作用。"魏海给张树海竖起了大拇指,说:"你有眼光,说在刃头上了!"

魏海说:"赶快到火车站吧,早点儿到包头,往回返。"三人好运气!刚到火车站,就瞅了一个机会,混进了站台。不到半个小时,一列从西到东的火车就进站了。三人依照前法,跳上火车,东躲西藏。下午两点多钟,就来到了伊盟驻包办事处。院内停一辆东胜物资局的货车。张树海给司机买了一盒"海河"烟,司机答应拉三人去东胜,但需要下午四点半以后才能起身。周振林说:"等着吧。咱先到空房里睡一觉。"

下午五点钟,司机才将车开出办事处大院。三人坐在后马槽的木料上,一路颠簸。差不多八点多钟才到了东胜。谢过了司机,吃过晚饭,来到服务大楼已是十点多钟。在登记室门口,魏海拉了一把张树海,说:"给你们两人登记吧,我就不用登记了,混着住吧。"张树海点头会意,去窗口缴了住宿费,领了绿皮子住宿证,就上楼寻找房间和床位。那是五号房间,里面有五支床,已经住下两人。张树海和周振林在空着的床上脱衣睡觉。不多时,听到房门"吱"地响了一声,有人轻手轻脚地走进屋来。张树海借着月光,仔细观看,是魏海!这小子是个夜猫子,晚上能看得清,端端儿地走到一支空床前,脱衣上了床,睡觉了。十二点多,有个四十多岁的女服务员敲门拉灯,吼喊着要查房。张树海和周振林把登记室发给的绿色塑料卡放在枕头旁,服务员看了一眼,就走过去了。查到魏海时,发现没有绿卡,就叫喊起来:"你没登记?快起来,你叫什么名字?"魏海揉了揉眼睛,说:"怎么没登记?我叫张树海!""既然登记了,为什么没绿卡?""你没给我!叫喊什么!""那你快点到服务室核对一下。""行,我马上就来。"魏海不慌不忙地穿上了衣服，到了楼下服务室窗口。女服务员核对："你叫什么名字？""刚告诉你，你就忘了？糊里糊涂还当服务员？""啊！你是告诉过我，我忘了！叫什么来着？"魏海戗道："张树海！张树海！张树海！"女服务员被魏海喊得脚忙手乱，翻了半天登记簿，才找到了张树海，红着脸说："我没给你绿卡？"魏海生气地说："你给了我，我还能不拿出来？那东西能吃还是能喝？""你这人脾气怎么这么暴躁？吃上炸药了？"魏海气愤地拍了下桌子，说："我没吃上炸药，是你脑子进水了！"女服务员也生气了，说："你想住就住，不想住把钱退给你，到别的地方去住。"魏海更生气了，说："不住了，把钱退给我。"服务员二话不说，拉开抽屉就扔出两块二角钱。魏海拿起钱，掉头就走。

第二天早晨七点钟，张树海和周振林到服务台去缴住宿卡。女服务员打开登记簿，嘴里念叨："五号房间五张床，能住五个人。啊呀！咋登记簿上只有四个人？半夜走那个人叫什么来着？又想不起来了！是不是那坨泡干脆没登记？"周振林拉了一下张树海，二人掉头走出去。走了不到五十米，看见魏海在前面路边上招手。张树海走过去，问："你昨天晚上去哪儿了？"魏海说："那个女服务员是个糊涂涂，翻不转。硬给了我两块两毛钱，逼我另找住处。我就去前面车马店住了一晚。""车马店住一晚多少钱？""不贵，两毛钱。""那你昨天晚上还挣了两块钱？"魏海"扑哧"笑了起来，说："我请你俩喝粉汤吃包子。"

## （八十）

魏海他们从临河回来了！知青们把三人团团围住，打听去建设兵团的消息。魏海说："唉，没什么好消息！"吴来志问："咋地了？兵团不要咱？还是你们不会办事，把好事给搞砸了？"魏海看了大伙一眼，说："兵团司令员我们都见着了。可司令员说，兵团今年不扩编。明年如果扩编，再优先考虑咱们。他把联系方式和咱们相互记录了。不信？这张纸条就是司令员亲自写的，你们看。"吴来志接过字条，见上面写着：北京军区内蒙古生产建设兵团司令部，联系电话……大家都凑过来看，贺德海泄气地说："这是空头支票！等明年？明年要是再不扩编，等后年？三、六、九没日子！这都是画饼充饥，望梅止渴！"李志强说："走一步退一步等于没走，闹来闹去希望没有。"解志强自当上副总指挥，一直是个聋子耳朵，不言不语，甚事不管。现在他发言了：

"我们的上访,已到了最困难的时候。越是困难,越要咬紧牙关坚持住。做最后的拼搏吧,说不定还有一线希望。"李志强说:"老解说得对!哪怕只有百分之一的希望,我们也要去争取。道路是曲折的,前途迟早是光明的。我建议,明天早晨七点半,准时在旗革委会门口集合,拦截领导,让他们解决问题。"魏海说:"行,做最后的努力吧。"大家互相看着,没有不同意见。

离上班还有二十分钟,三十多名知青就聚集在了旗革委会大门口。每个人都瞪大了眼睛,观察着上班的领导,生怕他们混在人群溜了过去。七点二十二分的时候,有一辆崭新的草绿色212吉普车开了过来。魏海给众人招了招手,就迎了上去。乔喜才和吴来志越过魏海,抢先扑向车头,张开双臂,作拦车状。吉普车立即停了下来。司机副座上走下一名年轻的解放军战士,说:"这是旗军管会主任高政委的车,立即让开!首长要上班。"乔喜才和吴来志笑了,说:"这就对了,请首长下车,我们有冤要诉。"解放军战士说:"有什么问题,你们可以派代表到办公室谈,现在不许拦车,立即让开!"乔喜才上下打量了一下青年战士,轻蔑地说:"你只是个当兵的,请你让开,我们要见首长!"青年战士生气了,伸出手来,想推开乔喜才和吴来志,众知青见状,七嘴八舌地大喊起来,把个吉普车包围了!正当双方僵持不下时,车后门开了,走下一位五十岁左右的老军人。他看了看大家,严肃地说:"你们是什么人?有什么事?"魏海跨前一步,说:"我们是新召上访的插队知青。在农村已经待了一年多了。我们没有在农村安家落户的条件,少吃没穿,身无分文,不如社会上的流浪汉!一年多来,旗里的大小领导没有看望过我们一次,根本不管我们的死活。知青们被逼无奈,只好上访。有两位领导接见了我们,可是尽说些没边没沿的空话、假话、大话,没有一点儿诚意和同情心。我们有苦无处诉,有怨无处申,只好抢在上班前,在这拦截领导,希望碰见一个能替知青做主的清官。"老军人听了魏海的一席话,皱起了眉头,稍停,说:"我叫高青山,是新来的军管会主任。我会立即过问你们的事情,开会研究后答复你们,好吗?"魏海和李志强、张树海商量了一下,觉得高政委说得在理,正准备劝说大家让路,谁知乔喜才突然大喊:"不好!你和以前接见我们的那两人一个样,谁能信你的话?"高政委大吃一惊,没想到面前站着这么个愣头青!他反问:"那你信谁的话?你想怎么办?""我信党的话,我要领你去盟革委会上访!""领我去上访?你还想干什么?""还想造你的反!"高政委大怒,呵斥道:"不识天高地厚!什么反你也敢造?赶快让道,不然后果自负!"说完就上了汽车,使劲关上了车门。青年战士怒视着乔喜才。张树海一把将他拉开,众人让开一条道,看着吉普车进了革委会大院。

三天后，包志明来招待所传达了常委会对知青问题的决定，还是老一套！大道理不厌其烦，具体问题泛泛而谈，核心是劝知青们立即返乡，安心生产。

知青们幻想破灭，希望粉碎！消沉、失意、落魄、急躁、冒险的情绪回荡心间。纪律？影响？滚到一边去吧！道德也是一种说教，是有权有势有钱的人对别人的制约！信仰？哈哈，前途未卜，还侈谈看不见、摸不着的东西，精神失常了？

招待所把知青们归并在几个大房间里居住。一面炕上最少睡十个人，和旧社会给地主扛长工的农民一个样。白天攒在一块儿倒是红火，可晚上就不行了。这个要看书，那个要拉话，十二点以后还不得安静。又有人要下棋，凌晨四点钟还吵嚷着能不能悔一步。有的爱说梦话，有的鼾声如雷，有的一吵就醒。还有梦游的，半夜就下地乱串，醒来什么也不知道。形形色色，各具奇态！这怎么能睡在一起？于是，一到晚上十点钟以后，知青们都溜进了双人房间，睡得挺美！尿紧了，开门就射！反正外面是沙地，一会儿就渗了。可是白天看去，地皮上就显现出一泡又一泡的湿卜滩，很不雅。招待所的老许挨着房间往出撵人，可是前屋撵出去，后屋又进了人。这么多的知青，一个死老汉哪里能撵得过来！老许气得直叫唤："我把□□□那个大大，纯粹是养不下强揪下的坏种子嘛！"知青们不和他吵，也不和他恼，掩嘴直是个笑！女服务员李桂兰说："你再想个别的办法吧！老办法不顶事了！"老许叹了口气说："还有什么办法？莫非在屁子上灸上两艾？"李桂兰笑得弯下腰来，说："许叔，你还是个医生？"老许撅着八字胡，气哼哼地走了。

白天，知青们爱在街上圪转。街头巷尾，车站旅店，商铺饭馆，学校邻里，哪儿都去！三三两两走在大街上，嘴里噙着根儿香烟，喷着烟圈儿，说着浑话，深一脚浅一脚地，像喝醉了酒！老年人们坐在街边拉话，看不惯这些个样儿，说："你看看□□□那个大大，什么德行！"知青们不管他们的议论，好像什么也没听见。一天中午，高志远、李德明和贺德海进国营食堂吃饭，每人喝了一碗九分钱的豆腐汤，然后就喝开水，坐下不走。两个女服务员撵了好几次，说："你们要是不吃饭，把桌凳腾开来。"贺德海说："我们一会儿还要吃。"过了半小时，三人还是拉闲话，喝开水。服务员就又来催了，说："你们究竟是要吃甚？快点儿点。"高志远说："吃甚不吃甚我决定，你能管得着？"服务员说："看你们也不像个吃饭的，赶快走！"贺德海恼了，说："你怎说话和嚷架一样？"高志远说："你们咋见了顾客就像敌人一样？"李德明笑道："你们姑娘咋和媳妇一样？"两个服务员气极了，跑进里屋找经理。经理忙着走出来，桌凳上已经没人了。追到街上眊瞭，那三个混账货已走得老远了，只看见三颗摇晃的后脑勺。

乔喜才的姑舅哥李四仁给旗武装部种菜。见乔喜才闲着无聊，就说："已经深秋时间了，一年一度的征兵工作就要开始，你不想当兵？"乔喜才说："想，怎么不想？""你要真想当兵，就跟我去武装部打听一下，看今年什么时候报名，有些什么手续？"乔喜才高兴地说："啊呀呀，我今天才算真有体验了，'亲不过个姑舅，香不过个猪肉'，还是哥关心我！"两人说笑着，就到了武装部。门卫认得李四仁，微笑着让他俩走进去。两人直接进了征兵办公室。参谋段得明让俩人坐定，问："你们有事？"李四仁说："我这个弟弟想当兵，来咨询一下。"段参谋说："征兵工作还没开始呢。""什么时候开始？""大概十一月中旬。""到时候，你把我这个兄弟照顾一下。""我照顾不了，需要本人条件硬才行。""嗨！这就对了！我这个兄弟条件可硬了。干什么都速度快。比如说吃饭，别人吃进一碗饭的时候，他早已经三碗饭下肚了，只等着站队出发。"段参谋奇怪地问："老百姓怎能吃饭那么快？""嗨！你不知道，他是个知青，十个人在一个锅上吃混食。谁要是吃得慢了，就得整天挨饿。经过半年多的锻炼，功夫就炼成了。"段参谋笑道："光吃饭快，也不见得够条件。"李四仁拍了一下大腿，说："就是嘛！我兄弟还有本事呢。""什么本事？""跑得快！有一次他去社员家房后面，猛不防窜出一条大黑狗，张牙舞爪扑过来。我兄弟扭头就跑，狗在后面猛追。我兄弟跑哪儿，狗追在哪儿。我兄弟急中生智，跑下河滩，狗紧追不舍。在一个淖泥滩上，我兄弟'啪啪啪'地闪了过去，那狗痴得不知道，没跑几步，就陷进泥潭出不来了。从此，社员们都叫我兄弟'泥上飞'。""那狗后来是怎么出来的？""狗主人吆喝了好几个人，才把它从泥淖里拉出来。""你兄弟去人家房后干什么？""嗨！知青断粮了，饿得慌，想拔人家萝卜吃，谁知就跑出个扑死鬼狗子来。"段参谋一阵大笑。

笑声引进一个人来，啊呀！是高政委。李四仁和乔喜才一齐站了起来，面向政委；李四仁举起右手，立正，行了个军礼！乔喜才把腰弯了九十度，行了个鞠躬礼。高政委仔细观察了一下二人的长相，指着乔喜才说："你不就是那天早晨拦我车、造我反的知青吗？"乔喜才脸红低头不言语。高政委问："你们有什么事？"李四仁说："他想当兵。""想当兵？那要先改造思想，不然不能要！"高政委说完话，大步走了出去。三人面面相觑。

吴来志家里喂一口大猪，娘说："你们那么多人在招待所吃饭，每天刷锅洗碗剩饭剩菜肯定不少。你把咱家的铁桶提上，一天舀回一桶泔水来。"吴来志说："妈，没问题。"

炊事员曲怀礼家里也喂猪，每天用个大笊篱在泔水桶里捞稠的，然后再把上面的油撇上一些，下班时提回家中。可这两天日怪了！拿着笊篱捞半天，也没捞出多少稠货来。泔水上面飘的油也少多了。什么原因？老曲存了个心眼，注意观察，嘿！原来是吴海山的大小子给捞走了！这小子，真会瞅空子！每次都是等着大师傅们倒完泔水，擦洗桌子和清扫地面时，迅速走过来捞稠的，撇油水。大笊篱是老曲的，他拿起来就用，有理霸分！老曲怒了，冲出门外，上去就夺大笊篱。吴来志抬头一看，是老曲！脸红脖子粗，抢泔水！他向后一退，老曲扑了个空。老曲操起舀泔水的大木勺，二次冲了过来。吴来志急了，举起笊篱，盖在了老曲的头顶。霎时间老曲满头满脸都是泔水烂菜和米颗子。老曲抖了一下身子，摇了一下脑袋，举起木勺，"啪"的一声，刮在了吴来志的额头上，接着举勺又打将来，吴来志躲闪不及，脸蛋和耳朵被猛刮了一下，疼痛难忍！吴来志突然看见脚底下有一把活牙露齿的烂菜刀，他不顾脑袋挨第三次击打，弯腰拣起烂菜刀，扔向老曲的脚梁面。老曲左脚梁面上顿时流出血来。这时，另两名大师傅跑了出来。吴来志一看不妙，扔下泔水桶拔腿就跑。两名大师傅随后紧追。吴来志跑进菜地里，两个大师傅包抄过来。旁边有一个厕所，立着一把长柄的掏粪茅勺，其中一个大师傅顺手拉起茅勺，照着吴来志的脑袋扣将下来，吴来志转身就跑，但茅勺已扣在吴来志的后脊梁上，倒上厚厚的一层粪水。吴来志什么也不顾了，没命地向东蹿去，爬上了墙头，正要跳下去，屁股又挨了一茅勺。吴来志扑通一声，跌在墙外，一个驴打滚，躲过了第三勺。然后爬起身来，以百公尺赛跑的速度，向东逃走。两名大师傅见他跑远了，就返回身去找老曲。老曲坐在地上，不能走路。一名大师傅背起老曲，走向医院，另一名大师傅将吴来志的泔水桶没收回厨房，然后清理现场。

晚饭时，知青们在餐厅敲着碗筷要吃饭。管理员陈树树一把推开打饭的小窗户，大声呵斥："别敲了！大师傅的脚梁面也被你们砍烂了，还想吃饭？招待所食堂停伙半个月，再不要来了。"魏海走上前，说："那是他们两个人抢泔水打架，与我们有什么关系？"陈树树说："看你们也有二十岁了，怎么一点道理也不懂？毛主席还说大师傅不好惹！你们有多大大点儿能耐，敢和大师傅打架？别人拿你们不好办，我们看你们就是一群嫩羔子！懂吗？"陈树树眼睛都红了，气势汹汹。炊事员夏贵财扑了过来，大声呵斥："你们赶快回去吧，贼娃子告状，只输不赢，听说过吗？"魏海咬牙瞪眼，想和夏贵财吵架，被张树海和李志强拉出了门外，接着所有的人都走了出来。

炊事员罢工后，家在旗所在地的人每天回家吃饭。家住外地的人，在饭馆买的吃了两天饭，兜里就没钱了，只好背包回了老家。只剩十几个人住在招待所，下棋打扑克，消磨时日。一天夜里，吴来志悄悄溜进招待所，嬉皮笑脸地走进知青屋子。大家抬头看了他一眼，都不愿理他，继续玩扑克下象棋。吴来志耐不得寂寞，替贺德海看棋，一会儿叫喊跳马，一会儿指挥攻卒，不到两分钟，贺德海就被魏海给将死了。贺德海把棋坨一扔，骂吴来志："乌鸦嘴，能不能少说两句？一会儿让老曲听到了，还不给你灌汫水？"吴来志警觉地向窗外眄了一眼，外面黑洞洞的，什么也没有，就手舞足蹈地回去了。

  旗军管会在大礼堂召开全旗三级干部会议。张开关、杜开富、李寿荣都来开会。军管会主任高青山作了两个多小时的报告。提到知青上访一事时，气愤地说："知识青年上山下乡，是毛主席的号召，国家的安排，必须贯彻执行。企图用上访、造反的方式进行抵制是错误的！无理要求坚决不能答应。什么时候给知青安排工作？那要等青年们思想改造好了，国家建设也需要时才能决定。上个星期，一个瘦小个儿知青竟然跑到武装部要求参军，我再申明一遍：像你现在这个样子，部队不需要！散会后，新召的同志把所有的知青统统给我带回去，不许在招待所滞留！"

  无边落木萧萧下，不尽秋水滚滚来！知青们每人背一个包裹，情绪低落，意志消沉，跟着支书张开关等人，坐在55型大拖拉机上，向新召驶去。张开关打破沉闷，说："你们对这次上访有什么感想？"李志强叹了口气说："失败了，还能咋想？先凑合着活吧。"张开关笑了，说："我不这么认为。表面上看，上访失败了。但从实质上看，不但没失败，反而胜利了！为什么？假如没有这次上访，领导们能知道你们有那么多困难？能知道你们有找工作的强烈愿望？能知道你们不甘心逆来顺受？他们以前高高在上，什么也不知道！这次醒悟了！上访给他们敲了警钟！这个钟敲得及时，敲得响亮！领导们以后做事，还敢无视知青的存在？不可能。我断言，以后旗里有了招工、招干、上学的指标，肯定有知青的份儿。你们将来都要走出新召去各个行业上做事，还能做大事！人活在世上，谁不遇挫折？关键是在挫折后不能倒下。只要不倒下，就一定有前途，一定能活出个人样儿来！"张开关的一席话，如同一服醒脑灵药！知青们抬起头来，脸上泛出了活色。魏海说："张支书，我还以为你没念几年书，知识不多。没想到，你看问题的眼光那么敏锐，分析问题这么深刻，你是实践有真知，真正的学问家！旗革委会有些领导，只知道上传下达，照本宣科，说大话，放空炮，糊弄人。提起实际工作就变成了稀松软蛋！我算把他们的骨头都看穿了。"张开关笑道："你也不能这么说！人家毕竟文化高，理解能力强。"贺德海说："强个屁！再让他们念上十年书，还是满脑子糨糊！人有本事没本事，关键是在实际中学习，社会才是真正的大学。"张开关竖起了大拇指，夸赞道："德海见解高！"

## （八十一）

深夜开始下雨，天亮还不见停。早饭后，吴来志和高志远想出去溜达，一开门，呀，瑟瑟秋风，寒意袭人。老天爷也真没意思，现在都十一月份了，地里连一苗庄稼都不长了，才开始接二连三地下雨了！一场秋雨一场寒！不出去了，家里面暖和。高志远对吴来志说："不串门了，咱去张树海屋里，谝拉一会儿。"

高志远推开屋门，哈！肖晓、周振林和李德明早已躺在炕上，正和魏海、张树海神吹呢！吴来志就爱瞎侃，笑道："有人叫咱知识青年，也有人叫咱新式农民，今天咱城乡结合，粗细搭配，搞一个文化笑话大杂烩，几位以为如何？"高志远拍起掌来，说："行，丰富一下咱的文化生活，顺便刺激一下神经！"魏海笑了起来，说："那咱就每人讲一个笑话，笑不起来不算数。"肖晓说："好，谁先来？"李德明自告奋勇，说："我先来！从前，神树湾有一个杨老财，生有三子一女，女儿翠莲最小，视为掌上珍宝。老财决心要给翠莲找一个门当户对的有钱人家。可是附近的村民都不如老财有钱，登门说媒的都被他怼了回去。后来，府谷老高川来了一个媒婆子，说他们那里有个李百万，大儿名叫李理，听说杨老财家有千金，特来说媒。老财心里一动：李百万？如雷贯耳，人也见过，家大富豪，财产远近无比。可是他儿子名叫李理，不好听！再没名字叫啦，把个姓叠起来起名？媒婆笑了，说这是个好名字，你没听说过曹操？脸白白的，走一步一个计策。老财说，曹操是个奸臣！媒婆说，李理不奸，可厚道了，自学会说话，也没捣过个鬼。老财十分满意，很快就将翠莲嫁给李理。翠莲回门时，李理坐在了当炕上，一本正经地说，外父家有钱，桌子还是檀木的！老财赞许地看了他一眼，觉得女婿好眼力。李理得意起来，四下里观察，发现外母的臀部一摇一摆，十分有趣。又逗能说，外父你好福气，外母的屁股也是檀木的！外父皱起了眉头。一会儿，外母觉得肚皮痒痒，撩起衣襟捉出一个虱子。李理眼尖，忙说，外母的虱子好大呀，用不了一年，能长成个牛！外母'扑哧'一声笑了起来，不小心崩出个响屁。李理夸赞道，外母这个屁，过几天能长成个炮！"大家一阵大笑。吴来志说："这个故事有现实意义。现在的家长们，千方百计地把闺女嫁给有权有势有工作的人家。可那些人家的子弟往往不是傻大头,就是臭流氓,哪比得上咱寒门走出的贵子?"魏海说:"理论不联系实际。我给大家讲一个吧。有一个和尚,爱上一个尼姑。可是寺院清规戒律多,和尚一直没有得手。若干年后,尼姑老死了。老和尚情思不断,偷偷将老姑子的阴户割了下来,扣在钵盂下面。念一会儿经,就不由得揭开来看一看,直到阴户晾干。小和尚觉得奇怪,乘老和尚出恭时,揭开钵盂,噢!一块干肉,好馋哪,忍不住吃进肚里。可吃完后又担心老和尚发现。正惶恐时,寺内飞进一只麻雀,小和尚脱下布袍,将麻雀扣住,迅速放进钵盂下面。老和尚回来了,闭眼念了一会儿经后,凡心又作乱,不由将钵盂再掀起。啊呀,吓死老衲了!飞出个黑乎乎的东西来,一直飞出寺门外!出家几十年,经文念千遍,没想到干屄能飞上天!"大家一阵失笑。肖晓说:"这个故事能映照在李志伟身上。李玉英都走了多长时间了,他还怀揣着人家的相片儿,没事儿就观看,和那老和尚一样痴情!咱们讲故事,他也不来听,说不定又躲在屋里单相思呢!"周振林说:"我讲一个吧。也不知哪朝哪代,出了一个色魔帝王,不分时间场合,随时临幸嫔妃。一日,色王在太监宫女们的陪伴下来到御花园。突然性起,等不及回宫,就将一个宫女按倒在地。领班太监见状,忙趴倒在地,让宫女仰面朝天躺在自己的背上。色王大喜,一连临幸了宫女两回。每一次完了,都要问宫女有感觉没有?宫女说没感觉。等第三遍完事后,宫女仍说没感觉。色王大怒:已经三遍了,还没感觉,莫不是你欺本王没有力量?正在恼怒时,爬在宫女背下的领班太监说话了:'告陛下!您的圣水都注射进奴才的肛门里去了。'"室内哄然大笑。高志远说:"这个故事也能与现实挂钩。听说巴盟建设兵团的司令员,凭借职权,奸污了六十多个女战士。现在已经正式蹲了大狱。"接下来,其他人又每人讲述了一个故事。笑过一阵后,才半前晌,还早着呢!再讲吧,货尽了。肖晓说:"咱也不能光讲浑话,来点儿文雅的,不要辱没了咱知青的称号。"张树海说:"好,你出题吧。"肖晓说:"一人一张纸,一支笔,默写古诗词,多写者为胜。"张树海说:"请女同学们也参与,人多红火。"吴来志闻听,开门去通知女知青们去了。不一会儿,大家就开始默写。八男三女,搜索枯肠,把小学到中学以及平时自学的诗词,全都写在了纸上。默写数量最少的是三个女知青和李志伟,只写了十几首就停笔了。肖晓写了二十三首后停住了。看见张树海还嚓嚓地写个不停,心中焦急,不断地用手挠后脑壳,可怎么也想不起来了,只好撂下笔。又过了半个多小时,张树海搁笔抬头,说:"不写了,好累!"周振林凑过去一看,妈妈呀!整整写了七大张!挨个儿一数,共有一百八十六首!吴来志不服,肖晓不信!哪能写出这么多，里面肯定有假！于是接过纸张，细细研读。嘿！不好鉴别，有些诗词课文上根本没有，哪儿来的？如"千山万壑不辞劳，远看方知出处高。溪间岂能留得住，终归大海作波涛。"是不是哪个语文老师写的，现在冒充古诗词？吴来志用手指了指，问："这是谁写的？"张树海笑了，说："这是唐宣宗李忱的黄檗山《观瀑布联句》。"肖晓又指着一首问："这是何人所作？"张树海答："这是清人严遂成的《三垂岗》。""这一首呢？""岳飞的《小重山》。""唐诗三百首最后一首是什么？""劝君莫惜金缕衣，劝君惜取少年时。花开堪折直须折，莫待无花空折枝。"肖晓和吴来志大骇！魏海问："树海，我见你经常捏着本书念念有词，原来是背古诗词？""嗨！这有什么，两天背一首，一年还一百八十多首呢！"周振林说："树海的水平我听说过，全年级头名状元。他写的散文《最兴奋的时刻》，是描述一九六四年十月十六日我国第一颗原子弹爆炸时的激动心情，不但全语文组老师围着研读，后来还选入全国《中学生优秀作文选》里面。就写作能力来说，咱旗一中的学生无人可及。"吴来志说："行啦，行啦！默写诗词张树海胜出，咱再比毛笔字吧。"说完，就拿起纸笔。肖晓说："我连毛笔也没提过几次，哪里会写？"其他人也都摆手。吴来志说："你们都是瞎货！连大字报也没写过？看我的。"说完，打开墨盒，拿起毛笔，蘸满墨汁，认真地书写了"下乡知青"四个字。大家围过来一看，纯粹是初学者，乱涂鸦嘛！周振林夺过毛笔，递给张树海。张树海把笔在墨盒上淡了淡，屏声静气写下"读书耕田"四个大字，工工整整，笔力雄健。魏海评论道："张树海的毛笔字，旗一中的师生加在一起，最多有三四个人能赶上。"吴来志说："咱比比钢笔字。"说完，就在纸上写了两行字。然后将笔递给张树海。张树海也写下两行字。几人观看良久，说："这两人的钢笔字差不多。"吴来志笑了起来。

　　屋外的雨还在下着。刘宝维没去大队。闲不住，出来串门儿，离老远，就听到了知青屋里有嬉笑吵闹声。走过去推门一看，一屋子知青。魏海说："刘会计，快进屋。"刘宝维问："红火热闹，有高兴事儿？"高志远说："我们正在比赛文化知识。""你们都是文化人，能比出多少高低？""嗨！差距大着呢。张树海一口气能写出近二百首古诗词，我们加起来也没写过他一个人。"刘宝维看了一眼张树海，说："啊呀！我怎么把你给忘了？我有救了。"树海说："出什么事了，要救你？""前十来天，公社接到旗革委会通知，说十二月初旗里要召开农业学大寨会议。公社决定新召大队带典型材料参加，宣传干事老魏给咱写了《牤牛河畔唱凯歌》的材料，拿去让赵书记审阅，赵书记看了不到一半就火了，说材料写得全是套话空话，没一点儿实际内容，重写！

老魏犯愁了，买了一条牡丹烟去求秘书王云生。王云生费了两天时间，写了《毛主席是新召人心中的红太阳》，材料交给老魏，老魏递给赵书记，赵书记越看脸越黑，发话再重写！老魏没招了，跑来让新召大队自己写，并把任务就落在了我头上。我想了三天，没写出一个字来。哈哈，好时气！张树海，你写吧！"张树海笑道："黄钟毁弃，瓦釜雷鸣。走投无路，想起知青？"刘宝维说："你说些甚？文绉绉的让人听不懂。"吴来志也不解，说："把那几个字写出来，我看看。"张树海拿起笔写在了纸上，肖晓立即取出成语词典查阅，不一会儿就念道："黄钟，古代音乐十二律之一，音调最为洪亮。瓦釜，泥土烧成的锅，音调最为低沉。比喻有才德的人被弃置不用，而无才德的平庸之辈却居于高位，喧嚣一时。"高志远恍然大悟，说："明白了！意思是说，放下千里马不用，尽用了些灰毛驴。"刘宝维瞪了高志远一眼，高志远觉得失口，连忙道歉："对不起，对不起！我不是针对你。"大家笑得眼泪抛洒。

张树海按照刘宝维的吩咐，用了不到三天的时间，写出了《三战苏会沟，亩产过长江》的典型材料，篇幅长达一万六千多字。文章内容丰富，既反映了几任领导班子的正确领导和勇担责任的无畏精神，也详细介绍了劳动模范张进财、王三要、李秀娥、李二宝以及为水利工程献身的李禄则的感人事迹。有理有据地用数据说明了新召大队旱田变水田，亩产八百斤的铁的事实。为了便于领导审阅，张树海又将原稿一笔一画地抄写了一份，才递交给刘宝维。刘宝维把材料看了一遍，又在支部委员中进行了传阅，一致好评。张开关问："这材料是树海写的？"刘宝维说："是他写的。"张开关点了下头，绽放出满脸笑容，说："让赵书记审阅吧。"

赵书记第三次拿起新召大队的典型材料，一看题目，就称赞道："好！言之有物，抓住了特点。"继续往下看时，不断点头。末了，问刘宝维："这材料是谁写的？"刘宝维说："张树海。""张开关的儿子？他有这么一手好写？""是的。"赵书记说："定稿！马上打印。"刘宝维拿起材料去找打字员。赵书记望着窗外，思索起来。

全旗学大寨会议闭幕后，新召的典型材料几乎被《鄂尔多斯日报》全文刊载，张树海随即成为该报社的特约记者。不久，又在旗里参加新闻采访，为街道家属工厂写了一篇《我们也有两只手，要为社会做贡献》的报道，被当地报纸刊载。

两个月后，赵九日书记向旗委组织部门要了一个干部指标，将张树海安排在公社党委任宣传干事。

## （八十二）

阿迪亚解放前在陶亥召当喇嘛。一九四七年十月，共产党人荣志峰来新召开展工作，他接上了头，秘密入党。解放后还俗，娶莎日娜为妻，一连生了三个儿子，不见生女！阿迪亚有些缺憾！

前一阵儿，阿迪亚被打成了"新内人党"，可不长时间就证明，哪里有什么"新内人党"？纯属凭空捏造！阿迪亚平反出来后，又当上了公社副书记！他闲不住，爱下乡。太阳偏西了，还约了张开关，步行来到了榆树沟。

队长李福则要领他们到家中吃饭，迎面碰见了知青解志强，说："阿书记、张支书，去我们知青点儿吧。虽是粗茶淡饭，也是我们的一点儿心意，你也顺便体验一下知青生活。"阿迪亚笑道："好，好！去知青点，和青年们拉拉话，能年轻十岁。"李福则说："要是这样，我就回家了。"解志强说："这是什么话！李队长是我们的当家人，招待阿书记和张支书，能短下你？"李福则说："好吧！你们先走着，我回家取二斤散白酒，再拿点儿鸡蛋和腌猪肉。"解志强说："我们请人，你贴酒肉，真不好意思。"李福则说："嗨！我也早想请阿书记和张支书吃顿饭，今天正是个机会。"于是，阿迪亚和张开关去了知青点，李福则回家拿吃喝。

知青们见阿书记和张支书来了，都走出来迎接。大家寒暄一阵后，阿迪亚走进了厨房。嘿！炊事员是一个小姑娘。个头不高，精精干干，围着围裙，正在菜板上切菜。见阿书记进门，忙放下菜刀，用围裙擦了擦手，就笑着和阿书记握手。走近了，阿迪亚才看清了这小姑娘：二十岁左右，短发小圆脸，眼睛不大，但炯炯有神，样子很机灵。问："你叫什么名字？""我叫蓝花。""蓝花？这名字好熟，噢！想起来了，有个歌儿唱的是蓝花花，说一十三省的女娃子，数上个蓝花花好，对吗？"蓝花羞红了脸，说："还一十三省呢，我连榆树沟都数不上。"阿迪亚笑了："开个玩笑，实际上你也挺漂亮的嘛。""谢谢阿书记夸奖。""今天轮你下厨？""是的，一人一个星期。""做什么饭？""烩菜米饭。手艺差点，阿书记担待。""哪里话，农村饭香着呢！"说完，阿迪亚退出厨房，和张开关到宿舍里查看。靠边的宿舍里住着两个男知青，稍高点儿的叫孙刚，长脸深眼窝，高鼻阔嘴巴，瘦骨嶙峋，面有饥色。另一个叫王光晖，身材适中，椭圆脸，大眼睛，精干热情。俩人见阿书记和张支书进屋，忙上前握手让座。孙刚给阿书记和张支书各装了一袋旱烟,递了过来。王光晖及时地擦着了火柴,点着了旱烟。阿迪亚笑道:"你们也抽旱烟?"孙刚笑了:"纸烟抽不起。"阿迪亚问:"你怎么这么瘦?吃不上?""唉!苦重饭量大,有时候营养跟不上。""能有多大饭量?"孙刚笑着不答。王光晖说:"那天天还不亮,他就去后沟里担炭。回来时,炊事员正好蒸熟了一锅玉米窝头。他圪蹴在锅台上,一气吃了大半锅。等大家起来吃早饭时,窝头就不多了。差点儿没让一群人把他的头给骂肿。"阿迪亚笑了起来,说:"这么说,一年的粮食还不够你半年吃,咋办?"孙刚说:"哪能放开肚皮吃!要控制。"王光晖说:"现在已经控制成排骨队长了,再控制,就是骷髅一架。"阿迪亚笑着问王光晖:"你的身体还不错。"王光晖说:"我年龄饭量都没他大,基本能吃饱。"三人正在说笑,蓝花走进屋内,说:"阿书记、张支书,开饭啰!"大家站起身来,走进厨房。嗬!丰盛的晚餐!桌上有炒鸡蛋、炒土豆丝、炒大白菜、炒粉条、炖鸡肉、两大盘猪肉烩酸菜,两瓶白酒,两盒大前门香烟。解志强安排阿书记和张支书面南背北坐在了正中,李福则和自己分别坐在他俩左右两边,其他人自找凳子,挤着坐在了一起。解志强说话:"我代表全体知青,欢迎阿书记和张支书光临知青寒舍。也感谢李队长能来做客,并带来了鸡肉、猪肉和烟酒。大家都端起酒杯,祝阿书记和张支书身体健康,李队长合家欢乐!干杯。"知青们都站起身来,向阿迪亚和张开关欠了欠身,喝了第一杯酒。蓝花自动担当起服务员,挨个儿给大家斟酒。李福则站起身来,说:"我代表榆树沟全体社员,向阿书记和张支书敬酒。"然后和阿迪亚、张开关碰杯。李福则又端起第二杯酒,说:"知青来到榆树沟,吃苦受累,忍饥挨冻,我代表榆树沟村民向大家表示慰问。干杯。"知青们都举起酒杯喝净。接着,蓝花又给阿书记、张支书、李队长满了酒,知青们大部分不喝酒,见敬酒的程序基本结束,就开始吃饭了。喝酒的人只有阿迪亚、张开关、李福则、解志强。蓝花倒酒端茶服务。不多时,张开关来了兴致,说:"阿书记是蒙古人,喜欢唱曲喝酒,你们谁能来两声?"解志强说:"孙刚,你和刘生田一个拉胡琴,一个吹笛子,让王明理和乔莉颖唱歌,怎么样?"孙刚说:"等我把这碗饭吃完,马上就开始。"不多时,胡琴笛子响起,王明理和乔莉颖开始唱歌儿,先唱《洪湖赤卫队》,再唱《上甘岭》,又唱《刘三姐》,可是阿迪亚始终眯缝着眼睛,提不起兴趣。张开关明白了:"喝酒要唱酒曲儿,哪能一本正经地唱革命歌曲!"他看了看知青们,说:"来几段蒙歌或山曲儿吧。"乐器和歌声顿时停了下来,王明理和乔莉颖感到一阵窘迫。正在大家为难时,蓝花端着满满的一杯烧酒,笑吟吟地来到阿书记面前,开口就唱起了敬酒歌:"金杯银杯斟满酒,双手举过头,炒米奶茶手扒肉,今天喝个够……"阿迪亚如梦初醒,抬起头来,接过蓝花手中的酒杯,一饮而尽!好奇地问蓝花:"你是蒙族还是汉族?"蓝花笑答:"我奶奶是蒙古族。""我说嘛,你的歌声里怎带着牧民的味道!原来是有遗传哪!"张开关见阿迪亚有了兴趣,就拽了一下蓝花,说:"会唱山曲儿不?来几段。"蓝花面露难色,低头想了一会儿,突然端起酒杯,又亮开了嗓子:"陶亥召点灯榆树沟沟明,阿书记招兵忽沙沙那个人;脱下布袍袍穿呀么穿军衣,一扑真心跟上那个阿书记你!"阿迪亚吃惊地看着蓝花,这是什么调儿?二少爷招兵调儿。什么词?即兴自编的词儿!阿迪亚仰脖喝净第二杯酒。蓝花端酒又唱:"三畦畦韭菜两畦畦葱,一畦畦辣角角数你红;人过留名雁留声,阿书记一心为人民。"啊呀,这唱的是二道圪梁调儿!阿迪亚又喝了一盅。不一会儿,蓝花就唱过五支山曲儿了。阿迪亚微醉,看着蓝花说:"我要是有你这么个女儿就好了!"张开关把这话听得真切,灵机一动,说:"阿书记,那还不容易?让蓝花给你当个干女儿,你愿不愿意?"阿迪亚说:"愿意!但那要蓝花也愿意才行!"张开关面向蓝花说:"阿书记快五十岁的人了,就缺一个女儿,你愿意认他当阿爸吗?"蓝花说:"只要阿书记认,我就认。"阿迪亚眼放光彩,坐直了身子,说:"我认!"张开关给蓝花使了个眼色,蓝花会意,面朝阿迪亚,双膝跪地,双手端酒,清清脆脆地叫了一声:"阿爸!"阿迪亚慌忙接住酒盅,应了声"嗳!"随即将酒一饮而尽,并将蓝花扶起。张开关大笑道:"好事,好事!阿书记没有缺憾了,蓝花也有靠了。"知青们先以为是开玩笑,后来越看越是真的了!于是,纷纷倒酒祝贺起来。晚上,阿迪亚和张开关就住在男知青宿舍里。第二天早饭后,蓝花一直把"阿爸"和张支书送到了村口。

阿迪亚兴冲冲地回到家里,莎日娜问:"有甚高兴事,喜眉笑眼的?"阿迪亚捏了一下老婆的肩膀,说:"我给你认下个干女儿。""什么干女儿?哪的人?""哎!你可能也见过,就是榆树沟的知青蓝花。""蓝花?哦,是不是个子不太高,精精干干那个小女女?""就是她。""你们互相认啦?""认啦!是张开关在酒摊场上给促成的。这女女不赖,今年二十岁,也是个蒙古人,已经双圪膝跪下叫过我阿爸了。""说不定人家和你开玩笑,你就认了个真!""不可能吧?有这么开玩笑的?"莎日娜还是觉得太突然了!一黑夜就蹦出个女儿来,可能吗?

快中午了,莎日娜开始烧火做饭。忽然屋外走进一个姑娘来,手里提着两瓶鄂尔多斯酒,一条黄金叶香烟,恭恭敬敬地给莎日娜和阿迪亚行了个鞠躬礼,清清楚楚地叫了声"阿爸,阿妈好!"阿迪亚跳下炕来,高兴地说:

"莎日娜，这就是咱的女儿蓝花花。"莎日娜如梦方醒，端详了一下蓝花，惊喜道："啊呀，女女，你真的是我女儿啦？"蓝花点头，又脆生生地叫了声"阿妈！"莎日娜一把将蓝花搂在怀里，说："好女女，阿妈亲你！你还给阿爸阿妈带的烟酒？以后是一家人了，随便来，什么也不要买。"蓝花笑着把烟酒放在了炕桌上。莎日娜要给蓝花倒茶，蓝花抢过茶壶，给阿爸阿妈每人倒了一盅茶，双手递给二位老人，莎日娜兴奋得差点儿晕了过去。

午饭后，阿迪亚对莎日娜说："蓝花给咱当女儿，不能哑鸣静悄吧？""那你说怎么办？""请人吃顿饭，让大家都知道。""请多少人？""不用多，坐一桌就行了。新召大队请张开关、弓拉尔荣、刘宝维、李寿荣。杜开富耳朵聋，不干了，就不要请了。公社请赵书记、韩主任、王云生、乔铁虎。让张二树当总管，贾黄马掌勺，杀上一只羊，办得排场些。"蓝花在屋里和新认下的三个弟弟说话，任凭大人们去安排，没插言。

晚七点半，酒菜齐备，客人到齐。阿迪亚说："我有一件喜事，向大家宣布，经张支书撮合，榆树沟的知青蓝花从今天起已成为我的女儿。为了她的幸福，为了她能得到叔叔大爷们更多的关顾，特备小菜薄酒，招待大家。感谢领导们的光临，我和莎日娜向大家敬酒！"语毕，张二树将斟满酒的十几个杯子，用托盘端着，递给了阿迪亚。阿迪亚双手托盘，莎日娜取杯高举，一一敬给客人。接下来，蓝花开始敬酒。她双手捧起哈达，先给阿迪亚和莎日娜戴在脖上，又将酒杯奉上，然后跪地叫声："阿爸，阿妈！女儿蓝花给你们敬酒。"阿迪亚和莎日娜回声应承"嗳！"然后扶起蓝花。众人一阵掌声。接下来，蓝花又一一给来客献了哈达敬了酒。宴会逐步进入高潮。阿迪亚一时兴奋，搂着莎日娜在地下跳起了舞。众人相互碰杯，猜拳行令，歌声起伏，一直红火到深夜才陆续散去。

一个星期后，公社接到旗里通知：月底要召开全旗学习毛主席著作先进分子大会。给新召公社分配了十名代表。阿迪亚是分管宣传文教的副书记，指标由他分配。他看着通知，打起了算盘：全公社共有七个大队，新召大队应分配两名代表，其余大队各分配一名，剩下两名在公社领导和干部中选取。他见了张开关，暗示让蓝花出席。

张开关召开支部会议，讨论出席旗里学毛著的先进人物。李寿荣说："老支书算一个，另一个你们看谁合适？"刘保维说："让李二胜出席吧。他为修水利，炸掉两个指头。"张开关说："李二胜是文盲，咋出席？以后在别的方面照顾吧。"副支书弓拉尔荣说："让尔力湖沟的吕羊挨去吧，他念过两年冬书，工作也踏实。"张开关又说："你忘了？去年他们开队委会，半夜三更偷的杀羊吃，社员意见大着呢！"刘宝维说："不行就在知青里选一个吧。"李寿荣说："那不行！他们刚上访造反回来，旗里领导看见就眼黑！"张开关说："知青都是些娃娃，出点儿差错正常着哩！他们下乡也一年多了，克服不少困难，成绩还是主要的。"亏拉尔荣说："那就在知青里选一个吧。"刘宝维说："选谁？"张开关说："选蓝花吧！女知青，又是蒙古族，有代表性。"李寿荣笑了起来，哦！你转来转去原来是想让阿迪亚的干女子去开会，还不直说，让众人猜谜！快，做个顺水人情吧！于是就说："行，让蓝花去，造反也不是她带的头！"其他人跟着说："就让蓝花出席吧。"

七天后，蓝花站在了大礼堂的讲台上，声情并茂地介绍起学毛选的心得体会来。其中有一段话引起台下的热烈的掌声。她说："农村是一个广阔的天地，在那里是大有可为的。与天奋斗，其乐无穷；与地奋斗，其乐无穷；与人奋斗，其乐无穷。要安心在农村锻炼，不能三心二意！前段时间，知青回旗上访，我就反对，就不跟他们去！我一个人坚守在生产队，除了和社员们一起劳动，还做饭喂猪，看书学习。晚上害怕了，就和农村姑娘住在一起，一直坚持了四十三天。农民吃苦耐劳、忠厚朴实的优秀品质，值得我们永远学习。知识分子只有和工农结合在一起，才有出息！"大会闭幕时，旗军管会主任高青山亲自将荣誉证书发在了蓝花手里。

曹雪芹笔下有言：好风凭借力，送我上青云。蓝花从旗里开会回来不到一个月，旗里就给新召拨下一个上南开大学的指标。指标自然落在了蓝花的头上！阿迪亚为此又设宴请了十来个人。阿迪亚和蓝花都特别给张开关多满了酒，以示感谢。蓝花走的那天，莎日娜不断地抹眼泪，说："花花，没钱你就写信来，妈给你寄。"阿迪亚也不舍得蓝花离去，一直把她送到了车上，直到望不见车影了才回去。

蓝花上大学后回过一次新召，给阿迪亚两口子买了一些穿戴和小吃。此后再未来过新召，与"阿爸，阿妈"的关系渐渐消失。

二十年后，张开关在旗医院生病住院。中午，树海和护士们都出去吃饭了，张开关餐后迷糊，不觉睡了过去。醒来后，发现床边小柜上放着一盆兰花和一篮子水果，十分诧异，问邻床病友，说是有一个四十多岁的女人送来的，并示意不要惊醒你，站了一小会儿就转身走了。张开关看了一会儿兰花，忽然醒悟，自言自语道："这女子的心还在哩！"

（八十三）

  包头阳圪塄煤矿来鄂左旗招收下井工人。旗劳动局请示分管副主任包志明，包志明一笔就给新召知青批了九个指标，真痛快！

  有些知青激动起来了，欢呼雀跃！队长张虎觉得奇怪："这是怎么了，下井掏炭还激动？那工作和神山底下打石洞有什么区别？"高志远说："嗨，这你就不知道了，区别大得很！神山脚下打石洞，一天最多挣五毛钱，干满一个月也就是十五块钱！还吃不饱，穿不暖，走进走出鬼一样！可在阳圪塄煤矿井下掏炭是啥概念？不但每月能挣八十四块钱，而且工作服是单位发的。下班能洗澡，劳保福利实不误！每人每个月四十五斤细粮，管够吃！旗里的科级干部能挣多少钱？还不到六十块。你说区别在哪里？"

  神树湾的吴来志、李志伟、高志远都报了名，经过体检审查，验中了吴来志和李志伟。高志远心律不齐没验上，差点儿没气死，躺在炕上睡了一整天。吴来志手舞足蹈，挨着宿舍乱圪转。李志伟一天洗了三遍脸，照着镜子直梳头，为什么？想去阳圪塄眊瞭李玉英！真是个痴汉，听说人家早就随穆理仁调到了贺兰山，去了也是空城计，见不着！

  肖晓、李德明、周振林没报名，觉得张虎说得有道理。当个炭黑子还撒欢？很纳闷！正在这时，屋门开了！慌里慌张杵进一个人来，满脸汗水！噢，是魏海！李德明忙走上前，帮他从背上取下包袱，说："怎慌成这样，背后有狼撵？"魏海擦了一把汗，说："你们也不给我打个电话，耽误了招工，怎么办呢？"肖晓说："你也要下井掏炭？""是呀！掏炭怎么了？但凡是河比井强！""那你打算怎么办？""先吃口饭，然后到公社，争取后补上。"

  魏海胡乱吃了些酸窝头，旧米饭，喝了半瓢凉水，就背着行李，一奔子向公社赶去。到了秘书办公室，放下行李，就直接去找赵九日书记。赵书记听他说明情况后，说："这次误过了，等下次吧。"魏海央告说："等下次？那得等到猴年马月！再等下去，我这辈子就完蛋了！赵叔，赵书记！你给旗劳动局打个电话吧！让他们再给增加一个指标。"赵九日说："你以为旗劳动局是咱公社的局，能听咱的话？你想得太简单了！"魏海说："谁不知道赫赫有名的赵书记！不要说劳动局长，就是旗革委会的领导，谁不尊重你？你说话他们敢不理？"赵九日叹了口气说："娃娃，你太幼稚了！招工指标要是打个电话就能来，那劳动指标就没数了，要多少有多少！还用挤破脑袋竞争了？"

说完话，站起身来就要往外走，说是要开会。魏海痛苦地摸着脑袋站起来，说："赵叔，你先开会，我在院里等你。"赵九日不愿再理他了！头也不回地去了会议室。魏海看看院子，发现炭房里放着一张破床，就走进去躺了上去。一直躺到中午，才发现会议室走出人来。他急忙跑过去，迎面拦住了赵九日，哀求道："赵叔，你打个电话嘛，你说话扛硬着哩！"赵九日瞪了魏海一眼，怵道："给你说了多少遍了，我的电话不管用，你就是不信。正式招工不见你，事后又来胡缠搅，像话吗？"说完，进餐厅吃饭去了。魏海看见干部们坐在桌上开始吃饭，这才觉得又饥又渴！他不由得走进了餐厅，从兜里摸出钱，来到卖饭窗口。啊！张二树卖饭！张二树接过魏海的钱，点了点头，然后满满地给他盛了一碗饭一碗菜，悄声说："好事多磨，下午再去缠！"魏海感激地"嗯"了一声。不多时，张树海也进来买饭，见魏海孤零零地一个人坐在角落里，就端着饭菜走了过来，俩人坐在了一起，一边吃，一边嘀咕，别人没听到他们在说什么。饭后，张树海拉着魏海进了自己办公室，俩人挤睡在一张床上。

下午上班后，干部们接着开会。魏海待在张树海办公室，万分焦急，坐立不安！每隔十分八分钟，就探出头向会议室观望。一直望到下午四点半，公社的会才开完。魏海看见赵九日出来了，忙从背后跟了去。等赵九日放下公文包，掉转头来，啊呀！魏海双膝倒地，正在给他下跪！赵九日闭上了眼睛，一脸无奈！魏海见赵九日还不发话，干脆移动双膝，来到赵九日脚下，抱住了赵九日的双腿，大哭道："赵叔，帮帮我吧！帮帮我吧！"赵九日的心软了下来，觉得后生太可怜了！恻隐之心忽然萌动！他弯下腰来，双手将魏海扶起，说："这么办吧！我以公社党委的名义，给旗劳动局写一封推荐信，说明你的情况。你带着信，直接去找局长李志文。他如果有疑问，你让他直接给我打电话。这事还不能耽误，需要抓紧。听说明天上午九点钟，招工工作就结束，招工的人员要回去。能不能赶得上，就看你的运气和体力了。"魏海深深地给赵九日行了个鞠躬礼，然后就跟在后边去找王云生。王云生按赵书记的口授，很快写好了推荐信，加盖好公章，装进牛皮纸信封，交给魏海。魏海将信封小心翼翼地装进兜里，想再给赵书记行礼，发现赵书记早已离去。他来到办公室取出行李，提到张树海那里，说："树海，我现在就要起程去旗里。麻烦你以后方便时，把行李捎在我家。"张树海说："没问题。看来今天你要夜行军，我这里有一把手电和一根红柳棍，你带上防身。这五个混糖饼是我刚从供销社买来的，你带着路上吃。"魏海说了声："谢谢。"然后提起地上的水壶，咕咚咕咚地喝了好一阵，就和张树海握手告别，向旗里赶去。

魏海上了丁家梁，太阳已完全落下去。又走了半个多小时，天就完全黑了下来。一勾弯月,在云里时隐时现。霜降已过,树叶飘零,小河寒流,冷风嗖嗖。但魏海不冷,双脚飞快,身子前倾,浑身暖热,额头出汗,冷气袭来,还觉得惬意呢!离旗共有一百六十里路,明早八点前必须赶到,不然就误事了!心里急,步子就快!步子快了,容易绊倒!啊呀,真的绊倒了,一个大马趴!两手托着地,嘴里啃着泥!吃膝盖也碰疼了,手掌擦破了皮!慢慢爬了起来,唾出嘴里的泥沙,拍掉衣服上的尘土,定了定神,继续向前去!前面黑乎乎一片,没一点儿光亮,哦!到了布袋壕了,这里是十里沙沟,没一户人家。突然,两旁好像有什么奔跑,还有"呜,呜"的叫声!魏海头皮发麻了,浑身瘆得起疙瘩。他放慢了脚步,侧耳细听,又没声音了!唉,可能是兔子,不要自己吓唬自己了!再说了,怕也没用!有关前途命运的事,再危险也要闯过去。哪怕前面虎豹当道,豺狼拦路,也要拼命冲过去。想到这里,他右手攥紧红柳棍,左手打开了手电筒,用强光四下里照射!野兽和鬼怪都怕电光,见光就避,光线所到之处大吉大利!魏海又加快了步伐。半夜时,来到乌兰木伦河。他不假思索,绾起裤腿,提着鞋下了水。哟,水有半腿深,水面宽约三十米,寒凉刺骨。但这是小问题,慢慢走过去。上了岸,穿上鞋,开始爬坡!这是五里坡,刚竣工的一条土路。路两旁是施工留下来的高低不等的土桩子,如鬼蜮一般,恍恍惚惚,一个接着一个。屏气鼓劲,翻上大坡,来到布尔台公社。狗叫起来了,先是一两条叫,紧跟着约有十几条狗乱叫起来!嗨,好事!有狗就有人家,不用害怕了!魏海心里踏实了许多,不再有毛骨悚然的感觉。加快步伐吧,时间就是金钱,时间就是胜利,时间就是前程!天亮了,两旁的村庄树木道路河流怎么这么熟悉?妈啊,这是查干庙!离旗八里地,快走!太阳露头时,魏海已经站在了劳动局大门口。提前到达,干部们还未上班。他靠在了局长办公室门口,等了半个多小时,李志文才走进了走廊。见有人守在自己办公室门口,就问:"你是哪里人?这么早就守在门口?"魏海从兜里掏出牛皮信封,双手递给李局长。李局长接过信封,开了门,说:"进来说吧。"魏海跟了进去,说明自己要到阳圪塄煤矿当工人的事。李志文说:"已经错过招工期了,不好办。"说完,将信封撕开,抽出信纸细看起来。然后放下信纸,思索了一会儿说:"还有两个机动指标。你既然是插队知青,可以考虑。不过,我还要给赵书记打个电话,核实一下。如果确实像介绍信上所说的那样,你就可以领表登记,去旗医院体检。这是招工的最后一天了,要抓紧。"说完,就给新召赵书记打电话,魏海听见赵书记说:"啊呀!这小子有毅力,这么快就到你那里啦?情况属实,办理吧。"李志文放下电话,笑着说:"没问题了,你抓紧填表体检吧。"魏海大喜,弯腰行礼！为了前途，哪怕把腰弯折！他走出办公室，马不停蹄地办理一切手续。中午十一点钟，李局长正式在招工表上签了字。魏海长长舒了一口气，说："我真的成了煤矿井下工人了！"

（八十四）

阳圪塄煤矿的招工工作已经结束十来天了，估计新工人也下井了。可是，新召公社突然来了两名公安干警，一个姓李，一个姓单，找到乔铁虎，说："我们是阳圪塄公安局的民警，有事来向你们调查。"乔铁虎迷惑了，说："新召的事还用阳圪塄公安局管？"李干警说："不是我们爱管，是有叫邹树森的工人，原来是你们这里的知青，现在阳圪塄煤矿当工人。有人举报他听过敌台，是个特嫌，所以才来调查。"乔铁虎明白了，说："这事儿有过，也处理过，现在还要查？"李干警说："我们接到举报材料了，不查能行吗？万一真要是个特务，事情就弄大了。"乔铁虎说："那你们就再查吧，最了解情况的是公社党委的宣传干事张树海，你们问他吧。"说完，就走出办公室。不一会儿，张树海走了进来，问明情况后，就向二位干警讲起事情的经过来。

邹树森不爱听传统的说教，认为那都是封建的东西，太酸了！也不愿听反过来掉过去的政治课，那是哄人的，谁信！相反，对社会上混出来的一些老油条很佩服，认为这些人办事实际，看得开，有本事！所以爱和这些人交往，称这些人为师傅。邹树森胆子不小，鲜来许个事惊吓不住他！相反还好奇，总想把没见过的事儿打听明白。他控制不了自己的欲望。性趣、兴趣、兴头来了，说干就干，一头扎进去，尝到滋味再说。有一天，他去公社办事，见赵书记不在，就翻阅办公桌上的报纸。啊呀！《参考消息》，听说这是内部报纸，外国人说的话也登在上面，有时候还登台湾的。他一屁股坐在椅子上，迅速地浏览起来。嘿！韩国是哪一国？仔细看了一遍上下文，原来韩国是南朝鲜！哟，蒋介石在台湾又练兵了，说要反攻大陆！美国人要上月亮，真日能！邹树森越看越上瘾。但是外面传来了脚步声，不能再看了！他赶紧放下报纸，走出外面。迎面碰见收发员王美玲，她是给书记送新报纸来了。

邹树森回到知青点儿，给大伙神侃起来："咱以前看的那叫甚报纸？不用看就知道上面写什么，根本就没新闻！都陈米烂糠的事儿了，还鬼嚼上没个完。你们知道吗？我那天在赵书记办公室看的报纸，那才叫个新鲜！那叫《参考消息》，尽登些老百姓不知道的事。什么美国的宇宙飞船，台湾国民党练兵，等等，可多啦！要不是那个扑死鬼王美玲打搅，我肯定能揣回几份来，让你们也看看。"知青们都感到新奇，唯有解志强哂笑。邹树森问："你笑什么？"解志强说："那还叫个异奇？想听怪新闻，办法多着呢！"邹树森奇怪了，问："还有办法？什么办法？"解志强嘲笑道："我还以为你是个千年夜壶百毪知，原来是个闷罐子！咱炕头放着个'红灯'牌收音机，可比那个《参考消息》还来劲儿！"邹树森明白了，说："你说听敌台？那听不见，中国电台用强信号干扰得一片'喳喳'声。"解志强说："那是你听的时间有问题。要是在半夜十二点以后听，干扰就没那么大了。"邹树森问："你听过？"解志强急忙摆了摆手，说："我可没听过，只是估计！听清楚了吗？"邹树森点点头，记在了心里。

当天晚饭后，邹树森就整铺大盖地睡下了。王光晖奇怪，问："这么早就睡下，生病啦？"邹树森说："我瞌睡。""天刚黑就瞌睡，一晚上能睡十二个小时？""去，去，去！别人的事你少管！瞎骚情。"王光晖觉得拍马屁拍在了马蹄上，生气地离开了。

深夜十二点多了，刘深海起来解手，看见邹树森正拿着收音机拨弄，觉得奇怪，问："半夜三更的，还听收音机？"邹树森诡秘地拉了一把刘深海，悄声说："快听，苏联台。"刘深海凑过去，只听到一阵音乐，就说："这有什么好听的？连《冰山上的来客》的插曲也不如。"邹树森说："不要急，一会儿有华语广播。""真的？广播什么？""哎！不要叫喊，你耐心听就是了。"刘深海屏住气，耳朵贴近收音机，不多会儿，真的有了对华广播："中国朋友们，现在给大家讲一个真实的故事。北京大学有一对男女学生，已经热恋了三年了。正准备着要结婚，突然女学生变卦了，说：'亲爱的！我们不能再亲爱了。'男学生很奇怪，问：'为什么？'女学生骄傲地说：'因为我最爱伟大的领袖毛主席'。"刘深海和邹树森都笑了起来。从此后，邹树森几乎每天深夜都要听一会儿"美国之音"、"灯塔广播电台"和台湾对大陆的广播。又有一天深夜两点多钟，他突然把刘深海、杨志荣几个人都叫醒来，说："你们快过来，蒋介石正在讲话。"几个人从睡梦中惊醒，凑过来静听：啊呀，老蒋的说话浙江味儿太浓，听不大清楚。杨志荣说："看来蒋介石老得牙也掉完了，说话呼隆呼隆地，像个哮喘病人。"刘深海说："就这个熊样，还反攻大陆呢！连宋美龄的肚皮也翻不过去。"三个人"嘿嘿嘿"地笑了一阵。

年轻人沉不住气，有话哪能憋在肚子里。心中明知道是秘密，就是保不住，老喜欢给朋友说。邹树森每天听敌台的事，先是同宿舍的人知道。过了三四天，点儿上的知青就全知道了。点儿上的知青都知道了，想不到公社的干部们也知道了。

一天,刘深海和解志强来公社圪转,硬要张树海给他们找两份《参考消息》。张树海只好到收发室找来几份旧报纸。刘深海一边看,一边评论:"这都是旧闻了,没意思,弄两份新的来。"张树海说:"旧闻,你还有新闻?"刘深海说:"我们了解的情况,可比《参考消息》多!""从哪儿了解的?"刘深海笑而不答。解志强见张树海急着想知道,就说:"邹树森每天半夜听外国台,什么不知道?"张树海这才进一步证实了邹树森听敌台的事不是谣传,是真的!心想,好你个邹树森,运动中整同学,整老师,能伙同刘斌成之流给老子鉴定十几条错误,这口恶气一直未出,来而不往非礼也!不让你也尝尝挨整的滋味儿,人与人的关系岂能平衡?想到这里,张树海给刘深海、解志强每人倒了一杯茶,又拉了一会话,就相互道了别,各自忙事儿去了。

张树海来到公安特派员乔铁虎办公室,一五一十地把邹树森偷听敌台,乱做宣传的事儿说给乔铁虎。乔铁虎吃惊地问:"真有这事儿?"张树海说:"是真是假,你一审就知。"乔铁虎沉思了一会儿,说:"我通知刘宝维,让邹树森下午来见我。"张树海点了下头,出去了。

下午上班时,邹树森来到乔铁虎办公室。乔铁虎脸色铁青,一言不发,只是目不转睛地盯着邹树森。不到三分钟,邹树森就慌乱起来,试探着问:"乔特派员,你找我有事?"乔铁虎冷笑道:"你觉得自己没事?"邹树森正了正脖颈,说:"我没事!"乔铁虎"呼"地一下站了起来,大喝道:"听敌台,做宣传算不算事儿?"邹树森脑袋里像引爆了一颗炸弹,"轰"的一声,震懵了!紧接着,汗珠子从脸上滚落下来,两股颤颤,站立不稳。乔铁虎又逼问:"有事还是没事?有事就老实交代,争取宽大处理。不然,我立即上报旗公安局,立案侦查!"邹树森转动了一下脑筋:能顶过去吗?啊呀,不行!听敌台的事,知道的人太多了!一旦公安局和这些人谈话,都会说出实情的!那样的话,情况就更糟了!罢,罢,罢!老实交代吧!说不定还能宽大处理。想到这里,就嘴唇颤动着坦白开来,说:"我糊涂,偷听敌台,还拉上同宿舍的人听。听了以后还瞎宣传,影响很坏……"乔铁虎坐在椅子上,觉得邹树森像是竹筒倒豆子,啪啦啦地,全出来了。就拿出纸和笔,说:"口说无凭,你把刚才交代的事,一笔一笔写在纸上,然后签字画押,争取从宽处理。"邹树森接过纸和笔,坐在旁边的凳子上,开始书写起来。二十多分钟后,将交代材料递给了乔铁虎,乔铁虎看了一下说:"太潦草,工工整整地抄写一遍。"邹树森又开始抄写。抄写完毕,签上姓名年月日,又摁了手印,双手将交代材料递给了乔特派员。乔铁虎仔细将材料看了一遍后,说:"你的问题很严重！本来想群专你半个月，再移交旗公安局。但念你年幼无知，态度老实，又是初犯，就免去你的关押之苦，放你回生产队劳动改造。从今以后，你是暗专对象，一言一行都会被人监视。听明白了吗？"邹树森说："听明白了。"乔铁虎摆了摆手，说："你可以回去了。"邹树森躬身退出，直到出了公社大门，腰还没正起来。张树海从窗里望着，哈哈大笑。

　　阳圪塄的两位公安人员听完张树海的讲述后，小单说："邹树森再有没有其他现行可疑活动？"张树海说："没有！"小李问："坏人还能安分守己？"张树海说："谁说邹树森是坏人啦？""不是坏人，为什么听敌台？""听敌台的人多了，只不过是没有被发现。收音机那么多，要是听一听就是坏人，那得打多少反革命？电影里的反派人物张口就骂共产党，台下看电影的人捂上耳朵不要听？听一听就是反革命，那电影还能看成？"小李奇怪地看着张树海，说："揭发邹树森的人是你，替邹树森辩护的人也是你，你咋变化这么大？"张树海说："揭发他，是因为他当年差点儿把我整死，我要教训他！现在替他辩护，是想结束那段冤仇。""那你是冤案制造者啦？""不是！我怎么能是冤案制造者！我揭发他的那些事都是事实，没一句谎言！只不过那些事不能说明他就是个反革命。"小李合上了记录本，说："你这个人浑身矛盾，真让人无法理解。"正说着，乔铁虎走了进来，说："我站在门外听了你们的拉话，我同意张树海的观点，邹树森既不是坏人，更不是特务，实事求是嘛。"小李和小单站了起来，说："行！就按你们的说法，我们回去交差。"乔铁虎说："你们大老远来新召，咱们中午一块吃顿饭吧！我们以后说不定还要去阳圪塄。"小李和小单笑了，几个人一起去了饭馆。

# （八十五）

　　太阳快要落山了，周振林和李德明从神山脚下的石洞里爬出来，收工回去。刚走到井渠子上畔，就听见刘宝维在叫喊："振林！你过来一下。"周振林加快步子走了过去，问："刘会计，你找我有事？""有好事！下午上班时，旗里给知青分来六个招工指标。大队决定让你也去。""什么单位？""旗化肥厂。""哦！那我准备一下，明天早晨就去大队。""行，早点把手续办了。"李德明羡慕地看了看周振林，说："你也要脱离农门了。"周振林说："用不了多长时间，都会有工作的，放心吧。"

　　两人回到知青点儿，肖晓他们已经知道情况了，没说什么。吃完晚饭，各自休息。

早饭后,周振林收拾整齐,准备去大队。肖晓和高志远他们想去供销社买点日用品。周振林说:"太好了,我正愁路上没人拉话呢!"

不到一小时,三人来到了大队院内。大队干部们可能要开会,攒了一家人。李寿荣见门外来了人,就走了出来,说:"昨天快下班时,旗里又打来一个电话,给知青又分配来一个上内蒙医学院的指标。我们开会研究,决定让周振林去。那个去旗化肥厂的指标,就给肖晓吧。"肖晓吃惊地问:"为什么?"李寿荣说:"周振林上一次参军泡了汤,灰溜溜地说兵当不成了,以后想念书。张支书召集我们又开了会,所以就决定周振林去医学院上学。"肖晓不说话了,但脸色很难看。

周振林走进大队办公室,开了介绍信后走出门外,发现肖晓和高志远都不见了。于是就一个人去公社办手续。办完手续,来到供销社找肖晓和高志远,连个人影儿也没看见。坐在台阶上等吧,一个多小时过去了,仍不见这两人,只好一个人返回。快到神树湾时,杨毛团迎面走来,周振林说:"你这是要去哪里?"杨毛团说:"我去榆树沟请兽医,给老母猪看病。"两人擦肩而过。没走几步,杨毛团掉过头来,说:"周振林,你要走了,把你那个铁饭盒送给我吧。我告诉你一个秘密。"周振林返身走过去,说:"行,饭盒给你!你知道什么秘密?"杨毛团说:"我听田毛则说,肖晓刚才找过他,说你拉拢大队干部,溜舔张开关,抢了肖晓的上大学指标。肖晓要田毛则和他一块儿去大队找张开关闹事,要改变那个决定哩!"周振林吃惊地看着杨毛团,说:"你说的是真话?"杨毛团说:"真的!不信你再打问别人。"周振林说:"我现在就打问去。"说完,急速向村里走去。进村后,碰见副队长张虎,说:"田毛则和肖晓要去大队闹事,你小心点儿!"周振林睁大了双眼,看着张虎远去。不一会,又碰见杨虎祥,说了和张虎同样的话。周振林气恼起来:"自己这几天就没去过大队,也不知道有个上大学指标。这个指标完全是在自己不知情的情况下,领导们分配给自己的!怎么就变成拉拢干部,溜舔支书,抢了别人的指标呢?肖晓阴恶阳善,疑神疑鬼,我要当面和你对质!想到这里,气哼哼地向知青点走去,走了一段路,又觉有问题:不对!应该先去田毛则家,小心肖晓正在他家,拉上他去大队。于是,周振林就直接向田毛则家走去。还好!刚才在供销社买了十个提浆月饼,正好送给田毛则,看他怎么撕破脸皮!快要进田毛则家院子了,羊圈旁闪出个杨成虎,一把拽住周振林,悄声说:"田毛则心眼儿坏,想阻拦你上大学,小心。"说完,匆匆离去。周振林进了院子,看见杨成虎三岁的女儿正在玩耍,就从包里掏出一个提浆月饼,塞进她的小手。成虎媳妇从屋里出来，笑眯眯地看着女儿说："叫振林叔叔。"振林顾不上和她搭话，直接进了田毛则屋内。田毛则正坐在炕塄上抽烟。炕里边坐着田毛则近八十岁的老爹和两个未满十岁的儿子。周振林二话没说，先从挂包里掏出九个提浆月饼，放在了炕上。田毛则的两个儿子和爷爷争抢月饼，爷爷抢先把两个月饼各咬了一口，两个孙子顿时哭闹起来。田毛则把烟锅子"啪"的一下摔在锅台上，喊道："老是老，小是小，全没个样儿！"爷爷和孙子顿时安静下来。周振林坐在了炕沿，看了一会儿田毛则，说："田叔，我来神树湾这么长时间了，你还没了解我？我是个直人，不会拐弯抹角地说话。其实，我心里可尊敬你拥护你呢！你不能听别人背后那些闲话，那都是无中生有，故意挑拨！你是个揣情说理的聪明人，难道就辨别不出个真话还是假话来？咱俩可不能上当。"田毛则从锅台上拣起旱烟锅，重新装了一锅烟，点燃后吸了两口，说："我也是这么想。咱们之间从来没发生过利害冲突，怎么就有了那些个闲话？没必要嘛！痴人茶子才无缘无故地互相结怨，正常人谁做那事儿？你今天来把话挑明，咱们就谁也不怀疑谁了。我又不是傻子，连个真假话都听不开？你们很快都要离开这里，都要当工人，当干部，我惹下你们有什么好处？我以后说不定还要去旗里求你们办事哩！就是我不去，将来我的儿孙也可能去。现在咱互相留个好印象，只有好处没有害处。我明白这个理。"周振林舒了一口气说："田叔，你这样说话我就放心了。既然这样，我就把肖晓和我的事也给你说一遍，不然你还蒙在鼓里。""什么事？""我上大学的事嘛！你也知道，最近我哪儿也没去。昨天下午刘宝维突然通知我，说大队决定让我去旗化肥厂当工人。今天早上我去大队办手续，李主任说，昨天快下班时旗里又打来电话，又拨下来一个上大学的指标。因为我以前给大队领导们说过，我除了当兵，就想上大学。上一次兵没当成，这次大队就把这个上大学的指标给了我。实事求是说，昨天大队两次开会研究这事儿，我一点儿都不知道，根本不存在抢别人的指标。肖晓说上大学的指标是决定给他的，有什么根据？据我所知，大队领导没有一个人提出让他上大学。肖晓说的那个决定，纯粹是无中生有，一厢情愿！""你说得合乎情理。肖晓疑心太大，瞎猜忌！"两人正说着，肖晓背着挂包，走进了屋。周振林明白肖晓是要找田毛则去大队闹事去，就一句话不说，在炕上静坐。三人僵持了半个多小时，肖晓见田毛则没有走的意思，就悻悻出屋去了。

肖晓没有回知青点，独自去了大队部。进了办公室，只有副主任弓拉尔荣和刘宝维在办公室，其他人都不知去了哪里。肖晓走到弓拉尔荣面前，质问道："为什么把我的上大学指标，让周振林占了？"弓拉尔荣奇怪地看着肖晓，问："谁给过你一个上大学指标？我怎一点儿也不知道！"肖晓激动地说："你们第一次决定让周振林去化肥厂，我去上大学，后来经过周振林活动，就改成现在这个决定。难道不是这样吗？"弓拉尔荣更加莫名其妙，说："昨天下午我们连周振林的面也没见过，大队和生产队又没有电话，周振林怎么能和大队干部接头活动？你这不是睁眼说瞎话吗？"肖晓不服气，坚决地说："那个指标就是我的，没错！"弓拉尔荣生气了，说："你是念过书的人，咋说话就像个吃生米咽生谷子的牲口，一点儿听不懂人话！好啦，我告诉你：假如大队任何会议上，只要有一个人曾经提出过让你上大学，我立马让周振林把指标交给你！如果大小会议上没有一个人提出过让你上大学，你就歇心打凉快回去，死心塌地准备去化肥厂。"说完，再不看肖晓一眼，大步走进屋里抽烟去了。肖晓看了看刘宝维，刘宝维眼皮也不撩，只顾自己记账打算盘。嗨！究竟是怎么回事儿？真的是自己神经过敏患妄想症了？不会吧。他掐了下自己胳膊上的肉，生疼！神经正常着呢！肯定是这些人都不说理！肖晓愤愤不平地走出大队办公室。路过篮球场时，看见张树海在练投篮。啊呀，自己以往说过这人不少的闲话，莫非是他利用父子关系伺机报复了自己？过去试探试探。

张树海见肖晓走过来，忙放下篮球，笑问："你来公社办事？"肖晓反问："你昨天下午也参加了新召大会的会议？""什么？他们开会要我参加？我最近一直在尔吉曼下乡，昨天晚上十二点多钟才回到公社。"张树海显得一脸茫然。肖晓看了看张树海好像莫名其妙的样子，心想：你就装吧，坏了别人的事，还以为天衣无缝！于是，不等张树海再说话，掉头就走了。

肖晓直接来到分管教育的副书记阿迪亚办公室，进门就说："阿书记，我向你反映一个问题。"阿迪亚问："什么问题？"肖晓说："昨天旗里给新召知青分来一个上大学的指标，本来大队决定让我上，可是周振林暗中活动，把指标给抢走了。"阿迪亚惊奇地问："他是怎么活动的？"肖晓略一思想，说："他用纸烟烧酒把张开关和大队干部们拉拢了，让大队支部改变了原来的决定，占用了我的上大学指标。"阿迪亚不解地问："周振林拿纸烟烧酒贿赂干部，你是怎发现的？"肖晓嗫嚅道："估计就是那么回事儿，肯定的。"阿迪亚严肃起来，说："不能单凭估计，必须要有真凭实据。"肖晓固执地说："那是偷偷摸摸的暧昧事，我怎能详细说将来？反正张开关肯定是吃了贿赂，把我的上大学指标给了周振林。"阿迪亚两眼盯着肖晓，说："年轻人，可不能凭想象和捕风捉影就给人家下结论。这件事的真相究竟是什么，等我们调查以后才能知道。"肖晓生气地说："张开关父子都不是光明正大的人，就会吃吃喝喝搞腐败。"说完，扭头走出办公室。

肖晓气极了，一路走，一路骂。骂张开关和张树海、周振林都不是好东西，合伙欺负善人老实人，将来都没有好下场；骂田毛则太可恶，老滑头，老淫棍，浑身害大疮，老婆得大病，神官也看不好！下儿子母猪不吃食，和一窝猪儿子都往下死……

刘宝维把肖晓的事儿反映给了张开关，张开关一阵愠恼，说："年轻人怎能无中生有，信口开河？"

## （八十六）

从午后一点等到下午四点钟，大路上不见一辆车。周振林焦急地来回踱步，他要去七十里外的准召粮站办理粮食迁移呢！看看天空，有些云彩，但不多，估计没雨，步走吧！

现在正是阳历八月底，又是下午，天气不热，正好走路。周振林愉快地翻过后山头，向偏东方向走去。这条土路好走，又宽又平又硬，平时肯定有骡马车和小型拖拉机经过。路两旁有庄稼地、草坡和干山头，也能碰到人家。人逢喜事精神爽！马上就要进大学了，学上几年，出来当上一名医生，白大褂一穿，谁不尊重！说不定还有漂亮姑娘和媳妇们来骚情呢！真是前程似锦，幸福美满哟。周振林越想越激动，脚步越迈越来劲，不觉走到李家壕。前面有一片西瓜地，嘿，遇到的正是时候！摘一个吃吧。不行！东头有一个茅草搭建的照瓜棚，里面可能有人！周振林慢慢走到瓜地，四下观察，不见动静，就一脚踢下一颗大西瓜。像踢足球一样，一边走，一边踢，不一会儿就脱离了瓜地。然后弯腰抱起西瓜，快速向前面走去。到了一个拐弯处，就坐了下来。他双手举起西瓜，"嘭"的一声砸在旁边的大石头上，然后顺着裂缝扳开西瓜，哟！粉瓤子，没熟透。但此时干渴难耐，还管什么生熟，伸手挖着吃吧！不到五分钟，就把一颗半生的西瓜吞进肚里。巴咂了一下大嘴，水淋淋的，一点儿也不渴了，于是站起来继续赶路。过了漫赖梁，天色暗了下来。约晚上八点多的时候，西边传来了雷声。雷声越来越近，电光闪耀。紧接着就下起雨来，不能继续走路了，得寻找个人家住下来。可四周漆黑一片，一点灯光都看不见。周振林猫下腰，四下张望，可是一户人家也没发现。继续往前走，大约走了十几分钟后，一道电光闪过，前面路旁映出一排房屋来。周振林一阵惊喜：总算有个躲雨处了！摸摸身上的衣服，已经湿了。他加快了脚步，迅速来到房子前，发现有七八间房子，不住人，门窗没有了！幸好屋顶还在。黑暗中看见这屋子还有炕，炕上放着一块烂木板，木板上放着一堆干草。用手拨开干草，躺了上去，把挂包枕在了脑袋下，开始休息。外面雷声、雨声，风刮草木的飒飒声，不时传进屋里。周振林身子一阵紧缩。不一会，雷声稀少了，雨还在唰唰地下着。突然，屋后好像有人在走动，窗外也似乎有人影飘动，惊得周振林毛骨悚然，头皮发麻，浑身的肌肉颤动，瑟缩在木板上，警惕地注意着外面的动静。啊呀，地下怎么有蓝火在闪烁！是不是鬼火？这是个甚地方？这么怕人！周振林不敢睡觉了，他想起老年人的话，年轻人火大，摸摸头发就能放出火花来，鬼怕火，看见就要躲开来。于是，就伸手摸开了头发，可越摸头皮绷得越紧，紧张情绪一点儿也放松不下来。哎，不能躺了，坐起来吧。两手抓起了破木板，两眼紧盯着窗外边，随时准备和来犯者打斗。就这样坚持着，到后半夜的时候，不知怎地就睡着了。突然外边又传来一阵雷声，周振林又醒了过来，继续握着木板，坐在干草上边，真像一只困兽，随时都有被猎人消灭的危险。真难熬啊！周振林半醒半睡，一直坚持到东方发白。他听老人们说，鬼怕天亮，鸡叫最后一遍的时候，就都躲进地下了。于是胆子壮了起来，掏出包里的月饼，吃了几口，就一骨碌滚下炕来，跑出破屋子，丧魂落魄地跑在了公路上。大约早晨八点多钟，来到一个大砖场。走进一间大屋子，工人们正在吃早饭。周振林掏出一盒太阳烟，挨着给大家每人散了一支，然后看了看炊事员。炊事员明白了：这人看样子又冷又饿，想吃饭，就说："坐炕上吧，我给你舀一碗粥。蒸笼里有窝头，自己揭开拿。"周振林在笼里拿了一块大窝头，接过炊事员递过来的粥，坐在地上的小凳上，大吃起来。吃完饭后，炊事员问："你从哪里来？"周振林说："从新召来。""新召离这里有七十里路，你走了一夜？""我是昨天下午四点钟动身，天黑时响雷下雨，就住在公路旁的一排烂房子里。天快亮时又起身，来到你们这里。""你睡的那排房，是不是门窗都没有了，房顶还没拆？""是的，一共有七八间房，院子挺大。"炊事员惊奇地看着周振林，说："啊呀，你是个天胆星！咋敢一个人住那里面？"周振林不解地问："怎么了？屋子里总比野滩上强吧！""强里跌在墙外了！你知道那是什么地方？""不知道！""那叫塔布乌兰，周围埋着一百多个喇嘛。烂房子原来是养路段工人的宿舍。工人们说每到半夜，房前房后就有响动，还听见有喇嘛念经的声音。吓得工人们晚上都不敢到外面尿尿。去年旗公路段把工人宿舍重新盖了，离那地方至少有十里地。你昨天晚上就什么也没听见？"周振林的头皮又紧了起来，说："是了！半夜里好像有人在房后走动，窗前还好像飘飘忽忽有人影，吓得我一晚上没睡稳。"这时，蹲在地上抽烟的一个工人站了起来，反复打量了周振林一阵，惊叹道："你是个福寿双全的人！顶门光焰照耀，浑身血脉冲动，鬼哪敢近你的身？放心办事去吧，大吉大利。"周振林笑道："借你吉言。"说完，就告辞众人，去准召粮站办理粮食迁移去了。下午两点多，搭了个回旗的拉粮车，到招生老师那里去报到。

医学院来鄂左旗招生的人是个女老师，姓梁，四十多岁，中上等个子，皮肤白皙，戴一副眼镜，气质高雅，待人热情和蔼。她接住公社开来的介绍信后，详细询问了周振林的家庭、年龄、学历、爱好以及在运动中的情况，最后问："你去年带头回旗上访、造反，要返城要工作啦？"周振林说："上访造反我参加了，但不是带头人。"梁老师笑着说："有一个身体瘦瘦，说话低声慢气的青年，是不是和你一个点儿上的知青？"周振林思索了一会儿，说："我说不准，这人找过梁老师？"梁老师说："他说了你上访造反的事，不过这没什么，不说他了，我决定录取你了，放心准备去吧。九月五号八点钟，准时在东胜服务大楼门前集合，然后坐班车到医学院报到。"周振林高兴地给梁老师鞠了一躬，然后欢蹦乱跳地回家去了。

## （八十七）

鄂左旗在全旗范围内又掀起"路线教育运动"！各公社除了开展学习马恩列斯毛的著作外，还组织了大小不等的文艺宣传队，宣传"新思想、新文化、新风俗、新习惯"，对地富反坏右分子狠揭猛批。但这些都是务虚的招式，真正下功夫的还是"农业大寨"。旗委书记白海云在扎萨克大队，大清早就亲自赶着一辆毛驴车往地里送粪。统战部长高平在阿推庙生产队，天不明就挨家挨户催促社员们起床做早饭，还给好几个懒媳妇儿倒过尿盆哩！旗委副书记田玉林在新召大水沟亲自和社员们举起镐头打大口井。早晨六点钟有线广播就响开了："社员同志们，田书记都抗严寒冒风雪参加了农田大会战，我们能不行动吗？……"

张树海被编在朱开沟大队工作组，承包前塔生产队。他背着一捆行李，跳河爬坡，来到村口，已经是上午九点多钟了，社员们肯定下地了，和谁联系呢？他盲目地来到半坡上的一户人家的院内。好，门开着，有人！于是就走了进去。屋内有一个二十八九岁的后生，正圪蹴在锅台上就着咸菜吃窝头呢。见有人进来，就跳下锅台，说："你有事？"张树海说："我是公社的宣传干事张树海,来前塔下乡。""就你一个人?""就我一个人。""找下住处没有?""刚进村,你是我见到的第一个人。""噢!你要是不嫌弃,就住在我家紧靠东边的屋子里,那是个单间,现在只住我弟弟三毛一个人。""好,我俩住一起不孤。"说着话,两人就来到东屋。张树海将行李放在炕上,说:"还没问你叫什么名字?""我叫朱启祥。""好!你帮我找一下生产队长,我想见见他。""你等着,我一会儿就把他叫来。"

不一会,队长进门了,嘿!这不是李明山吗?上一次开会时,他还在张树海办公室坐了一阵呢!李明山握着树海的手,说:"你分配在我们队啦?""是的!以后李队长要多帮我。""你是有文化的干部,我是个文盲、农民,你说谁帮谁?""农村工作你是师傅。""嗨!客套话咱不说了,中午在我家吃饭,以后挨着户子派饭吃。""吃饭小事。现在才半前晌,李队长领我在村里转转吧,我熟悉熟悉。""行,咱现在就走。"

前塔村位于牤牛河畔,靠河滩有一块叫三顷滩的平展地,但沙石多,长不起好庄稼。种玉米只长三尺来高,种糜谷还长不到一尺;比三顷滩高的地方,有一百六十多亩土地,土质很好,黑黝黝的,但是过不上水,属于靠天吃饭地;山头上有一百多亩地,风调雨顺的天年,能长些糜谷荞麦、胡麻、黄芥、蔓菁,天旱的年头几乎没有收成。从村北口向右拐,是一条深沟,叫朱开沟,沟里有一条常年流水不断的河,水量充沛着哩!还有一些少量的沟塔地,加起来也不到二十亩,靠麻堰(小水池)灌溉,能长大庄稼。但是地少,庄稼再能长,能打多少粮?

太阳正午了,李明山和张树海回到家里。李明山装了一锅烟,递给张树海。张树海摆手说:"我不抽烟。"李明山自己点着抽了起来,问:"小张,看了一上午地,你有什么想法?"张树海说:"咱村里一共才一百二十多口人,按说地也不少了。可是每年连社员的口粮都打不下,什么原因?""唉,这还用问?这地方十年九旱,咱尽是些旱地,能打下粮?""我有个想法,李队长考虑考虑?""什么想法?""把朱开沟的水引过来,咱最起码能增加二百亩水地。""这个想法我们也有过,可不现实。""咋不现实?""朱开沟里的水流过来,最少要修四五里路长的水道,更难的是要跳过五十多米宽的一条大沟,这就要垒石柱,架长桥,然后再在桥上做水道,要花很大一笔钱,咱去哪里弄?""想办法嘛!苏会沟的水利工程比这个大多了,难多了!最后还是成功了,这个工程算得了什么!""那你说怎么办?""无非是费点雷管炸药，再弄些铁皮钢管，这些都由我负责。至于人工，咱生产队自己出，你看怎样？""那肯定行，我是担心你那些东西弄不来！""咋弄不来？咱写个项目报告，让大队批注上意见，然后以公社的名义请旗里拨款，不就解决了嘛。""你说得好，我听得痛快，可实际办起来，就怕不那么容易。""你不要担心，我今天下午就写报告，争取七天之内让公社通过。"李明山看着张树海，半信半疑。

张树海是个急性子。当天下午就写了一份《朱开沟水利工程可行性报告》。晚上召集了全体社员开会，让大家发表意见。社员们议论了半夜，都认为想法很好，就怕要不来钱。第二天一大早，张树海领着李明山去了大队。支书张三虎接过报告，看了半天，说："你写得潦草，我看不清，你念一遍吧。"会计赵挨则说："张支书看材料，字必须写成一笔一画，不然要出大事！"张树海说："就是看错一两个字也没什么，还会出大事？"赵会计说："你不知道，那年公社新调来个贺占明书记，到朱开沟检查工作。欢迎会上的发言稿是我写的，满以为没问题，谁知道张支书把贺书记给惹恼了。""为什么？""张支书把占字认成了点字，大声念了五六次贺点明①书记，引起社员们好几次大笑，你说贺书记能不恼？"张树海笑道："黑点名说明书记眼力好，恼什么？"张三虎说："赵挨则是个孙子！写个占字还鬼忽绕，和点字可一样了！那次欢迎会以后，贺书记好长时间和我不说话。"张树海说："好了！这个材料我给你念。"说着就一字一句地念了起来。张三虎听完材料内容后，说："写得是好，你要我咋办？""就需要你同意，盖个章。""这还不容易！挨则，盖章！"赵挨则拿出公章，盖在落款处。张树海收起材料去了公社。

赵书记看了张树海送来的报告后，说："好项目！我再以公社的名义向旗有关单位打个报告，让田书记给他们打个招呼，估计能争取专项资金。"张树海说："那要等好长时间，我想马上开工。""现在开工也不误事，我让新召大队先给你借些雷管炸药和铁钎大锤。"张树海高兴地说："赵书记干脆果断。"赵书记说："冷静点！工程上马以后，千万要注意安全，就是社员的一个手指头也不能伤着，懂吗？""懂了！""我现在就给张支书打电话，你准备派人去借吧。""好嘞！"张树海出了办公室，返回朱开沟。

---

① 类似当地方言中"黑点名"的发音。

## （八十八）

朱开沟的工程很快就开工了。领工的是生产队副队长杨有华，二十二岁，初中毕业，性格活泼，急神见鬼，一阵阵也坐不住！张树海现场督战，两人配合得很好。每天有十六七个青年男女参加劳动。为了安全，全部用电雷管，导线有一百五十多米长。每次只放一炮，专人指挥，专人接电，放炮的哨音响过一分钟后，才允许接通电源。张树海亲自打炮眼儿，挖地基。二百多斤的大石头，他都敢让社员们往自己背上抬，然后一步步地背在地基旁。有块大石头，够五百来斤重，必须用大锤打开，不然谁也背不动。三毛高举大锤，连打了十几锤，石头纹丝未开。张树海接过大锤观察了一阵，然后顺着石纹稳稳地砸了六七下，石头就裂开了。三毛奇怪，问："你有点石法？""什么点石法？你睁眼看看，石头有没有纹路？我是看准了纹路砸，你是不管三七二十一逆着纹路砸，不用巧力，只用蛮力，能砸得开？"张树海顶个好劳力，从早到晚一点儿也不比社员们干得少。晚饭后，年轻后生和姑娘们，都爱来张树海的屋子里玩，除了说笑，就是打扑克，虽然不赌钱，但很计较输赢，不小心就互相翻了脸。三毛就骂过一次张树海："闭上你的驴嘴！就会嗷嗷叫唤！我没偷牌，也没藏牌！"等串门的人都走后，三毛后悔了，红着脸说："哥，我才是驴嘴！你是香钵钵嘴，姑娘媳妇们爱的那种嘴！"张树海笑了，接过三毛端过来的酽茶，一边喝，一边说："你累不累？""不累，我就爱跟哥干，村里年轻人都喜欢你。说你能受苦，为人好，长得也俊。"张树海说："喝完茶赶快睡吧，明天早点出工。"

夜间，张树海听到三毛一声声呻唤。是累的！不是病。奇怪，自己没觉得有多疲乏，咋回事？嗨，可能是身体壮，当知青打熬出来了。

现在正是冬季，还应该给社员们安排些活儿。张树海想起了李贵祥带领社员们搞秸秆还田的事。那是个好办法，能增加不少肥料呢！他把自己的想法给李明山说了，李明山说："办法是好，可大冬天，气温低，秸秆和泥水就是和在一起，也不能发酵呀。"张树海犯难了。就是嘛！李贵祥干那事是在春季，大地回春，阳气上升，肥料容易发酵！现在是什么时候？小雪也过了，再几天就是大雪节令，猪也能宰了，还想让秸秆发酵变成肥料？这可能吗？

可能！三毛腾腾地跑进屋来，说："哥，我爹说，冬天也能把秸秆沤成肥！""怎么沤？""在地里挖上大大的一个坑，盘上一面大大的炕，下面烧上炭火。然后把泥水和秸秆和在一起堆在上面，覆盖好。用不了半个月，保证秸秆沤成稀巴烂。"张树海看着三毛，说："你咋操起这份心？""我那天听你回来说起过这事，今天吃饭时就给我爹说了。他就想了这个办法。""你爹想得好办法。咱这里到处是煤，烧炕没问题。"一边说，一边下炕穿鞋出了屋，找李明山。

李明山听了张树海盘炕烧火沤肥的方法后，问："你是怎想起的？""是朱八老汉想起的。""嗨！这个屄老汉，我天天见他，他都抿住个嘴不说话，怎就告诉你了？溜干部？""嗨！不是，是三毛给他爹说起这事儿，他想出这个办法。""噢，好办法！咱明天就动手。"

张树海和社员们一起搞秸秆沤肥。从早干到黑，一双鞋让泥水渗得稀湿，裤腿上尽是泥点子。每天晚上，都要把鞋和裤子放在炉火上烤。三毛说："哥，你这么实心地受，为的是甚？你又不在我们队里分口粮。"张树海说："我是干部，国家给工资供口粮，就是要我为群众办实事。不然，要干部有啥用？""村里的年轻人就爱跟你劳动，你甚时候再到水利工地上？""等我把这一池子粪装满了，立马就过来。""那要多少天？""最多十天。""噢！还要等十天。"

这一冬，前塔共沤了五大池子粪，不要说秸秆啦，就连能收集到的柴草圪渣也都进了粪池。李明山说，五池子粪少说也有一百多平板车，顶大事了。

朱开沟的工程也没放松。张树海一脱开身，就去打炮眼儿，背石头。姑娘们也抢着背石头，被张树海制止了，说："你们不能背。"李玉兰说："为什么不能背。""因为你们是女人。""女人怎啦？广播上说男女都一样！""男女都一样，是指的家庭、社会地位都一样，不是干活儿也一样。""你看不起妇女！"杨有华笑眯眯地走了过来，说："你认为男女都一样？""就是都一样！""那我们能站着尿尿，你们也能站着尿？"李玉兰白了杨有华一眼，掉头走了，众人一阵哄笑。从此，姑娘们不背石头了，只负责给垒石墩的匠人抱小块石头。临近农历年的时候，大沟里的几根石墩全部竣工，只等开春后搭钢管，做水槽了。

过完大年，张树海在家中住了四天，初五就来到前塔队。社员们挨家挨户地请张树海吃饭。油糕豆面炖羊肉都端上来了。还有米酒，冲鼻香，酸甜可口。初六过小年，初七社员们就上工了。还是分两摊子人，一摊子在朱开沟工地上，一摊子在牛马驴骡猪羊圈里掏粪干杂活。到清明时节，旗里下拨的炸药、雷管、钢材、水泥全部到了位。李明山在大柳塔请了三个匠人，用了半个月时间，把沟渠桥梁上的水槽全部架好。谷雨的时候，朱开沟工程彻底竣工。

开始放水阴地了！苏会沟的水流进了前塔旱田里，五天五夜，把二百多亩地浇得湿湿的，完全保了墒！紧跟着就是春耕生产。张树海除了和李明山、杨有华共同安排生产外，还扛着一支平耙在地里搂畦子。社员们奇怪：小张搂畦子的技术，比前塔社员们强。杨有华不服气，比了几次都败下阵来。张树海搂过的畦子，塄子直，地面平，速度快。其他人要是像他那样快，畦塄子早就变成圪溜龙了，说什么也直不了。后来人们才明白，小张是神树湾出来的人，那里尽水地，每年搂畦子，功夫早练出来了，谁能跟他比？

## （八十九）

李玉兰已经十八岁了。十五岁那年，由父母包办，和寸草塔的姨表哥郭柱柱订了婚。郭柱柱比玉兰大两岁，中上等个儿，瘦马塌连，走路上下摇晃，一晃三圪截。土眉混眼，见了生人就低头，像刚做过坏事儿。以前玉兰年龄小，不懂事儿，任由父母做主找婆家。可是这两年不一样了，已经长成大姑娘了，能认不出后生的好赖？她想起郭柱柱就讨厌，看见他的影子也是黑的。她起初看上了杨有华，觉得他不但是初中毕业生，还是生产队副队长！虽然结婚有儿子，还是惹人爱！她偷偷地把目光投了过去，杨有华把目光对了过来。杨有华笑了，好你个李玉兰！不高不低的个头，不胖不瘦的身子。眼睛虽然小点儿，可是秀气！瞭一眼能扰得人几天睡不好觉，杨有华心猿意马。一天上午，他和社员们在梁地上锄谷子，在人群里瞅了好一阵，不见玉兰。哦！肯定是让她娘给留在家里当大师傅了。好机会！于是就借口拉肚子，一溜烟跑下山坡，悄悄来到玉兰家院内。正待再迈步向前，突然西墙下扑出一条大黑狗来，"噪"的一声怒吼，就扑将过来，吓得有华掉头就跑。狗在后面猛追，有华在前面狂奔，一直将有华追在了自家院内。这时，有华媳妇正抱着儿子晒太阳，一看有华和大黑狗都跑进院子里，吓得尖声大叫。有华急了，顺手拉起一张铁锹，向狗挥去，黑狗只好后退。有华媳妇认得这是玉兰家的狗！怎么会追着自己男人不放？等有华用铁锹将狗赶走后，有华媳妇完全明白了！照着有华的脸就唾，两个人大吵了一架。第二天，有华媳妇在路上遇见了玉兰，破口大骂！玉兰掉头就走，从此打消了和有华相好的念头。

最近，玉兰的心火又旺了起来。为什么？村里来了个干部张树海！人家才是个好后生，能说会道，敢想敢干，李明山和杨有华都溜干他呢！小张的长相也好：粗眉大眼，黑发飘飘，个头中等，浑身是劲！玉兰越想心里越躁动，这样的男人，不要说和他过一辈子，就是过一晚上，也不枉活人一世。

有了心思，就瞅机会。玉兰听李维生老婆说，小张明天轮到她家吃饭。李维生家住在后梁上，儿女都娶聘出去了，家里清清静静，去那里和小张拉拉话，看他是什么意思！

第二天早晨，玉兰早早地起来，梳洗打扮一番，未吃早饭，就走出家门。娘问她："这么早，你要去哪儿？"玉兰说："我要上供销社买一个发卡。"一边说，一边头也不回地出了门。跳过小河，穿过沟渠，一口气爬上山坡。走了二十多分钟，来到后山梁。直接去李维生家里？不妥，让李老婆笑话呀！会说玉兰专门来她家等后生。先去西边二婶家坐一会儿，然后再假装串门儿走过去，那老婆子就不会怀疑！

玉兰进了二婶家门不多时，张树海就爬上山梁，径直去了李维生家。李维生老婆蒸了一大锅山药丸子，熬下一盆绿豆稀粥，见小张进门，笑着说："我听说你爱吃山药丸子，就多蒸了些，你慢慢吃。那里还有麻糊糊和辣椒大蒜，随你口味，放上些。"张树海笑了，说："李婶，谢你了！我叔呢？""去南沟了。亲家要盖房，帮工去了。"张树海上了炕，盘腿坐定，先喝了碗稀粥，然后夹起山药丸子，大口吃起来。

约有半个多小时后，屋门推开了。张树海抬头一看：玉兰进来了！穿着一身干干净净的衣服，头发梳得顺顺的，脸上泛着红晕，进门就朝树海笑了笑。李维生老婆稀罕地说："玉兰，你来婶子家串门儿？"玉兰说："我在二婶家吃了饭，想起好长时间没来婶子家，就过来了。""那你快上炕，婶给你盛一碗山药丸子，你看婶的手艺怎么样？"玉兰笑着坐在了炕沿上，接过李婶递过来的饭碗，吃了起来，吃完后，放下碗，说："婶子蒸得好丸子。""那你再吃一块儿。""吃饱了。"李婶又给玉兰舀了一小碗绿豆粥，玉兰接过来喝了。树海问："玉兰，你甚时候来到梁上？"玉兰笑答："今天早晨。""那我咋没看见你？""我来得比你早。"李婶吃完饭，将碗盏收拾干净。见两个年轻人愿意拉话，就说："锅台上有热茶，你们慢慢喝。我去底渠里浇几畦子地，浇完就回来。"玉兰说："婶儿，你放心去吧，家里什么也丢不了。"李婶走到门口，又回头看了二人一眼，然后关上门走了。

屋里只剩下树海和玉兰。炕上放着一张小方桌，玉兰下地给树海盛了一碗茶，端在桌边，树海挪身到桌前，接过茶碗，玉兰就势也坐在了桌边。树海呷了一口茶，欲将茶碗放回桌上，玉兰将身子又往桌边靠了靠，伸出左手，放在了桌子中央。树海放下茶碗，右手背和玉兰的手碰在了一起。树海心中"咯噔"一下，震颤起来。玉兰脸蛋红扑扑的，胸脯开始起伏，呼吸急促起来。俩人沉默了一阵，玉兰红着脸说："你有媳妇没有？"树海不好意思地说："还没有！"玉兰的左手，停放在小桌上，好像忘记往回缩了。树海又去摸茶碗，不小心和玉兰的手又碰在了一起。玉兰趁机将手背压在树海的手腕上。树海忍不住抚摸起玉兰的手来。两人四目相视，饥渴难耐。玉兰干脆移动身子，靠了过来。树海一把将玉兰搂在怀里，耳鬓厮磨，亲吻起来。玉兰发出一阵嘤嘤的呻吟。树海的手又摸向了玉兰的乳房，玉兰浑身颤抖，晃动着大腿。树海有生以来，还没碰过大姑娘的身体呢！没想到竟有这样的魔力！他先感觉浑身麻木，又觉得整个儿身体要被熔化了。玉兰等待着树海进步的深入，突然门外传来脚步声，然后又有咳嗽声传了进来。俩人猛地一惊，树海急速地抽回双手，把身子移动到了墙边，玉兰慌忙立起身来，坐在了炕沿。这时，屋门推开了，走进一个小青年，玉兰一看：是喜则，自己的亲叔伯弟弟，今年十八岁了。他瞭见姐姐和树海都在这个屋里，就走了过来，想和他们拉拉话。但毕竟是快二十岁的人了，也怕碰见尴尬事，就在门口又是跺脚，又是咳嗽。玉兰说："喜则，你没放羊去？""姐，你傻了！羊出坡要等半前晌，现在还早呢？"树海问："你放多少羊？""五十三只。""放羊有什么感觉？""什么感觉？孤得要死，整天见不上一个人，只能和羊说话。再精明的人，放上三年羊也变成痴汉了。"玉兰笑着说："能工巧匠搞副业，痴人笨汉去放牧。喜则，今年下来你跟大群劳动吧。再这样下去，人家好闺女见你瓷不楞睁的，能跟你？""姐说得对。我实在太孤了，所以看见有人来，就追过来说话。"树海看了一眼外面，说："不早了，我还要到朱开沟去一趟。"一边说，一边下炕穿鞋，开门走了出去。哪知道，玉兰也跟上来了。俩人相跟着过了山梁，回头看见喜则一直尾随。见俩人要下坡了，才嬉笑着转过身去。

到了沟底，玉兰一边走，一边往树海身上靠。树海开始冷静下来了，说："你马上就要和郭柱柱结婚了，不能胡思乱想。""你说郭柱柱？那是包办婚姻，我不同意。""不同意？那你上个月还去他家里？听说你娘老子没少吃人家的彩礼。""我不管！我过几天就去退婚。""哎！你可不敢说这话。你和我去了一趟李家梁，马上就要和柱柱退婚，让外人还以为是我在挑拨你们的婚姻，你吓死我了。""这是你的真心话？""怎么不是真心话！我决不干扰你和柱柱的婚姻。"玉兰睁大眼睛看着张树海，说："行，你嫌我农村女子没文化！那我们交成朋友行不行？"张树海看着前边不作声，只顾往前走，鬼使神差，竟然进了玉兰家的大院子。怎么狗没咬？噢，原来是玉兰给降住了。俩人进了西屋子，玉兰又靠上来了。啊呀，这姑娘家的奶头咋和媳妇的那么大，温温柔柔,在胸前直跳动,树海情不自禁地又将她搂在怀里,热血又开始上涌,正准备伸手去摸她的隐秘处,突然爹和赵书记的面孔一齐出现在眼跟前。特别是爹,深眼窝里那双大眼珠子睁得溜圆。树海顿时蔫了下来,放开玉兰说:"我是工作干部,不能犯错误。"正在这时,屋门开了,玉兰娘走了进来,看了二人一眼,尴尬地转身退了出去。树海说:"我走了。"玉兰说:"你别怕,没事的。"俩人出了院,玉兰降住狗。玉兰娘走出屋子,不好意思地说:"小张,你走呀?"树海点了下头。看玉兰娘那疑惑的眼神儿,好像断定女儿和树海交了"朋友"。

实在是怪事儿!一些二十七八岁的媳妇,也瞅机会调戏树海。一天傍晚,树海去拐沟渠杨玉山家吃饭。进院时,天已黑下来了。推门进去,玉山媳妇张候花早已把饭做熟。她今晚特意穿了一件蓝色红花的薄衫子,乳房突起,头发上还别了一个蝴蝶卡。见树海进门,"咯咯"地笑了起来,说:"我等你半天了,饭菜都快凉了。"树海问:"玉山呢?""唉,那个没出息货,天黑进东渠拉炭去了。我小子也去他姥姥家了,就我一个人在家。"树海脱鞋上炕,候花舀了半碗米汤,双手给树海端过来,说:"吃饭先喝汤,强过问药方。"树海接过碗喝了汤,候花就端上饭菜来。给树海盛了一碗饭,又递过筷子来,然后就坐在树海身边,一会儿笑眯眯地看着树海,一会儿又低头搓捏自己的辫子。当树海快吃完饭的时候,她竟然解开了自己的裤带,假装捉虱子。你说她是捉虱子吧,她一个虱子也没逮住,只是翻开裤腰乱摸索。抬头看了一眼树海,见树海低着头,就笑着说:"你说人活下为了个甚?不就是个吃和穿,还有那件事儿!"一边说,一边摸着自己的小肚皮。树海笑了,说:"嫂子,你大我五六岁呢!"候花笑着说:"五六岁还算个大?旧社会那些老地主,儿子六七岁时就把媳妇娶过门了,你说儿媳妇有多大?""能有多大?大上三两岁顶彻了。""嗨,最少也要大八九岁。""那能行?""怎么不行,等上五六年,一样样生孩子,一样样哄得小女婿不下身。"树海"扑哧"笑了起来。然后就挪动身子要下炕,候花堵住不让道。树海好不容易靠墙挤开一道缝,候花乘机靠上去。树海急着要下炕,一手向右托过去,啊呀!候花揭开裤腰把树海的右手装进去了。树海觉得里面湿漉漉毛混混的,急忙将手缩回去。候花嘻嘻地笑着,说:"算啦,算啦!'石磙子碌碡碾场面,朋友交得个两情愿'。既然你不愿意,嫂子也不勉强你。不过我断定你以后'黄风刮得起沙尘,交开朋友就收不住心'。"然后搂着树海的脖子,在脸蛋上狠狠亲了两口,就放开树海,由他回去。

## （九十）

  下乡干部吃的是百家饭。有的人家讲卫生，做饭前要洗手，锅碗瓢盆也都干净。哪怕就是给你吃菜汤窝头，也觉得可口、放心，能把肚子吃得滚圆。可是还有一些人家就不行了，做饭时，要么不洗手，要么是嘴里噙一口水，喷洒在手上，就算洗了手。正做饭时，就出去擤鼻涕，擤完后，甩一甩手，继续切菜和面，该干甚干甚。工作组组长李贵先去一老婆婆家吃饭。天气冷，老婆婆得了伤风感冒，不住气地流清鼻涕。她拿着笊篱，爬在锅沿上捞米饭，不小心掉进一长串清鼻涕。小孙子坐在炕头，说："奶奶，你的鼻涕掉进锅里了。"老婆婆回头骂道："胡说！到炕下耍去。"然后继续捞米饭。这一幕李贵先都看在眼里了，但不能说破。说破了，就把老婆婆惹下了！惹下老婆婆就等于把她的儿子一家人也给惹下了。村里的人就会说："这是个嚼毯毛干部，嫌咱农村人脏！"然后干群关系就搞不好。类似这样的事，张树海岂能幸免？不可能！他遇的事比这还难堪，只能忍着。

  那天晚上轮到去后渠王过计家吃饭。三毛嘴多，全不懂眼不见为干净的道理，悄悄给张树海说："哥，你今天晦气！""怎么了？""王过计老婆表面干净，其实可恶心了。""为什么？""她在解放前害过杨梅大疮，解放后才让公家给看好。""已经看好了，还怕什么？""嗨！鬼知道她真的看好了，还是留下了后遗症。反正前些年，旗防疫站的医生来村里，又给注射了一个星期青霉素。"张树海本来高高兴兴地准备去王过计家吃饭，现在一下子愁了起来：这顿饭可怎么吃呀！

  张树海很为难地跳沟翻山来到王过计家。屋内热气腾腾，王过计老婆绾起衣袖，正在案板上揉糕。王过计圪蹴在地上捣胡麻，见张树海进屋，忙站起来倒了一碗热茶递了过来，说："你先坐炕上，一会咱吃麻糊糊蘸糕。"张树海说："你们年纪大了，捣糕多费劲儿！随便吃点家常饭就行了。""嗨！你好长时间才轮到我家吃一顿饭，随便还行？你不要客气，往饱了吃。"张树海坐在炕上，仔细观察：王过计老婆五十多岁了，看外表没什么残疾，怎么会有那种病？是不是那种病得在下身，别人看不见？啊呀，得在那个地方，也短不下抓挖，指甲缝里，毛孔眼中，说不定就钻进了细菌，和面揉糕能不沾染？这可危险着呢！怎么办呢？树海正胡思乱想着，王过计老婆已经将一碗揉好的糕端了上来，糕上面浇了一层厚厚的山药麻糊糊汤。树海接过碗，犹豫了一下，不好下口。王过计老婆说："你放心吃，糕多着呢。"树海"嗯"了一声，还是没把糕喂进嘴里。想一想，如果这老婆子真有病，王过计肯定躲不过！可是王过计健康着呢！五十多岁的人了，红光满面，精力充沛，老婆子的病对他就一点儿没影响？嗨，老婆子的病早就看好了！吃吧，甚事没有！想到这里，夹起一块糕就放进嘴里，没怎么咬，直接送到嗓子眼儿，一仰头，一睁眼，"秃噜"一下就咽进肚里边。一连咽了五六块，眼睛瞪得滴溜溜圆。王过计老婆说："慢点儿，慢点儿，小心噎住。"树海只当没听见，依然直着喉咙往里送。不一会儿，就将一碗糕吞进肚里。王过计抢过碗来，又要给往里填，张树海急了，跪在炕上，说："王叔，我吃饱了！""再给你少填点儿。""我一点儿都吃不进去了。"王过计只好将碗放下。老婆子吃惊地看着树海，问："你怎么吃饭这样快？当过兵？"张树海红着脸说："没当过。""那不嚼不咬，囫囵能把饭咽下去？""能！我从小就这样。""唉，以后吃饭慢点儿！太快了，会吃下毛病的。"树海点头说："听婶儿的，以后我慢点儿。"

吃完饭，夜色已深。王过计说："小张，你今晚就在我家睡吧。"树海说："我还是回去吧。""嗨！黑天半夜的，往回走要跳两道沟，翻一座山，路上没一户人家，你还是就在这里睡一夜，明天吃过早饭，亮亮堂堂地往回走吧。"树海想了想，也对！于是就在王过计铺边的行李上脱衣睡了下来。睡了不到半小时，觉得手背、脖颈、肚皮一齐痒了起来，用手在脖下摸了一把，摸着两个肉疙瘩来。噫！大虱子！树海用劲儿将两个虱子甩在炕底下，伸手再摸一下胸部，又揣见两个圪窜窜的胖虱子，正往脖子上爬，一会儿还要上头呢！这还得了！树海一阵紧张，头皮都颤抖起来了！怎么办？突然就走，王过计老两口会怎么想？人家肯定认为你嫌弃他们脏，很不高兴！但这么多的虱子，谁能受得了？哦，有办法了。树海开始一声又一声地呻唤起来，呻唤声惊醒了王过计老两口。王过计擦着火柴点着油灯，问："小张，你病了？"树海装作痛苦的样子，说："牙疼，疼得要命！""那可怎么办？""我的挂包里有药，走时忘带了。""我给你去拿？""不用，我回去吃。"树海一边说，一边迅速穿上衣服下炕就要出屋。王过计说："黑天半夜的，你小心点儿。""叔，没事！你们快睡吧。"树海像逃难似的，慌慌张张跑出了屋子。

张树海只身一人，越过山头，下过沟渠，望一望两边，树影婆娑，乱石隐现，感觉脊梁发冷，浑身紧张起来。啊呀，前面蹲着的是人还是狼？张树海吓得舌根儿都僵直了，嘴里发出"嗥"的叫声，立即收住脚步。心想：完了，今夜走不回去了！啊呀，走不回去，难道就立在这里不动弹了？不行，看它有什么动静？想到这里，便猫下身子，睁大眼睛观察起来。噢！虚惊一场，是一棵枯树圪桩！不用怕了，继续走！越过第二道沟渠，上了一面小山坡时，望见东北坡上灯烛闪烁，还有一阵阵哭声传来！张树海又害怕起来！突然想起，那不是王三顺的家么？前天他爹死下了，阴阳给看了日子，说第七天才能埋。这是孝子贤孙们在守灵哭灵呢！人死如灯灭，没什么可怕的！继续走。快进村了，有狗叫声！张树海顿时浑身轻松，迈开大步，向前跨越。突然，右脚踏在了一块石板上，咕咚一声，差点跌倒。这是什么，鸡窝？俯下身来一看，吃了一惊！是一座旧坟，刚才踏倒是祭祀的供桌。快走吧！树海又慌张起来，疾步向前，后面像有鬼撑着。一口气跑到三毛家门跟前，一把推开门闯了进去，立即关上门，坐在炕沿边。三毛惊醒了，问："你是谁？""张树海！""这么晚了，你还敢回来？""快点灯，我都快要被吓死了。"三毛寻找火柴，擦着点灯，说："哥的胆量就是不小，深更半夜都敢一个人翻山跳沟，我甚也比不上你。"树海叹了口气说："睡吧，睡吧，甚也不说了。"

过了五六天，张树海和一群社员在谷地里间苗子。半后晌，阳光照射，天气炎热。张候花说她口渴，要去村头喝口水。杨有华说："你快去快回。"张候花"嗳"地应了一声，就匆匆向南走去。村口第一家是刘羊换家。刘羊换老婆今天没出工，肯定在家！张候花走进院子，来到门口，推了一下门，没推开。顺着破门缝向里一瞭，里面有根顶门棍，把门顶死了！奇怪，大白天顶得什么门？是不是干牲口事，怕人看见？张候花抿嘴笑了，蹑手蹑脚来到窗户前，贴耳细听，里面气喘吁吁，呻唤阵阵，"哈哈"，猜对啦！她用舌尖舔开窗户纸，用右眼向里看：妈呀，两个毛驴！李斗林脱得一丝不挂，刘羊换老婆只穿个衬衫，正压摞摞呢！张候花看得津津有味，正感觉上瘾，嗨！他大大，还不到一分钟就结束了！李斗林满头大汗，从刘羊换老婆身上下来，一边穿衣服，一边说："够饿，够饿！咋就浑身淌水？"刘羊换老婆也坐起身来。张候花害怕被他们发现，慌忙踮起脚尖儿出了院子。水没喝上一口，就来到谷子地。妇女们问："喝上水了没有。"张候花笑着不答。妇女队长李兰子瞪了她一眼说："喝口水还笑！笑什么？"张候花说："就是想笑！不给你们说。"张六老婆说："你是不是遇上高兴事啦。"张候花笑道："高兴？人家高兴呢！我是看看。"一群老婆来了兴趣，不一会儿就从张候花嘴里掏出了秘密。接着就窃窃私语，把秘密传遍了人群。

收工回屋，三毛问树海："你今天晚上去谁家吃饭？"树海说"去刘羊换家。听刘羊换说，他昨天就把荞麦面磨好了，今天晚上要给我吃圪饦。"三毛撇了撇嘴，说："吃不成！""咋就吃不成？"三毛笑了，说："眼不见为干净，今天我不说了。再说那东西也吃不坏人。""你看你这个人！要么什么也不要说，这说半句留半句，难活死人！""你真想听？听了可不能再怨我！""不怨你，说吧。"三毛凑在树海跟前，绘声绘色地把张候花看见的事讲述了一遍，听得树海目瞪口呆！唉，这晚上的饭怎往嘴里吃呢！三毛见树海发愁了，又宽慰说："哥！只要洗了手，一样干净，吃不成糊脑！"树海笑着在三毛肩膀上捣了一拳。

  傍晚，张树海来到刘羊换院内。刘羊换正和老婆铡草，见张树海来了，忙放下铡刀，说："快回屋坐。"老婆用簸箕把铡碎的草揽起来，倒进了驴槽，就进了屋。她往脸盆里倒了一瓢水，然后擦了肥皂，洗了洗手，用毛巾擦干后，打开面盆，抓了一块和好的面，搓成手指粗的面卜浪，就开始捏圪饦。屋顶上吊着一个小箩筐，刘羊换站在凳子上，从里面拿出一盒战斗牌香烟，拆开封抽出两支，递给树海一支，树海说："我不抽烟。"刘羊换说："你不抽？我还是专门去大队分销店给你买的。"说完，将烟点燃，自己吸了起来。刘羊换老婆一边搓圪饦，一边说："这点儿荞面，磨得可细了。我还熬了羊肉臊子。一会儿你们多吃些。"刘羊换抽完烟，就圪蹴在灶火口用火剪往里填炭，把火拨得旺旺的。一会儿，前锅的水就开了。刘羊换老婆往锅里煮进半簸箕捏好的圪饦。稍许，一碗热气腾腾的羊肉臊子荞面圪饦就端在了树海面前。树海说："咱们一块儿吃。"刘羊换说："你先吃，我们不忙。"树海像吃药一样，好半天才吃进一碗。刘羊换太热情了，马上又给树海舀起第二碗。盛情难却啊！树海只好端起碗来，下定决心：脑子里什么也不想了，往进吃吧。不一会，又吃进一碗。然后放下碗，说："刘叔，我真的吃饱了。"刘羊换老婆说："你可不要作假！我们是诚心诚意给你吃。"树海说："这还用说！婶儿和叔实心实意招待我，我走在哪儿都记着呢！"刘羊换两口子都高兴地笑了。

# （九十一）

  快要出工了，青年男女们早早来到张树海屋里，嘻嘻哈哈地喧闹着。正兴奋时，李明山走了进来，说："小张，工作组李局长让你快点儿去大队走一趟。"张树海不敢怠慢，提了个挂包就往门外走。

  进了大队门，李局长正躺在炕上"哼哼"呢！后背的衬衫撩了起来，背上拔着四个大火罐。民政局局长李贵先是新中国成立前参加工作的老干部，今年五十二岁了，还坚持在生产第一线，受这样的罪！张树海急忙上前，问：

"李局长，咋病了？""嗨！江志英去郭家沙塌下乡，发现社员们多留了自留地。社员们都不承认，说他们的自留地一点儿也不多，是老江眼花了！老江说，老花眼是近处看书读报有点糊，难道在野地里看土地也有问题？于是就领着队长亲自拽着绳子，挨家挨户地重新丈量自留地。每量一块地，社员就和他吵一架，说是绳子放得太松！半亩地能量成六分地。有个叫王三保的社员，说他的自留地比原来减少了四分之一，抱着老江的腿直嚎嗓叫，饭也不让老江吃，要和老江赌命哩！众人费了好大劲儿才将王三保的手给掰开来。老江气得把绳子扬手就扔在底沟里，然后来大队给我告了一顿苦情，请假回家了。我只好亲自到郭家沙塌，看究竟是怎回事！给社员开了半夜会，也吵不出个结果来。我靠窗户坐着，阴风吹在后背上，感冒了。队长只好用平板车把我送回来。我考虑，这事还要去处理。你年轻，农村工作也熟悉，就决定让你和民兵连长赵埃去那里，开上个社员会，重新丈量一下自留地。记住：既要执行政策，又不能让社员群众吃亏！你听懂我的意思了吗？"张树海说："听懂了！李局长好好养病，我保证把事情处理好。""那你去找赵埃。现在就去吧。"张树海点头出去。

张树海和赵埃来到郭家沙塌后，队长郭银柱说："本来风平浪静，老江硬要圪搅，说以前的干部太右倾，给社员们多留了自留地，非要重新丈量，并且亲自拉绳，跳上跳下！最后甚也没干成，还惹下一片人。社员们笑话老江是大姑娘养娃娃，费力不讨好！"张树海笑道："我和赵埃是李局长派来的。既然事情已经闹起来了，就要过问。不过你放心，李局长说了，一定要做到集体个人两兼顾。"郭银柱说："你们还要丈量自留地？""还要丈量，并且你必须配合。"郭银柱低头不说话。

张树海和赵埃首先来到王三保家。王三保激动地说："我的自留地已经种了十几年了，从来也没人说个长短。可突然来了江志英，就说我的地多下了，要我退地，不符合事实嘛！"张树海说："老江一绳子一绳子给你丈量，咋就不符合事实？""嗨，你不知道那个害民鬼！他把绳子拉得松松的，本来是四丈五尺，不就变成了五丈长吗？""还有这种事？""不信你去问别人，看我是给你们掏鬼呢，还是说实话。"

张树海和赵埃又了解了几户社员，都说江志英太抠。不过，他们也讲了一些实情。刘明就说："老江有些过分，可是王三保也不能说没问题。他不顾队里的阻拦，硬要把房子盖在集体的水利地畔上，将来猪羊鸡可要糟害那片地呢！"赵埃说："这事我知道。不光生产队阻止过他，公社干部也去过，软硬方法都用过了，就是不见效。王三保犟着在那里挖地基，打土墙。"张树海说:"照你们说,王三保也是个自私自利的灰材旗杆了?"两人正和刘明说着话,郭银柱走了进来。张树海说:"我和赵埃把情况基本了解好了。我提个意见,你们看怎样。第一,重新丈量自留地,在政策允许的情况下,给社员们留足留够。第二,王三保必须把集体水利地上已经盖了一半的房子拆掉。队里可以给他另选一个地点,帮工盖房。"郭银柱想了想,说:"按你的意见办吧。"

王三保见张树海他们走进屋子,说:"你们是甚意思?"郭银柱把决定说了一遍,王三保圪蹴在地上,抱着脑袋不说话了。赵埃说:"啊呀,三保则,你要牛到底?"王三保说:"我就牛到底,你们想怎么办?"赵埃照着王三保的屁股踢了一脚,说:"不要以为拿你没办法!共产党有的是炖牛头锅子,只要多费点儿柴炭,再硬的牛头也能炖烂!你把房子私自盖在了水利地上,还想耍赖?告诉你,大家都是乡里乡亲的,不好意思。真要是惹急了,我一个电话,就把公安局的人员叫来,先拘留你半个月再说!"郭银柱说:"三保则,扛不过去了!现在是全旗都搞路线教育,小心抓你个典型。不敢再顽固了。"张树海两眼盯着王三保,王三保害怕起来,说:"你们说的办法我同意,就怕到时候你们又变卦。"张树海说:"我们向你保证,说到做到。"王三保说:"想怎么办就怎么办吧,小腿拗不过大腿。"郭银柱说:"行,下午就开始丈地拆房。"

午饭后,张树海和赵埃亲自拉绳,生产队会计统计合算,给每户人家丈量核定自留地。郭银柱亲自带领十几个青年去拆王三保盖在集体地上的土房。经过三天的丈量,自留地全部确定下来了。社员们满意不满意?满意。连王三保也无话可说。郭银柱刚开始没看得起张树海,经过几天的接触后,服了!晚上,主动来到张树海的住处拉起了话:"树海,你是小寇准,清官,不像那个江志英,纯粹是个昏官!"张树海摆了摆手,说:"你可不能这么说!人家老江是老干部,去年就在你们队里驻队搞工作,工作没少做,比我强多了。"郭银柱连连摇头,说:"树海,你不了解他,那是个标准的极'左'分子,死抠抠,他把社员抠得哭天叫地!"张树海问:"他咋抠啦?总得有个理由吧?"郭银柱说:"理由很充分,就是割资本主义的尾巴。"张树海问:"他怎么割这个尾巴?"郭银柱说:"老江主要是瞅准'三自留'这个尾巴割。对自留地这个尾巴,其实他从去年就割开了。有一次,我和他路过集体的一片糜子地,发现地里伸进好几条南瓜蔓子。他问我这是怎么回事,我说这是王明生自留地上的南瓜蔓,长长了,就伸进集体地里来了。老江听了以后,大不满意,说这是资本主义侵占社会主义,弯下腰将那几条子瓜蔓子一一搂起来,都给王明生自留地扔回去。过了几天,老江不知做什么,又经过那片糜子地,发现王明生的南瓜蔓又伸进了集体地里,顿时火冒三丈,跑到东边和一个社员要了张铁锹,把王明生伸进集体地里的南瓜蔓子一口气全给铲断。第二天,王明生捋袖伸拳要和老江打架,我好说歹说才把王明生镇住。国家允许社员可以养五至六只猪或羊,养一头大牲畜,老江把这个数字盯得很紧,只要是谁家多出来大小牲畜,下令一律归公。吓得社员们胆战心惊,母羊一下了羔,就赶快杀得吃大羊。"张树海笑道:"羊好说,一胎最多下上两个羔子。要是母猪一肚下上七八个猪崽子,那怎么办?不能连母猪都杀了吧?"郭银柱笑了,说:"是有这种情况。去年郭翻身家母猪一肚下了八个猪崽子,加上母猪、肉猪和羊一共有十六个,老江闻讯赶过去,吓得郭翻身老婆远远就给老江跪下了,又是磕头,又是奉揖,说她不出三十天就把猪崽子送人。老江下令说,明天就送!郭翻身老婆说:'猪崽子还要吃奶,满月才能送'。老江横鼻子瞪眼把郭翻身老婆诈唬了一顿,然后众人把老江给劝走了。"张树海问:"那八个猪崽子最后去哪了?"郭银柱笑道:"猪崽子满月后,郭翻身和我请了假,一车拉到羊市塔集市上全卖了。"郭银柱继续说:"国家允许社员有一小部分自留树。郭喜则老汉在集体地当中长着七八棵柳树,准备再长上几年打家具盖房子。谁知被老江发现了,说集体地中央长上个人的树,吸得集体地里的庄稼长不成个样儿,非要郭喜则砍树挪地方。郭喜则去大队公社告状,但没人支持。老江又天天催,并且在大队文艺汇演时,把郭喜则的资本主义自私行为编成'三句半',说什么'郭家沙塬怪事一桩,自留树种在集体地中央,听说生产队要动手砍树,断了郭喜则的脊梁!'郭喜则看了又羞又气。树被砍倒后,郭喜则老婆嚎了三个亮红晌午。"张树海听了郭银柱的讲述后,感慨道:"集体化的道路太难走了!"

张树海和赵埃要出村了,王三保老婆追了上来,端着一盆子黄杏,一边往两人的挂包里倒,一边说:"房子拆了,过几天在西面新盖,队里要是不给帮工咋办?"张树海说:"放心吧,他们要是说话不算数,我和赵埃还要来,一定给你们做主。"王三保老婆点了点头,一直望着张树海和赵埃出了村。

# (九十二)

前塔队的王三顺是个爱背毛主席语录的二把刀木匠。木工活儿里,只会打棺材,做二饼子车轱辘,盖房压顶,再就是做点儿炕桌、板凳。他的活儿,多数在本村里干，和社员们相互换工。给生产队做活儿就记工分，外村揽的活儿很少。但这也有人妒忌：觉得王三顺一年下来，凭手艺赚了不少钱。你没看见么！这次埋他爹，请了那么多人，做纸火，请阴阳，风风光光，全村谁能比得上？

被人妒忌可不是好事！大前天，前塔队来了税务局的收税员陈宏泰，进村就打问谁是手艺人，谁卖了骡子卖了马，等等。有的社员悄悄告了状，说骡马没人卖，手艺人有一个，就是王三顺。整年干木工，从来不缴税。陈宏泰通过一番调查后，凭自己的估计，给王三顺开出了三百块钱补缴税单。并严肃地警告王三顺："皇粮国税，古来就有。你偷税漏税，情节严重。限三天之内，把所欠税款交清，否则上报旗局，通过法院执行。"王三顺接过税单，怎么也翻不转，说："我这几年总共也没挣过人家三百块钱，你凭甚让我缴三百块钱税？"陈宏泰说："你不要骗我，这几年你光打棺材就挣了不少，不要装穷了！很快缴，不缴就法办。"王三顺说："那是有人胡说哩，你可不要信他们。""不要信他们，难道就信你？信你国家就没法儿收税了！"王三顺急了，说："你到我家去看看，就有一个躺柜和几床烂行李，值多少钱？"陈宏泰说："我说的是人民币！你在银行存了多少人民币？""我在银行不存一分钱，不信你去查！""那就是你把钱藏在暗处了。""啊呀陈税务，看你眼睛明朗朗的，咋就说瞎话呢？""好啊，你抗税不缴，还骂收税干部是瞎子。我不和你啰唆了，三天之内必须缴来三百块，不然就让你进禁闭。"王三顺怕了，拽住陈宏泰的衣襟说："我确实没挣什么钱，你高抬贵手，就放了我吧。"陈宏泰一撇嘴，说："不可能！除非缴了税！"说完，头也不回地去队长李明山家里了。

王三顺急得团团转。自己全家一年的分红也不到二百块钱。缴完粮款和其他费税后，只剩点买煤油、买火柴的零用钱，给老婆换身衣服，还要在老母鸡屁股里往出抠！哪来的三百块钱缴给陈宏泰？这不是要往死逼人吗？他越想越气！不行，找陈宏泰说理去！坐禁闭我也没有钱！

王三顺前后找了陈宏泰六七次，一点儿效果也没有！陈宏泰的态度越来越硬，眼睛睁得滴溜溜圆，大声呵斥："明天就把钱交过来，不然就叫公安局。"

王三顺愁眉不展，茶饭不思，只想着怎能躲过这一劫！想来想去，想到下乡干部张树海：对！那是个好后生，懂人情，讲道理，就看他能不能制住陈宏泰。

王三顺来到张树海屋子里，进门就哭。张树海忙说："王叔，别哭！有话好好说么？"王三顺抹了抹眼泪说："树海，你可能都知道了，陈宏泰想把我往死里逼！你要帮我说句公道话呀！"张树海说："我上午还和李队长说这事儿呢，你先不要急，我现在去找李明山，相跟上去见陈宏泰。"王三顺点了点头。

张树海和李明山来到陈宏泰屋子里，陈宏泰正躺在行李上看报纸，见二人进来，说："王三顺什么时候缴钱？"李明山说："情况我已经给你说清楚了。他那个二把刀木匠，给社员做活儿都是换工，顶多混个吃喝。给生产队干活，挣的是工分。我们队这几年的分红，一天还不到三毛钱，他去哪里挣那么多钱呢？这是我们的驻队干部张树海，情况他也很了解。"张树海说："李队长说的都是实情，王三顺没钱。"陈宏泰冷笑了，说："我征税十八年了，什么样的人没见过？王三顺就是想抗税犯法嘛！"话音刚落，屋门开了，王三顺摇摇晃晃地走了进来，先给陈宏泰鞠了一躬，然后就背起了毛主席语录："毛主席教导我们，要'实事求是'。"陈宏泰不耐烦地说："情况我了解，快缴钱。"王三顺背："没有调查就没有发言权。"陈宏泰说："我进村就问清楚了，怎能说没调查？"王三顺背："调查是十月怀胎，解决问题是一朝分娩。"陈宏泰说："你不要胡搅蛮缠。"王三顺背："我们的干部要关心每一个战士，一切革命队伍的人，都要互相关心，互相爱护，互相帮助。"陈宏泰说："我没法关心你，帮助你。"王三顺说："我希望陈税务成为'一个高尚的人，一个纯粹的人，一个脱离了低级趣味的人，一个有益于人民的人'。"陈宏泰急躁起来，指着王三顺说："毛主席说：'严重的问题是教育农民。'"王三顺说："毛主席还说：'高贵者最愚蠢，卑贱者最聪明。'"陈宏泰跳下炕来，脸色铁青，说："我要是征不下你的税，就住这里不走了。"王三顺继续背语录："下定决心，不怕牺牲，排除万难，去争取胜利。"陈宏泰气急败坏地把门一甩，走出了院子。王三顺抖动着下巴，还想背语录，可是陈宏泰不见了，就走出门外，跌跌撞撞地回家了。张树海戳了一下李明山，悄声说："陈宏泰铁了心要收王三顺的税，光凭讲理是不行了。你不能想个急法子，把他撵跑？"李明山说："能想甚急法子？"张树海诡秘地看着李明山，说："陈宏泰就不怕逼出人命来？吓吓他！"李明山明白了！说："你在这里不要走，我去做安排。"说完就走出屋子，也没理陈宏泰。陈宏泰返回屋内，又好气又好笑，说："我收税快二十年了，第一次碰到农民给我背语录，神经病！"张树海说："那几年农村学毛选背语录，王三顺记性好，背得最多。"两人说话间，李明山老婆提来一壶红茶，给张树海和陈宏泰各倒了一碗，两人就边喝茶，边拉话。大约过了半个小时，门外传来叫骂声。张树海推开门一看，原来是王三顺的儿子王文山，提着一根红柳棍，大喊大叫："陈宏泰，你个狗日的！你咋和我爹说话了,逼得老汉回家就上吊?"一边骂一边就要往屋里冲,李明山和另外两个社员死劲往住拽。陈宏泰被这突如其来的阵势吓呆了,坐在屋里大气不敢出。张树海推门出去,大声说:"文山,你不能胡闹,打死人是要抵命的。"文山大喊:"我要陈宏泰给我爹抵命。"张树海说:"李队长,还不赶快把文山弄走?"李明山和两个社员一齐上手,将文山拉出院外。文山大声叫骂,不堪入耳!树海返身回屋,对陈宏泰说:"这事你可要慎重哩!真要出了人命,你怎么办?"陈宏泰故作镇静,说:"他抗税,死了白死!"张树海吃惊地看着陈宏泰,说:"你说什么?死了白死?怕没那么简单吧!你征王三顺的税,有什么真凭实据?捕风捉影也能当证据?哄小孩儿去吧!人要是真死了,社员们都会认为是你逼死的,没一个人为你说话!"陈宏泰掩饰不住内心的恐惧,额头开始冒汗。张树海说:"一会儿他们家里人还要来找你,你躲一躲吧!""你让我去哪里?""赶快回旗里,这里不安全。"陈宏泰仰天叹息,自言自语:"丢人啊!陈宏泰竟然栽在山沟沟里!"一边说,一边提起挂包,匆匆出了院子,正巧李明山迎面走来,把陈宏泰开给王三顺的税票塞进陈宏泰衣兜里,说:"快走吧,小心他们把你堵在村子里。"陈宏泰四下观察了一下,也顾不上和别人告辞,慌慌忙忙下了坡,急速地向牤牛河跑去。

## (九十三)

三毛睡梦中被张树海的"哼哼"声惊醒了!点着灯,问:"哥,你病了?""嗯!后脖颈上起来个大粉刺。"三毛举着灯台爬过来,啊呀!通红,肿得拳头那么大,问:"哥,你觉得咋疼呢?""嗯!火辣辣的抽得耳根和脸蛋子也疼,脑壳子里面也像着火了。""那怎么办呢?""没办法!等天明再说。"

天亮了,三毛说:"哥,今天你不要去后村吃饭了,我让我妈给你熬点绿豆稀粥,下一下火。"树海歪着脖子,说:"行,你让我婶熬烂点。"三毛穿衣出去了。

太阳露头时,树海勉强喝了两碗粥。脖子上的粉刺一阵紧似一阵地疼!怎么办呢?肯定是脑袋上火的缘故,不如把满头的长发剃掉,或许能好些。于是就对三毛说:"我想剃光头,下一下火。"三毛说:"对着哩!你长那么厚的一堆头发,热也能热出病来。我现在就给你找人去,让他给你剃光头!"一边说,一边就出了屋。

不多时,三毛提着一壶热水,和放羊老汉牛来走进屋子。树海拿起脸盆,倒进热水，将头发完全浸湿，打上肥皂，然后坐在凳子上。牛来老汉说："剃头容易，可是剃光了，就和喇嘛一样了。"树海说："剃吧！真成了喇嘛，下完乡就进陶亥召。""你不后悔？""不后悔！""好，我开始剃了。"牛来耍得好刀子，没觉着头皮疼，头发就纷纷落地了。一会工夫，张树海就变成个电光脑！

李玉兰和银虎媳妇进门了，吃惊地看着树海明晃晃的光脑袋。银虎媳妇说："真像个大电灯泡子！"三毛说："现在像，过几天就不像了。"李玉兰问："那像什么？""像一颗菜石圪蛋。"

张树海脖颈疼，不能劳动了。队里开始种玉米，说好要按神树湾挖窝施肥点种复土的方法种，不知道社员们是不是嫌麻烦，又用老办法犁耕点种。真叫人不放心！张树海忍着疼，趴在地头观察着，监督着，哦！是用新办法，李明山负着责任呢！正看得出神，工作组组长李贵先陪同旗委副书记田玉林和秘书章士先来到地头。张树海歪着脖子站立起来，头上戴着一顶大蓝帽，和田书记、章秘书、李局长一一握手。章秘书看着树海说："你咋戴这么大的帽子，不是你的吧？""我借人家的。""咋啦，爱戴帽子？""不是，头发剃光了。""我看看。"章秘书一边说，一边摘掉树海头上的大帽子，一颗明晃晃的大光头立刻呈现在众人眼跟前，阳光下，熠熠生辉，还耀眼呢！几个人都笑了起来，李局长问："咋剃成光头了？"三毛在一旁抢着说："他脖颈上起了个大粉刺，疼得觉也睡不成，为了下火，就把头发剃了。"田书记走到树海背后观看，吃了一惊，说："都肿成这样了，还待在地里？快去医院，看好病再回来。"杨有华走过来，说："一会儿我送树海上医院。"李明山说："田书记，我不爱当面夸人。但是现在想说，张树海是建社以来我们没见过的好干部。既是干部，又是生产队长，又是社员。没有他，朱开沟的水能流进这二百多亩旱地里？不可能！我们计划了好几年都没干成，树海来了半年多，事情就干成了。我们前塔以后不但不吃返销粮，还要给国家卖粮哩！"杨有华说："树海处理问题也切合实际，方法多，社员们都没意见。"李贵先说："树海，他们说的是实话，但你也不能骄傲，还要好好努力。"张树海红着脸说："李局长，我跟上你做工作，有劲！以后你多指点。"张树海给田书记留下了深刻印象。

公社卫生院的大夫王雅莉是响应国家"六·二六"号召，来到新召医院工作的天津大夫，医术高明。她看了张树海脖颈上的粉刺，问："你几天洗一次头？"张树海说："二十多天洗一次。""相隔时间太长了！一个星期应该洗一到两次。年轻人排泄汗力强，长时间不洗头，毛孔眼儿会被堵塞，皮下油脂排泄不出来，就容易形成粉刺。你的粉刺化脓了，我给你开个口子把脓挤出来，消消毒，过几天就会好。"张树海说："王大夫，动刀子吧，我不怕疼。"王雅莉点了点头，开始动刀挤脓消毒包扎。疼得张树海眼泪直抛，但一声未吭。王雅莉笑了，说："回去吧，这几天不要干活，静养着。"张树海说声："谢谢。"走出诊室。

张树海待在宿舍里，不是看报纸，就是听收音机，有点儿无聊。哦，李局长来了。他立刻站起身来，让座倒水。李贵先坐定以后，说："这次来新召工作队下乡的干部，一共有五十多人。田书记打算在第一战线发展一名新党员。我推荐了你，田书记也认为你表现不错。明天就要开支委会讨论，我来找你谈话，是让你预先有个思想准备。"张树海激动起来了，说："李局长，谢谢你！你这么关心我，爱护我，我永远不会忘记。"李贵先摆了摆手，说："不要感谢我，这是组织的意思，以后好好严格要求自己就是了。"说完，站起身出了门。

第二天下午，公社机关党支部召开党员大会。由李贵先和旗武装部李贵祥做介绍人，党员们一致举手同意张树海为中共正式党员。三个月后，工作队撤离新召，旗委下文任命张树海为新召公社党委副书记。

## （九十四）

"众鸟高飞尽，孤云独去闲。"

李德明今天没出工，独自一人坐在宿舍里发呆。旧庙塔、榆树沟的知青都走了，神树湾的知青除了自己也都走了，都到了新的工作岗位，踏上人生新的旅途。唯有自己，仍然待在神树湾继续当农民。

天黑下来了，肚子咕咕叫，中午没吃饭！李德明进厨房看了看，还有一棵长白菜，半筐子山药，烩点儿菜吧。主食就不用做了，有早晨吃剩的半块窝头，能顶一顿。他生火烧水，洗菜削山药，不多时，菜就烩好了。吃吧，凑合先活着。

饭后，李德明躺在炕上，借着油灯微弱的光线，望着屋顶。这么大一排房子，就住一个人，空荡荡的，不光孤单，还有点儿害怕。明天跟大群劳动吗？唉，不去了。去大队找一找张支书，向他讨个主意。不行的话，就去公社找赵书记。凭什么知青都有了工作，单剩下李德明？对，天亮就起程，去大队，去公社。想着想着，睡着了！衣服也没脱。

天亮后，李德明喝了一碗开水泡菜汤，锁好门，就匆匆来到大队部。正好张支书昨天晚上开会晚了，住在大队没回去。见李德明进屋，就说："德明，我知道你的来意。一会儿我领你去赵书记办公室，说说你的事儿。"李德明说："全大队的知青就剩下我一个人，我没法再待下去了。""知道！你不要急，见了赵书记，会有办法的。"张开关吸了两口烟，说："走，到公社。"

张开关领着李德明走进赵九日办公室，赵九日问："张支书，你有事？"张开关指了指李德明，说："前年来新召的三十六名知青，已经有三十五名安排了工作，现在就剩李德明一个人还留在神树湾，这怎么办？""为什么只剩下他一个人没安排？""因为他家庭出身是地主。""家庭出身是地主就不给安置，这不是唯成分论嘛！本人表现怎么样？""本人表现？思想进步，劳动吃苦，实实在在，社员中印象很好。""那怎么能把他一个人剩下？""旗知青办官僚主义嘛！""那等下一次来了指标，优先安排。""赵书记，不能等下一次了，现在就要解决。""怎么解决？""给知青安置办打电话，说明李德明的情况，要求他们立即安排，不然，我现在就带着李德明去旗委书记办公室上访。"赵九日看了看张开关，说："好吧，我现在就拨电话。"不一会儿，电话通了，赵书记说："丁主任，新召还有一名知青没有安排，你们知道吗？"对方答："知道，他叫李德明，家庭成分高。""丁主任，党的政策是重在表现。李德明是全知青点儿上的先进青年。你若不信，请张支书和你说话？""啊，不用了，赵书记说话还能有假？你不要急，我和其他同志碰一下面，下午一上班就回答你，怎么样？""行，我等你的电话。"赵九日放下电话，说："你们听到了吧，下午回话。"李德明说："谢谢赵书记。"张开关说："咱们走吧，不要干扰赵书记工作。"说完，就和李德明走出办公室。

张树海从后边跟了上来，说："爹，中午我请你们吃顿饭吧。"张开关说："你和德明吃去吧，我在大队开完会，刘宝维另有安排。"说完，去了大队。

下午三点多钟，公社办公室接到旗里打来的电话：李德明被正式安排在旗贸易公司工作，三天之内就去报到。李德明热泪盈眶，一连给赵书记行了三个礼，走出办公室，又握着张树海的手说："我要走了！张支书的深情厚谊我会记在心里。"张树海说："有朝一日，希望大家再来牧牛河畔聚会。"李德明连连点头，说："会的，会的！知青是新召村民的老乡，新召是知青的第二故乡。"

## （九十五）

乔铁虎当干部十多年了，可是老婆娃娃还是农村户，一直在榆树沟分口粮种自留地。有一片山药地，已经二十多天没浇水了。现在机关没什么事，正好抽空回去放一水。张树海是搞常务的副书记，去和他请个假吧。乔铁虎推开张树海办公室的门，嘿！张树海正翻箱倒柜清理书籍和文件呢，于是问："张书记，你这是折腾甚？"张树海说："我要离职上学去了，准备交手续？""上学？副书记当得好好的，上什么学？""嗨！昨天旗里给新召一个上大学的指标，我想去，赵书记就同意了。""去哪里上大学？什么专业？""河北大学，政史系。""好事嘛，祝贺你！""你找我有事？""我想去榆树沟浇地，向你请半天假。""行，批准！反正我现在还没交手续。"两人正说着，突然闯进榆树沟的张宏老汉，气喘吁吁地说："张书记，你得给我做主！"张树海奇怪地看着老汉，说："出什么事啦，要我做主？""尔力湖沟的栗在朝拿铁耙子把我二小子玉发屁股上掏开四五个窟窿。""他为什么打玉发？""他说玉发强奸他媳妇了。其实根本没强奸，诬赖人哩。""栗在朝现在在哪里？""还在榆树沟！打伤人还有理了！说连我老汉也要收拾。"张树海说："老乔，正好你要去榆树沟，顺便把我爹找上，一起去处理这事吧。"乔铁虎说："也行，我们去找张支书。"

张开关听了张宏老汉的讲述后，说："上个月刚处理完下乡干部李开珍的花案，怎社员也跟着犯事了？"张宏老汉急忙说："我家玉发是被人诬赖哩！"张开关说："是不是诬赖，我们去调查一下就知道了。"

三人来到张宏老汉家，张玉发正躺在炕上睡觉呢。见有人进屋，就侧着身子爬下炕。乔铁虎黑着脸，说："你的伤在哪里，我看看。"玉发趴在炕沿上，解开裤带，扒下裤子，露出屁股蛋子来。噢！右屁股蛋子上真有四五个钉印，流过血，现在黑紫青。张开关说："系上裤带，起来吧。"玉发系上裤带站了起来。乔铁虎说："你走两步。"玉发龇着牙，走了起来，一歪一歪的。乔铁虎问："栗在朝为什么打你？""他说我强奸他老婆。""你强奸了没有？""我是闹着玩，没强奸。"乔铁虎用手指戳了一下玉发的脑袋，说："我们去调查一下你的事！在家老实待着，一会儿还要找你核对，听清没有？"玉发垂手站立，点头说："听清了。"

张开关和乔铁虎来到队长李福则家。李福则说："你们来得正好，不然栗在朝还要去玉发家打闹呢。"张开关问："栗在朝现在在哪里？""在他丈母娘家里，我领你们去。"

三人进了栗在朝丈母娘家，栗在朝正坐在凳子上发脾气，媳妇美美斜靠在行李上抹眼泪。丈母娘、丈人见书记、特派员到来，忙把炕毡铺开，让来人上座。乔铁虎问栗在朝："你是尔力湖沟的社员，为什么来榆树沟打人？"

栗在朝看了一眼李福则，说："情况你知道，你说吧。"李福则说："我不参与你们的这些烂事儿。"栗在朝说："张玉发是社员，你是队长，你咋就能甚也不管？"李福则低头想了想，跳下炕，招呼张开关和乔铁虎去了南房子，详细讲述起张玉发被打的事件来。

张玉发是个少羞没耻的赖皮，今年二十七岁，没娶下媳妇。平时看见姑娘媳妇就流涎水，满嘴下流话，还配合着赤裸裸的动作。姑娘媳妇远远瞭见他就往开躲。那天，栗在朝媳妇美美回村坐娘家，不小心在当路碰见了张玉发。张玉发一阵欢喜，说："美美，你走路咋这么好看？"美美不搭话，想绕开走。谁知玉发可急溜了，美美朝东边走，他立马杵在东。美美朝西边绕，他立即挡在西。美美没辙了，说："玉发哥，你不要缠我，让我走吧。"玉发嘻嘻笑着说："哥想和你打伙计。"美美恼了，说："放屁！有本事自己娶个媳妇，想咋弄哩！"玉发更来劲了，说："我就想日你哩！"美美绯红着脸说："你是个牲口！再不让路，我就喊叫了！"玉发"咯咯咯"大笑起来，说："美美，咱俩从小一个村长大，你忘记了我是谁？哥甚时候怕过人笑话！"一边说，一边伸手就摸美美的胸脯。美美一掌打开玉发的手，扭头就跑。玉发急了，解开裤带在后面追。一边追，一边掏出自己的二脑袋叫喊起来："美美，你看看！美美，你看看！"美美熟悉村里的路，一口气绕道跑回家。玉发扫兴极了。站在路边遐想一阵，觉得美美既然是坐娘家，怎么也要住几天。既然住几天，机会就还会有，耐心等着吧！

第二天下午，玉发和社员们锄玉米。一边锄，一边东眈西瞭，突然发现西山坡上有一个穿红布衫的年轻媳妇，好像是在掏苦菜。手搭凉篷，细细观望，嚄！那不是美美吗？机会来了！玉发假装要解手，把锄头扔在地头上，像一条发现猎物的狼，快速朝西山坡跑过去。离美美只有十几步远了，玉发轻手轻脚慢慢靠近。美美没察觉有人来，突然就被玉发拦腰搂住了。美美吓得尖叫起来，玉发腾出一只手捂住了她的嘴，喘着粗气说："美美，不要吼！就一下下，完事了哥马上就走。"美美扭动着身躯，想要挣脱。可玉发像一头发了情的叫驴，四蹄腾跃着，将美美压倒在地。美美来回翻腾，玉发"嗥嗥"直叫，但怎么也把美美按不稳，只好搂着美美在山坡上打滚。远处的社员们惊得一阵阵高呼。

说来也巧。美美坐娘家走后，家里三岁的儿子就得了肠胃炎，又吐又泻。栗在朝把儿子交给老娘，就来榆树沟找媳妇回去。进了丈人家，不见媳妇。丈母娘说："美美去西坡地上掏苦菜去了。"栗在朝走出院子，向西坡地上望去，啊呀！好像有一男一女在半坡上抱着打滚。那女的不就是美美嘛？对，没错！穿着红布衫。谁这么胆大，大天白日在高坡上强奸妇女？赶快收拾这驴日的去！于是顺手拉起一把六股铁耙子，飞也似的冲出院子，奔向山坡。等跑到玉发和美美跟前时，美美已满头大汗，气力不支，渐渐失去反抗的力量。玉发气喘如驴，压着美美，正准备做最后的进攻。突然屁股上重重地挨了一铁耙。回头一看，是栗在朝，人主来了！只见栗在朝高举铁耙，用尽气力，又要钉将下来。玉发惊骇，放开美美，快速地向坡下滚去。滚到底坡，一跃而起，没命地向家里跑去。栗在朝追了一阵，实在追不上，就只好返回身来，去找媳妇。

张玉发跑回家，惊魂稍定，气喘微平，正想探出头向外张望，看看栗在朝追来了没有，屁股上传来猛烈的疼痛！解开裤带，用手摸了一下屁股蛋，啊呀，生疼！抽出手掌一看，满巴掌血。不禁骂道："栗在朝啊，怎下手这么狠！我日你娘啦？"正待再骂，屁股蛋上的疼痛一阵紧似一阵！哎哟哟，先休息一会儿吧。于是爬到炕上，拉了个枕头，蜷缩着哼哼起来。

中午，张宏老汉浇地回来，见二小子躺在炕上呻唤，就问："玉发，你病了？"玉发可怜地说："我和美美耍笑了几句，栗在朝就恼了。顺我屁股蛋上狠狠地钉了一耙子。""放屁，耍笑两句，人家就能钉你一耙子？你肯定是捏揣美美了。""唉！我根本没把美美怎么的，他就给我钉下几个血窟窿。"说着，就扒开了裤子。张宏老汉近前一看，玉发屁股蛋上真有几个铁钉眼儿，还流着血。一时怒火冲天，就直奔公社告状了。

乔铁虎和张开关听罢李福则的讲述，说："李队长，你去把张玉发和栗在朝叫到队房子来。"李福则说："那你们先过去，我马上领他们来。"不多时，有关人员都来到队房里。张玉发和栗在朝都站在当地，张开关把二人分别训斥了一番后，乔铁虎说："张玉发，你咋就成个没皮海红子，脸都不要了？光天化日之下，看见女子媳妇就追，赤身裸体，青红不顾，和草滩上的毛驴有什么区别？"一边说，一边掏出手枪，敲打着张玉发的脑袋。张玉发低着头，脸憋得通红。旁观的社员们纷纷议论：张玉发这次是害怕了，也觉见丢人了！看那脸皮，像一张红纸！正在人们窃窃私语时，张玉发"扑哧"一声笑出声来，而且收敛不住，笑得浑身颤抖！众人这才明白：张玉发脸色发红不是害怕害羞，而是觉着乔铁虎说自己是毛驴，实在可笑，但又不敢笑，所以把个脸憋成通红！现在是实在忍不住了，才大笑起来。栗在朝斜眼看了看他那个驴样儿，也忍不住笑了起来。社员们也跟着笑了起来，其中人群里有一个年轻人笑得最响，"哈哈哈"声震屋顶！笑得乔铁虎一阵阵尴尬。朝人群里一瞭：那个笑得最欢的人是白登云！顿时恼羞成怒，转过身拨开人群，走到白登云面前，骂道："富农儿子！你也来笑话老子断案？快往回滚，一会老子到你家要你这个月的思想汇报。"白登云立即收敛了笑容，钻出人群，向自家走去。乔铁虎把张玉发又骂斥了一顿，然后宣布散会。

中午，乔铁虎和张开关在李福则家吃饭后。乔铁虎说："农民没文化，做事太粗野。"张开关瞧了一眼乔铁虎说："你这话不公平。粗野的人不单农民里有，干部职工里也有的是！就说那李开珍，身为税务局长，在地头看见漂亮媳妇，抱住就亲，要不是王外存一锄头将他剐倒，还不知道要弄出甚事哩。"乔铁虎点头笑了起来。

张开关和乔铁虎来到白登云家。白登云将写好的思想汇报双手递给了乔铁虎。乔铁虎简略地看了一遍，说："你还有别的事儿没有？"白登云一本正经地说："没有。"这时，张开关从躺柜上拿起一个笔记本，从中取出一张纸，嘿！是一首诗的草稿，从上到下看了一遍，笑得前仰后合。乔铁虎奇怪了！又有什么事，把个书记也笑成这个样？张开关笑过一阵后，把纸递给了乔铁虎。乔铁虎一看，"哈"！是《毛驴之歌》：

呵，毛驴，
爱情的勇士！
你虽然不如——
马儿俊美，
也不具备——
黄牛的气力！
但你有突出的优点——
厚颜无羁！
你对异性的追求，
从来就没有限制。
无论是在繁华的集市，
还是在人畜往来的大路，
只要发情，
就赤裸裸地媾配！
哎呀呀！
你的坦然，
你的情愫，
你的兽性，

即便是聪明的人类，
也只能妒忌！

乔铁虎大笑起来，说："这诗好，把毛驴的特征写出来了。"张开关说："张玉发是草滩上吃草的驴，李开珍是特供草料喂养的驴，本性是一样的。"白登云也"嘿嘿"笑了起来。

## （九十六）

河北大学放暑假了。张树海回到神树湾，站在神山脚下，观看穿山隧道竣工典礼。牤牛河水从北洞口进入南洞口流出，然后顺畅地流入旧庙塔千亩良田。这是新召的大事！张开关特意给社员们放假三天。请了旗歌剧团搭台唱戏。全大队的男女老少都来了，附近神木府谷的青年男女也闻讯来了！会场上有卖饭的，卖水果的，卖烟酒的，还有拉着驴马牛羊猪骡进行交易的。三教九流，红火热闹。但是，最惹眼的还是那些年轻的姑娘们，花枝招展，光鲜照人，鲜嫩得一指甲能掐出水来！树海娘提着一篮子大黄杏，顾不上叫卖，在人群里到处瞅睹。瞅什么？想给树海瞅媳妇。噢！前面那个女子长得棍棍条条，细眉大眼，脸蛋厚托托的，走起步来稳稳重重，要是没婆家，正和树海好般配！嘿，又发现了一个，真俊！老婆子眼花缭乱，瓜地挑瓜，挑得眼花，一时没了主意。正在这时，树海走过来了，问："妈，你卖啥杏？去看戏吧。"娘一把扯住树海，说："苶小子！你看哪一个姑娘中意，妈给你请媒人。""妈，原来你是操这道子心！不用，不用，媳妇我自己找，保你满意。""你自己找？等你找下了，老妈也老得走不动了。"母子二人正说着话，大队会计刘宝维走过来了，说："树海，昨天夏志义老师打来电话，要你一两天之内，去他家里走一趟。""他说有什么事？""没说，但听口气挺急的。""哦，我明天就去。"树海接过娘臂上的杏篮子，搀着娘去看戏。

第二天一大早，树海就来到公社，搭上了赵书记的吉普车。下午两点钟，来到夏老师家里面。师母忙给树海倒茶，洗水果，还要烧火做饭。树海说自己已经吃过饭了。夏老师说："我给你相中了一个姑娘，让你来见见面。"树海红着脸问："哪里的姑娘？""你也认识。原来在新召二中念过书，比你低三届，名叫曹俊玲，二十岁，现在百货门市卖服装。上个星期，她找我修收音机，拉话中得知她还没找下对象，我就把你的情况向她作了介绍。她说以前就认识你,同意见面谈。"师母说:"你可能这两年没见过她,出落得漂亮着哩!高高的个子,苗苗条条,留两条大长辫子。我看你俩合适。"树海说:"我家在农村,人家住在城里,怕不合适吧。"夏老师说:"怎么不合适?你现在是科级干部,又是大学生,哪一点儿过不去?下午我把她找来,好好和她谈谈,说不定是一桩好姻缘哩。"树海笑了笑,说:"听夏老师的安排。"

  下午两点半,夏老师两口子带着儿女上街了,只留树海在家。不到半小时,门外传来了自行车铃声,树海向外望去,是曹俊玲来了!树海站起身来,将曹俊玲迎进屋内,和声问道:"曹俊玲,你好!"曹俊玲绯红着脸,说:"你也好!屋内就你一个人吗?""他们都出去了,就留我一个人。"曹俊玲坐在炕沿,树海坐在了地下椅子上。噢!夏师母说得不错,曹俊玲是个漂亮姑娘!不光长辫乌发,身高苗条,而且脸色白里映红,大眼睛明亮有神。曹俊玲偷眼观察张树海:稍比自己个子高一点儿,长一头浓黑厚重的长发,粗眉大眼,脸蛋子白白净净,有点儿乒乓球冠军庄则栋的模样儿。两人沉默了一会儿,树海终于鼓足了勇气,说:"俊玲,咱们以前是同学。"俊玲笑答:"你高我三届呢!是校友。""对,校友,那时候你是小姑娘。""我现在还是小姑娘吗?""啊呀!现在是大姑娘了。我想说句话,你可不能恼。""现在没别人,有话你尽管说,我不恼。""我觉得你真漂亮。""啊呀!你怎么刚见面就说这样的话?""噢!你恼了,我不敢说了。"俊玲笑了起来,说:"我不是恼,你再说吧。"树海咽了咽口水,说:"俊玲,我的条件可能不如你。""什么条件不如我?""我家住在农村,年龄也比你大三四岁。""哎!你挺谦虚的!不过你有突出的优点。夏老师说你的头脑聪明,一贯是全年级的拔尖学生,现在又是大学生。至于家在农村,那没什么,你又不可能当农民!年龄嘛,还不到二十四岁,咋能说大?""噢,你对我的印象还好着哩!那我问你,你愿意和我交朋友吗?""交朋友?交怎样的朋友?""交超过一般男女关系的朋友。"曹俊玲红着脸说:"那要看你是不是诚心。"树海急着说:"我心诚着呢?""你是不是诚心,需要我进一步了解。""好,好!你尽管了解我吧!为了让你了解我,今天晚上,我想请你看电影。""看电影?我不好意思!""啊呀!都什么年代了,看个电影,谁也不会说闲话。"俊玲捂住了脸,说:"好了,好了!我信夏老师。也相信你。"树海忙说:"我一辈子都对你真心。"俊玲笑了起来,说:"谁和你一辈子了?"树海站起身来,走在俊玲跟前,挨着俊玲坐在了炕沿边,说:"我就想和你一辈子在一起。"俊玲说:"说心里话,我一见到你,就有好印象。""我见到你,不光有好印象,还有一种特别异样的感觉。""什么感觉?""感觉咱俩有缘分。""为什么?""月下老人早已用红线把我们拴在了一起，所以就有了感应。"俊玲和树海一见钟情了！俩人沉默了一会儿，树海慢慢地将右手伸了过去，握住了俊玲的手，俊玲不语。树海又伸过左手，轻轻摩挲起俊玲的双手来。俩人的头也挨在了一起！树海饥渴难耐，站起身来，双手搂住俊玲的腰肢，和俊玲接起吻来。俊玲也溜下炕沿，抱紧了树海，激动得不能自禁。过了六七分钟后，俩人渐渐冷静下来。俊玲推开了树海，说："咱俩的关系发展得太快了！你好像谈过恋爱，我上了你的圈套了。"树海辩白道："哪里有什么圈套，这是自然规律！你可不要认为我不正经。""什么自然规律？""干柴见了烈火，能不燃烧吗？"俊玲娇嗔地说："占了便宜，你还耍嘴皮？"一边说，一边理了理头发，就要往门外走。树海忙上前拦住，说："再坐会儿，我不想让你走。"俊玲轻声说："咱俩晚上电影院里见，你去买票，要最后排的。"树海激动地说："行，行，晚上见。"

  晚七点，树海来到电影院门口，看着人们陆续走进影院。他四处观望着，不见曹俊玲的身影。等了二十多分钟后，焦虑起来：莫不是曹俊玲的父母亲不同意，不来了？是不是又有人给她介绍了别的男人，改变了主意？嗨，姑娘的心，秋天的云，变化大着呢！张树海感到一阵惶恐。月亮缓缓露头了，他双手合十，默祷：月下老人，关心关心我吧！我想让曹俊玲做媳妇，你施展爱情的魔法吧！正默祷着，突然觉得身后有人轻轻拍打。回头一看，啊！俊玲，你终于来了！俊玲笑着说："等急了吧？"树海长长舒了一口气，说："你再不露面，我都以为你变心了呢！"俊玲解释道："我正要出门，我哥来了。他不知从哪儿得来的消息，知道我和你谈恋爱，问上个没完。""可能是夏老师告诉的他。要不然，咋能知道。""不说这些了，咱们快进影院吧。"俊玲真大方，竟然依偎着树海，走进了影院。俩人上了二楼，坐在了最后一排东边。这一排只坐几个人，而且都坐在了中间，离树海和俊玲有一段距离。这里光线很暗，别人看不清坐的是谁，也听不清两人的悄悄话。树海拉着俊玲坐了下来，稍稍静默了一会儿，身体就靠在了一起。四只手互相抚摸着，头也挨紧了！耳鬓厮磨，情感交融。树海的手伸向了俊玲的大腿，顺着大腿又摸向了小腹和乳房！俩人的嘴唇沾在了一起，相互吮吸着，呻吟着，忘记了电影，忘记了人群，好像这里完全是两人的世界！时间在飞逝，也不知什么时候，突然灯光亮了，电影演完了。俩人迅速坐正身子，看着人们陆续走出影院。俊玲说："咱们也走吧，一会儿管理人员要清场了。"树海站起身来，和俊玲手拉手走下一楼，出了影院。树海问俊玲："今天演的啥电影？"俊玲说："我一眼也没看。"树海说："我更没看。"俩人都笑了。树海一直把俊玲送到家门口，才恋恋不舍地回招待所休息去了。

第二天一大早，树海洗漱用餐后，正觉得房间里无聊，俊玲就推门进来了。打量一下俊玲：比昨天更漂亮了！脸上泛着红晕，容光焕发，浑身活力。树海情不自禁地迎了上去，将俊玲紧紧搂在怀里。一夜未见，如隔三秋！相互抚摸着，热吻着，颤动着，差点儿就要失控了！直到听到外面传来脚步声，俩人才松开臂膀，依偎着坐在了床上。

俊玲靠在树海胸前，说："今天我问你几个问题，不能说谎！"树海说："你问吧，我什么也不隐瞒，永远！""好，你以前谈过恋爱吗？有过罗曼蒂克吗？"张树海想了想说："我说出来，你不要笑话。""哈，不笑话，不笑话！你说吧。"于是树海就讲了下面的故事。

树海在运动中担任红卫兵总部负责人时，需要有人画彩色宣传画报。同班同学铁木尔泰自告奋勇，说他能胜任。大家试着让他画了几张，嗬！真是个天才。尤其是那幅《拿起笔做刀枪》把个女红卫兵画得英姿飒爽，活灵活现，看得胡向华眼睛都瓷了！铁木尔泰的父亲是原鄂左旗副旗长，蒙古族，运动刚开始就被打倒了。但树海和铁木尔泰仍然成了好朋友，铁木尔泰经常领树海去自己家里。铁木尔泰的父亲长着几根稀疏的短头发，黄眉毛黄眼珠，高颧骨，脸上的肉皮和鸡皮差不多，说话有卷舌音，嘴里的烟味儿很大。一看见树海来家，就说："好，好，好！你和铁木尔泰是同学，过年请你吃猪肉。"树海对他微笑着，但心里觉得很絮烦！铁木尔泰的大妹妹花尔勒十八岁了，也是黄头发黄眼珠，中等个子，身体微胖。脸上有许多疙瘩，也是高颧骨，和她爸长得差不多！每当树海去她家，她就忙着端茶倒水，然后就偷眼看着树海。树海起先不以为然，根本没往男女情爱上想。可是花尔勒的情窦却敞开了，她真心实意地爱上了张树海！树海几天不去她家里，她就自己跑到红卫兵总部转悠，含情脉脉地偷看树海。树海也察觉了，但心里不爱花尔勒，所以躲着她。花尔勒激情燃烧，一连给树海写了三封信，信里哥哥长哥哥短地叫唤着。越是这样树海越心烦，干脆再也不去她家了。花尔勒不放弃，给好朋友们说："张树海是我的对象，我还和他姐姐睡过觉呢。"好友问："那咋不见张树海来找你？""嗨！他是不言圪喘实凿了，一般人不知道。"这些话，很快在新召传开了。堂姐来娣有一次拉住树海问："你和花尔勒是什么关系？"树海说："什么关系也没有。""那她咋给人家说，你是她的对象？而且和我还睡过觉呢？"树海生气了，说："疯女子，疯女子！胡说八道！"一边说，一边去找花尔勒去了。

花尔勒见树海气冲冲地闯进她家，不解地问："你有事？"树海没言声，把她拽到了屋子外，走在房后面，问："我什么时候和你谈恋爱了？我姐什么时候和你睡过觉？"花尔勒低下了头，搓着小辫，默不作声。树海严厉地说："你可不敢再瞎说了！我现在不找对象，将来找也不找你，咱们没缘分，知道吗？"树海说完，扭头就走了。花尔勒"呜呜"地哭了起来，以后再没找张树海的麻烦。

张树海上大学以后，遇到鄂尔多斯老乡朱文英。凡见过朱文英的人，都说她漂亮。细高的个头，笔管条直，云鬓乌亮，柳眉杏眼，一张鹅蛋脸，白白净净。美中不足的是走路有些外八字，可能是走山路形成的。但怎么说朱文英也是个美人儿。张树海起初和她接触，还有些自惭形秽，拘拘束束。但朱文英没架子，大大方方地靠近张树海。一天晚自习，她见张树海旁边空着一个位子，就主动坐了过来。借商量作业题攀谈起来，低声问："你是哪个旗来的？"树海低声答："鄂左旗新召。你是哪个旗来的？""准格尔旗杨家湾。""哦，知道了！山曲儿上唱'沙圪堵点灯杨家湾湾明，二少爷招兵忽沙沙那个人'，是那地方吗？"朱文英笑了起来，说："你说对了，就那地方！你们新召我知道，紧挨着准格尔旗。""咱两个是老乡了。""那还用说！老乡见老乡，两眼泪汪汪。以后自互相多关照点儿。""只要你不介意，我随时听你的召唤。""太好了，你作业本下面压的是什么？""嗨，一个笔记本，胡乱写画。""拿来我看看。""行，但你不要笑话我。"树海一边说，一边将一个红色塑料皮本拿了起来，递给朱文英。朱文英翻开第一页，见上面写着"无限风光在险峰"几个字，再往里边翻，什么都没写。就低声说："送给我吧。"树海看着朱文英，说："行，只要你喜欢，送给你！"朱文英把笔记本装进了自己的书包，说："我也送你一样东西。"说着，便从书包里掏出一本小书，翻开第一页，在空白处写下一句话——"不爱红装爱武装"。张树海接过小书一看，是《马雅可夫斯基诗歌选》，于是爱不释手地翻阅起来。看了一会儿，说："谢谢你给我这么好的书。"朱文英说："不用谢，你还喜欢什么书，我给你买。"树海笑着说："我也想送你喜欢的东西。"俩人相视一阵，都会心地笑了起来。然后低头做起了作业。

晚上，张树海辗转反侧，满脑子都是朱文英，那笑容，那含情的眼神，那耸起的胸脯，啊呀！扰得人想入非非。

星期日，张树海来到教室，看见只坐着两个人，一个朱文英，一个王素芳。王素芳是乌盟察右前旗人，也是农村来的，脸色黑红黑红的，像一株熟透了的高粱。可能是前旗风大，吹红了脸。朱文英见张树海进来了，忙指了指身旁的一个座位。树海会意，就走过去，挨着她坐了下来。朱文英没话找话，一会儿要张树海举例子说明"否定之否定"规律，一会又要张树海谈谈对"普遍性存在于特殊性之中"的理解，俩人你一言我一语交谈起来。突然王素芳说话了："你俩想谈话，请另找个地方，不要影响别人。"朱文英看了看张树海，将书籍塞进桌内，站起身来，示意俩人出去。张树海会意，就相跟上走出教室，一直来到校园大门口的公共汽车站牌下。嚄，同学丁荣、李建飞、乔智峰也在等车。见张树海和朱文英走来，都笑了，说："你俩也上街？"朱文英点了点头。丁荣说："咱们几个人，只有张树海是带工资上学，今天应该请客。"张树海说："行，你们定地方，我掏钱！""去麦香村，清真味。"不一会儿，公共汽车到来，五人上了车，一路说笑，来到麦香村。坐定以后，李建飞说："咱点上四五个炒菜，荤素搭配。上两瓶白酒。主食就点过油肉刀削面。"张树海说："行，再加上一壶玉泉井水泡的茶。"丁荣和乔智峰都同意，并且开始点菜。朱文英站起身来，给大家拿碗找筷取水杯。

不多时，炒菜上桌了。张树海举起斟满酒的杯子，说："我们能在一起读书深造，是命运之神的恩赐，是缘分。同窗共读，亲如手足。我提议一盅酒，祝大家学业有成，前途无量。"众人都站起身来，把杯中酒饮净。张树海担心朱文英不会喝酒，哪知她毫不推辞，不动声色地把酒干了。接下来的酒，她也一杯不落地喝净了。丁荣感到蹊跷，问："朱文英，你真喝啦？"朱文英说："真喝了，喝酒还能作假？""那我们再过两圈。""行，要喝都喝，谁也不能落下。"不多时，两瓶酒只剩下少半瓶了。丁荣的脸像红布一样，其他人也好像晕了起来。张树海瞄了一眼朱文英，嘿！面不改色，谈笑自若，还招呼服务人员呢！不多时，桌上又添了五碗过油肉刀削面。朱文英一边劝大家吃菜，吃饭，一边把每个人的凉茶换成了热茶。张树海笑问："文英，你哪来的酒量？"朱文英笑了，说："这是遗传，我父母都酒量大。"不多时，大家都放下了筷子，说吃饱了。张树海提议把剩下的酒都喝完，丁荣和李建飞、乔智峰连连摆手，摇摇晃晃地站起身来，走出门外。不一会儿，三人上了公共汽车，回学校去了。张树海结了账，挽着朱文英去了公园。坐在长椅上，依偎着说了许多体己话。

可是，世上的事真难预料！正当张树海和朱文英关系日近的时候，一件突发事件降临了。

四月份，学校组织张树海所在班级去北部农村学习实践。有个叫王东云的男学生，和同班女生欧阳美花谈恋爱。俩人形影不离，难分难舍，饭后也不休息，跑在山坡上谈情说爱。欧阳美花是部队现役军人乔军的未婚妻，王东云是知道的。但他怎么也没想到乔军就在附近的边防部队里服兵役。他俩在山坡上搂搂抱抱的情景，全被乔军和他的战友用望远镜看在眼里。乔军气愤不已，要收拾王东云，可是怎么去收拾？战友们经过一番策划，由八个军人骑着八匹马来到山坡上，不由分说，把王东云打得连滚带爬，倒在坡底。欧阳美花吓破了胆，对着乔军指天发誓：从此和王东云一刀两断！此事很快被校党委知道了。立即调查核实，给王东云记大过处分。然后又在学生里面调查是否还有类似情况。这一调查，问题又出来了！朱文英也是现役军人的未婚妻，男人叫甄远宽。张树海和朱文英都被校党委叫去谈了话，但两人一口咬定是正常的同学关系。最后，调查人员在缺乏证据的情况下，只好警告一番了事。从此，张树海看见朱文英就是个躲，再也不敢招惹了。

丁荣已婚，家住省城郊区。"五一"放假，邀张树海去家里过节。那天中午包饺子吃，小姨子田润枝也来帮忙。她刚高中毕业，不想去农村插队，就闲待在家里。姑娘长得袭人，虽然眼睛不大，但清澈诱人。脸蛋像煮熟的鸡蛋剥了皮儿，白嫩嫩！身材不算苗条，但一点不显胖，充满活力！张树海刚进门时，丁荣就把俩人相互作了介绍。吃饭时，丁荣和媳妇提议了第一盅酒后，就把酒瓶交给了润枝。润枝满满斟了一杯酒，双手端给张树海，说："大哥，欢迎你到我们小镇来。"声音柔和悦耳，有一种勾人魂魄的感觉。树海接杯饮净后，看了看对方，姑娘脸上顿时泛起了红晕。树海马上移开目光，转向丁荣。丁荣热情劝酒，让润枝又给树海满了几杯。树海发现，润枝不时地在偷看自己，有羡慕、有温情、有渴望！树海的心也不由地激动起来。饭后，丁荣安排树海在西边的房间里休息。润枝进来过两次，给树海倒开水时，不小心烫了手，树海忙接过水杯，俩人的手指碰在了一起！润枝大胆地抬起头来，看着树海笑。树海不好意思地低下了头，润枝返身出去了。

下午返校时，润枝一直把树海和姐夫送到了大路口，才一步一回头地回家去了。

一个星期后，张树海接到了润枝的第一封求爱信。言辞真诚热烈，是少女的激情！但树海反复思量，润枝没有工作，户口又在农村的小镇上。娶了她，自己一辈子就待在那里，真不甘心！于是就没给润枝回信。之后，润枝又一连写来两封信，树海都搁置一边，没理。半年后，树海去图书馆看报纸，突然发现省城当日报纸头版头条有一则新闻，说的是郊区小镇广播站播音员田润枝的先进事迹，还配有一幅照片。照片上的田润枝面带微笑，举着话筒，穿一件花格衬衫，美极了！树海一阵激动，回到宿舍就给润枝写了封信，暗示了爱慕之意，满以为润枝是自己的人了！谁知一周后接到润枝的信一看：她已经和一个当兵人订了婚。树海灰秋秋地躺在了床上，盯着顶篷瓷了眼。

听了张树海的罗曼史，俊玲一阵遐想，说："你和朱文英、田润枝真的没关系了吗?"树海说:"没有了,一点儿也没有了。""哦,既然你向我作了坦白,那我也给你讲讲自己的罗曼蒂克吧。"树海坐直了身子静听。

曹俊玲十七岁春季的一天,母亲去商店里买咸盐,回来路过弹棉花的宋德昌家门口。宋德昌老婆儿说:"老姊妹,进家坐一会儿,我给你熬茶喝。"母亲最近寂寞烦心,听到有人呼唤,就走了进去。坐定以后,宋老婆儿就一边熬茶,一边和母亲拉起家长来。宋老婆儿说:"老姊妹,你家里情况怎么样?"母亲叹了口气说:"全家七口人,就指望老汉一个人挣钱,去年还被打成'内人党',每个月只发三十块钱工资。上礼拜平反出狱,还没给落实政策。三儿又有病,生活没法过啊!""哎,老姊妹,你不要急!你那儿女都大了,过几年就好了。""噢,盼着吧。"俩人你一言,我一语拉了一阵话,茶水开了。宋老婆儿给母亲倒了一碗茶,母亲端起喝了一阵,就告辞回家了。

从此后,宋老婆儿只要看见俊玲母亲,总要邀请在家里喝茶拉话。宋老婆儿知道俊玲母亲有两个闺女,大女儿俊玲已经快十八岁了,没个正式工作。于是就说:"老姊妹,我和你说个事儿,你考虑考虑?""什么事儿?""我的二小子双明,今年十九岁,现在旗机械厂当工人,每月能挣三十多块钱。你家俊玲十七岁,也不小了,能不能给双明当媳妇?"母亲吃了一惊,思忖:这老婆子对我献殷勤,原来是在打俊玲的主意!但当面又不好意思得罪人,强颜笑道:"哎,现在新社会了,娘老子也难做儿女的主,只要娃娃们同意,我们当老人的好说。"说完,又拉了几句闲话,就匆匆离开,回家去了。

下午,俊玲坐在小凳上看书,母亲坐在炕沿上,说:"俊玲,妈告诉你个事。"俊玲头也没抬,问:"什么事儿?""上午宋德昌老婆儿和我拉话,说想让你给她的二小子双明当媳妇。"俊玲猛地抬起头来,惊讶地问:"你上午走那么长时间,就和宋老婆儿说这事儿?""不是我要说,是宋老婆儿想起的。""你咋说的?""我咋说?能当面惹人家吗?我说这要娃娃们自己拿主意。""再不许你去宋老婆儿家了!我看见她家二小子就恶心!""俊玲,不同意就是了,不要损人家。""不是我要损,她那二小子和我是同学,长卜浪头高颧骨,脸皮就像刚褪过毛的老母鸡皮,头发像一堆乱草,鼻孔里还老掉点儿鼻涕,啊呀呀,没法说了。""行啦,行啦!不同意就离远点儿,他还能赖在咱身上?"俊玲把书扔在地皮上,哭了起来。

过了三四天,俊玲在百货商店看见了宋双明,本来俩人中间还有一些买商品的人,可是宋双明硬是往过挤,两眼直瞅俊玲。俊玲厌恶地瞪了他一眼,快速掉头离去。心想:家里再困难,我也不找你!

俊玲十九岁那年正式有了工作,在百货门市当售货员。那时候,工人和当兵的还是姑娘们追逐的第一目标。表姐夫在盟军分区当参谋,认识不少战士。表姐说:"俊玲已经十九岁了,出落得漂漂亮亮,又有工作,你在分区的战士里面,挑一个相貌和品行都优秀的,介绍给俊玲。"表姐夫说:"你让我好好考察考察。"表姐说:"这事儿你可不敢马虎,我姑是一家正派人家,一般的战士俊玲肯定不找。"表姐夫点头说:"这我知道。"

三天后,表姐给俊玲打电话,说:"你来东胜走一趟吧。""有什么事?""你姐夫在军分区给你物色了一个对象,叫杨得胜,二十五岁,参谋,排级干部,河北人。""你让我考虑考虑。""嗨!考虑什么!见了面,能看上,算数!看不上,你原回去!有什么害处?""好,我明天下午来。"表姐放下了电话。

第二天下午,俊玲来到表姐家。过了半个多小时,一个当兵的走进屋来。这人中等个头,不胖不瘦,皮肤微黑,留着平头,下巴有点儿朝里,说:"刘参谋和嫂子你们好。"表姐夫笑着说:"这就是我的表妹曹俊玲,在鄂左旗百货公司工作。"又对俊玲说:"这是分区的杨参谋。"杨得胜跨前一步,伸出右手,俊玲也伸出手来,和他握在了一起。表姐忙着沏茶倒水,清洗水果。大家都坐定后,表姐说:"俊玲是鄂左旗数一数二的好姑娘,哥哥们不是领导干部就是大学生,一家正派人。杨参谋年纪轻轻就成了排级干部,前途无限。不过婚姻讲的是缘分,就看你俩有缘还是没有?"杨得胜笑了,俊玲没说话。坐了一阵后,表姐夫和表姐都借口上街了,屋里只剩下杨得胜和曹俊玲两人。沉默一阵后,杨得胜说:"你今年多大了?"曹俊玲说:"十九岁。""工作几年了?""今年元月份参加工作。""工资是多少?""三十八块五。""有什么个人爱好?""喜欢看书。"问完话,杨得胜的眼睛直勾勾地看着曹俊玲:嘀!真漂亮。大花眼,长辫子,脸上没有一个黑点点。身段苗条,胸脯起伏,看着就把人醉倒!坐在她身边吧,亲热亲热!啊呀,不能,忍耐一会儿吧!心急吃不了热豆腐。自己是杨参谋,有涵养,有水平,可不能让她看扁了!杨得胜内心激动,但强作冷静。突然曹俊玲问话了:"你今年多大了?"杨得胜吓了一跳,转了一下眼珠子,说:"二十四岁。""什么时候参的军?""六六年。""参军以前是干什么的?""在家当农民。""什么文化?""小学四年级。"曹俊玲停止了问话,抬头望着窗外。哎!表姐怎么还不回来呢?她站了起来,想出外边走走。杨得胜以为她要往自己身边坐,急忙在长椅子上挪动了一下,腾出一个人坐的位置来。谁知曹俊玲看都没看一眼,开门走到院子里。

大约过了半个多小时,表姐和表姐夫从外边走回来。见俊玲一个人在外边转悠，觉得奇怪，问："小杨呢？""在屋里。""你们没谈好？""谈完了。""嗨！回屋吧。"俊玲随表姐表姐夫回到屋里。杨得胜站起身来，表姐夫示意他坐下。杨得胜说："我和俊玲已经谈过了，互相也基本了解了。今天晚上分区小礼堂演电影，我想邀请俊玲一同去看。"表姐不等俊玲表态，就说："行，晚七点钟你们在分区大门口会面。"杨得胜眉飞色舞，说："好嘞！我准时在那里等待。"说完，就站起身来，要回分区。表姐示意俊玲去送。俊玲只好跟在杨得胜后面，将他送出门外。临分手时，杨得胜色眯眯地看了俊玲好一阵，俊玲不好意思地低下了头，返身回去。

晚六点半了，表姐催促俊玲快点收拾衣装，准时约会。俊玲说："姐，这人水平不怎么高，我不想和他谈了。"表姐嗔怪道："已经答应人家去看电影，不去不礼貌。想不想谈，今天晚上看完电影再决定。"俊玲很为难地看了表姐一眼，磨磨蹭蹭地出了门。

杨得胜准时站在军分区大门口，看看表，已经七点钟了！怎么曹俊玲还不来。伸长脖子四下里瞭望，噫！来了，袅袅娜娜地走来了！这样的媳妇要是领回老家，娘还不高兴坏？当兵就是好啊！不论你以前是农民还是讨吃汉，只要穿上军装，身价立马就高！好姑娘好媳妇都得高看你，都得巴结着往你跟前凑！我杨得胜要是不当兵，能有机会和曹俊玲谈恋爱？那不是癞蛤蟆想吃天鹅肉吗？不过，现在也不能太大意，得想个办法，今晚就把这事彻底搞定了，让俊玲姑娘死心塌地地跟咱走。对，就这么办！

曹俊玲过来了，杨得胜快步迎了上去，说："电影八点半才开演，时间还早，咱们先到公园转一会儿吧。"俊玲说："那我先回去，等八点半再过来。""嘿！哪能呢！我下午有些话还没好意思给你说，现在正好是机会。走吧，公园里幽静，年轻人都在那里面谈恋爱。""天黑下来了，我有点儿怕。""傻姑娘！有兵哥哥保护你，还怕什么？"杨得胜一边说，一边挽起俊玲的左胳膊，就往公园里面走。先走鹅卵石路，后上假山，再到一片树林里。树林旁有一小块寸草地，杨得胜挽着俊玲，在一块大青石上坐了下来。俊玲觉得两人挨得太近了，挪了挪身子，杨得胜又紧靠过来。俊玲没法再躲了，再躲就坐湿地了，只好和杨得胜的身体接触在一起。俩人静静地坐了一会儿，俊玲听到杨得胜一口又一口地喘粗气。紧接着，有一只大手伸在自己的大腿内侧里。又有一只大手摸着自己的后背部，肩膀头，慢慢地滑在乳房上。抚摸着，抚摸着。紧接着，嘴唇也吻了过来。突然，杨得胜像疯了一样，将俊玲摁倒在大青石上，开始解自己和俊玲的裤腰带，俊玲开始挣扎，杨得胜哪里肯放，眼看杨得胜就要强暴了，俊玲突然爆发出惊人的气力，一下将杨得胜掀翻在地，然后迅速站立起来，提着裤子向公园大门口奔去。一口气跑在马路对过的墙角下，系好裤带，隐藏起来。不多时，杨得胜也从大门口走了出来，鬼鬼祟祟地四下观察了好一阵，看不见曹俊玲的身影，只好垂头丧气地向军分区走过去。俊玲像躲贼一样，绕道返回表姐家。表姐问："怎这么快就回来了。""哎！人家今晚不演电影了。"表姐睁大眼睛，一副疑惑不解的样子。

第二天，俊玲不顾表姐、表姐夫的挽留，执意坐班车回到家里。下午上班后，表姐又打来电话："杨得胜说还想和你见一次面。"俊玲生气地说："不可能啦！让他好好加强品德修养。"表姐似乎明白了什么，慢慢地放下了电话。

自从遭遇杨得胜的粗野后，俊玲好长时间不愿提起恋爱婚嫁的事。可是，你想躲避，有人饥渴难耐等不及！和俊玲同一个单位的胡海峰，早就暗恋着曹俊玲。这人小学文化，但经常学着写诗。最近以来，别的都不写了，就写曹俊玲，写了二十多首。其中有一首是藏头诗，把曹俊玲的名和姓都嵌在诗句开头里。他费尽脑汁，雕字琢句，怎奈文字功夫太浅，写得顺口溜不像顺口溜，格律诗不像格律诗，新诗也谈不上，毫无诗意。他的好友见过这些诗，嘲笑道："你就会背地里瞎哼哼！有心没胆，给你也不敢！"是的，胡海峰看见曹俊玲，就羞红了脸，哪里敢当面吐露自己的心迹呢。曹俊玲知道他的心思，但没当回事儿，和平共处。

听了俊玲的讲述，树海急着问："杨得胜那天没把你怎么样吧？""啊呀，不是给你说了吗！我把他掀翻后，就跑回表姐家了。""你能有那么大劲？""我咋不能有那么大劲？"树海还觉得疑惑，俊玲靠了过来，低声说："好好的，放心吧！以后就知道我没给你说假话。"树海一阵激动，把俊玲紧紧地抱在怀里。

俊玲下午上班去了，直到六点钟才来到招待所，进门就说："树海，我把咱俩的事给爸妈都说了，他们要见你。""啊呀，那我得准备准备。""也不用怎么准备，买点儿点心糖果烟酒就行了。""那咱俩现在就去买。""好的。"俩人挽着臂，去了副食品门市部。

晚六点五十分，树海提着点心、糖果、烟酒来到准岳父母家门口。进门后，树海叫了声"伯父伯母好！"然后行了鞠躬礼，随手把礼品放在了饭桌上。俊玲的父母亲盘问起树海及家庭成员的状况来，树海一一作了回答。俊玲的父亲表态说："新社会婚姻自主，只要你们俩人同意，我们当老人的不会反对。其实，你父母我们早就认识，那也是两个好人。"俊玲娘要给树海煮面条吃，树海说自己在招待所吃过饭了。俊玲父母又盘问了树海的其他一些情况后，树海就起身告辞回去了。

早晨，树海来到夏老师家，讲了自己和曹俊玲的情况。师母说："好啦，这门亲能成！现在需要举行一个订婚仪式，然后再决定结婚日期。"树海说："我什么也不懂。""嗨！明天让夏老师跟你去新召，与你父母商量一下，然后来几个人，带上订婚所需礼品，去俊玲家求婚订婚不就行了嘛！"夏志义笑了，说："我是介绍人，理应搭桥。"

经过夏志义和树海父母认真的商讨，八月一日下午两点钟，树海和夏老师、母亲常明英、二嫂卢巧云带着烟酒糖茶以及给俊玲父母买衣服的现金，来到俊玲家举行订婚仪式。

下午六点钟，俊玲父母在家中摆了两桌酒菜，请了夏志义老师两口子以及俊玲单位的好友、同事。俊玲的哥嫂弟妹都来了，李德明也来了。俊玲娘拉着树海娘的衣襟说："我生了四个儿子后，才有了俊玲这第一个女儿。从小娇生惯养，有点儿任性。过门以后，你们多调教，多担待。"树海娘说："没问题！我第一眼就喜欢上俊玲了！她是我的儿媳妇，是我的孩子，我会好好照顾她。"师母说："树海和俊玲都品行端正，积极上进，会好好过日子的，放心吧。"树海端着托盘，里面放着十个酒杯，俊玲举着酒瓶，将酒杯一一斟满，依辈分、年龄逐次给大家敬酒。然后，夏老师两口子帮树海娘打开一个大提包，拿出四瓶鄂尔多斯酒，四包糖果茶叶和二百元钱，放在了桌上。夏老师说："这是树海父母带来的订婚礼品，东西不多，但情意深厚。"俊玲父母亲说："烟酒糖茶放下吧，钱拿回去给树海和俊玲结婚时用。"树海娘说："这二百块钱是给亲家买衣服用的。娃娃们结婚时的钱物，我们都准备好了，放心吧。"于是俊玲就代父母将钱物收起。过了一会儿，炒菜和主食都陆续上桌了，大家一边说话，一边用餐，气氛温馨和谐，主宾都十分满意。

餐后，树海和娘、二嫂住在了招待所。第二天早饭后，娘和二嫂登门告别了俊玲的父母后，树海就买了班车票，送她们回家了。

一切顺顺利利，树海在招待所又住了几天。一天晚上，俊玲父母去看电影，临出门时说："火炉上熬着药，看着点。二十分钟后把药壶提起来。"俊玲说："放心吧，我们看着呢！"父母关门出去了。俊玲和树海立即搂在了一起，什么都不顾了，什么都忘了。等清醒过来时，一壶药差点熬成了干圪渣，俊玲只好又添了点水，重新熬了对付过去。

## （九十七）

正当树海在温柔乡里痴迷时，新召来了个"奇葩"李书记，行事如秋风扫落叶。许多干部群众以至张树海，听到他的名字，就如同遇到了魔头，撞上了"扫星"。

那天，按照赵书记的吩咐，炊事员贾黄马凌晨四点钟就起来烧火做饭。六点半准时开饭。为什么？旗委副书记李孝章到新召了，七点半就要准时给全公社职工和各大队支部委员开大会，不许迟到，不许早退，不许缺席。

会场设在陶亥召一层四十九间大的讲经殿里。正殿北侧挂着一溜红布，上面是白纸黑字：抓纲治旗揭批斗改。横幅下摆着三条长方桌，桌后正中间是胖尼玛讲经时坐的大法椅，两侧是公社办公室搬来的普通椅。条件有限，桌上没有扩音设备，只放一把暖壶和几个水杯。

七点刚过，职工干部和大队支部委员们便陆续走进讲经殿。秘书刘军跑前忙后，指挥人们按单位坐在指定地点。大部分人都带着坐垫，因为会场没有一个凳子，要席地而坐。七点二十四分，公社书记赵九日、副书记阿迪亚、副主任杨礼明、高奇生，旗委秘书王文山陪同旗委副书记李孝章走进大殿。王文山看了一下众人，高举双手鼓起掌来，会场上立即爆发出热烈的掌声。李孝章微笑着和大家招手，然后稳步走向讲台。王文山和刘军赶忙向前，弯腰招手，将李副书记安排坐在了大法椅上。接着，公社的四位领导也走了过来，分别坐在了李副书记两侧。

"四人帮"刚刚粉碎，人们盼着言论自由，盼着平反昭雪，盼着生产发展。李副书记是新上任的旗级领导，肯定思想解放，大胆改革，大家期待着他的讲话。

李孝章正襟危坐，目光如隼，环视四周，大殿内寂静无声。抬起手腕看表：七点半整，会议主持人赵书记站立起来，说："今天，我们召开全公社干部职工大会。请旗委副书记李孝章同志讲话，大家欢迎！"会场上响起一片掌声。掌声响过后，李孝章清了清嗓子，开始讲话："同志们，党中央华主席提出了'抓纲治国'的战略思想，意义重大，指导性很强！"突然，李孝章停止了讲话，奇怪，这是怎么了？大家发现，李孝章的目光射向了门口，就都掉过头去观望：哦，是公社生产干事郭占飞进来了。这老汉迟到了，迟到了半分钟！突然主席台上发出一声断喝："站住！迟到了还迈着八字步。想让八抬大轿去抬你？"郭占飞吓呆了，站在原地不敢迈步。停了几秒钟，李孝章发话："坐下！"郭占飞慌忙在最后排盘腿坐定。李孝章继续讲话："我们各级党委，要认真组织全体干部、职工，学习贯彻华主席的一系列英明决策。"讲到这里，李孝章又停住了，目光又对准了门口。大家回头再看，一扇门被风刮开了，老喇嘛脑松扎布穿着一件大黄袍，正奇怪地向讲经殿内张望呢！李孝章大喊道："老喇嘛！你也是干部职工？想开会？"脑松扎布听清是喊自己，急忙向西走去。李孝章掉过头埋怨赵九日："你怎么把会场安排在经堂里？是不是喇嘛嫌我坐他的椅子了？"赵九日急忙解释："李书记，误会了！咱公社会议室小，坐不下这么多人，才把会场安排在这里。"李孝章瞋了赵九日一眼，继续讲话："所谓抓纲，就是肃清'四人帮'流毒，铲除上上下下的'帮派体系'。对所谓的'五种人'一定要处理，除恶务净，像对待地富反坏右那样，抄他们的窝，夺他们的权，专他们的政！只许他们老老实实，不许他们乱跑乱窜……"李孝章正讲在兴头上，人群里突然爆起一声炸响："啊——嚏！"众人哄堂大笑，顺着响声望去，原来是供销社保管员陈二发出的。可能是感冒了，鼻涕憨水眼泪麻洒，一副熊样！李孝章再次停止了讲话，看了看陈二，呵斥道："出啥相？出啥相？打个喷嚏，不能用毛巾捂住？我看你是故意捣乱！"陈二赶紧低下头去，用衣襟堵住了鼻孔和嘴巴。李孝章生气地拍了拍桌子，想接着往下讲，可是忘记讲到哪里了，仰着脸直转眼珠。王文山急忙凑在他的耳边，悄声说："讲到'不许五种人乱跑乱窜'。"李孝章"哦"了一声，接着讲："把五种人清理完以后，就是治国。所谓治国，就是要把各项工作纳入正轨，促进生产发展。具体在我们新召公社来说，就是要继续大力开展农业学大寨运动，把粮食搞上去。全国普及大寨大队，我们新召也要普及大寨大队。争取全公社的粮食产量，三年过黄河，五年过长江，亩产超过八百斤。我提醒在场的人，一定要拉革命的车不松套，一直拉到共产主义。新召大队必须继续革命，不能老是念叨'三战苏会沟'。陈词滥调听得人实在麻烦，耳朵里都打起茧子了。旧的领导如果跟不上新的形势，就让位、下台，不能占着茅坑不拉屎。我走了好几个公社了，发现了不少问题，都作了现场处理。对那些有帮派思想的人，头上长角身上长刺的人，变成绊脚石往倒绊人的人，要见一个处理一个，决不能手软，决不可姑息迁就……"李孝章一气讲了两个小时，声情并茂，滔滔不绝！轮到赵书记讲话时，离开饭只剩下五分钟了。赵九日很知趣，反复强调了李书记讲话的重要性，就宣布散会，自己基本没发表什么观点。

## （九十八）

　　饭后，李孝章独自一人来到新召大队院内。正好张开关等人都在办公室，见李书记驾临，都出门迎接。李孝章两眼盯着门上的对联，念道："天上三光照大地，地上百姓庆丰登，共产党好。"念了两遍后，说："这对联有问题，天上不能三光并列，要突出太阳的光辉。"张开关笑了，说："那李书记给想一副对联吧。"李孝章眯缝着眼睛，想了一会，说："应该上联写成'抓纲治国干大事'，下联写成'天翻地覆到未来'，横批写成'英明领袖'。"李寿荣拍手叫绝："这对联好，既联系到当前的工作，又突出了华主席的英明。"李孝章扬扬自得，大步跨进办公室，面南背北坐在椅子上。刘宝维忙着端茶递烟，其他人一溜坐在了对面的长条椅子上。李孝章呷了口茶，吸了两口烟，问："谁是支书？"张开关站起身来，说："我是支书。""你叫什么名字？""我叫张开关。""哦，你就是张开关，听说了。"李孝章仔细打量张开关，说："你们今年的平均亩产是多少？"张开关说："四百八十斤。""前年是多少？""四百八十五斤。""大前年是多少？""四百九十斤。""怎一年比一年少？""前年雨涝，去年大旱，今年天旱雨涝。""嘿，你怎把责任尽推给老天爷，人就不起一点儿作用？""人肯定起作用，不然连这四百八十斤也保不住的。""你原来是个干什么的？""种地，闲下来也打铁。""哦，怪不得呢！买卖人种不了地，凉胡子领不了戏。你以后有什么打算？""听组织的安排。""组织上如果觉得你平庸无能，占着茅坑不拉屎，你说该怎么办？"张开关笑了起来，说："我早就拉完屎了，谁想拉谁占茅坑去。"李孝章猛地拍了一下桌子，大声斥责道："你把工作干成这个样子，还敢推卸责任，说风凉话？我走遍十六个公社一百多个大队，还没见过你这么又臭又硬的支书。你等着，我立马去找赵书记，研究你的任职问题。"张开关又笑了，说："谢谢李书记，你能给我减轻负担，我盼不得呢。"李孝章气得脸色煞白，两手颤抖，站起身来气冲冲地走出屋子。大家起立要送，张开关用双臂拦阻，说："让他去，无所谓。"

　　李孝章直接来到赵九日卧室，将赵九日唤醒，说："张开关这种人怎还能当支书？"赵九日莫名其妙地反问："张开关是全旗几十年的模范支书，他今天干错事啦？"李孝章打着气嗝儿把刚才发生的事说了一遍。赵九日说："张开关是多年的模范人物，影响很大，撤他的职要慎重考虑。"李孝章生气地说："那就任凭他吃老本啦？"赵九日想了想，说："李书记，你消消气，百人百姓，他就那么个驴脾气，我下午去找他，让他给你做个深刻检查。"李孝章瞋了赵九日一眼，恨恨道："他要是以后再敢毬不理神仙，说什么也不能让他坐在支书位子上。"赵九日诺诺连声，李孝章摔门出去。

　　下午上班后，李孝章在秘书、司机的陪同下，到各机关进行视察。四点钟，来到供销社门市部。柜台里只有小青年杨永亮售货。好几个姑娘媳妇"叽叽喳喳"在说话。她们反复挑着自己需要的商品，拿起这件，放下那件，没个主意，还不时地与杨永亮开玩笑，嬉皮笑脸，没个正形。哎，有一个媳妇把一件围巾试了三四次了，突然又不要了！摸了摸衣兜，还有点钱，想买衬衫，可是衬衫又有三种颜色的，试了几次都拿不住主意，挑得眼花了！杨永亮也真有耐心，嘻嘻哈哈，不停地和她们调侃。李孝章在旁边站了十几分钟了，也未过来搭理。李孝章瞋眼看了杨永亮好几次，杨永亮也没醒悟。李孝章的火气开始往上蹿，越蹿越大，终于爆发了！他让秘书把杨永亮叫过来，用低沉恼怒的声音问："你叫什么名字？""杨永亮。""你什么时候参加工作的？""去年冬天。""你是临时工还是正式工？""下个月就转正。""你上班时间，不好好售货，来人也不搭理，一味地和姑娘媳妇们调笑，是什么态度？"嘿，杨永亮奇怪了！你们干部是顾客，人家农村人就不是顾客？女人们买东西本来就麻烦，没耐心怎么行？要说调笑，纯粹是诬蔑！但凡女人们走在一起，哪一次不是嘻嘻哈哈？两个老婆一面锣，三个老婆一台戏，连这都不懂，还当什么干部！于是就气冲冲地说："我什么态度？耐心服务的态度！我总得让她们把货挑满意了，才能顾到你这边！先来后到你懂吗？况且你进来一言不发，我知道你要甚？"李孝章真没想到，小售货员嘴岔上的毛还未褪净，就敢顶撞堂堂的旗委副书记，而且顶得人气也上不来！李孝章气得脸色铁青，大声怒喝："娃娃，是不是不想干了？"杨永亮瞪起了眼珠，正要抢白，被李孝章的秘书推开了，说："这是旗委李书记，你怎敢放肆？"杨永亮一听是旗委书记驾临，顿时红了脸，一下子软了下来，忙道歉说："我不知道您是李书记，我犯错误了，请李书记批评。"李孝章掉头就走，像急行军一样走出门外。进了公社办公室，拿起电话就拨旗供销总社刘主任，下命令似的指示道："新召公社临时工杨永亮上班时间和姑娘媳妇嬉闹调情，来了顾客不闻不问。请你们立即将他清退，更谈不上给以转正。"刘主任说："杨永亮竟敢这样办事？咋变得这么不懂事？他是旗商业局局长高瑞正的未婚女婿，听说过年就要典礼，这怎么办？""怎么办？你听清我刚才说的话没有？立即清退，更谈不上转正！谁敢打折扣，我立马过问。""噢，李书记，我听清了，马上下通知，马上下通知！"李孝章"啪"的一声将电话挂断，气哼哼地坐在椅子上，大口大口地吸起烟来。

第二天早晨，李孝章指示秘书查问供销社对杨永亮的处理情况，刘主任说："能不能等两天？"秘书说："你如果是聪明人，就一个小时也不要拖，立即落实。""噢，我明白了！我现在就给新召供销社主任打电话，今天就辞杨永亮，文件随后就到。"秘书挂断电话，给李孝章作了汇报。

无事家中坐，祸从天上来。杨永亮做梦也想不到一会儿的工夫，饭碗就被人砸了个稀巴烂！更严重的是，自己被清退一个月后，未婚媳妇也找上门来了，要退婚！杨永亮哭着哀求："能不能不退婚？我还会有工作的。"未婚妻说："做梦吧！只要李书记在台上，谁敢录用你？你不是爱和农村姑娘调情吗？现在放长假调去吧。"说完，头也不回地走了。杨永亮抱头大哭。

上午八点钟，李孝章来到新召医院。院内静悄悄的，不见病人，也看不见医护人员。挨着进各个诊室和病房看了一遍，只发现有一个值班医生和一名护士，给一个病人输液。问护士："你们医院一共有几名职工？"护士说："共有八人。""其他人都干什么去了？""我们是八点半上班儿，一会儿就到。"李孝章看了一下手表，已经八点二十分钟了。就坐在诊室的椅子上闭目养神。过一会儿，睁眼看看表。噢，到点了，医护人员该来齐了。他站起身来，到病房、诊室又查了一遍，发现仅有五人准时到来。还有三名未到。于是问院长秦根成："还有三名未到，什么原因？"秦根成说："昨天加班了，我批准他们可以晚来半小时。""你有什么权力改变国家规定的上班时间？""我没想改变上班时间，只是根据实际情况，保证职工的休息时间。""你们休息的时间有保证了，新召人民的健康谁保证。""新召全体人民的健康是个复杂工程，我没法保证。""要你们医院干什么？""给人民看病。""要你这个院长干什么？""领导医护人员。""你会领导好吗？""说不清。""你现在有什么事？""没什么事。""没事干还当院长？我看你干脆什么也别做了。"秦根成急躁起来，说："李书记，你这是说话还是抬杠？"李孝章翻眼了，说："我来检查工作，你认为是抬杠？行，行！你就闲着领工资吧！"说完，拂袖而去。

回到公社办公室，李孝章立即拨通了旗卫生局局长的电话："何局长吗？我是李孝章。""啊，李书记，你好，有什么指示。""新召医院的院长饱食终日，无所事事，单位工作没一点儿起色，换掉吧！""那等我们研究一下，再给李书记汇报。""不用研究，我看你和我直接决定就行了。""这么急？""干工作就要雷厉风行，这样才能令行禁止，树立领导权威。""哦，哦，您让我想一下。""快想，我还要开会呢！"何局长显然犯难了，喏嚅了好一阵，最后挤出一句话："不行就让副院长郭文生接替吧。那秦根成该怎么安置呢？""还说什么安置，免职！""噢，噢！免职。""好啦，你现在就给秦根成和郭文生打电话，把处理决定告诉他们。立即交接手续。""噢，噢，现在打电话。"何局长为难极了，但又不得不照办。

秦根成接到被免职的电话后，一头雾水！这是怎地了？一阵工夫就把个院长给撤掉了。郭文生接到升职的电话后，非常为难！秦根成是自己的师傅，自己论资历能力都不如他，这工作咋开展？俩人对视了一阵，脸色都难堪极了！但又不得不交接。

李孝章现场办公，现场处理人的消息不胫而走。已经回家务农几年的刘斌成步行了三十多里路，找到高耀先，说："新召来了个旗委李书记，运动时和咱们是一个派别的人。作风过硬，处事果断。咱应该向他揭发张树海当过红卫兵司令的事。"高耀先说："你说得对。凡是当过红卫兵头头的人，上面都不许重用，'五种人'更是要铲除。张树海分管文教工作期间，办过一期民办教师培训班，半个月杀了十只羊，难道这不是问题？""行，咱现在就去告！如果李书记离开新召，就没现在方便了。"俩人一拍即合，稍做准备，就匆匆往公社奔去。

李孝章接待了刘斌成和高耀先，仔细听了俩人对张树海的揭发。表态说："你们反映的情况很重要。看样子，张树海即便不是'五种人'，可红卫兵司令他总当过吧！仅凭这一点，就不可重用。放心吧，组织上会对他做出处理决定的。"刘斌成指天发誓地说："张树海不但当过红卫兵司令，而且是井冈山观点，和红五星始终唱对台戏！我们说的句句是实，经得起历史考验。"李孝章说："好了，你们先回去，有事我会让秘书通知你们的。"刘斌成和高耀先退出了办公室。

李孝章来到赵九日办公室，问："张树海运动中是那一派的？"赵九日想了想说："好像是井冈山的观点。""哦，是造反派！刚才那两个后生反映的属实。""哪两个后生？""一个叫刘斌成，另一个叫高耀先，当时是红五星观点，保守派。""哈，刘斌成的话你也信？""怎么啦，我看是个老实人。""咦！可老实啦，担上大粪不偷的吃！""哎，你咋这样说话？""我说了你肯定吃惊！这人当过贼，偷过物资站三立方木料。""什么时间？""六七年秋天。""嗨！都过去好多年了。那时候他还是个娃娃。""张树海那时候也是娃娃。""什么娃娃，红卫兵司令，造反派。""刘斌成也当过红卫兵司令，造反比张树海还凶！""嘿，老赵！你的立场有问题，刘斌成是红五星观点。""什么红五星，井冈山！当初都标榜自己是造反派，指责对方是保守派！现在听说保守派吃香了，又争着说自己是保守派！哪一天要是孙子吃香了，这些人还要争着当孙子呢！""啊呀，老赵！听话音你是井冈山的观点？""嗨，其实我是逍遥派，不过李书记肯定是红五星。"李孝章不耐烦了："不管怎么说，张树海当过红卫兵司令。""当是当过，可没听说他有什么问题。""你敢保证？""不是敢不敢保证，而是实事求是。""他是怎么进入领导班子的？""按组织手续任命的。""你推荐过他？""推荐过！路线教育那年，他是五十多名驻队干部中唯一纳新的共产党员。工作吃苦，办法多，群众拥护，就提拔起来了。""老赵，你可要擦亮眼睛！我认为井冈山观点的人，基本没什么好人。你可不敢姑息养奸！""啊呀！李书记，你越说越离谱了！我咋就成了姑息养奸？他那时候不满十八岁，是个娃娃。纠缠一个未成年学生的琐事，意义不大。""我看你有右倾保守思想。他有问题，你是包庇不了的。""他还有什么问题？""全公社举办民办教师培训班，他批准杀了十只羊！""噢，你说那事，我知道。当时参加培训的人员共有四十四人，会期半个月。当时正是春季，羊不肥。十只羊加起来最多也就是一百八十斤肉。这样算计一下，每人每天还不到三两肉，一点儿也不多。""你这话就错了！好多社员一年也吃不上三顿肉。民办教师半个月就吃了四斤肉，合理吗？你想和张树海搞杀羊比赛？"赵九日恼了，说："李书记，不能强词夺理！咋就拉扯到杀羊比赛上了！形容词不能乱用。"李孝章也恼了，说："你理解不了中央抓纲治国的战略思想，待在这个位子上不合适了。"赵九日也是个犟脾气，话赶话，说："那你看我待在哪里合适？""重要岗位不适合你！""嘿，不适合可以给我换地方。但我相信谁也把我打不成老右倾，反革命！"李孝章更来气了，指着赵九日的鼻子说："好，好！这话可是你说的！""我说的又怎样？"李孝章一摔门就出去了。赵九日跌坐在办公椅上，急促喘着粗气。

　　李孝章和赵九日争辩完，气啾啾地回旗了。

　　哎！真有好事者。李孝章刚坐定，就有人敲门。李章孝没好声气地说："进来！"那人推开了门。李孝章问："你是哪个单位的？""我是畜牧局的副局长戈尔图，向李书记揭发团委书记陈明的问题。""哦！坐下说。"戈尔图说:"我在运动中曾被打成'内人党'骨干,遭受过多次肉体折磨。有一次他们给我腿上压杠子,陈明乘机踏了一脚,差点把我的小腿给压断。""有证明人没有?""嗨,陈明狡猾,他是乘别人不注意时踩的。""他还有别的问题吗?""有!那天一群人学习文件,陈明大发议论,说他查遍辞海词典,也没查到'帮派体系'这个词。这不是明着和中央唱反调吗?群众都称他为秀才、理论家,他说这种话影响大着呢!""还有什么问题?""再就是对李书记颇有看法。""什么看法?""认为李书记独断专行,副职想干正职的事。"李孝章的敏感神经被刺痛了,说:"噢,臭知识分子乱发议论,真不知天高地厚。"戈尔图退出了办公室,李孝章气愤不已。

李孝章说一不二是人所共知的事实。虽然是三把手,可是决断起事来比一把手还硬。与二把手说话,就像上级给下级下指示。经他的手处理掉的干部,已经有十几个了。现在,危险又向陈明迅速袭来,可陈明一点儿也不知道。

那天早上八点半,全旗干部职工去大礼堂开大会。陈明和同事们谈笑风生,一脸春风得意的样子。进礼堂坐定以后,李孝章开始讲话。一番大道理过后,突然话锋一转,批评起一些环节干部来。第一个被点名的是公安局局长王维和:"王局长吃得肥头大耳,满嘴流油,为什么?有权嘛,能解决农转非户口嘛……"人们的目光投向了王维和,王维和气得嘴唇乱抖。第二个被点名的是卫生局局长何振华:"我下乡走了几天,有人就说我病了!造谣嘛!你何振华随便说这样的话,居心何在……"何振华苦笑一声,没法争辩。第三个是指桑骂槐,但人们都知道他是在损前任旗委副书记齐青云:"有的领导干部,长期盘踞在旗委大院,打扑克,喝烧酒,乱搞女人。流毒甚广……"第四个被点名的是陈明:"有的人号称秀才,到处蛊惑群众,说什么翻遍辞海词典,也没查出个'帮派体系'!你想干什么?想为'四人帮'翻案?你陈明根本就不配当那个团委书记……"陈明大吃一惊!啊呀,咋点到自己头上了?没听错吧,咋周围的人都向自己投来异样的目光。啊哟!李孝章说的就是"陈明"二字!陈明脑袋发懵了,呆坐在椅子上。紧接着,李孝章又点了五六个人的姓名。整个大礼堂空气紧张,人人自危。

散会了,未被点名的人都长长舒了一口气。被点了名的人,像囚犯一样,灰溜溜地走了出来。陈明走下台阶后,再也控制不住悲伤的情绪,放声大哭起来。

当天下午,旗委下发文件。公安局局长被调到手工业联社当主任。卫生局局长被免职，陈明撤职下放到农村改造……

过了一个多月后，新召赵九日被调往西部公社担任副书记。张树海免去了新召公社副书记职务，到盟党校学习，毕业后另行分配。

张树海此时正在大学里读书。得知这一消息后，浑身打了个冷颤！

陈明已经两天没吃饭了，怎么也弄不明白自己的错误有多大？他来到旗委二把手陈书记办公室倾诉冤屈："粉碎'四人帮'结束浩劫，我和其他人一样赞成。政治桎梏打碎了，思想解放了，言论自由了！怎么还要乱扣帽子无限上纲？还要搞阶级斗争吗？"陈副书记站起身来，给他倒了一杯茶，说："刮起的狂风，能突然停止吗？几十年的观念能一下消除吗？社会的转型，观念的改变，总要有一个过程。在这个过程中，出些问题，在所难免。但这些问题可以逐步纠正。""陈书记，照你这么说，两种思想的斗争永不停息了？""是的，永不停息！党中央决心改革开放，建设四个现代化，是振兴中华的大好事。可是，能保证所有的人在商品经济的诱惑下不犯错误吗？能保证所有的共产党人都做人民的公仆吗？能保证所有的领导干部都不犯官僚主义吗？"陈明低头不语。陈副书记又说："不要急，下去锻炼一段时间吧。牢骚太盛防肠断，风扬长宜放眼量。"陈明点头出去。

八月份，张树海大学毕业，分配在旗文化局任干事。农历腊月二十三，夏老师陪同曹俊玲和张树海去城镇公社领取了结婚证，二十四日正式举行了婚礼，两人喜不自禁！

牤牛河

周理 / 著

DIE DANG MANG NIU HE

下

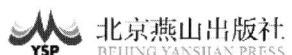

## （九十九）

　　日月穿梭，万物轮回。解放以来，土地的分配已经在农民面前变化三次了！第一次是土改时期，共产党和孙中山先生的主张一样，废除了两千多年的土地所有制，平均地权，实现了耕者有其田的梦想！第二次是在一九五七年以后，全国搞合作社，土地归集体所有，实行以生产队为基础，大队和公社分级管理的办法！现在根据中央的精神，土地又要实行"家庭联产承包责任制。"其实是又将土地按人头平均分配给了农民，沿袭了土改时的做法。这迎合了农民的心理。大家公伙种田，他们认为那田是集体的，不是自己的，干起活来怎么也打不起精神，瞅机会还损公肥私！安徽小岗村的农民，为了解散大集体，秘密开会，摁手印，冒着风险把土地承包在个人手里。现在，中央肯定了这种做法，农民岂不欢喜？分田到户，刺激了个性发展，一定时期内，粮食肯定增产！

　　新召大队也贯彻了中央精神，把土地分给了农民。

　　白登云看着这些变化，心情异常激动！什么"家庭联产承包责任制"？这只是给"分田单干"起了一个悦耳的官名。这些主张和做法，我白登云十几年前就预见到了，还给国务院写了建议信！可惜当时那些人没水平，不但自己认识不了，还把我白登云当成反攻倒算的阶级敌人，给老爹爹戴了一顶富农分子帽子，气得老汉早早就死了！想到这些，白登云悲愤不已！一定要上访，一定要告状，让党和政府给全家人平反，给经济补偿。赶快写材料，去公社、去旗里，哪怕是去国务院，也一定要讨说法！

公社新任书记陈爱平正在办公室打电话，突然闯进一个农民不像农民，干部不像干部的二混子人来。你看他那模样行头：小分头，三七开，脖子上围着长围巾，好像是干部职工；可是看脸色，晒得黑红。上衣虽然洗过但尽褶皱，裤子上灰土一片！赤脚片子趿拉着一双实纳鞋，咋看咋像个老农民。陈爱平不禁失笑，问："你是哪里人？"白登云走上前，把写好的上访材料双手递过去，说："我是榆树沟农民白登云。"陈爱平接过材料问："你反映的什么事？"白登云说："我有天大的冤情！""什么？你有天大的冤情？""哎，陈书记，不信你展开材料看。"陈爱平拿起材料看了起来，越看越奇怪，越看越吃惊，看完后，又仔细观察一阵白登云，然后问："你写的都是事实？""没有半句谎言。""啊呀！你这人了不起！有远见，料事如神！十多年前就想到了'家庭联产承包责任制'，比邓小平还高明呢！还敢给国务院写信？你的案子一定能翻过来，经济补偿也一定有。"白登云激动起来，说："你是清官，一定要为我做主。""这没问题。不过，我还是对你有点儿疑问。""什么疑问？""你念过几年书？""初中毕业。""初中毕业就有这思想？""我一贯爱学习，爱思考。""哦！多念几年书，你可能是个思想家。""嗨！陈书记见笑了，我可能是个二杆子！""嗳，你说对了，好多大事都是二杆子干成的！陈胜、吴广，大字不识一个，扛着锄头就想当王侯将相，二杆子不？刘邦是个开旅馆的，大蛇拦路，其他人吓得四散五溜，他上前一剑就把蛇砍成了两个截，二杆子不？红军为了飞夺泸定桥，一天一夜能走二百四十里路，还在铁索上爬过去，把敌人消灭净，二杆子不？"白登云哈哈大笑起来，说："陈书记有学问，有水平！你要是把反给我平了，就把富农帽子摘下给我换成二杆子帽子吧。"陈爱平也大笑起来，说："开玩笑，你不要介意。我佩服你的胆量才这么说哩！好啦，我把材料接收下，及时向旗落实政策办公室汇报，争取早日给你平反。"白登云说："我的冤案是旗群专指挥部王万英给制造的，我要直接去旗落实政策办公室申诉。请张书记给我开个介绍信。""你不相信我？""不是不相信你，而是冤有头，债有主，我要当面和他们评个理！""见人一面，认人一半，你也是个犟板筋！好了，公社给你出具介绍信。你可以去落办，最好直接面见第一书记武云端，那也是个说一不二、大刀阔斧的人，或许能办得快些。"白登云说了声："谢谢。"陈爱平唤过秘书，说明情况，白登云就跟着去开介绍信了。

白登云带着公社开具的介绍信和上访材料，来到落办。落办主任奇元让他放下材料，等待上会研究，建议白登云回家等消息。白登云支吾了两声，退出落办。心想：陈书记建议去找武书记，何不去见他一面。有人说这人也厉害，可再厉害他又能怎样，莫非能把人吃了？去，不怕他。白登云一路询问，终于来到武书记办公室门口，从门缝里眈瞅，只坐着一个人，可能就是武书记。心里一急，没敲门就闯了进去。武书记正在闭目养神，突然闯进一个农村人来，吓了一跳！一时愠怒，正色道："你是什么人？有事先去秘书办公室。"白登云壮了壮胆子，说："我是新召大队的白登云，十多年前给国务院写信建议将地分给农民，被旗群专指挥部关押，接着又把我家定为富农成分。我父亲当了几年富农分子就气死了，我一直被暗专，现在向组织申诉平反。"武书记先是想中止他的絮叨，后来听到案子稀奇，就耐着性子听他把话讲完，然后说："你应该先找落办。"白登云说："我已找过了。他们留下材料，让我回家等待消息。这一等不知又要拖多长时间！我再也不想被人暗专了！一月一汇报，三月一审查，大小会议没有发言权，老父亲在地下死不瞑目！我要求快速平反，快速做出经济补偿，快速结束这人不人鬼不鬼的苦日子！"武书记听完白登云的一番表白后，觉得这人虽然个性强硬莽撞，但说得不无道理。这显然是一个冤案！明知冤案还要人家无休止地等待，实在说不过去！恻隐之心人皆有之，何况堂堂旗委书记！武云端沉思了一会，说："你的案子，我一定亲自过问，用不了多长时间，就会有结果，你先回去，相信我吧。"白登云犹豫了一下，觉得武书记说得也诚恳在理。况且自己兜里的钱不多，要是住在旗里等待，三天以后就要上街讨吃。于是就说："好吧，我回去等待消息。谢谢武书记亲自过问我的冤案。"武云端点了点头，又闭上了眼睛。白登云退出了办公室。

回到新召后，白登云三天两头往公社跑，不厌其烦地问秘书、问书记："落办给我平反了没有？"问得所有人都反感烦躁起来。十多天后，收拾起行装，准备再次到旗里上访。路过公社，进去再打问，秘书刘军叫住了他，说："你的平反文件已经来了，去办公室看看吧。"白登云大喜！急切地问："给我咋平的反？补偿了多少钱？"刘军说："你家的成分原恢复成了中农，你被安排在二中后勤工作，还给你家两万块钱的经济补偿。"白登云简直不敢相信这是真事！十多年了，忍辱受屈，差点儿想不开上了吊，今天终于重见天日，喜从天降！他跟着刘军进了办公室，接过平反文件，一连看了三遍！没错，是对我白登云的平反决定，一切都是真的！白登云突然掩面痛哭起来，哭得很伤心。刘军递给了他一条毛巾,劝慰了一番。白登云止住哭,定了定神,谢过刘军,走出门外,面朝父亲坟茔的方向,两手合十,喃喃自语:"大,你也平反了!儿子明天一早就去你的坟头上烧纸。"

## (一百)

陈爱平是个不到三十岁的年轻人,中专学历,办事勤快,待人热情。面对嗤笑嘲讽,从来不恼。你就是拿他媳妇开玩笑,他也只是嘻嘻地跟着热闹,一点儿不介意,还能和你交成朋友。他先在政府办公室工作,跑前忙后,把个主任刘善先伺候得十分满意。后来,刘善先升任旗委组织部长,他就被推荐到新召担任了党委书记。

临上任前,陈爱平请领导和同事们吃饭。酒过三巡,菜上五味,情绪激动,慷慨激昂,表态说:"我去新召主政,一定做到四戒:戒酒、戒色、戒贪、戒赌,成为'四戒干部',决不辜负组织上的信任和期望。"同事赵志明笑了,说:"猪八戒有'八戒',还在取经路上不断地犯错误。你仅四戒,能保证不犯错误?"陈爱平拍了拍胸脯,说:"人心留下个品没留下个看,邪门歪道咱不沾!"众人一齐叫好,刘部长亲自给大家都斟满了酒,说:"爱平年轻有为,聪明干练,新的岗位上一定能做出更大的贡献。"大家一齐举杯,共同干杯。陈爱平飘飘然,和每个人都碰三杯酒,最后踉踉跄跄走了回去。

张二树现在是公社团委书记。陈爱平到任后,忙着巴结靠近。陈爱平交代的工作,都能及时贯彻执行。还经常让新任伙食管理员给陈书记改善伙食。不多时,陈爱平就觉得张二树机灵、忠心。在旗委组织部考察干部时,毫不犹豫地把张二树当作副书记候选人推荐上去。不久,旗委就任命张二树为新召乡党委副书记。

公社领导班子的其他人员,陈爱平也都觉得不错。副书记李永清原来是人事局的干事,和陈爱平认识好几年了,闲暇时经常在一起玩牌喝酒,关系硬着呢!副主任何志飞、鲍子良,以前一个是武装干事,另一个是人事局局长的小车司机,都挺随和。

陈爱平坐镇办公室,接待来信来访,平反冤假错案。

一天上午,榆树沟的张留小来上访。陈爱平问:"你是犯的什么事?"张留小说:"我是榆树沟社员张留小,社教时被打成了坏分子。"陈爱平听到坏分子三个字,急忙摆手制止了对方的讲述,一脸鄙夷,说:"你不要说了,我告诉你,地富反坏右五类分子里,唯有坏分子是特殊人。一个坏字,就让人反感!多数坏分子都是因为祸害乡邻,作恶社会而被戴上这顶帽子的。这种人处在什么社会都是被打击对象!不然大家都不得安宁。"张留小急了,咋来了这么个书记?没等人把话说完,就忙着下结论!太主观、太武断了!他翻着白眼争辩道:"陈书记,你咋不问青红皂白,就认定我是坏人?你知道我这顶帽子是咋让人给扣在头上的?你既然是个清官,总得让人把话说完吧?"陈爱平冷笑着,说:"行,你说说看,自己咋就成了坏分子?"张留小叹了口气,说:"那年我才十九岁,平时爱画画。在穿衣镜上看到自己长得挺漂亮,就买了几张大白纸,照着镜子给自己画了一人高的一张标准像,旁边写了'年轻时代的张留小同志'几个字。总以为画得好看,就挂在家里。谁知被社教工作队的人看见了,硬说我要和毛主席比高低,没几天就被打成了坏分子。"陈爱平看着张留小,哑然失笑,说:"你这叫背上鼓寻锤——自找挨打!当时政治空气那么浓,你竟敢给自己画那么大的像,还恬不知耻称自己是年轻时代的张留小同志,我一听就浑身起鸡皮疙瘩!你也不看看自个儿那龌龊样,能这样抬高自己?"张留小争辩道:"我的做法是可笑,但不能因为可笑,就打成坏分子吧?"陈爱平两眼盯住张留小,说:"你肯定还有事儿,想隐瞒?"张留小脸红了起来,说:"再就是我家屋旁长了一棵木瓜树,我在树下埋了一只死猪。几年后树开始疯长,长得三个人也搂不住。后来我在树下垒了敖包圪蛋,人们就认为是神树。村民们生灾害病了,就跑在树下磕头祷告,挂点儿红布。后来工作队的人认为是封建迷信,把我批斗了好几次,定成了坏分子。""就这点儿事?""就这点事儿!""你小子不老实!""咋不老实了?""我问你,村民们给神树上过布施没有?""哦,哦,上过一点儿,不多!""上的布施哪去了?""哦,哦,我拿了!""噢,这不就清楚了嘛!事出有因嘛!"张留小更着急了,说:"陈书记,我这顶帽子还要戴?讲迷信占便宜的人可多了,咋偏偏我就是坏分子?"陈爱平说:"这事儿可以研究。你尽管做了错事,但不一定就是坏分子。你把申诉材料交给刘秘书,我们研究后,上报落办,看他们怎么处理,你等待消息吧。"张留小应声出去。

　　李文亮买了一盒中华烟,小心翼翼地装在上衣兜里。他早就想找陈书记谈谈话,可是一直难以启齿。那是些烂事么,多丢人!可是不说也不行,自从那年工作组走后,自己脑袋上就像绷了一张驴皮,走在哪儿都有人窃窃私语:"牲口,流氓,还教育别人呢!"唉,说什么也要把这张驴皮给揭了!李文亮一边想,一边走,不觉来到陈爱平办公室门口,嗨!里面有人,是个女人的声音。仔细听:是萨仁花,正哭哭啼啼地诉说自己的冤情呢!陈书记好像非常同情。李文亮正准备继续听下去，台阶下走过一个人来，就避嫌离去了。

　　下午，李文亮又来到陈书记办公室门口，听了一下动静，里面没有别人。于是敲了敲门，走了进去。陈书记抬起头来，说："老李，找我有事？""嗨！我想谈谈社教那年的事儿。""噢，你坐下说吧。"李文亮谦卑地点了一下头，从怀中掏出中华烟，抠开皮，抽出一支，递给陈书记，又擦火柴给点着，然后坐在椅子上讲述起来："那年社教时，有的人找不到阶级斗争的靶子，就把个蒙古老婆萨仁花当成复辟资本主义的典型，批得皮开肉绽。萨仁花不识几个字，只是爱唱曲爱喝烧酒交朋友，咋就成了阶级敌人？"陈书记说："听说当时把你也卷进去了？""可不是嘛！我不过是在萨仁花家招待过几次公社和旗里的领导干部，听过她唱曲，喝过烧酒，就说我被萨仁花拉下水了，变成腐化堕落分子，批判了我四五次。还进家拿走两盒点心和一个鼻烟壶子。气得我好长时间不敢见人。"陈书记笑了起来，说："快不要说了！老狗记起陈干屎！都多少年了，还记你那两盒点心？鼻烟壶子那么小的个东西，现在哪里去找？我告诉你，萨仁花当时肯定整错了，一定要给她平反！对你的批判也太过分了，小题大做了！但是作为一名国家干部，你以后生活上也要严肃一点儿，注意点儿影响嘛，不能见个红火坑就往进跳，是个快乐窝就往里晃。更不能像有些人，三十不浪四十浪，五十浪中浪，六十浪打浪！""啊呀，陈书记！肯定是又有人嚼我的舌头了！我和萨仁花是正当关系。""正当关系？那你为什么给工作组说自己和萨仁花发生过关系，还讲得那么具体？""那是他们搞逼供信，不那样说过不了关！""噢！那你想让我怎么样？""我要求恢复名誉。只求陈书记在干部会上讲一下。"陈书记思索了一会儿，说："好吧，过几天开会时，给你恢复名誉。"李文亮站起来连声道谢，躬身出去了。

　　李文亮出去后，陈爱平正想静一会儿，突然办公室又闯进一个五十多岁的老汉来！这人脸色憔悴，戴一副深度近视眼镜，像是个知识分子。来人朝陈爱平看了两眼，忽然"扑通"一声，跪倒在地，磕头如捣蒜，慌得陈爱平"呼"地一下站起身来，搀扶不迭！谁知那人还是磕头，不肯起来。陈爱平恼了，大声呵斥："快起来，有冤申冤，有苦诉苦。只要有理，一定给你做主。你要是不听劝解，就是把头磕成铲铲，我也不会理你！"那人听见陈书记声气不对，像是火了！便停止了磕头，仰起头，站起身，定了定神，才哽哽咽咽地说："我叫张留文，是新召小学的算术老师。那年社教时，受我弟弟张留小的牵连，被戴上了右派帽子。十多年来，像个老奴才，谁想喊就喊，谁想使唤就使唤，都在我头上垒窝。活得没一点尊严，没一点志气。要不是为了几个娃娃，早就一头碰死了。"张留文一边哭诉，一边把申诉材料递给了陈书记。陈爱平接过材料，看了一遍，说："你弟弟也找过我了。过两天，把你俩的材料一并放在会上讨论，一并报送旗落办。你先安心工作，不要着急。有了消息，会及时通知你的。放心吧，回去吧。"张留文落着两串泪珠，说："陈书记，请你抓紧给我平反吧，我实在是忍受不下去了！这些年，不管去哪里办事，不管遇到谁，我都是'驴顶牛，硬拿脸扛着'，受尽了苦痛。"陈爱平笑了，说："这我理解，会给你抓紧办理。"张留文还想申诉，陈爱平开始摆手，张留文只好退出。

周正林来了！快十几年了，头发白了一半，皱纹纵横，背也驼了，走路蹒跚，刚过五十岁，看上去足有六十岁了；黄志晖也来了！一脸风尘，目光混浊，但说话还是刚把硬正。秘书刘军给两人泡了壶热茶，又散了烟。陈爱平很客气地问："周老师，谈谈你的情况吧。"周正林说："唉，一言难尽！自那年被打成反革命，遣送回原籍，先是被专政着，不能教书，在生产队劳动了一年多，后来勉强进了大队民校，教一至五年级的算术。前年被聘用到公社中心学校，教初二、初三两个年级的代数，当临时工。一家人生活困窘，手头拮据。三个孩子，只有大儿子念到了初中毕业，其他一儿一女，念完初一就失学了。庆幸我那老婆子身体好，能干活，硬是把一个家给支撑过来了。"陈爱平又问黄志晖："黄老师，你的情况呢？"黄志晖摘下眼镜，擦了擦又戴上，叹了口气，说："看来我比周老师要强了！我被遣送回去后，没有种地。我们那里是矿区，小煤窑多。要想过日子，就要当炭黑子！我在井下一连干了三年，后来被调到附近小学教书。老子烧瓦，儿不离瓦窑，老子掏炭，儿不离炭窑！我的儿子初中一毕业，就下井掏炭。女儿初中毕业后先是在家帮娘做家务，现在是煤矿文艺宣传队的队长，一分钱不挣，还成天价忙乱。先凑合活着吧，不能愁！要是愁的话，我早上吊了！"陈爱平笑了起来。周正林突然问："乔杰现在干什么？"陈爱平问："你说的哪个乔杰？""就是原来在新召二中当团委书记的乔杰。""哦！苏布尔戛公社有个生产干事叫乔杰，四十多岁，不知是不是他？"秘书刘军说："可能就是他。全旗干部里再没听说还有个叫乔杰的。"黄志晖说："物理学中有一条定律，说的是作用力和反作用力大小相等方向相反！乔杰到处整人，结果反被人算！自然界和社会领域里的规律是相同的。现在拨乱反正，都应该吸取历史的经验和教训。"陈爱平说："黄老师说得有道理。现在平反冤假错案，就是总结经验教训，拨乱反正。请问二位老师，对自己的平反问题，有些什么要求？"周正林说："都在申诉材料上写着呢，请领导过目。"黄志晖说："很简单，第一要求恢复名誉，第二要求恢复工作安排子女，第三要求补发工资。"周正林连连点头，说："黄老师言简意赅，一语中的。"陈爱平说："好的，按老师们的要求，我马上召开会议，上报旗落办，争取及早解决你们的问题。这几天，你们就住在公社客房，用餐就在职工食堂。刘秘书，一定要把两位老师的食宿安排好。"刘军点头。周、黄二人谢过陈书记，就随刘军去客房休息了。

夏志义在张树海的陪同下也回到了新召。陈爱平很同情他的遭遇，说："我们一定帮助夏老师彻底平反。按你的身体状况，还应该申领伤残证，享受百分之百的公费医疗。"夏志义连声道谢，激动不已。

当晚，张树海在饭馆摆了一桌酒席，请了夏志义、周正林、黄志晖、于时进、雷志先、韩来运等老师和朋友叙旧畅谈。大家坐好后，夏志义忽然说："树海，去把张支书也请来，我想和他拉拉话。"周正林说："树海，快去叫你爹吧，我也想见见他。我挨整的时候，他说过不少公道话。"接着，黄志晖几人也催促树海去请张开关，树海只好出门去了新召大队。

不多时，张开关在儿子的陪同下走进饭馆，众人一齐起立，将张开关让在了正席。张开关不好意思落座，说："你们都是知识分子，我一个老农民坐在正中像个甚？"夏志义说："你是农业战线上的一面旗帜，年龄又比我们大，怎能不坐正席！况且在运动中你还救过我，他们也说你不赖。"众人一齐附和，张开关只好坐下。

酒菜上桌后，大家给张开关先满了酒，然后互相敬酒叙谈。提起往事，都唏嘘不已。树海自觉地当了服务员，转圈儿给大家端茶递烟倒酒。几人一直拉话到深夜。

第二天，张树海独自一人去了陈爱平办公室，问："陈书记，你听说过一个叫吴子珍的老师吗？"陈爱平想了想，说："听我叔伯哥说过，她以前在新召小学教过书，她男人好像还在鄂左旗当过文教局长呢。""嗨，陈书记说对了，就是她。""你提这人干什么？""我上小学一二年级的时候，她当过我的班主任老师。那时候，她还不到三十岁，中等个儿，短发头，眼睛明明亮亮，对学生既严格又和气。批评过我两次，说我不老实，上课爱鼓捣铅笔和墨水瓶，自习上还乘人不注意嚼咬炒黑豆。""那你还想念她？""嗨，吴老师都是为我好。而且以后她可多表扬我了，说我聪明，作业不但做得越来越整齐，而且都正确。她还去过我家里，我爹妈都说她是好老师，我一直都在想念她。""说了半天，你好像还没说到正题。""是的，在我升三年级的时候，学校突然宣布吴老师不给我们代课了。据教工子弟们说，她丈夫孙耀升在会议上给领导提了刺耳的意见，被打成'右派'，她全家都要回原籍了。当时学生们都很震惊，我很难过。不久，吴老师就离开了学校，从此再没听到她的任何音讯。""哦，你是想打听她男人平反的事儿？这不属于咱新召管，你去旗里打听吧。""哎，孙局长的事儿是属旗落办管，可吴老师的事应该属咱新召管。""咱管什么，她又没被打成右派。""她是没被打成右派，可是由于受男人的牵连，学校在大会小会上也没少批她，还影响过她一级调资呢！""哦，我明白了！你是想让我帮她落实政策。""对啦，陈书记一定要帮她。如果她来新召，陈书记一定要通知我。""行，她来了我一定通知你。"

张树海告辞了陈爱平，下午乘班车到了旗里。未去自己单位就来到落实政策办公室，想打听吴老师的消息。无意中碰见上小学时的另一名女老师谢丽云，就攀谈起来。她也不知道吴老师的消息。谈话中得知，她是来落办询问自己男人平反的事儿。张树海早就听说过，她的第一个男人也是小学老师，不知说错了什么话，三下五除二就被打成了右派。那时候的"右派"比狗屎还臭，不像以后有些电影上说的，好女人一心爱"右派"。当时谢丽云迫于压力，和男人离婚了。不久，她又找了第二个男人，谁知结婚还不到三个月，这男人也被打成了"右派"。谢丽云伤心地哭了一鼻子又一鼻子，有心再离婚，被娘老子制止了："不能再离了！嫁鸡随鸡，嫁狗随狗，认命吧。"谢丽云只好"打掉牙咽肚里"，委委曲曲地和第二个男人过了二十年。现在，她终于盼来了希望，想让男人早点儿摘掉"右派"帽子，过上正常人的生活。看着谢老师这着急的样儿，张树海又想起了吴老师：你们怎还不来平反呢？孙局长肯定是被冤枉了，你也跟着受了害，一定要来鄂左旗讨个说法，彻底平反！

（一百零一）

陈爱平的特点是爱喝酒，但拿不住酒。大小有个酒摊子，他就想参与。半斤酒过后，手舞足蹈，眼睛放光，把人类最原始的本能都显露出来了。

九月一日，新召公社正式推出了两块牌子：中国共产党新召乡委员会、新召乡人民政府。

乡长何志飞和副书记张二树经过协商，在乡政府食堂安排了六桌饭菜，买了两箱六十五度鄂尔多斯酒，两条子大青山烟，请了歌手乐队。晚上七点半，庆贺党委政府正式挂牌。

时间到了，人也来齐了，主持人何志飞向大家说："今天，新召乡党委政府正式挂牌，特设六桌筵席以示庆祝。现在请党委书记陈爱平同志讲话。"一阵掌声后，陈爱平说："同志们，新召乡党委政府正式挂牌，标志着新局面、新气象的开始，预示着改革开放将进一步深入！今后，新召乡人民将在党委政府的正确领导下，抓住新机遇，促进新发展，展现新希望，取得新成功。为此，我提议大家共同举杯！"六桌子人一齐起立，干杯。接着，何志飞、张二树、李永清、包子良开始提议酒。二十多分钟后，领导班子提议酒结束。乐队开始奏起《草原上升起不落的太阳》，男女歌手一边唱歌，一边用大托盘端着酒杯给领导和大家敬酒。然后各桌上又派出代表给领导们敬酒。酒场气氛逐渐升温。副书记李永清把俩歌手叫在跟前，说："富林和桃女子，你们都是唱山曲的能手，唱上几曲儿，给大家助兴。"桃女子说："尽是新领导，有点儿不好意思。"李永清说："茶女子，山曲就是酒曲，正是唱的时候，有甚不好意思？""那你说先给谁唱？""嗨，这还用问，先给陈书记唱嘛！"桃女子点了点头，然后和富林相跟上，笑眯眯地来到陈爱平跟前，深鞠一躬，说："给陈书记满上三盅酒。"陈爱平见是二十多岁的小媳妇和一个小后生敬酒，忙从椅子上站立起来。桃女子用"二道圪梁调"开口唱道："牤牛川开花哎哟哟哎哟哟陈书记红，全新召那个人民哎哟哟哎个哟哟结同心。"陈爱平大喜，接杯一饮而尽。富林端着托盘，说："陈书记，喝三杯呢！"陈爱平看了看盘内酒盅，说："三杯都喝了？啊呀，那要唱三个歌子呢！"桃女子开口又唱："蓝天上的白云哎哟哟哎哟哟神山上那个松，陈书记就是那个哎哟哟哎个哟哟当家的人。"陈爱平又将第二杯喝净，微笑着看着桃女子，桃女子一点儿也不拿架，又唱道："圆个蛋罐罐哎哟哟哎哟哟没呀呀没楞楞，长出一个水萝卜哎哟哟哎个哟哟红呀红根根。"陈爱平和众人都哈哈大笑。桃女子看着陈书记将酒饮净，笑咯吟吟地转身给别的领导和客人们敬酒去了。张二树怕主桌上冷了场，就示意桌上的人都不停息地和陈爱平碰杯敬酒。陈爱平一边应酬着，一边观望着桃女子的进度。桃女子唱一曲儿，桌上的人就都喝一杯，喝得快，唱得快。李永清兴奋了，举杯大声说："我们的烧酒我们喝，喝好烧酒为我们，请大家共创酒场辉煌！"包子良不甘落后，也站起来讲话："同志们，请大家弘扬酒仙精神，大力振兴酒宴，争取达到一个新的高度，登上一个新的台阶！"众人一阵哄笑，缠着桃女子唱荤曲儿。桃女子拿捏着，两眼直瞅陈爱平，陈爱平笑着点了点头，桃女子就胆大起来，放开嗓子唱了起来："叫一声亲亲你不要笑，山曲儿不酸不热闹"，"小妹妹爱唱爬山调，谁听了谁就睡不着觉"，"眼里头说话脸脸上笑，唱两声就把心知道"，"沙柳长下一房檐高，爱你的根根扎深了"，"要和妹妹交呀实心心交，再不要三天欢喜两天恼","人人都说咱两个好,露水夫妻露水草","你不要给妹妹一股劲儿笑,笑得亲亲脸蛋蛋烧","鼓槌槌往那碌碡上敲,像你这实心人世上少","我给你眨眼你不要笑,三年五载谁知道"……桃女子一口气唱了十八支曲,桌上的人一连喝进十八盅酒。何志飞大声说:"同志们,今天晚上没有别的事儿!大家就围绕一个吃字,抓住一个喝字,突出一个玩字,落实一个醉字!十亿人民八亿酒,每天不离这一口!"全场一阵欢呼。张二树本来挨着陈爱平坐,见陈爱平的眼光不住地在桃女子身上扫描,就给桃女子使了个眼色。桃女子会意,颤悠悠地走了过来。张二树不露声色地站起身来,把桃女子让在了自己的座位上。李永清给桃女子倒满了二盅酒,说:"我们已经喝进二十多杯了,你先补上三杯。"桃女子说:"我没酒量。"李永清板起面孔说:"喝酒有水平,也要防女人!女人喝酒,赛过漏斗!陈书记在此,你应该大显身手。"说完,亲自将三杯酒端在碟里,看着桃女子喝完。包子良将三盅酒倒满,说:"朋友在于走动,感情在于流动,烧酒在于滚动!请继续干杯。"桃女子推辞,陈爱平说:"酒是生产力,朋友是生产关系。为了新召的发展,请喝净这三杯。"桃女子见一把手都说话了,就痛快地将三杯酒饮净。张二树坐在一旁,说:"吃点菜,喝点茶吧,缓一缓。"桃女子吃了一会菜和饭,何志飞早已将三杯酒端在了她面前,说:"酒肉穿肠过,水在腹中行。女人既能喝酒,男人就不是对手!再喝三杯吧。"桃女子作难,但想到何志飞是乡长,二把手,情面要紧!于是痛快地又喝了三杯。张二树又把个空杯斟满,说:"宁灭一村,不灭一户。我们都是陈书记的助手。他们几人的酒都喝了,我的酒你不能不喝吧。"桃女子说:"你让我缓一缓,喝点茶。"张二树说:"应该。"桃女子喝下半杯茶,坐了一会,仰脖又喝了三杯酒。这时,陈爱平给自己和桃女子都倒了三杯酒,说:"这三杯酒,我陪你喝。宁教肚子开窟子,也不能让感情变裂子!"说完,率先将三杯酒干净。桃女子真酒量大,连喝了十几杯酒,脸蛋上才稍稍泛出点红晕来,坐得稳稳儿的。你看她,又"噌,噌,噌"地将三杯酒喝得一滴不剩!张二树给大家都斟满酒,说:"让桃女子再唱几曲吧,助助兴。"于是,桃女子又展开歌喉唱了起来。大家又把六七杯酒下了肚。桌上的人开始眼花眩晕起来。陈爱平看着身边的桃女子,眼珠子都快滴出血来了!但大庭广众下,岂能乱来?他勉强控制住自己。可又觉得躁得慌,于是就将手从桌下伸了过去,摸向了桃女子的大腿、小腹。桃女子不躲闪,笑呵呵地坐在那里支应着,其他桌上的人都不由得把目光投过来,东南角的一桌上,围坐着大队支书和三位民兵连长,都惊讶地看着主桌。郝山大悄声对张开关说:"新来的陈书记酒量平常,可红火起来一个顶仨。"张开关笑了笑,没言语。张永明的小眼睛放着光芒，不停地咂嘴："啊呀，桃女子唱得铜铃铃音，听上几曲儿迷死人。"李二存在张永明的脑袋上扇了一巴掌，笑道："癞蛤蟆想吃天鹅肉。"刘得功说："这官儿大了红火的档次也不一样，说和唱都是一套又一套的。"李满仓两眼血红，结磕卜烂地说："我——我——我——活——活了——活了——五十——十——十多岁，第——第一回——回——回喝——喝这么花——花——花的酒。"张华看着张开关，问："你觉得桃女子顶不顶萨仁花？"张开关撇了撇嘴，耻笑道："这我能知道？不行你亲自品验一下。"张华嘿嘿地坏笑起来。三个民兵连长高兴得手舞足蹈，桃女子唱一曲，就自动喝一杯酒，唱得红光满面。张二树向四周观察了一阵，觉得桃女子是自己给陈书记招惹在身边的，陈书记要是出乖露丑了，自己面皮上也不好看。于是站起身来，对刘秘书说："陈书记喝多了，你扶他回家吧。"桃女子见状，知趣地离去了。陈爱平两眼盯着桃女子的屁股，恋恋不舍。刘军扶着陈爱平去休息。张开关给二树使了个眼色，二树就跟着三爹走出饭厅，在东墙黑影下，张开关说："二树，三爹提醒你，陈爱平这个人不稳重，迟早会出事。你以后跟着他，一定要小心，能应付个场面就行了，吃喝玩乐的事不能参与。三爹是为了你好，知道吗？"二树低声说："我是他提拔起来的，不应酬不行。"张开关说："不是不让你应酬，而是要把握好分寸，不能乱来。"二树说："知道了。"俩人说完话，张开关就离去了，二树返回饭厅继续招待人。

  刘军从此后更加熟悉了酒场业务。看出陈爱平爱喝酒、爱听山曲，爱红火！于是，只要遇个酒摊场，他一定要请一两个姑娘媳妇来唱曲儿助兴。实际上，其他领导对这种场合也很喜欢。刚开始喝酒时，装模作样，一旦喝潮了，就没有了正经。有一次，陈爱平和包子良去柳塔下乡，晚上，大队设宴招待，旁边只有个妇女主任是个女的，还年龄大，不会唱。陈爱平和包子良象征性地每人喝了几杯，就皱着眉头不喝了。支书觉得扫兴！大队会计戳了一下支书，俩人相跟上走出院子，会计说："我去后村叫个会唱曲的媳妇吧，乡干部不唱不喝。"支书点头同意后，正准备返回屋里，突然发现脚底下有一桶清水，噢！只顾忙乱，毛驴还没饮水呢！他顺手提起水桶，来到驴圈，将水桶支在毛驴嘴边。毛驴喝了两口，就抬起头不喝了！支书气了，大骂毛驴："日你娘的，你也不唱不喝？"

（一百零二）

　　邱文泽家在农村，和陈爱平是好朋友。由于父母没文化，不懂得念书的重要性，所以十二岁时才开始上学。小学五年级时运动就开始了，从此辍学。十九岁那年，娶了农家女子为妻，并给生产大队当了炊事员。一九七二年，全旗招收借调干部，正好堂哥在上层组织部门任职，向下面打了个招呼，就顺利脱掉了农民皮，成了干部。他能说会道，不管台下坐多少人，张嘴就说，从不怯场，想到哪儿说到哪儿，抑扬顿挫，滔滔不绝，具有鼓动性，不久就调到了团委工作。接着，跟旗委书记下了两次乡，书记发现他不但口才好，还有组织能力！每到一个地方，用不了一个星期就能组织起像样的文艺宣传队和识字班、学"毛选"小组。于是很快又将他提拔为团委副书记。

　　一九七七年冬季，团委书记陈明的瓜把子（官把子）被吃生米匠李孝章"吃噌"一声掐断了，邱文泽一跃成为团委书记。

　　团委书记是搞青年工作的，而青年中的那些姑娘们，扰得邱文泽不断走思，不断遐想，一连给九个女子写了信。但不知为什么，多数未回信。有两个回信的，也只是谈政治理想，没说一个爱字。

　　正当邱文泽觉得懊丧时，旗委决定他去黑土崖公社任书记。

　　两年后，邱文泽调任旗政府办主任，一年后又升任旗党办主任。仕途平坦，春风得意。可没过两年，党的干部任用条件发生了变化：往后凡是新提拔的干部，都要有学历文凭，否则不予提拔重用。已经提拔重用了的，若长期无学历无文凭，也要逐步调换到二线岗位上去。邱文泽大为苦恼！

　　可是不久，全国各大专院校，包括党校都开始办起了成人班，不但能读专科、本科，还能读研究生、博士生哩！相应各地都开办起成人文化补习班，由当地有名的代课老师讲课，力争将没有文凭的干部送进大学，弄一张学历！

　　邱文泽也参加了文化补习。但听了几天课，懵懵懂懂。特别是那政治教材，好像每一页讲的内容都一样。语文教材也没意思，放下白话文不好好说，偏要弄出些文言文，还蹦出些通假字。数学就更讨厌了！什么"赛音，考赛音"，工作中有什么用？纯粹是玄学！是一群腐儒念的经文，不光邱文泽听不懂，其他人也"坠进五里雾中"！

　　辅导课讲了半个月，邱文泽难受了半个月。好容易学习结束了，可要命事又来临了，一周后要正式进考场！

邱文泽和许多参加考试的干部一样"背水作战"，准备着作弊材料。把语文、政治、数学、历史、地理等科目的重点要点缩印在一寸多宽的长纸条上，然后折叠成一寸见方的小词典，准备带进考场偷看。为保万无一失，又在朋友、亲属中联系了应届高中毕业生或大学生，买通监考老师，传递考题答案。

事情发展得很顺利，邱文泽每一科都"考"出了好成绩，最低的科目也考了六十分。二十多天后，录取通知书邮来了，邱文泽"考"进了北方大学政史系成人班。

上大学后，邱文泽不远不近地请有关老师和同学吃一顿饭，每次考试都有人暗中帮助。这样熬了两年后，不但顺利毕业，而且回旗仍然担任了党办主任。

半年后，邱文泽又同法考上了北方大学函授学院政史系的研究生。有一次，陈爱平去党办秘书室取文件，走到门口，见窗帘拉得紧紧的。他迟疑了，里面没人？试着敲了敲门，秘书冯文琪探出身来，问："陈书记有事？""取个文件。""那进来吧。"陈爱平走了进去，随手将门关上，问："小冯，你把自己关起来，做什么好事儿？"冯文琪一脸无奈地说："我在做作业。""你是本科大学生，还做什么作业？""唉，你不知道！邱主任读研究生，我替他做作业。""他念书，你替他做作业，那到考试怎么办？""考试？他自考上函授研究生，还没踏过那个大学的门边边。""那他不考试了？""考，一次也不误地考！都是我去替他考！"陈爱平笑了，说："还是当领导好，什么事儿也难不住。"冯文琪摆了摆手，轻声说："我嘴不牢，把这事儿也说出来了！这不能宣传，要保密。"陈爱平说："我不会乱说的。再说了，成人里的假文凭泛滥成灾，邱主任这点儿事算得了什么！无所谓。"冯文琪点了点头，把文件交给陈爱平，自己关上门，又开始做起了作业。

## （一百零三）

邱文泽受陈爱平的邀请，带着司机和办公室接待员其其格来新召检查工作。其其格是蒙古族，二十八岁，高挑个儿，圆脸蛋，原来是乌兰牧骑的报幕员，结过一次婚，性格不合离了。邱文泽重新当办公室主任后，向组织部要一个能歌善舞的女接待，并点了其其格的名，她就调到党办工作了。

当晚，陈爱平安排了两桌酒席，歌手乐队配合，热情招待邱主任。必要的程序走过后，其其格和秘书要了哈达和银碗，一连唱了五支蒙歌，给新召党政领导每人敬了两碗酒。然后准备入座，但何志飞把她拦住了，说："你只给我们满酒，怎能不给邱主任满？"其其格笑着说："我们是一块儿来的，就免了吧！""嘿，那还行？邱主任是今天晚上的主宾，缺下谁也不能缺下他。让我们的歌手把你请起来，然后你再给邱主任满酒。"桃女子和富林会意，拿过银碗，满满斟了两大碗，张口就用"二狗湾"曲调唱道："神山那个高来牤牛川川低，陶亥召就在那个苏会沟西。其其格姑娘长得实在美，红脸蛋蛋映在新召人心里。"其其格"咯咯咯"地笑了起来，接过银碗说："我不会喝酒嘛！"何志飞噘起嘴唇说："嘿，嘿，嘿！蒙古人还敢说不会喝酒？"其其格笑道："何乡长，蒙古人也不见得都能喝酒吧？"何志飞急切地说："喝了吧，喝了吧，人求人难着呢！"其其格看了一眼邱文泽，端起银碗，"咕咚，咕咚"地喝了下去，大家拍手叫好。掌声未落，歌声又起："打鱼划划渡口船，妹妹坐上哥哥扳。平河上行船水流得慢，不为赶路为游玩。"歌声刚落，第二银碗酒又端在了其其格面前，其其格接过银碗，请何志飞代喝。何志飞说："好事成双，你痛快喝了！不等过年，就有好事。"其其格又咯咯地笑了起来，说："能有什么好事？""嗨！就你心里常盘算的那个好事！"其其格说："赛白努！"然后痛快饮净。桃女子和富林将银碗交给其其格，并在两个银碗内斟满了酒。其其格脸红扑扑的，胸脯一耸一耸地来到邱文泽面前，柔声唱道："十五的月亮升上了天空哟，为什么旁边没有云彩？我等待着可爱的哥哥哟，你为什么还不到来哟嗨。"大家鼓掌，陈爱平评论道："歌词改得好，美丽的姑娘变成可爱的哥哥们，很贴切。"邱文泽笑着接杯饮净。其其格准备往桌上放银碗，被李永清拦住了，说："刚说过好事成双就忘了？继续唱。"其其格笑了，又唱道："如果没有天上的雨水呀，海棠花儿不会自己开，只要哥哥你耐心地等待哟，你心上的人儿就会跑过来哟。"两桌人鼓掌，邱文泽像一个将军似的站了起来，接过银碗，一饮而尽。整个酒场的温度逐渐升了起来。陈爱平端起一杯酒，说："炎黄子孙是一家，人人都有爹和妈，弟兄姊妹常往来，横向纵向都加强！邱主任一行好不容易来新召一趟，大家一定要红火尽兴！先请一部分人潮起来，带动大部分人再潮起来，达到一个共同醉的目的。"全场一阵大笑，干部们开始离席给领导们敬酒，然后回席互相攀酒，觥筹交错，歌声起伏，红火得连胸前的扣门子也寻不上了！其其格喝多了，紧紧挨着邱文泽坐下，一盅又一盅地要和主任碰杯。邱文泽基本是醉了，一只手掌压着其其格的手腕，另一只手在空中挥舞，慷慨激昂地发表演讲："英雄好酒，才子好色。二者皆有，英雄本色！"言毕，端起桌上的一杯酒，"吱"的一声喝了个干净。接着继续演讲:"美人斟的第一杯是健康之酒,第二杯是快乐之酒,第三杯是放纵之酒,再以后的就是疯狂好活的酒!"说完,又"吱"地喝了一杯。桃女子也坐在了陈爱平的身旁。陈爱平早支不住了,急忙把桃女子的一只手抓在自己手中,贪婪地搓捏起来。张二树觉得难堪,这毕竟是党政机关,这样出乖露丑成何体统?于是拉过何志飞,悄声说:"火候到了,你想办法散场吧。烧酒是烈性手榴弹,把乡政府炸塌呀。"何志飞点头笑道:"酒坏君子水坏路,神仙也出不了酒的壳。散吧,散吧,再一会儿就没法收拾了。"说完,站起身来,面对大家,说:"再好的宴席也有一散。尽管今天是良辰美景,但大家也需要蓄养精神。好啦,欢迎邱主任的宴会暂告结束。大家如果真有心情,山背后的日子比天长,待后再安排吧。"说完,示意秘书和工作人员们,扶领导们离席休息。陈爱平看了看邱文泽,两人只是笑,好像此处无声胜有声,互相招着手离开了。

## (一百零四)

早晨七点钟,邱文泽起床。秘书刘军亲自将洗脸漱口水打好,牙膏也挤好在牙刷上。一切用品都是新买回来的,洁白光亮。洗漱完毕,邱文泽顺手拿起一份《参考消息》。突然,发现了一个新的问题,向隔壁呼叫:"刘军,你过来一下。"刘军闻声走来,问:"邱主任,有什么事?""这个菲律宾是干什么的?""菲律宾是南洋的一个国家。"邱文泽如梦初醒,把手中的报纸往桌上一摔,惊讶道:"你看我透他妈的!菲律宾也是个国家?"刘军用手捂住嘴,迅速走出门外,在房后大笑起来。

早饭后,机关干部都来到会议室开会。陈爱平说:"今天早上,由邱主任给我们讲解中央文件精神,大家一定要认真听讲,做好笔记,深刻领会。现在就请邱主任讲话。"职工们鼓掌欢迎。邱文泽坐在主席台上,清了清嗓子,拿起文件,字正腔圆地念了一遍。然后说:"历史的经验证明,只有改革,中国才有出路,才有发展。早在十九世纪六十至九十年代,以曾(céng)国藩、李鸿章、左宗棠、奕䜣(sù)为代表的洋务派,就开始实行'自强'、'求富'的活动,创办了一些近代军事、民用工业和新式的海军、陆军。这个运动失败以后,一八九八年以康有为、梁启超为首的资产阶级改良派又发起了维新戊戌(wùwù)变法运动,企图通过光绪皇帝实行自上而下的改革,但遭到慈禧太后等顽固派的反对,最后失败。自此后,改革者前赴后继。孙中山、黄兴、宋教仁以及共产党人毛泽东、周恩来、刘少奇、朱德等人，成为杰出的代表。当今，邓小平副主席又提出了改革开放，建设四化的宏伟目标。我们现在正处于伟大的改革的关键时刻。改革没有先例，没有成熟的条条道道。需要我们一边学习，一边探索，摸着石头过河。在这个过程中，学习是非常重要的。不学习，就担不起改革的重任。今后，只要有条件，大家都要继续深造，取得学历文凭。我这里有一张报纸，说的就是这方面的事，我给大家念一下。"邱文泽一边说，一边拿起桌上的一张报纸念了起来："青山市党委非常重视职工的学习，要求已经取得文凭的干部和尚，未取得文凭的干部，都要继续深造……"这时，台下大笑起来。邱文泽瞋了台下一眼，台下笑声更大了。这是怎么了？念错了？拿起报纸仔细观看，没念错！这些字自己都认识。于是就"啪"的一声将报纸摔在桌上，训斥起来："你们不读书，不看报，知道什么？和尚都取得文凭了！你们这些小学生中学生，有什么资格笑？"台下顿时止住了笑声。稍许，笑声又起！邱文泽觉得奇怪！今天这是怎么了？从衣兜里掏出一个小圆镜来，照了照自己的头脸，没发现什么异常。于是慌乱地检查开身上和周围物件来！陈爱平也奇怪了，咋干部里跑出和尚来了？他拿起报纸细看：哦，邱主任念得不对，应该是"已经取得文凭的干部和尚未取得文凭的干部，都要继续深造"。他戳了一下邱主任，说"你好好看看这句话该怎么念。"邱文泽拿起报纸，连念了三遍，才恍然大悟，向台下说："对不起，对不起！刚才没注意，念错了！我给大家重念一遍……"念完这则报道后，邱文泽又坚持讲了半个小时，会议才宣告结束。人们走出会议室，忍不住又笑了起来。

九点多钟，其其格急急忙忙地来找邱文泽，说："我爸病了，正在医院抢救呢！""那怎么办？""我要回去看一趟。我爸可亲我了，他病危了我能不回去？"邱文泽挠了挠头，很为难地说："好吧，让司机和你一块儿回去。有事儿咱电话上联系。""谢谢邱主任。"其其格扭头去找司机去了，邱文泽怅然若失。

午饭时，桌上照例摆上了烧酒。陈爱平和领导班子成员陪着邱文泽又喝了个半醉。饭后回到宿舍，邱文泽倒头就睡。五点多钟才走出屋子。晚上，陈爱平只摆了一桌酒菜。桃女子又是扭，又是唱，把个陈爱平哄得眼花缭乱，心口不住地跳动。快十点钟时，他发现邱文泽不见了。出去方便了？不可能！方便一趟能走这么长时间？于是就叫喊："刘军，你看看邱主任去了哪里？"刘军应声出去。把乡政府所有的宿舍办公室都找遍了，也不见邱文泽的踪影。刘军只好回来给陈爱平汇报："邱主任不见了。""不见了？这么大个人，上不了天，入不了地，能钻在哪里？你们继续找！"刘军返身出屋又去寻人。何志飞和领导班子其他成员觉得蹊跷，也都出去找人了。屋里只剩下桃女子和陈爱平。陈爱平站起身来，把桃女子拉到了小屋子，忙不迭地抚摸亲吻起来。两人正激动得不得了，突然外边传来了人声和脚步声。陈爱平一把推开桃女子，快步从屋里走了出来，见是李永清和包子良他们，就问："找着了没有？"李永清说："没找着。"陈爱平想了想，说："别找了，告诉大家都休息吧。"李永清说："那我们就都回家了。""回去吧。"陈爱平一边说，一边低头向自家走去。进了院子，听到屋里有男女的说笑声。他轻手轻脚地走了过去，侧身从玻璃窗上一眊：嘿！邱文泽正紧挨着自己的老婆秀云说笑呢！邱文泽一只手还摸着秀云的肩膀，脑袋直往秀云脸上凑，嘴唇差一点点就吻在脸蛋上了。秀云只穿一件薄薄的粉衬衫，乳房突起，脸色绯红，笑个吟吟地。陈爱平再也忍不住了，一步跨在门口。"当"的一声将门踢开，像个恶煞一般直矗在当地。邱文泽迅速从沙发上弹起，强硬挤出一丝笑容来，说："陈书记，你回来啦？""啊呀！你这么大个主任，怎么离开摊场也不打个招呼？""嗨，喝多了！你看我喝成甚样了？不逃席能行？"陈爱平醉醺醺地说："你喝成甚样了？我看你喝得比屄子多长了两个耳朵！"邱文泽苦笑了一声，快步走出门去。陈爱平倒身睡在了沙发上，不一会儿就打起鼾来。秀云拉起一块儿毛毯盖在男人身上，叹了口气说："唉，男人们咋尽是些牲口。"

　　太阳出来了！陈爱平洗漱完毕。秀云早已熬好了奶茶，桌上摆上了炒米、馓子、月饼和炖熟的冷羊肉，伺候男人早餐。陈爱平问："我昨天晚上回来，是不是骂了邱主任？"秀云说："你骂过就忘了？""我骂啥了？""啊呀！骂的下流话！"陈爱平想了想，后悔不迭，用掌拍了一下自己的脑门儿，说："这烧酒咋就和麻药一样，喝多就痴了，想甚说甚！"他匆匆吃完早点，急急忙忙地向办公室走去。

　　陈爱平直接来到邱主任宿舍里，进门就道歉："啊呀！邱主任，我昨天确实喝多了！醉了嘴就臭，你可千万不能把那些儿话当成个真！咱俩既是上下级，又是亲兄弟，还分个你我？"邱文泽笑了，说："酒后的话不当真，咱弟兄谁也不计较谁！"陈爱平也笑了，并且关切地问："邱主任，你吃过早点了没有？要是没吃，去我家里吃，秀云熬得好奶茶。""刚吃过，一会儿我想到各个机关去看看。你忙去吧。""不要我陪你？""不用，你就让刘军陪我就是了。""噢，也好！中午在乡政府吃饭，晚上咱杀上一个山羯子，好好红火一场。""行，你安排吧。"两人的关系和好如初。

　　陈爱平想尽办法招待邱文泽。邱文泽认为够意思，可是总觉得缺一量子事，那就是身边没有女人！这没女人的日子真难熬，失魂落魄，坐卧不安。特别是在其其格走后的第三天，简直成了色中饿鬼！只要看见个女人，不管老小丑俊，都止不住心跳！有好多次，舌根也麻了起来，嗓子眼儿上不由得直哼哼！这该怎么办呢？打电话让其其格来吧，也不妥。人家老子快要病死了，能抽得开空吗？嗨，难受死人了！邱文泽像鬼跟上一样，从公社机关到附近各单位到处圪转，甚至站在供销社看了半天买货的农村女子媳妇。哎哟！真应了古人的话：光棍汉看见老母猪也是大花眼！

晚上酒场散得早，邱文泽喝了个半潮潮，十点多钟，就回到宿舍躺下来，嫌灯亮着太暴露，就拉熄了。想想：自己那个老婆，已经生了两个娃娃，浑身上下稀松，看上去一塌堆，引不起一点性趣！陈爱平老婆虽然也生过一个娃娃，但人家的身材恢复得好，胸腰臀界限很明显，而且年龄不大，脸蛋水光光的。可气的是陈爱平惹眉搗眼晃悠着，实在没机会！其其格不错，美人一个，可惜让她大拗走了！……哎哟哟，觅毛驴需要个橛子，觅男人就得个窟子！去哪里找个窟子呢？活活的人，真能让尿憋死？

邱文泽一骨碌滚下床来，伸出手腕看了看表，十一点钟！人静月黑，打游击去。出了门，来到供销社主任崔振云院子里，踮着脚尖儿，来到窗台下，将耳朵贴在窗缝上仔细听，里面发出一阵阵均匀的呼吸声。判断：里面睡着几个人？好像是两个人，一个出气粗，一个出气细！对了，崔振云去旗社开会去了，里面睡的是他老婆和九岁的女儿。敲门吧！鼓足勇气胆放正，不同意了嚷上一顿，没啥了不起的。邱文泽举起手，舒开指，"哒楞楞，哒楞楞！"一连弹了五六下，屋里有了窸窣窸窣的穿衣声。再"哒楞楞"地敲了一下，窗子里边传出严厉的喝问声："你是谁？想干什么？"邱文泽压低声音，一字一顿地说："邱文泽，邱主任。""去，去，去！我不管你是秋蚊子还是夏蚊子，再敲窗户我一拍子就把你打死了！""嘻嘻，不要恼么！我是旗党办的邱主任！""噢，我还当是谁？原来是邱主任！平时看你像个正经人，怎天一黑就戏女人？走吧，我的女儿也大了，我们娘俩丢不起那个人。"邱文泽在窗外默默地站了一会儿，不成功！只好出了院子，再去找别人。不觉走进学校家属院，猛然想起教办主任白志忠调在了台格牧。那媳妇二十四五岁，儿子才三岁，茶的甚也不知道，试一试吧，没准行。于是慢步来到门跟前，用手摸了摸门窗，发现糊的是纸！于是就用手指在窗纸上"挲挲"地摸起来。不多时，有人下炕，走到门跟前，颤声问道："什么人？""我是旗党办邱主任。""你有什么事？""我没地方睡，想借你的炕用一用。""胡说！快走！我们睡得满满一炕人。""不可能吧，你说谎！"这时，屋里又传来另一个女子的声音:"姐,是什么人这么不要脸,半夜三更瞎折腾?"邱文泽吓得一哆嗦,啊呀!里面还有个她妹子,快走吧!于是放开脚步向北走去。不多时,来到兽医站院内,想了想:罗兽医好像下午骑了匹大骟马去柳塔了,上午在供销社见过他媳妇,个子不大,胖乎乎的脸,还冲自己美美笑了一面呢!有点儿意思,问题不大,上前敲门吧。走在门口,正准备敲门,啊呀!屋内怎气吼淘咽,好像有人用力在掏地!接着兽医老婆叫唤开来:"罗胜,罗胜,罗胜!"嗨!今天算倒了大霉了!咋遇上这么两个骚圪泡!罗胜是个照门狗,连夜就回来了!没咱的营生,走吧!邱文泽悻悻地向西走去,又一连敲了三家门,都不顺。不是拒绝开,就是有男人。最后还遇到一个二杆子,追出了门外,吓得人好一阵奔跑!跑到拐弯处,定下神。向左望去,有一户人家。静静地眈看,是邮局送信的章木素家。章木素工作实心,不顾家,一个月和老婆最多住上三两天。老婆图娅四十七八岁了,但保养得好,有一口白生生的牙,嘴唇红润润,待人可热情了。行,就去她家!可是走到门口,犹豫起来了,想想吧!图娅比自己大十二三岁,简直是两代人!这事儿要是传出去,还不让人家笑话死!那么,再去哪里呢?想了想,实在没个去处了!嗨,就在这里吧。图娅年龄再大,反正也是个女人!想到这里,伸手去敲门。嘿,门没插!邱文泽一阵欢喜,悄悄推门进了屋,黑暗中往炕上一看,图娅盖着一块儿大被子,正拥着小儿子睡得香。嘻嘻!好机会!他不慌不忙地上了炕,脱掉所有的衣服,揭开图娅的被角,钻了进去。摸了摸图娅的肚皮,软绵绵的,再往下摸,光溜的,连个裤衩也不见!正准备继续行动,图娅醒了!一把推开邱文泽,尖声叫道:"哎呀,你是谁?"邱文泽"哧儿"的一声笑了,说:"我是旗党办主任邱文泽。""你怎么跑进来了?""我爱上你了。""你瞎说!咱俩又不是不认识!我差不多能当你妈。""哎,可不能这么说!人爱人没老小。"俩人正说着,小儿子醒来了。他揉了揉眼睛,看了看这个赤裸的男人,吓得大哭起来。图娅摸到自己的裤子,伸腿穿上。然后往地下推邱文泽。邱文泽见小孩哭,大人闹,知道什么也干不成了,搂起衣服就往炕下溜。出门将衣服穿起来,走了一阵,发现衣兜里的钱包不见了。想了想,肯定是丢在图娅家里了。那里面有五百多块钱呢!不行,得把钱要回来!什么也没干成,再白贴上五百块,损失太大了。于是,他返身又进了图娅家。图娅拉着了灯,问:"你还想干什么?""我钱包丢你炕上了。""什么钱包?我咋没看见?""嗨,就在这面炕上,找找吧。"图娅肯定地说:"没有!不信你自己找。"邱文泽跳上炕,把被褥拉起抖了抖,四面又查看了两遍,连个钱包的影子也没看见。心想:肯定是图娅见钱眼开,藏起来了。于是就恶狠狠地问:"钱包是我的！你究竟给不给？""嘿！谁拿你钱包了？我娘俩睡得好好的，你两次三番闯进来，要流氓不说，还诬赖人拿了你的钱包！你是抢头还是土匪？"邱文泽伸手拽住了图娅的头发，威胁道："你要不把钱包交出来，就把你的头发全薅光！"图娅也不是省油灯，伸手拽住邱文泽的衣领口，骂道："流氓小子，你以为老娘怕你了？老娘现在就叫喊，让左邻右舍看一看，是哪个王八蛋不讲理！"说完，就大声叫喊起来："救命啊，抓流氓啊！"小儿放声大哭起来。邱文泽慌了，这要是邻居们真的过来了，自己就是浑身长嘴也说不清！那影响还能得了？罢，罢，罢！识时务者为俊杰，趋吉避凶为君子，钱包就算送给你这老猪狗了！一边想一边就松开了手，但不解气，伸手又左右开弓打了图娅几个大耳光，然后才急急忙忙出了屋，像个被人追赶的偷人贼，惶惶地跑回了乡政府。

图娅本想下炕追打邱文泽，无奈小儿子杀猪般地嚎哭。没办法，只好关好屋门，上炕哄儿子。过了好长时间，儿子才不哭闹了。图娅拉熄了灯，越想越气愤！自己本来睡得好好的，咋就跑进个又骚又恶的疯狗来？还"诬赖"人拿了他的烂钱包！半夜三更折腾得一家人又哭又叫，邻居们听见甚想法？过几天章木素回来咋解释？啊呀，要是装住不作声，人家还真以为咱有问题！不行，这事得和他闹！不但要争回脸面，还要他负担经济损失！可是，话又说回来了，捉贼见赃，捉奸见双，告他他要是不承认怎么办？证据呢？必须有证据。图娅睡不着了，她又拉着了灯，从炕上到地下细细地查看起来。突然，她看见炕旮旯儿有一件灰色的衣物，是什么呢？抓起来一看："是个裤衩。翻开看了看，脏兮兮！想一想，章木素没这样的裤衩！对啦，这是邱文泽的裤衩！这不就是证据吗？好啦，老娘实事求是去旗政府告状，邱文泽啊邱文泽，你打老娘的脸，老娘撤你的官！图娅把裤衩小心地包在一个布袋里。歇了会儿，又好像想起了什么，在炕上炕下乱找起来。突然，在火炉底下发现了一个小钱包！弯腰拣起，拉开拉锁，有五张百元大票！噢，圪泡小子真的把钱包掉这里了！怎么办？不行，我告状还没盘缠，正好用这钱买车票、住旅馆、买饭吃！我凭甚往返倒贴钱？

天蒙蒙亮，邱文泽就催着司机着车，自己则忙着洗漱和收拾东西。然后亲自去伙房给炊事员安顿："旗里打来电话，要我立马回去。上班后，你给陈书记说一声，就说不打扰他了，以后再见。"炊事员说："吃了早饭再走吧。""赶不急了，不吃了！"一边说，一边就返身走下台阶，上了汽车，匆匆离去。

九点多钟的时候，图娅拖着八岁的儿子，来到陈爱平办公室，进门就问：

"邱文泽去哪里了?"陈爱平说:"天不明就回旗了,你有事?""当然有事,还是大事!""大事?你是个家属老婆,能有什么大事?""我说了,陈书记不要惊讶!""惊讶?我不惊讶!你快说。"图娅眼眶溢出了泪水,接着呜呜地哭了起来,哽哽咽咽地把昨晚发生的事叙述了一遍。陈爱平目瞪口呆,刘军嗤嗤地发笑。好半天,陈爱平才回过神来,问:"那你怎么办?""我要去旗里告他!""怎么告?单听你一面之词,谁能信你!""我有证据。""你还有证据?他人都走了,又没旁人看见,让空气给你作证?""这你不用担心,我有我的办法。"说完,就扭头出门去了。陈爱平和干部们都奇怪地望着图娅的背影。

出了陈爱平的办公室,图娅突然底虚起来:自己说是有证据,可仅仅是一个裤衩,要是邱文泽不承认裤衩是自个儿的,那该怎么办?这状能告吗?图娅心中一阵慌乱,没了主意。突然她想起了一个人,是谁?张开关,那是图娅最佩服的人,为人正派,敢作敢当,主意点子特别多。行,找张支书去,让他帮着拿主意。

图娅来到新召大队办公室,张开关正和刘宝维拉着话。张开关问:"图娅,你有事?"图娅看了看刘宝维,说:"宝维,姨有点事儿,想单独和张支书谈一谈。"刘宝维说:"姨,你们谈吧,我去大队果园走一趟。"说完就起身出了门。张开关说:"图娅,你坐下说。"图娅坐在了凳子上,眼眶掉出两滴泪,哽咽着把昨晚发生的事,一五一十地讲给张开关听。末了,才忐忑不安地问:"张支书,我去告他,不算心恶吧?"张开关早已对陈爱平不满,对邱文泽更是嗤之以鼻,现在听图娅说了这事儿,实在是深恶痛绝!于是干脆地说:"告,怎能不告?你这事儿,不但左邻右舍都听到了,而且惊动了乡政府,要是胆小不作声,那人家还不怀疑是你不正经?邱文泽是什么人?一个标准的流氓无赖。你要是胆怯了,他还要倒咬你,弄得你从此没有好日子过,章木素也看不起你!对待恶人决不能手软,不然他会到处害人。"图娅说:"可我就拿住他的一个裤衩,他要是不承认裤衩是自个儿的,那该怎么办?"张开关肯定地说:"这你一点儿也不用担心。裤衩上肯定有他的脏东西,公安局一化验全知道,谁的就是谁的,无法抵赖。"图娅说:"我不懂,你说能化验?"张开关满有把握地说:"能,一定能,你放一百个心!但是我要提醒你,这个裤衩你一定要保管好,千万别让他们的人偷走骗去。不到法庭上,你谁也不要给。你放心地告那个狗官吧,官司一定能赢。有难处时,你给我打电话,我和刘宝维立马就来。"图娅感激地说:"张支书,我最相信你,佩服你,才来向你讨主意。现在我甚也不怕了,马上坐班车去旗里,告不倒邱文泽就不回来。"说完,起身向张开关行了个蒙族鞠躬礼,张开关把她送到了大门外。

图娅把小儿子安顿在妹妹斯琴家里,自己搭了个顺车,直接来到旗委大院。办公室秘书看见有一个蒙古妇女挨着办公室昵看,觉得蹊跷,上前问:"你是哪里来的?有什么事?""我有大事,想找旗长、书记。""旗长、书记有大事,忙不过来。前面有个信访办,你先去找他们好了。""不行,我这事一定要直接找大达尔古①。""嗨!你这女人怎么听不进话,旗长书记有大事!"图娅瞪起了眼,大声说:"什么大事?我这就是大事!你们谁也不要想日哄我!"俩人的大声说话引得办公室人员都出来观看。邱文泽闻声也出来了,一看是图娅来了,吓了一大跳!忙缩回身子,坐在椅子上盘算起来。怎么办呢?让秘书们连哄带吓轰跑算了!可不能让她在这里吵闹,不然就麻烦了。正在这时,冯文琪进来了。邱文泽立马站起身来,严肃地说:"外边那是个疯老婆,你弄几个人把她轰出去。"冯文琪点头出去,招呼了两个工作人员,走到图娅跟前,说:"这是政府办公地方,不能吵嚷,赶快出去!"图娅噘起了嘴唇,说:"你说这是政府办公的地方?"冯文琪说:"是呀!""政府给谁办公?""给人民办公。""我是不是人民?""啊呀,你这老婆还会钻空子说话!人民是指广大人民,不是指你一个人。""胡说八道!欺负老百姓!老娘今天见不到大达尔古,哪儿也不去。"说完,就大声喊起冤来。正在吵闹时,搞常务的副书记乔志平从会议室走了出来,走在图娅面前说:"你有什么事,进办公室说。我是副书记乔志平。"图娅看了看乔志平,问:"你是乔书记?大达尔古?"乔志平点头,返身向东走去。图娅在秘书的陪伴下,进了乔志平办公室。乔志平坐定以后,问:"你是哪里来的,有什么冤枉?"图娅眼中又溢出了泪水,哭着说:"我是新召章木素的老婆。邱文泽半夜三更欺负了我,还打我,把我的娃娃吓得一晚上不能睡觉。我来告他!"乔志平吃了一惊:"你可不能乱说!邱主任多大了?你多大了?他能半夜三更欺负你?让人能相信嘛?"图娅抹了一把眼泪,发誓说:"我要是说下他半句假话,你们把我抓进禁闭!"乔志平想了想,说:"那你把他的事说一遍。"图娅哭了一阵,然后一五一十地把那天晚上的事说了一遍。乔志平听完以后,说:"你有真凭实据吗?""有,他的裤衩丢在了我的炕上。"乔志平吃了一惊,心想:邱文泽呀,咋就把裤衩也让人家逮在手里?这老婆也太厉害了,不能小觑!于是问:"裤衩在哪里?""在我衣包里。""那是他的裤衩吗?""嘿!乔书记

---

① 大领导。

以为我说瞎话？不信咱到公安局去化验！"乔志平惊呆了！这老婆咋甚也知道！于是又说："那你想让我们咋处理？""咋处理？撤掉他主任的职，再给我赔两千块钱惊吓费。""好啦，让王秘书给你在招待所登记个房间休息吧，下午他去通知你处理结果。"图娅说："乔书记，我的要求是最低的，不然我就不回去。天天告，一直告到盟里面。"乔志平摆了摆手，说："相信组织，你先回去吧。"王秘书走上前，搀起图娅，走出办公室。邱文泽在窗口瞭了一眼，脸皮成了个灰片。

　　下午三点钟，王秘书来到招待所，向图娅传达了书记办公会议对邱文泽违纪问题的处理意见：邱文泽公开在机关干部会议上做检查并赔偿图娅三百块钱精神损失费。劝图娅在赔款兑现后，立即买票回新召。图娅听罢处理决定后，一把拉开房门，朝着旗委大院"呸呸呸"地唾了三痰，大骂道："这点臭钱我不要！老娘不接受你们的处理决定！"然后返回屋子，对王秘书说："你回去告诉大达尔古！我下午就买票去东胜，面见盟长盟委书记！不相信没人给我做主。"王秘书劝道："姨！按你说，邱主任也没真的怎么样你，能饶人处且饶人吧！""你说什么？饶了他，让他继续当官，继续升官，继续害人？你是真不知道他的为人还是故意保护坏人？想想吧，要是你妈让他欺负了，你还会说这种话吗？"王秘书气恼地说："姨，我好心好意和你说话，你咋拉扯起我妈来了！""嗳，嗳，嗳！说起你妈你就受不了了吧？若要公道，打转颠倒！当官儿的就会说便宜话，事儿真要搁在自个儿头上，比谁都沉不住气！走吧，你站在这儿一点用也没有了！"王秘书愣睁着眼睛，看了一阵图娅气愤的样子，倒退着出了房间复命去了。

　　不过半个小时，王秘书又来到了招待所，"诚恳"地对图娅说："姨，我回去向乔书记把你的意见转告了，乔书记很重视，同意重新开会讨论对邱文泽的处理。你哪儿也不要去，明天上午就有结果。"图娅疑惑地看着王秘书，说："看你的面相老实！心里咋想的，姨确实猜不出，你不能骗姨吧？"王秘书说："哎呀，姨！看你说哪里去了！借我十个胆，也不敢捣旗委书记的鬼！我说的都是实话。"图娅说："好吧，信你一回。我明天上午等回话。"王秘书点头说："好嘞！姨是精明人。"说完，就退出了屋子。

　　晚饭后，图娅一个人在屋里想心思，突然听到了敲门声。她从床上下来，到门口问："什么人？""旗委秘书冯文琪。""你有事吗？""有点事，想和姨谈一谈。""你肯定是替邱文泽说事的吧！算啦，这事已经经公了，私下里再鬼捣，不好吧？""嗨！不是鬼捣，我就是想和姨拉拉话。""哦！那就进来吧。"门开了，冯文琪走进房间。坐定后，冯文琪说："姨，邱主任也是一时酒后糊涂,误闯你的家,他很后悔,想当面给姨认错,又没那个胆量,就委托我来转达他的意思。他说,你就像他的娘一样,大人不记小人过,饶过他这一次。至于两千块钱,明天早上就给你送来。求你不要告了,回去吧。"图娅说:"给上两千块钱,我就悄悄地回家去!小冯,你想这成什么事儿了?""好事么!让人一步自己宽,大家以后还缺不了交往呢?""小冯,姨说粗话了,你这叫放屁!我拿上两千块钱悄悄地回去,真正就成了卖身老婆了!你们的主意太毒辣!"冯文琪被骂得满脸通红,忙说:"姨,我没那么想,你不要急!"说完,就沉默了。过了好一会儿,问:"姨,那个烂裤衩你带来了?"图娅警惕地看着冯文琪,反问:"你想干什么,想抢回去?告诉你们,老娘昨天就把它寄存在一个秘密地方里。你们要敢逼,老娘立马就带上法院的人去取。"冯文琪没想到这老婆这么难缠,自己根本不是对手。就皮笑肉不笑地站起来,出了房间。

刚出了招待所大门,冯文琪就被两个人拦住了。门灯下一个方面大耳,中上等个子的人压低声音问:"你小子敢不是邱文泽派来的吧?怎么,想动手抢东西?恐吓欺负一个女人?"说着话,就伸出右手把冯文琪的脖颈从后握住了,冯文琪觉得脖颈剧痛,头顶"呼"地一下晕眩起来,两眼珠发胀,两耳轰鸣,舌头都伸出二寸来长,好像马上就要"升天了。"张开关见他支撑不住了,就松开双手,低声喝道:"再不能为虎作伥了,邱文泽作恶多端,必遭祸报。听清了吗?滚!"冯文琪身子往下一缩,惶惶逃去。

邱文泽听了冯文琪的描述,仔细想了想那人的长相,咬牙切齿地说:"那个方面大耳的汉子,估计是新召的张开关。这个老圪泡,狗咬耗子多管闲事,章木素还不来,他就蹿将来了,莫非是图娅的伙计?哼,哪一天逮在老子手里,叫你把脸往裤裆里藏!"

上午十一点钟,王秘书又来找图娅,说:"又开了一次书记办公会,决定给邱文泽党内记过处分,赔偿你一千块钱。"王秘书话音刚落,图娅就站起身来,伸手把王秘书往门外推,说:"你回去吧,咱明天在法院见。"王秘书尴尬地出了房间,听到"嘭"的一声巨响,图娅把门关上了。

乔志平听了王秘书的汇报,感到自己无能为力。只好向旗委第一书记如实作了汇报。旗委书记责令纪检委进行调查核实。经过一番取证落实,真如图娅所说,邱文泽严重违纪。两周后,旗委召开常委会,免去邱文泽党委办公室主任职务,党内记大过一次,调到野猪沟煤矿任支部书记、副矿长,并赔偿图娅精神损失费二千元。图娅同意处理决定,收到钱准备回去。刚到汽车站,就看见张开关和刘宝维也在候车室,图娅高兴地问:"张支书,你们甚时候来?"刘宝维说:"你走的第二天我们就来了。张支书怕你吃亏,领着我一直在暗中观察动静。现在你打赢了官司,我们都放心了。"图娅两眼泪花,说:"我请你俩吃顿饭吧。"张开关说:"行,回到新召咱吃手扒肉。"

## (一百零五)

邱文泽从党办主任的交椅上"扑通"一声跌进野猪沟的黑窟窿中,惊得陈爱平半晌合不拢嘴!啊呀,烧酒简直是魔鬼酿造的毒水!邱主任那么日精的人,咋就在酒坛子里成了呆头笨爪的乌龟,让人家手到擒来?这东西以后可得节制了。不然,再刚强的汉子,也会让它给泡槽的。烧酒本是五谷水,先软胳膊后软腿。穿肠毒药力无比,醉时癫狂醒后泪。

陈爱平一个多月没沾酒了,很馋,但强忍着!这几天,旗计划生育办公室主任陈有存带领做手术的医护人员来到新召,检查落实工作。陈爱平在招待宴席上只喝了二三两酒,没敢大喝。每次开会,头脑清醒,讲话干脆:"计划生育是国家的基本国策,无论是职工,还是农民,都要无条件遵守。对于超生户,一定要罚款。超生的单位,当年的工作一票否决,主要领导和分管人员一律撤职。大家都要密切关注,看有没有超计划怀孕的情况。如果有,马上采取有效措施。"陈爱平还亲自带领乡计生干事和秘书刘军,到各村检查落实。要求已经生了两胎的育龄妇女,一律到乡卫生院做节育手术。那天下午,在张开关的陪同下,来到尔力湖沟给社员们开会。全村的年轻夫妇都来了,挤下满满一房子人。陈爱平讲完话后,计生干事和刘军开始检查登记应做手术的妇女名单。一共有二十三个育龄妇女,多数没引起陈爱平的注意。等叫到一个郭玉兰的名字时,一声清晰圆润的声音传了过来。陈爱平闻声望去,靠窗户站着一个二十一二岁的年轻女子,杏眼桃腮,亭亭玉立,根本不像生过娃娃的媳妇,倒像是个成熟待嫁的姑娘。她叫郭玉兰?嗬,深山沟也出美人儿?郭玉兰见陈书记看着自己,就嫣然一笑,脸蛋儿泛出两个小酒窝。陈爱平的心"咯噔"地跳了一下,颤动了好几秒钟。俩人正在呆看时,陈爱平突然发现郭玉兰旁边凳子上坐着张开关,一对大三角眼正盯着自己呢!于是很快移开了目光。继续看刘军他们调查登记。

散会时,陈爱平在院内看见郭玉兰正和两个媳妇说笑。郭玉兰见陈书记走过来,深深地看了一眼,足有三四秒钟!陈爱平笑了,郭玉兰也笑了,但她很快扭过了头,和那两个媳妇拍拍打打开起玩笑。陈爱平一边走路,一边用眼睛的余光瞟着郭玉兰，瞟着瞟着，突然又瞟到一对三角眼上，啊呀！张开关又在盯自己呢，这个霸槽老叫驴，管得也太宽了！陈爱平讨厌地瞅了一眼张开关，气恼地朝前走去。

三天后，朱开沟有三名妇女前来公社做绝育手术。郭玉兰在男人李明的陪同下来到医院。医生经过检查，很快施行手术。不到一个小时，郭玉兰就躺在床上，打上吊针了。手术很成功。

十一点多钟，陈爱平来到医院，询问了一下做绝育手术的情况，顺便拿起患者登记册观看，一个醒目的名字映入他的眼帘：郭玉兰，二十二岁，家属签字是李明。陈爱平的心又跳动起来。在医务室站了一会，觉得不便久留，就回乡政府办公室去了。

午饭后，陈爱平烦躁，出来溜达。信步来到一个小饭馆门口，听到里面吵吵闹闹，好红火！出于好奇，就走了进去。嘿，一个小圆桌上坐着三个后生，正互相攀着喝酒呢！见陈书记进来，都站了起来。其中一个中等个子的青年还弯腰倒满一杯酒，双手递到陈爱平面前，说："陈书记，敬你一杯。"陈爱平接住酒杯，说："你们是哪个村的？"倒酒的青年说："我们是尔力湖沟村的社员，陪媳妇们做绝育手术来了。""噢，你叫什么名字？""我叫李明。""他们两个呢？""他叫刘二厚，那叫杨花则。"陈爱平喝了杯中酒。李明接过一个凳子来，说："陈书记，干脆坐下来喝两杯吧。"陈爱平看了看桌面上，两瓶酒快喝成半瓶了！心里突然冒出个主意来：喝就喝，赶乏羊！现在开始和你们一样样喝，不等我醉，你们就成了烂泥。然后去办点美事，岂不妙哉！于是就痛快地坐在桌边，说："好吧！可是打铁首先本身硬，你们先喝，我再喝。"李明说："我们三个人已经快把一斤半下肚了，陈书记先补上一茶杯吧。然后咱们再平均喝。"陈爱平连连摆手，说："这不公平。我在乡政府也喝过酒了。大家都一样，平均喝。"毕竟是书记，说出话来如同命令，李明三人不敢相争，只见陈爱平对着服务员招呼道："拿四个洗净的茶杯和一瓶白酒来。"服务员应声立即拿出酒和杯。陈爱平给四个茶杯都满满斟上酒，说："我好长时间不和农民弟兄们喝酒了，今天咱痛饮一场，试试酒量。"李明看了看杯中酒，皱起眉来，说："这一杯酒足有三两，干上两杯，非倒不可。"刘二厚和杨花则也害怕起来，说："陈书记，杯子太大了。"陈爱平说："喝酒图醉，放账图利。大杯满酒，好交朋友！来，干杯。"说完，率先端起茶杯，一饮而净。李明三人见书记都喝了，自己哪里敢不喝！于是也都端起茶杯一饮而净。陈爱平示意服务员将酒杯再斟满，然后说："大家先吃点菜，缓一缓。"刘二厚觉得脸皮紧绷绷的，热血直往脑门上涌，哪里能吃得进菜？杨花则拿起筷子，手抖得连一根豆芽也夹不起。李明还比较硬正，把一块肥猪肉片子送进了嘴里，嚼得嘴角流油。稍等，陈爱平又端起茶杯，一饮而净。然后盯着三人，严肃地说："喝了，不能洒，不然罚酒！点点三流流四。"三人没办法，只好又端起茶杯，仰脖倒进嘴里。两分钟后，杨花则跌倒在地，三分钟后刘二厚趴在了杨花则身上。李明醉眼蒙眬看了一阵陈爱平，也爬在了桌上。

陈爱平见三人全倒了，就站起身，快步向医院走去。

李明酒量大，倏忽又站起身来。突然，张开关跨进门，问李明："你到乡上干什么来了？"李明嗫嚅道："给媳妇做绝育手术"。"你媳妇在哪里？""在医院里"。"她躺在病床上，你跑出来喝酒，像话吗？"李明眩晕，晃动身躯。张开关弯腰捡起地角边一根鸡翎，对李明说："弯腰，张嘴！"李明勉强弯腰、张嘴。张开关将鸡翎伸进其嘴里，在后嗓眼儿搅动几下，李明"哇哇"吐出一滩酒饭。饭馆掌柜急忙出外铲回一铁锹沙土，盖住了秽物。张开关示意饭馆掌柜端过一碗凉水，给李明喝了下去。不一会儿，李明清醒，张开关对其呵斥："还不去伺候你媳妇？"李明听令似地急急出屋。

李明来到玉兰房门口，正待推门，听到室内有男人说话："玉兰，我轻轻弄一下你"。玉兰说："不行，刚做了手术"。"嗨，那地方又没动刀！"……李明大怒，一脚将门踢开，却发现这男人是陈爱平，于是骂道："陈书记，你怎变成了毛驴？连刚做过手术的妇女也不放过？"玉兰惊恐。陈爱平尴尬，讪讪道："开个玩笑，嘻嘻！"李明怒吼："放屁！你破坏计划生育，强奸妇女，我要告你！"陈爱平冷笑道："我来慰问作手术的妇女同志，你放明白点儿！"……吵声引来门外一大群看稀奇的人。陈爱平想脱身，狠狠瞪了李明一眼，李明一愣神儿，陈爱平急速走出病房，羞眉拉杂地穿过人群，向南走去。

陈爱平路过篮球场时，看见了张开关，不禁起疑：这事敢不是与这老家伙有关吧？

（一百零六）

哎呀，下决心不喝酒了，咋遇到小妖精就控制不住了？多丢人，多失威信！陈爱平坐在办公室，情绪低落，那儿都不想去，拿着一张报纸翻过来掉过去来回看。

快下班了，陈爱平望着屋外发呆。副书记李永清进来了，提起茶壶倒了一杯热茶，递到陈爱平手里。然后坐在沙发上，慢吞吞地说：“陈书记，那算个什么事！咱又没打动她，走到哪儿都不怕。计划生育是件大事儿，做手术也不能说没风险，事后去医院检查慰问一下患者，是再正常不过的事了。谁要是敢借题发挥，我出面立即就把他处理了。”陈爱平看了看李永清，说：“这叫实事求是。不像有的人，老想整出点儿事儿来，实在烦人。”"哎，背过官儿还骂皇帝呢！咱不理他。该工作就工作，该休息就休息，该玩儿就玩儿，潇洒痛快，何乐不为！"陈爱平笑了，说："怎么潇洒？""晚上玩几圈麻将，放松放松。"陈爱平的眉头舒开了，说："行，不大赌，小耍耍，娱乐娱乐。"李永清一本正经地说："这你放心，要是娱乐一下也犯错误，那商店里还能公开卖麻将？""但不管怎说，范围不能大了。地点就选在后院那个西房子里，那地方隐蔽，一般没人注意。""行，晚上等人到齐了，我来找你。"李永清说完就走了。

晚上九点多钟，李永清找到陈爱平，俩人相跟上来到乡政府最后排的西屋里。何志飞和包子良早已坐在了牌桌上，张二树和伙食管理员忙着熬茶、备夜宵。陈爱平入座后，李永清说："二树，你坐下玩儿吧，我来干活儿。"张二树说："我才刚认得麻将，哪里会玩？你们玩吧，我搞后勤。"说完，就进了厨房。其实，张二树不是不会玩麻将，而是不敢玩！因为三爹给他下了令：不许玩牌，更不许赌博。二树从小就听三爹的话，现在也不敢胡来。于是陈爱平四人就开始搓牌、整牌、掷骰子、出牌。前两圈各有输赢。后几圈，陈爱平逐步扩大了战果。散场时，赢了三百六十二块钱，其他三人不同程度都输了。包子良说："陈书记不但手气好，牌艺也高。"陈爱平笑道："牌艺一般，主要是今天牌来得顺。"何志飞说："今天就早点休息，明天准时开战。"几人坐下吃了些点心，喝了一阵茶，就散场回家了。

以后，党委政府的领导，每个星期都要打上四五场麻将。逐步地一般干部也参加了进来。一个摊子不够，就摆两个摊子，越玩越上瘾。陈爱平一个月下来，能赢一千多元。那时候，人们的月工资才二百多元，能额外收入一千多元是个大数。陈爱平再也不烦恼了，每天的生活很充实。

一天，陈爱平去探望老父亲。闲谈之余，陈爱平说："大，我给你雇一个保姆吧，每天给你做饭打扫家，你就只管吃饭睡觉闲溜达，舒舒服服地过日子。"老汉看了一眼儿子，说："那要花不少钱，算啦，你们那点儿工资，还是留着自己花吧。""嗨！大，不用你操心！雇个保姆算啥？等国庆节前后，我还要领你去北京、上海开开眼，观光旅游。"老汉看了看儿子，说："你现在发啦？咋发的？"陈爱平说："大，这你就不用管了！反正我没贪污，没受贿。"

老汉奇怪了,说:"你前几个月还说钱不宽淘,紧绷绷的,咋没几个月就财大气粗了,究竟是怎么回事儿?""嗨,你管这么多干什么?""干什么?我怕你犯错误!你好不容易才熬了个乡书记,要是犯了错误,就前功尽弃了!你究竟是哪儿来的钱?"陈爱平不耐烦了,说:"我那是打麻将赢的。"老汉吃惊地看着儿子,说:"你是赌博赢的?赌博是犯法的事儿,你也敢参与?小心哪天公安局去了,把你们的瓜蔓子都搂尽。"陈爱平说:"我们那是小耍耍,不叫赌博。"老汉疑惑地看着儿子。陈爱平不耐烦,站起走了。

那时候,各地都有一股玩麻将的风,新召的干部职工也不例外,没事就爱摆个小方桌,"哗哗哗"地搓麻将。乡政府原来只在后院西屋摆放一摊子,后来玩得人多,就干脆又腾出一间房,当作棋牌娱乐室。不到一个月,很多人上瘾了!饭碗一撂,电视也顾不上看,就赌开了。有几个人久战不疲,一直能玩到天亮。上午十一点以前,睡得昏天黑地,生物钟都倒乱了!更有甚者,供销社、邮电所、兽医站甚至学校的老师们,也纷纷来参加乡政府后院的麻将战。群众去各机关办事,不是人不在,就是铁将军把门。挨着各单位去寻找,往往办事人员在牌桌上。群众只好站在一边等,等得着急。

好事不出门,坏事传千里。新召乡的赌博风一直传到旗公安局干警的耳朵里。治安股股长胡万忠和同事们商量:"去新召抓一次赌吧,少说也能没收三千块,回来把股里的装备武装一下。"同事们都赞成。晚饭后,就开着警车出发了。十一点多钟,将乡政府后院控制起来,然后突然进屋大搜查,一共搜出五千块。包子良不服气,和胡万忠吵了起来。一名干警二话不说,拿起手铐就要往包子良手腕上戴。何志飞一看不妙,忙上前陪着笑脸说好话,胡万忠才示意那干警将铐子收起来。警察们又仔细查了一遍,然后发着车,连夜回去了。

这天,陈爱平恰好回旗开会,不在现场。回来后,其他人也没怎给他说这事。新召的赌博风继续蔓延着。

一天早晨八点钟,陈爱平上班来到乡政府大门口,看见一大群人围着看一张大字报,觉得奇怪,走上前去,看见白纸黑字写着:

乡政府赌博成风,供销社四点关门,邮电所电话不通,兽医站养活两个睡龙。

陈爱平勃然大怒,大声对围观的群众说:"国家禁止写大字报,这是一种犯法行为。大家赶快散去,一会儿让公安局来照相取证,快速破案。"大家见陈书记发火了，就吵吵嚷嚷地散去了。不到两分钟，何志飞和李永清过来了。三人商量了一阵，何志飞说："把这事压下去算了！越张扬越不好。至于写大字报的人，就是逮住了，又能怎样？最多拘留两天了事。相反乡政府的坏名声传得更远。干脆把大字报撕了。对外就说已经拍照取证了，正在调查处理，吓唬吓唬写大字报的人就行了。"陈爱平低头思考了一阵，说："就按志飞说的办吧。"包子良快速跑回办公室，拿出一个照相机，跑到大字报前边，忽闪忽闪照了几个相，然后伸手就把大字报撕了下来。远处有些人瞭望着。何志飞说："回去上班吧。"几个人就一起回到办公室了。

陈爱平又拿起一张报纸，看了两行，心里乱糟糟的，哪里能看得下去！透过玻璃窗向外望去：大门外过往的行人，好像探头探脑地向大院里窥视。嗨，人心叵测，世事难料啊！

## （一百零七）

牤牛河西有个耳吉曼村，村西北三公里的地方有一块五平方公里的大沙梁。冬春季节，西北风肆虐，黄风卷着黄沙，铺天盖地，人们面对面讲话，要破着嗓子大喊，不然什么也听不清楚。沟塔里的水地，有的被沙子掩埋，有的逐渐变成了沙沙地。早在李刚当书记时，就曾专门向旗委旗政府申请过专项资金，想发动群众治沙造林。但不知什么原因，一直未见行动。上半年，乡政府又向旗里打了报告，副书记李永清亲自跑了三四趟，最后旗林业局终于拨下来一笔治沙造林款。这是一笔专项资金，任何人不得找借口挪作他用，而且规定：治理一亩沙地，给造林的村民补助二百块钱，但必须保证成活率在百分之九十以上，否则补助款不予兑现。

昨天，耳吉曼村村长郭文华来到乡政府，对何乡长说："我们村春天种了三百多亩沙柳。最近检查了一下，成活率都在百分之九十以上。村民们吵嚷着要兑现补助款。请乡上派人去验收一下，如果没问题，快把钱发下去算了。"何乡长说："林业方面的事儿由李书记分管，你直接找他就行了。"郭文华说："那好，我去找李书记。"到了李永清办公室，郭文华说明来意。李永清说："你要实事求是，可不敢捣鬼。到了现场，如果成活率达不到标准，钱是不可能兑现的。"郭文华说："李书记，这你放心！达不到标准，我能来你办公室吗？我亲自去梁上看过了，没问题。"李永清说："相信你。咱们明天上午九点钟在沙梁上见面。"郭文华高兴地说："那就辛苦李书记了，明天见。"说完，兴冲冲地回村了。

早上九点钟，李永清带着刘军准时来到大沙梁。郭文华提前领着七个村民，等候在那里。郭文华掏出一盒黄金叶香烟，先给李书记和刘军各递了一支，擦着火柴点燃后，又给在场的其他人也都各散了一支。然后走到李永清面前，指了指北边的一片沙柳，说："李书记，就是这一大片林地，春天栽进去，基本都活了，等明年，就是绿茵茵的大柳林了。"李永清说："那就抓紧验收吧，先从谁开始？"郭文华说："从南到北，挨着来。先验收最南头王宽则的那一块。"王宽则应声走了过来，说："李书记，我一共栽了十五亩柳，都活了！"李永清、刘军和郭文华、王宽则等人，开始验收。经过仔细查看，成活率确实达标，行距株距也符合要求。李永清说："基本达标，拉皮尺丈量一下亩数。"于是，由刘军监督，郭文华和一个村民拉绳，李永清亲自记录计算。一会儿就得出了亩数：十四亩九分地。王宽则急着喊："你们量错了！足足十五亩，重量。"郭文华说："李书记，这么大一块地，皮尺拉得松一下，紧一下都会有误差。就按十五亩地计算吧。"李永清说："差个头头点点，无所谓，按整数算吧。"王宽则满意地笑了起来。接下来继续验收，其中有两户村民种的柳树达不到百分之九十，李永清说："这不行，必须达标。秋后补栽，明年再验收，什么时候达标了，什么时候给钱。决不能迁就。"验收完毕时，已经中午了。李永清要回去，郭文华哪里肯依，说："村委会已经把羊也杀下了，可能现在肉也炖烂了，咋能不吃就走？你们当领导的也深入一下群众嘛！"李永清想了想，说："好吧，吃完饭走。"在往回走的路上，郭文华故意拖拉着走在最后头。李永清和刘军也只好慢腾腾地和他相跟着。郭文华乘前面的人不注意，快速地将两个信封分别塞进李永清和刘军的兜里。李永清瞅了他一眼，他装作什么事也没发生的样子，加快步伐走在了前头。

到了村委会，会议室当地放着一张大圆桌，周围摆了十几个方凳。桌上转圈是几碟子青菜：水萝卜丝、凉拌菠菜、凉调豆芽、清炒土豆丝、一大盘黄瓜和西红柿。正中是三大盘炖羊肉。侧旁是两瓶白酒和香烟。村委会的委员一律到场。大家坐定后，郭文华说："李书记跋山涉水，亲自指挥治沙造林，辛苦了！我代表耳吉曼人民欢迎你。"说着，将一杯斟满的酒举过头顶，敬给李永清。李永清没推辞，接过饮净。接着刘军也把酒喝了。村委会委员们挨个儿敬完酒后，郭文华说："今天什么都有，就缺俩歌手。"李永清说："我怕听唱，聒得人耳鼓膜都疼。"郭文华说："那是歌手嗓音太尖。要是翠兰则给你唱两声，你就不觉得耳朵疼，音堂堂的。"全桌子人"忽哧"一声都笑了起来。原来翠兰则是村妇女主任，正紧挨着李永清坐着。她听见郭文华起哄，就反唇相讥："你那声音更好听，唱起歌儿来'嗥嗥'地直叫，三天以后音还不散。"大家又是一阵笑。郭文华说："你不要笑话我，有胆量咱俩来个男女小联唱。"翠兰则瞋了一眼，说："和你配合不上！"郭文华笑道："试一试吧，给大家捧个场。"众人七嘴八舌劝翠兰则唱，翠兰则不好推托，只好站起身来，和郭文华站在一起，端着酒杯，给李永清唱道："上房瞭一瞭，瞭见陶亥召，李书记呀捎话来，要和我们村民交。"郭文华说："李书记，我没说错吧，翠兰则的声音，就像晋剧名角王爱爱！"翠兰则用肘戳了一下郭文华，说："轮你唱呢！"郭文华"哦"了一声，敞开喉咙，像个唱大戏的黑头，唱道："李书记呀人不赖，今儿个走了明儿再来！干群一心治黄沙，满梁的柳树迎风摆。"大家一阵掌声，李永清接过盘中的三杯酒，"吱，吱，吱"饮净。轮到给刘军满酒了，翠兰则闭着眼顿了顿，然后睁眼笑了起来，唱道："东湾湾葫芦西湾湾瓜，四岁子牛犊六岁子马。"郭文华没硌住，接口唱道："二十来岁男人好年华，刘秘书办事人人夸。"大家又是一阵掌声，刘军也把三杯酒喝了。接下来，翠兰则和郭文华给在场的人都敬了三杯酒。然后就自由喝酒吃饭了。农村做饭虽然没有城里的作料齐全，但是炖出来的羊肉特别鲜美。为什么？这都是山上吃中草药、喝矿泉水的羊，标准的绿色保健食品。圈养的牲畜哪里比得上！李永清饭量大增，吃得油嘴抹脸。郭文华不断地给大家夹肉、盛饭、劝酒，直到大家都摇头摆手为止。

饭毕，稍作休息，郭文华就带着会计赵祥随李永清到乡政府办理造林补助款。郭文华满以为是李永清签字，他们去财务室办理现金或支票。谁知李永清直接把他们带到了信用社，从怀中掏出一个私人存折来，递进营业室窗口，如数取出现金，装进自己的包里。然后把郭文华和会计领进自己办公室，让他们打收条领取现金，并安顿："你们回去如数发给社员，一分钱不许克扣。"郭文华点头应承。郭文华在返回途中，翻来覆去思量：上面拨来的专项投资款，都存在个人的存折上，那合适吗？最起码挪用着做买卖是太方便了！至于动脑筋想办法直接去花，也不是什么费难的事儿。

神树湾张长鹿是个可怜老汉。三十二岁死了老婆，一直没钱再娶。儿子宝信六岁丧母，现在已经三十八岁了，也穷得娶不起媳妇。宝信一天书也没念，只会在地里受苦。父子俩每年分的口粮勉强够吃，分红款仅够买点油盐酱醋，衣服四五年才置换一次，生活困窘。近日，张长鹿又得了重病，咳嗽得厉害，痰中带血，还伴随着高烧发热。宝信着急了，用毛驴平板车把父亲拉到医院，经过医生检查，诊断为肺结核，需要住院治疗。可是，输了一天液，就没钱缴费了，急得宝信团团转。情急之下，来到村委会。看见张开关就哭了起来,说:"三叔,我大得了肺结核,住在了乡医院。输了一天液就没钱了。医生说最少也要输半个月液,不然看不好病。"张开关和张长鹿是一个村的邻居,知道父子俩的苦楚。听了宝信说的情况后,心中难受。心想,如果不出手扶一把,老汉的命也可能保不住了,怎么办呢?只能救济!可是拨在大队的救济款,早就用完了。现在只有一条路,向乡政府求援!想到这里,张开关说:"宝信,不要哭!三叔给你想办法。走,咱去乡政府,看能不能申请来救济。"宝信止住哭声,跟在张开关背后,来到乡党委书记陈爱平的办公室门口。向里瞧了一眼,陈爱平正在和小学的李校长谈话。俩人只好站在门口等待。约十几分钟后,李校长才出来。张开关跨进办公室,宝信随后跟进。陈爱平问:"张支书,你有什么事?"张开关叹了口气,指了指宝信,把张长鹿无钱看病的情况细说了一遍,并要求乡政府从救济款上解决医疗费。陈爱平听罢张开关的话后,说:"民政局拨来的救济款,属张二树分管,你直接去找他就是了。如果他不好解决,你再来找我。"张开关说:"二树是我亲侄儿,我直接找他合适吗?""嗨,有什么不合适的。你又不是给自个儿要钱!"张开关有点儿为难,陈爱平说:"没事的,你去找他吧。"张开关只好领着宝信,来到二树办公室。二树见是自己的三爹和宝信来了,忙起身倒茶让座,问:"三爹,你有事?"张开关把宝信他大得病的情况以及陈书记的话讲了一遍。二树说:"长鹿叔太可怜了,帮他渡过这一难吧。需要多少钱?"张开关说:"我看怎么也得五百块。""行,这需要宝信哥打个条子,摁上手印,才好给他取钱。"宝信说:"我一天书也没念,不会打条子。"二树想了一下,说:"三爹,你代他打个条子吧,让他在金额和姓名上摁上手印就行了。"张开关说:"只能这么办了。"说完,就拿起纸笔,写好条据。宝信在指定的地方摁了红手印。二树说:"三爹,我们去信用社取钱去。"张开关不解地看着二树,问:"不是去乡财务室取?""不用,这钱在我的存款折上呢。"张开关吃惊地看着二树,问:"救济款怎能在你的存款折上?"二树不耐烦地说:"三爹,办事要紧!你就不要盘根问底了。长鹿叔还等着输液呢!"张开关不言语了,跟在二树后面,直接走到信用社。二树很快从自己的存款折上取出五百块钱,交给了宝信。宝信两眼泪花,看着张开关和二树。张开关说:"快去医院吧,还愣着干甚?"宝信慌忙出了信用社,去医院交费去了。

宝信走后,二树也准备离去。张开关一把拽住侄儿,说:"你跟我到村委会办公室走一趟。"二树不明白了,问:"三爹,还有事儿?"张开关沉着脸,低声说:"有事!"于是二树就尾随着三爹来到了村委会办公室。正好刘宝维出去办事了,室内再没别人。张开关板起面孔,问:"乡里的救灾款,咋就存在了你私人的存折上？""哎呀，这是张书记开会批准的。五名领导各管一行，属于自己那一行的专项资金，都存在了自己的存折上。为的是减少烦琐程序，工作方便。年终的时候，一次性去财务报账，没什么不对。"张开关正色道："那如果有人乱打条子，乱开支呢？"二树坦白说："那我就不知道了。反正我没那么干。"张开关说："你赶快回去，把存折上的公款全部转到乡财务的大账上，手里握的条据全部报清，不能留一点马虎！别人怎么做我管不着，你是我的侄儿，必须这么办！"二树瞪着眼睛，看着三爹，说："人家都这么办，我为什么另搞一套？一苗树上开上两样花儿？"张开关怒了，说："你小子不要给我耍花嘴！我看你也思想不干净，想做点儿见不得人的事儿！我告诉你，弄不好，乡政府还要出第二个、第三个韩大老虎，一个接一个地进禁闭。"二树说："三爹，你说得太严重了！"张开关说："你要是听我说，你还有救。你要是不听我说，你肯定要栽大跟头！"二树说："那过两天我就去办。"张开关坚决地说："不行，现在就办。这样办对你一点儿坏处也没有。拖着不办，说明你有私心！"二树还在犹豫，张开关又说："我活这么大岁数了，过的桥比你走的路多。明知前面是个黑窟窿，看着你往进跳，不往住拉你，像个当老人的吗？"二树被逼无奈，说："好啦，听三爹的，我现在就去办。"张开关舒了一口气，说："这就对了。走，我跟着你，直到把这事儿办利索了，我再回村委会。"说完，拉上二树就去了乡财务室。确定了账号后，立即去了信用社，把二树存折上的救济款全部转到了这个账号上。接着又跟着二树，把手头所有的条据都整理好，去乡财务报了账。一切办完后，叔侄二人来到小饭馆，要了两大碗饸饹，半斤烧酒，一盘炒牛肉，边喝边吃。张开关说："一个人聪明是好事，但一定要用在正事上。可不敢起了邪念，去耍小聪明。聪明一旦前面带上了小字，那就难免要出事，这种聪明的人就连笨人都不如了。"二树一脸沮丧，说："三爹老不放心我！"张开关诚恳地说："你们弟兄几个，数你钻干活套。越是钻干活套，我越不放心。记住三爹的话：遇事桩桩凭着良心，做事件件谨慎严密。"二树点了点头，匆匆吃完饭，就回乡政府了。

## （一百零八）

乌云达丽雅是鄂左中旗原代理王爷的孙女儿。父亲便是山曲儿中传唱的二少爷奇文俊。一九三一年二月，鄂左中旗发生血腥政变，代理王爷和二少爷命丧黄泉。二少爷的姨娘七太太忍辱韬晦，百般周旋，保住了二少爷的幼女。这女子就是乌云达丽雅，当时年仅三岁。七太太为求稳妥，把她交给了自己的妹妹葛根图娅，并给足了银两。葛根图娅带着小乌云，风餐露宿，辗转颠沛，来到太原。以后，葛根图娅不但抚养了乌云，还供她上学。乌云也争气，从小学一直读到了燕京大学。并接受了新思想，加入了共产党。解放后一直在党政机关任职。现在是北京某机关的正局级干部。

乌云达丽雅来新召了，她只带着女秘书和司机，专程来探望亲戚。陈爱平闻讯，亲自将她接到乡政府，住在最宽敞、最明亮、最洁净的客房里。派了秘书刘军和妇女主任陈明霞专职服务。乌云达丽雅说："我是走亲访友来的，是私事儿。请不要花费公家的钱财，不要干扰大家正常的工作、生活秩序，一切低调为好。"陈爱平说："乌云首长，您是我们鄂尔多斯人，回家乡一趟不容易。乡亲们对您表达点儿心意，是应该的，您不要介意。"乌云达丽雅笑了，由着陈爱平他们去安排。

下午六点钟，乡政府大餐厅里灯火辉煌，宾客满座。室内设有六桌筵席，乐队歌手齐备。陈爱平、何志飞亲自陪侍客人。张二树掌管后勤，李永清、包子良负责席面安排和乐队歌手的调动。六点五十分，陈爱平、何志飞陪同乌云达丽雅一行步入餐厅，大家一齐起立，鼓掌欢迎。乌云达丽雅微笑着向大家问好、致意，然后坐在了主桌正席。陈爱平致欢迎词："和美盛世，吉日良辰，我们的老首长乌云达丽雅以及她的随同胡莉女士和王小鹏先生来新召视察工作，探亲访友。我代表新召一万三千多名父老乡亲，表示热烈的欢迎。老首长为革命历尽艰辛，殚思竭虑，献出了美好的年华。现在又情系家乡，不远千里来到新召，为我们出谋划策，指明道路。家乡人民对乌云首长的深情厚谊，表示衷心的感谢！为此，我提议大家共同举杯，给首长以及她的随同敬酒！"话声未落，全场人一齐起立，高举酒杯，面向客人，一饮而净。乌云达丽雅和秘书、司机也都喝了第一杯酒。紧接着，乐队奏起了祝酒曲，男女歌手齐唱："金杯银杯斟满酒，双手举过头。炒米奶茶手扒肉，今天喝个够。朋友，朋友，请你尝尝，这酒纯正，这酒绵厚……"女歌手一边唱，一边双手托盘，将两个盛满酒的银碗躬身举过头顶，敬给了乌云达丽雅。男歌手捧着一条洁白的丝绸哈达，折缝朝前，略微弯腰，毕恭毕敬地举过头顶，戴在了乌云达丽雅的脖上。乌云达丽雅端着银碗，用右手无名指将酒蘸了三次：第一次弹向天空，敬天；第二次弹向地面，敬地；第三次抹在了自己的唇边，享用。然后将两个银碗的酒都抿了一口，双手将银碗放回托盘。接着，歌手又依同样的方法，给秘书、司机和在桌的宾客都敬了酒。

开场的仪式进行后。乐队奏起了《我们都是好朋友》曲调，男女歌手齐唱："千里难寻是朋友，朋友多了路好走，以心相许，诚心相待，让我们从此是朋友。结识新朋友，不忘老朋友，天高地厚，山高水流，让我们从此成为好朋友。"唱毕，男歌手双手举着托盘，女歌手将托盘中的三个鼻烟壶献给了乌云达丽雅以及秘书、司机。三个鼻烟壶分别是用翡翠、玛瑙、水晶制成，外表刻着草木花卉、珍禽异兽、山水名胜，里面装着香料、药材、烟草等物。乌云达丽雅接过鼻烟壶后，熟练地放到鼻端闻了闻，就放在了歌手端着的托盘上。秘书和司机学着首长的样子，将鼻烟壶闻了闻，也放回托盘。

尝鲜奶开始了！男歌手提着个大茶壶，把鲜奶倒入了女歌手双手捧着的银碗内，依次献给主桌客人。客人们依然用右手无名指在茶碗里蘸了三次，敬天、敬地，最后自己品尝。女秘书觉得新鲜好奇，悄声问首长："首长，这表达了什么意思？"乌云达丽雅笑着说："表达了人们敬畏大自然的心意。同时体现了大家纯洁诚挚的心灵，祝愿人们平安健康、福禄无边。"秘书说："今天算是开眼了，学了新知识。"乌云达丽雅说："蒙古族有一套独特的待客礼节，这仅是一部分。"

开始喝奶茶了！女歌手端着描金的细瓷大龙碗，里面盛着金黄色的新炒米。男歌手用一个小木勺给主桌的客人依次往茶碗里舀进少许的炒米，然后沏上滚烫的奶茶。人们一边喝茶，一边畅谈。谁的碗中茶少了，歌手们会赶忙过来添上，直到大家喝好了才停止加添。其他桌上的客人，就自己动手舀炒米，倒热茶。因为单靠两个歌手招呼不了这么多客人。

最隆重的仪式开始了：摆羊背。张二树安排了三个煮熟了的大绵羊羯子。厨师将其中一只整绵羊羯子放在了一个木制的长方形大红托盘上，将羊头、羊身、肩骨、四条腿拼在一起，羊头对着正席的乌云达丽雅。然后由女歌手向客人一一敬酒献鲜奶。客人们仍然用右手无名指蘸三次鲜奶，敬天、敬地、自己品尝。接下来，蒙古族青年道尔吉走上前来，用蒙语颂诵《全羊祝词》，译成汉语是：

> 尊贵的宾客在上，
> 请允许我把肥嫩的整羊奉献。
> 这高大健壮的绵羯，
> 腿像四根立柱，
> 身像一堵墙头，
> 尾巴像大大的锅盖，

犄角像锋利的匕首。
小伙子手走刀落，
把那六块颈椎，
八块腰骨，
二十块胸椎，
二十四根肋条，
统统卸成手扒肉。
条条香得流涎，
块块肥得流油。
闻之能享天福，
食之可增天寿。
用此大摆宴席，
酬谢各方朋友。

  道尔吉将祝词诵毕，乌云达丽雅按顺时针方向将羊背子转动了一百八十度。道尔吉用蒙古刀在羊背子的头、尾、四肢处，分别割下一小块肉，放在盛有鲜奶的银碗里，走到室外，泼向苍天！内外人们一齐呼应："献供！"道尔吉返回室内，将全羊分割成许多块。乌云达丽雅用右手无名指抹了抹羊的前额，尝了尝盘中瓷碗中的酥油，大家才开始各自持蒙古刀，把肉切成小块，用手抓着吃。其他桌上，厨师早已将另两只羊卸成了小块，分别盛在了大瓷碟上，摆放在各个桌面。人们边吃边喝酒，兴致高涨。各个桌上，还分别派出代表，给主桌上的客人们敬酒。

  歌手在乐队的伴奏下，唱起歌儿："远方的客人请你不要走，盛情的乡亲把你留，闪闪的银碗高高举，请你喝一杯蒙古酒。"全场欢呼，共同举杯，饮净杯中酒。乌云达丽雅觉得闷热，脱下了外衣，腰间露出一把袖珍蒙古刀。陈爱平眼前一亮，问："乌云首长，这是什么宝贝？"乌云达丽雅笑了，说："这可有点儿来历。""什么来历？""这是我爷爷去京城觐见皇帝时，西太后赐给他的腰刀。""有什么用场？""有人说能镇宅避邪，可我觉得它只是个装饰玩品。""哟，咱这里有个著名铁匠，让他过来鉴别鉴别。"陈爱平一边说着，一边回首向邻桌的张开关招了招手，张开关应邀走了过来。乌云达丽雅解下腰刀，递在张开关手中。张开关给乌云首长鞠了一躬，双手接住腰刀，仔细观察。只见那刀柄和刀鞘上镶着七颗红宝石，熠熠生辉，光耀夺目。再慢慢抽出刀身，有一股寒光射来。看看刀刃，甚是锋利。随手在旁边抓来一撮山羊毛，对着刀锋吹一口气，羊毛迎锋而断，张开关不禁赞道："宝刀，宝刀，世上罕见！"又抬头看了看乌云首长，问："不知这刀还有什么来历？"乌云达丽雅笑着说："这刀名叫七宝风雪刀，刀柄和刀鞘上的红宝石产自暹罗国，刀身用精钢锻打而成，锋刃锐利，不生锈渍，十年也不用磨一次。"陈爱平问张开关："这刀你能打造出来吗？"张开关连忙摇头，说："这是稀世珍品，我哪里能打造得了！"陈爱平又追问："这么好的刀，咱鄂尔多斯有没有？"张开关说："反正我当了一辈子铁匠，第一次看见这么好的刀。"陈爱平还想继续询问这刀的价值，可是何志飞走了过来，附着陈爱平的耳朵说："咱俩应该代表党委、政府再给乌云首长和宾客们敬上一圈儿酒。"陈爱平立即站了起来，说："应该的，你让两歌手过来，咱唱上敬。"何志飞向歌手们招了招手，两歌手立刻用盘子端着银碗，捧着哈达走了过来。女歌手低声问："何乡长，给乌云首长唱什么曲儿？"何志飞笑了，说："乌云首长是二少爷的女儿，就唱《二少爷招兵》吧。"两歌手都笑了，眉飞色舞，兴高采烈地来到乌云达丽雅面前，女歌手首先亮起歌喉，清脆悦耳地唱道："沙圪堵点灯杨家湾湾明，二少爷招兵忽沙沙的人。"男歌手用嘹亮的嗓音接着唱："脱下那布袍袍穿军衣，刁空空不愁眊一眊你。"乌云达丽雅大为兴奋，大为感动，站起身来，眼眶里溢满了泪水，连声说："谢谢，谢谢！"然后端起一银碗酒，一饮而净。陈爱平忙说："首长请坐，首长请坐。"乌云达丽雅在秘书的搀扶下，坐在了椅子上，掏出手帕擦了擦眼睛。何志飞接着指挥歌手给其他客人满酒。二十多分钟后，乡长、书记的敬酒程序结束。乌云达丽雅深情地说："我是鄂尔多斯人，我热爱自己的家乡，乡亲们以后到北京，一定来我家，我要好好地招待你们。"酒席上响起一阵热烈的掌声。稍停，乌云达丽雅又说："再好的筵席也有一散，谢谢大家的热情款待。我年纪大了，先回去休息了。你们继续吃喝。"说完，就起身离席了。陈爱平和领导班子成员把乌云达丽雅送回房间，也各自回家了。

## （一百零九）

乌云达丽雅会完亲戚，稍事休息，要去旗里。陈爱平挽留不住，就说："乌云首长，你一定要回去，我和何乡长送你。"乌云达丽雅见二人态度诚恳，执意要送，就应允了。

下午五点多钟，几个人来旗宾馆。秘书刘军在贵宾楼里给乌云首长一行登记了房间,并在宾馆餐厅定了一个总统间,以备晚上用餐。几个人在各自的房间洗漱休息。约六点多钟,旗委秘书杨文意来到宾馆,说:"晚上旗委张书记代表旗委、政府设宴招待乌云首长。地点就在旗宾馆总统间。"刘军说:"正好我定的也是总统间,巧合了!到时候领导们参加就行了。"晚六点半,旗委张书记和两位副旗长及办公室主任、组织部长、宣传部长、统战部长都来到了宾馆。总统间里摆放着两张大圆桌。秘书小杨带来了乐队、歌手,同样用蒙古族"献五茶"的最高礼节招待乌云达丽雅。宴会的气氛很热烈。张书记谈锋甚健,语言诙谐,一会拉家常,探讨鄂尔多斯的历史演变和风土人情,一会儿联系当前的改革开放,纵横议论。乌云达丽雅高屋建瓴,有问必答,视野开阔,见解奇特,不愧为老革命家,老知识分子。大家听着她的宏论,很是折服。乐队奏着草原歌曲,歌手引吭高歌,大家轮番相互敬酒。一个多小时后,都有几分醉意,场面开始热闹混沌起来。乌云达丽雅觉得有点儿头晕,身子也燥热起来,于是脱下了外衣。随手摸了一下腰间,觉得腰刀有点儿碍事,就拿过身边的手提包,将刀解下搁在里面,也没拉拉链,随便放在了身后的空椅子上。陈爱平坐在乌云首长身边,虽然喝得八分醉了,但思维还在转动,心想:张开关是行家,眼光毒着哩!这肯定是个宝,挂在屋里镇宅避邪,系在腰间鬼神难近。有这玩意儿,老百姓能安居乐业,当干部的可以节节高升。哎哟哟,就是走在漂亮姑娘媳妇们的面前也不猥琐,一定能昂首挺胸,风情随便!现在这宝贝就在咱的身后,伸手可得。老太太似乎已经醉了,而且眼花耳聋,顾了前顾不了后,何不乘机将宝贝拿走,藏在一个神不知鬼不觉的地方,一会儿她即使发现东西丢了,到哪里去找?只能瞎忙一阵以后,打道回京。再说啦,末代王公的后裔,丢一件宝贝算个甚!而我陈爱平就不同了,从此能在富贵场上、温柔乡里,优哉游哉……哈哈!老太太上下眼皮打架了,现在不下手,更待何时!想到这里,陈爱平趁人们混吵着相互攀酒的当儿,偷偷把手伸向了背后,摸到了七宝风雪刀,慢慢装进自己的裤兜子,然后借口上厕所,偷偷溜出宾馆大院。四处观察,右面是人民武装部,挂着写有单位名称的大木牌。啊呀,把刀藏在木牌下面,谁能找得到?就是狄仁杰转世,包拯还魂,也想不到这个地点!行,就这么办。陈爱平快步走到木牌下,从衣兜里掏出刀,迅速拴在木牌的挂钉上,然后扶正木牌,匆匆返回席面,继续和大家喝酒说话,装作什么事也没有发生。

晚十点多钟,乌云达丽雅提出回房间休息。转身提起挂包,伸手摸了摸,除了一个小笔记本和两瓶服用的药品外,什么也没摸到。将兜儿提在饭桌上仔细翻看,七宝风雪刀不翼而飞了!乌云达丽雅脸色大变,慌乱地把兜里的东西都倒在饭桌上,又摸遍了自己身上所有的口袋,宝刀仍无踪影。司机和秘书弯腰在地下观察，毫无所获。张书记也觉得奇怪了：刚开席时，清清楚楚看见乌云达丽雅从腰间解下宝刀，装进了提包，怎么吃喝一阵就不见了呢？他站起身来，严肃地对大家说："同志们，这个玩笑可是开不得！如果你们谁恶作剧把刀藏起来了，请现在交出来，大家不会埋怨你。因为都喝多了酒，情有可原。"雅间内寂静无声，大家面面相视，无人应答。张书记怒了，大声喊："饭店经理，过来一下。"不一会儿，饭店王经理走进来。张书记说："把今天到过这个总统间的所有服务人员，统统叫到这里来。"王经理转身将三个服务员唤了进来。张书记又说："总统间的所有人员谁也不许出去。王经理，请你立即给公安局打电话，就说我命令他们立即来三个干警，到这里执行公务。"王经理应声出去。雅间内除了乌云达丽雅和自己的秘书、司机仍在到处寻刀外，别的人都坐在原位，狐疑地四处观望着。大约十分钟后，房门开了，走进三个公安干警。张书记向他们讲清情况后，说："现在对每一个在场的人进行搜身，包括我自己。"于是，三名干警开始挨个儿对室内人员进行搜身。十分钟后，搜身效果为零！张书记指示："增加警力，连夜侦破，未破案以前，除了乌云首长外，别人谁也不准离开雅间半步。"于是，宾馆两名服务员扶着乌云达丽雅走出了雅间。其他人都坐在了椅子上静候警察破案。时间慢慢地过去。凌晨两点以后，人们都趴在饭桌上打起了盹。张书记和两位副旗长不停地抽烟。天亮了，仍无消息。太阳升起来了，一名干警看见武装部的大木牌有点上翘，就走过去翻看。这一翻不要紧，结结实实把干警吓了一跳：木牌下挂着一柄精致的蒙古刀！低头再观察，木牌下还发现了一个崭新别致的打火机。他大声呼唤起来："宝刀在这里，宝刀在这里。"刑警队长闻讯走了过来，立即安排拍照取证。然后戴着手套将宝刀和打火机装进了塑料袋里。这时，公安局搞指纹鉴定的人员也来到了现场，迅速取了指纹。最后，留下两名干警继续看护现场，其他人返回宾馆，来到乌云达丽雅的房间。乌云达丽雅正坐在沙发上生气，刑警队长笑着说："乌云首长，宝刀找到了！"乌云达丽雅兴奋地站了起来，看着刑警队长手里的塑料袋，仔细辨认，说"啊呀，这就是我的刀！你们是在哪里找到的？"刑警队长说："在武装部的木牌下面。"乌云达丽雅说："见鬼了！刀子不长腿，怎能从我的包里跑在那里面？"刑警队长说："这个谜我现在也没解开，技术人员正在分析，估计很快就会真相大白了。乌云首长，这个打火机你认识不认识？"乌云达丽雅凑上去观察了一阵，说："不认识。"这时，乌云达丽雅的司机走了进来，见刑警队长手里提着个塑料袋，里面装着个打火机，仔细看了一会，说："这是陈爱平书记的打火机，他这两天一直用它点烟。"刑警队长吃了一惊，问："你确认吗？"司机又看了一阵，肯定地说："没错，就是陈书记用的打火机。打火机

陈爱平夜盗宝刀

式样新颖，和别人的不一样。"刑警队长说："你写个证明材料。"司机说："可以。"于是刑警队长从文件夹里拿出纸笔，交给司机。司机伏在桌上，很快写下了证明，交给了刑警队长。刑警队长又来到总统间，取了所有人员的指纹。陈爱平揿手印时，额头上冷汗直冒。刑警队长诡异地朝他笑了笑，出门去了。

下午两点多钟，公安局的鉴定结果出来了。木牌上、宝刀上都留有陈爱平的指纹。周副局长亲自传讯陈爱平。

周副局长举着透明塑料袋问："你认识这个打火机吗？""不认识。""你不认识的打火机上怎么会有你的指纹？"陈爱平语塞。周副局长又问："你的打火机是怎么掉在武装部木牌下面的？"陈爱平不语。周副局长又问："为什么武装部的木牌上留下你十二个指纹？""不知道。""好一个不知道！你的指纹不但留在了木牌的正面，而且里面也有，你怎么解释？""我没法儿解释！""好，我再问你，乌云达丽雅的蒙古刀上为什么有你十一个指纹？""不知道！"周副局长"呵呵"笑了起来，说："你是乡党委书记，估计思维正常。你自己想一想，在铁的证据面前，你能抵赖得了吗？"陈爱平低下了头，俩手紧紧抱住后脑勺。周副局长继续说："你就是偷盗乌云达丽雅宝刀的人！痛痛快快把偷盗的过程和目的讲出来，争取从宽处理！不然，小心拘捕你！"陈爱平在周副局长一连串的追问下，终于撑不定了，泪流满面地说："蒙古刀是我拿的。但我不是偷，我是担心酒摊场上不安全，就替乌云首长保管起来了。"周副局长奇怪地看着陈爱平，说："你说这话有人信吗？宝刀放在大街上难道比放在乌云首长的包里还安全？有这样鼠偷狗窃地为别人保管东西的吗？谎言不能自圆其说，事实不容抵赖！想从宽，痛痛快快交代！想从严，立即对你实行拘捕！"陈爱平的防线崩溃了，脸上的肌肉一阵阵抽搐，嘴唇也开始抖动。周副局长将纸和笔放在了他面前，说："如实交代吧，没别的办法了。"陈爱平拿起纸笔，写起了交代材料。写完后，又给乌云达丽雅写了一份检讨书，详细谈了自己偷刀的思想动机和全过程，请求乌云首长宽恕自己。

乌云达丽雅看了陈爱平写给自己的检讨书后，动了恻隐之心。她找了旗委张书记和公安局领导，说："陈爱平的错误虽然严重，但认识深刻，交代彻底。他是喝醉酒出的事，有一定客观原因。建议给他一个改过自新的机会。"张书记没有明确表态，乌云达丽雅只好告辞。

## （一百一十）

　　陈爱平觉得自己闯下大乱子了，就是不被拘留，也可能要从书记的宝座上跌下来。这可怎么办呢？想来想去，只有李孝章副书记能救自己，因为自己的提拔重用，是他极力主张的，危难时刻，还应该拉一把么。

　　陈爱平来到旗委办公室，找到了李副书记的秘书吴小泉。吴小泉将他拉在一个无人的单间里，问："你闯祸啦？""当时我喝醉了，自己也不知道干了什么？""那你准备怎么办？""我想找李书记，让他替我说句话。""嗨，你还不知道？那人靠不上了。""为什么？""他来鄂左旗后，既不服从一把手的领导，更没把二把手放在眼里，独断专行，到处树敌，现在从旗委大院到各机关、乡政府，他一点市场也没有了。"接着，吴小泉给陈爱平讲了李孝章最近的两件事。

　　李孝章去工商物价局视察工作。进了院子，挨着办公室眊看。发现有的职工喝茶看报，有的互相开玩笑，嘻嘻哈哈，全没个规矩，打问局长、副局长去哪里了，回答说局长去东胜开会去了，副局长下乡了。正询问着，后排房子里传来收音机声音。李孝章皱起了眉头，怎么上班时间还有人娱乐？胆子这么大？于是气冲冲地走到后院。嘿！不但有人听收音机，还在上班时间洗衣服呢！简直要反天了！李孝章一步跨进屋子，见一个年轻人正站在当地喝水，就厉声喝问："你叫什么名字？"年轻人说："我叫戴军。""噢！原来你就是戴军！名气不小哇！老子天下第一，无人敢管，上班时间听收音机，干私事儿，是不是不想干了？"戴军吃了一惊。以前听说李孝章到处处理人，没想到这么蛮横！他压了压火，解释道："我刚下乡回来，洗衣服。""什么？下乡回来就不好好上班了？就可以无组织无纪律？你好像是造反派出身，头上长角，身上长刺！"戴军是个转业军人，脾气暴，听李孝章说自己头上长角，身上长刺，那成什么了？简直是污辱人嘛！于是怒气上升，"啪"地一下把水杯放在桌上，铁白道："李书记，你咋说话哩？我什么时候成了造反派，又头上长角身上长刺？"李孝章轻蔑地看着戴军，说："就凭你这毯不理神仙的样儿，还说不明问题？"戴军再也抑制不住自己的情绪了，怒吼道："李孝章，你是说话还是放毒？你是什么书记？咋开口就伤人？别人怕你，戴军不怕你！"李孝章怒不可遏，喝道："你是个革命干部吗？简直是头野驴，又踢又咬！"戴军回击："你根本就不是共产党教育出来的书记，简直是个流氓恶棍！"李孝章惊呆了！自来到鄂左旗，还没见有人敢和自己当面顶嘴，现在竟然蹦出一个谩骂自己的人,这还得了?他脸色由红变白,由白变青,恶狠狠地和戴军对视了一阵,然后用手指着戴军的鼻子说:"我要是开除不了你,就不姓李!"戴军伸手将他的手指打落,嗤笑着说:"你要是开除不了我,干脆就姓戴,给我家当孙子。"这时,门外聚集了一大群看热闹的人,有的打口哨,有的躲在背后起哄:"戴军,好样的!"李孝章彻底下不了台了,站在门口,大口大口地喘着粗气,眼睛血红!正在这时,物价股长冯林走了过来,一把推开戴军,拽上李孝章就往外走。

李孝章咽不下这口气。找到张书记,说戴军太嚣张了,必须开除公职。张书记责成人事部门去调查了解,反馈回来的信息是:戴军不但平时工作吃苦,而且在部队上入了党,还立过二等功!这种人,怎么开除?李孝章找过三次张书记,强调戴军是"造反派",但张书记一直沉默不语。气得李孝章肚子一鼓一鼓的,饭量减了一半儿,不到半个月,人瘦了一圈儿。

还有一件事儿,也让众人耻笑不已。上个月,李孝章在礼堂召开干部职工大会,大讲富民强国,说:"过去提倡国富民强,那是错误的,应该改成民富国强。我们搞改革,就是千方百计地让人民富起来。当然,一下子让大家都富起来,那是不可能的!只能让一部分人先富起来,然后再带动大部分穷人也富起来,最后达到共同富裕的目的。这是搞社会主义的必然过程。共产党员、领导干部都要带头致富,我也要带头致富。"

会后,李孝章主持了干部职工的调资工作,给自己一连调了两级工资,旗委大院一片哗然。

吴小泉讲完李孝章的事情后,陈爱平问:"那李书记现在哪里去了?""哪里去了?他发现自己在鄂左旗待不下去了,就到盟里跑调动,听说已经跑得差不多了。"陈爱平一脸晦气,蔫头耷脑地走出旗委大院。

## (一百一十一)

陈爱平灰溜溜地回到新召,在家睡了三天,足不出户。李永清找到何志飞,说:"陈书记怎能干那事儿?纯粹是做儿事,一点水平也没有!你估计他这书记能不能保住?"何志飞叹了口气,说:"如果是在过去,只要李孝章说句话,问题不大。可现在李孝章声名狼藉,一句话也说不响,就危险了。"李永清神秘地说:"他要是下去了,我看书记就是你的。"何志飞说:"这话你可不能随便说,起反作用!"李永清嘻嘻地笑着,说:"我就是提醒你,必要时去上边活动一下。"何志飞握住李永清的手,说:"谢谢你对我的关心,咱弟兄好好配合。"李永清点头说:"我就是这意思。"

何志飞望着李永清的背景,回味他刚才说的话,觉得有道理:这陈爱平要是真倒了,还真是自己的好机会。不如去旗里找一趟张书记,把陈爱平的问题再反映一下,干脆让他腾位子算了。至于空出来的这个乡长位置,李永清早就垂涎欲滴了,看他那口气和神态,等不及了!嗨,不管怎么说,大家一定要抓住这次机会,可不能错过了!

第二天早上八点多钟,何志飞收拾好物品,准备和司机去旗里。突然李永清急急忙忙地走了进来,说:"何乡长,有问题了。"何志飞奇怪地问:"有什么问题了?""《鄂尔多斯日报》社来了两个记者,像特务一样,在新召乡各单位、各村采访,了解新召乡党委政府的问题。有一些心怀叵测的人,把领导班子的人没说下一个好。好像五个领导什么工作也不做,整天就知道吃喝嫖赌。""你是怎么知道的?""我的小舅子在供销社下夜,没事儿闲圪转,听到风声不对,就给我说了。""那是两个什么记者?""我打听了,一个叫张宁,原来是个南京知青,因为笔头子硬,前年调在报社当了记者。另一个叫高峰,报社的老记者,一贯喜欢黑笔刺人,可厉害了。""你不要紧张,两个酸秀才,掀不起什么大浪。""嗨,你可不敢小看这些记者,好事坏事都出在他们手里。他们想扶你,能把你吹在天上!那个焦裕禄不就是被新华社记者穆青给吹起来的吗?他们想贬你,会把你描画成个魔鬼!那些所谓的腐败官员,不都是被他给拉下来的吗?可不敢小看这些个摇笔杆子的腐儒,坏起事来风一样快!""那该怎么办?""你暂时不能走了,不然后院起了火,比什么都危险。""我不走又能怎样?""咱们主动接近记者,和他们谈话、交心、解释,请他们吃饭,让他们靠近党组织,不要听坏人的造谣诽谤。"何志飞放下手里的物件,坐在椅子上沉思了一会,说:"我不走了,你和刘军去见一下两个记者,中午乡政府请他们吃饭。"李永清说:"行,我这就去。"

中午,二记者都被请到了乡政府餐厅。党委政府领导成员只缺陈爱平一人,何志飞亲自去家通知他,他推说有病,不参加。开宴前,何志飞讲了一排子话。意思是说:对两位记者的到来,非常欢迎。希望记者同志们本着对新召人民负责的精神,实事求是地写出有利于改革开放,有利于生产发展,有利于作风建设的报道来。但是,社会是错综复杂的,人是形形色色的,特别是少数人,用不正确的眼光来看待问题和反映情况,记者同志们一定要注意。新闻报道要做到去伪存真,去粗取精,颂扬真善美。何志飞讲完话后,和领导班子其他成员相继热情地给记者敬酒、夹菜、倒茶。酒酣耳热之际,张宁说:"听说陈爱平书记最近出了点儿事,你们有什么看法?"何志飞说:

"事是有的，但那是陈书记酒后所为，乌云首长和旗委张书记都原谅了。"高峰说："听说乡政府内有赌博风气，旗公安局还来抓过赌，罚过款，群众送过大字报，有这事儿吗？"李永清说："传得太玄了！干部们是在休息时间，随便小耍一下，怎么就成了赌博？更没形成什么风气。至于有人贴了大字报，那本身就是违法行为，更不值一谈。"张宁又说："群众反映，旗里拨来的专项投资款，都存在了领导个人的存折上，这是怎么回事？"包子良说："这是陈爱平书记通过会议做的决定。其本意是为了减少不必要的程序，便利民众。况且，乡财政还负责清算监督，不会有问题的。"何志飞说："新召这地方，社情复杂，告状成风。就拿韩维章来说吧，我看不一定就是个大老虎！说他欺男霸女，他不调戏良家妇女，发生过关系的尽是些心甘情愿的荡妇。李亚芹是她本人愿意，生下的儿子现在都二十多岁了。说他有经济问题，到现在也定不了案，韩维章迟早要平反。后来的薛佩琦，为了维护社员的利益，惹下了旗委书记，当时落了个撤职下放劳动改造的下场，三年后就平反了。现在，矛头对准我们，我们有什么问题？就刚才提到的那些事儿，算问题吗？我们既没伤害群众利益，又没给国家造成损失，纯粹是鸡蛋里挑骨头嘛！"说完，看了看两位记者，发现他们只是听他演讲，并不表态。就只好转移了话题，海阔天空地谈起了新召乡的远景规划来。

记者一共在新召待了五天，写成了一篇题为《这样的领导班子能取得群众信任吗》的报道。稿件送到主编室，主编细看了一遍，激愤和灵感一齐涌来，拿起笔，将题目改为《一个贫困乡，四个吃喝官》，然后批示立即见报。有人要问：新召乡有五位领导，咋在吃喝官中缺下一位。原来，记者在采访中发现：副书记张二树觉醒得早，提前几个月就把救济款转到了财务的大账上了，条据报销也很清楚，所以，笔墨就没有洒在他的头上。

这期《鄂尔多斯日报》很快送到了新召乡党委、政府、机关、学校、村社。刺眼的题目和翔实的内容，像一颗炸弹，在新召乡爆炸了。人们议论纷纷，奔走相告。陈爱平拿着报纸，六神无主，茶饭不思。何志飞几个人躲在办公室里，竖起耳朵，睁大眼睛，密切关注着上面传来的信息。

一周后，旗委召开党委会议，改组了新召党委政府领导班子。张二树调任旗矿管局副局长，其他人到矿区工作。新任党委书记奇荣，副书记王维新，乡长胡志先，副乡长李延刚、赵宏生。

张二树回到神树湾，连自家门都没进就来到三爹家，进门就说："三爹，你料事如神！要不是你提醒，强制止，我这次也跌窟了。"张开关装了一锅旱烟，点着抽了起来，慢吞吞地说："做官当干部，咋是个好，咋是个赖？我总认为不管官大官小，做事一定要凭良心！要做好事，做善事，做公道事。这样才能对得起天，对得起地，对得起祖先，才能福荫子孙！搂财挣钱，咋是个多，咋是个少？我认为一个人不管得到多少钱财，一定要取之有道，光明正大，心安理得，不受良心的谴责！这样才能健康平安，持久绵延。不然，官再大也是无耻，钱再多也是祸根。"二树听得目瞪口呆，说："三爹，你咋懂得这么多道理！那些旗委书记、乡党委书记也没你这么高的认识。"张开关说："这是我六十多年活人的经验，你记着。"二树说："我记着哩！"说完，走出了屋子。不多一会儿，又返身回来，说："三爹，我明天就去旗矿管局报到，我想领你和我爹去旗医院检查一下身体，让大夫给你们配点儿药，不能老是吃镇痛片和阿司匹林了。"张开关说："现在天气热，等立了秋再说吧。""三爹有什么需要的，尽管说，我从旗里给你寄回来。""需要时我会说的。你忙你的事去吧。"

## （一百一十二）

二树走出门外，迎面碰见王文林扛着一把锄头走了过来。文林见是二树，忙收住脚，说："二哥，听说你调到旗里啦？""嗯，明天就去报到。""唉，你们都有本事！你看我这没出息样，整天和土圪垯打交道，和牛马有什么区别！二哥，你能不能在矿管局给我找个活儿干，打扫厕所，看大门都行。"二树说："我还没上班呢！就是真上了班，也是个新人，哪能厚着脸皮，一到岗位就给自己安排人！"俩人正说着话，张开关走了过来，说："文林，你说的话我听到了。二树刚到新单位，确实不便于马上安排人，我有个想法，你仔细考虑，这两年，中央拨乱反正，从上至下平反冤假错案。新召乡把过去整过的人几乎都平了反。过去的四类分子，都摘掉了帽子，该干什么就干什么。我说个实在话，你不要恼，你的生身父亲，谁不知道是韩大老虎？我注意了解过了，真正落实在韩维章头上的罪证几乎没有！最后给他定案时，都是含糊其词的旁证。韩维章这个人个性太强，宁折不弯，受不了突如其来的打击，活活地气死了！你现在以儿子的身份要求平反，十有八九能成！你是初中生，自己写个替父平反的申请，让村委会和乡政府附个介绍信，然后去旗落办要求落实政策。一旦成功了，还愁你没有工作？"文林叹了口气，说："这事我也想过，觉得行不通。我一出生就姓了王，没姓过韩，谁买我的账？"张开关想了想，说："你去找你的生身母亲，让她给你写个证明，明确你的真实身份。"文林听到张开关提起自己的生母，眼眶冒出了泪花，低头沉默了一会儿，掉头走了。张开关望着文林的背影，眼前呈现出一幕幕往事。

　　文林有满肚子的伤心和痛苦。他是个墓生子，是韩维章死后一个多月才降临人世的。生母李亚芹为了自己以后的生活，不愿意要他，在他刚落地就把他送给了王河生。王河生老婆天生善良，喜欢婴儿，费了很多辛苦，用羊奶把他喂活。又屎一把尿一把地拉扯他学会走路，学会说话。文林幼年时，王河生老婆不管是在做饭喂猪，还是在田里劳动，总要用包袱和布带子把文林拴在背上，不然不放心。文林张口说话时，就认定这个女人是自己的亲娘，"妈，妈"地叫个不停。王河生老婆后来也生下了自己的儿子文泉，但对文林的感情丝毫未减。文泉顽皮捣蛋，她还气恼地打骂，可是文林不听话耍赖，她却舍不得拍一打。总是乖哄一阵，亲亲脸蛋了事。文林和这个娘的感情太深了，没事总爱抱着她的大腿喊"妈"。可是，李亚芹就不一样了。自从儿子被王河生家抱走以后，再没上门看过一眼！每次坐娘家回到神树湾，从不打问文林的情况。别人提起文林，她也立即把话岔开。有好多次，她站在大门外远远地看见了文林，但马上就返身回屋了。李九成家里人也有意提醒她，她始终无动于衷。

　　文林渐渐长大，王河生供他念完小学，又念初中。文林同村的同学，都知道了文林的来历。只要玩恼了，就要叫喊："韩大老虎，韩大老虎！"文林一开始弄不明白，这也是骂人吗？上小学一年级的时候，和他同村的高年级学生李爱国，有一次和他相跟上回家。李爱国见他灰眉蹙眼的样儿，就问："是不是又有人欺负你了？"文林气呼呼地说："这些圪泡小子，动不动就骂我憨大老虎。我咋憨了？我咋就成老虎了？骂一次两次就不说了！现在是越骂越来劲儿。"李爱国笑了起来，说："他们骂你是有原因的。""有原因？什么原因？我大我妈就没给我起过个憨老虎的名儿，他们凭甚这样叫我？""嗨，你不知道，你实际上不是王河生老婆养的！你是我大姑和韩维章的亲生儿子。"文林大吃一惊，眨巴着眼睛，看了李爱国好一阵，说："你不能也骂我吧？"李爱国一本正经地说："我怎么能骂你呢！咱两个是亲姑舅，我早就知道，就你不知道。"文林还是不相信，奇怪地看着李爱国。李爱国急了，就竹筒倒豆子，把文林的身世全部告诉了文林，听得文林目瞪口呆，过了好半天，才问李爱国："哪一个是你大姑？""你见过！就是逢年过节来我家那个衣服穿得干干净净的女人。"文林想了想，说："哦，见过！他们说那是你大的妹子。"李爱国哈哈大笑起来，说："我大的妹子，我不叫姑叫甚？"文林进一步确认："那就是你大姑？""嗯！""她是我妈？""嗯！""你可不敢骗我！她如果是我妈，咋看都不看我一眼？"李爱国见文林还是不相信，就进一步说："我原来的姑夫叫韩维章，就是他们骂你的那个韩大老虎，不是憨大老虎。他原来是咱新召的区委书记兼区长。我大姑十六岁就成了他的老婆。其实，韩维章在神泉南河畔还有老婆，有儿有女，我大姑不知道。后来，韩维章被人告状，犯事坐了禁闭，没几个月就死了。你是他死后一个多月才生下的。我大姑为了以后好成家，就把你送给了王河生。"文林低头想了好一阵，想起好多次别人骂自己"韩大老虎"时的语气和表情。记得有一次，自己把峰老虎的鞋藏在了土圪蛋下，峰老虎一跳三尺高地叫骂："韩大老虎留下的坏种子，咋和你大一样样的害人？"啊呀！李爱国说的是实情，爱国他姑就是自己的亲娘！以前自己的脑袋咋那么笨呢？就没往这上面想，等下次她再来神树湾的时候，说什么也要到跟前好好看一看她，难道她就不想见一见自己的亲生儿子？文林的心情一阵阵激动。

　　文林在小学三年级放暑假的一天，去牤牛河岸的草滩上挖猪菜，听到前面一个放马的老汉说："哎呀，李亚芹又回娘家来了。"文林顺着山坡往上瞭，见李九成家大门外，有一个穿扮整齐的女人，提着挂包正往院里走呢。文林一阵心跳，呆呆地张望着，直到那女人消失在自己的视线里。他没心思挖猪菜了，日思夜想的亲娘回来了，去看看吧，看看她的模样。让娘也看看自己的儿子！文林一边念想，一边不由自主地向李九成家走去，不觉走到了院子门口。这时，他迟疑起来，该不该进去呢？娘穿着一身干净的新衣服，是城里人，是干部，光光鲜鲜的。而自己却穿着一身脏衣服，打着补丁，沾着厚厚的一层土。脚上的鞋子破了，开着两个大窟窿，蒺藜扎得都不敢乱走路。脸也十几天不洗了，黑糊洼道，头发像茅草，乱蓬蓬，一个泥猴！李亚芹能认自己这个农村儿子吗？文林自卑起来，倒退着来到南边的草坡上，一屁股坐了下来，拔了几根菅草，放在嘴里嚼起来，菅草的绿汁顺着嘴角流出来，散发出一阵阵的青草味儿。唉，人家的亲娘见了儿子就搂抱，亲也亲不够。文林的亲娘咋就和儿子冷冰冰的，连个外人也不如！文林一阵阵委屈，一阵阵难受，大滴的眼泪往下掉。正要哽咽着哭出声的时候，右肩上挨了一巴掌，回头看时，是李爱国。爱国看着文林说："到家门口了，为什么不进去？"文林揉了揉眼睛说："我不敢进去。""怕什么？她是你亲娘，能不稀罕你？"说着，拉起文林就走。文林像一只被牵着的羔羊，来到门口，向屋内一望，娘坐在炕中间，正和爱国娘拉话呢。娘确实和乡下女人不一样，黑油油的头发，白白净净的脸，眼睛乌黑明亮。绿衬衫，黑裤子又新又干净。文林正看得出神，被李亚芹发现了：哎哟！一个十二三岁的男孩子，脸脏兮兮的，提着一筐子猪菜，稀奇地看着自己。这孩子好面熟！悄声问大嫂："这是谁家的娃娃，敢不是文林则吧？"大嫂说："咋不是呢！这娃娃连娘都不敢见了。"一边说，一边朝门口招呼："文林则，进家来。"爱国拉着文林，走进屋里。文林站在当地，低着头，默不作声。李亚芹瞋了爱国一眼，说："你们娃娃家懂个甚！快出去挖猪菜去吧。"说完，一扭身，面朝墙坐下再不说话了。爱国娘不满地看着李亚芹，说："你这是咋啦？十指还连心呢！文林不是你身上掉下来的肉？"李亚芹一动不动，也不说话。文林提着一筐子猪菜，站在当地，难受极了。娘嫌自己脏吗？娘变心了吗？娘不愿和自己说话么！不到两分钟，实在站不下去了，噙着泪水，掉头就走。李爱国快步追了出去，说："你跑个甚呀？等一等再走！"文林"哇"的一声哭了起来，边哭边跑，头也不回地回到家里。王河生老婆正在淘米做饭，见文林哭着跑了回来，忙放下米盆，抱住了文林，急着问："文林，谁欺负你了，给妈说，妈替你出头去！"文林一下抱住了娘的腰，一边不断地喊着："妈妈，妈妈"，一边"哇哇"地大哭。娘摸着文林的头发，说："究竟谁欺负你了，快说！咱不让他！"文林只是哭泣，不说原由。过了好一会儿，王河生从外边走了进来，附在老婆耳边说："我听乔凯云说，李亚芹坐娘家来了，爱国拉着文林去见亲娘，李亚芹不认，文林就哭着回来了。"王河生老婆顿时醒悟，恨恨地说："不认算了！文林一落地就是我喂养大的，是我的儿子，不是她的儿子！"她扶起文林的头，又大声说："文林你不要哭！她李亚芹从来没给你喂过一口奶，没给你穿过一件衣，她不认咱，咱还不认她哩！咱过咱的日子，决不给他低声下气！"文林听娘这么说话，渐渐止住了哭声，到里屋睡觉去了。

从此后，李亚芹再回到神树湾，文林从不过问。王河生老婆见到李亚芹，也像不认识的生人一样，侧肩过去，也不搭话。

文林十八岁那年，生产队摘下两车沙果，安排文林和杨毛团、杨云水到东胜贩卖。快进东胜城时，杨毛团说："文林，李亚芹是你妈，你咋不认？"文林说："少管闲事！"杨毛团叹息着说："娘毕竟是娘，说不定她能给你下城镇户，找工作呢。"文林眐了杨毛团一眼，说："我有吃有喝也有妈，认别人干什么？不要再东扯葫芦西扯瓢，逮住甚说甚！"杨云水瞥了杨毛团一眼，杨毛团吐了一下舌头，再不提这茬话了。

三人进了东胜城，住在四分店。白天赶着骡车在十字街口卖果子。第三天上午，大街上走来了一个三十五六岁的妇女，要买果子。她趣眉架眼乱走神儿，直到走在骡车跟前，才发现是娘家村里的人，忙不迭地说："九叔，毛团则，是你们来卖果子？"杨云水见是李亚芹，就说："咱村里今年果子结得稠，打发我们三个人来东胜贩卖。"李亚芹问："三个人？还有谁？"杨毛团向左边努了努嘴。李亚芹顺着他努嘴的方向看去，是一个十七八岁的小后生，背对着也，朝前看呢！李亚芹仔细辨认，不觉失声叫道："啊呀，这不是文林吗？"文林头也不回，直杵杵地站在那里。李亚芹走了过去，在文林后衣角上拽了一把,说:"文林,你也来啦?"文林"嗯"了一声,就不言语了。杨毛团上去拉了一把文林,文林也没反应。杨云水见母子俩人僵在那里,觉得尴尬,就走上前去,从李亚芹手里夺过挂包,说:"我给你装些果子吧。"李亚芹转过身来,说:"九叔,明天中午到我家里吃饭吧。"杨云水说:"不用了,你们都上班,哪有那么多闲工夫。我们随便在饭馆吃一口就行了。"李亚芹说:"九叔,你们好不容易来一趟东胜,不来家吃顿饭,九婶会骂我的!"杨云水说:"骂甚哩,都是自家人,还取那个心!"李亚芹想了想,伸手在衣兜里掏了一阵,掏出十块钱,就往杨云水兜里塞。杨云水躲闪着,说:"亚芹,你这是干什么?""哎!你们要是不去我家,就拿十块钱去饭馆买的吃上一顿,算是我请你们了。"杨云水推辞着说:"不用,不用,亚芹不要多心。"李亚芹哪里肯依,硬是把十块钱塞在杨云水的衣兜里,然后提着挂包,转身离开。走了几步,又回过头来,说:"九叔,下次来东胜,一定到家里。"接着匆匆离去。杨毛团抬眼看了看文林,文林还生气呢。于是就不再和他说话,只顾招呼顾客,忙着卖果子去了。杨云水站在一旁,直是个叹息。

中午时分,骡车停在了国营食堂门口,三人进食堂买了三盘过油肉,一盘炒鸡蛋,一瓶白酒,一盒大前门香烟。三杯酒下肚后,杨云水说:"文林则,听九爷一句话。以后再不要记恨李亚芹。第一,她是你的生母,怎么说你也是她生的,有血肉关系。第二,她有自己的难处。自从韩维章死了,她受了不少苦,经了不少难,最后才遇到程志行,有了家庭,有了着落。听说她现在又有了两儿一女。她不敢公开和你相认,是怕程志行不接受你,把现有的家庭给搅散了,所以才硬下心肠这么办。世上的事难着呢,你也得替她想想。"文林一言不发,闷着头喝酒吃菜。饭后,三人赶着骡车,又来到街头。杨毛团偷着观察文林,发现他的脸色比刚才和润得多了,话也多了起来。

文林十七岁的时候,王河生就请起媒人,在府谷大昌汉给文林说下了媳妇。这姑娘名叫香兰,比文林小两岁,是常来神树湾做生意的农民郭长生的二女儿。姑娘长得瘦弱,但五官端正,性情温和,是个善良女子。郭长生知道文林是王河生抱养韩大老虎的墓生子。起初他并不同意将女儿嫁给王文林,担心文林有人养无人教,立不起家业来。可是后来发生的事情让他改变了看法。

那是去年夏天的一天中午,王河生老婆引水浇自留地。快浇完的时候,同村的杨文成提着一张铁锹跑了过来,低头在地畔查看了一阵儿,突然大喊起来:"河生老婆儿,你眼瞎了?浇自己的地,咋站在我的黑豆地里乱踏踩?"王河生老婆说:"我没进你地里,咋啦?""没进我的地?那地里这几苗黑豆苗子是谁踩倒的?"王河生老婆急忙走过去,低头查看,唉!真的不小心踩倒人家两棵黑豆苗子。原来，两家自留地紧挨着，王河生老婆在畦子里放满水，怕湿脚，不小心退在了杨文成黑豆地里，踩在了人家的黑豆苗子上。王河生老婆急忙弯倒腰，小心翼翼地扶起豆蔓子，用土培好，一脸歉意地说："文成则，这苗还能活，我一会儿把这畦地放水浇一遍，就更没问题了。"杨文成气呼呼地说："庄稼受了伤，就是救活了，也结不了多少籽儿。你赔我五块钱，咱把事了了。不然，我儿锹就把你的糜苗子铲倒了。"王河生老婆哀求说："文成则，婶子没钱。再说，你那两苗黑豆就是长好了，也收不下五角钱的黑豆，咋就能值五块钱？"杨文成眨巴着眼睛说："不赔五块钱行，但需要点儿补偿。""咋补偿？""嗨，把你家美花则让我使唤上两天就行了。""放屁！你老婆娃娃一大群，怎能说出这种毛驴话！""哎，老婆子，要是这样的话，我只能往倒铲你的糜子了。"一边说，一边拉起铁锹就铲糜苗子。王河生老婆急忙上去阻拦，一棵大糜苗子已被铲倒。王河生老婆急了，上去夺锹，被杨文成顺肩上一把推倒在地。王河生老婆坐起身，抱住了杨文成的大腿，杨文成丢下铁锹，用力将王河生老婆的两手掰开，一脚将她踏倒在地，就势在大腿上踏了两脚。王河生老婆大哭大叫起来。哭叫声惊动了文林和王河生。俩人急忙跑出屋子，飞也似的奔到地头，文林弯腰拖起老娘，王河生拿起铁锹，急忙将水引进另一畦地里，以防水把地冲塌。文林走在杨文成面前，问："你凭什么把我娘推倒了，还要用脚踩？"杨文成说："她踩倒我两苗黑豆，还和我犟嘴！"文林看了看杨文成的黑豆地，是有两苗被踩过的黑豆苗，但已扶正培土了。又回头看见自家地里的糜苗子，被铁锹铲倒了一大撮。就问杨文成："这糜子是谁铲倒的？"杨文成理直气壮地说："我铲的，咋啦？""你铲倒糜子还打人？""打啦，打得还有些轻！"文林怒火冲天，照着杨文成的脸上就是两个耳光。杨文成没想到一个十七八岁的猴小子竟敢打他二十七八岁的大后生，一时懵了。突然，小肚子上又被文林猛踢两脚。杨文成站立不稳，倒退了两步，仰面朝天跌倒在地塄上。文林返身在糜地里拉起铁锹，双手举着要往杨文成身上劈。杨文成一看不好，急速地打了个滚儿，然后弓身蹿起，兔子一般奔向河滩。文林提着铁锹在后面猛追，杨文成慌不择路，连鞋也顾不上脱，就蹚水过河到了西岸。然后大喘着粗气，向河东岸瞭望：只见王文林一手提着一张大铁锹，另一手还指着他破口大骂："杨文成，你个龟孙子！从今往后，你要再敢动我娘老子一指头，我剥你的皮，抽你的筋，敲碎你的狗骨头。"那架势，像一只咆哮怒吼的小狮子。唉，人有种，谷有垅，真正是韩大老虎的坏种子！这时，河东岸地头上聚拢来二十多个人，都来看热闹。田毛则说："杨文成二十大几的男人，让十几岁的娃娃撵得兔子一样乱蹦，怪事了！"李买地说："你可不敢小看这十几岁的娃娃，那是韩维章的儿，恶着哩。"杨毛团说："文林则是王河生老婆从小喂养大的，看见这个娘比谁都亲。糊脑尻杨文成和这老婆儿打架，文林则能不拼命？"乔凯云说："卤水点豆浆，一物降一物。杨文成平时寻衅霸道，这次算遇上克星了。"众人议论了一阵，逐渐散去。文林气哼哼地提着铁锹返回糜地，扶着娘回家了。王河生浇完地，看见杨文成还躺在对岸河滩上，仰面朝天看云哩。

文林则替娘出头的事儿很快传遍牤牛河两岸。郭长生闻听后，大为赞叹，觉得文林不但是个孝子，而且行事果断，胆气十足，将来必定能撑起门面。于是，没要多少财礼，就同意把女儿嫁给王文林。

再过半个月，王文林就要结婚了！娘老子说："文林则，你现在是大人了，应该明事理，会决断。你一生下来，确实是我们把你喂养大，又供你念书识字，给你说媒定亲，你也是孝顺儿子。可是有一件事你要注意呢，李亚芹毕竟是生你的娘。你现在马上就要娶媳妇成家立业了，这样大的事，该不该给她通知，你拿主意。"文林说："她虽然是生我的娘，但从来没管过我，就连个两旁外人都不如。乡里乡亲见了面，还稀罕地问长问短，她见了我，像黑七见了黑八，谁眼里也没有谁，像个娘母子吗？她早就又有儿又有女了，哪里还记得我？哪里还肯认土眉混眼的农村小子？好多年前我就铁心了，永远不去认她！我只有一个娘一个老子，就是妈妈大大你们俩！现在去和她联系，她还以为咱娶不起媳妇，向她伸手要钱哩！让她和程志行小看咱？不可能！我娶媳妇，决不通知她！"王河生和老婆叹了口气，不言声了。

文林的婚事办得风光，除了没有大花轿，其余一应俱全。新媳妇进村时，炮声连天，鼓乐齐鸣，五匹大马，五头毛驴，驮着新媳妇和送亲人员，浩浩荡荡走进王河生家大院。文林胸戴红花，亲自将新媳妇从马背上抱了下来，踩着一溜新毡子进了洞房。院内摆了十桌酒席，村委会干部都到了场，张开关亲自代东，刘宝维执笔记礼，红火热闹，乐得王河生两口子晕头转向，寻饸饹床竟然抱进一捆柴禾来。

李九成也来了，还带来李亚芹捎来的一百块礼钱。刘宝维正要往礼单上登记，被文林拦住了，说："这礼不能收！她不认我，现在随的什么礼？给她退回去吧！"李九成显得不好意思，但是看见文林态度坚决，只好将钱装回衣兜。

后来，李亚芹见到大哥退回的一百块礼钱，脸色煞白，半晌无语。

（一百一十三）

　　文林自从受到张开关的点拨，就一直想着给生父平反，他反复掂量：如这事要是办成了，不但父亲能剥掉"大老虎"皮，恢复革命干部的名誉，更重要的是自己也可以得到一个落实政策的指标，脱掉农民皮，成为工人或干部，像城里人一样过上体面的生活。这可是一辈子的大事儿，要抓紧办哩！

　　文林去供销社买了纸张笔墨，在晚上夜深人静的时候，一个人在南凉房凝神构思，开始替父亲书写平反申诉材料。怎么写呢？题目就把文林难住了。想了好一阵，落笔写下：《韩维章要求平反的申请》。啊呀，这可不对！人死了二十多年了，还会申请？于是，很快用笔抹掉，反复思索，将标题写成了《王文林要求为韩维章平反的申请》。还觉着不对，姓王的怎能给姓韩的去申请平反？不知道内情的领导可能看都不想看就扔在了废纸篓。文林抓耳挠腮，枯坐到鸡叫也没个好主意，只好回正屋睡觉了。

　　第二天，文林一边劳动，一边思索，最后将题目定为《王文林为生父韩维章要求平反的申请》。领导们要是询问起来，就给他们细细地说明实情，咱不捣鬼，怕什么！这天晚上，文林在南凉房接连打了三遍底稿，才将申请写成。然后工工整整地写在信纸上，装进大信封。快要迷糊入睡时，鸡叫了。

　　天亮后，文林忙洗了头脸，胡乱吃了些东西，从衣柜取出干净衣服穿在了身上，给父母和媳妇说要去乡政府办点儿事，中午不回家吃饭了，然后就匆匆地向乡政府走去。

　　文林先到秘书刘军办公室，说明来意，刘军说："这事我可做不了主，你去找奇书记吧。"于是，文林就来到奇荣办公室。奇荣问："你是哪个村的？有什么事？"文林说："我是神树湾的村民，叫王文林。为原新召区委书记韩维章申请平反。"奇荣惊奇地打量了一下文林，说："你说的是韩维章？就是人们常说的那个韩大老虎？"文林肯定地说："就是他！""这个案子已经过去二十多年了，从来没人提起要翻案。你是他什么人，要替他申请平反？""我是韩维章的儿子。"奇荣怪异了，说："你姓王，他姓韩，你怎么就成了他儿子？"文林解释道："我是娘生下来，就送给了本村的王河生，所以姓了王。""你有申诉材料吗？""有。"文林双手将写好的材料递给了奇书记。奇荣仔细看了申诉材料。思索了好一阵，说："这个案子相隔时间太长了。要想弄清楚，你应该先去新召村委会开个证明材料，说清楚你的身世，最好让你的生母也写个申请。然后再由乡政府给你出具证明，介绍你去旗落实政策办公室，申请为韩维章平反。"文林为难地说："我的生母早已改嫁，和我从不往来。"奇荣思索了一下，说："那你就不能再叫王文林，应该改为韩文林。"文林作难地说："这怎么改？""这不难。由新召村委会出具个介绍信，来乡政府盖个章，然后拿上户口簿，去乡公安派出所就可以改名了。"文林焦虑地说："这事好复杂。"奇荣说："这是必经的程序，必须一道道办理。这样才能正式上会研究讨论，才有可能给韩维章平反，才能给你一个安置工作的指标。"奇荣一边说，一边将材料还给文林。

文林接过材料，闷闷不乐地离开奇荣办公室，向村委会走去。一路上边走边想：更改姓氏，可不像外人说的那么轻松！父母养活自己这么多年，突然发现自己改了姓，心里会怎么想？还不觉得儿子翅膀硬了，丧良心了，变成不孝的忤逆子？啊呀，这该怎么办呢？文林心事重重地来到村委会，张开关问："文林，你办什么事？"文林说："三叔，自从你提醒给我生父平反的事后，我就一直在考虑。昨天晚上写了份材料，刚才找过奇书记。可奇书记说，要想办成这事，最好是我改姓韩，不然组织上不好受理。但我有难处，大、妈养活我这么大，突然要改姓，他们肯定想不开。我该怎么办呢？"张开关想了想，说："文林，你既来找我，那我就实话实说。你要是无缘无故地去改姓，你大、妈肯定想不通，他们会哭天喊地骂你没良心。可现在情况不一样，是事情逼着你这么干，不然你就永远当农民，韩维章也永远是反革命。我看哪，还是现实一点儿好，为了你的前途，为了你生父的名誉，为了你将来能更好地孝敬你现在的大、妈，就不要讲究那个表面形式了，干脆改姓韩吧。不管姓什么，只要你真心对大、妈好，就什么都有了。老天爷爷也不会怪罪你。事情办成后，你要是真觉得对不起大和妈，过几年再恢复姓了王，谁能管得着你！"文林认真地听着张开关的话，如醍醐灌顶，顿觉醒悟，他忽闪着眼睛说："三叔，你给我拿了个好主意，这事就这么办！大队给我写个介绍信，我回家拿上户口簿，去派出所改姓。事情办成了，我得好好谢谢三叔。"张开关说："不用谢。"然后拿出纸和笔，想了一阵应该写的内容和语句，工工整整地给文林写好了介绍信，清清楚楚地盖好章，交在文林手里面。文林接过介绍信，说："三叔，我走了。"张开关说："去吧，抓紧办。"文林转身走出村委会，快步去了神树湾。

下午三点钟，文林来到公安派出所，向所长乔铁虎出示了村委会介绍信和户口簿。乔铁虎清楚文林和韩维章的父子关系，笑着说："你办这事儿，王河生老两口知道不？"文林说："老人们都支持我。"乔铁虎说："你的心思我知道，无非是想通过这件事，要个工作安置指标。行，给你办理。"说完，指示干警小王，将王文林改为韩文林。文林顺利改了姓，谢过乔铁虎和小王，又去村委会开了身世证明材料，并把原先写成的材料，以韩文林的名义，重新写了两份，然后来到奇书记办公室。奇书记看完所有材料后，指示刘军以乡党委的名义，给韩文林出具了证明。奇荣说："韩文林，我们只能做到这一步工作了，至于能否给韩维章平反并给你落实政策，就是旗落办的事了，你明白了吗？"文林点头表示明白，然后离开乡党委，准备去旗落办。

第三天，文林来到旗落实政策办公室。奇元主任看过文林递上来的材料后，说："韩维章的案子我虽没参与，但也是知道大概情况的。这人主要作风霸道，一手遮天。再就是男女作风问题。当时有人告他和女学生李亚芹明目张胆地乱搞，并且强行和人家结了婚，还生有一子，就是你吧？至于经济问题，韩维章始终不承认，专案组也一直落实不下来。他这个人个性太强，在狱中大吵大闹，不到半年就病死了。组织上没给他具体定性，'韩大老虎'是众人给他起的诨名。现在看来，当时在没有充分证据的情况下，就对他实施逮捕，是不合适的。至于能不能平反，并且给落实政策，这需要查询档案，调查落实，然后报请常委会研究决定。你回去等待消息吧。"文林说："我是农村人，来一趟旗里不容易，请领导们抓紧调查落实。"齐元说："再快也要把程序走完。"文林不敢说过多的话，只好走出办公室。

走在大街上，文林突然想起了张二树，他不是调在了旗矿管局吗？何不找他拿个主意？于是，一路打听，来到了张二树办公室。

二树见是文林来了，忙站起来，问："你是不是去过落实政策办公室了？"文林钦佩地说："二哥，你脑子好。咋我一进门，就知道我干什么来了？"二树说："什么脑子好不好的，是我三爹打来电话，说你要给生父平反，让我帮你。"文林说："三叔真是个好人，这事要是办成了，他就是我的大恩人。"两人落座，文林详细把自己要求落实政策的事向二树讲述了一遍，最后担忧地说："落办的事很多，我的事可能一时半会儿轮不上办。这样来回跑，每一趟要花很多钱，农村人哪里能承受得起！"二树说："说得也是，你让我想想，看有什么办法没有？"过了一会儿，二树说："最近，落办有一个副主任来找过我，说他有一个亲戚想办个小煤矿。咱不妨中午请他出来去饭馆坐一坐，看他能不能想个办法，快点儿办你的事。"文林说："那太好了，二哥真有本事。"二树笑道："这算什么本事，这是人和人之间的正常往来。"一边说，一边就接通了落办电话："请问雷志明主任在吗？"不一会，对方和二树接上了电话，二树说："雷主任，我一个人很寂寞，想和你中午一块吃顿饭，有空吗？"文林不知对方说了些什么，只听二树说："好，一言为定！地点就在天骄饭店，不见不散。"说完，二树放下电话，看着文林说："你先喝茶看报，十一点半准时出发。"文林说："我先去外边转转，十一点半过来找你。"二树说："也好，可不能误过时间。"文林应承着，走出门外。

中午十二点钟，二树和文林来到天骄饭店二号雅间，让服务员上了一瓶六十五度的鄂尔多斯白酒，一盒牡丹烟，三盘凉菜。一会儿，雷志明走了进来，二树和文林起身让座，二树把文林和雷志明相互作了介绍，然后就落座。服务员给三人倒茶倒酒，二树举杯说："雷主任，你是大忙人，能抽空出来和兄弟们坐在一起，十分感谢。"雷志明说："张局长，一个好汉十个帮，一个篱笆三个桩，弟兄们就留下个互相团结，相互照应。"张二树赞叹道："雷哥说得精辟在理，红花还要绿叶陪衬，兄弟我以后一定给你当好绿叶。"雷志明笑道："为了弟兄们共同进步，红花绿叶咱交换着当。"二树大喜，说："弟兄聚会，喝酒满杯！我先敬雷哥一杯，文林作陪。"说毕，三人都举起酒杯，相互碰了一下，都一饮而净。三杯酒下肚后，二树说："雷哥，我有一事相求。"雷志明说："有事尽管说，只要是我能办到的，决不推辞。"二树指了指文林，说："我这个兄弟，是原鄂左旗六区区委书记韩维章的儿子，'三反五反'时，韩维章病死狱中。至于他有什么问题，一直没法落实，组织上也没给下个结论。现在，文林要求给生父平反，也想要一个安置工作的指标，雷兄看能不能抓紧办理。"雷志明说："兄弟，你今天算是找对人了。临下班时，奇主任交给我一份材料，正是你说的这个案子。他让我负责调查落实，然后提交会议讨论。好啦，在政策允许的情况下，我一定会加快进度，早点得出结论。"文林急忙站起身来，拿起酒瓶，给雷志明满满斟了一杯，又给二树和自己也倒上了酒，面向雷志明，说："雷主任，我这个政治包袱，已经背了二十多年了。现在能不能卸掉这个包袱，一靠党的英明政策，二靠雷主任亲自办理。我代表死去的父亲和我自己敬二位哥哥一杯。"说完，自己先将酒饮净。雷志明和张二树也痛快地把酒干了。三人又喝了半个多小时酒，雷志明就按住了酒杯，不让服务员往里满酒了，说："朋友围桌坐，畅饮话多多。中午不喝醉，下午要开会。二位既然托我办事，烧酒就此打住，上饭吧。"二树说："好的。服务员，把炖羊肉和米饭端上来。"服务员说声"稍等"，就转身进了厨房。不多时，三人就开始用餐。餐后，二树抢先去吧台结了账，文林争执不过，就只好由了他。雷志明和二人握别后，二树要安排文林去办公室休息，文林说："二哥，我看这事最少也得等上一个星期。我先回去吧，等有了消息，再坐班车过来。"二树说："也行，有了消息，我给刘宝维打电话，让他通知你。"文林说："下午两点钟有一趟班车，我得赶快去买票。"二树说："那你快去吧。"文林掉转身，急急忙忙向车站走去。

半个月后，文林得到二树传来的消息，又来到落实政策办公室。奇主任说："旗常委会经过讨论，认为当年对韩维章的处理确实太过草率过分，同意给韩维章平反，并给他的家属落实一个干部指标。但是据了解，韩维章在陕西神泉县还有儿女，这个指标究竟给谁，你们要商量出一个结果来，共同写个协议，加注当地有关部门的意见，才能把指标和人最后确定下来。"文林听了奇主任的话后，接过平反落实政策通知书，谢过奇主任，就出门去了车站，买票向神泉县赶去。

进了神泉城，文林直接去了县政府办公室。向工作人员说："我是内蒙古鄂左旗人，请问韩维德家住在哪里？"工作人员说："你说的是原地区副专员韩维德？"文林点头，说："就是他。"工作人员将文林领到大门外，向北指了指，说："他就住在那个独栋小院里，离这里不过二百米，到跟前打听一下就清楚了。"文林谢过工作人员，向北走去，不一会儿，就来到四合院大门外，上前摁了一阵门铃，大门开了，有一位六十多岁的老妇人出现在门口，问道："你找谁？"文林说："我找大伯韩维德。""你是韩维德什么人？""我是他的亲侄儿。""亲侄儿？我怎么没见过你？""我是韩维章在内蒙鄂左旗生的儿子，名叫韩文林。"老妇人吃了一惊，说："啊呀，你是维章在内蒙生的儿子？这么多年也不和我们联系，快进屋吧，你大伯在正房呢！"文林给老妇人弯腰行了一礼，说："你就是大妈吧？"老妇人说："是的，是的！回正房说话吧。"文林随着大妈跨进正房，见屋内窗台边站着一位头发花白，身材高大的男人，正提着水壶往花盆里浇水呢。见老婆子领着一个二十岁左右的青年走了进来，就问："这是谁？找我有事？"老婆子看着男人，惊诧地说："你猜猜他是谁？"男人定睛看了一阵文林，说："猜不出来。你快说吧，小后生是谁？"老婆子脱口说："这是维章在内蒙鄂左旗生的儿子，你好好看看。"男人放下水壶，惊奇地端详起文林，说："你是韩维章的儿子？"文林说："是的，我叫韩文林，今年二十三岁。"说着，就从衣兜里掏出鄂左旗给韩维章平反和落实政策的文件，双手递给对方。对方戴上老花镜，坐在沙发上，仔细将文件看了两遍，然后问："你妈妈叫什么名字？现在在哪里？""我妈妈叫李亚芹，现在东胜。她又找了男人，有儿有女。""这么说来，你是韩维章和李亚芹的儿子？""是的。""哦！这么说来，你是我的亲侄儿了。我是你大伯韩维德。"文林叫了声"大伯！"双膝跪地，就要磕头。韩维德忙上前扶起文林，说："新社会了，不用行这个大礼。她是你大妈。"文林又对着老妇人叫了声"大妈"。老妇人忙着应了声"哎"，然后也细细端详起文林来，说："你这耳朵、鼻子、嘴唇像你大，其他地方可能像你妈了。"韩维德拉着文林坐在了沙发上，老婆子忙着泡茶、端糕点，说："文林，你先吃点儿，等会儿大妈给你做饭吃。"文林说："大妈，我不饿，你先歇着。"韩维德详细询问了文林这二十多年的情况，不断地唏嘘感叹。最后说："李亚芹现在也不和你相认？"

文林说:"自我出生以后,她就再没过问过我。都是我现在的父母把我养活大,还给我娶了媳妇,待我比文泉还要好。""你结婚时李亚芹没来?""没来!托人捎了一百块礼钱,我给她退回去了。"韩维德动容地说:"你现在的父母是善良的农民,对你恩重如山,他们就是你的亲生父母,一定要好好孝敬他们!"文林两眼泪光,说:"大伯说得对着哩!没有他们二位老人,我早不在这个世上了。我从心里认定他们就是我的亲生父母。这一辈子也报答不完老人们的恩情!"韩维德看着文林,说:"你为生父的平反出了力,他在九泉之下也会感激你的!至于这个安置指标,无疑问是你的!谁也不会和你争。放心吧,大伯给你做主。"就这样,叔侄二人拉了一下午话。

　　下午五点钟,韩维德的两个儿子云生、云程全家以及女儿、女婿、孙子外孙都来认亲了。进门后,就不住气地打量着文林。不一会儿,又进来一帮人,韩维德站起来给文林介绍:"这个年龄大点儿的,是你的亲哥哥韩云祥,跟前站着的是你大嫂。这年龄小一点的是你的亲二哥韩云海,身旁站着的是你的二嫂。后边站着的是你亲姐云春和姐夫李志荣。小孩子们我就不介绍了,一会你去问他们。"这拨人同样诧异地看着文林,文林的脸一阵发红。云祥见文林有些局促,就走上前来,拉住了文林的手,说:"你早就该来认亲了!你看看,大家一听到你的消息,都放下手头的营生,跑来看你。"云海说:"难得咱们一家人聚在一起大团圆。我现在去宴宾楼定个大雅间,摆上两桌酒席,把我奶奶也请到,举行个全家宴,欢迎文林认祖归宗。"韩维德说:"好,钱我出,你们跑腿安排去吧。"云祥、云海说:"哪能让大爹掏钱呢!今天的开支,都由我们弟兄俩包了。"云海说完话,就跑出门去。云春打量了一阵文林,就拉着他坐了在沙发上,细细地盘问起这二十多年发生的情况。堂兄嫂、堂姐云霞,也都坐下来听文林的讲述,发出一阵阵叹息,云春和云霞不住地抹眼泪。韩维德感慨地说:"世事沧桑,人生跌宕。二十多年了,好多事谁也料不到。想当年,维章在革命队伍里出生入死,屡立战功,谁不爱戴,谁不敬佩。论本事,我远远不及他。他那个人,反应敏捷,性情强悍,又练就一身好武艺、好枪法,全军闻名,老乡夸赞!缺点是刚愎自用,武断专行,什么都不放在眼里,容易得罪人。这也导致了他后来的悲剧。我常常梦见他,醒来时好像就在眼前。唉,他离开我已经二十多年了,死不瞑目!应该感谢文林,为父平反昭雪!文林,你把鄂左旗给你父亲平反的文件拿出来,让你哥哥姐姐、嫂嫂们都看一看。维章地下有知,可以安息了。"说到这里,韩维德老婆哭了起来,念叨说:"维章二十六岁以后,我就再没见过。我兄弟人不赖。"文林悄声问云春:"姐,我的那个妈妈现在怎么样?"云春低着头说:"她过世已经十多年了,得的是心脏病。"文林不再细问,从怀里掏出给父亲平反的通知书，让大家传看。云祥说："文林，你办了一件大好事！咱的父亲不是坏人，是老革命！我们再也不用听别人说三道四了。"云春摸着文林的肩膀说："文林，姐一会儿给你敬一盅酒。"大家正说着话，云海从外面回来了，说："饭菜我已经安排好了，咱们现在就过去。"云生说："我和云程开车去接奶奶，让老人家也高兴高兴。"韩维德说："你奶奶快九十岁的人了，你们小心一些。"云生说："没问题，我和云程背着她就是了。"说完，俩人就走出去。众人也都站起来，开始向宴宾楼进发。

　　晚七点钟，云生和云程背着老奶奶走上二楼三号雅间，将老人扶坐在正席中间，左右两旁坐着大儿子和大儿媳。文林走上前，叫了声"奶奶"，就跪倒在地，连磕三个响头。老奶奶向前倾着身子，两眼注视着文林，说："这就是我新来的孙子？"韩维德附在母亲耳边说："这就是维章在内蒙生的儿子，名叫文林。"老太太听清了，说："你叫文林则？"文林应声说："奶奶，我叫文林。""你过来，让奶奶好好看看你。"文林站起身来，走到奶奶跟前，老奶奶举起手，抚摸着文林的头发，说："好孙子，你咋才来？"说着，掉下两滴泪来。难过了一阵后，说："你来看奶奶，奶奶该给你个甚东西呢？"一边说，一边摸向自己的衣兜。韩维德一把抓住老母亲的手，将一个红包塞到她手里，说："妈，我已经给你准备好了，你给文林吧。"老奶奶接过红包，颤颤巍巍地举在文林面前说："文林，奶奶给你压岁钱。"文林不好意思接手，大妈笑着说："文林则，这是你亲奶奶给的钱，快接住。"于是文林伸出双手，弯腰接住红包，说声："奶奶强健。"老奶奶笑呵呵地说："好，强健！"文林坐回位子上。韩维德开始讲话："今天，我的侄儿文林不但带来了他父亲的平反通知书，而且上门认祖归宗，这是我们一家人多年的愿望。从今以后，我们的大家庭又增添了新的成员，这是喜事，好事，幸福之事！以后，大家在外要继续遵纪守法，认真做事。在家要继续相互团结，和睦相处。为了庆贺我们一家人的大团圆，为了维章的平反昭雪，我和云生娘先给老寿星敬一杯酒，祝老寿星福如东海，寿比南山。"说着，接过服务员手中的托盘，由云生娘双手把一盅酒敬在老奶奶面前。韩维德替母亲接过酒盅，吻在了母亲唇边，让她用舌舔酒，然后就自己端起代喝了。韩维德接着说："在座的小辈们，为了欢迎文林到来，你们都举起杯来，相互致意干杯！"两桌人都站起身来，举起酒杯，一饮而净。等众人落座后，韩维德继续说："有一件事需要和你们商量。文林经过一个多月的奔波，使父亲的案子终于有了新的说法。鄂左旗党委认为：当年对韩维章的问题，在未掌握证据的情况下就进行关押，是一种过火的错误行为，所以决定给他平反，并给他的亲属落实一个干部安置指标。你们大家考虑一下，这个指标应该给谁？"云祥看了看云海，说："这是文林的功劳，当然应该给文林。"云海说："我也这么认为。"接着，其他人都发表了同样的看法。韩维德说："这就对了，你们的看法一致，我也赞成。现在，我再次提议，为我兄弟得以平反，为文林能走上新的工作岗位，大家共同干杯。"众人又一齐起立，干了杯中酒。韩维德坐在椅子上，说："下边就由你们安排吧，我休息了。"云生见父亲的程序进行完了，就主动站了起来，主持宴席。弟兄姐妹和姐娌们，依次给老奶奶和长辈们敬了酒，就坐下来拉话喝酒，小孩子们在桌子旁嬉戏玩耍。又过了一个多小时后，主食和炒菜端上了桌，大家开始用餐。餐后，云生和云程背着老奶奶下了楼，坐车回家了。大家也陆续散去。文林住在了伯父家中。

第二天早饭后，文林买了一盒点心，一条毛毯，看望了老奶奶。给伯父母买了烟酒点心。给其他兄嫂和姐姐、姐夫以及孩子们，都送了水果月饼。一应礼节走到后，在韩维德的主持下，文林与云祥、云海、云春等人签署了安置指标的协议，并在县政府盖了章，然后就辞别了众亲人，回鄂左旗去了。

鄂左旗落办的领导看了文林带回来的协议书后，第二天旗组织部就下了文，将韩文林安排在了新召乡政府，任生产干事。

文林高兴地来到张二树办公室，说："二哥，我被安排在咱们乡当了生产干事，中午我请你和树海哥、雷主任吃饭。"二树说："树海现在是旗公路段书记，我一会儿打电话通知他。雷主任下乡了，以后有机会再请吧。"文林说："雷主任帮我办了大事，以后我要谢他呢！"二树点了点头，拿起电话，通知了树海。中午，三人在饭馆痛痛快快地聚会了两个多小时。

两天后，文林又专门买了烟酒，登门拜望了张开关。

（一百一十四）

文林早上七点钟就兴冲冲地来到乡政府报到。挨着办公室走了一圈儿，发现大家都未上班。于是一边溜达，一边想着生产干事的工作。不觉来到公社家属房旁边，看见奇荣书记站在一溜新垒的猪圈旁，嘴里叼着一支香烟，兴致勃勃地向猪圈里观望着。

文林走了过去，问："奇书记，这是你家喂的猪？"奇荣掉过头来，见是文林，说："安置你的文件已经收到了，今天上班吧。"说完，又向猪圈里望去。文林觉得诧异，走近猪圈，向里一看，嗬！大猪圈套着三个猪圈，养着四头大猪，四个猪崽。文林惊奇，问："奇书记，你咋养这么多猪？"奇荣叹了口气，说："没办法，大儿子上大学，每年需要三千多块钱。女儿和小儿子上中学，食宿都在学校，一年下来也需要一千多块钱。老婆没工作，就凭我每月二百多块钱工资，生活困难哩！所以只能想这个办法，每年卖三口大猪，解决燃眉之急。"文林问："这大小八口猪，你能喂得过来？""能行，老婆干活是把好手，除了给人做饭外，每天在凉房支上一面大锅，倒进一担水，灶膛里烧上炭火，水开了，就把麸皮撒进去，再把切碎的菜叶倒进一筐。老婆拿上一把铁锹，站在锅台上一圪搅，大小猪的食就做出来了。"文林笑了起来，说："婶子真能干，农村妇女也比不上。"两人正说着，大门开了，走出一个四十多岁的妇女：中等个儿，瘦身体，圆脸盘，大眼睛，袖子捋在了半胳膊，笑呵呵地说："你们看这几个猪长得怎么样？"文林说："好着哩！大猪肯吃，小猪乱蹦，我们家的猪也比不上婶子喂的猪。"这女人是奇荣的老婆，名叫陈彩霞，初中毕业，当过村妇女主任。她以前没见过文林，问："你叫什么名字？也在乡政府工作？"文林腼腆地说："我叫韩文林，刚安排在乡政府，任生产干事。""那么你以前也是农村人了？""当然了，我家住在神树湾。""噢，这么说来，你一定认得猪的好赖，你帮我看看这几只猪的发展前途。"文林笑着说："婶子才是行家，你喂的猪比我们村的猪都强！"陈彩霞自豪起来，指着东边猪圈里的两只大猪说："这两头猪，赶大雪节令的时候，最少能杀七百斤肉，加上头、蹄下水和板油，少说也能卖三千块。我大小子上大学的钱就算落实了。中间这两头猪，一头留着自己吃，另一头也能卖一千几百块，我女儿和小儿子的念书钱也有了。那四头小猪崽，过了年就变成半大壳浪子了。明春再买上四个小猪崽，顶根续码每年能杀四头大肥猪！"文林说："你喂猪的麸皮糟糠和菜叶子怎解决？"陈彩霞坦然地说："这好办，麸皮糟糠都在旗粮食局买，虽然我兄弟是粮食加工厂的厂长，但我按市价给他们钱，不占他们的便宜。菜叶子是掏钱和村民们买的，只要价钱合理，他们按时给我往来送。我就是花费点儿辛苦煮猪食，掏猪粪。""婶子，你太辛苦了，雇一个帮手吧。""不用，我忙不过来的时候，老奇一早一晚还能帮忙呢。""婶子是养猪致富，收入远远超过上班的干部了。"陈彩霞嘻嘻地笑着，说："咱没别的本事，只能死受。"奇荣扔掉手里的烟头，说："再过两年，让陈彩霞办上一个养猪厂，雇上几个工人，承包几十亩菜地，好好发展发展，家属老婆就变成陈厂长了！"文林和陈彩霞都笑了起来。

　　看完奇书记喂的猪，文林返回乡政府。八点半钟，奇荣来到办公室，文林走了进去。奇荣说："我给刘军说了，你和伍祥生坐一个办公室。准备一下，下午和我去尔吉曼村下乡。"文林说了声"是"，返身出去。

跌宕牤牛河

午休起来后,文林跟随奇荣一路步行,走了四十多里地,太阳快落山时,才来到尔吉曼村。尔吉曼有一道沟,沟中间有一条小河,河两岸是下湿的沟塔地,主要种着玉米、谷子、糜子和山药蔬菜,村民多数都居住在山脚下。沟两旁有三道梁,长满细小的松柏树和其他灌木、杂草,成材林极少。山坡上不时有放牧人的吆喝声传来。远远望去,羊群如朵朵白云在移动。牛马驴骡不多,稀稀拉拉地在山坡下觅草。进了村子,能看见山梁下面有不少裸露的煤炭,还有好几处小煤窑。有的村民干完地里的活儿,还带着镐头,担着箩筐,往家里掏一担炭,准备烧火做饭呢。这地方柴水相连,有炭烧,有水吃,是个半农半牧区。

进了村子,文林跑在前面,询问村长的住所。不一会儿,有一个年近五十的男人随文林走了过来,老远就伸出手来,做出要握手的样子,大声招呼:"奇书记,你好!"奇荣也赶紧迎了上去,紧紧握住对方的手,说:"张华支书,你这地方不错嘛。农牧业并举,取暖做饭到处是煤,比西部乡、苏木强多了。"张华笑着说:"地方倒是可以,就是交通闭塞,僻远落后,和外边基本没什么交往。"奇荣站在河边,上下左右观望了一阵,说:"你这地方都是宝山,下面尽是煤,要是能运出去,你们就发财了。"张华说:"哪能运出去?乡政府到旗里,多少年了,还是一条简易土路。春天刮大风,黄沙堵路,班车都不好走。咱这村子里能走开二饼子牛车和毛驴平板车就不错了,汽车拉炭做买卖,那是牛年马月的事儿。"奇荣说:"那可不一定,改革开放了,从中央到地方,都以经济建设为中心,能看着资源不开发?"张华觉得那是很遥远的事,摇了摇头,说:"咱这地方不光路不通,就连电也没引进来。点上煤油灯能让机器转动?炭圪垯会自个儿飞出来跑在汽车上?"奇荣不高兴地说:"你不能拿老眼光看待新问题。国家如果注意到咱这里丰富的煤炭资源,肯定会投资,肯定会把资源优势转化成经济优势的。你看着吧,用不了多长时间,你张支书也可能变成张矿长,给大家挣大钱哩!"张华嘿嘿地笑着,文林默不作声。

三人到了张华家,张华把会计王文才叫了过来,说:"去羊圈里逮上一个山羯子,晚上吃炖肉。再买几瓶烧酒,一条子黄金叶烟。"奇荣急忙摆手,说:"我晚上要是喝了酒吃了肉,一黑夜燥热得睡不成觉。天明以后,就像大病了一场。随便吃点儿家常便饭吧。"张华看着奇荣,奇怪地问:"奇书记,你才四十多岁的人,就有这毛病?真的还是假的?尔吉曼村难道连客人的饭也管不起?"奇荣一脸真诚地说:"你们的心情我理解,可是我真的有毛病。咱实际点儿,这样身体舒服!"张华看见奇书记不是谦让,像是发自内心的话，就无可奈何地说："那奇书记你说吧，想吃点甚？""就吃山药丸子绿豆汤，既止渴，又下火！""嗨！就吃这个？你不是为了省钱吧？""不是，不是。这叫科学饮食，益寿延年。"张华见拗不过奇书记，只好给王文才摆了摆手，说："算了，山羯子不要杀了，你就买上一条子烟算了。"王文才惊诧地看了看奇荣，低头走出去了。张华对着老婆说："挑点儿好山药，削得干干净净，把丝子擦得细细的，蒸点儿细丸子。再捣点蒜泥芝麻，用黄芥油炝点儿葱花韭菜花，做点儿调汤蘸丸子。用好绿豆熬上一锅汤，解渴下火。"老婆笑了，说："这个容易，只是让奇书记吃成素饭了。"奇荣说："素食好，特别是山药丸子，我从小就爱吃。"老婆子看了看男人，男人点了点头，示意她快去忙活儿，老婆子只好转身洗手做饭去了。

　　一个多小时以后，热腾腾的山药丸子端在了桌上，张华亲自给奇荣碗里舀了蒜泥调汤，奇荣用筷子夹起一块丸子，在碗里蘸了蘸汤，吃了一口，赞不绝口，连说解馋。又问文林："你觉得味道怎么样？"文林说："比我妈做得还好吃。"张华老婆听到夸赞，乐不可支，说："手艺不好，奇书记和小韩多担待。"王文才也坐在凳子上吃了起来，说："嫂子，你能去食堂当大厨。"老婆子又笑了起来，颠儿颠儿地在众人跟前圪转，三番五次地劝大家多吃点儿。奇荣吃得红光满面，最后喝了一碗绿豆汤，才放下碗筷。张华觉得奇荣好像是个农村人，能说上话。

　　饭后，离睡觉时间还早呢。一盏煤油灯，忽闪忽闪，光线微弱，张华和奇书记、文林拉了一会儿话，觉得冷清，就吩咐王文才："你去把二胡和笛子拿来，咱两个给奇书记演奏一段儿。"奇荣笑了，说："张支书会乐器？""嗨，胡乱串学的，不正规。"不一会儿，王文才拿着乐器进了屋，后边还跟着自己媳妇仙翠则。张华操胡琴，王文才吹笛子，仙翠则唱歌。第一支歌儿是《走西口》："哥哥你走西口，妹妹我实难留，手拉着哥哥的手，送哥送到大门口……"一曲儿终了，门口已站下六七个男女村民。张华调了调弦，然后奏起了《解心宽》，王文才跟进，仙翠则高唱："满天那个星星哎哟哟哎哟哟，哎个哟哟半截儿月，学会那个唱山曲儿哎哟哟哎哟哟解心宽……"外面站下十来个人了，奇荣招了招手，人们就走进屋内，张华奏起了《红日》插曲，王文才和仙翠则配合："一座座青山紧相连，一朵朵白云绕山间，一片片梯田一层层绿，一阵阵歌声随风传，哎，谁不说俺家乡好，得儿哟依儿哟……"进来的人一齐鼓掌，奇荣大为兴奋，突然，他的脸色骤变，笑不起来了。为什么？他看见地下站着一个六七岁的小女孩，一脸的稚气，也在欢笑拍手，可是她的右手缺三个指头，手背上有伤。奇荣心头紧缩，可怜起女娃娃来了。接下来的歌声,他基本没听清,直到张华他们收起胡琴笛子,人们走出门外,他才低声问张华:"刚才站在地下拍手的女娃娃,右手是怎么受的伤?"张华这才明白,奇荣为什么这老半天沉着个脸,没一丝笑容。于是叹了口气,说:"那是村民郭进宝家的娃娃。前年,郭进宝在纳林塔供销社打了二斤煤油回家点灯,娃娃用一根大针去拨灯捻,灯壶子突然就爆炸了,伤了她三个手指头,太可怜了!""拨灯捻,咋灯壶子就爆炸了?""哎,那是土炼油,质量差。听说别的地方也伤过人。""郭进宝没去追究供销社的责任?""去啦,郭进宝把供销社告在了乡政府,最后供销社赔了三千块钱了事了。""娃娃终身残废了,三千块钱顶什么用!"奇荣望着桌上的煤油灯,心情沉重起来。这天晚上,他辗转反侧,一夜没睡好。

早饭后,张华陪着奇荣和文林,看了山梁沟洼和各个自然村。午饭后,奇荣稍作休息,又领着文林步行去了别的村社。这一趟,两人共用了七天的时间,将全乡七个行政村四十九个社走了个遍。各村的情况与尔吉曼大体相同,都未通电,都有富集的煤炭资源,都具有巨大的发展潜力。

奇荣返回乡政府那天,李家梁村长李二存老婆得了急性阑尾炎,疼得满头冒汗,嗷嗷直叫。李二存害怕了,急忙套了一辆骡子车,将奇荣、文林和老婆都拉在车上,自己赶车,来到乡政府医院。医院的大夫检查后说,阑尾炎已经化脓了,必须去旗医院做手术。可是,新召到旗里的公路是沙土路,每隔三天才放一趟班车。今天的班车刚走,这该怎么办呢?李二存正在着急,忽然看见一辆吉普小轿车开进了乡政府大院。李二存眼睛一亮,急忙掉转骡车,来到乡政府大门外。停好车,径直走到奇荣办公室门口。奇荣见是李二存,急忙走出门外,问:"怎么样?乡政府医院能不能看?""唉,他们说阑尾炎已经化脓了,必须抓紧去旗医院做手术。可是班车已经走了,没法子了!"奇荣立刻明白了李二存的意思,说:"一会儿旗委田副书记回旗里,我让他的小车把你俩带上。"李二存万分感激,说:"谢谢奇书记,我在外边等着。"大约过了半个多小时,奇荣陪着田副书记走出屋来,李二存看见奇荣好像在说自己的事,田副书记一边点头,一边应承,不觉来到大门口。奇荣向李二存招了一下手,李二存急忙把老婆从车上背了下来,走在吉普车旁。这时,一个三十七八岁的司机走了过来,大声呵斥:"这是田书记的车,不能上。"李二存背着老婆,呆站在车门旁。奇荣忙从兜里掏出一盒牡丹烟,塞进司机衣服口袋里,赔着笑脸说:"贺师傅,这是个得了急病的人,需要去旗医院做手术。"司机支睖着眼说:"可以坐班车嘛!""嗨!班车已经走了,要坐的话,得等到大后天。救人要紧,拉上吧!""那你问田书记去!""我已经问好了,没问题。"司机一脸无奈，很不情愿地掉过头，默认了！奇荣躬身拉开后车门，帮助李二存将病人扶了进去。李二存顺便钻进车里，坐在了老婆身边。奇荣说："骡车我让文林给你看管，放心吧。"正说着，田副书记解完手，走了过来，看了看后大座上的两个人，关切地说："坐好了，防止路上颠。"然后开了右前门，坐了进去。车发着了，正要开动，奇荣突然又想起了什么，急忙走在后车门旁，在上衣兜里摸了一阵，摸出一百块钱来。开了车门，给李二存衣兜里塞了进去。李二存推辞不要，奇荣说："穷家富路，多带点儿，防止到医院钱不够。"说完，关上车门，看着汽车发动，走出大院，消失在视野里。然后又把文林从办公室喊了出来，说："你把骡车卸在后院，骡子拴在槽头，记着饮水喂草料。这是你这两天的任务。"文林点头说："放心吧。"然后就去赶车喂骡子去了。

  一周后，李二存和老婆坐班车回到新召。这时干部们还没来上班，两人来到奇荣家中。奇荣刚好午休起来，见李二存走进屋，忙问："病看好了吗？"李二存说："看好了。""路上还顺利吧？""唉，不太顺利。要不是田书记压阵，我和老婆早被那个姓贺的司机赶下车了。""为什么？""我这个老婆不支皮，汽车一颠，她就疼得叫唤。姓贺的不耐烦，骂我老婆，'鬼抽上筋啦？嚎天叫地？'过了乌兰木伦河，老婆有点晕车，我拿两个毛巾堵在她嘴上，吐完后都扔在了外边，没在车上洒一滴。可是姓贺的气得直叫，说'人有厕所猪有圈，狗才到处大小便'。几次停下车来，要拉我们下去，都被田书记给训斥住了。啊呀，走了一路，让那个孙子欺负了一路，少见的报丧脾气！"奇荣问："你没和他吵吧？""没有，我大气不敢出，一路说好话，装得比孙子还孙子！""那就好。咱们为看病，病看好了，就达到目的了。犯不着和他生气。你知道吗？姓贺的是旗委第一书记的司机，这次出门是临时抓差。宰相家奴赛七品！"李二存恍然大悟："噢，我说呢，他连田书记都敢凶。不过，为人不能太嚣张，老鼠狂了猫咬死！"说到这里，李二存突然在身上摸索起来，掏出一沓子钱，数出一百块，双手递给奇荣，说："奇书记，谢谢你心里有我们老百姓。钱我没花了，还给你。我永远记着你的好哩。"奇荣说："你先用着吧，还要买不少药。""药已经买了，谢谢奇书记。"李二存老婆眼圈红了，说："奇书记，你帮了我大忙！我不会说话，真不知道该怎样感谢你。"奇荣说："感谢什么呀？共产党的干部不为群众办事，那还要干部做甚？不要把这事儿放在心上。时间不早了，你们忙吧，我要上班去了。"李二存和老婆站起身来，告辞出去。

## （一百一十五）

奇荣主持召开了乡党委、政府全体工作人员和各村党支部书记、村长两级干部会议。白登云作为村民代表，也参加了会议。早上八点钟，出席会议的人员就齐刷刷地坐在了大会议室。主席台上正中间坐着奇荣，两旁坐着党政领导班子成员。会议由乡长胡志先主持，党委书记奇荣讲话。

奇荣有一段话说得最引人注意。他说："最近，我用一个星期的时间，走了七村四十九社，感受很深！全旗所有的乡、苏木①我都去过，在有些乡、苏木还任过职，都不如新召闭塞，都不如新召资源丰富！多少年来，新召人住在山梁沟洼里，与外界隔绝。李家梁村有好些妇女到现在都没见过汽车，更不知道电灯、电话。晚上，只能点一盏煤油灯做饭，缝衣。娃娃们爬在灯台下写字，都成了近视眼！这还不算，劣质的土炼油频出事故！尔吉曼女娃娃的右手被炸掉三个手指头，难过得我一晚上睡不着觉！群众有了急病到不了大医院，耽误了多少人！这次李二存老婆得病，急需动手术，好不容易搭了个小汽车，还受了司机一路的气，窝囊啊！现在是什么年代？是二十世纪

---

① 蒙语，乡的意思。

八十年代！全国都在改革开放，发展经济。我们新召的矿产资源全旗第一，上上下下到处是煤！我们不能坐在金山上过穷日子！不能太守旧、太保守、太无能！我们也有两条腿、两只手，一'葫芦'会转的人脑子。要走出去，干起来，想出好主意！今天，我提几个问题，请大家认真讨论。第一，要把电引进新召，用电灯取代煤油灯，用电动机器取代人力和畜力，解放生产力！第二，要修路，修高等级的柏油路！让机动车在新召的山区里奔跑起来，让新召人民和外界的联系快速起来。第三，让国家对新召的煤田进行勘探，引进资金，办正规的煤矿，让资源优势转化为经济优势，让新召整体富强起来。第四，在实行土地'家庭联产承包责任制'的同时，让富余的劳动力搞活商品经济，贩卖货物，承揽工程，创办第三产业，开商店，开饭馆，开旅店。到城市、到矿区打工挣钱，使新召人民及早过上富裕生活。第五，乡政府支持大办私营企业，股份制企业。头三年可以减免企业一定的税费。第六，为了实现以上目标，乡政府决定成立'新召招商委员会'。主任委员：奇荣。副主任委员：胡志先、张开关。办公室主任：王维新。委员：李延刚、赵宏生以及各村党支部书记和村长。经费支出由乡财务单设账户统一管理。乡党委和乡政府建议：为了保证招商委员会工作的正常运行，全乡所有村民人均集资三块钱，一般干部人均集资五十块钱，书记集资二百块钱，乡长集资一百五十块钱，其他副职一百块钱，作为招商委员会的活动基金。为了保证这笔资金的合理使用，每次出外争取和投资的活动中，都要让有关的支书和村长参与。资金的使用情况，年中年末向大家公布两次，做到廉洁透明。我们有决心，有信心改变新召的落后面貌，带领全乡人民早日步入富裕的康庄大道。"

乡党委、政府其他领导都表了态，一致支持奇书记的观点和思路。

接着，会议围绕奇书记的讲话，开始讨论，自由发言。

宣传干事冯效礼首先发言："物竞天择，适者生存。奇书记的讲话高瞻远瞩，击中要害。新召乡必须要跟上全国改革开放的步伐，以经济建设为中心，通电修路，把丰富的地下资源变成现实的经济优势，大办公有制、集体所有制和一定数量的私有制企业，扶持第三产业，搞活商品经济。不过，这里面有几个问题需要弄清楚：第一，对我党解放三十年来的工作，是成绩为主还是错误为主？第二，改革开放，究竟是走社会主义道路还是走资本主义道路？第三，让农民进城打工，下矿挖煤，甚至创办第三产业，是不是弃农经商，不务正业？第四，长途贩运做买卖，是不是投机倒把？第五，修路架电，肯定需要我们找关系，跑门子，避免不了请客送礼，这算不算行贿？第六，怎样做才称为利国利民？我对以上问题，没有成熟的看法，只想听听大家的意见，起个抛砖引玉的作用。"

冯效礼的发言，像一块大石头突然扔进平静的湖水里，水面立刻翻腾起来。会场上立刻吵嚷起来。胡志先拍了拍桌子，说："不要乱吵了，有话一个一个地说。"这时，坐在前排的李文亮要求发言，胡志先点了一下头。

李文亮说："解放三十年来，我们确实干了很多蠢事。政治上强调阶级斗争为纲，最后发展到人人自危，冤假错案一大堆。经济上搞一大二公。不管人民愿意不愿意，硬是把大家捆绑在一起，搞人民公社，搞国营经济。说有计划按比例才能最有效地发展经济。大家想一想吧！那时候全国的经济实体真像是一个模子里倒出来的，从里到外一个样儿！这能行吗？事实证明不行！为什么？这样的计划经济泯灭了个性，束缚了个性千姿百态的正常发展，使许多有才能人的本事不能正常发挥，许多有潜力的经济模式不能存在！这样就出现了经济发展停滞不前，甚至倒退的现象。现在搞改革开放，就是要搞'百家争鸣，百花齐放'，刺激个性发展，催生多种经济模式。我敢断言，改革开放必然使经济迅猛发展。我认为近三十年的政治经济建设道路完全走错了！要不然，中国现在早追上美国了。"

白登云是列席的村民代表，听了李文亮的发言，激动得嘴唇抖动，不等主持人批准，就大声说："老李的看法太正确了。现在大报小报都在探讨经济规律，我认为什么经济规律也不能逆着人性！人天生就有自私的本性，你硬要叫他毫不利己，专门利人，那可能吗？农民就爱单干，你硬要叫他一大二公，他下辈子也不能适应！就是马克思当生产队长，也不能把人心收拢在一块儿！所以，搞经济就要认识人性，利用人性，刺激个性，激发出所有人潜在的本能来。"

众人交头接耳议论起来。秘书刘军放下做记录的笔，说："上面几位的发言都很深刻。好像最近陈云同志说，'我党真懂经济的人没有几个'，真是实事求是。"

副乡长赵宏生说："前三十年是搞糟了，搞乱了，就是白登云在中央当领导，也不可能搞成那个样子。"

众人的目光一齐投向白登云，白登云嘿嘿地笑着，洋洋自得起来。

正在大家哄吵的时候，人群里举起一只大手来，胡志先说："张支书，你要发言？请说吧！"

张开关放下手，清了清嗓子，说："上面几位的发言，我觉得有正确的部分，也有说过头的部分！说得正确的地方，我就不啰唆了。我想说一下说过头的部分。共产党、毛主席领导人民闹革命，推翻三座大山，功劳举世公认，不用细说。现在就说解放后三十多年的事。请问，这三十多年里，党和毛主席都做错了吗？对旧的所有制进行社会主义改造不对吗？土地改革，废除了几千年的土地所有制，平均了地权，不对吗？从土改到人民公社，再到现在的家庭联产承包责任制，土地的所有制变了吗？没变，只不过是对土地的管理形式有变化，农民对土地的所有权一点儿没变！这是共产党、毛主席的功劳！至于党和毛主席的失误，这要看站在什么角度上看哩！我也识字着哩，耳朵不聋，报纸能看，广播也听！社会主义究竟怎么搞，好像世界上没有现成的模子让中国效仿。世界上搞社会主义的国家，哪一个没犯错误？都犯错误了嘛，有的还走进了死胡同，出不来了。党和毛主席的失误也好，错误也罢，我认为那是在探索道路上出现的问题，完全能够理解。可以肯定地说，没有党和毛主席过去艰难曲折的探索，就不会有现在的改革开放！邓小平是伟人，但面对改革开放，也只能说'摸着石头过河'，'跟着感觉走'！谁是神？谁是生而知之？把别人的失误当成自己的发明，老张我什么时候也不信！共产党最了不起的地方就是能自己改正自己的错误，重新走在正确的道路上来。共产党、毛主席在那二十多年的时间里，功劳多着哩！两弹一星是什么时候造出来的？新中国成立后帝国主义再敢不敢欺负我们了？五十六个民族兄弟般的团结历史上有过没有？中国在世界上的赫赫地位，在近二百年的时间里有过没有？就连现在的改革开放的基础，也是这二十多年里给奠定的！不相信吗？睁眼看看，小到我们新召村的苏会沟和神山的水利工程，大到像红旗渠那样数不胜数的人间奇迹，不是集体的力量能干出来吗？中国的贫油帽子是什么时候摘掉的？全国的轻、重工业建设以及交通、航空等一系列事业是什么时候飞速发展的？贪功透过谁信服？'假如没有毛主席，我们现在还在黑暗中摸索'，这话是谁说的？是邓小平！总而言之，我拥护改革开放，赞成奇书记的讲话，但听不惯有些人妄自尊大，歪曲事实，木匠斧子一面砍，不公正地对待历史。"

张开关的话音刚落，李家梁支书李二存举起了手。胡志先说："李支书，你说吧。"李二存一脸严肃地说："我同意张支书的话，没有了。"紧接着，台下的另外五个支书七嘴八舌地说开了："张支书说话公道，不能木匠斧子一面砍！""有了媳妇就见不得老娘，那还行？"……

胡志先说："经济发展，一靠和平环境，二靠改革开放。和平环境是打出来的，是抗日战争、解放战争、朝鲜战争以及边境自卫反击战打出来的！不要说八国联军了，朝鲜战场十七国联军都被中国志愿军打得怂怂地坐下来谈判了！不然，现在就没资格侈谈改革开放、发展经济！解放三十多年的时间里，我党在许多方面走了弯路，甚至犯了错误，但那三十多年里也干了不少大事，要正确对待。"

副书记王维新发言："改革开放，究竟是搞社会主义，还是搞资本主义？肯定地说，是搞社会主义。什么样的社会主义呢？是'有中国特色的社会主义'。中国是从殖民地半殖民地脱胎过来的国家，积贫积弱，商品经济很不发达。社会主义是一个很长时期的历史阶段，而我们现在是处于最原始时期的初级阶段。这个阶段里，在大力发展公有制经济的同时，也要保护私营经济的存在和发展，认识到私营经济是公有制经济的有益补充。不但如此，还要大力引进国外资金，欢迎国外企业来我国投资办厂。我国的企业也要到国外投资兴办企业。把我国的经济融入世界经济体系。在国际竞争中，求生存，谋发展，走富民强国的道路。"

副乡长李延刚说："社会主义初级阶段的理论，是共产党对现实的清醒认识。在这阶段里，多种所有制并存，是发展'中国特色社会主义'的需要。只有这样，才能调动各方面的积极性，加快经济建设的速度，实现中国社会主义建设的三步设想。"

副乡长赵宏生说："多种所有制形式的出现，是社会主义初级阶段的基本特征。看看全国的情况吧，除了大型的公有制企业外，涌现出那么多的民营企业、私营企业、股份制企业以及中外合资企业、外商独资企业，商海里波浪翻滚，单位和个人都想发财致富，这是好事嘛！用不了多少年，中国的经济就要腾飞起来。我看咱们新召的人也要赶快行动起来，按照奇书记的那几点设想，齐头并进，大干快上。"

张开关说："成立新召招商委员会太有必要了。乡上分配给新召村的集资款，七天之内保证缴到乡财务。这是给全乡人民自己办好事，理应人人掏钱。至于这笔钱怎么使用，我认为主要应该用在外交上。怎么外交？就是给相关单位和个人送新召的土特产，比如猪、羊、牛肉、土豆、糜米等，联络感情，让他们给新召乡投资架电，建桥修路，勘探矿藏。当然，招商人员的旅差、补助也应该在这笔专款里解决。该花的钱就要花，不能省。不刮风哪来的雨？变成铁公鸡，谁也不会理我们！"

李二存说："分配给我们的集资款，十天之内，保证缴来。"

其他几个支书吵嚷了一阵，也表示十天之内完成集资任务。

李文亮看了看张开关，说："上门送东西，你就不怕人家告咱行贿？"

张开关笑了，说："什么叫行贿？行贿是指送钱送物谋取不正当利益的行为。我们送点儿土特产，给全乡人民架电、修路、办煤矿，为国家作贡献，怎么能成为行贿？"李文亮说："既然为公，就应该公事公办，送什么东西？"张开关看了看李文亮，不解地问："李干事，你是真不明白，还是故意佯问？现在全旗、全盟、全自治区需要架电修路的地方多的是，国家没那么多钱一下子都解决。娃娃不哭娘不奶，谁和有关部门关系密切，叫喊得响亮，投资就可能先投放在谁的地方。要是直杠杠地等着天上'掉馅饼'，可能到你退休时新召人民还点着煤油灯，走着沙土路！"李文亮摊开双手，说："不管怎样，送礼要把握住个原则，不能听上你，把新召党政班子再给改组了！"张开关正色道："李干事，你说的原则我不知道。我送礼的原则有两条，第一不用阴谋手段损人利己，第二更不会违法损害国家利益。在这两条原则下，为公疏通关系，联络感情，就不会有原则性问题，更不会让奇书记他们犯错误。不然，我们设想的工程可能牛年马月才能上马，想办的企业要么办不起来，即便办起来也不可能存活。"李文亮不服气地说："怎么说，作为共产党员，国家干部，带上礼品去领导家也不是正大光明的行为。"张开关反驳说："毛主席在延安时，还经常给民主人士和党内朋友送红枣、小米、自产的呢料子，难道说他老人家也不光明正大？"李文亮脸红了，奇荣大笑起来，众人赞许的目光一齐投向张开关。

尔吉曼支书张华发言："过去批判'弃农经商'，我就不满意。难道对农民就必须画地为牢，禁锢在土地里？就永远要面朝黄土背朝天，祖祖辈辈唾牛屁股？这不合理嘛。现在改革开放了，农村的富余劳动力可以经商做买卖，可以打工挣钱，可以贩卖货物，让大家都搞活经济，过上富裕日子，我已经给各社开会了，从今往后，只要不违法乱纪，你们想干什么干什么，放任自由。有本事能吃苦的大胆发财，没本事又懒惰的人眼红也活该！"

苏会沟支书张永明说："过去好些事儿，现在想起来可笑。怎能把正常的买卖和长短途贩运，说得那么难听，起名'投机倒把'！要是那样的话，粮食也是商品，不准贩运，城里人还不得饿死？贩运货物，既有风险，又有费用，人力物力贴进那么多，你不让人家挣钱得利，难道让人家给你白干？让人家喝西北风？毫不利己，专门利人的人，社会上根本就没有！如果有，那种人连半年也活不下去。损人利己咱反对，劳动致富咱支持！利己而不损人的人是正常人。不能成天起来斗'私'字，强迫别人做奉献。不能学骚公鸡给母鸡踏蛋，强压硬干。所以，从今往后，村民们只要不犯法，不违纪，就给他们自由，有什么能耐发挥什么能耐，三百六十行，行行出状元，八仙过海，各显神通。"室内一片笑声。

临近中午时分,大家的发言结束了,多数人认识一致。胡志先看了看奇荣书记,奇荣点头,胡志先说:"会议的讨论到此结束,请奇书记做总结讲话。"室内响起一阵掌声。

奇荣说:"听了大家的发言,既受鼓舞,又有启发。我们不能再犹豫了!要立即行动起来,既抓农业,又跑项目,争取投资,早日建设。会议结束后,由胡乡长牵头,办公室操作,写三个材料:《关于新召煤炭资源的考察报告》《关于贷款修左新二级油路的报告》《关于给新召乡通电的报告》。三个报告,要重点强调新召乡有丰富的地下资源,不通路、不通电将严重制约全旗、全鄂尔多斯、全自治区的经济发展。左新公路的业主应是新召乡政府,贷款修路,收费还贷,收费期二十五年。通电的投资应由国家拨款,国家电力部门收取电费回收投资。大自然赋予新召得天独厚的宝藏,我们不能熟视无睹,得过且过,不去开发,不去利用。改革开放使经济发展有了大好时机,我们应紧抓不放!同志们,散会以后,乡党委、乡政府要立即落实会议精神,明确分工,立即行动。各村要相应制定出发展农业、发展经济实体的规划和措施。让新召上上下下都行动起来,一年初见成效,两年看到规模,三年创造效益,牢记上级党政领导对我们的重托,决不辜负新召人民的期望……"

奇荣总结讲话结束后,胡志先看了看党政领导班子各位成员,大家都摆手表示不再讲话。于是胡志先宣布散会。

众人站起身来,正准备离去,奇荣笑着说:"开了一上午会,按以往的做法,要摆上几桌酒席。但今天就不举行这个形式了,等我们把项目跑成,工程正式上了马,再痛痛快快地聚餐吧!机关干部们各回自家。支书、村长和登云同志去我家,给你们吃荞面饸饹炸油糕。"胡志先拽了一下奇荣的衣袖,说:"我有几个月没吃炸油糕了。"奇荣笑道:"好,好,连你一块儿请。"大家相视笑了起来。

## (一百一十六)

冬至已过,元旦来临。张开关和韩文林赶着三辆马车,驮着猪、牛、羊肉、新糜米、大山药来到乡政府。奇荣指示刘军打开库房门,将物品整整齐齐地码在了角钢架上。

早晨九点钟,乡党委、政府领导班子成员以及张开关、李二存、张华和秘书刘军都来到小会议室。奇荣亲自主持会议,议题是给电力、交通以及旗党政领导"拜年。"说是拜年，其实是想汇报工作，疏通关系，让新召及早通电、通路并兴办企业。

奇荣问："张支书，拜年的礼品是咋准备的，花了多少钱，给大家汇报一下。"张开关说："总共准备了三十五份礼品，每一份包括二十斤牛腱子肉、十斤猪瘦肉、十斤山羯子肉、十斤新糜米、二十斤大山药、十斤葫麻油。每份花了一百六十五块钱，共计五千二百八十块，都有条据。""这三十五份礼都送给什么人？""上次和奇书记已经商量过了，我再给领导们汇报一遍。旗党政书记旗长正副职八人，财政局和乡企局正副职六人，交通局、电管局、地质局从旗到盟、内蒙共有正副职二十一人。""礼品的质量怎么样，包装卫生吗？""礼品质量都是特好的。至于卫生吗，都处理得干干净净，连一点灰尘和毛都不沾，都用新买的白塑料袋进行了三层包装，袋子外面都贴了打字机打印的'新召特产'四个字。"奇荣满意地笑了，问领导班子其他成员："你们看还有什么遗漏？"胡志先想了想说："过年了，是不是还应该备办点儿烟酒？"张开关说："这事儿我想过，现在五十三度的茅台酒每瓶三十二块钱，中华烟每条七块二毛钱，每份按两瓶酒，两条烟计算，这要增加两千七百四十四元开支。旗烟酒公司有现货。"奇荣说："到旗里时，我看连烟酒都买上，大气点儿，不要让他们小看咱们农村人。但是记住，烟酒上也要贴上新召二字，让领导记住咱。"奇荣又问："交通工具怎么解决？"张开关说："我和旗运输公司联系了，雇了三辆小客货车，三辆车每天一百五十块钱。"奇荣高兴地说："张支书，你办事够精明的！你知道为什么把你任命为招商委员会副主任吗？一是因为你是全旗的模范支书，任过旗革委会常委，算个名人，办事来劲儿。二是你考虑问题不但精细周到，而且敢作敢为。"张开关不好意思地摆了摆手，说："奇书记高抬我了，我是个农民、铁匠，有什么本事。领导们指挥我跑腿就行了。"奇荣又说："咱们这次拜年分为三个组。除了礼品外，切记要带上相关的文字报告，呈送给领导。第一组去旗委、政府和电力系统，由我和张开关、刘军组成。第二组去交通系统，由胡乡长、李二存、韩文林组成。第三组去乡企、财政局，由王维新和李文亮、张华组成。拜年的礼品，既要让领导知道，又不能在外人面前显摆。防止有人钻空子，说咱送贿赂，给领导惹是非。好啦，联系货车，明天下午两点半准时出发。"

第二天下午两点半，新召乡三个拜年组的人员分乘三辆满载礼品的小客货车，浩浩荡荡从新召出发。十几个村干部和村民跑来观看，给乡政府喂马的老黄说："人怕敬，鬼怕送，这么多的东西送给当官的，肯定给咱新召办大事。"众人不置可否。

太阳快落山时,一行人来到烟酒公司,买了茅台酒和中华烟。然后在旗招待所登记了三个三人间,凑合着住了进去。刘军问奇荣:"晚饭怎么安排?""好安排,每人去招待所食堂打上一份大烩菜,既经济又实惠。""要不要喝点儿酒?""嘿,千万别喝酒!要是让领导闻到酒味儿,印象多不好!"刘军吐了下舌头,退出了房间,通知大家去食堂吃饭。临出门时,大家把礼品都搬运在房间,锁好门,然后才放心离去。

晚七点钟,三个组分别坐着车,带着礼品和相关的文字报告,开始出发。奇荣告诫大家:"送礼时,先派人进去看看领导在不在家,家中有没有客人。如果领导不在家,或家里有客人,就在外边等待。等领导一个人在家时,再进去送礼拜年,呈递相关的文字报告,提出相关的要求。记住,两人进去拜年,一人在外边看守货物。"张华说:"领导门口还能丢了东西?"奇荣说:"嗨,你没听说过?去年春节前的一天晚上,人事局的干部刘长发用自行车驮着一个羊骨碌,去给旗委祁书记拜年。他倒是存了个心眼儿,怕书记不在家或者家里有客人。于是就把自行车立在大门口,自己先进院子眊瞭情况。祁书记眼尖,看见院子里进来人,就起身走到门口,推开门一看,是人事局秘书刘长发,就问:'长发,你有事?进屋说吧。'刘长发讨好地说:'祁书记,我给你驮来一个大羊骨碌,放在哪里好?'祁书记说:'不用了,你自己吃吧。'刘长发说:'已经驮来了,在大门口,我给你抱进来。'祁书记说:'嗨,麻烦你。不行就抱进凉房里吧。'说完就去开凉房。凉房打开后,祁书记站了好一阵,冷得浑身打颤,也不见刘长发进来。走出大门外,眊瞭见刘长发在巷子里慌慌张张,东张西望,于是就轻声喊道:'长发,你干什么去了?'刘长发听见祁书记叫喊,忙跑过来,气急败坏地说:'我给祁书记驮的羊骨碌,不知是哪个贼圪泡,乘我进院和你说话的空儿,就给偷走了!'说完,一脸尴尬,后悔不已。祁书记眄了刘长发一眼,一句话不说,返身回屋去了。"张华听得睁大了眼睛,惊叹道:"还有吃山神爷的狼?"张开关哈哈大笑了起来,说:"奇书记提醒得及时,咱不能犯这种错误。"众人点头称是,分头出发。

奇荣一行坐着小客货车来到祁书记家门口,奇荣说:"刘军和司机负责看护车上的东西,我和张支书先进屋里去。如果需要搬礼品,我们出来通知你们。"说完,就推开大门,走进院子。隔着玻璃窗户向里瞭,看见客厅里祁书记和老婆正在看电视,没有外人。奇荣加快脚步,走到屋门前,轻轻敲了两下门。不一会儿,祁书记老婆开了门。奇荣问:"祁书记在家吗?""在家,你们进来吧。"奇荣在前,张开关在后,走进客厅。祁书记抬头一看,说:"啊呀，二位光临，请坐。"奇荣笑着说："快过新年了，有些工作上的事想给祁书记汇报一下。顺便带了点儿新召土特产，给您拜个早年。""唉，汇报工作你随便来，拜年也可以，但东西不要带。"奇荣不好意思地说："已经带来了，还能再拿回去？也就点土特产，表达一下新召人的心意。"祁书记好像为难地说："好吧，这次就这样，以后就不要带东西了。"奇荣听到祁书记放话了，忙和张开关走出客厅，快步来到大门外，大家一齐动手，把礼品抱进院内。这时，祁书记老婆已经来到凉房门前，开了门，让众人把礼品搬了进去。刘军返身出了院子，和司机坐在了车上。奇荣和张开关随祁书记老婆又进了客厅。落座后，奇荣从公文包里取出三份材料，双手递给祁书记。祁书记戴上老花镜，开始看材料。看了一遍还不行，又仔仔细细地看了第二遍。然后摘下老花镜，闭目思索了好一阵，才睁开眼睛看着奇荣和张开关，说："你们的思路很好！新召的煤炭资源远近闻名，只是还没有经过地质部门的精细勘探。不过这不要紧，过完年我马上请他们动手勘测。修路架电的事，需要政府和党委开会研究。如果会议通过了，就正式给你们立项。你们拿着立项文件可以向银行贷款修路，将来收费还款。架电是由政府拨款投资，不用担心。"奇荣望着祁书记，说："这么说，祁书记已经同意我们的报告啦？"祁书记笑了起来，反问："你说呢？"奇荣兴奋地说："祁书记高瞻远瞩，英明决断，新召人民谢谢您了。""嗨，不用谢我，应该感谢老天爷给新召蕴藏了丰富的煤炭，感谢党和政府改革开放的好政策。好好干吧，争取几年之内，让新召的经济翻番。""祁书记，你啥时候来新召视察，亲临现场给我们指点指点。""过完元旦吧。"祁书记看着张开关说："你过去是农业战线上的模范，现在又想当工业战线上的模范？"张开关赧然一笑，说："我不懂办矿，能当什么模范。"祁书记说："实践出真知，只要干，就能变成内行。"奇荣说："祁书记，我们的想法已经说清楚了，请您当成全旗最大的事加以考虑。不打扰您了，我们回去。"说完，就和张开关站起身来，向门外走去。祁书记亲自送他们到门口。

奇荣一行来到巴旗长家大门口。奇荣下了车，说："把车开到东墙下，我进去看看情况。"于是独自一人进了院子，轻声慢步来到东窗户前，向西边的客厅里张望：有客人！好像是柴登乡的书记和乡长，正两膝并拢，身子前倾，谄媚地给巴旗长说着什么。噢，柴登那地方是个牧区，也是路、电不通，敢不是也来争取投资吧？哼！那地方除了草场比新召大，牲口比新召多，再有个甚！地底下除了石子石头，什么也掏不出来，有什么道理抢先要投资？但是，干甚也有个先来后到，只能耐心地等待这两个厚脸皮鬼说完话，咱才能进去。于是，奇荣又沿着东边的暗影，慢慢走出了院子，来到东墙下。张开关问:"家里有别人吗?"奇荣轻声说:"有,柴登的乡长、书记正在游说呢。咱在车上等着吧。"说完就上了汽车。大家在车上等了二十多分钟,刘军说:"我下去看看吧,这两个人怎么还不出来。"刘军走到大门口时,从门缝里向里张望,见客厅半拉着窗帘,瞭不见里面的人在做甚。于是轻轻推开大门,大着胆子走了进去,也是顺着灯光照不着的地方,来到东窗下,朝着窗帘未遮住的地方一眈:啊呀,巴旗长和那两个人端着酒盅,就着凉菜,吃喝开了。刘军猫着腰原路返回,来到客货车上。奇荣问:"那俩人还走不?""嗨!不但不走,还喝开酒了呢!"奇荣奇怪地问:"刚才还端端正正地坐着,咋一会儿就吃喝开了?""谁知道呢,大概是西部牧区人爱喝酒,巴旗长碍于情面,招待招待嘛。"张开关说:"这吃喝开来,就没法估计时间了。要不,我们先到那几个副旗长、副书记家里去?"奇荣说:"不行,好不容易旗长在家,说什么也要见着他。要不然,再去找他,他不是家里有人,就是睡了觉,或者出了差,就更麻烦了。"大家觉得奇书记说得有道理,就不再言语,默默地坐在车上耐心等待。又半个多小时过去了,大门口连个人影儿也不见。数九天,冻得几个人脖子生疼,车窗上也要结冰了。司机建议发着车,吹吹暖风,奇荣说:"车发动起来,响声太大,不要惊动了四邻。"于是,大家只好裹紧衣服,继续等待。又过了半个多小时,几个人开始瑟瑟发抖,清鼻涕也流出来了,才见大门口走出两个人来,巴旗长站在门口,说了几句话,将他们送走。奇荣赶快走下车来,刘军和张开关忙着从车上搬礼品往大门口运送。奇荣进了院子,巴旗长已经进了屋。奇荣忙撑上去,敲了敲门。巴旗长奇怪:怎么走了的人又回来了?开门一看,原来是奇荣,问:"你什么时候来的?快进屋。"奇荣说:"已经在门外等了快两个小时了。""那你为什么不进来?""我看见有人和您谈工作,不好意思打扰。""外面还有人吗?""有,是新召支书张开关和秘书小刘。给您带点儿土特产,拜个早年。""以后你们来就行了,可不要带什么拜年礼品。""嗨,就点儿土特产,是新召人的点儿心意。"这时,巴旗长老婆走了过来,巴旗长示意老婆去开凉房门。奇荣和巴旗长都进屋坐在了沙发上。巴旗长给奇荣倒了一杯茶,递了一支烟,说:"你是不是还有别的事儿?"奇荣说:"有,还是一件大事儿!"说着,就打开公文包,取出文件材料,双手递给巴旗长。巴旗长接过材料,认真阅读起来。这时,巴旗长老婆走了进来,巴旗长问:"那几个人呢?快让他们进来吧,外面太冷了。"巴旗长老婆说:"我让他们进屋,他们说什么也不肯。在院子里'阿嚏,阿嚏'地直打喷嚏!怕给你传染上感冒。""唉,在外面待了两个多小时,肯定是冻感冒了。你快去咱药柜里,给他们拿上一盒康泰克,吃两片就好了。"老婆应声去取。这时，奇荣的嘴也张开了，鼻子直痒痒，他赶忙站起身来，跑出门外痛痛快快地"阿嚏"了一阵，才返回屋里。这时，巴旗长已将报告阅读完毕，说："你们的想法很好，元旦后我们马上开会研究，你们听消息吧。"奇荣说："新召的路、电能否开通，关系到新召的煤炭资源能否开发，事关新召、鄂左旗和全盟的经济建设。请巴旗长尽一切力量，使新召的路、电项目早日开工。"巴旗长说："你放心，我会尽一切努力的。"奇荣还想说什么，又觉得鼻孔发痒，忙说："巴旗长，谢谢你了。我回招待所吃感冒药去呀。"巴旗长说："去吧，回去赶快吃药，早点儿休息。"奇荣忙不迭地跑出屋外，又阿嚏阿嚏了一阵，然后出了院子，与其他人一起坐车回招待所了。

回到房间，四个人每人吃进二片康泰克，喝了几杯热开水，躺在床上迷糊了半个多小时。奇荣看表，已经十点多钟了。想了想，领导们也要睡觉了，不能再去打扰，就对刘军说："告诉张支书和司机，把车上的物品搬回屋里，今天哪儿都不去了，睡觉吧。"大约十一点半钟，王维新、胡志先他们也回来了，推开奇荣的房门，奇荣说："今天就这样吧，睡觉吧，我们都感冒了。"王维新和胡志先关好门，把没送出去的礼品都搬回屋里，也休息了。

给盟旗两级有关领导"拜年"，一共用了五天时间。第六天傍晚，奇荣带着大家，来到自治区首府。

晚七点钟时，王维新和李文亮、张华去了地质勘探局，胡志先和李二存、韩文林去了电管局，奇荣和张开关、刘军去了交通局，并且约定，拜完年在汽车站候车大厅集合。

晚十一点半，大家陆续来到长途汽车站候车室。各组拜年时，有的领导家里有客人，等待客人离去，费了很长时间。有的领导干脆出差没回来，只能等两天。奇荣说："刘军，你去旁边旅馆给咱们登记上六个房间，一会儿咱去休息吧。"刘军奉命走了出去，大家坐在长条椅子上等待。半个小时后，刘军回来了，说："我走了三个旅馆，从现在开始到明天中午十二点钟，都要按一整天收取房费。我说，现在已经过了十二点钟了，应该按半天计算。旅馆服务台的工作人员说什么也不行。后来他们说，你们要是早晨八点钟来登记，可以住满二十四小时为一天。"张开关说："不到八个小时就给他们缴上一整天的房费，太不划算了。依我看，给奇书记、王书记、胡乡长和三位司机登记房间就行了，剩下咱们六个人在候车室长条椅上凑合几个小时算啦，等早晨八点钟再登记。"奇荣看表，已经快凌晨一点钟了，就说："我提个建议，你们不要有看法，干脆咱都在这长条椅上凑合上几小时算啦。三辆汽车打在一块，每人在车上守候一小时，轮流照看，行不行？"胡志先说："怎么不行，六七个小时的事，一迷糊就过去了，何必掏那冤枉钱！"接着，王维新、李文亮、韩文林、刘军也都表示同意。三个司机笑了，其中一个说："你们能行，我们无所谓，司机汉出远门，甚苦没吃过，前两个小时，由我们司机看车，剩下的时间，你们轮替。"奇荣高兴地说："好啦！同甘苦，共患难，苟富贵，勿相忘！"大家笑说着，分别躺靠在椅子上。

　　大约凌晨两点钟时，大家被一阵喧闹声吵醒。张开关揉了揉眼睛，坐起身来，一看：是公安局的四五个巡警进来检查。有两个年轻巡警手里提着警棍，哼喊着让睡着的人立即站起身，掏出身份证件来！并不时地将警棍的电源接通，用棍头上的电火花诈唬人。有一个巡警见奇荣坐着不站立，就走过来，大喊道："站起来，你什么人？"奇荣慢吞吞从怀中掏出介绍信，递了过去。年轻巡警看了看，不屑地说："乡干部？乡干部也要接受检查，站起来！"奇荣说："看了介绍信还不行，要搜身？"年轻巡警怪声怪气地说："怎么，你以为我不敢搜你的身？"一边说，一边就要动手，正在这时，一声怒吼响彻大厅："住手！小小年纪，妄自尊大！你知道他是什么人？"年轻巡警吓了一跳，掉头一看，是个深眼窝、高鼻梁、方面大耳的老年高个儿汉子，不觉吃了一惊，反问："什么人？敢抗拒检查？"奇荣看了一眼张开关，只见他两眼紧盯着年轻巡警，正色道："你已经看过介绍信了，他是我们乡党委书记。检查可以，但不许你随便搜身！人民警察为人民，不能知法犯法！"年轻巡警想说什么，一时想不起来，只好把警棍的电源接通，棍头上的电火花儿"啪啪"作响。张开关厉声喝道："收起你的警棍！这是对坏人的，不是让你拿它对人民的！"正在这时，一个岁数较大的巡警走了过来，将年轻巡警推在了一边，拿过介绍信看了一阵，奇怪地说："出公差还睡长条椅？啊呀，不简单。"说完，将介绍信还给奇荣，向其他巡警摆了摆手，走出了候车室。奇荣和众人看着张开关，都笑了。

　　早晨八点钟，奇荣一行几人正式登记住进了旅馆。

　　中午，王维新一行三人来到地质局何副局长家。进门后，何副局长问："你们从哪个旗来？找我有事吗？"王维新说："我们从鄂左旗新召乡来，给何局长拜个早年，带来点土特产。"何副局长说："带什么土特产，有事儿说事儿就行了。"王维新一脸朴实，说："要过年了，空手来何局长家，我们哪好意思。没什么好东西，就是基层群众点儿心意。"何副局长笑了，说："那就放在南房吧。"王维新点头走出屋子，保姆拿着凉房钥匙跟了出来，李文亮和张华把礼品一件一件地抱进凉房，然后和王维新一起走进何副局长家中。何副局长笑着说："坐沙发上，先喝点儿热茶。"王维新三人正准备落座，何副局长夫人和保姆提着三个小木椅走了过来，一溜摆在了茶几旁，说："坐这上边吧，也挺好的。"何副局长瞅了夫人一眼，很不高兴地说："我们谈事儿，你们回里屋吧。"一边说，一边拆开中华烟，递给三人各一支。王维新掏出打火机正准备点烟，何副局长夫人尖叫起来："哟！我们家是无烟室！"王维新赶快将火熄灭。李文亮和张华也把伸进兜里的手抽了出来。三人同时将烟放在了茶几上。何副局长不高兴了，看着夫人说："这是我的客人，不许你瞎掺和。"夫人和保姆悻悻地回屋去了。何副局长说："你们肯定还有事，说吧。"王维新从包里掏出写好的报告，双手递给了何副局长，何副局长戴上了眼镜，细细地看了一遍，说："你们的提议很好，鄂尔多斯到处是煤，是该精查了。过完年，我们就上会研究，你们等好消息吧。"王维新说："谢谢何局长重视。"何副局长说："不用谢，这是我们的工作。"说完，又询问了新召的一些其他情况。王维新识趣地站起身来，说："申请报告给您放下，情况也说清楚了，我们回旅馆呀。"何副局长也不挽留，把三人送出大门外，看着三人远去。

  中午，奇荣一行十二人围坐在一张大圆桌上，点了六个炒菜，一盆大烩菜，一盆大米饭。王维新看着李二存，说："你的嘴唇怎么肿得这么高，鼻子也通红。"张开关和刘军几个人都笑了起来，韩文林说："上午去电业局打问石局长的住址，走在办公室大门前，李支书没看清大玻璃，以为人家不安门，直冲上去，'嘭'的一声，鼻孔流血，嘴唇变成了猪嘴。"李二存抽搐着脸蛋，微微张开嘴，嘟囔道："活了几十岁，没见过整扇门都是玻璃，闪戏得他爷脸也碰出血了。"张开关笑着说："好事，好事！"李二存斜了他一眼，说："碰出血来了，还好事？"张开关一本正经地说："这叫见红有喜，咱新召用不了多久，就要通路通电了！"众拍起手来，李二存不由得也拍了几下。

## （一百一十七）

  大地回春，惊蛰又来。三月五日，上级部门正式发文，批准了左新公路和新召的通电项目。左新公路分为二级主干线和三级辅路两条线。主干线预计投资两千三百万元，由鄂左旗公路段承建。三级辅路预计投资一千七百万元，由新召乡办企业承建。主、辅道的资金来源均为银行贷款，公路修成后收费还贷。通电工程由国家投资。

  奇荣找胡志先谈话："有一件大事儿，咱俩先统一一下认识。"胡志先问："什么大事？"奇荣从文件夹中取出一张红头文件，递在胡志先手中，胡志先手捧文件细看，是上级政府《关于禁止政府官员在企业中兼职的通知》。胡志先一连看了两遍，然后问："奇书记，你是怎想的？"奇荣说："我们申请的修路项目已经批准由新召乡办企业承建，这就需要注册一个公司，这个公司里应有董事长、董事、监事和总经理。我的意思是，我们乡政府领导就不要在公司里兼职了，另外选拔一些德才兼备的同志在里面任职，让他们具体去操作，我们加强监督指导就行了。"胡志先惊愕地问："奇书记，这能行吗？这么大的项目，我们不亲自参与，出了问题怎么办？"奇荣说："我也这么想过，但想来想去，觉得不能违反上级规定。实在不放心的话，由你出任董事长，别的领导就不兼职了。"胡志先摇了摇头，说："不行，我对修路一点儿也不懂。再说了，你是一把手，要兼职，也应该你去兼。"奇荣说："胡乡长，我看就你兼任吧。"胡志先坚决地说："那不行，只有奇书记兼任，大家才放心。"奇云思考了一会儿，说："既然胡乡长这么信任我，那董事长就由我兼任。"胡志先说："那还有董事、监事、总经理呢，让什么人担任？"奇荣说："董事就由各大队支书担任，监事可以由王维新兼任。至于总经理嘛，我反复考虑了几天，衡量来衡量去，觉得张开关最合适。你想想他搞建设那个不屈不挠劲儿，三战苏会沟、神山穿山水利工程，哪一样不需要坚强的意志和能力？况且这人也廉洁，当支书几十年了，也没听说他有贪腐行为。他过去还进过旗革委会常委，资格也够。"胡志先惊讶地望着奇荣，说："他是个农民，连国家职工都不是，你说能行？""现在在改革开放了，什么个体、国家，只要能干事，谁都能上，没那么多框框。"胡志先低头思考了好一阵，终于赞同奇荣的想法，说："好，就按奇书记的思路办。那么，公司的名称怎么叫？"奇荣说："就叫'新召乡经济开发有限公司'，简称'新经济公司'。"胡志先点了下头，表示同意。

奇荣心情愉快，赶快召集了党政领导成员和各村支书、村长会议。奇荣首先宣读了上级关于路、电项目的批准文件，然后说："通电、通路是改变新召以及整个儿鄂左旗面貌的大事，决不能等闲视之。特别是文件中提到由新召乡办企业承建三级辅路的事，更不可小觑！咱们谁也没修过柏油路，这里面有一系列难题等待着我们。为此，我经过反复思考，觉得需要注册一个正规的公司，来承揽路电工程和今后办企业的相关事宜。公司叫什么名字呢？就叫新召乡经济开发有限公司，简称新经济公司。公司设董事长一人，董事八人，监事一人。其中董事中有一人兼任总经理，在我们参加会议的人员中选举产生。我的意见是要保证七个村都有一名董事。国家有规定，行政领导不宜兼任企业经理。所以，董事长暂可由行政领导担任，总经理就在支书、村长中产生吧。公司的管理人员选举产生后,很快去旗工商、税务、银行以及相关部门注册登记,领取营业执照和相关证件。然后以公司名义正式向银行申请贷款。这一系列的事都要抓紧进行。请大家发表意见吧。"会场上一阵骚动,议论纷纷:"怎想起在村长、支书中选总经理,合适吗?""这么重要的职务,一个农民能担当得起?敢不是要选张开关吧?那人倒是有本事,人品也不赖。"

胡志先首先发言:"我同意奇书记的意见。具体人选嘛,我推荐个名单,大家考虑。董事长由奇书记兼任,监事由王维新副书记兼任,七名董事在七名村支书中产生。至于总经理嘛,我们乡党委几名领导反复研究推荐张开关担任。张开关搞过苏会沟、神山水利大工程,有魄力、有能力,当过旗革委会常务委员,经组织上多年考核,也是一名廉洁奉公的支书。所以,请大家选举时考虑。"

王维新说:"发纸条吧,让大家把愿意选的人写在上面,然后在小黑板上唱票。"

奇荣说:"应该是这样,由刘军和韩文林发票、唱票。"刘军拿过一沓纸条,开始发放,韩文林去取小黑板和粉笔。

十几分钟后,选举结果出来了:董事长奇荣、监事王维新、七名董事为七个村支书。张开关当选为总经理。

张开关并没有感到意外,因为书记、乡长都找他谈过话了。

奇荣说:"新经济公司将来有一个路桥收费站,再办几个煤矿,搞点儿第三产业,就上规模了。这是个股份公司,上一次全乡村民和干部缴的钱算一部分股份。但这点儿钱远远不够。下一步自愿入股,不强迫,不限额。当务之急是我们需要一定的注册资金,不然连公司证件都办不下来。这笔钱至少需五十万元,怎么解决,大家讨论。"

张开关说:"以七天时间为限,让机关干部和村民自由集资。要给村民们开会讲清楚公司的性质、规模和发展前景,由他们自己决定出资的多少。"

其他村干部没有不同意见,会议开到十一点半,人们各自回去。

一周后,新经济公司集回现金三十二万元。张开关找奇书记商量,奇书记决定:由新经济公司向乡政府借十八万元现金,以后连本带息还给乡财政就行了。

半个月后,新经济公司正式注册成立。贷款修路的消息不胫而走,许多路桥公司闻讯而来。

晚饭后,奇荣开始翻阅《公路质量手册》《公路造价一本通》《桥涵施工一本通》，正看得入神，忽然听到敲门声，声音不大，但沉稳清晰。奇荣来到门前，问："你是谁？有事吗？"门外人回答："我是包头腾达公司老王，找奇书记商量点儿事。"奇荣开了门，见门外站着一位四十多岁的汉子，肩上挂着公文包，跺了跺脚，微笑着跨进屋来，和奇荣握手寒暄："奇书记，您好。"奇荣将他让到沙发上坐定后，倒了茶，递了烟，问："你找我有什么事？"来人说："我们想承包左新三级公路的建设，特来找奇书记商谈。"奇荣说："这事你不应该找我，我虽然兼任公司董事长，但具体的事儿都是总经理管，特别是招、投标的事儿，都由他们操作。"老王笑着说："奇书记是董事长，能不管事儿？这么重要的工程就完全交给一个大队支书？"奇云严肃地说："你可不敢小看我们那个大队支书，他原来是旗革委会常务委员，县级干部，比我的官大一大截儿。他是全鄂尔多斯的模范支书，大工程搞过好多个，能力大着哩！"老王问："这么说，左新三级路就是张开关负责了？"奇荣肯定地回答："那当然了，总经理不负责谁负责！"老王呷了两口茶，吸完一支烟，起身告辞。

奇荣又一连顶回好几个路桥公司的人，这些人只好去找张开关。

张开关在"新经济公司"办公室捧着有关公路建设的书观看琢磨。这些书都是奇书记给的，建议他认真钻研，不懂就问。已经是晚上九点半钟了，忽然听到有人敲门。张开关放下书将门拉开，见有一个中年男人手提皮包站在门前。张开关问："你是谁？找我有事？"中年男子说："我叫王进云，是腾达路桥公司总经理。"张开关说："请进来吧。"俩人坐定后，张开关一边给王进云递烟倒茶，一边问："你是搞路桥建设的，有资质吗？"王进云说："我公司证件齐全，有修建一级公路的资质。"说着，就从包里掏出各种证件，一一递在张开关手中。张开关仔细看完证件后，说："从证件上看，你们可以参加左新三级公路建设的竞标。"王进云笑着说："我们不但要参与竞标，而且志在必得。"张开关笑道："能有这么大把握？"王进云满怀信心地说："有，因为我们不但设备和技术力量雄厚，能确保工程优质和进度，而且对合作的朋友，也有实实在在的表示。"张开关笑了，问："怎么表示？"王进云一字一顿地说："我们利润的百分之十，归合作的朋友所得，而且预付朋友应得的百分之八十。""那这个工程你能预付多少？""三十万，而且三天之内就可以到你的存折上。"张开关睨视着王进云，说："哦，王总，你可别怪我套你的话，我实实在在地告诉你，我是不会要你们的钱的。"王进云一脸虔诚，说："张总经理，这是在我们应得的利润中切一块给合作的好朋友，属于朋友之间的馈赠，与第三者毫无关系，根本不伤害国家的利益，怕什么？"张开关摆了摆手，说:"你不要给我解释了。我只想修一条优质的公路,不辜负乡党委的信任,让群众称赞,从没想过给自己从中取利。你参加正常的竞标吧,公平竞争,合理合法。"王进云想了想,说:"张总,看来你有顾虑。这样吧,三天后,我自己开车将现金送到你家,不让第二人参与,你该放心了吧?"张开关严肃地说:"王总,看来你是不了解我。我虽然不敢和雷锋、焦裕禄比,但总是以他们为榜样。钱多钱少无所谓,心安理得最重要。咱俩要是那么办,我会寝食不安,精神崩溃的,这是我的心里话。"王进云不解地看着张开关,真不理解农民里会有这种人。张开关进一步强调:"王总,参与正常的竞争吧,我不可能在私下里和任何人达成任何协议。"王进云有些尴尬,说:"张总是品德高尚、廉洁奉公的好经理,竞标的时候,我们会参加的。"说完,讪讪离去。

第二天晚上十点多钟,又有人来敲门。张开关开了门,走进一位三十多岁的高个子男人,不等张开关问话,就自我介绍:"我叫李海东,是鄂后旗乡镇企业公司总经理。我公司下属的路桥公司,可以建二级公路。听说贵公司要修一条新召到旗所在地的三级油路,特来和张总洽谈。"张开关将来人让座后,一样倒茶递烟,说:"修路的事儿,我们已经在报纸上登了,以招投标的方式确定施工单位,你们如果有意,就按程序办理。"李海东吸了一口烟,说:"按程序是对着哩,可家有千口,主事一人,最后拍板定案的肯定是总经理你呀!"张开关急忙摆手,说:"哎,李总,话说得严重了!既然公开招投标,就要按招投标的程序办事,最后应该是由评标委员会拿出意见来的。"李海东摇了摇头,说:"嗨,评标委员会只是业主的参谋,他们的意见实际上只是个建议,最终决标的还是业主,也就是张总经理你!"张开关说:"我绝对尊重评标委员会的意见。"李海东说:"尊重他们是对的,但新经济公司不仅是工程项目的建设者,而且是投资使用者,资金的偿还者,评标委员会岂能喧宾夺主?"张开关说:"评标委员会是根据《招标投标法》成立的组织机构,它的行为应该是公正、科学、合理、合法的,是对业主负责的。"李海东不屑地说:"理论上是这么讲,可实际操作起来,还是业主说了算。因为评标委员们的利益和业主的利益并不完全一致。"张开关看着李海东,说:"李总你给我开导了这么多,究竟要我怎么办?"李海东说:"张总见多识广,我的意思你早就明白了。咱们合作一把吧。""怎么合作?""从我们应得的利润里,给你切出百分之三十。"张开关吃了一惊,这人比王进云的做派大多了,出手这么大方!李海东见张开关怔在那里,以为张开关在利益面前动摇了,于是打开自己的皮包,从里面取出一个四四方方的包裹来,端端正正地放在茶几上,说:"张总,这是五万块钱,你先收着。等决标以后,我会将剩余的八十五万块钱当天打到你的存折上。"张开关大吃一惊,说:"李总,你真以为我会乘修路的机会给自己敛财吗?你想错了,大错特错了!人过留名,雁过留声。我张开关虽然出身贫苦,当过铁匠,是个农民,但一辈子行得端立得正,把名誉看得比什么都重。当领导为了什么?就是为给乡亲们办事,为了赢得多数人的称赞,让群众在口头给咱立个碑!我那天看报纸,有一则报告说,焦裕禄死了二十多年了,许多农村的老汉老婆子以及城里离退休的干部职工还每年给他上坟烧纸,还站在他的坟头诉说自己的心事,我都感动得又一次流下眼泪!焦裕禄没给子孙留下什么钱财,但留下的精神财富,这个财富是能用金钱买来的吗?贪官刘青山、张子善以及当今那些窃取国家和他人财富的富豪们,有这个财富吗?没有,一点儿也没有,他们是最可怜的穷鬼,是真正的精神乞丐,死后也一贫如洗!焦裕禄虽然只活了四十二岁,但他永远活着,活在人民心里,子孙后代永远受他的福荫!那些非法敛财的贪官和富豪们,自以为活得滋润,其实早已死去,早已腐烂发臭,子孙们也要遭受他们的祸害!好了,我说了这么多,可不是针对你,是想让你明白我的心思。过些天你按时来投标,老张我一样公正地对待你。"张开关的一席话,把李海东震慑得目瞪口呆,半晌儿才缓过神来,感叹道:"张总,有权在手,却不为自己谋利,可惜许多当官儿的与你背道而驰!"说完,站起身来就要离去。张开关急忙将茶几上的那捆钱提了起来,塞进李海东的皮包。李海东垂头丧气地与张开关告辞。

张开关接二连三地又顶回几个行贿者。外界舆论悄然而起,说张开关油盐不进,脑筋僵化,没见过世面,新经济公司不可能发展起来。可是奇荣信任张开关,对人们的议论一笑了之。

新经济公司在包头聘请两名公路建设方面的工程师和一名会计师,加上奇荣和张开关,组成了五人评标委员会。评标委员经过现场勘测和详细计算,制定出了《左新三级公路招标文件》。接着,组织投标单位对工程现场进行了勘测,召开了标前会议。经过招标资格预审,投标、开标、评标与定标的一系列程序,包头公路管理局下设的成久路桥公司得以中标。三月二十二日,新经济公司与成久路桥公司正式签订了合同。

这时候,鄂尔多斯电业局生产部的施工队伍,已经开始给新召乡架设线路。

三月二十五日早晨八点钟,新经济公司总经理张开关、董事长奇荣、副乡长赵宏生、秘书刘军、生产干事韩文林以及五人组成的歌手乐队,赶着三辆车,拉着三个羊骨碌,两头白条猪,五十斤鸡蛋,五十斤葫油,三箱子鄂尔多斯酒，五条子牡丹烟，过河爬坡，一路辛苦，来到电业局施工指挥部。生产部副部长何万山站在帐篷外，瞭见一群人赶着车向驻地走来，估计是新召乡的慰问人员。等一群人走到跟前时，认得是奇荣书记和张开关总经理亲自带队，于是赶忙上前握住了奇荣和张开关的手，说："领导们亲临现场，谢谢！"奇荣说："你们从城里来到乡下，风餐露宿，带来光明，我代表新召一万三千居民，要好好地感谢你们才对。"说完，又将身边的人给何万山一一作了介绍。然后说："车上拉点儿慰问品，都是土特产，表达点儿新召人的心意。"何万山说："我们有生活车，每天往回买粮、买副食蔬菜，以后你们就不要费心了。"张开关说："野外施工艰苦着呢！工人们需要什么尽管作声，不要客气。"何万山掉头向厨房喊了一声："老胡，新召领导来慰问咱们了，招呼两个人，把慰问品搬回库房去。"炊事员老胡和两个年轻大师傅从帐篷里钻了出来。西边急步走过一个人来，可能是伙食管理员，大家动手，将慰问品搬进了库房。何万山说："中午咱们一块吃饭。猪肉炖粉条，大米饭，再炒几个菜，上点烟酒，会一顿餐。"奇荣说："工人们中午都在这里吃饭吗？""都在这里吃饭，三十多号人呢。""那太好了，我还给大家带来了新召乡著名的歌手和乐队，让大家红火红火，放松放松。""那太好了！奇书记想得真周到。荒山野地里，工人们不但见不上老婆娃娃，就连电影电视也看不上。你带来了文艺班子，正好活跃一下大家的神经。哦，光顾说话了，请大家进帐篷，一边喝茶，一边拉话吧。"说完，掀起门帘，一群人鱼贯而入。

中午时分，施工队的工人陆续来到一个大帐篷内，帐篷内一共摆了四桌酒菜。何万山和三名施工队长以及奇荣、张开关、赵宏生几个人坐在了一个桌上。文艺人员预先吃了饭，就不入席了，专门负责吹弹歌唱。

宴会开始前，何万山把奇荣和张开关一行给大家作了介绍，说明乡党委、政府和新经济公司的领导是来慰问大家，带来了很多慰问品，工人们一阵鼓掌。接着奇荣讲话："电业局的同志们，你们好！我们新召一万三千多居民，盼星星、盼月亮、盼电灯，今天终于盼来了鄂尔多斯电业局生产部的领导和工人弟兄。用不了多长时间，新召人就将告别煤油灯和蜡烛，迎来电器化的光明。新召人的石碾、石磨也将变成文物，被新型的电碾、电磨取代。将来新召的矿藏，也将由于电的引进，从地下顺利地开采到地面。新召的经济建设，将进入一个崭新的时代。电业局的同志们，你们是光明的使者，改革开放的'先行官'。我代表新召人民和新召党委、政府，给大家敬酒，请干杯！"四个桌上的人一齐起立干杯。接着，乐队奏起了《在希望的田野上》乐曲，男女歌手齐声和唱："我们的家乡在希望的田野上，炊烟在新建的住房上飘荡,小河在美丽的村庄旁流淌……我们世世代代在这田野上生活,为她富裕,为她兴旺,为他幸福,为她增光!"女歌手声音柔美,男歌手嗓音嘹亮,工人们报以热烈的掌声。刘志军提议大家听一首歌干一杯酒,众人连声叫好,痛快将杯中酒饮净。接下来,歌手在乐队伴奏下,又连续歌唱了《我们的明天比蜜甜》《我们的生活充满阳光》等歌曲。这时,工人们提出了要求:"流行歌曲唱得不少了,来点儿'二人台'和'蛮汉调'吧!"张开关赞成:"是的,来点儿咱本乡本土的民歌吧。"乐队歌手会意,先奏《走西口》,歌手唱道:"二姑舅捎来一封信,他说是西口外边好收成,我有心那个走呀么走西口,恐怕玉莲不呀么不依从……"接着又连续演奏歌唱了《五哥放羊》《三女拜寿》《打樱桃》《栽柳树》《碾糕面》《绣麒麟》,唱得工人们手舞足蹈。工人丁二云一时兴起,借着酒劲儿,走到男歌手面前,说一声:"兄弟,借你话筒一用。"男歌手笑着将话筒交在丁二云手中,丁二云对着乐队附耳低声一句,乐队就奏起了《德胜西》调,丁二云和女歌手对唱起《烧酒本是美人泪》。

　　丁：你拉上胡琴呀哎哟哟哎哟哟他哨上梅,
　　　　我们二人抖两声哎哟哟哎哟哟二流水。
　　女：烧酒本是呀哎哟哟哎哟哟五谷水,
　　　　先伤筋骨哎哟哟哎哟哟后伤髓。
　　丁：烧酒本是呀哎哟哟哎哟哟迷魂汤,
　　　　喝得多了哎哟哟哎哟哟舌头长。
　　女：烧酒本是呀哎哟哟哎哟哟美人泪,
　　　　好媳妇名下哎哟哟哎哟哟双腿腿跪。

　　一曲终了,工人乔三要又跳上前与歌手和着《韩庆达瓦》调,对唱起《哥哥不来捎句话》:

　　乔：人在外边心在家,家里丢下一枝花。
　　　　有心回家看一看她,公务在身不由咱。
　　女：哥哥你上路我上房,手托住墙墙泪汪汪。
　　　　哥哥走出二里半,妹妹还在房上站。
　　乔：马儿不走鞭子打,哥哥给你捎句话。
　　　　牤牛河两岸沙套沙,眊妹妹能累死一匹马。

女：石榴榴花开石榴榴树，实心心留你留不住；
　　好马快蹄路通天，这一遭走了多会儿见。

就这样，前后有五个工人上前和女歌手对唱，场内高潮迭起，难以抑制。何万山几次提出要上饭，都被工人们的红火热情打断了。大师傅没办法，只好把饭菜又热了一遍，才瞅机会把饭菜端了上来。等到大家吃完饭时，已经是下午三点半钟了。工人们休息了半小时，四点多钟恋恋不舍地和慰问团招手告别，到工地干活儿去了。

四月初八，成久路桥公司开工建设左新三级公路。张开关和新经济公司的有关人员，带着物品，及时到指挥营地对施工队伍进行了慰问。

新经济公司从旗交通局聘请了两名质量管理员。同时，张开关、王维新、韩文林组成了三人质检小组，张开关任组长。

根据三级公路的建设要求以及新经济公司和成久公司签订的修路合同书，张开关、王维新、韩文林每星期去公路上检查修路质量和进度两次。为了行走方便，张开关骑着一匹大黑马，韩文林和王维新两人骑着乡政府的幸福牌摩托车，一前一后，在左新三级辅道线上检查巡视。

八月二十八日的一天，成久公司开始全面铺设水泥石灰垫层。大清早，张开关和王维新、韩文林就来到施工现场，沿着各个工段走去。王维新突然对韩文林说："停车，过去看看那是什么水泥。"韩文林熄火停了摩托车，俩人来到一个大帐房前，往里一眄，一块儿大苫布下好像堆放着水泥，揭开苫布看了看水泥的外包装袋，上面清清楚楚地写着："宝山县奇优水泥，标号325。"韩文林惊讶地说："咋能用奇优水泥？上个月我买了两袋子抹凉房，一个星期还没凝固好，就像蒸熟晾冷了的糠窝窝。"正说着，张开关也下马走了过来，问："怎么回事？"韩文林说："他们用的是奇优水泥，质量太差了！"张开关说："咱合同上写的是西桌子山草原牌水泥，怎能擅自更改？走，去他们指挥部！"说完，跃身上马，来到指挥部。成久公司总经理，左新三级公路总指挥陈再昌迎出来说："张总，怎么黑着个脸，出什么事了？"张开关未予回话，直接走进帐篷。坐定以后，从皮包里掏出合同书和招标文件，说："陈经理，请你看看合同上有关用料方面的内容。"陈再昌拿起合同和文件，扫瞄了一遍，不解地问："用料不会有问题吧？张总发现什么问题了？"张开关冷笑道："陈经理，请你不要揣着明白装糊涂，办企业做生意还是应该以诚信为本！"陈再昌觉得蹊跷，说："张总，究竟什么事，你明说好了。如果是指挥部的问题，立即纠正。如果有人暗中捣鬼，坚决处理！"张开关说:"我们合同上对水泥的品牌和标号是怎么写的?""哎,这不含糊,规定用325号草原牌水泥。怎么了,有问题?""陈经理,你去看看二标段用的什么水泥?""怎么了?他们敢改变水泥的标号和品牌?""你看看就知道了!""好,咱们现在就去。"

四人来到二标段施工场地,走进大帐篷,张开关上前揭开苫布,水泥包装袋上的大黑字映入陈再昌的眼帘,张开关问:"陈经理,这怎么回事?"陈再昌大窘,骂道:"这些龟孙子,上个月开会时,反复强调要用西桌子山草原牌水泥,咋偷偷摸摸地进回来奇优水泥?想反天?"一边骂,一边气呼呼地喊来一个工人,问:"乔凤鸣哪里去了?"工人用手指了指前面的帐篷。陈再昌愤怒地说:"你去把他给我喊过来。"工人扔下手头工具,跑步去了帐篷。不一会儿,乔凤鸣来到陈再昌面前。陈再昌问:"你怎么敢随便更改用料品牌?"乔凤鸣眨巴着眼睛说:"什么品牌?""你还敢装糊涂?是谁让你使用奇优牌水泥的?""哦!我听说这水泥也不错,和草原牌水泥差不多。""怎么?你还狡辩?现在人家张总找上门来,兴师问罪,你去给他解释解释!"这时,张开关三人已经走了过来,听到二人的对话,张开关说:"你是二标段的队长吧?你胆子大得惊人,竟敢明目张胆弄虚作假,搞豆腐渣工程。你自己说说看,有没有资格再在工地上待下去?"张开关又看着陈再昌,说:"陈经理,你觉得这事儿应该怎么处理?"陈再昌看了一眼乔凤鸣,说:"我现在正式宣布,撤掉你二标段队长的职务,卷包回家,接受组织上的调查处理!"乔凤鸣满脸通红,额头冒汗,嗫嚅着说:"陈经理,我有错,请给我一次改正错误的机会吧!"陈再昌看了张开关,张开关气愤地掉过脸去,明显不让步的样子,陈再昌只好加重口气说:"自作自受,谁也怨不得,只能怨自己,接受处理吧!"说完,拽了一下张开关的衣襟,几人相跟上回到了指挥部。乔凤鸣像霜打了的黑豆,灰秋秋地耷拉在那里。

陈再昌给身边的一个职工说:"你立马去通知几个标段的正副队长和质检员,来指挥部开重要会议!"那职工急忙出外骑了个摩托车,绝尘而去。

半小时后,人员到齐。陈再昌说:"现在开一个紧急会议,议题是公路工程的质量问题。众所周知,我们是通过招投标方式承揽了左新三级辅路的建设,和业主签订了合同。既然这样,就应该信守合同,一丝不苟,扎扎实实干好每一道工序。可是事实并不是这样啊,有人弄虚作假,瞒天过海。你们也发现了,二标段的队长、副队长都没来开会,为什么呢?因为他们利欲熏心,擅自将草原牌水泥换成宝山县奇优水泥!这是严重的渎职犯罪行为!刚才,我宣布对他们撤职查办。对这种人,不能姑息迁就,不然遗祸无穷!现在招集大家前来开会,就是重申施工纪律,以乔凤鸣为警戒,杜绝类似事件的再次发生。你们如果还想继续在公司干下去,现在就当着张总的面,表个态吧!"各标段队长先是感到非常惊愕,接着窃窃私语,过了好一阵,才开始逐个表态,基本意思是:一定要把质量和信誉当成企业的生命,信守合同,做好每一道工序,修一条优质的三级公路,交给新召人民。队长们表完态后,张开关说话了:"各位队长,左新公路是鄂左旗党委政府和盟交通局共同批准的极其重要的公路。是连接新召、鄂左旗乃至全鄂尔多斯的经济大动脉,意义十分重大。为此,我们新经济公司不但请了两位内行当质量检查员,而且又由我和王书记、韩干事组成辅助质检小组,我亲任组长。我们会三天两头不断地到工地进行测量、检查。不是夸口,半年多来,我认真研读了公路建设方面书籍,已经掌握了公路建设方面的基本知识,在我面前撒谎捣鬼是行不通的!咱丑话说在前,如果再要出现类似乔凤鸣的事件,我们不但要追究这些人的法律责任,而且要重罚成久公司!这是合同上写清楚的事!"张开关的话掷地有声,铿锵有力,全场人面面相觑。稍停,三个质检员发了言,一面检查了自己没有尽到责任的过错,一方面表明了今后认真把关的决心。最后,陈再昌任命了二标段新的队长、副队长,然后宣布散会。

奇荣亲自绘制了左新公路横断面图,将路面宽度、路肩宽度、边坡线以及沙砾垫层、水泥石灰土、沥青碎石、沥青表面封底的厚度和处治要求,标写得清清楚楚,照样绘制了若干份,交给张开关和王维新、韩文林等人,让他们拿上钢尺等器具,不断地到工地测量监督,以保证公路的质量和进度。

(一百一十八)

张树海被任命为旗公路段党总支书记。

早晨七点钟,他就来新单位报到。单位大院里除了烧水做饭的大师傅老屈,好像再无别人。到办公室前面,发现有一个屋子的门敞开着,门框上挂着木牌子,那是段长办公室,向里一眄,有一个五十多岁的老汉,正坐在办公椅上喝茶抽烟呢。

这是王廷段长。张树海早就听说了,他是公路战线上的老模范。二十岁参加工作,从养路工一直干到段长岗位。工作较真吃苦,不讲价钱,年年先进,一九五八年还参加过全国群英会,见过毛主席呢!

张树海迈步走进办公室,叫了声:"老段长,你好。"王廷放下茶杯,看了看来人，顿时明白，说："你就是新调来的书记张树海吧？"张树海笑着说："是我。"王廷伸出手来，和张树海的手握在了一起，说："你是新召人？张开关是你父亲？"张树海点头，王廷高兴地说："你父亲我认识，是旗里开劳模会议时认识的。那是个实受能干的人，我俩一拉话就放不下。"张树海看了看老段长，中等个子，略有白发，目光和蔼，大鼻大嘴，给人真诚可靠的感觉，就说："老段长，你是老革命，老先进，老模范，以后您好好指点我。"王廷笑呵呵地说："你们年轻人文化高，接受新鲜事物快，我老汉还得向你们学习呢！"张树海赧然一笑，说："您是老前辈，经见的事儿比我想象的还要多，以后要好好向您学习呢！"

俩人初次见面，相互留下了好印象。

八点多钟，张树海在办公室发现窗外飘移过来一中等个子，马脸长发，脸色晦暗的男人来，并且不时地左右窥视，这不是胡向华吗？

张树海走出办公室，胡向华站住了脚，两个人对视了几秒钟，张树海先说话："胡向华？老同学，你咋也在这里？"胡向华的脸上挤出了几道笑纹，说："我调在段上已经一年多了。"张树海看了看胡向华行走的方向，好像是要进副段长办公室。啊呀，这小子该不是胡书倍，胡副段长吧？就问："老同学，你荣升副段长了？"胡向华傲然点了点头。张树海惊问："你现名叫胡书倍？"胡向华又点了点头。张树海笑了，说："你真行，名字也跟着形势起。以前叫胡向华，向着大中华！后来又叫什么胡东生，毛泽东时代新生！现在又叫胡书倍，书加倍往脑袋里擩，成为四化建设的知识分子！哈哈！"胡书倍被张树海数落得满脸通红，不好意思地说："哪里，哪里，以后一个单位共事了，多多配合。"说完讪讪走开。

中午下班后，张树海来到矿管局。张二树问："你去公路段报到了？""报到了，还见到一个老相识。""谁？""胡向华，现在叫胡书倍。""噢，听说了。他在盟师范念过书，毕业后分配在中学当老师，可是他好像知识面很狭窄，只钻研点儿字词句和学生作文的教学，别的黑目不知。""咋的个不知？""我也是听人说，他有一段时间给学生代政治课，照着书本念唯物辩证法。念着念着，突然感叹起来，'咱中国共产党就是高明，创造了辩证法。外国人就不行，连辩证法是红的还是黑的也可能不知道。'有个学生不知趣，当堂纠正，'胡老师，外国也有辩证法，是唯心辩证法，咱这是唯物辩证法。'胡书倍恼了，训斥学生，'不要胡说八道，无产阶级和资产阶级能是一个样儿？'学生不服气，和他辩论开来，一顿争吵，把个政治课闹腾成吵架课。""他这素质，不误人子弟？""正因为素质有问题，招架不住学生的提问,他才改了行。""可人家的行改好了,还当了副段长呢!""他那副段长是咋当的?交通局局长是他姑夫的弟弟,串裤裆当的官儿。""哦,我说呢。""不过你要小心,胡书倍文化素质不高,可是投机钻营、拉拢职工的本事大着哩。听说他惹人的事都推给王段长干,和人的事都往自己怀里搂,有机会就拉选票,恨不得立马就接班。加上上面有靠山,想干的事儿基本无阻拦,真格是得势的耗子赛过猫!"张树海不禁忧虑起来。

  旗政府把建设左新二级公路的任务交给了公路段。公路段成立了"左新二级公路建设指挥部",王廷任总指挥,张树海和胡书倍任副总指挥。张树海负责常务,胡书倍负责生产。

  王廷去了交通厅,聘请技术人员参与左新公路的设计、施工和监理。胡书倍觉得机会来了,在家中摆了一桌酒宴,请来稽查队长章旅和财务股长戚时飞,说:"你们是我最信得过的好弟兄,咱们三人有福同享,有事商量。你们说说看,咱们在左新公路的修建中,应该做些什么工作?"戚时飞想了想,说:"左新公路拨款两千三百万元,太重要了!工程开工后,需要采买大量的原材料,商机无限,利益多多,好多人已经垂涎三尺了,准备争抢这块肥肉。我想,你作为分管生产的副总指挥,应该抓住机遇,既得实惠,又拢人心。"胡书倍皱了下眉头,说:"两全其美,不太好办吧?"章旅说:"什么事情最后都要落实在人头上,只要将用人的关口把好了,其他事情迎刃而解。比如说,左新公路的工段有十二个,需要十二个队长,十二个副队长。段里有点资历的职工都想当。你是分管生产的副段长,副总指挥,应该拿出个主导意见来,多用点儿自己信得过的人。至于下面的用工用料,你也应当直接参与。再在各工段多安排点段里职工的亲戚朋友,让他们都挣点儿钱。这样一来,被重用的人会从内心里感激你,受到照顾的人会从内心里拥护你。他们有了肥肉,能好意思独吞?遇到选先进评模范能不投你的票?年终组织部门来考察班子的成员时,能不给你添美言?王段长已经五十二岁,到了退居二线的年龄了。我敢肯定,你要是操作得好,明年年底,就是咱段上的一把手!"胡书倍忧虑地说:"你们说得简单,王廷现在是一把手,什么事能不请示他?张树海是二把手,负责常务工作,什么事能绕开他?层层障碍,办点儿事难着哪。"戚时飞说:"现在有个好机会,你注意到没有?"胡书倍说:"什么好机会?""王段长出差了,最少也要走三至五天。你趁他不在家的时候,拿出用人方案,开个会一研究,不就妥了吗?""那要是张树海不同意怎么办?""好办!开会时,请狄局长也参加。只要狄局长支持你,张树海能奈你何?"章旅拍手叫好:"时飞说得对,事不宜迟,赶快操作,一定要把事办在王廷回来之前。"胡书倍感激地看着章旅、戚时飞，说："过一两年后，你们两个也该往上提拔了，不能老当个股长。"说完，三个端起酒杯，相互祝愿起来。

晚十点钟以后，胡书倍送走了戚时飞和章旅，自己一个人躲进书房，开始琢磨左新公路所有工段的承包人和工作人员。凌晨一点多钟，终于将方案全部拿出。他长长出了口气，舒服地躺在床上，放心地闭上了眼睛。

大清早，胡书倍就徘徊在狄远化的办公室门口。才七点半钟，狄远化可能正在家里吃早点，等等吧。胡书倍一阵阵担忧，一阵阵激动。担忧的是狄远化万一不同意自己的想法，好事就化成升空的轻烟了，逮不住摸不着，希望就要变成空想了。激动的是，一旦狄远化同意了自己的意见，那这两千三百万的工程不就是自己说了算吗？工程竣工的时候，自己不就名利双收，变成段上的一把手了吗？嘿，嘿！时也，运也，老胡的智谋也！胡书倍不觉手舞足蹈起来。正在胡书倍思绪乱飞的时候，忽然走廊里传来了脚步声。狄远化走过来了，胡书倍急忙迎了上去，问："叔，您上班来了？"狄远化反问："这么早，你有急事儿？"胡书倍虔诚地说："我来给叔汇报一下工作上的事儿。""哦，进屋说吧。"狄远化掏出钥匙，开了门，自己先进屋，胡书倍随后跟进。俩人坐定以后，胡书倍喘着气说："叔，明天早上八点半，我们准备召开个段务会议，研究一下左新二级公路的有关问题，请您参加指导。"狄远化皱了皱眉，说："要是没什么急事儿，就等王段长回来再开吧。"胡书倍着急地说："叔，我们也这样想过，可是，王段长这一走，谁知几天才能回来？现在清明已过，地已消冻，上边限定的工期又是那么紧，我是负责公路生产建设的副段长，要保证工程的按期完成或提前竣工。时间就是效益，耽误不起呐！所以不能再等张三、盼李四了，有些前期工作，必须抓紧进行。"狄远化想了想，说："那你们自己开会研究就行了，没必要我去参加吧？"胡书倍恳求说："叔，你是我们的直接领导，你去给我们把把关，定一定砣，我们放心。"狄远化见胡书倍一副真诚急切的样子，就说："好吧，我明天早上参加你们的会。"胡书倍兴奋地站了起来，说："谢谢叔！"然后兴致勃勃地回段上去了。

胡书倍先来到张树海办公室，说："张书记，刚才狄局长打来电话，询问左新公路的前期工作，我说王段长出门了，现在还什么也没准备。狄局长说，现在天气已经变暖和了，地也彻底消冻了，还能等这等那吗？赶快开个会，把公路建设的前期工作开展起来，该定的事儿赶快定下来，一定要在限期内完成建设任务。"张树海感到一阵疑惑，心想：按理说，应该由王段长主持会议。如果王段长不在，局里头应该先和我这个搞常务的书记打招呼来安排会议，可怎么变成直接给胡书倍打招呼，这不合情理嘛！胡书倍见张树海一副不大情愿的样子，就说："狄局长的意见是，会议在明天早上八点半钟开始，由你主持会议，我做一个工程前期工作的汇报。狄局长准时参加会议，亲自把关。"张树海望着胡书倍，左右为难，无所适从，胡书倍笑了笑，起身出去了。

胡书倍挨个儿找拟定的各工段承包人谈话，大致意思是："经过一年多的相处，咱们互相留下了好印象，所以在左新公路的建设中，决定让你承包一个工段的工程，配合你工作的人员也都定下来了。你很快把下边各个环节的用人数目和需要的机械设备一一确定后交给我，明天上午在会议上研究通过。这件事儿，在会议正式通过前，一定要保密，防止有人从中做文章。"胡书倍很辛苦，中午连饭也顾不上吃，当天就把名单上的人找个遍。有的人不在，就央求人家老婆娃娃遍滩找。到晚上八点钟，胡书倍已经和名单上的所有人谈过了话，效果十分显著，所有被谈过话的人，都发誓紧密团结在胡副段长的周围。

早上七点钟，张树海来到了办公室。他已经知道胡书倍昨天找人谈话的内容，也知道今天会议上要发生的情况，怎么办？能硬着顶吗？不行，自己是刚到任的书记，根基不稳，决不能盲目树敌，随机应变吧。

八点半钟，狄远化带着秘书李建伟走进会议室，张树海、胡书倍等人起立迎接。坐定后，胡书倍看了看张树海，示意会议可以开始了，张树海只好坐正身子，说："王段长不在单位，胡段长说，为了不耽误左新公路的建设进度，急需召开今天的段务会议，并请来狄局长坐镇把关。现在，请狄局长讲话。"大家正准备鼓掌，狄远化急忙摆了摆手，说："会议是你们提议召开的，我就不先讲话了，你们按程序进行吧。"张树海看了看胡书倍，胡书倍就从包里拿出早已拟好的工程承包和招工方案，说："左新公路是我旗的重要工程，王段长十分关心重视，亲自到呼市聘请技术人员。为了不耽误工程的进度，我们在家的同志，按照分工，应积极行动起来，做好分内工作。我是分管生产的副段长，对工程的承包，应安排的工作人员以及工人的招收，机械设备的调用，拟定了一个方案，现在向大家汇报一下，请狄局长和在座的同志们审议。"说完，就把方案逐条进行了公布，其中戚时飞为工程的财务主管，章旅为稽查队长兼人事主管。张树海脸上不由得泛起愠色，心想：胡书倍呀，你太会钻空子了！乘王段长不在，张树海新来，就肆无忌惮地玩弄阴谋诡计，搞起政变来了。当年你做了那么多损德事，就一点儿也不自省？现在又好意思把矛头对准老段长？想到这里，张树海差点说出了否决的话！但一看狄远化的脸色，很平静，像是支持胡书倍的样子。嗨，今天算是上了贼船了，只能跟着贼走了。不然，狐狸没打着，反惹一身臊，刚刚来到新单位，就树起几十个敌人来，那以后还怎么开展工作？好啦，趋吉避凶为君子，识时务者为俊杰，接上鬼音说话吧。于是缓和了脸色，表了态："既然胡段长有这么细微的安排，又有狄局长坐镇，大家就议一议吧。"话音刚落，胡书倍急速地瞅了戚时飞和章旅一眼。戚时飞说："胡段长宣布的方案既切合实际又便于操作，没问题。"章旅说："这个方案的设计，既有科学性，又有现实意义，胡段长不愧为专家内行，我同意。"还有几个参加会议的人员，都是胡书倍方案里的承包人或工作人员，当然满心欢喜，举双手赞成了！这时，胡书倍笑嘻嘻地看张树海，说："大家都发表了自己的看法，张书记也谈谈自己的高见吧！"张树海已被逼到了死角，还能说什么呢？只能强作笑颜，说："我新来乍到，情况也不了解。既然大家认为方案合适，就照着办吧。"胡书倍满意地点了点头，然后期待地看着狄远化说："狄局长，我们都发过言了，您下达指示吧！"狄远化用眼光扫了大家一圈儿，然后郑重其事地说："左新公路事关全旗改革开放的大局，任何参与其中的人都不能掉以轻心！每个人都要把好自己的关口，保证不出问题！按期交工，交高质量的全优工程！为此，在工程准备和施工的过程中，一定要在领导班子的统一指挥下，重视技术和质检人员的意见，脚踏实地，实事求是，反对弄虚作假，抵制行贿受贿，争取在竣工剪彩时，人人都受表扬，个个都立功。好啦，刚才书倍宣布的方案，既然大家都认为可行，我也表态支持。不过，王段长回来以后，你们一定要向他作详细的汇报，征求他的意见。大家的认识都统一了，步调才能一致，工程才能顺利进行。"胡书倍说："这没问题，他是段长，总指挥嘛！"接着，众人又议论了一些与工程有关的其他事儿，就散会了。

　　散会后，胡书倍立即指示秘书冯永昌，将《左新公路工程实施方案》以会议纪要的形式，打印成红头文件，下发各有关股室。冯永昌接过方案草稿，问："文件签发人是谁？"胡书倍说："你稍等，我去问问张书记。"说完，就来到张树海办公室，说："张书记，刚才通过的方案，要以会议纪要的形式下发，文件签发人应该是你吧？"张树海笑了："这方案是你的杰作，我岂敢贪功？签发人是你，不要谦虚了。"胡书倍嘿嘿地干笑了两声，转身给冯永昌安顿去了。

　　三天后，王廷段长回到单位，看到办公桌上放着一份红头文件，标题是《关于左新二级公路工程实施方案的会议纪要》，签发人是胡书倍！内容十分详细，大到工段承包人及配套工作人员，小到各工段用工人员及机械设备。哼！这么大的事，我这个段长、总指挥怎么没参与？章旅和戚时飞怎么没经一把手的同意，就任职了？这是谁捣的鬼？想政变？要造反？王廷愈想愈气，向门外大声喊道："冯永昌，你过来！"冯永昌闻声走进来，王廷说："你把张树海给我叫过来。"冯永昌应声出去。不一会儿，张树海来到王廷面前，王廷劈头喝问："你是搞常务的书记，这个文件是怎么出来的？"张树海说："怎么出来的？是胡书倍把狄远化请在段上，招集一大群人开了一上午会搞出来的。我也是到了会上才知道有这么个方案。"王廷惊诧地问："什么？狄远化也来参加会了？""你仔细看看纪要，那上面写着呢！"王廷急忙戴上老花镜，将文件细细看了一遍，然后呆呆地坐在椅子上，像针扎了的皮球，慢慢地瘪了下来。张树海站了一会儿，说："王段长，没事我走了。"王廷有气无力地说："走吧。"然后一个人闭目沉思起来。

　　上午九点多钟，王廷瞭见院外木桩上拴着一匹黑马，又见有一个五十多岁的壮汉快步向办公室走来。王廷仔细辨认，原来是新召的张开关。于是起身出门相迎。张开关笑着问："王段长好。"王廷乐呵呵地说："张支书好。"俩人进屋坐定后，冯永昌急忙进来倒茶递烟。王廷问："张支书，听说你当了新经济公司的总经理，负责修建左新三级油路？"张开关说："嗨，打着鸭子上架，不干不行嘛。虽然具体施工的是包头成久路桥公司，但业主也要不断地监督检查。我没修过路，以后要向王段长请教。"王廷笑道："你虽然没修过路，但干过的工程可不小。就你那认真劲儿，甚事也难不倒你。"这时，冯永昌已经出去了，办公室只剩张开关和王廷俩人。张开关问："你们二级油路的工作也安排了？"王廷叹了口气，说："不用我安排，早就有人提前安排了。"张开关奇怪，问："你是段长、总指挥，怎让人家替你安排？"王廷叹了口气，说："人家年轻人干劲儿大，后面又有人支持，不需要我操心嘛！"张开关吃了一惊，问："是不是树海不懂事，耧砘跑在了耧头前？""嗨，不是他。""那还有谁？"王廷低声说："有个叫胡书倍的副段长，以前在新召上过学，那时叫胡向华，你可能也认识，他是交通局狄局长的亲属，在左新二级油路管生产。""哦，这后生我知道，可能闹事了。如果他上面有人，你以后可要小心。""嗨，官大一级压死人，没办法。""那你也不能由着他，想做甚就做甚，左新二级油路事关全旗、全鄂尔多斯的经济建设，不是小事。""这我知道。""让树海给你当个好助手，以后多支配他。"王廷忧虑地说："树海没问题，问题在那小子上下关联那！"俩人正说着，树海走了进来，说："爹，你也来啦，中午我请你和王段长吃顿饭。"张开关说："行，就看王段长给不给赏脸？"王廷呵呵笑了起来。

## （一百一十九）

　　中午下班，李海洋提着两瓶酒，一条烟，哼着曲儿，轻身快步地跨进家门。媳妇翠兰正往桌上端着饭菜，见男人这么乐呵，还有点飘飘忽忽，像遇到什么大喜事儿似的，就问："什么喜事儿，把你浪成这个样儿？"李海洋神神秘秘地看着媳妇，卖开了关子："我赌博赢钱了。"翠兰则瞥了他一眼，讥讽道："你还能赢钱？谁不知道你是公路段的大铜头。今年的牛不用杀，请你往死吹吧！"李海洋笑道："你不要拿老眼光看人，我真遇上好事了！""什么好事儿？走路捡到金子啦？不可能！就你那超头架脑的样儿，踩不上狗屎算是幸运的了，还梦想捡钱？""嗨！你猜！我走花运了！""走什么花运？套上好媳妇闺女啦？看我抽死你。""嗨！老婆大人，我说错了，不是花运，是财运！"翠兰放下碗碟，一本正经地看着男人，说："不要油嘴滑舌了，究竟遇到了什么事？"李海洋这才稳住了神，说："我在左新公路工程上中了第五段的大标，是十二个标段中最大的标，总投资三百二十万元，你说是不是财神爷到咱家了？是不是咱家的大喜事儿？"翠兰不解地望着丈夫，说："我就奇怪了，王廷和你的关系一直僵硬着，咋能把最重要的工程交给你？"李海洋乐呵着说："谋事在人，成事在天！这次招标会议，老家伙正好出门了，是胡书倍主事。""可是胡书倍和你的关系也一般化呀。""这你就不懂了，他和我的关系是一般，可他和人民币的关系就不一般了！""你吹牛，你敢冒冒失失地给他送钱？""不瞒老婆你，自从上面决定修左新公路以来，我就动上了脑筋，私下里主动靠近胡书倍。我知道这个人不但和狄远化沾着亲，而且鬼心眼儿特别多，肯定能在左新工程上说响话，于是就提前给他送了钱，这次又给了四万块。"翠兰一听四万块就急了："你给他送那么多钱，就不怕他说你是行贿犯？你可不能割了驴毯献财神，财神没和下，驴也给割死啦！"李海洋嗤笑道："亏你还来到世上几十年，甚事也不明白！狗不咬拉屎的，当官的不打送礼的，知道不？""那你不等开工就给他送进四五万块钱，也有点儿太多了！""不多，这么大的工程，五万块钱还算个多？哪个环节上挤一挤，挤不出五万块钱来？放心吧，我的好老婆，不刮风，能下回雨？"翠兰满脸疑云，忐忑不安地和男人吃起饭来。

　　公路段派给李海洋一台推土机、两台装载机。不足的机械，由李海洋向外雇用。小舅子王圈生找到李海洋,说:"姐夫,我和朋友贷款买了一台装载机,想在你工地上干活儿,行不?"李海洋说:"你买了多大的装载机?花了多少钱?""我们买的是五零夏工,花了二十三万块钱。""能挣钱吗?""没问题!只要管理好,一年再挣一个新装载机宽宽松松。""哦!那么我也买上一台装载机,交给你统一管理,怎么样?""行,保证让姐夫既挣钱又不损坏机械。""推土机挣钱怎么样?""那也行,投资大点儿,但挣钱也冲!""那么我就买上一台装载机和一台推土机,都交给你管理。对外人就说都是你和朋友的机械,与我无关,明白吗?""哎,姐夫,这我懂,哪能把你暴露出去!"

很快,李海洋就贷款买了装载机和推土机,交给了王圈生统一管理。紧接着,又向外雇用了十六台四轮拖拉机和一百二十名工人。在雇用机械和工人的过程中,人们都按例给他送了钱。夜间,李海洋和翠兰将送来的钱细细清点了一遍,共有四万三千多块。翠兰找了一块大红布,将钱包好,锁进柜子里。然后笑眯眯地脱掉衣服,钻进李海洋的被窝,伸出两手直挠男人的胳肢窝,快活极了。

正式开工那天,李海洋给工作人员、机械司机和民工开了会。反复强调:不许弄虚作假,不许行贿受贿。一旦发现违章违纪者,不但要扣除工资,而且要开除出队。人们相互对望着,不说一句话。李海洋觉得训话起了作用,洋洋自得地宣布散会。

收石料计车数的人是李海洋的亲侄儿和平则。刚开始,李和平板着个面孔,训训喊喊,要求大小车辆都要装够尺寸,稍有差错,立即处罚。过了十多天,司机们坐下来算了算账,觉得挣得钱没有预想的那么多,如果扣除送礼的钱,和社会上拉运挣钱也差不了多少。于是,大家就动起了脑筋,开始给李和平兜里塞钱。李和平刚开始不敢要,使劲儿往回推。后来慢慢地就抵挡不住金钱的诱惑了,开始一边收石料,一边收贿赂,对车厢里石料的多少和质量开始放宽。对送钱多的司机还每天多计一两车。

给推土机和装载机量土方的人是胡书倍的妻哥秦三羊。这人精瘦精瘦,一对老鼠眼珠子滴溜溜乱转,四处扫射。来工地不到半个月,就和司机们大嚷了三架!为什么?为量土方。司机们都说秦三羊抠得太严了,照这样下去,吃的亏就大了!有人威胁秦三羊:"你再要这样不讲理,往死里抠,我们就到段里告你去!"秦三羊哈哈大笑,说:"告吧,告吧!架上梯子上天告去!听兔子叫唤,爷爷还不种豌豆呢!"有人奇怪:"这人瘦得和猴儿一样,怎麻筋骨细,赛如铁器?"有人笑道:"你们甚也不知道,那是胡书倍的妻哥!拽住毬毛打秋千，傍粗根子哩！"众人一阵哂笑。但笑归笑，总得想个办法嘛，不能老吃亏。于是，人们便开始瞅机会往秦三羊兜里塞钱。哈，这法子真灵！只要钱进了兜儿，秦三羊眉开眼笑，态度立马缓和过来。量土方时，皮尺拉得松松的，不该四舍五入的，都给人上去了，大家都很满意。

  李海洋吃住都在工地上。除了每天骑着幸福摩托车到工地检查工作外，就在帐篷里办公。其中一项最重要的工作，是接待领导的检查和协调与工程技术、质检人员的关系。每个月都给这些人员报销一些招待费、住宿费以及其他杂七杂八的发票。工地上的伙食也搞得很好，基本上每个星期都能饱餐一顿炖羊肉。

  胡书倍定做了六十平方米大的一个活动板房，分别有厨房、卧室和会客厅，水磨石铺地。卧室有保险柜、铁卷柜，办公室正中是大老板桌和老板椅。胡书倍十天来这里办一天公。这一天，各工段的承包人依次带着烟酒钱物来这里汇报工作。为了各工段队长互不碰面，活动板房的墙壁上贴着一张《工段长汇报工作时间表》。章旅骑着三轮摩托车，带着两名稽查队员，在各个标段上来回巡逻，吆吆喝喝，指指画画，施工人员抢着递烟打火，巴结问候。工段的队长副队长也不敢怠慢他们，远远听见摩托车响，就忙不迭走出帐篷，笑脸相迎，乘人不注意时，三个信封袋子分别溜进了三人的口袋里。章旅"哼哈"地说上三五句"官话"，然后掉转车头，疾驰远去。

  王廷坐着吉普车，带上张树海和秘书冯永昌，隔几天也来工地视察一遍。可是，各工段的领导和一般人员，表面上客客气气，但没几句实实在在的心里话，都在应付他。老汉想发火，又无从发起，只好将火压在心里，暗中怒骂：哼，胡书倍你个害群之马，要不是狄远化背后撑着你，老子现在就让你从公路段滚出去！张树海看出了老段长的愤慨，但没法帮他，只能隐忍不言。

## （一百二十）

  公路段机关大院里，除了办公室、伙房、库房、车库等建筑外，还有几排职工宿舍，住着单身汉及家不在旗里的职工。他们每天需要不少的生活用品，光香烟啤酒饮料就消耗不少。由于院内没有商店，只能去大门外边的小卖部去购买。小卖部生意兴隆，住在院墙外的一些家属眼红。她们想，把机关的院墙掏出豁口，再在自己屋子的后墙上开个大门，卧室不就变成了小卖部？有好几个家属老婆都这么想，愈想愈兴奋，相跟上来到机关办公室门前，见王段长的办公室门上吊着一把锁，走到胡副段长的办公室门前一望，胡书倍正在喝茶看报纸呢。王柱柱老婆伸手"咚，咚，咚"敲了三下门，胡书倍抬起头来，认得是本单位职工的家属，忙放下报纸茶杯，笑道："啊哈，贵妇人们驾到，快请进！"几个妇女"嘎嘎嘎"地笑着鱼贯而入。胡书倍要给众人倒茶，众人忙说："家里喝过了。"胡书倍问："你们找我有事？"王柱柱老婆说："有事儿。但不好意思开口。"胡书倍笑眯眯地说："一个单位的人，有什么不好意思的，有什么心思尽管说。"王柱柱老婆看了看身后的几个女人，都努着嘴，意思是"你是总代表，你说吧。"于是舔了舔嘴唇，磕磕绊绊地说："咱们机关大院里，住那么多单身职工，施工季节来了住的人更多。人多了就需要吃呀、喝呀、用呀什么的，我们想替他们服务。"胡书倍问："你们想怎么服务？""哎，就是想在我们几家人家的房后，把机关院墙掏开，办几个小商店，既方便了单身职工的生活需求，我们也能有个活儿干，请段领导批准。"胡书倍先是皱了皱眉，突然又笑了起来，说："这是两全其美的好事，于人于己都有利，我没意见。不过，这事需要王段长批准才行，我说了不算嘛。"苏二厚老婆说："我们去找过他了，人不在。"胡书倍说："王段长去局里办事去了，一会儿就回来，你们等着吧。"说完，就拿起报纸又看了起来。杨凤来老婆瞅了一下其他人，说："咱出外边溜达一会儿，不要影响胡段长办公。"胡书倍笑了笑，看着众人出了办公室。

半个多小时后，王廷从大门外走了进来。一群妇女一边窃窃私语，一边慢慢地跟在了王廷身后。王廷回头问："你们好几个人一块来，好像有大事？"王柱柱老婆说："是生活中的事儿，想让领导批准。""哦，那就进办公室说吧。"众人跟随王廷进了办公室，王廷坐在了椅子上，妇女们或坐或站，你推我搡，最后还是由王柱柱老婆代表众人，说明了来意。王廷皱眉思考了一会儿，说："你们的想法可以理解，但不能掏机关的院墙。你们也知道，咱是修路养路的单位，院里经常要堆放各种建材，万一丢失了，事情就复杂了。况且，一个国家机关的围墙上，开上七八个豁口，人来人往，多不雅观。我建议，你们在咱们大门东面的空地上，盖点房子，办几个商店，既解决了你们的就业问题，也不影响单位的管理，不是更好吗？"听了王廷的建议，几个妇女觉得扫兴，王柱柱老婆说："胡段长说这是好事，你们能不能再商量一下。"王廷腾地一下从椅子上站了起来，大声说："胡书倍说这是好事？你们再去问问他，究竟有哪些个好处，说清楚了，我给你们解决。"几个女人见王段长火了，你看看我，我看看你，悻悻地退出了办公室。出了大门口，杨凤来老婆说："都什么年代了，脑子还那么僵化！"王柱柱老婆说："那老汉已经五十二岁了，也该让让位子了。"其他人也都嘟嘟囔囔，没个满意的。

公路段的一辆推土机坏死在路边上，司机吕文山带着徒弟，爬在车下，整整修了两天也没修好。中午，太阳晒得人额头流油。吕文山对徒弟说："肚子饿了，先吃饭吧。不行的话，下午去大修厂请个修理工来看看吧。"徒弟从车底下爬出来，收好器械，然后和师傅相跟上来到公路段大门外的"一品香"饭店。这时，胡书倍和章旅、戚时飞正坐在二号雅间准备点菜，胡书倍透过半开的门看师徒二人：啊呀，满身油污，灰发黑脸，一副狼狈样儿。胡书倍对章旅说："你把这两人叫进来，一块儿吃个饭。"戚时飞向外斜了一眼，说："臭烘烘的，叫进来做什么？"胡书倍狡黠地眨了眨眼，压低声音说："可不能这么说话，这也是单位的基本群众。"戚时飞明白了，连忙说："对，对！是基本群众，应该关心！"章旅在二人说话时，已走出雅间，不一会儿，就把吕文山师徒二人领了进来。胡书倍微笑着站了起来，亲热地和吕文山两人握手，说："吕师傅辛苦了，今天我请你们吃饭。"吕文山腼腆地笑了笑，也没推辞，就和徒弟各自在旁边寻了个凳子坐了下来。胡书倍给服务员吩咐："这几位都是我们公路段的骨干，好好招待。上三瓶黑儿马高度白酒，两荤两素四个凉菜，两盒精装红塔山香烟，六斤炖山羯子好肉，再加一个过油肉，一个辣子鸡丁。"服务员应声道："没问题！"就快速准备去了。在等待酒菜的档儿，胡书倍给吕文山二人每人递了支香烟，亲自打火点着，说："文山是个忠厚人，辛辛苦苦地工作，从没个怨言，以后单位要多关照。"吕文山脾气火爆，性子耿直，易动感情，听领导这样评价自己，十分感动，说："胡段长，你能体谅受苦人，在你手下就是累得头发掉光，也心甘情愿！"正说着，凉菜、炒菜、烟酒已端上了桌。胡书倍说："有幸和弟兄们聚在一起，我先给生产第一线的吕师傅敬一杯。"说完，亲自将吕文山和自己的酒斟满，碰杯饮净，然后又和其他人碰了杯。紧接着，章旅从座位上站了起来，端起一个小托盘，上面放了三个大酒杯，吩咐服务员——斟满酒，说："今天胡段长请人，大家都不要客气。我先自饮三杯。"说完，"吱，吱，吱！"连干了三杯。大家惊讶。章旅抹了抹嘴，说："现在开始敬大家。"众人已不能推辞，依次喝了章旅端过来的三杯酒。嗬！章旅刚坐下，戚时飞又站了起来，依瓢画葫芦，又给大家每人灌进三大杯。吕文山和徒弟一看这阵势，再也坐不住了，人家领导都给自己敬酒，自己能失礼吗？于是师徒二人依次又分别和在场的人喝进了六大杯酒！等这一圈儿酒进行完毕时，五个人开始云天雾地起来了。戚时飞望着吕文山说："吕师傅上有老，下有小，父亲还长年卧病在床，负担重着哩。以后单位应该当做特殊困难户多多照顾！"章旅看了看吕文山，说："吕师傅，单位这几年对你也可以吧？"吕文山顿时感觉触到了痛处，难过地说："咱就是受罪受气的命，不能说。"戚时飞关切地问："怎不能说？"吕文山叹了口气说："我确实负担重，没办法才厚着脸皮去求人。去年快过大年时，我想给家里置办点年货，钱不够，去和单位借钱，请示王段长，不但没给借，还把我训斥了一顿，说：'都要像你这样，公路段早就被借垮了。'"说完，自斟了满满一杯酒，仰脖一口喝净。章旅说："吕师傅，这算个啥呀！还有比这难听的呢，你又能怎样？"吕文山眨巴着眼睛，问："还有比这难听的话？你说出来我听听。"章旅正要说，被戚时飞挡住了："说什么呀？背过官儿还骂皇帝呢，谁不背后被人说。"胡书倍让服务员给大家都倒满酒杯，说："喝酒，不提荆州！"一边说，一边带头把酒喝了。大家随后也都喝了自己的酒，并依次又互相敬了一圈儿。等炖肉上来时，都带着几分醉意。吕文山一连啃了几块大肉，吃了一碗米饭，然后就坐在凳子上发愣。章旅说："吕师傅，再吃点儿吧，下午还要干活呢。"吕文山一言不发，给自己斟满了酒。一连喝了三杯后，问章旅："你说王廷还说我什么了？"章旅说："不说了，耳不听心不恼。"吕文山红着眼，说："说吧，我想听！""你真想听？""真想听！"章旅看了看胡书倍，胡书倍好似没感觉，于是就把到嘴边的话咽进了肚里。戚时飞笑了，说："说一说也无所谓，我告诉你吧，吕师傅，事情嘛，也不大，就是你们的推土机坏在路上的事儿。王段长见你们修了两天车也上不了路，心里着急，说：'吕文山是不是故意不往好修车，托死偷懒磨洋工？想当工人渣滓？'"吕文山听了戚时飞的话，闷不愣腾地又一连自饮了三杯酒，然后腾地站起身来，气冲冲地向外面走去，胡书倍眄斜着眼望着他的背影。章旅和戚时飞各燃着一支烟，品味起来。吕文山的徒弟见师傅出了门，随后也跟了出去。

吕文山走出门外，额头被风一吹，更加晕晕乎乎。想起王廷，怒气冲天！大踏步走进公路段办公区，直奔王廷办公室。玻璃窗上一眄，床上躺的正是那个不近人情的老圪泡。于是怒不可遏，"当啷"一声将门踢开，蹿到屋里大声叫骂："王廷，老杂毛！我天天爬在车底下没死没活地往死受，你还说我故意不好好修车磨洋工？你心死了，眼也瞎了？"王廷睡梦中突然被叫骂声惊醒，翻身下床，定睛一看，原来是吕文山喝醉了酒，放泼撒野！不禁怒火上窜，大声训斥道："文山，你疯啦？这是国家单位，不许牛吼天地，野驴叫唤！"吕文山眼睛血红，满嘴喷着酒气，攥紧拳头，对着王廷的胸脯就是两下。王廷惊呆了，没想到还有人来办公室打他，他倒退了两步，定了定神，见吕文山还要举拳，于是顺手操起身边的一只方凳，举起就向吕文山的脑袋砸去。吕文山一偏头，方凳扫着了他的一只耳朵，疼得脑袋一阵抽搐。正待想继续进攻时，徒弟跑了进来，拦腰把师傅搂住。这时，听到打骂声的几个职工也走进屋里，见徒弟抱着师傅往后撤，师傅一蹿一蹿要往前扑，王廷又举起一个小方凳，怒视着吕文山要往上砸。众人一看不妙，上前将双方推了开来。吕文山被几个人推在当院后，就开始呕吐，吐了一阵后，又倚在一堵矮墙上，"呜噜呜噜"地继续骂。王廷站在办公室当地，气得两唇颤动，浑身发抖。这时，胡书倍三人已经在饭馆结了账，来到了大门口，向院内一张望：吕文山还在叫喊，王廷的办公室门大开着，可能已经气成直片了。胡书倍拽了一下另俩人的衣衫，悄悄离去了。

  王廷在办公室生了一下午气。单位的老职工们，陆续进来安慰他，张树海也来了，看见办公室烟雾缭绕，烟灰缸里插满了烟头，王廷气得"嗝嗝"直倒气，就说："王段长，这吕文山也太粗野，太没规矩了！让他离开公路段吧！这样的人不能姑息纵容，必须清除。"王廷说："你帮我了解一下，吕文山中午在哪里喝的酒，和谁在一起，都说了些什么话。我考虑，这事不简单呐！"张树海点头赞同。

  快下班时，王廷来到狄远化办公室。狄远化奇怪地看着王廷，问："你这是怎么了？满脸旧社会，黑青黑青的！"王廷坐在沙发上，气哼哼地把下午发生的事儿讲述了一遍，然后说："必须把吕文山从公路段清除出去，不然你就把我撤了吧！"狄远化给王廷递了一支烟，然后又给点着，说："吕文山是个没头脑的二杆子，炮筒子。他这种做法肯定不对，任何领导都不能接受。不过，你是咱们公路战线上的老模范，老领导，应该想开点儿。草场大了，甚牲口没有？对那些又踢又咬的毛鬼神，想办法套上嚼子上上绊，慢慢调教。你看这样行不？我让吕文山给你写个深刻的检查，再在职工大会上做个检讨，给上一个记过处分，然后留用观察。"王廷直摇头，说："那不行，我既不想给他上绊，也不想给他套嚼子，只想让他立即滚蛋！"狄远化问："没有商量余地了？"王廷坚决地说："此害不除，公路段无宁日。"狄远化叹了口气说："好吧，我再派人去了解一下，如果再没别的情况，就把他调出去算了。"王廷站起身来，一语双关地说："看来，我以后在公路段的日子不太好过了。"说完恨恨离去。

  过了两天，张树海来到王廷家里，说："公路段派人找吕文山谈话，吕文山说他已经和水保站联系好了，去那里开推土机，马上就办调动手续。"王廷说："这种没脑子的畜生，快让他走吧！另外，我让你调查了解的事儿，怎么样了？"张树海说："我了解了，吕文山那天是在一品香饭店和胡书倍、章旅、戚时飞一块喝的酒，至于他们在饭桌上说了什么，问不清楚。"王廷好像恍然大悟，自言自语："我说嘛，吕文山会突然疯了起来。有人背后挑唆嘛！不怕跟上鬼，就怕鬼跟上，以后咱可能还有大麻烦哩。"说完，望着天花板直发呆。良久，才回过神来，说："树海，我在公路段不会待多久了。你如果想长久在这里工作，就要处处小心。情况复杂着呢，裙带拴裙带，大鬼撑小鬼，要想清静安宁，须请个钟馗！"张树海说："王段长，你要是调走了，我也不在这里待，省得生邪气。"两人互相看着，点头苦笑。

国庆节来临了，旗交通局表彰一批先进工作者，给公路段分配了三名指标，一名领导，两名普通职工。王廷主持段务会议，商量评选办法。胡书倍第一个发言："让职工投票选举吧，谁的票多，就让谁当选。"张树海说："评选先进，应该先评后选。我们每年给职工和各部门都制定了岗位责任制和各项指标，应当翻出来看一看，谁完成得好，谁达到的指标最高，就把谁放到群众中去征求意见，看他们有没有虚假成分，如果没有虚假成分，先进人物就定下来了嘛。评先进怎能变成议会竞选？要是那样，还每年制定工作目标责任制干什么？还要领导班子干什么？选票多的人不一定就是真先进，往往是一些老好人和专门拉拢别人的人。"王廷说："张书记的话十分中肯。"章旅说："中肯不见得行得通，我看还是投票吧。"戚时飞也表态："投票吧，省事儿。"王廷笑了："一共五个人参加会议，就有三个同意投票选举。那就投票吧，只要能让单位安宁，谁当先进都无所谓。"张树海不说话了，会议不欢而散。

投票选举的那天下午，胡书倍和章旅、戚时飞早早来到会议室，和每一个走进来的职工都握手致意，笑容可掬地打着招呼。人到齐后，投唱票开始。王廷当了几十年的先进，今天来到了"滑铁卢"！他和胡书倍的票数轮替领先。胡书倍额头上冒着汗，东张张，西望望，临近结束时，长长地出了一口气，胡书倍最终高出王廷三票，当选为先进工作者！再看看在普通职工中选出的两名先进工作者，一个是浑身擦不出一星火花来的生产干事王朝三，另一个是下夜老汉杨五仁。这两个人与世无争，没人忌妒，没人眼红，选他们也五八，不选他们是四十。公路段的几名技术人员看到这个选举结果，拂袖而去。

国庆节到了，交通局大厅的光荣榜上，老模范王廷黯然退下，替换他的是洋洋得意的胡书倍，脸上的笑纹纵横交错。

## （一百二十一）

　　早晨八九点钟的太阳美极了！鲜艳、和煦、温柔、照耀着绿野山川，照耀着热闹的工地，照耀着第五标段飘扬的红旗！李海洋骑着摩托车，在公路上高高兴兴巡视了一番，感到神清气爽！各个关键环节都是自己的人，干得欢着呢！于是身轻脚快地回到帐篷里，打开收音机，里面播京剧《大登殿》。他和着薛平贵的唱词，摇头晃脑，一曲终了，以手加额，哈哈！斩魏虎，擒苏龙，羞丈人，"本王豪气冲牛斗！"正在手舞足蹈时，突然帐篷外传来一阵摩托车声。走出帐篷，嘀！是章旅章稽查！忙不迭拱手道："章队长好！"章旅笑道："好什么，再好也没你好。"李海洋把章旅让进帐篷，递烟倒茶后，说："章队长，我是个受苦的，哪有你风光！"章旅说："你别谦虚了，听说你现在光小舅子就有一打十二个？""哎，快别瞎说了，那是有人糟践我。"章旅坏笑着，李海洋忽然明白了什么，皱眉想了想，忽然诡秘地说："章队长，前面孤村子里有一个小媳妇，结婚才三个多月，人长得不赖，你有心思没有？""啊呀，你尽瞎说，人家有男人照看着，你想要我的命？""嗨，那也是男人？死善窝囊，整天在咱工地上推石料，中午也不回家。你要愿意，一会儿去看看。"章旅撇了撇嘴，讥讽地说："不用看，你弄过的我不要。"李海洋张着大嘴，冤枉地说："啊呀，你太小看我了，我哪能做出那事儿！那媳妇与我甚关系也没有，一直给你留着呢！""你说的是实话？""要不是实话，任凭处罚！"章旅笑了，说："要真是那样儿，看看也好。"于是二人走出帐篷，骑着摩托车，来到一片杨树和沙柳遮阴下的农家院子里。李海洋说："这个媳妇叫翠娥，男人叫杨利民。"章旅点头记住。俩人正准备推门进去，突然身后传来一阵"嘎嘎"的笑声，回头一看，一个小媳妇从羊圈旁边走了过来，边走边说："哟，李队长，咋有空到老百姓家里来？快进屋。"章旅瞅了这媳妇一眼：大约二十来岁，中等个儿，细腰身，圆脸小嘴唇，一对杏眼明明亮亮，直往人身上瞄。哦，真的是个美人儿！李海洋笑了，说："我们在工地上巡查，口渴了，讨碗茶喝。"一边说，一边和章旅进了屋。坐定后，李海洋说："翠娥则，我给你介绍一下，这是我们公路段的领导章旅章队长，以后再见了，可不能装作不认识！"翠娥则笑着说："高攀不起。"章旅笑道："以后路上路下，说不定要打扰你，你可不能嫌麻烦。""哪里话！二位尽管来，利民还是你们的部下呢！只要你们不嫌弃，尽管来！"李海洋看了章旅一眼，俩人都会意地笑了。不多时，茶水熬好了，翠娥则从碗柜里挑出两个细瓷碗，给二人倒茶端上来。翠娥说："要不，中午就在这里吃饭？"李海洋说："不啦，我还忙着呢，以后再来。"说完，瞟了章旅一眼，发现章旅痴痴地看着翠娥呢。两个喝了一会儿茶，李海洋就站起要走，章旅也下了炕。翠娥说："不再坐一会儿了？"李海洋说："我忙着呢。要不，章队长再坐会儿？"章旅笑道："你忙我也忙，走吧。"于是俩人相跟上走出屋子，翠娥将两人送出院子。章旅回头看了好几眼翠娥则。

　　下午，章旅独自一人骑着摩托车来到翠娥院子里。翠娥正往羊圈里抱草。见章旅一个人来到，红了脸，说："章队长，进屋坐吧。"章旅嘻嘻地笑着，说："你喂羊呢？我来帮你。"一边说，一边就凑在了翠娥身边。翠娥探着身子往圈里撒青草，章旅假装去帮助，下身靠在了翠娥的屁股蛋上，翠娥回头瞋了他一眼，章旅不好意思地离开来，顺便走进屋。不一会，翠娥也从门外走进来，章旅急不可耐地扑上去，搂住翠娥就要亲。翠娥一把将他推开来，涨红着脸，斥责道："亏你还当领导，一点规矩也不懂！"章旅涎脸赔笑说："懂，怎么不懂！"一边说，一边又伸出手摸过来。翠娥沉脸伸手将他的手打下去，羞恼地说："不要动手动脚，我不是那种人！"章旅奇怪了，问："你是哪种人？""我是正经人！"章旅撇了撇嘴，说："什么正经人？假正经！"翠娥更恼了，大声说："你快走吧，小心我男人回来！"章旅向门外瞅了一眼，气急败坏地说："好啦，好啦，我走了！对你好你都翻不转！"一边说，一边走出屋子。发着摩托，骑了上去，掉头剜了翠娥一眼，"哼哼"了两声，一溜烟走了。翠娥望着章旅鼠偷狗窃样儿，"呸呸呸"一连唾了好几痰，骂道："一个驼背黑毛驴，仗着有权占便宜，没门儿！"骂完，气恼地掉头回屋了。

　　章旅受了翠娥的抢白后，又是气，又是急。气的是，自己一个堂堂稽查队长，连一个农村媳妇也搞不定，太没本事了！急的是，翠娥则长得真诱人，特别是那双水汪汪的大杏眼，恼了也惹人爱。怎么办呢？嗨，花钱吧！光凭权力有时候还真是行不通。细细算一算账，一个月工资加额外，少说也有三千块，一次花上一百块，无所谓！

　　四五天以后，章旅又来到翠娥家，进门就掏出一百块，嬉皮笑脸地直往翠娥怀里塞。嘿，这个厎媳妇，还是不买账，沉着脸又将自己的手打开来。章旅急了，颤声问："翠娥则，你究竟咋想的？"翠娥两眼盯着那一百块钱，努了努嘴，不说话。噢，章旅明白了，嫌钱少！罢，罢，罢！章旅又掏出一百块，把两张大钞摞在一起，递了过去。翠娥矜持了一阵儿，伸手接住了二百块钱。章旅迫不及待，像一只饿疯了的大灰狼，一下子扑在了翠娥的身子上，未等入巷，就"嗥嗥嗥"地声唤起来。

自此后，章旅三天两头来会翠娥则，每次二百块。不到半个月，章旅的经济就危机了。怎么办？穷则思变，变本加厉！他每天骑着个摩托车，连稽查人员也不领了，一个人单枪匹马地到处窜，蹿到哪里哪里的工程就有问题，究竟是什么问题？嘟囔半天也说不清。反正站在那里指指画画，骂骂咧咧，扰得人们好干不成。没办法，相关人员便凑在他跟前，塞进一把钱，把他打发走了事。工人们给他起了好几个绰号，其中"章讨吃则"、"盗路老鼠"叫得最多。李海洋听到这些话，苦笑了几声，没办法。

一天，章旅又去翠娥家。俩人完事后，章旅满头大汗，头上就像瓢浇了一样，湿淋淋的。他穿好衣服下了地，趿拉上鞋，刚跨出门槛儿，杨利民就迎面走了过来。看见章队长这副样子，关切地问："你来洗头了？"章旅"嗯"了一声，忙忙地向摩托车走去，坐在车上，使劲蹬了两脚，摩托车发着了，像被人发现了的贼，仓皇逃走！杨利民觉得奇怪，堂堂一个稽查队长，洗个头还慌成这个样子？又一想，不妙！敢不是这小子来干坏事了？想到这里，急忙推门走进去，往炕圪崂一看，翠娥子怎头发凌乱，脸色泛红，正慌慌张张地系裤带呢！杨利民完全明白了，火气突然升腾起来，弯腰在灶台上拾起一根擀面杖，纵身跳上炕，一把掀翻翠娥则，照着屁股猛揍起来。翠娥则杀猪一般地嚎叫着，杨利民不停地挥棒乱抽，抽得翠娥则直是个讨饶。杨利民大声问："你以后敢不敢再做这猪狗事了？"翠娥则趴在炕皮上，连声说："不敢了，不敢了！"杨利民举着擀面杖威胁道："以后再要是让老子把你们逮住了，活剥了你们的皮！"翠娥则蜷缩着躯体，瑟瑟发抖。杨利民扔掉擀面杖，圪蹴在炕棱上，眼睛通红。

章旅和翠娥则自那天被杨利民撞见后，俩人半个多月没再见面。后来，章旅实在忍耐不住，就偷偷找翠娥商量。最后俩人决定把苟合的地点改在东面的明沙壕里。

一天，王廷带着张树海和养路工刘三毛、王埃仁以及司机李刚，检查左新公路的进展情况。上午十点多，来到一片沙梁地。王廷口渴，李刚瞭见西南面有一户人家，说："王段长，咱去那家人家喝水吧。"王廷说："往那走，尽是沙子，车进不去。"李刚说："到那里不太远，咱步走吧。车就停在这里，锁好车门就行了。"众人同意。几人一边说话，一边向西南方向走去。过一个沙壕时，突然有一个人"呼"地一下从一个沙窝子里直立起来，两手提着裤子，背对着众人，直愣愣地快步向西走去。李刚定睛一看，惊叫道："这不是章旅吗？咋在沙窝子里钻着？"大家觉得奇怪，就向沙窝子走去，到跟前一看，啊呀！一个年轻媳妇则，双眼紧闭，上衣敞开，乳头高耸，下身裸露，衣服脱得扔在一边，正挺尸呢。王廷急忙止住脚步，以手掩面，气恼地骂道："日他娘！把老子的官运、财运全冲光了！"一边说，一边连连跺脚。刘三毛是王廷从农村拉扯在公路段的穷汉，对王廷感恩戴德，无从报答。见老段长被晦气冲了，遇到了危难，急中生智，说："王叔，你不要怕，我上去狠狠唾她两痰就没事了！"没等众人反应过来，刘三毛已经走到那女人的身边，照着女人的裸露的阴部，"哈啦，哈啦，哈啦"咳出三口浓痰，准准儿唾了上去，然后返身跑回。众人笑弯了腰，屁股翘得老高。王廷笑过后，说："往回返吧，估计这媳妇就是前面那座房里的主人，渴死也不能喝她家的水了。"说罢，几个人掉头回去。

　　章旅自从在明沙壕里受到惊吓后，下身再也雄不起来了，怎么摆弄，都是唤不醒的软带子。他害怕了，去药店里买了"海马圣玉丸"、"龟龄集"、"精力水"、"三鞭酒"等，又吃又喝，然后在媳妇身上试验。唉，一点儿作用也没有！试了十几次，一次比一次差。那东西只见后退，不见前进，最后简直要缩回肚里面去了。媳妇气愤不已，一脚将他蹬下肚皮，说："你老实交代，是哪个你爹爹把你骗了？以前像个骚圪羝，现在咋像个绵羯子？光喘气，不干活儿，还不如揪根毡毛上吊呢！"章旅沮丧极了。精神负担骤然加大，见人无精打采，走路踏不死苍蝇。稽查的任务，基本都交给手下人去干，自己即便去了，也病恹恹的不想说话。李海洋问："你这是怎么了？要是有病，去医院检查一下嘛！"章旅听从劝告，去了医院。大夫问他得了什么病，他嗫嚅了半天说不清楚。大夫说："你这样讳疾忌医，会加深病情的发展。痛痛快快说吧，哪里不舒服，怎么得的病？"章旅被逼无奈，只好说出了自己的病情，并说明这是惊吓所致。大夫恍然大悟，说："你的性神经受伤了，这要长时间调养。"章旅问："能不能做手术？"大夫说："做手术？那难度可大了。估计北京、上海也没这个技术。"章旅绝望了，拿着大夫的药方子，也没去抓药，就唉声叹气地直接回家了。他向单位请了病假，待在家里除了睡觉，就是喝闷酒。胡书倍和戚时飞来看过他几次，什么作用也不起。半个月后，媳妇单位组织职工到外地旅游，他一个人待在家里。夜间，孤灯相伴，浊酒浇愁。想一想，一个男人失去性功能，外人耻笑，媳妇嫌弃，面对花花世界，活下去还有什么意思！喝酒吧，衣架饭囊！痛哭吧，涕泪交流！章旅自斟自饮，不觉将一瓶六十五度黑儿马酒倒进了肚里，浑身燥热，血液沸腾，摸了摸下体，仍无反应！一时悲从心来，万念俱灰！站起身来，跌跌撞撞出了院子，进了凉房，拉着电灯，见地旮旯有一根绳索，狠了狠心，将绳索套在房梁上，结出环套，站在凳上，伸进头去，一脚踢开凳子，呜呼哀哉，去地府旅游也！

早晨，戚时飞找章旅拉话。进了院门，寂静无声。推开卧室门，空无一人。嗨，这老伙计，一大早就出门啦？又一想：不可能。要是出门了，怎么不锁大门。是不是在凉房整理杂物呢，进去看看。哦，凉房门还大开着呢。戚时飞喊了一声："章旅，咱俩今天上左新公路去看看。"一边喊，一边进了房门，嘿，怎么半空中挂着一个人？抬头一看，那人舌头伸得老来长，眼珠子凸得如红果！妈呀，是吊死鬼！戚时飞吓得"嗥"地吼了一声，头上走了三魂，脚下去了七魄，踉踉跄跄蹿出院子，直着嗓子叫喊："章旅上吊了！章旅上吊了！"人们闻声跑来，围在凉房外边，向里眊了眊，太恐怖了！无人敢进屋子，于是，有人打了110，不多时警车到来，干警们走进凉房，将章旅从房梁上解了下来。胡书倍也赶来了，惊得目瞪口呆，半晌无语。只是眼睁睁地看着公安尸检。约一个小时后，尸检结论出来了，章旅属于自杀。

埋葬章旅的那天，章旅媳妇也赶回来了，毕竟夫妻一场，痛哭不已！好些人都来吊唁，但都是履行人情世故而已。最奇特的是三标段队长刘顺喜，买了一瓶烧酒，一碟子猪肉，一沓子麻纸，一把子香火，跪在灵前，一边祭奠，一边哭骂："章旅哥，你死得可耻，死得肮脏，死得臭气熏天！但咱兄弟一场，不能不送！悲哉旅哥，哭声能闻？痛哉旅哥，涕泪沾巾！黄泉有觉，来尝来品，尚飨！"

## （一百二十二）

公路段的技术员陈永胜，毕业于山西交通学校，来公路段已经十年了。说话和和气气，是个文弱书生。工作认真吃苦，从不讨价还价。再远的路程，再困难的环境，只要领导发话，需要他去，就二话不说地直奔那里，有时一个多月也顾不上回家一趟。媳妇乔香梅是他在修路时认识的。香梅初中毕业，见人就笑，走起路来一圪摆一圪摆，身段儿十分柔软，有活力。陈永胜喜欢香梅甜甜的笑靥和温润的身体，香梅图陈永胜是个有工作的知识青年，俩人就结合了。

这天下午收工后，陈永胜进厨房胡乱吃了些饭，就骑着摩托车从左新公路二标段出发，直奔家里。又快一个月没回家了，回去看看香梅吧，红火红火，天伦之乐嘛！哎，快进城时，摩托车熄火了！陈永胜气恼地将摩托车踢了两脚，只好下车推着车走。大约走了两公里，来到一个修理部，将车推进去，让司傅们修，自己坐在一旁看。修理工是个生手，把个摩托车敲敲打打，拆拆卸卸，折腾了两个多小时，才把个摩托车发着。陈永胜问他什么毛病，他仰起头说："毛病多着呢，我全给你修好了。""多少钱！""给二十块吧！"陈永胜不满地瞟了他一眼，将二十块钱递过去，然后发着车，风风火火地向家中赶去。

夜间十一点多钟，陈永胜来到自家大门口，立住摩托车，隔着大门缝向里张望，嘿！卧室的灯还亮着。奇怪，这么晚了，香梅还没睡？伸手敲门吧，手又缩回来了。不对吧，家里有什么事儿？想到这里，他蹑手蹑脚地绕到房后，踮起脚尖儿，手扒窗台，伸脖向屋里张望：啊哟，香梅正和戚时飞赤身裸体地躺在一块说笑呢。看那样儿，好像俩人刚办完事儿。气得陈永胜差点儿朝后跌倒。他从后窗户溜了下来，热血上涌，拳头紧攥，越想越气！怪不得工程开工前开会时，戚时飞和胡书倍极力主张他去二三标段把关，原来早就安下坏心眼儿了！常言道"砂锅爆了，善人恼了，无抓无拿！"你看陈永胜平时唯唯诺诺，踢不起烟尘？那是没把他惹恼了，一旦惹恼了，比六岁子叫驴还暴！此时的陈永胜，恨不得一锤子把戚时飞的脑袋给敲碎。他急速地返在大门跟前，准备叫喊，又觉不可。这一喊叫，戚时飞要是跑了，自己不就吃了哑巴亏了吗？不就白白放走一条色狼吗？不行，捉贼见赃，捉奸见双，需要稳扎稳打！陈永胜又绕到房后，看了看后窗，上面安装着指头粗的钢筋护栏，戚时飞想从后窗逃走的可能性几乎是零！返回身，看了看自家的围墙，有三米高，墙头上还插满了横七竖八的碎玻璃，戚时飞手无缚鸡之力，绝对爬不上去！陈永胜定了定神，来到大门口，顺手在猪圈的栅栏上拔起一根柳木棒，然后"咚，咚，咚！"地捣起大门来。

此时，戚时飞正和香梅"咯，咯，咯"地浪笑着，突然香梅止住了笑，说："你听，有人打大门！"戚时飞也立即止住了笑，仔细听：啊呀，就像土匪来了，简直要把大门打烂了！是谁这么野蛮？香梅慌了，说："不好，像是陈永胜回来了！怎么办？"戚时飞一听陈永胜三个字，也惊慌起来，心想这陈永胜再善再脾气好，夺妻之恨能忍得了吗？还不大打出手？逃跑吧！他急速地穿上衣裤，问香梅："我从哪里跑？"香梅一边忙乱地穿衣服，一边思索着，说："后窗让钢护栏堵死了，围墙那么高，你爬不上。""那怎么办？""只能从大门出！""大门被你男人堵死了，怎么出？"香梅想了想，说："这么办吧，院子里有三四棵苹果树，你一会儿躲在最大的那棵树底下，等陈永胜进院回屋后，你赶快溜出大门。"戚时飞点了点头，说："只能这样了。"说完，二人下了床，开了门，戚时飞缩着细高的身子，躲在香梅身后，下了台阶，一溜身子窜在苹果树下。香梅披着衣服，去给男人开大门。

"哗啦"一声，大门开了，陈永胜提着一根木卜浪，冲了进来，吓得香梅直往后退。陈永胜并没动乔香梅，而是急速转身给大门上了锁。戚时飞躲在树下，暗暗叫苦。香梅顿时明白了，陈永胜要行凶！这可怎么办哪！弄不好要出人命！上去抱住陈永胜，放戚时飞逃跑吧。可是挪动了一下身子，两腿发抖，浑身打颤，哪有力气去抱发疯的人！一犹豫，陈永胜已经提着木棒走到了果树下，照着戚时飞劈头打过去。戚时飞急速闪开，拔腿就往大门口跑。陈永胜提着木棒紧追去。戚时飞拽了一下大门锁，无法开。就抱着脑袋满院子蹿！一边蹿，一边喊："陈永胜，我错了！你不能把我打死，打死我你也好不了，你要坐禁闭！"陈永胜听到他这一喊，顿时清醒了些。木棒不再照着戚时飞的脑瓜子打，而是改打腰部和两条腿。终于，陈永胜一棒子打中了戚时飞的腿弯子，戚时飞"扑通"一声栽倒地上。陈永胜扑了上去，举起木棒，用尽平生气力，照准戚时飞的大腿、小腿、臀部乱打起来。戚时飞嚎天动地，连滚带爬，声声求饶。香梅在一旁瑟瑟发抖，不敢动弹。陈永胜打累了，打够了，才对着死肉一堆的戚时飞呵斥道："戚时飞，你是想死还是想活？"戚时飞哀嚎道："想活！""想活就要花钱买命！""我给你五千块！""不行，两万块，少一分也不行。""我没两万块，五千块也要和人借！""放屁，耍赖一棒敲死你！"戚时飞看着陈永胜举起来的大木棒，连声说："不要打，不要打，我给胡书倍打电话，让他送来二万块。"陈永胜说："那你回屋打电话。""我站不起来，浑身疼。"陈永胜照着戚进飞的脸，稠稠唾了两痰。然后自己去通知胡书倍。

不多时，胡书倍来到戚时飞身旁，一看戚时飞那个死狗样儿，心中已明白了八九分。细细问了戚时飞全过程，然后问陈永胜："没那么多钱怎么办？""没钱我一棒击碎他的驴脑袋！"胡书倍眨了眨眼，见陈永胜态度强硬，气势汹汹，只好出大门取钱去了。

半小时后，胡书倍推着平板车，带着两万块钱，来到戚时飞倒地处。陈永胜接过钱，帮胡书倍把戚时飞抬到了车上，看着他们狼狈离去。

戚时飞回到家门口，老婆见他浑身泥土，脸上黑糊瓦道，躺在平板车上直呻唤，连车都下不了，动一动就嗥嗥直叫，问胡书倍："这是怎么了？下午还好好的，咋现在就成了战场上下来的伤兵？"胡书倍说："喝醉酒跌到沟底了，快把他抬进去吧。"老婆嗔怪道："喝，喝！那一天喝得见阎王去！"说着，就和胡书倍一齐动手，费尽吃奶的力气，将戚时飞抬到客厅的床上。胡书倍说："你好好照看时飞，他伤得不轻。"老婆疑惑地点了点头。胡书倍出门后，她把男人上下身闻了闻，纳闷了，醉成死人了还没酒味儿？厉声问道："戚时飞，你究竟是喝的酒还是尿？醉成这个样子，咋没有一点儿酒味儿？"戚时飞慢慢睁开眼睛，有气无力地说："我们喝得是澳大利亚酒，味道和凉水一样。"老婆奇怪地说："世界大了，还有没味的酒？"于是将信将疑伺候着。戚时飞一晚上大呼小叫，折腾得老婆一夜没睡着。天亮后，老婆叫来了救护车，去医院拍了X光片。中午时，大夫看了片子，说："这是股骨头粉碎性骨折，恐怕以后终身残疾。"戚时飞急了，说："大夫，不管花多少钱，一定给我治好，我会尽力感谢你！"大夫说："这不用你说，救死扶伤是我们的责任。不过，你的伤好像不是跌跤导致，像是钝器击打造成。"戚时飞一时无语，老婆怀疑起来，质问道："你不是喝澳大利亚酒跌伤的吗？咋又变成钝器打伤的？"戚时飞咬牙忍痛说："就是跌伤的！"大夫笑了，说："跌伤和打伤差不多。"老婆一时无语，决定戚时飞住院治疗。

三个月后，戚时飞挂着两根拐杖出了院。过去风流倜傥的美男子，现在变成了耄耋老人，走路颤颤巍巍，一步三摇，十分艰难。街坊邻居都叫他"戚拐子"，单位人看见他忍不住笑。他很难为情，实在不愿意和熟人打照面。于是买了一顶大遮阳帽，不管冬夏，按在头上。要想看他的脸，需弯下腰往上眈，为了防止人们弯腰往上瞭，他又买了个大大的黑色蛤蟆镜，进一步挡住半张脸。人们和他打招呼，他只"哼哼"不说话。半年后，又觉得胸部抽得疼，去医院一检查，啊呀，更严重！又增加了一项心血管病，不治可能要了命！没办法，在老婆的陪同下，去了北京解放军总医院，安了六个血管支架。从此，他不但走路有问题，而且不能快速呼吸，不能大声说笑，不能受强烈刺激，彻彻底底成了一个弱不禁风的娇人人，呜呼怪哉！

# （一百二十三）

公路段的院子里又拴着一匹黑马，胡书倍不由得心头一紧：怎么，张开关又圪蹴来了？这个老圪泡，肯定又在王廷办公室里瞎嘀咕，想往出生点儿甚事？出去看看。胡书倍装作闲溜，来到王廷办公室门边，侧耳细听：张开关说："王段长，咱们修的这两条路，哪一条都不能出问题，不然，新召的煤还是拉不出去。"王廷问："张总，你发现什么问题啦？""唉，我是听我们那边的工人议论，说你们这边的工段上乱往回进料，有些水泥、钢材都不是正路上来的。如果真是那样的话，将来是要出大事故的，不要说发展经济了，就连人们现有的生命财产也没保证，当事人都要吃不了兜着走，一个一个跌进黑窟窿。"王廷说："有些事咱未必先知道，工人们每天在工地上，眼睛尖着哪！谢谢你给我提醒，等我把旗交通工作会参加完，马上就去检查。"张开关说："那你就抓紧点儿。"王廷说："明天会议就结束，后天我立马去工地。"张开关说："那我先回去了。"胡书倍听到这里，心中也担忧起工程的质量，转身回自个儿办公室思谋去了。

晚上十二点多钟了，胡书倍还躺在炕上睡不着觉，翻来覆去，满脑子都是章旅、戚时飞、李海洋和各工段上的那几个队长、副队长，后来就觉得迷糊了。半夜时分，章旅骑着摩托车来到家门口，慌慌张张叫喊："胡段长，不好了！左新公路爆炸了！"胡书倍走出大门外，见章旅头上冒一股烟，脸皮瓦灰瓦灰的，直龇牙。胡书倍抬腿坐在了后座上，章旅脚一蹬，摩托车就跑开了，先是在路上跑，后来不知怎么就离开地面飞了起来了。不一会儿，看见左新公路正在爆炸，修好的路被炸得左一股右一滩，不成样子。李海洋成了个血头狼，刘三美赤脚乱奔，李军衣服着火了，在沙坡上打滚儿呢，好些人抱头鼠窜。西面来了五辆警车，最前面的是敞篷车，上面站着一个黑脸大汉，手里提着一副锃亮的手铐子，吼声如雷："胡书倍哪去了？立即逮捕，立即逮捕！"胡书倍魂飞魄散，一头从摩托车后座上栽下来！啊呀，要命呀！胡书倍惊醒了，满头大汗，心跳得忽颤颤地，再也睡不着了。

一宿噩梦，搅得胡书倍心神不宁！早晨八点钟，坐在办公室仔细思量：莫不是章旅前来托梦，提出警告？啊呀，那几个队长确实叫人不放心。真要出了问题，那还了得？不行，要亲自上路检查。

九点多钟，胡书倍坐着212吉普车，来到左新线工地上。过丁家梁时，瞭见沟底下有三辆四轮车，拉着碎石头正向左新线开过来。胡书倍指示司机："停车，看看这几个四轮是给哪里送石头？"司机停了车，说："胡段长，这下面没料场。这石头要是给咱们工地上用，肯定不合格。"胡书倍说："贼无赖，硬如钢！先不要惊动他们，看他们究竟往哪里送，人证物证要拿全。"于是，俩人就静静地坐在车上，观察着四轮车的动向。不一会，三个四轮车先后都上了左新线，走了约一公里后，车停下了，开始打马槽，准备卸料。司机说："胡段长，那是刘三美队长管理的三工段，过去看看吧。""行，开车过去。"司机着了车，急速开到三个四轮车旁。胡书倍从车上下来，两眼盯着四轮车司机，四轮车司机都慌了，不再卸料了，每人拿着一张锹愣愣地立在那里。胡书倍夺过一个司机的锹，把拉来的石料翻了翻，都是卵石，石头七大八小，沾着泥沙，根本不是石料场加工出来的石头，纯粹是河槽里的混沙石！胡书倍大怒："谁是收料员？"听到胡书倍叫喊，旁边走过一个人来，应声道："我是收料员。""原来是你，王志存！你是公路段的正式工，咋敢接收这种料？就不怕开除你？"王志存脸色变白，两腮抖动，吞吞吐吐地说："是刘三美让收的，他是工段队长。""工段队长让你干甚你就干甚？他让你跳崖你也跳？让你吃屎你也吃？""反正他是领导，说了就要听！""放屁，我还是你的段长呢，咋说上你就不听？"俩人正在争吵，刘三美走了过来，看了看四轮车拉来的石料，问王志存："这种石料你收了多少？"王志存指了指西面，说："就那一堆。"刘三美走了过去，观察了一下，估计有五十多立方。刘三美转身回来，突然一把拽住王志存的领口，破口大骂："狗胆包天，你敢背后捣鬼？想砸老子的饭碗？多少次警告你，要把好质量关，都秋风灌了驴耳朵啦？好吧，今天当着胡段长的面，撤掉你收料员的职务，立即到工地上摊石料去！再不好好干，让胡段长彻底开除你！"王志存被刘三美突如其来的一顿臭骂，弄得一头雾水，莫名其妙。明明是你刘三美批准收的料，咋现在又装作什么也不知道？你偷牛，我拔橛，你犯罪，就杀顶命的"白通达"①？这也太冤枉人了！于是噘起嘴来就想反驳，正要张嘴，只见刘三美开始给他眨眼。哦，对啦，舍卒保车，讲究点策略吧！刘三美要是倒台了，大家谁也好不了。刘三美要是保住了，还能愁没咱的好营生干？想到这里，王志存开始认错："胡段长，我长着一张贱嘴，刚才胡说八道。因为我不懂修路，以为甚石头也能垫路，就擅自收下了沙石料。都是我的错，该打该罚都是我。"胡书倍惊奇地看着王志存，说："舌头没脊梁，反过来掉过去由你说？一会儿是别人指使你干，一会儿又都是你的错，究竟是怎回事儿？"王志存急了，伸手抽了自己两嘴巴，连声说："绌鼻骡子卖了个驴价钱，害就害在嘴上！病在我身上，不能叫其他人替我动手术！处理我吧！"胡书倍唾了王志存一口唾沫，骂道："你小子是个变色龙，一会红，一会儿黑。三寸丁谷树皮，到老也是瞎东西！现在罚你去工地上扛锹头、摊石料。这些混沙石，一律垫在最底层，价钱只付五分之一。"说完，气愤地摔门上了车，向东驰去。

　　走了五六公里，胡书倍看见路边有个水泵房，想喝水。下车进了泵房，正准备合闸抽水，忽然有水珠子滴在了头上，仰望房顶，湿漉漉的，奇怪。合上电闸，抽出水来，勉强喝了几口，又有水珠子掉下来。走出泵房，问旁边施工的工人："昨天上午下的雨，咋今天泵房还漏雨？盖泵房的时候，没做

---

① 白通达：内蒙古封建王爷内务总管。王爷触犯典律，可由其替罪受罚。

防水层？"工人们答："做啦，用的是标准防水粉。""那怎么还漏雨？""哎，是防水粉上面抹的水泥不合格，不但凝固不了，还会发酵，像蒸了一房顶大面包。面包与面之间都开大裂缝，雨水顺着缝隙把防水粉冲开来，房顶自然就漏水了。""水泥连个黄泥都不如？""就是不如，黄泥不发酵。""这是什么水泥？""宝强县三强水泥。""这么差的水泥，买这图甚？""图便宜嘛！三强水泥的价格是草原牌水泥价格的二分之一。""便宜没好货！各项指标上不去，谁买谁倒霉！""可不是嘛！我家邻居刘彰才盖房子，用的就是三强水泥，和咱泵房一样样出了问题。刘彰才气不过，每天在十字路口等那个推销三强水泥的人，等了半个月，终于将那人逮住，俩人上了一趟法院，厂家才不得不赔了钱。""那咱们工地上用的水泥，有多少是三强牌？""哦，不知道，我们只管干活，无权过问那么多的事。"胡书倍疑疑惑惑，感到一阵阵危机。驱车再往前走，来到一标段工地，进帐篷喝完茶，到四周转悠，突然看见东面有几块大苫布，下边好像堆放着水泥袋，急忙走过去，让司机把苫布拉开，果然堆放的是水泥。包装袋上的字映入眼帘：宝强县三强牌水泥。不用问，这是给左新公路备下的料。胡书倍一阵气恼，一阵胆寒，好像自己又要从半空中往下掉！这些个龟孙子，胆大包天，全不顾工程的安全和危险，贪得无厌，得寸进尺进丈进光年！章旅已死，戚时飞致残，弄不好自己也要被埋在这路下面！胡书倍的牙咬得"咯嘣嘣"响，正想叫喊工段队长王玉良，突然间浑身打了个急冷战：嗨，不行！王玉良为承包这段工程，已经先后给自己送了五万块钱，把这个疯狗逼急了，肯定要乱咬！况且，谁敢保证其他工段没有类似的事？一惹一大片，众人的利益难侵犯，这该怎么办？胡书倍犯难了，在吉普车前来回踱步，权衡利弊。嘀，有办法了！让王廷这个总指挥出面去干涉，既解决问题，咱又避开众怒，方法绝妙！胡书倍高兴得拍了一下大腿，叫一声："小马，开车回段里。"小马应声上车，俩人急速地返回去。

　　胡书倍"愁眉不展"地走进王廷办公室，进门后叫了声"王段长"，然后就坐在沙发上，望着墙壁发呆。王廷问："书倍，你有事吗？"胡书倍叹了口气，显得忧心忡忡，说："最近，我在左新公路线上巡查工作，发现一些工段随便进料，不但石料有问题，就连水泥、钢材可能也有说法。这要是弄乱了，公路的质量就没保证，一旦成了豆腐渣工程，是要负法律责任的，想起来都害怕。我想一个人彻底清查，又觉得威信和力量都不足。想来想去，就来给老段长汇报，请老段长拿个主意，彻底把工地上的用料清查一下，保证工程按期优质竣工。"王廷听完胡书倍的话，觉得有道理。用料把好关，按图去施工，这是修路的关键！于是立马表态："书倍说得对，明天早晨一上班，咱们指挥部的全体成员，都去左新线，对十二个标段一一彻查，发现问题，就地处理。对违反纪律，弄虚作假的人，决不能姑息迁就，问题严重的，坚决清理出建设队伍。好啦，一会儿我通知张树海，让他再通知所有的人，两辆小车明天一起走，不能误事。"胡书倍高兴地站起身来，说："有老段长直接指挥，肯定没问题。"说完，兴冲冲地出去了。

早晨八点钟，王廷、张树海、胡书倍以及质检、技术人员，分乘两辆吉普车，浩浩荡荡地来到左新线上，挨个儿对每一个标段的施工、用料进行大检查。来到一标段时，胡书倍有意将王廷一行人引导到大苫布遮盖的水泥前。王廷问："这是一堆什么料，揭开来查看。"胡书倍看着张树海，张树海反过来盯着他，胡书倍躲不过了，伸手揭开苫布，众人定睛一看：啊呀，是宝强县三强水泥！出了名的劣质产品！王廷回过头来，质问王玉良："我们合同上规定用什么水泥？""嗯，规定用草原牌水泥。""为什么擅自违反合同？""听说两种水泥差不多。""差不多，差多少？是不是价格差二分之一？是不是三强水泥无法凝固？你是不是明知故犯？"王玉良脸上渗出了汗珠儿，一时语塞。王廷对着冯永昌交代："立即组织车辆，把所有的三强水泥全部没收，拉回公路段大库房。"然后训斥王玉良："你好大的胆子？是不是想进禁闭？我现在就撤你的职，你信不信？"王玉良慌了，说："王段长，我错了，以后我再也不敢犯这种错误了。"王廷鼻孔"哼"了一声，大声说："现在我以总指挥的名义，宣布撤掉王玉良一标段队长职务，立即回单位接受审查！副队长张祥接任队长职务。"王玉良被突如其来的处理吓呆了，两眼瓷瞪瞪地看着胡书倍，抖动着嘴唇，想说话，发不出声。胡书倍也惊呆了，真没想到王廷来这一手。他想救王玉良，但一时想不出法子来。正在这时，张树海说话了："我完全赞成王总指挥的决定！冯永昌，通知张祥现在就上任！"冯永昌应声向张祥施工地点走去。王廷又说："继续检查，看还有没有不合格的原材料。"众人闻声开始检查。不一会儿，质检人员过来汇报，又发现了一批不明来路的螺纹钢、圆钢和线材。王廷让人叫来保管人员，问："这是哪里进来的钢材？"保管张开嘴不说话。王廷说："你把进货单据给我拿来。"保管员见拖不过，只好回去找单据交给王廷，王廷仔细看了一遍，说："我们在合同上规定要用包钢的材料，这怎么买回了河北小厂子的钢材？这质量能保证吗？冯永昌，你和保管员拉出一根二十五号螺纹钢，用大锤打一打，看怎么样？"冯永昌和保管立即去库房进行试验。不一会儿，冯永昌汇报："这个螺纹钢，用不了三锤子，就打成两圪截了。"王廷又说："全部拉回总段库房。"王廷回头又问王玉良："你为什么违反合同，私自购买河北小厂的钢材？"王玉良说："小厂子也有合格证。""合格证在哪里？""在人家办公室墙上。""你亲眼看见了？"王玉良又哑巴了。王廷骂道："你原来是个好职工，咋现在突然变成鬼卜掉儿了？这样劣质的钢材，用在桥梁上是会造成车毁人亡的大事故！你的胆子怎么变得这样大？人性都丧尽了？"王玉良一句也答不上来，只是低头叹气。不多时，张祥过来了，王廷说："现在正式任命你为一标段队长。检查出的问题，必须立即纠正，不能有半点含糊。以后的施工，必须严格遵守合同中的规定，按图纸施工，决不可擅自改动。至于没收回去的水泥、钢材，我们要和厂家联系退货，不行就上法院。退回的货款，还归你们使用。"张祥一一点头应承。

　　检查组来到三标段，发现有一堆用三块儿苫布遮盖着的石料。王廷命人揭开后，发现是一堆混沙石。工段队长刘三美急忙解释："这堆混石，可以做最底层的路基础，不和水泥做混凝土。"胡书倍看了一眼新上任的收料员，问："你叫什么名字？""我叫郭满仓。""原来在哪里干活？""在四标段。""干的什么活？""嗯，嗯，嗯！""嗯什么？连干过的活都不知道？""嗯，是收料员。""噢，那你认真把关，可不敢胡乱收料。""没问题，我干了八年养路工了，没捣过一次鬼！""怎么？以后想捣鬼？""不，不！哪能呢，捣鬼的人迟早要暴露，我不敢。""告诉你，你敢捣一次鬼，就立即开除你！""是，是！"郭满仓边答应，边跟到了刘三美的身后。检查组到四标段时，胡书倍看见石料场上站着一个人，背对着众人。仔细端详：这不是王志存吗？咋到了这里？是和郭满仓掉换了吧。胡书倍正要过去查问，王志存好像长了后眼，迈开步子，和竞走运动员一样。"刷，刷，刷"地向西走了，眨眼就看不见人影儿了。胡书倍问工段队长李军："你们现在的收料员叫什么名字？"李军支支吾吾，说："还，还没定呢。""刚才躲开的那个人是谁？""噢，叫，叫王志存，临时顶两天。"胡书倍冷笑道："你们敢合伙欺瞒我？我处理了的人，你们互相偷换着用？你小心点儿，这些人要是再出一点儿问题，我连你处理掉，信不信？""信，信！胡段长，我一定加强管理，保证不出问题。"胡书倍瞋目道："但愿如此。"

　　检查到第五标段时，有的层面厚度不够，属于偷工减料。李海洋不服气，要求掏开重量。结果测得沙砾垫层不足十公分，最少差五公分，水泥石灰层不足十五公分，也最少差五公分。沥青碎石层和油面处理还未动工，现在谈不上差多少。王廷指着李海洋说："五标段虽然在公里数上和其他标段没什么差别，但地形复杂，沟壑纵横，建成后，既有软路基，又有涵洞桥梁，所以比其他标段投资要多,施工难度也大,技术质量要求要高,千万不能掉以轻心,埋下隐患!也就是说,在施工的每一个环节,不能掺一点点假,不能减一点点料。多大的工程就投多大的资,表面看给你们的钱多点儿,但实际上一点儿也不多,这是根据工程量计算出来的!招标用人的时候,我不在单位,你这个段长是在家的同志确定的,但是你记住,你是国家的人,不是哪个领导个人的人。干工作要为国家负责,为人民的生命财产负责!现在工程进行在半途,一些问题还来得及补救,一定要补救!我已经五十多岁了,在这个岗位上不会太久了,但是我还要给你进这一番忠言,希望你好自之为。"李海洋听得头皮发麻,浑身战栗。胡书倍的脸色红一阵,白一阵,不时用眼瞟着李海洋。正在这时,质检员跑来汇报:"五标段只进回全工程二分之一多的材料。"王廷问:"这些材料是从哪里进回来的?""是和合同上规定的厂家进回来的。"王廷问李海洋:"剩余的料你打算怎么办?"李海洋答:"仍然和那些厂家进。"王廷目露凶光,警告道:"可不敢胡思乱想,不然,国家和人民都要遭受损失,大家都要身败名裂。"李海洋头上冒出了汗珠,连声说:"王段长,我听你的!听你的!"王廷见李海洋认错态度较好,就继续向前查去。

  查到第八标段时,张树海突然瞭见路基下面有一个大沙堆,觉得蹊跷。于是拽了一下冯永昌的衣襟,俩人快步走下去。到了大沙包跟前,仔细观察,发现沙包下面露出一块苫布来。张树海伸手去拽,拽不动,冯永昌伸手一起拽,终于拽起一角来,啊呀!里面放着各个型号的钢材!张树海完全明白了,这肯定是向外地小钢厂进回来的劣质货。于是和冯永昌掉头来见王廷,说明情况后,王廷气得直翻白眼,大骂工段队长郭明亮:"兔崽子,贼胆挺大的!组织上瞎眼啦,能把你这种破坏分子用上来。你知道不知道,修路架桥人命关天?行啦,我作为总指挥,宣布撤掉你八工段队长职务,立即回段里接受审查!副队长孙国胜任命为八工段队长,立即到任。"郭明亮听傻了,满脸的肌肉都开始抖动,眼眶里溢出了泪珠,想和王廷求情,可王廷一脸怒容,没有余地了。转脸向胡书倍望去,胡书倍早掉转身,给了自己一个后脑勺。哼,胡书倍,见死不救,我今天晚上就去你家,把钱还给我!想到这里,郭明亮用衣袖揩了一下眼泪,掉转身腾腾腾地回帐篷去了。王廷吩咐众人:"对八标段彻底检查,不留任何死角。"于是,大家按照职责,分头查验。八标段的有关人员紧张极了。

  检查组来到十一标段。王廷一行坐着吉普车在路上巡视,突然,看见在一个路口下,有一长溜四轮车辗压下的踪迹,再向前望去,堆放着一大堆沙柳和柴草。王廷指示司机将车开了过去。大家下了车,掀开沙柳,嚆,一大堆水泥，全是宝强县三强水泥！王廷仰天叹道："照这样搞下去，左新公路就是豆腐渣工程，要人命的工程！新召人民永远钻山沟里吧，永远不要改革开放了。"说完，上车返回十一标段办公的帐篷外。工段队长郝五拿着一盒中华烟，讪讪地笑着，先给王廷递过一支烟，王廷说："你先把烟收回去，我问你几句话。"郝五收敛了笑容，垂手站立。王廷问："前滩那一堆水泥是哪个单位的？"郝五皮笑肉不笑地答："我让买回来的。""合同上规定买什么样的水泥？""买草原牌水泥。""为什么擅自变更合同？""三强水泥便宜。""便宜能不能保证安全？""我不知道。""你不知道用料怎么当这个队长？"郝五沉默。王廷问："你说应该怎么处理你？"郝五涎着脸说："我改正错误。"王廷鄙夷地看着他，说："你赶快卷包回单位，接受审查。十一标段的队长由七标段的王尚华担任。"郝五这才慌了，伸手拽住王廷的衣服，哀求道："王段长，错误我能改，能改！"王廷呵斥道："等你改正了，人命也出了！赶快交手续，这里没你的事了！"说完，大步走向吉普车，安排人们继续检查。郝五站在原地发愣，瓷了！

　　王廷带着两车人在左新公路上连续检查了三天，最后又在六标段大帐篷里召开了所有标段的队长和副队长会议。王廷讲话后，张树海表示坚决支持王段长的果断行动。所有队长、副队长、质检、技术人员都一一表了态：一定要将伪劣材料彻底清除出左新公路，一定按图纸认真施工，保证按期交出优质工程。胡书倍浮皮了草地讲了几句话，就没心思再说下去了。他的心里乱三搅四，没想到王廷能一连撤掉三个队长，这三个队长肯定要上门找自己的麻烦，该怎么对付呢？

## （一百二十四）

　　左新公路通不了，新召村民难出门。
　　八月一日大清早，张开关和侄儿树林、侄媳改兰，就站在乡政府大门口等班车，要去旗里买日用品，顺便去看看二树和树海。但左新线未修通，只能坐到东胜的班车，再绕道去旗里。大约十点多钟，三人坐在了班车上，汽车晃晃悠悠地沿着牤牛河槽的沙石路，颠簸前行。一个多小时后，来到曹家沟。这时，西北方向黑云盖地，接着刮了一阵大风，几声沉闷的雷声传了过来！有人说，准格尔召那边可能下雨了。大家向西北望去，只见灰蒙蒙的一片。不多时，有人惊呼："啊呀，前面怎涌起一片黄尘。"张开关向前看了看，大叫："不好，山水来啦，快下车！"一边说，一边拽起树林和改兰，直奔车门。司机也看见是大山水来了，急忙打开车门，大喊："山洪下来了，快下车，往岸上跑！"人们纷纷从座位上站了起来，慌慌张张地往车门口挤去。张开关已冲到了门口，树林拉着改兰后面紧跟，叔侄三人先后从车上跳了下来，一齐向东岸跑去。改兰突然被脚下的石头绊倒了，左手从树林的右手里滑落下来。树林弯腰去拉改兰，大水已经齐腰冲了过来，俩人一头栽在洪水里，连呛了几口水，就被洪水卷着向南滚去。这时，张开关已经跑到了岸边，回头寻树林和改兰，已经杳无踪影了！向南望去，好像有些人在洪水里滚荡，树林和改兰可能就在里面！啊呀，这可怎么办呢？进洪水里救人？自己一点水性都没有，岂不是白送命？但见黄水滔滔，咆哮怒吼，泥沙俱下，草木漂荡，真个是洪水猛兽哪！没奈何，他一口气跑上东岸的制高处，定了定神，看见班车已被卷在了洪水里，打着滚儿向南漂去。未来得及下车的旅客在车厢里东撞西碰，四肢乱伸，鼻口进水，昏昏然，无法逃生了！树林啊，改兰哪，你们在哪里？张开关着急地在高地上乱跑，伸长脖子探望，但是只看见浊浪排空，只听到狮啸虎吼，再什么也找不到！他索性爬向更高处，踮起脚尖张望，只见半山上不断地有洪水窜下，流进河槽。河槽里的水越来越宽。啊呀，已经溢进村子里，进了住户人家的院子，村民们一片惊慌，抱着衣物纷纷往高处跑，咦！老油坊被水淹了！几个浪头冲来，轰然坍塌。猪、羊、鸡也卷进了水里，扑腾着挣扎，有一头毛驴，好像还有两头骡子，也被卷进浪里。哟，有房大的石块、炭块在河里翻滚，有橡檩、树木在浪头漂荡。河岸上有桶粗的大树也被洪水冲倒了，躺进浪头上，连根挣脱，跃进了水里。看天空，黑云压顶，像锅底一样！突然几道电光闪耀，炸雷随后到来，撼山震岳，惊得张开关一个哆嗦，差点儿跌倒在地。嘿，暴雨又来了！瓢泼瓮倾一般直泻下来，张开关害怕了，四下瞅睹，寻到一个羊倌避雨的小窟子钻了进去，提心吊胆地看着外边的暴雨狂涛，心想：树林和改兰可能不行了！他们才刚开始活人哪，怎就遇上这一劫！老天爷呀，保佑我的侄儿、侄媳死里逃生，不行就让我去死吧！张开关"呜呜"地哭了起来。

　　树林让洪水冲倒后，被洪水向南卷去。嗨，命不该绝！十几分钟后，他被大水荡在了岸边，在水中挣扎了一阵后，觉得两脚踩着了河底，就拼命向岸边扑腾，不知喝进多少黄水，终于抓住了一块大石头，迷糊着眼，奋力爬了上去，坐在上面。歇了一阵后，又顺着石头溜进水里，探了探深浅，刚淹了大腿。于是慢慢下了水，一步一步地向岸上挪去。几分钟后，终于爬在了硬地上，站起身来，向山顶攀登。半个多小时后，来到一处能避雨的石崖下坐了下来。想想改兰和三爹，八成是没命了，难过地号哭起来。

改兰被卷进了河心，随着巨浪，翻上翻下，一口一口地往肚里灌水。清醒时，看见身边黄浪滚动，两旁地动山摇，天上电闪雷鸣，暴雨倾泻，黑压压地，好像天要塌下来了！糊涂时，只觉得耳朵鼓胀，两眼昏黄，黄水铺天盖地冲了过来，如同到了水中的阴间地府，昏昏沉沉，接下来就什么也不知道了！漂啊，翻啊，荡啊！大约一个多小时后，改兰被洪水摆在了一个回水湾里，又渐渐地靠了岸。她的衣服被洪水冲了个精光，赤条条地，闭着双眼。又过了好一阵，她渐渐清醒过来。冥冥中，好像有一个白胡子老头儿，用手把自己往岸上拖，拖一会，歇一会儿，接着好像又来了几个人，帮着拖。后来，就被人们抬进了一个院子，哦！是医院，新召医院！她躺在病床上，医生给她苦上了白被单。屋内进来一群众，惊奇地看着她。这女人，怎头胀得比斗还大？两眼血红，耳朵和鼻孔都是泥沙，一个大嘴呼呼地送气，舌头伸得老长，像是刚从房梁上解下来的吊死鬼，真吓人！肚子膨得像怀了三胞胎。四肢肿胀，庞手庞脚，比吹足了气的褪毛猪还要粗。看稀奇的人议论："这是谁家的女人，还活着？"熟人在身边站了好一阵子，都没把她认出来！医生们劝走了众人，开始给改兰治病。半夜时，改兰彻底清醒了，这时才想起了树林和三爹，可能没命了，她难过得抽泣起来！

张开关在避雨窑子里躲了一夜。天一亮，就来到河边。这时，山水已退，水流缓缓，只是河槽被先前冲刷得深了许多。张开关脱下鞋，挽起裤，试了试水深，只淹到了小腿弯。于是蹚水过了河，来到西岸上，迈步向南走去。走着走着，看见前面有一个人，只穿着短裤，光着上身，肩上搭着衣裤，也向南走着，并且不断地向河两岸张望！张开关加快了脚步撵上去！啊，这不是树林吗？于是大喊："树林，树林！"那人听到喊声，站住了脚，转身一看，惊呼道："啊，三爹！你怎逃出来的？你也活着？"二人一阵惊喜，相互询问了昨晚的情况，张开关问："改兰不知怎么样了？"树林忧虑地说："凶多吉少，看命相吧！"俩人一路再没什么话好说，低头只顾走路。

一个多小时后，有人看见他们进了新经济公司办公室，就急匆匆地走了进来，惊喜地说："你俩还活着？命真大！告诉你们一个好消息，改兰也没死，正在医院治疗呢！"树林一听这话，"腾"地离开凳子站了起来，忙忙地向医院跑去！张开关随后紧跟。树林进了病房，见改兰从头到脚都肿胀得变了样儿，愣了愣神，才走在床边坐了下来，细细盘问起昨天被洪水冲走后的详细情况。满屋子人唏嘘不已！张开关长出了两口气，说："我昨天一晚上就担心你们两个。没事了，放心了，感谢老天爷！"

这次洪水，班车上共有四十二人（包括司机），有二十六人逃生，十六人罹难，新闻媒体都作了报道。

## （一百二十五）

在新召到东胜的班车被洪水冲走前一个星期，左新二级公路基本修通。七月二十五日，王廷带领工程指挥部全体成员，在左新线上视察，表面上看没发现什么问题。回到办公室，王廷召集张树海、胡书倍几个人开会，说："公路竣工了，选择个好日子，正式通车。到时候，搞个剪彩仪式，把交通局和旗党政领导都请来，隆重地庆贺一下。"张树海说："今天是七月二十五日，离'八一'建军节还有一个星期，剪彩通车的日子定在八月一日怎么样？"王廷说："行，八月一日是好日子，我同意。"胡书倍说："行是行，但有很多事要准备。除了各级领导的讲话稿和会场布置外，中午的筵席也要安排好，不能出疏漏。"王廷说："成立个会务组，组长由张树海担任，具体负责庆典仪式上各位领导讲话稿的起草。副组长由胡书倍担任，具体负责会场的布置和酒筵的安排。"张树海看了看胡书倍，见他低头不作声，就说："我和胡段长的角色换一下吧，胡段长当组长，我配合。"王廷说："不用换，你是搞常务的书记，文章写得好，发挥各人的特长嘛！"胡书倍抬起头说："就按王段长的意思办吧。"

八月一日早上九点钟，左新公路一公里处，红旗飘杨，彩旗耀眼，横跨公路的大龙门气势磅礴，上面一排大字金光闪闪：热烈庆祝左新公路正式通车。龙门东三十米处是主席台，正中坐着分管副旗长白云峰和盟交通局吕局长、刘副局长，左侧坐着旗交通局长狄远化，副局长杨增杰、陈永山，右侧坐着公路段长王廷、书记张树海、副段长胡书倍。九点十分主持人张树海宣布庆典仪式开始，第一项是剪彩通车。九名礼仪小姐各端着一个托盘，将上面剪刀呈送给主席台上的领导。领导们满面笑容地接过剪刀，分别在彩带上的十个花朵之间，将彩带剪开。会场上响起一阵热烈的掌声。掌声过后，领导归位，首先由旗交通局长狄远化讲话。接着王廷讲话，他汇报了左新公路的基本情况和各方在建设过程中作出的贡献。最后是分管副旗长白云峰讲话，他进一步强调了左新公路在鄂左旗经济建设中的地位，同时充分肯定了公路战线上全体人员的辛勤劳动和卓越贡献。会议最后一项是由领导给先进工作者颁发奖金、奖状。大会在高昂激越的《歌唱祖国》乐曲声中结束。

中午十一点半，西边天空上涌来黑压压的一片云。不一会儿，刮起了大风，好像要来雨了！

旗宾馆的大餐厅里，宾客满座，灯烛辉煌！庆祝左新二级公路正式通车的宴会开始举行。狄远化致了热情洋溢的祝酒词，举杯向大家敬酒，正微笑着带头喝第一杯酒时，突然当头传来一声震天动地的炸雷！狄远化猝不及防，身子一颤，手一抖，杯中酒洒了大半，杯子也差点掉在地上！大厅内所有的人都吃了一惊，洒了杯中酒。一阵惊悸后，大家又添满酒，继续开始宴会的程序。突然，又有几声巨雷在头顶炸响，人们惊恐地向室外望去，只见空中黑云翻滚，院内大雨如注，不多时，就一片汪洋！左新公路有的工段队长，开始害怕起来，心提到了嗓子眼儿上！啊呀呀，怎响这么硬的雷？下这么暴的雨？这能发多大的洪水？咱那段工程能扛得住吗？可是大厅内的绝大多数人，在一阵惊雷响过后，心情逐渐平静下来，继续兴致勃勃地提议喝酒，说吉庆话，手舞足蹈，嬉笑调侃，把个宴席一直延续到下午两点半！

（一百二十六）

八月二日上午十时，新任稽查队长李在山急急忙忙走进王廷办公室，说："王段长，左新公路通车不到两小时，五标段就有一公里长的路面开始松动，重车碾压后，路面很快碎烂，形成一道道深壕，车辆不好行走，开始堵车。"王廷吃惊地问："其他标段怎么样？"李在山说："其他标段没发现问题。"王廷脸色灰白，一阵慌乱，说："你快去通知张树海，让他备车，和我一块儿去左新路。"李在山应声出去。王廷从衣兜里摸出一支香烟，点燃后只抽了两口，又狠狠地摁熄了。

一会儿，张树海走了进来，说："车已备好，能出发了。"王廷站起身来，气愤地说："昨天剪彩，今天路烂，怎么向社会交代？"张树海说："先到现场看看吧，弄清楚了再说。"王廷满脸怒容，走出门外。

俩人驱车在左新路走了不到二十公里，就被拉煤车堵住不好前行了。大约有三十多辆大卡车停在了路上。不少司机站在路边，一边向前张望，一边叫骂："公路段，公路断！头一天剪彩，第二天路烂。"有的司机指着公路段机关的方向说："官老爷们，几千万块钱修的路，一天也走不成？你们就不怕被判刑、枪毙？"有的司机说："嗨！你把问题看反了！路修得越烂，官升得越大！路修的愈新，愈要卷铺盖走人！你连这也不知道？"王廷气得头昏眼花！指示司机想法避开重车，继续向前。吉普车左闪右避，歪歪扭扭，走了半个多小时，才来到出事地点。王廷和张树海下车查看，确实有一公里多的路面，高低不平，上面铺就的沥青碎石都烂了，下面的水泥石灰层也暴露出来。路面上还出现了壕沟，车辆难以行驶。张树海看到这种情形，对李在山说："你赶快骑摩托车返回零公里，让别的重车不要上路了。另外，告诉堵在路上的重车，赶快想法掉头回去，土路去吧。"李在山应声向西去了。这时，胡书倍骑着摩托车也赶了过来，王廷瞥了他一眼，没说话。有几辆陷在壕沟的汽车，无法退出，司机们只好下车去路基下拣柴草、树木，垫在车轱辘下，费了一个多小时，才将车倒了出来。快十二点钟的时候，狄远化也坐车来了，沿着烂路看了一遍，当着其他人的面，把王廷和张树海、胡书倍大声训骂了一通："你们自己睁眼看看，干的什么工程？全国的公路段，有没有你们这么丢人的？国家投了那么多钱，是让你们修路哩，可不是让某些人贪污哩！这个事故一定要查清，该开除的开除，该判刑的判刑。"王廷三人低头无语，像三根木头圪桩，直杵杵地栽在地里。胡书倍也吃惊不小，觉得后脑勺"嗖，嗖"发凉，真不知道其他标段怎么样了？要是都出现类似问题，上面认真调查起来，保不住那些队长会说出什么来！他正在忐忑不安，张树海对王廷说："王段长，路上的车都疏通开了。下午咱们带上技术员，来现场取一下证，查一下路烂的原因，然后采取补救措施。"王廷看了看狄远化，狄远化狠狠扫了三人一眼，说："抓紧补救吧！坑坑洼洼的烂路摆在这里，太丢人现眼了。"说完，上车摔门急驰而去。

　　王廷中午没回家，没吃饭，灰败败地坐在办公室发呆。下午两点多钟，和两名技术员、两名养路工，带着测量器械和镐头铁锹，来到五标段路上。工人们将路面掏开，挖了一米多深的大坑，技术员跳进坑里，认真取样测量，然后说："王段长，咱们回去化验，计算，寻找原因吧。"王廷说："好吧，要抓紧！找到原因后，赶快动工补修。"几个人一边说着话，一边准备上车返回。突然，王廷站在车旁，向路基下瞅睹起来。张树海问："王段长，看什么？"王廷用手指了指前面的沙蒿林，说："树海，你看那是什么？"张树海观望了一阵，说："好像是几个装水泥的编织袋。""去！你下去把那几个袋子拿上来。"张树海会意，一溜烟跑下路基，走进沙蒿林，拣起四五个袋子，又快速跑上路面。王廷蹲在路上，把袋子抹平，细细观察起上面的标记来。哼，李海洋，你个阳奉阴违的两面派，果然在水泥上继续捣了鬼！众人见老段长蹲下观察水泥袋，就都凑了过来，一看：啊呀，袋子上清清楚楚地标记着"宝强牌三强水泥"几个字，怪不得公路出问题！王廷怒吼道："简直胆大包天，丧尽天良！明知道这水泥不能用，还偷偷摸摸地继续用，反复劝告都不听！不把这个祸根从公路段拔出去，将来还要出问题！"正说着，胡书倍骑着摩托车赶过来，王廷怒不可遏，大声质问道："你是专管施工的副段长，李海洋又是你招标强行用上来的人，你说怎么办？"胡书倍结巴着说："我……我没发现他这么搞。""你没发现？你明晃晃的眼睛不管用？连个草原牌和三强牌也分不清？""他可能是趁我不在的时候偷着用。况且，你给他训过话，我以为他再没那个胆。"王廷气得口中白沫乱翻，呵斥道："书倍，你的理由很充分，你的身上没责任，所有的罪过老王一个人担，满意了吧？"胡书倍被王廷气势汹汹的样子震住了，不敢再辩，低垂下眼皮沉默了。众人心里都明白，老段长冤！

　　下午四点多钟，化验结果和计算数据都出来了。技术人员在段务会议上做了汇报，事故的原因是：水泥石灰沙子三合土不达标，里面掺和了二分之一的三强水泥。各层面的厚度也不够，特别是沥青碎石那一层，明显缺下五公分，相反沙砾垫层多出十公分，油面也短两公分。一句话，乱用劣质材料和偷工减料是造成事故的根本原因！王廷听完汇报，说："张树海，你把这次事故的原因和直接责任人李海洋的所作所为，整理成详细材料，准备上报旗局和旗党政。至于领导层应承担的责任，由我来负，你们年轻人就免了吧。"张树海说："老段长，你的责任没那么大，不能把别人应承担的责任都让你一个人背，这不公平，也不符合事实！想讲风格，就由领导班子成员集体担！"说完，两眼逼视胡书倍。胡书倍尴尬地笑了笑，说："应该集体担，应该集体担。"王廷说："你们还年轻，前程还远着呢，不要给你们画污点了！"张树海气愤道："那也犯不着老段长替我们背黑锅！"胡书倍不满地偷视张树海，张树海把笔记本子摔在桌子上，大声说："我爱说公道话！"王廷叹了口气说："好吧，就按树海的意见办。"几个技术人员不便表态，戚时飞戴着深黑色蛤蟆镜，一句话也不敢说。会议草草结束。

（一百二十七）

　　上级党政部门对公路段在左新公路上造成的事故，做出了处理决定：王廷、张树海、胡书倍每人给予党内记过处分一次。公路段当年的工作给予否定，不许参加任何级别的评优活动。解除事故直接责任人李海洋的劳动合同，清除出交通系统，自谋职业，并由检察部门对其问题作进一步的调查，视其问题轻重再作处理。

王廷当了三十多年劳动模范和先进工作者，临退休却背了一个处分！就像吃饭一样，先吃进去的都是美味佳肴，没想到吃最后一口菜的时候，吞进一只苍蝇，恶心得直想吐。他又气又恼，看见胡书倍的影子都漆黑，真想照他的脸狠狠扇两个大耳光！胡书倍迎面碰见王廷，皮笑肉不笑，问："老段长，您忙？"王廷仰着脸，装作没听见，气冲冲地侧肩而过。胡书倍掉过头，对着王廷的后背直龇牙，然后冷笑着离去。

李海洋得知自己被开除的消息后，急得直跺脚。回家睡了整整一天，仔细盘算：虽然被单位开除了，但通过这个工程，自己至少捞了五十万块钱，不算亏！可是，上面的处理决定说，对李海洋要继续审查，一旦证据确凿，依法处理，这就麻烦大了！不行，还不能离开公路段，就是当个临时工，也要待下去！这样可以随时掌握反贪调查组的情况，及时协调关系，防止这些人把自己投进监狱。想到这里，李海洋乘着夜色，走出了家门。

胡书倍正坐在沙发上看电视，忽然看见李海洋走了进来，毯眉杵眼站了一会儿，就痛哭流涕："胡段长，他们开除了我，这已经没办法了！可是，我想在公路段当个临时工，当个受苦人，总还是可以的吧？"胡书倍沉着脸，慢吞吞地说："让我考虑，当然不成问题。可是你想想，我能不能说响话？他们谁肯听我的？这事儿嘛，你必须直接找王廷，他一句话就决定了。"李海洋说："王廷现在恨死我了，哪里会考虑我的要求？"胡书倍嗔怪地说："人怕敬，鬼怕送！你不懂这个道理？你就不会动动脑筋去见他？"李海洋瞪着眼睛想了想，说："我明白了，谢谢胡段长点拨。"说完告辞出去。

第二天晚上，李海洋提着两瓶茅台酒，二条中华烟，一盒明前龙井茶来到了王廷家。进门后，对着王廷一边哭泣，一边认错，差点要跪地求饶了。王廷问："你想干什么？"李海洋说："我想在公路段当个临时工，粗活儿重活儿干什么都行！"王廷嗤之以鼻，说："你犯下这么大的错误，给国家造成严重损失，还想赖着不走？这可能吗？"李海洋哀哭道："王段长，我出去无法谋生哪，你就再照顾我一次吧。"王廷坚决地说："别说了，拿上你的东西赶快走！希望你不要再来公路段乱转悠！"说着，就把李海洋拉起来，把礼品包子塞过去，一阵驱赶，将李海洋撵出了屋。

李海洋又羞又气回到家，一根接一根地抽纸烟，把客厅熏成个烟窟子，呛得媳妇直咳嗽。媳妇说："你今天已经抽了三盒烟了，抽死也不顶用！"李海洋冷笑了，说："哼，咋不顶用？我已经想出办法了！让王廷也从公路段滚出去！""什么办法？""现在你少知道点儿，等两天看红火！"然后自言自语"王廷你太狠,硬逼着我下黑手!"媳妇茫然望着他。

第二天下午,张树海来到段长办公室,见王廷一个人枯坐在办公椅上,脸色苍白,心事重重,就说:"王段长,我发现李海洋在阅览室写东西,还一个人骂骂咧咧的,不会闹出什么事吧?"王廷不屑地说:"他是什么东西,不撒泡尿照照,是人还是鬼,还想继续闹事?把缰绳放得长长的,看他能蹦跳到哪里!"张树海说:"王段长,小人你也得防着!石头虽小,往倒绊人哩!"王廷沉思了一会儿,说:"我行得端,立得正,他想把我怎么样?""嗨,明枪易躲,暗箭难防!工作这么多年,谁能保证一点错误都没有?若是让别有用心的人抓住了,来个潘金莲熬药——暗中放毒,那就不得了哩!"王廷沉思了一会儿,说:"那你说该怎么办?向小人低头?""哎!不是向小人低头,而是要讲究策略,将小人安抚住,以免他铤而走险,狗急跳墙!像李海洋这样的人,现在最好不要刺激他,你可以给他解释:开除他是上级组织的决定,公路段没有这个权力。他想留在段里当临时工,可以答应,先将他稳住。"王廷点头,张树海回到了自己办公室。

下午五点多钟,王廷在单位院子里溜达,想和李海洋谈谈。思忖:张树海虽然是个年轻人,可是看问题很尖锐。穷寇勿追,困兽犹斗,弄不好自己还要被咬伤呢!参加工作三十多年了,大的方面讲,问心无愧,可是细想起来,错误也没少犯,糊涂事也没少做,有些事外人知道,有些事只有自己清楚。唉!只要是个人,谁没点儿隐私,谁没点儿秘密?要是把伪装全撕下来,赤裸裸地暴露在老婆娃娃面前,让外人也来观看,那谁受得了?除非那人是个牲口!后退一步乾坤大,让人一步自己宽,该妥协的时候就妥协吧!王廷正想着,突然瞅见李海洋正在胡书倍的办公室里,嘀嘀咕咕说着话。哼,鱼找鱼,虾找虾,乌龟爬行找王八!王廷心里一阵厌恶,上前锁了自己的办公室,拂袖走出了机关大院子。

天蒙蒙亮,王廷就起床洗漱。胡乱吃了点儿早点,就走出大门,准备去单位上班。返身关大门时,发现右门的上方贴着一张小字报,不觉心头一紧:啊呀,真有人要暗算自己啦?凑上前,仔细观看,顿时惊出一身冷汗来!这小字报的题目就令人发怵!叫什么《老模范还是老流氓》!下面写的是"一九五八年九月二十一日晚九点钟,王廷与本单位女职工刘花兰,在南树林乱搞男女关系。王廷是隐藏在人群里的大色狼!"王廷羞愤难当,气急败坏!伸手就想撕下来。可那纸是涂满糨糊贴死的,不用说撕,就是抠也抠不下。王廷慌了手脚,踮起脚尖儿靠上去,"呸呸呸"往上唾口水,试图把纸张浸湿往下搓。正在这时，老伴出来倒尿盆。老远就听到老头子"呸呸呸"地乱唾声，觉得很奇怪，走到大门口，嗔怪道："大清早，你唾什么？中邪啦？"王廷一听是老伴出来了，更紧张，说："去，去，去！一张破纸条，我往下撕。""什么破纸条，我看看。""看什么，倒尿去！""嘿，是给你写的？骂你了？"老伴端着尿盆凑过来，王廷一把将她推开来，尿水洒了王廷一裤腿，尿盆子差点从老伴手上跌下来。老伴儿疑心了，放下尿盆又来看，啊哟哟，老头子以前还干那种事儿？这个刘花兰，已经去乌海二十多年了，自己以前也认识，是公路段的勤杂员，人长得俊俊的，听说有些风骚，原来是和自己的男人瞎胡闹！想到这里，一股醋水往上涌，气不打一处来，把尿盆子"当"的一声踢一边，对着男人开始骂："你原来背着我干坏事？藏起尾巴装好人？呸，把你个肮脏龌龊的老色鬼！"王廷用衣袖揩掉老伴唾在脸上的口水，回骂道："糊脑尿！这是有人给我造谣哩，我根本没有那种事！"老伴耻笑道："有人名有地点有时间有时辰，能说没那事儿？谣能造得这么细？""造谣还管细不细？""你一辈子都在捣哄我？偷眉吃杵养婊子！""放屁！再说我扯烂你的嘴！"老伴气极了，一把揪住男人的衣领口，破着嗓子叫喊："你扯，你扯，扯死老娘你好活去！"王廷气得直跺脚。正待挣脱时，儿子和媳妇走出来，伸手把俩人拉开来。王廷瞪了老伴一眼，索性不管这小字报了，抬腿就往单位走。

啊，单位大门口咋聚着一群人？大家见他走过来，有的笑，有的上下打量着他，还有的窃窃私语说什么。哦，明白了，大门上也贴着小字报！王廷愤怒了，大骂道："有种的站出来，耍一耍明枪！不要光躲在阴圪崂里放暗箭！你自己是个犯罪分子，还反过来疯咬别人，丧心病狂！老子看你就是个小人、坏人、犯人！逮住你就要处理！有本事明儿个再给老子贴几张小字报，小心老子尿你头上！"骂完，气冲冲地推开大门，大踏步朝办公室走去。众人又一阵议论。

张树海端着一杯清水，拿着一条毛巾，来到大门前，在杯中呷了几口水，"噗噗噗"地喷在小字报上，然后用毛巾一阵搓擦，小字报就变成了一些碎屑了，人们纷纷散去。

王廷下班回家，进门后，冷清熄火，老伴连午饭都没做，正坐在小凳上擦眼泪呢。见男人进屋，问："你现在和她有来往没有？""和谁有来往没有？""不要装糊涂，就那个贱母猪，刘花兰！""嗯，人家去乌海都二十多年了，杳无音讯，来得个什么往？""你老实给我说，你以前究竟和她怎回事？不要把脸面往裤裆里藏！""唉，老婆子，咱俩儿女都成家了，再过两年孙子外孙子也会走路了,你还胡思乱想些甚?""我就是想弄个明白的,不爱糊里麻达地活人。""那些有什么好听的,说出来真没意思!""那你也得给我说清楚,不然我死也合不上眼!""好啦,好啦!我给你说。刘花兰是别人给我介绍的第一个对象。那时候,她是单位的勤杂工,我是公路段的分队长。下夜老汉乔志得看见我俩都单身,就主动出来当媒人。我和她谈过几次,也去见过她娘老子,后来,没谈成。""为什么没谈成?""她娘老子和我要五百块彩礼钱,我掏不起!""那她是什么意思?""她是愿意嫁给我,可是拗不过家里人。""于是你就和她偷偷摸摸乱搞起来?""啊呀,说给你,你不信。那时候的政策可硬了,胡乱搞是要被单位开除的,谁有那个胆量?""那五八年九月二十一号晚九点是怎么回事?""嗨,那是我和她谈恋爱,最多就是个搂搂抱抱,没别的事儿!""不要脸!还好意思说?后来怎就被别人发现了?""嗨,单位年轻工人多,吃饱没事干,早就瞅睹上我俩了。""咱俩结婚后,你再找过她没有?""真没有,骗你天打五雷轰!"老伴"扑哧"一声笑了,说:"我给你做饭去!"王廷脱鞋上炕,倒头就睡。

## (一百二十八)

王廷得病住院了。医生说:"初步诊断是猩红热。病人感觉头疼、寒热,体外有红疹,口部周围苍白,舌如草莓。"张树海提着牛奶、水果来医院探望老段长,问完病情后,王廷说:"树海,你给我的提醒对着了,可惜我没及时去摆平,当晚他就跳出来了!这些人惯于鸡鸣狗盗,装神弄鬼,你也要警惕呢。其实李海洋只是个幕前,幕后还有人呢!那人仗着上面关系硬,不断地起事捏非,走走步步想着算计别人,心术邪得很哩!一心想着工作的人,不小心就吃了他的亏,我就是这样无意中被他搞垮的。"张树海点了点头,说:"单位有这样的人,你就别想静下心来工作。他时时刻刻想着如何拉拢人,如何争选票,如何争权力,如何弄票子,全是歪门邪道!和他共事,身后就时刻跟着个鬼,你需要挪出多一半精力防鬼、打鬼!"王廷叹口气说:"三侠五义上有五鼠闹东京,咱公路段又出了四鬼闹公路,差点儿把国家两千多万块的投资给毁掉,太可恶了!"张树海说:"我真不想在公路段待了,想找组织上谈话,换个单位。"王廷说:"你要这么做,他会高兴得睡不着觉。我觉得你还是再坚持一阵子,不要轻言调离。"张树海不置可否,嘱咐老段长安心养病,然后告辞回去。

旗党政、交通局的有关领导和公路段的多数职工，都去医院探望了王廷。胡书倍提着礼品也去探望，一口一个"老段长"地称呼着，说："老段长是我们的主心骨，大家长，领路人！您就是不干事坐在办公室，我们都心里踏实。您培养教育了我，我'心里记着呢！'"王廷笑了，说："我老了，不中用了，反应太迟钝。你们年轻人脑子活，办法多，应变能力强，应该继续努力，好自为之。"胡书倍"嘿嘿"地笑着，听话听音儿，锣鼓听声儿，这老汉是在夸自己呢，还是有意在讥讽？嗨，不管怎说，王廷老了，病了，工作上也栽跟头了，用不着再和他顶真了。于是继续笑着说："老段长，您好好养病，病好了还要干大事呢！"王廷哂笑着说："一把老骨头了，就是不退休，也该退居二线了，还能干什么大事？"胡书倍仰望着王廷，一副敬仰的样子，说："老骥伏枥，志在千里。烈士暮年，壮心不已！您是老黄忠，宝刀不老，出院后还能建功立业！"王廷"呵呵"笑出声来，说："什么老黄忠，实实在在的一条老黄牛。老牛力尽刀尖死，修路架桥不到头！"胡书倍的脑袋摇得像个木榔鼓，连声说："言重了，言重了！老段长一定能永葆青春，继续作出贡献！"俩人正说着话，戚时飞拄着双拐走了进来。站稳后，先脱遮阳帽，后摘蛤蟆镜，然后两手撑着大拐杖，摇摇晃晃地坐在了沙发上。喘了两口气，嘶哑着嗓子问："老段长，您好些了吗？"王廷说："好多了！你腿脚不便，就不要来了嘛！"戚时飞正了正身子，严肃地说："哪能呢！跟了老段长这么多年，老段长住院了，不来看看，能说得过去吗？"一边说，一边伸手从上衣兜里摸出五十块钱来，说："我行走不便，没给老段长买吃喝。这五十块钱是我的一点心意，您收下。"王廷连忙摆手，说："不用，不用！吃的花的我都有。""嗨，你有是你的，这可是我的一点点心意，不一样！"一边说，一边将钱塞在了王廷的枕头下。王廷关心地问："你没去北京大医院复查一下？""嗨，复查了。专家给配了些药，说三个月以后再过去。""哦，身体是革命的本钱，一定要爱护，不能透支过多，要劳逸结合。"戚时飞点了点头，心想：这老汉是关心呢？还是挖苦呢？嗨，想说啥就说啥吧，无所谓。于是强装笑脸又支吾了一阵，就和胡书倍一起告辞了。

王廷在医院住了一个多月，猩红热退下来了，可是又患上了高血压病，低压能达一百三十，高压能达二百二十。并且心慌心悸，经过检查，确诊为冠心病。所以需要继续住院治疗。其间，胡书倍又来探视过两次，将王廷的病情及时向交通局进行了汇报。狄远化问："他这样继续下去，对你们的工作有没有影响？"胡书倍说："怎能没影响！遇到问题，连个拍板定案的人都没有，只能拖着不办。"狄远化默默地看着胡书倍，没有继续说下去。

三天后，狄远化来医院看望王廷，说："交通局党委有个想法，想和老段长交换一下意见。"王廷心里一怔：思忖，敢不是让我退休吧？不可能！离退休还有七八年呢！是要我让位？这种可能性最大！让给谁？胡书倍？那就不好了。这个阳奉阴违、邪念丛生的鬼，是会把公路段这辆车翻在阴沟里的！坚决不能把班交给他！想到这里，王廷说："狄局长，我想听听局党委的意见。"狄远化表现出一副十分诚恳的样子，说："老段长，局党委为了你安心养病，决定在公路段现有的班子成员中，选择一名暂时主持工作的人。等你身体康复了，再让他们各干各的工作。"王廷心里"咯噔"一下，想了一会，说："我同意组织上的意见，但这个主持工作的人一定要选好。""老段长说得对，我想征求你的意见。""征求我的意见？""是的。"王廷睁大了眼睛，急速地思考了一阵儿，说："狄局长，作为一名国家干部、共产党员，我想给组织上说掏心窝子的话！"狄远化说："说吧，我就想听听你的真实想法。"王廷望着狄远化，说："我的意见是让张树海主持工作，他现在就是搞常务的书记。这人工作踏实，看问题准确，文化程度又高，是德才兼备的青年干部。"狄远化沉默一会儿，问："你看胡书倍怎么样？"王廷不愿回答的问题终于被点出来了。他清楚胡书倍和狄远化的关系。碍于情面，本想不说，但不说能行吗？不说出真实情况，狡诈作祟的人就要把持公路段了！那是什么后果？只能是一小部分人沾光，绝大多数人受害，国家的财产遭受损失！啊呀，那可不行！罢，罢，罢！老王今天豁出去了！你不是让我说心里话吆？那我就说给你听听！反正我也快要下台了，现在不说，更待何时！想到这里，突然将憋了两年多的愤懑倾泻成激昂的话语："狄局长，通过两年多的了解，我说说对胡书倍的印象。这个青年，脑子灵活，点子很多，有上进心。但是野心勃勃，爱搞小圈子，狗戴帽子装好人，全部的心思都用在了拉拢人，争选票上面了。为了取得群众的支持，抛弃原则，出卖国家利益，一味地满足人们自私的心理！这次左新公路的事故是怎么造成的？表面上的直接责任人是李海洋，而真正的直接责任人是胡书倍！胡书倍是左新公路分管生产的副总指挥，趁我出门在外，擅自将所有工段的承包人以及工作人员、施工人员、施工机械全部定了下来，并开了会，发了红头文件，逼迫我就范！李海洋是什么人？一个私心严重，见空子就钻的唯利之人！胡书倍竟然把他聘为工程最要害的五标段承包人，这里面的猫腻就像秃子头上的虱子明摆着，李海洋偷工减料，私自掺和不合格水泥，胡书倍真的没发现？难道他是瞎子、聋子？说个实话吧，要不是我在工程进行到中途时，对全线进行大检查，撤了三个工段队长的职，处理了一批人，开大会敲山震虎，可能左新工程不止出现一个李海洋,可能有八个、九个,甚至十几个!那样的话,不但我们要被处理掉,我看你这个局长也当不成了!不要看胡书倍现在有人投票拥护,那是用原则和国家的钱换来的!他千方百计把别的领导当枪使,得罪人的事躲得老远,和人的事削尖脑袋抢着干。整天就像地下工作者,在职工中鬼鬼祟祟,卖乖讨好。有了这种人,就是你狄局长当领导,也休想睡安稳觉!这就是我对胡书倍的真实看法!"啊呀,狄远化真没想到,王廷对胡书倍有这么强烈的不满,简直把胡书倍说成了奸佞小人了!狄远化也知道胡书倍不是个光明磊落的人,但也不至于像王廷说得这么坏吧?所以看了看王廷,半晌无语,然后说:"你的意见,局党委会认真考虑的!你安心养病吧!"说完,告辞。王廷看着狄远化的背影,感到一阵畅快:今天总算吐了口恶气!狄远化你也摘掉有色眼镜吧!

　　狄远化中午下班回家,见三嫂胡香花正在和老婆李丽琴说话,就问了声:"三嫂,你刚来?"胡香花笑答:"我来多时了!你们把公路段领导班子定下来了没有?""正考察呢。""书倍在公路段已经两年多了,不能往正扶一扶?""唉,三嫂!这不是我一个人说了算,决定权在旗党政常委会。""那你们也应该拿个推荐意见吧?""推荐意见是交通局拿,可是,书倍和王廷的关系弄糟了,王廷极力反对他!""王廷病成那样了,年纪又大,还占着位子不想退?大哥的女婿现在是搞常务的副旗长,他能不支持你?尽管放心做事吧!""嗨,三嫂!有些事不能过急了,不然会造成坏影响,说不定还要逼出什么事儿来。要讲究点儿策略,缓一缓,慢慢来,功到自然成嘛!"胡香花说:"行,听远化的。不过,书倍的事儿你一定要照应。""那不用三嫂提醒,我精明着呢。"

　　一个星期后,旗委组织部来公路段宣布领导班子的调整决定:在王廷养病期间,张树海改任副段长,主持工作,负责工程的招标和施工。胡书倍负责段内财务和后勤工作。调胡锦为公路段党总支书记。听完组织部门宣布的决定,胡书倍大失所望,脸色变得灰白。其他人也莫名其妙:咋胡锦又回来了?这人比王廷还大四岁,而且最近四五年里,几乎一年调一个单位,光公路段就是第三次调进来了。每次来了还都当书记,你说日怪不日怪?哦,明白了!听人说胡锦二十年前给旗委书记当过领导,资格儿老,想去哪儿就去哪儿,不受限制!

　　新领导班子每个成员都表了态。胡锦不光表态,还拖着长腔,讲得绘声绘色:"啊!有个电影叫《三进山城》,主人公把敌人打得鬼哭狼嚎,抱头鼠窜,取得了辉煌的胜利!现在,我胡锦'三进公路段',也一样样鼓足勇气,决心打它个漂亮仗,让李海洋这样的盗路老鼠,落花流水,屁滚尿流!……"满场人都忍不住笑了,有的人笑得"嗝儿,嗝儿"气都换不上来,会场乱哄哄的。张树海强调:"大家严肃点儿,组织部的领导还在呢。"可是,组织部的人也都笑了起来,谁也止不住谁!张树海立马站起身来,到隔壁屋里,笑了好一阵,然后才往大会议室走。咦!咋秘书扶着戚时飞从会议室出来了?问:"你们要去哪儿?会还没开完呢!"秘书说:"戚股长笑得过了劲儿,犯病了,气也出不上来了。"张树海哭笑不得,说:"那赶快叫救护车,上医院。"然后走进办公室,见胡锦的讲话已经结束,就问组织部工作人员:"还有指示没有?"组织部的人都表示不讲话了。于是,张树海作了简单的会议总结,会就散了。

## (一百二十九)

　　左新三级辅路也通车了,由于二级主线还未开通,所有的车辆都拥挤在辅道上。辅道负荷沉重,超出了三级路面设计能力。可令人吃惊的是,辅道全线未出现一处地基下陷,未看到一片儿表层断裂,人们议论纷纷,交相感叹!

　　左新二级公路仍在紧张的补修中。张树海每天早早就来到工地,和技术人员逐段查看,凡有隐患的地方,都不同程度地进行返工。五工段那一公里塌陷区,几乎是重新建设,用的人力物力最多。工程进行到三分之一时,工段长马志胜说:"工地上的原料已经用完了,赶快进料吧。"张树海回头问采购员何吉云:"你咋不抓紧进料?"何吉云说:"账上没钱了,人家不可能无偿给咱供料。""你问过胡段长了?""问过了,他说账面上一共有二十万块钱,快花光了。"张树海一脸愁云,对技术人员说:"你们测算一下吧,看剩余的工程还需多少钱,然后向上面打报告要款。测算要细微认真,形成书面材料。"技术员们只好扛着仪器,再次测算。

　　两天后,测算结果出来了:彻底补修完全工程,需二百万块钱。张树海以公路段的名义,写了详细的拨款申请,来到狄远化办公室。狄远化看完报告,说:"我安排局里的技术人员再去左新路核实一下,如果情况属实,就向上面申请吧。"张树海只好告辞回去。

　　交通局的技术员经过复核,觉得公路段的报告没什么水分,就向狄远化作了汇报,狄远化以交通局的名义,向旗政府打了增拨补修路款报告。

张树海眼看着工地就要停工了，心急如焚！天天去交通局打听，天天杳无音讯。没办法，只好直接去找分管旗长刘永宏，刘永宏说："你们别催我了，我不会印钱！这要等盟交通局审核后才能拨款，懂不懂？"张树海只好垂头丧气地往回走。来到公路段大门口，见司机小刘在吉普车旁边站着，就说："小刘，咱俩去公路上看看。"小刘点头。俩人乘车来到五工段，刚下车，就见有人骑着一匹黑马从路旁土路上走过来，树海高声叫喊："爹，你怎也来了？"张开关跃身从马上下来，说："我来看看你们补修的路。现在所有的重车都挤在三级辅路上，时间长了怕有问题。"树海说："我们正在争取资金，钱一拨下来，马上动工。"张开关说："这次是你负责工程，一定要认认真真，不留一点儿隐患。你就住在工地上监督检查，不能太相信某些人。"树海说："这我知道。"张开关又问："那小子现在干什么了？""干什么？还当他的副段长，两眼紧盯着正段长的位子。""这种人，官小了能害一个单位，官大了能害一个地区，再当大的官，就能祸国殃民！但是，他有靠山，一般人还动不了他。等补修完公路后，你也想法换个单位吧。"树海点了点头，忧心忡忡。

半个月后，上边终于给左新公路拨来了一百八十万补修款。张树海赶快召集有关人员开会，反复强调："这是左新路最后一次争取来投资，大家一定要把钱用实用好，用在各个关键部位上。进料时既要价格低，又要质量好，不能嫌麻烦，要公开透明，不允许个人私下与供应商洽谈。"马志胜说："都什么时候了，还敢作弊？还想当第二个李海洋？放心吧，我拼上命也要把补修工程完成好，决不含糊，大家监督！"何吉云说："我们三个采购人员，保证不浪费一分钱。买回货真价实的原材料。"其他人也都表了态，决心把好自己的关口。张树海紧绷的神经总算放松了一些。

左新公路又开始紧张的施工了。张树海和工段负责人都住在了工地上，工人们昼夜三班倒，歇人不歇工。许多人脸也不洗了，更谈不上洗澡。衣服脏了，起了虮虱，用开水烫烫再穿上。好在伙食搞得不错，炖肉大米饭管饱吃，每星期还有两顿肉包子一顿饺子。

又过了十九天，左新公路补修工程全部竣工！张树海陪同狄远化等领导全线视察了一遍，并让大量拉煤重车上路试行了三天，路面完好未损，上上下下都很满意。马志胜说："张段长，咱也开个大会，搞个剪彩仪式，发点儿奖金奖状啥的，慰劳一下大家。"张树海说："剪彩的事儿就算了，那只是个形式，不起作用。评些先进，发些奖金奖状是必要的，不能亏了大家。你拿个方案，咱评选一下，然后开会颁发，搞得隆重一些。"马志胜和周围的人都鼓起掌来。

## （一百三十）

张树海从左新路上回来了，未进大门就吃了一惊：往日院墙内外高大挺拔的一百多棵大杨树怎不见了？横七竖八地被砍倒在地了！这是怎么回事？进了院子，看见西墙下有一棵粗大的树干上坐着伙食管理员兰满仓，好像刚柯完粗干上的树枝，正喘气擦汗呢。张树海走过去，问："这么多的树，咋都被砍倒了？"兰满仓站起身来，说："胡段长让砍的。砍倒分给职工们做床做家具。""这棵是分给你的？""是，我准备剥皮晾干后，解开来做几支床。""你掏了多少钱？""嗨，不要钱，谁拿也不要钱，到胡段长那儿抓阄儿就行。"这时，张树海身后的几个人吼叫起来："啊呀！我们在工地上没明没黑地往死受，你们才在家里分财产占便宜？不行，找胡书倍说理去！"众人气势汹汹地拥进胡书倍办公室，七嘴八舌质问起来。胡书倍不慌不忙地从椅子上站了起来，笑着说："不要吵，不要吵！我做事公道着哩。在家与不在家，都是抓阄按号领树。树都在外面躺着呢，你们一个一个地过来抓。"说着，就从卷柜里拿出一个大木盒，木盒上开个口，里面是揉好了的纸阄子。工人们顿时不叫喊了。胡书倍又拿出一个职工花名册，说："我按册子上的顺序念名字，念到谁谁就抓阄，确定树号后顺便在上边签个字。"于是，工人们按胡书倍的安排，秩序井然地开始抓阄。至于树的长短和粗细，那就只能凭自己的运气了。

张树海也走进来了，胡书倍一脸笑容，说："张段长，你的树我单另留下了，不用抓阄。"张树海苦笑了一下，说："谢谢你，考虑得真周到。"

第二天，张树海领着段里的技术员来到院子的东墙下，前后测量了一阵儿，准备给段里盖库房。正在画线打桩时，职工刘三厚老婆乔娥则急急忙忙地走过来了，说："你们要在这里干什么？"张树海说："给单位盖库房。""不行，这地方不能盖！"张树海奇怪地看着乔娥则，说："你是单位的什么人，来管单位里的事？"乔娥则理直气壮地说："胡段长批准我在这里围墙上开个口子，盖个小卖部。我们全家就刘三厚一个人上班，还供一个中专生，再不想个来钱处，怎么生活？"张树海一脸茫然地说："我咋不知道？""你一个多月都在公路上，怎能知道？这一溜围墙上批准开的口子不下十个！不信你去问问胡段长。"张树海生气地把卷尺扔在一边，"噌"地站立起来，对身旁的人说："你们都回去吧，这房不盖了！"说完，很不高兴地走进胡书倍办公室。

胡书倍见张树海来了，忙起身倒茶让座，说："张段长，找我有事儿？"张树海说："有点儿事。这满院的围墙，是单位花钱垒起来的，为的是安全有序地管理。你怎么能批准在围墙上掏十几个口子，让家属开商店做买卖？以后单位院里堆放的材料怎么管理？丢失了谁负责？"胡书倍听完张树海的话后，叹了口气，无可奈何地说："啊呀！你刚回来，忘给你说了。你在公路上这段时间，家属们天天来单位磨蹭，说家里生活困难，要掏开院墙建商店。我不同意，反复解释，她们就是听不进去。我明确告诉她们，王段长在的时候，就反对掏院墙，我怎能在王段长刚住院，就推翻他的决定？可是，这些妇女们缠劲真大，天天来絮叨，扰得我班也上不成。没办法，就去请示胡书记，胡书记一个人也定不了这事儿，就开会让大家讨论。一到会上，多数人都同意照顾家属们。根据家庭困难情况，批了十二户。"张树海说："家属院和机关院混在一起，人来人往，机关大院就像个农贸市场，以后咋管理？"胡书倍摊开双手，看着张树海说："这我没办法，你要是有意见，去找胡锦书记，让他给你解释解释。"张树海盯着胡书倍，一字一顿地说："老同学，又想故伎重演？你和人我惹人？"胡书倍冤枉地说："你误解我了！我是丫鬟女子带钥匙——当家不做主。"张树海扭头回了自己办公室。

## （一百三十一）

胡书倍激动起来了！为什么？交通局批准公路段盖办公大楼，总投资一百二十万元！他提着烟酒去了狄远化家，狄远化说："以后来了，不要提东西。"胡书倍说："我是晚辈，空手来没礼貌。"狄远化递给胡书倍一支烟，说："你来有事儿？"胡书倍说："我想打听一下公路段盖办公楼的情况。""噢，这已经定了，成立了一个工程领导小组，组长由我担任，副组长由杨再杰副局长和公路段的一名领导担任。开支由局财务下拨。""那公路段谁参与？""这还没定，你想参与？""我是公路段负责财务和后勤的副段长，从业务分工上讲，也应该参与。""那好吧，明天开局务会议时，我顺便把你的副组长职务定下来。"胡书倍高高兴兴地从狄远化家中走出来。

第三天，狄远化带领副局长杨再杰、财务股长雷海燕、会计刘晓兰以及建筑公司经理等一行人员，来公路段召开了"公路段办公大楼建设会议"，宣布了领导小组负责人，明确了胡书倍的常务副组长职务。会后还举行了奠基仪式。

从这天起,胡书倍就准备将主要心思投入到办公楼的建设上。那时候,全旗只有两座楼,都是二层楼,公路段要建成的七层大楼,是全旗标志性建筑物。胡书倍站在工地前面的一块大石头上瞭望,映入眼帘的是运转的大型机械,忙碌的建筑工人,飘扬的各色彩旗!不禁感到一阵阵陶醉。啊,这大楼不但是公路段发展的里程碑,而且也是胡某人人生里程的制高点!王廷劳筋累骨地干了一辈子,这样辉煌过吗?张树海更不值一提,是个书呆子!

好事要来,接踵而至!胡书倍正坐在办公室的椅子上闭目遐想,突然听到有人敲门,睁眼一看,门口站着一个三十多岁的小男人,身高大概一米五,瘦得像个猴儿。这什么人?胡书倍不屑理他。正准备继续闭上眼睛想心思,突然小男人说话了:"请问,这是胡段长办公室吗?"胡书倍吃了一惊,这小男人还操一口标准的普通话,声音悦耳清晰。再细看他的长相,留着大背头,剑眉星眼,高鼻薄唇,样子彬彬有礼。胡书倍不由地坐正了身子,问道:"你是?"小男人笑了,迈腿跨进门槛儿,说:"我是内蒙古日报社的记者,名叫秦峰。"说着就从上衣兜里掏出记者证,走到胡书倍面前,双手递上。胡书倍接过记者证,翻开一看,嗬!真的是内蒙古日报社的记者,叫秦峰。人不可貌相,海水不可斗量,别看这人个子小,秤锤虽小压千斤!胡书倍顿时眼睛亮了起来:记者?那就一定能写文章登报发表,何不留住他,给自己写几篇先进事迹报道,造造舆论?想到这里,胡书倍脸上灿出了笑容,站起身来,把记者证还给了秦峰,欢喜地说:"欢迎秦记者来我单位采访,快请坐。"秦峰接过记者证,也不客气,不等胡书倍落座,自己就大大咧咧地坐在了沙发上,说:"我是河北保定人,中国人民大学新闻系毕业,现任内蒙古日报社记者。听说鄂尔多斯是西部大开发的重点地区,就过来了。下车发现,你们这里正在热火朝天地搞建设,兴趣所致,登门造访。"胡书倍说:"欢迎,欢迎!你是大记者,文化人,见多识广。我们是小地方人,小眼光,只知道埋头实干,不懂得舆论宣传。正好秦记者来了,能给我们指点指点。"秦峰笑道:"指点说不上,采访些先进事迹,登报宣传宣传,还是能办得到的。""嗨,你们记者掌握着舆论工具,是无冕之王,有些事我还要仰仗你呢!""这没问题。我在路上已经听说了,胡段长是先进工作者,政绩突出,群众拥护,年富力强,前程远大,是旗党政认定的梯队干部呢!""嘿,嘿,不敢当,不敢当。一点儿小小的成绩,不敢炫耀。""这哪是里炫耀?是正当的宣传嘛。如果先进人物的事迹都捂着不让人知道,那社会上的正气怎么弘扬?群众学习的榜样又从哪里去找?焦裕禄要是没有穆青的文章,能有那么大的名声?能成为县委书记的好榜样?""秦记者说得有道理。好吧,你就在我们单位采访吧。""我就是为此而来,请胡段长多配合。""这没问题。噢,光顾说话了。这是刚沏的龙井茶,我已经给你斟好了。这是中华烟,请品尝。"秦峰端起茶杯,呷了一口,又将香烟燃着,吸了两口,然后站起身来,观看墙壁上公路段的一些数据统计,一边看,一边点头。胡书倍站在一旁,说:"一些小成绩,不足以小题大做。"秦峰立马纠正:"小中见大,平中有奇,我可以拿你的事迹,写出一篇有声有色、气势磅礴的大文章来!"胡书倍闻言,心中一阵狂喜。定了定神儿,说:"秦记者如果不嫌弃,我让单位给你腾出一间大点儿的宿舍来,便于写作休息。吃饭就在单位的小灶上。""行,行,客随主便。"胡书倍看了看表,已经快十一点钟了,说:"秦记者,中午就在我家用餐,咱好好絮谈絮谈。"秦峰笑了,说:"不好意思,打扰了。"

中午,胡书倍在家中设宴,款待秦峰。这样做有两个好处:一是避开张树海,让秦峰专门采访自己。二是便于联络和秦峰的感情。开宴时,胡书倍说:"秦记者,你不介意吧?家宴是对亲密朋友的礼遇。不然,我就把你领进饭店,虚以应酬了。"秦峰说:"胡段长以诚相待,我也把你当成知心朋友!"俩人相视一笑,抽烟喝茶。不一会儿,胡书倍老婆秦芳端上酒菜来了。秦峰吃了一惊:胡书倍看上去五十岁了,皮肤黝黑,满脸皱纹,说话吞声慢气,一股老气横秋的尿样儿,咋娶这么年轻漂亮的老婆?你看看她,好像还不到三十岁,笑眯眯的,一对眼珠子顾盼生情。一挪步,细腰就扭,酥胸就动,真正一个尤物!秦峰不禁看得发呆。胡书倍有点儿察觉,站起身来,亲自将桌上的酒盅倒满,说:"秦记者,这是你嫂子,没什么文化,见笑了,咱们干杯。"秦峰急忙收回目光,笑着端起酒盅,两人一饮而净。三杯酒下肚,都无拘无束起来。秦峰道:"胡段长能力非凡,事业家庭两不误。特别是有这么年轻漂亮的嫂子陪伴伺候,天伦之乐哪!"胡书倍说:"谢谢夸奖。其实你嫂子是个农村女人,小学毕业。以前在饭馆打工,最近我给她找下幼儿园阿姨的工作,还没上班。"秦峰说:"幼儿园当阿姨好啊,儿童灵魂的工程师。不知嫂夫人怎么称呼?"秦芳扫了一眼秦记者,说:"我叫秦芳,陕西榆林人。你不要叫我嫂子,我应该叫你大哥!"秦峰眼睛一亮,说:"你也姓秦?五百年前咱们是一家?啊呀,幸会,幸会!"三人都"哈哈"地笑了起来,气氛顿时活跃。秦芳一会儿斟酒,一会儿上菜,比酒店里的服务小姐活泛多了,喜得秦峰端酒就喝,醉醺醺归去。

胡书倍今年四十七岁,原来有老婆,并有一女儿。参加工作后,嫌老婆长得粗糙,又不识字,就连哄带骗地离婚了,女儿也由老婆带走,从此,自由身子自由窜。有一次,和几个朋友在饭馆吃饭,认识了服务员秦芳。秦芳在兄妹中最小,父亲早就得病死了。母亲和邻居有隙,给人家饭锅里撒鼠药,案件侦破后,进了监狱。秦芳没了依靠,就出来打工。一看胡书倍,嗬!虽说年纪老了些,但西装革履,头梳得油光,是个有钱的主儿。于是两人眉目传情,很快苟且,最后结婚。婚后,秦芳仔细观察,发现胡书倍家里吃的有,放的有,存款也不少。"哈哈!"穷女子跌进富窟子,高兴得不得了!可日子一长,烦闷就来了。你说那胡书倍:足足比自己大了二十三岁!前两年,精力还比较旺盛,像个男人。自从今春以来,半个月也不能满足自己一次,老是畏畏缩缩,不战自溃,活脱脱一个老废物!为这事儿,秦芳背着人哭了好几次。

秦芳正一个人在家烦闷时,突然听见有人敲门。出院开了大门,原来是秦记者。秦芳说:"老胡上班去了。"秦峰笑道:"我想和嫂子坐坐。""不要叫嫂子,那天不是说了嘛!""啊,对!不能叫嫂子。咱俩一个姓,我还比你大,叫妹子你不生气吧?"秦芳"扑哧"一声笑了,秦峰乘势进了院子,直接进了屋。秦芳随后进来,让座倒茶递烟后,秦峰说:"妹子,咱姓秦的人不多,以后我就给你当哥吧。"秦芳说:"我有两个哥哥呢。""嗨,那两个哥哥不管你,你还想着他们?""咋不想,一母同胞嘛!""唉,他们离你那么远,想也没用!""那该想谁呢?""想哥哥我,我离你近,能关心照顾你。""哟,看你说的,给个棒槌认个针,真把我当你妹子了?""嘻嘻,我看见你比我的亲妹子还亲。""别说浑话了,开个玩笑可以,真要那样,你就想错了。""没错,哥想得好着呢!"秦峰一边说,一边就往秦芳跟前凑。秦芳向一边躲闪着。正在这时,门外传来了脚步声。接着,有人敲门,秦芳走过去开了门,原来是隔壁李文章老婆来串门儿,秦峰站起身来,说:"哦,老胡还不回来?我改日再来吧。"说完,走出门去。秦芳站在门口看着他出了大门,然后返回家里。

秦芳不是不想交男朋友,而是觉得秦峰的身高太低了,连一米五都不到,简直像个瘦毛猴,所以那天就没答理他。谁知道,过了几天,秦峰趁老胡上班,又嬉皮笑脸地进门了,死皮赖脸地坐在沙发上不走。涎着脸一口一个"妹子"地叫唤着。秦芳微嗔:"你叫得太肉麻了。"秦峰说:"麻点儿好!自从见到妹子后,我没一天不麻!""你瞎说,我离你那么远,就感到麻,有无线电?""真的,只要想起妹子,我就像中了电,从下麻到上,心还跳得咚咚地。""我就没那个感觉。""那是你离哥有点儿远,靠近了,就和哥一样麻木了。"秦芳的脸一阵绯红,说:"那得靠多近?"秦峰站起身来,走到秦芳身旁,紧挨着坐了下来,说:"妹子,你身上的味真香!"秦芳不语。秦峰伸手想揣摸秦芳，几次都被秦芳推了开来。秦峰急了，说："妹子，你不要看不起我，我好着呢！"秦芳忍不住笑了起来，秦峰见火候已到，拦腰搂住，伸长脖颈，将嘴伸到秦芳的唇边吻个不停。不一会，秦芳也弓腰紧紧搂住了秦峰。一阵激动后，两人相拥着走进了里屋。

秦芳自和秦峰有了关系以后，越发觉得胡书倍无能，银样镴枪头，一碰就低头！你看人家秦记者，人小精干，强硬灵泛，像一条发情的公狗，沾在身上打都打不开来。

秦峰时来运转，没费多大工夫，就成了胡段长的座上客，还享受了他年轻美貌的夫人。想想以前饥寒冻馁，讨吃要饭的日子，现在算是活在天堂上了。

胡书倍最近下班回家，见秦芳脸发红，饭也不能按时做熟，于是起了疑心。怀疑张三，张三没那个胆子！疑心李四，李四的老婆是个母老虎，他要是敢花心，脊梁骨还不被老婆给打断？都不像。晚上，他睡在被窝里拷问秦芳："你是不是最近偷汉子了？"秦芳瞪着眼睛说："老胡，你吃错药啦？咋随便怀疑起自己的老婆来了？自嫁给你，别的男人手都没碰过我。"胡书倍说："我是觉得你最近有点儿反常。""什么反常？你指出来，最好指出个野男人来！"胡书倍被反问得翻白眼，噎得说不出话。他确实指不出人来，更没往秦峰身上想。秦峰是什么人，记者、文人！正在给自己写先进事迹报道呢。何况他长得像个毛猴子，秦芳能看上他？

一天下午，乔志平老婆在家中摆了一桌麻将，三缺一，再叫谁呢？她想起了秦芳，那媳妇一个人在家憋闷得很，正好找来换换脑筋。于是就对另两个牌友说："你们稍等一会儿，我去把秦芳叫来，正好一桌。"俩牌友点头称是。乔志平老婆进了秦芳家院子，推家门，反锁着，嘿！咋回事？她觉得好奇，轻手轻脚走到西卧室窗户下。窗户拉着帘子，贴耳细听，好像是喘息声。乔志平老婆更好奇了，回头瞅瞅，台阶下有一个方凳。她慢慢地走下台阶，提起方凳，放在窗台旁下，然后像个大马猴一样，站了上去。窗户顶头儿有一个小缝隙，贴近左眼一望，哟！秦芳和一个瘦小鬼赤身裸体地正在忙乱呢。那瘦小鬼是谁？像个小娃娃爬在了娘身上，学着狗的样儿乱忽颤呢。哎，认出来了，是秦记者！乔志平还说那是个文化人，专门给胡段长写先进材料来了！啧，啧，啧！正在他老婆身上写着呢！乔志平老婆不敢久待，慢慢地从凳子上下来，轻手轻脚地走下台阶，忽闪忽闪地走回自己的屋内。俩牌友问："你找的人呢？"乔志平老婆抿嘴直是个笑，不说话。俩牌友恳求道："你说说嘛，我们嘴牢，传不出去。"乔志平老婆被缠不过，就一边笑，一边把看到的

情景说出来,三个老婆"呵呵"笑了好一阵儿,麻将也不打了,说笑了一下午,就自回自家了。

老婆们叨闲话,一阵阵传十里。她们哪能给秦芳保住密!不到三天,全公路段职工和家属都知道秦记者给胡书倍戴了绿帽子,只有胡书倍仍然蒙在鼓里,黑目不知,天天催着秦峰快点儿写文章,早些上报纸。

秦峰的事,很快又传到鄂左旗记者站。站长张明理觉得稀奇,秦峰是什么人,怎从来没听说。既然是大记者,怎不来记者站走一回?可疑!于是,他拿起电话,就拨内蒙古日报社人事处,询问究竟有没有秦峰这个人?大约过了两小时,对方回过电话来,说本报社根本没有这个人!张明理立刻明白了:这是个假记者,骗财骗物还骗色!他吸了一支烟,思索了几分钟,立即出门去了公安局。

公安局刑侦科接案后,很快派了三名干警来到公路段。张树海说:"你们去胡书倍那里问问吧,我对这人不了解。"三干警找到胡书倍,胡书倍惊奇地问:"秦记者?他犯事了?"干警们说:"犯不犯事以后说,现在人在哪里?"胡书倍茫然答:"不知道。"三名干警在大院里查找了一遍,未见秦峰踪影。这时,下夜老汉凑过来,悄声说:"你们去胡段长家里看一看。"三干警不敢怠慢,急步来到胡书倍家门口。大门仍未上锁,客厅门仍然反锁着。干警们"咚咚咚"地敲开了门,只见段长媳妇秦芳披头散发地走出来,干警问:"屋内就你一个人?"秦芳答:"就我一个人,正睡觉呢。"干警们分头走进两个卧室,西屋发现了一个小男人,骨瘦如柴,正惊慌地躲在门后发抖呢!干警们一把将他拽出来,大声问:"你叫什么名字?"秦峰故作镇静,说:"秦峰!""你工作的单位在哪里?""内蒙古日报社!""为什么内蒙古日报社人事处不承认有你这么个人?""单位大了,他们记不清。""那你认识内蒙古日报社什么人?"秦峰语塞,干警嘲笑道:"说呀,说出来我们好和报社人事处核对。"秦峰的脑袋耷拉下来,两腿开始发抖。年龄较大的干警立即举起手铐来"咔咔"两声,将秦峰双手铐了起来,另一名干警顺秦峰屁股踢了一脚,大声呵斥:"快走!"秦峰一个趔趄,差点栽倒在地,接着像狗一样地被干警们牵走了。

秦芳惊恐地看完这一幕,"哇哇"大哭起来。胡书倍闻讯赶到自家院子里,正遇上秦峰被两名干警从屋门口拖出,顿觉脑袋轰鸣,手指秦"记者",张着大嘴说不出话来!

第二天下午,公安局就向公路段通报了秦峰的情况。原来,这名假记者不叫秦峰,真名叫秦二娃,是陕西青石岔人,现年三十一岁。家有兄嫂父母,一个姐姐早已嫁人。十八岁初中毕业后,就和同村的青年去城里打工。大家每天搬砖和泥,背驮肩扛!可一月下来,除了吃喝穿用外,余不下几个钱。秦二娃身单体弱,挣得更少。大年三十下午,秦二娃回到家里,几乎空着身子,没给父母亲缴回钱来。老父亲气得直叫唤:"挣的钱哪去了?是不是吃喝嫖赌了?是不是一辈子想让老子养活你?"这个年,秦二娃过得灰溜溜的,没一点儿喜气。正月十八,同村的四个青年又出外打工。走在路上,大家你一言我一语地议论算计着:照这样下去,三十岁也挣不下个娶老婆的钱。看看城里那些富人们,穿好的,吃好的,瞅空空还搂个漂亮的!咱打工仔起鸡叫,睡半夜,钱挣得少不用说,人也快要累死了。啊呀,这怎么办?秦二娃人小鬼大,听了三人的议论后,突然眨巴着眼睛说:"穷则变,变则通,你们没听说过?"大家问"咋个变?""这也听不懂?挣钱的不受苦,受苦的不挣钱!实干不如巧干!""咋个巧干?"秦二娃一本正经地说:"胆大就去抢,胆小就去偷。"大家面面相觑,静了好一阵儿,有人说:"对呀,活人不能死心眼儿,一条道上往黑走!抢人太危险,偷富人是个好办法。"四个人经过一番讨论,决定不再受笨苦,进城专门干偷窃。

从此,四个人白天睡在租屋里,凌晨二三点钟溜出屋子,乘人们熟睡之际,翻墙入室,撬锁开柜,盗取钱物,弄得县城居民人心惶惶。公安局不断接到报案,开始侦破。半年后,四人在盗窃一个单位保险柜时,全部被抓获。很快又都被判了刑。秦二娃坐了一年牢,出狱后,说什么也不敢回家见父母,就一个人开始行乞乱窜。先后到过兰州、包头,后来又去北京。瘦小的身躯,破烂的衣衫,脏兮兮的面孔,往地铁里一跪,端着小纸盒,张着可怜兮兮的一双眼,乞求人们的施舍。善心的人们不断往纸盒里扔钱,一天又一天,一年又一年,秦二娃竟然攒下五万多块钱!后来,他到过工厂,去过矿山,想找个轻巧的营生,可是都没成功。其间,他发现一些所谓的记者,很受老板、经理们的抬举,不但好吃好喝地招待,而且还往他们的兜里塞钱。秦二娃垂涎三尺,逐渐起了邪念:这记者的头上也没写字,有文化的人谁不能当?想想那满大街的办证广告,弄个记者证,谁认得真假?这是个好办法!可是办哪个报社的记者证呢?对啦,办内蒙古日报社的记者证!大草原上的人老实,好处交,就这么办!

秦二娃花了二百块钱办好了记者证,又花了五百块钱买了新穿戴,从里到外一崭新!生人望去,嗬!除了身材小,其他还真像那么一回事儿。秦二娃从此深入到了大草原。过了乡,到苏木,乡镇企业也没少去,比打工受苦强多了。特别是这次在公路段的收入最为多,不但好吃好喝好住宿,胡段长还塞给自己五千块,年轻老婆也献出来。嗨,再坐两年禁闭也值得!

胡书倍清楚了秦二娃的来历后,气得肚皮膨胀,三天水米没打牙。回家打了秦芳四个耳光子,抽了自己两个大嘴巴。想想吧,张树海那对三角眼,职工们那窃窃私语的样儿,都在幸灾乐祸,讥讽嘲笑!搅得人脑袋里乱如麻,耳朵嗡嗡响,懵懵懂懂出乱象!恍惚中,好像听到京剧"篮记三"寒山的道白:"张无量,你知道你做的事瞒昧过人?岂不闻奸汉瞒痴汉,痴汉总不知,奸汉变驴子,可与痴汉骑。尽日往东行,回头便是西,冤冤来相报,件件失便宜。"啊呀呀,咋就聪明反被聪明误?机关算尽自讨苦!秦二娃呀,你吃够拿够还不行,非要占用别人的老婆才满足?你干的这是啥事情?讨吃则日尻,瞎糟害东西,你个鼠偷狗窃的丑八怪!嗨,胡锦老汉昨天也嚯嚷了一大通臭屁话:"书倍,这没什么,都是秦二娃的责任。秦芳一时迷了窍,清醒过来还不是你老婆?心胸要宽广嘛!"糟老头子迂腐透顶,说不出一句有水平的话!还是戚时飞够朋友,见面虽然话不多,但看得出他打心眼儿里同情胡老哥。"嗷嗥嗥",以后的事情可咋办呀!

## (一百三十二)

王廷出院了,一直在家休养,不能正常上班。交通局长狄远化召开了党组会议,研究了公路段领导班子的配备。多数人认为,王廷已经不适应在第一线奔波操劳了,应该退居二线。至于其他成员的任职,不是交通局能决定的事,需汇报旗党政,由上级部门来决定。于是,会后交通局党组向旗委组织部门作了汇报。

一周后,旗党政下文任命王廷为交通局督导员,正科待遇。但这是个闲职,不需要考勤,不需要签到,上不上班随自己的便。至于公路段领导班子其他成员的安排,则指示由旗委组织部门牵头,交通部门配合,组成考核小组进行考核,然后根据考核结果,由旗常委会讨论决定。

胡书倍得到这一消息后,慌乱起来了,他恨透了秦二娃,本来顺顺的仕途,让这个要饭小子搅得七歪八斜,连北都摸不着了。眼看到手的段长,就这么丢人败兴地没了!真悔那!但冷静下来,仔细盘算,似乎还有救,问题不大。为什么?分管公交的副旗长汪志先是狄远化的侄女女婿,打折胳膊往里弯,他能向着外人?特别是狄远化这一关,张树海能闯过?不可能。嗨,天下本无事,庸人自扰之!继续做群众工作吧,只要选票搞上来,印把子就谁也夺不走!

胡书倍什么事儿顾不上了,从早到晚找职工谈话。圈子里的人,不需要费多少嘴舌,打个招呼,一点就行。圈子外的人,不能轻视,要打通隔膜,让他们来个脑猛醒!他找到施工队长李三厚,说:"三厚,听说你媳妇还在家里闲坐着?"李三厚叹了口气说:"没办法,我跑了好几个单位,帮厨搞卫生都不要人。真不如原在农村待着,喂猪养羊也比现在强。""哦,那就你这点儿工资,生活不好办嘛!""可不是嘛!全家五口人,要吃要穿要上学,我恨不得把一分钱掰成两半花。"胡书倍皱着眉想了好一阵,说:"这么办吧,你让她明天到咱小灶上来帮厨,工资一月八十四块,行不?"李三厚高兴地说:"行,怎么不行!要是能这样,我们全家都感谢胡段长。"胡书倍摆了摆手,说:"咱俩相交几年了,虽是上下级关系,但我从来都把你当兄弟看。谁没个困难时期?谁不遇个马高蹬短?关键时候就要朋友们出来帮扶!人和人活着,谁也离不开谁!"李三厚感激地望着胡书倍,想说掏心窝子的话,一时又没适合的词儿,就站起身来,一个立正,说:"胡段长,以后有用得着三厚的地方,尽管说话!赴汤蹈火,在所不辞!"胡书倍说:"只要你长心就行,忙去吧。"李三厚转身出了屋。胡书倍看着他的背影,自言自语道:"哼!以前还背后瞎议论,看你以后还乱说不?"接着,胡书倍又找到车队长乔占元,问:"你父亲的病好了没有?"乔占元痛苦地说:"胃切除是个大手术,一时半会儿哪能好得了!""那手术费你是怎么解决的?""怎么解决?苦亲戚害朋友,和大家伸手借。""噢,这么说,你父亲的医疗费已经凑够了?""不够,还差六百多块。我正急得挠头呢!"胡书倍又皱起了两道眉,好像很为难,然后咬了咬牙,说:"这么办吧,你打个六百块钱的借条,我签个字,在单位财务上解决吧。"乔占元惊喜地说:"胡段长,财务上能给我借?""没办法,财务上钱再紧,也不能看着职工有难不去帮。""啊呀,我的愁帽子摘掉了!这几天,我在你办公室转了好几圈儿,想开口,又不敢。没想到胡段长早就为我着想了,太感谢了!"胡书倍笑着说:"不用谢,作为副段长,帮助职工解决实际困难,应该的。"乔占元说:"胡段长,你的好心我领了,乔占元以后鞍前马后服侍你,没说的!"胡书倍又说:"咱是好朋友,相互多帮忙。"说完,递给乔占元一支烟。乔占元接在手,插在了耳朵上,拿起笔和纸,开始打借条,写好后,胡书倍在上面签了字。乔占元拿起借条,站起来给胡书倍鞠了一躬,就去财务了。胡书倍笑眯眯地抽了一支烟,又接连找了几个人,效果都很好。最后找到的是财务股长苏玉华。这人可不简单,是王廷儿媳妇的亲同学。财校一毕业,就被王廷用到单位当了出纳员,然后又当了辅助会计、会计,一直升到财务股长兼主管会计。平时对胡书倍很客气,老远看见就打招呼。可是毕竟是王廷用进来的人,不能不防着点儿。胡书倍说:"玉华,听说你老家在阿曼梁苏家村?"苏玉华说:"是的,父母亲现在还在老家。""噢,你和我姑胡香花住一村,她还常提起你呢。"苏玉华想了想,说:"对!她是我们村最早参加工作的妇女,以前回过村里,我那时候上学,还能记得。""哈!那咱们也算半个老乡了?"苏玉华也笑了起来,说:"那就高攀了。"胡书倍止住了笑,显出十分诚恳的样子说:"玉华,咱们不但是叔伯老乡,而且又是一个单位,我还是分管你的领导,说什么也应该配合好。"苏玉华不解地看着胡书倍,说:"我好好配合着胡段长呢。怎么,我做错什么了?""哎,没有,没有,我是说在以后的工作中,需要进一步配合。""胡段长,你放心!我和晓霞一定认真地把好财务关,决不出差错!"胡书倍看了看苏玉华,心想:这女子怎变成个纯业务人?社会上的事儿一点儿也不明白?唉,要点破了和她说,不然她翻不转。于是,就意味深长地说:"除了业务上的事,还有政治上的事儿。""政治上的事?我正要求入党呢!""噢,对啦,你要求进步是好现象。不过,要结合实际。""怎么结合实际?""哎,怎么给你说呢?比如说,老段长现在调走了,组织部门可能要来考核段里领导班子情况,要找你们谈话。你们就应该有个正确的态度,亮明自己的观点。"苏玉华这才明白了胡书倍找自己谈话的真实原因,于是就表态说:"胡段长,这你放心,我会支持你们工作的。"胡书倍进一步说:"这就对了,我分管财务,你更要支持我的工作。"苏玉华表态说:"放心吧。"胡书倍再说不出其他话来,沉默了一会儿,苏玉华站起身来,说:"胡段长,要是没别的事,我回办公室了。""好,你去吧。"胡书倍接着又找会计李晓霞谈话,直言不讳地说:"你是我分管的人,一定要和我保持一致。组织部门找你谈话时,要旗帜显明地支持我的工作,我以后会重点培养你。"李晓霞诺诺连声。

　　胡书倍从早到晚找职工谈话,张树海的心里直打鼓,说不清又会出什么事。职工们心里越来越明白,只是不敢说。

　　苏玉华问李晓霞:"胡段长和你谈了什么话?""还能谈什么,说旗组织部要来考核领导班子,反复告诫要和他保持一致。并说以后要重点培养我。"苏玉华撇了撇嘴说:"他对谁都这一套。看着考核小组要来了,就急着找人说好话,争选票,不管露骨不露骨。""就是嘛,为了当官儿,青红不顾,把个讨吃则引到家里,弄得既蹾屁股又伤脸。除了他,谁能丢起这个人?""唉,萝卜青菜,各有所爱!他这个人,爱权都快爱疯了。"俩人你一言,我一语地拉着话,没想到被里屋的出纳员李莉听到了。李莉是胡书倍的远房外甥女,她听到苏玉华和李晓霞的议论后，下班时就来到胡书倍办公室，说："舅舅，苏玉华和李晓霞好像对你不满。"胡书倍惊疑地问："怎么个不满？""她们说你爱当官儿，争选票。""哦，她们竟然这么说，真不自量！莉莉，你给舅舅注意着，她们要是再敢说三道四，就调换她们。"李莉点头出去。下午上班时，胡书倍把苏玉华叫到办公室，板着面孔说："你是我分管的人，咋背后还议论我？"苏玉华吃了一惊：上午说的话，咋胡书倍立马就知道了？是李晓霞告诉他的吗？不可能，李晓霞的姐姐是自己的亲表嫂。噢，知道了，肯定是李莉告的密，怎就光顾说话，忘了她在里屋呢？看来瞒是瞒不住了。既然瞒不住，就直说吧！"噢，胡段长，你说的是我和李晓霞上午拉的话？我们其实不是说你不好，而是替你担心呢。胡段长这么好的领导，要是被乱七八糟的事给耽误了，那多可惜，也是我们公路段的一大损失。我现在还要说，你可小心点儿，寸步要提防着。我和李晓霞你放心，永远拥护你。我们见了谁都要说胡段长好呢。"一席话把胡书倍说得长长出了一口气，然后眉开眼笑地说："我说呢，玉华和晓霞咋能对我有意见。放心吧，咱们没疑心了。"苏玉华一本正经地说："就是嘛！我们都是好职工。"说完就要离去，突然胡书倍又说："这次考核，局人事股长狄志芳也要来。"苏玉华明白了，这是在警告她：狄志芳可是狄远化的亲侄女，和胡某人沾着亲。谁要不给胡某人投赞成票，胡某人马上就知道。苏玉华脑后嗖嗖透来了冷风，忧心忡忡地回到办公室。

  过了三天，旗委组织部考核组来到了公路段。狄远化和侄女狄志芳也直接参与考核。首先，他们分头找职工谈话，询问领导班子每个成员的情况。凡是组织部人员找的职工，几乎都推荐了张树海当段长。凡是狄远化、狄志芳找的职工，大多数都推荐胡书倍当段长。胡锦无人推荐。接着，考核小组召开了职工大会，组长折文智说："鉴于王廷段长的健康状况，组织上决定让他担任交通局督查员。现在，组织上准备给公路段新任一名段长，向大家征求意见。一会儿，大家要用无记名投票的方式，把立党为公，作风正派，政绩突出，才能优秀的同志推荐上来，供组织参考。大家一定要出于公心，打消顾虑，认真填写推荐票。"接着，组织部的工作人员和狄志芳分头将推荐票发在职工面前。职工们纷纷用手挡住了表格，填写后又折叠起来。狄志芳伸手想收票，被折文智制止了："让职工自己到台上来，把票放在纸箱里。"狄志芳脸微红了一下，转过身去。张树海显得局促不安，胡书倍额头上渗出了汗珠。胡锦跷着二郎腿，目光四下扫摸。

  考核结束后，考核组成员来到旗委组织部。折文智安排组织部一名工作人员负责念推荐票上的名字，狄志芳统计票数。半小时后，统计结果出来了，张树海比胡书倍多出二十六票。折文智说："经过和职工谈话以及投票推荐，张树海明显优于胡书倍。依据考核情况，请交通局党组拿出公路段领导班子的推荐意见来，然后向旗党政领导进行汇报，最后由政府党组和旗常委会做出决定。"狄远化点了点头，没说话。狄志芳合上了笔记本，等着散会。

一周后，交通局《关于公路段领导班子配备的意见》最终上了旗党委常委会。这个意见很明确：公路段的领导班子维持现状。王书记问组织部长李正中："张树海的工作怎么样？"李正中答："工作认真负责，有能力，群众威信也高。特别是左新公路出现质量问题后，亲自到工地现场指挥，补救措施及时有效，保证了左新公路的正常使用，挽回了前期建设的不良影响。""那为什么不把张树海任命为段长？""可能交通局还要考验他吧。"副书记林建国说："一个段长的职位，长期虚空着，于工作不利吧？"这时，已任职为副书记的汪志先说话了："张树海主持工作以来，表现是不错的。但有人反映他当年当过红卫兵司令，这就需要进一步考察。"李正中说："哦，刚才忘说了，我们还收到一封匿名信，说的就是张树海文革中的事。"王书记说："张树海文革中的事我也听说过。以前李孝章特别地审查过他，但没查出他有打、砸、抢问题。后来免了他新召党委副书记职务，送在党校学习一年。但不管怎么说，我们还是应该尊重一下交通局党组的意见，公路段的领导班子暂时维持现状吧。"其他常委都表示同意王书记的意见，然后散会。

从此，张树海在公路段开始了艰难的主持工作的历程。

胡锦自恃年老资深，对所有的人都指指点点。开会讲话拖着长腔，高谈阔论："啊，自从盘古开天地，三皇五帝到于今，历朝历代都要革命。农民起义，辛亥革命，国共合作，解放战争，改革开放，都是革命嘛！……"职工们听得耳朵都打起茧子了，但无可奈何。

胡书倍一步三计，大多数离不开在职工中和事讨好。陈二想养鸡，他专门给腾出一间新库房，放进一百多只鸡，不但弄得单位臭气熏天，房墙也让鸡啄开一片烂窟子。杨西平要养猪，他批准在机关大门西建起四个大猪圈，文明办发现后下令拆除，他躲在办公室不露面，等张树海找杨西平去谈话。盖大楼工地上的材料，只要职工开口，他就敢送。他自己家的凉房里，就藏进工地上不少的螺纹钢、暖气片。

张树海的工作伸手就是荆棘，张口就遇是非。

每年十月份，狄远化还要组织人马来公路段考核领导班子。对于张树海的工作，副局长杨增杰说："不用急，磨道找驴踪，还愁找不着？只要时间长，岂能不出事？一旦有了事儿，名正言顺地就把他拿下了！"

可是，一连等了三年，也没见职工闹事，更没发现张树海贪污受贿。狄远化没办法，胡书倍没机会。后来，上级组织又放出风来，要调狄远化去另一个单位任职。狄远化觉得再不能等待了，终于通过上级组织做出了决定：改张树海主持工作为胡锦主持工作，增添和张树海吵过架的施工队长王三为副段长。张树海和胡书倍仍任副段长。但从具体分工上看，张树海基本上无事可管了。

张树海苦闷极了，找旗长书记谈了话。几个月后，上级组织发文调张树海去了第三产业局，担任党组书记。

## （一百三十三）

新经济公司路桥收费数目可观，第一个月就达三十万元。照这样下去，用不了十年，就能还清贷款，而国家批准的收费时间是二十五年。

张开关坐着吉普车亲自上路检查过往车辆。经过一个多月的抽查，除个别绕道的车辆外，基本没发现无票通行的车辆。

可是两个月后，出现了奇怪的现象。车辆增加了，收费不增加，有时还有减少的现象。张开关大惑不解，整天皱着眉。

经过调查，张开关大致有了估计。

一天夜里，他带领收费站站长刘青云、会计吴三仁、出纳李连峰以及两名保安，突然进入收费厅，命令所有收费人员原地不动，然后让出纳、会计开始清点现金和票据。半小时后，统计结果出来了：票据开出一万五千块，现金收回二万五千一百块。张开关说："新上班的人继续收费，下班的全部回办公室查找原因。"

张开关问带班长郝维生："票、款为什么严重不符？"郝维生说："可能是有些司机不等开票就走了。"张开关笑了起来，说："我和刘站长接连查了一个星期车，基本没发现司机不带票，难道我们的眼睛不管用？"郝维生低着头说："那我不知道。"张开关一字一顿地说："肯定是你们捣了鬼。如实交代吧，交代好了，能宽大处理。如果一味抵赖，等问题查出后是要移交司法机关处理的。"郝维生还是摇头说他不知道。张开关只好到了另一个屋，将其他收费员单个儿进行审问。一连审了三个人，都不交代实质问题。最后审到刘生云，怎问都像个闷葫芦。张开关怒了，顺领口将刘生云提起来，厉声吼叫："你是想进监狱还是想从宽处理？"刘生云吓坏了，忽扇着两片嘴唇说："想从宽处理。""想从宽处理为什么不交代?"刘生云结结巴巴地说:"我交代,在,在咱们收,收费站下游有,有个煤管站,每天把咱们开出的票,票和司机收回去,郝维生每天,天下班后骑,骑着摩托车和煤管,管站把票要回来,我们上班收了司机的钱,再把这些票交给司机充当新开的票。""那长出来的钱你们怎处理了。""都分了。"张开关又把郝维生叫进屋,两眼盯着问:"怎么样?还准备背上牛头不认账?"郝维生瞧了一眼刘生云,知道包瞒不住了,就"扑通"一声跪在地上,痛哭流涕地说:"我有罪,我错了,请张总给我一个改过的机会吧。"正在这时,刘青云和保安押着另外三个人走了进来。三人一看郝维生那副熊样,都怂了下来,承认了私分票款的行为。

　　一周后,郝维生等五名收费员退赔了贪污票款。公司将他们全部开除,没有移交司法机关。

　　晚上十点多钟,张开关听到有人敲门,开门一看,是李文亮提着个包站在外面。张开关问:"老李,你有什么事?半夜三更的还上门?"李文亮笑了笑走进屋,将提包放在桌子上,然后坐在椅子上说:"我厚着脸皮求张总来了。"张开关问:"求我?甚事能把你逼成这个样儿?"李文亮叹了口气,说:"还不是为我那不争气的小舅子!"张开关问:"你是说郝维生?他的事你就不要提了,那是主犯,没把他送进监狱就够宽大了,难道还想回来上班?不可能。"李文亮说:"我也知道张总对他宽大了,可奈不住这小子天天来家哭鼻子,他姐又整天在我耳边乱聒噪,实在没办法。"张开关干脆地说:"别理他,做事难道没章法?"李文亮无可奈何地说:"你不理他们行,我不理能行吗?"张开关摇了摇头,说:"要是让郝维生上了班,那四个人该怎么办?贪污巨款的人都接收回来,那收费站以后还怎么管?""张总,这事就没有回旋的余地了?""哎哟,老李!你是多年的国家干部,看问题比我强得多,你掂量一下,这事能不能办?"李文亮气馁地低下了头,然后站起身,准备离去。张开关急忙将桌上的包提起来,递进李文亮的手,李文亮长吁短叹地出了门。

　　以后几天,又有乡政府的几个人替被开除的人来说情,张开关都一一顶回去。这些人觉得张开关不给面子,很是气恼!冯秀山说:"不就是个农民嘛,有甚了不起,还真以为自己是大尾巴狼?"刘来宝说:"乡政府死得没人了?放下国家干部不用,偏用个老农民?"李文亮更是到处说:"张开关头比斗还大,奇书记也不在他眼里头。"等等。

　　张开关也知道这些人对自己不满意,但不在乎!以为自己行得端,立得正,没窟窿能生出个蛆?

　　可是,事情的发展往往出乎人的意料。那天下午,张开关正在家中忙活儿，突然刘宝维跑了进来，说奇书记要他马上去乡党委。张开关莫名其妙，自己离开公司才三天，就有解决不了的事？

他三步并作两步走，急速赶到书记办公室。奇荣看了他一眼，用手指了指沙发，示意他坐下说话。奇荣说："你有个妻侄儿常建设在收费站？"张开关说："有，还是带班长。""噢，最近你没见到他？""没见到。怎么了，出事啦？"奇荣严肃地说："不但是出事了，而且出的是大事。"张开关惊问："什么大事？"奇荣说："前天晚上，他在班上罚了一名司机两千块钱，司机怎央告都不行。最后司机掉头就开车走了。昨天上午，司机把状告在了国务院纠风办，说你任人唯亲，把妻侄儿安排在收费站当班长，索要司机钱物，共同腐败。国务院纠风办给鄂尔多斯纠风办和监察局打来电话，说如果真有其事，必须开除常建设，并撤你的职。"张开关问："常建设罚司机的款，难道没给司机开票？"奇荣说："问题就在这里。据司机说，常建设不给开票，可常建设说，他正想开票时，司机掉头走了，双方各执一词。"张开关说："班上还有收费的人，就不能做个证明。"奇荣说："人家说，收费站的人合伙贪污，互相证明不管用。"张开关抽搐着脸皮，问："那该怎么办？"奇荣说："我也没办法，可能今天旗里要派人专门处理这个事。我把你找来，是想让你有个思想准备。"张开关脸色煞白，在沙发上靠了一会，起身离去。

出了乡政府大门，看见刘青云在西墙下蹲着，张开关问："青云，常建设和司机要钱啦？"刘青云急忙迎过来，说："张总，这事说不清，司机和收费站人说得不一样。""那你了解的情况是怎样？""我了解的情况是，收费站的人认为这个司机经常逃费，要罚两千块，经过争吵，司机缴了钱。司机说站上不给开票，站上人说司机不等开票就走了。""常建设在哪里？我去问问他。""哎，可不行！刚才站上跑回来的人说，旗监察局的人已经进驻收费站了，正在审问有关人员。你要是贸然去了，他们还以为你要干扰办案，想串供。"张开关无可奈何地苦笑了一声，和刘青云相跟上向公司办公室走去。

张开关和刘青云相对无语，不到两小时，一包烟就吸光了，屋内烟雾缭绕。正烦闷时，屋门开了，进来三个人，为首的那位连咳了两声，说："怎这么能抽烟，快把窗户打开。"刘青云急忙起身开窗户，张开关站起迎接来人。众人坐定后，为首的那人说："我叫杨志忠，是旗监察局的局长，这两位是小赵和小苏，都是局里的工作人员。现在专门来新召调查你和公司有关的一些事情，请你配合。"刘青云一边给几个沏茶递烟，一边支楞起耳朵听来人说话，杨局长看了他一眼，问："你是干什么的？"刘青云说："我是路桥收费站站长刘青云。"杨局长说："那你在隔壁屋里等着，我们和张总谈完话再找你。"刘青云点头退出。杨局长问："张总,常建设是你什么人?""亲妻侄儿。""他在站上干什么工作?""当班长,开票收费。""他的职务是谁安排的?""是我和刘站长共同安排的。""他以前索要过司机的钱物吗?""没发现。""这次索要司机两千元钱,你事先知道不?""一点儿都不知道。""他没给司机开罚款票据符合站上规定吗?""罚款是要开票据的,但有的司机往往不要票就走了。""司机告你任人唯亲,合伙腐败,你有什么看法?""当然有看法了。我是任用了亲属,但几十名收费人员里仅有常建设是我的亲属,怎能叫任人唯亲?常建设做的事我一点儿也不知道,怎能扯上合伙腐败?我没做坏事,甚时候也坦然。"杨局长看了看张开关那激动的样子,说："张总,你是几十年的模范人物了,遇事要冷静。为这事国务院纠风办都打来电话,下达了指示,不调查能行吗?"张开关说："这我知道,你们展开调查吧,我绝对配合。"

  监察局的人经过一天多的调查,第二次和张开关谈话。杨局长说："常建设和你的事,今天就不说了。我们想问你,新经济公司最近审批下来几个煤矿?"张开关说："暂时审批下两个矿。""现在进展到什么程度了?""正在开场地、垒井口,马上就要开巷道。""有关开支你和别人商量过吗?""五百块以上开会通过,五百块以下我签字就行。""有没有与生产无关的开支?""没有。""有没有假公济私的情况?""不可能有。""可是有人反映你存在经济问题。"张开关又激动起来,提高嗓门说："请反映问题的人拿出证据来,不能无中生有陷害人!"杨局长说："张总,你还需要冷静。"张开关愤愤不平。

  第三天早晨,奇荣来到张开关办公室,俩人关着门儿谈了一个多小时话。中午,奇荣召开了新经济公司董事会,会上宣读、批准了张开关关于辞去新经济公司总经理职务的申请,并表决任命乡财税股长郭来生为新经济公司新的总经理。

  张开关和郭来生办理完交接手续后,刘宝维扛起张开关的行李用具,说:"走吧,三叔!好心没好报,上香惹鬼叫。回咱大队当支书吧,那儿清静。"张开关走出办公室,发现有人不屑地瞧看自己,还窃窃私语讥笑着,不禁怒气上升,大踏步地朝前走去。咦:

    片云片雨过新乡,
    牤牛河水泛泛涨。
    浮生碌碌噩噩梦,
    暗算无常死无常!

## （一百三十四）

左新公路开通后，国家大型企业以及各地的商家纷纷来新召开发煤炭资源。左新公路的车流量骤然增加，川流不息，不但收费站的收费猛增，乡财政的各项费税也迅速增加。新召的青壮年农民，纷纷进煤矿当起了工人。许多人买了四轮拖拉机下井拉煤。有些人还合伙买了翻斗车、装载机、推土机，干起了大生意。新召人不但享受上了电灯、电话，而且挣开了大钱！

看到新召一些人办起了煤矿，白登云和栗换朝也坐不住了。俩人经过一番计划，就和亲戚朋友集了一大笔钱，去张二树办公室磨蹭，要求办矿。张二树思索再三，给二人在苏会沟和毛盖图分别批了两块井田。

俩人高高兴兴地离开矿管局，返回新召。路过村果园时，瞭见张开关从远处走来。栗换朝戳了一下白登云，说："张开关过来了，咱办矿的事给他说不说？"白登云气恼地说："给他说的个甚！他一掺和，准倒霉。那年我给国务院写信，还不是受了他的鬼扇打？"栗换朝点了点头，说："你说得对着哩！有时候这人老爱在烟洞上招手，把人往黑路上引，那年他亲自安排我去西部倒场放牧，最后闪得我坐了禁闭。"白登云想了想，忽然说："哎，不管咋说，张开关在新经济公司当过总经理，办过煤矿，经验肯定比咱多，不如把他聘成咱们矿上的顾问，指点指点。"栗换朝嗤笑起来，说："他要是会办煤矿，能被新经济公司撤了职？你快不要指望他了，下台经理还能做成个甚！"俩人正说着，张开关已经走到面前。白登云强装笑脸，问："张支书，最近不忙？"张开关两眼扫瞄着二人，说："不忙。我听说你们两个最近倒是挺忙活的，怎么，都要变成矿长啦？"栗换朝笑道："什么矿长，自己给自己当矿长！不像张支书，给公家当过总经理。"张开关沉下脸来，再不说话，大步从俩人中间越过。走了几步后，回望那俩人，都摇头晃脑地浪着哩！哎，小子们，不要得意的太早了，办煤矿能是个简单的事儿？

一个月后，白登云和栗换朝分别在毛盖图和苏会沟办起了煤矿。经过整理场地，修建房屋，开井口，打掘进，五个月以后正式投入了生产。但是，煤炭市场忽然疲软下来，一吨煤仅卖十几块钱，不如一吨精选碎石子值钱，好些煤矿处于赔钱状态。

一年后，煤炭市场又好转起来，一吨煤竟能卖八十多块钱。办矿的人立即采取措施，加大生产量，想法赚回赔进去的钱。苏会沟煤矿原来只有七个四轮车从井下盘煤，栗换朝说四轮车太少了，赶快四处联系，多雇用些四轮车。生产矿长贾永宽，技术员刘忠荣说："再雇二十个四轮车，井下也能转得开。多开些工作面，一年能产六万吨煤，纯利润能达到一百二十万块钱。"栗换朝高兴地说："好，四轮车由我雇，生产你们抓。真要能产下六万吨煤，给永宽奖二十万，忠荣奖十万。"

不到三天，栗换朝就雇回十七个四轮车，加上原来的七个车，一共达到二十四辆车。贾永宽给每个四轮车都定了任务，超额有奖，完不成任务受罚，雷管炸药放开用。为了安全，所有的雷管炸药都使用电雷管，一炮一炮地引爆。若发现哑炮，则由点炮员和刘忠荣想法排除。四轮司机们积极性很高，每天相互攀比。当天少拉煤的人，第二天就加紧赶上。看看吧！狭窄的巷道里，四轮车上下行驶，一部分迎面会车，一部分前后紧跟，叫叫喊喊，碰碰撞撞，乱纷纷的没了秩序。郝栓小年轻有体力，炮眼打得多，四轮盘煤快，每天都比别人多出两吨煤。这两天，他干得更欢了，企图把别人甩得远远的。他那四轮车，好像比别的四轮车更灵活，一会超车，一会直冲，到处钻空子。正得意地向前穿梭着，迎面开上来两辆装满大炭的四轮车。郝栓小心里一惊，急忙踩刹车、打方向，但刹车没踩死，方向却打了个急。说时迟，那时快，四轮车猛地撞在巷道的炭壁上，郝栓小的脑袋正好磕在突出来的一块大炭上，顿时撞没了半个脑袋，脑浆和鲜血喷涌而出，当场毙命！所有的四轮车立即停了下来，司机们都跳下车赶过来救人。贾永宽听到消息后，急急忙忙跑了过来，朝着众大声叫喊："都上手扶人，抬出井口，送新召医院！"工人们七手八脚挪开四轮车，将郝栓小抬出井口。贾永宽弯腰一看，人早已死去，还往哪里抬？抬到哪里也不能让死人复活！顿时觉得眼前发黑，浑身发软，一屁股坐在地下，两手托着脑袋发呆。正在这时，栗换朝也赶了过来，走近郝栓小跟前一看，是个缺了半颗脑袋的死人，花红脑浆还在汨汨地溢出，样子十分吓人，不由得倒吸了口凉气，愣在那里。这时，贾永宽反倒清醒过来，慢慢地站起身来，说："人早就碰死了，送哪里也没有用，赶快准备后事吧！"栗换朝也愣过神来了，说："后事怎么准备？""咋准备？赶快买棺材，搭灵棚，通知家属协商如何赔偿，怎么安葬！""郝栓小是哪里人？"栗换朝一时记不起来了，旁边一个工人说："府谷郝家梁人，往南走十几里地，住在牸牛河西岸的半山梁上。"正说着，技术员刘忠荣也闻讯赶来了，贾永宽说："忠荣，你去郝家梁走一趟吧。到地方后，先不要说郝栓小死了，就说受了重伤，让他们家里来个主事的人。"刘忠荣说："知道。"然后拔腿就向南走去。

刘忠荣一路走，一路打听，不觉来到三界塔南面的一个山沟旁。正好迎面过来一个中年汉子,就问:"老哥,沟上面是不是郝家梁?"中年汉子答:"就是,你找谁?""我去郝栓小他们家。""往上看,半山坡上有两棵大杨树,树东就是郝栓小家。""谢谢老哥。""不用谢。"中年汉子说完话继续往北走,刘忠荣急步猫腰往山坡上赶。不多时,就来到两棵大杨树下,看看东边的这户人家:石头砌的院墙已经塌了半边,大门口有几只鸡正在觅食。进了院子,向四周看了看,只有一个猪圈,圈里有一头半大壳浪子猪,再连什么牲口都不喂,看得出是户穷人家。刘忠荣跨进屋子里,往炕上一看,有一个头发花白的老女人,正坐在炕沿纳鞋底,刘忠荣问:"这是郝栓小家吗?"老女人抬起头来,目光迟滞,上下打量了刘忠荣好一阵儿,才问:"你是谁?"刘忠荣说:"我是苏会沟煤矿技术员刘忠荣。""你有什么事?""郝栓小在煤矿拉煤碰伤了,我来通知你们。""什么?你说的是栓小则,他怎啦?碰伤啦?""嗯,郝栓小在煤矿碰伤了。"老女人手里的鞋底子一下子掉在炕底下,紧张得嘴唇也抖动起来,问:"碰伤了?重不重?""有点儿重,我来找你们家主事人,去矿上看一看。"老女人慌忙下了炕,看着刘忠荣说:"栓小则肯定是碰得不轻了,要不然,你们会这么老远来我家?是不是?"刘忠荣"嗯"了一声,不说话。老女人忽然像知道了什么,"呜,呜"地哭泣起来。正在这时,屋里又进来一个五十多岁的男人,见屋里来了一个生人,老婆子又抹眼泪又哭泣,就觉得大事不好,忙问:"是不是栓小子出事了?"刘忠荣说:"受了重伤。""伤在哪里?""伤在头上","命不要紧吧?""我不知道。""那还站在这里做甚?赶快去矿上。"刘忠荣知道这老汉叫郝五,就说:"五叔,你准备一下,咱马上走。""哎!还准备什么,现在就走!"一边说,一边就出了屋。老婆子哭着追出来,说:"他爹,好好给娃看伤,出这么大的事儿,让他们矿上花钱!"郝五应了声:"知道了。"刘忠荣回头安慰栓小娘:"五婶儿,你好好在家待着,我和五叔去矿上了。"老婆子说:"我娃前十几天还回来一次,说是再干上两年,就能挣够娶媳妇钱。这四轮车,是栓小子和他两个姐姐借的钱买来的,到现在还没还一分钱。"刘忠荣没时间听老婆子唠叨了,快步走出院子,去撵郝五。

刘忠荣和郝五赶到矿上时,太阳已经偏西。郝五一眼就看见工人宿舍西墙下搭起了帐篷,周围站着一大群人,正在议论着事儿,不由得心头一紧,快步走了上去。众人估计这就是郝栓小的老爹,纷纷让开道,让他走过去。郝五进了帐篷里,突然看见里面横放着一口棺材,不觉大叫一声:"栓儿啊!"就跌倒在地。然后又爬了起来,扑在了棺材上,见棺材还没盖儿,栓小则缺了半边头,血糊糊地躺在里面,不禁伸出手来,摸着栓小的半张脸,泪如雨下，捶胸顿足。工人们纷纷上前，扶住郝五老汉，一边劝解，一边陪哭起来。哭了好一阵，工人们才将老汉扶在了帐篷外。这时，栗换朝走了过来，说："五叔，你不要太伤心了，人死不能复活，你老注意身体。过一阵，咱和贾矿长商量栓小的后事。"郝五止住了哭，问："你是谁？""我叫栗换朝。""你是矿上什么人？"栗换朝不言声了。郝五揪住栗换朝的衣领，问："你是不是矿长？"栗换朝仍不言语。郝五朝栗换朝眉心里唾了一痰，然后抡起蒲扇般的大手，照着栗换朝的脸面，左右开弓，"咣咣"就是两个大巴掌，打得栗换朝耳朵嗡嗡作响，眼冒金星，嘴角也流出血来。郝五又攥紧了拳头，照着栗换朝的鼻梁打来，被一边站立的刘忠荣一胳膊架开。郝五大骂："你光顾挣黑心钱，不管工人安全，狼心狗肺，有什么脸面还活着？"说着，就拣起地上的一块炭圪蛋，要给栗换朝头上盖过去，刘忠荣又急忙给架开来。众人见老汉急疯了，忙把他连抱带拖，搡进了屋里。栗换朝灰溜溜地坐在地上，一边揪自己的头发，一边擂着自己的脑袋。

郝五躺在炕上，大声嚎哭，不一会儿就背过气去。贾永宽站在门口儿，着慌了，忙走到郝五身边，伸手就掐人中。掐了好一阵儿，肉皮都出血了，还不见醒来。贾永宽对身边的工人们说："快舀一碗凉水来。"工人们立刻出了门，倏忽间就端来满满的一碗掺冰水，递给了贾永宽，贾永宽张大嘴呷着水，照着郝五的脸面"噗噗"地猛喷起来，这时，郝五慢慢地睁开了眼，气也缓了过来，众人才松了一口气。

栗换朝一直坐在外边的土地上不敢进屋里。他想等郝五火气过去，冷静下来，再谈处理事故的事。

第二天上午九点多，栗换朝才领着贾永宽和刘忠荣来到郝五住的宿舍里。三人都垂手站立，低着头。栗换朝说："五叔，你心疼栓小，我们也心疼！但是，事情已经出了，挽不回来了。咱活着的人，还要继续活，你说是不是？我们几个人的意思是，想和五叔商量处理栓小的后事，并协商给你和五婶儿的补偿款。"郝五闭着眼睛，好半天才说："你们找我大女婿来，他住在石岩塔，叫曹祥生，让他和你们谈。"说完，又闭上眼睛。栗换朝说："行，我这就派人去找。"说完，安排了两个人，去了石岩塔。

十一点半钟，曹祥生来到了矿上。他一路上已和工人问清楚了郝栓小的事。进屋后，坐在老丈人身边，掉了一阵泪。然后说："五爹，你好好休息吧，由我来和矿上谈判事故的处理。"老丈人点了点头。曹祥生下了炕，来到了矿长办公室，问："矿上打算怎么处理这个事故？"栗换朝说："我们商量过了，栓小的安葬费全由矿上负担，然后再给五叔和五婶三万块钱。"曹祥生顿时翻起了白眼，说："你说什么？三万块钱？一条人命就换三万块钱？你怎能张开嘴说出来？我看你们的良心让狗掏的吃了，甚嘴也敢张！"贾永宽说："祥生，你又不是不知道，这几年煤炭市场一直疲软，矿上是赔钱生产，债务紧，实在拿不出钱。"曹祥生反驳："你们赔钱生产？赔钱为什么不停产？你们的觉悟那么高，专门给别人作贡献？以后再要说鬼话，先和眼睛商量一下，不能睁着眼睛说瞎话！"栗换朝说："我说的是实情。现在亏本生产，是不想把工人放回家去。一旦把工人解散了，煤炭价格要是上来了，一时半会儿哪里招工人？所以只能硬着头皮赔钱干！"曹祥生大声说："少废话！你挣钱不挣钱与我不相干！事故处理你们看着办！不行咱就上报安监局，先把你们煤矿关上六个月，然后让法院来解决！"栗换朝浑身打了一个颤，心想：咋遇上这么硬的一个茬？不让步是不行了！于是可怜巴巴地说："祥生，有事好商量！既然你把话说到这个份上，我就是砸锅卖铁，也要给五叔、五婶把钱凑齐。你说要赔多少钱？"曹祥生坚决地说："赔十万。""啊呀，数目太大了，哪里弄那么多钱？你看五万行不行？""不行，就十万！""好啦，好啦，赔七万！我回家把家具电器都卖了，给五叔凑够钱！"曹祥生摇了摇头。贾永宽说："栗矿长，给八万吧，那一万在我的工资上付。"说完，又看了看曹祥生，劝道："就这样吧，再多了，你就是杀死栗矿长，他也没血了！"曹祥生叹了口气，无奈地说："你真是遇上我们这种善人了，好说话。要是遇上别人，五万块钱也不答应你。"栗换朝说："真要遇上那种人，我就从石崖上跳下去。"贾永宽说："不要吵了，相互体谅，写协议办事吧！"

按照协议，苏会沟煤矿给郝五赔了八万块钱。郝五催得紧，当天就拿到了钱。煤矿又择日将装着郝栓小的棺材拉到郝家梁，埋在一个沙蒿湾里，立了一块青石碑，以便祭祀。埋葬费都由煤矿另外负担。

苏会沟的矿难事故，来得突然，处理得迅速，安监局什么也不知道。安葬完郝栓小的第二天，煤矿就恢复了生产。

四轮车司机再也不敢开着车在巷道里猛冲猛跑了。大家都放慢了速度，相互避让，每天的出煤量不相上下。技术员刘忠荣每天拿着测量仪器测算主巷道，副巷道和各个工作面的宽度、高度以及走向。风机的运转也不敢小觑，有了故障及时排除。随时检测瓦斯的浓度，井下严禁吸烟。他觉得巷道里的顶板很好，不会冒顶。于是就拿着一根棍子，上下敲敲打打，走过去了事。贾永宽井上井下全面管理，比以往小心得多了。栗换朝每天计算着产量和利润，想着早点把投资和损失挣回来。

三个多月过去了，生产一直有序进行，井上井下平安无事。栗换朝饭吃得香，觉睡得稳，心情敞快了许多。这天午饭后，他倒头便睡，梦见牤牛河山洪暴发，满满的一河槽水，都快要淹到自家猪圈里来了。正着急时，被一阵急促的呼叫声惊醒了。他呼地一下坐了起来，睁眼一看，是井下盘煤工金宝山，一副惊慌的样子，忙问："出什么事啦？"金宝山结磕着说："栗，栗矿长，不好了！""什么不好了？""五号，工——工——工作面冒顶了，掉——掉下筐箩大的——的一块——一块炭，砸——砸在了李——李二飞和乔银山头上——头上了。""人现在怎么样？""估——估计是——是不行了！"栗换朝的脑袋嗡的一声，接着脸上的肌肉开始抽搐，浑身好像遭到了雷击，软得炕都下不了了。过了好一阵儿才缓过劲儿来，摇摇晃晃地溜下炕。刚走出屋子没几步，就看见工人们从井口抬着两个人走了出来。贾永宽和刘忠荣迎面走过去，栗换朝随后也到。几个人将砸伤的工人平放在地上，贾永宽弯腰一看，俩人的头都是血葫芦，眼睛紧闭，嘴唇微张。伸手试了试鼻口上的气息，一点儿反应也没有。抓起两人的手腕，摸了摸脉搏，毫无动静！不觉心中一悸，暗暗叫苦，又是两条人命哪！这时，栗换朝叫喊起来："快往新召医院送！快点儿。"刘忠荣说："恐怕救不活了！""那也要往医院送，死马当活马医，说不定真能救过来。"工人们说："这么说的话，还要过河上坡，我们抬不动，用四轮车拉吧。"栗换朝挥着手，说："拉吧，拉吧，用四轮车拉。"

　　工人们把李二飞和乔银山抬在了四轮车上，向医院走去。栗换朝和刘忠荣坐在另一辆四轮车上随后跟去。贾永宽在矿上守着。

　　两辆四轮车过了牤牛河，上了一面大坡，来到医院门口。栗换朝指挥众人将李二飞和乔银山抬了下来，进了急诊室。医生安排把两人分别放在两支病床上平躺下。医生也是先看了看俩人的伤情后，用手试了试鼻口的气息，又在胸口上摸了摸，手腕上掐了掐。然后又用听诊器等量了量，发现二人的心脏早已停止了跳动。于是说："拉回去安葬吧，一点生命迹象也没有了。"栗换朝着急了，哀求道："想想办法吧，说不定能救活。"医生瞥了他一眼，呛道："你这是什么话？能救活我们不救？实话告诉你，就是华佗再世，扁鹊复出，也不可能让死人再活。"栗换朝又一阵眩晕，差点儿瘫倒在地上。刘忠荣对工人们说："拉回去吧，大家尽心了。"工人们只好又将两个死人抬在了四轮车上。刘忠荣挽着栗换朝，也上了车，大家一起返回煤矿。

　　下午四点钟，煤矿和村民买了两副现成的棺材，将李二飞和乔银山的遗体放进去。正准备盖棺，突然传来一阵警笛的声音。栗换朝顿时慌张起来，惊恐地朝西边望去。啊，两辆警车！怎来了这么多？一霎时，两辆车已走到了面前。哦，一辆是旗安监局的稽查车，另一辆是旗公安局的警车，车上下来两名警察和三名安监局人员。五个人直接走到棺材旁边,看了看尸体后,返身进了办公室,开始传唤矿长、副矿长和有关人员。公安局治安股长张万祥问栗换朝:"你叫什么名字,在矿上负什么责任?""我叫栗换朝,是矿长。""这次事故是怎么发生的,死了几个人?""顶板脱落,砸死两人。""以前发生过事故没有?""没有!""真没有还是假没有?"栗换朝的眼神慌乱起来,嗫嚅道:"没有!"张万祥冷笑道:"看来你不想说实话。"接着就从包里提出一副手铐来,对着栗换朝抖了抖,栗换朝顿时吓慌了,说:"噢,噢,我一时紧张,说错了,说错了,前几个月有过一起事故。""什么事故?""是,是四轮车司机自己不小心,开车撞在了巷道的炭圪蛋上。""撞成甚样了?""撞死了。""你给安监局汇报了没有?""没有。""为什么不汇报?""怕麻烦领导,就自己处理了。""什么怕麻烦领导?你这叫瞒报,要负法律责任!"栗换朝的身子像筛糠一样,脸上豆大的汗珠子直往下滚。安监局副局长杨振国训斥道:"你怎么只知道挣钱,不管工人安全?胆子还这么大!出了三条人命才被上面发现!按规定,你的煤矿除了罚款外,还要停产整顿六个月,当事人还要追究法律责任。"栗换朝像个犯人一样,脑袋耷拉在胸脯上,垂手打颤,听候发落。

接下来,公安、安监人员又找贾永宽、刘忠荣和部分矿工谈了话,详细询问了两起事故的全过程,做了询问笔录。有关人员都写了证明材料,签字画押。最后,两局负责人给煤矿有关人员召开了会议,讨论了对事故的处理意见。

下午六点钟,公安、安监人员向栗换朝等人宣布了处理决定:鉴于两名死者都是甘肃天水人,家属到新召路途遥远,现在又是八月份,天气炎热,不利于尸体保存,所以,同意将死者快速埋葬。煤矿负责通知家属认领尸体。给家属的赔款,由安监局和煤矿家属三方共同商定。此外,决定罚煤矿现金三万元,停产两个月。决定宣布后,栗换朝表示服从,其他人也无异议。

栗换朝安排大师傅炖了一锅山羯子肉,买了烧酒香烟,把公安、安监人员招待了一番。

安监、公安人员离开后,栗换朝把贾永宽和刘忠荣痛痛儿臭骂了一顿!二人低头不语,等栗换朝骂够以后,刘忠荣回自己宿舍了。贾永宽说:"栗矿长,不要灰心!办煤矿本来就是风险行业,你打问一下,哪个煤矿没死过人?要是挖煤不死人,国家还用得着规定百万吨死亡率?没事的时候要防止出事,出了事儿就不能怕事儿!当务之急,是查找事故的真正原因,吸取教训,加强管理,争取以后多产煤,不死人!把损失补救回来!"栗换朝说:"那你说怎么加强管理?""嗨,首先要建立健全各项规章制度,所有人员都按章作业。只要不违章,事故就少得多!即便有,那也是自然灾害,谁也抗拒不了!为此,应专门设立一个管安全的副矿长,不间断地下井查看,发现隐患,立即排除,保证不出大事故。""哦,你说得有道理。咱两个商量一下,由谁来当管安全的副矿长?""就让刘忠荣去当。安全、技术一把抓。吃一堑长一智,能胜任!"栗换朝想了一会儿,说:"也就是他当了,再也没个合适的人。你去把他叫来,咱俩当面和他谈谈。"不一会儿,贾永宽把刘忠荣叫来了,栗换朝说了让他当安全技术副矿长的事。刘忠荣说:"工作我可以做,待遇怎么办?"栗换朝想了想,说:"待遇和贾矿长一样,你看行不?"刘忠荣说:"我没意见。"贾永宽笑了笑,忽然又说:"我在煤窑上待了好多年,看见凡是办煤矿的老板,都敬窑神爷。每月的初一、十五上供烧香,逢年过节还要隆重一些。""供窑神爷的作用是什么?""作用就是让窑神爷保安全,保挣钱!""啊呀,这么大的事儿你咋不早说?怪不得咱矿上接连出事,赔进那么多钱!咱办这么大的个矿,没给窑神爷烧一炷香,上一次供,窑神爷能不怪罪?以后可得敬他老神仙哪!但是,窑神爷住在哪里,怎么去请?"贾永宽说:"这不难,我见过煤矿请窑神爷哩!明儿个,咱请个神官把写好的神牌放在神轿里,然后由矿长带领有关人员,跪在神轿前,对天祈祷,'窑神爷呐,请您上轿,保佑我矿大吉大利'。窑神爷马上就会上轿。然后由工人们抬上轿,按窑神爷指定的地点,盖个神庙,放进神牌,按时敬贡就行了。""哦,这也不难。咱分一下工,明天我去请神官,写神牌。你们负责做神轿。"刘忠荣说:"借个轿子就行了,用完给人家还回去。咱又不天天请神,长年摆个神轿在矿上,不好看。"栗换朝说:"也行,你们去安排吧。"商量完,三人各自休息了。

第二天一大早,栗换朝就来到神树湾赵神官家门口,正待跨进大门,突然听到"汪汪"两声叫唤,一条半大不小的黑狗子,龇牙咧嘴地往栗换朝身上扑来。栗换朝吓得倒退了七八步。那狗见来人退缩,越发凶猛。栗换朝大怒,骂道:"老子准备请神,莫非你恶狗想阻拦?"顺手在旁边拣起一根柳棍,照着狗嘴抽了过去,正好抽在了狗鼻梁上,黑狗顿时蔫了,一阵哀鸣,退回院内。这时,院子里传出叫骂声:"没本事还要咬你爹?看你爹爹抽死你!"栗换朝看着门口走出来的赵神官,笑着说:"你家狗咬得太厉害,不是我手狠!"赵神官也笑了起来,说:"我当是谁呢?原来是栗矿长,快进屋。"

栗换朝进屋坐定后,说明来意。赵神官说:"这事好办,不知你们还有什么打算?""还有什么打算?好像没有了。""噢,你再想想吧。"栗换朝猛然醒悟,以手击额,笑道:"你看我这脑子,进门时还想着,到嘴边就忘了。赵叔,给你的酬金是三百块,怎样?"赵神官笑了,说:"我说的是其他事儿,不是这事儿。""其他都说了，就这事补充说明。"赵神官立即站起身来，拿出木牌、毛笔、红漆，疑神聚思，然后用笔蘸了蘸油漆，工工整整地在木牌上写下八个大字："平安窑神爷之神位。"又取出黄表纸、画了七幅符箓，写了八张符咒。待木牌上的油漆渗进木头后，将木牌躬躬敬敬地立于里屋的太上老君神位之下，跪地拜了三拜，然后焚了三炷香，奉了三个揖，摇铃念了一大篇《道德真经》，最后又朝着神位拜了三拜，奉了三揖，才转身对栗换朝说："窑神爷牌位已经开光。明天太阳露头时，我准时带着神牌和符纸到你矿上。到时候你们一定要备好香纸神轿和抬轿的工人，不得有误。"栗换朝说："误不了，我今天就把一切准备好。"说完，告辞回去。

第二天，东方刚露白，赵神官和栗换朝等人就站在了神轿前。不一会，一轮红日从东山跃出，赵神官立即率领众人跪倒在神轿前。赵神官将符箓和符咒燃着，又亲自焚着三炷高香，然后摇铃念《道德真经》。念毕，大声说："请平安窑神爷上轿。"然后和众人跪地一连磕了三三九个响头。磕完头后，赵神官站起身来，高唱道："起神轿！"只见六个壮汉，分别扛起两边四根、中间两根木杠，抬轿走起步来。赵神官喊："快步！"抬轿的人就快走，赵神官喊："稳步！"抬轿的人就慢走。就这样颠簸着走了一阵，突然抬轿的人一个趔趄停了一下。赵神官急忙跪倒在轿前，念咒祷告，不一会儿，翻开了白眼，浑身颤抖，伸出右手不断地指向矿办公室。众人一时弄不明白怎么回事，疑虑地观望着。突然，一个工人说："咋不见贾副矿长，请窑神爷他能不来？"刘忠荣顿时醒悟，拔腿就往矿办公室跑，推开门一看，里面无人。挨着把办公室看了一遍，也没发现。慌急之下，跑到房后，哎！贾永宽躲在墙根下正抽烟呢。刘忠荣一把将未抽完的半截烟夺在手里，扔在草丛，瞋目道："贾矿，你这是干什么？没有你，窑神爷不走了！""我有点儿脚疼，不想去了！""你可不敢这么说话，把窑神爷惹恼了，不得了哩！""窑神爷这么灵？还知道我藏在房后？啊呀，那咱快过去吧！"说着，俩人就相跟上跑到神轿前面，栗换朝顺贾永宽的腿弯子上踏了一脚，贾永宽"扑通"一声跪倒在地，对着窑神爷磕头如捣蒜。一连磕了二十几个头后，六个大汉突然抬起神轿又颠晃着走了起来。窑神爷在煤场、窑口、工人宿舍、办公室以及河畔转了个遍，然后沿着南山坡上的小路猛冲上去。有一个抬轿的工人，鞋子跑掉了也不管不顾，和其他人一样扛着木杠冲上山头。窑神爷在山头转了九圈，然后停在一棵大苧条树旁。抬轿的人气喘吁吁，浑身冒汗。那个赤脚的工人，脚趾头碰出了血，旁边的工人看不过眼，将他替换下来。赵神官向四周望了望，对着大苧条树又念起了一阵咒语，然后带领大家一齐向窑神爷跪下，又行了三拜九叩大礼。礼毕，赵神官恭恭敬敬地从神轿里双手端出窑神爷的神位，跪着挪到苧条树前两米远的地方，将神牌安放在那里，然后对众人说："这就是窑神爷选择的住地，你们给窑神爷盖个庙吧。"栗换朝对一群工人说："快去矿上抱砖、背水泥、担水，给窑神爷盖庙。"众人闻言，快速走下山去。

四五十号工人，从上午九点多钟开始动工，到下午六点钟，一座神庙就已竣工。夕阳下，一大群人跪倒在神庙前，烧香上供，磕头膜拜，赵神官摇着铜铃，口中念念有词。过了好一阵，仪式才进行完毕。大家扛着施工工具，拖着饥饿疲惫的身躯，准备回矿用餐。嗨！早上吃完饭，再没进水米，饥肠辘辘，浑身乏力。正准备下山时，刘忠荣突然喊了一声："大家站住，你们看神庙跟前有什么？"众人转身回望，只见一条一米多长的大黑乌蛇，从苧条树下爬了出来，正缓缓地往庙门里爬去。众人骇然驻足，瞠目结舌。赵神官双手合十，连连奉揖，说："窑神爷，请您进入新居，确保苏会沟煤矿人员安全，大吉大利！"众人也都学着赵神官的模样，奉揖祈祷。祈祷完毕，众人一阵欢呼，跑下山去。

## （一百三十五）

李顶则听说苏会沟煤矿请了窑神爷，还在山头上盖了庙，就急急忙忙来找栗换朝，说："栗矿长，请神容易敬神难！不然，连不请都不如。""啊，敬神还有学问？""咋没有？敬的礼数走到了，神就高兴，就扶你！礼数差下了，就要怪罪你！""那你给我们教一教咋敬神。""那不行，我是老高川乔大仙的徒弟，师傅说了，秘道不能乱传人。""你啥时候跟乔大仙学的艺？""大前年，我老婆高秀兰有病，慕名去找乔大仙，他三服药就把秀兰的病给治好了。我觉得稀奇，就缠着要当他徒弟，送了他八百块钱，他就收我为徒，教给我本事了。""哦，耳听为虚，眼见为实，你光凭一张嘴，让我咋信你？""咋信我，你看着！"话音刚落，李顶子忽然念起咒来，"嘟噜噜，嗡隆隆"干稠立倒，念了足有三分钟。然后突然脑袋摇了起来，越晃越快，越快越晃，就像小四轮着车后旋转的马达，栗换朝和门口站立的工人们都惊呆了。约一分钟后，李顶子的脑袋慢慢停了下来，大家看他：面皮发红，气喘吁吁。栗换朝给他倒了一杯水，惊叹道："李神官真好本事，你有什么要求？""我想给你们担任敬神道官！""噢，专门当一个敬神道官，太清闲了吧。""哎，我白天敬神，晚上在煤场下夜，不就满负荷了嘛！""那现在下夜的贺二怎么办？""贺二才三十来岁的人，干这么轻省的活儿，你嫌他的肉站不肥？让他下井掏炭去！"这时，贾永宽戳了一下栗换朝，递了个眼色，表示可以。栗换朝会意，就说："行吧，我先试用你几个月，要是确实顶用，就长期留用。要是吹牛不顶用，就回去。"李顶则说："行，用上你就知道了！"于是，李顶则成了煤矿的敬神道官兼下夜工。

  李顶则今年四十六岁，不但每月能拿一千五百块工资，而且从来没有像现在这样逍遥舒心过。家中分到的土地，高秀兰和大儿子振华基本能作务，实在忙不过来时，郭瘸子也能搭一把手，自己的指头不用再去抠地皮！他白天点完香，没事就到附近的村中闲溜达，喝茶水。一天下午，来到南沟刘明亮家。刘明亮去苏会沟煤矿掏炭去了，只有媳妇翠翠一个人在家里。翠翠认得是李道官，忙笑着让他上炕，并递烟倒了茶。李顶则瞟了一眼翠翠，这媳妇二十岁，结婚才半年，不胖不瘦，圆脸蛋红扑扑的，真顺眼！前些天，李顶则已经来过两次了，翠翠的模样没看够，现在忍不住又来看。嘀，白个生生墙上挂苹果，小妹子憨水泻心火！李顶则越看越上瘾，不由得走下炕来，笑嘻嘻地站在翠翠身边，说："翠翠，你看我和明亮谁的个子高？"翠翠往开挪了挪，说："我不知道，你去煤矿和他比。"李顶则又靠近翠翠，说："我比他高三寸，你看看。"翠翠瞅他一眼，又往旁边躲，李顶则伸手抓住了翠翠的肩，翠翠一掌打开李顶则的手。李顶则掏出五十块钱，笑眯眯地给翠翠递过来。翠翠的鼻孔"哼"了一声，不屑地瞪了他一眼，李顶则急了，狠狠心，又掏出五十块钱。翠翠定了定神，一把接过两张五十块钱，李顶则就势把翠翠搂在怀里头，不一会儿就滚在了下炕圪崂。

  从此后，李顶则只要看见刘明亮下了井，他就去找翠翠混。时间一长，难免出事。那天，刘明亮下井盘了两趟煤，不小心踩在了一滩泥水上，脚一滑，鞋底和鞋帮子脱开了，没法走路了。刘明亮只好从井下上来，回家去换鞋。走到村口，发现李顶则刚从他家大门口走出来，不一会儿，俩人擦肩而过，李顶则讪讪地笑了笑，忙忙走过去。刘明亮急步回到家，见翠翠正在洗头脸，问："半迟不早，你梳洗的个甚？"翠翠回过身来说："我头有点儿发闷，洗一洗。""李顶则刚才来干什么？"翠翠头也不回，说："来喝口水。""哼，喝口水，我看这个装神弄鬼的家伙没安好心，以后少招惹他。"翠翠争辩道："是他自己要来，又不是我去叫的他？""你不要给我犟嘴，那不是个好人。偷牧马娶老婆，现在还和郭瘸子伙用着一个老婆，灰事做尽了。"说完，拿了一双鞋，又去矿上了。

  第二天夜里，刘明亮从井口出来解手，去矿工宿舍看了一遍，发现李顶则不见了。顿时生疑,与旁边的工友打了声招呼,借口肚子疼,一溜烟往家跑。到了大门口,看了看土院墙,没大门。自己平时只在入口处两堵墙上掘开了胳膊粗的两个洞,晚上横穿一根长木棍,挡住牲口进不来。他走进院子里,仍然把长木棍横穿进去,心想:假如屋里有李顶则,即便跑出来,黑天搭洞的,能看见这根横挡着的棍?非得往上撞,撞死他圪泡!想到这里,就径直走到家门口,附耳一听:不是个甚?李顶则正和翠翠说话呢。李顶则说:"翠翠,你就像蛤蟆挓开四个爪爪,真是个绵墩墩。"翠翠喘着气说:"顶顶!你这东西就像根笛子,擩得人肚里头圪泛泛价。"刘明亮顿时像红炭火上浇了醋,酸味儿冲天!狠狠踢了一脚门,未踢开,使劲儿用手推,也没推开。里面把门插紧了。情急之下,只好"咚咚咚"地把门敲起来!这一敲不要紧,敲得翠翠和李顶则都傻了眼,翠翠惊恐地说:"咋办?刘明亮回来了!"李顶则两眼盯着窗户外,急动脑子想主意,说:"不要慌,我有办法了。"然后伸手摸到自己的衣服,"噌噌噌"地穿上去,走在门口,用劲扛住门,然后拉开了门闩子。刘明亮听见屋里拉门闩,就拼命往里扛。李顶则在里面拼命扛着门。等刘明亮鼓足了劲儿往里再扛时,李顶则突然拉开门,身子躲在门旁边。只听到"扑通"一声响,刘明亮一个大马趴,跌在灶坑边,一只手还杵进火红的灶灰里,烧得"妈妈老子"直叫唤。李顶则就势冲出屋,如同一头受惊的野驴奔出去。刘明亮正趴在地上起不来,突然听到外面"啪嗒"响了一声,接着就是一阵人叫喊:"唉哟哟,跌死老子啦!"刘明亮心里一阵欢喜,心想:日你娘,这个跟头栽死你,看你往哪里跑!然后忍着疼痛,从地上爬起来,像一只疯狗,猛蹿出去。由于跑得急,自己也没防那根横拦着的棍,一个跟头也翻在了棍下面,撞得脑袋生死疼,两臂直抽搐,也不会动弹了。李顶则先跌翻,体力先恢复,一看刘明亮也撞晕了,心想,趁这个圪泡爬不起来,赶快跑!于是强忍着疼,爬起来,一瘸一拐地开始逃。刘明亮见李顶则要逃走,心中一急,也挣扎着爬起来,忍痛追上去。李顶则身子重,受的伤也重,跑得没有刘明亮快,眼看就要被追上了,突然发现旁边有个不盖盖子的山药窖,于是就在山药窖旁绕开了圈儿。刘明亮追得急,没注意脚下有陷阱,"扑通"一声跌下去,把整个身子曲成个锅圈子,疼得直嚎叫!李顶则高兴得差点笑出了声,惶惶逃离去。刘明亮在深窖里停了好一阵,才费老劲爬上来,一看李顶则早跑了,急得直跺脚。坐在地上歇了好一阵,气不过,拖着两条腿,追到了李顶则宿舍门跟前,又是一阵"咚咚咚"地猛敲门,大骂:"毛驴李顶则,快开门,要不然明儿个日你娘!"李顶则蒙头睡觉,假装没听见。几个工人披衣围过来,说:"别闹了,你打不过李顶则。天明了给栗矿长告。"刘明亮没办法，只好灰溜溜地回家和翠翠干仗去。

天一亮，刘明亮就来找栗换朝。伸出一只烧伤的手，又让看他头脸上碰出的烂圪蛋，还撩起后衣衫，让查看被擦伤的后脊梁。栗换朝问："你和哪个工人打架了，受了这么多伤？"刘明亮气呼呼地说："没和工人打架，是让李顶则给害的！"栗换朝奇怪了，问："李顶则为什么害你？害也不能这么个害呀，能害得你浑身受伤？我不信！""就是他害的么，我不捣鬼。""不捣鬼你就说清楚，不然我不管！"刘明亮没办法，费了好大劲儿，才吞吞吐吐地把事情说出来。栗换朝忍不住"嗤嗤"地笑起来，问："那你要我咋处理他？""怎处理？很简单，一罚款，二开除！"栗换朝说："好吧，你先回去，等我和李顶则核实一下情况，再处理。"刘明亮一摔门，回去了。栗换朝一个人笑得再也止不住了。

第二天，刘明亮又来找栗换朝。栗换朝说："罚了李顶则二百块钱，全给你。至于开除他的事，过几天开矿务会再决定。"刘明亮接过钱，恼怒地说："那是个牲口，没人性，不开除迟早是煤矿的害。"栗换朝仰头眯眼没言声。

半个月后，矿上又出事了！矿上有个工人叫白二小，神泉木房沟人，爱吃鱼。他看见煤矿前滩有个大水池，里面有二三斤重的草鱼和鲤鱼，就想打上来吃。可是鱼在水里很灵活，怎么也逮不住。后来想起了好办法，趁炸药保管员没注意，偷出五卜浪炸药，七个火雷管，然后把炸药装进玻璃瓶，雷管安进去。把雷管导火索点燃后，快速扔进水池里，炸药一爆响，就漂上一层鱼。白二小欣喜不已。连着试了两次都有效。可是在试第三次的时候，炸药瓶子还没扔出去，就爆炸了，把一只手完全炸没了。经过医院抢救，命是保住了，可是成了个残废人。白二小的老子把栗换朝告在了乡政府，气得栗换朝大骂刘忠荣："你把炸药雷管是咋管的？随随便便就让人偷走了？你朝三暮四想甚哩，脑子让狗吃啦？"刘忠荣圪蹴在地上，没法儿辩白。贾永宽自言自语道："最近管理抓得这么紧，又有窑神爷来保佑，还要出事故，咋回事儿？"栗换朝听了贾永宽的话，也觉得不对劲儿，思索了一阵，突然想起一件事儿。

什么事？李顶则的事！身为敬神道官，像个发情的公羊，"呼噜噜，呼噜噜"，直往村子里窜，天天串女人，浑身冒骚气，一双揣淫手，怎么拿供品？窑神爷看见就恶心，怎么去享用？这个盗马贼，肯定把窑神爷给惹下了！要不然，白二小的手能给炸掉了？想到这里，栗换朝一刻也不等，把李顶则叫在办公室劈头盖脑地骂了一顿，然后撂下一句话："下井挖煤吧，敬神的人另安排！"李顶则一副哭丧相，估计说好话也不顶用，就卷铺盖回家了。

## （一百三十六）

栗换朝办煤矿彻底尿下了！原来想的是当老板，挣大钱，挽回过去坐大狱的坏影响，好好儿在社会上露一露脸，没想到办企业这么难！吃苦劳神不用说，还一日数惊，挣点儿钱几乎全让死鬼们给卷走了！这是咋地了？带着狐疑想让刘阴阳给掐算一下。刘阴阳问完他的生辰八字，又仔细观望了一阵他的五官，突然失声叫道："啊呀，你的顶门怎一点儿光亮也没有？灰败败的，毫无财运！"栗换朝闻言吃了一惊，闭目沉思，顿时醒悟：那年在霍洛柴登做灰事，让道布庆给自己当头长长地尿了一道，把财运早就冲没了，顶门上还能有光亮吗？嗨，这个鞑小子，你算把爷爷给害苦了！想到这里，从怀中掏出二十块钱，交给刘阴阳，红着脸匆匆离去。路过村委会时，见张开关一人坐在办公室，就走了进去，说："老支书，你说我咋这么倒霉，跌倒遇上滑，爬都爬不起来了。一年多点儿时间，砸死三人，致残一人，光现金就赔进二十多万元。以后还不知道会出什么事，简直没法儿活了。你帮我打问一下，找个能人，把我的矿兑出去算了。"张开关想了想，问："你想卖多少钱？""唉，保个本儿就行，四十万。""瞎说吧？你也最多花上二十五六万。至于出事故赔给人家的钱，你卖煤挣的钱还能顶不平？"栗换朝眨眼看着张开关，问："张支书，你是不是想买矿？你要买，我给你便宜点儿，三十五万。"张开关摇了摇头，说："我拿不出那么多钱，最多能凑三十万，这还要拉下脸皮和众人借。"栗换朝低头想了一会儿，说："再加点儿吧，我赔得腰都正不起来了。"张开关坚定地说："这是我给你出的最高价，再多你就找别人吧！"栗换朝低下头盘算了好一阵，然后慢慢抬起头来，无可奈何地说："我实在是让鬼缠上了，才想起卖矿。既然逼到这步路上，三十万就三十万，豁出去了！""那好，我给树海打个电话，他要是同意，咱们就算谈成了。""哎，张支书，钱要一次付清，不能拖！""行，既然买矿，就是砸锅卖铁，也不赊欠你的钱。"栗换朝如释重负，顿时感到浑身轻松。从怀里掏出"红塔山"牌香烟，递给张开关一支，自己叼一支，打着火给张开关点着，说："张支书，你会管理，煤矿到了你的手里，肯定挣钱。"张开关吸了一口烟，说："那可不一定，我老了，恐怕管理得连你都不如呢。"

张开关拨通了树海的电话，说明买矿的情况后，树海说："他那个煤矿我知道，井田面积一点六八平方公里，煤层五米多厚，发热量大概在五千五大卡左右，其他指标都不错。三十万块钱不算贵，买下吧。"张开关说："你再和二树咨询一下，要是没问题，我就开始凑钱办手续了。支书我不想当了，开几年煤矿吧。"说完，挂了电话。

## （一百三十七）

张树海在第三产业局当书记已经一年有余。局长郑维继，已经五十二岁了，原来在忽吉图当乡长，精明强干，善于谋划，敢作敢为，事业心很强。副局长阎心冕爱写爱说爱红火，很会打算。局里下设五个企业，有砖厂、柳编厂、水泥预制板厂、石英沙厂和农机销售公司。共有职工五百八十多人。这几年，这些企业的生产经营销售都不景气，有的还出现亏损。郑维继经过详细调查，觉得这些产业都挣不了大钱，没什么前途。正在烦恼之时，全国涌起了企业大转制，大改革的浪潮。郑维继心想：改革转制固然是企业的出路，但在改制后，没有好的项目，新的企业也不能长久健康地生存发展。鉴于鄂左旗的实际情况，只有煤炭资源才最具发展潜力。抓住这个要害，一通百通，必定兴旺发达，好嘞，就做煤炭的生意！

郑维继把张树海叫到了办公室，说："我想去新召矿区考察一趟，看看那里大小煤矿的经营状况，了解一下井田的分布，如果合适的话，咱也申请办它几个煤矿。"张树海说："郑局长的思路非常正确。不要看煤炭市场现在有些疲软，我敢断言，用不了多久，一定会繁荣起来的。趁现在有些人还没有觉醒的时候，赶快花钱办几个煤矿。未雨绸缪，捷足先登，我们的企业一定会在市场经济的竞争中，立于不败之地。"郑维继高兴地说："咱俩不谋而合，太好了！你是新召人，情况熟，明天一早咱就去矿区，好好地摸一下底。"张树海说："行，我去张二树那里取些煤矿和井田勘探的资料，咱到地方好对照着查看。"郑维继说："太好了，你给咱弄全面点儿。考察完给他们原缴回去，让领导们放心。"张树海说："放心吧，二树办事痛快着呢！"

张树海找到张二树，张二树交给他一些复印资料，说："原件不能给你们。就是复印资料也只许看看，不许再复印，看后立即缴回来。"张树海说："行，不复印，看后我立即缴回。"张树海拿着资料正准备出门，张二树又把他叫回来，说："上星期你们单位的阎心冕来过一次，也是要资料准备办矿。他好像是给自己办事。""你给他资料了吗？""没给，我只是给他介绍了一下情况。那人好像对郑维继不服气，满腹牢骚。""哦，我这可是给局里办事。"

张二树笑了。

早上八点钟,郑维继和张树海上了车,正准备出发,阎心冕提着个公文包,急急忙忙跑了过来,说:"郑局长,我也跟你们去矿区看一看。"郑维继停顿了一下,说:"上车吧。"阎心冕开了后车门,坐在了司机背后。

十点多钟,郑维继一行来到新召村委会。张开关把众人让进屋里,刘宝维忙着给大家沏茶、递烟。郑维继说:"张支书,你对新召的情况最熟悉,领我们去各个矿上看一看。另外,这里还有不少未批出去的井田,咱们也到现场作个调研。"张开关说:"郑局长,去各个煤矿参观没问题,这未批出的井田我就弄不清了。"郑维继说:"这你不要担心,树海有资料呢。你只要按资料上的地点,领我们去看看就可以了。"张开关说:"有资料就行。"阎心冕急着问:"张书记,你哪来的资料?给我复印上一份吧。"张树海说:"我是打着三产局的旗号和矿管局借阅的。人家反复强调不许复印,看完缴回。"阎心冕说:"咱复印了不给他们说,不就没事了嘛。"郑维继说:"为人要讲诚信,人家给咱看就不错了,再背着人家捣鬼,就太不像话了。"阎心冕脸红了起来,不说话了。

张开关领着一行人,过河翻山,走川进沟,一上午看了七个煤矿。有国营、民营的大矿,也有个体老板的中小型煤矿。有的管理严谨、效益较好。有的管理松懈,保本经营。有的还处于亏损状况。中午,张开关在饭馆请大家吃了饭。

饭桌上,郑维继说:"我看农村的家庭联产承包责任制是成功的。"张开关说:"大锅饭吃不成,人的私心是斗不掉的,只有把经济利益落实到具体的单位具体的人,事业才能发展。你们国营单位也一样,不能干多干少一个样,干好干赖没惩罚,老是抱着铁饭碗,吃大锅饭,那样的话,企业不但挣不了钱,迟早还会破产。所以同样要走改革的路。"郑维继说:"改革要触动部分人利益。"张开关说:"触动少数人的利益不要紧,关键是不能让多数人吃亏。不然的话,即便'改革'了,也是不会安宁的。"郑维继说:"我和树海搭班子,就面临企业的改革问题。今天听了张支书一席话,很受启发。以后我们多联系。"张开关说:"我是个农民,以后还说不定要求郑局长帮忙呢。"郑维继笑道:"咱互相帮助。"

饭后,一伙人又按图纸标注的地点,开车去了五个地方。郑维继站在神山峰顶,四处瞭望,感慨地说:"新召是块风水宝地,发展潜力不可估量啊。"

太阳落山时,一伙人回到村委会,张开关要给大家安排晚饭,郑维继说:"不用了,两个小时就回去了。"张树海说:"郑局长,你们先走吧,我回家看看我妈。"郑维继说:"后天上午有个局务会,你要参加。""我明天下午就到单位了。"郑维继又交代了一些事,就上车走了。

吉普车路过毛盖图煤矿时,阎心冕说:"路边村子里有我一个亲戚,想去看看。"郑维继说:"那咱开车过去。""不用,你们先回去吧,我也明天下午到单位。"阎心冕一边说,一边下了车,和郑维继招了招手,就向南走去了。司机只拉着郑维继一个人,向西驰去。

阎心冕走了不到二里地,下了一道小坡,就来到了毛盖图煤矿办公室。白登云正和矿工们等待开饭,突然见阎心冕走了进来,惊奇地问:"二哥,你怎想起到我这里来啦?""路过看看你的煤矿。""嗨,我这煤矿可没看头,一直不挣钱,正犯愁呢!""怎么?市场不好?""就是嘛,煤价低,成本高,实在不好经营。嗨,先不说这些,二哥先坐下喝茶、抽烟,我让大师傅给咱炒几个菜,再弄壶酒,咱好好叙谈叙谈。今天你不要走了,就在矿上住。"白登云和阎心冕是亲姨表兄弟,能不亲热?不多时,热茶就上桌了,白登云提来两瓶六十度鄂尔多斯酒,又叫来会计白登峰作陪。白登峰和白登云是叔伯弟兄,也叫阎心冕二哥。三人斟满酒,相互问候,就开始喝酒吃菜。不一会儿,话又转到了煤矿上。白登云说:"二哥,我有点撑不下去了,想卖矿。""咋个卖法?""哎,苏会沟煤矿卖了三十万,我的矿值三十五万吧?""按井田面积说,苏会沟煤矿比你的矿大零点三平方公里,其他方面倒是差不多。""嗨,别看苏会沟煤矿面积比我的矿大,但运距比我们矿远六公里,我们的煤肯定要比他们卖得快。""市场不景气时存在这个问题,可是一旦市场缓过劲来,两个矿相差六公里根本不算个事儿。""那你说我的矿能值多少钱?""最多三十万,要不然就是二十四五万。"白登云端起一杯酒,举到嘴边又放了下来,说:"二哥,就按三十万吧,你给我找个买主,我立马就卖!"阎心冕说:"我可以给你找个买主,让他掏上二十万,剩下的十万你原占着,搞成股份制,他仍然聘用你当矿长,你不就头轻眼亮了吗?"白登云拍了一下大腿,说:"行,按二哥说的办。"阎心冕举起酒杯,说:"这事就算说定了,干杯!"兄弟三人一饮而净。晚上十点多钟时,两瓶酒喝光了,白登云还要上酒,阎心冕连连摆手,说:"不能喝了,吃点米饭睡觉吧。"白登云于是安排上了三碗大米饭,阎心冕胡乱扒拉了几口,就倒头睡着了。

一个星期后,阎心冕用老婆乔秀兰的名义给毛盖图煤矿打来十三万块钱。白登云打电话询问阎心冕,回话说剩下的七万以后再汇。白登云只好等待。一切手续也未做变更。

（一百三十八）

　　郑维继以三产局的名义在新召乡一连买了四块煤田。招聘了一些办矿有经验的朋友和有煤校学历的年轻人，分别担任矿长、副矿长和技术人员，然后在各井田范围内开井口、建煤场、盖办公楼，进行大规模的基础建设。与此同时，对下属的五个企业，抓紧进行了体制改革。

　　改革动员大会是在政府大礼堂召开的。大会由改革领导小组常委副组长阎心冕主持，局长郑维继讲话，其中讲到："多年来，三产局下属的五个企业，人浮于事，缺乏竞争，责权不分，长年亏损。可是多数人仍然准备继续吃大锅饭，不思进取，坐等补贴。继续下去，主管局将无法承受背上的债务，和企业一起走向破产！为了走出困境，使全局五百八十三名职工都能生存，都有饭吃，就必须改革！绝不能继续沿用旧的体制，干与不干一个样，干好干赖没区别，都在公家的大锅上舀饭吃，直舀得大锅饭净水干，一块儿往死饿！改革势在必行，大势所趋。那么，我局应当怎样改革呢？根据局务会的意见，首先要给下属企业彻底断奶！怎么断呢？第一步局里发给每个职工三万块钱安置基金，并且在三万块钱的基础上，按工龄向上浮动，一年工龄加一千块。这是发到职工个人手里的钱。第二步，对下属企业清产核资，偿还债务。全部资产偿还完还有债务的，由局里负责偿还；全部债务偿还完还有资产的，折价或按实物平均分给职工。第三步，由五个企业原来的经理召集职工开会讨论，愿意合作的人自由组建公司，只要两人以上就可以注册公司。这些公司从此与第三产业局没有了母子关系，相互再不承担经济和法律上的任何责任与义务。其次，对局机关的九十二名职工，暂不做分流。待下属企业的改革全部结束后，再做决定。"郑维继讲完话后，张树海作了表态发言："郑局长的思路很好。高屋建瓴，言简意赅，抓住了三产局的主要矛盾。多年来，计划经济束缚了个性的发展，想干事业的没有舞台，有特长的不好发挥。大家都吃大锅饭，一块儿混日子。日积月累，负债如山，给国家背上了沉重的包袱，这怎么能行呢？所以，党中央、国务院决定要搞社会主义市场经济，搞改革，变体制，打破大锅饭，让每一个人都发挥自己的专长，到国内市场竞争，到海外市场挣钱，八仙过海，各显其能，利己利国，千秋大计！我们三产局能够顺应时代潮流，及时推出改革方案，是非常正确的，十分有眼光的，我完全赞成！"郑维继看着张树海不住地点头。最后，阎心冕做大会小结:"刚才,郑局长和张书记都发表了重要讲话,我完全赞同!改革是企业的唯一出路,不可能有别的路可走。大家一定要解放思想,更新观念,迎接新的挑战。不要有情绪,不能有顾虑,更不能认为是局党委不负责任地把大家踢出门去。创业是十月怀胎,成功是一朝分娩!用不了多长时间,少则一年,多则二至三年,你们中间一定会涌现出不少的成功人士,有的人还会成为赫赫有名的企业家。这不是无根据的猜测,更不是虚伪的夸赞,将来的发展,一定会证明局党委决策的正确!同志们,越是困难的时候,越是要看到光明,看到前途,坚持就是胜利。散会以后,局里要派工作组深入到你们的公司清产核资,兑现局党委的承诺,帮助大家把改革进行到底。"

黑压压的一片职工,屏声静气地听完了局领导的讲话,有的瞠目结舌,有的烦躁不安,有的义愤填膺,有的听天由命!真没想到,三产局的领导会出台这样一个改革方案。多少年来,大家都是国家职工,吃的官饭,挣的月薪。可是听这几个领导的意思,这个铁饭碗很快就要没有了,工资也没人给发了。每人拿上三四万块钱,去市场上做生意,或者单干,或者合伙,甚至打零工,想办法养家糊口去!啊呀,这风险可就大了!谁有那么大本事?谁敢保证一定会成功?世道咋变成这个样子?局领导还是共产党的干部吗?还为人民服务吗?他们是不是想把职工们都踢出去,留下少数人享乐占便宜?要是那样的话,简直狼心狗肺,从头坏到脚后跟上了!嗨,话又说回来了,这涉及近五百号人的利益呢?随大流,走着瞧吧!职工们忐忑不安,议论纷纷,出了礼堂大门。

三产局改革动员大会结束后,郑维继主持召开了局务会议,决定郑维继主持煤矿建设,阎心冕主持日常事务,张树海负责下属企业的改制工作。

第二天晚八点钟,张树海来到街上散步,无意中来到一个小饭馆旁边,听见里面一阵又一阵的喧闹声,向里张望,原来是局下属企业的八九个职工正坐在一起喝酒、说话。嗨,躲开点儿吧,职工们现在心情不好,照了面,不定说出什么难听的话哩。正想离去,被一个眼尖的职工发现了,立即走出屋外,死活拽着张树海要坐在一块儿喝酒。张树海没办法,就进去和众人一块儿坐下。大家见张书记进来了,就将目光一齐集中在他身上,七嘴八舌地盘问起来。采购员贺国庆说:"张书记,你是咱们单位的党委书记,又负责改制工作,懂的政策一定比我们多。我想问一个问题。这改革转制,是不是非要走职工下岗这条路?难道就没有别的路可走?"张树海想了想,说:"大锅饭肯定是不能吃了。最大的弊病是责权利不明,调动不起人的积极性来。在这种体制下,任何企业都会丧失活力,丧失竞争能力的。无论你有多大的本事，都不会带领这种企业创造财富，更不用说走向全国，走向世界了！"销货员刘志胜说："我们说的是下岗！所谓下岗，就是让职工从岗位上下来，剥夺了职工工作的权利。"张树海说："下岗只是形象的说法，其实不准确，准确的应该是身份转换。就是由原来干多干少一个样，干好干赖没责任的角色，转化为多劳多得，责任明确，奖罚分明的新型企业职工。这并没有剥夺谁工作的权利，而是要体现自主经营，自负盈亏，进一步发挥人的潜能。"统计员陈永明说："单位都没有了，还谈什么自主经营，自负盈亏？"张树海说："单位不能说没有了。你们完全可以众人集资，把原单位搞成股份制公司，依法经营。要是你们不喜欢那么多人一起干，也可以自由成立两人以上的有限责任公司。再不行，也可以成立一个人的私营企业。无论采取哪种方式，都可以谋生，都可以发展。"出纳员张明霞说："我觉得还是以前的单位好。"张树海说："以前的企业，不管盈亏，都由国家负责，职工是放心了，可是国家哪有那么大的能耐去背负难以数计的包袱。"贺国庆冷笑道："张书记，你们局机关怎么不带头改革？你们做出个榜样让我们学学多好？"张树海说："局机关迟早也要改革，早晚的事儿！"刘志胜说："估计局机关的改革不会像我们这个样儿，每人给上三万块钱，然后逼迫着自己办公司。"陈永明说："那是秃子头上的虱子，明摆着。"张明霞说："张书记，听说你们以局里的名义，一连买了四个大煤矿，干得正欢呢，怎么不让我们参与？这么大的事儿，那天大会上咋一字不提？"张树海说："是有这回事儿，不过，就是办煤矿也要搞股份制，大家集资。"会计郭建平嘲讽道："张书记，照你这么说，我们也可以入股啦？"张树海觉得尴尬。突然张明霞哭了起来，一边抹眼泪，一边说："我们家那口子也要下岗了，我们俩人一齐丢了工作，上有老，下有小，咋生活呀！"司机刘二祥说："不要哭！下岗职工不流泪，挺身走进夜总会。"收发员李玉芳瞥了一眼刘二祥，问："你老婆是不是经常去夜总会？"陈永明说："二祥老婆不但在夜总会工作，而且是站吧台的高管！"众人笑了起来。张树海说："夜总会也是工商注册，合法经营，有什么好笑的？"贺国庆瞥了一眼张树海，说："合法不合法，那要看能不能挣钱。老百姓以食为天，只要能养家糊口，过上小康日子，哪怕干最低贱的工作，都心甘情愿！"陈永胜嗤笑道："那也不能见甚做甚，违法乱纪吧？"贺国庆不屑道："那是没逼到绝路上，逼急了什么不敢干？"这时，一直不发言的办公室秘书李志宇从衣兜里掏出两张信纸来，说："我写了下岗职工'怎么办'，给大家念一下，不要笑话。"众人立即安静下来，屏息静听：

## 跌宕牤牛河

惶恐下岗日，
徘徊马路边。
细观察，
纷繁三百六十行，
悠悠生命线。

莫非去搬砖？
高空搞作业？
唉哟哟，
农民工瘦得皮骨都粘连，
买菜也愁钱！

要么贩假药？
利润大空间！
咦呦呦，
大屏幕显示严打令，
"黑房子"有人往外看！

传销"宝塔山"，
层层有下线！
嗳嗐嗐，
苦亲戚害朋友，
窝点捣毁人飘散！

四六馆子对半店，
有毒食品难辨别。
哎呀呀，
地沟油如今查得严，
死猪肉躲不过检疫和化验！

盗墓"专业"不难学，
地下文物价无边！
噢嗥嗥，

公安追逐乱逃窜，
鬼魂缠住夜不眠！

左瞧右睹觅行业，
轻省快捷哪里见？
望穿眼，
商海茫茫波浪掀，
生计途程实维艰！

下岗职工"没办法"，
根子是国家办法绝。
怎么办？
只能前车之事为明鉴，
遵纪守法谋饭碗。

## （一百三十九）

三产局体改大会结束的第二天，张树海回到了神树湾。张开关问："你真是改制工作的主要负责人？"树海说："局务会上定的，个人服从组织嘛。"张开关说："这是个烫手山芋。"树海说："全国都在改革，谁也扛不住。"张开关："儿子，你想过没有，国有企业的改革不同于农村的改革，农民一听说分田单干，高兴得脚片子都不沾地了。可国有企业的职工就大不一样了，几十年来，不论单位盈亏，工资人人照发，大锅饭吃得美着哩！可现在企业突然要自负盈亏，一大部分人还要下岗自谋生路，思想上能想得通？不但想不通，行动上也肯定有抵触，出现的问题一定少不了，你的担子不轻哪！要想做好工作，又能保护自己，你只能在宏观上指导，具体事让企业领导自己拿主意。实在解决不了的问题，就上局务会讨论，让大家想办法解决。"树海表示赞同。

张树海回到单位后，立即组织清产核资人员进驻了下属企业，并宣布自即日起，任何单据的报销都必须经核资小组负责人认可签字后，方可报销入账。原账目一律保持原样，不得擅自改动。否则，严肃对待，严重的要报反贪局查处。经过一周的详细核算,发现五个企业中,有三个企业资不抵债,只有砖厂和农机销售公司赢利经营。

农机销售公司是自治区优秀企业,经行业主管部门批准,兼营五金、家电。由于工作需要,原经理曹俊玲已经在上个月调出去担任了腾飞煤炭运销总公司的常务副总经理。现在公司里的工作由副经理贾云飞主持。经局务会议研究,并征得农机销售公司绝大多数职工的同意,公司不予解散,照常运行,但与三产局脱离隶属关系。贾云飞由副经理转升经理,并由他聘任了赵明理和宋莉芳为副经理。财务人员也作了调整,其他人员暂未变动。

贾云飞原来是个跑外的业务员,接触过各色各样的商场人物。他形成一个概念,所有的人都在利益的链条中连接着,利大办大事,利小办小事,无利不办事。所以,贾云飞利用各种机会调动各方人员的利益积极性,特别是那些有实权办实事的人。

税务局稽查队乔队长来到贾云飞办公室,说:"后天我带人来查查你公司的账,请你做好准备。"贾云飞说:"年前已经查过了,还要查?""查,要经常查!""噢,那就查吧。"贾云飞心里一阵活动:估计账面上查不出什么问题。正思索时,乔队长说:"走,我去看看你们的库房。"贾云飞说:"行,我陪你去。"俩人相跟上来到库房,观察了一圈后,乔队长忽然指着一溜广本125牌摩托车说:"这是你们新进回来的货,好漂亮啊!"贾云飞回答:"这是上个星期才进的货,性能特好。"乔队长摸了摸车把、车身,恋恋不舍。贾云飞醒悟,说:"乔队长,你要喜欢,就按进价卖给你一辆吧。""嗨,我哪能买得起。""那就先付一半价,剩下的啥时候有,啥时候付,行不?""啊呀,这合适吗?""咋不合适,我签个字就行。""那就谢谢了。""嗨,不用谢。以后乔队长多关照关照我们就行了。"当天下午,乔队长打发儿子缴了三千块钱,就将摩托车骑走了。

劳动局高副局长来到门市部,站在凤凰牌自行车前看了大半天。正好贾云飞走了进来,说:"高局长,喜欢就买上一辆吧。""嗨,我也就是看看,买不起。"贾云飞低声说:"你要是喜欢,就骑一辆,钱先赊着。"高副局长笑了,说:"能行吗?""咋不行,难道我连一辆自行车的事也主不了?"说完,俩人来到办公室,贾云飞让高副局长打了个欠条,就吩咐保管从库房给高副局长提了一辆凤凰牌自行车。

不到半年,贾云飞就把十二辆摩托车、九辆自行车、十五台电视机赊了出去,会计多次催促说:"贾经理,咱按批发价卖给他们就行了,咋这些人只缴一半钱就没事了?"贾云飞也试着旁敲侧击过有关人,可是那些人疲不踏踏地，一月推一月，就是不缴钱。

对贾云飞不满意的职工说："这是什么经理？商品能随便送人？把企业送塌了怎么办？"对贾云飞满意的职工说："贾经理有气派，算大账不算小账，像个干大事的人。"

七月份，基层采购员不断来找贾云飞，反映他们在农机销售公司进回去的铅丝斤称不够，每捆至少短下五公斤。贾云飞不相信，亲自去库房检查，发现确实有不少铅丝捆子分量不够。贾云飞对基层采购人员们说："你们先回去，等我弄清楚怎么回事，一定给你们满意的答复。"采购人员们回去后，贾云飞暗中安排人在库房旁边进行蹲守。两天后，终于发现了一个秘密：原来，库房保管员王二平，隔三差五地将门卫马利军关进库房，将铅丝捆子解开来，每捆剪下五六公斤，然后把铅丝捆子照样扎好，再把剪下的铅丝整理成捆，等天黑偷运到藏货地点，以低于市场百分之十的价格卖给施工老板。俩人每天进饭馆喝酒吃肉，请小姐服务，快活得要命。贾云飞给公安局打了电话，王二平和马利军一齐被逮了起来，经过审讯，俩人还交代盗过公司的三辆自行车，两台电视机。贾云飞一气之下，把两人给开除了，交由司法部门处理。对受损失的基层供销社，不同程度地赔了钱。

十月初，会计张志芳向贾云飞汇报："账上还有钱，可是工资已经发不开了。"贾云飞奇怪地问："你说什么？账上有钱，工资就发不开了？莫非银行贪污咱的钱？"张志芳说："查查银行的账吧，你用的那个出纳究竟是怎回事？""你是说刘艳丽？她是税务局老刘的大女儿，敢胡来？""她敢不敢胡来我不好说，等查完银行账就清楚了。""行，我下午就请会计事务所的人，到财务一笔一笔地查。"

经过会计师事务所详细地查对现金账，最后得出结论：出纳员刘艳丽私自动用了公司十八万块钱。贾云飞大惊，立即找刘艳丽谈话，刘艳丽不承认拿了钱。贾云飞气极了，拨通了反贪局的电话，举报刘艳丽贪污公款。

三天后，刘艳丽被反贪局带走了。一个月以后，刘艳丽被判刑三年，进了监狱。可是十八万块钱只追回十万块，其余不知去向。

十一月份，农机销售公司已无法开销职工的工资了。公司上下人心惶惶，集体去政府大院上访。张树海试图劝阻，但无效。几天后，旗政府开会决定，由旗体制改革办公室牵头，对农机销售公司彻底清算改制，不留任何尾巴。张树海恼怒地看着贾云飞，说："你平时标榜自己是商场上的将才，我看你根本就是一块酱菜！"贾云飞脸上立马泛起一层酱紫色。

十二月份，农机销售公司终于解体了。职工们在体改办的主持下，按人头、工龄计算，瓜分了公司的全部财产。两人一伙，三人一群，自行组合，注册了各自的公司，做起了小本生意。贾云飞只分到了一间三十平方米的库房，其余什么也没得到。为什么？因为他在担任经理期间，签字赊出去的商品，还有近一半的款没有收回来，这是一个不小的数字，还能再给他分货物吗？不可能！假如他敢和职工们争商品，不冷静的年轻职工会把他头打烂！

贾云飞手上拿着三十七个赊欠货款的条据，挨个儿上门讨债。可是人家给他递上一支烟，喝上一杯茶，都说没钱。快过春节了，还有三十四人的欠款无法讨回，气得贾云飞吹胡子瞪眼。无奈之下，只好将三十四人都起诉到法院，开始打三十四个官司。

农历腊月十三，同学王明亮来找贾云飞，问："你老家是不是福州市？"贾云飞说："是，我二叔现在还住在那里。""那就好了！咱两个做笔生意吧。""什么生意？""往福州贩一趟红西瓜籽。巴盟临河买价是每斤一块钱，运到福州每斤三块五毛钱，除去运费和一切开支，净挣二块钱。咱发上一火车皮，六十吨能挣二十四万块钱。""这么大的利益？""就是嘛！干还是不干？""干，本钱怎么凑？""咱俩每人凑上七万块钱，利润对半分。""行，什么时候起程。""明天就走，要抓紧。"

王明亮走后，贾云飞又给福州的二叔挂了电话，得知王明亮说的是实情，兴奋得一晚上没睡着。

第二天，俩人坐车来到临河县，找到卖瓜子的老板，一谈就成。过了一夜，到火车站联系车皮，很顺利，晚上就能装车。晚饭后八点钟，北风凌厉，刀子般乱刮。贾云飞顶风冒寒，在灯光下解开几包瓜子，不错！是红的。王明亮查了几包，也是红的！于是放心地过秤装了车。当晚，两人为省钱，买了硬座火车票，绕北京向福州赶去。

腊月十七，俩人在福州火车站终于等来了六十吨瓜子。卸下后，请买家前来验货。买家是个精明的商贩，领着三个人，一包一包地开始检查，刚验了两包，贾云飞和王明亮就傻眼了：每包瓜子，只是在上层装了一尺多厚的红瓜子，下面全是黑瓜子！黑瓜子在福州最多每斤能卖一块八。商贩立马板起面孔，说："干什么呀？做生意讲的是诚信，怎么能诈骗呀？"贾云飞和王明亮气得发抖，张口结舌，过了好一阵才反应过来，给商贩解释："我们是被人骗了，不是存心耍弄您！"说着说着，两人就浑身颤抖开来了。商贩看着俩人那个尿样儿，明白了他们说的是实话，就问："那你们准备怎么办？"贾云飞哀求道："就按黑瓜子的价卖给您吧。""不行，我不需要！""那怎么办呀？你想让我们新联系买家？"商贩沉默了好一阵，问："你们每斤准备卖多少钱?"贾云飞说:"一块八。""嘿,哪里能卖那么高价?顶多一块五。"王明亮说:"老板,你如果想要,一块七让给你。""不行,就一块五。"贾云飞说:"一块五卖给你,我们连家也回不去了!"商贩沉默了一阵,叹了口气说:"看你们俩也可怜,就算给朋友帮忙吧,一块六我收了。"王明亮看了看贾云飞,贾云飞咬了咬牙,说:"一块六就一块六!谁叫咱瞎眼呢!"于是,就和商贩带来的那些人一起开始过秤交货。费了三个多小时的时间,才把手续结清。商贩问:"钱怎么给你们?"王明亮说:"现金我们不能带,这样会出人命的。前面有工商银行,汇在我的账户上吧,回去我俩分。"贾云飞同意。于是商贩就按王明亮提供的账户,将款打了进去。

腊月二十一,俩人回到鄂左旗。分钱的时候,王明亮少给了贾云飞一万块钱,说他有急用,过完春节再给钱。贾云飞生气地看着王明亮:"生意没做成,不怨你,可你不能把我的钱也不给吧?"王明亮说:"不是不给,过完年再给!"说完,头也不回地走了,贾云飞没法儿捉拿。

正月初八,贾云飞去和王明亮要钱,王明亮说:"等过了二月二吧,现在手头紧。"贾云飞大怒:"你想耍赖?想让我去法院告你?"王明亮也急了:"爱咋地咋地!"

快到清明了,王明亮还是不还钱。贾云飞气极了,写了一纸诉状递到法院。办案法警听了贾云飞的诉说,十分气愤:"这是恶意赖账!我们帮你要,不给就强制执行!"王明亮也真是个贱骨头,一看法警上了门,乖乖地把钱还给了贾云飞。贾云飞要请法警们吃顿饭,可法警们推辞说工作忙,始终没请到。贾云飞既感激又兴奋,回家整理出一沓子欠据来,又去找法警。嗨,上次帮自己要账的那两个法警办别的案子去了,这次接案的是另外两名法警。这两人笑嘻嘻地和贾云飞寻找欠债人,可是见好酒就要喝,见好烟就要抽,见舞厅就要进。吃饱喝足玩够还不行,老是磨磨蹭蹭等贾云飞往兜里塞现金。要回一万块,他们能消耗八千块。贾云飞大失所望,叫苦不迭!盼望先前那两个法警再接案,可是法院有安排,哪能由要账的人安排法警?贾云飞只好握着一沓子欠条,开始躲避这两法警。有几次两法警亲自来找贾云飞,媳妇刘玉枝抢先挡在家门口:"贾云飞不在家,出门了!"

贾云飞要账不成,又没别的事可做,烦闷不已!一天,来到农贸市场,看到农村亲戚杜存财摆摊卖鸡,就上前搭讪:"鸡是你自己养的?""嗨,你这话说的,自己不养,谁替我养?""哦,养鸡的利润怎么样?""我这小规模,谈不上有多少利润。要是上规模了,利润就大。""怎样才算上规模?""精养鸡,两个月就能出栏。两个月出上五千只鸡,一年出上五栏,少说也能挣三十万块钱。""这么好的利润,你为什么不往大了搞?""我没钱,咋往大搞?""那要是咱俩合伙搞个大的养鸡场,你觉得行不行?""行,只要你投钱,咱就干。""投多少?""你投十万,我投三万,按股分红。每年出它两万五千只鸡。""行,养鸡厂建在哪里?""我看就建在新召我舅家南卜滩。那里是矿区,鸡肉销量大,价格也不低。再说了,养鸡不卫生,城里也不让干。""行,你准备一下,后天咱就去新召看地点。看好了,立即办手续,建厂早投产。"

贾云飞是个急毛猴儿,想起甚做甚,一刻不等。一个月的工夫,就在新召办起了养鸡厂,每两月能出八千只鸡。张开关觉得稀奇,跑过来观看,问:"两个月就出栏八千只鸡,卖给谁?"贾云飞说:"新召有这么多煤矿,不愁销路。"杜存财说:"我们算计过了,各个煤矿的人员加起来,足有两千人,油肉的消耗量大着哩。"张开关说:"那也不能尽吃鸡肉。"杜存财撇了撇嘴,自信地说:"苶汉日着个逼,黄鼬吃着个鸡,只要上了瘾,还愁没生意?"贾云飞赞许地点着头,张开关忍不住笑了起来。

为了节省开支,贾云飞只雇了两名工人,自己和杜存财亲自给鸡拌食,清理鸡粪,杀鸡褪毛。由于人手少,鸡粪不能及时清理,弄得臭气熏天。特别是天气炎热的季节,鸡粪发酵,蚊蝇飞舞,害得四邻门窗紧闭,热死也不敢开。不多时,旗环保局就来人了,捂鼻走了一圈儿,开出五千块的罚单。贾云飞好话说尽,给每人买了一条子红塔山香烟,最后罚了五百块钱了事。但环保局人员临走撂下一句话:"下不为例!要是再有人告状,加重处罚。"贾云飞满口答应:"一定把卫生搞上去。"可是,说话容易做事难!环保局人员走后,贾云飞和杜存财虽及时清理了鸡粪,但臭气和蚊蝇依然四处散发,到处作乱。东墙外金富生老婆来到养鸡场院子里,一跳三尺高,嘴沫横飞地把贾云飞骂了一顿。贾云飞"嘿嘿"地笑着,说:"嫂子,骂累了吧?回来喝口水。"那老婆用力朝贾云飞啐了口唾沫,掉头走了。过了几天,贾云飞老婆刘玉枝来鸡厂"视察",按着嘴鼻看了一圈儿,说:"啊呀!咋把个场子办得顶风臭十里?"贾云飞倒了一杯水,端了过去,老婆闻了闻,说:"咋茶水里也有鸡粪味儿?"又凑近贾云飞闻了闻,惊讶道:"你咋没死就臭了?"杜存财笑了,说:"我们两个月都没洗澡了,成天和鸡饲料、鸡粪打交道,能不臭?"刘玉枝直摇头。勉强坐了半个多小时,正好外面有一趟班车,立马就回去了。

贾云飞和杜存财不怕臭味儿,不怕蚊蝇,更不怕吃苦受累,只要能挣钱!可是,美好的愿望往往等来残酷的现实。两个月就出栏八千只鸡,销路成了大问题。冬季好说,卖不出去就冻在库房里。可夏天怎么办?卖不出去就和鸡粪一样拉出去！急得贾云飞直是个埋怨杜存财："你说矿区销量大，现在咋销不动？"杜存财急得团团转，说："计划赶不上变化，我能有什么办法？"俩人正吵嚷时，门外又来了三个人，贾云飞定睛一瞧：嗨，环保局的人又来了！那三个人，一边走，一边用手扇打着飞来的蚊蝇。蚊蝇真顽强，刚打跑就发动了第二次袭击。环保人员气极了，进门后，二话不说就要开罚单。贾云飞跺了下脚，说："这次你们不要开了！""怎么不要开？你说了算还是我们说了算？""谁说了也不算，只有市场说了算！我们的鸡现在卖不出去，鸡场从此不办啦！"杜存财看了看贾云飞，用手拍了一下办公桌，跟着大叫："不办了！不用你们罚，我们自动关闭啦！"环保局人员面面相觑，问："真的不办了？"贾云飞痛苦地说："赔上钱能办吗？真不办了。"环保人员坐了一会儿，见俩人一副狼狈相，就收起本儿和笔，撤退了。

贾云飞和杜存财还有八千多只鸡没有销路，无奈之下，再去找张开关。张开关说："我已经帮你们给所有的煤矿卖过鸡了，还好意思再求人家？"杜存财说："三叔，你就再帮我们一次吧，我们甚时候也忘不了你的大恩大德。"贾云飞一脸灰败，低眉垂目说："三叔，看在我是你儿子和儿媳的部下的份儿上，就再帮我们一次吧。"张开关为难地点了点头。

五天后，贾云飞和杜存财终于在张开关的帮助下，将一栏子鸡推销干净，然后收拾摊子，各自回家。这趟生意，贾云飞和杜存财各赔了一万多块钱。

刘玉枝彻底把贾云飞看扁了！做甚甚不成，出门就倒运。于是，就和贾云飞离了婚，五岁的女儿自己带，房屋留给自个住。贾云飞是个烈性子人，没费什么难，净身出了门。

贾云飞来到原农机销售公司门市前，见单位下岗的职工们，都办起了自己的门点儿，生意虽不大，但养家糊口没问题，安居乐业。看看自己，生意赔了，老婆离了，成了落魂流浪汉！

但贾云飞是个不屈的顽强汉！哪怕跌倒碰掉牙，满脸淌出血也要爬着站起来！那天，他来到原百货公司溜达，正等上百货公司也改制，要拍卖院子和大楼，起价一百六十万。百货公司的职工们都嫌贵，不搭茬。经理庄明树只掏一百二十万，再多了也不买。体改办的人只好打道回府。贾云飞想了想：这么大的院子，这么多的库房和设施，近二千平米的大楼，只卖一百六十万，不贵嘛！庄明树也太贪心了，想敲诈？哼，这是面向社会拍卖，谁也能参与竞争！机不可失，时不再来，咱也去试试，看能不能把这大楼和院子盘下来！可是，自己现在落魄潦倒，没这么多钱，怎么办？他突然想起，父母虽然年迈了，但还有一处开过豆腐坊的房屋和大院子，以此做抵押，向朋友和亲戚们去借钱。想到这里,他跃跃欲试。啊呀,时来天地皆同力!福建的二叔也来到了鄂左旗,听贾云飞说了买大楼的事后出主意:"这个价钱一点儿也不高,赶快筹钱,实在不够的话,我给你添足。这是你关键性的一搏,千万不敢错过。"听了二叔的话,贾云飞更加坚定了买大楼的信心,四处求爷爷,告奶奶,用了三天的时间,真的凑足了一百六十万块钱,他不敢怠慢,立即将钱打在了体改办指定的账户上。体改办经过一番验证后,真的以一百六十万的价格把百货公司的院子、设施和大楼卖给了贾云飞。庄明树听到这个消息后,追悔莫及,气得直打嗝漏。

半年后,贾云飞将百货大楼及设施、院子以八百五十万元的价格卖给了外来开发商。从此,贾云飞的腰包里装满了钱,继续炒地皮,炒房产,后来干脆当起了房地产开发商。他把农机销售公司那片房地产也开发了,原来的同事们都得到一大笔钱,最少的也有一百万,皆大欢喜。此时,刘玉枝早已和一个包工头住在了一起。贾云飞只好和一个比自己小七岁的姑娘过起了日子。

砖厂的改制较农机销售公司稍后。局清产核资小组认定砖厂的全部资产价值三百九十六万,全厂共有职工一百二十一人,每人平均三万二千七百四十块钱。厂长何广良说:"谁愿意离厂,由我支付给他三万二千七百四十块钱。每年一千块钱的补贴由主管局支付。然后他的股份属我。"职工和局领导都同意何广良的提议,最后,有三十一人同意离厂,何广良筹资一百零一万四千九百四十元,发给了离厂工人,剩余的工龄补贴由局财务发给。何广良占了砖厂百分之二十五点六的股份,成了大股东,仍然当厂长,当法人代表。

送走张树海一行人后,何广良得意扬扬,坐在办公室谈空说有,扯东拉西,和几个业务员侃得兴奋。突然,门外走进四轮车司机曹二飞,何广良顿时收敛了笑容。曹二飞问:"我前半年的工资什么时候发?""前半年的工资?前半年你没上班咋发工资?""哎,哎!你弄清没有,我是因为什么没上班?""弄清楚了,你一摇把把韩换换的下巴子打得跌下,然后你进监狱坐了半年禁闭,厂里花了八千多块给韩换换看了病。难道厂里再给犯人把工资发上?"曹二飞来了气,手指着何广良说:"你说什么?我是犯人?别人这么说情有可原,因为他们毬也不知道!你要是这么说,就葬良心了!""我咋葬良心了?""你是真不知道,还是装糊涂?我是为了维护咱厂里的名誉,才和韩换换打的架。""哼,你那叫维护厂里的名誉?你打完架,社会上都说咱砖厂尽是土匪,知道不?""放屁!韩换换那天当着一大群人,说砖窑里的人不是窑哥就是窑姐儿，男人卖沟子，女人卖窟子，我不收拾他能行吗？""嘿！你咋今天又编出这么一套瞎话来？我明明听到你是和韩换换赌博翻了脸，咋突然又变成为砖窑打的架？""哼，你坐在办公室能知道个毬？那天我和韩换换打架就是因为这些话！""那以前咋没听你说？""我一时着急就忘了！你不知道我脑子受过刺激？""你快不要无理取闹了！咎由自取，怨不得单位！""哎，何广良！我那工资你真不给？""真不给！""好，好样儿的！你是硬骨头！小心你有今儿没明儿！"曹二飞把办公室门"咣"地摔了一下，大踏步地出去了。何广良望着曹二飞的背影发着呆。一会儿，门里又走进原会计陈玉娥和出纳刘翠花，俩人嘴唇噘得老高，瞪眼看何广良。何广良问："你们有话就直说，不要噎着！"陈玉娥质问："何厂长，我是老会计，一没差，二没错，你咋就把我给撤了？""哦，你是为这事儿。不是撤了，是提了！""提了，往哪儿提？往我们家炕圪崂提？""嗨！这几天怎都吃进炸药了，一说话就爆炸！我把你任命成财务室主任啦，你不愿意当？""甚？我是财务室主任？""怎么，你不相信？"陈玉娥的脸色一下了缓和了，噘起的嘴唇也顿时收缩了，灿出一脸的笑容。刘翠花还恼着，问："那么我做甚？""你吗？也提啦！""提成甚了？""提你当辅助会计，逐步培养成主管会计。"刘翠花也笑了起来，俩人同时说："谢谢何厂长。"然后高兴地出去了。

晚饭后，何广良和媳妇王秀琴、五岁的儿子小兵兵正在看电视，突然听到有人"咚咚"敲了两声门。何广良心里一紧：谁这么莽撞？敲门这么用劲儿。他走到门口，拉开门一看，是曹二飞！这小子，一脸怒色，脸上的横肉还抽搐着，见何广良开了门，二话不说就杵了进来，不等紧让，就一屁股坐在了沙发上。小兵兵惊奇地望着来人，来人也直瞅睁小兵兵，王秀琴显得慌乱。何广良闭上门，走近曹二飞，抽出一支红塔山烟，递了过去，曹二飞一把推开了。又给曹二飞倒了一杯茶端过来，曹二飞瞟了一眼，说："我不渴！"何广良坐在了对面的沙发上。曹二飞把手中提着的黑皮包"腾"地一下放在了茶几上，问："快过年了，我前半年的工资甚时候发？"何广良咽了口唾沫，说："不是给你说过了吗？不能发！"曹二飞大怒，"啪"地一掌拍在了茶几上，正要怒吼，突然"当啷啷"一阵响，惊得几个人都瞪大了眼，原来是曹二飞皮包里掉出明晃晃的两把菜刀来！曹二飞弯腰伸手就要拣，王秀琴跪倒在茶几前，放声大哭："二飞则，好年过在跟前了，你放过我们吧！呜，呜！"小兵兵也跟在娘跟前跟着哭。曹二飞拣刀在手，睒了一眼小兵兵。何广良吓得直哆嗦，连声说："二飞，有话好商量，有话好商量！"曹二飞呛道："好商量？和你能商量吗？""能，能！能商量。""那你就把前半年的工资如数发给我，我还是咱砖厂的正式工，开四轮，行不行？""行，行！明天上班儿就来办！""你说话算数？""算数！决不食言！""好，再信你一次！告诉你，可不敢捣鬼，不然后果严重！""知道，知道！"曹二飞将两把菜刀装进皮包，慢慢站起身来，把这全家三个人每人瞪了一眼，然后走出门去。王秀琴止住哭声，从地上站了起来，紧紧抱住吓傻了的儿子。何广良像泄了气的皮球，仰面躺在了沙发上，软成了一堆。

砖厂起了一些波澜，但很快就风平浪静了。人心趋于安定，企业继续运转，算是改制较为成功的一个企业。

柳编、水泥预制、石英沙三个厂子的改制，都按三产局制定的政策，让所有的职工一次性买断了工龄，然后自由组合，注册了各自的公司，下海做起了生意。

张树海战战兢兢地完成了下属企业的改制任务。

# （一百四十）

第三产业局是个政企合一的国有单位。下属五个企业改制后，郑维继浑身轻松。但是事业还要发展，九十二名职工还要吃饭，还要生存！怎么办？为了解决这一问题，郑维继不但在去年年初以三产局的名义买了四个煤矿，而且在当年八月份，又照样儿买下四个煤矿。现在，这八个煤矿产量很大，效益很高，已经把投资都挣回来了！

郑维继注册了总公司，起名叫"聚鑫煤炭有限公司"，董事长郑维继，总经理赵向前（从乌海聘任）。其余职务由局相应股室代管。今年十二月份，他又指示局财务会计师张建斌，用煤矿的营利，将近两年办煤矿动用局财务的资金（包括利息）全部还回局财务，使三产局对"聚鑫煤炭有限公司"的投资完全变成了借贷关系。

春节过后，在郑维继的主持下，召开了三次局务会议，最后决定"聚鑫煤炭有限公司"实行股份制，按"公司法"规范组建。从局机关九十二名职工中选出十六名股东代表，作为工商营业执照上的注册股东。十六名股东再召开会议，产生董事长、监事会主席，任命总经理、聘用部门负责人。张树海和阎心冕都不在"聚鑫煤炭有限公司"里担任职务。

郑维继主持召开了第四次局务会议，专门研究职工的入股问题。他说：

"我的意见是让九十二名职工按职务、分档次全部入股,通过入股,解决全体职工生活上的后顾之忧。最终使一般职工小富起来,中层干部中富起来,高层领导大富起来。"阎心冕很是兴奋,说:"郑局长的思路很好!全员入股,分开档次,既符合我党为人民服务的宗旨,也符合小平同志让一部分人先富起来的思路。不过,各个档次的股金定在什么数字才为合适,这需要认真讨论。"郑维继说:"各个档次的标准一定要定得恰当,不然,职工有意见,领导之间心理也不平衡。这个事我已经想了好多天了,现在把我想出的方案给大家说一下,请大家修正。我的意见是:一般职工配十万元,副股长配五十万元,股长配七十万元,副局长配一百二十万元,局长配一百五十万元。"张树海问:"我是书记,配不配股?"郑维继赶忙说:"配,怎能不给你配?给你配一百二十万元股。"人事股长赵伟和会计师张建斌说:"郑局长是公司的法人代表,按照全国企业转制的惯例,应当是大股东,最少应占百分之二十的股。我们注册的股本金是八千万元,郑局长就应该配一千六百万元的股。"此话说完,全场一片沉寂!阎心冕斜视着赵伟和张建斌,好像要提出疑问,张树海拿起一张报纸看了起来。郑维继看了看众人的神态,脸上微微泛起了红晕,过了好一阵儿才清了清嗓子,说:"我老郑自参加工作以来,就抱定了为人民服务的决心,吃苦在前,享受在后,决不贪占公家和群众的便宜。我想了好几天了,给我配一百五十万元的股都觉得有点儿多,总认为和副局长们一拉老弟兄才对。可是,既然担任了董事长,是法人代表,要负大的责任,只好就这么办了!同志们,我老郑永远一心一意为了全局职工谋利益,不愿过多考虑个人的得失!"郑维继发完言后,又是一阵死寂!后来,阎心冕实在支不住了,就说:"郑局长对聚鑫公司的成立和发展贡献很大,有目共睹,再多配点儿股也是应该的。不过,三产局原来是个国有单位,考虑到社会影响,我觉得郑局长的意见还是正确的。"嚄,张树海还不发言,真能沉得住气!阎心冕暗中拽了下他的衣襟,他才好像如梦初醒,说:"啊,我同意大家的意见。"郑维继问:"你究竟是同意谁的意见?"张树海定了定神,只好说:"我也同意郑局长的意见。"郑维继说:"行,股权的档次定下来了。现在讨论另一个问题,九十二名职工究竟是自己交现金入股,还是采取别的方式入股?大家讨论。"阎心冕说:"让职工缴现钱入股,好多人都缴不起,我也缴不起。钱是个硬的,没有就是没有。我看这么办吧,咱从现在开始,两年不要分红,就算大家都入股了,行不行?"赵伟和张建斌一齐说:"好办法!职工们肯定没意见。"张树海说:"这就把所有人的难题都解决了,是个好主意。"最后,郑维继表了态:"我同意大家的意见,从现在起,两年不分红,算大家都入了股。"众人一致同意，达成了共识。

郑维继向上级组织打了辞职报告，强调自己年龄偏大，精力不足，应该让位给年轻有为的同志，云云。不久，上级组织就发文免去了郑维继三产局局长的职务，调任二轻局局长郝云胜接任了郑维继。

郑维继愉快地从原岗位上退了下来，一心一意地进入了煤炭行业。六个月后，主持召开了"聚鑫煤炭有限公司股东大会"。其中一项重要内容是表决郑维继的持股问题。表决前，公司党政事务部部长赵伟特意向大家做了说明："按照体制改革的惯例，应该是法人控股。但是郑局长风格很高，只同意持总股本百分之十八的股份。"接着，就和五名工作人员一起给与会股东发放表决票。二十分钟后，表决结果就统计出来了：到会八十三人，投赞成票的有六十七票，其余都是弃权票，郑维继持股议案正式通过。

股东大会开过后，阎心冕问张树海："怎么郑维继持了公司百分之十八的股份？"张树海说："你没参加会议，不了解情况。那是人家召开股东大会表决通过的，已经合法化了！""老郑咋能这么干？这不是明抢国有资产，强占职工所得嘛！""嗨，这话不该你说！""咋不该我说？""要按你的逻辑，咱们俩也是抢占国家和职工财产的人！"阎心冕不服气地说："咱俩那点儿股，和职工差距不大。老郑的股是职工的一百四十四倍，能说得下去吗？"张树海笑道："那你想怎么办？"阎心冕愤愤不平地说："咋办？我得找机会和他谈谈话。"

（一百四十一）

阎心冕在单位门前散步，见张树海夹着个公文包从办公室出来，匆匆忙忙像是要出门儿，就问："张书记，你这是要去哪里？"张树海说："二树开车回新召，我也想回去看看爹妈。""哦，车上就你们俩？""是哩，再没别人。""太好了，我搭你们的车去一趟毛盖图。""行，你快准备吧。"阎心冕快步跑进办公室，不一会儿就夹着一个公文包走出来。

张二树开着吉普车来到大门口，阎心冕先开了后门坐在了大坐上，张树海只好坐在了司机副座上。张二树问："阎局长，你也去新召？"阎心冕笑道："我去毛盖图，看看两姨兄弟办的煤矿。""谁是你两姨兄弟？""白登云。""噢，就那个给中央写信的白登云？""是的，为那事，他没少受害。""嗨，当局者迷，旁观者清！有些事，连小老百姓都看清楚了，可是伟人们还好像在黑暗中摸索。""就是么!就像现在的企业改制,有些人乘乱抢劫,上面的领导却浑然不知,以为那是改革者的魄力,还一个劲儿地支持呢!""你说的是三产局的改制吧?""就是嘛!有些人像玩魔术一样,几个招式下来,甚钱也没掏,就变成了大股东!有的人还瞎帮腔,说这是改革的需要。""哎,听说人家走了合法程序。""哼,程序是走了,但那只不过是一些伎俩,迷人耳目而已!这样做出的决定,与公平正义毫不沾边儿。"张树海说:"好些企业的转制都这么干,可能是中央默许的吧!"阎心冕嗤之以鼻:"共产党讲的是光明磊落,做什么事都有明确的政策和法规,咋能默许?笑话!"张树海继续说:"现在是改革年代,中央要求摸着石头过河,鼓励人们胆子大点儿,再大点儿,犯点错误也是正常的。"阎心冕冷笑道:"张书记,你真是个大滑头!明明自己有看法,老是装裹住不往出说。"张树海笑道:"该装裹也要装裹,咱们是受益者嘛。我原来每年只能挣三万多块钱,现在每年能挣一百五十多万块钱,知足了!""嗨,你就不说那人以前的工资仅是咱工资的一倍多一点儿,可现在他的收入凭空就变成咱的十几倍。""嗨,别人骑马咱骑驴,乍看上去不合理,回头发现步行汉,比前不足后有余。""可是前面的儿马也跑得太欢了,咱连他的影子也瞭不见了。""啊呀,这他就危险了!可能收不住缰,一头从悬崖上栽下去,从此离开咱们呢!"阎心冕笑了起来,说:"悬崖勒马收缰晚,命坠深渊难觅骨。"三人正说着话,汽车已经来到毛盖图。张二树坚持要把阎心冕送到矿上去,阎心冕说什么也不肯,说:"煤矿离大路只有一公里,我步走着就当锻炼身体了。回的时候你们也不要管我,矿上有车送。"一边说,一边开门下了车,向车上招了招手,就向南走去。

  白登云见阎心冕走进门来,忙站起身,问:"二哥,你开车来?""没开车,我是搭张二树的二〇二〇吉普车来的。""是他把你送到矿上的?""没有,在大路口我就下了车。一共才二里地,走路就像锻炼身体。""那快坐沙发上吧,我正要给你汇报矿上的经营情况呢!"白登云一边说一边给阎心冕倒茶点烟,并唤来炊事员,安排了中午的饭菜和烟酒。

  阎心冕问:"现在每天能出多少吨煤?""最多二百吨。""能盈多少利?""一切开支下来,最多三百块钱。""利润太小了,什么原因?""唉,现在火工产品价格高,人工工资也在涨,村民闹事也要用钱来协调,乱七八糟的开支加在一起,就是笔很大的数字。费用大了,利润自然上不去。""你们想过办法没有?""想过,但是除了火工产品能有点悠头外,其他费用是降不下来的。""火工产品怎么降?那是由公安机关审批受理,他们还能给你定两样价?""二哥,这你就不了解情况了!我调查过,南梁阳坡煤矿,用的炸药雷管等都是从陕西横远县刘家湾买来的,价格是咱们当地的三分之一,而且威力大,放一炮顶咱们放两炮。人家的生产成本自然就降下来了。""私自买炸药,公安局就不管?""管是管,但不好管!煤矿在公安局也不是一点儿炸药也不买,而是每月也买一点。公安部门以为煤矿生产不景气,那点炸药就够用了,想不起去查。再说了,即便查住了,只要给检查人员腰包里塞个一千、两千块钱,然后再向他们保证下不为例,事情就过去了。现在的人,谁是傻瓜?当官的吃得满嘴流油,却教育当兵的廉洁奉公,可能吗?""要照你这么说,咱也可以买一部分便宜炸药喽?""怎么不可以?这两天我就等着你来。你要是同意了,我马上去横远走一趟,和他们签订一个供货合同,放点定金,让他们按月送货。"阎心冕说:"炸药的质量可是不能忽视,一旦发生了安全事故,得不偿失!""哎,人家用了多少年了,也没听说炸药不合格,难道我们用上就不行?放心吧,只要管理得好,是不会有问题的。"阎心冕还是不放心,犹犹豫豫不表态。白登云说:"二哥,降低成本关系到企业的生存,你要是不放心,咱们亲自去横远走一趟,好好考察考察。"阎心冕皱着眉又思谋了好一阵,才说:"登云,你带上个人去横远考察一下吧,我就不去了。我的行动目标太大,容易引起别人注意。就是你去也要保密,不能让外人察觉。小心无大错,知道吗?""知道!""你准备领谁去?""领魏文山去。""魏文山?就是你用的那个管生产的副矿长?""就是他,横远是他家乡,人亲地熟,办事比别人顺当。况且,他最近入了五万块钱的股,能不尽心?""哦,我来一个多小时了,咋没看见他?""他去乌素沟雇人去了,估计下午回来。""好吧,去了横远,多长几个心眼儿,第一要看产品质量,第二要把价格压到最低,咱们是常年客户,对方应该给优惠才对。""二哥说得没错,尽管魏文山是咱们的股东,也应当办事透明,相互监督。"俩人正说着话,大师傅已将饭菜端了上来,大家共同进餐。餐后稍作休息,阎心冕就坐矿上去旗里买电缆线的皮卡车回去了。

  下午四点多钟,魏文山带着雇来的三个工人回到矿上,并且都带着四轮车。白登云说:"魏矿辛苦了。今天上午阎局长来矿上视察,我把情况做了汇报,他们吃过午饭就回去了。特别是炸药的事儿,我详细向他作了介绍,他先是犹豫,后来又同意咱们去横远考察,让咱们自己决定。"魏文山说:"我早就主张用横远炸药,既然阎局长也同意了,咱们明天就出发,亲自到刘家湾实地考察,选一家质量好、价格便宜的作坊,放些定金,让他们按时给咱供货。"白登云说:"我也是这个意思。要是谈成了,吨煤成本肯定能降下来。"

  第二天一大早,白登荣和魏文山带了三万块钱,分装在俩人的内衣口袋里，向横远出发。下午四点钟，来到刘家湾。魏文山轻车熟路，领着白登云一连看了三个炸药厂，发现造好的炸药，都堆放在窑洞里。其中一个厂主很有经验，说："我造炸药已经十几年了。刚开始的时候，是给生产烟花爆竹的厂子供货。后来陕北和内蒙地区办起了很多煤矿，需要购买大批炸药，于是我就在原来的基础上，扩大了生产，逐步发展到现在的规模。我的产品质量好，价格公道，客户最多。"魏文山和白登云经过反复比较，最后确定了一家规模较大的厂子。缴定金、签合同时，厂主请俩人吃饭，上了西凤酒、中华烟，炒了六个菜。酒酣耳热之际，白登云问："老板，村里的炸药厂，公家管不管？"老板说："咋不管！县安检局和乡派出所每年最少来两次，主要是收取管理费。当然也要挑我们的一些毛病，扛不过就给他们表示一下，也就掉头走了。""你们有营业执照吗？""有，乡政府给发的，县公安局盖了章。""你们有技术指导吗？""有，我的技术员是胡南浏阳人，每年来指导半个月。""乡政府对你们还是支持的。""怎能不支持？我们每年都上缴不少管理费，是乡上的支柱企业哩！""啊呀，你们这里的领导胆子就是大，有魄力！这事要是放在我们乡那几个官儿的身上，不等干就吓瘫了！都是兔胆子！"几个人都大笑起来。

（一百四十二）

张二树自从在车上听了阎心冕的一番牢骚后，脑子里就翻腾个不停！三产局的副职，每年有一百五十多万的收入还不满足，还准备闹腾！看阎心冕那样儿，肯定还是毛盖图煤矿的股东！要不然，他去那里有甚事？嗨，咱待在个矿管局，亲自管着批煤矿的事，都好几年了还两手空空，也太老实了！不行，咱不能落伍！即便不能亲自买矿挖煤，也要让家里人行动起来。大哥树林是公职人员，也不适合亲自办矿，父亲年迈，没有精力。只有三爹有条件，让他以新召村的名义，出面申请两个煤矿，让爹和三爹当成大股东，合理合法，谁能管得着？对，就这么办！

张二树一到家，就把两家老人和树海召集在一起，说了自己的想法。张开关说："二树的想法对着哩！我以村里的名义，给矿管局打个办矿申请，二树给批两块优质井田，然后让村民们自愿入股。估计没什么人愿意往这里面投钱，为什么？一个栗换朝就把他们都吓住了！要是那样的话，咱们就控股，或者占全股！我这个支书早就不想当了。文林现在是乡党委纪检员，整天摇出筛里没事儿干,我和奇书记探讨一下,看能不能让文林把这个支书给兼起来。要是他不同意文林兼,随便他让谁当都行,反正我不干了!其实,这个支书谁当上都清闲,为什么?国家把土地都承包给个人了,农民的税费也都免了,支书还有多少事干?"树海说:"爹说得对,把支书的职务卸下来,一心一意办煤矿,比做什么都强!"张过关已经六十八岁了,听了众人的话后,也发了言:"你们做什么事,不要把树林和树云给忘了,给他们也一样样的入上股。"张开关说:"二哥,这不要你操心,我这个当老人的,心公着哩!"

半个月后,张开关召开了村支委、村委员会议,说:"我已经是六十多岁的人了,早该让位年轻人了。但是,我还想在离开之前,干点儿实事。什么事呢?最近,我以新召村的名义,批下两个煤矿来,一个叫神山煤矿,一个叫大阳湾煤矿,两个煤矿的井田面积是六点八平方公里,煤层厚度都在六米以上,发热量都超过六千大卡,其他质量指标都不错。这两个煤矿的前期费用花了八十万元。过一段时间,还要打巷道、箍井口、建煤场、建宿舍,需投资七八十万元,买装载机、风机、四轮等需四十多万元,流通资金一百万元。这样,要想让这两个煤矿投入生产,总共要投资三百多万元。煤矿实行股份制,共设一百股,每股三万元。村民们可以自由入股,将来按股分红。入股期限为十天,过期不候。大家回去以后,要及时召开村民会议,把会议精神传达清楚。"参加会议的委员们先听到村里要办煤矿,一阵惊喜!后来听说要缴钱入股,按股分红,就凉了下来。听完张开关的讲话后,议论了一阵,各自离去。

十天后,只有刘宝维缴来三万块钱。其他人都说没钱,不入股,实际上是吸取了栗换朝的教训,不敢往黑窟窿里填钱。于是张开关就自任矿长,办起了家族企业。不久,支书的职责也让王文林兼任了。

嗨,煤矿矿长可不是好干的营生!张开关上任不久,就遇上了担惊受怕的事儿!他在苏会沟煤矿下井检查时,发现离开口二十米的地方,用大石块箍的窑洞,两旁的石头基础开始松动了。巷道里的四轮车进进出出,这些石块要是塌下来,后果就不堪设想了!他找来管生产的副矿长贾永宽,说:"你好好观察这段窑洞吧,基础已经开始移动了。"贾永宽说:"我也发现这个情况了,可能是大山上的水渗了下来,把基础泡松了。必须把生产停下来重新箍窑洞,不然会出大事的。""你发现基础松动多长时间了?""大概七八天吧。""凭你的经验,需停产多少天,才能把井口修好?""拆开来重新箍窑洞,最少也要二十天。""啊呀,停产后,工人们就放假回家了。等窑洞箍好后再往回招工人,一起一落要停产一个多月。现在正是煤炭市场的旺季,咱的经济损失可就大了！""那也没办法，总比砸死人要强。""你想想，这十几米的窑洞还能支撑几天？""嗯，七八天内肯定塌不下来。土神爷不做暗事，它要往下塌，提前必有明显的预兆，现在的迹象仅仅是微露。""那你在这几天派专人二十四小时盯着这段窑口，发现走动，立即禁止车辆和行人出入。我争取在七天之内请人把险情排除。""张矿长，能行吗？""行不行，让修井口的石匠看。"说完，就去石岩塔请石匠去了。

中午，张开关就领着五个穿着破衣烂衫的匠人来到了井口。为头的人是四十来岁的汉子，其余四人大约二十岁左右，都瘦骨嶙峋，风尘满面，猛然看去，就像久未觅到食物的五只"干狼"。五人互相瞅了瞅，滴溜溜进了井口，在有问题的地方上下打量了一阵，说："给三千块工资，两天之内就能修好。"张开关想了想说："只要你们能把井口修好，三千块钱不拖欠。""好吧，你先安排我们吃饭。""行，咱现在就吃。"张开关领着五个"石匠"来到餐厅，大师傅说："这里有剩下的猪肉臊子，煮些挂面让他们吃吧。"工头说："行，不过要多煮些，都是受苦人，每人至少要吃一斤干挂面。"大师傅吃惊地看了看这五个人，说："煮下就要往完吃，不然就浪费了。"工头不满地说："受苦人就这么大的饭量，你没见过？"大师傅歉意地笑了笑，说："能吃能干，师傅们是好受苦人。"说完就打着火，开始煮面。张开关在桌上放了一盒黄金叶香烟，五个人贪婪地吸了起来，等饭上桌时，一包烟已剩下少半盒了。哈！这几个人吃饭更卖劲儿，头不抬，眼不睁，只听见"呼噜，呼噜"的进食声。不到十分钟，把五大把子挂面吃了个光，半锅肉臊子汤没剩下一勺子！工头满头大汗，用手抹了一把嘴，把桌上的少半盒香烟装进衣兜里，给其他四人眨了眨眼，就一齐站起身来，急急忙忙走出了屋。张开关以为他们相跟上去拉屎，谁知这五人出门就上了路，一直向南走去，愈走愈快。啊呀！这是要到哪里去？不垒井口了？张开关急忙追上去，一边追，一边喊："师傅，师傅，快回来！"可是，那五个人听见后面有人喊，干脆向南跑了起来。张开关气得站在南滩上，一句话说不出来。保安秦二海要去追，被张开关拦住，贾永宽说："那是几个乞丐，不是石匠，追回来也没用。"

张开关每天至少到井口的危险地段看十遍，越看越心急，越想越害怕，连着两晚上都没睡着觉。第三天早上，他把贾永宽叫来，说："井口的事不能再拖了！四轮车'忽隆，忽隆'地上下跑，哪一天震下块儿大石头，祸就闯大了！停产修窑吧，不能为了挣钱不顾命！"贾永宽说："没办法，只能这么办了。"俩人正说着，下井工人郭凤来走了进来，说："昨天晚上来了我的一个老乡，来矿上揽营生，说咱那个烂井口他能干。"张开关问："他是哪里人？

原来是干什么的？""陕西子洲人，叫张智文，当了二十多年石匠。"张开关眼睛顿时亮了起来，赶忙说："那你快叫他过来，我问问他。""行，他就在我宿舍里。"不一会儿，郭凤来就领着张智文走了进来。这人四十来岁，中等个子，看上去很精干。张开关问："你看过那个井口没有？"张智文说："我刚才看过了。""你能修得了吗？""没问题。""需用多少人帮你？""让郭凤来给我帮忙，不用别人。""你需要修多少天？""两天就行了。""你不是说大话吧？""说大话？我给你说大话有什么用？活儿干不好你能给我钱？""那你要挣多少钱？""三千块。郭凤来的工资由你们矿上付。""有点儿多了吧，你一天就挣一千五？""我挣三千块你就心疼了？不行再请那五个讨吃汉给你干！"张开关笑了起来，说："行，就按你说的办，看来我遇上高人了！贾矿长，你全力配合张师傅，要人给人，要物给物，不要只局限郭凤来一个人。"贾永宽疑虑地看着张智文，说："行，只要张师傅胡子动弹，我们立马配合。"

张智文安排郭凤来在矿上找来十几根碗口粗的圆木，在濒危井口处横竖打了支柱，然后开始施工。工人们站在一旁观看，只见张智文将基础石拆一块补一块，不慌不忙，有条不紊，一个上午就补修了一大片。望去，石块铺得平平展展，石缝用水泥沟得严严实实，真是良工巧匠！

第二天下午四点多钟，张治文已将破窑口修整一新。拆掉支柱后，张开关和贾永宽、刘忠荣都来验收工程。贾永宽和刘忠荣各自用粗柳棍，在补修过的窑壁上"咚咚"敲打，又用铁钎对新做的基础进行戳试，所有石块都严严实实地砌在了一起，听不到一点空音。贾永宽说："张师傅真是巧匠，窑口没问题了。"刘忠荣问："张师傅，你以前砌过窑口？"张智文反问："没砌过窑口，我敢揽你们的活儿？"张开关说："给张师傅开上三千块工资。中午再炖上一锅肉，买上几瓶酒，庆贺咱煤矿渡过难关。"

神山和大阳湾煤矿，经过半年多的建设，生产走上了正轨。一天，张开关骑着一头驴，正在神山煤矿查看，刘宝维急匆匆地走过来，说："老支书，乡党委奇书记让你今天去见他。"张开关疑惑地问："我不当支书了，还找我？""可能有别的事。""好吧，我现在就去。"张开关骑着驴过了牤牛河，不到半小时，就来到乡党委院子里，将驴拴在一根木桩上，就往奇荣办公室走去。奇荣迎出门来，握住张开关的手，笑道："当煤老板了，怎还骑着个驴？"张开关笑答："咱地方山梁沟洼多，骑驴哪儿都能到。"进屋坐定后，奇荣问："你现在一共办的几个煤矿？""三个。""井田面积共有多大？""三个矿加起来有八点四八平方公里。""噢，面积不小哇！你买煤矿能有那么多钱？""嗨，我哪能掏出那么多钱。不瞒奇书记说，绝大部分都是二树和树海跑门路贷的款。其中原三产局的局长郑维继就没少帮忙。""听说你的矿办得不错,这么长时间了,也没出安全事故。""事故是没出,但每天提心吊胆的。""效益怎么样?""也还可以,反正不赔钱!""哦,老将出马,一个顶俩!我有个事儿想和你商量。""什么事?""就是咱'新经济公司'下设的那个'开发服务公司',这两年,他们除了招商引资外,还自办了四个小煤矿。可是经营管理跟不上,两年时间连十万块钱也没挣回来。最近又嚷着说今年可能还要赔钱。这怎么行?办企业为的是挣钱,赔钱还瞎折腾得个甚?所以乡党委、政府专门为这事儿开了个会,讨论来讨论去,最后就讨论在你的头上了。""讨论在我的头上了?我和你们的公司相干吗?""嗨,是想把这四个矿和你的三个煤矿合在一起,成立一个新召煤炭集团公司,由你出任董事长、总经理。副总经理、各煤矿矿长以及总公司的其他负责人、工作人员都由你聘任。但这是有条件的,你这个公司每年要给乡政府缴回一百万块钱来。这笔钱一部分用于治沙造林,一部分留作他用。你考虑怎样?"事情来得突然,张开关待在了椅子上,好一阵儿才说:"奇书记,我是被新经济公司解聘的总经理,现在再把这四个煤矿给管理上,乡干部们同意吗?""嗨,他们不同意站出来讲嘛,谁能每年给乡政府缴回一百万块钱?牛皮不是吹的,火车不是推的,光眼红别人能顶个甚!郭来生当新经济公司总经理,除了路桥上的收费外,其他上基本没挣钱。这四个煤矿分出去以后,就让他原回乡政府上班算了,路桥收费站有刘青云当站长就行了。你对他们不要有顾虑。"张开关说:"奇书记一贯支持我,这我知道。不过,你让考虑考虑,再给你回话。"奇荣说:"行,打好主意,再来找我。"

张开关出了乡政府,骑在驴背上反复揣量:乡政府的四个矿,随便挑一个都能赶得上苏会沟煤矿。从现在的情况看,只要管理好,苏会沟煤矿一年挣三十万块钱不会有什么困难。这生意能做!老马学蹄,再蹦跶它一回,有甚不敢?想到这里,他掉转驴头,又向乡政府走去。路过邮电所时,定顿了一下:给树海打个电话吧,这小子也工作好几年了,给他通个风吧。走进邮电所,拨通了树海的电话,树海听了爹说的事后,说:"爹,你还有精力干这么多事吗?我看你不要给人家瞎应承了。""嘿!我咋就是给人家瞎应承?这是奇书记看得起我!要不然,他咋不去找别人?咋不去找年轻人?说明党组织认可我这个老支书!再说了,办矿要我亲自受苦吗?我是指手画脚的总指挥,脑筋动好就行!""你可想好了,不要中途拿不下来,再给人家撂挑子。""行啦,前怕狼后怕虎还能干成个事?我打定主意了,现在就给奇书记回话,以后要是真的有问题了,不是还有你们弟兄几个吗?"张开关撂下电话，来到奇荣办公室，说："奇书记，我打定主意了，同意组织压给我担子。"奇荣说："我知道你会同意的，但没料到你的决定这样快。""奇书记信任我，我能不识抬举吗？放心吧，我现在就开始组建公司，聘用人员，一个星期后，让集团公司开始运转。"奇荣严肃地说："办煤矿风险大，责任重！我不敢让年轻人接受这副担子，就是害怕他们二八雾气不稳重。你一定要慎重对待每一件事，保证安全生产，持久发展。聘用人员时，一定要德才兼备，多听听矿工们的意见，经常召开管理层会议，集思广益，大胆决策，争取管理效益双丰收。"张开关连连点头。

从奇荣办公室出来，张开关又给二树打了电话，说明自己承包乡政府四个煤矿的事，并说："二树，你给我打问一个懂管理、会经营，有多年办矿经验的人来给我当常务副总经理。年薪二十万元，如果安全生产搞得好，经济效益也上来了，那么年终超任务的百分之二十可以奖励给他，但奖金所得税要他自负。"二树说："行，最近听说乌海有不少矿已经资源枯竭，好些管理、技术人员等着另找单位呢。我把人调查好了，及时给三爹回话。""好吧，你抓紧点儿。"

张开关来到乡"开发服务公司"，原经理郭树荣站了起来，赧然一笑，说："听说张支书把服务公司兼并了，我们正准备给你交手续呢！"张开关说："我是办矿的外行，以后全凭你们支持呢！"郭树荣愣了一下，说："我们都不干了，咋支持你？""我聘你担任集团公司的副总经理。其他人也一样，只要本人愿意，也聘任在不同岗位。"郭树荣顿时脸上现出了喜色，说："张支书，你真是这么想的？""老张从来不说假话。""啊呀，快请坐！张董事长，张总经理，以后你就是我们的老板啦！嘿，嘿！"张开关笑着坐了下来，接过郭树荣递来的茶水，正要伸嘴喝，却见门外进来一个四十岁上下的女人，定睛看，嗨！这不是供销社的会计顾香莲吗！咋变样儿了呢，头发烫成了卷卷形，穿了一身紧身衣，一对乌黑的眼睛更加明媚了。这是个离婚女人，有一个女儿，已经上高二了。顾香莲见张开关两眼盯着自己，笑了："张总，当了官儿就不认得人了？"张开关笑道："你这一打扮，我还真有点儿差生呢。"顾香莲抿嘴一笑，说："张总，你这一来，我们是不是都要下岗了？"张开关急忙摇了摇头，说："哪里话，只要你们愿意，我一律聘用！""啊，是吗？那太好了！我愿意到集团公司。"几个人正说着，门外又进来几名职工，听说集团公司把他们都要聘用，高兴得眉飞色舞，围住张开关"张总，张总"地轮番恭维。

几天后，张二树给张开关来电话了："三爹，有一个叫高文耀的人，四十九岁，包头煤校毕业，原来是乌石煤矿的副矿长，主管安全和生产快二十年了，听人介绍，人品也不错。由于乌石矿的煤快要挖完了，就急着想另找单位，他听说你开出的条件后，很感兴趣，过两天就去找你，你再当面考察一下。"张开关说："这人主要条件不错，让他快点儿来吧。"

第三天，张开关就在办公室接见了高文耀。俩人一见如故，谈得很投机，很快就达成了协议：张开关聘用高文耀为新召煤炭集团公司常务副总经理，高文耀接受聘用。高文耀说："张总，办煤矿第一要安全生产，第二要合理开采，提高科技含量。第一个问题，我要亲自去给每一个矿的矿长、副矿长，各个岗位的管理人员以及工人们上一天课，讲解如何安全生产和杜绝违章作业的知识，顺便把各个岗位的规章制度发给他们，对照着讨论；第二个问题，我给你从乌海聘请七个技术人员，让他们每人管一个矿，从巷道走向、工作面的规划、顶板的维护以及电器、通风设备的检修运转全方位负责到位。对主管安全和技术的人员，若不出问题，月工资不能低于五千块。出了问题，视情节轻重，给以罚款，甚至只发点儿生活费。这个奖惩也适用于我。工作干好了，就给重奖，奖得让有些人眼红起来！工作没干好，出了事故，就要惩罚，罚得他心疼害怕起来。只有这样，才能一声喊到底，上下同心，创造出良好的经济效益。"高文耀的一番话，说得张开关如梦初醒，豁然开朗，说："高总，我完全赞同、支持你的想法！你放开手脚干，不要有任何顾忌。"

新召煤炭集团公司召开了第一次董事会。董事长张开关讲了话，并代表董事会给常务副总经理高文耀、副总经理郭树荣，财务部长刘宝维，安检技术部长吕明维、副部长牛生华、郝世荣、陈亮、许明方、乔志峰、郝鹏程以及七个煤矿的矿长、副矿长颁发了聘书。对总公司的办公人员也做了宣布。董事郭树荣、刘宝维发了言。常务副总经理高文耀对下一段的工作做了详尽的安排。

会后，郭树荣领着原服务公司的小车司机王利平来到张开关面前，说："张总，司机小王和二〇二〇吉普车从今天起就给你了，随你调用。"张开关说："交给高总统一调用吧，我暂时还骑驴。"郭树荣笑了起来，说："不行就再买一部车吧，也就花四五万块钱。你成天价骑个驴，不了解情况的人还以为咱把企业办塌了，谁还敢和咱打交道。"张开关想了一会儿，说："你说得有道理，那就再买一辆二〇二〇吉普车吧。"

高文耀来到董事长办公室，说："张总，我对咱们七个煤矿的地理环境和井下情况不了解，咱俩把各个矿都走一走吧。"张开关说："你说得对，咱吃完早饭就下矿。"

跌宕牤牛河

下午四点钟时，俩人已经走了四个煤矿。看第五个煤矿时，张开关说："这是原开发公司最好的一个矿，每年的产量和效益都比其他三个矿高。煤层厚度超出六米，无夹石，低位发热量五千八百大卡，而且低硫低灰低水分，确实是个好矿。"高文耀来了兴趣，在矿长赵国荣的陪同下，都戴上了安全帽，穿上水靴，拿着长筒手电开始下井。高文耀一边走，一边观察工作面的高低宽窄和走向，不时拿出卷尺测量着。发现好几个工作面的宽度都超过六米，最宽的能达到十米。于是停下脚步，对跟随检查的矿长赵国荣说："你平时下不下井？""下！当矿长还能不下井？""既然下井，对问题为什么熟视无睹？""哦，你是说工作面的宽度吧？这没问题，咱这里顶板好，不要说八至十米，就是开上十二米也塌不下来。""你说什么？开上十二米？你过去是干什么的？"张开关说："他当过村主任，早些年掏过炭。"高文耀笑了笑，继续往前走。又发现井下的电器电缆，也有些老化，询问赵国荣，说是自建矿以来，也没更换过。走到最深处，觉得空气沉闷，人的呼吸都难受。抬头向上望去，风机并不旋转，问赵国荣："风机为什么不转？"赵国荣挠了挠头，说："可能是坏了。""坏了多长时间了？""大概是一个多星期吧。""究竟坏了几天了？"赵国荣张嘴答不出来。高文耀掉头往回返，张开关和赵国荣随后紧跟。进了办公室，高文耀呷了一口茶，继续笑着问赵国荣："你认为矿长的基本职责是什么？"赵国荣说："多挖煤，多挣钱！""安全生产你管不管？""管，怎能不管！""你是怎么管的？""反正不出事就行了。""你用什么保证不出事？"赵国荣回答不上来。高文耀说："工作面的宽度规定不能超过六米，你一定要开到八至十米。电缆电器老化了，你拖着不换。风机早就坏了，你不管不问。这叫什么？不懂装懂，不负责任！冒险作业迟早要出大事的！你如果没有当矿长的能耐，我劝你趁早找个别的活儿去干！"赵国荣打了一个激灵，看了看张开关，说："高总，有错误我能改嘛！""怎么个改法儿？""五天之内，我在所有超宽的工作面里，都打上支柱，以后的工作面，一律不超六米。老化的电缆电器，一律更换。坏了的风机，请人抢修，争取明天就让它转起来。如果说到做不到，不用高总撤职，我提头见您！"高文耀两眼盯着赵国荣，一字一顿地说："煤矿无戏言！"赵国荣把个头点得像鸡啄米一样，连声说："那是，那是！"高文耀呷了一口茶，说："第六天早晨我来查看，你若有半句谎话，立即卷铺盖走人！"说完，就和张开关往山头上走去，赵国荣仍然紧跟。

到了山顶，赵国荣指指画画，开始介绍这个矿的井田范围。高文耀放眼望去，远近都是些高低不平的山梁沟渠，没有村民居住。赵国荣说："咱们下山吧，再看也没甚意义。"于是，三个人掉转身子，开始下山。突然，高文耀站立不动了。张开关回头催促道："走吧，还没看够？"高文耀指了指井田边缘上的一片黑色平地，说："你们上来看看，那是怎么回事？"俩人返身上来，顺着高文耀指的地方望去，张开关说："那是二十多年前，公社办的一个老矿。那时候都要大炭，不要面煤，所以连炸药雷管也不用，都用镐头、锤子、铁楔等工具，开巷道出块煤。运输工具是以畜力车为主，最多有一台手扶拖拉机。大概是一九七九年的秋季，牤牛河洪水猛涨，水灌到了井下，淹死三头毛驴一个工人。有一个叫何锁的工人，当时机灵。见洪水进了巷道，难以出去，就在井下的一块高圪堵上躲了起来，正好有一头毛驴也顺水冲到了他的跟前。一个人和一头毛驴看着眼前的洪水，叫天天不应，呼地地不答。第四天的时候，人畜都饿昏了头。不但饿，呼吸也困难起来。何锁是上过初中的人，有点儿科学知识，意识到自己所处的空间氧气有限，毛驴在和自己争吸氧气。该怎么办呢？他摸了摸腰间别着的蒙古小刀，有了主意。走近毛驴，相互对视了一阵，何锁一咬牙，突然抱住驴头，狠劲按在了水里面。毛驴几天不进食，浑身无力，挣扎了一阵后，就不再动弹。何锁拔出小刀，开始在驴身上割肉，血淋淋的生肉直往嘴里咽。就这样，一直在井下待了二十九天，吃掉半头驴。后来，救护队在寻找他的"尸体"时，发现这人还活着。他被救出地面时，脸色煞白，胡子老长，头发结成了毡片儿，形如骷髅，谁见了都害怕。前些年，有个生产安全帽的厂家，开价十万元请他做广告，他摆了摆手，说：'找别人去吧，我活着就满意了。'一口回绝了人家。"高文耀问："这个矿的井口现在有没有了？""早就塌了。""那原来的巷道里肯定存满了水。""那是肯定的，就是当年不进洪水；后来的控山水也把巷道淹满了。""不好，我刚才下井时，有一条巷道正是向这个旧矿井延伸的，一旦和旧矿井打通了，咱们的矿就会发生透水事故，后果不堪设想。""那怎么办？""明天找一个在旧矿井干过活儿的老矿工，我和他一起在井上下估算一下，看我们现在的巷道尽头，离旧矿井还有多远。现在立即通知这条巷道停产待命。"赵国荣说："有那么严重？"高文耀说："你以为当矿长那么容易？好好学习吧，不然下一年就要淘汰你。"赵国荣摸了摸头，跑下山去。

张开关连夜访问，终于找到了在旧矿井管过生产的副矿长贺三维。第二天一大早，贺三维和高文耀就带着罗盘、皮尺等工具，在井上井下进行测量。经过估算，新旧巷道的距离最多有五十多米。为了万无一失，贺三维建议停止巷道的继续延伸。高文耀点头赞同，张开关没有异议。

## （一百四十三）

年终了，新召煤炭集团创造了税后利润一千五百六十万元的佳绩，按承包合同，应缴乡政府一百万元，可是张开关说："上缴二百万元吧，乡政府给了咱那么多的支持，不能不有所表示。"奇荣握着张开关的手久久松不开来，说："我就知道没看错人。好啦，我和胡乡长商量过了，新经济公司也加盟你的集团公司，刘青云他们老念叨你哪！"张开关"嘿嘿"笑了。

早晨，张开关去中学东边的"美容美发馆"理了发，留了个二八分头，脸和胡子都刮了，没留一根杂毛。回到办公室，又脱下旧衣衫，换上了树海从包头百货大楼里买来的黑色西服。走到穿衣镜前一照：哈哈，土眉混眼的老农民顿时容光焕发，看上去就是五十来岁，有意思。

九点半钟，新召煤炭集团公司年终总结和颁奖大会在会议室隆重召开。张开关端坐正中，左侧是高文耀、刘宝维，右侧是郭树荣、吕明维。主席台下坐着总公司所有工作人员和各矿的矿长、副矿长、安检技术人员以及先进工作者，约有一百三十多人。大会由高文耀主持。张开关的讲话稿是树海回新召用了整整一天的时间写成的。张开关照着念，念得有紧有慢，时而调高，时而调平，和奇荣书记在大会作报告时的架势差不了多少。讲话结束时，会场上响起热烈的掌声。张开关得意地扫视着大家，突然眼睛一亮，有一个人正用热烈的眼光盯着自己，笑眯眯的。那是谁？顾香莲！张开关不由得也冲着她笑了，但很快将目光移开了。紧接着正式颁奖开始了。高文耀宣布得奖人名，张开关发奖。呦，呦！这奖真叫人心动！张开关三十六万元，高文耀三十二万元，郭树荣二十一万元，七个矿长平均十八万元，副矿长平均十二万元，安全技术人员平均十万元，先进工作者平均八万元。颁完奖后，张开关又强调：春节前，一定要把工人的工资付清，各个矿还要酌情搞一定的福利，让大家过个肥溜溜的大年。

晚上，总公司职工在一起会餐。大家互相敬酒，猜拳唱曲，一直红火到十点多钟。散场时，张开关觉得有些头晕，司机小王将他扶回办公室，和衣就睡了。大约一个多小时后，听到有人敲门，他坐起身来静听：又没有声息了。刚倒头睡下，门上又响起了"咚咚"的声音。这是谁呢，这么晚了，还不睡觉。翻身下了床，走到门前，轻轻开了门，黑暗中看见门口站着一个人，手里好像端着一杯茶水。紧接着，一股香水味儿飘了过来。咦，是个女人！张开关心头一颤，那女人笑了，说："张总，我给你泡了一杯上好的大砖茶，解酒的。"原来是顾香莲！张开关说："你还没睡？""没睡。""那进来坐会儿吧。"张开关伸手将电灯摁着，顾香莲就势走了进来。俩人肩并着肩来到床前。张开关接过茶杯，坐在椅子上呷了一口，说："奶茶。"顾香莲笑着坐在了床沿上，看着他喝茶。不一会，剩下了茶底儿，顾香莲站起身来，去桌上提起了暖壶，又将茶杯添满，双手端给张开关。张开关伸手去接，俩人的手背触在了一起，张开关心头又是一颤，顾香莲抿嘴笑了，张开关说："香莲，你去休息吧。"顾香莲娇嗔道："我陪张总坐一会儿不行？"张开关不好意思地说："行，行，想坐就坐会儿吧。"俩人一阵沉默。

  张开关问："你和原来的男人有联系了没有？"顾香莲叹了口气说："联系过，是为了女儿的抚养费。他现在跑野了，听说又去了河北的白沟市场，搞什么服装批发。就瞎折腾！""你俩不想复婚？""嗨，离就没想过复，和他没意思。""哦，你也不能长久这样下去，有合适的再找一个吧。"顾香莲不应声了，看着张开关目不转睛。张开关把一杯茶水又快要喝光了，顾香莲起身又准备去添水，张开关摆了摆手，说："不喝了，你休息吧。"然后站起身来，做出送客的样子。顾香莲只好站起身来，一步一挪地向门口走去，张开关跟在后边，准备关门。到了门口，顾香莲突然伸手将灯关掉了，屋里顿时一片漆黑。张开关一愣，正准备伸手开灯，顾香莲却转过身来，扑在了他的胸前。一股清香扑鼻袭来，乳房抖动着贴近胸口，温润的双唇喂到了嘴边！张开关浑身酥软，心跳加速，舌根僵麻，完全失去了自控，就势把顾香莲搂在怀里，又是吻，又是摸，激动得浑身筛成一堆！顾香莲双手勾着张开关肥厚的脖颈，扭动着身躯，搅动着舌尖，发出阵阵"嘤嘤"的声唤。俩人正要冲破最后一道防线时，突然隔壁传来一阵阵鼾声，而且一阵比一阵高，大有冲破屋顶的气势！张开关突然清醒了，啊呀！西房还睡着郭树荣和刘宝维，郭树荣只要睡熟了，就鼾声如雷！刘宝维觉轻，一听到鼾声就睡不着，两个小耳朵特别灵！想到这里，他松开了搂抱顾香莲的双臂，低声说："香莲，今天就到这儿吧，不然有影响。"顾香莲也慢慢地松开了双手。张开关又催促："快回去休息吧，不然会被人家发觉的。"顾香莲离开了张开关的身体，轻轻地出了门，回自己家里了。张开关站在门口静了静，然后轻手轻脚地走近西房窗户边，贴耳偷听：郭树荣正和刘宝维拉话。刘宝维说："郭总，你可能是咱全乡打鼾睡最吃劲儿的一个人，能把房震塌！"郭树荣笑道："我这鼾不行，比不上曼赖梁马富财，那鼾打得水平高！我和他睡过一夜，就和响雷一样，震得我一夜没睡。"张开关"扑哧"笑出了声。

## 跌宕牡牛河

张开关自从那天夜里和顾香莲一阵激动后，心情一直安静不下来。这是他除了老婆以外，揣摸过的第三个女人。萨仁花是个图红火的骚情货，性致来了，逢场作戏，过后谁也不会当成个真。可是这个顾香莲就不同了，就像花椒树变成的人精精，一接触就把你从外麻到里。而且性情温柔，声调撩人，笑眯眯的能把你忽闪得魂儿都没了！嗨，这样的女人实在难遇！难怪过去的人娶了老婆，还要纳妾，妾可能就像顾香莲这样的女人吧！而顾香莲自那天晚上和张开关有了接触后，也不由地往那个方面想。只要办公室坐着张开关一个人，她就瞅空儿溜进去。不是"请示"工作，就是捧着一张报表让张总看。脸蛋儿直往张开关的老脸上靠，头发能扫住张开关的耳根子，煽惑得张开关热血直往头上涌，心"嘭嘭嘭"地乱跳！啊呀呀，这谁能受得了！张开关急速地朝外扫了一眼：外面没人！扭过头来狠狠在顾香莲的脸蛋子上亲了一口，又挪出左手，在她的大腿上摸了两把。顾香莲的脸红扑扑的，正想进一步靠近，突然外边传来了脚步声，俩人吃惊地迅速离开。这时，郭树荣拿着两张单据，"咚咚"敲了两声门，张开关说："进来吧。"郭树荣走了进来。顾香莲右手拿着报表，左手提着一支笔，神采奕奕地和他打了个照面，飘飘忽忽地出去了。

中元节到来了，张开关去供销社买了香纸、供品，准备去东山祭祖。回到办公室，等待司机开车过来。不多时，门外车响，他提起祭品，走出办公室，锁好门，上了司机副座。正待吩咐司机开车出门，忽然觉得后大座上有人，回头一看，顾香莲正微笑着靠在座背上。张开关心里一阵温馨，但还是问："你怎么也上车了，想去哪里？"顾香莲"咯咯"地笑着说："我没去过东山，听说那里山清水秀，想去看看。"张开关疑虑起来：今天是家祭，老婆明英也去。这两个女人见了面，可不要闹出甚尴尬的事儿来。于是说："去东山旅游？往那里走尽是些高低不平的沙土路，还要过河穿沟上大坡，一路上颠得厉害着哩！"顾香莲倔强地说："我不怕颠，颠起来比坐轿还好活！"张开关苦笑了一声，无奈地说："行吧，你坐好了，注意点儿。"

吉普车过了牡牛河，十几分钟后就来到神树湾。远远瞭见常明英提着一个柳筐子，装满祭品，正在大门外东张西望呢！倏忽，汽车开到了常明英身边。小王跳下车，打开车门，扶着她坐在了董事长身后的大座上。常明英发现车上还有一个女人，像是三十多岁，细皮嫩肉的，浑身还有一股子槟果味儿。顾香莲见董事长夫人羞生生地端详着自己，不觉一阵局促，脸也红了起来，但还是硬生生地笑了起来，说："嫂子好。我是公司的辅助会计，叫顾香莲。搭小王的车，出来看看山景，散散心。"常明英"哦"了一声，疑惑地问:"七月十五到了,你不去自家祖坟上烧香?"顾香莲说:"我家祖坟在乌拉山后面,离新召有四五百里地呢,回不去。"常明英半信半疑地点了点头,再没说什么,端坐在后座上,两眼直愣愣地盯着自己男人的后脑勺。小王把车门关好,换挡加油,汽车快速地向东南方向驶去。越过乌吉泰沟,就开始爬坡,车东颠一下,西甩一阵,后面的两个女人不时地挤靠在一起。常明英觉得顾香莲的身子不但有香味儿,还软绵绵的,特别是那两个奶子,一颤一颤的,真惹眼。啊呀,这个死老汉!看见这么揽人的媳妇能没想法?整天在一块做事,能管住自己的手脚?常明英的肚子里顿时像打翻了醋瓶子,屹泛泛地直往上涌酸水!她连着向左瞥了好几眼,想继续盘问这女人有没有男人和儿女,但话到嘴边又没问。问甚呀?就是有男人,有儿女,她要是想风骚,谁还能管得住?嗨,也不能光往歪处想,说不定人家是真的跟上小王出来散心的。男女之间的事,没看见,没逮住,就当没有的事!常明英正在乱盘算,忽然张开关对小王说了声:"把车停在路边的平地上吧,上面瞭见的那个阳湾湾就是我家的祖坟,车上不去了,咱们都步走吧。"小王把车停在平地上,下车开了右后门,扶着董事长夫人下了车。顾香莲和张开关接着也下了车,一块相跟上往山上走。几个人左顾右盼,只见沟沟洼洼坡坡梁梁上,到处生长着一扑浑一扑浑的野草灌木,也有杨树和柳树以及少量的松柏树,松柏树大多数长得像干丫圪杈,没个正形儿。野花倒是多,满山满沟,艳艳地怒放着。喇叭花,听起来平常,可是看上去水灵鲜嫩,粉圪艳艳的,煞是惹眼!山丹丹花在草丛里盛开,数一数,六瓣瓣红!马兰花长得最旺盛,绿茵茵的一大丛叶子上,簇着紫色的花朵,迎风摇摆!马茹茹在半崖上开放。野菊花、地椒花、札梅花招蜂惹蝶,趣味儿横生!想想吧,室内的花儿虽然娇艳,可咋看也没这野花生气勃勃,诱人喜爱!四个人神清气爽,贪婪地呼吸着大自然散发出的香气。张开关在前面带路,顾香莲紧跟在身后。小王搀着董事长夫人,在最后面缓缓前行。常明英不断地朝前观察,哟!顾香莲一点儿也沉不住气,能得两腿直抖动,两手直扇忽,再浪一点儿就要飘起来了,真不稳重。不一会,一伙人来到了墓前。小王有文化,经常在书摊上买些风水书看,这时突然大叫起来:"啊呀,张总!你的先人占了一块儿好穴地!"张开关惊问:"你咋认得?""嗨,这和我那本风水书上标画得出宰相图一样样的!你看,前面一溜三排山,好像巨浪翻滚!后面是巍巍大东山,有倚有靠!按书上的说法,不出宰相,也要出御史,总之一定要出大官!"张开关笑了,竖起大拇指说:"借你吉言!"顾香莲也是识字人,听见二人对话,就走近墓碑细看起来,只见上面镌刻着:显考张公讳宏泰,显妣常君讳玉莲。左下方还镌刻着二位先人的生卒年月。正看得出神，忽然董事长老婆走了上来，弯腰从筐子里取出用白面蒸好的猪、羊头以及腌猪肉，然后提出一小壶子烧酒，一一摆在供桌上。接着开始烧香点纸，供桌前插了四炷香，后面的土地神位前插了三炷香。又用两个酒杯，分别给先人和土地神敬了酒。张开关也把自己带来的供品一一献上，和常明英一齐跪在了供桌前，连磕三个响头后，双手奉揖，口中念叨："爹爹，妈妈，寻钱来，爹爹妈妈寻钱来。"突然，常明英发现顾香莲也跪在了供桌前，不但磕了头，也和自己一样双手奉着揖，嘴里"忽噜，忽噜"念叨着，而且身子紧挨着自己的男人。常明英顿时气恼起来，正要发作，忽然又觉得不合适。这是干什么来了？是给老先人上供烧香来了，要让老先人高兴才对！要是和这个不要脸的女人对骂开来，老先人能高兴？能不怪罪？哎呀，为了我的树海、树云和三个女儿，咬牙先忍着吧！三个人跪在墓前，祝祷完毕，一齐站起身来。常明英拍了拍裤腿上的泥土，提起柳筐，一句话不说，掉头就走。小王急忙跟上去，打开车后右门，把她扶上去。不一会儿，顾香莲和张开关也上了车。顾香莲偷瞧常明英，啊呀！脸阴成个黑死鬼！两眼直僵僵地朝前看着，嘴噘得能拴住一只绵纥羝！顾香莲想找个话头儿，缓和一下气氛，但张了几次嘴，都没发出声儿。嗨，快别说了！说岔了，可能还要溅上一脸唾沫！就这样，四个人谁也不和谁说话，不觉车就开到了张开关家门口。常明英气哼哼地从车上下来，不等小王过来，就"嘭"的一声亮响，把车门猛闭回去。小王上了车，正要换挡起程，突然听到车外传来一声女人的断喝："张开关，你下来！我和你有话说！"张开关只好从车上慢悠悠地走了下来。常明英一把拽住自己的男人，朝着小王喊："你们先回去吧！"说完，把个男人又拽又推地驯回院里。小王惊得目瞪口呆，自言自语："这是怎么了？也不让人进屋坐一会儿，喝一口水，说话就像喊大戏一样！"顾香莲撇了撇嘴，说："小王，咱走吧，没想到刚见面就生出一肚子火。这没文化的人，心眼儿就是小，没事硬要往有事儿上想。"小王这才"嘿嘿"地笑了起来，笑得顾香莲的脸一阵发烧。

张开关被老婆从后背一把推进屋里，又见老婆气呼呼地随后跟进，"当"的一声把门闭上，大声呵斥："张铁匠，老农丐！刚挣了几个钱儿，就想养活小老婆！"张开关跺了跺脚，忙辩白："那是单位的辅助会计，咋就成了我的小老婆！""不是你的小老婆，为什么领她上坟祭祖宗？咋还和你并排跪在地上，又磕头，又念叨？""啊呀，我从公司起身时，根本没想到她会预先就坐在了后大座，让她下去，她说坐在办公室憋闷得不行，要出来旅游散散心。""她的男人去哪儿了？怎让她出来到处疯？""她的男人干什么，我没心思去打听。反正有一条，除了你，我再没和第二个女人睡过觉。""哼，耳听为虚，眼见为实，看她今天那个德行，和你能有个干净？""啊呀，她这个人脑子不满，纯粹是个半吊子。""你说她是半吊子？半吊子能给大公司当会计？你老实说，从哪儿弄来个狐狸精？""啊呀，她原来是服务公司的会计，那个单位连人带物都被我们接管了，怎么就成了我专门弄来的狐狸精！""你不要捣鬼！服务公司还有女人，怎么不给你老先人烧香点纸？""啊呀！我和你几十年了，孙子都快要上学了，我还背着你找女人？你到乡上打听打听，像老张这么对老婆忠心的有多少？""噢，照你这么说，你真是一个好男人？但你要记住了，不要以为自己当了大老板、总经理，就偷鸡摸狗干坏事。你要真安了坏心眼儿，我就告诉两个儿三个女，狠狠地收拾你。""你不要怀疑了，我发誓这辈子就你一个老婆，行不行？"张开关说完这句话，伸手就把老婆抱在怀，一边亲，一边摸，老婆先是扒拉，接着不动。一会儿，就温顺得像个猫儿。张开关乘机把老婆抱上炕，将俩人的衣服剥光。正准备干事，常明英突然挣脱男人的身子下了炕。张开关问："你要做什么？"常明英返回身，拿着一把铰布剪子，在空中连铰三下，说："你要敢找小老婆，我一剪子就把你那个要命根子铰得掉下。"张开关笑了，说："我不背着你做灰事，你铰个屁！"常明英憋不住"咯咯"地笑了起来，把剪刀扔在躺柜上，蛤蟆凫水一般，爬在了男人的身体上。

（一百四十四）

张开关吃完早饭，来到二哥家。张过关见是兄弟进门，皱着的脸皮顿时舒展开来，问："开关，你今天有闲空儿？""嗨，什么闲不闲，世上的事还能有个完？你要想干，永远有一大堆事等着你！干脆别管它，歇几天，让别人去忙，腾出时间和二哥拉拉话。""噢，这就对了！这几天，我老想着大哥的事儿。解放前，咱弟兄三人出外谋生，大哥走在扎萨克旗就不走了，在当街上开了个铁匠铺。后来又领着大嫂和一儿一女，一直往西走，先到宁夏，后到甘肃，后来又到了新疆。记得一九六〇年还给咱来过一封信，说他在喀什市开了个铁匠铺。自那以后，就再也没有音讯。大哥要是活着，应该是七十二岁，他的心硬，把咱弟兄俩忘得一干二净！"张过关说着就掉下泪来。张开关吸了两口烟，说："一九六八年清理阶级队伍时，新召公社的李文亮，去新疆调查武装部长李来成，我托他去打问大哥的消息，可什么也没问着。今年春天，武家坡白文明去新疆贩银元，到过喀什，打问当地的老住户，得知喀什东街上确实住过一个叫张占关的铁匠，但是得病死了十几年了。儿女们好像以后都去了伊宁市，以后的情况就不知道了。"张过关急切地问："大哥死了十几年了？你咋不告诉我？""嗨，我也是前十来天才听白文明说的。"张过关又是一阵伤心，泪珠子从两腮滚了下来。突然，用两手捂住了胸口，闭上眼睛一句话也不说了。张开关问："二哥，你怎么了？大哥已经没了，伤心也没用！"张过关捂着胸口，沉默了好一阵，才缓过劲儿来，有气无力地说："也不知为什么，最近我老感到肚子难受，憋得胸口疼。硬的东西吃不成，只能吃些软和的，喝些稀米汤。""你有这毛病多长时间了？""唉，也就半个多月。""二哥，去医院检查一下吧，有病趁早治。""唉，不用，慢慢会好的。""你是不是怕花钱？树林、二树、来娣他们哪一个没有钱？就是我给你出这些钱，也没一点难处！"张过关固执地摇了摇头。张开关看着二哥难受的样子，坚决地说："二哥，看病的事我做主了，听我的。"说完，就回自家了。

  常明英见男人去二哥家这么长时间，问："你俩有什么大事？能拉这么长时间话。"张开关忧郁地说："二哥现在就一个人在家，儿女都不在身边。最近又得了肚疼的病，吃不下饭，瘦了很多。我想带他去旗医院检查一下病。"常明英说："行是行，可是二哥有儿有女，你怎也得给他们通知一声。"张开关想了想，说："你说得有道理。不然，他们还会怪我不让他们尽孝道。我现在就去公司给树林、二树和来娣打电话，你中午给二哥做上一碗稀面条，切得细点儿，煮得软软的送过去。"常明英点了点头。张开关提起提包，向公司走去。

  树林和二树、来娣接到三爹的电话后，当天下午就都回到神树湾。张过关说："你们这是干什么呀？我没大病，养几天就好。"树林说："爹，你都快七十岁的人了，有病哪能硬扛着！再说了，咱又不是看不起病？"来娣说："爹，有病可不能拖着，看病的钱你不用担心，我们有钱。"张过关看着几个儿女，不满地说："你们尽说有钱，能有多少钱？还不就那几个工资？不节省着花，以后咋过日子？"二树说："爹，有病就要看！该节省的一定要节省，该花的也一定要花。有病不花钱，那要钱有什么用？"几个人正说着，张开关走了进来，侄儿、侄女们赶快起身让座。张开关看着张过关说："儿女们说得对着哩，有钱不看病，要钱就没有用！不要再犟了，顺顺儿地跟上儿女们去旗医院检查吧。"张过关不言语了，他一辈子最信服的就是三兄弟，三兄弟说的话都对着哩！

第二天早饭后，二树将车发着，来娣和树林将爹扶上司机副座，关好车门正准备出发时，三爹赶了过来，打开小车右前门，将一个报纸包着的圪垯塞在张过关的怀里面。张过关问："这是什么？"张开关连忙关上车门，说："走吧，走吧。"二树正要换挡起步，张过关打开了报纸，一看：啊呀，一沓子钱！急忙对二树说："停车，停车。"车停稳后，张过关从车上探出头来，对着张开关大声叫喊："开关，你怎能给我这么多钱，我用不了！"张开关对着二树连连摆手，示意让他快走。可是张过关还是拗着不依。没办法，张开关只好走了过来，说："二哥，穷家富路！拿着用吧，不够的话，我还要给你汇钱。"张过关见兄弟态度坚决，只好点了点头。二树启动了车，向东驶去。

第二天一大早，树林、二树和来娣陪着爹来到旗医院，经过挂号、看大夫后，张过关接受了医院的全面检查。下午四点钟，检查结果出来了，老人除了胃子上有毛病外，其他方面基本没什么毛病。树林和弟妹们要求爹住院治疗，大夫也表示同意，可是张过关不愿意，直摇脑袋，对儿女们说："我不住院，那没用，白白花钱！要是真得了要命的病，谁也救不下我！最近我老梦见你妈，说她住的地方可冷了，要我给她烧炕去。死生有命，你们听说过吗？我认命！"来娣听爹这么说话，溜出门外，"呜，呜，呜"地哭了起来。

晚上，张开关来到二树家。听了侄儿侄女的话后，就坐在了张过关面前，开始劝导："二哥，你把娃娃们拉扯大，他们想尽点孝心，就依了他们吧！让你住院治疗，就住院治疗。让你去外地看病，你就去外地看病！钱不是问题。"张过关无奈地点头应承了。

张过关住进了医院，每天吊着个液体瓶。一个星期后，病情仍不见好转，树林焦心，找主治医生询问，医生说："你爹输了七天液了，病情仍不见好转，估计不是什么好病。要想确诊治疗，最好转到上一级医院去。"树林低头想了一会儿，去找二树和来娣商量。二树说："医生说的对着哩，我看干脆去北京协和医院检查治病，那是全国一流的医院。"树林和来娣立即表示赞同。于是三人相跟上来到主治医生的诊室，主治医生说："协和医院条件好，想去就及早动身。"

三人来到病房，给爹讲了医生的意见，张过关难为地说："怎还要去北京？咱可不能乱花钱！我这么大的年纪，早活够本儿了！这么多年不死，是老天爷让我拉扯你们。现在你们都成家立业了，我就应该去见你妈了。"来娣又哭了起来，二树和树林一齐说："爹，这事我们做主，让你去那儿看就去那儿看。"然后弟兄二人出门办转院手续去了。

转出院手续办妥后，二树说："哥，你先去包头买火车票，要买四张卧铺，最少要有一张下铺，让爹休息。"树林说："行，我现在就去汽车站坐班车。"说完，就向车站走去。

当天上午十一点多钟，树林给二树打来了电话，说："火车票已经买好了，两张中铺，两张下铺，今晚上八点四十分发车，你们快点儿来吧。"二树高兴地问："哥，卧铺票那么难买，你是怎弄到的？""嗨，要是排队去买，三天也买不上！我是和票贩子买来的，每张多花了五十块钱。""你咋找见票贩子的？""怎找见的？我到火车站广场转了两圈，票贩子就凑过来了，一谈就成。"二树和来娣都笑了。

张过关活了快七十年，还没到过包头，更没见过火车，这次算是开眼界了！火车真长，瞭不见头，看不见尾，拉那么多人，跑得比小汽车还快，力气真大！他和来娣睡在下铺，树林和二树睡在中铺。早晨醒来，向窗外望去，沿路的树木和庄稼都向后倒去。七点多钟，火车进了大山。这山比牤牛河边的神山还要高大，上面长满了树木花草，黑绿黑绿。接着火车又穿过几个大山洞，来到一个大关口。车上有人说，这是居庸关，当年李闯王就是攻破这一道关，才进得北京城！张过关快活地笑了起来。不多时，火车就进城了。哎呀，楼房怎么这么高，这么多！街道又宽又光滑，汽车一辆接一辆，如同一股股流水。路两旁有许多行人，大部分骑着自行车。张过关问儿女们："这就是北京？"儿女们说："这是北京城边儿。过一阵就到了城中心，那里有北京火车站，还有天安门广场，可繁华呢！"张过关看得眼都花了。

火车进了站，树林扶着爹下了车，二树和来娣提着包裹。走了几步后，树林说："爹，我背你走。"张过关说："不用，我能走。""一会儿到了天安门广场，要走的路多着哩！现在我背你。"说着，就弯下了腰，二树把爹扶在了树林的后背上，树林背起了爹往前走。过往的旅客纷纷夸赞："这老头儿的儿女真孝顺。"出了站口，二树叫了一辆出租车，父子四人乘车来到了天安门广场。二树搀着爹先朝北瞭望天安门城楼，说："爹，你看那城楼上面，过去毛主席、周总理、朱总司令、刘少奇、邓小平他们经常上，现在举行节日庆典，国家领导人还要在上面检阅呢。"张过关远望了一阵儿，说："哈，城门洞上面是毛主席的像。"说完，脸色严肃起来，朝着城楼和毛主席像就鞠躬，来娣笑道："爹，你的礼数还不少呢！"张过关噘了噘嘴，说："你们能懂个甚！"二树搀着爹转过身来，指着西南方向说："那是人民大会堂，是人大代表、党代会和召开重要会议的地方。"又指着正南方说："那个矗立着的碑是人民英雄纪念碑。再往前是毛主席纪念堂。"张过关感叹地说："这地方真大，真气派！没想到我快入土的人，还能站在这地方！"树林说："爹，这不算啥！一会儿我买四张票，咱上天安门城楼上看一看。"张过关疑惑地问："城楼上也能上？""能，咋不能！我们现在就买票上。"

父子四人真的登上了天安门城楼，二树请照相的人一连给爹和儿女们照了五张相。张过关乐得张大了嘴，不断地向四周观望。阳光照射，精神爽快，不觉"啊嚏，啊嚏，啊嚏"一连打了三个喷嚏！来娣忙说："爹着凉了，咱们下去吧。"张过关反驳说："这哪是着凉，是老天爷给我贺喜哩！"三个儿女都笑了起来。

下了城楼，二树又叫来照相的人，给四人照了十几张相片，然后才扶着爹在平地上坐了下来。十几分钟后，照相的人把相片拿了过来。二树交了照相钱，几个人就开始看相片儿。张过关眯缝着眼，说："我的脸怎圪皱成个羊肚子？比咱神树湾李四的脸还圪搐？"来娣哈哈大笑起来，说："爹，你从来不照镜儿，你早就圪搐了！"树林和二树都笑了。

第二天上午十点钟，张过关在协和医院住院检查身体。第三天检查结果出来了，是胃癌晚期。树林和弟妹都哭了。医生说："你们现在不能哭。而且尽可能要对老人保密。"二树擦了擦眼泪，问："大夫，可不可以做手术？"大夫说："老人都这么大岁数了，开刀不但延缓不了多长时间生命，而且人也要承受很大的痛苦。我的意见是给老人多开点好药，减轻他的病痛，让他心情畅快地度过最后的日子。"树林和弟妹点头同意。三人揩干泪迹，故意装作高兴的样子，来到爹的身边。树林说："爹，你的检查结果出来了。医生说，因为你长年饮食不规律，就有了胃病，让我们多给你配些药，回家按时服用。"张过关长出了一口气，说："我就估计没什么大问题。好啦，和医院把账结清，咱回家吧。"二树说："行，我现在就去结账，办出院手续。"树林和来娣陪爹说话。当天上午，张过关就出院了，和儿女们在宾馆登记房间住了下来。

午饭后，稍作休息，树林叫了个出租车，和爹、弟妹来到故宫博物院。树林和二树轮替背着爹，先看外朝的太和、中和、保和殿。这三大殿都建在了三层汉白玉台基上，气势宏伟，博大壮观。张过关说："我还以为咱陶亥召最大，现在看来，天外有天！"四人又到了内廷，参观了乾清宫、交泰殿、坤宁宫。树林把爹从背上放下来，二树和来娣搀着爹隔窗向里眈看，爹问："这就是皇帝住的地方？"二树说："是皇帝睡觉和办事的地方。"张过关看了一阵，摇了摇头，说："这房子外观气派，里面不行。挑檐又高又宽，阳光照不进去，黑卜隆咚的，住时间长了，腰腿肯定疼。"树林三人笑了笑，不置可否。树林又背上爹，参观了东西两侧六宫。张过关问："这些房子是谁住的？"树林说："这是皇帝的嫔妃们的住所。"张过关探头向里看了几间，说：

"这房子也有些阴湿，不如咱农民的房子正南正北，明亮干爽。"最后，四人又看了文华殿、武英殿和御花园。张过关大饱眼福，树林和二树筋疲力尽，来娣也走得脚疼起来。

返回的那天，树林兄妹三人又背着父亲去了王府井大商场，给爹买了一身黑蓝色的中山服和一根龙头拐杖。中午去全聚德烤鸭店吃了烤鸭。下午三点钟返回宾馆，美美睡了一觉。晚上六点三十分，父子四人上了火车，仍然买得两个下铺，两个中铺票，向家乡返回。

（一百四十五）

张过关回到家中，前半个月能吃能喝，精神也不错。可是，以后就一天天病情加重，先用止疼药，后打杜冷丁，不然就疼得直叫唤！树林、二树和来娣请了假，守在爹身旁。一天中午，张过关喝了点儿米汤，喘着气斜卧在炕头上。忽然听到门外传来几个人的脚步声。接着，屋门开了，是来娣进来了，身后还跟着一个后生一个媳妇。来娣走近爹，附耳说："爹，引娣和三树来看你了。"张过关一下子睁大眼睛，问："你说谁？是引娣和三树？""是哩！是引娣和三树！"来娣给引娣和三树招了招手，俩人急忙走到爹眼前，一齐叫了声"爹！"张过关惊喜地抬起头，伸出双手，拽住了引娣和三树衣襟，痴痴地看着，眼眶里溢满了泪水。过了好一阵，才用微弱的声音问："三树、引娣，你们现在都做什么？"引娣说："我在东胜建筑工地上给工人做饭，三树当瓦工。""你们的女婿和媳妇都做什么？""都在东胜工地上打工。""你们有娃娃了吗？""都有了，我有一儿一女，三树有一个儿子。都快上学念书了。""哦，你们坐在爹跟前。"引娣和三树都坐了过去。过了一会，张过关对来娣说："把你哥和你弟叫过来，我有话要说。"正好树林和二树走进门来，说："爹，你找我们？""嗯！我交代你们一件事。你们的娘走时，丢下你们兄弟姐妹五个人，三树和引娣都小，爹没本事拉扯，就把他们送了人。想起这事儿，爹就心痛！现在，他们姐弟俩过得艰难，你们要帮他们一把，最好在你三爹的公司里给他们找个营生，相互也好照应。"二树说："爹，你放心好了！只要三树和引娣愿意，我们的公司随时可以安排他们。"张过关点了点头，说："这我就放心了！见了你妈，也有个交代。"说完这话，张过关的肚子又疼得颤抖起来，三树和引娣跪地大哭，来娣怕爹受不了，立即将俩人拉到了屋外。

听到二爹病危，树海和曹俊玲带着一对儿女赶回了神树湾。接着，在东胜检察院工作的树云带着一家人，来娣的女婿龚占山带着儿女，以及所有的近亲，都来到了神树湾。张过关和所有的亲属都见了面，说了想说的话，弥留之际，又传来牵挂了几十年的消息：老大张占关的大儿子张西进也来到了神树湾。张过关攥着西进的手，泪流满面，问："你是咋找回老家的？"西进哽咽着说："我三爹派新召煤炭公司的人去伊宁市，在报纸和电视上接连打了半个月寻人启事，点名要找张占关的家人，我们就和来人联系上了。""你爹是哪一年过世的？得了什么病？""他是一九七四年下世的，得的是胃癌。""哦，你妈现在怎么样？""她也在前年去世了。""你们兄弟姐妹几个人？""我弟叫西行，我妹叫西华，西行开了个小饭店，西华给一家公司当会计，日子能过。""你是几岁离开神树湾的？""六岁离开的。""你还记得那时的事吗？""记得一些。""那为什么不和我们联系？""嗨，我爹活着的时候，还常念叨二爹和三爹，也写过信。后来爹死了，我们挣扎着生活，也就再没给你们写信。"张过关望着房顶，唏嘘长叹，自言自语："大哥，大嫂啊！你们咋就一走再不回来了呢？要不是开关想办法，我到死都不知道你们的音讯！兄弟一场，咋一分开就见不上面呢？"西进流着泪说："二爹，你不要难过了，我代表爹妈回来看你来了。"张过关微微闭上了眼睛。

当天晚上十点多钟，张过关和张开关说完最后几句话，突然脑袋偏向了一边，溘然而逝。儿女和子侄们都放开了悲声。张开关老泪纵横，恸哭了好一阵，然后接过老婆递过来的毛巾，擦干了眼泪，对众晚辈说："老人已经走了，赶快安排丧事吧！二树，你把总管当起来，全面指挥，让你爹风风光光地离开！"

二树在煤矿借了角钢、铅丝、苫布，在自家院外搭起一个十米宽、六米高的大灵棚。灵棚上方是一条横幅，有八个大字：慈父离尘，遗爱千秋。两侧是一副对联：克勤克俭忍苦茹辛为后代，不闻不见寝苦枕块哭高堂。横幅条幅都是黑布上贴白纸写黑大字，由树海用魏碑体写成，端庄大气，古韵古风。灵棚内东侧是从旗殡仪馆租来的透明大冰柜，停放着老人遗体。正中摆放着纯柏木棺材，里面放着绸缎面料寿衣。最里边立着亲朋好友送来的花圈。门口左右两边是用彩色纸粘贴成的童男童女。内东西两侧有二十四孝图。哀乐不断从棺木旁传出，低沉悲切！灵棚南面的平地上，有一溜三家吹唱队，分别从托县、河曲、神泉请来。三家哥手一会唱晋剧，一会儿唱山曲儿，一会唱流行歌曲，乐队除了给歌手伴奏，还时而独奏，时而合凑，使出浑身解数，相互比赛！村民们从来没见过丧事有这样大的热闹场面，纷纷涌来观看，犹如赶庙会一样！

刘阴阳给张过关看了下葬的日子，定的是农历九月十四。决定遗体停放七天，然后与何美桃合葬在一起。张开关和树林领着刘阴阳来到祖宗坟地，经过刘阴阳反复观察，罗盘定位，最后将墓穴确定下来。树林安排人去刘家石畔买来一块一米八高，八十公分宽的青石碑，并顺便买了供桌、望柱、土神牌位。请来的石匠加紧雕刻石碑，土工们赶修墓穴。

院外的东南侧也有一块平地。二树安排人在那里搭建了一个能放二十桌的酒席的大餐厅。旁边的帐篷里是厨房，掌勺师傅是给煤矿做饭的三个大师傅。伙食由刘宝维负责，每天杀三只羊，三天杀一口猪。烟酒由龚占山统一掌管，按需发放。村里的青年妇女，都主动前来帮灶，跑前跑后地提茶倒水，洗菜涮碗，清扫卫生。男人们帮着干些体力活儿。一日三餐，除早饭是稀粥馍头奶茶外，中午和晚上不是细杂烩菜糜米饭，就是油糕饸饹，炖羊肉也安排了三顿。中晚餐都有烧酒，随便喝，纸烟随便抽。神树湾的白事儿从来没有这么排场过。树海和树云专门负责接待前来吊唁的亲朋好友和各方人士。矿管局、乡政府、各煤矿以及聚鑫公司都送来了花圈、挽幛和礼金。孝子贤孙们都穿带重孝，一日三次，定时集体跪在灵前焚香、烧纸、磕头，树林、二树、来娣伏地号哭。

第七天的上午九点钟正式出殡。哀乐响起，鼓乐齐奏，八个年轻人抬起棺木走出灵棚，树林双手抱着砂锅，紧随其后。出了灵棚，就将砂锅摔碎，放声大哭！紧跟在树林背后的依次是树林媳妇陈改兰，儿子玉虎，女儿玉华；二树和媳妇卢巧云、儿子玉宝、女儿玉琴；来娣和女婿龚占山、儿子龚城、女儿龚莉；引娣和三树；树海和媳妇曹俊玲、儿子荣生、女儿荣华；树云和媳妇谢陶丽、儿子荣新；招娣和女婿乔树山、儿子乔绍志、女儿乔绍华；根娣和女婿王云海、儿子王峰；维娣和女婿秦耀先、儿子秦刚、女儿秦英；张西进；张开关和老伴常明英以及其他亲朋好友。送葬队伍约有一百二十多人。大小汽车和三四轮车十几辆。

中午十二点三十分，送葬队伍全部归来。大帐篷餐厅内坐满了来客。刘宝维代表张氏家族讲了一番对大家答谢的话，然后由张树林带领子侄和孙辈们向众人行磕头礼。礼毕，张开关又向大家说了一些感激的话，就开始就餐。

下午两点多，来客们陆续散去。树林把二树、来娣三家人召集在一起，详细公布了老父亲从看病到安葬的所有花费，共有八万六千八百五十六块钱。树林说："爹娘共生我们三儿两女。三树和引娣从小就送了人，没沾咱家里一点光，现在的生活也困难，所以这笔费用就不要给他俩摊派了。至于我们三家人如何承担这笔费用,我考虑了三个方案。第一个方案是干脆由我和二树全部承担。第二个方案是由我和二树拿大头,来娣自愿出一些。第三个方案是考虑到我们三人都是爹娘所生,男女平等,所以平均分担。三个方案由你们选择。"树林说话时,二树和来娣都端坐在炕上,认真聆听着。龚占山不知为什么,没通知就坐在了地下的椅子上,一直拿着一张报纸遮挡着脸,发出阵阵讪笑。树林说完话,看了看二树和来娣,来娣低声说:"三家均摊也行。"龚占山瞅了一眼来娣,扔掉了手中的报纸,"呼"的一下站在了当地,赤红杠脸地嚷道:"你们这话说得没礼路!给父母修坟造墓,历来都是小子们的事,与女子们无关!我们家给老人建墓立碑,我纯粹不让姐姐们参与,看都不让她们看。嫁出去的女子泼出去的水,没听说还要承担娘老子修坟建墓的费用!"二树吃惊地看着龚占山,龚占山意犹未尽,讥讽道:"你们如果有困难,我倒是可以给你们赞助点儿。"二树满脸怒容,把手中的茶杯"咚"地一声放在桌上,跳下炕,头也不回地出门去了。树林望着龚占山,也大为惊讶!

第二天,树林和二树经过协商,俩人完全承担了父亲的丧葬费用。

龚占山离开新召村时,和来娣去三爹家道别,张开关撩了下眼皮就忙自己的活儿去了,其他人基本沉默无语。

龚占山觉得无所谓,神情昂然!来娣脸色讪讪的,红一阵,白一阵。

# (一百四十六)

阎心冕实在让郑维继头痛,活脱脱的一只白眼狼,怎喂都咬人!他在聚鑫公司有一百五十万元股,年终百分之百的分红,可是还不满意,到处发泄对郑维继的不满,说郑维继曾经打着三产局的旗号,为聚鑫公司买煤矿时吃了回扣,假公济私,瞒天过海!说郑维继的股金竟然是普通职工股的一百四十四倍,是明抢职工金钱,贪污国家财产。啊呀呀,不满的言论太多了!郑维继对张树海说:"阎心冕野心勃勃!不管在谁手下工作,都张牙舞爪。那年瞎眼了,接收回这么个祸害。"张树海说:"现在你不能和他闹僵,不然对公司不利。"郑维继思索良久,说:"你说得有道理。"

郑维继打电话把阎心冕叫到办公室,关起门来做了一次长谈。其中有一段对话最为要害。郑维继说:"心冕,咱们搭班子也好几年了,你有什么要求尽管说,只要我能办到,一定尽力。"阎心冕低头想了想,说:"你现在把公司独立出去，自任董事长、总经理，要风得风，要雨得雨。可是我呢？没有一点儿干事业的条件，既无资金，又无门路！每天半死不活地混日子，实在烦人！""你想让我怎样帮你？""怎样帮？很容易！只要你以聚鑫公司的名义，给我担保两千万贷款，帮我买个煤矿，我就十分感谢你了。"郑维继想了想，说："咱们公司是民营公司，也属于公有制单位。本来以公司的名义给个人担保贷款，是不合适的。但是，你我是老搭档，我不能看着你有困难不去帮忙！这样吧，我老郑豁出去了，就以聚鑫公司的名义在农业银行给你担保贰仟万贷款。你马上去农行领取贷款申请表，我签字担保。"阎心冕吃惊地看着郑维继，没想到这人能如此痛快地答应自己的要求，真是天降馒头好造化！他激动地握住郑维继的手，连声说："谢谢，谢谢！你是我的好班长，我从内心里拥护你！"郑维继松了一口气，心想：总算把这个孙子摆平了！看着阎心冕躬身站立，倒退着出了办公室，郑维继一阵冷笑。

　　阎心冕只用了一个星期的时间，就把贷款如数办下来了。在郑维继的帮助下，在精煤区买了一个井田面积一点六平方公里的无烟特种煤煤矿。从此，他名义上是三产局的副局长，实际上给自己当起了煤矿矿长。通过郑维继的协调，又浑水摸鱼，以假乱真，使自己的煤矿享受着减免费税的优惠政策。一年下来，净挣一千八百万元，几乎收回了成本。第二年，国家纪律检查部门下发文件，严禁公职人员在煤矿入股，更不允许带着公职给自己办矿。可是，这些政策只能断了那些本来就在煤矿不入股，也无条件自办煤矿的人念想。对于像阎心冕一类的人来说，简直是吓小孩儿切鸡鸡，太可笑了！你说老阎不能入股，老阎难道不能换个家里其他人的名和字？你说老阎不能带职办煤矿，老阎就不会来个留职停薪办企业？活人要是叫尿憋死，除非器官儿有问题！所以阎心冕继续放心地"干事业"，毫不理会那些条条框框。他说："怕什么？听蜥蜥蛄叫唤，还不种庄稼哩！"

　　可是，也有不省事爱吃生米的主儿！阎心冕明目张胆地违反政策法令，惹恼了有关检查站的执法人员，他们竟然给不少主管部门儿写了匿名信，有理有据地状告阎副局长！

　　那天，阎心冕正在井口看拉煤，突然会计马过川来找他，说："刚才旗监察局打来电话，让你去局长办公室走一趟。"阎心冕吃了一惊：旗监察局来电话，犯事了？

　　阎心冕忐忑不安地洗脸换衣服，自己开着丰田越野车，直接来到监察局。敲了敲李正理局长的办公室门，走了进去。李正理抬头看了看他，说："有人检举你作为公职人员，违反国家规定，不但在煤矿入股分红，还长年不上班，自办煤矿，偷逃费税，数额巨大。"阎心冕额头上立刻渗出了汗珠子，嗫嚅道："这是有人造谣！"李正理说："那么你说说，是怎么给你造谣了？""煤矿入股的人是我老婆。带职办煤矿是因为我马上就要退休，预先找了个活干。至于偷逃费税的事儿，你去问问郑维继，我没法儿说。"李正理笑了起来，说："阎局长，不要紧张。我们已经找过郑维继了，他替你大包大揽说了话。不过，你也不要轻视这件事儿，真要闹起来，你敢说没问题？小心拔出萝卜带出泥，弄个犯法身无主！"阎心冕眨巴着眼睛不说话。李正理又加了一句："咱俩是小学同学，同窗之谊我还记着哩！你赶快协调有关关系吧，我先给你通个风。"阎心冕感激地看了看李正理，说："老同学，你还记着我哩！谢谢你，我会重重报答你。"李正理意味深长地看着阎心冕，笑得很神秘。

阎心冕来到郑维继办公室，坐在沙发上前倾身子，双脚并拢，说："郑局长，我现在才知道谁是真正的朋友了！"郑维继笑了笑，说："遇难逢知己，日久见人心，老郑是什么人，你现在清楚了吧？"阎心冕尴尬得说不出一句话，坐了一会就告辞了。

自从被人举报后，阎心冕矿上产出的煤就不像以往那样畅销了。原因很简单，所有的检查站都对这个矿上的煤加强了管理，不允许他浑水摸鱼，偷逃费税。以前阎心冕能低价销煤，现在不行了！费税照常缴，再把价格往低降，那不是赔钱了吗？所以，尽管辛辛苦苦，加强管理，可是利润总是上不来。阎心冕烦燥不安，正苦无对策时，有一个救星找上门来！是一个温州人，想买无烟煤煤矿。阎心冕心中一阵狂喜，但表面上装得不忙不急！温州人出一亿五千万，阎心冕咬住两亿五千万不放！温州人说："你的矿也太贵了！"阎心冕说："这是特种煤，我买价就贵。"双方僵持了一个星期，最后以两亿元成交。写合同时，温州人又发难："两亿元我一分不少给你，可是产生的税费由你承担。"阎心冕看了看对方，说："亏你还是个买卖人！我们就不能写一份假合同，把价格说成五千万？"温州人立马表态："行，怎么不行？找一个懂税法、通财会的人，帮你把各个环节都做好，就不会有问题。"阎心冕如愿将煤矿卖了两亿元。

聚鑫公司党政事务部部长赵伟给儿子过十二岁生日。郑维继、张树海、阎心冕、周兴林、阵俊峰等原三产局的人都坐在二楼雅间里。郑维继和阎心冕肩并肩地坐在了一起，二人满面春风，谈天说地！开宴后，满桌人轮替给郑维继、张树海、阎心冕敬酒。郑维继是小酒量，但今天高兴，有敬必喝！一桌坐十人，不一会儿就喝进十杯酒，不觉飘飘然起来。郑维继举着一杯酒发表演讲："过去，人们怀着仇富心理，经济发展不了！现在搞改革、变体制,鼓励一部分人先富起来,经济就发展了。富人是国家的精英,社会的亮点!为了我们更加明亮,干杯!"说完,自己先一饮而净。接着,他又让大家都斟满酒,继续演讲:"我一年只能消耗总收入的千分之二,其余的钱都存在了银行。这不是个办法!钱是为人服务的,闲置着还能行?必须花钱买舒服,买快乐,买现代化!酒色财气缺一不可,酒是粮食,色能生育,财是富贵,气能呼吸,为酒色财气干杯!"说完,又带头将酒饮净。郑维继还想提议第三杯酒,但舌头僵硬了,眼前有些发黑,一摇晃,向左倾去。阎心冕急忙伸手扶住,慢慢将他稳在了椅子上。然后提议大家都把酒杯斟满,也开始演讲:"承蒙朋友扶助,我最近竣工了三万平方米的高档娱乐城。里面除了吸毒、贩毒,其他应有尽有!欢迎大家光临,在座的一律五折优惠!"说完,饮了杯中酒。接着又讲:"改革开放,各显奇能。动脑筋单干,黑紫烂红!大家应该胆子再大一些,步子再快一些,挣的钱再多一些!一年只挣二百来万块钱的经理、副经理有什么意思?要想干成大事业,就做海中弄潮儿,干杯!"说完,仰脖把酒灌进了后嗓子。接下来,又与在座的每个人各碰了一杯,就再也支撑不住了,"扑通"一声跌坐在椅子上,两目血红,扫视众人:嘿,小子们,还哂笑老阎?不相信老阎说的话?有眼不识泰山,鼠辈们目光短浅!好啦,老阎现在给你们上一课,好好听着。阎心冕的嘴唇忽扇了一阵,发出声来:"弟兄们,你们听说了没有?现在全中国出了许多富豪,积累得财富有十多个亿的,一百多个亿的,甚至几百个亿的不等。他们现在想什么?说出来吓你们一跳!他们一边想在国内继续办商业、开矿山,一边想法在国外办绿卡,变成外国人,带上财富去外国当大亨。老阎现在比不上这些人,过几年财富积累得多了,也想在澳大利亚、加拿大或者美利坚办个绿卡,去那里享受享受,中国的好多地方不适于人类生存。"张树海望着阎心冕,招呼服务员找来两个能盛三两酒的大杯,斟满酒,说:"阎局长,阎老总,你真是鄂左旗的杰出人才!兄弟愿和你再碰两杯酒,祝你成功!"说完,亲自将酒端给了阎心冕,两人举杯相碰,"咕嘟,咕嘟"咽进肚里。众人吃惊地看着阎心冕,只见他脸上肌肉抽搐了几下,嘴唇又忽扇了一阵,想说话,但发不出音来,就俯首爬在了桌面上。张树海笑道:"阎老总,坐起来,咱俩应该干个双杯才对呢!"阎心冕毫不理会,和郑维继一起昏昏沉沉。张树海对桌上的人说:"这两人不胜酒力,让他们休息一会儿吧,大家继续喝酒。"周兴林感叹道:"人比人活不成,毛驴比马骑不成。"陈俊峰笑道:"那哪是匹马?比林彪出逃时坐的三叉戟飞机还要高级,最起码也是波音747。"周兴林说:"我是财经学院的本科生,可有许多经济现象无论如何也想不明白。你们想一想,中国开矿山的老板们，把中国的地下资源猛掏猛采，变成一个又一个的巨富。然后把金钱想着法儿转到国外，最后连人也变成了外国人。这明明是把中国的地下宝藏偷偷搬到了外国嘛！国家为什么不管？"陈俊峰说："不光开矿的老板这么干，其他行业的所谓企业家也这么干，特别是那些外逃贪官，把国内的资金纷纷转到国外，数额惊人！再这样下去，中国迟早有一天要被掏空。"张树海说："我最近看了一本书，叫《我们的好日子到头了吗？》书中讲的道理一针见血！当前，在利益集团的诱导下，大力推进经济金融化、自由化与国际化，造成国民经济虚热实冷，不但加速中国经济的泡沫化，而且使中国的财富急剧外流，这简直是在玩火！各级领导应当猛醒！"周兴林撇了撇嘴："猛醒什么？很多中下级官员们整日里忙着跑官、捞钱、吃喝玩乐，一副末日心态，哪管这些事！还有不少的攫取财富者，企图效仿苏联、俄罗斯，乘改革之机，借普世价值观之名，翻天覆地，使自己的不法所得合法化。"张树海说："你说的这些人和事不胜枚举，但也不能过于悲观了。党中央、国务院不会不知道这些毒瘤的存在，迟早有一天，会给它们动大手术的。"陈俊峰看了看趴在桌上的郑维继和阎心冕，说："我们说了这半天，他俩听了不知有何感想？"坐在一旁的保卫科长杨立志一直不言语，这时说话了："他俩能有什么感想？财高语壮，势大欺人！可是也得操心人间私语，天闻若雷！钱财有时也是惹祸的根苗哩。"几个人正说着，服务员端上来饭菜。大家都放下酒杯，准备吃饭。张树海拉了一把郑维继，郑维继从睡梦中醒来。张树海又去拽阎心冕，阎心冕不理会。杨立志扶起阎心冕的脑袋，照着脸面连喷两口冰水，阎心冕才打着急凌清醒过来。服务员赶忙用毛巾给他擦干了脸，然后共同进餐。

　　散席后，聚鑫公司的司机将郑维继接走了。周兴林搀着阎心冕走出大厅。还未下台阶，阎心冕突然伸手在上衣兜里掏出一万块百元大钞，一沓子一沓子捻开来向空中撒去。饭店的小姐们发现后，没命地涌了出来，和过往路人抢钱。周兴林猝不及防，来不及制止他。阎心冕哈哈大笑，摇摇晃晃向路边走去，后面跟着一大群人看稀奇！

　　当晚八点多钟，阎心冕一连收到十四个小姐发来的短信。

（一百四十七）

　　白登云有两子三女，大儿子和大女儿都在上大学，其他子女都上初高中。

老婆李二女是家庭妇女，除了伺候八十多岁的婆婆外，就埋倒头作务承包地，没多少收入，白登云的生活压力越来越大。暑假就要结束了，五个念书娃娃光学费、住宿费就需要两万多块。自己虽然是煤矿的股东，可这两年所分红利，都投入到生产费用上了，到手的钱没几个。他心烦意乱，天不明就坐在炕上一锅接一锅地抽旱烟。副矿长魏文山，下井检查了各个工作面的生产情况，返回院子时，见白登云屋子里忽明忽暗，走过去一眊：白登云正唉声叹气抽闷烟。哎，又有什么事，把人难为成这个样子？他推门进了屋，问："白矿，怎不睡觉？""唉，睡不着！""什么事把你折腾得睡不着？""还能有什么事？养家糊口的事嘛！我全家八口人，一个八十多岁的老母亲要整天靠媳妇则伺候，五个娃娃都念书，其中有两个上大学，你说我一年需要开支多少钱？少说也得六万块。矿上就分那么点儿钱，精打细算就转不动了！你说我该怎么办？我还不到六十，人家都叫我白头！嗨，白头快要死啦！"说完，仰起脸，直愣愣地看着窗外面。魏文山说："你有困难我知道，但我帮不上你！你得想办法，和其他人转腾转腾。"白登云无助地说："你未来以前，咱矿上已经和张开关借过五万块钱，一直没还，现在还好意思和人家开口？其他人根本就不可能给咱借钱。"魏文山想了想，突然说："噢，对啦！那个阎副局长不是你两姨哥吗？那人可有钱了，听说在饭馆吃饭，一出大厅就往天上撒了一万块，小姐们为抢钱差点儿把头碰烂。去求阎二哥吧，他拔一根毛也比你我的腰粗。"白登云沉默了一会，说："人穷志短，马瘦毛长！为老人，为儿女，磕头求人吧。"说完，就下炕去了厨房，揭开蒸笼拿了两个馒头，去大锅上舀了一碗小米粥，坐在桌上吞咽起来。大师傅问："高矿，你要出门儿？""嗯，去旗里办点儿事。"

中午十一点钟，白登云来到阎心冕办公室，阎心冕给白登云倒茶递烟后，问："你来旗里有什么事？"白登云红着脸说："我想求二哥点儿事。""求我办事？矿上的事儿，还是你个人的事儿？""我个人的事儿。""你现在挺好嘛，能有什么事儿？"白登云吞吞吐吐，好半天才把自己的来意说出来。阎心冕半响无语。白登云说："二哥，你借我钱，我一定还你。"阎心冕皱了皱眉，说："借什么呀！你在矿上还有十二万块钱股金，转让给别人不就有钱了嘛！""二哥，咋个转让法？""让他给上你十二三万块钱，不就没事了嘛！""啊呀，二哥！这要是放在去年，我二话不说，就把股转让出去了。可是今年就不一样了，煤矿都涨价了，三倍五倍地长，我怎能原价就把股卖了？""三倍、五倍没人买，一倍有人买。""哎，二哥！要是按原价出售，我还要往旗里跑？我坐在矿上，买股的人就把头挤烂了！""哼，还说你没钱？

你是想要个大价钱!"说完,就在地上来回踱步,再不看白登云一眼!白登云几次张嘴想说话,一看两姨二哥那张恶狼脸,又把话咽回肚里面。两人就这样僵持了七八分钟,白登云火爆脾气突然蹿起来,心想:我来求你借点钱,你怎好意思乘人之危倒抢钱?世上还有你这种姨表哥?还有你这种黑心狼?罢,罢,罢!老白不求你这个只认钱、不认亲的黑心狼!想到这里,白登云"噌"地从椅子上站起来,脸涨得通红,瞪了一眼阎心冕,二话不说,大踏步走出办公室。阎心冕发现白登云火了,这才着了急,急忙撵出门外,从兜里掏出一千块钱,跟在白登云后边喊:"登云,有事慢慢说!这是一千块钱,你先拿着花。"白登云头也不回,两脚狠劲登着地面,"腾腾腾"地走了。

白登云又羞又气地回到毛盖图煤矿,魏文山急忙过来问:"咋啦?气成这个样子?二哥不给你借钱?"白登云把烟袋往炕上一摔,大骂道:"什么二哥!纯粹是个二狼!不但不借给钱,还谋算抢夺我的钱!""瞎说了,他怎能抢一个穷汉的钱?""哎,人家方法可多了,怪不得能发财!他要原价收购我的股!""啊!还有这种人?心这么毒?谋人财产骗人钱,富贵荣华不多年!"白登云仰天长叹,说:"老魏,事情已经逼到这步田地了,你把我的股收购了吧?""哎呀!我可不是阎心冕。""哎,谁说你是阎心冕啦?我是说你给个公道价,收购我的股!"魏文山看着白登云,说:"你说的是真心话?""不说假话!""你要多少钱?""市场上煤矿已经长了五倍了,我按四倍卖给你!""我没那么多钱!""三倍半!""也凑不起!""哎!无钱逼倒英雄汉!好啦,按三倍卖给你,但必须一次付清钱!"魏文山说:"我可没逼你!""我自愿!""好,三天之内,我把钱付给你。但你得保证在十天之内,把营业执照和采矿许可证上的法人代表名字变成魏文山。"白登云坚定地说:"君子一言,驷马难追,钱到了我的账上,按时兑现。"两人各自装满一锅烟,点燃后猛吸起来。

半个月后,阎心冕得知魏文山成了毛盖图煤矿的最大股东和法人代表,气得跺足捶胸,大骂姨表弟是猪脑子,狗日的!

(一百四十八)

白登云看着儿女们欢天喜地地去上学去,心情特别畅快!买了两盒芙蓉烟,笑嘻嘻地来到工人宿舍,给工人们每人散了一支。然后斜靠在工人行李上,聊起天来,问陈玉山:"你两年没回家过年了,就为省路费?"陈玉山说:"那当然了！四川攀枝花离这有多远？来回五千多里路,光车票钱就要花小一千块,再加上过年给老人拜年,给小孩压岁钱,吃吃喝喝花下来,没五千块能过了年？""你刚上三十岁的人,就不想老婆？""废话！将人心比自心！你离家七八里地,十天不回家,就急得像猴一样乱窜。我两年不回家,你说啥滋味？你这不是明知故问吗？""那今年过大年你回不回去？""嗨,我在信上告诉老婆了,等攒够六万块钱,不管过年不过年,立马就回去！除了给她买身好衣服,给上学的儿女买新鞋新书包,还要翻修家里的老房子！全家人畅畅快快活几天！"一直躺在炕上的甘肃工人刘永飞笑了,说:"你老婆今年多大了？""二十六。""老婆人样肯定俊！""我看见顺眼。""哈哈！你看见顺眼,别人看见就不顺眼？不要为省钱儿,老婆叫人勾走了。"白登云呵斥刘永飞:"不要扰乱人心,玉山媳妇忠心着哩。"陈玉山点了点头,眼圈泛红了,说:"老婆在信上说了,不管发生什么事,他和娃都等着我！"刘永飞坐起身来,收敛了笑容,说:"哥,我逗你玩呢。"坐在东炕的李满贵说:"我去年过大年也没回家。我家在商洛山区。老爹早就没了,老妈前年又得了白内障,走路摸墙根,我老婆带着两个娃娃,既要下地,又要做饭,还要伺候老人,太艰难了！今年腊月,说什么也得回家看看。"刘永飞说:"嗨！凡是远路来矿上当窑黑子的人,哪一个说起来不愁肠？你们见我说说笑笑,那是自个给自个解心宽,要是整天想烦心事,早就上吊了！"白登云看了看炕上另外几个工人:除了牙齿和眼睛露点儿白,其他都是黑的。啊呀呀,这些人一年四季爬在巷道里,黑黝黝地蠕动着,突然见了,真分不清是人还是鬼,实在瘆人！走吧,不能继续瞎侃了,再侃身上都起鸡皮疙瘩了。白登云翻身下了炕,迅速离去。

　　院里开进一辆装满玉米的大卡车。魏文山忙着把司机招呼在办公室,问:"路上遇到什么麻烦没有？"司机拿起脸盆架上的湿毛巾,一边擦脸,一边说:"很顺利！交警、路政、煤管站,一看拉的是玉米棒子,看都不想看就放行了。""那你把车开到井口吧。""怎么,你们没有炸药库？""嗨！最近公安和安监上查得紧,发现黑炸药,不但罚款,连炸药都要没收,还强令停产整顿一个月。""可这黑炸药不同于黄炸药,见火就爆炸,太危险了！""没问题！我们井下有两个停用的工作面,很隐蔽,谁也不到那里面。""那么雷管放在什么地方？""雷管当然放在山上的库房里。""好吧,你让工人先把玉米棒子卸下来,我再把车开过去。"

　　工人们将卡车马槽打开,玉米棒子很快滑了下来。汽车司机随即把车开到了井口前。工人们肩扛背驮一齐动手,不到二十分钟,就把十二吨炸药卸在了指定的地点。工人们拍打完身上的灰土，该下井的下井，该休息的休息。卡车司机合上马槽，将车开走了。

井口外有一条细细的黑道子，一直延伸到井里面。过往的工人和安检的人员，谁都没引起注意，这黑道子究竟是什么？他们总以为是四轮拖拉机往井上盘煤时煤面子撒下的一条线，做梦也没想到，这是黑炸药留下的大隐患！谁也没想到，在搬运炸药的时候，一个炸药袋子被汽车马槽上的破铁皮划开了口儿，扛包工人没注意，走一路，炸药就撒一路，一直撒到堆放炸药的废弃工作面。

下午三点多钟，一个工人出外解完手，站在井口抽了一支烟。烟头没摁死，就走进井里面。着火的烟头正好掉在了黑炸药留下的道道上，这道道像一条长长的导火索，"哧，哧，哧"地燃烧着窜向井里边。大约两分钟，火苗就来到十几吨的黑炸药边！紧接着，一声巨雷般的响声从井下传来，所有的炸药一齐爆炸了！炸得地动山摇，炸得井下工人来不及思考，一齐命归黄泉！太惨了，正在作业的工人们有的被炸飞在巷道的炭壁上，滑下来时成了血口袋，有的被炸得飞在顶板上，掉下来时只见血一滩，有的干脆被埋进了工作面。还有四个工人各自开着四轮车往井口走，突然被井下爆炸的冲击波一下子连人带车飞也似的冲到了对面的山崖上，摔得四轮散架，工人脑浆迸流，连个张三、李四、王麻子都认不见！巷道里火焰喷发，浓烟滚滚，要不是上面有一百多米高的大山压着，一窟窿煤炭都要飞上天！村民们以为地震了，放下活计，扔掉农具，纷纷躲避。矿长魏文山和白登云以及休班儿的工人们，都被震得从床上弹起来。窗户的玻璃碎了，墙壁上挂的衣服物件掉下来了。西墙下的德国狼狗挣断缰绳，跳跃狂吠。猪羊鸡满院乱跑乱飞。整个毛盖图煤矿都被震疯了！

魏文山立即滚下床，惊恐地开门往外眄。揉了揉眼，定定神，立刻明白了，这不是地震，是井下炸药爆炸了！这可是闯下了天大的祸，就是把矿长枪毙十次也抵不了的罪啊！这时，休班的工们惊慌地跑到坡下面，张望井口冒出的烟和火，白登云披着衣衫立在院墙边，两腿瑟瑟地抖动着。魏文山站在门边呼喊："登云，登云！"白登云掉过头来，一看是魏矿长，忙着走过去。魏文山结结巴巴地说："肯定——定是——是——是井下炸——炸药爆炸了！你——你——你赶快给救——救护队打——打电话！我——我到井——井口去看一看。"白登云张大嘴点了点头，扭头就去打电话。魏文山一路小跑，来到井口前，井口仍然喷射着烈火和浓烟。回头向坡上看了一眼，啊呀！十几对血红的眼睛正看着自己，嘴都张得和狼嘴一样大！魏文山害怕极了，不敢再向前迈步。慢慢开始后退，退到土坡上的小路边，一个奔子就往办公室跑。进了门，打开保险柜，快速将现金、存折、日用品装在提包里，然后轻轻开了门，四下一观察，院子里没有一个人，只听到坡下有工人在乱窜乱吼叫。于是像贼一样，鬼鬼祟祟蹿到房背后，爬上沙梁，钻进沙柳林，穿过乱石荒草滩，向西北方向没命地逃窜了！

　　白登云打完电话，心口"怦怦"乱跳，手抖得连香烟盒都抠不开。好一阵，才抽出一支烟，燃着吸起来。吸完一支又准备吸第二支，突然想起了魏文山，这人现在干什么？这么大的事故，他是第一责任人，可不能放跑他！想到这里，急忙蹿起来，迅速往外跑。跑到院墙边，向坡下面和井口旁瞭了瞭，只见有十几个工人，唯独不见魏文山！返身进了矿长室，啊哟！咋保险柜敞开着？上前弯腰一查看，里面现金存折都没有了，只有几沓子账本和单据。这小子跑了，拿了现金和存折逃跑了！白登云紧张起来，心想：矿长跑了，弄不好，自己还要变成"顶命白通达"！不行，现亏不能吃，也跑吧！他迅速走出办公室，像个狸猫一样，绕到房后，蹿上后沙梁，钻进沙柳林，潜伏下来。

　　一个多小时后，白登云听到矿上警车、汽车响，接着有好多人奔跑着，叫喊着。他偷偷爬到柳林边，向下张望，看见救护队员们，都戴上了安全帽和防毒面具，拿着消防器械，列队待命。高个子的那个人可能是队长，接连到井口观察了两次，又折回来了。可能是巷道里烟火太大，无法进入，只好返回来继续等烟火散发。嘿，有个队员拿着扩音喇叭叫喊开来了，先是叫喊"魏文山，魏文山！"可是喊了半天，没见着魏文山的鬼影子！过了一会儿，那人对着喇叭又叫喊起来，这次叫的不是魏文山，而是"白登云，白登云！"就和叫魂一样，叫得白登云头皮紧绷，后脊梁发冷。毬，你叫吧！老白不出来，老白又不是矿长！白登云躺在了沙堆上。过了一会儿，叫魂的声音又传来了，"白登云，白登云……"嗨，今天算是鬼跟上了，躲也躲不开了！怎么办？下去吧，害怕工人们把自己撕成八圪塔！不下去吧，跑得了和尚跑不了庙，自己家就住在矿东面！毬，老白不是矿长，现在是打工仔！有警察，有救护队，窑黑子还能怎么样？想到这里，白登云纵身站起来，快步跑下山，来到救护队长面前说："我就是白登云，报警电话是我打的。"救护队长王向山问："你在矿上负什么责？""搞伙食，管后勤。""魏文山去哪了？""不知道。""工人们说，井下爆炸时他还在，莫非逃走了？""可能是。""那么从现在起，你哪儿也不要去，随叫随到，配合抢险和调查。"白登云点头站在了车旁边。

巷道内的浓烟，直到下午六点半才有所缓减。救护人员开始下井施救。经过两个多小时的搜寻，未发现一名生者。抬出来的尸体，都面目全非，四肢断裂，血糊糊的不堪入目！救护队长和白登云根据伙食登记簿，一一核对工人姓名，发现井下的十八名工人无一幸存，与抬出井口的尸体数正好吻合！刘永飞、陈玉山、李满贵均在其中，活着的矿工放声恸哭，呜呼哀哉：

为求生计不顾身，
十八窑儿丧煤尘！
可怜牤牛河边骨，
犹是妻儿梦中人。

## （一百四十九）

毛盖图矿难发生的第二天上午九点钟，旗委政府的主要领导都来到了现场。看到十八具血肉模糊的尸体，围观的人有的惊叫，有的落泪，有的漫骂！王书记亲自召集煤矿管理人员、矿工、救护人员以及附近村民开调查会。最后王书记讲了话："毛盖图矿难是鄂左旗有史以来最惨烈的矿难。造成这一惨剧的原因是矿主片面追求生产效益，违法购买劣质炸药所致。事故发生后，矿长逃跑，股东隐匿，说明干了恶事的人是心虚胆怯的！为了自己发财，置工人的生命安全于不顾，冒险作业，酿造惨剧，这是丧失人性的犯法行为！十八条生命没有了，十八个家庭遭殃了，带来的一系列严重后果发生了。所谓的富人们，你们怎能把自己的幸福建立在他的痛苦之上呢？这是一笔孽债啊，迟早是要清算的！我们的煤矿，回采率不到百分之三十。滥采乱挖使百分之七十的资源白白浪费！留给社会的是枯竭的资源，污染的环境，浑浊的空气，混沌的夜空以及严重的社会对立！可奇怪的是，不少矿主对这种用破坏资源和环境换来的金钱不但不惭愧，反而到处炫耀，说自己是当地建设的功臣，社会的精英，真是厚颜无耻啊！宪法规定，矿产资源属于国家。可是一些饕餮贪徒，乘社会主义市场经济未走向法制之机，疯狂地抢夺资源，过度地消耗资源。这种贪腐行为，人民能允许吗？法律能允许吗？能永远得逞吗？我敢断言，总有一天，党和国家会腾出手来干预这些不法行为的！同志们，我们应该有这个信心。至于对这次矿难的处理，我提三点儿意见，第一，立即通知死者家属认领尸体，来不及认领和无法认领的，要采取妥当办法安葬死者。第二，鉴于该矿矿长逃跑，股东躲避的现实，毛盖图煤矿现在由旗政府接收，然后向社会拍卖。同时，政府拿出一笔资金来，处理矿难。第三，公安部门要加大力度缉拿事故责任人，直至他们归案受审、认罪伏法。"王书记的讲话引来阵阵掌声。

王向山问白登云："你们矿上招收工人，有没有登记表？"白登云说："有是有，可是都是魏矿长保管着。""他在什么地方保管？""就在矿长办公室的铁皮柜子里。""走，咱俩去看看。"俩人进了矿长办公室，见铁皮柜上着两把锁，王向山问："你有没有钥匙？"白登云摇了摇头。王向山下令："叫几个人砸开锁，清理一下里面的东西，写个清单，大家现场都写个证明。"白登云出门叫来三个矿工、两个救护队员，然后亲手挥锤砸开了铁锁。按王向山的意见，把清理出来的物品一一登记在清单上，然后现场的人都在上面摁了手印，并在证明材料上签了名。最后，取出招工登记表，由救护队秘书按照上面工人登记的地址，给死者家属打电话。

截至第七天下午，矿难处理小组共接待了十三名遇难者家属。但只有五具尸体得到确认。其余的尸体面目全非，对不上人名。陈玉山媳妇认出了自己的丈夫，趴在尸体上号啕大哭，撕心裂肺！引得周围的人也跟着流泪。整个山谷哀声回荡，魂飞魄散！白登云看了一阵儿，吓得毛发倒竖，赶紧跑回屋里，半天不敢出来。

五点多钟时，哭声停了下来。白登云走出院子，瞭见陈玉山媳妇正给丈夫穿衣戴帽。尸体沉得厉害，她又伤心无力，半天也把一件褂子给穿不上。白登云实在看不下去了，就对身旁的两个工人说："咱去帮帮她吧。"于是三人来到陈玉山媳妇面前，说："我们帮你吧。"陈玉山媳妇两眼红肿，双手颤抖，托起丈夫的断肢残臂，在来人的帮助下，费了好大力气，才将衣裤鞋帽给陈玉山穿戴上。末了，白登云问陈玉山媳妇："你能确认是玉山吗？"陈玉山媳妇说："能确定！他后背上有块大胎记，黑黑的。"正说着，又"呜，呜"地哭了起来。白登云问："你家里还有什么人？""玉山是独子，父母都七十多了。我们还有个六岁的儿子，留在家里爷爷奶奶看着。他不知道爸爸死了，我临出门时，还硬给我包里放进两颗煮熟的鸭蛋，要捎给他爸吃。"说完，又哭了起来。两个工人伸手将陈玉山媳妇搀了起来，说："嫂子，先回屋坐会儿吧，你也不能老守在这儿，饭不吃，水不喝。"白登云也帮着打劝，陈玉山媳妇只好站了起来，跟随三人去了矿工餐厅。

矿难处理小组经过和遇难者家属反复商谈，最后达成给每位遇难者八万元补偿的协议，安葬费不在八万元内，所有尸体就地火化。五位确认姓名的遇难者骨灰,由家属带回家乡安葬。无法确定姓名的死者,安葬在西山坡上,建了十三座墓堆。正前方立一块高一米八、宽一米的青石碑,上刻十三位死者的姓名、年龄、籍贯和遇难日期,落款为鄂左旗安全监察局。安葬那天,应死难者家属的要求,陶亥召五个喇嘛来到灵棚前,身披袈裟,手敲木鱼,吹着法号,为遇难矿工念经超度,场面沉痛阴森,摄魂动魄!

## (一百五十)

太阳已经落山了。张开关正在办公室看电视,忽然院外传来了汽车喇叭声。

倏忽,屋门开了,进来两名二十多岁的民警。其中一位问:"张开关总经理在吗?"张开关站起身,说:"在,我就是。""我们是旗公安局的民警,他是小李,我是小宋。领导让你去公安局走一趟。"张开关不解地问:"什么事?和我有关?天都黑了,能不能明天去?"小宋说:"不行,局长说了,必须让你今天去。""啊呀,我又没犯法,怎想让我甚时候去就甚时候去?""你犯没犯法我不知道,但你今天必须跟我们走。"张开关不安起来,想再问个究竟,看来也问不出,闭目想了想,只好收拾了些洗漱日用品,起身和民警出了门。

上车后,张开关吃了一惊:怎白登云也在里面坐着?低声问:"登云,你去公安局干什么?"白登云说:"不知道。三叔去公安局干什么?""我哪能知道?"俩人坐在一起,都迷惑不解。

汽车一直向西开去,上了一面土坡后,天就完全黑了下来。深秋季节,冷风飒飒,树叶不时掉落在地,随风漫卷。快到毛盖图时,野地里又传来一阵凄厉的声音,小宋回头问张开关:"这是什么声音?真瘆人。"张开关说:"是呲怪则叫唤。""什么是呲怪则?""就是猫头鹰。""啊呀,猫头鹰叫唤要死人的。""已经死了十八个了。""咦,这里敢不是毛盖图吧?""就是这地方。"小宋紧张起来。不一会儿,好像又有"呜,呜"的声音传过来,莫非是冤魂在哭泣?小宋头发都乍起来了,用手戳了一下开车的小李,惊恐地说:"把车开快点儿,开快点儿。"小李猛踩油门儿,汽车飞也似的向西驰去,后面卷动着一溜黄尘。

九点钟时,汽车停在了公安局院内。小宋先跳下车,进了办公室。不一会儿,出来让张开关和白登云下车,并将二人带到后院的一间空办公室内。室内有办公桌椅和一溜长条椅、茶几等物,西墙边还有两支单人床。小宋说:

"你们先坐着,渴了壶内有开水。王局长一会儿就到。"

小宋话声刚落,阎心冕也走进屋来。张开关奇怪了,问:"阎局长,你怎也来了,莫非咱三个一起作过案?"阎心冕苦笑了一声,说:"作什么案,咱可没犯法。"张开关看着白、阎二人,忽然说:"敢不是为毛盖图煤矿的事儿吧?"白登云脸色难看起来,说:"这事儿与我无关。"阎心冕神色不安地说:"那事不是处理完了吗?还能有甚事?"张开关把身子往椅背上靠了靠,说:"你们要是没事儿,我更是八竿子打不到的人!怪事了。"

三人正说话时,室内进来三个人。为首的是王万英副局长,另两人是干警。王副局长坐在了办公椅上,说:"找你们来,是要核对一下你们在毛盖图煤矿上的身份。你们要实事求是,不然要负法律责任。"说完,目光盯在了张开关身上,张开关说:"我真不知道叫我来有甚用?我既不是那矿上的人,又没在那矿上入过股,怎就牵连上我啦?"王副局长说:"你不要激动,既然叫你来,必然有原因。我问你,你有没有给毛盖图煤矿入过五万块钱的股?"张开关睁大了眼睛问:"入过五万块钱的股?有什么证据?"王副局长严肃地说:"当然有证据了。我们从煤矿拿回来的账目上,明确看到煤矿收到了你五万块钱。不但如此,还有人反映说,毛盖图煤矿是你们新召煤炭集团公司的下属矿,你们要对矿难负责任呢!"张开关着急地站了起来,说:"这不是睁着眼睛说瞎话吗?我们公司甚时候又增添了毛盖图煤矿?这是谁分配给我们的?"王副局长摆了摆手,说:"坐下说,叫你不要激动,你还是激动得不行。想想看,那五万块钱是怎么回事?"张开关坐在椅子上,看了一眼白登云,这才想起了事情的根由,说:"登云,他们是不是说你和我借的那五万块钱?我那可是借给你个人的,可不是借给毛盖图煤矿的。"白登云尴尬地看看张开关,说:"我当时是以个人名义和你借的款,可实际上是给矿上花的。""所以你就给我记在煤矿的账上了?""就是这样。"张开关掉头面向王副局长说:"事情已经清楚了,让白登云自己说吧。"王副局长看了看白登云,白登云就把和张开关借钱的过程说了一遍。王副局长说:"你们说的过程我听清了。但也不能光凭你们嘴说,既然是白登云和张开关借的款,张开关就必须把借据拿出来。"张开关说:"借据在我办公室保险柜里放着,你们甚时候要?"王副局长说:"明天早上我派小宋和你一起去取。如果真有借条,就解除对你们公司的审查,不然的话,你们公司就要负大的责任。"说完,又问白登云:"你是矿上干什么工作的?"白登云说:"伙食管理员。""你以前在矿上负过责没有,如实回答!"白登云身子颤动了一下,说:"当过矿长,可是那是矿难以前的事。""你是矿上股东吗?""矿难以前我就把股都卖给魏文山了,我也有条据。""如果有条据,明天也交回来。"白登云说:"这没问题。"王副局长又问阎心冕:"你在矿上负过责任吗?""没有。""那为什么有人反映你在矿上入了十三万块钱的股?"阎心冕好像恍然大悟,说:"哦,我知道了,那是我老婆乔秀兰背着我,在毛盖图煤矿入了十三万块钱股。事后我还和她吵了一架呢!"王副局长笑了起来,白登云瞥了阎心冕一眼,一副不屑的神情。

  第二天上午十点钟,张开关和白登云都将各自的条据交给了公安局小宋,小宋以公安局名义向他们打了收条。张开关站在公司的大门口,看见公安局的小车颠簸着爬上西面的土坡后,突然又加速,没命地向西驰去。啊呀,大天白日的,就是有鬼也不敢跑出来,你们怕甚哩!

## (一百五十一)

  河西的矿难刚平息,河东的煤矿又有了事儿!

  新召煤炭集团公司四个矿的井口,被村民用骡马车辆、圆木石块围堵起来了。许多老人妇女一齐上阵,不许煤矿出煤。矿长们反复解释,说得口干舌燥,就是不顶用。原服务公司二矿的井口上,站着七十多岁的刘有关老汉,颤颤巍巍指着矿长张凤来的鼻尖说:"自从你们开矿以来,我们满地、满院、满房子都是炭面子。庄稼叶子上、穗子上黑乎乎的一片,太阳一照,很快就蔫了。过去我们二十多天浇一次地,庄稼都绿茵茵的,现在十天浇一次地,庄稼就枯萎了!地表的水都让煤矿的巷道给控干了!这两年,粮食连续歉收,就是你们这些人给造成的。"有六七个头罩白毛巾的中年妇女,走过来将张凤来围住,七嘴八舌指责道:"以前我们一个月洗一次衣服,也洗不下多少恶水。现在每天洗一次,满盆都是黑水子。吓得我们不敢开窗户,一开窗户,炕上行李上满家都是煤面子,喝水也是黑水子。白白净净的小娃娃,现在都变成了黑圪蛋!你说你们害人不害人?"张凤来扫了一眼众人,说:"开煤矿是上级部门批准的,我们的手续是健全的。你们要是不满意,找上级领导去,我只会挖煤,别的管不着!"旁边圪蹴着王交其老汉,听了张凤来的话,一下子恼了!"噌"地站起来,举起粪叉子就向张凤来的前胸戳过来,嘴沫横飞,大声训斥:"嫩娃娃,你想耍赖?领导我们不认得,就是认得也不想找!冤有头,债有主,我只看见你领着一群窑黑子害我们,你要是不给村民们个说法,不给合理的赔偿,从现在起,就不要想在这里响一声炮,拉一车煤!

不信你试试看？"张凤来拍了拍胸脯上的脏物，问："你们要矿上咋赔偿？"王交其说："咋赔偿？很简单！你给我们按劳力，每人每月发上一千块钱。我们干脆不种庄户了，买粮吃。"周围的老人妇女和小孩子一齐叫道："王老汉说得对，发一千块，买粮吃！"张凤来冷笑道："躺在炕上发工资？全世界有没有这种好事情？你们不要说没的，黄绵杏不可能自动掉在你嘴里头！"地下坐的七八个老汉，见张凤来想硬顶，一下子都圪蹴起来，挪动着要抱张凤来的腿。张凤来慌了，赶紧往后退。可那几个老汉直往他脚底下扑，张凤来尿下了，连声求告："爷爷们，有话慢慢说！快坐下，不要扑！你们都是六七十岁的老人了，稍微有个闪失，我还得给你们顶命哩！"一边说，一边准备从人群旮旯里钻出去。可是众人哪能让他走！一齐将他围起来。张凤来身陷群围，无法脱身！只好任凭一群老人妇女唾骂，默不作声。正在这时，传来一阵汽车喇叭声。张凤来掂起脚尖向外望，咦！来了一辆二〇二〇小汽车！是张董事长的车！顿时松了一口气，忙对村民们说："你们看，那是谁来了？"众人回头一看，来了一辆小汽车，车上下来了张开关、王文林、高文耀几个人。村民们马上安静下来。老支书来了，看他怎么说！张开关清了清嗓子，看着闹事的七老八少，说："你们说的事，我已经知道了！开煤矿确实给大家带来了麻烦和损失。你们要求合理的补偿也是应该的。我当村长、支书几十年，一直是给大家办事的！现在我不当支书当了总经理，还是要给大家继续办事的！为了让你们放心，我把现任支书文林则也给大家请来了！我想，这样七嘴八舌吵成一麻窝，不是解决问题的办法。最好是你们选出五六个代表来，下午去我们公司商量出个补偿办法来。大家如果同意了，就按商量好的办法补偿。如果大家觉得还不行，咱们再重新商量，你们说行不行？"众人互相看了看，刘有关说："张支书，农民是咋想的，你通精明！我们相信你，选出几个代表来，下午去开会。可有一条，必须让多数村民们满意，不能让农民吃了亏。"这时，王交其看了看刘有关，又拽了几个能说会道的人，走出人群外，圪蹴在地上嘀咕了十几分钟，然后来到张开关三个人面前，王交其说："好吧，我们下午派六个代表去开会。可是说好，没达成协议前，煤矿不能生产。"张开关说："行，等咱正式达成协议，并且村民们签字画押了，煤矿再生产。"刘有关和王交其几个人互相看了看，刘有关就对着众人说："我看张支书说得对，咱选代表，参加下午的会吧。"张开关笑了笑，说："你们选吧，我们先回去。"说完，三个人上了车，离开煤矿。

上午十点钟，张开关召开了董事长办公会议。王文林、高文耀、刘宝维、郭树荣、安检技术部的部长、副部长以及七个煤矿的矿长、副矿长都参加了会议。张开关首先发言:"今天会议主要研究如何给村民合理补偿的问题。我们的主导思想是实事求是。对确实受到损害的村民,一定要给予合理的补偿。对于没有受到损害的村民,再闹事,也不能答应他的无理要求。请大家把各个矿上的情况汇报一下,要说得具体些,把名单缴上来,供大家讨论。"高文耀和王文林等人,都表示同意张总的意见。接下来,各煤矿开始汇报情况。张凤来说:"我们那里共有十八户人家受到了煤矿影响,集中表现在煤尘污染和水位下降,庄稼受旱,草木枯萎。"神山煤矿矿长高利民说:"神山矿南面有五户人家,反映煤矿放炮震得他们不能睡觉休息,房墙也出现了裂缝,要求在前面给他们盖新房,并在矿上安排工作。"原服务公司二矿矿长说:"有七户人家,说我们的巷道已经延伸到了他们承包的草地,水位下降,草木枯死,要求每亩补偿一千块钱。"原服务公司的其他三个矿,与前面几个矿上的情况类似,总户数加起来有二十一户。张开关说:"我提个方案,大家讨论。现在涉及的村民共有五十一户。这些户子所处的地理位置和受影响程度,我是清楚的。因为我不但在新召村当了四十多年支书,而且这两年又办了煤矿,没少到井下检查。我建议,对神山煤矿的那五户人家,应该在合适的地方给他们建比原面积稍大一点的砖瓦房。这五十一户人家,有些还点着煤油灯,煤矿应给他们免费栽电杆、拉电线、装变压器、安电灯。另外,由煤矿出钱,给这五十一户人家都买一台四轮拖拉机,让他们下井装煤,挣钱养家。对于井田范围内的草地,每亩一次性补偿五百元,耕地每亩一次性补偿一万元。草地归煤矿,耕地仍然归村民。每五至六户村民可合伙买一台装载机或者翻斗车,优先到煤矿干活儿,工资按市场价格付给。大家看怎么样?"高文耀说:"张总真大气,这样的优惠条件,村民们还有什么可说?"王文林说:"张支书体察民情,村民的生活没问题了。"参加会议的其他人,都认为对村民的补偿只高不低。原服务公司四号矿矿长说:"我们井田范围贾永平的住房,离炸药库仅有一百多米远,要求煤矿给他在前坡上盖新房。"张开关说:"这就变成五十二户村民了。和前五十一户村民一样,给予相同的补偿。"张开关问:"大家对补偿方案还有什么不同意见?"众人都表示没有新的意见,可是,张凤来又提出了一个新问题:"我们矿上有一个叫李怀生的工人,帮矿上安风机时夹掉半个手指头,医疗费矿上都给他承担了,可是本人还很有意见。"张开关问:"他有什么意见?""他要求矿上再给赔偿两千块钱。"张开光思索了一会说:"那你们和他商量着补偿就行了。"张凤来笑了,说:"我也是这么想的,可是又觉得不妥。"张开关问:"这有什么不妥的?你是矿长,该决断的就大胆决断嘛。"张凤来为难地说:"这人是你的仇人。"张开关奇怪了,问:"你们矿上还有我的仇人？"张凤来说："他是西桌子山李家寨李二胜的儿子，难道不是你的仇人？"室内一阵笑声。高利民说："他老子是个坏蛋，一辈子没干什么好事。可是李怀生这个后生不但工作踏实，对老人也孝顺。听说前些年他老子得了前列腺病，痛苦得直哼哼。他硬是求医问药，把那病给看好。今年，又听说他老子得了肺癌，就连忙跑回家去，要花大钱给老子治病。可是医生说，他老子这病已到了晚期，花钱也治不好。建议子女们让老人在精神上愉快点儿。于是李怀生就把他老子领在了洗浴城，洗了澡不说，还花钱给老汉雇了一个二十来岁的小姐，满满给老汉服务了一黑夜。"室内又是一阵笑声。张开关摆了摆手，说："你们不要笑了，李二胜是个衣冠禽兽，可是照你们说，他小子还是个善良孝顺的人。好啦，老子是老子，儿子是儿子，不能父债子还。李怀生既然工作不错，又是为公负的伤，那就给合理的补偿吧。"众人笑着点头。

　　下午三点钟，六位村民代表来到新召煤炭集团公司会议室。常务副总经理高文耀把总公司研究的补偿方案讲了一遍。六个代表的脸上顿时露出了喜色。刘有关看着张开关，说："我就知道张支书办事符合实情，我没意见。"王交其凑在其他四个代表的耳边低声商量了一会儿，然后对着大家说："已经宣布的补偿条款我们没意见！补充一条，以后我们用下的电费由煤矿去出。"郭树荣瞅了一眼王交其，说："王叔，人老三不贵，贪财怕死不瞌睡！我看你是占全了。特别是见了财，青红不顾！你自个儿点灯，咋好意思叫别人掏钱？人不能尖得头上连颗豌豆也顶不住吧？"王交其红了脸，说："我也就是说说，不同意算了。"张开关说："你们出去和村民们商量吧，如果同意，立即召集所有的户主前来签字画押。如果不同意，就只能经法院判决了。"刘有关看了看张开关，自己先出去了。剩下的五个人寻不着好话头，也跟了出去。

　　院子里拥下六十多号人，听了刘有关和另外五个人传达的补偿条件后，大部分人觉得比自己的想象还要好，很满意！但有三四个人还想争。刘有关说："不能再争了！真逼得煤矿和咱打开官司，你能有这么多的补偿？知足常乐，益寿延年，签字画押吧！"众人一阵欢呼，挤扛着进公司办公室签字摁手印去了。

　　半小时后，村民们签完了字，张开关和公司的人准备离去。突然，神山煤矿下夜工刘满仓气喘吁吁地跑了进来，上气不接下气地说："陶——陶亥召的喇嘛把井口堵了。"张开关惊讶地问："谁惹喇嘛了？""哎，谁——谁也没——没惹他们。今天是农历初一，喇嘛们一大早就上了山，先在神树下磕头，接着打坐念经。念着念着就听到'轰隆隆'的响声。胖尼玛警觉，对另外七个喇嘛说:'这声音是哪来的?敢不上佛爷从天上来了吧?'喇嘛们顿时欢喜得脚跟离了地,'扑通通'趴下身子,对着天空纳头就拜!磕完三个头时,突然又听到'轰隆隆'的一阵响声。喇嘛们都抬起头来,仰望天空,可除了有两只老鹰飞过外,再什么也没发现。突然,脑松扎布反应过来了,说这不是佛音,是山下的煤矿放炮采煤呢!众喇嘛也都清醒过来,很是气愤!一致认为山里的炮再响下去,佛爷就不得安宁,再也不会来神山显灵了。于是一齐走下山顶,怒气冲冲地堵住了井口,使所有的工人和机械无法进出。并在井口垒起一个小敖包,点了二十七炷香,不停地念经。看见过往的工人,念经的声音更高,吓得工人们耸肩缩脑,避之不及,煤矿现在已经停产了。"听完刘满仓的讲述,张开关的脸色陡变,"通"地一声坐在了办公椅上。

一群人正在着急,王文林从外边走了进来,见张开关脸色难看,就问:"三叔,又有什么事儿,急成这样?"张开关不答言,高文耀苦笑了一声,把喇嘛们堵井口的事儿说了一遍,王文林说:"喇嘛比村民还难缠,不想个妥当法子,煤矿的麻烦就大了。"张开关气愤地说:"刚把村民摆平,又跑出一群喇嘛闹事,这煤矿还能不能办?"王文林说:"要想办,就得上布施。"张开关的眼珠子转动起来,猛然说:"说得对,上布施!"高文耀问:"上布施,怎么上?"张开关肯定地说:"有个法子,保准灵。"高文耀问:"什么法子?"张开关说:"陶亥召原来是三层大召,十几年前,顶层倾斜,成了危楼,公社领导出于安全考虑,将顶层拆除了。一座远近闻名的陶亥召,三层变成两层,既不美观又不吉利,成了喇嘛和信徒们的心头病。好啦,现在咱公司把顶层规规整整地重建起来,建得比原来还漂亮,喇嘛们好意思再堵井口?"王文林惊叹道:"三叔,你办事出人意料,这办法准行!"张开关笑道:"只要不把钱看得太重,许多事就好办了。"

张开关和矿长刘利民坐着吉普车往神山飞驰,半路上看见阿鲁图沟支书郝山大招手。张开关推开车窗,问:"山大,你想搭车?"郝山大笑着凑了过来,说:"张支书,你总是老虎日牛大干,把神仙也惹下啦?"张开关朝地上啐了一口唾沫,骂道:"去你娘的吧,老子滚油浇心了,你还以为东吴招亲哩!"说完,"啪"地关上车窗,吆喝司机:"快走!"郝山大笑得腰都弯了下来。

吉普车开到井口前,八个喇嘛还盘腿打坐念着经文。工人们见董事长到来,忙让开一条道。张开关走近胖尼玛,满脸堆着笑容,说:"大喇嘛,我和你商量个事儿。"胖尼玛微睁双眼,问:"什么事儿?还想在佛爷身底下放炮?没商量!"张开关说:"神佛爱清静,我知道。""知道你还说什么?赶快把煤矿关闭了,你好我好神佛好。""啊呀,这矿开得好好的,怎能说关就关?万事好商量。""没法儿和你们商量。""那可不一定,我说出一个办法来,可能佛爷也赞成。""甚办法?""重修三层召,把佛爷供在最顶层。""什么?你要重修三层召?""对,修得比原来还气派,胜过准格尔召。"坐在井口念经的喇嘛们,一下子都睁开了眼,张着大嘴不念经了,一齐看着张开关。张开关说:"佛爷普渡众生,爱惜生灵。我们办矿是为了社会,为了大众。人神的目标是一致的,为了人神相安共处,我们决定重修三层召,把佛爷请在最高层,方便众生膜拜,这是两全齐美的事,一定行得通。"喇嘛们面面相觑,接着用蒙语对开了话。不多时,一齐站了起来,胖尼玛笑眯眯地说:"我们同意张总的意见,不过,你们一定要说到做到,不能欺骗神灵。"张开关坦诚道:"我连凡人都不敢骗,怎敢骗神仙!放心吧,我们马上就去请能工巧匠,修出最气派的召庙。"胖尼玛说:"那就好,我们是为了敬佛,又不是为了和你们作对。既然你们是诚心,佛爷必有感应,煤矿继续生产吧,千万记住你们说的话。"张开关连连奉揖,说:"请大喇嘛们到时候和我们一起监工,一起验收,将佛爷请上三层召。"喇嘛们一齐躬身还揖,连道"阿弥陀佛",返身而去。

## (一百五十二)

张虎瞭见张开关回家了,急忙放下手中的活儿撵过去。进门就说:"三哥,你和二哥的地我种不过来了。""为什么?""我家振峰开四轮到煤矿下井盘煤了,我一个六十多岁的老汉,哪能务过那么多的地?""哦,从今年起,我不收你的租地费,你白种去吧。""那也不行,我实在没那么大本事。""嗨,忙不过来的话,你掏钱让村里的人帮一把不就行了?""嗨,三哥这两年当经理当得连农村的事儿也不知道了,现在农村的劳力太缺了,去哪里能雇得来人?年轻力壮的,不是到外地打工,就是在本地煤矿做活儿。光你们公司的煤矿,就安排了咱村里五十多个后生呢!现在守家种地的农民,都是些老汉老婆子,挣上命干,能务多少地?你去看看吧,过去种豆类的干旱地,现在基本都撂荒了。连水地也快变成旱地了。""哎,你说得严重了!咱有苏会沟和神山两处水利工程,水管够用,怎能把水地变成旱地?""哎,三哥!我整天待在村子里,了解情况比你多。你说的苏会沟和神山水利工程,那确实给咱解决过大问题,把几千亩旱地都变成了水地。可是,这两处水利工程,现在也有问题了。""不可能吧,有什么问题?""问题大着呢!第一,水利工程也要花劳力维护，特别是苏会沟渠道，一年要挖两三次，不然就被沙土堵塞，水流不出来了。你当支书的最清楚，过去咱清理一次水道，需要二三十号人干两天，而且去的都是青壮年。现在青壮年都到城里、煤矿挣钱去了，单凭在家的老人娃娃能挖通个水道？况且，现在又都分田单干了，派点儿工难上加难，你推我靠，没人响应。过去三天能挖通的渠，现在半个月也挖不通。就是挖通了，放水的秩序也混乱，弄不好就要嚷吵打架。田毛则当社长，自己就和社员打了两架，一气之下不干了。村委会没办法，又强硬把社长压在我身上，这营生我也不干了。""哎，你们就不会排个顺序，或者从北到南，或者从南到北，一片一片地往完浇？""这个顺序也排过，但也不行。""咋不行？""有一次应该是从南往北浇，可是浇在半路上就没水了。""水去哪了？""让北村的乔凯云给偷偷截走先浇自己的地去了。""啊，这个贼小子，本性不改！""唉，不光乔凯云，其他人也一样，一不注意，就把整体计划给打乱了，气得你没法说。""哦，照你这么说，我们的地你真格儿不种了？""没能力种了。""不开玩笑，从今年开始，我真不收你的租金，让你白种，行不？""真不行！""为什么？""我想给通富煤矿下夜照场子去，说好每月八百块。""噢，一年可以挣一万块。""就是嘛！在家里种地，日死没活地受，一年也挣不下三千五百块。你说哪个多，哪个少？算账活计嘛！""嘿，联产承包责任制刚实行的那两年，你们高兴得活忔泛泛地，白明黑夜趴在自己的地上受。打得粮仓满囤流，差点没乐活死！现在怎又不行了？""大集体的时候，政策管得死，经济不发展。社员都被困在地里面，哪儿也去不成。稍搞点儿副业，就说你弃农经商，走资本主义道路，更不用说长年在外打工挣钱了！现在政策放得宽，想干甚干甚，想去哪儿去哪儿，有本事哪怕你一天挣一千块！有了钱，还愁买不到粮？大米白面有的是。出外干一年，顶你在家种好几年地。你说谁还愿意面朝黄土背朝天，成天唾那个牛屁股！""嘿，照你这么说，咱新召的农业就没发展了，过去的水利工程也要废弃了。""这我不敢预料，反正我说的是实情。"张开关看着张虎，失望地说："好吧，真想不到农村联产承包责任制也有问题。你干你的事儿去吧，我的地另想办法呀。"张虎点头出门去了。

张开关自担任新召煤炭集团公司总经理以来，几乎懒得打听农业方面的事儿。可是，自从张虎来家说了那些情况后，不知怎地，一阵又一阵地担心起苏会沟和神山的水利工程了！这两处工程，是自己几十年的成就和心血，也是自己心中的丰碑。过去的年月，舍开身子搞水利，一扑真心创高产，走到哪里，新召大队都是响当当的，张开关都是风风光光的。现在虽然自己不干支书了，可也不能眼看着造福村民的大工程废弃不用，最后破烂不堪地躺在那里吧？那样的话，就太痛心了，太让人不甘心了！不行，明天要亲自去两处工程上走一走，看看究竟是怎回事。

早饭后，张开关背操着手，一个人走进神山过水石洞里，洞中的阴风嗖嗖，嗡嗡作响，有点阴森可怕。脚下干涸，四周漆黑，拿出手电照明，光线昏暗。走了半个多小时，才来到南洞口。向前望去，是平展展的两千多亩良田。就因为有了这个山洞，原来每亩只能产二百多斤粮食的旱地，骤然猛增到每亩八百多斤！能说这工程没有用？作用大得很！有良心有眼光的人，都不应该贬损这个工程，更不应该毁弃它！要是睁着眼睛说瞎话，肯定别有用心，要么就是神经病！张开关气"呼呼"地走下坡，上了石砭路，向北返回。走到家门口，司机王利平正站在吉普车旁来回圪转哩，见总经理走了过来，忙打开右前门。张开关坐了上去，说："去苏会沟。"王利平开着车向北驶去。不多时来到沟口，张开关示意停车。然后从车上下来，爬上大水渠，沿渠向里走去。啊呀，张虎说的是实情，水道里溜进厚厚的沙土，有几处都快要把水道填满了！这要不往出挖，哪里能过得了水。可是要往出挖，真还不是老汉老婆子能拿下来的活儿。张开关愈走愈皱眉，心中盘算着：农民爱单干，可是单干能搞成这个大工程？不可能的事儿！这工程要是废弃了，三千多亩水地又要变成旱地了！靠天吃饭能打多少粮？肯定大减产。可是有人说了，我们不种地了，打工挣了钱，到市场上买粮吃！啊呀，现在看是没问题，可要是往长远想，谁敢保证市场上常有粮食供给你？道理很简单，要是全国的农民都不想种地了，粮食能从空中来？以前每次开大会，党政领导都强调无农不稳。手中有粮，心中不慌，这是千古不变的实话实道理！张开关一边想一边往里走，不觉到了水渠尽头滚水坝。看着大水从坝梁上滚滚流下去，不觉自言自语："这水决不能白白流出去，还要浇咱新召的地。"

张开关从滚水坝上走下来，吉普车早已等候在河槽边。张开关上了车，说："走，去新召村委会。"

王文林见老支书进门，忙站起来让座，问："三叔，你来视察工作？"张开关严肃地说："不是视察，是想和你探讨个事儿！""什么事？三叔尽管说。"张开关掏出一盒红塔山牌香烟，给屋里的人每人发了一支，然后自己点燃一支吸了两口，郑重其事地说："我在村里了解了一下，青壮年基本都去城里打工、到煤矿干活儿去了，家里基本都剩些儿老汉老婆儿和小娃娃。承包的土地无力耕种，山梁地基本撂荒。苏会沟水道里到处是沙圪塄，老人们挖不通水道，去年地里就没怎么过水。神山石洞里也好像没怎么利用。原来的水地，基本上也要变成旱地了。家庭联产承包责任制实行以来，头两年积极性挺高，现在积极性基本消退。一家一户地单干，小打小闹，都没话说。可一提起公伙干点儿事，就生怕自个吃亏，不齐心合力。这样下去，新召村的粮食产量肯定要大幅度减产。眼前看，能掏钱买粮吃。长远看，没保证！农民都懒得种地，等着买粮，那还不出现粮荒？甚事情也要往远看，不能靠别人，一定要靠自己。所以，新召村的农业决不能放任不管，一定要抓上来！怎么抓，我来和你们商讨个办法。"文林听了张开关的一片说，皱起了眉头，为难地说："三叔，你说的是实情，我也正为这事发愁！农民放弃土地，千古怪事儿。解放以来，对土地的经营方式，已变更三次了，什么办法最好，现在真看不出来。家庭联产承包责任制，只是个权宜之计，短期内把国家的负担减轻了，担子撂给了农民。可是这是农业的出路吗？肯定不是。农业的出路应该是科学化、机械化、规模化！我从报纸和电视上了解到，这几年全国的粮食增产主要靠的是国家的大农场和种粮大户，其中种粮大户起了大作用。那些种粮大户，把外出打工、无劳力耕种的土地都集中承包过来，几千亩几万亩地办农场，集中人力物力，搞科学种田和机械化作业，小麦的亩产都能爬到一千斤以上。看了让人羡慕。想让咱新召人也学人家，可是没人愿意承头干，都没那个胆量，所以把这事就一直拖着，等着，看猴年马月能不能生出几个能人来，充当种粮大户。"张开关睁大眼睛地看着王文林，半响才说："啊呀，文林则，你这两年的见识可有长进了！我有个想法，你看行不行？""行，咋不行！三叔过得桥比我走的路也多。""哎，我只能给你当个参谋，具体行不行还要你们决定。我觉得，应该先统计一下全村闲置土地，看一共有多少亩。然后成立一个农业合作公司，把这些土地统统收拢回来，再向全村、全乡甚至全社会招聘一个公司总经理。公司的其他管理人员，由总经理和村委会协商委派，会计和出纳，一定要由村委会信得过的人担任。然后向银行申请贷款，购买拖拉机、收割机等一应现代化农机设备。每年的纯收入，百分之七十分给农民，因为他们是公司的股东。百分之二十作为管理人员的工资，百分之十作为办公和扩大再生产的费用。特别应该强调的是，总经理的薪酬，每年不能低于十万元。多劳多得，少劳少得，千万不能搞平均主义。这样一来，所有的水利设施都能启动起来，粮食产量必然会猛增。"王文林惊奇地问："三叔，你甚时候有了这成套的方案？"张开关说："从昨天晚上开始，我就不停地琢磨这件事儿，总觉得只能走这条路。"一旁坐着的副村长李福则说："这是个好办法，不知道我哥愿不愿意干。"张开关问："你说的是寿荣？他是个合适人选。听说他在国营大矿给人家管机械，一年能挣六七万，不知道他是甚想法？""我回家问问他，明天就给村委会回话。"王文林说："我明天上午哪都不去，在办公室等你的消息。"

  第二天上午十点钟，李寿荣来到村委会，应王文林的邀请，张开关也早早坐在了办公室。王文林讲述了成立新召村农业合作公司的总体设想和思路后，李寿荣说："这是一个非常好的思路，也切实可行。新召的农业要想走出困境，谋求发展，就必须走科学化、机械化、规模化的路子，就必须按现代企业制度管理。农工商是一个理，假如全国的商业都变成小摊贩，那无论咋蹦跶，也赶不上发达国家的水平。同样，如果全国的农业都停留在家庭小生产的水平上，无论咋辛苦，中国也不可能成为世界级的粮食大国。我接受村支部和村委会的聘任。"张开关大为欢喜，说："文林，我看寿荣和大家的认识是一致的。下一步的工作，应该起草一个'新召村农业合作公司'的章程，董事长就由村长担任，总经理是寿荣，董事是各社社长和福则等人。会计出纳由村委会决定，其余人员由总经理聘任。凡是把土地交给总公司耕种的村民都是股东，每亩水地为一股，旱地三亩顶一股，年底按股分红。一切细节，都要写得清清楚楚，不能含糊。"王文林说："章程我请人写。李经理、李主任以及张会计负责统计加入农业合作公司的村民和土地亩数。老支书帮我去农行申请贷款。后天是惊蛰，春风节令召开公司成立大会。大家还有什么新的意见没有？"众人沉默，于是王文林宣布散会。

  乡党委奇荣书记非常赞成新召村成立农业合作公司。亲自带着王文林、张开关去农业发展银行申请贷款。农业发展银行经过详细、认真的审核，一次就贷给新召农业合作公司三百万元。这些钱主要用于购买现代化农机设备、农药、化肥、籽种，少部分用以购置办公设施和支付人员工资。

  经过十多天的统计，共有二百三十户人家愿意加入农业合作公司。入进来的旱地有三千二百亩，水地四千八百亩，占全村总亩数约百分之六十五。

  三月二十一日，新召村委会红旗招展，彩旗飘扬。院外停放八台新式农机具，都挂着红绸布。办公室正墙上贴一溜红底黄金大字：新召村农业合作公司成立大会。会议开始前，放了十墩子二踢脚麻雷炮。奇荣书记、胡志先乡长、赵宏生副乡长、张开关、王文林、李寿荣、李福则等人在主席台就座。上午九点半，王文林宣布大会正式开始。奇荣书记首先发表了讲话，肯定了新召农业发展的新举措。紧接着总经理李寿荣发言，介绍了总公司的基本情况。张开关也发了言，代表煤矿坚决支持总公司成立和发展。会场周围，有七百多村民围着观看。新召农业合作公司正式挂牌运营。

## （一百五十三）

张开关最近很舒心，公司职工食堂在图娅的领导下，既经济又卫生。老伴常明英专门住在公司的大客房里，给自己当起了专职炊事员。尽管她还有一个目的，就是监视顾香莲，但那无所谓！工作上有高文耀他们管事儿，一切按部就班。农业总公司也让人看着满意，九千多亩地，李寿荣仅用了五十多个人，就把活儿干得栓栓整整，现代化机械设备就是神，不服不行。

张开关得意地跷起了二郎腿，哼起了山西邦子《借东风》。刚唱到"南屏山设坛台足踏罡"，一阵吉普车的声音传入院内，向外一看，汽车上下来三个人，为首的是矿山救护队长王向山，张开关赶紧开门迎了出去，王向山首先开口："张总，我们去腾达煤矿检查了一下井下的瓦斯浓度，顺便来你们矿上也看看。"张开关握住王向山的手，连声说："欢迎，欢迎。"

张开关、高文耀和瓦斯检测员陈永明，陪同王向山三人开始在各个煤矿检查。

下午三点多钟，一行人来到原服务公司二矿井下。巷道内黑洞洞的，只能借助手电筒的光线慢慢前行。在一处副巷道里，发现两处砖石封闭的工作面，王向山问高文耀："这些工作面为什么封闭？"高文耀说："里面的煤高温自燃了，所以打了密闭。"王向山问："什么时候打的密闭？"高文耀说："听说是前年秋季打的。"王向山说："密闭一定要打得牢靠结实，千万不能有了缝隙，更不能倒塌。密闭的工作面里尽是有毒有害气体，一旦涌出，顷刻间就会伤及人的性命。"高文耀说："这我们知道。"王向山又问："其他巷道里还有类似情况吗？"高文耀说："还有两处，也也都打了密闭。"张开关岔楞起耳朵，仔细听着二人对话。

不多时，几人来到了风机口，风机"呜呜"地旋转着。王向山问："你们有几个风机口？"高文耀说："共有两个风机口，风机的功率都符合要求。"王向山说："要有备用风机，防止运转的风机有了故障。"高文耀说："每个通风口都是双风机，不会有事的。"王向山回头问瓦斯检测员："井下瓦斯浓度高不高？"瓦斯检测员看了看仪表，说："不高。"

几个人一边走，一边说着话。突然，瓦斯检测员惊叫起来："王队长，瓦斯浓度升高了。"紧接着，瓦斯检测器开始鸣叫起来，人们的呼吸也感到了憋闷。王向山大叫："不好，赶快通知工人们往井上撤退。"高文耀迅速跑在了巷道边，按响了井下报警器。井下所有的作业人员顿时慌乱起来，纷纷扔下手中的工作，争先恐后地向井口涌去。张开关站在巷道边，向里巷道急促地叫喊："快跑，往井口跑！"一个工人摔倒了，他急忙上前搀扶，并继续呼喊人们逃命，直到里巷道无人了，才开始向外奔跑。快到井口时，一块石头将他绊倒，他只好手脚并用，向外攀爬，挣扎到井口时，失去了知觉。

救护队的小高已经跑到井口，回头发现张开关趴在井口动弹不了，顿感不妙，急忙戴上防毒面具，跑过去将张开关拖到井外。这时，高文耀等一帮人也赶了过来，一齐上手，将张开关抬到了吉普车上，向乡医院驰去。

王向山立即组织救护人员，戴着防毒面具下井搜救。经过一个多小时的查看，发现一条旧副巷道一个封闭了的工作面开了豁口，毒气不断地从里面喷涌出来。距离豁口四五米的地方，有一个俯地趴着的人，身旁横放着一条一米多长的铁撬棍。王向山指示人们将趴地的人抬出井口，自己则小心翼翼地戴着手套，将铁撬棍拿了起来，随后跟了出去。

王向山刚出井口，就瞭见一个工人爬在被抬出井口的人的身上嚎哭着："爹呀，爹呀！"王向山走了过去，推开年轻人，示意他停止哭泣，然后伸手试了试这人的鼻息，又在其胸口中摸了摸心跳，觉得此人已经没有了生命气息，但为了确保万一，还是安排人们将这人抬上了四轮车，送往乡医院。那个年轻工人趴在了他爹身上，嚎哭着随车而去。

张凤来对王向山说："这个老汉不是我们矿上的人。"王向山奇怪地问："不是你们矿上的人，怎跑在矿井里面，手里还拿着铁撬棍？"张凤来嗤笑道："那个年青工人叫李怀生，是西桌子山李家寨人，那老汉是他爹李二胜。李二胜和张开关有仇，八成是专门来搞破坏报仇的。"王向山说："你说话要有证据。"张凤来说："这根铁撬棍就是证据。那个豁口肯定是李二胜用铁撬棍戳开的，不信你把铁撬棍交回公安局，看那上面有没有李二胜的指纹。"王向山说："咱把李二胜的指纹和铁撬棍上的指纹让公安局鉴定一下，事情就清楚了！"张凤来点头赞成。

三天后，公安鉴定结果出来：铁撬棍上确实留有李二胜的指纹。李怀生无话可说，只好请了两个村民将父亲火化。说也奇怪，当炭火燃烧李二胜的躯体时，李二胜的肚皮突然爆裂，一肚子屎尿溅了火化工一身一脸，污臭逼人，恶心得两个火化工差点把胃子吐了出来。

四天后，张开关的意识清醒过来，听了李二胜的恶行，两眼发直，思来想去，让公司保卫部长秦二海把李怀生叫到了病床前，问："怀生，你知不知道我和你爹的冤仇？"李怀生说："知道。""你是听谁说的？""听我爹说过，

也听我娘说过。""你爹和你娘说得一样吗？""大体经过是一样的，但他俩的看法不一样。""你娘是什么看法？""我娘认为我爹的做法不对，骂我爹没德行，并劝我们做儿女的不要和你结仇。""你娘真是这么认为的？""她就是这么个看法，一直也没变过。"张开关抬头望着窗外，感慨道："你娘是个明事理的人，不像你爹，怙恶不悛，一条道走到黑。怀生，你同意谁的看法？"李怀生说："我认为娘说得对。"张开关大声说："既然你认为娘说得对，为什么还勾引你爹来害我？"李怀生冤屈地说："我爹不是我勾引来的。"张开关质问："那他是怎么来到这里的？"李怀生说："他是听我们村里在咱们矿上做工的人说，我在你的矿上夹掉了手指头，就认为你存心害我。特别是听说你们只补给了我两千块钱，更是恨得要死。他来矿上三天了，我一直劝告他回去，不要做出格的事。他口头上答应，谁知道还是做出这种事来。"张开关看着李怀生，沉吟良久，说："怀生，叔觉得你像你娘，是个懂道理的良善人，冤家宜解不宜结，你为矿上安风机夹掉了一个手指头，属于工伤，叔再给你补上两万块钱，回去把你爹安葬了，如果想来我们矿上继续当工人，叔仍然接收你，你说怎样？"李怀生两眼汪着泪水，哽咽着说："我听叔的话。"

　　一周后，张开关下地行走，左臂上下颤抖。凭借右腿的支撑挪动左腿时，左脚忽颤颤地在地皮上画着圈儿，好一阵才能稳住支点。医生说，必须加强锻炼，不然，到死也是个"半撇子"。今天早上，听说李怀生要回老家安葬李二胜，所以天一亮就挪动着双腿站到了公司前面的高坡上。九点多钟了，还不见太阳出来，抬头看了看天空，原来是阴天。遥望神山，高高的敖包上升起缕缕青烟，喇嘛们又在祭拜神佛呢！河东边过来一个人，细瞅睹，是李怀生背着李二胜的骨灰盒蹚水过河哩。冰凉的河水，没过了怀生的膝盖，他佝偻着身子，一步一挪地向西岸走去。现在已是深秋季节，冷风飒飒，小河流凌，树叶飘落，草木枯黄，田地里光秃秃的，一派凋残衰败景象。人生苦短，转眼就是百年哪！但雁过留声，人过留名，活人难道不应该堂堂正正地为生前死后留个好声誉吗？即使做不到扶危济困，也应该利己而不损人呀！李二胜怎就一辈子也不明白这个事理呢？一个被管制了几十年的"坏分子"，痨病鬼，本来是罐里的王八，扑腾不到哪里去，可怎么还能跑这么远的路，前来害人呢……

　　正当张开关心潮起伏，思绪乱飞，站在高坡上感慨时，突然，陶亥召传来阴森森、飘忽忽的号音，摄人魂魄，瘆人心胆，牤牛河水流湍急，浪花翻卷，传来阵阵寒意，张开关不禁打了一个冷颤，两腿更加战栗起来。